Stendhal

Promenades dans Rome

Préface de Michel Crouzet
Professeur à l'Université de Paris-Sorbonne

Édition établie et annotée
par V. Del Litto
Professeur à l'Université de Grenoble

Gallimard

ROME OU
LE « GÉNIE DU CHRISTIANISME »

« D'ailleurs, mieux que personne, Stendhal admire dans l'Église de Rome un empire, une politique et une suite incomparable. Les papes, pour lui, sont des princes pleins de force et de talent. Il est donc romain, au sens le plus catholique. »

ANDRÉ SUARÈS,
Voyage du Condottiere.

« C'est une belle chose que Rome pour tout oublier, pour mépriser tout, et pour mourir. »

CHATEAUBRIAND.

Aller à Rome avec Stendhal en 1829 c'est aller à la rencontre de trois villes superposées : la Ville, l'Urbs, la Rome romaine, ce champ de fouilles permanentes dont on espère encore des trésors de beauté (Stendhal fouille les tombes étrusques, Mosca et Fabrice font des fouilles); mais pour le romantique il reste des Romains, des vrais, qui ne seraient pas seulement selon le mot méchant des «Italiens de Rome», des Romains du fond des temps qui ont conservé l'orgueil farouche, l'intraitable dureté des premiers temps de la ville ; c'est le petit peuple de Rome et sa violence endémique qui comme symptôme d'une immortelle énergie, comme signe d'une génialité collective, prouve que Rome est toujours dans Rome. Il y a encore la ville des Papes, la cité de l'art, l'un des centres de ce que Stendhal nomme « le Moyen Âge », dont l'Italie est l'héritière vivante, et qui, si l'on veut bien ne pas être exigeant sur les dates et les données historiques, finit pour Stendhal par constituer une

*vaste continuité créatrice, un atelier esthétique (s'est-il jamais
interrompu, sinon aux temps des Barbares ?) d'où est née non pas
seulement une ville-musée, réunion sans précédent de peintures, de
sculptures, de palais, d'églises, de jardins, mais une ville-œuvre
d'art, qui tout entière, dans son indivisible unité, dans l'harmonie
du climat et des édifices, des hommes et des choses, est une création : pour visiter Rome, il faut que le touriste devienne artiste.
La ville de la beauté est la capitale de l'Église : c'est « le génie du
christianisme », formule abhorrée et incontournable, qui a créé
Rome ; les grands papes renaissants, les grandes figures de l'Église
tridentine ont présidé à la Renaissance de l'art, qui pour Stendhal
est en vérité une naissance (la Renaissance, c'est le romantisme,
deuxième naissance de l'art) : telle est la jonction paradoxale et
indubitable, de la beauté et de la foi, des papes et de l'esthétique.
Mais Rome en 1829 est aussi la capitale d'un État, le pape est
un souverain temporel, régnant sur ce chef-d'œuvre d'absurdité,
d'abus, d'archaïsme politique et social, que peut être pour l'écrivain libéral et ennemi des prêtres, une théocratie moribonde. Toute
une tradition protestante, gallicane, puis « philosophique » a accablé le catholicisme par la satire de l'État pontifical.*

*Le vieux grief, que le christianisme sacrifie l'ici-bas à l'au-
delà, et tend à décomposer la société et la morale, trouvait confir-
mation dans le spectacle de Rome ville sacrée, régie par un pouvoir
dogmatique inquisitorial uniquement soucieux du salut de ses
sujets, et qui comme pouvoir et comme État, est un non-sens
absolu. C'est « Arlequin ministre », une « Tartarie chinoise[1] »,
dira le consul de Civitavecchia. Prise dans le regard du voyageur
du Nord, libéral, laïc, épris d'un gouvernement efficace et
respectueux des droits de l'homme et des lois du marché, bref
moderne, Rome apparaît comme une curiosité, un monde en
survie, retrouvable au prix d'un voyage à rebours, à l'envers du
progrès. Il est vrai que les journaux m'apprennent que de nos
jours la population de Rome est de plus en plus misérable ; que
dans la fin du moderne que nous vivons, cette Rome qui semblait
jadis inverser le progrès, avec sa justice arbitraire et impuissante,
sa criminalité invincible, sa population sans aucun travail et sans
ressource (en 1831 Stendhal enseignait à son ministre des Affaires*

---

1. C'est le titre d'un texte assez mystérieux, peut-être destiné à la correspondance officielle du consul de Civitavecchia, datant de 1835 et présentant les
personnages de l'État romain ironiquement appelés les « principaux honnêtes gens
du pays » ; voir Henri Martineau, *Mélanges de politique et d'histoire*, éd. du Divan,
1933, t. II.

étrangères que Rome vivait des quatre mille riches étrangers qui y « dépensaient quarante mille francs par jours, et cette somme tombait sur le peuple en petits paquets de vingt ou trente sous[1] »), se met à être singulièrement familière. Stendhal *assistait à la naissance du « travail anglais », nous le voyons disparaître ; il opposait à la modernité industrielle l'Italien « déguenillé » qui « a le temps de faire l'amour » et « se livre quatre-vingts ou cent jours par an à une religion d'autant plus amusante qu'elle lui fait un peu peur »[2]. Son voyage dans le grand Midi, voyage dans le temps aussi bien que dans l'espace, oppose toujours, gains et pertes, bienfaits, méfaits, avancées, reculs, le moderne au passé : Rome de 1829, c'est Paris au XVIe siècle ; « les choses » y vont « à peu près comme en 1550, c'est un morceau curieux d'antiquité[3] ». Le recul de la « civilisation » des Lumières nous rapproche-t-il de la situation historique et de la méditation de* Stendhal *dans* Rome ? *Si ce gouvernement abominable et dérisoire de la théocratie met* Rome *et le* Romain *en dehors de la civilisation, dans une sorte d'inversion de ses valeurs (est exemplaire ce jugement de 1841, « il n'y a aucune logique à Rome... la logique est morte et enterrée de Bologne à Terracine ; mais la sensibilité passionnée vit toujours »[4]), en sens contraire,* Rome *met en question la civilisation que* Stendhal *dit fort souvent « fausse » et explicite ce qui est une évidence romantique, le malaise de la civilisation qui fonde le progrès sur la rationalité. Alors le séjour à Rome enseigne à inverser la civilisation, et ses valeurs, et à parcourir par-delà les choix mutilants une totalité des possibles qui défie le principe de contradiction.*

Les Promenades dans Rome, *c'est un livre sur une ville (sur trois villes en une), sur une expérience presque initiatique qui explore et comprend et admet cette unité singulière, cette exception absolue, cette totalité étrange : la symbiose d'un gouvernement clérical et d'un peuple, ou d'une plèbe, une* canaille *si le mot* peuple *renvoie trop exclusivement au* populus *citoyen, l'un et l'autre sont le pire et le meilleur, ils sont façonnés, à travers les siècles et le lent déploiement historique d'une humanité privilégiée, l'un par l'autre, l'un avec la substance de l'autre ; l'oppression*

---

1. *Correspondance*, Pléiade, t. II, p. 345 ; de même, toujours en 1831, à la date du 14 septembre, sur la nécessité pour tout personnage officiel de faire beaucoup de petits cadeaux, pratique inconnue dans les « pays de légalité parfaite ».

2. *Souvenirs d'Égotisme*, Folio classique, chap. VI.

3. Idée réaffirmée encore par le consul à son ministre le 28 avril 1831 (*Cor.*, éd. cit., t. II, p. 284-285).

4. *Cor.* t. III, 11 et 14 mars 1841.

fait l'énergie, la vitalité engendre la passion, qui est foi et amour de la beauté. Ville mourante, ville-tombeau, ville où tout semble déjà mort, Rome enseigne la mort, c'est-à-dire le détachement, et la contemplation (le liminaire d'Henry Brulard *reprend l'expérience du promeneur*) mais cette ville *noire, où tout est sombre, même les passions, et voilé et secret, tonifie les corps et les âmes, elle est secouée par les spasmes de violence et de foi d'un peuple toujours «frémissant»* (ce sont les derniers mots du livre). *Ville fermée, «catholique», c'est-à-dire universelle, mais pure de tout souci universaliste et de toute mentalité rationnelle, Rome vit sa particularité*[1], *son exception, «tout est plein d'exceptions dans ce monde*[2]», *qui distingue le Romain des Italiens : il leur est supérieur car il a plus de force, plus d'esprit, plus de* différence, *il vit plus de son propre fonds ; et cette ville qui est un monde, qui a été et demeure la ville-monde justement par sa totalisation de l'histoire en elle-même, qui par la vigueur de son individualité est un être complet et unique, repose sur un équilibre presque organique :* Rome «civilisée» *n'est plus Rome.*

Mais pour un homme qui a deux haines, «le manque de liberté et le papisme[3]», *il n'est pas aisé d'aimer l'odeur de Rome, ce fumet de pourriture et de saleté, pas simple de faire cette transmutation des valeurs qui trouve la culture dans un régime absolu et dogmatique, et* exalte *ensemble les papes et les assassins. Il a bien fallu qu'un jour, comme ses compagnons de voyage des* Promenades, *il rencontre Rome et s'en éprenne. Qu'il devienne non pas sans doute «romain au sens le plus catholique» comme l'a dit André Suarès, mais en tout cas un athée-catholique, pour retourner la formule de Barrès sur lui-même* (un «catholique-athée[4]»), *sinon même un athée-jésuite, comme le voyageur Lalande ; car enfin, il le dira plus tard, «pour beaucoup de choses fort innocentes et très nécessaires à mon bonheur, on est beaucoup plus libre en Autriche qu'à Philadelphie. Ma foi, vivent les jésuites»*[5] *! Trouver Rome, admettre le centre de la «machine noire et puissante» qu'est pour lui l'Église, entièrement tendue à la domination absolue, c'était prendre à revers tous les préjugés de l'ennemi du préjugé. Longtemps il n'a pas aimé Rome qui, dans*

1. C'est ce refus de toute contamination par l'autre que D. H. Lawrence a trouvé en Sardaigne, cf. *Sardaigne et Méditerranée*, Gallimard, Du monde entier, 1958.

2. *Promenades dans Rome*, 10 novembre 1827, p. 75. Sur l'italianité renforcée et *différente* de Rome, voir *Rome, Naples et Florence (1826)*, 1er et 4 octobre 1817.

3. *L'Italie en 1818*, 14 septembre 1818.

4. Maurice Barrès, *Mes Cahiers*, Plon, 1929-38, t. IV, p. 142-143, 2 juin 1906.

5. *Mémoires d'un touriste*, Cercle du Bibliophile, t. II, p. 297.

*ses voyages antérieurs, a la partie congrue. La ville qu'il adorait
comme une femme, c'était « mille ans, la passion a été une folie de
1814 à 1821 », Rome sera pour le consul un pis-aller, une femme
légitime à qui il est lié par la chaîne officielle, « un mérite grave,
sévère, sans musique[1] ». Les chemins ne le conduisaient pas facilement à Rome où il a peu séjourné, quelques jours en 1811, cinq
semaines en 1816-1817 (pour travailler à ses chapitres sur la
Sixtine), deux mois en 1823-24[2]; sans doute alors s'opère le
renversement, qui n'est souvent qu'un changement de signes (la
canaille « hideuse » est aussi « sublime »; un pouvoir plus que nul
favorise l'a-légalité énergique). Voué toujours à « admirer » et à
« s'indigner[3] » à Rome, il allait au moins saisir par l'intuition,
par la sympathie ce qui faisait des objets de sa haine et de ceux de
son amour une unique totalité. Il n'aimait pas non plus parler de
Rome : les Rome, Naples et Florence successifs avaient des
titres trompeurs; Rome et Florence, mal aimées, avaient moins de
place que des absentes, Milan, Bologne. Fidèle à son premier
itinéraire de 1811, qui de Milan l'avait conduit droit à Naples,
et où Rome était juste une étape à l'aller, qu'il retrouvait plus
longuement au retour, il tendait à réduire la partie romaine de
son voyage (vingt et une pages en 1817, « Enfin je quitte
Rome l[4] »). Deux griefs majeurs sont formulés contre Rome : c'est
un désert pour l'art, des théâtres misérables, une musique
médiocre, rien qui rappelle le climat d'activité et de création de
Milan. Surtout cette ville « qui a le moral pollué par les
prêtres[5] », où selon « les mœurs de la théocratie, l'honneur
n'est qu'un péché », manifeste exemplairement l'« avilissement
moral[6] » lié au double despotisme temporel et spirituel : l'homme
y est brisé par l'humilité (« sous le gouvernement des prêtres l'élévation de caractère est littéralement une folie[7] ») et par l'égoïsme*

---

1. *Cor.*, t. III, p. 58, 15 avril 1835.

2. Et encore trois semaines en 1827. Ses séjours véritables mis bout à bout (quatre mois) sont bien éloignés en durée du séjour fictif.

3. *Rome, Naples et Florence (1826)*, 21 septembre 1817.

4. *Rome, Naples et Florence en 1817*, 8 janvier 1817.

5. Voir cette note en marge de *Rome, Naples et Florence en 1817*, reproduite dans *Voyages en Italie*, Pléiade, p. 1367 et 1373. Voir *Rome, Naples et Florence (1826)*, 26 août 1817, « Rome serait encore la capitale des arts, pour peu qu'elle eût un moral passable ».

6. *Rome, Naples et Florence en 1817*, 10 juin 1817.

7. *Histoire de la peinture en Italie*, Cercle du Bibliophile, t. I., p. 44. Même idée, t. II, p. 316; *Vie de Rossini*, t. I., p. 58, « sous le gouvernement astucieux des prêtres... toute générosité est le comble de l'absurde »; t. II, p. 318 et n., sur « les Italiens de Rome, des habitudes desquels trois siècles de Papauté et de la politique des Alexandre VI et des Ricci ont banni toute noblesse et toute élévation ».

propre au dévot qui ne songe qu'à son salut et au calcul mercan-
*tile qui organise ses relations avec Dieu et les hommes ; le croyant
exhibe (comme Tartuffe) une insensibilité contre-nature. En 1820
quand l'Italie est secouée par les révolutions, Stendhal constate,
« Rome est pourrie », « tout est prêtre, laquais ou maquereau des
prêtres*[1]*... »*

    *Et ce qui change dans sa perception, dans le franchissement de
ses limites intérieures, c'est justement l'évaluation de ce peuple,
qui n'est plus seulement déterminé par sa soumission au prêtrisme,
mais qui devient, la « canaille romaine, à la fois hideuse et admirable par l'énergie », la « contre-épreuve fidèle de la religion chrétienne, telle que l'entendent les papes*[2]* »; peuple et pouvoir se
reproduisent en miroir, en creux, l'énergie aussi est née du pouvoir
et dans la ville moribonde et « noire », il y a une vie brute et
puissante, une violence anarchique et créatrice née elle aussi du
pouvoir. Dans la version de* Rome, Naples et Florence *de
1826, Stendhal conservait ses premières impressions négatives de
1817, mais il ajoutait la grande découverte, « le Romain me
semble supérieur, sous tous les rapports, aux autres peuples de
l'Italie*[3]* ». La dialectique paradoxale de Stendhal attribue au
pire gouvernement l'homme le plus fort, ou aussi bien le plus
grand potentiel créateur sur le plan de l'art. La plante humaine
pousse plus forte dans le milieu le moins « humanitaire ».*

    *Mais le renversement, le début d'une sympathie pour Rome date
sans doute du séjour de 1823-24; car tout de suite, dans les*
Revues anglaises[4], *qui ont souvent eu les premières versions de ses
œuvres, il écrit de Rome, et sur Rome, une suite de sept* Lettres
de Rome *(quatre dans le* New Monthly Magazine *à partir du
1er septembre 1824, trois dans le* London Magazine *en 1825),
rétrotraduites en français dans le* Globe *ou la* Revue britan-

---

1. *Cor.,* t. I, 30 août et 10 octobre 1820, p. 1035 et 1039.
2. *Promenades dans Rome,* 4 juin 1828, p. 268. Antérieurement sur les apparitions
de cette *canaille* violente et délinquante et les précautions prises contre elle-même
dans les églises, voir *Rome, Naples et Florence en 1817,* 31 décembre 1816 et *Rome,
Naples et Florence (1826),* 14 mars 1817.
3. *Rome, Naples et Florence (1826),* 4 octobre 1817.
4. Voir *Chroniques pour l'Angleterre, contributions à la presse britannique,* textes
choisis et commentés par K. G. McWatters, traduction et annotations de
R. Dénier, Pub. de l'Univ. des langues et lettres de Grenoble, 1983, t. III et IV,
Ire partie ; ces textes y sont présentés et étudiés ; on les retrouve aussi dans les
Suppléments de *Voyages en Italie,* Pléiade. Le *New Monthly Magazine* auquel
Stendhal collabore publie en 1826-29 des *Walks in Rome and its environ* qui ne sont
pas de Stendhal, qui lui font des emprunts, mais auxquels il a pu à son tour
emprunter son titre.

nique, *et qui ont pu relever d'un projet de* voyage romain. *De 1823 encore date le «Rapport au comte Beugnot» où Stendhal évoque la carrière du pape Léon XII. Vaille que vaille il devenait « romain ».*

Stendhal devait trouver un moyen terme entre le journal de voyage qu'il avait pratiqué jusque-là, autobiographie fictive, faux journal intime, œuvre fragmentaire, exercice d'«humour subjectif», ou d'égotisme absolu, où un moi souverain n'en finissait pas de parler de lui-même et de tout, de lui-même à propos de tout, et une œuvre plus objective, faisant place au « genre instructif » et à d'impersonnelles informations. Il ne va pas renoncer au droit régalien de sa première personne, pas plus qu'au caprice d'une écriture qui s'est toujours promenée librement et qui met bout à bout les confidences du voyageur, les réactions, jugements, réflexions du touriste, les dialogues, les descriptions, les récits historiques et les anecdotes et les nouvelles, les listes d'églises, les topos esthétiques, les emprunts à soi-même et à d'autres, des textes cités, traduits ou non, des poèmes, des comptes rendus d'assises, des lettres aux signataires fantaisistes, des articles de journaux ; bref, qui fait éclater même le journal de voyage en prenant la liberté de parler de ce qu'il veut, comme il le veut, et quand il le veut. Mais cette décomposition[1] qui varie à l'infini les « articles » s'accompagne d'une déliaison intérieure à chaque article et aggravée par un prestissimo général (« l'ironie non seulement abrège, mais encore morcelle, la continuité est sérieuse », a dit Vladimir Jankélévitch[2]). Alors ces articles bourrés à craquer de faits et d'idées, mais « systématiquement illogiques[3] », sont disjoints, faits de digressions, d'écarts (mais par rapport à quoi ?), de mises en suspension (par refus de développer, de prouver, ou de conclure), truffés de blancs selon l'étude de Wendelin Guentner, qui montre à quel point les segments sémantiques (de phrase en phrase, dans les phrases) sont discontinus ; alors l'impropriété des annonces, l'asyndète, la parataxe, l'anecdote avec son appel à l'intuition, la fusée, renvoient à une poétique du caprice ou de l'esquisse démesurément utilisée.

---

1. On trouvera de suggestives analyses de cet aspect du livre dans l'ouvrage (cf. Bibliographie) de Wendelin Guentner, *Stendhal et son lecteur*, chap. V. J'ajoute que le même ouvrage au chapitre VI présente une étude de la « réception » des *Promenades* très précise et très complète ; c'est évidemment cette déconstruction du livre qui étonne, amuse et irrite l'ensemble des critiques.

2. *L'Ironie*, Flammarion (1964), 1979, p. 93 et 96.

3. Formule d'Armand Caraccio dans la préface de son édition, p. XVI (voir Bibliographie).

Mais cette fois puisqu'il écrivait un guide et devenait cicerone, *et que son voyage imaginaire devait représenter un voyage réel, et réalisable, il devait renseigner, conseiller ses lecteurs, et ordonner leurs promenades. Il a donc organisé sa visite, réparti sa matière et ses compilations en grands ensembles, distribué géographiquement ou thématiquement les vingt mois de séjour; bref il combine le caprice du texte et du promeneur avec la méthode de l'itinéraire.*

Le journal intime, écrit sur place et dans l'instant, s'unit à la documentation, qui a mauvaise presse, au sens strict du mot, (l'erratum de l'Universel[1], a jeté Stendhal dans un travail de corrections et de vérifications), et la critique qui a fait le tour de cette compilation un peu cynique, même si tout guide est toujours enté sur un autre guide, a peut-être négligé l'étude des procédés d'emprunt, de repiquage et inversement d'adaptation ou d'assimilation. Stendhal incapable de sérieux continu ajoute au plagiat l'insolence et la dérision[2] : il se moque de savants volés, il cite des auteurs qui ne lui ont rien donné, ceux dont il s'amuse sont ses vraies sources ; il récrit tout, transforme tout ou davantage s'approprie tout ; les autres deviennent lui-même, ils sont phagocytés, et stendhalisés ; un je moqueur métabolise les textes les plus inertes ou les plus personnels, le vécu d'autrui, et en fait son texte, son expérience, son moi. Ainsi le récit du conclave de 1829 écrit à Paris à coups de journaux et devenu une tranche de vie saisissante de « Stendhal[3] ».

Mais les Promenades *ne sont pas seulement une innovation parce qu'il fait semblant d'être sérieux, tout en l'étant : il a trouvé un autre moyen d'animer son voyage, d'en faire un récit, un « guide romancé », a dit Jean Prévost, progressif comme une « initiation[4] », a-t-il noté encore, une marche ascendante et unifiée, déterminée par sa fin, ou mieux, par sa double fin. Jean Prévost l'a montré, dans les premiers jours de janvier 1829, le lecteur est*

1. Voir la Notice, p. 614.

2. Sur ce faux sérieux, voir encore Armand Caraccio, *ib.*, p. xxxix et n., qui relève que Stendhal se donne autant de mal pour déformer ses modèles que pour rassembler une documentation ; de même p. lxxviii sur sa « paresse assimilatrice » et son grand jeu sur ses sources. Il faudrait étudier aussi tout le système nettement parodique d'actualisation essentiellement politique de l'antiquité ou de démystification dérisoire des légendes : quand Stendhal se moque de quelqu'un ou de quelque chose, il en vient immédiatement à se moquer de tout le monde.

3. On se reportera sur ce point à l'étude de Robert Vigneron, cf. Bibliographie. Stendhal, en effet, n'a pas été témoin de ce conclave. Il a dû utiliser pour son récit détaillé diverses sources.

4. Cf. Jean Prévost (voir Bibliographie), p. 267 et 273-274.

«*initié*» *à Rome, et l'on pense au retour ; mais Stendhal pratique ici déjà le double dénouement : il rajoute ce sommet de la vie romaine, cette aubaine pour des touristes, le conclave, qui est fin et début, qui est une fin ouverte, après quoi viennent les appendices, les derniers conseils «* To the happy few *». Mais cette disposition narrative et initiatique n'est possible que par l'entrée en scène de personnages grâce à qui le journal égotiste et le guide impersonnel sont équilibrés par le récit collectif, orienté, cohérent d'une découverte de Rome. Le guide est vraiment guide, et les sept compagnons stendhaliens*[1]*, Paul le Français typique (comme d'Erfeuil dans* Corinne*), l'anti-Stendhal, Frédéric, inversement plus proche (ils ont, Stendhal et lui, le même âge !), les autres plus flous (les trois femmes en particulier) mais apparaissant quand leur évolution est significative, vont d'une part figurer les bons Parisiens amis-ennemis de l'art, être les relais du lecteur dans le livre, et d'autre part montrer dans le livre le bon usage du livre. Livre à cacher, livre odieux à Rome, livre suspect, mais livre qui décrit son propre effet, explique sa bonne lecture, et qui encourage par l'exemple, par sa mise en acte, à le suivre. Rome est bien décrite, mais comme une découverte ; on nous dit ce qu'il faut voir, mais surtout comment le voir. Ces prête-noms un peu falots rompent l'éternel intimisme, dramatisent le document, et enseignent que pour trouver Rome, il faut devenir autre et se plier à une initiation. Il est bien vrai aussi que ces compagnons et satellites vont permettre à «* je-moi *» de devenir beaucoup de moi, toujours plus de moi, il sera moi, il sera «* l'un de nous *», il sera nous, il sera l'autre qui parle comme lui, un «* auteur moderne *», un Français expulsé de Milan, un moi qui s'exhibe, se cache, se censure, fait le bernard-l'ermite dans de fausses identités. Et qui n'arrête pas là ses farces : je ne puis que les évoquer trop brièvement. Le 23 janvier 1829, le chiffre 46 nous indique qu'il n'oublie pas son anniversaire ; le 3 décembre 1828, il se fait annoncer qu'il doit finir vite. Des allusions en clair, en demi-clair, en code, nous avertissent qu'au fond le vrai lecteur de Stendhal est Stendhal. Mais surtout entre la page, les notes en bas de page, qui sont des paratonnerres, des cryptogrammes, des aggravations, des ouvertures, et les titres courants que Stendhal a donnés aux pages de droite et de gauche, et encore leur récapitulation dans la table qui introduit de sérieuses différences, il s'introduit un ludisme*

---

1. Voir encore le livre de W. Guentner, chapitre IV, et pour les variations autour du moi, le chapitre II.

démesuré de réticences, renvois, suspensions, sous-entendus, pièges, allusions[1]*; décentré, à côté de lui-même, éparpillé, le texte du voyage... voyage lui-même à travers ces masques du sens.*

Le double projet de Stendhal, enseigner ce qu'est Rome, et montrer comment vivre Rome, crée un double mouvement, l'un d'errance méthodique, des « promenades » au hasard mais coordonnées par la volonté de montrer tout Rome, l'autre intérieur, véritable travail de formation et de conversion, et de progrès personnel. Divagations spatiales, et axe cohérent d'un devenir romain, d'une initiation à la beauté. Cette pédagogie transformatrice crée un intérêt narratif. Rome, qui comme sa campagne, est une ville désolée, déserte[2], une ville sévère et funèbre, est pour le voyageur une privation; elle est pauvre en plaisirs, en distractions, en jouissances sociales surtout, ces fêtes de la vanité et de l'esprit si chères aux Français, en divertissement peut-être au fond; la Ville éternelle repousse tout ce qui est temporel. Le voyageur, dira Stendhal, y regrette « les petites jouissances de vanité et de sociabilité que chacun de nous a laissées dans le pays qu'il habite[3] ». Le touriste doit accepter cette fermeture, cette frustration, les retourner en liberté supérieure : perdant ses habitudes de frivolité extravertie, « chacun doit vivre de son propre fonds, on ne peut plus s'appuyer sur les autres »; plus on est heureux dans le monde, plus on souffrira d'être à Rome, hors du monde, là où la hiérarchie des valeurs sociales est retournée. Cette libération des autres, ces vraies « vacances » qui sont mentales et reposent sur un retour au moi, Stendhal les propose à son petit groupe de bons Parisiens et leur organise paradoxalement une mise en liberté, en disponibilité; le touriste ratera Rome s'il ne

---

1. Sur ce point on se reportera à l'étude de Massimo Colesanti, *Stendhal e i congegni di margine*, cf. Bibliographie; elle attire l'attention sur une donnée stable de toute édition de Stendhal : la nécessité de respecter le jeu des titres courants. La particularité des *Promenades*, c'est que le sommaire final les modifie; je ne puis donner comme exemple que celui-ci, analysé par M. Colesanti; à la date du 8 juillet 1828, p. 364, l'on trouve le garçon du cabaret de l'Armellino racontant des anecdotes sur le pape Léon XII et lui faisant ce compliment ambigu : *È un vero leone*. La table des matières n'identifie l'article qu'en l'aplatissant; elle retient l'anecdote sur le prince de la Paix; mais le titre courant, « C'est un T*** », où il faut sans doute lire, « c'est un tyran », explicite par une énigme le mot du garçon, le développe vigoureusement et l'obscurcit. Voir à ce sujet, la table complète des titres courants.

2. Entre 1815 et 1848, Rome est passée de 120 à 170 000 habitants.

3. *Idées italiennes sur quelques tableaux célèbres*, éd. du Divan, Paris, 1931, p. 271. De même *Promenades dans Rome*, Appendice, dernières lignes.

parvient pas à se dépayser, à se dégager de ses limites sociales et intellectuelles, et à retrouver la spontanéité du cœur, la fraîcheur de la sensation, l'incurie presque mystique qui dit oui à l'instant pur, plein, l'instant absolu comme l'éternel. Cette ville silencieuse comme un tombeau, fermée comme un monastère réclame un détachement, une pauvreté qui va devenir richesse. Le touriste est presque un pèlerin, un pèlerin de la beauté.

Stendhal ne sera pas trop exigeant, on ne va pas priver brutalement des Parisiens de toute jouissance sociale ; « les gens qui ont de l'âme deviendraient fous s'ils étaient toujours seuls », ils auront des lettres, des journaux de Paris, des soirées mondaines brillantes (où ils brilleront) : on ne peut pas vivre seulement des joies de l'âme, que Rome propose à profusion, il faut le pain des plaisirs ordinaires. Certes pour « sentir les arts », il faudrait aller jusqu'au bout de la solitude contemplative où l'on ne voit que « le beau face à face » ; on préférera le mode de vie stendhalien, qui fait alterner l'art et la société, des matinées vouées à l'admiration, des soirées mondaines ; le plaisir des autres délasse de trop admirer, et inversement.

L'entrée dans le sublime qui implique une perte de soi, une perte des repères et des plaisirs normaux, qui sera récompensée par l'enrichissement du moi, se fera donc prudemment. L'essentiel pour goûter « le bonheur d'être à Rome en toute liberté » (être à Rome, c'est être libre), c'est de vivre « sans songer au devoir de voir » ; c'est le grand mot : tout est là. Le moderne que Rome doit affranchir de lui-même, met du devoir partout : en lui les procédures raisonnables sont tirées vers le système, la méthode et la règle ; il est dans un bain de morale. Il se fait un devoir de tout, même du plaisir. Dès les premières pages, Stendhal proclame le droit à l'irresponsabilité, à l'amoralité de l'errance, à l'improvisation ; faire « ce qui nous semblera le plus agréable ce jour-là », « courir chaque matin après le genre de beauté auquel on se trouve sensible en se levant » ; et les compagnons stendhaliens s'en donnent à cœur joie, avant de se discipliner quelque peu pour avoir plus de plaisir. C'est tout ce que le livre propose, qu'on devienne un moi (c'est la culture), qu'on trouve son beau, son plaisir, qu'on ne suive pas Stendhal et son livre, ou qu'on le suive en s'en moquant justement. Et le liminaire fait coexister une épigraphe vouée à « la beauté parfaite », dont la connaissance sépare des hommes, et un avertissement (largement mensonger au reste) qui est un éclat de rire à la face de la « gravité » : l'« air grave » c'est l'air du temps. Son livre sur Rome est une somme de manques et de manquements : pas de sérieux, pas de pédantisme, pas de

*talent, pas de style, un nombrilisme tranchant, un livre sans
importance, à mettre à la rigueur dans sa poche, et encore en
arrachant les pages, à barrer au crayon, à jeter après usage. Cet
acte de sécession et de moquerie engage tout l'itinéraire : il faut
sortir du sérieux, ou du besoin moral de sérieux, se décharger du
droit et du devoir pour trouver l'essentiel. Le plaisir.*

Étrange guide qui ne guide pas, qui ne demande pas qu'on le
suive, qui demande qu'on ne le suive pas, qui s'abolit lui-même
en conduisant chacun à son goût, sa liberté ! À cette bonne foi avec
soi-même que la modernité rend si difficile puisqu'à la fois elle
« moralise » la vie et interdit la rêverie ; le goût est bon s'il est
« mien », et même s'il est mauvais ; il n'y a pas d'essence de l'art
qui permette « d'avaler le plaisir comme une pilule ». « Je n'ai
rien à dire au spectateur qui doit juger de tout par sa propre
impression. » Qu'on ne compte pas sur lui pour distribuer des
étoiles, des « vaut le voyage », des « à admirer de toute urgence ».
Ça conduit au « syndrome de Stendhal » très présent dans le livre
et dont le même Stendhal tend à préserver son petit troupeau de
« happy few » ; « rien de plaisant comme ces figures ennuyées
que l'on rencontre partout à Rome et qui jouent l'admiration
passionnée » ; ces touristes gavés de marbres, de tableaux, de
palais, sont malades d'une indigestion de ce que nous appelons « la
culture » ; ils veulent tout voir et tout admirer ; grave erreur :
l'admiration vraie est rare et épuisante, il faut savoir s'en
délasser, s'en moquer ; c'est comme l'emphase de Corinne souvent
évoquée : le sublime à jet continu est impossible. Et puis, happés
par la machine de la culture, voués à l'overdose, hantés dans leur
affairement par le désir d'être de bons touristes, ils ne peuvent
opérer ce retour sur eux-mêmes, à eux-mêmes que Rome réclame
et permet, les œuvres ne sont pour eux que des choses, des choses en
masses, des peuples de statues, des hectares de surfaces peintes, des
kilomètres de ruines.

La « culture », c'est ce qui reste sur l'estomac quand on ne
digère plus, il y a une diététique de l'admiration, on ne passe pas
d'une existence ordinaire vouée à l'utile à la dimension extraordinaire du beau sans danger de nausée. Par les précautions, les
conseils, l'exemple de ses compagnons, par le sien même, par son
livre, livre de poche et d'humeur, Stendhal enseigne à comprendre
Rome, à se faire « romain ». D'abord ces Parisiens qui croient
que toute étendue colorée est une peinture, doivent éduquer leur âme
et leur œil à Paris : il faut se préparer à voir Rome. Il faut s'y
dégager des « petits soins » de la vie quotidienne, si dure en un
sens, du touriste qui doit passer par-dessus les ennuis et les contra-

riétés, les petits vols, les vexations des autorités malveillantes, se libérer de toute colère, de tout fardeau égoïste. Il y a à Rome plus que partout ailleurs, une sorte de spiritualité du touriste. Qu'il sache ne pas savoir; qu'il entende l'appel stendhalien à l'oubli bienfaisant qui sauve du savoir par l'émotion et la surprise. La beauté des ruines n'est-elle pas dans l'effacement, l'ignorance de leur destination originelle? Pour le touriste stendhalien, l'information n'est pas sensation. «Les arts sont un privilège, et chèrement payé» : on ne les conquiert pas par une démarche de l'intellect, bien au contraire. Sont des poisons les livres, les opinions reçues, le «contact des curieux», la prétention de l'intelligence, si extérieure à l'âme, de devancer le cœur, la grâce de l'émotion révélatrice. «Ne désespérez pas de votre cœur.» Dans le «jugement esthétique», l'intellect ne peut pas remplacer, c'est-à-dire précéder la sensibilité. D'où cette mesure de prudence de Stendhal qui pour ses Parisiens qui veulent «connaître ces Beaux-Arts dont on (leur) a tant parlé» ou qui s'imaginent à Paris les aimer et les comprendre, diffère toujours l'explication, réserve à plus tard telle découverte, s'inquiète du degré d'initiation de ses disciples, renvoie plus loin le contact avec ce qui leur est encore invisible. Il faut du temps, et pas de hâte : «cinq ou six mois de séjour» avant de voir en détail les stanze. Surtout ne commencez pas, Français, par la Sixtine!

Mais «cette rêverie de Rome qui nous semble si douce et nous fait oublier tous les intérêts de la vie active», qui détend l'affairement du moderne, la tension consciente, volontaire, vaniteuse, vide, j'en passe, de son être, n'est-elle pas d'abord un retour au temps, une manière de réapprendre la lenteur du temps? La Ville éternelle libère du projet et du progrès, elle ramène au présent, à l'acte pur d'exister. À Rome où le sablier du temps s'écoule sans fin et sans événement, où les délices du climat, l'inertie politique se combinent pour empêcher ou interdire le désir ou l'espoir d'autre chose, toute insatisfaction et tout effort, on peut faire ce qui plaît au moment même, et dans cette temporalité allègre et alanguie, retrouver le jaillissement de l'émotion ou du sens esthétique. C'est à cela que tendent et la désorganisation et la pédagogie des Promenades *: montrer par l'exemple, en actes, comment se crée le plaisir du voyage, se découvre le beau et se retrouve l'instant où tout est joué et donné. Le voyageur n'a pas d'avenir, pas de projet; c'est le matin, au moment de partir, selon sa disposition, ou son caprice, que le petit groupe choisit son itinéraire, compose sa journée, toujours libre de décider de ses zigzags et de ses errances; pour trouver son beau, il faut prendre son* _temps, choisir par soi-même, tant cette confiance dans son impulsion, son désir, sa curiosité permet et contient déjà le plaisir esthétique ; avec le projet, la prévision, l'ordre, s'épanouit l'impersonnalisation du touriste qui consomme de la culture. Pour percevoir la beauté il faut avoir une sorte de rendez-vous avec elle, se ménager un tête-à-tête : par un véritable défi à tout le socio-culturel et convaincu que le plaisir dépend d'une limitation et d'une concentration, le voyageur des Promenades ne fait pas les musées ; il faut savoir fermer les yeux dans une galerie de peinture, aller vite à l'œuvre élue, aller d'une œuvre à une autre, suivre des appels, et baisser le regard devant le reste ; refuser le mécanisme muséographique, affirmer ensemble son choix et son goût._

Le cicerone stendhalien donne bien d'autres conseils pratiques à ses disciples : outre la patience, l'attente (lui leur laisse toujours entrevoir ainsi qu'au lecteur leur futur, le moment où ils sauront voir la Sixtine, par exemple) le culte de l'instant (voir Saint-Pierre comme si c'était la dernière fois), il leur enseigne ce travail du choix et du moment (à Saint-Pierre d'abord ne rester que quelques instants, ne voir que certains éléments), ce culte du ponctuel et de l'unique qui suppose les surprises, les diversions, la variété, l'art des contrastes, et aussi des retours sur les mêmes œuvres, la quête des œuvres semblables quant à l'émotion produite et pour l'approfondir par la comparaison.

Et ça marche : le mouvement secret des Promenades, c'est le récit d'une initiation réussie, malgré les lacunes et les faiblesses initiales des élèves, vrais repoussoirs du touriste stendhalien, il n'oublie jamais de le dire, comme d'évoquer le chemin à parcourir ; son itinéraire est progressif et suppose des étapes franchies et des découvertes faites. « Aujourd'hui », le 12 septembre 1827, « on comprenait Raphaël » : certes, mais ces bonnes Françaises sont « loin encore d'aimer et de comprendre la peinture » (28 août 1827), les fresques leur sont inintelligibles, les stanze encore interdites (23 septembre 1827), les élèves aiment le joli et « ce qui est pour moi la beauté sublime leur fait peur » (24 novembre 1827) ; le 13 décembre, les compagnons sont encore rivés aux nouvelles de Paris, et fermés aux fresques. « On s'ennuie quelquefois à Rome le second mois de séjour, mais jamais le sixième ; et, si on y reste le douzième, on est saisi de l'idée de s'y fixer. » Rome vous capture, vous convertit : au printemps 1828, en mars leurs yeux se dessillent, ils vont savoir regarder, en avril ils ont le coup de foudre pour les fresques du Guerchin, puis ils exigent de voir celles de Raphaël ; en juin la sculpture leur est révélée ; le petit troupeau qui semble soudé en une commune adhé-

sion à Rome connaît le *15 juin* une flambée de passion pour l'antique : dès lors puisqu'ils sont initiés, ils peuvent suivre une méthode. Le *30 juin* est manifeste « la révolution intérieure » qui s'est faite ; ils ont des goûts à eux, des passions et des affinités, ils ont la passion de Rome, et le *5 juillet*, tout se précise, ils sont romains, ils aiment tout, c'est un amour né comme un « travail de l'âme », une cristallisation qui fait que chacun, identique et opposé aux autres, a enfin son goût. Dès lors le voyageur suit d'un œil moins attentif ses disciples et se borne à mesurer rétrospectivement le chemin parcouru.

Le royaume de Dieu n'est pas de ce monde et le royaume des prêtres en est la triste démonstration : ce n'est même pas un royaume, c'est un non-État, une chose innommable, que la Vie de Rossini avait comparée à un monstre dévastateur. À Rome les plaisanteries de Voltaire font peur encore, et Paul se taille un beau succès d'ironie française : elles font peur parce qu'elles sont la stricte réalité, et qu'elles sont devenues plus vraies encore par le fait que l'État pontifical est une sorte de quintessence de Restauration : il n'y a guère que le duché de Modène (modèle de la « Parme » romanesque de Stendhal) qui fasse pis. Le voyageur n'ignore pas l'attentat contre le cardinal Rivarola à Ravenne[1] (où Stendhal va situer ses personnages de carbonari contemporains). À Rome l'homme « normal », moderne, rationnel, libéral, progressiste, l'homme comme « nous » subit le choc de l'altérité radicale ; ce que Stendhal dans une note cryptée appelle la tionmiscatifi[2] baptisée christianisme s'y déploie et constitue un monde rétrograde, absolument, une société écrevisse qui marche en arrière, un univers qui peut paraître absurde et moribond. Les « idées libérales », la « religion morale » du voyageur venu du Nord, sont l'objet d'une sorte de marquage négatif, si bien que l'économique (mot impie), le travail, la vertu, la morale, la loi (il n'y en a pas, sinon « les rites » religieux), la science et la raison, bref tout l'esprit du temps et la marche du siècle, y sont persécutés. C'est un despotisme, mais un despotisme sans nom car déplacé, prenant d'abord en charge le salut, et la vie religieuse de ses sujets ; toute la minutie de sa toute-puissance se déploie dans le

1. Sur les allusions politiques contemporaines dans les *Promenades* et le climat général dans lequel elles se déroulent, on se reportera à Henri-François Imbert, *op. cit.* dans Bibliographie, en particulier p. 327-362.

2. Henri Martineau, *Mélanges intimes et Marginalia*, éd. du Divan, 1936, t. II, p. 147.

domaine de la foi, des mœurs, de la pratique religieuse : despotisme inverse, il ne s'intéresse qu'à la vie éternelle de ses sujets, et par négligence, impuissance, sottise ubuesque[1], il ne s'intéresse pas aux fonctions temporelles du pouvoir ; c'est un prodige d'irrationalité politique ; l'énergique barbier qui informe Stendhal commente toute preuve de cet absurde politique par Che volete, o signore ! siamo sotto i preti ! Indifférent à tout ce qui relèverait de l'ordre ou du bonheur ici-bas, de la morale ou du civisme, le despotisme pontifical se distingue par une superstition d'État, et là, en matière de dévotions, de rites, de miracles, de reliques, de dogmatisme et d'intolérance, le voyageur stendhalien fait son Voltaire, et évoque Rome comme une immense sacristie surannée, une « bondieuserie » géante et séculaire de nature inquisitoriale, et sans doute manipulée au fond par le « pouvoir scélérat » des jésuites. Et voilà le Sacro Bambino au Capitole, la Saint-Barthélemy toujours exaltée, ce curé de Saint-André della Valle qui vexe les touristes, ces espions qui traquent les os des poulets mangés le vendredi[2], bref l'abbé Raillane au pouvoir, une religion politique, c'est-à-dire une hypocrisie institutionnelle conjuguée avec une foi purement populaire. Faut-il ajouter que la valeur fondatrice de la mentalité moderne, l'utile, qui soutient toute l'entreprise de l'économique, du bien-être, de la sécurité, de l'État de droit et de l'action altruiste, est rejetée par la théocratie par ignorance certes, mais surtout par un juste sentiment du danger : l'utile, c'est la raison pratique, l'antagoniste du principe d'autorité et du principe ascétique. Alors ce pouvoir écrasant n'écrase rien, il ne demande rien (qu'on aille à la messe, qu'on se confesse, qu'on paye l'impôt[3]), il ne donne rien non plus, ou plutôt incapable de s'organiser comme pouvoir régulier, il distribue la justice, les places, les fonctions, les privilèges au hasard des protections, des faveurs, des coups de chance, des caprices[4]. Si pour le républicain qu'est Stendhal, le pouvoir est une pédagogie, l'État du pape

---

1. Voir *Cor.*, t. II, le 12 juin 1832, Stendhal écrit ceci à son ami Domenico di Fiore : « Rien ne se passe naturellement, simplement, raisonnablement. Rabelais est appelé à délibérer sur chaque détail et ordonne ce qu'il y a de plus bouffon. »

2. Voir *Vie de Rossini*, éd. citée, t. II, 21, et *Rome, Naples et Florence en 1817*, 17 mai 1817.

3. Ces points sont présentés avec détails dans *Courrier Anglais de Stendhal*, éd. du Divan, en particulier t. I, p. 271, t. II, p. 371, sq.

4. Voir *Cor.*, t. I, 26 mars 1820, où Stendhal se fait dire par un « homme d'esprit » de Bologne : « Nous ne pouvons pas être plus libres que nous ne le sommes mais tout est *de facto*, et rien *de jure*. » Et il ajoute : « Si ce gouvernement avait une administration sensée comme celle de l'usurpateur en France, je le trouverai excellent. »

enseigne le contraire de tout ce qu'il devrait enseigner, et surtout le contraire même d'une sociabilité ou d'un civisme. Déjà pour l'enfant Brulard, sous la Terreur, le prêtre était l'opposé du citoyen. Cela posé, Stendhal le présente surtout comme un exotisme, un régime étrange, qu'il n'accable pas, auquel il va trouver bien des mérites, qui au reste est en train de mourir, et qui enfin dans les Promenades *joue son rôle de repoussoir, d'adversaire à l'égard d'un autre régime bien autrement inquiétant, et bien plus menaçant; c'est le spectre venu du Nord, et du froid, le terrible « génie du protestantisme », qui ne vient plus tellement de Genève, ou de Londres, mais de New York; si Rome devenait comme New York? C'est la vraie question, et l'émissaire de la démocratie américaine, c'est le brutal Clinker qui surgit le 6 janvier 1829; significativement on le joint à un Turc qui croit, à un bal, que toutes les femmes sont la propriété du maître de maison. Comment peut-on être turc? Comment peut-on être américain?*

Tout se passe comme si Stendhal s'en prenait surtout à ces papes décadents qui sont des dévots, qui ne sont plus des hommes d'État et des mécènes, qui ont renoncé par timidité, par idéalisme, à être de vrais souverains. Toujours il en revient aux grands papes (le déclin commence à Paul V, en 1605), princes complets, hommes complets, à ces papes « napoléoniens », au despotisme efficace et créateur, liés par une analogie profonde aux grands créateurs de l'art: ils ont par leur vouloir sculpté l'histoire et l'homme. D'où le paradoxe: l'ennemi des prêtres et le contempteur du non-État pontifical va louer l'Église pour son sens de la politique et proclame que Rome est le seul lieu au monde où l'on connaisse la vraie politique, il maneggio dell'uomo. *D'abord il trouvera de la raison dans bien des traits du gouvernement romain, par exemple pour l'inceste, ou les problèmes de mœurs[1]. Et puis ce qui rend le papisme « admirable », ce qui l'attache au génie de l'Église c'est, autre renversement paradoxal, qu'il est la politique, la politique en soi, l'essence de la politique; une note de* Rome, Naples et Florence[2] *dit bien que le génie des papes est d'avoir dominé l'Europe par « l'astuce », puis par l'art; cette puissance de l'esprit qui se passe de violence fait « la supériorité » de l'Italie, il y a quelque chose d'« inconnu », d'unique, qui dans la Rome qui semble décadente prolonge*

---

1. Voir *Mélanges intimes et Marginalia*, Divan, t. II, p. 134, 20 fév. 1840, sur l'inceste; « Tout est raisonnable et sage dans ce que j'apprends de la cour de Omar [Roma] ce soir à cet égard. »

2. *Ib.*, p. 33.

*toujours le génie universel de la Rome romaine. En 1820 il
diſtingue dans une lettre[1] ce qui serait la bêtise ultra propre au
ſyſtème de la «finesse» personnelle des prêtres, admirables
virtuoses de l'art politique, de la conduite des hommes sans force
ni violence. Le cardinal de Retz disait bien que Rome «eſt le
pays où il eſt moins permis de passer pour dupe qu'en un lieu du
monde». L'histoire des papes, si on regarde l'habileté déployée et
non l'objet en queſtion, eſt «la plus originale et la plus intéressante des temps modernes». Un moine au fond de son couvent en
sait plus sur la politique et sur l'homme que tout politique laïc;
peu importe que le cardinal Consalvi que Stendhal aime bien
pâlisse au nom de Voltaire ou n'ait jamais lu Adam Smith.
Autant Stendhal eſt l'ennemi du ſyſtème romain, autant il se
montre plein d'eſtime, de familiarité, de respect amusé pour ces
représentants du gouvernement de l'Église qui peuplent son livre,
ces silhouettes multiples et incessantes qui montent en scène pour
évoquer dans un clair-obscur complaisant les secrets de l'Église.
Ils sont naturels, directs, bonhommes, simples, à Rome tout le
monde eſt simple, et profonds, ces curés romains qui savent tout (à
Rome on sait tout et on n'oublie rien, on ne pardonne rien : soyez
prudents, polis); ces moines myſtérieux, au pouvoir occulte (d'un
mot ils font une nomination, un deſtin), informés comme des
agents secrets, qui racontent d'horribles hiſtoires politiques tout en
déguſtant, impassibles, leur glace; Stendhal les fait tous parler et
s'expliquer, certes pas les vieux cardinaux ignorants, égoïſtes qui
ne voient que leurs intérêts viagers; mais il a vu en 1824, il
revoit dans ses Promenades ces princes de l'Église parlant avec
verve et finesse au milieu des dames au généreux décolleté[2], ces
cardinaux presque galants et désinvoltes, vrais «diplomates»
pleins d'esprit qui discutent librement, parfois agacés et toujours
fascinés par ce qui se passe dans l'autre ville, la ville de l'esprit
mordant et satirique, Paris. Et il y a ces monsignori, les espoirs,
les ambitieux du ſyſtème, et Stendhal se plaît à les montrer pleins
de générosité, d'élan, de soucis de l'avenir. En vérité l'homme
d'Église eſt pour Stendhal naturellement politique, il a appris le
contrôle de soi, le détachement de soi, l'effacement de soi.*

*Le comte Mosca eſt en filigrane dans ces textes : il y a toute une
étude dispersée et latente dans ce livre sur l'homme d'Église et
l'homme d'État. Le vrai homme d'État eſt au sein du pouvoir*

---

1. *Cor.*, t. I, 26 mars 1820, p. 1016.
2. *Cor.*, t. II, 5 décembre 1823, p. 22.

détaché du pouvoir : Rome enseigne le pouvoir et le mépris du pouvoir. Telle est la supériorité du pire des systèmes, la théocratie. Le pape est le seul prince absolu à savoir son néant, à le toucher du doigt. C'est ce qui explique que Stendhal aime bien les conclaves : c'est un « topos » du séjour romain, une séquence révélatrice de la spécificité unique de Rome (l'élection d'un souverain absolu), un épisode fortement satirique ; le conclave de 1823 montre le favori victime d'un piège et berné comme dans une farce. À quoi tient le pouvoir ? Tout conclave, mort d'un pape, création d'un pape, évolue entre le grotesque et le tragique, et celui de 1829, récit « shakespearien » jusque dans la parodie, nous donne le spectacle vrai des choses humaines et de l'ambition et de la politique en soi. Le néant est là, lugubre, et tout le monde s'agite et se réjouit ; les détails familiers et burlesques, jusqu'à cette pluie diluvienne qui empêche de nommer en public le pape élu, compromettent le grand événement. N'est-il pas au fond un coup de hasard, un tirage de loterie : tout cardinal à Rome, calcul vertigineux, nous dit Stendhal, a une chance sur quarante de gagner un trône et quatre cents millions.

Et puis cette vision de l'Église et de Rome tourne à un véritable hymne à la catholicité et à l'art figuratif, ensemble. Rome totalise et focalise toute l'esthétique de Stendhal parce qu'elle est Rome. On ne contournera pas ce point si dur à admettre pour la critique, que sa passion de l'image, ou de la représentation, ou sa fixation définitive à l'art et à la peinture de l'Italie, bref son iconophilie catholique, le contraignent, je pèse mes mots, à explorer une sorte de « théologie » romantique de l'image, à se placer, plus fort encore, dans une problématique sans doute peu orthodoxe, des rapports en esthétique de la nature et de la grâce. Rome, c'est l'image, le beau visible ou sensible, et sensuel, et c'est l'Église. À coup sûr la doctrine de l'athée n'est pas sûre (ce qui est rigoureux en lui et sûr, c'est sa passion pour la beauté, splendeur du vrai, c'est elle qui l'achemine vers le sacré), il fait une place qui peut scandaliser à la nature, au profane, à un érotisme chrétien bien singulier. Mais le problème reste : le catholicisme est beau, la beauté est catholique. Il lui est impossible de comprendre les rapports de la réalité et de l'idéal, de la nature et de la culture, en dehors des rapports de la nature et de la grâce. Péguy distinguait les écrivains de la « disgrâce » (il en était) des écrivains de la grâce (Corneille). L'athée romantique est-il un écrivain de la grâce ? Est-ce hasard si le jésuitisme, la religion facile, ou le « joli » parfois trop sensuel de Saint-Pierre, lui

*semblent dans ces pages le point extrême, séduisant, inquiétant,
d'un christianisme trop naturalisé et compromis dans une profusion d'images de surface? L'esthétique est à la jonction du
physique et de ce qui est à la lettre du métaphysique. Elle unit la
chair (le plaisir) et l'esprit : elle s'évanouit dans leur séparation.
Le paradoxe si visible dans toutes les* Promenades, *c'est l'impossibilité de prendre Stendhal en flagrant délit de foi, ou de négation
de la foi, en flagrant délit d'une esthétique purement positive ou
d'une croyance religieuse. Le 27 septembre 1811, en ces jours à
Florence où ses yeux s'ouvrent à la beauté de la peinture, il note
à propos des images du Christ, « il faut avouer que le mélange des
deux natures (divine et humaine) offrait au génie le plus beau
champ de gloire, mais aussi le plus difficile[1] ». Son credo serait
une version laïcisée de l'Incarnation ; s'agit-il du Christ et des
représentations de la* Pietà *qu'il s'empresse dans son « titanisme
romantique[2] » de désunir les deux natures et de voir dans
le Christ un Dieu qui fait semblant d'être homme... Le
christianisme, c'est « la grande machine de civilisation et de
bonheur éternel », ajoutons, de beauté, qui a Rome pour centre et
berceau, et qui repose pour Stendhal sur un exhaussement de la
nature de l'homme et de ses passions et sur un optimisme de la
grâce, sur une liaison de la vitalité et de la spiritualité, ou une
spiritualisation du corps. Il le savait depuis sa lecture réellement
fondatrice du* Génie du christianisme[3], *que le conflit des
passions et de la foi, elle-même passion, ne pouvait que vivifier et
approfondir les passions, et en quelque sorte les sacraliser par leur
tension avec le sacré, ou leur orientation sacrificielle. Le paganisme, note le promeneur, a ignoré ces combats qui sont la condition du vrai amour, comme la cité antique n'a connu dans l'art
que l'utile qui définit la grandeur de l'urbanisme romain. Quand
il fait naître l'art en Italie dans son* Histoire de la peinture, *il
en fait hommage aux papes et à l'« énergie religieuse » qu'ils ont
favorisée[4] ; qu'ils aient orienté les passions vers la dimension
idéale et esthétique en les freinant sans les supprimer, ou qu'ils
aient institué une religion laxiste quant aux mœurs et sévère seule-*

---

1. *Œuvres intimes*, Pléiade, t. I, p. 788.
2. Je reprends le titre d'un vieux livre, malheureusement introuvable et délaissé, de M. Cerny, *Essai sur le titanisme dans la poésie romantique occidentale entre 1815 et 1850*, Prague, 1935, qui étudie très pertinemment la révolte métaphysique du romantique.
3. Voir Robert Vigneron, *op. cit.* dans Bibliographie, l'étude « Stendhal disciple de Chateaubriand ».
4. *Histoire de la peinture en Italie*, éd. du Cercle du Bibliophile, t. II, p. 105 et la note.

ment pour la foi et l'amour de Dieu (or l'Italien « adore son Dieu
par la même fibre qui lui fait idolâtrer sa maîtresse »), ils ont,
par cette économie des passions, créé la beauté moderne : faut-il
dire que le « romantisme » commence à ce retour à l'envoyeur de
cette longue dérision protestante, philosophique, janséniste, de la
religion facile et de l'immoralité catholique ? S'il y a esthétique,
si la réalité est idéalisable, c'est au nom de cette vérité plus fondamentale qu'il y a un seul amour, que le divin est au terme d'une
conversion, d'une dramatisation, d'un épanouissement de l'amour.
Croire, c'est vivre plus, et dans cette apologétique toute humaine
de la religion, Stendhal ne cesse de parcourir ces vérités romantiques, que la beauté, la passion mettent l'homme au-delà de l'humain.

La beauté est donc romaine et catholique, et le promeneur s'enchante de cette « alliance » avec le beau, de cette « fête » peut-être
trop envahissante de l'image, il succombe, et alors il élargit son
goût, il accepte le Bernin, le baroque, le rococo, qu'il refuse si
souvent (David « a tué la queue du Bernin »); « les papes ont
centuplé l'amour du beau en lui donnant pour auxiliaire la peur
de l'enfer ».

Bien que dans ce règne démesuré, idolâtre peut-être, de l'image,
il y ait la main du jésuitisme, sa volonté politique de rapt des
âmes par la joie des sens et de l'imagination, bien qu'il n'oublie
pas combien l'Ordre, utilise dans sa piété et pour sa politique,
toutes les puissances sensibles, tout ce qui corporise la foi, et
humilie la raison trop humaine ; ici à Rome, devant la splendeur
des pompes eucharistiques, des formes extérieures, la magie des
cérémonies et des processions, la surcharge du mobilier des églises,
il accepte cette séduction, il conteste le dépouillement iconoclaste et
ascétique du clergé français jansénisant (que dire de la barbarie
protestante !) et il s'écrie, « il faut que le peuple respire la religion
par tous les pores »; il le faut pour qu'il y ait le bonheur romain
de vivre au complet, âme et corps, il le faut pour le romantique
qui ne trouve le sens que dans l'évidence sensible ; l'Église catholique occupe tout le domaine du sensible, fêtes, musique, peinture,
passion de Dieu, elle spiritualise les sens, elle sensibilise ou
sensualise le sens et la vérité (en un sens n'était-ce pas ce qui
avait attiré Stendhal dans l'idéologie, queue du sensualisme ?).
La vérité romantique relève d'une sorte de phénoménologie et la
religion romaine est l'exemple ou l'analogue de sa foi esthétique.

Il y a donc un miracle romain, et l'ironie polémique et sympa-
thique à la fois de Stendhal justement relève la passion romaine du
miracle, le fanatisme pour les madones de quartier, les étranges

dévotions, la confiance illimitée dans les rites, l'action de cette rhétorique totale et infaillible du culte ; dans cette mise en forme de l'expérience totale du vécu, il y a l'esprit même de l'esthétique, incarnation du sens, révélation de la vérité par le sensible et l'émotion. «Dans le pays de la sensation, il faut un miracle visible»; impliquée dans son corps, la croyance du Romain réclame un corps pour l'idée, et veut voir, toucher, aimer le vrai. Stendhal fait dire à un Italien : «dans un pays comme le nôtre où les sentiments et l'imagination jouent un si grand rôle, aucune doctrine ne peut jamais influencer la foule si elle ne s'appuie sur la parole publique, et n'a à son service l'imposante magie de la musique, de la peinture et de l'architecture[1]». Le Romain n'est pas seulement le sujet superstitieux soumis aux derniers moments d'une théocratie, il y a en lui toute l'esthétique, c'est une philosophie vivante, et c'est une leçon d'opposition à la modernité.

D'où cette phrase d'une singulière importance : «Le matérialisme déplaît aux Italiens. L'abstraction est pénible pour leur esprit. Il leur faut une philosophie toute remplie de terreur et d'amour, c'est-à-dire un Dieu pour premier moteur[2].» Dieu est exigé par le désir, pris dans son double embranchement, peur et amour, mais aussi le désir pense, il pense intuitivement, corporellement, affectivement. La piété romaine a besoin de l'objet, comme l'avait dit Mme de Staël dans Corinne, «l'âme retombe sur elle-même si les Beaux-Arts, les grands monuments, les chants harmonieux ne viennent pas ranimer le génie poétique qui est aussi le génie religieux». Mais le mot de Stendhal va plus loin : non seulement cette sorte de théologie spontanée du Romain le place dans le tragique, mais ce tragique se découvre contre la rationalité : l'abstraction, le mot renvoie à une transcendance idéaliste relativement aux objets et aux formes, à une saisie directe de l'idée sans le sensible ; l'art abstrait est une tentation heureusement refoulée par le romantique. Mais l'abstraction, et Stendhal unit avec profondeur les sens du mot, c'est le concept, c'est le travail de généralisation, de logification, de formalisation, de la rationalité moderne qui nie l'objet en le connaissant, et qui s'apparente par sa négativité à la dureté sans grâce d'un culte protestant ou à la «férocité hébraïque» du puritain. La logique de Stendhal, logique du particulier, contourne curieusement (Georges Blin l'a montré avec bonheur) l'abstraction qu'il n'aime pas, où

---

1. *Courrier anglais*, éd. cit. du Divan, t. II, p. 375.
2. À la date du 16 septembre 1827.

il ne peut trouver à aimer. À l'opposé du Romain, il y a le «bon philosophe» idéal, (ou parodique), «sec, clair, et sans illusion¹», c'est le banquier qui est ce penseur pur, il «voit clair dans ce qui est», clair, c'est-à-dire vide, il «subsume» le réel sous les catégories abstraites du désenchantement iconoclaste, il rompt l'union du senti et de l'intelligible, du visible et de l'invisible, du plaisir et du vrai. Du sacré et du profane : morale (et démocratique), la raison moderne agit comme les «convenances» qui ont désincarné le sacré. Dieu sait si Rome les ignore encore.

«Plus (le protestantisme) est raisonnable, plus il tue les arts et la gaieté»; la liberté (confondue avec le mouvement critique et formaliste de la rationalité) détruit le sentiment du beau : n'est-il pas charnel, et immoral. Et «émotionnel».

Si le Romain veut un credo *en figures et en images, il veut un* cogito *du cœur. «Ici», disait encore* Corinne, *«les sensations se confondent avec les idées»; ces vérités-sentiments, c'est très exactement le mode de pensée de l'esthétique; c'est la foi; Novalis n'a-t-il pas dit que «le cœur semble en quelque sorte l'organe religieux». Pour Stendhal le désir, la passion, l'imagination, la rêverie ne supportent pas les frontières du fini, ils les franchissent comme la superstition, comme la foi. Le sentiment inquiète la mentalité rationnelle et bourgeoise : on sait où il commence, on ne sait pas où il finit. Il va dans l'infini. Stendhal dans ses* Promenades *se promène dans ce problème, il parcourt le dilemme, c'est celui du moderne, celui de l'artiste. Il y a l'«esprit d'examen» (il commence à Bossuet), qui fomente «une guerre à mort» contre «le papisme et la croyance», qui est le principe «du gouvernement représentatif»; il demande à voir, et à voir surtout la portée pratique et utile des actes; si Rome est soumise à son action, il n'en restera pas grand-chose. Or par nature cet acide corrosif s'applique à tout. Et derrière lui, à son origine peut-être, il y a une force dont on peut dire qu'elle est pour Stendhal de nature nihiliste, c'est «le principe triste», qui parti du nord de l'Europe, animant la Réforme, la Révolution, tout-puissant aux États-Unis, s'attaque au Midi, à la gaieté, à la passion, à la beauté, à la foi aussi. Il est la raison, et la liberté, et il repose sur un féroce dénigrement de la vie, un âpre ressentiment contre toutes les sources de joie et de vitalité. Rome comme une sorte de réserve de l'archaïsme et un grand réservoir de forces s'oppose à cette montée de la mentalité économique, de la rationalité formaliste, du*

---

1. Henri Martineau, *Mélanges de littérature*, Divan, t. II, p. 283.

sérieux ascétique et rabat-joie, de l'éthique qui traque le plaisir, bref à la férocité moderne. Le « principe triste », s'il va
jusqu'au bout de lui-même, est mortel pour le beau : la raison
atrophie la sensibilité esthétique, et sans doute encore elle préfère le
laid, elle aime cette laideur dont Stendhal voit la poussée dans
le romantisme. La tristesse est grossière, réaliste, vulgaire, elle
détériore le réel et le fini, comme elle calomnie l'instinct et le
désir.

La crédulité (à Rome on est crédule depuis Romulus !) dit :
« J'aime à croire » ; la croyance est la vérité du désir. J'aimerais
à croire si..., rétorque l'esprit d'examen, et ce dialogue sans
doute parcourt tout le livre. Ce plaisir de succomber à l'action de
la grande machine romaine qui produit de la beauté et de la
croyance est ironiquement attribué à ces esprits forts, romains ou
napolitains, qui pris au piège d'une funzione superbe et pathé-
tique oublient Voltaire et tombent à genoux, baisent un reliquaire, pleurent de joie. « C'est plus fort que moi » ; saint
Augustin a dit, « j'ai pleuré et j'ai cru » ; le Romain dit plutôt,
« j'ai été ému et j'ai cru ». Mais Stendhal se sent romain, et il
est saisi violemment, voluptueusement par ces mises en scène somp-
tueuses « et sublimes de magnificence et de beauté », par l'art
vraiment romain de la liturgie ; alors il croit, il croit le temps de
son émotion, le temps de cette révélation, « j'étais presque aussi
croyant qu'un Romain » ; à Bourges, plus tard le Touriste dira
encore, « j'étais chrétien, je pensais comme saint Jérôme que je
lisais hier » ; à Saint-Paul-hors-les-Murs, « nous étions de vrais
chrétiens ». Un Diderot[1], on le sait, avait partagé ces réactions de
l'incrédule confessant dans un cri qu'il a subi cette conversion
enthousiaste et esthétique : dans toute beauté il y a du divin, dans
toute œuvre il y a une présence ; dans toute passion il y a une
superstition. « Toute ma vie », dira Stendhal, depuis l'enfance où
il découvrait l'art par la messe, « les cérémonies religieuses m'ont
extrêmement ému » ; dans l'émotion, dans la transe de l'être
physique, il y a une révélation ; et cette invincible conviction qui
manifeste toute la force de l'« énergie religieuse » repose sur une
indivision de la beauté et de la vérité. Pour le romantique l'œuvre
c'est un peu ce miracle visible que veut le Romain. Le bonheur du
promeneur, qui se retrouve dans « ce fleuve immense qui sous le
nom de religion chrétienne vient encore se mêler à toutes nos
affections », naît de la résurgence d'un moi profond, des senti-

---

1. Par exemple dans le *Salon* de 1769, ou le *Mémoire pour Catherine II*.

ments-idées qui lui sont consubstantiels depuis l'enfance. Rome,
c'est le premier chapitre de son autobiographie : c'est par elle que
commence Brulard.

  Mais cette fête des sens et du cœur, qui peut verser dans un
excès de suavité, comprend, comme toute passion et tout désir, la
peur et l'angoisse et comme le dira le prélude des Cenci, *les*
opposés-complémentaires, le plaisir et le péché, « ce qu'il y a de
plus doux et ce qu'il y a de plus terrible ». Leur unité est pro-
prement chrétienne ; et c'est l'unité des Promenades ; *dès lors*
qu'il n'y a ni morale de la restriction ascétique et de la culpabi-
lité illimitée, dès lors qu'il n'y a rien entre un pouvoir a-légal et
une plèbe survoltée, rien de moyen, rien de médiocre, on ne peut
trouver à Rome que des opposés et des extrêmes. On y vit, on y
meurt plus qu'ailleurs. Ville sublime, ville qui est tragique et
non « socratique » pour reprendre les catégories de Nietzsche (elle
est donc l'antimoderne en tout). L'autre aspect de Rome, c'est le
peuple, ce chaos d'instincts violents et meurtriers qu'il représente,
ce flux de vitalité anarchique. La Rome artiste, la Rome pieuse et
croyante, c'est le contraire et la même chose que la Rome du crime.
Stendhal n'exclut rien, Stendhal unit les extrêmes : il rejoint
encore Diderot, qui réclame pour la poésie « quelque chose
d'énorme, de barbare, de sauvage,... des désastres, de grands
malheurs... des spectacles terribles.... une sorte de terreur... ». La
vie s'accroît, s'intensifie, s'approfondit et devient créatrice dans le
danger, dans l'insécurité radicale, qui s'étend jusqu'à la dispari-
tion de tout repère et de tout point fixe, dans un état de guerre et
de crise absolu, de négativité accablante. Toutes les évocations
stendhaliennes de la « Renaissance », y compris celles des Promenades *qui reviennent sur le rôle des grands papes, unissent cet état*
de danger à la fécondité esthétique ; pour le romantique toute
culture est enracinée dans une sensibilité et pour l'Italie qui a vu
ensemble les souverains machiavéliens et les grands artistes, la
sensibilité créatrice est marquée définitivement par le soutien réci-
proque que se donnent les passions et l'anarchie. Rome, qui n'a
pas beaucoup changé depuis Jules II, ni sur le plan politique ni
sur le plan social, est un morceau de « Renaissance » en plein
XIX [e] *siècle : on y trouve la dernière « canaille* [1] *» qui reste encore*
(à Paris il y a un peuple laborieux, insurgé, mais l'insurgé n'est

---

1. Voir *Cor.*, t. III, 27 septembre 1835, p. 129, sur la société romaine : « Le *mezzo ceto* vit comme avant 1800. La canaille offre des exemples frappants d'une beauté sublime. » Sur ce point on se reportera à l'article de M. Colesanti sur l'« énergie romaine », cf. Bibliographie.

plus une canaille), *une population brute, rejetée de tout, « façonnée par les moines mendiants » et nourrie par eux, regroupement obscur de gueux, de picaros, de truands, une « cour des Miracles » du Sud, ramassis féroce et dévot. « En Amérique, dira Tocqueville, il n'y a point de prolétaire » : il emploie le mot au sens « romain » (l'homme qui ne possède que ses génitoires) et il implique quelque chose qui rappelle la « canaille » stendhalienne, la plèbe qui n'a rien, qui n'est rien. En émergent, pour Stendhal, des figures plus moins floues d'artisans romains qui servent d'informateurs et de médiateurs au promeneur qui, fort de leur amitié et grâce à leurs récits et leurs explications parvient à approcher ce peuple qui hante les petites ruelles, les quartiers à risques, toute une Rome remuante et mystérieuse, aussi étrange pour le voyageur que le serait le Paris de la Saint-Barthélemy ou de la Fronde. Mis bout à bout les passages concernant la violence romaine constituent une part essentielle du livre : la ville léthargique et indolente semble réserver ses forces pour les spasmes meurtriers, les assassinats, dont le guide devient une sorte de chronique. Et ils sont là les* pifferrari *inquiétants, ces Italiotes primitifs, et les paysans des Abruzzes, et les virtuoses du couteau et du poison, et les voleurs de grand chemin, et les troupes de brigands, et les modernes* carbonari; *dans les églises Stendhal scrute leur visage; une des notes des* Promenades *évoque « les horreurs de mauvais cœur et d'égoïsme qui ont lieu dans les ménages d'ouvriers de Mero[1] ». Elle est féroce, hideuse, horrible et belle, cette populace héroïque et libre (à Rome* la *force est en bas, dans les bas-quartiers, chez les anonymes);* qui *a des ancêtres, comme la belle Fornarina de Raphaël (les Transteverins disent descendre des Romains sans métissage), qui constitue une noblesse inversée. Stendhal est le premier romantique-réaliste à chercher ses héros dans le peuple.*

Ce petit peuple est grand, sa vertu est sa férocité, il est fort dans l'expression résolue de sa particularité. C'est un peuple « romantique », organique, une société autochtone, autonome, façonnée par l'obscur travail de la nature et de l'histoire, totalement étranger aux concepts de la démocratie moderne. Par là il échappe à la dévitalisation et à l'uniformité qui atteignent déjà la haute société romaine. Il y a des folklores qui produisent des costumes, des chants, des danses, des légendes; le folklore romain est une « culture » du rosaire et du couteau, de

---

1. *Mélanges intimes et Marginalia*, éd. citée, t. II, p. 126.

l'assassinat et de la dévotion. Il repose sur un « honneur », non pas l'honneur civilisé et vaniteux, mais un honneur premier, un orgueil absolu qui appartient aux mœurs, qui est un impératif collectif ; l'armurier de la Place d'Espagne doit se venger et punir l'arrogance brutale de l'Anglais. Dans les sociétés industrielles, le peuple, et tout le monde, perd cet orgueil qui soumet l'individu à la loi des mœurs, mais qui aussi le constitue, par le crime en particulier, en souverain, en aristocrate de la canaille. Dans ce monde fermé et archaïque, l'individu n'est pas défini par sa classe sociale, son métier, ou son statut d'infériorité. Le cordonnier n'est pas un cordonnier : les humbles sont grands, généreux, comme le vetturino *Berinetti, ce sont des hommes, des moi énergiques qui se respectent et se font respecter. Dans le monde fermé et traditionaliste des bas-quartiers de Rome, l'individu est fort avec les mœurs et indépendamment de la société à laquelle il échappe. Et par là le monde clos est le plus universel de tous les mondes : il éveille, il enseigne le sublime et le voyageur stendhalien va unir exemplairement la Rome de la beauté à la Rome du crime, la Rome de l'enchantement esthétique à la Rome du sang et des préjugés violents de l'horrible et sublime canaille. Par le peuple le voyage devient aussi une participation au sublime. L'« énergie effrayante » du condamné Lafargue, qui est en quelque sorte romain par le meurtre, conduit Stendhal à des considérations sur le génie.*

Il n'y a qu'un amour, il n'y a qu'une énergie : toute la partie religieuse et esthétique du livre peut être reversée dans la partie populaire et criminelle. D'abord parce que la théocratie se voit en miroir dans sa plèbe : heureux malheur, elle a, par ses tares politiques et morales irrémédiables, redoublé l'énergie de la vieille romanité. L'absence de lois, de justice, d'action du pouvoir en faveur de l'intérêt général dévie l'énergie naturelle du Romain ; l'héroïsme du crime selon la bipolarité de l'énergie que Diderot avait particulièrement analysée, renvoie à un potentiel de vertu, de civisme, de génie créateur ; c'est la même force mais inversement orientée par le pire des gouvernements. « Ce peuple est moins éloigné que nous des grandes actions ; il prend quelque chose au sérieux. » Un gouvernement fort le rendrait à lui-même. Mais Stendhal a une audace réellement unique, qui fait de lui l'écrivain le plus absolument non correct qui soit ; le bienfait paradoxal des papes est d'avoir engendré la beauté et l'autre sublime, le sublime du peuple. Ces hommes intacts, où la vie n'est pas étiolée comme dans les zones de civilisation moderne où la vie s'éteint et se raréfie, doivent leur vigueur à l'oppression. La politique épouse le

*mouvement du sublime : on peut comprendre la « canaille » à
partir de Longin, Burke ou Kant, ou Schopenhauer. L'expérience
sublime de l'anéantissement, de l'accablement de l'homme conduit
à une exaltation de ses forces, à un influx, si l'on ose le dire,
d'infini. Comprenons bien que les textes qui explicitent la supériorité des Romains « comme individus », qui les met « à la tête
de leur espèce », bien au-dessus des hommes des contrées plus
« avancées », ne renvoient pas seulement à un équilibre de l'oppression et de la résistance à l'oppression. Ce qui rend le peuple
romain à la fois plus heureux et plus fort que le peuple de Londres
par exemple, Stendhal l'a dit deux fois à propos des marionnettes
romaines et de leur vigueur comique, « c'est le désespoir[1] ». Il vit
dans le pire, il parie pour le pire. Da lui corda, dit le Romain
à la mort du pape[2], le plus mauvais choix sera le meilleur; au
plus profond du mal, il y aura la liberté. Au plus profond du
dénuement moral, se trouve la force. Soumis comme ses ancêtres du
Moyen Âge à un danger permanent et inconnu (par là il est
« républicain »), forcé de vouloir sa vie à tout instant, et d'inventer les moyens de sa survie, intrigue, ruse, expédients, crime,
jeté devant l'« âpreté du réel de la vie » que rien ne lui voile et
qui conditionne « la permanence des désirs », le Romain est riche
d'un désabusement absolu; peuple sans illusions, c'est l'éternel
Pasquino dont le réalisme s'exprime en moqueries destructrices.
Mais tel est le renversement, le coup de force du sublime et de
l'énergie : il est lié par toute sa vie et tout son être à la sombre
pédagogie de l'anxiété que Stendhal ne cesse d'évoquer et qui par
les guerres civiles ou autres, les terreurs, les tortures, les révolutions, tonifie l'homme, il est en quelque sorte dans un découvert moral
et mental, où seul et sans aucun appui, il affronte la menace du
possible inconnu, du péril que rien n'apprivoise ; cette expérience
tragique de la mise en question du moi par l'insécurité conditionne
le vouloir, il faut, dans cette situation de négativité, trouver les
ressources d'un « moi-isme » pur, vouloir son moi, l'inventer. Si
l'expérience du danger est pour Stendhal nécessaire à l'essor de
l'art, c'est sans doute parce que le danger seul rend créateur.*

*Stendhal lui-même, quand il décrit ses grands moments de vie
romaine, joue sur les extrêmes et leur relation paradoxale; il
devient « romain », parce que les instants de « divin mélange de*

---

1. Voir *Rome, Naples et Florence (1826)*, 10 octobre 1817, et les Suppléments dans
Voyages en Italie, Pléiade, p. 1197-1199.
2. Voir la note de Stendhal, le 9 février 1829, p. 548 des *Promenades dans Rome.*

volupté et d'ivresse morale », *indescriptibles et incommunicables,*
le rendent plus « *physique* », *plus fidèle au simple fait d'exister*
(*sur l'Aventin,* « *nous flânions en vrais badauds heureux*
d'exister ») ; *la météorologie méridionale est une révélation qu'il*
faudrait dire existentielle ; mieux lié à son corps, qui devient
chaleur, fraîcheur, vent chaud, vent frais, soleil, lumière, bleu du
ciel, calme des choses, le promeneur qui apprend à ne rien faire
sinon à vivre, découvre à partir de la sensibilité de ses organes,
qui est aussi et déjà de valeur esthétique, que le climat est
« *beau* », *que Cimarosa et le Corrège sont voisins de ces plaisirs ;*
le climat est un « *artiste* ». *À la fois il est plus* corps, *et plus*
âme, *c'est-à-dire rêverie, voyance, extase, imagination créatrice,*
et cela chaque fois que le réel par son immensité, son voilement,
son retrait négatif, à la fois égare et stimule, inquiète et surexcite
le pouvoir de voir et surtout d'imaginer ; chaque fois donc qu'en
évoquant un infini, le monde révèle au sujet son infini. Faut-il
dire que Rome ville sublime unit la violence et le recueillement, le
crime et la contemplation, où l'âme s'attendrit, s'élève et jouit
d'une « *félicité tranquille* », *ou s'enivre de son mouvement. C'est*
le cas dans la fameuse campagne de Rome, désert immense et
stérile, riche seulement de ruines, mais celles-ci renvoient à l'ad-
miration exaltante pour le peuple romain ; pour les coupoles (le
Panthéon, Saint-Pierre), exemple classique de l'infini artificiel où
le vertige de la montée dans le vide fait s'envoler l'imagination ;
pour les ruines qui deviennent dans leur mutisme informe une
sorte d'œuvre ébauchée, une esquisse, un texte lacunaire que saisit
la rêverie historique soutenue par les lectures ; pour la pénombre
des églises (Stendhal aurait voulu se laisser enfermer toute une
nuit dans Saint-Pierre), au moment crépusculaire : alors les anges
de Canova ont toute la puissance de retrait et de suggestion à
la fois du Corrège ; l'œuvre resplendit quand la nuit, le silence,
l'éloignement de tout font surgir l'invisible, creusent l'espace et
approfondissent le sens. Rome se tait, son silence troublé par les
rossignols ou le chuchotement éternel des fontaines l'agrandit, la
fait exister d'une vie proche de l'anéantissement, elle inspire un
« *plaisir grave et en quelque sorte funèbre* », *elle figure le*
« *bonheur sombre des passions* », *le bonheur-malheur, l'oxymore*
sublime. Mais n'est-ce pas Chateaubriand qui a appris à Stendhal
cette manière de mettre en valeur les dimensions d'infini et d'éga-
rement exalté du sublime par leur coexistence avec des faits ténus,
une existence minimale, une réalité arrivée au bord de son efface-
ment ? Rien ne le montre mieux que les évocations nombreuses du
Colisée, qui reviennent sans cesse et dans la même composition.

*C'est la même ambiguïté de l'absence-présence, de la réalité des
ruines grandioses en elles-mêmes, offrant une « vaste solitude »,
permettant encore, d'en haut, de voir au-delà, ouvertes enfin sur
l'infini du ciel ; l'immensité réelle est redoublée par l'immensité
imaginaire : cet « édifice immense plus beau peut-être aujourd'hui
qu'il tombe en ruines », devient comme le livret de l'opéra, un
prétexte à l'envol de l'âme, qui s'évade dans l'espace et dans
l'histoire, autre espace virtuel et sans fin (lire Suétone au Colisée,
vivre à la fois avec Vespasien, saint Paul, Michel-Ange, le
peuple-roi et les martyrs du Crucifié) ; les pierres sont une
musique, elles chantent au mélancolique sa douce et triste chanson ;
mais ce qui soutient la rêverie idéale, ce qui la retient dans la
réalité et constitue comme la portée de cette musique intérieure,
c'est le bruit infime des chaînes des galériens, le gazouillement des
oiseaux grâce auquel s'impose le silence et s'ouvre l'hyperespace
inspiré du rêve. En 1811 Stendhal avait dit, « ce qui m'a le plus
touché [dans] mon voyage d'Italie, c'est le chant des oiseaux dans
le Colisée[1] ». Visité en nocturne, aux sons d'une musique de
Rossini, en lisant Byron, le Colisée ne sera que lui-même, imposant, tragique, plus présent, et comme privé d'absence.*

*Toujours à Rome, Stendhal veut voir toute la ville, le pano-
rama des Sept Collines légendaires, comme si Rome n'était Rome
que comme lointain, livrée peut-être aux orages désirés d'une
tempête, déployant dans l'espace le temps de l'histoire (les voyageurs lisent l'entrée de Charles VIII du haut du Pincio), mais
surtout saisie par la lumière, assimilée à sa pulvérulence,
traversée par elle, se découpant sur un fond céleste ; Stendhal ravi
voit le soleil se coucher à travers la coupole de Saint-Pierre, puis
celle-ci se dessiner sur le crépuscule orangé. Une note de 1835
décrit du Pincio les « sombres nuages » qui cachent le soleil mais
laissent le ciel clair au-dessus de la fameuse coupole, qui « se
détache en sombre velouté sur un bleu de ciel faible. Chose admirable, digne de l'art du Lorrain[2] ».*

*En se disant milanese, Stendhal nous a tous égarés sur sa dette
envers l'Italie. Les Promenades montrent qu'il faut le dire aussi
et autant « romain ». Milan ville du cœur, ville de la révélation
italienne, musicale, amoureuse, est toute sa vie. Mais Rome est
(presque) toute son œuvre : c'est la ville qui nourrit et inspire son*

---

1. *Cor,* t. I, 2 octobre 1811.
2. Voir *Œuvres intimes,* t. II, 16 septembre 1837 : voir encore une notation
analogue, t. II, le 25 octobre 1831.

œuvre romanesque. Elle est là, en germes, par pans entiers : non seulement les fameux Manuscrits sont latents, les récits en sont préfigurés, et ils sont romains ; le titre plat et factice de Chroniques italiennes *nous fait oublier que Stendhal avait pensé à celui d'*Historiettes romaines *et les* Promenades *sont déjà un recueil d'historiettes romaines, on y voit Béatrice Cenci, et Alexandre Farnèse, futur Paul III et futur Fabrice del Dongo, milanais, mais aussi romain et parmesan, on y voit « romanisés » les récits tirés du couvent de Baïano[1] ; l'histoire de Francesca Paolo qui transcrit et actualise Bandello nous conduit avec ses carbonari de Ravenne à* Vanina Vanini[2], *autre historiette romaine, qui semble détachée des* Promenades, *comme* San Francesco a Ripa. *C'est le château Saint-Ange qui annonce la tour Farnèse. Les articles des 21 et 22 août 1827 sont déjà le prélude de* L'Abbesse de Castro. *Le condamné Lafargue est « romanisé » avant de devenir une composante de Julien Sorel[3]. L'énergie est plus romaine que milanaise. Sixte Quint est un personnage de Stendhal. La « Padanie » est sa nostalgie, il y transportera des Romains et peuplera le nord de l'Italie d'une immigration de héros du sud.*

« Ici », a-t-il écrit de Rome en 1823[4], « on voit à chaque coin de rue des oranges d'un beau jaune, tranchant sur une superbe verdure, qui s'élève au-dessus du mur de quelque jardin. » L'oranger, le fruit lumineux et sensuel qui s'offre sur le fond d'un vert sombre, cette double vigueur contrastée fortement, ce double mouvement d'ouverture et de retrait, de joie et de sévérité, serait-il le symbole de Rome, l'emblème de son obscure promesse ? Oserait-on dire que puisque la beauté stendhalienne est promesse, il y a pour lui une esthétique de l'oranger romain ?

MICHEL CROUZET

---

1. Ces récits ont été publiés quelques jours avant les *Promenades* ; voir sur ces questions l'ouvrage de Mariella di Maio, cf. Bibliographie.

2. De Trieste, les 26 et 27 février 1831 (*Cor.*, t. II, p. 240), Stendhal écrit : « Je tiens une anecdote égale à *Vanina Vanini*, pour la belle complication ; le héros s'est tué le 26 décembre 1830. »

3. L'« idée » du *Rouge* surgit quelques semaines après la publication des *Promenades*.

4. *Cor.*, t. II, p. 23, 5 décembre 1823.

Promenades dans Rome

ESCALUS

Mon ami, vous m'avez l'air d'être un
peu misanthrope et envieux ?

MERCUTIO

J'ai vu de trop bonne heure la beauté
parfaite.

SHAKESPEARE[1].

AVERTISSEMENT

Ce n'est pas un grand mérite, assurément, que d'avoir été six fois à Rome[1]. J'ose rappeler cette petite circonstance, parce qu'elle me vaudra peut-être un peu de confiance de la part du lecteur.

L'auteur de cet itinéraire a un grand désavantage; rien, ou presque rien, ne lui semble valoir la peine qu'on en parle avec gravité[2]. Le XIXᵉ siècle pense tout le contraire, et a ses raisons pour cela. La liberté, en appelant à donner leur avis une infinité de braves gens qui n'ont pas le temps de se former un *avis,* met tout parleur dans la nécessité de prendre un *air grave* qui en impose au vulgaire, et que les sages pardonnent, vu la nécessité des temps.

Cet itinéraire n'aura donc point le pédantisme nécessaire. À cela près, pourquoi ne mériterait-il pas d'être lu par le voyageur qui va devers Rome? À défaut du talent et de l'éloquence qui lui manquent, l'auteur a mis beaucoup d'attention à visiter les monuments de la Ville éternelle. Il a commencé à écrire ses notes en 1817, et les a corrigées à chaque nouveau voyage.

L'auteur entra dans Rome, pour la première fois, en 1802[3]. Trois ans auparavant, elle était république[4]. Cette idée troublait encore toutes les têtes, et valut à notre petite société l'escorte de deux observateurs qui ne nous quittèrent pas durant tout notre séjour. Quand nous allions hors de Rome, par exemple à la villa Madama ou à Saint-Paul-hors-les-Murs[5], nous leur faisions donner un *bocal* de vin, et ils nous souriaient. Ils vinrent nous baiser la main le jour de notre départ.

M'accusera-t-on d'*égotisme*[6] pour avoir rapporté cette petite circonstance? Tournée en style académique ou en style grave, elle aurait occupé toute une page. Voilà l'excuse de l'auteur pour le ton tranchant et pour l'*égotisme.*

Il revit Rome en 1811; il n'y avait plus de prêtres dans les rues, et le Code civil y régnait[1]; ce n'était plus Rome[2]. En 1816, 1817 et 1823, l'aimable cardinal Consalvi[3] cherchait à plaire à tout le monde, et même aux étrangers[4]. Tout était changé en 1828. Le Romain qui s'arrêtait pour boire à une taverne, était obligé de boire debout, sous peine de recevoir des coups de bâton sur un *cavalletto*[5].

M. Tambroni, M. Isimbardi, M. Degli Antoni, M. le comte Paradisi, et plusieurs autres Italiens illustres que je nommerais s'ils étaient morts, auraient pu faire avec toutes sortes d'avantages ce livre que moi, pauvre étranger, j'entreprends. Sans doute, il y aura des erreurs, mais jamais l'intention de tromper, de flatter, de dénigrer. Je dirai la vérité. Par le temps qui court, ce n'est pas un petit engagement, même à propos de colonnes et de statues.

Ce qui m'a déterminé à publier ce livre, c'est que souvent, étant à Rome, j'ai désiré qu'il existât. Chaque article est le résultat d'une promenade, il fut écrit sur les lieux ou le soir en rentrant[6].

Je suppose que quelquefois on prendra un de ces volumes dans sa poche en courant le matin dans Rome. C'est pourquoi j'ai laissé quelques petites répétitions plutôt que de faire des renvois qui pourraient se rapporter au volume que l'on n'a point avec soi. D'ailleurs, ce livre-ci n'a point l'importance qu'il faut pour que l'on se donne la peine d'aller au renvoi. Je conseille d'effacer chaque article avec un trait de crayon, à mesure qu'on aura vu le monument dont il parle[7].

Toutes les anecdotes contenues dans ces volumes sont vraies, ou du moins l'auteur les croit telles.

Monterosi[1] *(25 milles de Rome), 3 août 1827*[2]. — Les personnes avec qui je vais à Rome disent qu'il faut voir Saint-Pétersbourg au mois de janvier et l'Italie en été. L'hiver est partout comme la vieillesse. Elle peut abonder en précautions et ressources contre le mal, mais c'est toujours un mal; et qui n'aura vu qu'en hiver le pays de la volupté en aura toujours une idée bien imparfaite.

De Paris, en traversant le plus vilain pays du monde que les nigauds appellent la belle France, nous sommes venus à Bâle, de Bâle au Simplon. Nous avons désiré cent fois que les habitants de la Suisse parlassent arabe. Leur amour exclusif pour les *écus neufs* et pour le service de France, où l'on est bien payé, nous gâtait leur pays. Que dire du lac Majeur, des îles Borromées, du lac de Como, sinon plaindre les gens qui n'en sont pas fous?

Nous avons traversé rapidement Milan, Parme, Bologne; en six heures on peut apercevoir les beautés de ces villes. Là ont commencé mes fonctions de *cicerone*. Deux matinées ont suffi pour Florence, trois heures pour le lac de Trasimène, sur lequel nous nous sommes embarqués, et, enfin, nous voici à huit lieues de Rome, vingt-deux jours après avoir quitté Paris; nous eussions pu faire ce trajet en douze ou quinze. La poste italienne nous a fort bien servis; nous avons voyagé commodément avec un landau léger et une calèche, sept maîtres et un domestique. Deux autres domestiques viennent par la diligence de Milan à Rome.

Le projet des dames avec lesquelles je voyage est de passer une année à Rome; ce sera comme notre quartier général. De là, par des excursions, nous verrons Naples, et toute l'Italie au-delà de Florence et des Apennins. Nous sommes assez nombreux pour former une petite société pour les soirées qui, dans les voyages, sont le moment pénible. D'ailleurs, nous chercherons à être admis dans les salons romains.

Nous espérons y trouver les mœurs italiennes, que l'imitation de Paris a un peu altérées à Milan et même à Florence. Nous voulons connaître les habitudes sociales, au moyen desquelles les habitants de Rome et de Naples cherchent le bonheur de tous les jours. Sans doute notre société de Paris vaut mieux; mais nous voyageons pour voir des choses nouvelles, non pas des peuplades barbares comme le curieux intrépide qui pénètre dans les montagnes du Tibet, ou qui va débarquer aux îles de la mer du Sud[1]. Nous cherchons des nuances plus délicates; nous voulons voir des manières d'agir plus rapprochées de notre civilisation perfectionnée. Par exemple, un homme bien élevé, et qui a cent mille francs de rente, comment vit-il à Rome ou à Naples? Un jeune ménage qui n'a que le quart de cette somme à dépenser, comment passe-t-il ses soirées?

Pour m'acquitter avec un peu de dignité de mes fonctions de cicérone, j'indique les choses curieuses; mais je me suis réservé très expressément le droit de ne point exprimer mon avis. Ce n'est qu'à la fin de notre séjour à Rome que je proposerai à mes amis de voir un peu sérieusement certains objets d'art dont il est difficile d'apercevoir le mérite, quand on a passé sa vie au milieu des jolies maisons de la rue des Mathurins et des lithographies coloriées. Je hasarde, en tremblant, le premier de mes blasphèmes : ce sont les tableaux que l'on voit à Paris qui empêchent d'admirer les fresques de Rome. J'écris ici de petites remarques tout à fait personnelles, et non point les idées des personnes aimables avec lesquelles j'ai le bonheur de voyager.

Je suivrai cependant l'ordre que nous avons adopté; car, avec un peu d'ordre, on se reconnaît bien vite au milieu du nombre immense de choses curieuses que renferme la Ville éternelle. Chacun de nous a placé les titres suivants à la tête de six pages de son carnet de voyage :

1º les ruines de l'antiquité : le Colisée, le Panthéon, les arcs de triomphe, etc.;

2º les chefs-d'œuvre de la peinture : les fresques de **Raphaël**, de Michel-Ange et d'Annibal Carrache (Rome a

peu d'ouvrages des deux autres grands peintres, le
Corrège et le Titien);

3° les chefs-d'œuvre de l'architecture moderne :
Saint-Pierre, le palais Farnèse, etc.;

4° les statues antiques : l'*Apollon,* le *Laocoon,* que nous
avons vu à Paris;

5° les chefs-d'œuvre des deux sculpteurs modernes :
Michel-Ange et Canova; le *Moïse* à San Pietro in Vincoli,
et le tombeau du pape Rezzonico dans Saint-Pierre;

6° le gouvernement, et les mœurs qui en sont la
conséquence.

Le souverain de ce pays jouit du pouvoir politique le
plus absolu, et en même temps il dirige ses sujets dans
l'affaire la plus importante de leur vie, celle du salut.

Ce souverain n'a point été prince durant sa jeunesse.
Pendant les cinquante premières années de sa vie, il a fait
la cour à des personnages plus puissants que lui. En général, il n'arrive aux affaires qu'au moment où ailleurs on
les quitte, vers soixante-dix ans[1].

Un courtisan du *pape* a toujours l'espoir de remplacer
son maître, circonstance que l'on n'observe pas[2] dans les
autres cours. Un courtisan, à Rome, ne cherche pas
seulement à plaire au pape, comme un chambellan allemand veut plaire à son prince, il désire encore obtenir sa
bénédiction. Par une *indulgence in articulo mortis,* le souverain de Rome peut faire le bonheur éternel de son chambellan; ceci[3] n'est point une plaisanterie. Les Romains du
XIXᵉ siècle ne sont pas des mécréants comme nous; ils
peuvent avoir des doutes sur la religion dans leur jeunesse; mais on trouverait à Rome fort peu de déistes. Il y
en avait beaucoup avant Luther, et même des athées.
Depuis ce grand homme, les papes, ayant eu peur, ont
veillé sérieusement sur l'éducation. Le peuple de la
campagne est tellement imbu de catholicisme qu'à ses
yeux rien dans la nature ne se fait sans miracle.

La grêle a toujours pour but de punir un voisin qui a
négligé de parer de fleurs la croix qui est au coin de son
champ. Une inondation est un avertissement d'en haut,
destiné à remettre dans la bonne voie tout un pays. Une
jeune fille meurt-elle de la fièvre au mois d'août? C'est
un châtiment de ses galanteries. Le curé a soin de le dire
à chacun de ses paroissiens.

Cette superstition profonde des gens de la campagne se

communique aux classes élevées par les nourrices, les
bonnes, les domestiques de toute espèce[1]. Un jeune
marchesino romain de seize ans est le plus timide des
hommes*, et n'ose parler qu'aux domestiques de la
maison; il est beaucoup plus imbécile que son voisin le
cordonnier ou le marchand d'estampes[4].

Le peuple de Rome, témoin de tous les ridicules des
cardinaux et autres grands seigneurs de la cour du pape, a
une piété beaucoup plus éclairée; toute espèce d'*affectation*
est bien vite affublée d'un sonnet satirique**.

Le pape exerce donc deux pouvoirs fort différents; il
peut faire, comme prêtre, le bonheur éternel de l'homme
qu'il fait *assommer* comme roi***. La peur que Luther fit
aux papes du XVIe siècle a été si forte que, si les États de
l'Église formaient une île éloignée de tout continent,
nous y verrions le peuple réduit à cet état de vasselage
moral dont l'antique Égypte et l'Étrurie ont laissé le
souvenir, et que de nos jours on peut observer en
Autriche. Les guerres du XVIIIe siècle ont empêché
l'abrutissement du paysan italien.

Par un hasard heureux, les papes qui ont régné depuis
1700 ont été des hommes de mérite. Aucun État d'Europe
ne peut présenter une liste semblable pour ces cent vingt-
neuf ans. On ne saurait trop louer les bonnes intentions, la
modération, la raison et même les talents qui ont paru sur
le trône pendant cette époque.

Le pape n'a qu'un seul ministre, *il segretario di Stato,*
qui, presque toujours, jouit de l'autorité d'un premier
ministre. Pendant les cent vingt-neuf années qui viennent de s'écouler, un seul *segretario di Stato* a été décidément mauvais, le cardinal Coscia, sous Benoît XIII, et
encore a-t-il passé neuf ans en prison au château Saint-
Ange[7].

---

* Voir *L'Aio nell' imbarazzo,* comédie fort gaie du comte Giraud.
Les arrangeurs qui nous l'ont fait connaître à Paris ont eu peur de
nos mœurs qui sont collet monté[2], ils ont remplacé la gaieté par des
mots fins[3].

** Voir le sonnet sur les cardinaux nommés en dernier lieu, dix
personnes sont peintes en seize vers.

*** Histoire de ce pauvre jeune homme qui a été *mazzolato*[5] à
la porte *del Popolo,* en 1825. Il était innocent. Détails de l'exécution
de Béatrix Cenci, en 1599; bonté de Clément VIII, qui régnait
alors; anxiété de ce pape pour lui conférer une absolution juste
au moment nécessaire[6].

Il ne faut jamais demander de l'héroïsme à un gouvernement. Rome redoute avant tout l'*esprit d'examen,* qui peut conduire au protestantisme; aussi l'art de penser y a-t-il toujours été découragé et au besoin persécuté. Depuis 1700, Rome a produit plusieurs bons antiquaires; le dernier en date, Quirino Visconti, est connu de toute l'Europe et mérite sa célébrité[1]. À mon gré, c'est un homme unique. Deux grands poètes ont paru en ce pays : Métastase, auquel nous ne rendons pas justice en France[2], et de nos jours, Vincenzo Monti (l'auteur de la *Bassvilliana*), mort à Milan en octobre 1828. Leurs œuvres peignent bien leurs siècles. Ils étaient fort pieux tous les deux.

La carrière de l'ambition n'est pas ouverte aux laïcs. Rome a des princes, mais leurs noms ne se trouvent pas dans l'almanach royal du pays (*Le Notizie* de Cracas[3]); ou, s'ils s'y glissent, c'est pour quelque fonction de bienfaisance gratuite et sans pouvoir, comme celles qui furent ôtées à M. le duc de Liancourt par le ministre Corbière. Si le gouvernement représentatif n'amenait pas à sa suite l'esprit d'examen et la liberté de la presse, quelque pape honnête homme, comme Ganganelli[4] ou Lambertini[5], donnerait à ses peuples une Chambre unique chargée de voter le budget.

Il faudrait alors des talents pour être *tesoriere;* c'est le nom du ministre des Finances. Cette Chambre pourrait être composée de dix députés des villes, de vingt princes romains et de tous les cardinaux. Autrefois ces messieurs étaient les conseillers du pape.

On peut craindre ici une guerre civile et fort cruelle, aussitôt que les dix-neuf millions d'Italiens verront l'Autriche, qui est leur croquemitaine, engagée dans quelque guerre de longue durée; alors les deux partis tourneront les yeux vers le roi de France.

Rome est un État despotique; mais les emplois sont à vie, et l'on ne destitue personne. Sous Léon XII, le carbonarisme et M. de Metternich ont tout changé. La terreur règne à Ravenne et à Forli[6]. Les hommes les plus distingués sont en prison ou en fuite. Florence est l'*oasis* où tous les pauvres persécutés d'Italie cherchent un asile. Ceux qui manquent tout à fait d'argent vont vivre en Corse.

Il y a deux façons de voir Rome : on peut observer tout

ce qu'il y a de curieux dans un quartier, et puis passer à un
autre.

Ou bien courir chaque matin après le genre de beauté
auquel on se trouve sensible en se levant. C'est ce dernier
parti que nous prendrons. Comme de vrais philosophes,
chaque jour nous ferons ce qui nous semblera le plus
agréable ce jour-là; *quam minimum credula postero*[1].

Rome, 3 août 1827. — C'est pour la sixième fois que
j'entre dans la *Ville éternelle,* et pourtant mon cœur est
profondément agité. C'est un usage immémorial parmi les
gens affectés d'être ému en arrivant à Rome, et j'ai
presque honte de ce que je viens d'écrire.

9 août 1827. — Notre projet étant de passer ici plusieurs
mois, nous avons perdu quelques jours à courir, comme
des enfants, à tout ce qui nous semblait curieux. Ma
première visite, en arrivant, fut pour le Colisée; mes amis
allèrent à Saint-Pierre; le lendemain nous parcourûmes le
Musée et les *stanze* (ou chambres) de Raphaël au Vatican.
Effrayés du nombre de choses à noms célèbres devant
lesquelles nous passions, nous nous enfuîmes du Vatican :
le plaisir qu'il nous offrait était trop sérieux. Aujourd'hui,
pour voir la ville de Rome et le tombeau du Tasse, nous
sommes montés à Saint-Onuphre: vue magnifique; de là,
nous avons aperçu de l'autre côté de Rome le palais de
Montecavallo, nous y sommes allés. Les grands noms de
Sainte-Marie-Majeure et de Saint-Jean-de-Latran nous
ont ensuite attirés. Hier, jour de pluie, nous avons vu les
galeries Borghèse, Doria, et les statues du Capitole.
Malgré l'extrême chaleur, nous sommes toujours en
mouvement, nous sommes comme affamés de tout voir, et
rentrons, chaque soir, horriblement fatigués.

10 août 1827. — Sortis de chez nous, ce matin, pour
voir un monument célèbre, nous avons été arrêtés en
route par une belle ruine, et ensuite par l'aspect d'un joli
palais où nous sommes montés. Nous avons fini par errer
presque à l'aventure. Nous avons goûté le bonheur
d'être à Rome en toute liberté, *et sans songer au devoir* de
voir.

La chaleur est extrême; nous montons en voiture de
bon matin; vers les dix heures, nous nous réfugions dans

quelque église, où nous trouvons de la fraîcheur et de l'obscurité. Assis en silence sur quelque banc de bois à dossier, la tête renversée et appuyée sur ce dossier, notre âme semble se dégager de tous ses liens terrestres, comme pour voir le *beau* face à face. Aujourd'hui nous nous sommes réfugiés à Saint-André della Valle, vis-à-vis les fresques du Dominiquin; hier, ce fut à Sainte-Praxède[1].

12 août 1827. — Cette première folie s'est un peu calmée. Nous désirons voir les monuments d'une façon complète. C'est ainsi, maintenant, qu'ils nous feront le plus de plaisir. Demain matin nous allons au Colisée, et ne le quitterons qu'après avoir examiné tout ce qu'il y faut voir.

13 août 1827. — Le 3 août nous traversâmes ces campagnes désertes, et cette solitude immense qui s'étend autour de Rome à plusieurs lieues de distance. L'aspect du pays est magnifique; ce n'est point une plaine plate; la végétation y est vigoureuse. La plupart des points de vue sont dominés par quelque reste d'aqueduc ou quelque tombeau en ruine qui impriment à cette campagne de Rome un caractère de grandeur dont rien n'approche[2]. Les beautés de l'art redoublent l'effet des beautés de la nature et préviennent la satiété, qui est le grand défaut du plaisir de voir des paysages. Souvent, en Suisse, un instant après l'admiration la plus vive, il se trouve qu'on s'ennuie. Ici l'âme est préoccupée de ce grand peuple, qui maintenant n'est plus. Tantôt on est comme effrayé de sa puissance : on le voit qui ravage la terre; tantôt on a pitié de ses misères et de sa longue décadence. Pendant cette rêverie, les chevaux ont fait un quart de lieue; on a tourné un des plis du terrain; l'aspect du pays a changé, et l'âme revient à admirer les plus sublimes paysages que présente l'Italie. *Salve magna parens rerum*[3].

Le 3 août nous n'avions pas le loisir de nous livrer à ces sentiments, nous étions troublés par la coupole de Saint-Pierre qui s'élevait à l'horizon; nous tremblions de n'arriver à Rome qu'à la nuit. Je parlai aux postillons, de pauvres diables fiévreux, jaunes et à demi morts; la vue d'un écu les fit sortir de leur torpeur. Enfin, comme le soleil se couchait derrière le dôme de Saint-Pierre, ils s'arrêtèrent dans la *via Condotti,* et nous proposèrent de descendre chez Franz[1], près la place d'Espagne. Mes amis prirent un logement sur cette place; là nichent tous les étrangers.

La vue de tant de fats ennuyés m'eût gâté Rome. Je cherchai des yeux une fenêtre de laquelle on dominât la ville. J'étais au pied du *Pincio;* je montai l'immense escalier de la *Trinità dei Monti,* que Louis XVIII vient de faire restaurer avec magnificence[2], et je pris un logement dans la maison habitée jadis par Salvator Rosa, *via Gregoriana*[3]. De la table où j'écris je vois les trois quarts de Rome; et, en face moi, de l'autre côté de la ville, s'élève majestueusement la coupole de Saint-Pierre. Le soir, lorsque le soleil se couche, je l'aperçois à travers les fenêtres de Saint-Pierre, et, une demi-heure après, ce dôme admirable se dessine sur cette teinte si pure d'un crépuscule orangé surmonté au haut du ciel de quelque étoile qui commence à paraître.

Rien sur la terre ne peut être comparé à ceci[4]. L'âme est attendrie et élevée, une félicité tranquille la pénètre tout entière. Mais il me semble que, pour être à la hauteur de ces sensations, il faut aimer et connaître Rome depuis longtemps. Un jeune homme qui n'a jamais rencontré le malheur ne les comprendrait pas.

Le soir du 3 août j'étais si troublé, que je ne sus pas faire mon marché, et je paye mes deux chambres de la *via Gregoriana* beaucoup au-delà de leur valeur. Mais en un tel moment comment s'occuper de soins si petits? Le soleil allait se coucher, et je n'avais plus que quelques instants; je me hâtai de conclure, et une calèche ouverte (ce sont les fiacres du pays) me conduisit rapidement au Colisée. C'est la plus belle des ruines; là respire toute la majesté de Rome antique. Les souvenirs de Tite-Live remplissaient mon âme; je voyais paraître Fabius Maximus, Publicola, Menennius Agrippa. Il est d'autres églises que Saint-Pierre : j'ai vu Saint-Paul de Londres, la cathédrale de Strasbourg, le dôme de Milan, Sainte-Justine de Padoue; jamais je n'ai rien rencontré de comparable au Colisée.

15 août 1827. — Mon hôte a placé des fleurs devant un petit buste de Napoléon qui est dans ma chambre. Mes amis gardent définitivement leurs logements sur la place d'Espagne, à côté de l'escalier qui monte à la *Trinità dei Monti*.

Supposez deux voyageurs bien élevés[1], courant le monde ensemble; chacun d'eux se fait un plaisir de sacrifier à l'autre ses petits projets de chaque jour; et, à la fin du voyage, il se trouve qu'ils se sont constamment gênés[2].

Est-on plusieurs, veut-on voir une ville? On peut convenir d'une heure le matin, pour partir ensemble. On n'attend personne; on suppose que les absents ont des raisons pour passer cette matinée seuls.

En route, il est entendu que celui qui met une épingle au collet de son habit devient invisible; on ne lui parle plus[3]. Enfin, chacun de nous pourra, sans manquer à la politesse, faire des courses seul en Italie, et même retourner en France; c'est là notre charte écrite, et *signée,* ce matin au Colisée, au troisième étage des portiques, sur le fauteuil de bois placé là par un Anglais. Au moyen de cette charte, nous espérons nous aimer autant au retour d'Italie qu'en y allant.

Un de mes compagnons a beaucoup de sagesse, de bonté, d'indulgence, de douce gaieté; c'est le *caractère allemand*. Il a de plus une raison ferme et profonde qui ne se laisse éblouir par rien; mais quelquefois il oubliera pendant un mois d'employer cette raison supérieure. Dans la vie de tous les jours, on dirait un enfant. Nous l'appelons Frédéric : il a quarante-six ans.

Paul n'en a pas trente. C'est un fort joli homme, et d'infiniment d'esprit, qui aime les saillies, les oppositions, le cliquetis rapide de la conversation. Je crois qu'à ses yeux le premier livre du monde, ce sont les *Mémoires* de Beaumarchais. Il est impossible d'être plus amusant et meilleur. Les plus grands malheurs glisseraient sur lui sans lui faire froncer le sourcil. Il ne pense pas plus à l'année qui vient qu'à celle qui passa il y a cent ans. Il veut connaître ces beaux-arts *dont on lui a tant parlé*. Mais je suppose qu'il les sent comme Voltaire.

Je ne sais si je nommerai de nouveau Paul et Frédéric dans la suite de ces notes. Ils les ont eues chez eux pendant plus d'un mois. Je ne sais s'ils sont allés jusqu'au bout, mais ils ont trouvé leurs portraits ressemblants. Il y a deux autres voyageurs d'un tour d'esprit assez sérieux, et trois femmes, dont l'une comprend la musique de Mozart. Je suis bien sûr qu'elle aimera le Corrège. Raphaël et Mozart ont cette ressemblance : chaque figure de Raphaël, comme chaque air de Mozart, est à la fois dramatique et agréable. Le personnage de Raphaël a tant de grâce et de beauté, qu'on trouve un vif plaisir à le regarder en particulier, et cependant il sert admirablement au drame. C'est la pierre d'une voûte, que vous ne pouvez ôter sans nuire à la solidité.

Je dirais aux voyageurs : en arrivant à Rome, ne vous laissez empoisonner par aucun avis; n'achetez aucun livre, l'époque de la curiosité et de la science ne remplacera que trop tôt celle des émotions; logez-vous *via Gregoriana,* ou, du moins, au troisième étage de quelque maison de la place de Venise, au bout du *Corso;* fuyez la vue et encore plus le contact des curieux. Si, en courant les monuments pendant vos matinées, vous avez le courage d'arriver jusqu'à l'*ennui par manque de société,* fussiez-vous l'être le plus éteint par la petite vanité de salon, vous finirez pas sentir les arts.

Au moment de l'entrée dans Rome, montez en calèche, et, suivant que vous vous sentirez disposé à sentir le *beau inculte et terrible,* ou le *beau joli et arrangé,* faites-vous conduire au Colisée ou à Saint-Pierre. Vous n'y arriveriez jamais si vous partiez à pied, à cause des choses curieuses rencontrées sur la route. Vous n'avez besoin d'aucun itinéraire, d'aucun *cicerone.* En cinq ou six matinées, votre cocher vous fera faire les douze courses que je vais indiquer.

1º Le Colisée ou Saint-Pierre.

2º Les loges et les salles de Raphaël au Vatican.

3º Le Panthéon, et ensuite les onze colonnes, restes de la basilique d'Antonin le Pieux, desquelles Fontana[1] fit, en 1695, l'hôtel de la Douane de terre[2]. C'est là qu'on vous conduit en arrivant à Rome, si votre consul ne vous a pas envoyé une dispense[3] à Florence. Là on s'ennuie et l'on prend de l'humeur pendant trois jours.

Une fois, j'ai déserté le *vetturino* en lui laissant mes clefs, et suis entré dans Rome comme un promeneur, par la *Porta Pia.* Il faut suivre le chemin en dehors des murs, à gauche de la porte *del Popolo,* le long du *Muro torto.*

4º L'atelier de Canova, et les principales statues de ce grand homme dispersées dans les églises et dans les palais : *Hercule lançant Lycas à la mer,* dans le joli palais de M. le banquier Torlonia, duc de Bracciano, sur la place de Venise, au bout du *Corso;* le tombeau de Ganganelli aux Saints-Apôtres; les tombeaux du pape Rezzonico et des

Stuarts à Saint-Pierre, la statue de Pie VI devant le maître-autel. Il faut s'accoutumer à ne regarder dans une église que ce qu'on y est venu chercher.

5° Le *Moïse* de Michel-Ange à *San Pietro in Vincoli;* le *Christ* de la Minerve; la *Pietà* à Saint-Pierre, première chapelle à droite en entrant. Vous trouverez tout cela fort laid[1], et serez étonné de l'honorable mention que j'en fais ici.

6° La basilique de Saint-Paul, à deux milles de Rome, du côté d'Ostie. Remarquez, près de la porte de la ville, en sortant, la pyramide de Cestius. Ce Cestius fut un financier comme le président Hénault[2]. Il vivait sous Auguste.

7° Les ruines des thermes de Caracalla, et, en revenant, l'église de la Navicella[3], *Santo Stefano Rotondo :* la colonne Trajane et les restes de la basilique découverte à ses pieds en 1811.

8° La *Farnesina,* près du Tibre, rive droite, côté étrusque. Là se trouvent les aventures de Psyché, peintes à fresque par Raphaël. Allez voir la galerie d'Annibal Carrache, au palais Farnèse, et l'*Aurore* du Guide au palais Rospigliosi, place de Monte Cavallo[4].

Tout près de là, l'église de Sainte-Marie-des-Anges, par Michel-Ange; architecture sublime. La statue de Sainte Thérèse à *Santa Maria della Vittoria,* et en revenant, la jolie petite église appelée le Noviciat des Jésuites[5].

9° La *villa Madama,* à mi-coteau, sur le *monte Mario.* C'est une des plus jolies choses que Raphaël ait faites en architecture. Voyez, au retour, la *villa di Papa Giulio,* à une demi-lieue hors de Rome, près la porte *del Popolo.* Allez voir à côté le paysage de l'*Acqua Acetosa.* Le roi de Bavière y a fait placer un banc.

10° Les galeries Borghèse, Doria, Sciarra, et la galerie pontificale, au troisième étage du Vatican.

11° Si vous vous sentez disposé à voir des statues, faites-vous conduire au Musée *Pio Clementino* (au Vatican) ou aux salles du Capitole. Les pauvres têtes qui ont le pouvoir ne font ouvrir ces musées qu'une fois la semaine[6]; cependant, si le peuple de Rome peut payer les impôts et voir un écu, c'est parce qu'un étranger a pris la peine de le lui apporter.

Il est impossible qu'une de ces choses-là ne vous plaise pas infiniment.

Allez revoir ce qui vous aura touché, cherchez les choses semblables. C'est la porte que la nature vous ouvre pour vous faire pénétrer dans le temple des beaux-arts. Voilà tout le secret du talent du cicérone.

Rome, 16 août 1827. — Le Colisée offre trois ou quatre points de vue tout à fait différents. Le plus beau peut-être eſt celui qui se présente au curieux lorsqu'il eſt dans l'arène où combattaient les gladiateurs, et qu'il voit ces ruines immenses s'élever tout autour de lui. Ce qui m'en touche le plus, c'eſt ce ciel d'un bleu si pur que l'on aperçoit à travers les fenêtres du haut de l'édifice vers le nord[1].

Il faut être seul dans le Colisée; souvent vous serez gêné par les murmures pieux des dévots, qui par troupes de quinze ou vingt, font les ſtations du Calvaire, ou par un capucin qui, depuis Benoît XIV, qui reſtaura cet édifice, vient prêcher ici le vendredi. Tous les jours, excepté au moment de la sieſte ou le dimanche, vous rencontrez des maçons servis par des galériens; car il faut toujours réparer quelque coin de ruines qui s'écroule. Mais cette vue singulière finit par ne pas nuire à la rêverie.

On monte[2] dans les couloirs des étages supérieurs par des escaliers assez bien réparés. Mais, si l'on n'a pas de guide (et à Rome tout cicérone tue le plaisir), l'on eſt exposé à passer sur des voûtes bien amincies par les pluies et qui peuvent s'écrouler[3]. Parvenu au plus haut étage des ruines, toujours du côté du nord, on aperçoit vis-à-vis de soi, derrière de grands arbres et presque à la même hauteur, *San Pietro in Vincoli*, église célèbre par le tombeau de Jules II et le *Moïse* de Michel-Ange.

Au midi, le regard passe par-dessus les ruines de l'amphithéâtre, qui, de ce côté, sont beaucoup plus basses, et va s'arrêter au loin dans la plaine, sur cette sublime[4] basilique de Saint-Paul, incendiée en 1823[5]. Elle eſt à demi cachée par de longues files de cyprès[6]. Cette église fut bâtie[7] au lieu même où l'on enterra, après son martyre, l'homme dont la parole a créé ce fleuve immense qui, sous le nom de religion chrétienne, vient encore aujourd'hui se mêler à toutes nos affections. La qualité de *saint,* qui, une fois, fut le comble de l'honneur, nuit aujourd'hui à saint Paul. Cet homme a eu sur le monde une bien autre influence que César ou Napoléon. Comme eux, pour avoir le plaisir de commander, il s'exposait à une mort probable. Mais le danger qu'il courait n'était pas *beau* comme celui des soldats.

Du haut des ruines du Colisée, on vit à la fois avec Vespasien qui le bâtit, avec saint Paul, avec Michel-Ange. Vespasien, triomphant des Juifs, a passé sous cet arc de triomphe que vous apercevez là-bas, à l'entrée du Forum, et que, de nos jours encore[1], le Juif évite dans sa course. Ici, plus près, est l'arc de Constantin; mais il fut construit par des architectes déjà barbares : la décadence commençait pour Rome et pour l'Occident.

Je le sens trop, de telles sensations peuvent s'indiquer, mais ne se communiquent point[2]. Ailleurs, ces souvenirs pourraient être communs; pour le voyageur placé sur ces ruines, ils sont immenses et pleins d'émotion. Ces pans de murs, noircis par le temps, font sur l'âme l'effet de la musique de Cimarosa, qui se charge de rendre sublimes et touchantes les paroles vulgaires d'un *libretto*. L'homme le plus fait pour les arts, J.-J. Rousseau, par exemple, lisant à Paris la description la plus sincère du Colisée, ne pourrait s'empêcher de trouver l'auteur ridicule à cause de son exagération; et, pourtant, celui-ci n'aurait été occupé qu'à se rapetisser et à avoir peur de son lecteur.

Je ne parle pas du vulgaire, né pour admirer le pathos de *Corinne*[3]; les gens un peu délicats ont ce malheur bien grand au XIXe siècle : quand ils aperçoivent de l'exagération, leur âme n'est plus disposée qu'à inventer de l'ironie.

Pour lui donner[4] une idée quelconque des restes de cet édifice immense, plus beau peut-être aujourd'hui qu'il tombe en ruine, qu'il ne le fut jamais dans toute sa splendeur (alors ce n'était qu'un théâtre, aujourd'hui c'est le plus beau vestige du peuple romain), il faudrait connaître les circonstances de la vie du lecteur. Cette description du Colisée ne peut se tenter que de vive voix, quand on se trouve, après minuit, chez une femme aimable, en bonne compagnie, et qu'elle et les femmes qui l'entourent veulent bien écouter avec une bienveillance marquée. D'abord le conteur se commande une attention pénible, ensuite il ose être ému; les images se présentent en foule, et les spectateurs entrevoient, par les yeux de l'âme, ce dernier reste encore vivant du plus grand peuple du monde. On peut faire aux Romains la même objection qu'à Napoléon. Ils furent criminels quelquefois, mais jamais l'homme n'a été plus grand[5].

Quelle duperie de parler de ce qu'on aime! Que peut-on

gagner ? Le plaisir d'être ému soi-même un instant par le reflet de l'émotion des autres. Mais un sot, piqué de vous voir parler tout seul, peut inventer un mot plaisant qui vient salir vos souvenirs. De là, peut-être, cette pudeur de la vraie passion que les âmes communes oublient d'imiter quand elles jouent la passion.

Il faudrait que le lecteur qui n'est pas à Rome eût la bonté de jeter les yeux sur une lithographie du Colisée (celle de M. Lesueur[1]), ou du moins sur l'image qui est dans l'*Encyclopédie*.

L'on verra un théâtre ovale[2], d'une hauteur énorme, encore tout entier à l'extérieur du côté du nord, mais ruiné vers le midi[3] : il contenait cent sept mille spectateurs.

La façade extérieure décrit une ellipse immense ; elle est décorée de quatre ordres d'architecture : les deux étages supérieurs sont formés de demi-colonnes et de pilastres corinthiens ; l'ordre du rez-de-chaussée est dorique, et celui du second étage ionique. Les trois premiers ordres se dessinent par des colonnes à demi engagées dans le mur, comme au nouveau théâtre de la rue Ventadour[4].

Le monde n'a rien vu d'aussi magnifique que ce monument : sa hauteur totale est de cent cinquante-sept pieds, et sa circonférence extérieure de mille six cent quarante et un. L'arène où combattaient les gladiateurs a deux cent quatre-vingt-cinq pieds de long sur cent quatre-vingt-deux de large. Lors de la dédicace du Colisée par Titus, le peuple romain eut le plaisir de voir mourir cinq mille lions, tigres et autres bêtes féroces, et près de trois mille gladiateurs. Les jeux durèrent cent jours[5].

L'empereur Vespasien commença ce théâtre à son retour de Judée ; il y employa douze mille Juifs, prisonniers de guerre ; mais il ne put le finir ; cette gloire était réservée à Titus, son fils, qui en fit la dédicace l'an 80 après Jésus-Christ*.

Quatre cent quarante-six ans plus tard, c'est-à-dire l'an 526 de notre ère, les Barbares de Totila en ruinèrent diverses parties, afin de s'emparer des crampons de bronze

---

* Chercher au Musée, à Paris (nᵒ 1047), le tableau de Jules Romain, dont le premier plan peint si nettement la cérémonie du triomphe de Vespasien et de Titus, et l'arc triomphal sous lequel les Juifs prisonniers sont contraints de passer. Cette cérémonie était pour les peuples anciens comme serait aujourd'hui donner un soufflet à toute une armée, ou signer la capitulation de Bailen[6].

qui liaient les pierres. Tous les blocs du Colisée sont percés de grands trous, J'avouerai que je trouve inexplicables, plusieurs des travaux exécutés par les Barbares, et que l'on dit avoir eu pour objet d'aller fouiller dans les masses énormes qui forment le Colisée. Après Totila, cet édifice devint comme une carrière publique, où, pendant dix siècles, les riches Romains faisaient prendre des pierres pour bâtir leurs maisons, qui, au Moyen Âge, étaient des forteresses. Encore en 1623, les Barberini, neveux d'Urbain VIII, en tirèrent tous les matériaux de leur immense palais. De là le proverbe :

Quod non fecerunt barbari fecere Barberini*.

17 août 1827. — Une fois, vers la fin du Moyen Âge (1377), Rome a été réduite à une population de trente mille habitants; M. le cardinal Spina disait même hier douze mille; maintenant elle en a cent quarante mille. Si les papes ne fussent pas revenus d'Avignon, si la Rome des prêtres n'eût pas été bâtie aux dépens de la Rome antique, nous aurions beaucoup plus de monuments des Romains; mais la religion chrétienne n'eût pas fait une alliance aussi intime avec le *beau;* nous ne verrions aujourd'hui ni Saint-Pierre, ni tant d'églises magnifiques répandues dans toute la terre : Saint-Paul de Londres, Sainte-Geneviève, etc. Nous-mêmes, fils de chrétiens, nous serions moins sensibles au *beau*. À six ans peut-être vous avez entendu parler avec admiration de Saint-Pierre de Rome.

Les papes devinrent amoureux de l'architecture**, cet art éternel qui se marie si bien à la religion de la terreur; mais, grâce aux monuments romains, ils ne s'en tinrent pas au gothique. Ce fut une infidélité à l'enfer. Les

* Ce que n'ont pas fait les barbares, les Barberins l'ont fait. Paul II fit abattre le côté méridional.

** Ce n'est pas quand la vertu la plus pure occupe la chaire de saint Pierre, et quand les personnes appelées à l'administration des peuples sont remarquables par la réunion de la piété et des talents, qu'il est nécessaire, pour l'écrivain philosophe, de protester de son respect pour les autorités établies. Malgré leurs erreurs, elles maintiennent l'*ordre légal*, et cet ordre est maintenant le premier besoin des sociétés. Il faudra peut-être des siècles à la plupart des peuples de l'Europe pour atteindre au degré de bonheur dont la France jouit sous le règne de Charles X.

papes, dans leur jeunesse, avant de monter sur le trône,
admiraient les restes de l'antiquité, Bramante inventa
l'architecture chrétienne; Nicolas V, Jules II, Léon X,
furent des hommes dignes d'être émus par les ruines du
Colisée et par la coupole de Saint-Pierre.

Lorsqu'il travaillait à cette église, Michel-Ange, déjà
très vieux, fut trouvé, un jour d'hiver, après la chute d'une
grande quantité de neige, errant au milieu des ruines du
Colisée. Il venait monter son âme au ton qu'il fallait pour
pouvoir sentir les beautés et les défauts de son propre
dessin de la coupole de Saint-Pierre. Tel est l'empire
de la beauté sublime; un théâtre donne des idées pour
une église.

Dès que d'autres curieux arrivent au Colisée, le plaisir
du voyageur s'éclipse presque en entier. Au lieu de se
perdre dans des rêveries sublimes et attachantes, malgré
lui il observe les ridicules des nouveaux venus, et il lui
semble toujours qu'ils en ont beaucoup. La vie est ravalée
à ce qu'elle est dans un salon : on écoute malgré soi les
pauvretés qu'ils disent. Si j'avais le pouvoir, je serais
tyran, je ferais fermer le Colisée durant mes séjours à
Rome.

18 août 1827. — L'opinion commune est que Vespasien
fit construire le Colisée dans l'endroit où étaient auparavant les étangs et les jardins de Néron; c'était à peu près le
centre de la Rome de César et de Cicéron[1]. La statue
colossale de Néron fut placée[2] près de ce théâtre; de là le
nom de *Colosseo*. D'autres prétendent que cette dénomination vient de l'étendue surprenante et de la hauteur
colossale de cet édifice.

Comme nous, les Romains avaient l'usage de célébrer
par une fête l'ouverture d'une maison nouvelle; un
drame, représenté avec une pompe extraordinaire, faisait
la dédicace d'un théâtre; celle d'une naumachie était célébrée par un combat de barques; des courses de chars, et
surtout des combats de gladiateurs, marquaient l'ouverture d'un cirque; des chasses de bêtes féroces faisaient la
dédicace d'un amphithéâtre. Titus, comme nous l'avons
vu, fit paraître, le jour de l'ouverture du Colisée, un
nombre énorme d'animaux féroces qui tous furent tués*.

*   *Ut fera quae montes nuper dimisit avitos*
     Altorumque exul nemorum, damnatur arenae

Quel doux plaisir pour des Romains! Si nous ne sentons plus ce plaisir, c'est à la religion de Jésus-Christ qu'il en faut rendre grâce.

Le Colisée est bâti presque en entier de blocs de *travertin*, assez vilaine pierre remplie de trous comme le tuf, et d'un blanc tirant sur le jaune. On la fait venir de Tivoli. L'aspect de tous les monuments de Rome serait bien plus agréable au premier coup d'œil si les architectes avaient eu à leur disposition la belle pierre de taille employée à Lyon ou à Édimbourg, ou bien le marbre dont on a fait le cirque de Pola (Dalmatie).

On voit des numéros antiques au-dessus des arcs d'ordre dorique du Colisée; chacune de ces arcades servait de porte. De nombreux escaliers conduisaient aux portiques supérieurs et aux gradins. Ainsi, en peu d'instants, cent mille spectateurs pouvaient entrer au Colisée et en sortir.

On dit que Titus fit construire une galerie qui partait de son palais sur le mont Esquilin, et lui permettait de venir au Colisée sans paraître dans les rues de Rome. Elle devait aboutir entre les deux arcs marqués des numéros 38 et 39. Là, on remarque un arc qui n'est pas numéroté. (Voir Fontana, Neralco, et Marangonius[2].)

L'architecte qui a bâti le Colisée a osé être simple. Il s'est donné garde de le surcharger de petits ornements jolis et mesquins, tels que ceux qui gâtent l'intérieur de la cour du Louvre. Le goût public à Rome n'était point vicié par l'habitude des fêtes et des cérémonies d'une cour comme celle de Louis XIV. (Voir les *Mémoires* de Dangeau[3].) Un roi devant agir sur la *vanité* est obligé d'inventer des distinctions et de les *changer souvent*. Voir les fracs de Marly, inventés par Louis XIV (Saint-Simon).

Les empereurs de Rome avaient eu l'idée simple de réunir en leur personne toutes les magistratures inventées par la république à mesure des besoins des temps. Ils étaient consuls, tribuns, etc. Ici tout est simplicité et solidité; c'est pour cela que les joints des immenses blocs de travertin qu'on aperçoit de toutes parts prennent un

Muneribus, commota ruit; vir murmure contra
Hortatur, nixusque genu venabula tendit:
Illa pavet strepitus, cuneosque erecta theatri
Respicit, et tanti miratur sibila vulgi.

CLAUD. *in* RUF., I, II[1].

caractère étonnant de grandiose. Le spectateur doit cette sensation, qui s'accroît encore par le souvenir, à l'absence de tout petit ornement; l'attention est laissée à la masse d'un si magnifique édifice.

La place où l'on donnait les jeux et les spectacles s'appelait arène *(arena)*, à cause du sable qui était répandu sur le sol les jours où les jeux devaient avoir lieu. On prétend que cette arène était anciennement plus basse de dix pieds qu'elle ne l'est aujourd'hui. Elle était entourée d'un mur assez élevé pour empêcher les lions et les tigres de s'élancer sur les spectateurs. C'est ce qu'on voit encore dans les théâtres en bois, destinés, en Espagne, aux combats de taureaux. Ce mur était percé d'ouvertures fermées par des grilles de fer. C'est par là qu'entraient les gladiateurs et les bêtes féroces, et que l'on emportait les cadavres.

La place d'honneur, parmi les Romains, était au-dessus du mur qui entourait l'arène, et s'appelait *podium;* de là on pouvait jouir de la physionomie des gladiateurs mourants, et distinguer les moindres détails du combat. Là, se trouvaient les sièges réservés aux vestales, à l'empereur et à sa famille, aux sénateurs et aux principaux magistrats.

Derrière le *podium* commençaient les gradins destinés au peuple; ces gradins étaient divisés en trois ordres appelés *meniana.* La première division renfermait douze gradins, et la seconde quinze; ils étaient en marbre. Les gradins de la troisième division étaient, à ce qu'on croit, construits en bois. Il y eut un incendie, et cette partie du théâtre fut restaurée par Héliogabale et Alexandre. La totalité des gradins pouvait contenir quatre-vingt-sept mille spectateurs, et on estime que vingt mille se plaçaient debout dans les portiques de la partie supérieure, bâtis en bois.

On distingue, au-dessus des fenêtres de l'étage le plus élevé, des trous dans lesquels on suppose que s'enchâssaient les poutres du *velarium.* Elles supportaient des poulies et des cordes, à l'aide desquelles on manœuvrait une suite d'immenses bandes de toile qui couvraient l'amphithéâtre et devaient garantir les spectateurs de l'ardeur du soleil. Quant à la pluie, je ne conçois pas trop comment ces tentes pouvaient mettre à l'abri de ces pluies battantes que l'on éprouve à Rome.

Il faut chercher dans l'Orient, parmi les ruines de Palmyre, de Balbec ou de Pétra, des édifices comparables à celui-ci pour la grandeur; mais ces temples étonnent sans plaire. Plus vastes que le Colisée, ils ne produiront jamais sur nous la même impression. Ils sont construits d'après d'autres règles de beauté, auxquelles nous ne sommes point accoutumés. Les civilisations qui ont *créé cette beauté* ont disparu.

Ces grands temples élevés et creusés dans l'Inde ou en Égypte ne rappellent que les souvenirs ignobles du despotisme; ils n'étaient pas destinés à plaire à des âmes généreuses. Dix mille esclaves ou cent mille esclaves ont péri de fatigue, tandis qu'on les occupait à ces travaux étonnants.

À mesure que nous connaîtrons mieux l'histoire ancienne, que de rois ne trouverons-nous pas plus puissants qu'Agamemnon, que de guerriers aussi braves qu'Achille! Mais ces noms nouveaux seront pour nous sans émotions. On lit les curieux *Mémoires* de Bober, empereur d'Orient, vers 1340. Après y avoir songé un instant, on pense à autre chose.

Le Colisée est sublime pour nous, parce que c'est un vestige vivant de ces Romains dont l'histoire a occupé toute notre enfance. L'âme trouve des rapports entre la grandeur de leurs entreprises et celle de cet édifice. Quel lieu sur la terre vit une fois une aussi grande multitude et de telles pompes? L'empereur du monde (et cet homme était Titus!) y était reçu par les cris de joie de cent mille spectateurs; et maintenant quel silence!

Lorsque les empereurs essayèrent de lutter avec la nouvelle religion prêchée par saint Paul, qui annonçait aux esclaves et aux pauvres l'égalité devant Dieu, ils envoyèrent au Colisée beaucoup de chrétiens souffrir le martyre. Cet édifice fut donc en grande vénération dans le Moyen Âge; c'est pour cela qu'il n'a pas été tout à fait détruit. Benoît XIV, voulant ôter tout prétexte aux grands seigneurs qui, depuis des siècles, y envoyaient prendre des pierres comme dans une carrière, fit ériger autour de l'arène quatorze petits oratoires, chacun desquels contient une fresque exprimant un trait de la Passion du Sauveur. Vers la partie orientale, dans un coin des ruines, on a établi une chapelle où l'on dit la messe; à côté, une porte fermée à clef indique l'entrée de l'escalier de bois par lequel on monte aux étages supérieurs.

En sortant du Colisée par la porte orientale, vers

Saint-Jean-de-Latran, on trouve un petit corps de garde de quatre hommes, et l'immense arc-boutant de brique, élevé par Pie VII, pour soutenir cette partie de la façade extérieure prête à s'écrouler.

Je parlerai dans la suite, quand le lecteur aura du goût pour ces sortes de choses, des conjectures proposées par les savants à propos des constructions trouvées au-dessous du niveau actuel de l'arène du Colisée, lors des fouilles exécutées par les ordres de Napoléon (1810 à 1814[1]).

J'invite d'avance le lecteur à ne croire en ce genre que ce qui lui semblera prouvé; cela importe à ses plaisirs : on ne se fait pas l'idée de la présomption des cicérones romains[2].

Rome, 17 août 1827[3]. — Que de matinées heureuses j'ai passées au Colisée, perdu dans quelque coin de ces ruines immenses! Des étages supérieurs on voit en bas, dans l'arène, les galériens du pape travailler en chantant. Le bruit de leurs chaînes se mêle au chant des oiseaux, tranquilles habitants du Colisée. Ils s'envolent par centaines quand on approche des broussailles qui couvrent les sièges les plus élevés où se plaçait jadis le peuple roi[4]. Ce gazouillement paisible des oiseaux, qui retentit faiblement dans ce vaste édifice, et, de temps à autre, le profond silence qui lui succède, aident sans doute l'imagination à s'envoler dans les temps anciens. On arrive aux plus vives jouissances que la mémoire puisse procurer.

Cette rêverie, que je vante au lecteur, et qui peut-être lui semblera ridicule,

> *C'est le sombre plaisir d'un cœur mélancolique.*
>
> LA FONTAINE[5].

À vrai dire, voilà le seul grand plaisir que l'on trouve à Rome. Il est impossible pour la première jeunesse, si folle d'espérances. Si, plus heureux que les écoliers de la fin du dernier siècle, le lecteur n'a pas appris le latin péniblement durant sa première enfance, son âme sera peut-être moins préoccupée des Romains et de ce qu'ils ont fait sur la terre. Pour nous, qui avons traduit pendant des années des morceaux de Tite-Live et de Florus, leur souvenir précède toute expérience; Florus et Tite-Live nous ont raconté des batailles célèbres, et, à huit ans, quelle idée ne se fait-on pas d'une bataille[1] ! C'est alors que l'imagination est fantastique, et les images qu'elle trace immenses. Aucune froide expérience ne vient en rogner les contours.

Depuis les imaginations de la première enfance, je n'ai trouvé de sensation analogue, par son immensité et sa ténacité, qui triomphe de tous les autres souvenirs, que dans les poèmes de lord Byron. Comme je le lui disais un jour à Venise, en citant *le Giaour,* il me répondit : « C'est pour cela que vous y voyez des lignes de points. Dès que l'expérience des temps raisonnables de la vie peut attaquer une de mes images, je l'abandonne, je ne veux pas que le lecteur trouve chez moi les mêmes sensations qu'à la Bourse. Mais vous, Français, êtes légers, vous devez à cette disposition, mère de vos défauts et de vos vertus, de retrouver quelquefois le bonheur facile de l'enfance. En Angleterre, la hideuse nécessité du travail apparaît de toutes parts. Dès son entrée dans la vie, le jeune homme, au lieu de lire les poètes ou d'écouter la musique de Mozart, entend la voix de la triste expérience qui lui crie : *Travaille dix-huit heures par jour, ou après-demain tu expireras de faim dans la rue !* Il faut donc que les images du Giaour puissent braver l'expérience et le souvenir des réalités de la vie. Pendant qu'il lit, le lecteur habite un autre univers; c'est le bonheur des peuples malheureux... Mais vous, Français, gais comme des enfants, je m'étonne que vous soyez sensibles à ce genre de mérite. Trouvez-vous réellement beau autre chose que ce qui est *à la mode ?* Mes vers sont à la mode parmi vous, et vous les trouverez ridicules dans vingt ans. J'aurai le sort de l'abbé Delille. »

Je ne prétends nullement que ce soient là les *paroles expresses* du grand poète qui me parlait, pendant que sa gondole le conduisait de la Piazzetta au Lido[2].

La phrase qu'on vient de lire est la dernière précaution que je prendrai contre la petite critique de mauvaise foi.

Je me souviens que j'eus la hardiesse de lui faire de la morale : « Quand on est aussi aimable[3] que vous, comment peut-on *acheter* l'amour ? »

Cette rêverie de Rome, qui nous semble si douce et nous fait oublier tous les intérêts de la vie active, nous la trouvons également au Colisée ou à Saint-Pierre, suivant que nos âmes sont disposées. Pour moi, quand j'y suis plongé, il est des jours où l'on m'annoncerait que je suis roi de la terre, que je ne daignerais pas me lever pour aller jouir du trône; je renverrais à un autre moment.

19 août 1827. — Paul, le plus aimable de nos compagnons de voyage, a pris le Colisée en grippe. Il prétend que ces ruines l'ennuient ou le rendent malade. — Voici la manière de se servir de cet itinéraire : on peut faire les mêmes courses que nous, et alors lire le livre de suite.

Ou bien, on peut chercher dans les titres courants, au haut des pages, la description du monument que l'on se sent la *curiosité de voir ce jour-là.* Tout le talent du *cicerone* consiste à conduire les voyageurs dont il s'est chargé aux monuments qui, dans un instant donné, doivent leur faire le plus de plaisir. Si, par exemple, il commençait par les fresques de Michel-Ange, à la chapelle Sixtine, il n'en faudrait pas davantage, si les voyageurs sont français, pour les dégoûter à jamais de la peinture.

Je ne fatiguerai pas le lecteur, qui a déjà tant de choses à voir, en le forçant à lire les noms d'une foule d'artistes médiocres. Je ne nommerai que ce qui s'est élevé au-dessus de la qualité d'*ouvrier.* Les curieux qui voudront connaître les noms des auteurs de tant de statues maniérées et de tableaux ridicules qui garnissent les églises de Rome, les trouveront dans l'*Itinéraire* de Fea[1] ou dans celui de Vasi[2]. Ces messieurs avaient un but différent du mien; d'ailleurs, ils craignaient de déplaire.

Je ne nommerai pas non plus les objets d'art par trop insignifiants; on les verrait avec plaisir à Turin, à Naples, à Venise, à Milan; mais, dans une ville riche de toutes les ruines de l'antiquité et de tant de monuments élevés par les papes, leur nom est un poids inutile pour l'attention, qu'il est facile de mieux employer.

Bandello, que Henri II fit évêque d'Agen (1550), est un excellent romancier qui, je ne sais pourquoi, ne jouit pas de la réputation dont il est digne; il a laissé neuf volumes de nouvelles charmantes, peut-être un peu trop gaies, où l'on voit, *comme dans un miroir,* les mœurs du XVe siècle. Bandello se trouvait à Rome en 1504*. Il n'invente rien,

---

* Voir le comte Mazzuchelli : ce savant de Brescia avait un esprit judicieux et un peu lourd, et d'ailleurs ne voulait pas se brouiller avec la justice. Le comte Mazzuchelli a laissé d'excellentes notices sur la plupart des Italiens célèbres du Moyen Âge. Pignotti, Muratori, Mazzuchelli et Verri doivent être crus de pré-

ses nouvelles sont fondées sur des faits vrais[1]. On y voit ce qu'était Rome du temps de Raphaël et de Michel-Ange. Il y avait bien plus de magnificence, d'esprit et de gaieté à la cour des papes qu'à celle d'aucun roi de l'Europe. La moins barbare était celle de François Ier, et l'on y trouvait encore bien des traces de grossièreté. Le sabre tue l'esprit.

Tous les genres de mérite, même celui qui est fondé sur l'art de penser et de découvrir la vérité dans les matières difficiles, étaient alors bienvenus à Rome. Là se rencontraient tous les plaisirs. Une politesse qui passait pour parfaite ne nuisait point à l'originalité des esprits. Je conseille au voyageur de lire quelques nouvelles de Bandello, choisies parmi celles dont la scène est à Rome; cela le guérira des préjugés qu'il a pu prendre dans Roscoe, Sismondi, Botta[2], et autres historiens modernes*.

Pour moi, j'ai cherché à indiquer le plus de faits possible. J'aime mieux que le lecteur trouve une phrase peu élégante, et qu'il ait, sur un monument, une petite idée de plus. Souvent, au lieu d'une expression plus générale, et par là moins dangereuse pour l'auteur, je me suis servi du *mot propre*. Rien ne choque davantage le bel usage du xixe siècle. Mais je tiens au mot propre, parce qu'il laisse un souvenir distinct.

20 août 1827. — Si l'étranger qui entre dans Saint-Pierre entreprend de tout voir, il prend un mal à la tête fou, et bientôt la satiété et la douleur rendent incapable de tout plaisir. Ne vous laissez aller que quelques instants à l'admiration qu'inspire un monument si grand, si beau, si bien tenu, en un mot la plus belle église de la plus belle religion du monde. Regardez les deux admirables fontaines de la place; l'imagination la plus riante peut-elle se figurer rien de plus joli ? Cherchez dans l'église le tombeau de Clément XIII (Rezzonico), de Canova. La piété du pape, la douleur des lions, la beauté du génie colossal, la simplicité de la figure de la Religion, méritent tous vos

férence à tous les historiens modernes. Si, après avoir lu l'*Histoire de Toscane* de Pignotti, et l'*Histoire de Milan* de Verri, en tout 12 volumes in-8°, la curiosité est excitée et non pas fatiguée, on peut entreprendre la collection des écrivains originaux dont Verri et Pignotti ont donné des extraits faits avec conscience.

* Les amateurs de ces peintures naïves, énergiques et vraies, peuvent demander le *Novelliere,* publié en 1815 par Silvestri, à Milan, 22 volumes.

regards. Peut-être Canova n'avait-il pas l'âme assez
sombre et assez forte pour inventer la tête de la religion
catholique; peut-être aussi les formes élégantes, et surtout
la pose du génie colossal, rappellent-elles un peu la
fatuité moderne. J'aime mieux les rangs en demi-relief
du tombeau des trois derniers Stuarts; ce sont bien là ces
génies bienfaisants, gracieux intermédiaires entre un
pouvoir inexorable non moins qu'immense et un être
aussi faible que l'homme.

Près le tombeau des Stuarts se trouve la porte de l'escalier qui conduit sur les combles de Saint-Pierre. Montez,
vous vous trouverez sur la place publique d'une petite
ville. On parvient à la croix par un escalier qui rampe
entre les deux calottes de la coupole. La vue que l'on a de
l'intérieur de l'église au-dessous de soi est à faire frémir.

En revenant vers la façade, derrière les statues colossales, on aperçoit dans le lointain la montagne d'Albano.
Après cette vue si belle, descendez dans les souterrains,
vous y trouverez le tombeau de l'infâme Alexandre VI, le
seul homme qu'on ait pu croire une incarnation du diable.

En sortant de Saint-Pierre, voyez l'architecture du mur
extérieur de l'église, au couchant, derrière la sacristie.
Après quoi passez à un objet absolument différent, allez
aux jardins Borghèse ou à la villa Lante. Faute de cette
méthode, vous vous fatiguerez étonnamment et arriverez
plus vite au *dégoût de l'admiration*. C'est le seul sentiment
que le voyageur ait à redouter ici.

Le curieux qui ne le craint pas est comme ces gens qui
disent ne jamais s'ennuyer. Le ciel ne leur a pas vendu au
prix de quelques instants de malaise cette sensibilité
passionnée faute de laquelle on est indigne de voir l'Italie.

La société, et une société agitée de petits intérêts et de
petits bavardages, est fort nécessaire pour prévenir ce
dégoût d'admirer. Ce matin, lassés du sublime, après
avoir vu Saint-Pierre, Frédéric et moi nous avons été
saisis d'un accès de sommeil léthargique, tandis que notre
calèche de Montecitorio (ce sont les fiacres de Rome) nous
transportait au palais Barberini. Nous allions y chercher
le portrait de la jeune Béatrix Cenci, chef-d'œuvre du
Guide. (Il est placé dans le cabinet du prince Barberini.)
Nous avons revu avec un vrai plaisir le beau lion antique en demi-relief sur l'escalier. Ce lion peut-il être comparé aux lions de Canova du tombeau de Clément XIII?

Cette question difficile nous eût donné mal à la tête. Nous nous sommes bornés aux plaisirs faciles que l'on trouve devant les tableaux. J'ai distingué le portrait d'un duc d'Urbin, par le Barroche, ce peintre qui rappelle le pastel, qui fut empoisonné tout jeune et vécut toujours souffrant jusqu'à un âge avancé. Une tête de femme, de Léonard de Vinci, nous a fait plaisir. Ma raison a été obligée d'admirer le fameux tableau de la *Mort de Germanicus,* du Poussin. Le héros expirant prie ses amis de venger sa mort et de protéger ses enfants. Les deux portraits de la Fornarina, par Raphaël et Jules Romain, sont un exemple frappant de la manière dont le caractère d'un peintre change le même style*.

L'immense plafond de Pierre de Cortone, au palais Barberini, nous a transportés dans un autre siècle, qui fut pour les beaux-arts ce que celui des Delille et des Marmontel a été pour la littérature française.

De là nous sommes allés voir l'atelier de M. Tenerani[4]; il y a du talent, même de l'originalité. *Utinam fuisset vis*[5] ! Nous avons dîné à côté de jeunes artistes brillants de vivacité, chez Lepri (62 baïoques ou 3 francs 5 sous pour deux), mais des serviettes peu blanches. Le soir, grand monde chez M. l'ambassadeur de ***[6]; huit ou dix cardinaux, autant de femmes remarquables, du moins à mes yeux[7]. Mots spirituels et fins de M. le cardinal Spina. Quand on y réfléchit, on trouve, aux reparties de ce *porporato*[8], la profondeur du génie de Mirabeau. M. le cardinal De Gregorio[9] a plus de verve que nos hommes les plus aimables et autant d'esprit; il est fils de Charles III (*Carlos tercero,* cet homme[10] singulier qui a tout fait en Espagne).

Les gens d'esprit, à Rome, ont du *brio,* ce que je n'ai observé qu'une seule fois chez un homme né à Paris. On voit que les hommes supérieurs de ce pays-ci méprisent l'affectation; ils diraient volontiers : « *Je suis comme moi; tant mieux pour vous.* » Le bon cardinal Hœfelin, malgré

---

* La Fornarina, dont les palais Barberini et Borghèse ont des portraits, n'est pas la femme qui a servi de modèle pour l'un[1] des plus beaux portraits de la tribune de la galerie de Florence[2]. J'ai cherché la vérité sur ce détail dans la *Vie de Raphaël*[3]. Le portrait de Florence a pendant longtemps été attribué au Giorgion; mais il porte la date de 1512, et à cette époque le grand peintre de Venise était mort. On retrouve à la galerie de Modène la même femme peinte par le Giorgion.

ses quatre-vingt-douze ans, est toujours dans le monde, occupé, comme Fontenelle, à dresser des choses fines aux jeunes femmes. J'aime le caractère ferme et vif de M. le cardinal Cavalchini, l'ancien gouverneur de Rome.

La conversation de ces hommes décidés est toujours singulière, pourvu qu'ils aient reçu assez d'éducation pour savoir rendre leurs idées. Les cardinaux ont à peu près le costume de Bartholo dans le *Barbier* de Rossini : un habit noir avec des passepoils rouges et des bas rouges. Ils parlent beaucoup de Rossini, et ils parlent toujours aux plus jolies femmes : Mmes Dodwell, Sorlofra, Martinetti[1], Bonaccorsi[2]. Mme Dodwell est une jeune Romaine d'une famille française, les *Giraud* (prononcez Gira-o); cette charmante tête offre la perfection du *joli* italien[3]. Giacomo della Porta copiait la beauté d'après des têtes comme celle de Mme la princesse Bonaccorsi, pour laquelle on se brûle la cervelle. Mme la duchesse Lante, qui a été la plus jolie femme de son temps, rappelle aujourd'hui, par les grâces de son esprit, ces femmes célèbres du XVIIIe siècle, chez lesquelles Montesquieu, Voltaire et Fontenelle aimaient à se rencontrer.

M. de La***[4] est l'homme aimable par excellence : gai, de bon goût, il représente sa nation telle qu'elle était autrefois[5]. M. d'Italinsky, envoyé de Russie[6], est un philosophe de l'école du grand Frédéric : beaucoup d'esprit et de science, encore plus de simplicité; c'est un sage comme le milord-maréchal de J.-J. Rousseau. On lui a donné des secrétaires de légation qui voient tout ce qui se passe en Italie, et dont l'esprit brillant rappelle la manière d'être des hommes les plus aimables du siècle de Louis XV. — Histoire du conclave de Léon XII nommé par le cardinal Severoli[7].

Je n'oublierai de la vie les moments heureux que je dois à l'esprit vif et pittoresque de M. le comte K***, mais, hélas! je crains de nuire aux gens en les nommant dans un livre peu *grave*, qui va droit son chemin, sans s'incliner devant aucun préjugé, qu'il soit à *gauche* ou à *droite*.

On n'est pas plus aimable à rencontrer que M. de Funchal, ambassadeur du Portugal. C'est un esprit singulier qui chasse l'ennui d'un salon même diplomatique (où l'on ne peut parler de tout ce qui fait ailleurs le sujet habituel de la conversation). Au reste, rien de moins diplomatique que les soirées des ambassadeurs à Rome :

excepté dans le groupe où se trouve l'ambassadeur, on parle de nouvelles comme chez Cracas.

Où trouver en Europe une réunion comparable à celle dont je viens de nommer quelques acteurs ? Chaque soir, on rencontre les mêmes personnes dans un salon différent[1].

Les glaces sont excellentes; les murs garnis de huit ou dix tableaux des grands maîtres. Le *brio* qu'il y a dans la conversation dispose à goûter leur mérite. Pour être poli envers le souverain, on dit, dans l'occasion, quelques mots en faveur de Dieu[2].

Les vexations éprouvées pour nos passeports, à Modène et ailleurs, nous avaient donné les préventions les plus injustes. Les voyageurs trouvent chez M. d'Appony[3] des manières franches et fort polies; on croirait parler à un jeune colonel hongrois. Depuis la lutte établie entre l'aristocratie de la naissance et celle de l'argent, je ne connais pas, en Europe, de salons préférables à ceux de Rome; il est impossible que cent indifférents réunis se donnent réciproquement plus de plaisir; n'est-ce pas la perfection de la société ?

En France, nous marchons à la liberté; mais, en vérité, par un chemin bien ennuyeux. Nos salons sont plus collet monté et plus sérieux que ceux d'Allemagne ou d'Italie. Je sais bien qu'on s'y présente pour avoir de l'avancement ou améliorer sa position dans son parti. Rien de pareil à Rome; chacun cherche à s'amuser, mais à deux conditions : sans se brouiller avec sa cour et sans déplaire au pape. L'aimable comte Demidoff, qui s'est brouillé avec Léon XII, est allé s'établir à Florence.

J'ai eu le bonheur de recevoir cinq ou six invitations pour voir des tableaux précieux que l'on ne montre pas. Je me figure que ces chefs-d'œuvre ont été acquis d'une[4] manière peu correcte, ou plutôt le propriétaire ne veut pas recevoir, dans sa chambre à coucher, vingt étrangers chaque semaine. Un Italien qui aime un tableau l'accroche en face de son lit pour le voir en s'éveillant, et son salon *reste sans ornement*. On veut ici des plaisirs réels, et le *paraître* n'est rien*.

J'oubliais que ce soir j'ai été obligé de m'éloigner d'un groupe de jeunes femmes pour écouter un homme grave

---

* Voir le *Baron de Fœneste,* curieux roman d'Agrippa d'Aubigné[5].

qui m'a fait toute l'histoire de Molinos, qui, avant[1] d'aller en prison, fut sur le point d'être cardinal. L'histoire de Molinos est encore de mise à Rome; c'est comme à Paris le ministère de M. de Serres[2]. Vous savez sans doute que Molinos était un Espagnol qui proposait aux dames d'aimer Dieu comme un amant bon enfant. Ce système fut transporté en France par l'aimable Mme Guyon, l'amie de Fénelon. Si Madeleine et Marthe, les amies de Jésus-Christ, eussent vécu du temps de Louis XIV, elles eussent été envoyées à la Bastille. Bayle a fait un excellent article sur Mlle Bourignon. Par les soins de Molinos, plusieurs dames romaines aimaient Dieu comme Mlle Bourignon. Cet amour est admirablement peint dans les lettres de sainte Thérèse; on y trouve une sensibilité passionnée et pas d'affectation : c'est le contraire d'un poème moderne.

Grottaferrata[3], _21 août 1827._ — Hier soir, on nous a fait peur de la fièvre. Au mois d'août, nous a-t-on dit, il faut habiter les délicieux coteaux d'Albano, qui s'élèvent, comme une île volcanique, vers l'extrémité méridionale de la campagne de Rome. Le jour, on peut venir voir des monuments à Rome; on peut même assister à des soirées; mais il faut éviter de se trouver exposé à l'air une heure avant et une heure après le coucher du soleil[4]. Tout cela n'est peut-être qu'un préjugé : beaucoup de gens ont la fièvre, et sans doute elle est terrible; mais l'évite-t-on en quittant Rome? M. le chevalier d'Italinsky, envoyé de Russie, prétend que non; il a quatre-vingts ans et habite ce pays depuis douze ou quinze. La plupart des personnes aimables que nous avons entrevues hier soir habitent les collines sur lesquelles Frascati, Castel Gandolfo, Grottaferrata et Albano sont nichés, par exemple la jolie Mme Dodwell[5]. Un Français fort obligeant, établi à Rome, nous a fait avoir une belle maison de campagne près du lac d'Albano. Nous l'avons louée pour deux mois à un prix fort modéré. À peine le marché fait, ce matin, de bonne heure, nous sommes partis par un soleil incroyable; c'est la zone torride; le cocher refusait presque de marcher. Pas un brin d'herbe verte dans la campagne, tout est jaune et calciné.

Nous avons eu plus de peur que de mal : notre calèche allait si vite, que nous avons créé du vent. À peine arrivés à la montée de la colline, nous avons trouvé un petit *venticello*[1] délicieux qui venait de la mer. Nous l'apercevons en même temps, pas trop loin de nous sur la droite, elle est du bleu le plus foncé; nous distinguons fort bien les voiles blanches des navires qui sillonnent cette mer d'azur.

Nous sommes tous amoureux de notre nouvelle habitation. Nous avons de grandes chambres superbes d'architecture, et proprement blanchies à la chaux tous les ans. Avant de me coucher, j'ai passé une heure à considérer, à la lueur de ma lampe de cuivre au long pied, les bustes antiques qui sont dans ma chambre. Si ce n'était leur poids énorme, je les achèterais pour les emporter en France. Il y a un César magnifique.

22 août 1827. — De ma fenêtre, je pourrais jeter une pierre dans le lac de Castel Gandolfo; et, de l'autre côté, à travers les arbres, nous voyons la mer. La forêt qui s'étend d'ici à Frascati nous offre une promenade pittoresque, et toute la journée nous y avons trouvé une fraîcheur délicieuse. À chaque cent pas, nous sommes surpris par un site qui rappelle les paysages du Guaspre[2]. Pour tout dire en un mot, ceci est comparable aux rives du lac de Côme, mais d'un genre de beauté bien plus sombre et majestueux[3].

Quelques personnages prudents ont voulu nous faire peur des brigands; mais un homme d'esprit (M. le cardinal Benvenuti) les a supprimés. Le quartier général de ces messieurs était à Frosinone, pas fort loin d'ici, et l'on peut y aller par les bois sans paraître dans la plaine. Se faire brigand, dans ce pays, s'appelle *prendre le bois (prendere la macchia);* être brigand, *esser alla macchia.* Le gouvernement traite assez souvent avec ces gens-là et puis leur manque de parole. Ce pays pourrait être civilisé en dix-huit mois par un général français ou anglais, et ensuite il serait aussi estimable que peu curieux; quelque chose dans le genre de New York.

Je désire, comme honnête homme, surtout quand je suis en butte aux vexations des polices italiennes, que toute la terre obtienne le gouvernement légal de New York; mais, dans ce pays si moral, en peu de mois l'ennui mettrait fin à mon existence.

En 1823, je fus à Naples[4] avec un homme de bon sens, qui passait son temps à avoir peur qu'on ne lui volât dix-huit chemises qu'il avait dans sa valise. Nous nous sommes affranchis de ces tristes sensations : nous avons fort peu d'argent et des montres de 36 francs; nous ne fermons rien à clef. Ces précautions sont toujours de mise dans les pays sauvages. En Angleterre, on nous estimait d'après la beauté de la montre et des bijoux d'or déposés sur le *somno*[1]. Les *souverains* qui paraissaient dans notre bourse augmentaient évidemment notre considération. C'est que, dans les pays aristocratiques, il faut montrer la richesse, il faut la cacher ici. C'est par l'oubli de ces précautions qu'un grand nombre d'Anglais se font voler en Italie. Quelquefois, comme ce beau jeune homme tué près de Naples avec sa femme, ils se piquent d'honneur contre les brigands et font feu avec des pistolets de poche sur quatre ou cinq voleurs bien armés.

Le génie anglais est de *lutter contre les obstacles*. Nous, Français, qui n'avons pas ce mérite, sommes convenus de rire des petits vols, au lieu de faire une scène dans les auberges. On ne vient qu'une fois en Italie; il faut faire le sacrifice de vingt-cinq louis, s'attendre à vingt-cinq petits vols, et ne jamais se mettre en colère. *Ride si sapis*[2]. Cette admirable idée est de Frédéric.

23 août 1827. — Nous avons traversé la forêt de Castel Gandolfo[3] à Frascati par de petits chemins délicieux, et sommes allés voir les villas Bracciano, Conti, Mondragone, qui tombent en ruine, Taverna, Ruffinella, et enfin la villa Aldobrandini, la plus charmante de toutes. Nous avons fait cent fois le péché d'envie. Les grands seigneurs qui firent construire ces belles maisons et ces jardins ont obtenu la plus belle union des beautés de l'architecture et de celles des arbres.

La campagne de Rome est jaune, la verdure a tout à fait disparu[4]. Il n'y a de vert que les pins et les chênes verts. Ces arbres sont bien sérieux; nos yeux regrettent les souvenirs de Richmond[5] et de Hagley-Park. Ah! si les Anglais avaient eu un Palladio, que n'eût pas fait dans le genre des *ville* cette nation si riche et si aristocratique[6]! À mon âge, je ne puis encore me défendre d'un premier mouvement de respect pour un vieillard qui habite un beau palais.

Figurez-vous la villa Aldobrandini, au lieu de la maison carrée de Hagley (près de Birmingham[7]).

24 août 1827. — Nous nous sommes trouvés ce matin une certaine disposition à recevoir des idées par des figures bien peintes, plutôt que par des mots alignés dans une ligne. Nous sommes allés à Rome, au palais Borghèse. Notre début, vraiment noble, a été de donner un *scudo* (5 francs 38 cent.) au *cuſtode*[1]*; nous étions six*.* Nous l'avons prié de nous mettre vis-à-vis de la *Descente de croix,* tableau célèbre de la seconde manière de Raphaël, avant qu'il eût vu Rome et Michel-Ange. Nous avons vu la *Chasse de Diane,* du Dominiquin, la *Sibylle de Cumes,* du même; les portraits de César Borgia et d'un cardinal, attribués à Raphaël; *L'Amour divin et l'Amour profane,* du Titien; un portrait de Raphaël, par Timoteo d'Urbin; un portrait de la Fornarina, par Jules Romain. David a laissé vingt tableaux, et Raphaël, mort à trente-sept ans, trois cents. C'eſt que le dessin n'eſt qu'une science exacte fort accessible à la patience. Les personnages de la *Descente de croix* étaient un peu plus difficiles à créer que ceux de *Léonidas*[3]. Ils ont l'âme noble et tendre. Or que pensez-vous de l'*âme* du père des Horaces ? Le ſtyle de la *Descente de croix* de Raphaël eſt dur et sec; il y a de la petitesse dans la manière, c'eſt l'opposé du Corrège; on y trouve même une grosse faute de dessin. Le *cuſtode* du palais Borghèse, touché de notre générosité, voulait à toute force nous montrer le reſte de sa collection; nous nous sommes enfuis. Nous étions, cinq minutes après, au palais Doria, dans le *Corso,* où nous avons vu le plus beau Claude Lorrain qui soit sur le continent (c'eſt *Le Moulin*); un tableau du Garofalo[4], le *Pont Lucano* sur le chemin de Tivoli, et beaucoup d'autres paysages de Gaspard Duguet Poussin, dit le Guaspre; le portrait de Machiavel, par André del Sarto; six paysages demi-circulaires d'Annibal Carrache, qui y a représenté les époques les plus remarquables de la vie de la Madone : la *Fuite en Égypte,* la *Visitation,* la *Naissance de Jésus,* l'*Assomption,* etc.; le portrait d'Innocent X, par Vélasquez, qui paraît singulier parmi de si belles choses, et une grande madone de Sassoferrato. Nous étions fatigués d'admirer. Nous sommes allés le

* Une personne seule donne 2 francs, et, si elle porte un titre, 10 francs. Voilà le mécanisme de l'effet du *titre* sur le Romain. Il ne se croit nullement honoré par la présence de l'homme titré, en cela le contraire du calicot[2] français, qui vous méprise si vous payez comptant ce que vous prenez chez lui.

soir à la jolie soirée de Mme M***, et nous venons de
rentrer chez nous, à Grottaferrata, comme une heure
sonnait. Il n'y a plus de brigands depuis deux ans; cependant le cocher mourait de peur évidemment, ce qui ne
rassurait pas nos compagnes de voyage.

Grottaferrata, le 25 août 1827. — Excepté dans les
jours de vive émotion, où l'imagination est créatrice et
donne des sensations même à propos d'un ouvrage
médiocre, mes amis ne regardent un tableau qu'autant
qu'il est attribué à l'un[1] des vingt-neuf peintres[2] dont voici
les noms[3] :

ÉCOLE DE FLORENCE

Michel-Ange   Le Frate
Léonard de Vinci   André del Sarto

ÉCOLE ROMAINE

Raphaël   Pérugin
Jules Romain   Michel-Ange et Polydore
Le Poussin   de Caravage
Le Lorrain   Le Garofalo

ÉCOLE LOMBARDE

Luini   Le Parmigianino
Le Corrège

ÉCOLE DE VENISE

Giorgion   Le Tintoret
Le Titien   Les deux Palma
Paul Véronèse   Sébastien del Piombo

ÉCOLE DE BOLOGNE

Les trois Carraches   Le Guerchin
Le Guide   Cantarini ou le Pesarèse
Le Dominiquin   Francia

La plupart des tableaux de la galerie Borghèse ont été achetés directement des peintres ou des personnes qui les avaient eus de ceux-ci. C'est un des lieux du monde où l'on peut étudier avec le plus de sécurité le *style* d'un maître.

26 août 1827. — Nous sommes retournés à Rome. Nous avons débuté par l'Académie de Saint-Luc, où nous avons vénéré le crâne du divin Raphaël. Il indique que Raphaël était de bien petite taille[1]. Je serais ridicule si j'avouais l'attendrissement dont je me suis senti pénétré. Je me répétais à demi-voix :

> *Ille hic est Raphaël, timuit quo sospite vinci*
> *Rerum magna parens, et moriente mori*[2].

Un goût sévère peut blâmer le marivaudage de cette pensée; mais j'aime ces vers depuis si longtemps, que les répéter ajoute à mon émotion. On voit ici trois portraits de Raphaël faits par lui-même, et où il n'a eu garde de se donner ce petit air précieux d'un *jeune duc modeste* qu'on lui connaît à Paris, grâce à M. Quatremère[3].

En sortant de l'Académie de Saint-Luc, nous sommes allés à San Gregorio, à cause des deux *Martyres de saint André,* fresques admirables du Guide et du Dominiquin[4]. Situation tranquille et heureuse de cette petite église[4]. Ceci rappelle à Frédéric *La Vie tranquille,* roman d'Auguste la Fontaine[5].

J'aime bien mieux les fresques que les tableaux à l'huile; mais les fresques sont invisibles pendant deux mois aux yeux qui arrivent de Paris. Nos compagnes de voyage regrettaient les tableaux à l'huile. D'excellents petits chevaux, méchants et maigres à faire peur, ont parcouru au galop tout l'intervalle qui nous séparait du Vatican. Là, au troisième étage du portique de la cour[6] de Saint-Damase, dans une grande chambre dont les murs nus sont recouverts d'une teinte de vert tendre, nous avons trouvé la *Transfiguration* et la *Communion de saint Jérôme,* cent fois mieux placées, en vérité, que jamais elles ne le furent en France[7].

Comme on ne peut pas excommunier le pape, Pie VII s'est bien gardé de restituer aux couvents leurs biens et leurs tableaux. Il a réuni dans ce petit musée une cinquan-

taine d'ouvrages excellents. Le _Crucifiement de saint Pierre,_
du Guide, plusieurs tableaux de Raphaël et du Pérugin.
J'ai remarqué de ce dernier maître un _Saint Louis,_ roi de
France, qui a la mine d'un jeune diacre contrit; ce n'était
pas la physionomie de cet homme sublime, qui eût été le
meilleur disciple de Socrate. Mais, enfin, dans ce tableau
est bien sensible la lumière _dorée_ (comme si elle passait
à travers un nuage au coucher du soleil) par laquelle ce
peintre éclaire ses ouvrages, et qui en fait le _ton général._

Le ton général du Guide est _argentin;_ celui de Simon de
Pesaro, cendré[1], etc., etc. On remarque dans la _Vierge au_
donataire, de Raphaël, une faute de dessin épouvantable
dans le bras[2] de la figure de saint Jean, maigre à faire peur.
Si je ne craignais de choquer les gens moraux, j'avouerais
que j'ai toujours pensé, sans le dire, qu'une femme
appartient réellement à l'homme qui l'aime le mieux[3].
J'étendrais volontiers ce blasphème aux tableaux. À
Paris, nous en étions si peu amoureux, que nous parlions
de notre amour d'une façon presque officielle, comme un
mari.

Cinq heures ont sonné, mes amis sont allés dîner chez
un ambassadeur; je suis descendu seul dans Saint-Pierre.
Il y a justement un grand banc de bois à dossier vis-à-vis
le tombeau des Stuarts (par Canova), où se trouvent ces
deux anges si jolis. De là, j'ai vu venir la nuit dans ce
temple auguste. À la chute du jour, sa physionomie
change de quart d'heure en quart d'heure. Peu à peu tous
les fidèles sont sortis; j'ai entendu les derniers bruits, et
ensuite les pas retentissants des porte-clefs fermant
successivement toutes les portes avec un tapage qui faisait
tressaillir[4]. Enfin, l'un d'eux est venu m'avertir qu'il n'y
avait plus que moi dans l'église. J'étais sur le point de
céder à la tentation de m'y cacher et d'y passer la nuit; si
j'avais eu un morceau de pain et un manteau, je n'y aurais
pas manqué. J'ai donné 2 pauls au porte-clefs, ce qui
m'assure une immense considération pour l'avenir.

Voilà une journée telle qu'aucun autre pays de la terre
ne peut la fournir. J'ai fait, à l'Armellino[5], dans le Cours,
un dîner magnifique qui m'a coûté 3 francs (56 baïoques).
M. Mercadante[6] était assis vis-à-vis de moi; tout le
monde parlait avec étonnement d'un courrier du commerce qui, traversant hier la forêt de Viterbe, a tué deux
voleurs et pris le troisième. Ce courrier était français, ce

qui m'a fait plaisir. Après quoi, joli concert chez Mme
L***; la musique y était médiocre, mais on la sentait avec
passion. Quels yeux divins que ceux de Mme C***, écou-
tantun certain air bouffe de Paisiello (l'air du pédant dans
La Scuffiara[1], chanté avec verve par un amateur)! Nous
rentrons à Grottaferrata à deux heures; nous n'avons
plus peur[2].

27 août 1827. — Ce qu'il y a de plus beau en musique,
c'est incontestablement un récitatif dit avec la méthode de
Mme Grassini et l'âme de Mme Pasta. Les *points d'orgue,* et
autres ornements qu'invente l'âme émue du chanteur,
peignent admirablement (ou, pour dire vrai, *reproduisent
dans votre âme*) ces petits moments de repos délicieux que
l'on rencontre dans les vraies passions. Pendant ces
courts instants, l'âme de l'être passionné *se détaille les
plaisirs* ou *les peines* que vient de lui montrer le pas en
avant fait par son esprit. Cela, expliqué en dix pages
élégantes, serait *compris de tous et augmenterait la masse de
science qui permet aux sots d'être pédants.* J'en aurais le talent,
que je ne le ferais pas. Je ne désire être compris que des
gens nés pour la musique; je voudrais pouvoir écrire
dans une langue sacrée[3].

Les arts sont un privilège, et chèrement acheté! par
combien de malheurs, par combien de sottises, par combien de journées de profonde mélancolie! Je remarquais
au concert d'hier soir quelques-unes des plus jolies
femmes de Rome. La beauté romaine, pleine d'âme et de
feu, me rappelle Bologne; il y a ici de plus longs moments
d'indifférence ou de tristesse.

On aperçoit l'effet du grand monde. Ces dames ont un
peu de l'indifférence d'une duchesse de l'ancien régime*;
mais leur vivacité les emporte; elles changent souvent de
place, s'agitent beaucoup dans un salon, elles n'en sont
que plus belles. Tant de mouvements dérangeraient à
Paris une jolie robe de Victorine[6].

28 août 1827. — La plus belle forêt du monde est celle
d'Ariccia[7]. De grands rochers nus couleur de bistre

* Voir la *Galerie des Dames françaises,* Londres (Paris), 1790,
in-8° de 207 pages, contenant 58 portraits du temps[4]. Le peintre est
ridicule, mais il y a de la ressemblance. M. le docteur Villermé[5]
donne une explication singulière de la mauvaise santé des grandes
dames en 1789.

percent au milieu de la plus belle verdure et des accidents
de feuillage les plus pittoresques. On voit bien, à l'étonnante vigueur de la végétation, que la montagne d'Albano
est un ancien volcan[1]. Malgré la chaleur accablante partout ailleurs et la crainte des serpents, nous avons erré
toute la journée à deux lieues environ d'Ariccia. Nous
avons commencé nos courses par revoir[2] pour la cinquième fois les fresques du Dominiquin au couvent de
Saint-Nil. Ce saint Nil, moine grec, fut en son temps[3] un
homme du plus grand courage et tout à fait supérieur. Il
a trouvé un peintre digne de lui. Ce que j'ai raconté de
son histoire à nos compagnes de voyage a doublé l'effet
de la fresque du Dominiquin[4]. Je m'en suis profondément
affligé avec ces dames. Elles sont loin encore d'aimer et
de comprendre la peinture. Le sujet ne fait rien au mérite
du peintre; c'est un peu comme les paroles d'un *libretto*
pour la musique. Tout le monde s'est moqué de cette
idée, même le sage Frédéric.

29 août 1827. — On a beaucoup parlé peinture hier soir
chez Mme la duchesse de D***[5]. Il y avait sur le piano un
magnifique portrait de César Borgia, par Giorgion*[6],
qu'elle voulait acheter. Un homme, remarquable par le
feu de son esprit, a en quelque sorte improvisé sans projet; il parlait des arts, et, comme il voyait son succès dans
les yeux des auditeurs, il a réellement été touchant. Ce
matin, la partie de notre petite caravane qui possède le
pouvoir exécutif a décidé qu'au lieu d'aller chercher de la
fraîcheur dans la grotte de Neptune, à Tivoli, comme le
projet en avait été arrêté, nous irions voir des tableaux.
Cette fois, on a demandé des fresques.

Nous avons débuté par l'*Aurore* du Guide, au palais
Rospigliosi; c'est, ce me semble, la plus *intelligible* des
fresques[7].

Comme nous étions fort près du *Saint Sébastien*,
fresque du Dominiquin, à l'église de Sainte-Marie-des-

---

* M. le comte Borgia, de Milan, après avoir fait la guerre du
temps de Napoléon avec une bravoure digne de ses aïeux, protège
les arts pendant la paix; il vient de faire exécuter par Palaggi une
fort bonne copie de ce portrait. L'original appartient au célèbre
graveur Longhi, le maître des Anderloni et des Garavaglia, dont
je vous conseille d'acheter les gravures.

Anges, nous y sommes entrés, L'architecture de Michel-
Ange est si belle, qu'il ne s'est point trouvé d'attention de
reste pour le pauvre *Saint Sébastien* un peu terne dans sa
couleur et un peu portefaix dans sa forme. Nous sommes
allés rapidement (sans faire arrêter la calèche et sans céder
à aucune tentation) à Saint-André della Valle ; le *Saint
Jean* du Dominiquin a été compris, ensuite les trois autres
évangélistes. L'air si noble, tempéré par une timidité
charmante, des figures de femmes qu'il a peintes au-dessus
du grand autel, a produit tout l'effet possible, et un si
grand effet, que l'on est allé sur-le-champ à la galerie
Borghèse, où nous n'avons regardé que la *Chasse de Diane*
du Dominiquin. La jeune nymphe qui se baigne, sur le
premier plan, et qui peut-être louche un peu, a séduit tous
les cœurs. Nous avons passé fièrement les yeux baissés
devant les autres tableaux. Enfin, on est arrivé à la
Farnesina[1].

Là sont les fresques les plus belles peut-être de
Raphaël, et certainement les plus faciles à comprendre :
les sujets sont pris dans l'histoire de Psyché et de l'Amour,
jadis mise en français par La Fontaine. Après une demi-
heure passée en silence à regarder, on s'est souvenu
qu'hier soir on fit plusieurs allusions à la vie de Raphaël.
À Rome, Raphaël est comme autrefois Hercule[2] dans la
Grèce héroïque ; tout ce qui a été fait de grand et de
noble dans la peinture, on l'attribue à ce héros. Sa vie
elle-même, dont les événements sont si simples, devient
obscure et fabuleuse, tant elle est chargée de miracles par
l'admiration de la postérité. Nous parcourions doucement
le joli jardin de la Farnesina, sur la rive du Tibre ; ses
orangers sont chargés de fruits. L'un de nous a raconté
la vie de Raphaël[3], ce qui a semblé augmenter l'effet de
ses ouvrages.

Né le vendredi saint 1483, il mourut à pareil jour en
1520, à l'âge de trente-sept ans.

Le hasard, juste une fois, sembla rassembler tous les
genres de bonheur dans cette vie si courte. Il eut la
grâce et la retenue aimable d'un courtisan, sans en avoir la
fausseté ni même la prudence. Réellement simple comme
Mozart, une fois hors de la vue d'un homme puissant, il ne
songeait plus à lui. Il rêvait à la beauté ou à ses amours.
Son oncle Bramante, le fameux architecte, se chargea
toujours d'intriguer pour lui. Sa mort à trente-sept ans

est un des plus grands malheurs qui soient arrivés à la pauvre espèce humaine.

Il était né à Urbin, petite ville pittoresque située dans les montagnes, entre Pesaro et Pérouse. Rien qu'à voir ce pays, on conçoit que les habitants doivent briller par l'esprit et la vivacité[1]. Vers 1480, les beaux-arts y étaient à la mode. Le premier maître de Raphaël fut son père, peintre médiocre sans doute, mais non pas *affecté* (voir un tableau de Jean Sanzio au musée de Brera, à Milan). Le peintre non affecté étudie la nature, et la rend comme il peut. Le peintre maniéré enseigne à son malheureux élève certaines *recettes* pour faire un bras, une jambe, etc. (Voir les tableaux des grands peintres loués par Diderot, les Vanloo, les Fragonard, etc.) Raphaël, encore enfant, acquit de nouvelles idées en voyant les ouvrages de Carnevale[2], peintre moins médiocre que son père*. Il alla à Pérouse travailler dans la boutique de Pierre Vannucci, que nous appelons le Pérugin. Bientôt il fut en état de faire des tableaux absolument semblables à ceux de son maître, si ce n'est que ses airs de têtes sont moins bourgeois. Ses figures de femmes sont déjà plus belles, leur physionomie annonce un caractère noble *sans être sec*. C'est à Milan, au musée de Brera, que se trouve un des chefs-d'œuvre de la jeunesse de Raphaël, le *Mariage de la Vierge,* gravé par le célèbre Longhi. L'âme tendre, généreuse, pleine de grâces, du jeune peintre, commence à se faire jour à travers le profond respect qu'il sent encore pour les préceptes de son maître. On voyait, avant la Révolution, chez M. le duc d'Orléans, un Christ portant sa croix et marchant au supplice, charmant petit tableau absolument du même caractère, c'était comme un bas-relief. Raphaël eut toujours en horreur des compositions *chaudes,* si chéries de Diderot et autres gens de lettres; cette âme sublime avait senti que ce n'est qu'à son corps défendant que le peinture doit représenter les points extrêmes des passions.

Le Pinturicchio, peintre célèbre par les ouvrages qu'il avait faits à Rome avant la naissance de Raphaël, prit ce jeune homme avec lui pour l'aider dans les fresques de la sacristie de Sienne[4]. Ce qui est incroyable, c'est qu'il n'en

---

* Les curieux peuvent chercher la *Vie de Raphaël* par l'Anonyme, 150 pages in-4°[3]. Le Florentin Vasari est ennemi de Raphaël et partisan de Michel-Ange.

fut pas jaloux, et ne lui joua aucun mauvais tour. Bien des
personnes pensent que la peinture n'avait rien produit
jusqu'alors d'aussi agréable que les grandes fresques de
cette sacristie ou bibliothèque. Raphaël ne fut pas seulement l'aide du Pinturicchio ; à peine âgé de vingt ans, il se
chargea des esquisses et des *cartons* de la presque totalité
de ces fresques charmantes, et qui semblent peintes d'hier,
tant les teintes ont conservé de fraîcheur. Ces immenses
tableaux représentent les diverses aventures d'Enéas
Silvius Piccolomini, savant célèbre qui devint pape sous le
nom de Pie II et régna six ans.

Il me semble que l'on peut attribuer à Raphaël plusieurs des têtes admirables que l'on voit dans cette sacristie. Au lieu de cet air *dévot, égoïste* et *triste* que l'on trouve
ordinairement dans les têtes peintes vers 1503 dans l'État
romain et la Toscane, quelques-uns des personnages des
fresques de Sienne annoncent un caractère pieux, tendre
et un peu mélancolique, qui fait désirer de devenir leur
ami. Si ces gens-là avaient plus de force d'âme, ils s'élè-
veraient à la *générosité*.

En 1504, Raphaël quitta Sienne pour Florence ; il y
rencontra un des génies de la peinture, fra Bartolomeo
Della Porta ; ce moine montra à son jeune ami le *clair-
obscur,* et Raphaël lui enseigna la *perspective*.

En 1505, nous trouvons Raphaël à Pérouse, où il peint
la chapelle de Saint-Sévère. La *Déposition de croix* que nous
avons vue au palais Borghèse est de ce temps. Raphaël
retourna ensuite à Florence, d'où il partit pour Rome en
1508. Les ouvrages qu'il a faits de 1504 à 1508 sont de sa
seconde manière : par exemple, la Madone avec Jésus enfant et saint Jean, au milieu d'un paysage orné de rochers,
que l'on admire à la tribune de la galerie de Florence*.

En 1508, Raphaël, âgé de vingt-cinq ans, arriva à
Rome ; jugez des transports que la vue de la Ville éternelle

---

* J'ai énoncé un peu sèchement toutes ces dates, parce que l'on a[1]
publié quarante volumes peut-être sur cette époque de la vie de
Raphaël. On a voulu embrouiller tout ceci. En général, ces fatras
sont écrits par des partisans de Michel-Ange, grands ennemis de
Raphaël. C'est ici surtout qu'il ne faut croire que ce que l'on a
vérifié sur les ouvrages de ce grand peintre. Un religieux de ma
connaissance est allé s'établir à Urbin. Après trois ou quatre ans
de travaux, il nous donnera une vie de Raphaël en trois volumes.
Voilà la littérature consciencieuse que l'on rencontre souvent en
Italie. Ici le plaisir est de travailler et non d'obtenir une récompense.

dut faire naître dans cette âme tendre, généreuse et si
amoureuse du beau! La nouveauté de ses idées et son
extrême douceur excitèrent l'admiration du terrible
Jules II, avec lequel, grâce au Bramante, il se trouva
d'abord en relation. Ainsi, comme Canova, ce grand
homme n'eut aucun besoin de l'intrigue. À cette époque,
la seule passion que nous trouvions chez Raphaël, est
celle de l'antique. On le chargea de peindre les _stanze_ du
Vatican; en peu de mois il fut regardé par Rome entière
comme le plus grand peintre qui eût jamais existé. Pour
une fois, la mode se trouva d'accord avec la vérité. Raphaël devint l'ami de tous les gens d'esprit de son temps,
parmi lesquels se trouve un grand homme, l'Arioste, et
l'écrivain qui, à lui seul, forme l'opposition du siècle de
Léon X, l'Arétin. Pendant que Raphaël peignait les
stanze, Jules II appela Michel-Ange auprès de lui.

Les partisans de ce dernier furent les seuls ennemis de
Raphaël; mais Raphaël ne fut point le leur. On ne voit
pas qu'il ait jamais haï personne, il était trop occupé de
ses amours et de ses travaux. Quant à Michel-Ange, il ne
comprenait guère le génie de son rival; il disait que ce
jeune homme était un exemple de ce que peut faire l'étude.
C'est Corneille parlant de Racine. Raphaël fut toujours
plein de respect pour l'homme étonnant que les intrigues
de la cour de Rome lui donnaient pour rival[1]. Michel-
Ange, dont l'âme n'était pas aussi pure, faisait des dessins fort savants, sur lesquels il faisait appliquer des
couleurs par fra Sébastien del Piombo, élève du Giorgion.
On rencontre dans les galeries quelques tableaux créés
ainsi; ils montrent les corps et non les âmes; chaque
personnage a un peu l'air de ne s'occuper que de lui seul.
Il y a quelque chose de David, et rien de Mozart. Raphaël dut aux efforts de ses ennemis une activité extrême
qui sembla l'abandonner vers la fin de sa carrière, quand
Michel-Ange, un peu brouillé avec Léon X, passa plusieurs années à Florence sans rien faire.

Je vous ai fait voir la maison de Raphaël, dans la rue
qui mène à Saint-Pierre; c'est là qu'il rendit le dernier
soupir en 1520, douze ans après son arrivée à Rome. Nous
avons remarqué au palais Barberini, et dans la dernière
salle de la galerie Borghèse, des portraits de la Fornarina,
qui fut l'occasion de sa mort. Un autre portrait attribué à
Raphaël fait l'un des ornements de la tribune de la galerie

de Florence. On voit dans cette tête un grand caractère, c'est-à-dire beaucoup de franchise, le dédain de toute ruse, et même cette férocité que l'on rencontre dans le quartier de Trastevere. Cette tête est à mille lieues de l'affectation d'élégance, de mélancolie et de faiblesse physique que le XIXᵉ siècle voudrait trouver chez la maîtresse de Raphaël. Nous nous vengeons en l'appelant laide. Raphaël l'aima avec constance et passion.

Nous parlerons plus tard des trois grands ouvrages de Raphaël qui se trouvent au Vatican : les *loges,* les *stanze* et les *arazzi,* ou tapisseries exécutées à Arras d'après ses cartons ou dessins coloriés. Ces grands travaux m'embarrassent beaucoup; je ne puis me résoudre à n'en pas parler avec détails, et je tremble d'être long.

On rend compte de diverses façons de l'immense quantité d'ouvrages que Raphaël fit pour Jules II et Léon X. Vers 1512, tous les gens riches de Rome lui faisaient la cour pour avoir quelque chose de sa main. Un peu avant sa mort, Agostino Chigi, riche banquier, obtint qu'il peindrait les aventures de Psyché dans ce charmant petit palais, sur les rives du Tibre, où nous sommes maintenant. Raphaël vécut au milieu du bruit des armes. Dans sa jeunesse, un tyran à la Machiavel régnait à Pérouse, et la bataille de Marignan est de 1515.

Grottaferrata, 30 août 1827. — On trouve dans ce moment une société charmante dans les palais qui occupent les plus jolis sites de la montagne de Frascati. Il nous arrive souvent de ne pas aller à Rome et de rester à la campagne.

Hier soir, il y avait à la villa Aldobrandini un homme d'esprit qui arrive de Naples, M. Melchior Gioia[1].

« Pour la Calabre actuelle, nous a-t-il dit, ce sont des bois d'orangers, des forêts d'oliviers, des haies de citronniers. »

M. Melchior Gioia nous a fait passer une soirée charmante. Il nous parlait de la Calabre, de Naples, de la Grèce; car la Calabre est aussi grecque que l'Épire. Les habitants ont le front grec, le mouvement des yeux, le nez grecs[2].

M. Perronti[3] est[4] chef de bataillon dans les troupes françaises. Sa bravoure est prouvée par cent combats; il a commencé sa carrière par être condamné à mort en 1800;

il ne se vante de rien que d'être esprit fort. De ses batailles, pas un mot; mais, outre qu'il sait par cœur le *Compère Mathieu*[1], la *Jeanne* de Voltaire, etc., dont il cite des fragments, il a toujours quelque nouvelle raison qu'il vous explique, pour prouver que, cinq minutes après la mort, on est tout juste aussi avancé que cinq minutes avant de naître. Le sort a voulu que cet esprit fort se soit trouvé dernièrement à Naples le jour d'une des fêtes de saint Janvier. Par malheur, lui et plusieurs de ses amis se laissèrent entraîner dans la cathédrale de Naples, au milieu de cette foule immense de gueux qui disent des injures à saint Janvier, et l'appellent *faccia verde*[2] si son sang tarde à se liquéfier. À peine Perronti est-il près de la balustrade de fer qui sépare le public du miracle, qu'il pleure, il se précipite à genoux, et enfin se fait appliquer sur le front et sur la bouche le reliquaire qui contient le précieux sang de saint Janvier. La cérémonie finie, il se cache dans un confessionnal. Le lendemain, honteux et confus, il répondait à tous les quolibets : « C'est plus fort que moi. » Ainsi sont les Italiens esprits forts; tous les souvenirs chéris de l'enfance, qui forment le caractère, sont liés aux cérémonies pompeuses de la religion catholique; on ne voit plus heureusement de ces francs athées du xve siècle, comme l'Arétin[3],

> *Che disse mal d'ognun fuor che di Dio*[4],
> *Scusandosi col dir : non lo conosco**.

M. Gioia nous disait : « Un des négociants les plus riches de Milan voyageait gaiement en poste avec un de

---

* L'Arétin fut à lui seul *Le Courrier français*, *Le Figaro*, etc., en un mot l'opposition tout entière du xve siècle. Il est singulier qu'il n'ait pas été assassiné vingt fois. Un siècle plus tard, lorsque l'influence de Charles Quint eut tout avili en Italie, l'Arétin n'eut pas vécu six mois après avoir écrit. Il mourut en riant. On lui fit cette épitaphe, qui est un chef-d'œuvre de style; la langue italienne, souvent obscure, est ici claire et limpide :

> *Qui giace l'Aretin, poeta Tosco.*
> *Che disse mal d'ognun fuor che di Dio,*
> *Scusandosi col dir : non lo conosco*[5].

Pierre Arétin, né à Arezzo en 1491, mort en 1556, fut, comme on voit, le contemporain de tous les grands hommes de l'Italie. Les sots le calomnient, c'est le sort de l'opposition. Il a écrit des ouvrages fort indécents, mais moins dangereux, selon moi, que *La Nouvelle Héloïse* ou les sonnets de Pétrarque.

ses amis; la galanterie avait beaucoup de part à leur
entretien, et, le voyage resserrant les nœuds de l'amitié,
"Je ne manquerai pas, à mon arrivée à Milan, de vous
présenter à ma maîtresse", disait le négociant à son ami.
On arrive à Loreto[1]. Quelle ne fut pas la surprise de
Melchior Gioia quand il vit son ami tourner au sérieux
tout à coup, dépenser vingt-deux napoléons d'or pour
faire dire des messes pour le salut de sa maîtresse et pour
sa *bonne mort* à lui, et emporter force chapelets! Il ne reprit
sa gaieté que vingt lieues plus loin, vers Pesaro. »

Je serais obligé de faire du style pour donner une idée
de ce que nous éprouvions, malgré nous, en revenant, à
une heure du matin, à travers les bois[2], de la villa Aldobrandini à Grottaferrata. Je gâterais, en essayant de le
peindre, ce divin mélange de volupté et d'ivresse morale;
et, après tout, les habitants de l'Île-de-France ne pourraient me comprendre. Le climat est ici le plus grand des
artistes.

Jamais nous ne nous serions doutés de ces sensations si
nous avions vu l'Italie pendant l'hiver, ou seulement si
nous fussions restés dans Rome.

1er septembre 1827. — Nous sommes allés voir ce matin
l'église de l'Anima, la Navicella, Sainte-Praxède et
Sainte-Agnès[3].

On peut se souvenir des églises de Rome en les classant
d'après leur forme. Il y en a quatre :

1º La basilique, dont le plan général rappelle la forme
d'une carte à jouer. Par exemple, Sainte-Marie-Majeure;
ordinairement le côté opposé à la porte d'entrée se termine en demi-cercle.

(Voir la petite basilique qu'on élève en ce moment vis-
à-vis la Bibliothèque du Roi, à Paris[4].)

La partie demi-circulaire opposée à la porte d'entrée est
appelée *tribune* par les Italiens.

2º La forme ronde, comme l'Assomption à Paris et le
Panthéon à Rome.

3º La croix latine, c'est la forme d'un crucifix couché
par terre.

La partie de la croix qui commence à la porte d'entrée
est beaucoup plus longue que les trois autres.

4º La croix grecque. Dans cette forme d'église, les

quatre parties de la croix sont de longueur égale, comme
Sainte-Agnès, place Navone.

On compte à Rome huit basiliques :
Sainte-Marie-Majeure,
Saint-Paul-hors-les-Murs,
Saint-Jean-de-Latran,
Saint-Laurent-hors-les-Murs,
Saint-Sébastien,
Sainte-Marie in Trastevere,
Santa Croce in Gerusalemme.

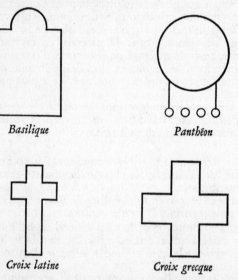

Basilique   *Panthéon*

Croix latine   *Croix grecque*

Saint-Pierre, quoique ayant la forme d'une croix latine,
a conservé le nom de *basilique,* qui indique la forme de
l'église bâtie par Constantin et démolie sous Jules II.

12 septembre 1827. — Notre passion pour la campagne
et la forêt d'Ariccia continue. Cependant, nous sommes
allés à Rome ce matin; le hasard nous a conduits aux
stanze du Vatican. Aujourd'hui, on comprenait Raphaël,
on regardait ses ouvrages avec le degré de passion qui fait
découvrir et sentir les détails, quelque enfumée que soit
la peinture.

On peut prendre mesure d'habit à un homme dédaigneux et froid, comme Childe Harold[1], qui, du haut de son orgueil, juge ses sensations et même son esprit dont il a beaucoup. Mais il n'est au pouvoir de personne de lui faire avoir du plaisir par les beaux-arts. Il faut que l'orgueil daigne se donner la peine d'être attentif : on ne peut pas faire avaler le plaisir comme une pilule. Voilà ce que je pensais en style bas, sans le dire à mes amis.

Comme vous le savez, à son arrivée de Florence à Rome, en 1508, Raphaël reçut de Jules II l'ordre de peindre une muraille dans une des *stanze* du Vatican. D'autres peintres en grande renommée y travaillaient alors : c'étaient Pietro della Francesca, Bramantino de Milan, Luca di Cortona, Pietro della Gatta et Pietro Perugino. Tous étaient plus âgés que Raphaël. On peut se figurer la haine et le mépris avec lesquels ils reçurent ce jeune homme si protégé.

Raphaël entreprit son tableau de la *Dispute du Saint-Sacrement*. Il avait à représenter une multitude de grands personnages, héros du christianisme, occupés à méditer ou à disputer sur le mystère de la Trinité. On distingue aux coins d'un autel, sur lequel l'eucharistie est exposée, les quatre grands docteurs, Augustin, Grégoire, Jérôme et Ambroise. Viennent ensuite les théologiens célèbres, saint Thomas, saint Bonaventure, Scot. Plus loin, une foule de jeunes gens semble apprendre d'eux ce qu'il faut croire de ces mystères, sur lesquels se tromper est si dangereux. Dans la partie supérieure, on aperçoit Jésus entre la Madone et saint Jean, et à ses côtés saint Pierre, saint Paul, saint Étienne, qui le premier mourut pour lui. Le Saint-Esprit paraît sous la forme d'une colombe ; au plus haut du ciel, on voit le Père Éternel entouré d'anges d'une beauté sublime*.

On trouve bien des traces du Pérugin dans ce premier grand ouvrage de son élève. Au lieu de représenter l'or avec des couleurs, Raphaël, égaré par les idées de richesse, qui dans l'esprit du vulgaire sont si voisines de celles de beauté, employa ici l'or lui-même pour les auréoles des saints et les rayons de la *gloire* de Dieu le Père[3]. Cette

---

* Vous aurez beaucoup plus vite du plaisir à Rome, si avant de quitter Paris vous avez lu les descriptions de ces fresques de Raphaël en présence des gravures que Volpato[2] en a données. Elles sont partout, et, par exemple, à la Bibliothèque du Roi.

gloire est dans le genre de celle de la fresque de Saint-
Sévère[1]. Dans quelques endroits, le style est dur, mesquin,
timide. Tout est traité avec ce soin extrême que les nigauds
appellent *sécheresse,* mais que beaucoup de personnes
préfèrent aux *à peu près* rapides et vagues de la peinture
moderne. Raphaël commença ce tableau par le côté droit;
arrivé à gauche, on voit qu'il a fait déjà des progrès.

On croit que cette fresque fut finie en 1508. Jules II
en fut tellement frappé, qu'il ordonna sur-le-champ à des
ouvriers maçons de détruire à coups de marteau[2] les
fresques exécutées dans cette chambre par les peintres que
nous avons nommés. Jules II voulut que toutes les peintures de ces salles fussent de Raphaël. On ne conserva que
quelques ornements du Sodome et une voûte du Pérugin.

15 septembre 1827.   L'aimable colonel Corner[3] nous
racontait ce soir, chez Mme Lampugnani[4], qu'un jour,
pendant que ses mules reposaient, il s'arrêta dans une
auberge d'Espagne, et se mit à la fenêtre.

Un aveugle arriva, s'assit sur le banc devant l'auberge,
accorda sa guitare, et puis se mit à jouer négligemment.
Une servante venait de loin, portant un vase d'eau sur la
tête. D'abord, elle se mit à marcher en cadence, puis fit de
petits sauts, et enfin, quand elle arriva près de l'aveugle,
elle dansait tout à fait. Elle posa sa cruche, et se mit à
danser de tout son cœur. Un garçon d'écurie, qui traver-
sait la cour au loin, portant un bât de mule, laissa là son
fardeau et se mit à danser. Enfin, en moins d'une demi-
heure, treize Espagnols dansaient autour de l'aveugle. Ils
s'occupaient fort peu les uns des autres. Il n'y avait pas
vestige de galanterie, chacun avait l'air de danser pour son
compte, et afin de se faire plaisir, comme on fume un
cigare.

Les dames romaines se sont récriées sur la folie des
Espagnols : se donner tant de peine pour rien! « Il est
certain, me disait M. Corner, qu'il y a dans notre caractère italien quelque chose de sombre et de tendre qui ne
s'accommode point des mouvements précipités. Cette
nuance de délicatesse et de volupté douce manque tout à
fait en Espagne, aussi la beauté y est-elle rare. Les Espagnoles n'ont de fort bien que la jambe et les jolis pieds
qui leur servent à danser. C'est aussi ce qu'on peut louer
le plus rarement chez nos femmes d'Italie. Ici tout

mouvement, quand l'âme est rêveuse, semble un effort pénible. Il y a de beaux yeux en Espagne; mais ils sont durs, et montrent plutôt l'énergie qu'il faut pour les grandes actions que le feu sombre et voilé des passions tendres et profondes.

« L'Espagnol aime la musique qui fait danser; l'Italien, la musique qui, en peignant les passions, redouble le feu de celle qui le dévore.

« Une ressemblance des deux peuples, c'est qu'une Espagnole, comme une Romaine, désire la même chose *six mois de suite,* ou n'est agitée par aucun désir, et s'ennuie. Une Française jeune porte dans ses volontés un feu et une pétulance qui étonnent et fatiguent l'âme plus prudente d'une Romaine. Mais ce feu de paille dure deux jours. Le caractère du tigre peint assez bien la volupté romaine, si l'on veut y joindre des moments de folie absolue. — En effet, ai-je répondu, nous venons de rencontrer deux jeunes Romains avec leurs maîtresses et leurs familles, qui, montés sur une charrette, revenaient d'une partie de plaisir au mont Testaccio[1]. Ils chantaient, gesticulaient, et étaient absolument fous, hommes et femmes; il n'y avait pas d'ivresse physique, mais jamais l'*ivresse morale* n'alla plus loin. Voir Casanova[2]. »

16 septembre 1827. — Le matérialisme déplaît aux Italiens. L'*abstraction* est pénible pour leur esprit. Il leur faut une philosophie toute remplie de terreur et d'amour, c'est-à-dire un Dieu pour premier moteur. La religion s'est sottement faite *ultra* dans le Nord, elle marche au suicide. Qu'importe aux agents? N'ont-ils pas de bons carrosses? Tout cela n'est pas en Italie. Le promoteur le plus enthousiaste de la révolution de Naples était un prêtre[3]. En ce pays, un pape habile peut ranimer le catholicisme pour plusieurs siècles.

L'Italien adore son Dieu par la même fibre qui lui fait idolâtrer sa maîtresse et aimer la musique. C'est que pour lui il entre beaucoup de crainte dans l'*amour.* L'essentiel pour faire la conquête d'une Italienne, c'est d'avoir l'âme *exaltable.* L'esprit français, qui prouve du *sang-froid,* est un obstacle. C'est ce que l'aimable Paul ne veut pas comprendre. Il amuse beaucoup, mais ne séduit nullement; il est tout étonné de ne pas plaire à des femmes qu'il fait rire aux larmes[4].

18 septembre 1827. — Après cinq ou six mois de séjour ici, nous entreprendrons de voir en détail chaque fresque des *stanze* de Raphaël au Vatican.

Maintenant nous traversons souvent ce sanctuaire de la peinture sublime. Nous jetons, en passant, un coup d'œil sur le tableau qui, *ce jour-là,* nous semble intéressant. Voici la liste des ouvrages faits par Raphaël dans ces salles obscures.

I

Dans la salle de Constantin, les figures de la *Mansuétude* et de la *Justice,* peintes à l'huile sur le mur, et peut-être la tête de saint Urbain, pape. Après la mort de son maître, Jules Romain peignit à fresque la grande bataille de Constantin contre Maxence; le dessin seulement est de Raphaël. On attribue à ce grand homme le dessin des deux autres grandes fresques à droite et à gauche de la bataille. La figure de la *Mansuétude* a fait la conquête de nos compagnes de voyage dès le premier jour. Dans l'art de passionner une figure isolée, Raphaël ne connaît qu'un rival au monde, c'est le Corrège. Fra Bartolomeo sait donner le sentiment de la vraie pitié à un prophète isolé dans sa niche.

II

Les quatre grandes fresques de la seconde salle sont de Raphaël.

1º *Héliodore chassé du temple;*

2º Le *Miracle de Bolsena,* sur la fenêtre;

3º *Saint Léon arrête l'armée d'Attila,* composition fort intelligible, qui ressemble un peu à un bas-relief. Nos dames trouvent qu'Attila a trop de grâces;

4º *Un ange délivre saint Pierre, qui est en prison.* Ceci, en revanche, est un sujet que la seule peinture pouvait rendre.

III

1º La *Dispute du Saint-Sacrement,* premier ouvrage de Raphaël au Vatican, 1508. Ce grand homme sait donner de la grâce même à des théologiens qui disputent. Que de génie ne fallait-il pas pour inventer cette grâce! C'est de la persuasion, de l'onction, de la candeur. Plusieurs têtes de jeunes évêques nous plaisent beaucoup. Quel dommage que Raphaël n'ait pas peint les tragédies de Shakespeare! disait-on hier[1].

2º L'*École d'Athènes*, réunion idéale de tous les philosophes de l'antiquité. À droite, au coin, les portraits de Raphaël et du Pérugin, son maître. Il y a trois groupes principaux[2].

3º Au plafond, autour de la fenêtre et au-dessus, la *Prudence*, la *Force* et la *Tempérance*. La peinture n'a jamais rien exécuté de plus difficile. Il y a loin de là aux têtes de femmes du Titien et de Rubens; voir l'*Apothéose de Henri IV*.

4º *Justinien* et *Grégoire IX,* aux deux côtés de la fenêtre. Nous avons remarqué les portraits de Jules II, de Léon X et de Paul III.

5º Le *Mont Parnasse*. La tête d'Homère est inspirée. Celle de Sapho a choqué nos compagnes de voyage. Il y a trop de force et pas assez de finesse et de mélancolie. Un plafond de M. Ingres, au Louvre, rappelle un peu la manière de dessiner de Raphaël. C'est le contraire du *genre vaudeville*. Honneur à l'homme de courage qui ose lutter avec le genre français par excellence! Quand Raphaël ou Beethoven sont à la mode, le Parisien les adore, mais il ne les sent pas.

IV

Cette salle fut peinte en 1517.

1º L'*Incendie du Borgo*. Dans les pensions de jeunes demoiselles, à Paris, on fait dessiner la figure de femme qui est à droite. Elle porte un vase d'airain et appelle au secours. Nos compagnes de voyage l'ont reconnue avec le plus vif plaisir, et nous ne passons jamais ici sans nous arrêter devant cette fresque. Le musée de Paris a de fort bonnes copies à l'huile de sept ou huit fresques des *stanze*. Quand le public aura-t-il la permission de les voir?

2º La *Bataille d'Ostie,* victoire de saint Léon IV sur les Sarrasins; tout n'est pas de la main de Raphaël; beaux soldats, bien militaires;

3º Le *Couronnement de Charlemagne,* par saint Léon III;

4º La *Justification de saint Léon III*. La voûte de cette salle est du Pérugin.

Les soubassements des *stanze* sont de Polydore de
Caravage, qui eut le bon esprit d'imiter les bas-reliefs de la
colonne Trajane. C'est ce qui reste de plus *ressemblant* sur
les Romains.

20 septembre 1827. — Il faut absolument se faire une
idée du mot style, autrement nous tomberions dans des
périphrases infinies[1].

Le quai Voltaire est peuplé d'estampes qui représentent
la *Madonna alla Seggiola* (que Waterloo a rendue au
palais Pitti). Les amateurs distinguent deux gravures
de ce tableau célèbre : l'une de Morghen[2], l'autre de
M. Desnoyers[3]. Il y a une certaine dissemblance entre ces
estampes, c'est ce qui fait la différence des *styles* de ces
deux artistes. Chacun a cherché d'une manière particulière
l'imitation du même original.

Supposons le même sujet traité par plusieurs peintres,
l'*Adoration des rois,* par exemple.

La force et la terreur marqueront le tableau de Michel-
Ange. Les rois seront des hommes dignes de leur rang, et
paraîtront sentir devant qui ils se prosternent.

Chez Raphaël, on songera moins à la puissance des
rois; ils présenteront des formes plus distinguées, leurs
âmes auront plus de noblesse et de générosité. Mais ils
seront tous éclipsés par la céleste pureté de Marie et les
regards de son fils. Cette action aura perdu sa teinte de
férocité hébraïque; le spectateur sentira confusément que
Dieu est un tendre père.

Donnez le même sujet à Léonard de Vinci. La *noblesse*
sera plus sensible que chez Raphaël lui-même; la force et
la sensibilité brûlante ne viendront pas nous distraire; les
petites âmes, qui ne peuvent pas s'élever jusqu'à la
majesté naïve, seront charmées de l'*air noble* des rois. Le
tableau, chargé de sombres demi-teintes, semblera
respirer la mélancolie.

Il sera une fête pour l'œil charmé, s'il est du Corrège.
Mais aussi la divinité, la majesté, la noblesse ne saisiront
pas le cœur dès le premier abord; les yeux ne pourront
s'en détacher, l'âme sera heureuse, et c'est par ce chemin
qu'elle arrivera à s'apercevoir de la présence du Sauveur
des hommes.

Le *style* en peinture est la manière particulière à chacun
de dire les mêmes choses. Chacun des grands peintres

chercha les procédés qui pouvaient porter à l'âme cette *impression particulière* qui lui semblait le grand but de la peinture. Un choix de couleurs, une manière de les appliquer avec le pinceau, la distribution des ombres, certains accessoires, etc., *augmentent le style* d'un dessin. Tout le monde sent qu'une femme qui attend son amant ou son confesseur ne prend pas le même chapeau. Le vulgaire des artistes donne le nom de *style* par excellence au style qui est à la mode. En 1810, quand on disait à Paris : « Cette figure a du *style* », on voulait dire : « Cette figure ressemble à celles de David. »

Chez le véritable artiste, un arbre sera d'un vert différent s'il ombrage le bain où Léda joue avec le cygne (délicieux tableau du Corrège, gravé par Porporati[1]), ou si des assassins profitent de l'obscurité de la forêt pour égorger le voyageur (*Martyre de saint Pierre l'inquisiteur*, par le Titien, maintenant à Venise, où le soleil le gâte).

Vous sentirez le *style* de Raphaël quand vous reconnaîtrez la teinte particulière de son âme dans sa manière de rendre le *clair-obscur*, le *dessin*, la *couleur* (ce sont les trois grandes parties de la peinture).

23 septembre 1827. — Je vois avec une peine infinie que je rebuterais mes amis si je voulais par force leur faire admirer les *stanze*. Au fond, telle enluminure de M. Camuccini leur plaît davantage, et le *Déluge* de Girodet leur semble supérieur à Michel-Ange. Je me réfugie dans les explications historiques.

Pour bien comprendre la plupart des tableaux des grands maîtres, il faut se figurer l'atmosphère[2] moral au milieu duquel vivaient Raphaël, Michel-Ange, Léonard de Vinci, le Titien, le Corrège et tous les grands peintres qui ont paru avant l'école de Bologne*. Eux-mêmes étaient imbus d'une foule de préjugés oubliés aujourd'hui,

---

* Voici quelques dates :
Michel-Ange, né en 1474, mort en 1563;
Léonard de Vinci, né en 1452, mort en 1519;
Fra Bartolomeo Della Porta, né en 1469, mort en 1517;
Raphaël Sanzio, né en 1483, mort en 1520;
Le Corrège, né en 1494, mort en 1534;
Le Titien, né en 1477, mort en 1576;
Paul Véronèse, mort en 1588, au moment où naissaient les Carraches, le Guide, le Guerchin, le Dominiquin, les grands peintres de l'école de Bologne.

et qui régnaient avec force surtout chez les vieillards riches et dévots qui leur commandaient des tableaux.

Un vieillard s'appelait Jean-François-Louis; il demandait au Corrège de lui faire un tableau représentant la Madone tenant le Sauveur dans ses bras, et il voulait voir autour du trône de Marie saint Jean-Baptiste, saint François, qui a vécu si longtemps après lui, et saint Louis, roi de France. Que peuvent se dire ces personnages qui, dans la vie réelle, ont été séparés par tant de siècles? Le riche vieillard, qui portait leurs noms, voulait qu'ils fussent revêtus de tous leurs attributs, afin qu'on pût les reconnaître facilement. Ainsi saint Laurent ne marche jamais sans avoir à ses côtés un petit gril qui rappelle celui sur lequel il souffrit le martyre; sainte Catherine a toujours une roue; saint Sébastien porte des flèches, etc. Souvent il faut supposer que les saints placés dans un tableau sont invisibles les uns pour les autres. Vous sentez pourquoi les plus grands peintres se sont si peu occupés de la *composition;* c'est l'art de faire que tous les personnages d'un tableau concourent à une même action, comme cela se voit dans un drame.

Le Bronzino et la plupart des peintres florentins, qui ont imité Michel-Ange à l'aveugle, comme nos sculpteurs imitent l'antique, ne songent qu'à faire de belles académies dans des positions fort singulières et à peine possibles. Ils ont été conduits à rechercher ce genre de mérite par les dévots qui leur demandaient un tableau représentant saint Pierre, saint Léon et saint François-Xavier. Quelle action commune peut lier ces personnages? Mais voici un grand avantage: le vieillard qui commandait le tableau, et probablement le peintre, croyait fermement que, au moment du jugement terrible qui suit la mort, saint Pierre, saint Léon et saint François-Xavier seraient les avocats du dévot auprès du Tout-Puissant, et plaideraient sa cause avec d'autant plus de zèle qu'il les aurait plus honorés pendant sa vie. Vous avez vu dans Saint-Pierre que les paysans d'aujourd'hui croient encore que le chef des apôtres est fort attentif, du haut du ciel, aux hommages que l'on rend à sa statue de bronze, qui est dans son église au Vatican.

En suivant dans tous leurs détails les mœurs et les croyances du xiiie et du xive siècle, on verrait le pourquoi de plusieurs choses ridicules que l'on remarque dans les

tableaux des grands peintres*. La religion chrétienne permettait alors toutes les passions, toutes les vengeances, et
n'exigeait qu'une chose : c'est qu'on crût en elle.

24 septembre 1827. — Du temps de Raphaël et de
Michel-Ange, le peuple était, comme toujours, en arrière
d'un siècle; mais la haute société raffolait des écrits de
l'Arétin et de Machiavel. L'Arioste donnait des conseils à
Raphaël pour son tableau du *Parnasse* au Vatican, et les
plaisanteries qu'il a placées dans son divin poème retentissaient dans les palais des nobles. La religion ne pro-
duisait guère alors d'autre effet sur la classe élevée que de
donner une passion aux vieillards : elle les guérissait de
l'ennui et du dégoût de toutes les choses par la peur de
l'enfer.

Cette peur extrême, se réunissant au souvenir de
l'amour qui avait été la passion de leur jeunesse, a créé
tous les chefs-d'œuvre des arts que nous voyons dans les
églises. C'est de 1450 à 1530 qu'ont été faites les plus belles
choses; soixante ans plus tard, le désir de la gloire produisit l'école de Bologne, qui a imité toutes les autres, mais
qui eut à agir sur des passions moins vierges. Je doute que
le Guide crût beaucoup aux saints qu'il peignait. La *bonne
foi* nuit peut-être à l'esprit, mais je la crois indispensable
pour exceller dans les arts. Le Guide est touchant par ses
têtes de belles femmes regardant le ciel, que nous appelons
des *Madeleines*. Il disait avec enthousiasme : « J'ai deux
cents manières différentes de faire regarder le ciel par
deux beaux yeux. »

Un poète qui voulait plaire à la haute société du siècle
de Raphaël, s'écriait : « Vous me demandez ma croyance :
je crois dans le bon vin et dans le chapon rôti; en y
croyant, on est sauvé. »

> *Rispose allor Margutte : a dirtel tosto,*
> *Io non credo più al nero che all' azzurro,*
> *Ma nel cappone, o lesso, o vuolsi arrosto;*
> *E credo alcuna volta anco nel burro.*

. . . .

---

* *L'auréole* des saints est peut-être l'imitation d'un effet électrique,
que quelque jeune novice aura remarqué en allant éveiller avant le
jour, pour *matines,* un vénérable vieillard qui couchait dans des
draps de laine.

Ma sopra tutto nel buon vino ho fede,
E credo che sia salvo chi gli crede[1].
PULCI,
Morgante maggiore, canto XVIII, stanza 151.

Mais, en 1515, la bourgeoisie et le bas peuple croyaient
fermement aux miracles; chaque village avait les siens, et
on avait soin de les renouveler tous les huit ou dix ans,
car en Italie un miracle vieillit, et les dévots l'avouent sans
peine. Ils croient avec tant de sincérité, qu'ils répéte-
raient, au besoin, le mot de saint Augustin : *Credo quia
absurdum.* (Je crois parce que c'est absurde[2].)

25 septembre 1827. — Les jésuites ont recréé de nos
jours la religion telle qu'elle était avant Luther; ils disent
à leurs élèves du collège de Modène : «*Faites ce qui*[3] *vous
plaira, et ensuite venez nous le raconter*[4]. »

Qu'il y a loin de cette religion commode, qui se contente de demander l'aveu des péchés, à la sombre croyance
du bourgeois de Londres qui, le dimanche, *ne va pas se
promener,* de peur d'offenser Dieu! Voir les sermons de
M. Irving[5], où la meilleure compagnie se presse tous les
dimanches.

J'allais à l'église, un dimanche matin, à Glasgow[6], avec
le banquier auquel j'étais recommandé; il me dit : « Ne
marchons pas si vite, *nous aurions l'air de nous promener*[7]. »
Son crédit eût été diminué par ce péché. En Amérique, on
fait souvent descendre, le dimanche, le voyageur qui
court en malle-poste. On veut le sauver malgré lui;
voyager, c'est travailler. On permet ce péché au courrier,
qui travaille pour l'intérêt d'argent de beaucoup de
monde; mais on arrête le voyageur qui se damne
pour son intérêt particulier. On est plus immoral à Rome,
mais pas si sot. Nous sommes ici en présence du
point extrême des deux religions. Nous voyons un autre
contraste, la liberté la plus pure et le despotisme le plus
complet.

26 septembre 1827. — Vers l'an 1515, quand François Ier
et la noblesse française s'immortalisaient dans les
plaines de Marignan, le bas peuple d'Italie croyait sur la
religion des choses telles, qu'un jour il paraîtra impossible

qu'il y ait eu des gens dans le monde capables de les imaginer et de les écrire.

À la vérité, les hommes supérieurs de cette époque
avaient le malheur d'être athées, ou, du moins, ne
voyaient dans Jésus-Christ qu'un philosophe aimable,
dont la vie était exploitée par des gens adroits.

Après la barbarie complète du ixe siècle, l'Italie avait
eu des républiques marchandes qui lui donnèrent ce
fonds de bon sens que, dans tout ce qui ne regarde pas les
miracles et les saints, l'on retrouve encore dans le caractère italien. Depuis 1530 et Charles Quint, tout ce qui
était possible a été tenté pour l'avilir*.

Mais, dans l'intervalle de trois siècles, de la chute des
républiques à l'importation du despotisme espagnol (de
1230 à 1530), les princes, qui, dans chaque ville, avaient
usurpé le pouvoir souverain, vivaient avec les gens d'esprit du pays. Chose incroyable, mais qui paraîtra moins
surprenante si l'on considère que Laurent de Médicis,
Alphonse d'Este[1], Léon X, Jules II, les Can della Scala,
les Malatesta, les Sforza, et vingt autres, auraient été
comptés parmi les premiers hommes de leur siècle,
même quand une révolution les aurait privés du pouvoir.

La plupart des grands peintres ne survécurent pas de
beaucoup à l'année 1520, marquée par la mort de Raphaël.
Vers cette époque, l'incrédulité descendait rapidement
dans les classes moyennes. « *Allez dire à mon ami le cardinal,* disait Rabelais mourant, *que je vais chercher un grand
peut-être*[2]. »

La liberté de penser dura en Italie jusqu'à Paul IV, qui
avait été grand inquisiteur (1555). Ce pape vit le péril que
Luther faisait courir au catholicisme. Lui et ses successeurs s'occupèrent sérieusement de l'éducation des
enfants, et bientôt les croyances les plus plaisantes recommencèrent à Rome, à Naples et dans toute l'Italie située
au-delà de l'Apennin. Ce ne sont que crucifix qui parlent,
que madones qui se fâchent, qu'anges qui chantent les
litanies à la procession[3].

Vers 1750, les hautes classes de la société partageaient
encore ces croyances. Et enfin, en 1828, j'ai vu à Naples

---

* Étudier le *règne modèle* du grand-duc Come Ier, à Florence.
Non content d'exiler tous les Toscans qui montraient quelque
générosité, il les faisait assassiner au loin. Les hommes vils avaient
seuls des droits à sa protection.

des familles fort nobles et fort riches croire à la liquéfaction du sang de saint Janvier, qui s'opère à jours fixes, trois fois par an[1].

Les plus jolies femmes ôtent leur chapeau pour que le prêtre puisse appliquer sur leur front le reliquaire qui contient le vénérable sang.

Nous avons vu l'une des plus aimables répandre des larmes au moment où elle donnait un baiser à ce reliquaire, et, un mois auparavant, elle s'était donné mille peines pour faire venir de Marseille un exemplaire de Voltaire. L'introduire à Naples n'avait pas été une petite affaire. Les amis de cette dame recrutaient les leurs au café près de la poste, pour aller voir le vaisseau français, et, au retour, chacun prenait un volume de Voltaire dans chacune de ses poches.

Un soir, nous entendîmes, sous les fenêtres de cette dame, des pétards que des enfants tiraient dans la rue en l'honneur d'un saint dont c'était la fête; il y avait grande illumination et grand concours de peuple dans l'église voisine, qui portait le nom de ce saint : la dame en dit beaucoup de mal. Quelques Français qui avaient aidé à faire prendre terre à l'exemplaire de Voltaire virent dans ces plaisanteries l'effet des doctrines voltairiennes; ils commençaient à s'égayer sur les miracles, mais on les reçut fort mal. La belle Napolitaine ne se moquait du saint voisin que par *jalousie*. Elle s'appelait Saveria et adorait saint Xavier, son patron, dont la fête, qui avait eu lieu quelques jours auparavant, avait été célébrée d'une façon beaucoup moins brillante. — Il y avait un fond d'*italianisme* dans le caractère de Napoléon : c'était l'amour des cordons de toutes couleurs et la crainte du prêtre. La couleur éclatante des cordons entre beaucoup dans le plaisir que l'Italien sent à les regarder et à les porter.

À côté des croyances qui régnaient exclusivement en Italie vers 1769, époque de la naissance de Napoléon, l'amour entraînait aux démarches les plus étranges. Une bonne confession à Pâques effaçait tout; on avait bien peur pendant huit jours, et puis l'on recommençait. Il n'y avait nulle hypocrisie, on était de bonne foi dans la peur comme dans le plaisir.

28 septembre 1827. — Rome a été république un instant en 1798. De 1800 à 1809, elle fut gouvernée par Pie VII, qui, étant cardinal et évêque de Césène, avait fait une proclamation fort libérale. En 1809, elle se vit réunie à l'Empire français, et le Code civil commença à la civiliser, en montrant à tous que la justice est le premier besoin. La conscription était vue avec horreur; mais les conscrits qui sont revenus civilisent leurs villages, comme le font en Russie les soldats qui ont vu la France. De 1814 à 1823, le cardinal Consalvi a résisté du mieux qu'il a pu à l'influence de M. de Metternich et des cardinaux payés par l'Autriche. Le cardinal Consalvi ne voulait pas croire aux *carbonari,* et avait la plus vive répugnance à ordonner des supplices. Cet homme supérieur avait une grande peur du diable.

Les choses ont bien changé sous Léon XII; la Romagne et Rome même ont vu des supplices atroces infligés à des innocents. Léon XII aussi avait une peur véritable du diable. La nuit, cette peur le réveillait en sursaut. — Anecdote de Munich.

En 1824, j'ai assisté à la canonisation de saint Julien[1], Le nouveau saint a été élevé à cette dignité, parce que, entrant un jour chez un gourmand, c'était un vendredi, il voit des alouettes rôties sur la table; aussitôt il leur rend la vie; elles s'envolent par la fenêtre*, et le péché devient impossible.

L'un de nous, qui a été en garnison dans des villages italiens[2] a souvent entendu parler de madones qui tournent les yeux ou qui soupirent. L'effet assuré de ce genre de miracles est d'enrichir le cabaretier voisin. Au bout de six mois, lorsque le prodige commence à trouver des incrédules, l'autorité ecclésiastique le défend. Nos compagnes de voyage attendent avec impatience un tel miracle pour aller le voir. Nous remarquons que la haute société de Rome croit à ces miracles, ou, du moins, a peur d'offenser la Madone, en se permettant d'en plaisanter. La bourgeoisie s'en moque ouvertement. Le bas peuple de *Trastevere*[3] ou du quartier des Monti, y croit fermement, et ferait un mauvais parti à qui manifesterait un doute.

Un de ces jours, un jeune peintre allemand, du plus grand talent, fut frappé de la beauté céleste d'une jeune

* *Historique.* Voir le *Diario di Roma,* journal officiel des États du pape. Montesquieu disait : « À quoi bon calomnier l'Inquisition ? » Un autre saint vient d'être canonisé pour avoir changé un chapon gras en carpe.

femme qui était sur la porte de sa maison, *via della Lungara*[1]. Sans songer à mal, le peintre s'arrêta à quelques pas d'elle. Un homme à favoris énormes parut bientôt sur la porte, s'approcha de l'étranger et lui dit, avec un regard expressif : « *Passa, o mai più non passerai.* » (Va-t'en, ou bientôt tu ne pourras plus t'en aller[2].)

L'administration française a laissé dans l'âme des Romains un souvenir colossal qui, peu à peu, se change en admiration[3].

La classe moyenne, qui, à Rome, commence à l'homme qui jouit de cent louis de rente, lit Voltaire et le *Compère Mathieu,* qui lui semble bien plus joli que Voltaire. Les hautes classes, au contraire, ont horreur des mauvais livres, et j'ai trouvé sur les sofas une traduction italienne de Rollin, annotée par M. Letronne[4], qui passe, parmi les jeunes marquis, pour un philosophe bien hardi.

En revanche, rien n'est comparable au solide bon sens des bourgeois de Rome. Dialogue de la populace avec le pauvre jeune homme qui fut *mazzolato*[5] à la porte du Peuple vers 1825. Le jeune homme, qui peut-être n'avait pas seize ans, s'écriait, en marchant au supplice : « Ah! je suis innocent de la mort du prêtre! » Le peuple lui répondait en chœur : « *Figlio, pensa a salvar l'anima; del resto poco cale.* » (Mon ami, pense à sauver ton âme; le reste n'est plus rien pour toi.)

Un boucher fut condamné aux galères, en 1824, pour avoir vendu de la viande un vendredi. À la vérité, à la même époque, dans un département du Midi de la France, un procureur du roi concluait, devant son tribunal, à une amende de deux cents francs et à quinze jours de prison contre deux voyageurs qui avaient mangé de la viande un vendredi. En France, on s'est contenté de dire : « Voilà un juge qui veut avoir la croix. » À Rome, le peuple a été indigné de la condamnation du boucher *e se l'è legata al dito,* me disait[6] un Romain : le peuple se l'est liée au doigt[7]; ce qui veut dire : a mis cette condamnation au nombre des griefs dont un jour il se vengera. Ce peuple est moins éloigné que nous des grandes actions; il *prend quelque chose au sérieux*[8]. En France, dès qu'on a expliqué avec esprit le *pourquoi* d'une bassesse, elle est oubliée[9].

12 octobre 1827. — Nous nous plaisons à la campagne et négligeons Rome. Il me semble que nos compagnes de voyage ne regrettent pas encore le joli château à dix lieues de Paris. Le sage Frédéric a dit que, en ce qui le concerne, le jour des regrets serait la veille du départ pour retourner en France.

L'année dernière, le mois d'août fut passé dans un joli château; de là nous épiions le plus chétif cabriolet qui cheminait sur la grande route. Un excellent télescope de Reichenbach[1] était braqué; le moindre sot qui arrivait faisait événement, tant on s'amuse à la campagne. Pour qu'elle soit agréable, il faut y porter des passions ou la lassitude des passions. Mais qu'y peut trouver un être aimable et bon qui a grande envie de s'amuser, et qui meurt de peur d'être ridicule en s'amusant? Les richesses, la naissance, ne font que rendre le mal plus incurable; on est privé de deux sources de désirs non encore proscrites par la vanité.

Je soupçonne que tels sont les motifs qui amènent à Rome; mais tout cela a été soigneusement déguisé par toutes les phrases *convenables* (le *convenable* est le grand malheur du xixe siècle) sur le plaisir de la tranquillité, l'amour des fleurs, des beaux arbres, etc.; et l'on sacrifie tout cela au désir de voir Rome. Sur quoi je dis : « Un homme qui sèmerait du blé, et toujours au bout de trois mois passerait la charrue sur son champ, voyant que le blé ne se reproduit pas, n'aurait aucune idée de la formation des épis et de la manière dont le blé se récolte. »

Et mes amis se moquent de moi.

26 octobre 1827. — Excepté pour les faits très voisins de nous, comme la conversion des protestants par les dragons de Louis XIV, ou pour les faits insignifiants, comme la victoire de Constantin sur Maxence, l'histoire, comme on dit, n'est qu'une fable convenue[2]; mais on ne se fait pas d'idée de la vérité de cette maxime. Si jamais vous vous trouvez à Édimbourg ou à Copenhague, dans les salons les mieux composés, faites-vous raconter l'histoire de la *Terreur,* ou celle du 18 brumaire.

Les faits suivants, qu'il est de mon devoir de raconter à mes amis, ne sont guère moins prouvés ou plus romanesques que tout ce qu'il est d'usage de croire au collège sur l'histoire de France; cependant j'invite la plupart des lecteurs à sauter cinq ou six pages.

M. Courier, dont la mort encore impunie ne fait pas

l'éloge des juges de France[1], m'avait prêté l'excellent livre de M. Clavier, qui donne l'*histoire probable de la guerre de Troie*[2].

M. Clavier fut un véritable savant, tel que les Boissonnade[3], les David[4], les Hase[5] et quelques autres.

Énée, après avoir échappé, avec quelques soldats, au massacre qui suivit la prise de Troie, entreprit avec eux un voyage de mer alors de la plus grande hardiesse. Après avoir erré entre tous les écueils de la Méditerranée, il aborda enfin en Italie dans les *Campi Laurenti*. Un étranger qui arrivait avec deux cents guerriers mourant de faim était respectable dans ces temps de petite population. Énée, moins pleureur que ne l'a fait Virgile, épousa Lavinia, fille du roi Latinus, et fonda une ville nommée *Lavinium*. Il mourut après avoir eu de Lavinia un fils nommé Ascagne, lequel fonda *Alba Longa,* trente ans après que son père eut fondé Lavinium.

Le fils d'Ascagne naquit par hasard dans une forêt, ce qui lui fit donner le nom de *Silvius,* qui devint celui de sa dynastie.

Le fils de celui-ci, Æneas Silvius, lui succéda, et voici les noms des rois qui régnèrent de père en fils dans Albe : Latinus, Silvius, Alba, Atis, Capis, Capetus, Tiberinus. Ce dernier se noya dans le fleuve *Albula,* qui prit le nom de Tibre.

Tiberinus eut pour successeur Agrippa, Romulus, Aventinus, lequel fut tué par un coup de tonnerre, et donna le nom d'*Aventin* au mont sur lequel on l'enterra. C'est là qu'est aujourd'hui la jolie église de Sainte-Sabine, où nous avons remarqué ce charmant tableau de Sassoferrato[6]. Après Aventinus, régna Procus, qui eut deux fils, Numitor et Amulius; ce dernier usurpa la couronne sur son frère aîné.

Nous voici enfin arrivés à la fable célèbre connue de toute la terre. Rhea Silvia, fille de Numitor, et qui, malgré elle, avait été vouée au culte de Vesta, se trouva enceinte; elle dit qu'un dieu avait été son époux. Il paraît qu'Amulius, redoutant les partisans de son frère, n'osa pas faire périr Rhea Silvia. Elle accoucha de deux jumeaux, Romulus et Rémus, qui, par ordre d'Amulius, furent exposés dans les bois sur la rive gauche du Tibre (au *Velabro,* vers l'endroit où est aujourd'hui l'*Arco di Giano Quadrifronte*[7]). Une louve, ou une femme connue par ce surnom inju-

rieux, donna son lait à Rémus et à Romulus. Arrivés à
l'âge de dix-huit ans, ils tuèrent l'usurpateur Amulius, et
replacèrent leur aïeul Numitor sur le trône d'Albe. Mais
Rémus et Romulus avaient vécu dans les bois, où ils
subsistaient de vols, ainsi que leur troupe, composée des
plus mauvais sujets des peuplades de la rive gauche du
Tibre. Ce genre de vie avait été ennobli en quelque sorte
par le grand projet de rendre la couronne à leur aïeul
Numitor. Cette restauration accomplie, les deux jeunes
brigands s'ennuyèrent bientôt dans Albe, où ils étaient
regardés comme des hôtes incommodes. Ils eurent recours
à l'expédient dicté par la nécessité, car on ne pouvait alors
ni voyager à l'étranger, ni aller habiter la campagne seul :
ils résolurent de fonder une ville, et remirent au vol des
oiseaux à décider lequel des deux choisirait le site de la
ville et lui donnerait son nom. Rémus ne fut pas favorisé
par le sort; il se fâcha et perdit la vie.

Le 21 avril, dans la troisième année de la sixième
olympiade, Romulus, après avoir pris les augures, fonda
sa ville sur le mont Palatin, où il avait été élevé, et lui
donna la forme carrée. Ce jour, 21 d'avril, fut à jamais
consacré par les Romains, qui l'appelaient *Palilia*.

D'après les rites prescrits par la religion de cette
époque, le circuit de la ville fut tracé par une charrue
attelée d'une vache et d'un taureau, celui-ci placé à droite.

L'enlèvement des Sabines eut lieu vers l'an IV de
Rome. Il paraît qu'à la suite de cette entreprise Romulus
fut battu; car, quatre années plus tard, l'an VIII de
Rome, il fut obligé de partager la couronne avec Tatius,
roi des Curites[1].

Tatius occupa le mont Tarpeius, appelé depuis Capitolin; ils l'enfermèrent dans la ville. La vallée qui sépare le
mont Palatin du mont Capitolin devint naturellement la
place publique ou le forum, dans lequel les habitants de
toutes ces petites cabanes placées sur le sommet des monts
passaient les jours de fête à discuter les moyens de n'être
pas massacrés par les peupiades voisines, car alors tel
était le droit de la guerre. Il y a loin de là à être conquis
comme nous l'avons été en 1814 par les alliés. Cette terrible présence de la mort et du déshonneur le plus infâme,
suite immédiate et immanquable de la conquête, explique
l'histoire des quatre premiers siècles de Rome.

Tout Romain était laboureur et soldat[2], et ne pouvait

pas être autre chose. Au milieu de ces terribles nécessités, lorsque la mort par la faim ou la mort par l'épée
venait punir le moindre manque de prudence, on sent
qu'aucun Romain ne perdait son temps à une chose aussi
inutile que celle d'écrire l'histoire.

Le nom de ceux des rois de Rome qui n'ont rien fait a
probablement été oublié, et le temps de leur règne réuni
au règne du prince leur prédécesseur ou leur successeur
qui s'était signalé par quelque établissement utile ou par
quelque grande victoire. C'est ainsi que Romulus régna
trente-huit ans, et que le sage Numa Pompilius, qui donna
des lois à Rome, eut un règne de quarante-cinq ans.
Numa était Sabin, et réunit à la ville une partie du
Quirinal (près de la colonne Trajane).

Tullus Hostilius, troisième roi, renferma le mont
Coelius dans l'enceinte de Rome, et y transporta les
habitants d'Albe, qui venait d'être détruite.

Le premier des Tarquins voulut construire en pierre de
taille le mur de Rome, jusque-là formé, à ce qu'il paraît,
de simples moellons. La mort l'en empêcha, et ce projet
fut exécuté par le sixième roi de Rome, Servius Tullius,
qui monta sur le trône en l'année 176.

Quatre cent quatre-vingt-dix-huit ans plus tard, Sylla
agrandit l'enceinte de Servius Tullius; plusieurs empereurs firent des augmentations partielles; et enfin, l'an 271
de Jésus-Christ et 1022 de Rome, l'empereur Aurélien
construisit l'enceinte qui porte son nom[1].

Quoi qu'on en ait dit, il ne reste aucun vestige certain et
reconnu de l'enceinte d'Aurélien. Les murs actuels n'ont
que seize milles et demi de circonférence. Nous en avons
fait le tour très commodément en cinq heures, en nous
arrêtant souvent pour chercher des vestiges de l'enceinte
de Servius Tullius et de celle d'Aurélien. Sortis par la
porte *del Popolo,* nous sommes allés jusqu'au Tibre;
revenant ensuite sur nos pas, nous avons passé devant le
Muro Torto, ensuite devant les portes de la villa Borghèse et
de la maison de campagne de Raphaël. Nous avons vu les
portes *Salaria, Pia, S. Lorenzo, Maggiore, S. Giovanni,
S. Sebastiano, S. Paolo,* et sommes venus rejoindre le
Tibre, près du mont Testaccio.

La partie la plus ancienne des murs actuels ne remonte
qu'à l'année 402 de l'ère chrétienne; à cette époque,
l'empereur Honorius rétablit les murs, ainsi que le

prouvent les inscriptions placées au-dessus de plusieurs des portes.

À droite du Tibre, c'est-à-dire sur le territoire étrusque, les murs de la ville sont tout à fait modernes et n'offrent aucun intérêt. Vers l'an 850, le pape Léon IV éleva des murs pour défendre Saint-Pierre du pillage des Sarrasins, et cette portion de la ville s'appela *Città Leonina.* Quatre portes sont ouvertes sur le territoire étrusque : deux dans le *Trastevere;* les portes *Portese,* sur le bord du Tibre, et Saint-Pancrace; deux dans la ville de Léon IV : savoir, *Cavalleggeri et Angelica*[1].

28 octobre 1827. — Ce matin, nous nous sommes embarqués en dehors de la porte *del Popolo,* sur un grand bateau que nous avions fait venir de *Ripetta;* c'est le port du Tibre, derrière le palais Borghèse. Nous avions pris un grand bateau, parce que le cours du Tibre, dans Rome, passe pour être d'une navigation dangereuse. Nous avons passé sous quatre ponts, le pont Saint-Ange, orné par le Bernin, dont la direction est nord et sud; les ponts Sixte, *Quattro Capi*[2] et *San Bartolomeo.* Nous avons vu les restes de trois ponts ruinés, savoir : le pont Vatican, le pont Palatin, et le *Sublicio;* nous avons pénétré dans la *Cloaca massima.*

Du temps d'Auguste, Rome était divisée en quatorze quartiers *(regiones);* on a les noms que portaient ces régions vers l'an 380. Rome est encore divisée aujourd'hui en quatorze *rioni,* ou quartiers, dont les noms sont écrits au coin des rues.

Ce sont : Monti, vers Sainte-Marie-Majeure, dont la population est regardée comme féroce;

Trevi, ainsi nommé à cause de la belle fontaine;

Colonna, Campo Marzio[3]*, Ponte, Parione, Regola, San Eustachio, Pigna, Campitelli, Sant' Angelo, Ripa;*

et, sur le territoire étrusque, *Trastevere,* célèbre par l'énergie de ses habitants, et Borgo; c'est le nom que Sixte Quint lui donna en 1587. C'était auparavant la *Città Leonina*[4].

Rome, 2 novembre 1827. — Un préfet du roi Murat nous racontait ce soir qu'un Calabrais, *homme honnête et bon,* était venu lui proposer un jour, dans la simplicité de son cœur, de faire assassiner à frais communs son ennemi, dont il venait de découvrir la retraite, et que le préfet cherchait de son côté, parce que le ministre de la Police lui avait donné l'ordre de l'arrêter. Mme L***[1] s'est fait répéter les mots *bon* et *honnête;* ils étaient dits de bonne foi. On peut être bon et honnête à Cosenza[2] ou à Pizzo[3], tout en faisant assassiner son ennemi. Du temps des Guises, on pensait ainsi à Paris; et il n'y a pas cinquante ans que la bonne compagnie de Naples avait encore ces idées : tel était le point d'honneur. Ne pas se venger dans certain cas par l'assassinat, c'était comme à Paris recevoir un soufflet[4].

Voilà le plaisir de voyager. Je m'émerveille de cette anecdote, que je crois véritable; racontée à Paris, elle m'eût fait hausser les épaules.

Dans les petites villes, à partir de la frontière de Toscane vers Pérouse, jusqu'à Reggio de Calabre et à Otrante[5], un différend pour un mur mitoyen produit des injures qui blessent si profondément ces cœurs sensibles et sombres (à la façon de J.-J. Rousseau dans ses dernières années), qu'il faut du sang. Le préfet napolitain, notre ami, reprochait à un paysan de ne pas payer ses impôts. « Que voulez-vous que je fasse, monsieur? répondit le paysan, la grande route ne produit rien. Il ne passe personne; j'y vais cependant souvent avec mon fusil; mais je vous promets d'y aller chaque soir, jusqu'à ce que j'aie ramassé les treize ducats qu'il vous faut. » Notez bien, si vous voulez comprendre les contemporains de Cimarosa, que ce paysan n'a pas la moindre idée qu'il doit légitimement ces treize ducats au roi, qui pour ce prix-là donne la justice, l'administration publique, etc., etc. Il regarde le roi comme un homme heureux qui occupe une belle place anciennement établie; cet homme heureux est le plus fort, et par le moyen de ses gendarmes extorque de lui, paysan des Calabres, treize ducats, qu'il aimerait bien mieux employer à faire dire des messes pour l'âme de son père. Le droit du roi sur les treize ducats lui semble absolument le même que celui que lui, paysan, exerce sur la grande route : la *force*.

Quelle distance de ces idées à celles qui, depuis la vente des biens nationaux, règnent dans les villages de France!

Comment voulez-vous établir un gouvernement constitutionnel parmi de tels êtres? Grâce au climat et à la

race des hommes (ce sont des Grecs)*, l'éducation fera en
dix ans à Naples ce qu'elle ne peut opérer qu'après un
demi-siècle en Bohême. Un Frédéric II, avec dix ans
d'enseignement mutuel, placerait ce pays à la hauteur des
Chambres. Le *carbonarisme* n'est peut-être qu'un enseignement mutuel auquel le *danger* donne une sanction étonnante (on fusille encore dans les Calabres en juin 1827).
C'est la canaille élevée par les moines qui est abominable;
n'oubliez pas que beaucoup de petites villes renferment
des hommes qui, au besoin, suivraient la ligne des Mirabeau, des Babeuf, des Dupont de Nemours. Je citerai
M. le colonel Tocco[2], parce qu'il est en lieu de sûreté. Comment voulez-vous engager un tel peuple à se battre pour
l'*honneur* ? Il se battra pour se venger de son ennemi ou
obéir à *san Gennaro*. Notez que son imagination est si vive,
qu'elle en est folle; il se fait une image terrible de la douleur et des blessures.

Quant à se battre pour son roi, vous venez de voir
quelles idées il se fait de cet être heureux et puissant. Que
lui importe qu'il s'appelle Ferdinand ou Joachim[3] ?

Le Turc est bien moins idolâtre que l'adorateur de *san
Gennaro*. Mais je m'arrête; les hommes qui ont le pouvoir
et qui donnent des bals aux gens riches ont prié ceux-ci de
flétrir du nom d'*inconvenants* certains détails vrais que
l'on pourrait donner sur les gouvernements. Il y aurait du
cynisme à raconter ce qui se passe dans les palais de
Naples et de Rome. Il faut se borner aux généralités et
invoquer pour l'Italie le bienfait de l'*éducation*. L'Espagne
n'a pas eu un Voltaire, il lui faut vingt années comme 1826
et dix mille supplices. — Demandez l'histoire des religieuses de Baïano[4].

Rome, 4 novembre 1827. — Que ne peut-on pas oser dans
un pays qui n'a fait qu'entrevoir la civilisation moderne
du 17 mai 1809 jusqu'en avril 1814[5] ? Quel immense
bienfait pour l'artisan de Rome, que la mise en activité du
Code civil! Et vous lui parlez des *deux Chambres* ! C'est
parler de millions au malheureux qui a besoin de 5 francs[6]
pour aller dîner. Ce soir, chez M. Tambroni, un de mes
nouveaux amis[7], qui sera cardinal, déplorait l'existence de

---

* Voir la savante dissertation de M. le docteur Edwards sur les
races d'hommes et les rapports de la physiologie et de l'histoire.
Paris, 1829[1].

cette époque *corruptrice* (administration française de 1809 à 1814); il m'a dit fort poliment que tous les Français étaient *hérétiques*. (Ne prêchent-ils pas les *bonnes actions* et l'*examen personnel* ?)

Le Romain éclairé qui regrette le plus le tribunal de première instance, la cour d'appel et toute l'*admirable justice* du régime français (c'est leur mot), voit cependant avec bien de la peine que nous soyons des hérétiques (aujourd'hui en 1828).

Pendant cinq années, une idée singulière se répandait à Rome : c'est que l'on pouvait obtenir quelque chose d'un préfet sans payer sa maîtresse ou son confesseur.

Mon ami disait : « Ici il est permis d'oser aux ouvriers qui cultivent la vigne du Seigneur; si le zèle les égare un instant, ils n'ont pas à craindre le rire de l'impiété et les récits satiriques de votre liberté de la presse. »

Si, dans une famille composée de quatre sœurs, lui ai-je répondu, on fait une robe d'une certaine étoffe lilas aux deux aînées, les cadettes meurent de chagrin jusqu'à ce qu'elles aient obtenu une robe semblable. Notre littérature a donné à la France le droit d'aînesse en Europe; Napoléon et la République ont renouvelé ce droit. La France a une certaine chose nommée la *Charte :* la Russie et l'Italie pleureront jusqu'à ce qu'elles aient une charte.

6 novembre 1827. — Aujourd'hui, nous nous sommes réveillés avec la curiosité d'étudier plus exactement le site des diverses enceintes de Rome[1].

Il faut avoir un plan de Rome ancienne et chercher les murs bâtis par Romulus. C'est à peu près comme Paris, que l'on trouve d'abord dans une petite partie de l'île Notre-Dame. Cette retraite de brigands courageux, nommée Rome, n'occupa d'abord que le seul mont Palatin (aujourd'hui villa Farnèse), et ensuite le mont Capitolin. Numa, que je suppose pour le moment le successeur immédiat de Romulus, comprit dans la ville une partie du mont Quirinal.

Tullus Hostilius, que l'on regarde comme le troisième roi de Rome, après avoir détruit Albe, en transporta les citoyens dans sa ville, suivant les usages de ces temps primitifs, et les établit sur le mont Coelius (où est aujourd'hui la villa Mattei[2]). Du haut du mont Coelius, qui fut enfermé dans les murs de Rome, les Albains apercevaient les ruines de leur patrie.

Ancus Martius, successeur de Tullus, détruisit les villes de Tellène, Ficana et Politorium; il en transporta les habitants sur le mont Aventin (où est aujourd'hui le prieuré de Malte), et il enferma ce mont dans le mur de Rome. Il jeta sur le Tibre un pont de bois, qui, depuis, fut rendu célèbre par la valeur d'Horatius Coclès. Il eût été de la dernière imprudence d'établir un pont sans le défendre par une forteresse; Ancus Martius construisit une citadelle sur le Janicule, point très important à occuper, car les villes d'Étrurie, dominées par les prêtres, gouvernées sous eux par des rois, et jouissant d'un degré de civilisation fort avancé, commençaient à être jalouses de Rome.

Les rois d'Étrurie ou *lucumons,* contrariés par les prêtres, n'attaquèrent pas Rome d'assez bonne heure pour la détruire; mais ils lui firent courir de rudes dangers, et enfin, après plusieurs siècles de guerres continues, pendant lesquelles les Romains adoptèrent en partie la religion de l'Étrurie, ce pays finit par être conquis*. Je demande pardon pour cette digression, qui dessine la position militaire de Rome pendant les premiers siècles de son existence. Le danger venait presque toujours de la rive droite du Tibre, le côté étrusque.

Servius Tullius construisit tout autour de la ville des murs très solides en blocs carrés de pierre volcanique. Il établit un rempart nommé *agger,* depuis l'extrémité orientale du Quirinal jusqu'à l'emplacement qui est occupé aujourd'hui par l'église de *San Vito,* sur l'Esquilin. Rome comprenait alors sept collines à l'orient du Tibre; de là le nom de *Septicollis.* On voit qu'on ne fit pas attention, en lui donnant ce nom, à la petite forteresse établie sur le Janicule (rive droite du Tibre). L'enceinte de Servius Tullius avait environ huit milles; il ajouta deux monts à la ville, le Viminal et l'Esquilin, ainsi qu'une partie du Quirinal.

Depuis Servius Tullius jusqu'à l'empereur Aurélien, Rome, devenue puissante, se défendit par ses armées, et ne fut pas réduite à songer à la force de ses murs. Mais Aurélien craignit que les Barbares, dans quelqu'une de leurs

---

* Pignotti raconte fort bien tout ceci sans emphase, et sans chercher à se donner de l'importance. Voir Micali et Niebuhr[1].

excursions, ne s'emparassent par surprise de la capitale de
l'empire. Il commença une enceinte nouvelle qui fut
achevée par Probus, successeur de Tacite.

Notre étude d'aujourd'hui a eu pour but de nous faire
une idée nette de la Rome qu'habitèrent les héros. Nous
sommes allés revoir le tombeau de Caïus Poblicius Bibulus, place *Macel de' Corvi,* au commencement de la montée
de Marforio, à l'extrémité méridionale du *Corso*[1]. Ce
monument vénérable fut érigé hors des murs de Servius
Tullius pour honorer la mémoire d'un citoyen qui avait
bien mérité de la patrie. Il eſt de travertin et orné de
quatre pilaſtres qui supportent un bel entablement. Cela
nous a fait plus de plaisir que la plus belle ſtatue.

Dans l'étude de ces antiquités reculées, l'essentiel eſt
d'admettre pour probable ce qui eſt probable, et de ne
croire que ce qui eſt prouvé; je ne parle pas des preuves
mathématiques, chaque science a un degré de certitude
différent.

On dit que le mur d'Aurélien avait presque cinquante
milles d'étendue; le contemporain Vopiscus l'assure.

Vous savez que les murs actuels n'ont que seize milles.
La partie la plus ancienne ne remonte qu'à l'année 402, et
fut relevée par les ordres d'Honorius. Il faut se faire une
idée nette des dix ou onze collines sur lesquelles Rome
s'étendit, et étudier leur hiſtoire. Le mont Capitolin avec
ses deux sommets; le mont Coelius, nommé d'abord
Querquetularius, à cause des chênes qui le couvraient, etc.

Grâce à d'immenses travaux, les monuments anciens
de Rome ont tout à fait changé d'aspect depuis 1809, et la
science qui s'en occupe eſt devenue plus raisonnable.

J'ai beaucoup abrégé l'article précédent, et toutefois je
crains qu'il ne soit encore bien ennuyeux. Il épargnera des
recherches assommantes aux voyageurs curieux de ces
sortes de détails. J'espère que les autres sauteront de
temps en temps huit ou dix pages.

M. Nibby a publié un ouvrage sur les murs de
Rome[2]. On peut consulter Nardini[3], Fontana[4] et vingt
autres.

La logique a fait de grands progrès depuis ces savants.
On aime mieux ignorer que croire à la légère.

De tous ces livres un seul doit trouver grâce à vos yeux;
achetez chez M. Giegler, libraire à Milan, l'édition française de Quirino Visconti[5]. Les gravures sont de l'aimable

Locatelli. La lecture de Visconti augmente le plaisir que l'on trouve à Rome[1].

10 novembre 1827. — Ce matin, nos compagnes de voyage se plaignaient de ne pas trouver de musique en Italie. Sur ce qu'on leur avait dit de ce pays, je crois qu'elles se figuraient qu'on ne s'y parle qu'en chantant. Elles déclarent que tous les voyageurs sont des menteurs.

Dans la rue, vis-à-vis le café de' Servi, à Milan[2], nous avons trouvé de la musique bouffe sublime, à laquelle ces dames n'ont pas seulement fait attention. Dans la rue, en France, on rencontre des reparties pleines de finesse et d'à-propos, et de la musique à faire grincer des dents.

Un voyageur note ce qu'il trouve de singulier : s'il ne dit pas qu'il fait jour en plein midi à Modène, en conclurez-vous que le soleil ne se lève pas sur le quartier général des jésuites ? Un voyageur note les différences ; entendez que tout ce dont il ne parle pas se fait comme en France.

Rien de plus faux que cette dernière ligne. Non, l'action la plus simple ne se fait pas à Rome comme à Paris ; mais cette différence à expliquer, c'est le comble de la difficulté. Un de mes amis l'a tenté autrefois ; les gens graves ont dit qu'il était chimérique[3]. Leurs yeux[4] accoutumés à se fixer sur les grands intérêts des peuples ne voient pas les nuances de mœurs et de passions.

L'Italie a sept ou huit centres de civilisation. L'action la plus simple se fait d'une manière tout à fait différente à Turin et à Venise, à Milan et à Gênes, à Bologne et à Florence, à Rome et à Naples. Venise, malgré des malheurs inouïs qui vont l'anéantir, a la franche gaieté ; Turin, la bilieuse aristocratie. La bonhomie milanaise est célèbre autant que l'avarice génoise. Pour être considéré à Gênes, il faut ne manger que le quart de son revenu, et, si l'on est vieux et riche, jouer de mauvais tours à ses enfants : par exemple, mettre dans leurs contrats de mariage des conditions insidieuses. Mais tout est plein d'exceptions dans ce monde. La maison d'Italie où l'on reçoit les étrangers avec le plus de grâce est celle de M. le marquis Di Negri[5], à Gênes. La position de la Villetta, jardin de cet homme aimable, est unique pour la beauté et le pittoresque. J'y ai vu un médecin célèbre qui se fâche lorsque les Anglais veulent le payer à chaque visite[6]. Malgré cet

éclatant contraste, Gênes n'en est pas moins la ville de
l'avarice; on dirait une petite ville du Midi de la France.

Les Bolonais sont remplis de feu, de passions, de générosité, et quelquefois d'imprudence. À Florence, on a
beaucoup de logique, de prudence et même d'esprit;
mais je n'ai jamais vu d'hommes plus libres de passions;
l'amour même y est si peu connu, que le plaisir a usurpé
son nom. Les grandes et profondes passions habitent
Rome. Pour le Napolitain, il est l'esclave de la sensation
du moment, il se souvient aussi peu de ce qu'il sentait hier
qu'il ne prévoit le sentiment qui demain l'agitera. Je crois
qu'aux deux bouts de l'univers on ne trouverait pas des
êtres aussi opposés, et se comprenant si peu, que le
Napolitain et l'habitant de Florence.

On a plus de gaieté à Sienne, qui n'est qu'à six lieues
de Florence : on trouve de la passion à Arezzo. Tout
change en Italie toutes les dix lieues. D'abord, les races
d'hommes sont différentes. Supposez deux îles de la mer
du Sud que le hasard d'un naufrage a peuplées des chiens
lévriers et de barbets; une troisième est remplie d'épa-
gneuls; une quatrième, de petits chiens anglais mopses[1].
Les mœurs sont différentes. Grâce au saugrenu de la
comparaison, vous saisirez toute l'étendue de la différence
que l'expérience établit entre le flegmatique Hollandais, le
Bergamasque à demi fou tant ses passions sont vives, et
le Napolitain à demi fou tant il suit avec impétuosité la
sensation du moment.

Longtemps avant les Romains, l'Italie était divisée en
vingt ou trente peuplades, non seulement étrangères les
unes pour les autres, mais ennemies. Ces États, conquis
plus ou moins tard par les Romains, gardèrent leurs
mœurs et probablement leur langage. Ils ressaisirent leur
individualité lors de l'irruption des Barbares, et recon-
quirent leur indépendance au ixe siècle, lors de l'établissement des célèbres républiques du Moyen Âge. Ainsi
l'effet de la différence des races d'hommes a été fortifié par
les intérêts politiques.

Cinq ou six petits détails de mœurs auraient montré
plus clairement ce que j'ai tâché d'indiquer par ces
phrases pleines de gravité.

11 novembre 1827. — Les meilleurs voyages en Italie
sont ceux de Forsyth, de Brosses, Misson, Duclos,

Lalande[1]. Les Mémoires de Casanova, édition de Leipzig, peignent fort bien les mœurs antérieures au coup de canon du pont de Lodi (1796). Le voyage le plus curieux par le ridicule est celui du prêtre Eustace, qui prétend qu'à Rome l'administration française voulait *vendre les matériaux de Saint-Pierre*. Quelques Anglais deviennent rouges de colère quand on rappelle que Napoléon dépensait des millions pour déterrer la basilique près la colonne Trajane, la colonne de Phocas, le temple de la Paix, etc. Comme le siècle est méfiant, je vais citer M. Eustace.

« *What then will be... the horror of my reader when I inform him... the french committee turned its attention to Saint-Peter's and employed a company of Jews to estimate and purchase the gold, silver, and bronze, that adorn the inside of the edifice, as well as the copper that covers the vaults and dome on the outside*[2] ! »

Ce livre a eu huit éditions en Angleterre, et nous le voyons chez tous les voyageurs de la classe élevée. Il faut que la France soit bien grande pour exciter une haine si furibonde.

Burke[3], le Chateaubriand de l'Angleterre, a dit de nous pire encore.

Les commis marchands français qui courent l'Italie savent par cœur les traits d'esprit du président Dupaty, aussi ridicule qu'Eustace. Son voyage[4] a eu quarante éditions[5], et celui du président de Brosses n'a pu arriver qu'à la seconde[6].

12 novembre 1827. — Les différences que j'ai notées[7] entre Florence, Naples, Venise, etc., s'effacent chez les hommes dont les pères avaient cinquante mille livres de rente. Beaucoup de jeunes gens riches et nobles de Naples ont l'air gai d'un jeune Anglais au bal d'Almack[8].

Chez les jeunes Italiens qui ne sont ni très nobles ni très riches, la haine, l'amour, etc., empêchent la vanité de naître. En général, ils sont mal vêtus, ils portent trop de barbe et de cheveux, leurs cravates et leurs bagues sont trop massives. Tout cela leur nuit beaucoup auprès des belles dames qui viennent du Nord. Elles ne trouvent de grâces qu'aux jeunes dandys florentins; les passions ne leur font pas oublier la vanité. Ils sont fort beaux. Les bals du prince Borghèse, à Florence, nous ont frappés[9]. Tous les samedis, Son Altesse offre à la société trente-sept salons de plain-pied, magnifiquement meublés et éclairés. Son architecte, homme d'esprit, a fait faire toutes les étoffes à Lyon; les dessins sont adaptés à la grandeur de chaque salon, et la couleur est calculée de manière à faire accord ou contraste avec la couleur de la tenture du salon voisin. Les bals du prince Borghèse et du banquier Torlonia, à Rome, sont supérieurs à ceux donnés jadis par l'empereur Napoléon et à tout ce que nous avons vu dans le Nord.

15 novembre 1827. — Hier, au bal de M. Torlonia, nous avons rencontré huit ou dix jeunes banquiers allemands, fort riches, dit-on. Ces messieurs ont des talents; ils sont poètes, musiciens, peintres, etc. Aucun d'eux ne présente l'idée d'une nouvelle édition de Turcaret, comme...

Le roi de Bavière[1] fait des vers singuliers et remplis d'âme, s'ils ne sont excellents. Quant à l'histoire ancienne, on ne s'en doute qu'en Allemagne. Tout ce qu'on publie en France sur l'antiquité est à mourir de rire. Rappelez-vous cet académicien qui, trouvant dans une inscription, *Jupiter Feretrius,* traduit : *Jupiter et le roi Feretrius*[2]. Toute l'Allemagne se moque de lui; il n'en est que plus fier, et dit que les Allemands sont des barbares[3].

Tout ce bavardage incohérent est le procès-verbal de notre conversation d'hier. Nos dames se sont liées avec M. de Strombeck[4], l'un des hommes les plus spirituels, les plus naïfs et les plus savants que j'aie rencontrés. Il nous explique avec candeur les rares vestiges des premiers siècles de la république. Il ne craint pas de se déshonorer en disant souvent : « Je ne sais pas. » Quelquefois il nous fait rire, en nous citant la manière dont les écrivains français, et par exemple Laharpe, traduisent les auteurs grecs ou latins, qu'ils disent admirer. Je ne pensais pas que nous fussions si fats. Courier me l'avait cependant bien dit; mais je croyais que sa misanthropie exagérait.

Le 17 novembre 1827. — Rome comprend dans ses murs dix ou onze collines qui serrent le Tibre de fort près et en font un fleuve rapide et profondément encaissé. Ces collines semblent dessinées par le génie du Poussin, pour donner à l'œil un plaisir grave et en quelque sorte funèbre[5]. Suivant moi, Rome est plus belle par un jour de tempête. Le beau soleil tranquille d'une journée de prin-

temps ne lui convient pas. Ce sol semble disposé exprès
pour l'architecture. Sans doute, il n'y a pas ici comme à
Naples une mer délicieuse, la volupté manque; mais
Rome est la ville des tombeaux; le bonheur qu'on peut s'y
figurer, c'est le bonheur sombre des passions, et non
l'aimable volupté du rivage de Pausilippe.

Quelle vue plus singulière que celle du prieuré de Malte,
bâti sur le sommet occidental du mont Aventin, qui, du
côté du Tibre, se termine en précipice! Quelle impression
profonde produisent, vus de cette hauteur, le tombeau de
Cecilia Metella, la voie Appienne et la campagne de
Rome! À l'autre extrémité de la ville, au nord, que peut-
on préférer à la vue que l'on a du Monte Pincio, occupé
jadis par trois ou quatre couvents, et que le gouvernement
français a transformé en un jardin magnifique? Croiriez-
vous que les moines sollicitent la destruction de ce jardin,
le seul qui existe à Rome à l'usage du public? Le cardinal
Consalvi fut un impie aux yeux des curés de campagne,
qu'il s'est donnés pour collègues, parce qu'il n'accorda pas
exclusivement à une vingtaine de moines Augustins la vue
délicieuse de la campagne de Rome et du Monte Mario,
placé vis-à-vis le Pincio. Rien ne dit que les Augustins ou
Camaldules ne rentreront pas dans leurs droits. Les
collines élevées, qui dans Rome bordent le Tibre, forment
des vallées tortueuses et profondes. Les labyrinthes
produits par ces petites vallées et les collines semblent
disposés, suivant le mot du fameux architecte Fontana,
pour donner lieu à l'architecture d'étaler ce qu'elle a de
plus beau.

J'ai vu des Romains passer des heures entières dans une
admiration muette, appuyés sur une fenêtre de la villa
Lante, sur le mont Janicule. On aperçoit au loin les belles
figures formées par le palais de Monte Cavallo, le Capitole, la tour de Néron, le Monte Pincio et l'Académie de
France, et l'on a sous les yeux, au bas de la colline, le
palais Corsini, la Farnesina, le palais Farnèse*. Jamais la
réunion des jolies maisons de Londres et de Paris,
fussent-elles badigeonnées avec cent fois plus d'élégance,

---

* C'est à peu près d'ici qu'est prise la grande vue perspective
de Rome gravée par Piranesi. C'est un portrait fort ressemblant
dans le style des portraits d'Holbein. (Grande abondance de détails
secs; voir l'admirable portrait d'Érasme au Louvre.)

ne donnera la moindre idée de ceci. À Rome, souvent une
simple *remise* est monumentale*.

Ce n'est point sur les collines qu'on a bâti la rue du
Corso et la Rome actuellement habitée, mais bien dans la
plaine, auprès du Tibre, et au pied des monts. La Rome
moderne occupe le Champ de Mars des anciens; c'est là
que Caton et César venaient se livrer aux exercices gym-
nastiques, nécessaires au général comme au soldat, avant
l'invention de la poudre.

Il faudrait jeter les yeux sur la carte géologique du sol
de Rome, donnée par M. Brocchi[2].

La Rome habitée se termine au midi par le mont Capitolin et la roche Tarpéienne, à l'occident par le Tibre,
au-delà duquel il n'y a que quelques mauvaises rues, et à
l'orient par les monts Pincio et Quirinal. Les trois quarts
de Rome à l'orient et au midi, le mont Viminal, le mont
Esquilin, le mont Coelius, l'Aventin, sont solitaires et
silencieux. La fièvre y règne, et on les cultive en vignes.
C'est au milieu de ce vaste silence que se trouvent la
plupart des monuments que va chercher la curiosité du
voyageur.

18 novembre 1827. — Plus une sensation est inaccou-
tumée, plus vite on s'en fatigue. C'est ce qu'on lit dans les
yeux ennuyés de la plupart des étrangers qui courent les
rues de Rome un mois après leur arrivée. Dans la ville
qu'ils habitent, ils voyaient un objet d'art huit ou dix fois
par an; à Rome, il leur faut voir chaque jour huit ou dix
choses qui ne sont nullement utiles pour faire gagner de
l'argent, et nullement plaisantes; elles ne sont que *belles*.

Les étrangers ont bientôt par-dessus les yeux des tableaux, des statues, et des grands ouvrages de l'architecture. Si, pour comble de malheur, par suite de quelque
caprice du gouvernement des prêtres, il n'y a pas de spectacle, les voyageurs prennent Rome en guignon. Le genre
de conversation qu'ils peuvent rencontrer le soir chez les
ambassadeurs n'est encore que de l'admiration pour les
chefs-d'œuvre des arts. Rien ne semble plus insipide. Dès

---

* C'est ce qui fait que les architectes qui aiment leur art ne
peuvent plus quitter Rome. M. Pâris[1], dont les recueils sont maintenant à la Bibliothèque de Besançon, voulut bien, en 1811, m'expliquer Rome. Les idées de cet homme habile et passionné, fort
intéressantes pour moi, feraient longueur ici.

les premiers symptômes de la maladie que je viens d'indiquer, on ne doit pas marchander le remède; il faut fuir et aller passer huit jours à Naples ou dans l'île d'Ischia; et, si l'on en a le courage, y aller par mer; on s'embarque à Ostie.

À Paris, dès l'instant qu'on est décidé à entreprendre le voyage de Rome, il faudrait s'imposer la loi d'aller au musée de deux jours l'un; on accoutumerait son âme à la sensation du beau. Les deux statues de Michel-Ange, qui sont au musée d'Angoulême[1], feraient comprendre le grandiose du xve siècle.

Grottaferrata, 20 novembre 1827. — Quand on veut savoir l'histoire, il faut avoir le courage de la regarder en face. Ce soir, chez la jolie Mme Dod***[2], qui a une charmante *conversazione*[3] à Frascati, de l'autre côté de notre forêt, un moine, le R. P. Rangoni, nous disait : « Les gens de Modène ont le diable au corps, mais il y a là un prince énergique et sensé qui comprime le carbonarisme et l'impiété[4].

« Je me trouvais à Modène, continue-t-il, quand on pendit le prêtre N., noble et carbonaro. »

Je supprime de tristes détails.

« Mais cette mort, continue le père Rangoni, a été provoquée par une mort dans le sens contraire, et je pourrais même dire deux. Depuis Salicetti[5], le plus beau génie que l'Italie ait produit pour la police a été sans doute Giulio Besini[6]. C'était un homme sans naissance, qui, s'appuyant sur la peur comme M. Manger, de Cassel[7], parvint à cette fortune immense dans un petit État despotique, d'être le favori d'un souverain, homme de sens et très fin lui-même.

« Besini était directeur de la police à Modène. Le souverain avait eu un autre favori qui est devenu fou, et dans sa folie dit des horreurs de la maison d'Autriche.

« Le père de Giulio Besini était juge, et comme tel chargé de prononcer sur le sort de certains accusés auxquels on imputait le crime de carbonarisme. La veille de la sentence, Besini père dit, avec un singulier mélange d'envie de servir son prince et de respect pour son métier de juriste : ''Il n'est pas prouvé que les gens à juger demain soient sectaires *(carbonari);* mais je les condamnerai à mort comme fauteurs." Il expira dans la nuit, quinze heures seulement après ce propos.

« Son fils Giulio voulut, contre l'usage, assister à ses obsèques, qui eurent lieu la soirée suivante. Il était dans l'église, pleurant à chaudes larmes et regardant le drap mortuaire qui couvrait son père, lorsqu'une vieille femme s'approche et lui dit : "Tu vois où est ton père; si tu ne changes, tu y seras bientôt." On peut juger si le chef tout-puissant de la police la plus terrible qui fût jamais fit faire des recherches, et avec quelle rapidité; mais la vieille femme avait disparu, et probablement était un des jeunes gens qui regardaient les *carabiniers* courir et s'agiter dans l'église (c'est le nom des gendarmes à Modène).

« Giulio Besini eut, dit-on, une peur extrême, mais ne changea rien dans sa manière d'agir. La faveur dont il jouissait lui était devenue trop nécessaire. Il sortait rarement et bien accompagné; il avait obtenu d'avoir une garde. Un soir, il céda tout à coup à une envie de se promener qui lui vint; il sort, donnant le bras à un ami; deux carabiniers, par lesquels il se faisait toujours accompagner, venaient de tourner le coin d'une rue; tout à coup l'ami qui accompagnait Besini se sent renverser d'un coup de poing, Besini lui-même tombe; il était percé d'une courte épée qui, entrant près du foie, remontait vers le cœur et sortait par l'épaule; il survécut quatre heures.

« Jamais recherches ne furent mieux dirigées que celles qui suivirent cet horrible attentat, et jamais recherches ne furent plus infructueuses. Les circonstances de la blessure, de la mort, de la poursuite, ont occupé le pays pendant plusieurs mois (et formé le caractère des jeunes Modénois de dix-huit ans). Le malheureux Besini, homme rempli d'esprit et de courage, avait eu un pressentiment. Du reste, le genre de vie du Pygmalion de *Télémaque,* ni d'aucun tyran, ne peut être comparé à celle que cet ambitieux a mené pendant les six mois qui se sont écoulés entre la mort de son père et la sienne. »

Ce singulier récit avait produit le plus profond silence dans le salon; il touchait à des intérêts pour lesquels on pend dans les États de Léon XII. J'omets vingt circonstances pittoresques, mais odieuses; nous n'avons pu deviner de quel parti est notre *fratone*. Il s'est tu; et, pendant que le silence continuait encore, il a pris une glace tranquillement (à fort petites cuillerées, et *saporitamente*[1] comme un cardinal célèbre).

Le *fratone* sentait qu'il avait payé son billet d'entrée dans le salon, et n'a plus ouvert la bouche de toute la soirée. Il regardait Mme Lampugnani et souriait à ce qu'elle disait; la céleste beauté de la jeune Milanaise faisait oublier au moine les intérêts de son ambition.

Cette grande figure sombre recouverte de la superbe robe noire et blanche de l'ordre de Saint-Dominique était réellement imposante. Le *fratone* a plu à nos compagnes de voyage; Mme Lampugnani nous fera dîner avec lui. Je place ici ce que le P. Rangoni nous a dit huit jours après.

« Lors de l'enfantillage nommé à tort révolution du Piémont[2], les élèves de l'Université de Modène se révoltent. Ils reçoivent de leurs chefs occultes l'ordre de s'apaiser, et tout à coup ils se laissent apaiser. Les troupes étaient déjà en marche. L'aide de camp de S. A., officier piémontais, qui avait réussi à apaiser la sédition, dit à *** : "Deux élèves m'ont servi à ramener les autres, il faut les récompenser. — Il faut les punir", dit cet homme de sens. Et on les enferme dans la prison de Rubiera[3].

« Pendant vingt-cinq ans[4], M. le marquis Sanguinetti, à cause de son attachement à M. le duc de Modène, avait été en butte à la police de Napoléon. Il eut deux fils chassés de l'université, pour la part qu'ils avaient prise à la révolte, et vint demander grâce. — "Allez en exil avec eux". »

À l'occasion de toutes ces anecdotes, dont je supprime les plus vives, on récite un sonnet de Maggi[5]. Je retiens les trois derniers vers, qui peignent l'état des âmes de 1530 à 1796, depuis la prise de Florence jusqu'au réveil de l'Italie par les armées françaises.

> *Darsi pensier della commun salvezza*
> *La moderna viltà periglio stima,*
> *E per ventura il non aver fortezza*[6]*.*

---

* Recueil du P. Ceva, page 113[7]. Le soir, avant de nous séparer, nous lisons souvent avec plaisir un sonnet ou deux. Les littératures de France ou d'Angleterre n'ont rien de comparable aux sonnets et aux nouvelles.

Le roi de B***[1] a parfaitement rendu cette pensée dans une pièce de vers que S. M. a daigné lire chez Mme Martinetti.

22 novembre 1827. — Ce soir, Frédéric a fort bien défendu le voyageur Lalande contre les injures d'un savant anglais. Les jésuites, amis de M. de Lalande, lui fournirent un grand nombre de mémoires sur chaque ville d'Italie[2]. Ces mémoires avaient l'avantage d'être écrits par des jésuites habitant ces villes, et l'on en trouve de fort bons extraits dans le voyage de Lalande. Cet athée célèbre a de la simplicité, de l'esprit; il n'est impatientant que lorsqu'il copie les sottises que MM. Cochin[3] ou Falconet[4] ont imprimées sur les beaux-arts. Il faut voir de quel ton ces artistes inconnus parlent des plus grands maîtres. La partie historique du voyage de Lalande est remplie de falsifications jésuitiques. Il se garde bien, par exemple, de parler des lettres que Pétrarque a écrites sur la cour des papes. Malheureusement Pétrarque veut faire du beau style latin, et devient souvent vague et obscur[5]. On écrirait de plaisants mémoires avec ces lettres; nous en avons lu plusieurs, en rentrant, dans le bel exemplaire in-folio des *Œuvres* de Pétrarque, que le libraire De Romanis vient de vendre à Frédéric au prix de 180 pauls; on l'aurait eu pour un louis à Paris.

J'oubliais une grande discussion sur le *beau idéal* chez Mme la duchesse de D***[6]. M. le cardinal Spina, *monsignor* N*** et M. Nyström[7], jeune architecte suédois, ont parlé avec tout l'esprit possible. Les premiers siècles de la peinture ne se sont pas doutés du *beau idéal*[8].

Voyez les peintures du Ghirlandajo, faites vers l'an 1480, en Toscane. Les têtes sont d'une vivacité qui surprend, d'une vérité qui enchante. On appelait *beau* ce qui était fidèlement copié, le *beau idéal* eût passé pour incorrection. Ce siècle voulait-il honorer un peintre, il l'appelait le *singe* de la nature. Les peintres n'aspiraient qu'à être des miroirs fidèles, rarement choisissaient-ils. L'idée de *choisir* ne parut que vers 1490.

Grottaferrata, 23 novembre 1827. — Le temps est décidément à la pluie; nous allons passer trois jours à Rome, afin de voir Saint-Pierre, comme si nous devions nous en *éloigner pour jamais.*

ARTICLE PREMIER

Aspect extérieur

Rome, 24 novembre 1827. — Ce matin, lorsque notre calèche a débouché du pont Saint-Ange, nous avons aperçu Saint-Pierre au bout d'une rue étroite. Napoléon avait annoncé le projet de marquer son entrée dans Rome par l'achat et la démolition de toutes les maisons qui sont à la gauche de cette rue[1]. Il dit une fois que ce décret-là serait signé par son fils; mais le monde s'est remis au petit pas, et le régime constitutionnel est trop sage pour faire jamais une aussi folle dépense.

Nous avons suivi cette rue droite, ouverte par Alexandre VI, et sommes arrivés à la place de Rusticucci, sur laquelle, tous les jours à midi, la garde du pape monte la parade avec force musique et tambours, mais sans jamais pouvoir prendre le pas. Cette place s'ouvre sur l'immense colonnade formant deux demi-cercles à droite et à gauche qui annonce si bien le plus beau temple de la religion chrétienne. Le spectateur aperçoit à droite, au-dessus de cette colonnade, un palais fort élevé : c'est le Vatican. Il vaudrait mieux, pour l'effet de Saint-Pierre, que ce palais n'existât pas.

La place comprise entre les deux parties semi-circulaires de la colonnade du Bernin (mais, je vous en prie, ayez les yeux sur une lithographie de Saint-Pierre) est, à mon gré, la plus belle qui existe. Au milieu, un grand obélisque égyptien; à droite et à gauche, deux fontaines toujours jaillissantes, dont les eaux, après s'être élevées en gerbe, retombent dans de vastes bassins. Ce bruit tranquille et continu retentit entre les deux colonnades, et porte à la rêverie. Ce moment dispose admirablement à être touché de Saint-Pierre, mais il échappe aux curieux qui arrivent en voiture. Il faut descendre à l'entrée de la place de' Rusticucci. Ces deux fontaines ornent cet endroit charmant, sans diminuer en rien la majesté. Ceci est tout simplement la *perfection de l'art*. Supposez un peu plus d'ornements, la majesté serait diminuée; un peu moins, il y aurait de la nudité. Cet effet délicieux est dû au cavalier Bernin, dont cette colonnade est le chef-d'œuvre. Le pape Alexandre VII eut la gloire de la faire élever. Le vulgaire disait qu'elle gâterait Saint-Pierre.

La place ovale, dont les deux extrémités sont terminées par les deux parties de la colonnade, a sept cent trente-huit pieds de long sur cinq cent quatre-vingt-huit de large. Vient ensuite une place à peu près carrée, et qui finit à la façade de l'église. La longueur totale de ces trois places qui précèdent Saint-Pierre est, à partir de la rue par laquelle on y arrive, de mille cent quarante-huit pieds.

Les deux portiques circulaires du Bernin se composent de deux cent quatre-vingt-quatre grosses colonnes de travertin et de soixante-quatre pilastres; ces colonnes forment trois galeries. Dans de certaines solennités, les carrosses des cardinaux passent sous celle du milieu. La base des colonnes est d'ordre toscan; le fût, d'ordre dorique, et l'entablement, d'ordre ionique; elles ont trente-neuf pieds deux tiers de haut. Les deux portiques semi-circulaires ont cinquante-six pieds de large et cinquante-cinq de hauteur. La balustrade supérieure est ornée de cent quatre-vingt-douze statues de douze pieds de haut, comme celle du pont Louis XVI. Les statues de Rome sont en travertin; elles furent faites sous la direction du cavalier Bernin, et présentent des mouvements assez ridicules, mais on ne les regarde pas; et, comme elles sont bien placées, elles contribuent à l'ornement.

L'homme qui nous apprend le plus de choses sur l'antiquité, parce que, au lieu de faire des phrases comme Cicéron, il conte net, Pline, nous dit que Nuncoré, roi d'Égypte, fit élever dans la ville d'Héliopolis l'obélisque qui est à Saint-Pierre. Caligula le fit transporter à Rome; on le plaça dans le cirque de Néron, au Vatican. Constantin bâtit sa basilique de Saint-Pierre sur une partie de l'emplacement de ce cirque; mais, jusqu'en 1586, l'obélisque, chose étonnante, resta debout dans le lieu où Caligula l'avait mis, c'est-à-dire à l'endroit où se trouve maintenant la sacristie de Saint-Pierre, bâtie par Pie VI.

En 1586, presque un siècle avant la construction de la colonnade, Sixte Quint fit placer l'obélisque où il se voit aujourd'hui. Ce transport, qui coûta 200 000 francs, fut exécuté par l'architecte Fontana[1], au moyen d'un mécanisme admirable, que, de nos jours, personne ne pourrait inventer, ni peut-être imiter. À la fin du Moyen Âge, on a transporté jusqu'à des clochers à une distance de soixante ou quatre-vingts pas du lieu qu'ils occupaient d'abord*. L'obélisque du Vatican a soixante-seize pieds de haut et huit pieds dans sa plus grande largeur. La croix qui le surmonte est à cent vingt-six pieds du pavé. Cet obélisque n'a point d'hiéroglyphes; il n'est pas le plus grand de ceux de Rome, mais quelques personnes le regardent comme le plus curieux, parce que, n'ayant jamais été renversé, il a été conservé dans toute son intégrité.

Aux côtés de l'obélisque, on voit les deux fontaines. Les brillantes pyramides d'écume blanche qui s'élèvent dans les airs retombent dans deux bassins formés chacun d'un seul morceau de granit oriental de cinquante pieds de circonférence. Le jet le plus élevé monte à neuf pieds.

ARTICLE II

*Histoire de l'ancienne basilique de Saint-Pierre
et de l'église actuelle*

Saint-Pierre occupe l'emplacement du cirque où Néron se livrait à sa passion pour les courses de chars; beaucoup de martyrs y trouvèrent la mort**. Les premiers chrétiens ensevelirent leurs restes dans une grotte placée au pied du mont Vatican; peu après, saint Pierre ayant été mis en croix (voir le tombeau[3] du Guide au Vatican), son corps fut transporté dans ce cimetière par un de ses disciples appelé Marcel. *Sic dicitur.*

L'an 65 de Jésus-Christ, le pape Anaclet fit ériger un oratoire dans le lieu où l'apôtre avait été enseveli.

L'an 306, Constantin se fit chrétien pour se donner un parti et faire oublier ses crimes.

---

* Pignotti, *Histoire de Toscane*[1] : cette histoire *raconte*, elle est amusante.

** Voici le récit de Tacite (Ann. liv. XV, § 44) :
Pereuntibus addita ludibria ut ferarum tergis contecti laniatu canum interirent, aut crucibus affixi, aut flammandi, atque ubi defecisset dies in usum nocturni luminis urerentur. Hortos suos ei spectaculo Nero obtulerat, et circense ludibrium edebat, habitu aurigae permixtus plebi, vel curriculo insistens[2]. Dès que la religion des martyrs a été la plus forte, elle a eu ses autodafés, et plusieurs rois d'Espagne en ont joui comme Néron. Les pauvres brûlés sont toujours les mêmes, les âmes passionnées et poétiques. La civilisation, en étiolant ces deux dernières qualités, va détruire la cruauté.

Conquérir l'empereur était un pas immense pour la nouvelle religion; on fut bientôt d'accord. Pour prix de l'absolution générale que lui conférait le baptême, le nouveau chrétien dut faire élever une somptueuse basilique. C'est l'antique Saint-Pierre, dont aujourd'hui il ne reste plus rien*.

Cette église eut la forme d'un carré long, et fut divisée en cinq nefs séparées par quatre rangs de vingt-deux colonnes chacun; elle avait cinq portes et ressemblait beaucoup à Saint-Paul-hors-les-murs. Suivant l'usage de la primitive Église, cette basilique était précédée par une petite place carrée environnée d'un portique (comme celui de la Madone de San Celso, à Milan[2]). Ce portique était soutenu par quarante colonnes. On enleva toutes ces colonnes aux temples de la religion que l'empereur abandonnait.

La basilique élevée par Constantin dura onze siècles. Vers l'an 1440, elle menaçait ruine, et Nicolas V entreprit de bâtir un nouveau Saint-Pierre. Ce pape fut un homme d'un vrai génie et qui peut-être aima les arts d'un amour plus sincère que Léon X lui-même. On démolit par ses ordres le temple de Probus Anicius, situé tout près de l'ancienne basilique; et, sur la place qu'occupait le temple, on jeta les fondements d'une nouvelle *tribune* en dehors et au couchant de l'ancienne église, à laquelle on ne toucha point. Rossellini[3] et Léon-Baptiste Alberti furent les architectes de Nicolas V; mais ce prince mourut (1455), et le nouvel édifice, qui n'était élevé que de quatre ou cinq pieds au-dessus du sol, fut abandonné. Quelques années après, Paul II, Vénitien, donna cinq mille écus pour le continuer. Toutes les nations de la chrétienté faisaient des offrandes à Saint-Pierre de Rome. Leur produit était si considérable, que le clergé de l'église était largement payé par les offrandes reçues à certaines fêtes de l'année, depuis l'heure de tierce[4] jusqu'au lendemain.

Enfin parut sur le trône pontifical Jules II. Ce pape avait le génie des grandes choses. Si l'on considère ce qu'il a fait et l'âge avancé auquel il lui fut permis de commencer à agir, on peut le comparer à Napoléon. Il n'a régné que dix ans, de 1503 à 1513. Il était né à Savone, et

---

* Voir Gibbon. Cet écrivain est savant, il dit la vérité; mais il faut la saisir à travers un style déclamatoire. Gibbon avait de la petitesse dans le caractère, et sacrifiait à la mode[1].

s'appelait Della Rovere (du Chêne). De là le chêne qui formait ses armes et que l'on retrouve en mille endroits de Rome. Jules II voulut finir Saint-Pierre; il se connaissait en hommes, et choisit le dessin du célèbre Bramante Lazzari; il lui dit de chercher à faire la plus belle chose du monde et de ne pas songer à la dépense, Bramante admirait la coupole de la cathédrale de Florence; il sentit que cet ornement, par son inutilité et par sa grandeur, convenait à la religion chrétienne. Bramante se proposa de surpasser la coupole de Florence : la sienne devait être éclairée d'une vive lumière; il avait élevé jusqu'à la corniche quatre énormes piliers destinés à la soutenir, lorsque la mort l'arrêta.

L'église devait avoir la forme d'une croix grecque (dont les quatre branches sont égales).

Bramante mourut en 1514, une année après Jules II. L'aimable Léon X parvint au trône, d'où le poison le précipita neuf ans plus tard, en 1522. Il donna pour architectes à Saint-Pierre, Julien de San Gallo et le grand Raphaël. Ils fortifièrent les fondations des quatre piliers, qu'ils jugèrent trop faibles pour soutenir une coupole immense. Raphaël conçut, dit-on, le projet de donner à l'église la forme d'une croix latine, celle qu'elle a maintenant. En 1520, une imprudence d'amour et l'erreur d'un médecin conduisirent ce grand homme au tombeau. Les architectes nommés par plusieurs papes changèrent souvent le plan de l'édifice. Enfin, Paul III, ne se laissant point égarer par des intrigues puissantes, donna la direction de Saint-Pierre à Michel-Ange (1546).

Ce grand homme eut l'idée de donner au dôme de Saint-Pierre la forme du Panthéon; il fit le modèle, mais il mourut avant que la coupole fût achevée. Heureusement, Michel-Ange était à la mode lorsqu'il mourut et, malgré l'envie qu'ils en avaient, on empêcha ses successeurs de changer le dessin de la coupole. Elle ne fut achevée qu'en 1573, par Jacques Della Porta. La voûte extérieure fut construite en vingt-deux mois, sous Sixte Quint; mais les architectes changèrent le dessin de la façade qui, au lieu du triste placage que l'on voit aujourd'hui, devait se composer de colonnes isolées comme celles du Panthéon. L'obscurité que l'on aperçoit au fond[1] des portiques de ce genre convient tout à fait à la religion chrétienne. Le vestibule actuel de Saint-Pierre pourrait mener à un théâtre.

Paul V (Borghèse) eut la gloire de terminer le plus bel édifice du monde. Charles Maderne, plus courtisan qu'architecte, reprit l'idée de la croix latine, afin de renfermer dans la nouvelle basilique tout l'espace occupé par l'ancienne, et qui avait été consacré par le sang des martyrs et par un culte de onze siècles. Cet architecte voulait plaire aux prêtres et mourir riche. Il éleva de chaque côté de la nef les trois chapelles les plus voisines de l'entrée, et termina en 1612 la façade, sur laquelle on lit en caractères énormes :

PAVLVS V BVRGHESIVS ROMANVS, etc.

Le Bernin ajouta plus tard les deux grands arcs aux extrémités de la façade; il commença la construction d'un clocher que, fort heureusement, on fut obligé de démolir. Il fit ensuite la fameuse colonnade sous Alexandre VII, et l'effet de Saint-Pierre fut doublé.

En 1784, Pie VI a bâti une sacristie; mais, de son temps, l'architecture touchait au dernier terme de la décadence. Heureusement, on ne voit guère cette sacristie, cachée derrière le côté gauche de l'église, dont elle gâte le contour extérieur.

Si je ne craignais d'abuser de la patience du lecteur[1], je placerais ici quelques extraits du livre curieux que Fontana a publié sur la basilique du Vatican (*Tempio Vaticano illustrato,* etc., in-fol[2]). Suivant Fontana, les sommes dépensées pour cet édifice s'élevaient, en 1694, à 47 millions d'écus romains. L'écu romain, qui vaut aujourd'hui 5 francs 38 centimes, ne valait alors que 3 francs 12 sols, monnaie de Louis XIV. Saint-Pierre avait donc coûté 169 millions 200 mille livres. En 1694, le marc d'argent valait 40 francs; il en vaut maintenant 52. Ainsi, en monnaie d'aujourd'hui, Saint-Pierre avait coûté, du temps de Fontana, 220 millions de francs.

ARTICLE III

La façade

La mauvaise façade de Saint-Pierre, toute composée de petites parties, a cent cinquante-sept pieds romains de haut et trois cent soixante-dix de large. Les colonnes, qui sont disposées de manière à ne produire aucun effet, ont cependant quatre-vingt-six pieds de hauteur et huit pieds de diamètre (hauteur des colonnes, quatre-vingt-six pieds et demi, la corniche dix-huit pieds, l'attique trente et un, la balustrade cinq pieds et demi, les statues seize; total égal: cent cinquante-sept pieds).

Si le plan de Michel-Ange avait été respecté, du milieu de la place on eût aperçu la coupole (à peu près comme on aperçoit le dôme des Invalides du côté du midi), tandis qu'aujourd'hui on ne voit qu'une façade carrée comme celle d'un palais. Remarquez au-dessus d'une porte, dans la bibliothèque du Vatican, la vue de Saint-Pierre tel qu'il eût été d'après le plan de Michel-Ange. Est-il sûr que Raphaël soit l'auteur du plan qu'on a préféré?

La croix placée au haut de Saint-Pierre est à quatre cent trente-deux pieds de terre. Les 28 et 29 juin de chaque année, jours consacrés à saint Pierre et à saint Paul, cette façade, les trois coupoles et la colonnade sont illuminées au moyen de trois mille huit cents lanternes et de six cent quatre-vingt-dix flambeaux. C'est du balcon, au-dessus de la porte principale, que, le jeudi saint et le jour de Pâques, le souverain pontife[1] donne la bénédiction *urbi et orbi*.

En avançant vers l'église, on se trouve sous un grand vestibule sans physionomie. Aux deux extrémités sont deux mauvaises *statues équestres* qui portent les noms de Constantin et de Charlemagne, bienfaiteurs des papes. Si Charlemagne avait eu le génie qu'on lui prête, il eût donné aux papes une province entière, mais située au milieu de la France.

Saint-Pierre a cinq portes; l'une d'elles est murée et ne s'ouvre que tous les vingt-cinq ans, pour la cérémonie du jubilé. Le jubilé, qui une fois réunit à Rome quatre cent

mille pèlerins de toutes les classes, n'a rassemblé que quatre cents mendiants en 1825. Il faut se presser de voir les
cérémonies d'une religion qui va se modifier ou s'éteindre.

ARTICLE IV

Vue générale de l'intérieur de Saint-Pierre

On pousse avec peine une grosse portière de cuir, et
nous voici dans Saint-Pierre. On ne peut qu'adorer la
religion qui produit de telles choses. Rien au monde ne
peut être comparé à l'intérieur de Saint-Pierre. Après un
an de séjour à Rome, j'y allais encore passer des heures
entières avec plaisir. Presque tous les voyageurs éprouvent
cette sensation. On s'ennuie quelquefois à Rome le
second mois du séjour, mais jamais le sixième; et, si on y
reste le douzième, on est saisi de l'idée de s'y fixer.

Quand vous serez assez malheureux pour désirer connaître les dimensions de Saint-Pierre, je vous dirai que la
longueur de cette basilique est de cinq cent soixante-
quinze pieds; elle a cinq cent dix-sept pieds de large à la
croisée. La nef du milieu a quatre-vingt-deux pieds de
largeur et cent quarante-deux de hauteur. Elle est ornée
de grosses statues de saints de treize pieds de proportion.
Saint-Pierre est si beau, qu'on oublie leur laideur. Le
rococo, mis à la mode par le Bernin, est surtout exécrable
dans le genre colossal. C'est Dorat chargé de faire l'oraison
funèbre de Napoléon[1]. C'est encore le Bernin qui a gâté
l'intérieur de Saint-Pierre par une foule de mauvais
médaillons de marbre représentant divers papes. On peut
dire qu'ils donnent l'idée de la magnificence à qui ne les
examine pas en détail[2]. Cet effet est dû au grandiose de
l'architecture, à l'extrême propreté et aux soins infinis que
l'on se donne pour que tout, dans Saint-Pierre, rappelle au
voyageur qu'il est dans le palais du souverain.

En arrivant près du grand autel (en vérité, c'est un
voyage), on aperçoit une sorte de trou revêtu de marbres
magnifiques et de bronzes dorés. Quatre-vingt-seize[3]
petites lampes sont allumées jour et nuit autour de la
balustrade de marbre qui environne ce lieu surbaissé. Là
reposent les restes de saint Pierre; c'est ici que ce premier
chef de l'Église souffrit le martyre; ce lieu vénérable
s'appelle la *Confession* (l'apôtre a *confessé* sa religion en

donnant son sang pour elle); on a placé ici la statue de
Pie VI, qui mourut en France dans l'exil; elle est de
Canova; la tête est traitée avec mollesse; elle n'en est que
plus ressemblante.

Le grand autel est disposé comme dans la primitive
église; le célébrant regarde le peuple; le pape seul a le droit
d'y dire la messe.

Heureusement, cet autel est assez simple; je le voudrais
d'or massif; un baldaquin en bronze d'une hauteur
énorme le fait apercevoir de loin. Cet ornement était
nécessaire; mais on gémit quand on se rappelle qu'il a
été fait avec du bronze enlevé au Panthéon. C'est le
cavalier Bernin qui exécuta ce baldaquin en 1663. Croiriez-
vous qu'il est plus élevé que le palais Farnèse? Le sommet
est à quatre-vingt-six pieds du pavé; c'est vingt et un
pieds de plus que le fronton de la colonnade du Louvre;
on y employa mille huit cent soixante-trois quintaux de
bronze*.

Rien ne sent l'effort dans l'architecture de Saint-Pierre,
tout semble grand naturellement. La présence du génie de
Bramante et de Michel-Ange se fait tellement sentir, que
les choses ridicules ne le sont plus ici, elles ne sont
qu'insignifiantes.

Je ne crois pas que des architectes aient jamais mérité un
plus bel éloge.

Je serais injuste si je n'ajoutais pas le nom du Bernin à
celui de ces deux grands hommes. Le Bernin, qui, dans sa
vie, essaya tant de choses à l'étourdie, a parfaitement
réussi pour le baldaquin et pour la colonnade.

En levant les yeux quand on est près de l'autel, on
aperçoit la grande coupole, et l'être le plus plat peut se
faire une idée du génie de Michel-Ange. Pour peu qu'on
possède le feu sacré, on est étourdi d'admiration. Je conseille au voyageur de s'asseoir sur un banc de bois et
d'appuyer sa tête sur le dossier; là il pourra se reposer et
contempler à loisir le vide immense qui plane au-dessus
de sa tête.

Le diamètre intérieur du Panthéon est de cent trente-

---

* On trouve sous le portique du Panthéon une inscription dans
laquelle un pape se glorifie d'avoir fait faire, avec un bronze inutile,
des canons et le baldaquin de Saint-Pierre. Léon X n'eût pas pensé
ainsi; mais c'était un grand prince. Trop souvent, depuis la peur
de Luther, le pape n'a été qu'un prêtre à tête étroite.

trois pieds romains; la coupole de Michel-Ange a cent
trente pieds de diamètre; elle commence à cent soixante-
trois pieds du pavé. On compte, du pavé jusqu'à la voûte
de la lanterne, trois cent soixante-neuf pieds. Pour soutenir le poids de ce temple élevé dans les airs, il a fallu
donner au mur vingt-quatre pieds d'épaisseur.

Sur la frise de l'entablement, on lit, en caractères de
quatre pieds et demi de haut exécutés en mosaïque, le
fameux jeu de mots sur lequel est fondée la puissance du
pape, et en vertu duquel la totalité du sol de la France a été
donnée trois fois à l'Église.

*Tu es Petrus, et super hanc petram aedificabo ecclesiam meam,
et tibi dabo claves regni coelorum*[1]. Il faut avouer qu'on lui
devait cet honneur.

Gardez-vous de chercher les noms de cette foule d'artistes médiocres qui ont rempli Saint-Pierre de tableaux,
de statues, de bas-reliefs, de tombeaux, etc. De leur
vivant, ils étaient à la mode. Je nommerai ceux qui ont
quelque mérite. La plupart ont été plus médiocres ici
qu'ailleurs : ils avaient peur.

Lorsqu'on a pu s'arracher au spectacle de la coupole, on
arrive au fond de l'église; mais, si l'on a de l'âme, déjà l'on
est abîmé de fatigue et l'on n'admire plus que *par devoir*.

Au fond de la tribune, on remarque quatre figures
gigantesques en bronze, qui soutiennent du bout du
doigt, avec grâce et comme feraient des danseurs dans un
ballet de Gardel[2], un fauteuil aussi en bronze. Il sert d'étui
à la chaire de bois dont saint Pierre et ses successeurs se
servirent longtemps pour leurs fonctions ecclésiastiques.
Au peu d'effet que produisent ces quatre statues colossales, placées dans le plus beau lieu du monde, vous recon-
naissez l'*esprit* du Bernin. Que n'eût pas fait Michel-Ange
avec cette masse de bronze, sur des spectateurs préparés
par la colonnade, par la vue de l'église et par la coupole!
Mais Michel-Ange manquait d'intrigue pour se faire
employer*. Le génie dans le genre terrible n'ayant plus
reparu sur la terre depuis la mort de ce grand homme, il ne
nous reste qu'à le copier. Il faudrait construire en bronze
une statue imitée du *Moïse* de San Pietro in Vincoli, et
dont la tête serait couronnée par la *gloire,* telle qu'elle
existe au-dessus de la chaire de Saint-Pierre.

* Voir l'*Histoire de la Peinture en Italie,* t. II, p. 275[3].

On appelle *gloire* un amas de rayons dorés. Cet ornement, qui environne l'hostie consacrée dans un ostensoir, est une *gloire. Ostensoir,* c'est l'instrument avec lequel on donne la bénédiction.

Voici des détails exacts.

Ces quatre figures colossales de bronze représentent deux docteurs de l'Église latine : saint Ambroise et saint Augustin ; et deux de l'Église grecque : saint Athanase et saint Chrysostome. Ces deux derniers sont plus près du mur et ont quatorze pieds de proportion ; les docteurs latins ont seize pieds. Ces quatre statues en bronze pèsent cent seize mille livres. On peut monter à l'aide d'une échelle et voir la chaire de Saint-Pierre, qui est de bois avec d'anciens ornements en ivoire et en or. On remarque deux anges debout sur les côtés de la chaire de bronze soutenue par les quatre docteurs, et, au-dessus, deux enfants qui portent la tiare et les clefs pontificales. On a tiré parti d'une fenêtre qui, au moyen de glaces de couleur jaune, éclaire le fond de la *gloire,* et produit, au coucher du soleil, un effet assez piquant. Le Saint-Esprit, sous la forme d'une colombe, couronne tout l'ouvrage.

Cette partie lumineuse, qu'on aperçoit de loin au fond de l'église, est environnée d'une multitude d'anges et de séraphins, qui paraissent adorer la chaire de Saint-Pierre. Ceci ne laisse pas que d'être très hardi sous le rapport des préséances. On employa pour cette *gloire* deux cent dix-neuf mille livres de bronze arraché au portique du Panthéon ; la dépense fut d'environ six cent mille francs.

Il va sans dire que les vitres de couleur jaune sont de l'invention du Bernin. L'effet total me semble *joli,* et par là peu digne de ce temple, qui est *beau.* Mais, au reste, ces deux mots ne sont pas bien séparés dans beaucoup de têtes du Nord.

Un pape, homme d'esprit, pourrait faire cadeau à quelque église d'Amérique des quatre statues du Bernin, admirables pour des bourgeois, mais tout à fait indignes, par leur exagération comique, de la place qu'elles occupent dans Saint-Pierre.

En revanche, à côté de ces danseurs en mitre, le spectateur aperçoit à sa gauche un tombeau qui est d'une beauté sublime : c'est celui de Paul III (Farnèse). Giacomo Della Porta l'exécuta sous la direction de Michel-

Ange[1]. Au-dessous de la figure du pape, qui est de bronze,
se trouve cette célèbre statue de marbre blanc représentant la Justice, qui est si belle, qu'il a été nécessaire de la
couvrir d'une draperie de cuivre. Examinez cette tête;
c'est le caractère de beauté des Romaines, saisi avec un
rare talent. Elle est belle sous tous les aspects, ainsi que
doit être la véritable sculpture. Cette statue m'a valu
l'honneur de disputer pendant dix ans avec l'immortel
Canova[2]. Il y trouvait trop de *force.*

Le tombeau à droite est celui d'Urbain VIII (Barberini),
mort en 1644, cent vingt-quatre ans après Raphaël, et il
n'y a rien qui n'y paraisse. La figure d'Urbain VIII est de
bronze; la Charité et la Justice sont en marbre; le Bernin
voulut plaire à la mode et réussit; on arrivait au siècle du
joli, lequel change tous les cinquante ans. Le tombeau
d'Urbain VIII n'est guère meilleur que le monument de
M. de Malesherbes au palais de justice, à Paris[3], ou que
le tombeau du cardinal de Belloy, à Notre-Dame[4].

On trouve quelque plaisir à regarder les bas-reliefs de
stuc doré qui ornent la voûte de la tribune de Saint-Pierre.
Celui du milieu, qui représente *Jésus-Christ donnant les clefs
à saint Pierre,* fut exécuté d'après un dessin de Raphaël.
Le *Crucifiement de saint Pierre* est imité du fameux tableau
du Guide, et la *Décollation de saint Paul,* d'un bas-relief de
l'Algarde. Mais tout cela est exécuté mollement et en
style académique, le malheureux statuaire avait peur d'être
lui-même. Je parierais qu'il est mort riche et comblé
d'honneurs.

L'axe de Saint-Pierre suit à peu près exactement la ligne
d'orient en occident; la longueur de l'église, de la porte à
la tribune, est de cinq cent soixante-quinze pieds et demi;
la largeur, prise au grand autel, est de cinq cent dix-sept
pieds et demi[5].

En allant de la porte d'entrée vers le grand autel, on
peut remarquer, après le troisième arc à droite et à
gauche, que la grande nef se rétrécit de huit pieds; on
entre dans la croix grecque projetée par le Bramante.

Là aurait été l'entrée du temple si l'on eût suivi son
plan.

Jules II en posa la première pierre le 18 avril 1506, dans
la fondation, derrière la statue de sainte Véronique.

Le jour de l'Ascension, nos compagnes de voyage ont
vu avec étonnement, et même avec une sorte de terreur,

plusieurs centaines de paysans de la Sabine; ils étaient réunis dans la grande nef, autour d'une statue de saint Pierre en bronze. Ils ont usé, par leurs baisers, le pied de bronze de cette idole. Ces paysans descendent de leurs montagnes pour célébrer la grande fête dans Saint-Pierre et assister à la *funzione*. Ils sont couverts de casaques de drap en lambeaux, leurs jambes sont entourées de morceaux de toile, retenus par des cordes en losanges; leurs yeux hagards sont cachés par des cheveux noirs en désordre; ils portent contre leur poitrine des chapeaux de feutre, auxquels la pluie et le soleil n'ont laissé qu'une couleur d'un rouge noirâtre[1]; ces paysans sont accompagnés de leurs familles, non moins sauvages qu'eux.

Après les avoir examinés dans toutes les parties de l'église où leur dispersion nous permettait de les voir de près, nous sommes revenus au saint Pierre en bronze placé à droite dans la grande nef. Cette statue, roide, fut un Jupiter; c'est maintenant un saint Pierre. Elle a gagné en moralité personnelle; mais ses sectateurs ne valent pas ceux de Jupiter. L'antiquité n'eut ni Inquisition, ni Saint-Barthélemy, ni *tristesse puritaine*[2].

Le son de voix de ces paysans, qui me semble *beau*, fait horreur à nos compagnes de voyage. Telle est l'origine de tous nos différends : beaucoup de choses insignifiantes à mes yeux leur semblent jolies, et ce qui est la beauté sublime pour moi leur fait peur. Les Romains, qui entendent parler de Michel-Ange depuis leur enfance, sont accoutumés à le vénérer, c'est un culte. Leur âme simple et grande le comprend.

Les habitants de la montagne entre Rome, le lac de Fucino, Aquila et Ascoli[3], représentent assez bien à mon gré l'état moral de l'Italie vers l'an 1400. À leurs yeux, rien ne se fait que par miracle; c'est la perfection du principe catholique : si la foudre tombe sur un vieux châtaignier, c'est que Dieu veut punir le propriétaire. J'ai retrouvé le même état moral dans l'île d'Ischia[4].

Nos compagnes de voyage ont remarqué des paysans à genoux, à huit ou dix pas d'un confessionnal; on voyait s'abaisser sur leur tête une longue verge blanche qui venait enlever leurs péchés *véniels*. Quelques confessionnaux privilégiés étaient occupés par trois moines tenant chacun une gaule. On ne rit jamais en Italie; tout ceci était fort grave. Du reste, il n'y avait pas dans l'église un seul Romain des hautes classes.

Pour mettre un peu d'ordre dans notre description de l'intérieur de Saint-Pierre, nous allons parler :

1º De la coupole.

2º Parvenus au fond de l'église, nous suivrons le mur du nord ; en revenant vers la porte d'entrée, nous examinerons les tombeaux, les tableaux en mosaïque, etc., qui se trouvent dans la nef du nord (à la droite du voyageur qui entre).

Nous arriverons ainsi à la première chapelle à droite en entrant, remarquable à cause du fameux groupe de Michel-Ange nommé la *Pietà* (la Madone soutient sur ses genoux le corps de son fils).

3º Enfin, nous retournerons de la porte au fond de l'église, en suivant le mur du midi, et nous arriverons ainsi au tombeau de Paul III, qui termine ce côté ; nous aurons vu tout Saint-Pierre.

ARTICLE V

La coupole

Vous savez que Bramante avait élevé jusqu'à la corniche les quatre énormes piliers de la coupole, qui ont chacun deux cent six pieds de circonférence. L'église de *San Carlo alle Quattro Fontane* occupe exactement l'espace de ces piliers et ne paraît pas petite.

Bramante jeta les quatre grands arcs qui, comme des ponts, unissent ces piliers l'un à l'autre.

Voilà ce que Michel-Ange trouva ; c'est là-dessus qu'il éleva sa coupole. Elle a cent trente pieds de diamètre, c'est-à-dire trois pieds de moins que celle du Panthéon. Elle commence à cent soixante-trois pieds du pavé, et sa hauteur, prise depuis sa base jusqu'à l'ouverture de la lanterne, est de cent cinquante-cinq pieds. On ne croirait jamais que la petite lanterne qui est au-dessus a cinquante-cinq pieds de haut, l'élévation d'une maison ordinaire. Ainsi la coupole de Michel-Ange, enlevée de dessus les piliers, et placée par terre, aurait deux cent soixante pieds de haut, élévation qui surpasse celle du Panthéon. Montons sur les combles de Saint-Pierre pour voir la partie extérieure du dôme : le piédestal de la boule de bronze a vingt-neuf pieds et demi de hauteur; la boule elle-même, sept pieds et demi. La croix qui couronne l'église est haute de treize pieds.

La hauteur totale de Saint-Pierre, depuis le pavé de l'église jusqu'au dernier ornement de la croix, est de quatre cent vingt-quatre pieds. Les Romains comptent onze pieds de plus, je crois, parce qu'ils mesurent l'élévation à partir du pavé de l'église souterraine, où est le tombeau d'Alexandre VI[1].

Cette hauteur fait frémir quand on songe que l'Italie est fréquemment agitée de tremblements de la terre, que le sol de Rome est volcanique, et qu'un instant peut nous priver du plus beau monument qui existe. Certainement jamais il ne serait relevé : nous sommes trop raisonnables. Deux moines espagnols, qui se trouvèrent dans la boule de Saint-Pierre lors de la secousse de 1730, eurent une telle peur, que l'un d'eux mourut sur la place*.

Pour que l'œil soit satisfait, le contour extérieur de la partie sphérique d'une coupole ne doit pas être le même que le contour intérieur; la coupole de Saint-Pierre a deux calottes, et entre les deux, rampe l'escalier par lequel on monte jusqu'à la boule.

Le *tambour* de la coupole (la partie cylindrique) est percé de seize fenêtres; c'est à travers ces fenêtres qu'en se promenant au Pincio on aperçoit quelquefois le soleil qui se couche.

La voûte de la coupole est divisée en seize compartiments ornés de stucs dorés et de tableaux en mosaïque qui représentent Jésus-Christ, la Vierge, les apôtres, des saints, des anges. Comme effet de peinture, tout ceci est mal arrangé; il fallait un homme de génie, un Corrège, un Michel-Ange, un Raphaël, un Annibal Carrache, qui aurait osé inventer quelque chose. On ne trouva que de pauvres diables d'imitateurs, sans orginalité ni audace, un cavalier d'Arpin, par exemple, qui a fait le *Père Eternel* qui est sur la voûte de la lanterne. Les *quatre évangélistes,* aussi en mosaïque, qui occupent le haut des façades principales des quatre piliers de la coupole, sont de César Nebbia et de Jean de' Vecchi[2]. Chacun de ces piliers est

---

* Lors du tremblement de terre de 1813, le lit de M. Nystroem, qui loge près de Saint-Pierre, fut éloigné de la muraille de sa chambre de trois pouces.

orné de deux niches, l'une au-dessus de l'autre, exécutées sur les dessins du chevalier Bernin. Elles produisent un assez bon effet. Les niches supérieures ont des balcons et des colonnes torses de marbre blanc; ces colonnes, nommées *vitineae*[1], soutenaient autrefois le baldaquin placé au-dessus de la Confession de Saint-Pierre, dans la basilique bâtie par Constantin*. Elles avaient été enlevées au temple de Jérusalem.

Pour les quatre figures en marbre de quinze pieds de proportion, qui remplissent les niches inférieures des piliers du côté du grand autel, il eût fallu le génie de Michel-Ange. Rien n'est plus médiocre que la *Sainte Véronique qui présente un saint suaire* et la *Sainte Hélène tenant une croix*. Le *Saint Longin* est du chevalier Bernin. La quatrième statue, *Saint André*, est du célèbre sculpteur flamand François Dusquenoy[2], qu'en Italie on appelle *il Fiammingo*.

Je me fais violence pour ne pas placer ici deux pages de petits faits qui me semblent intéressants, parce que j'aime Saint-Pierre.

ARTICLE VI

Côté du nord

Après avoir vu en conscience les choses notées dans les pages précédentes, nous étions trop fatigués pour rien examiner avec détail. Nous sommes revenus le lendemain, et après avoir revu la coupole et être arrivés aux tombeaux de Paul III et d'Urbain VIII, nous avons rebroussé chemin vers les portes de l'église, en suivant, à partir du tombeau d'Urbain VIII, le mur du nord.

Nous avons remarqué d'abord une mosaïque représentant saint Michel archange; c'est une copie du célèbre tableau du Guide, que nous vîmes, le lendemain de notre arrivée, aux Capucins de la place Barberini. Le premier parmi les peintres, le Guide eut l'idée d'imiter la beauté

---

* Voir l'effet de ces colonnes dans un tableau attribué à Jules Romain, placé au Musée du Louvre, nº 1046, près le portrait de François Ier. C'est une *Circoncision du Sauveur*, cérémonie qui a lieu dans le temple de Jérusalem.

grecque pour les traits du visage; il étudia les têtes du groupe de Niobé, et surtout celle de cette malheureuse mère. Nous verrons, dans une lettre adressée au comte Baldassar Castiglione, par Raphaël[1], qu'il cherchait la beauté en copiant les plus belles têtes de femmes qu'il pouvait rencontrer et *corrigeant* leurs défauts. Le travail qui devait se faire dans la tête d'un grand peintre pour *trouver la beauté* était embarrassé par les rêveries de Platon, fort à la mode du temps de Raphaël.

La grande sérénité que l'on remarque sur le front et dans le haut de la tête de l'archange saint Michel vient évidemment des Grecs, et, ce me semble, ne se trouve jamais chez Raphaël.

On voit tout près de l'archange la plus belle mosaïque de Saint-Pierre; elle est du chevalier Cristoforo[2]; c'est la copie de la *Sainte Pétronille* du Guerchin, dont l'original fut à Paris et se trouve maintenant au Capitole. La sainte est représentée au moment de son exhumation; la mosaïque a su conserver presque toute la chaleur du tableau, qui est l'un des chefs-d'œuvre de son auteur. L'un de nous, le représentant du goût français, a été fort choqué de ce que le Guerchin a donné à quelques-uns de ses personnages le costume italien de l'an 1650. Ce tableau est chaud comme un roman de l'abbé Prévost.

On passe devant le tombeau de Clément X (Altieri), mort en 1676; tout y est médiocre. Le *Martyre de saint Erasme,* du Poussin, est un tableau estimable, mais fort désagréable à voir.

En revanche, presque tout est sublime dans le tombeau de Clément XIII (Rezzonico), mort en 1769. Son père, riche banquier de Venise, avait acheté pour lui le chapeau de cardinal (au prix de 300 000 francs). L'argent ne fut peut-être pas étranger à sa promotion à la papauté. Toute sa vie, le bon Rezzonico eut des remords de cette grande simonie. Ce fut un homme médiocre, fort honnête et dévot de bonne foi.

C'est ce que l'immortel Canova a divinement exprimé dans la tête de ce pape, qu'il a représenté priant. La figure colossale de Clément XIII est à genoux sur son mausolée; la tête est tournée vers le grand autel de Saint-Pierre; à gauche du voyageur est la figure de la Religion, debout; elle tient une croix. De l'autre côté est le génie de la mort, assis, et dans l'attitude de la douleur. Ce génie est peut-être trop joli; il a le tort de réveiller un peu l'idée de la fatuité.

La porte d'une sacristie[1], qui se trouve dans la partie inférieure du mausolée, produit un admirable effet; on dirait qu'elle mène dans le royaume de la mort. C'est ainsi que le génie sait tirer parti des difficultés. C'est aux deux côtés de cette porte que l'on voit ces admirables figures de lions si célèbres parmi les artistes; ils expriment deux nuances différentes d'une extrême douleur : l'accablement profond et la colère. Peut-être sommes-nous ici en présence de la perfection de l'art. Canova était fort pauvre lorsque ses protecteurs lui firent obtenir de la maison Rezzonico la *commission* de ce tombeau; il fut obligé de tailler lui-même le manteau de la figure qui représente la Religion; il perça, à l'aide d'un vilebrequin, appuyé sur le côté gauche de la poitrine, tout l'espace qui se trouve entre ce manteau et le côté de la statue de la Religion. Telle fut l'origine des vives douleurs d'estomac dont ce grand artiste s'est plaint toute sa vie, et qui l'ont conduit au tombeau en 1823, à l'âge de soixante-trois ans[2].

J'ai vu beaucoup de personnes admirer sans réserve la figure du pape et les deux lions. La Religion laisse quelque chose à désirer; on regrette dans le front et dans les yeux l'absence de la force terrible de Michel-Ange. Les dessinateurs de l'école de David appliquaient leur froid compas au génie de la mort, et trouvaient, je crois quelque chose à reprendre dans les proportions d'une jambe*.

On peut comparer à ce tombeau celui de Marie-Christine, à Vienne, par Canova; celui du maréchal de Saxe, à Strasbourg; celui de Jules II, par Michel-Ange (à Rome, dans l'église *San Pietro in Vincoli*); ceux des Médicis, à Florence, qui sont de Michel-Ange; celui du général Moore[3], à Saint-Paul de Londres; et enfin le tombeau de Paul III (Farnèse), dans Saint-Pierre.

Le tombeau de Marie-Christine est composé d'un trop grand nombre de figures et manque un peu d'unité; il plaît surtout aux âmes froides. Les tombeaux des Médicis, à Florence, ont le défaut contraire; ils ne présentent qu'une figure; dans celui du maréchal de Saxe, il n'y a de bien que la tête et la position du corps, qui montrent

---

* J'ai vu, en 1810, un rapport à l'Empereur, dans lequel M. Denon assurait que Canova savait dessiner.

l'intrépidité avec laquelle ce général s'avance vers la mort.

Le tombeau du général Moore, à Londres, serait voisin de la perfection s'il eût été exécuté par un sculpteur. Enfin, je ne serais pas étonné que la voix de la postérité ne plaçât avant tous les autres le tombeau de Clément XIII. S'il était dans une église gothique, telle que la cathédrale de Cologne ou celle de Florence, la lumière terrible et vraiment catholique, qui, à travers les vitraux peints, descend jusqu'au pavé, doublerait l'effet de la tête de Rezzonico, et ôterait au génie de la mort l'air un peu trop mondain et les derniers vestiges du mauvais goût inventé par le Bernin.

Presque en face du chef-d'œuvre de Canova, on voit une grande mosaïque ridicule qui représente la barque de saint Pierre sur le point d'être submergée, et Jésus venant au secours de l'apôtre. La peur ignoble de saint Pierre rappelle le personnage comique de don Abbondio des *Fiancés,* de M. Manzoni[1]. L'auteur de ce tableau est Lanfranc, de Bologne, cet intrigant si cher aux hommes puissants, si heureux et si adroit, qui sema de tant d'épines la carrière du pauvre Dominiquin. Sifflé par tout le monde, le Dominiquin finit par douter du mérite de ses plus beaux ouvrages (par exemple, les fresques de Saint-André della Valle, à Rome).

Toutes les statues des environs sont ridicules, on dirait toujours un danseur représentant dans quelque ballet le personnage d'un saint; telle est, à la salle de l'Institut, à Paris, la statue de Fénelon. Je me contenterai de nommer les statues de saint Bruno, de saint Joseph Calasance, de saint Gaëtan et de saint Jérôme Émilien, placées près du tombeau de Rezzonico.

Je suis fâché que celui de Benoît XIV (Lambertini), ce grand prince et cet homme aimable, ne soit pas meilleur. Il mourut en 1758, époque de décadence complète pour la sculpture. Son tombeau est de Pierre Bracci.

Nous sommes arrivés à la belle mosaïque qui fait pendant avec la *Transfiguration* de Raphaël, placée de l'autre côté de l'église, au midi : c'est la célèbre *Communion de saint Jérôme,* du Dominiquin. Inférieure par la sublimité des têtes à la *Transfiguration,* la *Communion* l'emporte par le clair-obscur; il y a *unité* par le clair-obscur, c'est pourquoi elle produit plus d'effet dans Saint-Pierre. Ce tableau a un autre avantage, l'unité du sujet. La mosaïque est de Cristoforo.

On passe devant deux tombeaux médiocres. Celui de Grégoire XIII (Buoncompagni), que le massacre de la Saint-Barthélemy réjouit si fort, est de marbre. Le tombeau de stuc, où d'abord Buoncompagni avait été placé, a été accordé, après son départ, aux cendres de Grégoire XIV.

La chapelle du Saint-Sacrement est fermée par une grille de fer; cette chapelle est riche et non pas belle. Le tabernacle de l'autel a été fait d'après les dessins du chevalier Bernin; c'est un petit temple de dix-neuf pieds de haut, décoré de douze colonnes de lapis. Pierre de Cortone, mélange de talent et de mauvais goût, a peint à fresque le tableau principal : c'est une *Trinité*. Dans la même chapelle, on voit un autre autel avec un tableau de saint Maurice, peint par le Pellegrini[1]. C'est devant cet autel que se trouve placé sur le pavé le tombeau de Sixte IV, disposé à peu près comme celui du cardinal de Richelieu à la Sorbonne. Ce pape, mort en 1484, a eu pour sculpteur Antoine Pollaiuolo[2]. Ce fut Jules II, encore cardinal, qui fit élever ce tombeau à son oncle. On fait voir à côté de l'autel la porte de communication qui conduit au Vatican (dans l'appartement où sont placés les *arazzi,* ou tapisseries exécutées d'après les cartons de Raphaël). Cette chapelle commence la nef ajoutée par Paul V à la croix grecque; on peut remarquer au point de l'union une légère irrégularité de construction.

On passe devant les tombeaux d'Innocent XI et de la célèbre comtesse Mathilde. La tête de cette femme si utile à l'Église est du Bernin.

La chapelle de Saint-Sébastien possède la mosaïque du martyre de ce saint. Cristofari l'exécuta d'après la fresque du Dominiquin qui est à Sainte-Marie-des-Anges.

On arrive enfin à la chapelle *della Pietà,* ainsi nommée parce qu'on voit sur l'autel le fameux groupe de Michel-Ange : la Vierge soutient sur ses genoux le corps mort de son fils. Ce groupe est en marbre.

Dans cette belle langue italienne, on appelle *una Pietà* (une Pitié), par excellence, la représentation du spectacle le plus touchant de la religion chrétienne[3]. Michel-Ange exécuta ce chef-d'œuvre pour le cardinal de Villiers, abbé de Saint-Denis et ambassadeur de Charles VIII auprès du pape Alexandre VI.

Le *Ciacconio*[1] dit en latin : « Ce cardinal se trouvant à Rome, il fit faire, par Michel-Ange Buonarroti, fort jeune alors, un magnifique groupe de marbre représentant la divine Vierge Marie et son fils mort, gisant entre les bras de sa mère. Il fit placer ce groupe dans la chapelle royale de France à Saint-Pierre du Vatican. »

Il s'agit ici de l'antique Saint-Pierre, dont il n'existe plus rien. Les trois pages qui suivent sont une digression que l'on peut passer sans inconvénient.

Lorsque Louis XI, faisant trancher la tête au duc de Nemours[2], ordonne que ses petits-enfants soient placés sous l'échafaud pour être baignés du sang de leur père, nous frémissons à la lecture de l'histoire; mais ces enfants étaient jeunes, ils étaient peut-être plus étonnés que touchés par l'exécution de cet ordre barbare; ils n'avaient pas encore assez de connaissance des malheurs de la vie pour comprendre toute l'horreur de cette journée.

Si l'un d'eux, plus âgé que les autres, sentait cette horreur, l'idée d'une vengeance atroce comme l'offense remplissait sans doute son âme et y portait la vie et la chaleur. Mais une mère au déclin de l'âge, une mère qui ne put aimer son mari, et dont toutes les affections s'étaient réunies sur un fils jeune, beau, plein de génie, et cependant sensible comme s'il n'eût été qu'un homme ordinaire, il n'y a plus d'espoir pour elle, plus de soutien; son cœur est bien loin d'être animé par l'espoir d'une vengeance éclatante. Que peut-elle, pauvre et faible femme, contre un peuple en fureur qui vient d'assassiner son fils ? Elle a perdu ce fils, le plus aimable et le plus tendre des hommes, qui avait précisément ces qualités qui sont senties vivement par les femmes, une éloquence enchanteresse employée sans cesse à établir une philosophie où le nom et le sentiment de l'amour reviennent à chaque instant*.

Après l'avoir vu périr dans un supplice infâme, elle soutient sur ses genoux sa tête inanimée. Voilà sans doute la plus grande douleur que puisse sentir un cœur de mère.

---

* Ainsi que Me Dupin, argumentant contre M. Salvator, nous ne considérons ici Jésus que comme un homme. Nous protestons de notre respect pour la morale publique[3].

Mais la religion vient anéantir en un clin d'œil ce qu'il
y aurait d'attendrissant dans cette histoire si elle se passait
au fond d'une cabane. Si Marie croit que son fils est Dieu
(et ici elle ne peut en douter), elle le croit tout-puissant.
Dès lors, le lecteur n'a qu'à descendre dans son âme; et,
s'il est susceptible de quelque sentiment vrai, il verra que
Marie ne peut plus aimer Jésus de l'amour de mère, de
cet amour si intime qui se compose de souvenirs d'une
ancienne protection et d'espérance d'un soutien à venir.

S'il meurt, c'est apparemment que cela convient à ses
desseins; et cette mort, loin d'être touchante, est odieuse
pour Marie, qui, tandis qu'il se cachait sous une enveloppe
mortelle, avait pris de l'amour pour lui. Il devait tout au
moins, s'il avait eu pour elle la moindre reconnaissance,
lui rendre ce spectacle invisible.

Il est superflu de faire remarquer que cette mort est
inexplicable pour Marie. C'est un Dieu tout-puissant et
infiniment bon qui souffre les douleurs d'une mort humaine, pour satisfaire à la vengeance d'un autre Dieu
infiniment bon.

La mort de Jésus, laissée visible à Marie, ne pouvait
donc être pour elle qu'une cruauté gratuite. Nous voici à
mille lieues de l'attendrissement et des sentiments d'une
mère.

La représentation d'un fait dans lequel Dieu lui-même
est acteur peut être singulière, curieuse, extraordinaire,
mais ne saurait être touchante. Canova lui-même eût en
vain essayé de nous arracher des larmes par un groupe
représentant Marie déplorant la mort de son fils. Dieu
peut être bienfaiteur, mais, comme il ne *s'ôte rien* en nous
comblant de bienfaits, ma reconnaissance, si je la sépare de
l'espoir d'obtenir de nouveaux avantages par la vivacité
de ses transports, ma reconnaissance, dis-je, ne peut
qu'être moindre de ce qu'elle serait envers un homme.

Et ce Japonais, me dira-t-on, qui, dans le tableau de
Tiarini placé à Bologne dans la chapelle de Saint-Dominique, voit ressusciter son enfant par saint François-
Xavier? — S'il sent la reconnaissance la plus vive, répon-
drai-je, c'est par un homme qu'elle lui est inspirée. Si
c'était Dieu qui fît ce miracle, lui qui est tout-puissant,
pourquoi a-t-il laissé mourir ce pauvre enfant? Et même
saint François-Xavier, de quoi se prive-t-il en le ressus-
citant? C'est Hercule ramenant Alceste du royaume des

morts, mais ce n'est pas Alceste se sacrifiant pour sauver les jours de son époux.

Le seul sentiment que la Divinité puisse inspirer aux faibles mortels, c'est la terreur; et Michel-Ange sembla né pour inspirer cet effroi dans les âmes par le marbre et les couleurs. Quand les fresques de la chapelle Sixtine deviendront visibles à vos yeux, vous comprendrez combien il entra de vraie logique dans le talent de Michel-Ange, et combien, par conséquent, son mérite doit être durable; il survivra même au souvenir du catholicisme[1].

Ce grand homme[2] commença, comme Canova, par imiter fidèlement la nature. Ensuite, les prédications et la mort de Savonarole lui firent comprendre la *religion catholique,* et il adopta le style sublime et terrible dans lequel personne ne peut lui être comparé. Né à Florence en 1474, il mourut à Rome en 1563.

On remarque dans un coin de la chapelle *della Pietà* une grille de fer qui entoure une colonne torse en marbre; c'est celle sur laquelle Jésus-Christ s'appuya en disputant contre les docteurs dans le temple de Salomon. Quelques personnes supposent que cette colonne est une des douze de même forme que Constantin avait fait venir de Grèce, et qui, par son ordre, furent placées autour du tombeau du prince des apôtres dans l'antique Saint-Pierre.

L'urne antique ornée de bas-reliefs que l'on voit ici appartint à Probus Anicius, préfet de Rome, mort en 395. Elle servait pour les fonts baptismaux dans l'ancienne basilique.

Le grand arc qui de la nef du milieu conduit à *la Pietà* est large de quarante pieds et demi et haut de soixante et onze. La petite coupole qui précède la chapelle a cent vingt-cinq pieds de hauteur et quarante-cinq pieds dans son plus grand diamètre. Les mosaïques sont des copies grossières d'après Pierre de Cortone et Ciro Ferri.

ARTICLE VII

Nef du midi

Après avoir examiné le côté du nord, nous avons traversé l'église, en passant devant les cinq portes d'entrée. La forme des fenêtres qui sont au-dessus est trop mon-

daine, et toute cette façade intérieure eſt à refaire. Pie VI
l'a gâtée en y faisant placer deux horloges, l'une française,
et l'autre italienne¹ (qui, au coucher du soleil, marque
toujours vingt-quatre heures).

Le plafond de l'église eſt resplendissant d'or, comme la
galerie de Compiègne; ce sont des rosaces et des caissons
en ſtuc doré. Nous avons remarqué, au-dessus des
grands arcs qui communiquent de la nef principale aux
nefs latérales, un grand nombre de ſtatues dans lesquelles
on a cherché la beauté grecque, arrangée comme il le
fallait pour plaire au xvie siècle, c'eſt-à-dire que le sculpteur a réuni à l'expression de la force et de la justice, celle
de la volupté. Ce lambris doré avec magnificence fait de
Saint-Pierre la chapelle d'un grand souverain, dont la
puissance se fonde sur la religion, et non pas une église
catholique. Ne trouvez-vous pas que le seul genre gothique eſt en harmonie avec une religion terrible, qui
dit au plus grand nombre de ceux qui entrent dans ses
églises : *Tu seras damné ?* Saint-Pierre convenait parfaitement à la cour élégante d'un pape homme d'esprit, tel que
Léon X. Les papes les plus bigots qui depuis y ont fait
travailler n'ont pu lui faire perdre ce caractère de beauté
mondaine et *courtisanesque*. La prière, dans Saint-Pierre,
n'eſt pas l'élan du cœur vers un juge terrible qu'il faut
fléchir à tout prix, c'eſt une cérémonie à remplir envers un
être bon et indifférent pour bien des choses².

Toutes ces idées, présentées à nos compagnes de
voyage, n'ont point passé sans opposition. Je prie le
lecteur de se souvenir que je ne fais que l'office d'*avocat
général;* je propose des *motifs de conviction*. J'invite à se
méfier de tout le monde et même de moi. L'essentiel eſt
de n'admirer que ce qui a fait réellement plaisir, et de
croire toujours que le voisin qui admire eſt payé pour
vous tromper : par exemple, Mgr D***, qui dînait hier à
côté de moi, chez M. l'ambassadeur de Russie, et nous
vantait avec ferveur l'adminiſtration de la juſtice criminelle à Rome (peu de mois après, il a été fait cardinal).
Je demande pardon pour le parler bref et en quelque sorte
tranchant. Souvent trois mots mis au lieu d'un adou-
ciraient la forme, mais porteraient cet itinéraire à trois
volumes.

La première chapelle à gauche en entrant dans Saint-
Pierre, le long du mur méridional, eſt celle des fonts

baptismaux; c'est une superbe conque de porphyre de douze pieds de long sur six de large qui contient l'eau consacrée; elle fut longtemps le couvercle du tombeau de l'empereur Othon II, mort à Rome en 983. L'ornement, assez ridicule, en bronze doré, a été exécuté en 1698, sur les dessins de Fontana. On voit autour de cette urne trois mosaïques médiocres : celle du milieu représente Jésus-Christ baptisé par saint Jean; c'est la copie d'un froid tableau de Charles Maratte. Pendant les premiers siècles du christianisme, on ne baptisait à Rome qu'à Saint-Pierre et à Saint-Jean-de-Latran.

En s'avançant vers le fond de l'église, on rencontre à gauche le tombeau de Marie Sobieski Stuart[1], reine d'Angleterre, morte à Rome en 1755[2]. On a essayé ici une chose qui semble fort raisonnable aux gens d'esprit, tels que d'Alembert, Chamfort, etc., mais qui produit toujours un mauvais effet. Le portrait de la reine d'Angleterre, exécuté en mosaïque, est placé au milieu d'ornements sculptés. Au-dessous de ce tombeau, se trouve la porte de l'escalier qui conduit à la grande coupole et sur les combles de Saint-Pierre.

Nous avons revu le plus aimable des chefs-d'œuvre de Canova; c'est le tombeau de Jacques III, roi d'Angleterre, et de ses deux fils, le cardinal d'York et le Prétendant, époux de cette spirituelle comtesse d'Albany qui fut aimée d'Alfieri[3]. Le roi d'Angleterre actuel, George IV, fidèle à sa réputation du gentleman le plus accompli des trois royaumes, a voulu honorer la cendre de princes malheureux que de leur vivant il eût envoyés à l'échafaud s'ils fussent tombés en son pouvoir. La forme de ce tombeau est un peu gothique. Sur une plinthe on voit les bustes des trois Stuarts en demi-relief, traités d'une manière un peu efféminée, et qui rappelle l'absence totale de caractère que l'on remarquait chez ces hommes, sans doute les plus malheureux de leur siècle.

Au-dessous de ces bustes, un grand bas-relief représente la porte d'un tombeau, et aux deux côtés deux anges dont, en vérité, il m'est impossible de décrire la beauté. Vis-à-vis est un banc de bois sur lequel, en 1817 et 1828[4], j'ai passé les heures les plus douces de mon séjour à Rome. C'est surtout à l'approche de la nuit que la beauté de ces anges paraît céleste. Ils me rappelaient le souvenir de la *Nuit* du Corrège, à Dresde[5]. En arrivant à Rome, c'est auprès du tombeau des Stuarts qu'il faut venir essayer si l'on tient du hasard un cœur fait pour sentir la sculpture[1]. La beauté tendre et naïve de ces jeunes habitants du ciel apparaît au voyageur longtemps avant qu'il puisse comprendre celle de l'*Apollon du Belvédère,* et bien longtemps avant qu'il soit sensible à la sublimité des marbres d'Elgin[2]. Comparés à la statue de Thésée, ces anges sont presque un portrait. C'est contre ces anges que se déchaîne le plus la haine furibonde de certains hommes qui, pour le malheur des arts, se sont faits sculpteurs. Que ne se faisaient-ils fabricants de draps ou banquiers! Ils seraient arrivés plus vite à l'opulence.

Le tableau en mosaïque de la seconde chapelle est une présentation de la Madone au temple. Les mosaïques de la coupole sont des copies d'après Charles Maratte, qui est aux grands peintres ce que les tragédies de Laharpe sont à celles de Voltaire.

Je ne dirai rien de petites coupoles ovales qui servent d'ornement aux nefs latérales de Saint-Pierre; après tout, il vaut mieux qu'elles existent. Elles font l'effet d'un médiocre accompagnement de basse sous un beau chant.

Nous nous sommes arrêtés longtemps devant le tombeau d'Innocent VIII, Cibo, mort en 1492; il est de bronze, et montre l'exactitude un peu sèche dont on se piquait vers la fin du xvᵉ siècle. Cela vaut bien mieux que l'ignorance présomptueuse de notre *laisser-aller* actuel. Le sculpteur fut Antoine Pollaïuolo. Ce pape est représenté sur son tombeau de deux façons différentes, c'est-à-dire vivant et mort.

Vis-à-vis est une porte qui conduit à la tribune des musiciens, et au-dessus de cette porte l'on dépose toujours le corps du pape, dernier mort.

Là, depuis le mois d'août 1823, reposait le vénérable Pie VII, lorsque Léon XII est venu prendre sa place le 15 février 1829. Quand le successeur d'un pape vient encore une fois le remplacer, on descend les restes de l'avant-dernier souverain dans les souterrains de Saint-Pierre *(le grotte)*, ou on les rend à la famille.

Le cardinal Consalvi a pourvu, par son testament, à ce que son bienfaiteur, mort très pauvre, ne manquât pas d'un tombeau. C'est M. Thorwaldsen qui en est chargé; je l'ai vu fort avancé dans son atelier (1828)[3]. Ce sont, comme à l'ordinaire, trois figures colossales, celle du pape et deux vertus. Pie VII est représenté assis et donnant la bénédiction. Avec un peu d'audace, on l'eût montré debout et répondant à la colère de Napoléon. Une des vertus est la *Sagesse,* qui lit dans un livre; l'autre est la *Force de caractère,* qui, vêtue d'une peau de lion, croise les bras et lève les yeux au ciel.

Si cet ouvrage est supérieur à tous les tombeaux vulgaires que l'on rencontre à Saint-Pierre, il faut en rendre grâce à la révolution opérée dans les arts par l'illustre David. Ce grand peintre *a tué la queue du Bernin.* (Je demande pardon pour ce mot d'un grand peintre de mes amis.)

La dernière chapelle de la partie ajoutée par Paul V est celle du chœur *(del coro).* Là, tous les jours officie le chapitre de Saint-Pierre, composé d'un cardinal archiprêtre, d'un *monsignore,* qui est son vicaire, de trente chanoines, trente-six bénéficiaires et vingt-six clercs. Cette chapelle, à elle seule grande comme une église, est séparée du reste de Saint-Pierre par des glaces ajustées entre les barreaux de fer de la porte. Elles préservent du froid les vieux prêtres qui viennent chanter ici les louanges du Seigneur, et les *soprani* qui les aident de leurs aigres voix. La voûte est ornée magnifiquement, on dirait par un sculpteur grec, tant on y aperçoit de figures nues qui se détachent en blanc sur un fond d'or. Ces ornements outragent à la fois l'esprit et la lettre du christianisme; mais ceux qui ordonnèrent ces figures à Giacomo Della Porta, mort vers 1610[1], n'en savaient pas davantage. Les convenances n'avaient pas encore fait ces tristes progrès qui, aujourd'hui, confinent dans le genre ennuyeux les artistes qui travaillent pour l'Église.

Le dimanche matin, vers midi, on voit réunies devant cette porte de fer beaucoup de jolies Anglaises donnant le bras à leurs tristes maris. Ces messieurs ont d'énormes moustaches. Les étrangers finissent par se connaître tous de vue. Les castrats de 1828 sont pitoyables; Rome a grand besoin d'un pape ami des arts, autrement on n'y viendra plus. La seule belle voix de ce genre était à Dresde il y a six ans; aussi y avait-il toujours foule à la messe du roi.

En face de nous, au fond de la nef que nous suivons, on distingue de loin une mosaïque assez bien exécutée, d'après la *Transfiguration* de Raphaël. À cause de l'absence de clair-obscur, on ne distingue pas le sujet d'aussi loin que celui de la *Communion de saint Jérôme;* mais le grand nom de Raphaël enlève l'admiration, et l'effet produit est magnifique. Ce n'est qu'en 1758 que cette mosaïque a été placée ici.

Nous avons remarqué en passant le tombeau de Léon XI, Médicis, qui occupa la chaire de saint Pierre pendant vingt-sept jours, en avril 1605. Lorsqu'il était cardinal, ce pape avait été envoyé par Clément VIII au roi de France Henri IV, pour recevoir de ses mains la *ratification des conditions au prix desquelles le Saint-Siège lui accordait l'absolution des censures.* Le bas-relief qui représente cette mission du cardinal de Médicis est de l'Algarde[1], sculpteur, qui, placé dans une école moins mauvaise, n'eût pas été sans talents. Il a fait les trois statues obligées de ce tombeau.

Celui d'Innocent XI, Odescalchi, mort en 1689, est d'un sculpteur bourguignon, Étienne Monnot[2]. Le bas-relief est relatif à la levée du siège de Vienne par les Turcs.

Nous arrivons à la chapelle Clémentine, ainsi nommée de Clément VIII, qui la fit construire. La mosaïque de l'autel, d'après André Sacchi[3], représente un des miracles de saint Grégoire le Grand, dont le corps est placé près de là.

La croisée méridionale, ainsi que celle du nord, est terminée en *cul de four*[4], comme disent les architectes. On y voit le fameux *Crucifiement de saint Pierre* du Guide; c'est une copie en mosaïque de ce tableau célèbre que les victoires d'Italie avaient amené à Paris, et que Waterloo a renvoyé au troisième étage du Vatican. Le Guide, rempli de l'idée des statues grecques, n'a pas donné à son saint Pierre le corps d'un portefaix. C'est souvent le défaut du Guerchin et des autres grands peintres de l'école de Bologne.

L'autel à gauche présente un tableau de Spadarino[5]. C'est sainte Valérie qui apporte sa tête à saint Martial, évêque, pendant qu'il célèbre la messe. On peut s'arrêter devant le tableau voisin : saint Thomas veut toucher le côté de Jésus-Christ (je suis toujours surpris que ce grand acte de philosophie soit représenté dans les églises). Cette mosaïque est faite d'après un tableau de M. Camuccini, que l'on regarde à Rome comme le plus grand peintre vivant[6]. Ses ouvrages sont-ils comparables à ceux de

MM. Gérard, Gros, Delaroche et autres illustres Français?
On dit que M. Camuccini a beaucoup aidé à la réputation
de M. Thorwaldsen, et que M. Thorwaldsen n'a pas nui à
la réputation de M. Camuccini. La diplomatie fait la moitié
du talent des artistes modernes.

En avançant vers le fond de l'église, on remarque, entre
deux colonnes de granit noir, une porte toujours ouverte;
elle conduit à la sacristie bâtie par Pie VI.

Nous sommes arrivés ensuite à un effroyable tombeau.
Un énorme squelette de cuivre doré soulève une draperie
de marbre jaune; c'est le dernier ouvrage du Bernin. Là
repose Alexandre VII, Chigi. Le pape est à genoux; on le
voit entouré de figures de femmes qui représentent la
Justice, la Prudence et la Charité. Le Bernin avait osé
montrer la Vérité dans toute la simplicité de son costume;
on l'a revêtue d'une draperie de bronze.

Je ne nierai pas qu'il n'y ait ici un certain feu d'exécution qui attire les regards du peuple. J'ai souvent vu
devant ce tombeau huit ou dix paysans de la Sabine
arrêtés bouche béante. Mais ce qui est fait pour toucher le
vulgaire révolte mes amis. Voici la grande difficulté des
arts et de la littérature au XIXᵉ siècle. Le monde est rempli
de gens[1] que leurs richesses appellent à *acheter,* mais à
qui la grossièreté de leur goût défend d'*apprécier.* Ces gens
sont la pâture des charlatans. Les succès qu'ils font
étouffent la réputation du peintre, homme de talent.
Heureux cet homme de talent s'il ne devient pas envieux
et méchant! Il faudrait prendre son parti et travailler pour
le *gros* public ou pour *the happy few*[2]. On ne peut plaire à la
fois à tous les deux. Je dirais aux artistes : les *Mémoires
d'une contemporaine*[3] ont trouvé d'abord un bien autre
succès que les pamphlets de Courier.

Les paysans de la Sabine, après avoir considéré
l'énorme squelette doré du tombeau d'Alexandre VII,
retournent dans leurs montagnes bien meilleurs catholiques. Voilà un effet que notre clergé de France n'entend
point lorsqu'il proscrit la musique et les beaux-arts; les
plaisanteries de Voltaire lui font trop de peur. Il faut que
le peuple respire la religion par tous les pores. Avant
qu'on défendît le *Requiem* de Mozart à Saint-Sulpice, j'y
voyais des gens fort peu dévots.

Sous le tombeau d'Alexandre VII est la porte qui ouvre
sur la place Sainte-Marthe. M. le cardinal Spina nous di-

sait avant-hier qu'il faut entrer dans Saint-Pierre par cette porte; le premier coup d'œil est plus singulier. Voilà une idée anglaise.

Près de là est un mauvais tableau de Vanni[1], qui représente la *Chute de Simon le Magicien*. Le sujet de ce tableau n'étant pas admis officiellement par l'Église, on ne l'a pas traduit en mosaïque.

Sur l'autel de saint Léon le Grand on voit, entre deux colonnes de granit rouge oriental, un bas-relief de l'Algarde, que quelques personnes regardent comme son chef-d'œuvre. Saint Léon détourne Attila, roi des Huns, de continuer sa marche vers Rome, en lui montrant saint Pierre et saint Paul irrités contre lui. Il ne faut pas se souvenir du même sujet traité par Raphaël. Je ne conçois pas en vérité comment M. Cicognara[2] a pu faire des grands hommes de tous les tristes sculpteurs qui ont rempli l'intervalle entre Michel-Ange et Canova. Ce sont d'habiles ouvriers dans le genre de M. l'abbé Delille, et rien de plus. Plusieurs ont bien connu la coupe du marbre comme lui la coupe des vers. Je me rappellerai toujours avec plaisir la description de la pêche à la ligne par M. l'abbé Delille[3]. On trouvera de même quelques jolies petites statues de l'Algarde. Bien des gens préféreront la *Pêche à la ligne* au récit de Cinna :

> *Jamais contre un tyran entreprise conçue, etc.*[4]

La médiocrité de tous ces sculpteurs vantés par M. Cicognara ne vous semble-t-elle pas confirmée par le tombeau d'Alexandre VIII, Ottoboni ? De Rossi[5] a fait le pape en bronze, la Religion et la Prudence en marbre. Le bas-relief qui représente une canonisation faite par Alexandre VIII en 1690 a beaucoup de réputation. Est-ce là le même art que celui qui a produit les tombeaux des Médicis à Florence ?

Après ce tombeau, on arrive à celui de Paul III, et au fond de l'église, dont maintenant nous avons fait le tour.

Une réflexion triste domine toutes les autres. Le gouvernement des deux Chambres va parcourir le monde et porter le dernier coup aux beaux-arts. Les souverains, au lieu de songer à faire une belle église, penseront à placer des fonds en Amérique pour être de riches particuliers en cas de chute. Les deux Chambres une fois impatronisées dans un pays, je vois deux choses :

1º elles ne donneront jamais 20 millions pendant cinquante ans de suite pour faire un monument comme Saint-Pierre ;

2º elles amèneront dans les salons une foule de gens fort estimables, fort honorables, fort riches, mais privés par leur éducation de ce tact fin nécessaire pour les beaux-arts. Je souhaite à ceux-ci de pouvoir se tirer de ces trois malheurs.

Si jamais l'on voulait finir Saint-Pierre, il faudrait remplacer tous les mauvais tableaux par des mosaïques exécutées d'après l'*Assomption* et le *Saint Pierre* du Titien, la *Résurrection du Christ* d'Annibal Carrache, la *Sainte Cécile* de Raphaël, le *Martyre de saint André* du Dominiquin (fresque à Saint-Grégoire, à Rome), la *Déposition de Croix* du Corrège (au musée de Marie-Louise, à Parme), la *Descente de Croix* de Daniel de Volterra (à la *Trinità de' Monti,* à Rome), etc., etc.

Je préférerais à beaucoup de ces tableaux des mosaïques exécutées d'après certaines parties des fresques de Michel-Ange à la Sixtine ; ici on les verrait ; mais on m'a sifflé ce matin, comme je proposai cette idée à mes compagnons de voyage. Presque toutes les statues placées dans Saint-Pierre sont ridicules ; M. Rauch[1], de Berlin, en ferait de meilleures.

Le vestibule a trop l'air mondain ; il y faudrait absolument quatre grands tombeaux, c'est-à-dire le souvenir de la mort mêlé à celui d'un grand homme. Quelle belle idée pour la religion !

Il manque dans Saint-Pierre un orgue digne d'un tel vase.

Saint-Pierre, éclairé au gaz et par une seule masse de lumière placée au-dessus du grand autel, présentera peut-être un jour un spectacle dont nous n'avons pas d'idée. Mais de quel mot profane viens-je de me servir ? *Présenter un spectacle !* Hélas ! les beaux jours de Saint-Pierre sont passés ; pour y avoir du plaisir, pour y trouver une émotion profonde, il faut d'abord être croyant.

Les combles de Saint-Pierre et l'église souterraine méritent fort d'être vus[2], mais je n'ose retenir le lecteur plus longtemps. Je sacrifie vingt pages de petits faits qui m'intéressaient beaucoup en les écrivant.

Grottaferrata, 2 décembre 1827. — Avant-hier, nous sommes venus à Rome tout exprès pour voir les *Grâces,* groupe célèbre de Canova. Voici la traduction d'une lettre que j'ai volée à Mme Lampugnani, cette femme si naïve, si fière, si belle et si jeune[1] Cette froideur étonnante qui augmente le charme de sa figure n'est pas celle qui montre l'impossibilité des passions, mais leur absence. Rien ne semble digne de donner de l'émotion*. En voyant tant de beauté et tant d'impassibilité pour tout ce qui est commun, l'être le plus calme ne peut se défendre d'un moment de rêverie. Après ce portrait de peintre, voici son esquisse du chef-d'œuvre de Canova :

   « *Carissima sorella*[2],

   « Je n'ai pas rencontré, dans tout notre voyage d'Italie, de statue qui m'ait fait l'impression du groupe des *Trois Grâces* de Canova. Ces charmantes sœurs ont beaucoup plus d'esprit qu'aucune des *Vénus* que nous connaissons; ce groupe est d'ailleurs d'une décence parfaite. Les trois statues sont de grandeur naturelle; la différence d'âge est bien marquée.

   « Les trois sœurs, légèrement enlacées dans les bras l'une de l'autre, sont représentées dans un de ces moments de joie et d'amitié vive et folle que l'on trouve, loin des regards des hommes, chez les jeunes filles d'ailleurs les plus retenues. Le sculpteur est indiscret de les avoir ainsi représentées; mais c'est la faute de l'art, et non pas celle de ces jolies sœurs. La plus jeune des Grâces demande à sa sœur aînée un baiser que celle-ci lui refuse, et que la seconde essaye de lui faire obtenir**.

---

   * Ce caractère est souvent joué en Angleterre, par exemple; mais il ne produit d'effet qu'autant qu'on le croit sincère.

   ** Remarque du traducteur. Il fallait une sensibilité exquise pour que la grâce pût naître, et en même temps une action extrêmement peu importante; autrement, puisqu'il y a sensibilité profonde, la passion aurait paru, et la grâce n'eût plus été qu'accessoire, comme dans les divines madones du Corrège. Rappelez-vous les fresques et le musée de Parme, ou mieux encore celui de Dresde[3].

« En considérant ce groupe du vrai point de vue, on aperçoit de face l'aînée des Grâces, et les deux autres sont vues de profil. Le bras droit de l'aînée des sœurs est abandonné sur l'épaule de la seconde et s'y repose avec amour, tandis que de sa main gauche elle presse doucement la taille de la plus jeune et tempère ainsi la rigueur du refus qu'elle lui fait éprouver. Le seul Canova au monde était digne de faire cette main qui protège et caresse tout à la fois. L'aînée des Grâces, qui, dans l'intention du sculpteur, doit donner l'idée de la grâce noble, a un air de raison et de majesté que tempère une beauté touchante.

« Je trouve plus de physionomie et de mouvement à la seconde; sa tête, toute sa personne, sont remplies d'expression; son sourire et son regard spirituel caressent comme ses jolies mains; avec l'une elle essaye de faire baisser la tête à sa sœur aînée. Du reste, comme elle ne demande ni ne refuse, elle est dans l'attitude du repos, une jambe passée devant l'autre. Il y a dans cette pose une aisance, un abandon qui est presque de la volupté; une nuance de plus, et les hommes y verraient peut-être l'habitude de la coquetterie.

« La troisième Grâce a quelque chose de l'enfance; mais ce n'est point l'air étourdi, c'est l'ingénuité tendre. Elle a posé avec une aimable confiance son bras droit sur l'épaule de sa sœur aînée, et de sa main gauche, qu'elle appuie légèrement sur la poitrine de cette sœur chérie, elle la presse de lui accorder le baiser qui fait le sujet de l'action. De cette main s'échappe un voile léger qui achève la peinture morale de la Grâce, si différente de la Volupté, et cache une partie des charmes de la sœur aînée. Le torse un peu penché de la plus jeune des sœurs donne une admirable variété au groupe, et ne laisse voir que ses jolies épaules point trop maigres, ce que demandait cependant le très jeune âge de cette aimable fille.

« Peut-être cette longue description vous fera-t-elle regarder avec plus de plaisir la gravure de ce groupe que vous trouverez dans ma lettre. Remarquez que lorsque l'on est au point de vue, l'ensemble présente tous les détails de la plus parfaite des femmes.

« L'intérêt de ce petit drame, *la plus jeune obtiendra-t-elle un baiser ?* est suffisant pour animer la scène,

mais point assez vif pour faire oublier les formes, etc.,
etc.* »

3 décembre 1827. — Je viens d'entendre prononcer
d'une manière délicieuse ces jolis vers latins :

> *Tu semper amoris*
> *Sis memor, et cari comitis ne abscedat imago***.

VAL. FLACCUS[2].

Ils ont été adressés à Frédéric par un de nos amis allemands qui retourne chez lui, et que nous sommes allés
accompagner jusqu'au Ponte Molle. Je l'aimais tant, que
je croyais occuper la première place dans son cœur. Mais
j'ai bien vu, au ton des adieux, que Frédéric était le
préféré. Il a raison.

5 décembre 1827. — La vérité triste et crue sur beaucoup
de choses ne se rencontre à Paris que dans la conversation de quelque vieil avoué d'humeur acariâtre. Tout le
reste de la société se plaît à jeter un voile sur le vilain côté
de la vie. L'excès du déguisement devient quelquefois
ridicule parmi les gens qui ont eu le malheur de naître très
nobles et très riches; mais en général cette manière de
représenter la vie fait le charme de la société française.
    Le Romain ne déguise par aucun compliment l'*âpreté du
réel de la vie*. La société dans laquelle il vit est semée de
trop de dangers mortels pour qu'il s'expose au risque de

---

* C'est ainsi que, dans ce que les Français appellent une comédie
de caractère, *Le Misanthrope,* par exemple, l'intrigue est suffisante
pour animer la scène, mais point assez vive pour faire oublier la
peinture ni le développement du caractère bourru d'Alceste et de la
coquetterie de Célimène. — Il va sans dire que cette explication
n'est point dans la lettre de la belle Milanaise, à laquelle je crains
bien d'avoir fait perdre toutes ses grâces en l'abrégeant. L'italien
ose être passionné. Malgré le manque d'*unité*, cette langue vivra,
car elle fournit des paroles à la musique, et elle ose exprimer naïvement la passion. L'italien *parlé* se compose de huit ou dix langues
absolument différentes. Le patois *milanais* n'est compris de l'habitant
de Gênes que par la ressemblance qu'il peut avoir avec l'italien
écrit, qui n'est en même temps la langue *parlée* qu'à Rome, à Sienne
et à Florence. Dans la seule ville de Naples on compte quatre langues
différentes[1]. Il y a ici de la sensibilité et pas de vanité. En Italie, on ne
songe au voisin que pour s'en méfier ou le haïr.
    ** *Del nostro amore e del caro compagno, deh ! non ti fugga la rimem-
branza.*

faire des fautes de raisonnement, ou à celui de donner de faux avis. Son imagination devient folle à chaque découverte d'un malheur inconnu. Elle veut tout voir d'un premier coup d'œil, et ensuite tâcher de s'y accoutumer.

Ce *respect pour la vérité* et la *permanence des désirs* sont, à notre avis, les deux grands traits qui séparent le plus le Romain du Parisien. Paul disait fort bien hier : « Cette sincérité, pour nous inusitée, de la société romaine, lui donne un premier aspect de méchanceté; elle est pourtant la source de la *bonhomie*. » Votre ami ne vous reçoit pas chaque jour avec une nuance différente. Cela troublerait la rêverie et le *dolce far niente,* qui sous ce climat sont le premier des plaisirs, et le terroir fertile dans lequel germe la volupté.

Les peuples sont inintelligibles les uns pour les autres. Le mot de *bonhomie italienne* vous a fait hausser les épaules; cette bonhomie tue l'esprit.

Quand il s'y appliquerait curieusement toute sa vie, un Romain, homme d'esprit, un Gherardo De Rossi[1], un N***, ne parviendrait jamais à se figurer l'étendue de la *légèreté parisienne*. À chaque moment, ne pouvant arriver à la vérité, il supposerait de l'hypocrisie dans l'objet de ses observations. Voir l'affaire des tabacs en avril 1829[2].

Mme N*** nous disait ce soir : « Le plus grand plaisir du voyage est peut-être l'*étonnement du retour*. Je vois qu'il donne de la valeur aux êtres et aux choses les plus insipides. »

On ne pourra s'imaginer connaître un peu la Rome actuelle que lorsqu'on sera dans l'habitude d'avoir de fréquentes conversations avec des gens du pays. Il ne faut pas choisir ses interlocuteurs dans le *primo ceto*[3]. Les gens fort riches et fort bien élevés des pays étrangers ont à peu près les manières et le caractère des Français de la cour de Louis XV. On trouve chez eux une vanité très susceptible, assez ordinairement de la politesse un peu lourde, du reste une absence presque complète de toutes les passions et de toutes les habitudes qui donnent une physionomie locale.

Nous leur devons le défaut de nous singer un peu. Un bourgeois milanais, dandy de son métier, portait l'épaule en dedans, parce que la dernière estampe du journal des modes de Paris avait cette faute de dessin.

Frédéric, l'homme sage de notre petite caravane, est

parvenu à nous lier avec des bourgeois aisés, mais non pas riches. Nous n'avons pu obtenir que des négociants; car ceux des Romains qui vivent de leurs rentes évitent par peur toute espèce de rapports avec les étrangers, qu'ils supposent toujours mal vus par leur gouvernement. Ils sont moins curieux et plus prudents. Tout ce qui tient au commerce ne se gêne point pour maudire la façon de gouverner de Léon XII.

Un des amis de Frédéric consent quelquefois à venir prendre une tasse de chocolat avec nous. C'est un Romain de la vieille roche, je veux dire un homme dont le moral était formé avant 1797 et l'établissement de la *république romaine*. Quoique très libéral au fond, il croit presque à un grand nombre de miracles. Son grand-père, qui l'a élevé, était entré dans le monde vers 1740, et y croyait tout à fait.

Notre ami nous raconte que, dans son enfance, on allait voir à Saint-Paul le fameux crucifix qui parla à sainte Brigitte; un autre crucifix de sainte Marie Transpontine s'était entretenu plusieurs fois avec saint Pierre et saint Paul. Un jour, la Madone de Saint-Côme et Saint-Damien au Forum (cette église singulière qui fut autrefois le temple de Rémus et de Romulus) reprit aigrement saint Grégoire, qui passait devant elle sans la saluer. Cette scène a été mise en vers latins[*1] il y a quelque mille ans, par l'abbé Joachim[2], ou par le vénérable Beda[3], qui y croyaient fermement.

*

VIRGO MARIA

Heus tu! quo properas, temerarie claviger? heus tu!
Siste gradum.

SANCTUS GREGORIUS

Quae reddita vox mihi percutit aures?
Quis coeli regis me sceptra vicesque gerentem
Impius haud dubitat petulanti laedere lingua?

VIRGO MARIA

Siste gradum! converte oculos, venerare vocantem.

SANCTUS GREGORIUS

O mirum! o portentum! effundit imago loquelas!
(At forte illudunt sopitos somnia sensus)!
Mene vocas, o effigies! Hanc labra moventem
Flectentemque caput video. Quid quaeris imago?
Nomen, imago, tuum liceat cognoscere

On allait voir[1], dans la charmante église de Sainte-Sabine (du mont Aventin), une grosse pierre que le diable lança du haut de la voûte à saint Dominique pour l'écraser; mais la pierre fut détournée, et le saint miraculeusement garanti. Ce récit pourrait bien cacher une tentative d'assassinat.

VIRGO MARIA

Mater

Sancta tui Domini tibine est ignota, Gregori?
Virgo parens, ignara tori, tactusque virilis,
Regia progenies, rosa mystica, foederis arca,
Excelsi regina poli: domus aurea, sponsa tonantis,
Justitiae speculum et clypeus, Davidica turris,
Janua coelorum, tibine est ignota, Gregori?

SANCTUS GREGORIUS

Ignaro veniam concede, insignis imago,
Virgo Maria prius nunquam mihi visa : loquentem
Nunquam te prius audivi : quis talia vidit?

VIRGO MARIA

Parco lubens : posthac sed reddere verba salutis
Debita mente tene. Quo te nunc semita ducit?

SANCTUS GREGORIUS

Supra altare tuum missam celebravit odoram
Presbyter Andreas : animam liberavit, et ecce
Impatiens, semicocta, jacet prope limina clausa
Gurgitis. Illa viam petit a me.

VIRGO MARIA

Perge, Gregori.

LA MADONE

Holà! ho! où vas-tu, téméraire porte-clef?
Holà! arrête-toi.

SAINT GRÉGOIRE

Quelle voix frappe mon oreille? Quel impie a l'insolence de m'attaquer, moi qui porte le sceptre du roi du ciel, et qui suis son vicaire ici-bas?

LA MADONE

Arrête, téméraire! tourne les yeux, et adore qui t'appelle!

SAINT GRÉGOIRE

Ô chose admirable! ô prodige! une image me parle! Mais peut-être le sommeil égare-t-il mes sens. M'appelles-tu,

Il n'y a pas un siècle que l'on montrait à Saint-Sylvestre *(al Campo Marzio)* le portrait de Jésus, fait, disait-on, par le Sauveur lui-même, et qu'il envoya au roi Abgarus[1]. Eusèbe[2] rapporte les lettres d'Abgarus à Jésus-Christ, et de Jésus-Christ à Abgarus; mais il ne dit rien de l'image*. On prétend que Jean Damascène en a parlé.

L'arche d'alliance, ainsi que la baguette de Moïse, celle d'Aaron, et une partie du corps de Jésus-Christ, se trouvaient à Saint-Jean-de-Latran. On montrait dans l'église de Sainte-Croix de Jérusalem, qui est presque vis-à-vis, de l'autre côté de la grande route qui conduit à Naples, une des pièces d'argent que reçut Judas, la lanterne de ce traître, et la croix sur laquelle fut crucifié le bon larron.

ô image? Mais je la vois qui remue les lèvres; elle baisse la tête! Que demandes-tu, image? Qu'il me soit permis de connaître ton nom.

LA MADONE

Quoi donc, ô Grégoire! est-ce que tu peux méconnaître la mère de ton saint Seigneur? Ne reconnais-tu pas la vierge mère, celle qui n'a jamais approché ni du lit, ni des embrassements d'un homme, la fille des rois, la rose mystique, l'arche d'alliance, la reine du ciel, la maison d'or, l'épouse de celui qui tient le tonnerre, le miroir et le bouclier de la justice, la tour de David, la porte des cieux?

SAINT GRÉGOIRE

Image illustre, pardonne à qui a péché par ignorance! jamais je n'ai vu la Vierge Marie; jamais je ne t'ai entendue parler. Qui a vu de telles choses?

LA MADONE

Je te pardonne volontiers; mais, dorénavant, rappelle-toi de te conformer à ton devoir. — Où vas-tu?

SAINT GRÉGOIRE

Le prêtre André vient de célébrer une messe sur un de tes autels; il a délivré une âme du purgatoire; et voilà que, impatiente et à demi cuite, elle s'est avancée jusqu'à la porte encore fermée de l'abîme immense; elle me demande de lui ouvrir.

LA MADONE

Continue ton chemin, je te le permets.

* J. Reiskii, *Exercitationes de imaginibus Christi*[3].

San Giacomo Scossacavalli possédait la pierre sur laquelle Jésus-Christ fut circoncis, on voyait l'empreinte d'un des talons du jeune enfant; cette pierre était sur l'autel de la Présentation.

On conservait, sur l'autel de Sainte-Anne, la table de marbre qui avait été préparée pour le sacrifice d'Isaac.

L'impératrice Hélène, mère de Constantin, envoya ces reliques avec l'ordre de les placer dans Saint-Pierre; mais, quand le char qui les portait passa devant Saint-Jacques, il fut arrêté par une main invisible, et les chevaux presque renversés du contrecoup. De là, le nom de *Scossacavalli* donné à Saint-Jacques, qui eut les reliques.

Les livres qu'on lisait habituellement à Rome vers 1720 sont presque aussi curieux que les miracles que l'on croyait à la même époque. Pour se souvenir d'une bibliothèque, il faut parcourir un de ses volumes. Demandez d'un air fort sérieux, à la bibliothèque du palais Barberini ou à celle du Vatican :

Les *Conformités de saint François avec Jésus-Christ;*
Le *Psautier de la Vierge;*
L'*Évangile éternel.*

Quant à la *Taxe de la chancellerie apostolique,* on a honte de ce livre, et on ne le montre pas aux étrangers, pour peu qu'ils aient l'air moqueur. Mais vous le verrez à Florence sans difficulté. Il est intitulé : *Taxa camerae seu cancellariae apostolicae.* Les écrivains les plus célèbres par leur impiété ne peuvent s'empêcher de rendre hommage à la finesse d'esprit et à la logique à la fois *délicate et profonde* qui guide les casuistes dans la déduction de leurs raisonnements. Beaucoup d'historiens à la mode pourraient prendre des leçons de logique chez ces écrivains ecclésiastiques si négligés aujourd'hui.

Ainsi que chez les philosophes arabes, la donnée primitive des raisonnements de ces gens-là n'est peut-être pas assez prouvée; mais on ne peut trop admirer la force et la profondeur avec lesquelles ils en déduisent des conséquences.

J'oubliais le miracle de Sainte-Marie-Majeure : on y conserve une des images de la Madone peintes par saint Luc, et plusieurs fois on a trouvé les anges chantant les litanies autour de ce tableau.

6 décembre 1827. — Nous venons de visiter les antiquités du quartier des juifs. C'est le pape Paul IV, Carafa (ce
vieillard napolitain qui de bonne foi se croyait infaillible,
et craignait d'être damné s'il ne suivait les mouvements
secrets qui lui ordonnaient de persécuter), qui commença
à vexer les juifs (1556[1]). Il les obligea d'habiter le *Ghetto,*
ce quartier sur les bords du Tibre, près du *Ponte Rotto,*
maintenant si sale et si misérable. Les juifs furent forcés de
rentrer dans le *Ghetto* à vingt-quatre heures[2] (c'est-à-dire
au coucher du soleil); Paul IV voulut qu'ils vendissent
leurs possessions, et ne leur permit d'autre négoce que
celui des vieilles hardes. Ils furent astreints à porter un
chapeau jaune. Grégoire XIII donna à ces mesures un
complément raisonnable : il obligea un certain nombre
de juifs à écouter tous les samedis un sermon chrétien.

Malgré toutes ces vexations, et bien d'autres qui me
feraient passer pour jacobin si je les rapportais, telle est
l'admirable énergie avec laquelle ce peuple malheureux
tient encore à la loi de Moïse, qu'il n'a pas laissé de multiplier beaucoup. Les juifs ont un précepte qui leur
ordonne de se marier au plus tard à vingt ans, sous
peine d'être traités avec opprobre et comme gens vivant
en péché.

Tout cet ensemble de persécutions inventé par le pape
Carafa était tombé en désuétude sous le règne de l'aimable
cardinal Consalvi; mais depuis la mort de Pie VII tout a
recommencé : les juifs sont enfermés dans leur *Ghetto* à
huit heures. Avant-hier, au spectacle, on nous a fait observer que le parterre était entièrement rempli, parce que
c'était le jour où les portes du *Ghetto* restent ouvertes
jusqu'à dix heures (ou deux heures et demie de nuit, le
soleil se couchant actuellement à sept heures et un quart.
Les *ventiquattro* (les vingt-quatre heures) changent tous les
quinze jours. Le parti rétrograde tient beaucoup à cette
façon peu commode de faire sonner les horloges; l'autre
manière s'appelle *alla francese.*

Frédéric lisait ce soir l'*Histoire de la littérature romaine*
de M. Baehr[3]. Il nous raconte plusieurs usages des Romains des premiers siècles. Pendant longtemps la main de
fer de la nécessité éloigna de Rome toute espèce de luxe.
Frédéric parle avec éloge des ouvrages de MM. Dorow[4]
et Otfried Muller[5] sur l'ancienne Étrurie.

8 décembre 1827. — Ordinairement, les étrangers maudissent les restes du temple d'Antonin le Pieux, quoique ces onze colonnes forment peut-être la plus belle ruine de ce genre qui existe à Rome. On y a construit la douane[1]. Là est conduit le malheureux étranger qui arrive; et, pour peu que trois ou quatre calèches aient précédé la sienne, et qu'elles soient remplies d'Anglais, dont le *spleen* saisit l'occasion d'une querelle avec les douaniers, on peut fort bien attendre deux ou trois heures. Vous fâcherez-vous ? *That is the question.*

Non, l'orgueil déplacé des Anglais sera pour vous comme l'ivresse d'un ilote pour un Lacédémonien. Non, vous songerez à cette masse de patience que vous avez mise à part avant de vous présenter dans ce pays de petites vexations et de petits despotes. Je vous conseille d'aborder un douanier d'un air riant, et de lui donner un *paul* (cinquante-deux centimes). Touché d'une si grande générosité et de votre air gai, cet homme sera utile *al signor Francese*. Ce nom, lié à celui de Napoléon, est encore d'un poids immense en Italie. Ah! si nos ministres savaient exploiter l'héritage de ce grand homme, quelle influence ne donneraient-ils pas au roi de France en sachant distribuer aux plus dignes, comme le fit Louis XIV, vingt pensions de cent louis et trente croix !

Pendant que votre voiture attend son tour à la douane, montez chez *madama* Giacinta, à vingt pas de là, et choisissez une chambre. Vous y serez à deux pas du *Corso,* du libraire Cracas[2], où on lit les journaux et de la *trattoria dell' Armellino* (de la Belette[3]), où je me réfugie quelquefois pour éviter la fatuité française et les Anglais, porteurs de grandes moustaches, qui peuplent les environs de la place d'Espagne.

Je vois encore d'ici l'air de supériorité polie du comte D. N., auquel, *à sa prière,* au moment où il partait pour Rome, j'avais indiqué ma modeste *madama* Giacinta. En m'en parlant à son retour, le comte avait l'air de Louis XIV à qui l'on eût proposé de monter en coucou. Car enfin, puisqu'il faut l'avouer, une chambre fort propre chez *madama* Giacinta ne coûte que deux francs.

Il ne reste du temple d'Antonin le Pieux que onze colonnes de marbre grec cannelées et d'ordre corinthien; elles ont trente-neuf pieds six pouces de haut et quatre pieds deux pouces de diamètre. La base eſt attique et le chapiteau orné de feuilles d'olivier.

Quoique très endommagée par les incendies, cette ruine eſt magnifique. Ces onze colonnes formaient une partie latérale du portique qui entourait le temple. Tâchez de vous les figurer ainsi; oubliez l'ignoble douane, et voyez le reſte du monument tel qu'il exiſta pour les Romains. Si vous êtes accoutumé aux décorations magnifiques que M. Sanquirico fait pour le théâtre de la Scala, à Milan, les ruines de Rome vous feront plus de plaisir; vous pourrez plus facilement vous *figurer ce qui manque, et faire abſtraction de ce qui eſt.*

Je vous demande, pour une ruine, ce qu'il faut faire en présence de presque tous les porteurs de grandes réputations; la plupart, hélas! sont aussi des ruines.

Tout près du temple d'Antonin se trouve l'église de Saint-Ignace. Le grand peintre Dominiquin avait fait deux dessins; un jésuite prit la moitié de chacun de ces dessins, et c'eſt ainsi que nous eſt venue l'église actuelle, commencée en 1626 et finie en 1685. L'intérieur eſt riche plutôt que beau. Au poſte d'honneur, au-dessus des grands piliers de la croisée, un jésuite a peint deux assassinats tirés de la Bible[1].

10 décembre 1827. — À côté de l'église des jésuites eſt le Collège romain; vous me prendriez pour un satirique bilieux et malheureux si je vous expliquais le genre des vérités qu'on y enseigne. Je crois qu'il a fallu une bulle pour permettre d'y exposer, mais seulement *comme une hypothèse*, le ſyſtème qui prétend que la terre tourne autour du soleil. Josué n'a-t-il pas dit : « *Sta sol* (soleil, arrête-toi) »? De là cette fameuse persécution de Galilée sur laquelle on ment *même aujourd'hui*, en 1829. La vérité ne se trouve que dans deux gros volumes in-4°, imprimés autrefois, et qui n'ont été mis en vente qu'il y a peu d'années à Florence. Je les ai trouvés chez M. Vieusseux, libraire et homme d'esprit, éditeur de l'*Antologia,* le meilleur journal d'Italie. Cette *revue* eſt soumise à la censure, mais en revanche elle eſt écrite avec *conscience,* chose unique peut-être sur le continent[2].

Au Collegio Romano, on nous a montré une collection complète des *as* romains[3]. Comme nous faisions la conversation en véritables bonnes gens, et que nous avons souvent parlé *del gran Parigi,* un de nos guides nous a fait des histoires à son tour. Sa *méfiance* romaine s'est adoucie parce que nous sommes français.

« C'est ici, nous a-t-il dit, qu'a été élevé le jeune *marchesino* Della Genga (qui régnait en 1828 sous le nom de Léon XII, qu'il prit à son avènement parce que Léon X avait donné à sa famille la terre de la Genga, près Spoleto).

« Dans ce collège, continue notre guide, un homme fort habile prédit au jeune *marchesino,* alors assez pauvre, que par la suite il serait pape. Voici pourquoi : les enfants faisaient une procession à l'insu des professeurs; ils portaient sur un brancard la statue de la Madone. Le *marchesino* Della Genga, ayant une figure belle comme celle d'une femme, avait été choisi pour remplir le rôle de la Madone; tout à coup on entend venir un professeur, les élèves qui portaient le brancard prennent la fuite, et la Vierge tombe. D'après certaines règles de prédiction connues de tout le monde à Rome, et qui furent appliquées par l'homme habile, le lendemain chacun dit dans le collège que l'écolier qui était tombé du brancard en faisant le rôle de la Madone serait pape un jour. » Cette histoire nous a coûté quatre *paoli,* et vous semblera ridicule par son peu d'importance si, lorsque vous la lirez, Léon XII n'est plus pape.

En revenant dans la rue *del Corso,* nous avons vu le palais Sciarra, d'une architecture fort agréable. La galerie de tableaux de ce palais étant située au midi et bien éclairée, nous l'avons réservée pour un jour de pluie. Il faut, au contraire, aller au palais Doria, naturellement obscur, à onze heures, un jour de beau soleil.

Rien de plus curieux, pour qui aime la peinture, qu'une ancienne copie de Raphaël faite par un bon peintre. La galerie Sciarra[1] est fière de la copie de la *Transfiguration* attribuée à *Monsù* Valentin[2] (bon peintre français, mort jeune en 1632). On voit ici des ouvrages de ce Garofalo, élève de Raphaël, dont le palais Borghèse a trente-deux tableaux et la galerie Doria les plus grands ouvrages qui existent. Cet homme a de la sécheresse, de la dureté, mais de la grandeur et de la simplicité, choses si rares depuis le xvie siècle. Les ouvrages du Garofalo ressemblent aux tragédies médiocres du grand Corneille. On voit à la galerie Sciarra, des Barroche, des Guide, des André del Sarto, des tableaux d'Innocenzo da Imola, copiste de

Raphaël, et de ce Sacchi, dont il y a cinquante ans on voulait faire un grand peintre, je ne sais pourquoi. Rien n'est étonnant comme un charlatanisme lorsqu'il est tombé; sous ce point de vue, l'histoire de plusieurs de nos grands hommes de 1829 sera curieuse à lire en 1850. Moi qui vous parle, j'ai vu M. Esménard[1] tenant l'état de grand homme et plus prôné que ne l'est aujourd'hui M. ***. La dernière salle du palais Sciarra possède un portrait par Raphaël, peint en 1518, deux ans avant sa mort; *La Vanité et la Modestie,* tableau célèbre de Léonard de Vinci, inférieur à sa réputation; une *Décollation* par Giorgion, rival du Titien, qui mourut d'amour à trente-quatre ans. Le froid Titien mourut de la peste à quatre-vingt-dix-neuf ans. Nous avons admiré, nos compagnes de voyage surtout, une *Madeleine,* ouvrage sublime du Guide. Sur la fin de sa vie, ce grand homme devint joueur et faisait quelquefois, quand il était pressé par ses créanciers, jusqu'à trois tableaux en un jour.

On passe devant plusieurs palais, dont les façades, pleines de style, n'ont besoin, pour faire beaucoup d'effet, que d'une rue plus large. On arrive au palais Doria, qui jadis appartenait à la famille Pamphili, enrichie par le pape Innocent X, vers 1650.

Ce palais, fort grand, est moins remarquable par l'architecture, qui date du xviiᵉ siècle, époque de décadence, que par sa superbe galerie de tableaux. Nous ne nous y sommes arrêtés qu'un instant; nos compagnes voulaient, ce matin, voir de l'architecture; elles prétendaient la comprendre.

Vers la fin du règne de Louis XIV, du temps de Mme de Sévigné, quand les ouvrages de La Bruyère, de Descartes et de Bayle étaient dans toutes les mains, le duc de Mazarin et la duchesse de Guise faisaient couvrir de plâtre les statues qui leur appartenaient, et brûler les tableaux qu'ils trouvaient indécents. Sous Louis XIII, un M. Desnoyer, sous-ministre, qui voulait de l'avancement, fit couper en morceaux la *Léda* du Corrège[2]. Nous avions au musée un tableau de ce grand peintre, qui a disparu vers 1816. Où est-il?

Le prince Pamphili, qui vivait en 1688, était fort riche et fort jeune; les jésuites le pressaient vivement d'entrer dans leur société. Ce pauvre jeune homme se décida à faire mettre des chemises de plâtre à un grand nombre de magnifiques ſtatues antiques dont il venait d'hériter de son père. Il fit barbouiller une fameuse *Vénus* du Carrache. Quelques années plus tard, il devint amoureux, se maria et renvoya les jésuites; il fit ôter le plâtre qui voilait ses ſtatues; mais malheureusement les maçons avaient *ruſtiqué le marbre*, afin que le plâtre pût prendre[1].

Avant-hier, à la galerie Farnèse, on nous a montré un petit habillement de fer-blanc, placé, il y a quelques mois, sur toutes les ſtatues, afin de plaire à un grand personnage. Ce sont en général des vieillards qui possèdent les palais et les galeries de tableaux, et il eſt à craindre que le retour de sévérité ecclésiaſtique que l'on éprouve à Rome en ce moment ne soit fatal à plusieurs objets d'art.

On voit près du palais Doria les deux palais Bonaparte. En arrivant sur la place voisine, la vue eſt frappée par l'aspect d'une sorte de forteresse; c'eſt le palais de Venise; il fut bâti en 1468, avec des pierres du Colisée. Là résidait l'aimable *cavalier* Tambroni[2], en sa qualité de directeur des artiſtes allemands à Rome. L'empereur d'Autriche[3] s'eſt emparé de ce palais, qui appartint à la république de Venise jusqu'à sa chute, en 1798. C'eſt là que Mme la comtesse d'Appony[4] donne ses jolis vendredis.

11 décembre 1827. — Vis-à-vis eſt le palais de M. Torlonia, duc de Bracciano[5], où ce soir nous sommes allés au bal*. De la condition la plus vulgaire, M. Torlonia s'eſt élevé, par son savoir-faire, à la position la plus brillante. L'amour exclusif de l'argent eſt, selon moi, ce qui gâte le plus la figure humaine. La bouche surtout, exempte de toute sympathie chez les gens à argent, eſt souvent d'une atroce laideur. M. Torlonia eſt curieux à entendre lorsqu'il raconte l'hiſtoire de la rivalité des jeunes princes romains qui sollicitaient la main de ses filles. Il a une sorte de naïveté dans son respeĉt sans bornes pour l'argent. Pendant plus de dix ans, il n'a pas osé venir habiter le palais où l'on dansait ce soir, une diseuse de bonne aventure lui avait prédit qu'il mourrait la première nuit qu'il y coucherait.

Voilà des préjugés profondément enracinés. Rien de

* Ce riche banquier n'eſt plus. Il a suivi de près au tombeau un homme aussi haï que lui-même était envié. Léon XII eſt mort le 10 février et M. Torlonia le 28. Le célèbre père Fortis, général des jésuites, les avait précédés de fort peu de jours.

plus naturel, tout le monde apprend ici la théologie qui mène à tout, et la physique mène en prison. M. Torlonia est le banquier de tous les Anglais qui viennent à Rome, et fait des bénéfices énormes, en leur payant leurs livres sterling en écus romains. Chaque hiver est égayé par quelque nouveau conte, où figurent, d'un côté, la lésinerie du froid et tranquille banquier, et de l'autre la grande colère de quelque riche Anglais, qui se plaint du *change*. En revanche, M. Torlonia donne à ses clients des bals charmants, dont l'entrée ne serait pas trop payée à quarante francs par tête. Ce jour-là il n'est plus avare.

Les quatre côtés de la cour de son palais sont occupés par une galerie magnifique et qui communique à plusieurs vastes salons, dans lesquels on danse. Les meilleurs peintres vivants, MM. Palagi, Camuccini, Landi, les ont ornés de peintures. Un salon a été construit pour placer d'une manière convenable le fameux groupe colossal de Canova, *Hercule furieux lance Lycas dans la mer*. Les jours de bal, ce groupe est éclairé d'une façon pittoresque par des masses de lumières placées dans des points indiqués par Canova lui-même. Les fêtes de M. Torlonia sont plus belles et mieux entendues que celles de la plupart des souverains de l'Europe. Il y a, par exemple, toujours assez de monde, et jamais la foule incommode d'un *rout*. Remarquez-vous au milieu des groupes, formés par les plus belles femmes de l'Angleterre et de Rome, un petit vieillard au regard inquiet, et qui porte un gilet blanc trop long? C'est le maître du logis; il raconte sans doute aux étrangers quelque anecdote d'économie intérieure. Par exemple, ce petit Portugais, à la tête si bien frisée, et si pétillant d'esprit, M. le comte de F***[1] admirait, il n'y a qu'un moment, les glaces magnifiques placées vis-à-vis l'*Hercule* de Canova. M. Torlonia annonce une anecdote. On fait cercle autour de lui, et il entre dans tous les détails d'une ruse adroite, au moyen de laquelle il obtint des marchands de glaces de Paris un rabais de cinq pour cent.

Il se vêtit encore plus mal qu'à l'ordinaire, sa physionomie prit une teinte encore plus misérable et plus juive; ainsi grimé, il se présenta aux marchands de Paris, auxquels il dit que ce banquier italien si avare, le fameux Torlonia, l'avait chargé, lui pauvre miroitier de Rome, d'acheter des glaces à Londres ou à Paris. Il offrait de payer comptant. « C'est ainsi, poursuit le millionnaire

triomphant, que j'ai arraché un rabais de cinq pour cent
sur le prix le plus restreint que j'aurais pu obtenir en me
présentant sous mon nom ; ce rabais de cinq pour cent fit
une somme assez ronde. » Et les petits yeux du banquier
brillent de joie et perdent pour un moment leur air
inquiet.

Plus tard, vers les une heure, le duc de Bracciano parlait de ses fils au groupe où était la pauvre miss Bathurst[1].
« *Un tel,* disait-il (en montrant l'aîné, je crois), est un
nigaud ; il aime les tableaux, les arts, les statues : je lui
laisserai trois millions et deux duchés. Mais l'autre, c'est
bien différent, celui-là est un homme! il connaît le prix de
l'argent ; aussi lui laisserai-je ma maison de banque ; il
l'augmentera, l'étendra, et un jour vous le verrez, non pas
plus riche que tel ou tel prince, mais que tous les princes
romains pris ensemble ; et, s'il arrive à la moitié de la
prudence de son père, il fera son fils pape. »

(Comme l'ont fait le banquier Rezzonico ou Agostino
Chigi, que Bandello peint fort bien, Agostino était un
homme d'esprit qui s'attacha à rendre plus heureuse du
côté de l'argent, la position de tous les hommes de talent,
ses contemporains.)

À deux pas du duc, la célèbre lady N*** était attristée
de voir cette figure à argent. « Torlonia, disait-elle, ne
devrait pas se trouver aux bals qu'il donne, les princesses
ses filles en feraient les honneurs. Malgré soi, on fait
attention à cette figure : on y voit trop qu'il est incapable
de jouir des belles choses qu'il a réunies autour de lui, et
cela en paralyse l'effet. » Pour moi, dans tous ces propos,
je vois beaucoup d'envie. M. Torlonia est l'*homme à
argent* par excellence ; il se moque de la louange et n'a pas
de journaux à lui pour le vanter ; à la vérité, tout le monde
se connaît à Rome, et le charlatanisme *y est impossible.*
(Voilà pourquoi, s'il est un pays où l'on puisse encore
espérer des artistes, c'est Rome.)

Nos compagnes de voyage avaient pris en horreur
M. Torlonia, et d'abord ne voulaient pas aller à son bal.
J'ai eu besoin d'une grande éloquence pour oublier cette[2]
répugnance. Depuis le prince jusqu'au laquais, tout le
monde parle ces jours-ci d'un jeune M. de Saint-Pri***
qui, vivant en étourdi et étant arrivé sans y songer au
fond de sa bourse, vient de se brûler la cervelle pour sortir d'embarras. On ne manque pas de dire que Torlonia lui

a durement refusé une avance de quelques milliers de francs la veille de sa mort, et le lendemain matin, dix minutes peut-être avant que le jeune Français ne se brûlât la cervelle, le banquier a reçu des fonds pour lui.

Cet homme, si jalousé, n'a eu aucun tort dans cette affaire. Il possède un véritable talent pour deviner les *mouvements d'argent* ou *de denrées* qui ont lieu dans cette Italie, appauvrie par la paresse de ses habitants, et bien plus encore par les règlements baroques que de temps à autre quelque intrigant adroit arrache à ses souverains. Par exemple, le pape Léon XII, qui dans sa jeunesse a été un homme aimable et rien de plus, vient de mettre un impôt très cher sur les *vetturini* qui amènent à Rome les voyageurs, sans lesquels cette ville malheureuse n'aurait pas de quoi payer une messe. Ce soir, grande indignation là-dessus, vers la fin du bal. Tout ira mal ici jusqu'à ce qu'un pape ait l'esprit de prendre un banquier pour ministre des Finances ; mais l'usage veut que le trésorier de l'Église soit *monsignore,* c'est-à-dire prélat. Après quatre ans d'exercice, on ne peut point faire de cardinal[1] sans qu'il n'ait un chapeau. On ne peut pas non plus le destituer sans le faire cardinal. C'est ainsi qu'un insigne fripon, mort depuis peu, obtint le chapeau du temps de Pie VI.

Il est impossible de rien voir de plus distingué et de plus noble que les princesses, filles de M. le duc de Bracciano. Peut-être rougissent-elles un peu de la tournure de leur père. Je n'ai pas rencontré trois bals en ma vie supérieurs aux siens. On y trouve le *confort* réuni à une élégance suprême ; nos compagnes de voyage ont été forcées d'en convenir. « Mais, me disait l'une d'elles, je vois errer autour de moi l'ombre de ce malheureux Saint-Pri***, dont la vie eût été sauvée avec la moitié de ce que coûte ce souper magnifique. — Madame, Chamfort disait que, quand on va dans le grand monde, il faut tous les matins avaler un crapaud[2]. »

12 décembre 1827. — La rue du Cours finit au mont Capitolin ; Rome attend un pape ami des arts, qui, en abattant quelques maisons, pratiquera une montée qui, toujours dans la direction du *Corso,* arrivera à peu près au jardin des Capucins, sous l'église d'Aracoeli[3]. Quand on est au bout du cours, entre les deux palais Bonaparte, on tourne à droite, et l'on arrive à la magnifique église *del Gesù*.

C'est la maison centrale des jésuites, là réside leur général.

À cause de l'élévation du mont Capitolin et de la disposition des rues, il fait assez ordinairement du vent près de l'église des jésuites. Un jour, le diable, dit le peuple, se promenait dans Rome avec le vent; arrivé près de l'église *del Gesù*, le diable dit au vent : « J'ai quelque chose à faire là-dedans, attendez-moi ici. » Depuis le diable n'en est jamais sorti, et le vent attend encore à la porte.

Cette église magnifique a été élevée en 1580, sur les dessins de Vignole; l'intérieur est fort riche; un peintre médiocre nommé Baciccia[1] l'a rempli de grandes fresques. Il y a de la chaleur et un beau désordre dans le groupe des vices renversés par un rayon qui part du nom de Jésus. On remarque surtout l'autel à gauche, sous lequel repose, dans un tombeau de bronze doré, orné de pierreries, le corps de saint Ignace. Cet aventurier espagnol, rempli d'exaltation et un peu fou, mourut en 1556, et fut canonisé en 1622. Les généraux ses successeurs, et entre autres Lainez, homme à comparer, pour le talent, au cardinal de Richelieu, et même à saint Paul, ont fait les jésuites ce qu'ils sont. Je voudrais bien qu'un athée écrivît leur histoire *sine ira et studio*[2]. Cette société n'est-elle pas l'une des plus remarquables, depuis celle instituée par Lycurgue, depuis celle instituée par Moïse ? M. de Lalande disait : « Savez-vous pourquoi tous les prêtres du monde me prônent ? c'est que je suis un athée-jésuite ! »

Ce sont deux Français qui sont coupables des exécrables sculptures que l'on voit auprès du tombeau de saint Ignace, MM. Legros[3] et Théodon[4]. En sortant *dal Gesù*, on arrive bientôt à une petite place, de laquelle on aperçoit les trois palais placés sur le mont Capitolin, et le grand escalier qui y conduit. Tout cela n'a rien de fort beau; mais il y a des jours où l'on est ému par les souvenirs de l'histoire et par ce grand nom de Capitole.

13 décembre 1827. — Mes compagnons de voyage sont déjà un peu *las d'admirer;* chaque jour, ils attendent avec impatience leurs lettres de Paris. J'ai le rare bonheur de passer ma vie avec des personnes d'un esprit fort aimable et du commerce le plus doux; mais, dans ce qui me semble une belle fresque, elles ne voient encore qu'un morceau de mur enfumé.

Il faut des études préparatoires pour le voyage de Rome. Ce qui ajoute au désagrément de cette fâcheuse vérité, c'est que tout le monde, dans la société de Paris, croit fermement aimer les beaux-arts et s'y connaître. C'est par amour pour les beaux-arts que l'on vient à Rome, et là, cet amour vous abandonne, et, comme à l'ordinaire, la haine est sur le point de le remplacer.

La perfection de ces maudites études préparatoires, auxquelles il faut bien en venir après quelques jours d'humeur, serait que l'œil apprît à voir sans que le cerveau s'affublât des préjugés du maître *qui enseigne à voir*.

La poste aux lettres, à Rome, est vers le milieu du *Corso*, sur l'admirable place Colonna[1] (ainsi nommée à cause de la colonne élevée en l'honneur de Marc-Aurèle-Antonin). Ce matin, à notre grand chagrin, le courrier est en retard de huit heures, et il a été décidé de ne pas s'écarter des lieux où nous pouvons le rencontrer. Il fallait trouver une course à faire sur la route du nord, par laquelle arrivent les lettres de France[2]. Nous sommes sortis par la porte *del Popolo*. À deux milles de là, nous avons trouvé le *Ponte Molle*. C'est sur ce pont, appelé jadis Milvius, que Cicéron fit arrêter les ambassadeurs allobroges (dauphinois), qui, dans l'intention de délivrer leur pays du joug des Romains, ou plutôt pour se lier avec la faction dominante, avaient conspiré avec Catilina. Nous avons cherché à reconnaître le paysage placé par Raphaël dans la grande bataille du Vatican. Constantin battit son rival Maxence entre le *Ponte Molle* et le lieu appelé *Saxa Rubra*.

En 1552, Jules III fut délivré des mains des Allemands le jour de saint André[3]. Il fit élever par Vignole un petit temple, chef-d'œuvre d'élégance, en l'honneur de cet apôtre. On le trouve à gauche, en revenant vers la porte *del Popolo*. De là, nous sommes allés à la jolie cassine dite du pape Jules. Rien de plus gracieux et de plus agréable à habiter en été; mais il faudrait ne pas craindre la fièvre. C'est ainsi que devrait être le Trianon à Versailles. Nos compagnes de voyage en ont eu l'idée; c'est un progrès. Quelque Anglais riche devrait placer dans son parc une copie de cette villa, chef-d'œuvre de Balthasard Peruzzi.

Le palais voisin fut élevé par Vignole. On y voit des fresques de Zuccari, peintre médiocre, mais qui font plaisir à voir à cause du lieu où on les rencontre.

La porte *del Popolo,* quoique arrangée par Michel-Ange, est peu frappante; mais l'église voisine, Sainte-Marie-du-Peuple, est fort belle. Les tombeaux qu'on y voit furent élevés vers l'an 1540; c'était le siècle du bon goût. Le sac de Rome en 1527 avait dispersé les élèves de Raphaël; mais, dès que l'esprit des Romains put oublier les horreurs de la guerre et songer aux beaux-arts, ils revinrent aux idées qui avaient régné avec Léon X.

Vers l'an 1099, quelque homme adroit épouvanta le peuple de Rome de l'ombre de Néron, mort seulement mille trente et un ans auparavant. Le cruel empereur, enterré dans le tombeau de sa famille sur le *Collis hortulorum*[1] (Mont des jardins), aujourd'hui *Monte Pincio,* s'amusait à reparaître de nuit pour tourmenter les vivants. Probablement à cette époque on ne faisait pas grande différence entre un démon et un *empereur romain,* persécuteur des chrétiens. L'on ne manqua pas de bâtir bien vite la jolie église où nous sommes, et Néron, effrayé, n'a plus reparu. Si vous aimez en peinture la vénérable antiquité, cherchez dans la première chapelle à droite en entrant, et dans la troisième, des ouvrages du Pinturicchio, élève du Pérugin et compagnon de Raphaël. Les tableaux de ce peintre (je parle de ceux de Rome et non des immortelles fresques de Sienne[2]) sont plus curieux qu'agréables, ils inspirent ce qu'on appelle un *intérêt historique*[3]. On le retrouve encore ici à la voûte du chœur.

Il faut examiner deux beaux tombeaux du Sansovin. Le tableau de la chapelle qui est à droite du maître-autel est d'Annibal Carrache; c'est une *Assomption.* Les deux tableaux voisins sont de Michel-Ange de Caravage; ce grand peintre fut un scélérat. L'avant-dernière chapelle[4] appartient à la famille du banquier Chigi, pour qui Raphaël peignit la *Farnesina.* On dit que cette chapelle Chigi fut élevée sur ses dessins. L'exécrable goût du XVIIIe siècle éclate dans le tombeau de la princesse Odescalchi-Chigi.

Vers 1760, les artistes d'Italie ne valaient guère mieux que les nôtres. Du reste, l'humidité a gâté presque tous les tableaux. Le désir d'orner les églises de peintures s'empara des gens riches vers l'an 1300; mais il est heureux que

depuis on ait eu l'idée de former des galeries, une toile
peinte à l'huile ne reste pas impunément deux siècles dans
une église. Au sortir de Sainte-Marie-du-Peuple, nous
avons examiné l'obélisque placé entre la porte et le *Corso*.
On aperçoit de là, dans toute leur longeur, trois rues fort
droites qui traversent de part en part toute la Rome moderne, qui, comme vous savez, est bâtie dans le Champ de
Mars de la Rome antique. La plus longue, celle du milieu,
s'appelle le *Corso,* parce que de temps immémorial on y
fait des courses de chevaux[1], plaisir particulier au peuple
italien et dont il est fou; c'est comme les combats de
taureaux en Espagne.

La rue de Ripetta, à droite en entrant à Rome, conduit
au port sur le Tibre. Les grosses barques qu'on y voit
attachées viennent de Naples ou de Livourne[2]. La rue à
gauche s'appelle *del Babuino.* Le voyageur égaré se reconnaît dans Rome au moyen de ces trois rues et du Tibre, qui
court à peu près du nord au sud. Mais souvent l'on se
trouve dans une vallée tortueuse entre deux collines;
alors le voyageur se dirige à l'aide d'une petite boussole
placée derrière sa montre, et d'un petit plan de Rome
grand comme la main qu'il faut toujours avoir sur soi,
ainsi que son *permis de séjour.*

L'obélisque de la place du Peuple est de granit rouge
couvert d'hiéroglyphes; il a soixante-quatorze pieds de
haut. La mode, toute-puissante dans les sciences comme
ailleurs, fait qu'en 1829 on croit fermement à Rome aux
découvertes hiéroglyphiques de MM. Young et Champollion. Le pape Léon XII les protégait; car enfin un
prince, au XIXe siècle, doit bien protéger quelque chose de
relatif aux arts ou aux sciences. Croyons donc, jusqu'à de
nouvelles découvertes, que cet obélisque fut érigé à
Héliopolis par le roi Ramessès pour servir de décoration
au temple du Soleil[3].

Les deux églises élevées par le cardinal Gastaldi à
l'entrée du *Corso* sont d'un effet médiocre. Comment un
cardinal n'a-t-il pas senti qu'il ne faut pas élever une
église pour *faire pendant* à quelque chose? C'est ravaler la
majesté divine.

Ce sont pourtant ces Français, qui quelquefois font des
choses si ridicules à Paris, qui ont construit ces rampes
admirables qui du niveau de la place du Peuple conduisent
au sommet du *Monte Pincio.* Il faut tout dire : il y avait à

Rome, vers 1810, un architecte du plus rare talent, Raphaël Stern[1], et Rome est trop petite ville pour que l'intrigue et les mensonges des journaux puissent assigner un rang aux artistes.

La petite plaine qui couronne le Pincio[2] est assez vaste pour offrir une promenade suffisante aux personnes en voiture. Au centre du jardin s'élève un obélisque, les arbres plantés par ordre de Napoléon sont déjà grands. Du côté de la villa de Raphaël, le jardin se termine au mur d'enceinte de Rome qui est à hauteur d'appui et s'élève de cinquante ou soixante pieds au-dessus de la petite vallée[3] qui, de la porte Pia, descend à la villa Borghèse.

Dès qu'on voit une promenade plantée d'arbres en Italie, on peut être assuré qu'elle est l'ouvrage de quelque préfet français[4]. La promenade de Spoleto, par exemple, est due à M. Rœderer[5]. Les Italiens modernes abhorrent les arbres ; les peuples du Nord, qui n'ont pas besoin d'ombre vingt fois par an, les aiment beaucoup ; cela tient[6] à l'instinct de cette race d'hommes née dans les bois.

Le jardin du Pincio n'est pas enterré comme celui des Tuileries, il domine de quatre-vingts ou cent pieds le cours du Tibre et les campagnes environnantes. La vue est superbe. Là, en hiver, vers les deux heures, on voit assez souvent les jeunes femmes de Rome descendre de leur carrosse et se promener à pied ; c'est leur Bois de Boulogne. La promenade à pied est une innovation française. Les maisons d'éducation établies pour les jeunes filles par Napoléon commencent à changer les mœurs ; il y a plus de promenades et moins de sigisbées. On ne dit plus à un étranger : « Monsieur, vous ne pouvez pas être présenté en ce moment à la princesse une telle, car elle est *innamorata*[7]. » Un jour, au Pincio, je fus frappé de la tournure d'un homme remarquablement spirituel et un peu triste qui se promenait un gros bâton à la main ; c'est M. Jérôme Bonaparte ; il fut roi et commandait une division à Waterloo[8].

En avançant dans le Cours, on trouve à droite la grande église de Saint-Charles qui n'est remarquable que par sa masse et sa coupole à double calotte. Nous avons vu ensuite le palais Ruspoli[9], dont le plus beau café de Rome occupe le rez-de-chaussée ; on est frappé de la magnificence des salles et de leur peu de propreté[10]. Le travail d'essuyer une table de marbre vingt fois par jour est le pire des supplices pour un Romain[1]; le Français des basses classes, au contraire, se plaît dans l'activité. Différence de la race gauloise et de la romaine. Les Romains étaient beaucoup moins grands que les Gaulois et en avaient peur. Fort mécontents du café Ruspoli, nous sommes entrés vis-à-vis, dans l'église de San Lorenzo in Lucina, où l'on voit un beau crucifix attribué au Guide. Là furent déposés les restes du Poussin. M. le vicomte de Chateaubriand va lui faire élever un tombeau[2]. Nous avons été chassés de cette église paroissiale par une mauvaise odeur bien prononcée.

Au coin de la place existait, dans le *Corso,* l'arc de triomphe de Marc Aurèle, que le pape Alexandre VII fit barbarement démolir en 1660, afin, dit l'inscription, d'élargir la rue qui eût pu circuler tout autour. Le nombre de monuments antiques détruits par les papes ou leurs neveux est fort considérable. On en rougit depuis quelques années, et les faiseurs d'itinéraires ont ordre de n'en point parler. Mais d'abord Alexandre VII croyait bien faire, et si les papes eussent habité toute autre ville que Rome, auraient-ils pris dans leur jeunesse le goût des beaux-arts, qui les porta, une fois parvenus au trône, à faire élever tant de monuments magnifiques ? Nous voyons le palais Fiano[3], bâti vers l'an 1300 sur les ruines d'un palais de Domitien.

16 décembre 1827. — La rue du *Corso,* envers laquelle l'odeur de choux pourris[4], et les haillons aperçus dans les appartements par les fenêtres, m'a rendu injuste pendant deux ans, est peut-être la plus belle de l'univers.

Un sentier dans une montagne peut être beau par la vue dont on jouit en se promenant. Le *Corso* est beau à cause des pierres qui sont rangées les unes au-dessus des autres. Les palais qui bordent cette rue ont beaucoup de *style.* Ce style est sublime et fort supérieur à celui de la rue Balbi de Gênes[5]. *Regent Street,* à Londres[6], étonne, mais ne fait aucun plaisir et n'a pas de *style.* On voit des barbares fort riches, les premiers hommes du monde pour le *steam-engine*[7] et le jury, mais qui du reste ne sont sensibles qu'à la sombre mélancolie de l'architecture gothique ou, ce qui revient au même, au monologue de Hamlet, tenant à la main le crâne d'Yorick.

La rue Saint-Florentin, quand on y entre par la rue

Saint-Honoré, et qu'on regarde la terrasse des Tuileries, peut donner quelque idée du *Corso* à Rome.

Tous les enterrements de bon ton viennent y passer à la nuit tombante (à vingt-trois heures et demie[1]). Là, au milieu de cent cierges allumés, j'ai vu passer sur un brancard et la tête découverte la jeune marquise C. S.***[2], spectacle atroce et que je n'oublierai de ma vie, mais qui fait penser à la mort, ou plutôt qui en frappe l'imagination, et par là, spectacle fort utile à qui règne en ce monde en faisant peur de l'autre.

La rue du *Corso* est par malheur étroite et humide, à peu près comme la rue de Provence à Paris; elle est bornée au levant par une suite de collines.

Le palais Chigi a des défauts; mais, par sa masse imposante, il contribue à faire vivre le nom du fameux banquier, contemporain de Raphaël. Quel que soit un homme à millions, en employant les meilleurs sculpteurs et architectes de son siècle, il a une chance d'être immortel. Si Samuel Bernard[3] avait fait élever à Paris une copie exacte du palais Farnèse ou du palais Barberini, il serait connu autrement que par les jolis vers de Voltaire sur les trois Bernard; surtout si ce palais était situé au coin du boulevard et de la rue du Mont-Blanc; il donnerait du *caractère* à tout ce quartier.

On va voir au palais Chigi quelques bonnes statues grecques et cinq ou six tableaux des Carrache, du Titien et du Guerchin. Les étrangers réservent ce palais pour les jours de pluie. Nos compagnes de voyage ont été extrêmement frappées de deux petits ouvrages du Bernin, qui représentent la *Mort* et la *Vie*. La Vie est figurée par un bel enfant de marbre blanc, qui dort sur un coussin en pierre de touche. Vis-à-vis est une tête de mort, aussi en marbre blanc, sur un coussin noir. Ceci rappelle bien le catholicisme; les anciens auraient eu horreur d'un tel spectacle*.

Au milieu de la jolie place voisine s'élève la colonne Antonine; elle est composée de vingt-huit blocs de marbre blanc placés horizontalement les uns sur les autres[4]. Son diamètre est de onze pieds et demi, et la hauteur totale de cent quarante-huit pieds. À l'aide d'un petit escalier fort incommode on arrive au sommet.

---

* Voyez à la galerie de Florence le beau *Génie de la Mort*. Canova, quoique très pieux, était révolté de ces grossièretés, d'autant plus exécrables, qu'elles sont plus vraies; mais elles frappent fort.

L'ancien piédestal de cette colonne est enterré de onze
pieds. Ce fut le grand homme Sixte Quint qui la fit restaurer en 1589. Il fit placer au sommet une statue de bronze
doré, nommée saint Paul.

Les bas-reliefs qui entourent le fût de la colonne sont
relatifs aux exploits de l'empereur Marc Aurèle contre les
Allemands. Ces bas-reliefs, souvent imités de ceux de la
colonne Trajane, leur sont bien inférieurs. La forme
totale de la colonne Antonine n'est pas bonne; elle fait le
tuyau de poêle[1] (terme d'artiste), mais l'ensemble de la
place est fort joli. Comme nous examinions, avec nos
lorgnettes, la statue du grand homme saint Paul, qui a
remplacé celle d'un homme grand par la bonté, le courrier
de France est arrivé, et toutes nos idées d'antiquités se
sont envolées. Nous avons couru à la petite grille où, par
protection (car tout est protection à Rome), nous avons
obtenu nos lettres cinq minutes avant le reste du peuple.
Nous avons dévoré les journaux de Paris, et jusqu'aux
annonces de chevaux à vendre et d'appartements à louer.

21 décembre 1827. — Voici quinze jours que nous
sommes éveillés dès les quatre heures du matin par les
pifferari[2] ou joueurs de cornemuse. Ces gens-là dégoûte-
raient de la musique. Ce sont de grossiers paysans
couverts de peaux de mouton, qui descendent des montagnes des Abruzzes, et viennent donner des sérénades
aux madones de Rome, à l'occasion de la Nativité du
Sauveur. Ils arrivent quinze jours avant Noël et ne partent
que quinze jours après; on leur donne deux *paoli* (1 fr.
4 cent.) pour une sérénade de neuf jours, soir et matin.
Mais, pour être bien vu des voisins et ne pas encourir
une dénonciation au curé de la paroisse, tout ce qui a
peur de passer pour libéral s'abonne pour deux *neuvaines*.

Rien n'est odieux comme d'être réveillé au milieu de la
nuit par le son mélancolique des cornemuses de ces
gens-là, il agace les nerfs comme celui de l'harmonica.
Léon XII, qui en avait éprouvé l'ennui avant de monter
sur le trône, leur a fait enjoindre de ne pas réveiller ses
sujets avant quatre heures. Au fond de chaque boutique, à
Rome, on voit une madone éclairée le soir par deux
lampes. Il n'est pas de Romain, je crois, qui n'ait aussi une
madone dans son appartement. Ils sont fort attachés à la
mère du Sauveur; et, quoique la police se mêle de *protéger*

ce culte, elle n'est pas encore parvenue à diminuer la ferveur du peuple. J'ai vu des artistes, qui craignaient de
passer pour libéraux, peindre une madone à fresque sur le
mur de leur atelier, et payer quatre *paoli* aux *pifferari* pour
avoir deux neuvaines de sérénades. Le *pifferaro* à qui j'ai eu
affaire pour mon petit appartement m'a dit qu'il espérait
rapporter chez lui 30 écus (161 fr.), somme énorme dans
les Abruzzes, et qui lui permettra de passer sept ou huit
mois sans travailler. Il m'a demandé si je croyais que
Napoléon fût mort; il aimait ce grand homme évidemment; cependant il a fini par me dire : « S'il eût continué à
être le plus fort, notre commerce tombait à rien *(andava a
terra).* » Il a beaucoup considéré mes pistolets étalés dans
ma chambre, comme signe de noblesse. Je l'ai comblé
d'aise en lui permettant de les faire jouer. La physionomie du *pifferaro* est devenue tellement féroce au moment
où il faisait le geste de viser avec ces pistolets, que je l'ai
conduit à Mme Lampugnani. Il a eu le plus grand succès;
on l'a fait dîner au cabaret voisin, et le soir il est venu
répondre aux questions de ces dames sur son pays, sa
famille, ce qu'il avait souffert dans les invasions des Allemands et des Napolitains[1], etc. Je ferais un volume de nos
remarques sur les réponses du *pifferaro.* Il nous a dit une
chanson que les jeunes joueurs de cornemuse chantent
aux belles Romaines :

> *Fior di castagna,*
> *Venite ad abitare nella vigna,*
> *Che siete una bellezza di campagna[2].*

Voici un couplet fait par un paysan, dont l'amie
recevait les hommages d'un soldat français :

> *Io benedico il fior di camomilla*
> *Giacchè vi siete data a far la Galla,*
> *Vi volto il tergo, e me ne vado in villa.*
> *Fior di granturco :*
> *Voi mi fate paura più dell' Orco,*
> *E credo ancor che la fareste a un Turco[3].*

Rien n'est mélancolique comme la cantilène de ces
chansons; plusieurs couplets ne sont pas trop décents.
M. von****[4] prétend que l'on trouverait dans les poètes

latins cette forme de chanson, dont le premier vers se
compose du nom d'une fleur, il pense que cette forme est
antérieure aux Romains.

Pour moi, ce qui m'en touche, c'est la musique,
empreinte d'une passion tellement profonde, et songeant
si peu au voisin, qu'elle en est ennuyeuse. Qu'importe
le voisin à l'homme passionné? Il ne voit dans la nature
que l'infidélité de sa maîtresse et son propre désespoir.

25 décembre 1827. — Nous revenons de Saint-Pierre. La
cérémonie a été magnifique. Il y avait peut-être cent dames
anglaises, dont plusieurs de la plus rare beauté. On a
construit derrière le grand autel une enceinte tendue en
damas rouge. Sa Sainteté nomme un cardinal pour dire
la messe à sa place. On porte le sang du Sauveur au pape
assis sur son trône derrière l'autel, et il l'aspire avec
un chalumeau d'or.

Je n'ai jamais rien vu d'aussi imposant que cette cérémonie; Saint-Pierre était sublime de magnificence et de
beauté : l'effet de la coupole surtout m'a semblé étonnant;
j'étais presque aussi croyant qu'un Romain.

Nos compagnes de voyage ne peuvent se lasser de se
récrier sur un spectacle si grand et si simple. Elles n'ont
trouvé que deux dames romaines de leur connaissance
dans le bel amphithéâtre préparé pour les dames, et encore
ces Romaines conduisaient-elles à Saint-Pierre des parentes de province, venues à Rome pour la *gran funzione*[1].

Elle a été favorisée par le plus beau soleil et un temps
fort doux. En vérité, en voyant Saint-Pierre paré de ses
plus beaux atours, si gai et si noble, on ne pouvait se
figurer que la religion, dont on célébrait la fête, annonce
un enfer éternel et qui doit engloutir à jamais la majeure
partie des hommes. *Multi sunt vocati; pauci vero electi.*

Nous avions été obligés d'abandonner nos compagnes
de voyage fort bien placées dans l'amphithéâtre à droite
du grand autel. Les plaisanteries voltairiennes de Paul me
faisaient mal; je me suis accosté d'un *monsignore* de nos
amis, grand latiniste, qui a voulu me convertir. C'était
tomber de Charybde en Scylla.

Je lui ai dit, avec simplicité, pourquoi je riais, et, sans
transition, il s'est mis à me parler de Tite-Live. « Avez-
vous remarqué, m'a-t-il dit, que cent trente-huit ans
après la fondation de Rome, il y avait encore des eaux

ſtagnantes entre les collines? (Tit. Liv., lib. I, cap. 38.)
Après la prise de Veies, le peuple veut quitter un territoire malsain pour aller habiter sa conquête. Il en eſt
détourné par les patriciens[1] qui, à Veies, n'auraient pas pu
voler des terres. » (Voir les notes faites sur Tite-Live par
Machiavel[2].)

Les peſtes nombreuses qui désolent une population si
active et si sobre nous semblent prouver que dès ce
temps-là il y avait ici l'*aria cattiva*. « Romulus, dis-je à
monsignore N***, manquait de prévoyance, ou plutôt il crut
fonder sur le mont Palatin une ville de deux ou trois mille
habitants. Pour une ville cent fois plus grande, les montagnes voisines offraient des situations bien préférables.
— Mais, me répond mon ami, qui nous dit que du temps
de Romulus ces beaux sites des montagnes fussent à sa
disposition? La superſtition lui ordonnait probablement
de bâtir sa ville au lieu où il avait été nourri. » D'ailleurs,
le mont Palatin était une position forte comme Venise.
Les marais qui l'environnaient devenaient dangereux à
traverser à la moindre crue du Tibre, qui quelquefois
s'élève de dix pieds en une nuit.

Mon ami m'a raconté des anecdotes qui font le plus
grand honneur à M. Cappellari, moine blanc, depuis
cardinal[3].

28 décembre 1827. — Nous sommes allés au Capitole
(demandez le *Campidoglio*). Cette colline célèbre eſt située
à l'extrémité méridionale du *Corso*. Parlons d'abord du
Capitole antique, puis nous verrons ce qu'il eſt aujour-
d'hui[4].

La petite colline qui fut le centre de l'empire romain
n'eſt maintenant élevée que de cent trente-huit pieds
au-dessus du niveau de la mer. Elle avait deux sommets,
l'un au levant et l'autre vers le Tibre; entre les deux se
trouvait un espace appelé *Intermontium*. C'eſt là que nous
voyons aujourd'hui la place du Capitole et la ſtatue
équeſtre de Marc Aurèle*.

Le sommet du côté du levant eſt occupé par l'église
d'*Aracoeli,* desservie par des moines de Saint François.

---

* Un sculpteur français, M. Falconet[5], a fait un livre contre
elle, et en passant injurie Michel-Ange. Diderot promettait l'immortalité à M. Falconet, qui en faisait fi; il y a soixante ans de
cela. Avez-vous jamais entendu parler de M. Falconet?

Ils sont en possession d'attirer chez eux chaque année
tous les dévots de Rome et des campagnes voisines, au
moyen de l'exposition d'une poupée qu'on appelle *il
Sacro Bambino*. Cet enfant de cire[1], magnifiquement
emmailloté, représente Jésus-Christ au moment de sa
naissance. Voilà ce qu'on fait en 1829 pour accrocher
quelque argent au lieu révéré jadis par les maîtres du
monde comme le centre de leur puissance. C'était le
Capitole proprement dit des anciens. Le sommet, qui
est du côté du Tibre, plus élevé que l'autre, était la
citadelle, *Arx*[2].

Le mont Capitolin, environné de hautes murailles,
n'était accessible que du côté de l'orient, où se trouvait
le Forum. Cette forteresse formait la fin de la ville vers
l'occident et le nord. Du haut de ce rempart élevé et du
portique du temple de Jupiter, la vue sur le Champ de
Mars et le *Monte Mario* devait être magnifique. Maintenant
on arrive au mont Capitolin par l'occident et par l'orient,
et toute la Rome moderne est au pied du Capitole. Les
Romains y arrivaient par trois chemins, *Clivus Sacer,
Clivus Capitolinus, Centum gradus rupis Tarpeiae*.

C'est dans l'*Intermontium* que Romulus, manquant de
soldats, ouvrit un asile pour tous les brigands des
environs. Ces hommes courageux empruntèrent tous les
arts et même la religion à leurs voisins les Étrusques,
peuples très civilisés, chez lesquels les prêtres s'étaient
emparés de tout le *réel* du pouvoir.

On retrouve l'art de bâtir des Étrusques dans ce qui
reste des murs de la forteresse du Capitole, *Arx*. Ce sont
de gros blocs rectangulaires de cette pierre volcanique
qu'on appelle *pépérin* parce que les gens du peuple
trouvent qu'elle ressemble à du poivre pétri. On va voir
ces ruines de la citadelle, si intéressantes pour qui a le
cœur romain, au rez-de-chaussée du palais Caffarelli, à
Monte Caprino, qui est, comme on voit, le nom moderne de
l'*Arx*. Les fortifications, dont nous avons trouvé là les
ruines vénérables, furent faites après le départ des Gaulois.
Nos terribles ancêtres détruisirent à Rome tout ce que
le feu pouvait dévorer, et par conséquent les tablettes
ou livres s'il y en avait. Il ne faut jamais perdre de vue que
les Romains d'alors n'étaient que des brigands sans cesse
sur le point d'être exterminés par leurs voisins plus
civilisés qu'eux. L'histoire des flibustiers[3], si amusante à

lire, doit contenir, quant à la partie morale, tout ce qui nous manque de l'histoire de Rome à cette époque*.

Le peu que je viens de dire renferme, je crois, tout ce qu'on sait. J'invite le lecteur à se méfier beaucoup de ces ennemis jurés de toute saine logique qu'on appelle parmi nous des *savants* et dont le charlatanisme nous présente de temps à autre de longues narrations sur les premiers siècles de Rome. Si l'on peut trouver quelque certitude, ce n'est qu'au milieu des ruines vénérables que nous visitons en ce moment un Tite-Live à la main. Nous avons lu hier soir, à la maison, l'extrait de Tite-Live donné par M. Micali dans son *Histoire d'Italie avant les Romains*. Cet homme d'esprit, que nous avons vu à Florence, prépare une troisième édition de son ouvrage[2]. Dans notre petite caravane, composée de sept personnes, quatre adorent les Romains et trois les exècrent. Quoi que dise ma raison, leur souvenir me touche profondément.

Il paraît que les Romains, tant qu'ils furent brigands et sans cesse à la veille de périr, construisirent leurs bâtiments avec des troncs de chêne qu'ils arrachaient dans la forêt au milieu de laquelle ils vivaient. De là le fort grand nombre d'incendies qui détruisirent successivement les monuments élevés sur le mont Capitolin.

Il n'est pas au centre de Rome une toise de terrain qui n'ait été occupée successivement par cinq ou six édifices également célèbres, et il faut toute l'assurance d'un *savant* pour décider que tel fragment informe appartient plutôt au siècle des Tarquins qu'à celui des Gracques.

Lorsque Tarquin l'Ancien faisait creuser les fondements du temple de Jupiter, on trouva la tête d'un certain Tolus avec les chairs encore fraîches. Cet incident si extraordinaire frappa le peuple, on consulta les augures qui ne manquèrent pas de répondre que cette tête, *caput*, annonçait clairement que ce lieu serait la capitale du monde. Ainsi ce mont appelé d'abord Saturnius parce que Saturne y avait régné, ensuite Tarpeïen parce que Tarpeïa, jeune Romaine qui trahissait son pays, y avait

* Voilà ce que n'a pas dit un savant, nommé Lévêque, qui, sous Napoléon, publia trois volumes contre les anciens Romains, dont l'âpre vertu déplaisait à l'usurpateur[1]. En vérité, on ne trouve de vraie science qu'au-delà du Rhin. À Paris, on imprime fièrement aujourd'hui ce que l'on a appris hier.

été tuée par les Sabins, prit enfin le nom de Capitolium, formé des deux mots latins *caput Toli* (tête de Tolus[1]).

Telles sont les fables convenues au sujet du Capitole, si cher à l'orgueil romain. Probablement on croyait à ces fables du temps de Tite-Live tout autant qu'aujourd'hui; mais on se serait perdu en osant écrire la vérité, ou, si quelqu'un l'a fait, son manuscrit a été détruit. Le sénat, qui exerçait le pouvoir sacerdotal, ne se serait pas contenté de mettre à l'index l'écrivain irréligieux. Alors, être irréligieux, c'était être antipatriote, c'est-à-dire un homme exécrable tramant la ruine de sa patrie.

Le célèbre temple de Jupiter Capitolin occupait le sommet oriental de la colline (où il a été remplacé par la sombre église d'*Aracoeli* et le sacré[2] *Bambino*). Tarquin le Superbe fit construire ce temple pour accomplir le vœu fait par Tarquin l'Ancien dans un moment critique où les Sabins étaient sur le point de détruire la peuplade romaine. Cette ville devint la maîtresse du monde parce que, pendant plusieurs siècles, il a été évident, pour chacun de ses habitants, qu'il fallait être brave et prudent, ou périr. Les patriciens inventèrent la religion pour dominer les moments de colère du peuple. Deux ou trois fois l'État fut sauvé à cause du respect que ce peuple avait pour le *serment*.

Il faut que, dès ces temps reculés, les monuments aient parlé fortement à l'imagination italienne, disposée aussi par sa mobilité à croire aux miracles, car, dès que les patriciens de Rome eurent un peu de loisir et d'argent, ils bâtirent des temples, mais ils ne voulurent point de prêtres. Voilà le trait remarquable de la politique romaine. Apparemment, ils étaient éclairés par ce qui se passait chez leurs voisins les Étrusques.

1er janvier 1828. — Le temple[3] de Jupiter Optimus Maximus, sans cesse recommandé par les patriciens à la vénération du peuple, dura fort longtemps, puisqu'il ne fut rebâti que par Sylla (l'an de Rome 671); il fut renouvelé par Vespasien et refait par Domitien. Denys d'Halicarnasse dit qu'après la restauration de Sylla, il avait deux cents pieds romains de long et cent quatre-vingt-cinq de large; sa façade était au midi vers le Tibre. Cet édifice devait paraître d'une grandeur immense aux Romains des premiers siècles, dont la maison consistait en une seule chambre recevant le jour par une petite ouverture au-dessus de la porte. J'ai retrouvé cette façon de bâtir dans l'île d'Ischia[1].

Comme les Napolitains d'aujourd'hui, les Romains passaient leur vie en plein air. Le temple de Jupiter était probablement environné au nord et au couchant par un précipice de dix ou douze toises, ce qui le rendait facile à défendre. La façade était formée par un portique de trois rangs de colonnes; un portique semblable, mais appuyé seulement sur un double rang de colonnes, régnait sur les trois autres côtés et servait d'abri contre les ardeurs du soleil et contre la pluie; on s'y trouvait réuni naturellement, comme dans nos campagnes les paysans se rassemblent le dimanche sous le portail de l'église paroissiale.

C'est devant ce temple, centre de la religion et de la grandeur des Romains, que les généraux vainqueurs venaient faire un sacrifice en actions de grâces pour leur victoire*. C'est là tout le *triomphe;* cérémonie qui mit l'émulation parmi les patriciens et empêcha ces aristocrates de tomber dans la torpeur, comme ceux de Venise. Le triomphe introduisait habilement dans le gouvernement de Rome le grand élément du gouvernement représentatif, l'*opinion publique.*

Le temple de Jupiter Optimus Maximus existait encore en son entier du temps de l'empereur Honorius, l'an 400 de notre ère. L'Église de Rome comptait déjà une longue suite de papes. Quelle avait été leur politique à l'égard du temple le plus vénéré de l'Italie? Stilicon le dépouilla d'une partie de ses ornements. Genseric, en 455, emporta la moitié des tuiles de bronze doré qui le couvraient. Toutefois, ce temple célèbre existait encore du temps de Charlemagne, vers l'an 800. Mais, au XIe siècle, on trouve

---

* J'ai apporté à Rome le Tite-Live de M. Dureau Delamalle[2]. Une traduction *jolie* et quelquefois bien plaisante est placée vis-à-vis un texte qui a l'avantage d'être imprimé en assez gros caractères. Il faut avoir un Gibbon[3], homme dont le style impatiente, mais qui a véritablement *lu les originaux* et qui fait un *rapport impartial*. On peut prendre la traduction anglaise de Niebhur[4], l'ouvrage de M. Micali sur *L'Italie avant les Romains,* Florus, Suétone[5], et les *Vies des Romains* par ce rhéteur, prêtre spirituel et hypocrite, que nous appelons le *bon* Plutarque. Montesquieu était gentilhomme, il n'a jamais osé flétrir les lettres de cachet ni demander les États généraux; souvent même, à propos de Rome, il se moque de son lecteur; à cela près sa *Grandeur des Romains* est admirable.

tout à coup dans l'histoire qu'il est entièrement ruiné.
Quelle force a renversé tant de colonnes ? Par quelle
raison n'a-t-on pas voulu changer, au moyen d'une
cérémonie expiatoire, un temple païen en église chrétienne ? Il était peut-être trop célèbre et trop aimé des
peuples.

L'église des Capucins est formée de colonnes inégales,
ramassées de côté et d'autre ; mais l'ignorance des premiers chrétiens les a disposées à peu près comme ils
les voyaient rangées dans les temples et les basiliques des
païens ; c'est ce que l'on remarque dans toutes les églises
de Rome qui ont des colonnes.

8 janvier 1828. — Après avoir essayé de nous figurer ce
qu'était le Capitole antique, nous sommes revenus au
pied de la statue de Marc Aurèle. Elle occupe le centre
de la petite place en forme de trapèze arrangée par
Michel-Ange dans l'*Intermontium*. Ce fut Paul III (Farnèse)
qui, vers l'an 1540, fit élever les deux édifices latéraux,
qui me semblent sans caractère, quoique de Michel-
Ange[1]. Il fallait en un tel lieu deux façades de temples
antiques. Rien ne pouvait être trop majestueux ni trop
sévère, et Michel-Ange semblait créé exprès pour une
telle mission. Paul III renouvela la façade du palais du
sénateur de Rome, qui occupe la pente du mont Capitolin,
vers le Forum.

C'est encore Paul III qui a fait transporter ici, de la
place qu'elle occupait près de Saint-Jean-de-Latran,
l'admirable statue équestre de Marc Aurèle Antonin.
C'est la meilleure statue équestre en bronze qui nous soit
restée des Romains. Les admirables statues des Balbus,
à Naples, sont de marbre. Pour l'expression, le naturel
admirable et la beauté du dessin, la statue de Marc Aurèle
est le contraire de celles que nos sculpteurs nous donnent
à Paris. Par exemple, le *Henri IV* du Pont-Neuf n'a l'air
occupé que de ne pas tomber de cheval. Marc Aurèle est
tranquille et simple. Il ne se croit nullement obligé
d'être un charlatan, il parle à ses soldats. On voit son
caractère et presque ce qu'il dit.

Les esprits un peu matériels qui ne sont émus toute la
journée que par le bonheur de gagner de l'argent ou par
la crainte d'en perdre préféreront le *Louis XIV au galop*
de la place des Victoires. Quoique je ne voulusse pas

passer ma vie avec ces sortes de gens, cependant j'avouerai
sans peine qu'ils ont tout à fait raison. L'action courageuse qu'ils accomplissent est la base du bon goût :
louer hardiment ce qui fait plaisir; de là mon admiration
pour M. Simond, de Genève, qui plaisante le *Jugement
dernier* de Michel-Ange[1].

L'immense majorité des voyageurs pensait comme
M. Simond, mais n'osait pas le dire.

Il n'en est pas de même quant à nos statues. Nous
sommes sans rivaux dans notre admiration.

Un prince, ami des arts, pourrait essayer de placer une
copie en bronze du Marc Aurèle de Rome dans quelque
coin du boulevard. Cette statue semblerait d'abord
froide et sans grâce à nos gens d'esprit de Paris. Par
la suite, à force de la voir louer dans le journal, ils
l'admireraient.

La patrie de Voltaire, de Molière et de Courier est
depuis longtemps la ville de l'esprit; mais le pays entre
la Loire, la Meuse et la mer ne peut sentir les beaux-arts.
Pourquoi? il aime le *joli* et hait l'*énergie*.

D'où vient cette haine? Peut-être de ce que les nerfs
sont montés sur un ton différent deux ou trois fois par
jour par un climat trop inconstant. Qui peut aimer le
Corrège à Paris lorsqu'il fait un vent de nord-ouest?
Ces jours-là, il faut lire Bentham et Ricardo[2].

Des trois édifices qui décorent le Capitole moderne,
celui qui se présente en face est le palais du sénateur de
Rome, élevé vers l'an 1390, par le pape Boniface IX, sur
les fondements du *tabularium* de Catulus.

En 1390, on ne songeait guère au *beau;* avant de penser
à vivre agréablement, il faut être sûr de vivre. Boniface IX
cherchait à bâtir une forteresse. À la même époque, ou un
peu auparavant, le Colisée servait de château fort aux
Annibaldi. L'arc de triomphe de Janus Quadrifons, cet
admirable tombeau de Cecilia Metella (que nous avons vu
dans la campagne, sur la route d'Albano), et beaucoup
d'autres monuments antiques étaient employés comme
forteresses.

Le premier pas que fait l'esprit de l'étranger qui aime
les ruines (c'est-à-dire dont l'âme un peu mélancolique
trouve du plaisir à faire abstraction de ce qui est, et à se
figurer tout un édifice tel qu'on le voyait jadis, quand il
était fréquenté par les hommes portant la toge); le premier

pas que fait un tel esprit, dis-je, est de distinguer les restes des travaux du Moyen Âge entrepris vers l'an 1300, pour servir à la défense, de ce qui fut construit plus anciennement pour donner la *sensation du beau;* car, dès qu'ils ont du pain et un peu de tranquillité, les hommes de nos races européennes sont amoureux de cette sensation du *beau.*

C'est à l'aide du petit nombre de colonnes subsistant encore dans une ruine que l'on se figure ce qu'était le monument ancien. Chaque petite circonstance de ce qui reste fait une révélation. Mais, pour entendre la voix de la vérité, qui dans ce cas parle si bas, il ne faut pas être étourdi par les déclamations et le Phébus de l'esprit de système. Les êtres qui ne sont pas faits pour ce genre de sensations trouvent de la *froideur* dans tout ce qui est raisonnable.

Comme, en visitant le Capitole moderne, nous cherchions aujourd'hui des plaisirs d'architecture, nous ne sommes entrés dans les musées (ouverts deux fois par semaine, le jeudi et le lundi) que pour reconnaître que dans le bâtiment à gauche du spectateur se trouvent le *Gladiateur mourant,* la *Vénus du Capitole,* le buste de Brutus et autres chefs-d'œuvre que nous avons vus à Paris (les têtes romaines ont une proéminence au-dessus des oreilles; c'est l'activité militaire).

Dans l'édifice qui est à droite et qu'on appelle le palais des Conservateurs, on voit une statue de Jules César qui passe avec raison pour le seul portrait reconnu de ce grand homme[1], qui existe à Rome. Tout près de là se trouve le buste de Cimarosa*, que le cardinal Consalvi, ami de ce grand homme, demanda à Canova; mais ce

* Le seul portrait ressemblant de Cimarosa appartient à la célèbre Mme Pasta. Il lui a été donné par une amie intime de ce grand homme, qui l'avait dessiné elle-même. Plusieurs personnes, qui avaient fort bien connu Cimarosa, qui n'est mort qu'en 1801, ont été frappées de la ressemblance. Rien de plus rare que le portrait naïf et sincère d'un grand homme. Dans nos belles lithographies, on donne un air fat à Washington lui-même. Nos gens considérables de Paris demandent que leur portrait exprime surtout la qualité qui *leur manque.* Telle est, ce me semble, la maxime fondamentale de l'art du portrait : voyez nos grands contemporains exposés au Salon.

buste est placé de façon qu'on ne puisse pas le voir. MM. les directeurs des musées de Rome méritent la palme du ridicule, même au préjudice de ceux de Florence, qui ne permettent pas aux curieux de porter un manteau l'hiver dans leur galerie glaciale.

10 janvier 1828. — On trouve dans le palais des Conservateurs quelques excellents tableaux, entre autres la *Sainte Pétronille* de Guerchin, dont nous avons vu à Saint-Pierre la copie en mosaïque.

Après avoir mis quelques baïoques dans les petits sacs des prisonniers, qui nous assourdissaient de leurs cris, nous sommes montés au palais du Sénateur pour voir la célèbre *Louve* de bronze *frappée de la foudre* (sculpture étrusque).

Nous parlerons plus tard des galeries de tableaux et des statues du Capitole.

Après avoir admiré la vue dont on jouit du haut de la tour, nous sommes descendus au Forum par la rue qui est à gauche, derrière la rue de Marc Aurèle, et qui débouche vis-à-vis de l'arc de triomphe de Septime Sévère.

Il paraît qu'au VIIe siècle le Forum était encore dans toute sa splendeur; mais, en l'an 1084, lorsque les Gaulois de Brennus vinrent de nouveau à Rome sous la conduite de Robert Guiscard, ce centre de la magnificence romaine éprouva le sort que les cosaques avaient envie de nous infliger en 1814. Ces édifices, si fameux dans tout l'univers, furent, précisément à cause de cela, dépouillés de tous leurs ornements, et, à ce qu'il paraît, ruinés de fond en comble.

Par la suite, pour comble de misère, le Forum devint le marché aux bœufs, et c'est sous le nom ignoble de *Campo Vaccino,* qu'il a été connu jusqu'à l'époque des fouilles ordonnées par Napoléon.

Elles furent la suite d'une nouvelle conquête des Gaulois; il faut convenir que le courage guerrier de ce peuple a ravagé toute l'Antiquité. La bravoure tient probablement à la vanité et au plaisir de faire parler de soi; combien ne voit-on pas de maréchaux de France sortis de la Gascogne!

Quand les Romains actuels nous reprochent notre mauvais goût en fait d'arts, nous pouvons leur répondre

par le compliment que Virgile adressa aux anciens
Romains :

> *Excudent alii spirantia mollius aera;*
> *Tu regere imperio populos, Romane, memento*.*

Aen., lib. VI.

« Nos ancêtres, disait Paul à des Romains qui nous
plaisantaient sur la laideur des rues de Paris, nos ancêtres
ont fait à Rome deux incursions certaines et dévastatrices,
celle de Brennus et celle de Robert Guiscard; sous un
troisième Français, le connétable de Bourbon, Rome a été
pillée, et les fresques de Raphaël abîmées. Enfin, le
terrible droit de la guerre s'adoucissant, les Français, qui,
en 1798, pouvaient punir sévèrement N. et N., véritables
assassins du général Duphot[1], et exercer les vengeances
les plus justes, se contentèrent d'un traité de paix. Les
chefs-d'œuvre des arts furent *plus utiles* à la France que les
têtes de quelques misérables; et le général des Gaulois
sut cette fois dompter assez sa colère pour voir l'*utile***. »

Une émotion de curiosité que rien ne peut arrêter porte
le voyageur à parcourir en entier le Forum. Nous sommes
revenus ensuite à l'arc de Septime Sévère, que l'on
rencontre à la descente du Capitole.

On sent bien, à l'aspect de ce monument, la profonde
raison qui dirigeait l'esprit des anciens; on peut dire que
chez eux le beau était toujours la saillie de l'utile. Ce qui
frappe d'abord dans l'arc de Septime Sévère, c'est la
longue inscription destinée à porter l'histoire de ses
exploits à la postérité la plus reculée. Et cette histoire
y arrive en effet.

Ce fut l'an 205 de l'ère chrétienne que le sénat et le
peuple romain élevèrent cet arc de triomphe en l'honneur

---

* D'autres sauront mieux que toi donner à l'airain toutes les
grâces de la vie. Pour toi, Romain! souviens-toi que ton lot est de
gouverner et de conquérir.

** On trouvera une liste, assez peu complète, il est vrai, des
objets d'art enlevés à l'Italie en 1798, à la suite du troisième volume
du voyage du président de Brosses : 1° Le président avait étudié
l'antiquité en conscience; 2° son âme préférait le *beau* au *joli;* 3° il
était trop bien né pour descendre au *métier de charlatan;* 4° il ne
prévoyait pas que ses lettres seraient un jour imprimées. Elles sont
peu goûtées :

Le Français, né malin, aime *le vaudeville*[2].

de Septime Sévère, de Caracalla et de Geta, ses fils, pour les victoires remportées sur les Parthes et autres nations barbares de l'Orient. Cet arc est de marbre panthélique, avec trois ouvertures, comme celui de la place du Carrousel. Il est décoré de huit colonnes cannelées, d'ordre composite; les bas-reliefs sont déjà d'une sculpture médiocre et montrent la décadence. Vers la fin de la troisième ligne de l'inscription, et dans toute la quatrième, on voit que le marbre a été altéré. Lorsque Caracalla eut tué son frère Geta, il fit effacer son nom dans tous les monuments, et le fit remplacer ici par des mots qui ne faisaient point partie de l'inscription primitive. Un petit escalier de marbre, pratiqué dans l'intérieur d'un des piliers, conduit à la plate-forme, où l'on voyait autrefois les statues de Septime Sévère et de ses fils Caracalla et Geta, assises sur un char de bronze, auquel étaient attelés quatre chevaux de front. Le char était environné de quatre soldats, dont deux à cheval et deux à pied. En 1803, le pape Pie VII fit enlever la terre qui cachait et conservait ce monument jusqu'à la hauteur de douze pieds.

Ici se présente le plus grand problème que la Rome moderne offre à la curiosité du voyageur. D'où sont venus ces dix à douze pieds de terre répandus sur le sol de la Rome antique? Cette terre couvre en partie la plupart des monuments, même ceux qui sont placés dans des lieux élevés. Ce ne sont point des débris de briques ou de mortier, c'est de belle et bonne terre végétale.

15 janvier 1828. — M. Demidoff[1], cet homme singulier, si riche et si bienfaisant, qui faisait collection de têtes de Greuze et de reliques de saint Nicolas, avait à Rome une troupe de comédiens français, et faisait jouer au palais Ruspoli des vaudevilles du Gymnase[2]. Malheureusement, il se trouva un jour qu'un des personnages d'un de ces vaudevilles s'appelait Saint-Ange[3], et l'on remarqua dans la pièce cette exclamation : *Pardieu!* Ces circonstances offensèrent beaucoup S. E. Mgr Della Genga, cardinal *vicaire* (chargé par le pape Pie VII des fonctions d'évêque de Rome). Plus tard, sous le règne de Léon XII, les acteurs de M. Demidoff, étourdis comme des Français, eurent le tort de donner des vaudevilles, dont un des personnages s'appelait Saint-Léon. Enfin, une fois, une représentation donnée le jeudi ne finit qu'à minuit et un quart, empiétant ainsi un quart d'heure sur le vendredi, jour consacré par la mort de Jésus-Christ. Ces motifs attirèrent sur M. Demidoff toutes les vexations de la police (dans ce pays, elle a encore les formes terribles de l'Inquisition); et le Russe bienfaisant, qui faisait vivre plusieurs centaines de pauvres, et donnait deux jolies fêtes par semaine, alla s'établir à Florence.

Pendant qu'il habitait le palais Ruspoli, M. Demidoff disait un jour en ma présence que, voulant laisser un monument de son séjour à Rome, il pourrait bien faire enlever les dix ou douze pieds de terre qui couvrent le pavé du Forum, depuis le Capitole jusqu'à l'arc de Titus. Le gouvernement mettait à sa disposition cinq cents galériens, que M. Demidoff devait payer à raison de cinq sous par jour. Il comptait que, pendant l'hiver, il aurait autant de paysans des Abruzzes qu'il en voudrait, en les payant dix sous par jour.

On calcula tous les frais le crayon à la main; la dépense totale ne devait pas s'élever à plus de 200 000 francs, y compris un canal pour conduire les eaux pluviales dans la *Cloaca Maxima* (vers l'arc de Janus Quadrifons). Rome fut bien vite instruite de ce projet capital pour elle; il manqua, parce que le personnage d'un vaudeville s'appelait Saint-Léon; et l'on s'étonne de la haine du peuple de Rome[1]!

23 janvier 1828. — Ce matin, notre travail a commencé par l'examen du temple de Jupiter Tonnant, dont il ne reste que trois colonnes. C'est le monument le plus voisin du mur antique du Capitole. L'empereur Auguste, voyageant de nuit en Espagne, un orage survint, et l'esclave qui l'éclairait fut tué par la foudre. C'est en mémoire de cet événement qu'Auguste éleva ce temple. On voit encore un fragment d'inscription qui annonce qu'il fut restauré par les empereurs Septime Sévère et Caracalla. On ne conçoit pas trop cette restauration, après une durée de moins de deux siècles. Les trois colonnes qui restent de ce beau monument appartenaient au portique; elles soutiennent un morceau assez considérable d'entablement. Ces colonnes cannelées et d'ordre corinthien sont de marbre de Carrare, que les anciens appelaient de Luni. Leur diamètre est de quatre pieds deux pouces

et leur hauteur de quarante-six pieds; différents instruments de sacrifices sont sculptés en bas-reliefs sur
la frise, qui, ainsi que l'entablement, est d'une rare beauté.

Les Français ont découvert devant ce temple le pavé de
la rue antique, composé de blocs de lave basaltique. Cette
rue, probablement le *Clivus Capitolinus,* était extrêmement
étroite, disposition fort commode dans les pays où le soleil
est dangereux. Nous avons examiné, avec une émotion
d'enfant, ce pavé sur lequel César et Brutus ont marché.
La rue était si étroite devant le temple de Jupiter Tonnant,
que l'escalier nécessaire pour arriver à l'intérieur du
temple avait été pratiqué entre les colonnes du portique.

24 janvier 1828. — Ces huit colonnes, que l'on voit près
des restes du temple de Jupiter Tonnant, sont désignées
par le nom de temple de la Fortune. Un incendie détruisit
ce monument du temps de l'empereur Maxence, et le
sénat le fit reconstruire.

On voit combien, vers l'an 310, les arts étaient déjà
tombés à Rome. Les colonnes de ce portique ont toutes
un diamètre différent; ce qui indique qu'il a été mala-
droitement restauré avec les dépouilles d'autres édifices.
Les colonnes sont d'ordre ionique et de granit oriental;
quelques-unes ont douze pieds de circonférence; leur
hauteur, y compris le chapiteau et la base, est de quarante
pieds. Elles soutiennent une frise décorée d'un bas-relief
représentant des ornements. Les morceaux qui appartiennent au temple primitif sont d'un beau travail; rien
de plus grossier, au contraire, que ce qui a été fait à
l'époque de la restauration.

Plus loin, dans le Forum, on voit s'élever une colonne
isolée. Elle est de marbre, d'ordre corinthien, et cannelée.
Jusqu'en 1813, cette colonne a passé pour appartenir au
temple de Jupiter *Custos.* Le 13 mars 1813, une des dernières fouilles ordonnées par Napoléon conduisit les
ouvriers jusqu'à l'inscription placée à huit ou dix pieds
sous terre, et l'on vit que cette colonne avait été élevée en
l'honneur de Phocas, par Smaragde, exarque d'Italie, en
l'année 608.

OPTIMO CLEMENTIssimo piissiMOQVE
PRINCIPI DOMINO N̄. *Focae imperat*ORI
PERPETVO A D̄O CORONATO TRIVMPHATORI

SEMPER AVGVSTO
SMARAGDVS EXPRAEPOS. SACRI PALATII
AC PATRICIVS ET EXARCHVS ITALIAE
DEVOTVS EIVS CLEMENTIAE
PRO INNVMERABILIBVS PIETATIS EIVS
BENEFICIIS ET PRO QVIETE
PROCVRATA ITAL. AC CONSERVATA LIBERTATE
HANC STATVAM *majesta*TIS EIVS
AVRI SPLENDORE *fulgen*TEM HVIC
SVBLIMI COLVMNAE *ad* PERENNEM
IPSIVS GLORIAM IMPOSVIT AC DEDICAVIT
DIE PRIMA MENSIS AVGVSTI INDICT. VND.
P̄C. PIETATIS EIVS ANNO QVINTO[1].

Cette colonne portait une statue du tyran, en bronze doré. Après la chute de Phocas, on effaça son nom, qui vient d'être gravé de nouveau. Probablement Smaragde enleva cette colonne à quelque édifice du temps des Antonins.

Pour découvrir l'inscription en l'honneur de Phocas, on avait creusé le sol à quelques pieds seulement. Cette circonstance servit de pointe à un sonnet satirique qui, le lendemain de la découverte, courut dans Rome. Phocas parlait : « Un ouvrier avec une bêche, en deux jours, a tout éclairci ; ma gloire renaît ; sots savants, les volumes par vous écrits sur le nom à donner à ma colonne, placés les uns sur les autres, auraient formé une pile plus haute qu'elle. Combien vous eussiez été plus utiles et moins ennuyeux en jetant votre plume et prenant une bêche[2] ! »

Près de cette colonne isolée et environnée d'une excavation profonde où nous sommes descendus, nous avons admiré trois colonnes magnifiques : elles sont en marbre panthélique, cannelées, et d'ordre corinthien ; elles ont quarante-cinq pieds de haut. Il n'y a pas longtemps que ce magnifique reste de l'antiquité s'appelait le temple de Jupiter Stator. Les savants lui donnent aujourd'hui le nom de *Graecostasis*[3]. Les phrases de ces pauvres gens sont bien ridicules ; aussi ne faut-il point les lire : toute discussion, même bien conduite, diminue le plaisir du voyageur, et ôte quelque chose à la beauté des ruines admirables de l'antiquité*.

*   *I would not their vile breath should crisp the stream*
    Wherein that image shall for ever dwell ;

L'entablement supporté par les trois colonnes du *Graecostasis* fait l'admiration des connaisseurs. Le monument dont elles faisaient partie devait être comparable au temple d'Antonin le Pieux et au Panthéon. Il y a plaisir à revenir se pénétrer de la beauté du *Graecostasis* toutes les fois que l'on passe près du Forum.

Le magnifique temple d'Antonin et de Faustine, que l'on aperçoit presque en face, a l'avantage de donner au voyageur une idée parfaitement nette d'un temple ancien. Celui-ci était sur la voie Sacrée, et, dit-on, hors du Forum; la voie Sacrée commençait vers le Colisée, et, passant sous l'arc de Titus, devant le temple d'Antonin et de Faustine, et sous l'arc de Septime Sévère, arrivait au Capitole par le *Clivus Capitolinus*. Ce fut dans ce chemin, pratiqué au milieu des arbres fort élevés d'une forêt, que Romulus et Tatius, roi des Sabins, conclurent la paix. Les sacrifices que l'on fit en cette occasion et les cérémonies religieuses qui tous les mois avaient lieu sur la *Via Sacra* lui donnèrent son nom.

Le temple que nous examinons fut érigé par ordre du sénat, en l'honneur de Faustine, la jeune femme de Marc-Antonin. Après la mort de cet empereur, on ajouta son nom à l'inscription. Le portique est formé par dix grosses colonnes d'un seul bloc de marbre cipolin; elles ont quatorze pieds de circonférence et quarante-trois de hauteur. L'entablement est composé d'immenses blocs de marbre. Ce temple, élevé en l'honneur de la femme du souverain régnant, peut servir à nous donner une idée de la magnificence romaine.

La frise des deux parties latérales est chargée de bas-reliefs représentant des griffons, des candélabres, et d'autres ornements très bien sculptés. Le marbre cipolin est fort rare; les anciens l'appelaient *lapis carystius*. Les blocs qui forment les colonnes de ce temple sont les plus grands qui nous restent de cette sorte de marbre. Ce qui rend ce monument si précieux pour les voyageurs qui commencent l'étude de l'antiquité, c'est que les deux murs latéraux de la *cella* ou sanctuaire, subsistent encore. Les Romains montaient au portique du temple d'Antonin

The unruffled mirror of the loveliest dream
That ever left the sky on the deep soul to beam[1].

Childe Harold, canto IV, stanza 53.

et Faustine par un escalier de vingt et un degrés. Il y a environ seize pieds de la base des colonnes du portique au niveau de la voie Sacrée. Ce qui a probablement empêché que ces admirables colonnes n'aient été pillées par les Barberini ou quelques autres neveux de papes, c'est que ce temple avait été changé en une église dédiée à saint Laurent.

Rien de plus vénérable, par sa haute antiquité, que le temple de Romulus et Rémus, que l'on voit ici près. Nous sommes sur le terrain où Rome a commencé. La *cella* de ce temple est de forme ronde. Il paraît qu'il a été réparé vers l'époque de Constantin (310). En 527, le pape Félix IV bâtit ici une église qu'il dédia à saint Côme et à saint Damien; du sanctuaire du temple des fondateurs de Rome, il fit le vestibule de son église. Par les ordres d'Urbain VIII, le sol fut exhaussé; un escalier placé près du grand autel permet de descendre dans le temple antique. (Voir *Roma vetus ac recens,* de Donato, p. 237[1].)

C'est là que l'on trouva, dans le xve siècle, de grandes tables de marbre, sur lesquelles est gravé le plan de Rome; depuis, on les a incrustées dans les murs de l'escalier du musée du Capitole. La porte de bronze de l'église de Saint-Côme appartenait probablement au temple des fondateurs de Rome. Les deux grosses colonnes à demi enterrées que l'on voit près de cette porte sont de marbre cipolin, et ont trente et un pieds de haut. Leur base repose sur le pavé de la voie Sacrée. Elles demandent à quelque étranger riche et généreux la charité d'être déterrées comme celle de Phocas. Un pape ami des arts ne refuserait pas la permission nécessaire.

25 janvier 1828. — En avançant de quelques pas vers le Colisée, le voyageur est frappé par la vue de trois voûtes en brique placées à une grande hauteur; on croit qu'elles appartiennent à la basilique de Constantin. Lors de mes premiers voyages à Rome, cette ruine singulière était encore appelée le temple de la Paix[2]. Le style des morceaux de sculpture qu'on y voit encore montre la décadence de l'art et annonce le siècle de Dioclétien. On en conclut que ces immenses voûtes de brique sont un reste de la basilique construite par Maxence, et à laquelle Constantin donna son nom lorsqu'il eut tué Maxence.

Les trois grands arcs que nous voyons occupaient

toute la longueur de la nef à droite de l'entrée; sur les
piliers de ces arcades paraissent encore des fragments
d'entablement en marbre; la voûte de la nef était soutenue
par huit grandes colonnes de quarante-quatre pieds de
haut et de dix-neuf pieds de circonférence. Une de ces
colonnes était debout ici, vers 1610, et Paul V (Borghèse)
la fit transporter au milieu de la place de Sainte-Marie-
Majeure, où la foudre vint la frapper lorsque l'aimable
de Brosses était à Rome (1740).

Les fouilles ordonnées par Napoléon ont découvert le
pavé de ce monument; il est composé de marbre *jaune
antique,* de marbre violet et de marbre cipolin. On a
reconnu que cette basilique avait servi d'église dans le
Moyen Âge; ce titre l'avait probablement préservée des
pillages de tous les jours; mais elle aura été détruite dans
quelque incursion de barbares. Ce vaste édifice avait trois
cent deux pieds de long sur deux cent deux de large. Les
voûtes que nous voyons suspendues, pour ainsi dire,
au-dessus de nos têtes, servaient de chapelles à droite en
entrant dans l'église.

On voit au bout du Forum l'église de *S. Francesca
Romana,* bâtie au VIIIe siècle, et ornée d'une façade sous
le règne de Paul V. Elle appartient à des moines fort
obligeants; et dans une des cours de leur couvent nous
avons reconnu une grande *tribune* (vous savez que c'est
le nom qu'on donne à cette partie du temple opposée à
la porte). Cette tribune est adossée à une autre parfaitement égale, et qui appartenait à un temple qui s'étendait
vers le Colisée. L'ornement de ces deux tribunes est le
même; elles répondaient à deux *cella* égales. Un des côtés
de ces *cella* est resté debout; on y distingue une suite de
niches alternativement rondes et carrées; chaque niche
était environnée de colonnes formant portique; les
voûtes étaient ornées de stucs dorés.

On reconnaît dans ces jolies ruines les restes du grand
temple de Vénus et de celui de Rome, dont l'empereur
Adrien lui-même fut l'architecte. Ce temple était placé
entre deux portiques auxquels appartiennent les fragments
de colonnes colossales de granit qui couvrent le terrain
tout à l'entour. La façade qui était vers le Colisée appartenait au temple de Vénus; celle du temple de Rome était
tournée vers le Forum.

Apollodore, architecte de Trajan, trouva deux défauts

au double temple élevé par Adrien; il n'était plus temps d'y remédier. Cette critique lui coûta la vie.

Je demande pardon de la sécheresse des articles précédents. Pour faire en conscience le métier de *cicerone,* j'ai été obligé de supprimer beaucoup de conjectures, dont plusieurs sont curieuses et même vraisemblables; je les soumettrai au lecteur vers la fin de l'ouvrage, lorsque son œil sera plus accoutumé à distinguer dans une même ruine les travaux exécutés à différentes époques de l'antiquité. Je voudrais que le lecteur ne crût rien sur parole et sans l'avoir vérifié, et qu'il se méfiât de tout, même de cet itinéraire. *Croire sur parole* est souvent commode en politique ou en morale, mais dans les arts, c'est le grand chemin de l'ennui.

On a fait une polémique immense à l'occasion des monuments du Forum. Il est bien que le voyageur place d'abord dans sa tête les faits que je viens de lui présenter, dont plusieurs sont incontestables et le reste fort probable.

« Vous êtes bien fier d'avoir vu Rome six fois! » me disait Paul ce matin au Forum, à propos des phrases que je viens d'écrire en abrégé. « Le plus grand malheur, ai-je répondu, qui puisse arriver pour un jardin anglais qui plaît, c'est de le connaître. Que ne donnerais-je pas pour n'avoir vu en ma vie qu'un seul tableau du Corrège, ou pour n'être jamais allé au lac de Côme! » Hélas! toute science ressemble en un point à la vieillesse, dont le pire symptôme est la *science de la vie,* qui empêche de se passionner et de faire des folies pour rien. Je voudrais, après avoir vu l'Italie, trouver à Naples l'eau du Léthé, tout oublier, et puis recommencer le voyage, et passer mes jours ainsi. Mais cette eau bienfaisante n'existe point; chaque nouveau voyage qu'on fait en ce pays a sa physionomie, et il entre par malheur un peu de science dans le sixième. Au lieu d'admirer les ruines du temple de Jupiter Tonnant comme il y a vingt-six ans, mon imagination est enchaînée par toutes les sottises que j'ai lues à ce sujet.

Voulez-vous ne voir Rome qu'une fois? Cherchez à vous former bien vite une idée nette des onze collines sur lesquelles s'étendent les maisons de la Rome moderne et les vignes couvertes des ruines de la Rome antique. Partez de la porte du Peuple, près le Tibre; suivez le chemin hors des murs, et faites le tour de la ville jusqu'au

mont Testaccio (formé de débris de pots cassés); montez
au prieuré de Malte, afin de jouir d'une vue délicieuse;
le lendemain, sortez des murs par la porte du Vatican,
et venez rentrer dans la ville vis-à-vis le prieuré de
Malte; le troisième jour, montez à Saint-Onuphre ou
à la villa Lante. Jouissez de cette vue magnifique qui se
déroule à vos pieds, et vous aurez une idée *exacte* des
collines romaines. Mais si vous voulez revenir à Rome
avec plaisir et y avoir des surprises, ne cherchez point
cette idée *exacte,* fuyez-la, au contraire. Il est vrai que vous
ne pourrez briller en parlant de Rome; quelques personnes penseront même que vous n'y avez pas été.

27 janvier 1828. — On nous raconte l'anecdote touchante du colonel Romanelli, qui s'est tué à Naples,
parce que la duchesse C*** l'avait quitté. « Je tuerais
bien mon rival, disait-il à son domestique, mais cela
ferait trop de peine à la duchesse. » — Le Forum étant
fini, nous avons voulu voir ce matin les ruines des
thermes de Caracalla, qui sont dans la ville, c'est-à-dire
dans l'enceinte des murs. Nous avons fait trois quarts
de lieue; et pendant la dernière demi-heure nous avons
marché au milieu des vignes et des collines, loin de
toute habitation. Après nous être avancés au-delà du
mont Capitolin et du Colisée, nous avons suivi les
ruines des murs de Romulus; reconnu celles du grand
cirque, remonté le ruisseau nommé *Aqua Crabra,* et
sommes enfin arrivés à ces immenses murs de brique,
but de notre voyage.

Ces restes incultes, remarquables seulement par la
grandeur des pans de murs qui restent debout, furent
autrefois un des lieux de Rome les plus ornés. Il y avait
dans ces thermes seize cents sièges de marbre, apparemment comme ce siège de porphyre que l'on a gardé au
musée du Louvre, et qui rappelle une anecdote sur
l'élection des papes. Ici, deux mille trois cents personnes
pouvaient se baigner à la fois sans se voir; les petites
chambres étaient revêtues de marbres précieux et ornées
de bronze doré. À notre arrivée, un malheureux paysan,
miné par la fièvre, a placé un bout de torche à l'extrémité
d'un morceau de canne de dix à douze pieds; nous sommes
descendus dans un lieu obscur, où il nous a fait voir les
restes de la première enceinte de ces thermes.

Ces choses-là sont bonnes à voir pour servir de *signe*
à un souvenir; autrement rien de moins curieux.

Les grands pans du mur dont j'ai parlé forment quatre
salles; la barbarie des derniers siècles les a dépouillées de
tout ce qu'il a été possible d'emporter. On ne distingue
plus que les niches où étaient les statues. Quelques-uns
d'entre nous se sont hasardés à monter un escalier en
colimaçon où l'on peut distinguer des restes de pavé en
mosaïque. Parvenus au haut du mur, les voyageurs ont
été frappés de l'étendue de ces thermes. On y avait
réuni tout ce qui peut convenir aux différents exercices
du corps, si nécessaires même aux gens riches avant
l'invention de la poudre.

Ces thermes n'ont point de colonnes, ce qui, à mon gré,
les prive de toute *expression;* ils sont pour moi comme des
ruines de l'Orient. Il y avait ici quelque chose de fort
admiré des anciens. Autant qu'on peut comprendre le
texte d'Elius Spartianus, c'était une grande voûte appuyée
sur une grille de bronze. Il est des jours où ces ruines
incultes font beaucoup de plaisir; mais elles intéressent
d'autant plus, selon moi, que la description qu'on en
donne est moins compliquée. Il y a si peu de forme dans
ce monument, qu'il n'a pour lui que la *réalité;* en d'autres
termes, l'art, qui n'a pour moyen qu'un vain récit qui
devient obscur pour peu qu'il veuille être détaillé, n'a pas
de prise sur des ruines aussi informes; il faut absolument
une vue pittoresque; et peu de peintres auraient assez de
talent pour lui donner du caractère. Nous avons été
frappés de la belle verdure des plantes, la plupart véné-
neuses, s'il faut en croire notre guide, qui croissent à
l'abri de ces grandes murailles.

Les thermes, chez les anciens, tenaient à peu près la
place de nos cafés et de nos *cercles.* Les thermes de Dioclétien, sur le mont Quirinal, étaient plus vastes que
ceux-ci; les thermes de Titus et de Néron passaient pour
les plus beaux. Nous verrons la preuve, à Pompéi[1], que
les anciens se réunissaient dans des boutiques pour
prendre le plaisir de la conversation, et s'y faisaient
servir des boissons chaudes.

Cette nuit, il y a eu deux assassinats. Un boucher,
presque enfant, a poignardé son rival, jeune homme de
vingt-quatre ans et fort beau, ajoute le fils de mon voisin,
qui me fait ce récit. « Mais ils étaient tous deux, ajoute-t-il,

du quartier *dei Monti* (des Monts); ce sont des gens terribles. » Notez que ce quartier est à deux pas de nous, du côté de Sainte-Marie-Majeure; à Rome, la largeur d'une place change les mœurs.

L'autre assassinat a eu lieu près Saint-Pierre, parmi des Transtévérins; c'est aussi un mauvais quartier, dit-on; superbe à mes yeux: il y a de l'*énergie*, c'est-à-dire la qualité qui manque le plus au XIXe siècle. De nos jours, on a trouvé le secret d'être fort brave sans énergie ni caractère. Personne ne *sait vouloir;* notre éducation nous désapprend cette grande science. Les Anglais savent vouloir; mais ce n'est pas sans peine qu'ils font violence au génie de la civilisation moderne; leur vie en devient un effort continu. « Quelle digression! et encore du genre odieux! » me dit Paul. Mais n'avons-nous pas eu ces idées quand nous étions perchés sur les murs de brique des thermes de Caracalla?

Parmi les Romains des basses classes, le coup de couteau remplace le coup de poing. M. Tambroni nous disait qu'il y a eu dans l'État papal dix-huit mille assassinats sous le règne de Pie VI, de 1775 à 1800; c'est deux par jour. L'*atrocité* des lois de Napoléon, pour parler comme M. le cardinal N***[1], avait corrigé cette mauvaise habitude. À Rome, la pitié est toujours pour l'assassin qu'on mène en prison, et si le gouvernement pieux et rétrograde qui a succédé au cardinal Consalvi plaît au peuple par quelque endroit, c'est parce qu'il emploie rarement la peine de mort pour tout autre crime que le *carbonarisme.* Pinelli[2], le jeune voisin qui me conte tout ceci pendant une heure, discute en quelque sorte, en me parlant, si le boucher a eu tort ou raison de tuer son rival. « Ce rival, me dit-il gravement, avait été averti plusieurs fois qu'il lui arriverait malheur s'il se laissait voir si souvent chez leur maîtresse, etc., etc. »

Pour me lier avec Pinelli, qui possède lui-même de fort belles armes espagnoles, je lui ai montré des pistolets. Je lui fais entendre que j'ai aidé un de mes parents, dans mon pays, à se défaire d'un ennemi; c'est à la suite de cet *accident* que j'allai à Paris, etc. Cette histoire m'a valu en quelques heures beaucoup de considération dans la maison. Rien n'est amusant comme d'avoir à soutenir un mensonge bien absurde; c'est un moyen de tirer parti même d'un ennuyeux; mais Pinelli ne l'est point. Nous prenons de sa main les ouvriers que nous sommes dans le cas d'employer.

Grâce à lui, j'ai enfin trouvé, après de longues recherches, un barbier bavard et jeune; je le voulais absolument Transtévérin, et je le paye fort cher. Le travail est une chose tellement contre nature pour un vrai Romain, qu'il lui faut de puissants motifs pour se déranger tous les jours[1]. Les Transtévériens prétendent descendre des anciens Romains; rien de moins prouvé; mais ce grand nom leur donne du cœur : noblesse oblige. Mon barbier est fort gros, quoique fort jeune, ce qui se voit souvent à Rome; il est bouillant d'énergie. Le comble du ridicule, aux yeux de ces gens-ci, serait de s'exposer à une égratignure pour l'intérêt du pape leur souverain; ils regardent le souverain, quel qu'il soit, comme un être puissant, heureux et méchant, avec lequel il est indispensable d'avoir certains rapports. On parle toujours de sa mort; on l'attend, on s'en réjouit, excepté certains personnages sombres, qui disent : « Le successeur sera pire. » Pie VII faisait exception à cause de son grand caractère, ou plutôt à cause de ses malheurs.

Quand mon jeune barbier me raconte quelque usage absurde dont il se plaint, il ajoute volontiers : *« Che volete, o signore ! siamo sotto i preti ! »* (Hélas! Monsieur, quoi de plus naturel! ne sommes-nous pas gouvernés par des prêtres?)

Le peuple de Rome admire et envie un Borghèse, un Albani, un Doria, etc., c'est-à-dire un prince romain fort riche et fort connu, dont on a vu le père, le grand-père, etc.; mais je n'ai jamais trouvé ici cette attention pleine de respect qui porte l'Anglais à rechercher dans son journal l'annonce du *rout* de milord Un tel et du grand dîner donné à *une partie choisie,* par milady Une telle. Cette vénération pour les hautes classes passerait ici pour le comble de la bassesse et du ridicule. Le Romain est beaucoup plus près des mœurs de la république, et, suivant moi, beaucoup plus homme. Pour faire une bassesse, il faut qu'on le paye *bien et comptant.*

J'excepterai de ce grand éloge tout ce qui, étant né avec plus de deux mille écus de rente (plus de 10 760 francs), est étiolé par la vanité et les convenances, ou plutôt par la société des laquais. On ne saurait se faire d'idée, à Paris, des flatteries dont est l'objet, dès l'âge de deux ans, le fils aîné d'un marquis romain; il y aurait de quoi hébéter l'Arioste. On connaît le mot de Johnson sur les fils aînés des pairs d'Angleterre : « Le droit d'aînesse a ce grand avantage de ne faire qu'un sot par famille. »

Lord Byron faisait un récit plaisant de la révolution qui s'opéra autour de lui quand, à l'âge de dix ans, étant à l'école, il succéda au titre de son cousin et devint lord. Il aurait été plus heureux et plus grand poète s'il n'eût été pair qu'à trente ans. Les universités de Cambridge et d'Oxford sont peut-être les établissements les plus curieux du monde. Le pauvre bon sens est soigneusement écarté de ces cloîtres; Locke est en disgrâce, mais on y enseigne la mesure du vers grec nommé saphique. Aussi le parti tory se plaint-il amèrement dans un de ses journaux, le *Blackwood Magazine,* de ne pas posséder un seul homme de talent. Ce sont toujours des bourgeois anoblis qui mènent les affaires : les lords Liverpool, Eldon, Lindhurst, etc. (1828). Les pairs français dont on lit les discours étaient-ils nobles en naissant ? Leurs fils les vaudront-ils ?

28 février 1828. — Ce soir, chez M. Gherardo De Rossi[1], M. l'abbé Vitelleschi[2] nous donne des détails incroyables sur l'ignorance et la faiblesse de caractère des princes et des cardinaux romains. Il confirme pleinement ce que le cardinal Lante me disait autrefois. Le cardinal Spina, qui est présent, a des accès de rire fou, mais[3] ne dit mot. Sous Pie VII, en dépit des efforts du cardinal Consalvi, et surtout depuis la mort de ce pape, les Romains sont gouvernés suivant l'*ordre inverse*. Ce sont les plus ineptes qui obtiennent les places et jouissent de toutes les distinctions. Comme ces nigauds ont la conscience qu'on se moque d'eux, ils deviendraient facilement cruels; mais le poignard du carbonarisme les retient. Le peuple indigné croit qu'il est mûr pour la république. « Ce régime serait le pire de tous pour vous, disais-je à mes amis; songez que Robespierre, Marat et les auteurs des atrocités du régime de la Terreur, avaient été formés par le gouvernement faible et bon de Louis XVI. » Ce langage sincère me fait passer pour un homme de l'extrême-droite. Le plus éloquent de mes républicains a été ravi le mois passé, parce que le sous-ministre lui a envoyé une collection de gravures pour le remercier

d'un sonnet en l'honneur du pape. — Je me plaignais
à un peintre de ce que les femmes du peuple, à Rome,
souvent fort belles, ont rarement les deux épaules
parfaitement égales. « Cela vient, m'a-t-il répondu, de
l'usage de lancer de grands coups de poing dans le dos
des jeunes filles pour les faire grandir. Ce sont leurs
mères qui leur donnent cette marque d'intérêt. »

La morgue grossière du banquier enrichi et le sourire
de supériorité de l'homme de haute naissance sont également inconnus à Rome. On leur rirait au nez ouvertement; c'est ce qu'a éprouvé certain ambassadeur[1]. Le
peuple de Rome est fin, moqueur, satirique au suprême
degré. Il n'est pas triste; il faut un commencement d'espoir
pour être triste. Il reconnaît bien vite le vrai mérite. Si
les cours qui envoient ici des ambassadeurs voulaient
savoir à quoi s'en tenir sur leur compte, elles pourraient
demander ce qu'en pensent les bourgeois de Rome.

2 mars 1828. — La noblesse romaine est à peu près
ruinée; elle en est réduite à se réunir tous les soirs dans
les salons de quelque ambassadeur. Les vendredis de
Mme la comtesse A*** étaient célèbres en 1825. Cette
dame, née en Italie et élevée en Allemagne, est remarquable, dit-on, par les grâces de l'esprit. Le peuple
romain l'admirait beaucoup, parce qu'elle a fait son
confesseur archevêque.

M. d'Italinsky[2] pense que la pauvreté de la noblesse
donnera une couleur particulière à la révolution d'Italie.
À Naples, à Florence, à Rome, la noblesse, ne voulant
pas se mêler de ses affaires par paresse, a été ruinée par
ses gens d'affaires. Elle est à la mendicité à Venise. Longtemps avant 1797, les nobles vénitiens ne se soutenaient
qu'en abusant de leur droit de souveraineté : par exemple,
ils ne payaient pas l'impôt.

L'esprit d'ordre répandu à Milan par Napoléon a
porté à l'économie une centaine de familles qui ont
80 000 livres de rente et professent des principes rétro-
grades, mais sans fanatisme.

La noblesse du Piémont, au contraire, est, ce me
semble, fort attachée aux principes politiques de l'extrême-
droite. M. le comte de Maistre était savoyard, mais a vécu
à Turin[3]. La noblesse piémontaise jouit avec délices de
sa supériorité sur le bourgeois; elle a beaucoup d'argent

et de bravoure. Quelques-uns des jeunes gens compromis dans l'échauffourée de 1821 sont, dit-on, partisans d'un gouvernement légal. Les libraires font fortune à Turin.

La noblesse de Naples est franchement libérale; elle serait, au besoin, secondée par les prêtres. Ces messieurs lisent Filangieri et Vico[1], et raisonnent un peu comme nos Girondins.

La Romagne, Reggio, Modène et toute la Haute-Italie attendent avec la patience de la haine le premier moment d'embarras qui surviendra à l'Autriche. La Lombardie espère alors faire cause commune avec les braves Hongrois; elle compte sur la France. Après la guerre, la paix pourra se faire en donnant un archiduc pour roi à l'Italie[2].

La noblesse de Naples a les yeux fixés sur l'Espagne. Les abominables vexations dont ils sont victimes font l'éducation des Espagnols. Ils ont vu le *serment* de don Miguel[3], et, s'ils parviennent à se dégoûter de leurs moines, ils pourront, vers 1835, se donner une sorte de gouvernement représentatif. Je crois donc n'être pas chimérique en plaçant vers 1840 ou 1845 l'époque de la révolution de l'Italie. « Mais alors nous serons tous morts », me disait fort bien M. le cardinal Spina.

Y aura-t-il cascade ou pente douce?

Si Louis XVI avait donné, mais de bonne foi, la charte de Louis XVIII, aurait-il pu prévenir les excès de la Révolution? Probablement il eût été attaqué à main armée par le clergé et la noblesse.

Les princes d'Italie pourraient-ils empêcher les flots de sang que va coûter la révolution de leur pays, exécutée par des gens outrés de colère, en accordant pour voter le budget une seule Chambre composée des trois cents citoyens les plus riches de leurs États? À chaque session, cette Chambre serait augmentée de vingt membres élus par les propriétaires payant 300 francs.

J'ai eu l'honneur de discuter ces hautes questions avec M. le cardinal Spina. Cet homme supérieur ne voyait aucun moyen de prévenir les effets de la colère qui anime tout ce qui sait lire en Italie. Aux yeux des gens en colère, une concession ne prouve que de la faiblesse dans le prince qui l'accorde. Il faudrait donner sans délai le Code civil des Français, déjà essayé pendant le règne de Napoléon. En cas de révolution, la classe moyenne de

Bologne, de Reggio, de Modène et de la Romagne défendrait son opinion avec héroïsme.

À Naples, le clergé est libéral comme on l'était en France en 1789. Les nigauds seuls font exception; il faut y joindre les membres d'une certaine société secrète. Depuis Joseph II, le clergé est sans influence dans les États de l'Autriche; elle joue avec le jésuitisme sans le craindre, et voudrait le lancer aux autres souverains. Mais, à l'instant de la révolte, que je voudrais prévenir, à partir du Pô jusqu'aux Marais Pontins, le clergé, dirigé par les jésuites, sera espagnol et animé d'une haine furibonde contre toute amélioration. C'est à regret que j'ai parlé politique; mais, dès qu'il y a intimité, on ne parle pas d'autre chose en Italie; et, pour être honnête homme envers le lecteur, j'aime à noter chaque soir les idées entendues pendant la journée.

De tous les beaux-arts, il n'en est qu'un qui résiste à la politique. On parlait aujourd'hui avec passion du *Pirate* et de *La Straniera,* opéras de M. Bellini[1]. On ne s'entretient de tableaux et de statues que dans les moments perdus pour ainsi dire, ou lorsqu'on redoute la présence de quelque espion.

3 mars 1828. — Ce soir, à la chute du jour, sous les grands arbres si sombres de la villa Strozzi, M. le comte C*** a récité avec un accent inimitable le sonnet qu'on va lire. Il nous semblait entendre Talma. Une sorte de mélancolie s'était emparée de la plus aimable société du monde. Les vers admirables de Foscolo ont redoublé ce que cette situation de l'âme a de touchant. En idéalisant les peines qui peut-être pesaient[2] sur quelques âmes, il leur a enlevé sans doute ce qu'elles avaient de trop amer :

LA SERA

Forse perchè della fatal quiete
   Tu sei l'imago, a me sì cara vieni,
   O sera ! E quando ti corteggian liete
   Le nubi estive e i zeffiri sereni,
E quando dal nevoso aere inquiete
   Tenebre lunghe all' Universo meni,
   Sempre scendi invocata, e le secrete

Vie del mio cor soavemente tieni.
Vagar mi fai co' miei pensier sull' orme
Che vanno al nulla eterno, e intanto fugge
Questo reo tempo, e van con lui le torme
Delle cure, onde meco egli si strugge;
E mentre guardo la tua pace, dorme
Quello spirto guerrier ch' entro mi rugge.

UGO FOSCOLO,
Mancato ai vivi in Londra, nel 1828[1].

4 mars 1828. — Nous avons passé la matinée à suivre une fouille qu'un jeune architecte français a obtenu la permission de faire près de la colonne Trajane. Il a fallu de puissantes protections, car les arts sont en défaveur sous Léon XII.

M. N*** veut donner la restauration de la basilique de Trajan, c'est-à-dire deviner la forme de l'ancien bâtiment et nous en présenter les *plans, coupes* et *élévation;* mais qui jugera de la ressemblance?

Je donnerai, comme à l'ordinaire, le procès-verbal de la conversation qui a eu lieu à huit ou dix pieds au-dessous du pavé, autour d'une grosse colonne que l'on venait de déterrer.

« Il faut toujours chercher l'explication des monuments antiques, disait l'un de nous, dans les habitudes des peuples qui les ont élevés. — Et Paris! s'est écrié Paul. À Paris, le peuple payant 100 écus de commence seulement à être consulté. Les ancêtres de ce peuple-là étaient avilis il y a cent ans : quand Dancourt[2] les bafouait dans ses comédies, ils applaudissaient. Louis XIV ne songea qu'à ses palais et à ses convenances. Louis XV, Louis XVI, placèrent un homme (M. de Marigny[3], M. d'Angivilliers[4]) à la tête des beaux-arts, et suivirent ses avis. De nos jours enfin on ne bâtit plus de palais; qui les peuplerait? Mais on élève une Bourse, on fait des trottoirs; d'ici à vingt ans nous arriverons à l'architecture raisonnable. »

Jusqu'au temps des despotes fous, tels que Caligula et Néron, l'architecture le fut toujours à Rome, car les patriciens gouvernaient, mais avec la condition de plaire au peuple; et certaines institutions empêchaient les patriciens de tomber à ce que sont aujourd'hui les pairs d'Angleterre. Un patricien qui eût passé sa vie à chasser au renard, à marchander des tableaux et à boire, eût été accusé devant le peuple et banni, ou du moins rayé par les censeurs de la liste du sénat*.

Un patricien n'était placé au premier rang que par le triomphe, et, pour le demander, il fallait avoir tué cinq mille hommes à l'ennemi (on compte trois cent vingt-deux triomphes de Romulus à l'empereur Probus). L'opinion publique gouvernait donc à Rome. Les famines et la guerre firent que, pendant les premiers siècles de la République, on ne songea qu'à l'*utile*. Le *beau* parut en même temps que la *corruption* parmi les riches. C'est pourquoi les Caton et autres vieux Romains bourrus qui, comme de Thou[2] en France, avaient plus d'attachement aux anciens usages que de vertu, et plus de vertu que de lumières, furent toujours en colère contre le *beau,* et par suite contre les richesses et contre la Grèce, pays d'où le *beau* était venu.

Le Panthéon, bâti par le gendre d'Auguste, fut le premier grand monument d'architecture non utile. Les jeux du cirque préparaient à la guerre; les temples, formés de quatre murs et couverts par des poutres de chêne prises dans le bois voisin, suffisaient à la première des nécessités, celle d'apaiser la colère du maître du tonnerre et de donner une garantie aux serments. (Voyez le temple de la Fortune virile.)

Auguste songea toute sa vie à n'être pas assassiné par tous les grands seigneurs de Rome qu'il privait du pouvoir. (Voir les *Lettres de Cicéron,* quoique antérieures, et Suétone.) La tragédie de *Cinna* peint fort bien sa position. Il portait des robes filées par sa femme. Enfin, il parvint à mourir dans son lit, l'an 14 de Jésus-Christ, et laissa à Tibère un pouvoir affermi qui bientôt produisit ce que tout le monde sait : les meurtres de Rome et les turpitudes de Caprée[3].

Le plaisir de bâtir est, avec celui de la chasse, le seul qui soit laissé à l'homme qui peut tout. Comme les empereurs avaient d'ailleurs une certaine envie de plaire au peuple,

---

*
> But now i'm going to be immoral; now
> I mean to show things really as they are,
> Not as they ought to be.
> Oh, pardon me digression !
>
> Don Juan, *canto XII, stanza 40*[1].

ils se mirent à bâtir de grands édifices qui pussent être agréables aux Romains. C'est ainsi que Vespasien eut l'idée d'élever le Colisée.

La société de Paris commence à s'apercevoir que le portique de la rue de Rivoli est une ressource en hiver. Dans la Révolution, on se promenait sous les arcades du Palais-Royal. Le besoin de promenades à couvert se fait sentir bien davantage en Italie, où, pendant six mois, le soleil donne la fièvre. Les pluies d'orage sont d'ailleurs si subites et si extraordinaires à Rome, qu'au bout de six minutes on est mouillé comme si l'on sortait du Tibre.

De là, la nécessité de promenades à couvert. La basilique Portia, près du Forum, qui brûla lors de la mort de Claudius, fut la première bâtie à Rome.

La forme de ces vastes édifices, nommés *basiliques,* était un carré long. L'intérieur était divisé en plusieurs nefs par des rangées de colonnes; ordinairement les colonnes de la grande nef du milieu étaient surmontées par d'autres colonnes d'un ordre plus léger, qui formaient un premier étage en tribunes. La basilique se terminait par une niche de forme demi-circulaire; là siégaient les juges du tribunal. Les Romains se donnaient rendez-vous dans les basiliques pour traiter de toutes sortes d'affaires; on y vendait une foule de menus objets; c'était un lieu de ressource pour les oisifs.

L'an 704 de Rome, Paul-Émile fit bâtir la basilique Aemilia dans le voisinage du Forum; elle coûta près de cinq millions de francs. César, qui était dans les Gaules, envoya cette somme, et sa popularité en fut augmentée. Les basiliques les plus vastes et les plus commodes furent élevées dans les premiers siècles du gouvernement impérial, et contribuèrent à faire oublier la liberté. Napoléon faisait peur aux Parisiens par sa garde et par le souvenir du 13 vendémiaire; les empereurs romains, tant qu'ils n'eurent pas une garde dévouée, firent la cour au peuple. Souvent, ils faisaient tuer un homme riche, et sous un prétexte quelconque distribuaient sa fortune aux prolétaires.

L'un des plus grands plaisirs de ce peuple devenu oisif, depuis la tyrannie, était d'aller dans les basiliques; rien n'était plus amusant pour lui. Du temps de la république, toutes les affaires, grandes comme petites, pouvaient finir par un jugement. Un consul qui avait malversé, comme un

citoyen qui avait volé un bœuf à son voisin, finissaient
également par être appelés en jugement. Les jeunes gens
des plus grandes familles plaidaient. L'éloquence était
le chemin des honneurs. Voir juger était pour les Romains
ce que lire le journal est aujourd'hui pour nous. À Rome,
on prenait beaucoup plus d'intérêt à la chose publique,
parce qu'on était beaucoup moins occupé de sa famille.
Les femmes n'étaient que des servantes occupées à filer
la laine et à soigner les enfants. Les Romains, comme les
Anglais d'aujourd'hui, avaient eu l'adresse de persuader
à leurs femmes que s'ennuyer était le premier devoir d'une
matrone respectable. Ce ne fut guère que vers le temps de
César que les femmes riches sentirent la duperie de ce
système; alors Caton cria que tout était perdu.

Je suis convaincu que les Romains contemporains de
César vivaient dans la rue, comme on le fait encore à
Naples : fréquenter les basiliques et les portiques était
comme, aujourd'hui, aller au café, lire le journal, aller à
la Bourse, aller dans le monde.

Si vous examinez, avec les idées que je viens de rappeler,
la basilique découverte par l'administration française
auprès de la colonne Trajane, vous la comprendrez mieux.
L'intérieur de cette immense salle était partagé en cinq
nefs par quatre rangs de colonnes. Le pavé était formé de
marbre jaune et violet. Un riche revêtement de marbre
blanc couvrait les murs. Le lambris était de bronze doré;
la plus grande longueur de ce magnifique promenoir
était de l'est à l'ouest. Trois grandes portes, décorées
chacune d'un portique, formaient l'entrée principale vers
le sud; du côté du nord, la basilique était fermée par un
mur.

Dans l'état actuel de nos connaissances, on pense
qu'Apollodore de Damas, architecte célèbre que Trajan
avait admis à sa familiarité, éleva cette basilique immense
(115 de J.-C.), d'après laquelle on peut prendre une idée
des autres.

Les fouilles ordonnées par Napoléon ont donné la
possibilité d'atteindre à la certitude pour les détails
matériels de ce monument. La partie historique n'a
d'autres fondements que quelques phrases obscures pour
nous, échappées à divers auteurs. Il faudrait les réunir et
en déduire un sens, travail bien au-dessus de mes connaissances. Peut-être un jour quelque savant allemand et

consciencieux viendra-t-il changer tout ce que l'on répète sur les ruines de Rome.

À mesure que le voyageur s'instruira, je lui prédis qu'il sera étonné du petit nombre de choses qu'il est permis de croire sur les antiquités romaines. Les écrivains les plus graves sont dupes d'une équivoque ou d'un mot mal lu. Le savant Rollin, ce professeur de l'ancienne université si renommé parmi nous, parlait du groupe de *Laocoon* comme d'un monument perdu. Les résultats des recherches raisonnables ne sont guère que des conclusions générales et des probabilités; ils ne satisfont point la curiosité qui veut des faits individuels, qui veut savoir ce que tel mur de brique informe était du temps de César. Cette disposition jette dans le roman : on prend un *cicerone* romain, et il vous inonde de certitudes qu'on *aime à croire*.

Nous sommes allés au portique d'Octavie : à la place qu'avait occupée le portique de Métellus, Auguste en construisit un nouveau, auquel il donna le nom de sa sœur Octavie. Ce portique était formé de quatre galeries couvertes formant un carré. Chacune était soutenue par deux rangs de colonnes. Celles que nous voyons encore formaient l'entrée du portique. Il y a une inscription qui annonce que, après un incendie, il a été restauré par Septime Sévère et Caracalla; c'est pourquoi on l'appelle souvent le Portique de Sévère. Les colonnes ont trente-deux pieds et demi de hauteur, et trois pieds quatre pouces de diamètre. (Toutes les mesures sont données en pieds romains.)

7 mars 1828. — Ce matin, au moment de partir pour Ostie, il s'est trouvé qu'on voulait voir le palais du Vatican.

Là se trouvent les quatre grands ouvrages de Raphaël : les *stanze*, ou *loges*[1], les *arazzi* ou tapisseries, et enfin le tableau de la *Transfiguration,* la *Vierge au donataire,* et cinq ou six autres chefs-d'œuvre.

Le Vatican renferme aussi le *Jugement dernier,* et la voûte de la chapelle Sixtine. Quel que soit le rang que l'opinion du voyageur assigne à ces tableaux, la manière dont ils ont été produits fait anecdote dans l'histoire de l'esprit humain. (Voir Taja, *Descrizione del Vaticano*[2].)

Le Vatican a plusieurs parties d'une fort belle architecture, dix mille chambres et pas de façade. Il faut chercher

sous la colonnade de Saint-Pierre la porte qui y conduit.
Le voyageur remarque, à l'extrémité de la partie ronde
de la colonnade à droite, certaines figures grotesques,
vêtues de bandes de drap jaune, rouge et bleu; ce sont
de bons Suisses armés de piques, et habillés comme on
l'était au xve siècle. Les Suisses formaient alors la
moitié de toute l'infanterie existant en Europe, et
la moitié la plus brave; de là vint l'usage d'avoir des
Suisses.

Un escalier obscur et fort beau, qui est au bout du
portique de Saint-Pierre *(la Scala regia),* conduit à l'entrée
du Vatican. Pendant la semaine sainte, il est illuminé
avec une admirable magnificence; le reste de l'année, il
est solitaire. On sonne à une porte de bois vermoulue;
une vieille femme vient ouvrir au bout de dix minutes;
et vous vous trouvez dans une antichambre immense;
c'est la *Sala reale,* qui sert de vestibule aux chapelles
Sixtine et Pauline.

Nous avons examiné de grands tableaux qui représentent les faits mémorables de l'histoire des papes;
par exemple, *Charlemagne qui signe la fameuse donation
à l'Église romaine,* par Zuccheri, et l'*Assassinat de l'amiral
Gaspard de Coligny,* par Vasari. Ceci est tout simplement
la Saint-Barthélemy, qui, comme on voit, est encore
classée à Rome parmi les événements glorieux au
catholicisme[1]. Il y a trois tableaux, voici l'inscription du
premier :

GASPARD COLIGNIUS AMIRALLIUS. ACCEPTO VULNERE.
DOMUM REFERTUR. GREG. XIII. PONTIF. MAX. 1572[2].

On voit en effet Coligny blessé d'un coup d'arquebuse :
on porte l'amiral dans sa maison.

C'est dans cette maison que, deux jours après, l'amiral
fut assassiné avec Téligny, son gendre, et quelques autres.
Ce meurtre sacré fait le sujet du second tableau, sous
lequel on lit :

CAEDES COLIGNII ET SOCIORUM EJUS[3].

Le troisième représente Charles IX, qui reçoit la nouvelle de la mort de Coligny, et qui en témoigne sa
joie :

REX COLIGNII NECEM PROBAT[1].

Je n'ai pas vu la médaille que Grégoire XIII fit frapper en l'honneur de la Saint-Barthélemy, mais je crois qu'elle existe; d'un côté est la tête de Grégoire XIII, fort ressemblante, avec ces mots :

GREGORIUS XIII. PONT. MAX. AN. I.

Le revers présente[2] un ange exterminateur, qui de sa main gauche tient une grande croix, et de l'autre une épée dont il perce de malheureux huguenots déjà blessés.

On lit, dans le champ de la médaille, ces mots :

VGONOTTORVM STRAGES. 1572[3].

Ainsi, il est un lieu en Europe où l'assassinat est publiquement honoré. Ces honneurs sont d'autant plus dangereux, que de nos jours des assassinats du même genre ont eu lieu à Nîmes : sont-ils punis? (Voir la *Bibliothèque historique* de 1816[4].)

8 mars 1828. — Les étrangers vont à la chapelle Sixtine le dimanche, pour voir le pape entouré de cardinaux; c'est un spectacle imposant : il y a messe avec musique de castrats[5], et quelquefois un sermon en latin. Le fond de la chapelle Sixtine est occupé par le *Jugement dernier* de Michel-Ange; le plafond est rempli de fresques du même auteur[6]. L'étranger qui désire les voir de plus près peut se faire ouvrir la tribune étroite le long des fenêtres; il ne faut pas y aller après avoir pris du café : on ne songerait qu'à la peur de tomber. Lorsqu'on veut regarder le *Jugement dernier* de Michel-Ange, on achète dans le *Corso* une gravure au trait, qui aide à comprendre ce tableau, composé de neuf groupes principaux.

C'est dans la chapelle Pauline, ainsi nommée parce qu'elle fut bâtie par Paul III, qu'a lieu la superbe cérémonie des quarante heures. La fumée des cierges a rendu invisibles deux grands tableaux de Michel-Ange; l'un représentait la *Conversion de saint Paul,* et l'autre le *Crucifiement de saint Pierre.*

Après avoir traversé, en sortant de la chapelle Pauline,

plusieurs salles désertes et toujours ouvertes au public, nous sommes arrivés aux fameuses *loges* de Raphaël. C'est un portique donnant sur la magnifique cour de Saint-Damase; on aperçoit de là toute la ville de Rome, et plus loin les montagnes d'Albano et de l'Abruzze. Cette vue est délicieuse, et, ce me semble, unique au monde.

Lorsque le roi Murat vint à Rome, en 1814, il s'étonna que le pavé et les côtés du portique où sont les chefs-d'œuvre de Raphaël fussent exposés à la pluie, il y fit placer des vitrages. Les *montants* en bois sont trop larges et interceptent la lumière, qui ne peut arriver aux fresques que par *réflexion*.

Les petits plafonds, en forme de coupole, placés au-dessus de chaque arc, sont ornés chacun de quatre petites fresques représentant des traits de la Bible. La création est le sujet du premier tableau. La figure du Tout-Puissant, tirant du néant la terre et les eaux, est, dit-on, de la main même de Raphaël. Je n'ai rien à dire au spectateur, qui doit juger de tout par sa propre impression; quant à moi, je crois que la peinture ne peut aller plus loin. Nous avons vu cinquante-deux fresques, toutes sont dessinées par Raphaël, peintes sous ses yeux, et quelques-unes retouchées par lui. Le portique immortalisé par ces plafonds sublimes est orné d'arabesques charmantes et qui donnent souvent la sensation de l'imprévu. Le siècle aimable de Léon X est là tout entier; le monde alors n'était point gâté par le puritanisme genevois ou américain. Je plains les puritains, ils sont punis par l'ennui. J'engage les gens tristes à ne pas trop regarder ces arabesques; leur âme n'est pas accessible à cette grâce sublime. Trois siècles de pluie n'ont pas assez effacé[1] les amours de Léda; il serait peut-être *moral* de les faire détruire par le marteau d'un maçon. Quoi! Léon X, un pape! faire placer les amours de Léda à côté des traits les plus célèbres de l'histoire sainte! Il y a loin de Léon X à Léon XII. Notre siècle est plus correct; mais aussi quel ennui! et partout!

Au troisième étage de ces portiques, on sonne à une petite porte, et un portier fort obligeant vous fait voir le musée du pape, composé d'une cinquantaine de tableaux, tels que la *Transfiguration*, la *Communion de saint Jérôme*, etc., etc. Ces tableaux sont beaucoup mieux placés pour être vus qu'ils ne le furent jamais au musée de Paris ou dans les églises de Rome avant leur voyage[1].

9 mars 1828. — À côté de l'entrée du musée se trouve une fresque fort curieuse qui représente Saint-Pierre à demi construit. Les jours de pluie, j'aime à errer seul dans les trois étages de ce portique charmant; on y respire le siècle de Léon X et de Raphaël. Le pape habite à cent pas d'ici, et la présence de sa cour ne trouble en aucune manière la solitude et le profond silence; à Rome, nulle jactance gasconne, nul faste, nulle ostentation; tout le monde a l'air simple. On s'attache uniquement à la *réalité* du pouvoir.

En descendant au premier étage, on trouve la porte de l'immense musée Pio Clémentin. C'est l'ouvrage de Clément XIV et de Pie VI. *Monsignor* Braschi le commença lorsqu'il était ministre des Finances, *tesoriere,* et lui donna un fort grand accroissement lorsqu'il fut monté sur le trône. Là, se trouvent l'*Apollon du Belvédère,* le *Torse,* le *Laocoon,* le *Persée* et les *Athlètes,* de Canova, les moins bons de ses ouvrages. Le *Persée* est cependant bien joli; il plaît aux femmes bien plus que l'*Apollon;* c'est une figure dans le genre du *Saint Michel* des Capucins de la place Barberini. Canova ayant été *romantique,* c'est-à-dire ayant fait la sculpture qui convenait réellement à ses contemporains (et qui leur faisait le plus de plaisir, puisqu'elle était taillée à leur mesure[2]), ses ouvrages sont compris et sentis bien longtemps avant ceux de Phidias.

Du vivant de Canova, deux hommes envieux, intrigants, fort actifs, fort répandus dans le monde, empêchaient cet effet. Depuis la mort du grand homme dont la gloire les vexait, leur crédit tombe, et les choses commencent à être laissées à leur pente naturelle.

Les curieux réunis chez M. de D*** débattaient ce soir ces deux questions :

1º Admirera-t-on les statues de Canova aussi longtemps que celles de Phidias ?

2º Un homme de génie plus hardi que Canova ne pourrait-il pas faire des statues encore plus *adaptées* aux goûts et aux passions du XIXe siècle ?

À mes yeux, une simple femme, Mlle de Fauveau, l'auteur du groupe de *Monaldeschi,* a résolu en partie cette question[3].

10 mars 1828. — Ce matin, au Vatican, nous avons été arrêtés par une fresque moderne d'un jeune peintre allemand. Un des torts de la suffisance parisienne est de ne pas connaître cette école. Quelque ministre ami des beaux-arts pourrait faire acheter un tableau de M. Cornelius[1], un tableau de M. Hayez de Venise[2], une statue de M. Rauch de Berlin[3], un buste de M. Danneker de Munich[4]. On placerait tout cela au Louvre, comme avertissement, à côté de ce *Déluge* de M. Girodet, que la France a adoré dix ans de suite par l'effet de dix mille articles de journaux. Car nous sommes un peuple que l'on prend par l'esprit, et nous trouvons *beau ce qui est à la mode.* Voilà ce qui m'afflige. La vanité de mes amis se moque de ma douleur.

M. Quirino Visconti[5] a fort bien décrit les statues du musée Pio Clémentin. Ce savant n'admet dans son livre que les mensonges absolument indispensables. Son ouvrage est la source de toute bonne érudition sur les statues. Rappelez-vous toujours que l'auteur était pauvre et salarié par le pape. Pourquoi un homme indépendant comme Forsyth[6] n'a-t-il pas eu la science et le goût de Visconti ? Il faudra désormais naître avec de la fortune pour inspirer quelque confiance ! Dans la suite nous parlerons plus en détail de cette immense réunion de choses curieuses. Une de celles qui frappent le plus l'étranger à cette époque de son séjour à Rome, c'est le tombeau original de Scipion Barbatus. Quel plaisir de lire cette inscription tracée il y a tant d'années[7] ! Après avoir parcouru toutes les salles du musée Pio Clémentin, et vu par les croisées tous les jardins du Vatican, l'on passe à une immense galerie dont les deux murs[8] sont couverts de cartes géographiques, peintes à fresque par Danti[9] ; rien de plus amusant. Voilà ce qui aujourd'hui nous a fait le plus de plaisir. La mer est d'un bleu superbe ; on prend ici une idée fort nette de l'Italie. Les batailles des anciens Romains sont peintes à la place où elles eurent lieu. Après avoir marché dix minutes sur les briques mal jointes de la galerie géographique, on arrive à plusieurs salles, où sont tendus vingt-deux morceaux de tapisserie exécutés d'après les dessins de Raphaël. Enfin, l'on se trouve dans les fameuses chambres du Vatican peintes à fresque par ce grand homme.

Lorsque l'armée du connétable de Bourbon prit Rome

d'assaut en 1527, sept ans seulement après la mort de Raphaël, des soldats allemands établirent leur bivouac[1] dans les *ſtanze*. Les feux qu'ils allumèrent au milieu de ces salles enfumèrent les fresques sublimes[2] que nous avons revues aujourd'hui pour la sixième fois.

La plupart des étrangers qui arrivent à Rome préfèrent, à toutes les figures de Raphaël, les jolies lithographies enluminées que l'on vend à Paris sur le boulevard (l'alphabet de M. Grévedon[3]), ou les petites gravures fines et soignées du *Keepsake,* et autres almanachs anglais. C'eſt peut-être un malheur d'avoir reçu du ciel une âme peu propre à sentir les beautés divines de Raphaël ou du Corrège; mais c'eſt un ridicule bien facile à deviner que de feindre pour elles un sentiment que l'on n'éprouve pas. On se moque encore à Rome du goût que certain grand personnage[4] se donnait pour les beaux-arts. Ne désespérez pas de votre cœur; telle femme n'inspire rien le jour où on lui eſt présenté, dont six mois après vous voyez qu'on eſt amoureux fou[5].

11 mars 1828. — À Paris, dès qu'on a l'idée de faire un voyage en Italie, on pourrait acheter et placer dans la chambre où l'on se tient le plus habituellement quelques gravures de Morghen, d'après les tableaux de Raphaël au Vatican. C'eſt une triſte vérité : on n'a beaucoup de plaisir à Rome que lorsque l'éducation de l'œil eſt achevée. Voltaire eût quitté les salles de Raphaël en haussant les épaules et faisant des épigrammes, car l'esprit n'eſt pas un avantage pour jouir de l'espèce de plaisir que ces peintures peuvent donner. J'ai vu les âmes timides, rêveuses, et qui, souvent, manquent d'assurance et d'à-propos dans un salon, goûter[6] plus vite que d'autres les fresques de Luini à Saronno[7] près Milan, et celles de Raphaël au Vatican.

La plupart des Français ne peuvent s'élever jusqu'à sentir les fresques du Corrège à Parme; ils s'en vengent par des injures. C'eſt quelque chose dans le genre des fables les plus délicates de La Fontaine. Pour moi, j'ai beaucoup d'eſtime pour un brave Genevois, M. Simond, qui se moque franchement de Michel-Ange et de son *Jugement dernier,* où l'on voit des hommes *arrangés à la crapaudine*[8]. M. Simond place dans ce tableau le Tasse, qui, à la vérité, n'était pas né; mais la bonne foi et la hardiesse du Genevois n'en sont pas moins fort remarquables. Genève, ville fort inſtruite, eſt faite pour gagner de l'argent et brûler Servet[1]. Dans les mœurs du xixe siècle, au lieu de brûler Servet, les femmes sortent d'un salon quand lord Byron y entre*[2]. Lord Byron *payait* son titre par être affligé de la scène qu'on lui avait faite. Un homme de génie italien en eût bien ri.

Raphaël travaillait dans la salle de Conſtantin, où il avait déjà peint *à l'huile* la figure de la *Juſtice* et celle de la *Mansuétude,* lorsque la mort arriva, et tout fut fini pour l'école romaine. Les sots s'emparèrent de sa manière, et la peinture ne fut grande de nouveau que lorsqu'un homme de génie (Louis Carrache) osa abandonner le ſtyle de Raphaël. C'eſt donc le sec et dur Jules Romain, qui a peint à fresque cette grande bataille de Conſtantin contre Maxence, qui ce matin nous a arrêtés. Tous les peintres modernes, chargés de représenter des batailles, ont pillé à plaisir le dessin de Raphaël. Probablement jamais on ne se battit ainsi; mais c'eſt un *beau mensonge.* Ce tableau ressemble à une bataille des Romains comme l'*Iphigénie* de Racine ressemble à l'hiſtoire tragique qui se passa en Aulide. Il a encore été imité par MM. Gros et Girodet. La *Bataille de Montmirail,* de M. Horace Vernet[3], eſt enfin venue arrêter ce mouvement d'imitation. Pour la première fois, un tableau a osé représenter la manière dont on se bat aujourd'hui. (L'amour du *laid,* qui caractérise nos jeunes peintres, ne paraît pas trop dans cette bataille.)

Nous avons terminé notre visite au Vatican par l'examen de la Bibliothèque. Il eſt singulier de voir le chef d'une religion qui voudrait anéantir tous les livres avoir une bibliothèque. Aussi il faut voir de quelle façon on y reçoit les étrangers curieux, les Français surtout. *Monsignor* Majo[4] m'y a refusé avec impolitesse l'exemplaire de Térence, célèbre à cause des miniatures; on croit y retrouver quelques traces de l'habillement des Romains[5]. *Monsignor* Majo eſt le seul homme grossier que j'aie trouvé à Rome; il sera bientôt cardinal, et, si l'on voit durer le syſtème de Léon XII, les plaintes des étrangers hâteront son avancement.

La découverte des manuscrits palimpseſtes était faite

* Hiſtorique.

bien longtemps avant M. Majo. Les moines du Moyen
Âge grattaient une feuille de parchemin sur laquelle était
écrit un morceau de Cicéron, et sur cette feuille de parchemin grattée transcrivaient une homélie de leur abbé.
Il s'agit de retrouver le passage de Cicéron à l'aide des
traces laissées par le grattoir sur le parchemin. Malheureusement, les palimpsestes ne nous ont donné
jusqu'ici que des phrases de l'orateur romain; on n'a pas
été assez heureux pour découvrir un récit de Salluste, de
Tite-Live ou de Tacite.

12 mars 1828. — Nicolas V, cet homme singulier, qui
ne voulait pas accepter le pontificat, et dont j'ai déjà
parlé à l'occasion de Saint-Pierre, établit cette Bibliothèque vers l'an 1450. On sortait à peine de l'époque
pendant laquelle le clergé avait formé la classe la plus
instruite, et, à force de savoir-faire, dompté la force
grossière par la perspective de l'enfer. Nicolas V, malgré
son esprit supérieur, ne pouvait prévoir que des livres
mêmes qu'il rassemblait sortirait l'idée de soumettre la
croyance à l'*examen personnel,* idée si fatale au Saint-Siège.
   Arrêtons-nous un moment à cet *examen personnel;*
à Rome, c'est comme l'idée de *république* à Paris, le grand
croquemitaine du gouvernement. Il faut, pour être sauvé,
suivre en aveugle les pratiques indiquées par le pape;
telle est la théorie de la religion *romaine.* Bossuet, malgré
la triste histoire des conversions opérées par les dragons de
Louis XIV, est presque regardé comme un hérétique, et
tous les chrétiens français de 1829, comme étant plus
d'à moitié protestants; il n'y a d'exception que pour la
congrégation du Sacré-Cœur de Jésus. M. le cardinal S***,
qui daignait m'expliquer cette théorie, peut se tromper au
fond, mais son raisonnement est *logique.* Suivant la doctrine
romaine, le pape, vicaire de Jésus-Christ, est chargé du
salut de tous les fidèles; il est général en chef. Chaque
fidèle, au lieu d'obéir avec humilité, veut-il *examiner,* il y a
désordre dans l'armée, et tout est perdu. Que sont les
quatre propositions de Bossuet? Une excitation au
désordre, un acheminement à la lecture de Voltaire et de
Bentham; de là à prêcher la religion comme *utile* même
dans ce monde, il n'y a qu'un pas. L'écrivain qui a
répandu cette damnable rêverie est Montesquieu. Les
chrétiens de France ont pris cette plaisanterie au sérieux;

ne sert-elle pas d'épigraphe au *Génie du christianisme* ? Du moment que vous admettez l'utilité des bonnes actions, comme ces actions peuvent être *plus ou moins* bonnes, plus ou moins utiles, il y a *examen personnel;* vous arrivez au protestantisme.

Le chrétien qui examine la plus ou moins grande utilité des actions est, sans le savoir, un disciple de Jérémie Bentham et d'Helvétius. Vous n'échappez à ce malheur, ajoutait S. E. M. le cardinal S***, que par la légèreté de l'esprit français. Le comble de l'abomination, me disait un jour un *fratone* (nom romain pour désigner un moine intrigant, alerte et fort puissant), le comble de l'abomination, c'est de voir défendre la religion comme *utile*. Il est une chose plus triste encore, c'est de la voir défendre comme belle, c'est-à-dire comme *utile à nos plaisirs.* La cérémonie des Rogations est belle comme le serait un joli ballet (voir la charmante description dans le *Génie du christianisme*[1]). Telle est la substance de vingt conversations que j'ai eues à Rome avec des gens graves de toutes les opinions. La plupart regardent une révolution comme inévitable en Italie; serait-elle prévenue quant à la religion, en donnant aux curés l'élection des évêques ?

14 mars 1828. — Une révolution serait prévenue ou adoucie dans ses fureurs par les réformes; mais ces réformes diminueraient le bien-être de gens âgés qui sont convaincus qu'elle n'osera paraître qu'après eux. Le mécanisme social des États romains est arrangé pour accumuler toutes les jouissances sur la tête d'une quarantaine de cardinaux et d'une centaine de généraux d'ordre, d'évêques, de prélats : ce sont gens sans famille, la plupart fort âgés, et dont la vie entière semble calculée de façon à augmenter en eux cette habitude d'égoïsme si naturelle aux prêtres de toutes les religions. Les trois quarts de ces personnages heureux sont choisis dans les familles nobles; et, comme vous le savez, la noblesse actuelle est assez libérale en Toscane, et *carbonara*[2] à Naples. L'esprit du clergé romain sera donc forcément changé plus tôt qu'on ne pense. Je crois qu'il n'existe plus que deux cardinaux de ceux que je vis en 1802. On n'est fait cardinal que vers cinquante-cinq ans. La majorité de ce corps change tous les sept ans; sept ans forment aussi la durée moyenne du règne d'un pape.

Quelque éclairé que soit un souverain pontife, réunît-il les lumières du cardinal Spina au grand caractère de Pie VII, il est impossible qu'il ne soit pas un peu troublé par la haute position à laquelle il arrive, et qui toute sa vie a formé l'objet secret de ses vœux.

À moins d'être un politique du premier ordre, et de réunir à des lumières toujours fort rares un caractère de fer, ce pape n'apercevra pas la nécessité d'une réforme dans la religion catholique. Si la religion ne prend pas une nouvelle forme, nous allons être témoins d'une guerre à mort entre le papisme ou la *croyance,* et le gouvernement représentatif fondé sur l'*examen* et la *défiance.*

Quelques lumières qu'aient les papes du XIXe siècle, s'ils ne sont pas des hommes tout à fait supérieurs, ils protégeront le *sacré-cœur* et le *jésuitisme,* comme le seul moyen de ramener à l'*unité.* L'Autriche, qui a neutralisé le poison et qui ne craint nullement chez elle ses ligoristes ou jésuites, va faire tout au monde pour en embarrasser les autres souverains. Les jésuites seront ses espions en France, en Belgique, en Suisse, etc.

« Mais, disais-je à mon habile antagoniste, M. l'abbé Ranuccio, la religion a eu l'imprudence de se faire *ultra* en Espagne, en Portugal, en France; si ce parti succombe sous la mode des constitutions, que deviendra-t-elle ?

« Je ne sais ce qui se passe en Espagne; mais je puis vous assurer que le *Constitutionnel* est le catéchisme de tous les Français nés vers 1800. Ils font bien pis que de ne pas croire au catholicisme, ils l'ignorent. Si vous ne vous exécutez de bonne grâce, quelque philosophe éloquent, comme M. Cousin, se lèvera, ira habiter une solitude affreuse à deux lieues de Paris, et se donnera le plaisir de fonder une religion[1]. »

À cela, mon antagoniste a répondu que l'an passé les dévots de France ont légué huit millions à la religion; et, comme je lui faisais observer que les vieillards ne pouvaient entrer dans nos calculs, il m'a fait entendre que la piété ne conférait pas l'immortalité physique, que chaque homme n'était responsable que de ce qui se passait de son vivant, etc., etc., en un mot, le mot de Louis XV : « Ceci durera plus que moi. »

Le 18 mars 1829, M. le cardinal Castiglioni, maintenant Pie VIII, qui se trouvait ce jour-là chef des cardinaux évêques, a répondu, au nom du conclave, à M. de Chateaubriand, ambassadeur de France. Ce grand écrivain avait fait entrevoir dans son discours certaines idées raisonnables sur le gouvernement de l'Église; voici quelques fragments de la réponse :

« Le Sacré Collège[1] connaît la difficulté des temps auxquels le Seigneur nous a réservés. Toutefois, plein de confiance dans la main toute-puissante du divin Auteur de la foi, il espère que Dieu mettra une digue au désir immodéré de se soustraire à toute autorité, et que, par un rayon de sa sagesse, il éclairera les esprits de ceux qui se flattent d'obtenir le respect pour les lois humaines en dehors de la puissance divine.

« Tout ordre de société et de puissance législative venant de Dieu, la seule véritable foi chrétienne peut rendre sacrée l'obéissance, parce que seule elle consolide le trône des rois dans le cœur des hommes, parce que seule elle offre un appui inébranlable auquel la sagesse humaine s'efforce en vain de substituer d'autres motifs fragiles, et des causes de collision.

« Le Sacré Collège, pénétré de l'importance de l'élection qui intéresse la grande famille de toutes les nations réunies dans l'unité de la foi et dans l'indispensable communion avec le centre de cette même unité, adresse les prières les plus ferventes au Saint-Esprit, de concert avec les pieux et édifiants catholiques de la France, pour obtenir un chef qui, revêtu de la suprême puissance, dirige heureusement le cours de la nacelle mystique.

« Fort des paroles de Notre-Seigneur Jésus-Christ, qui nous a promis d'être avec son Église non seulement aujourd'hui et demain, mais jusqu'au dernier des jours, le conclave espère que Dieu accordera à cette Église un pontife saint et éclairé, lequel, avec la prudence du serpent et la simplicité de la colombe, gouvernera le peuple de Dieu, et qui, plein de son esprit et à l'exemple du pontife défunt, réglera sa conduite selon la politique de l'Évangile; politique découlant des saintes Écritures et de la vénérable tradition, unique école d'un bon gouvernement, politique par conséquent aussi élevée au-dessus de toute politique humaine que le ciel l'est au-dessus de la terre.

« Ce pontife, donné par Dieu, sera certainement le père commun des fidèles; sans acception des personnes, son cœur, animé de la plus vaste charité, s'ouvrira à tous ses enfants; émule de ses prédécesseurs les plus illustres, il veillera à la défense du dépôt qui lui sera confié; du haut de son siège il montrera aux admirateurs étrangers de la gloire ancienne et nouvelle de Rome, outre un grand nombre d'autres monuments, le Vatican et le vénérable institut de la Propagande, pour démentir celui qui accuserait Rome d'être l'ennemie des lumières et des arts. Le Vatican prouvera que tous les arts, dans leur union fraternelle, ont atteint, à Rome, le comble de la perfection; et, dans l'institut de la Propagande, on reconnaîtra le secours qu'il a prêté aux découvertes scientifiques, au progrès des connaissances, et à la civilisation des peuples les plus sauvages. »

15 mars 1828. — Revenons à la Bibliothèque du Vatican. Vers 1587, Sixte Quint, homme de génie, qui aurait dû comprendre le danger des livres, fit élever, sur les dessins de Fontana, l'édifice où nous sommes. On ne voit pas de livres; ils sont renfermés dans des armoires. Il est des cabinets remplis de manuscrits où l'on ne peut entrer sans être excommunié *ipso facto*. Un libéral nous disait qu'on a détruit plusieurs manuscrits de 1826 à 1829.

Je vous ai déjà engagés à remarquer au-dessus d'une porte la vue de Saint-Pierre de Rome, tel qu'il eût été si l'on avait suivi le plan de Michel-Ange. On trouve dans le cabinet des papyrus plusieurs fresques de Raphaël Mengs, qui, pendant un demi-siècle, a passé pour un grand peintre, grâce au charlatanisme adroit de M. d'Azara[1]. En 1802, on admirait encore le *Moïse* de Mengs.

Monsignor N***, qui expliquait la Bibliothèque à nos compagnes de voyage, leur raconta ce trait de sévérité de Sixte Quint. Après qu'il eut renouvelé la défense d'avoir sur soi des armes cachées, il fut averti que le jeune prince Ranuce, fils et héritier d'Alexandre Farnèse, duc de Parme et gouverneur des Pays-Bas pour l'empereur, avait l'habitude de porter des pistolets. Un jour que ce jeune prince s'était présenté pour avoir une audience du pape, on l'arrêta dans une des salles du Vatican, on lui trouva des pistolets, et sur-le-champ il fut conduit au château Saint-Ange. Le cardinal Farnèse, instruit de ce qui venait d'arriver, se hâta de solliciter une audience du pape pour demander la grâce de son neveu; il essuya un refus. Le cardinal, qui connaissait Sixte Quint et tremblait pour les jours du prince, revint à la charge, et obtint enfin sur les dix heures du soir l'audience demandée.

Pendant que le cardinal tombait aux genoux du pape, le gouverneur du château Saint-Ange recevait l'ordre de faire couper la tête à Ranuce. Sixte Quint prolongea pendant quelques instants l'audience accordée au cardinal, et enfin se débarrassa de lui en signant l'ordre nécessaire pour la liberté du prince. Heureusement, sans perdre un moment, le cardinal courut au château Saint-Ange; il y trouva son neveu, qui se lamentait entre les bras d'un

confesseur. Sa mort n'avait été retardée que parce qu'il
avait voulu faire une confession générale. Le gouverneur,
voyant la signature du pape, rendit le prisonnier. Le
cardinal avait des chevaux tout prêts, et, en peu d'heures,
Ranuce fut hors des États de l'Église. Pendant longtemps
on a montré ses pistolets au château Saint-Ange[1].

C'est par des mesures analogues que les généraux de
Napoléon avaient supprimé l'assassinat dans les Calabres
et en Piémont. Vers 1802, on envoya au supplice plusieurs
centaines d'assassins en Piémont, ce qui semblait le
comble de l'horreur aux habitants. Je vis alors le célèbre
Maïno, voleur héroïque[2].

16 mars 1828. — L'on entre par une porte grillée dans
un charmant petit musée, bâti par les ordres de Pie VII.
Ce prince avait un goût réel pour les beaux-arts. Raphaël
Sterni[3] fut l'architecte; c'est le dernier homme de cette
profession à qui l'on ait vu du talent. Dans ce petit musée,
qu'on appelle Braccio Nuovo, se trouvent la *Minerva
Medica,* achetée de Lucien Bonaparte par Pie VII, et
plusieurs excellentes statues. Le buste de Pie VII, par
Canova, est, de tout ce que nous avons vu aujourd'hui, ce
qui a fait le plus de plaisir à nos compagnes de voyage.
Nous avons cherché, dans le jardin *boschereccio*[4] du Vatican,
un petit *casin* élevé par Pirro Ligorio. Nous étions fort
curieux de l'examiner, car c'est une copie d'un édifice
antique qu'on voyait sur la rive du lac Gabinius[5] : ceci
peut donner quelque idée de la manière dont les anciens
se logeaient.

17 mars 1828. — Nous sommes venus lire quelques
articles de l'ouvrage de Quirino Visconti, en présence des
statues qu'ils décrivent. Nous nous sommes arrêtés
longtemps devant celle de Tibère; elle a été parfaitement
comprise[6]. En revanche, le *Torse* n'a produit aucun
effet réel; on a reconnu que c'était là ce morceau de
marbre si admiré par Michel-Ange et par Raphaël, qui
l'a reproduit dans le *torse* du Père éternel de la *Vision
d'Ézéchiel;* on l'a étudié comme un caractère chinois,
mais il n'a créé ni peine ni plaisir. Ce fragment appartenait
probablement à une statue représentant *Hercule élevé
au rang des dieux;* on y lit le nom du sculpteur Apollonius,
fils de Nestor, Athénien. Les premières statues furent

rassemblées sous des remises, près du jardin du Belvédère, par Jules II, Léon X, Clément VII et Paul III. Ces papes possédaient déjà l'*Apollon*, le *Laocoon*, le *Torse*, l'*Antinoüs*, et la statue couchée, à laquelle son bracelet à forme de serpent a fait donner le nom de *Cléopâtre*.

Ce n'est pas à cause de leur *beauté*, mais bien de leur vénérable antiquité, que nous avons été touchés à la vue de tous les monuments extraits en 1780 de l'antique tombeau des Scipion, découvert près la porte de Saint-Sébastien. Ce site, qui est maintenant compris dans les murs, était autrefois en dehors de la porte Capena. Nous ne pouvions nous éloigner du grand sarcophage de L. Scipion Barbatus. Quels souvenirs il rappelle! Pourquoi ne le replace-t-on pas dans le lieu où on l'a trouvé?

La forme de ce monument et l'inscription sont également remarquables. La pierre est celle de la montagne d'Albano, l'architecture est dorique, et atteste la conquête de la Lucanie.

Les peintures qui ornent les murs sont de Jean d'Udine, restaurées par Unterperger.

Après avoir passé devant quelques fragments de statues remarquables par les draperies, nous avons revu le fameux *Méléagre,* dont les Tuileries ont une copie.

Nous sommes entrés dans la petite cour, autour de laquelle sont disposés, dans des cabinets élevés en 1803 : 1º le *Persée* et les *Athlètes* de Canova; la figure de Persée, et surtout celle de Méduse, nous ont plu; 2º le *Mercure,* appelé autrefois l'*Antinoüs du Vatican,* qui fut trouvé dans le xviᵉ siècle sur le mont Esquilin; 3º le *Laocoon,* trouvé en 1506 dans les thermes de Titus. (Michel-Ange reconnut que ce groupe est formé de trois blocs de marbre. Le bras droit qui manquait fut fait en marbre par Montorsoli et ensuite en stuc par Cornacchini, et toujours fort mal); 4º l'*Apollon du Belvédère,* trouvé à Antium vers la fin du xvᵉ siècle, et placé ici par Jules II (on a cru que le dieu était représenté au moment où il vient de lancer un dard contre le serpent Python; on pense maintenant que cette statue est un *Apollon destructeur des maux*); la vue des marbres d'Elgin, dont les plâtres existent à vingt pas d'ici, nuira beaucoup, ce me semble, au rang qu'occupait cette statue. La majesté du dieu sembla un peu théâtrale à nos compagnes de voyage.

Nous avons lu la description de Winckelmann; c'eſt du
phébus allemand, le plus plat de tous[1]. N'y a-t-il pas une
description de l'*Apollon* dans *Corinne*[2]?

Nous avons regardé avec plaisir deux ou trois sarco-
phages que nos yeux ont diſtingués parmi la foule de ceux
qu'on a placés sous les portiques de cette petite cour. On
sent bien vite ici la nécessité de se faire une idée du *beau
antique,* le plaisir que donnent les ſtatues en eſt centuplé.
Il faut d'abord écarter toutes les phrases vides de sens
empruntées à Platon, à Kant et à leur école. L'obscurité
n'eſt pas un défaut quand on parle à de bons jeunes gens
avides de savoir, et surtout de *paraître savoir;* mais dans
les beaux-arts elle tue le plaisir. Jérémie Bentham conduit
à l'intelligence du *beau antique* cent fois mieux que Platon
et tous ses imitateurs.

La salle des animaux fait un joli contraſte avec ce que
nous venons de voir; plusieurs sont modernes, presque
tous sont reſtaurés. Le beau *Centaure* fut trouvé près de
l'hôpital Saint-Jean en 1780. Nous avons été frappés
d'un lion de marbre gris qui tient dans ses ongles une
tête de taureau; il fut trouvé en même temps que le
Centaure. Au milieu de la pièce se trouve une belle table
du plus beau vert antique.

Nous avons remarqué dans l'autre salle une belle
chèvre trouvée auprès de l'église de Saint-Grégoire[3];
une truie avec ses douze petits, trouvée sur le Quirinal;
le groupe d'*Hercule qui tue Géryon.*

Pour délasser nos yeux de la[4] blancheur du marbre,
nous avons levé les yeux dans la galerie des ſtatues
sur quelques peintures du Pinturicchio et de Mantègne;
nous nous sommes arrêtés devant un bas-relief de Michel-
Ange, qui représente l'infâme Côme Ier, qui rétablit Pise;
nous avons vu le *Pâris* du palais Altemps; une ſtatue de
femme assise, ſtyle étrusque, ce qui veut dire ſtyle grec
des premiers temps; la ſtatue de *Caligula,* trouvée à
Otricoli; un charmant groupe, un *Satyre avec une nymphe;*
l'*Amazone Maſſée;* la belle ſtatue de *Junon;* la charmante
petite *Uranie assise.*

La vérité parfaite de la ſtatue du poète comique Posi-
dippe nous a délassés de l'idéal, elle fut trouvée à Rome
sous Sixte Quint. Nous avons remarqué la tête de Ménélas,
dont les Romains ont fait *Pasquin;* la ſtatue d'Auguste,
déjà vieux, avec le front orné d'un camée, qui représente

Jules César; la statue colossale de *Jupiter assis* autrefois au palais Verospi; une belle tête de *Nerva,* trouvée près de l'arc de Constantin; une tête de Corbulon, qui a passé pour un portrait de cet aimable Brutus, le héros du *Jules César,* de Shakespeare.

20 mars 1828. — Je crains d'abuser de la patience du lecteur. Je ne citerai plus que les bustes en demi-relief, connus sous le nom de *Caton et Porcie;* une statue nue de Septime Sévère, dont Canova s'autorisait pour avoir représenté Napoléon dans le même costume; un *Apollon* étrusque; un *Adonis blessé à la cuisse droite par le sanglier,* ce qui a permis au sculpteur d'exprimer la douleur et la crainte; une *Vénus nue sortant du bain,* copie de la *Vénus* de Gnide; enfin, un fragment qui a pu appartenir à un groupe d'*Hémon soutenant le corps de son Antigone et se donnant la mort.* Nous avons comparé ce fragment au fameux groupe de la villa Ludovisi (la Chambre des députés à Paris en a une copie).

Enfin, nous avons trouvé au fond d'une grande salle cette *Ariane abandonnée,* qu'on appelait autrefois Cléopâtre. Je serais inintelligible si j'écrivais la centième partie de la discussion que cette statue a provoquée. L'habitude de vivre ensemble donne un dictionnaire commun, et fait qu'on est compris à demi-mot en parlant de *nuances* qui demanderaient deux pages pour être placées sous les yeux d'un lecteur.

L'extrême fatigue nous a empêchés d'examiner les statues du *Gabinetto delle Maschere.*

Ce qui fatiguait surtout nos amis, c'était la contemplation des statues nues et du *beau idéal.* Pourquoi se faire un devoir d'admirer l'*Apollon* ? Pourquoi ne pas avouer que le *Persée* de Canova fait beaucoup plus de plaisir ? En descendant des hauteurs de l'admiration obligée pour le *Torse* et le *Thésée,* j'ai remarqué que nos compagnes de voyage ont senti tout le mérite de plusieurs bustes représentant des gens comme il faut de la cour d'Auguste et de celle de ses premiers successeurs. Rien ne faisait plus de plaisir à ces dames que la facilité avec laquelle elles reconnaissaient dans ces têtes l'*habitude du désir de plaire* et des goûts élégants. La tête de *Musa,* le médecin d'Auguste, nous a surtout frappés (Braccio Nuovo).

On retrouve au contraire toute la rudesse antique dans

la plupart des buſtes antérieurs à l'époque de César. La
tête de *Scipion l'Africain* (qui probablement voulut faire
un 18 brumaire, ne réussit pas, et prit le parti de l'exil de
crainte de pis) a toute la physionomie d'un grand seigneur
moderne, je veux dire l'habitude de la représentation et la
crainte du sarcasme dans les êtres devant qui l'on représente (voir l'*Essai sur les mœurs,* de Duclos[1]). Le beau
buſte de ce grand général eſt aux Studi, à Naples; il eſt
de bronze.

25 mars 1828. — Plusieurs papes ont agrandi le palais
du Vatican, dans lequel Charlemagne prit son logement
lorsqu'il se fit couronner empereur par Léon III. Sixte
Quint, qui trouva le secret de faire tant de choses en cinq
ans de règne, a bâti l'édifice immense qui eſt du côté
oriental de la cour de Saint-Damase.

Depuis mille ans, tous les architeĉtes célèbres de l'école
romaine ont travaillé au Vatican. On nous a montré des
ouvrages de Bramante, Raphaël, Ligorio, Fontana,
Charles Maderne, et enfin de ce cavalier Bernin, homme
d'esprit, homme de talent, qui dans tous les genres a été
le précurseur de la décadence. Me permettra-t-on un mot
bas ? Le Bernin fut le père de ce mauvais goût désigné
dans les ateliers sous le nom un peu vulgaire de *rococo.* Le
genre *perruque*[2] triompha en France sous Louis XV et
Louis XVI. Nos ſtatues du XIXᵉ siècle se rapprochent du
Bernin lui-même, bien supérieur à ses plats élèves. Ce
grand artiſte n'eût pas désavoué le *Louis XIV* de la place
des Viĉtoires. Nous sommes allés chercher dans l'*appartement Borgia* cette fresque antique si célèbre au XVIIIᵉ siècle
sous le nom de *Noces aldobrandines*[3]. Vous trouverez au
musée de Naples des fresques antiques bien plus importantes; elles ressemblent au Dominiquin quand il eſt
faible. Les *Noces* ne nous ont fait aucun plaisir. Nous
étions encore occupés à rire de certaines fresques représentant les principaux événements de la vie de Pie VI
dans la galerie de la Bibliothèque du Vatican. Ces
fresques, que la faĉtion antifrançaise a osé placer à cent
pas de celles de Raphaël, sont inférieures, pour le mérite,
à ces papiers peints qui, à la porte des petits cafés de
Paris, représentent une bouteille de bière en effervescence
qui d'elle-même va remplir le verre d'un dragon. Le
peintre qui a été choisi pour faire ces tableaux devait

avoir un *bien bon esprit*. Il nous a rappelé certaines croix distribuées aux dernières expositions.

26 mars 1828. — Quelle est la meilleure manière d'aller de Paris à Rome? nous demande-t-on de France. D'abord la poste; mais il faut avoir une calèche construite à Vienne et fort légère. Prenez peu de bagages; en traversant ces petits États soupçonneux, chaque caisse ou malle est une source de vexations à la douane ou à la police. Nous avons fait voyager nos caisses par la voie du roulage qui nous a bien servis. Toutes les dépenses sont doublées en Italie pour un voyageur que l'on voit arriver en poste, et souvent les brigands n'arrêtent que les voitures en poste, et dédaignent les autres.

On peut prendre la malle-poste jusqu'à Belfort[1] et Bâle, si l'on passe par le nord de la Suisse; et jusqu'à Pontarlier ou Ferney, si l'on veut arriver directement au Simplon. On prend la malle-poste jusqu'à Lyon ou Grenoble, si l'on passe par le Mont-Cenis; et enfin jusqu'à Draguignan, si l'on veut éviter les montagnes et entrer en Italie par le beau chemin en corniche, chef-d'œuvre de M. de Chabrol[2]. On arrive de Nice à Pise en passant par Gênes; cette dernière route est de beaucoup la plus longue; on trouve, en côtoyant la plus jolie mer du monde, des aspects délicieux. Rien ne ressemble moins à l'océan.

La plus expéditive et, suivant moi, l'une des plus jolies routes, commence par quarante-huit heures de malle-poste; on arrive à Belfort; une petite voiture conduit à Bâle (douze francs). On peut prendre la diligence pour Lucerne; on navigue ensuite sur ce lac singulier et dangereux, théâtre des exploits de Guillaume Tell; on voit le lieu où il repoussa du pied la barque de Gessler. On arrive à Altorff; c'est sous les tilleuls de la grande rue de ce bourg que Guillaume Tell fit tomber la pomme placée sur la tête de son fils. On entre en Italie par le Saint-Gothard, Bellinzona, Como et Milan.

Comme le Simplon est à mon gré plus beau que le Saint-Gothard, j'ai pris souvent la diligence qui, de Bâle, conduit à Berne; je suis arrivé dans la vallée du Rhône par les gorges de Louèche, et à Tourtemagne j'ai retrouvé mes malles, qui avaient fait le tour par Lausanne, Saint-Maurice et Sion.

On rencontre une excellente diligence qui conduit de Lausanne à Domodossola, au-delà du Simplon. Le conducteur est un homme parfait; le seul aspect de la mine tranquille de ce bon Suisse éloigne toute idée de danger. Depuis dix ans, il passe le Simplon trois fois la semaine. Il n'y a de danger par les avalanches qu'à l'époque des dégels, au mois d'avril. La route du Simplon n'est pas bordée de précipices comme celle du Mont-Cenis, ou plutôt le côté du précipice est garni d'arbres qui retiendraient la voiture en cas de chute. Il est beaucoup plus sûr de passer la montagne dans la diligence que dans sa propre calèche. Enfin, je crois que depuis l'ouverture de la route du Simplon quatorze voyageurs seulement ont péri, et encore neuf étaient de malheureux soldats italiens revenant de Russie, et qui se hasardèrent avec imprudence.

On trouve au village du Simplon, du côté de l'Italie, une des meilleures auberges d'Europe; elle est tenue par un Lyonnais. Rien n'est plus pittoresque que les aspects de la vallée d'Iselle[1] qu'il faut suivre pour arriver au pont de la Crevola[2], où commence la belle Italie.

Une petite voiture qu'on fait payer douze francs conduit de Domodossola à Baveno, sur le lac Majeur, vis-à-vis les îles Borromées. En vingt minutes, une barque transporte le voyageur à l'auberge del Delfino, dans l'Isola Bella[3]; c'est un des plus beaux lieux du monde; là, vous pouvez vous reposer des fatigues du Simplon. Le fameux jardin bâti par le comte Vitaliano Borromeo, 1660, est à cinquante pas de l'auberge del Delfino. Un bateau à vapeur offre un moyen facile de visiter la statue colossale de saint Charles[4], près d'Arona, et les rives délicieuses d'un des plus beaux lacs de l'univers.

En quatre heures, le bateau à vapeur conduit des îles Borromées à Sesto Calende; en cinq heures un vélocifère transporte à Milan.

Je trouve plus joli d'arriver à Milan par Varèse; une barque vous transporte des îles Borromées à Laveno; on prend la poste jusqu'à Varèse. Ce trajet me semble comparable à celui de Naples à Pompéi, qui est ce que je connais de plus sublime au monde. Un vélocifère conduit en cinq heures de Varèse à Milan. Si l'on se permet une excursion d'un jour, on peut de Varèse aller voir le lac de Como. On suit des collines délicieuses, au-delà desquelles, à gauche, on voit les neiges éternelles.

On trouve à Milan des diligences régulières pour Venise et Mantoue[1]. De Mantoue, une petite voiture mène à Bologne, où l'on rencontre une excellente malle-poste récemment établie par le ministre des Finances du pape. Elle conduit à Rome par la superbe route d'Ancône et de Lorette.

Je trouve plus amusant de venir de Milan à Rome par voiturin.

On est abordé, dans une certaine rue de Milan, près de la poste aux lettres, par une foule de *vetturini* qui, pour huit ou dix francs par jour, vous offrent une place dans le fond d'une calèche ouverte, ou d'une voiture faite comme un fiacre, avec la différence que le siège du cocher tient à la caisse. Pour ces huit ou dix francs par jour le *vetturino* paye le dîner, qui a lieu à sept heures du soir en arrivant, et la chambre à l'auberge. On emploie trois jours et demi pour faire les quarante lieues qui séparent Bologne de Milan.

On peut trouver mauvaise compagnie dans la *vettura;* alors on la quitte à la première ville par laquelle on passe, en payant le prix convenu pour le voyage jusqu'à Bologne, trente ou trente-cinq francs; mais, si l'on est bien tombé ou si l'on a la patience de supporter les façons un peu agrestes des compagnons de voyage, on peut saisir une excellente occasion de connaître le caractère italien. Souvent l'on trouve des voitures fort bien composées. Tel homme riche et dédaigneux a couru toute l'Italie en poste, et ne doit les trois ou quatre idées justes qu'il rapporte de son voyage qu'aux petites courses que la nécessité l'a obligé de faire en *vetturino*. J'ai voyagé une fois avec trois prédicateurs qui allaient prêcher des carêmes en différentes villes d'Italie, et qui, le premier jour, me firent faire la prière le matin, à midi et le soir. Je fus sur le point de les quitter à la première couchée. Le désir de faire le métier de voyageur l'emporta; bientôt la société de ces messieurs me parut fort agréable. Je leur dois les idées les plus justes sur la manière d'être des femmes dans les différentes villes d'Italie. Au bout de deux jours, quand ils eurent pris quelque confiance en moi, ils me racontèrent les anecdotes les plus gaies et les plus certaines. Elles leur avaient été confiées au tribunal de la pénitence. La protection pateline de ces saints personnages m'exempta de toute vexation de la part de la douane, et l'un d'eux, prédicateur vraiment éloquent, est resté mon ami. Quand je vais en Italie, je me détourne de ma route pour aller le voir.

On trouve assez bonne compagnie dans les voiturins de Bologne à Florence; il faut deux jours pour faire ces vingt-deux lieues (20 fr.).

Toutes les auberges de Florence sont bonnes, et les *vetturini* très attachés à l'argent, mais honnêtes. On paye quarante ou quarante-cinq francs, et l'on emploie quatre ou cinq jours pour aller de Florence à Rome; je préfère la route de Pérouse à celle de Sienne. On voit Arezzo, dans laquelle on dirait que rien n'a été changé depuis le siècle du Dante. Les abords du lac de Trasimène sont de la première beauté. En approchant de Rome, les auberges deviennent tellement exécrables, que l'on fera bien de se munir de vivres à Castiglione ou à Pérouse. Il faut apporter de Toscane quelques bouteilles de vin. À la frontière, la barbarie sauvage et méfiante remplace en un instant la politesse la plus exquise.

J'ai vu quelquefois un *vetturino* devenir l'ami de ses voyageurs; l'un d'eux, Giovanni Costa, de Parme, est un homme remarquable que je reverrais avec un grand plaisir et que je recommande à tous les curieux. À Florence, il faut traiter directement avec MM. Menchioni ou Pollastri[1], qui ont un grand nombre de voitures sur les routes de Rome et de Bologne. On signe un petit traité qui descend à des détails minutieux en apparence; on spécifie qu'on aura un lit seul et le *posto buono,* c'est-à-dire au fond de la voiture. Les gens soigneux ont des modèles de traités contenant une foule de petites clauses.

Il faut, pendant ce voyage en Italie, être vêtu avec beaucoup de simplicité et ne pas porter de bijoux. Dès qu'on aperçoit un gendarme ou un douanier, on prend une pièce de vingt sous avec laquelle on joue de façon à ce qu'ils la voient. Toute la férocité de l'animal ne tient pas contre cette vue décevante. Le dimanche il faut aller à la messe; quand ce ne serait pas un devoir, ce serait un plaisir. C'est à l'église de' Servi, à Milan, que nous avons entendu le mieux exécuter la musique de Rossini; à l'élévation, d'excellentes clarinettes allemandes nous donnèrent le duo d'*Armide.* On se fait conduire à l'église à la mode par le garçon d'auberge, auquel on donne 10 sous. Je conseille de payer comptant tous les petits services de ce genre. L'argent le mieux dépensé de notre voyage, ce sont trente ou quarante pièces de dix sous distribuées ainsi.

Dans les pays où la police est terrible, on peut jouer le malade, dire qu'on voyage pour sa santé, et s'asseoir en entrant dans le repaire. L'examen qu'on y subit dure quelquefois trois ou quatre heures, et l'on est obligé de répondre aux plus étranges questions.

« Que venez-vous faire en ce pays? — Je viens pour voir les monuments de l'art et les beautés de la nature. — Il n'y a rien de curieux ici, il faut que vous ayez un autre motif que vous me cachez. Avez-vous été dans ce pays du temps de Napoléon? »

Puis tout à coup on regarde vos habits avec une attention singulière. « Quels sont vos moyens de subsistance? car il en coûte pour voyager. Êtes-vous recommandé à un banquier ici? Quel est son nom? Vous a-t-il engagé à dîner? Avec qui? Qu'a-t-on dit à table? »

Cette question a pour but de vous mettre en colère et de vous faire oublier la prudence. Nous avons répondu d'un air très froid : « Je suis un peu sourd, et n'entends pas ce qu'on dit quand je ne vois pas la personne qui parle. — Avez-vous des lettres de recommandation? » Si on répond oui, « Montrez-les »; si l'on dit n'en pas avoir, on peut faire visiter votre malle. En arrivant à Domodossola, nous avons mis nos lettres de recommandation à la poste, avec notre nom sur l'adresse et celui de la ville où nous en aurons besoin.

Un de nos amis a voyagé seul en poste en se faisant précéder par un courrier; il a des croix et un titre. Doit-il rendre grâces à ces avantages, ou est-ce par hasard qu'aucun bureau de police n'a demandé à le voir? Il a voyagé en Lombardie comme en France. D'un autre côté, nous avons vu vexer indignement des Anglais fort riches et de jeunes commis voyageurs suisses, âgés de dix-huit ans.

On se tire de partout en se disant malade, en allant à la messe chaque jour et ne prenant jamais d'humeur; l'air gai déconcerte les commis de la police; ce sont des renégats italiens.

27 mars 1828. — Nous venons de voir la *Descente de Croix* à la Trinità de' Monti. C'est une fresque célèbre de Daniel de Volterra, que l'on citait autre-fois après la *Transfiguration* et la *Communion de saint Jérôme.*

À je ne sais quelle invasion des Napolitains, vers 1799, je crois, on plaça un bataillon dans cette église; ils abî-mèrent cette fresque. En 1811, je la vis chez le célèbre Palmaroli[1], restaurateur de tableaux, dans l'ancien palais de France au *Corso,* vis-à-vis le palais Doria[2]. Le général Miollis, gouverneur des États romains[3], le pressait de rendre le tableau, qui devait être envoyé à Paris. Palmaroli répondait que son travail n'était pas fini; il l'a fait durer de 1808 à 1814. Il disait à ses amis : « On n'a déjà enlevé que trop de tableaux à notre pauvre Rome, tâchons de sauver celui-ci. » Il y a réussi. Nous étions huit ou dix voyageurs à la Trinità de' Monti; cette fresque savante n'a fait plaisir qu'à M. Falciola, qui nous la montrait. Les autres spectateurs auraient préféré une bonne copie à l'huile. M. Falciola, indigné, a mis quelque malice à nous réciter le beau sonnet de Monti sur les chefs-d'œuvre des arts enlevés par les Français en 1798 :

SOPRA I MONUMENTI DELL' ARTE
PRESI A ROMA DA FRANCESI

Sonetto

Questi che dalle vinte attiche arene
    Sull' agreste passar Lazio guerriero,
    Famosi marmi, e al vincitor severo
    Gli error portaro, e le virtù d'Atene.
Or nuovo a Roma ad involarli viene
    Fatal nemico con possente impero
    E lo mertammo, chè il valor primiero
    Perse Italia incallita alle catene.
Ma Gallia un giorno pentirassi: erede
    Dell' arti Greche straccierà la chioma,
    Se inerte il brando allo scalpello cede,
Chè, ov' è fasto e mollezza, ivi alfin doma
    Muor Libertade; e dolorosa fede
    Il cernere ne fan d'Atene e Roma[4].

Resté seul avec M. Falciola, il m'a dit : « Pendant quatre ans et demi que la France nous a gouvernés, nous n'avons eu à nous plaindre que des mesures de détail; la conscription était faite avec ménagement; nous n'avions des droits-réunis français que l'octroi, et la marque de garantie pour les matières d'or et d'argent. »

Ces Romains ont une intelligence incroyable, me disait M. Falciola, qui ne les aime pas. L'administration des droits-réunis leur envoyait de Paris des circulaires avec des registres imprimés extrêmement difficiles à remplir; en trente-six heures, ils comprenaient ce qu'on leur demandait et faisaient réponse; le même travail exigeait six mois à Cologne.

Ce qui exaspéra la haute société de ce pays, c'est que tout à coup, en 1811, le prince Lante, le prince Spada et huit ou dix jeunes gens de la même volée reçurent des brevets de sous-lieutenants, et, pour comble d'horreur, plusieurs devaient rejoindre leurs régiments en Espagne. En même temps, l'Empereur avait désigné quinze ou vingt enfants de huit à dix ans choisis dans les familles *principesche*[1], on les plaça dans les lycées de Paris. Quelle horreur! « Vous voyez bien, monsieur, que Napoléon était le seul homme qui pût sauver le principe monarchique; sa main de fer eût défendu la noblesse jusqu'au moment où elle aurait eu assez de caractère pour se défendre elle-même. »

Je me promenais ce soir dans le *Corso* avec un noble Piémontais de beaucoup d'esprit; il a rencontré un bourgeois de son pays fort riche, qui lui a dit, avec le sourire d'un esclave et de l'air le plus bas :

« *I eu ben l'ounour de riverirlo.* » Le noble a répondu : « *Cerea, monsù Magi*[2]. » Ces mots dédaigneux étaient accompagnés d'un mouvement de deux doigts de la main droite. Jamais je ne vis de salut montrant davantage la différence du rang.

28 mars 1828. — La peinture est au fond une bien petite chose dans la vie. Tout ce qui me paraît admirable en ce genre semble laid à mes amis, et *vice versa*. Je n'en sens pas avec moins de vivacité le plaisir de trouver des soirées charmantes et qui délassent des admirations du matin. La société avec des Italiens rappelle les chefs-d'œuvre de leur pays; l'amabilité française fait un con-

traste parfait. Parmi les Italiens, la louange de Raphaël
est un lieu commun *permis;* car on s'adresse à l'âme
plus qu'à l'esprit, et une phrase sans nouveauté peut
exprimer ou faire naître un sentiment. Parmi nous, il
faut satisfaire à la fois ces deux grands rivaux, l'esprit et
le cœur.

Paul, mon adversaire éternel, ne prise Rome qu'à cause
des bals délicieux de M. Torlonia; il aime ce vieux
banquier, et va le matin causer avec lui. Pour moi, quand
j'ai été obligé de regarder une figure à argent, pendant
vingt-quatre heures Raphaël me devient invisible. En
1817, quand j'étais fou des arts, j'aurais quitté mes amis[1].
Il y a un fonds d'intolérance incroyable dans l'admiration
passionnée.

1er avril 1828. — Le plus beau reste de l'antiquité
romaine, c'est sans doute le Panthéon; ce temple a si peu
souffert, qu'il nous apparaît comme aux Romains. En
608, l'empereur Phocas, celui-là même à qui les fouilles
de 1813 ont rendu la colonne du Forum, donna le Panthéon au pape Boniface IV, qui en fit une église. Quel
dommage qu'en 608 la religion ne se soit pas emparée de
tous les temples païens! Rome antique serait presque
debout tout entière.

Le Panthéon a ce grand avantage : deux instants
suffisent pour être pénétré de sa beauté. On s'arrête
devant le portique; on fait quelques pas, on voit l'église,
et tout est fini. Ce que je viens de dire suffit à l'étranger;
il n'a pas besoin d'autre explication, il sera ravi en proportion de la sensibilité que le ciel lui a donnée pour les
beaux-arts. Je crois n'avoir jamais rencontré d'être
absolument sans émotion à la vue du Panthéon. Ce
temple célèbre a donc quelque chose qui ne se trouve ni
dans les fresques de Michel-Ange, ni dans les statues du
Capitole. Je crois que cette voûte immense, suspendue sur
leurs têtes sans appui apparent, donne aux nigauds le
sentiment de la peur; bientôt ils se rassurent et se disent :
« C'est cependant pour me plaire que l'on a pris la peine de
me donner une sensation si forte! »

N'est-ce pas là le sublime? Après avoir admiré le
Panthéon, peut-être un jour serez-vous curieux d'apprendre son histoire. Si le lecteur n'est pas à Rome, je
l'invite à chercher, dans le recueil de M. Lesueur[2], les

lithographies qui représentent la vue du portique et celle de l'intérieur.

Une charmante copie du Panthéon, c'est le temple de Canova, à Possagno[1]; il a quatre-vingt-quatorze pieds de haut, le fronton est remplacé par une colonnade. À qui n'a pas vu Rome, l'église de l'Assomption, rue Saint-Honoré, peut donner une idée bien imparfaite de la forme intérieure du Panthéon.

On voit à Berlin une jolie petite église qui en est la miniature. Pourquoi, dans le besoin d'églises qui se fait sentir vers la partie occidentale de Paris, ne nous donnerait-on pas une copie du Panthéon? Ce temple si célèbre n'a que cent trente-trois pieds de diamètre et cent trente-trois pieds de haut. Il fut bâti par Marcus Agrippa, pendant son troisième consulat, c'est-à-dire l'an 727 de Rome, vingt-six ans avant l'ère chrétienne (il y a dix-huit cent cinquante-quatre ans.) On lit sur la frise du portique :

M. AGRIPPA. L. F. COS. TERTIVM. FECIT.

Il fut restauré par les empereurs Adrien et Marc Aurèle, et enfin par Septime Sévère et Antonin Caracalla. Il n'y a pas le moindre doute à cet égard; on lit l'inscription suivante sur l'architrave du portique :

IMP. CAESAR. LVCIVS. SEPTIMVS. SEVERVS.
PIVS, PERTINAX.
ARABIC. ADIABENIC. PARTHIC. PONT. MAX.
TRIB. POT. XI. COS. III. PP. PROCOS.
ET. IMP. CAES. MARCVS. AVRELIVS. PIVS.
FELIX, AVG. TRIB. POT. V. COS. PROCOS.
PANTHEVM. VETVSTATE. CORRVPTVM.
CVM. OMNI. CVLTV. RESTITVERVNT.

Agrippa était gendre d'Auguste; il dédia ce temple à Jupiter Vengeur, en mémoire de la célèbre victoire que son beau-père avait remportée près d'Actium, sur Marc-Antoine et Cléopâtre (il y a 1859 ans). On y voyait les statues de Mars, protecteur de Rome, et de Vénus, protectrice de la famille des Jules.

Vous avez peut-être remarqué au musée, à Paris, salle de la Diane, la figure pensive d'Agrippa. Ce fut le principal ministre d'Auguste. Il jouait auprès de ce prince le *rôle raisonnable,* à peu près celui de M. Cambacérès auprès de Napoléon.

Comme le lecteur est à Rome depuis plusieurs mois, je lui dois un abrégé des longues controverses auxquelles l'histoire du Panthéon a donné lieu[1].

On a prétendu qu'originairement la vaste rotonde qui est sous vos yeux fut le vestibule, ou du moins une grande salle des thermes d'Agrippa; mais bientôt et avant que l'édifice ne fût terminé, on aurait changé cette destination pour en faire un temple; car on ne trouve aucune communication entre la rotonde et les thermes qui sont derrière. D'autres connaisseurs *(intelligenti)* disent qu'Agrippa ne fit que le portique; le temple aurait été construit à une époque antérieure; on soutient cet avis par trois raisons.

On voit sur la façade du temple un fronton entièrement détaché du portique.

L'entablement du portique ne correspond pas à celui du temple.

Enfin, l'architecture du portique est bien meilleure, *à nos yeux,* que celle du temple; mais la salle ronde est liée au mur des thermes, et, comme Agrippa a construit ceux-ci, on peut regarder comme extrêmement probable que la rotonde a été élevée par ses ordres. Jamais on n'avait vu à Rome de voûte aussi hardie que celle du Panthéon; peut-être les voûtes étaient-elles fort rares dans les temples. Le toit était soutenu par des pièces de bois, comme on le voyait à Saint-Paul-hors-les-Murs. Si cette conjecture était prouvée, elle expliquerait la fréquence des incendies. Des temples voûtés et fermés, comme les nôtres, auraient rendu insupportable l'odeur de viande brûlée.

La beauté de la voûte que nous examinons engagea peut-être Agrippa à consacrer cette salle aux dieux. Dans cette supposition, il aurait fait ajouter le portique pour donner plus de majesté à l'entrée de son temple, et se serait servi d'un architecte plus habile.

Le portique du Panthéon a huit colonnes de front.

Les rites sacrés des anciens exigeaient qu'après le portique et avant le temple, il y eût une sorte de vestibule. La religion chrétienne imita cette disposition; certains pécheurs, non encore réconciliés, se tenaient durant la prière dans le vestibule de l'église*. Le vestibule du Panthéon est extrêmement petit.

Les huit colonnes du portique portent un fronton, orné autrefois d'un bas-relief et de statues, ouvrages de Diogène, sculpteur athénien.

Ce portique, le plus beau qui existe en Italie, a quarante et un pieds de large et cent trois de longueur. Il est formé par seize colonnes corinthiennes; les huit colonnes de la façade sont d'un seul morceau de granit oriental blanc et noir. Elles ont quatre pieds quatre pouces de diamètre et trente-huit pieds dix pouces de hauteur, non compris la base et le chapiteau. Les entre-colonnements sont d'un peu plus de deux diamètres, et celui qui est vis-à-vis la porte est un peu plus large que les autres.

On a remarqué que les entre-colonnements vont toujours en diminuant, à partir de celui du milieu. Les colonnes des extrémités du portique ont, au contraire, un diamètre un peu plus fort que celles entre lesquelles on passe pour arriver à la porte du temple.

Dion[1] nous apprend que, dans le vestibule placé entre le portique et le temple, on voyait les statues d'Auguste et d'Agrippa. Ce vestibule est formé par des pilastres cannelés de marbre, et orné d'une frise sur laquelle sont sculptés divers instruments servant aux sacrifices.

La porte de bronze que l'on voit au Panthéon n'est pas celle qu'Agrippa y avait fait placer, et qu'on dit avoir été enlevée par Genseric, roi des Vandales. C'est dans la grosseur du mur, à droite, qu'on trouve l'escalier de cent quatre-vingt-dix degrés, par lequel on monte sur la coupole. Il existait à gauche un escalier tout semblable, maintenant détruit.

L'intérieur du temple, que les anciens appelaient *cella*, forme un cercle parfait de cent trente-trois pieds de diamètre; il n'y a pas de fenêtres. La lumière descend d'une ouverture circulaire placée au haut de la voûte; elle a vingt-sept pieds de large, et laisse pénétrer la pluie dans le temple. C'est le vestige le plus frappant que l'on trouve dans une église chrétienne, d'un culte où l'on brûlait certaines parties des victimes.

La hauteur totale du Panthéon (cent trente-trois

---

* J'aime mieux encourir le blâme de quelques répétitions que de faire des renvois.

pieds), est divisée en deux parties égales; la moitié supérieure est occupée par la courbe de la grande voûte; l'architecte a divisé la moitié inférieure en cinq parties. Les trois premiers cinquièmes, à partir du pavé, sont occupés par un ordre corinthien parfaitement semblable à celui du portique. Les deux autres cinquièmes forment un attique avec sa corniche.

Cet espace fut gâté par Septime Sévère, qui y fit construire de petits pilastres en marbre coloré, qu'on a remplacés vers 1750 par un ornement encore plus mesquin.

Après le premier moment de respect, lorsque vous voudrez vous occuper des détails de ce temple admirable, vous remarquerez le long du mur circulaire quatorze colonnes cannelées; les bases et les chapiteaux sont de marbre blanc et appartiennent à l'ordre corinthien. La plupart de ces colonnes, qui ont vingt-sept pieds de haut, sont d'un seul bloc; leur diamètre est de trois pieds six pouces. On en compte huit en marbre jaune; les six autres sont en *pavonazzetto*[1]. Chaque colonne a son contre-pilastre du même marbre. Dans le mur, qui a dix-neuf pieds d'épaisseur, l'architecte d'Agrippa pratiqua deux niches en demi-cercle et quatre rectangulaires, où l'on voit maintenant des chapelles; un septième intervalle est occupé par la porte, et celui qui est vis-à-vis par une tribune semi-circulaire. C'est là probablement que l'empereur Adrien, grand amateur de belle architecture, avait placé le tribunal où, assisté de certains magistrats, il avait coutume de rendre la justice.

Huit petits autels chrétiens ont remplacé les statues des dieux d'Agrippa. Quatre de ces autels conservent leurs colonnes de jaune antique cannelées; deux autres ont des colonnes de porphyre; on les croit mises ici par Septime Sévère. Enfin, des colonnes de granit ordinaire sont placées devant les deux dernières chapelles, cet arrangement fut fait, dit-on, par les chrétiens.

Pline[2] nous apprend que ce temple avait des cariatides célèbres qui ont péri, ainsi que tous les ouvrages du sculpteur Diogène. La statue de Jupiter Vengeur occupait, sans doute, la place du grand autel vis-à-vis la porte. On peut supposer que les cariatides s'élevaient vers le centre du temple, à peu près comme celles du temple d'Érechthée à Athènes. Ces cariatides servaient à séparer du reste du

temple ce que nous appellerions aujourd'hui la chapelle
de Jupiter. On dit que les cariatides furent ainsi nommées,
parce que ces statues qui soutiennent des fardeaux expriment le châtiment d'une trahison dont les Cariens
s'étaient rendus coupables[1].

Le Panthéon est ce qui nous reste de plus parfait de
l'architecture romaine : nous demandons la permission,
comme pour Saint-Pierre, de suivre son histoire avec
quelques détails.

L'an 732 de Rome, la foudre frappa le sceptre placé
dans la main de la statue d'Auguste. L'an 80 de Jésus-
Christ, il y eut un incendie dont les ravages furent
réparés par Domitien. Mais à quoi le feu put-il s'attacher ?
Il faut convenir qu'il nous reste de grandes incertitudes
à ce sujet. La foudre alluma un autre incendie sous
Trajan, et le temple fut réparé successivement par
Adrien, par Antonin le Pieux, et enfin par Septime Sévère
et Caracalla, nommés dans l'inscription.

En 608, lorsque Boniface IV changea ce temple en
église, il fit enlever non seulement toutes les idoles, mais
probablement aussi les cariatides, dont la forme humaine
pouvait rappeler les idoles aux chrétiens fervents. L'on
déplaça quatre des petites colonnes de porphyre.
Constance II dépouilla cette église de toutes les plaques de
métal qui la couvraient, lorsqu'en 662 il fit embarquer
pour Constantinople tout ce qu'il put arracher aux
édifices de Rome.

En 713, Grégoire III fit remplacer les tuiles de bronze
par des lames de plomb. Grégoire IV, en 830, consacra
cette église à tous les saints, et ordonna que cette fête serait
célébrée le 1er novembre. Eugène IV ordonna divers
changements dans l'église. À cette époque, l'on voyait,
sous le portique, la belle urne de porphyre que Clément XII a fait transporter dans la chapelle Corsini à
Saint-Jean-de-Latran. La colonne angulaire du portique,
dans le chapiteau de laquelle on voit une abeille, a été
élevée par les ordres d'Urbain VIII; il employa ailleurs
le bronze qui restait dans la couverture[2], et fit construire
les deux mauvais clochers. Alexandre VII compléta le
portique en faisant élever les deux colonnes qui manquaient au côté droit.

On démolit les petites maisons bâties contre le Panthéon. Ce pape commença une restauration bien plus

essentielle; il fit enlever une petite partie de la terre tombée
sur la place antique; mais l'on n'arriva point jusqu'à
l'ancien pavé.

L'aimable Lambertini, Benoît XIV, eut le tort de ne
pas savoir choisir son architecte; il gâta bien des choses
dans ce temple, et surtout la partie qui est entre les
colonnes et la voûte. On dit que la grande statue de marbre
blanc, représentant la Madone, que l'on voit ici fut faite
par Lorenzetto, d'après les dernières intentions de
Raphaël. Winkelmann qui, en sa qualité d'Allemand,
est un peu sujet à faire du phébus, la regarde comme un
des meilleurs ouvrages modernes[1].

Ce qui nous reste à raconter est l'abomination de la
désolation. À l'époque de la mort de Raphaël, ses restes
furent déposés au Panthéon; plus tard, le peintre Charles
Maratte plaça le buste de ce grand homme sur son
tombeau. De nos jours, un certain parti a obtenu sur
Raphaël le même triomphe que nous lui avons vu
remporter à Paris sur Voltaire et Rousseau. Le buste de
Raphaël a été enlevé à son tombeau et relégué dans une
petite chambre basse du Capitole. Au Panthéon, il était
éclairé par la lumière religieuse qui descend de l'ouverture
de la voûte; dans le lieu obscur où on l'a placé, il est
comme invisible. Qui aurait dit, lors de la chute de
Napoléon, que la réaction religieuse atteindrait Raphaël
mort en 1520! Le buste d'Annibal Carrache a suivi celui
du grand homme qu'il avait tant étudié. Vous remarquerez
ces deux tombeaux mutilés, auprès d'un autel à gauche en
entrant. Je ne sais pourquoi on n'a pas effacé les vers
charmants du cardinal Bembo, assurément fort peu
catholiques :

Ille hic est Raphael, etc.[2].

L'inscription du tombeau d'Annibal Carrache est
touchante, elle rappelle avec simplicité la mauvaise
fortune qui ne cessa de poursuivre ce grand réformateur
de la peinture. S'il eût vécu quelques années de plus, il
aurait vu s'accomplir la révolution à laquelle il avait
travaillé avec tant de courage. Le Guide et Lanfranc,
deux de ses élèves, vécurent riches et honorés.

À quelques pas de l'inscription qui raconte la mort
prématurée et la pauvreté d'Annibal, vous remarquerez

un buſte qui donne une bien fausse idée de la physionomie si fine du cardinal Consalvi; M. Thorwaldsen en a fait un curé de campagne[1]. Le parti rétrograde n'a pu empêcher que ce buſte ne fût placé ici; le cardinal Consalvi était titulaire de Sainte-Marie *ad martyres;* c'eſt le nom latin du Panthéon, qui lui fut donné, en 608, quand Boniface IV y fit transporter vingt-huit charretées d'ossements des saints martyrs.

Le cardinal Consalvi a eu pour successeur, dans ce titre de Sainte-Marie *ad martyres,* le fameux cardinal Rivarola, contre lequel a eu lieu, aux portes de Ravenne, cette tentative d'assassinat, qui a fait tant de bruit à Rome et dans toute l'Italie, et dont à Paris personne n'a entendu parler[2]. Le 6 mai 1828, il y a eu des exécutions à ce sujet; la terreur règne dans la Romagne. C'eſt le pays qui a fourni les plus braves soldats à l'armée italienne de Napoléon, les Schiassetti, les Severoli, les Nerboni, etc.

La ſtatue de marbre blanc élevée à M. le cardinal Rivarola, de son vivant, eſt placée sur le pont du Santerno, près d'Imola[3]; nous l'avons vue criblée de petites taches grises, qui indiquent les balles qu'on lui a tirées, et maintenant elle eſt gardée par une sentinelle qui a grand-peur. Nos poſtillons nous ont engagés à descendre pour voir cette ſtatue; ils nous ont raconté beaucoup de détails que je ne puis redire. Le peuple de la Romagne abhorre les prêtres, et les flatte pourtant avec la dernière bassesse. Nous avons rencontré au pied de la ſtatue du cardinal Rivarola deux voitures remplies de carbonari enchaînés[4]. Paul eſt allé leur offrir des secours et deux exemplaires du *Conſtitutionnel.* Silence profond dans cette foule de paysans qui eſt accourue pour voir les carbonari; ce sont des martyrs à leurs yeux.

Les thermes d'Agrippa contenaient cent soixante-dix bains, et furent les premiers que l'on vit à Rome; ce fut un signe de décadence dans les mœurs; César et Caton allaient se baigner au Tibre.

Les reſtes des thermes d'Agrippa touchent le mur extérieur du Panthéon, du côté opposé au portique. En mourant, l'heureux gendre d'Auguſte laissa ces thermes au peuple romain, ainsi que les vaſtes jardins arrosés par l'*Acqua Vergine.* Ils étaient situés dans le lieu où eſt maintenant l'arc *della Ciambella*[5].

Clément XI a fait placer devant le portique du Panthéon

un petit obélisque chargé d'hiéroglyphes; cet ornement est on ne peut pas plus mal entendu. Au lieu de charger la place qui enterre le Panthéon, il faudrait en faire enlever douze pieds de terre. Lorsque le Tibre inonde Rome, tous les rats du quartier se réfugient sur la partie du pavé du Panthéon, qui est placée au-dessous de la lanterne, où on les fait attaquer par des troupes de chats*.

Une réparation qui ne serait pas très coûteuse rendrait le Panthéon à sa beauté première, et nous ferait jouir exactement du coup d'œil qu'il présentait aux Romains. Il faudrait exécuter pour ce temple ce qu'un préfet, homme d'esprit[2], a fait pour la Maison carrée à Nîmes : enlever les terres jusqu'au niveau du pavé antique. On pourrait laisser une rue de quinze pieds de largeur le long des maisons de la place, vis-à-vis du portique. Cette rue serait soutenue par un mur de douze ou quinze pieds de haut, dans le genre de celui qui est autour de la basilique près la colonne Trajane.

Plusieurs jeunes prélats, dans les mains desquels le pouvoir arrivera *nécessairement* d'ici à un demi-siècle, sont tout à fait dignes de concevoir cette façon de restaurer l'antique.

En 1711, on croyait qu'il fallait *orner* l'antique, et l'on mettait un obélisque vis-à-vis le Panthéon. En 1611, on démolissait les arcs de triomphe anciens pour élargir les rues, et l'on pensait bien faire. Chose singulière, le despotisme de Napoléon a retrempé le caractère d'un

---

* Chaque monument de Rome a donné naissance à deux ou trois volumes in-4°. On voit, dans ces ouvrages, la *mode* qui régnait dans la science de l'antiquité du temps de l'auteur. Ces gros volumes ne sont pas même d'accord sur les mesures des monuments qu'ils décrivent. M. de La Condamine, Français fort exact, a mesuré plusieurs monuments de Rome (Mémoires de l'Académie des inscriptions pour 1757[1]). Suivant MM. de La Condamine et Desgodets, l'intérieur du Panthéon a cent trente-sept pieds deux pouces de diamètre entre les axes des colonnes, cent trente-trois pieds dix pouces entre la surface ou le vif des colonnes. L'ouverture de la voûte a vingt-sept pieds cinq pouces de diamètre. Le portique du Panthéon a quatre-vingt-dix-huit pieds dix pouces entre les axes des colonnes. Les colonnes ont quinze pieds dix pouces de circonférence.
Le pied antique, dont se servaient les Romains, comparé au pied de roi de Paris, a dix pouces dix lignes, et trente-sept centièmes de ligne.
Le pied romain actuel est au pied de roi comme 11,82 est à 10,83, ou comme 11 est à 10.

peuple étiolé par trois cents ans d'un despotisme tranquille et pacifique! C'est que Napoléon n'était pas ennemi de *toutes* les idées justes.

5 avril 1828. — Enfin, nous avons reçu de Paris la traduction française de la vie de Benvenuto Cellini, écrite par lui-même[1]. Nous l'avons lue jusqu'à trois heures du matin. Avant la publication des *Mémoires* de Casanova de Seingalt, l'ouvrage de Cellini était le plus curieux de ce genre. Le traducteur de Cellini a sagement supprimé les passages les plus scabreux. Ce seul volume en apprend plus sur l'Italie que MM. Botta, Sismondi, Roscoe, Robertson, *e tutti quanti*.

Frédéric est enchanté des Villani[2], historiens florentins originaux; il vient d'en acheter une superbe édition faite à Florence il y a deux ans.

Milan est une colonie dont la maison d'Autriche a peur; les rigueurs de sa police sont célèbres en Europe; cependant on y imprime une foule d'ouvrages originaux. Florence jouit d'une honnête liberté, et toutefois la presse n'y produit rien de neuf[3]. Telle est la force du levain de civilisation jeté en Lombardie par Napoléon et par les deux ou trois mille hommes distingués qu'il mit dans les emplois. Le noble milanais le plus rétrograde par sa position dans le monde, s'il avait cinq ans en 1796, a été élevé au milieu d'une ville passionnée pour le grand homme qui a tiré l'Italie du néant. Le privilégié que je prends pour exemple, né vers 1791, a aujourd'hui trente-huit ans, et sous peu d'années entrera en possession de la fortune de sa famille. Voilà pourquoi la librairie de Milan l'emporte sur celle de Florence.

Paul nous raconte qu'un de ses nouveaux amis lui a fait voir une clef avec laquelle un prince Savelli empoisonnait ceux de ses gens dont il voulait se défaire. La poignée de cette clef a une petite pointe imperceptible. On la frottait d'un certain poison, le prince disait à un de ses gentils-hommes, en lui remettant cette clef : « Un tel, allez chercher un papier dans telle armoire. » La serrure ne jouait pas bien, le gentilhomme serrait la main et faisait un petit effort auquel la serrure cédait. Mais, sans s'en apercevoir, il s'était un peu écorché la main avec la petite pointe du manche de la clef, et vingt-quatre heures après il n'était plus.

Nos compagnes de voyage ont eu une grande discussion sur les poisons avec M. Agostino Manni, le premier chimiste de Rome; c'est un homme de beaucoup d'esprit, que M. Demidoff nous a fait connaître[1].

M. Agostino Manni pense que l'*acqua tofana* existait encore il y a quarante ans, du temps de la célèbre princesse Giustiniani, qui fut sur le point d'en être la victime. L'*acqua tofana* était inodore et sans couleur; une goutte administrée toutes les semaines faisait périr au bout de deux ans. Si la moindre maladie survenait dans l'intervalle, elle était mortelle, et c'est sur quoi comptaient les empoisonneurs. L'*acqua tofana* pouvait être mêlée au café et au chocolat sans perdre de sa force. Le vin la neutralisait en partie[2].

M. Manni a connu un diseur de bonne aventure, dont le père vivait dans l'aisance sans industrie apparente; il suppose que cet homme vendait des poisons. Cet art est heureusement perdu. Il croit que dans les beaux temps de l'empoisonnement, vers 1650, il a été possible de couper une pêche en deux moitiés avec un couteau d'or empoisonné seulement d'un côté. On partageait cette pêche avec la femme dont on était jaloux; on pouvait manger sans danger la moitié qui avait été touchée par la partie saine du couteau; l'autre moitié donnait la mort. M. Manni pense que presque toujours le premier breuvage que l'on donnait à un malheureux qui éprouvait les premières douleurs de l'empoisonnement était préparé de façon à assurer l'effet du poison. Les plus chers étaient ceux dont l'effet ne se manifestait qu'au bout de plusieurs années. Il pense qu'une personne affaiblie par l'*acqua tofana* était beaucoup plus sujette à prendre la fièvre, et, dans ce cas, le quinquina devait être fatal.

M. Manni nous dit que l'*acqua tofana* et d'autres poisons d'un effet presque surnaturel sont comme

L'araba Fenice
Che vi sia ognun lo dice,
Dove sia nessun lo sa[3].

À force de discuter avec cet homme d'esprit, il a cependant fini par nous en apprendre plus qu'il ne voulait; par exemple, comment expliquer la mort des cardinaux M*** et M***?

M. Manni est bien plus à son aise quand il nous parle
de la *bague de mort*. Il ne nie point avoir vu cet instrument
singulier, qui se compose de deux griffes de lion fabriquées
avec l'acier le plus tranchant. Ces deux griffes, longues de
plusieurs pouces, se placent dans l'intérieur de la main
droite; elles tiennent au doigt par deux bagues. Lorsque
la main est fermée, rien ne paraît que ces deux bagues. Les
griffes suivent la direction des deux doigts du milieu.
Elles sont rayées profondément, et probablement l'on
plaçait du poison dans les rainures.

Dans une foule, au bal par exemple, on saisissait avec
une apparence de galanterie la main nue de la femme dont
on voulait se venger; en la serrant et retirant le bras, on
la déchirait profondément, et, en même temps, on laissait
tomber la *bague de mort*. Comment, dans une foule, trouver le coupable? Qui aurait voulu accuser un prince
romain, un neveu du pape, ou tel autre grand personnage
sans avoir des preuves à donner? Il ne restait que la
maxime célèbre:

Celui-là fait le crime à qui le crime sert.

Au xvie siècle, un empoisonnement était vengé par
un autre. On pense maintenant que le plus grand empêche-
ment pour ces sortes de crimes, c'est la crainte de voir
l'opinion de Rome divulguée deux mois après dans
quelque journal anglais. On cite plusieurs *reporters*[1] de
journaux anglais, dont le voyage en Italie est défrayé par
les lettres qu'ils font insérer dans le *Times* ou le *Morning
Chronicle*. Ainsi, la liberté de la presse est utile même dans
les pays qui en sont privés. M. Manni aura la bonté de
faire voir à une partie de notre société plusieurs instruments singuliers destinés à guérir de leurs terreurs
certains maris du Moyen Âge. Ils remplissaient parfaitement leur objet.

Obsédés par toutes ces idées de mort et de poison,
nous avons cherché dans Bandello l'histoire de la
belle Pia Tolomei, de Sienne, que le Dante a crue
innocente[2].

Voici ces vers si touchants du cinquième chant du
Purgatoire, poème que l'on a tort de ne pas lire autant que
l'*Inferno*:

Deh ! quando tu sarai tornato al mondo.

. . . .

Ricordati di me, che son la Pia.
Siena mi fè: disfecemi maremma;
Salsi colui, che inanellata pria,
Disposando, m'avea con la sua gemma.

Purgatorio, V*.

La femme qui parle avec tant de retenue avait eu en
secret le sort de Desdemona, et pouvait, par un mot, faire
connaître le crime de son mari aux amis qu'elle avait
laissés sur la terre.

Nello Della Pietra obtint la main de *madonna* Pia,
l'unique héritière des Tolomei, la famille la plus riche
et la plus noble de Sienne. Sa beauté, qui faisait l'admiration de la Toscane, et une grande différence d'âge firent
naître dans le cœur de son époux une jalousie qui,
envenimée par de faux rapports et des soupçons sans
cesse renaissants, le conduisit à un affreux projet. Il est
difficile de décider aujourd'hui si sa femme fut tout à fait
innocente, mais le Dante nous la représente comme telle.

Son mari la conduisit dans la maremme de Sienne,
célèbre alors comme aujourd'hui par les effets de l'*aria
cattiva*. Jamais il ne voulut dire à sa malheureuse femme
la raison de son exil en un lieu si dangereux. L'orgueil de
Nello ne daigna prononcer ni plainte ni accusation. Il
vivait seul avec elle, dans une tour abandonnée, dont je
suis allé visiter les ruines sur le bord de la mer; là il ne
rompit jamais son dédaigneux silence, jamais il ne répondit aux questions de sa jeune épouse, jamais il n'écouta
ses prières. Il attendit froidement auprès d'elle que l'air
pestilentiel eût produit son effet. Les vapeurs de ces
marais ne tardèrent pas à flétrir ses traits, les plus beaux,
dit-on, qui, dans ce siècle, eussent paru sur la terre. En
peu de mois, elle mourut.

M. Demidoff nous a procuré un professeur fort instruit,
M. Dardini, qui nous donne d'excellentes leçons sur le
Dante. Il nous fait sentir les moindres allusions de ce

---

* « Hélas ! quand tu seras de retour au monde des vivants, daigne
aussi m'accorder un souvenir. Je suis la Pia, Sienne me donna la
vie, je trouvai la mort dans nos maremmes. Celui qui, en m'épousant,
m'avait donné son anneau, sait mon histoire. »

poète, qui, comme lord Byron, vit d'allusions aux
événements contemporains.

17 avril 1828. — M. von ***[1] que nous avons rencontré à la villa Pamphili, nous disait ce matin qu'il regarde
comme fort douteux que saint Pierre soit jamais venu à
Rome[2]. La vérité sur ce point restera à jamais hors de
notre portée. Non seulement les contemporains, mais
tous les copistes de manuscrits, ont eu intérêt à mentir
pendant quatorze siècles. Il en est de l'histoire des premiers
temps de l'Église comme de celle des Carthaginois, qu'il
faut chercher dans les récits des Romains leurs ennemis.
Quiconque, à Rome, osait démentir le *Bulletin officiel*
du consul, était regardé comme ennemi de la patrie et
puni par l'exécration publique. Si l'indiscret avait un
ennemi, cet ennemi pouvait le tuer impunément, assuré
d'être absous par le peuple si on le traduisait en jugement.
« Il faut savoir ignorer », nous répète souvent le savant
von ***.

18 avril 1828. — Nous avons fait aujourd'hui la plus
jolie promenade; jamais peut-être nos compagnes de
voyage n'avaient été aussi contentes d'être à Rome.
Nos lettres de Paris ne parlent que de mauvais temps et
de froids tardifs; ici, depuis le milieu de février, nous
jouissons d'un printemps plus agréable que l'été.

Nous avons eu ces jours-ci d'assez jolis bals donnés par
des dames anglaises; là se voyaient les figures les plus
grotesques et quatre ou cinq jeunes filles de la plus céleste
beauté. Ce qu'il y avait de mieux, à ce que prétend Paul,
ce sont les figures d'*honnêtes gens*. Nous connaissons sept
ou huit Anglais que nous regardons comme la perfection
de la probité, des bonnes manières et de la sûreté de
caractère; ce sont des gens que l'être le plus méfiant choisirait pour exécuteurs testamentaires ou pour juges.
Plusieurs pousseraient la probité jusqu'à l'héroïsme;
c'est ce qu'ils ont prouvé quand il l'a fallu, et jamais ils
n'y font la moindre allusion. Ces hommes d'un âge
mûr ne sont pas plus moroses que de jeunes lords de
vingt-cinq ans. En un mot, ils approchent beaucoup de la
perfection sociale. Mais, si l'on peut compter sur eux
pour la pratique des vertus les plus difficiles, rien n'est
plus comique que leurs théories. Le plaisant de leurs

raisonnements nous frappe surtout à cause de la gravité qu'ils y mettent. Quelque esprit qu'aient ces messieurs, ils ne peuvent concevoir que l'on agisse ailleurs *autrement qu'en Angleterre*. Suivant eux, cette petite île a été créée pour servir de modèle à l'univers[1].

Mais qu'importent les théories d'un homme quand on est sûr de sa conduite ? Au-dessous de ces Anglais, qui seraient parfaits sous les rapports sociaux s'ils avaient des mines moins sévères et l'air moins découragé, nous avons distingué deux classes d'hommes, malheureusement trop nombreuses chez ce peuple.

1º Les ministériels éhontés, qui louent le pouvoir toujours et de tout, sont hypocrites sur tout, et avides de jouissances chères, comme l'homme qui n'est pas accoutumé à avoir de l'argent. Ces gens nient les vérités les plus évidentes avec une impudence qui quelquefois pourrait donner un mouvement de vivacité ;

2º Nous voyons des hommes riches, nobles, parfaitement honnêtes, qui ne trouvent de *plaisir qu'à se fâcher*. Le plus mauvais tour qu'on puisse leur jouer, c'est de leur ôter toute occasion de se mettre en colère ; c'est ce que nous avons bien vu ces jours-ci, pendant une course que nous avons faite à Pesenta sur le lac de Fucino, et à Subiaco[2]. Paul, l'ordonnateur de la partie, et qui avait ses raisons pour plaire, voyant que les femmes anglaises sont toujours les victimes de la mauvaise humeur de leurs pères ou de leurs maris, avait réussi à écarter toute occasion de contrariété. Pour y parvenir, il avait étudié jusqu'aux bizarreries des Anglais qui voyageaient avec nous. À la fin, ces messieurs avaient de l'humeur de ne pouvoir en prendre contre rien.

Les hommes de cette race ne sentent la vie que lorsqu'ils se mettent en colère. Comme ils ont beaucoup de prudence, de sang-froid et de résolution, leurs accès de colère sont presque toujours suivis d'une petite victoire, mais ils n'y sont guère sensibles. C'est avoir un *obstacle à surmonter* qu'il leur faut. Ils ne peuvent conserver de liberté d'esprit pendant le combat qu'ils livrent à l'obstacle ; on les voit entièrement absorbés, et ils réunissent toutes leurs forces. Ils ne savent rien faire en riant. Les met-on en présence d'une chose charmante, ils se disent : « Je ne jouis pas de ce plaisir, et cependant combien je serai malheureux lorsque je serai hors d'état de le

goûter! quels regrets atroces troubleront mon âme!»
Ce sont des gens incapables de sentir la joie, et dont la
morosité redouble lorsqu'ils voient les autres avoir du
plaisir sans leur en demander la permission. Alors ils
deviennent hautains et *distants*. Si on laisse sa liberté à
un Anglais qui est dans cette disposition, et qu'on ne
s'occupe pas de lui, son chagrin redouble, et le soir il est
capable de faire une scène à sa femme. Par de douces
paroles et des attentions pleines de grâce et d'amitié,
cherchez-vous à venir au secours de cette mauvaise
disposition, vous la voyez s'augmenter, et voici pourquoi :
c'est le *brio* qui éclate dans votre conduite, c'est l'*animation*
que vous mettez à lui parler qui double le chagrin de
l'Anglais, en lui montrant clairement que son âme
manque de ce feu qu'il voit dans la vôtre et dont il est
jaloux. Nous sommes parvenus à égayer un de nos
Anglais, ou du moins à le tirer de son humeur massa-
crante, en lui donnant un mulet rétif qui, trois fois, l'a jeté
par terre. Nous l'en avions prévenu; mais il ne l'a
monté qu'avec plus d'empressement, il trouvait une
difficulté à combattre. Au fond, c'est là le seul plaisir de
cette nation morose, et ce qui l'appelle aux plus
grands succès. Ils seront les derniers en Europe à croire
à l'enfer.

M. le duc de L***[1] a donné un bal déguisé charmant,
comme tout ce qui se fait au palais de France[2]; le maître de
la maison a été d'une grâce et d'une amabilité parfaites.
Paul dit que dans ce grand seigneur il n'y a rien du
parvenu, ce qui est fort rare en France. Rien de plus difficile
que de porter un cordon bleu. Au fait, en 1829, ne
sommes-nous pas un peuple de parvenus? Personne dans
la société n'occupe la place que son père aurait devinée
pour lui lorsqu'il avait douze ans.

Une jolie Bohémienne, Mme de R***, était la reine de
la fête, au grand chagrin d'autres dames à hautes prétentions. Comme il y avait beaucoup plus de gens du Nord
que d'Italiens au bal de M. de Laval, l'opinion s'est
décidée pour les beautés anglaises, qui ont obtenu la
préférence sur les Romaines. La jolie Mme de R*** a été
prise pour une Espagnole. Nous n'avons peut-être
jamais vu douze femmes plus séduisantes réunies dans un
salon. Ce bal ne s'est point passé sans amener de ces
grands événements dont toute une ville s'occupe pendant

deux jours; ces bons petits caquets nous ont délassés de l'admiration.

Le voyageur solitaire et puritain qui refuse les invitations de son ambassadeur et se prive du spectacle des petits événements de la société peut dire n'avoir pas vu Saint-Pierre. Au bout d'un an, qu'est-ce qu'avoir vu Saint-Pierre? C'est un *souvenir*. Le voyageur est-il arrivé à Saint-Pierre morose et fatigué d'admirer, le souvenir qu'il en garde est terne et sans plaisir.

Le but de notre promenade d'aujourd'hui était de jouir d'un temps voluptueux (couvert, avec des bouffées de chaleur, et de tous côtés une légère odeur de fleur d'oranger et de jasmin). Nous avons porté des cafetières, des petits pains et du café au tombeau de Menenius Agrippa. Ce patricien jovial et bonhomme est connu de nos compagnes de voyage, à cause de Shakespeare (tragédie de *Coriolan*).

Nous avons débuté par une visite, la vingtième peut-être, à l'église de Santa Maria degli Angeli, et par un acte d'admiration pour Michel-Ange. De là nous sommes allés voir une citerne ornée de marbres dans le jardin attenant à l'église de Sainte-Suzanne. Les *ciceroni* romains attribuent cette citerne à Michel-Ange. Nous sommes restés une heure peut-être dans ce délicieux jardin; souvent on passait cinq minutes sans parler. Non, il n'est point dans le Nord de sensation semblable; c'était une flânerie tendre, noble, touchante; on ne croit plus aux méchants; on adore le Corrège, etc., etc.

J'en ai tiré un petit prône impromptu sur le peu de cas que l'on devait faire de vingt vexations essuyées à propos de nos passeports, et de deux ou trois réceptions *meno civili*[1] de la part de nos agents français. Que nous importe maintenant, disais-je à nos compagnes de voyage, d'avoir été pris pour des jacobins par de pauvres diables à 6 000 fr. d'appointements et mourant de peur d'être destitués?

La fontaine de Termini n'a pu obtenir de nous un moment d'attention; elle est grossière[2]. Nos âmes étaient à la hauteur des beautés les plus délicates; il nous aurait fallu des arabesques de Raphaël ou des fresques du Corrège.

Nous sommes entrés dans l'église de *Santa Maria della Vittoria*. L'intérieur fut décoré comme un boudoir par

Charles Maderne; mais ce n'était pas pour l'architecture que nous avions fait appeler le frère portier. Toutes ces églises peu fréquentées des hauteurs de Rome sont fermées après les messes, à onze heures du matin. Trois *paoli* font d'un pauvre moine l'être le plus heureux du monde, et il nous fait avec grâce les honneurs de son église.

« Où est le *San Francesco* du Dominiquin ? » lui avons-nous dit. Il nous a conduits dans la seconde chapelle à droite. Enfin, nous sommes arrivés au fameux groupe du Bernin et à la chapelle célèbre élevée par un des grands-oncles de notre ami l'aimable comte Corner[1].

Sainte Thérèse est représentée dans l'extase de l'amour divin; c'est l'expression la plus vive et la plus naturelle. Un ange, qui tient en main une flèche, semble découvrir sa poitrine pour la percer au cœur, il la regarde d'un air tranquille et en souriant. Quel art divin ! Quelle volupté ! Notre bon moine, croyant que nous ne comprenions pas, nous expliquait ce groupe. « *È un gran peccato,* a-t-il fini par nous dire, que ces statues puissent présenter facilement l'idée d'un amour profane. »

Nous avons pardonné au cavalier Bernin tout le mal qu'il a fait aux arts. Le ciseau grec a-t-il rien produit d'égal à cette tête de sainte Thérèse ? Le Bernin a su traduire, dans cette statue, les lettres les plus passionnées de la jeune Espagnole. Les sculpteurs grecs de l'Illissus et de l'Apollon ont fait mieux, si l'on veut; ils nous ont donné l'expression majestueuse de la *Force* et de la *Justice;* mais qu'il y a loin de là à sainte Thérèse !

Un tableau du Guerchin et deux tableaux du Guide, dans la chapelle voisine, ne nous ont fait aucun plaisir; nous avions besoin de prendre l'air.

Nos petits chevaux noirs et malins nous ont conduits bien vite à l'angle de la rue de Macao. Là, on enterrait les pauvres vestales coupables; c'étaient encore des âmes passionnées comme sainte Thérèse. Deux d'entre nous avaient vu jadis l'immortel ballet de Viganò[2]. Frédéric a ouvert un volume de Tite-Live si plaisamment traduit par M. Dureau[3], et nous a lu le récit du supplice de deux vestales, l'an 536 de Rome. Nous avons répété les noms d'Opimia et de Floronia, plus de deux mille années après la mort cruelle qu'elles souffrirent en ce lieu. Tous les détails nous en ont été donnés par Frédéric[4].

Mme Lampugnani et moi, qui avions vu le ballet de Viganò, étions touchés profondément.

Nous nous sommes promenés dans les jardins des Sciarra et des Costaguti, parmi des orangers en fleur; tout cela est encore dans Rome. Enfin, nous sommes sortis de la ville par la porte Pia, architecture de Michel-Ange.

Sur le trottoir de la grande route au-delà, nous avons rencontré trois ou quatre cardinaux qui se promenaient; c'est un des lieux que les éminences fréquentent le plus volontiers. M. le cardinal Cavalchini nous a fait l'honneur de nous indiquer la villa Patrizi, sur la hauteur à droite de la route. Son Éminence nous en a très bien raconté l'histoire, avec esprit, et sans importance; en revanche, nous lui avons donné nos voix pour être pape à la première occasion. Il protégerait les arts, qui en ont bon besoin.

Au sortir de la villa Patrizi, nous sommes allés à deux milles de là monter sur le Monte Sacro (le Mont Sacré). Nous avons trouvé ce lieu célèbre tout couvert de grandes herbes et d'arbrisseaux très verts, dont la végétation vigoureuse lui donne un aspect singulier.

Ici, le peuple de Rome se retira, abandonnant la ville aux patriciens, qu'il regardait comme ses tyrans, mais sans les attaquer; il *n'osait pas* (an de Rome 260). La religion, toujours si utile aux puissants, l'en empêchait*. Les plébéiens furent ramenés dans Rome par l'ingénieux apologue de Menenius Agrippa.

Quarante-cinq ans plus tard, émus par le spectacle atroce d'un père tuant sa fille pour la soustraire aux désirs du décemvir Appius, les plébéiens revinrent au Mont Sacré; mais ils imitèrent la modestie de leurs pères : *modestiam patrum suorum nihil violando imitati*[2]. Le peuple, cette fois, obtint des tribuns inviolables. (C'est notre Chambre des députés.) Il ne fut plus possible d'attenter à la liberté qu'en *corrompant* les tribuns. Parmi douze cents députés qui ont siégé depuis 1814, n'est-ce pas mille qui ont obtenu des places ou au moins un ruban?

Rien ne pouvait toucher ces Romains si durs, que le sang d'une femme : Lucrèce et Virginie leur donnèrent la liberté.

En descendant du Mont Sacré, nous songions beaucoup

* Voir l'admirable fragment de Montesquieu intitulé : *Politique des Romains dans la religion*. Primavera dell Ventinove, L for-sanscrit and jea. 46[1].

au tombeau du jovial Menenius. Nous étions à trois
milles de Rome, nous sommes revenus sur nos pas, et,
avant de repasser le Teverone sur le pont Lamentano,
détruit par Tortila et refait par Narsès, nous avons trouvé,
en descendant un peu dans la vallée, de très bon café
préparé par notre domestique italien, l'excellent Giovanni.
Les vaches qui habitent maintenant le tombeau de
Menenius avaient fourni le lait.

Nous sommes allés voir la villa Albani. Il faudrait ici
vingt pages de descriptions, et nous avions de grands
projets. M. le cardinal S. nous avait procuré un billet
qui nous permettait de voir une des plus belles choses du
monde, la villa Ludovisi. Ce qui n'est que curieux nous
semblait froid. Nous avons bien regardé le buste d'Annibal, les statues de Brutus et de César. L'architecture de
cette villa, quoique tout à fait moderne, n'est point
ridicule. Rien de plus singulier, pour des gens du Nord,
que ces jardins remplis d'architecture dont les Tuileries et
Versailles sont une imitation affaiblie.

Le style étrusque du bas-relief de *Leucothée,* nourrice de
Bacchus, nous a plu. Nous avons trouvé dans *Le Parnasse*
de Mengs les portraits bien froidement exécutés des
beautés célèbres à Rome sous le règne de Pie VI; le
portrait de Mme Lepri nous a intéressés à cause de
l'anecdote si connue*.

La statue de Junon méritait d'être vue avec recueillement, mais il fallait partir. Nous voulions voir la villa
Ludovisi; elle a surpassé l'attente de nos compagnes de
voyage.

---

* Le mari, fort âgé, de cette femme charmante, vient à mourir;
quinze jours après elle annonce qu'elle est grosse, et lui donne un
héritier neuf mois et quelques jours après sa mort. Le frère du
marquis Lepri, privé d'une succession fort considérable par cette
naissance, intente un procès scandaleux à sa jolie belle-sœur. Au
moment de le perdre, il lègue ce procès au pape régnant, Pie VI,
qui le fait *Monsignore*. Les juges condamnent le pape; il leur fait
défense de se présenter devant lui, et s'empare de l'immense succession Lepri. Quand M. Janet administrait les finances à Rome,
en 1811, il me semble que cette affaire n'était pas encore terminée.
Voir Gorani, *Mémoires sur les Cours d'Italie.*
La figure de la belle marquise Lepri a quelque chose de mélancolique : on attribue son aventure à un sentiment de délicatesse.
Du vivant de son mari, elle n'avait pas voulu le tromper tout à
fait, et avait su résister à un amant qu'elle adorait[1].

VILLA LUDOVISI

Le cardinal Ludovico Ludovisi (en Italie, on aime que le nom de baptême ressemble au nom de famille), le cardinal Ludovisi, neveu de Grégoire XV, bâtit cette villa sur la partie nord du Monte Pincio (1622[1]).

Ce siècle était, à Rome, celui de la décadence complète des beaux-arts; mais Ludovisi était de Bologne et les Carraches y avaient rallumé le feu sacré. Notre billet a été obtenu de M. le duc de Sora, prince de Piombino, je crois, de la maison Buoncompagni. On blâme beaucoup ce grand seigneur de ne pas recevoir chaque jour chez lui trente ou quarante Anglais. Si j'avais le bonheur de posséder ce lieu charmant, on me blâmerait plus sévèrement encore. Jamais, moi présent, personne n'y mettrait les pieds; et, en mon absence, le billet d'entrée se payerait deux piastres au profit des artistes pauvres.

Nous avons erré avec délices dans d'immenses allées d'arbres verts; ce jardin a un mille de tour. Nous ne nous pressions point, nous nous disions : « Si la nuit vient avant que nous ne soyons entrés dans le *casin,* nous solliciterons un autre billet. »

Que demandons-nous à ce beau lieu? Du plaisir; si nous le trouvons dans le jardin, pourquoi l'aller chercher devant l'*Aurore* du Guerchin? Peut-être n'y est-il pas.

Cependant tout naturellement, sans nous presser, nous sommes arrivés, vers les cinq heures, au chef-d'œuvre de Jean-François Barbieri, surnommé le Guerchin, parce qu'il louchait un peu. Né à Cento, près de Bologne, en 1590, il mourut en 1666.

(Nous avons lu sa vie en rentrant, dans la *Felsina Pittrice* de Malvasia[2], t. II, p. 143.) Vous voyez que Louis XIV aurait pu employer ce grand homme. Quelle différence pour l'école française! Le fat nommé Lebrun nous a confirmés dans nos défauts naturels : une vaine pompe et la haine du clair-obscur et de tous les grands effets. Le Guerchin avait justement des défauts contraires aux nôtres.

Mais, hélas! trop aimer le beau donne le ton misanthrope[3]; et le mot de méchant se présente à la pensée des gens froids. Heureux les tempéraments à la hollandaise qui peuvent aimer le *beau* sans exécrer le laid!

Au grand détriment de nos habits, nous nous sommes couchés sur le plancher de la salle où est l'*Aurore* du Guerchin, la tête appuyée sur des chaises renversées. Giovanni avait eu l'idée d'apporter les serviettes du déjeuner que l'on a étendues par terre pour les dames.

Le char de l'Aurore est attelé de deux chevaux pleins de feu. Le vieux Titon paraît dans un angle du tableau; il soulève un voile. Cette tête exprime la surprise de voir partir l'Aurore, qui répand des fleurs; elle est précédée des Heures et dissipe les ténèbres.

La Nuit, qui dort ayant un livre ouvert devant elle et la tête appuyée sur la main, nous a semblé au-dessus de tous les éloges. Ce *naturel* délasse de la fiction hardie représentée par l'étonnement du vieux Titon qui voit partir l'Aurore. Malgré sa froideur apparente, on voit que le Guerchin avait la sublime intelligence de son art.

Le Lucifer est charmant : c'est un génie ailé qui tient un flambeau.

Nous avons remarqué dans les deux côtés de la grande fresque, des enfants de la composition la plus piquante. Est-il besoin de dire que la vigueur du clair-obscur est portée presque aussi loin que possible, dans le chef-d'œuvre d'un maître si célèbre pour ce genre de mérite?

On nous a fait voir dans une salle voisine quatre paysages peints à fresque par le Dominiquin et plusieurs autres par le Guerchin. Nous avons eu le bon esprit[1] de monter au premier étage, où nous avons trouvé une voûte peinte à fresque par ce grand maître; c'est une Renommée qui porte un rameau d'olivier et sonne de la trompette.

Un *Mars en repos*, restauré par le Bernin, et un buste de Jules César nous ont frappés dans la salle des statues. Nous nous souviendrons de la forme de la bouche et des yeux d'une grande tête de Bacchus; ce bas-relief en marbre rouge peut donner quelque idée de la façon dont les prêtres païens s'y prenaient pour rendre les oracles.

Nous n'avons donné que peu d'instants à ces idées curieuses; nous apercevions de loin ce fameux groupe d'*Électre reconnaissant Oreste* dont nous avions une bonne copie aux Tuileries. (On vient de la remplacer par cet *Hercule* de M. le baron Bosio, qui se tient debout par un si grand miracle[1].) Ce groupe d'*Électre* montre bien l'horreur qu'avait la sculpture ancienne, non seulement pour les poses exagérées, mais encore pour l'imitation exacte de la nature dans les moments d'extrême agitation. Il faut voir Mme Pasta dans Médée, à l'instant où elle résiste à l'horrible tentation de tuer ses enfants. Voilà l'art qui peut s'emparer avec succès des points extrêmes des passions; il n'est pas immobile et éternel comme la sculpture. Les artistes qui ont plus d'esprit que de talent ne savent pas respecter les limites des arts.

Nous avons admiré le groupe d'*Hémon et Antigone,* dont on voit une copie dans les couloirs de la Chambre des députés, à Paris, Antigone venait de donner la sépulture à son frère Polynice, chose d'un intérêt capital dans l'antiquité. Cette coutume, très protégée par les prêtres qui ne peuvent influer sur la vie présente qu'en parlant de la vie future, fut probablement importée d'Égypte dans la Grèce. L'Égypte la tenait peut-être de la Chine, où l'on rend, comme vous le savez, un culte aux ancêtres, mais le pouvoir civil y a supprimé les prêtres. Nous voyons, au Père-Lachaise, la vanité des tombeaux rendre un peu de vie réelle à la sculpture qui, autrement, ne se soutiendrait que par les tristes encouragements du gouvernement. Je dis *tristes,* non pas qu'ils ne soient fort chers pour le budget; mais les commis qui ordonnent les statues ont en horreur les gens de génie impertinents, c'est-à-dire les Michel-Ange, les Canova, les Mignard; ils aiment les intrigants tels que Lanfranc, Lebrun, etc. Beaucoup de gens riches ne songent à la sculpture, que lorsqu'il s'agit d'enterrer un des leurs; maintenant la seule vanité est un principe d'action; chez les anciens, donner la sépulture à un parent était un devoir rigoureux.

J'avoue que voilà une terrible digression, mais elle rend raison à l'histoire de l'art. Malgré les ordres de Créon, Antigone vient de rendre les derniers devoirs à son frère Polynice; elle lui a consacré ses cheveux. Ce signe certain de l'action qu'elle vient de faire, l'a conduite à la mort. Hémon, fils de Créon, l'adorait; il soutient le corps inanimé d'Antigone et se perce la poitrine avec son glaive. Cette anecdote, sans intérêt pour nous, qui n'avons pas le préjugé de la sépulture, était tellement touchante pour les anciens, que Sophocle et Euripide en ont fait le sujet de trois tragédies, dont une seule nous est parvenue. Properce l'a indiqué dans des vers célèbres.

> *Quid ? non Antigonae tumulo Boeotius Haemon*
> *Corruit ipse suo saucius ense latus :*
> *Et sua cum miserae permiscuit ossa puellae*
> *Qua sine Thebanam noluit ire domum ?*

PROPERT.,
liv. II, v. 335[1].

Les anciens n'auraient pas compris le point d'honneur du soufflet, dont l'infamie vint dans l'origine de ce qu'on ne pouvait le donner qu'à un homme qui avait la figure découverte, qui ne portait pas de casque, qui n'était pas noble.

Les archéologues font remarquer les moustaches d'Hémon; c'est un signe caractéristique des Thébains. La science de ces messieurs consiste à connaître tous ces petits usages. L'un d'eux nous parlait hier des dix-huit manières dont les sculpteurs anciens arrangeaient les cheveux de Minerve.

Il était presque nuit; nous avons encore pu examiner un groupe célèbre du Bernin : c'est *Pluton enlevant Proserpine*. La figure de Pluton rappelle les poses comiques de certaines statues du pont Louis XVI. Le Bernin avait un rare talent pour tailler le marbre.

29 avril 1828. — Un Romain, âgé d'une cinquantaine d'années, voit assez souvent depuis un mois une jeune femme française fort jolie. Il n'en est point épris. Il n'en[2] est pas moins allé chez le banquier de la dame pour savoir au juste ce qu'elle dépensait chaque mois.

La dame a su ce procédé et s'en est plainte vivement à Paul, qui lui a répondu : « On m'a fait bien pis à Florence : par simple curiosité de petite ville, on avait chargé un cordonnier, dont l'échoppe était vis-à-vis de ma porte, de tenir la liste des visites que je recevais. On s'est informé chez M. Fenzi, mon banquier, du nombre d'écus que je prenais chez lui chaque mois. Enfin on est allé en mon nom demander mes lettres à la poste, et tout cela sans intérêt d'amour ni envie de me voler, par curiosité[3] de petite ville, effet de l'ennui profond. À Florence, on a quelquefois la tête étroite; on s'occupe surtout de petites choses comme celles que je viens de noter; mais jamais on ne pourra reprocher à un Florentin de la légèreté ou un manque de logique. Rarement, il se trompe sur ce que son voisin a dépensé pour faire un habit, ou sur le nombre de visites que Mme une telle a reçues de M. un tel. Il entrera dans vingt boutiques (sans rien acheter, il est vrai) plutôt que de manquer la vérité, faute d'un renseignement. »

30 avril 1828. — Ce matin, nous avons revu la villa Ludovisi; nous sommes plus charmés que jamais des fresques du Guerchin; c'est une passion subite et qui, chez une de nos amies, va jusqu'à l'exaltation. C'est un peu ce qu'en amour on appelle le *coup de foudre*. Un instant vous révèle ce dont votre cœur avait besoin depuis longtemps sans se l'être avoué à lui-même. Elle aimait beaucoup la délicatesse des femmes du Guide, et voilà que tout à coup elle adore le Guerchin, qui est tout l'opposé!

Il y a ici tout un système de peinture à discuter. Vaut-il mieux être avare de la lumière, comme le Guerchin, Rembrandt, Léonard de Vinci, le Corrège, ou la prodiguer comme le Guide?

En revenant de la villa Ludovisi, nous nous sommes arrêtés longtemps sur la place de Monte Cavallo, qui nous semble l'une des plus belles de Rome et du monde. Elle est fort irrégulière; c'est là le reproche que lui font les nigauds à *goût appris*[1]. On a devant soi la façade latérale du palais du pape avec la grande porte devant laquelle sont assis sur des bancs les huit ou dix soldats suisses qui gardent le souverain. À droite le palais de la Consulta, à gauche une pente rapide, au-delà de laquelle on aperçoit les sommets de tous les grands édifices de Rome, car nous sommes sur l'extrême bord du mont Quirinal, à peu près à la hauteur de la coupole de Saint-Pierre, que l'on voit parfaitement bien de l'autre côté de Rome et qui produit un effet étonnant (elle est bien moins pointue que la coupole du Panthéon, à Paris).

Auprès des fameux chevaux de grandeur colossale que Constantin fit venir d'Alexandrie, se trouve une fontaine admirable élevée par les ordres de Pie VII, et qui donne cette sensation si rare dans les beaux-arts : *l'imagination ne peut rien concevoir au-delà.* Rome est le pays des fontaines charmantes[2]. Au milieu des chaleurs extrêmes que nous éprouvons déjà, le bruit des eaux et leur admirable limpidité produit un effet dont on ne peut se faire d'idée dans les pays froids. Un préfet de police raisonnable comme M. de Belleyme[1], en supprimant les mauvais usages et les mauvaises odeurs, ferait de Rome une ville parfaite.

J'ai vu aux fenêtres du palais du pape qui donnent sur la rue Pia, des serviettes étendues pour les faire sécher. Cette simplicité me touche. Suivant ma façon de sentir, elle n'exclut nullement la grandeur; Cincinnatus et Washington étaient ainsi, mais non pas le maréchal de Villars. La fausse grandeur de la cour de Louis XIV gâte les ouvrages de Mignard.

Mme Lampugnani a obtenu d'une dame romaine le journal du marquis Targini[2]; cet homme d'esprit qui, au retour de Paris, s'est tué dernièrement parce que sa maîtresse était devenue amoureuse de son cocher. (Explication singulière de cet amour, cristallisation involontaire et invincible. Combats de la maîtresse.)

M. Targini a fort bien connu la cour du pape Pie VII. Voici ce qu'il en écrit : « 20 mai 1821... » (anecdote très favorable à Pie VII, mais que je ne puis traduire, à cause des tribunaux) ensuite :

« Telle est l'admirable simplicité de l'homme d'esprit souverain de fait, et du bon moine ami des arts souverain de droit. Je viens de rencontrer Pie VII, qui rentrait à Monte Cavallo après avoir passé une heure chez un sculpteur médiocre assis devant une statue colossale. L'atelier du sculpteur où j'écris ceci, assis sur le banc que Sa Sainteté occupait il y a quelques instants, est une sorte de remise qui ouvre sur la rue. Rien de plus inculte. Pendant trois quarts d'heure, le pape s'est entretenu avec le sculpteur et avec M. le marquis Melchiorri, officier de sa garde noble, qui, aujourd'hui, commandait le détachement de service (ce jeune officier, membre de la Légion d'honneur, est l'un des antiquaires les plus distingués de Rome). »

Et plus loin, page 230 : « Une âme épuisée pour avoir rêvé pendant une heure à la beauté céleste de la Vénus nue de Canova, ou à un regard que sa maîtresse fixait sur un rival, est incapable de parler même à un bottier pour commander une paire de bottes. »

Au milieu de notre civilisation parisienne, rien de plus

odieux, ce me semble, que ce genre de rêverie. En 1850,
il y aura moins d'artistes à Paris qu'à Berlin ou à Madrid.
Il faut être tout entier à l'homme à qui l'on parle, ou il
vous punit de votre préoccupation par une plaisanterie,
et personne ne veut être ridicule, pas même Werther.
Les petites passions de nos amis nous donnent au moins
des distractions. Artistes, vivez à Rome comme le
Poussin et Schnetz.

1ᵉʳ mai 1828. — Dégoûtés des arts du dessin par
l'effet des mauvaises statues et des croûtes sur lesquelles
nous sommes tombés ce matin et qui nous ont empoisonnés, nous sommes descendus du mont Quirinal à la rue
du Cours, en passant devant la fontaine de Trevi et une
petite église bâtie par le cardinal Mazarin¹. M. Agostino
Manni nous disait ce matin que, près le palais Sciarra, on
a trouvé le pavé de la Rome antique à vingt-trois palmes
au-dessous du pavé actuel.

Mme de Staël dit que, lorsque les eaux de la fontaine
de Trevi cessent de jouer par suite de quelque réparation,
il se fait comme un grand silence dans tout Rome. Si cette
phrase se trouve dans *Corinne*², elle suffirait à elle seule
pour me faire prendre en guignon toute une littérature.
On ne peut donc obtenir d'effet sur le public, en France,
que par une plate exagération! L'architecture de cette
fontaine de Trevi, adossée au palais Buoncompagni, n'a
de bien que sa masse et le souvenir historique qui nous
apprend que cette eau coule ainsi depuis dix-huit cent
quarante-six ans. La chute de ces nappes d'eau assez
abondantes au fond d'une place entourée de hautes
maisons fait un peu plus de bruit que la fontaine de Bondi
sur le boulevard³. Agrippa, le gendre d'Auguste, dont
l'admirable buste du Capitole nous montrait hier la figure
réfléchie et sérieuse, fit bâtir un aqueduc de quatorze
milles pour amener cette eau à Rome. On l'appelle
Acqua vergine, parce qu'une jeune fille l'indiqua à des
soldats altérés. Elle arriva pour la première fois dans les
thermes d'Agrippa, derrière le Panthéon, le 9 de juin
l'an 735 de Rome (vingt-neuf ans avant Jésus-Christ).
La décoration actuelle de la fontaine de Trevi, exécutée en 1735, sous Clément XII, est de l'architecte
Salvi. Les statues et les bas-reliefs sont de Bracci,
Valle, Bergondi et Grossi, artistes fort inférieurs à

ceux qui ont contribué au monument de M. de Malesherbes.

LES « STANZE » DE RAPHAËL AU VATICAN

5 mai 1828. — Ce n'est pas moi qui ai parlé de ces fresques; nos compagnes de voyage ont absolument voulu les voir.

Hier et aujourd'hui, nous avons passé plusieurs heures dans ces grandes salles obscures; le temps est délicieux; la chaleur est assez forte pour qu'on trouve un extrême plaisir à s'exposer au courant d'un air frais. Un homme puissant, ami de ces dames, nous avait recommandés au concierge des *stanze,* personnage que les insolences des Anglais ont rendu insolent. « Il y a un mois, un Anglais tira de sa poche, dit le concierge, un petit couteau, et se mit sans façon à détacher du mur un petit morceau de peinture, probablement pour le placer comme *souvenir* dans sa bibliothèque. »

Les quatre salles ou *stanze* que les fresques de Raphaël ont rendues si célèbres appartiennent à cette partie du Vatican qui fut élevée par Nicolas V, ce prince ami des arts. Elles prennent des jours assez sombres sur la fameuse cour du Belvédère. L'architecture annonce bien un pays chaud et ces temps d'énergie où il fallait souvent qu'un prince se défendît dans son palais.

Alexandre VI fit orner de peintures le second étage de ce bâtiment; aussi est-il appelé l'appartement Borgia. Plusieurs voûtes de cet appartement ont été peintes par le Pinturicchio. C'est là que l'on voit les *Noces aldobrandines,* ce tableau antique si célèbre au XVIIe siècle, avant la découverte de Pompéi et d'Herculanum.

À l'exemple d'Alexandre VI, Jules II voulut faire peindre à fresque ce troisième étage dans lequel nous entrons. Il employait les artistes les plus célèbres de son temps, Pietro Perugino, Bramantino de Milan, Pietro della Gatta, Piero della Francesca et Luca da Cortona. Le Bramante parla au pape d'un jeune parent à lui, qui, disait-il, était une merveille et venait de faire des choses étonnantes à Sienne. Jules II consentit à ce que ce jeune homme vînt; c'était vers le commencement de 1508.

Raphaël fit la *Dispute du Saint-Sacrement*. En la voyant,
Jules II ordonna que des maçons détruisissent à coups de
marteau[1] les fresques des autres peintres; il voulut n'avoir
dans ces salles que des ouvrages de l'homme qui avait
ému sa grande âme.

En entrant dans la salle de Constantin[2], on remarque
un grand soubassement qui règne tout autour. Polydore
de Caravage y a peint avec un rare talent des bas-reliefs
qui simulent le bronze doré; la plupart des figures sont
imitées de celles de la colonne Trajane. Ces bas-reliefs
représentent des sièges, des batailles et autres actions de
guerre d'une armée romaine. Au-dessus de ce soubassement et dans l'espace laissé vide par les grands tableaux,
sont représentés, dans leurs habits pontificaux, huit des
papes les plus célèbres. Ils sont assis sur des trônes
surmontés de baldaquins. Ce sont, en commençant par
la gauche, saint Pierre, saint Clément, saint Grégoire,
saint Urbain, saint Damase, saint Léon Ier, saint Sylvestre
et saint Alexandre[3]. Suivant l'usage on voit, auprès de
chaque pape, deux figures assises qui représentent ses
vertus, et il est assisté de deux anges faisant les fonctions
de chambellans. Le mot *suave,* qu'on lit en divers endroits,
appartenait aux armes de Léon X et de Clément VII.

Raphaël a peint à l'huile sur un enduit préparé à cet
effet deux vertus, la *Mansuétude* et la *Justice;* c'était un
essai : il avait le projet de peindre de cette manière la
grande bataille de Constantin contre Maxence. Quelques
connaisseurs lui attribuent aussi la tête de saint Urbain.
Le tableau qui est à droite, en entrant, représente l'apparition de la croix à Constantin. On y lit ces mots célèbres :
in hoc signo vinces.

Sans doute, le dessin est de Raphaël; mais ce tableau ne
fut peint qu'après sa mort; on l'attribue à Jules Romain.
Nous avons remarqué dans les lointains le château et le
pont Saint-Ange tels que Raphaël se figurait qu'on les
voyait du temps de Constantin. On aperçoit aussi le
mausolée d'Auguste (c'est aujourd'hui une tour ronde,
qui sert de théâtre. Le dimanche, le peuple va voir
au *Mausoleo di Augusto* un combat de taureaux, et les
étrangers vont voir le peuple).

L'immense fresque, vis-à-vis les fenêtres, représente la
fameuse bataille de Ponte Molle et la victoire de Constantin sur Maxence. Raphaël mourut au moment de se

mettre à l'ouvrage; déjà la muraille était préparée pour
recevoir des couleurs à l'huile; ce tableau fut exécuté à
fresque par Jules Romain; il a soixante-quatre pieds de
long, et quinze de hauteur. Les personnages sont de
grandeur naturelle. La mêlée est effroyable; chaque figure
est admirablement dessinée; mais, si tout à coup la
baguette d'un magicien donnait la vie à ces soldats et à
ces chevaux, la plupart tomberaient. Je regarde ce tableau
comme une des grandes erreurs de Raphaël; très probablement, il n'avait jamais vu de bataille.

Il s'est trouvé parmi nous, ce matin, plusieurs personnes
qui préfèrent l'*élégance* à la vérité. Tout ce que je dis ici
doit sembler bien absurde si le lecteur n'a pas une gravure
de cette bataille sous les yeux.

Deux grandes armées se choquent sur les bords du
Tibre. Le combat est fort animé : on se bat sur le *ponte
Molle;* les vaincus tombent dans le Tibre et y trouvent
la mort; tel est le sort de Maxence. Constantin à cheval
s'avance *avec majesté;* il est secouru par trois anges, qui
paraissent dans le ciel, l'épée à la main. Dans le lointain,
on aperçoit le Monte Mario. Je suis loin de blâmer
l'intervention des anges; songez chez qui nous sommes.

Le baptême de Constantin est le sujet du tableau suivant.
L'empereur, dépouillé de ses vêtements et un genou en
terre, reçoit l'eau sainte que le pontife saint Sylvestre
verse sur sa tête. On reconnaît dans le *champ* de ce tableau
plusieurs parties du baptistère qui existe encore près
Saint-Jean-de-Latran. Très probablement[1] cette fresque
a été exécutée d'après les dessins de Raphaël. Le peintre
fut Francesco Penni, appelé il *Fattore*, parce qu'il avait
la direction des affaires pécuniaires de Raphaël. La date
est 1524 (trois ans avant le sac de Rome, sous le règne de
Clément VII).

Le dernier tableau de cette salle représente une action
dont l'existence a été soutenue dans des milliers de
volumes. Constantin donne la ville de Rome à saint
Sylvestre. En douter était hardi il y a cent ans; aujour-
d'hui il serait hardi d'avouer qu'on y croit. Constantin
présente au pape une petite figure d'or, c'est l'image de
la ville de Rome. Cette action se passa dans l'ancienne
basilique de Saint-Pierre, telle qu'elle existait avant Bramante et Michel-Ange. On voit au fond l'ancienne
tribune, et sur le devant la Confession sous laquelle

repose le corps de l'apôtre saint Pierre. La Confession est entourée de ces colonnes torses *vitineae* dont nous avons souvent parlé, et que l'on croyait avoir appartenu au temple de Jérusalem. La *donation* fut exécutée par Raffaël del Colle[1], d'après les dessins du grand Raphaël.

Les peintures de la voûte de cette salle furent commencées sous Grégoire XIII, dont on y voit les armes, et terminées sous Sixte V. Le tableau du milieu brille par la perspective. Une idole s'est brisée et est tombée par morceaux au pied d'un crucifix d'or. L'auteur est Lauretti. Les autres ornements de cette voûte montrent à quel point de décadence la peinture était déjà arrivée un demi-siècle après la perte qu'elle avait faite en 1520.

SECONDE SALLE

Ici tous les tableaux sont de Raphaël. Le soubassement est formé de dix-sept figures *in chiaroscuro* (d'une seule couleur). Ces figures, allusives aux vertus de Jules II, soutiennent la corniche. On remarque plusieurs bas-reliefs qui imitent le bronze doré, comme dans la première salle. On les dit faits par Polydore de Caravage, et renouvelés par le Maratte. On distingue les *Quatre Saisons*. Polydore, comme les autres élèves de Raphaël, peignait d'après les dessins de ce grand homme.

Le premier tableau représente le châtiment d'Héliodore, préfet du roi Séleucus. Par l'ordre de son maître, il a pénétré dans le temple de Jérusalem; il vient y enlever les dépôts appartenant aux veuves et aux pupilles. Ce voleur des lieux saints est renversé par le cheval d'un guerrier céleste qui a paru tout à coup : deux anges s'apprêtent à le frapper de verges. Dans une partie reculée du temple, on aperçoit le grand prêtre Onias; il ne voit point le châtiment d'Héliodore : plongé dans l'immobilité d'une douleur profonde, entouré des prêtres et du peuple, il invoque le secours du Très-Haut. Vers la gauche, quelques femmes qui se trouvent plus rapprochées du lieu où s'opère le prodige que le grand prêtre demande encore, paraissent éperdues de ce qui se passe sous leurs yeux; il faut admirer ce parti pris par Raphaël pour représenter la soudaineté du miracle. La figure du cavalier qui *charge* Héliodore a été longtemps pour les peintres de l'école romaine, ce que l'*Apollon du Belvédère* est encore pour les sculpteurs.

Un peintre chrétien ne peut aller plus loin. Raphaël peignit le groupe principal; celui des femmes fut ébauché, dit-on, par Pierre de Crémone, élève du Corrège. Je le croirais assez; il y a quelque chose de suave. La magnificence de l'intérieur de l'édifice, le candélabre, le voile, l'autel, tout contribue à représenter à notre imagination ce fameux *temple* de Jérusalem détruit par Titus.

Par une fiction pleine de hardiesse, Jules II, libérateur des États de l'Église, arrive dans le temple, porté dans sa chaise *gestatoria* par ses officiers *(seggettari*[1]*)*; on remarque parmi ces derniers deux portraits, celui du fameux graveur Marc-Antoine Raimondi, élève de Raphaël, et celui de Fogliari, de Crémone, un des ministres de l'époque, qui alors sans doute l'emportait de beaucoup sur Marc-Antoine.

Jules II regarde avec sévérité Héliodore abattu. Probablement, les têtes de cette fresque sont presque en entier de la main de Raphaël : car elle fut terminée avant 1512. Jules Romain, qui l'aida si souvent par la suite, n'avait pas vingt ans, et n'était encore chargé que d'ébaucher les draperies et l'architecture. Sous la direction de Raphaël, des hommes médiocres ont exécuté de fort belles choses.

On aperçoit au-dessus de la fenêtre le *Miracle de Bolsena*. Un prêtre, en disant la messe, a le malheur de douter de la présence réelle du corps de Jésus-Christ dans l'hostie consacrée. Aussitôt des gouttes de sang s'échappent de l'hostie et tombent sur le *corporal*. Les assistants sont pénétrés de la foi la plus vive à la vue d'un si grand prodige. Jules II est présent, on le voit à genoux, environné de sa cour. La *componction* du prêtre, la profonde dévotion et la curiosité des spectateurs chrétiens, sont les expressions que Raphaël avait à rendre[2]. Très probablement il croyait à ce miracle, avantage immense.

Quel beau contraste entre ce sujet et l'*Héliodore chassé du temple!* Une fenêtre coupait de la manière la plus gênante la muraille sur laquelle Raphaël devait placer le miracle de Bolsena. Il dispose son sujet avec tant d'adresse, que l'espace qui lui manque *paraît inutile.* Raphaël n'avait pas trente ans. Cet ouvrage, tout de sa main, est regardé comme l'un des plus vigoureux. Le talent du peintre d'Urbin est plus vigoureux, parce qu'il y a une grâce plus divine, parce que rien n'est *forcé*, parce qu'il est plus *lui-même*. Quand Raphaël est *déclamateur*, il l'est comme Fénelon dans certains morceaux du *Télémaque*. À droite du *Miracle de Bolsena*, d'un effet si tranquille, un grand tableau représente la confusion et le tumulte. C'est la marche d'une armée barbare commandée par un roi furieux. Les massacres et les incendies marquent tous ses pas et forment le fond du tableau.

Attila, roi des Huns, surnommé le fléau de Dieu, s'avançait vers Rome pour la détruire. Saint Léon le Grand, digne cette fois du nom que lui donnèrent ses contemporains, ose aller à la rencontre d'Attila. Il s'agissait de toucher cette âme féroce ou d'être massacré. Le pontife arrive sur le Mincio (entre Mantoue et Peschiera); il va parler au roi barbare. Attila est persuadé, c'est-à-dire rempli de terreur, par la vue des saints apôtres Pierre et Paul, qui, armés d'une épée, paraissent dans le ciel. Admirable invention de Raphaël, pour *représenter aux yeux* la *persuasion* telle qu'elle pouvait entrer dans le cœur d'un sauvage furieux envahissant la belle Italie.

Au milieu du tableau, Attila frappé de terreur retient son cheval. Vis-à-vis de lui, au-dessous des saints apôtres, paraît Léon X, dans ses habits pontificaux. Ce qui eût tué un autre peintre augmente l'intérêt des tableaux de Raphaël; je veux parler des portraits. Ce grand homme a su les élever juste au degré d'expression qui convient à chacun de ses ouvrages.

On nous a donné depuis des têtes superbes bien imitées des Grecs, mais qui ont l'air un peu bête (le Romulus des *Sabines*), c'est le pire des défauts. Souvent la vérité, qui à l'insu du peintre brille dans un portrait, délasse de l'idéal.

Léon X paraît au lieu de saint Léon le Grand. Le cortège est celui de la cour de 1518. Il me semble que la figure d'Attila n'est pas assez singulière; il fallait une tête de sauvage comme le Chactas, de Girodet, mais blonde.

La *pacatezza* de la cour du pape, je veux dire la manière tranquille, simple, naturelle, avec laquelle elle s'avance, fait un admirable contraste avec ce soldat qui, de l'autre côté du tableau (à droite du spectateur), peut à peine

retenir son cheval. Il est couvert du *giacco,* ou chemise de
mailles, fort en usage au xve siècle, mais bien inconnu aux
barbares du viie. Les armures commencent sous saint
Louis, atteignent à la perfection d'utilité et de beauté sous
Louis XII; après la mort de Bayard, elles deviennent à la
fois inutiles et laides. Probablement Léon X lui-même
avait porté le *giacco* à la bataille de Ravenne, un an avant
son élection.

Le champ du tableau, derrière l'armée barbare, est
occupé par les incendies qu'elle a allumés. On croit que
cette fresque est de 1513; Raphaël avait trente ans. Le
mazziere près de Léon X est le portrait du Pérugin son
maître.

Sur la fenêtre, vers la cour du Belvédère, on voit saint
Pierre que l'ange fait évader de prison.

Au centre du tableau, et à travers des barreaux de fer,
on voit le saint apôtre chargé de chaînes et plongé dans
un profond sommeil; deux soldats dorment à ses côtés et
tiennent le bout de ses chaînes; un ange remplit de sa
lumière céleste tout l'intérieur de cette prison.

Raphaël, s'emparant du privilège de la poésie lyrique, a
représenté dans le même tableau, à droite, saint Pierre hors
de la prison; l'ange le conduit par la main; ils passent,
sans être entendus, au milieu des gardes endormis.
La sécurité de saint Pierre, qui vient de la fermeté de sa
foi, et l'air de puissance de l'ange, sont rendus avec une
finesse, un naturel et une absence de toute exagération qui
fait[1] le désespoir des artistes dignes de ce nom.

La lumière qui émane de l'ange se réfléchit sur les
armures brillantes des soldats. Le peintre a osé représenter
une troisième période de ce même sujet. À gauche du
spectateur, les gardes viennent de s'apercevoir de la fuite
de l'apôtre; ils ont allumé une torche; l'un est épouvanté
de la nouvelle, l'autre en est encore à demander à son
voisin ce qui est arrivé, un troisième accourt. Cette
scène est éclairée à la fois par la lumière de la torche
qu'on vient d'allumer et par la clarté de la lune[2]. Raphaël
exécuta cette fresque en 1514, la première année du règne
de Léon X. Il fallait ici une extrême finesse de ton que le
temps a détruite ou qui jamais n'exista. J'aime mieux la
Nuit du Corrège, à Dresde.

On laissa subsister l'ornement de la voûte de cette salle
tel que l'avaient fait les peintres que remplaçait Raphaël :

il y ajouta quatre grands morceaux de tapisserie qu'il suppose avoir été tendus contre le plafond, et sur lesquels on voit quatre sujets pris dans la Bible.

Dieu promet à Abraham une postérité innombrable : ce fanatique sacrifie son fils Isaac! Jacob voit en songe l'échelle mystérieuse, par laquelle des anges montent au ciel et en descendent. Le même sujet est traité dans les loges; on peut comparer. Moïse a la vision du buisson ardent! Ces tableaux ont souffert.

TROISIÈME SALLE

C'est celle de la *Signature*. Le soubassement est moins élevé que dans les autres pièces. La corniche est soutenue par des cariatides à *chiaroscuro;* ce sont des figures d'hommes barbus et de femmes. Entre ces cariatides, on a peint des bas-reliefs qui simulent le bronze doré. Les sujets ont du rapport avec les grands tableaux placés au-dessus du soubassement.

Le premier bas-relief, à gauche de la fenêtre, représente Moïse qui donne les tables de la loi; dans le second, on voit un prêtre qui fait un sacrifice; plus loin, saint Augustin médite sur le mystère de la Trinité; et enfin la Sibylle montre à l'empereur Auguste la Vierge, mère de Dieu. Nous rencontrons ici une croyance du XIVe siècle, maintenant abandonnée par l'Église.

On voit dans un autre bas-relief une réunion de philosophes qui, placés autour d'un globe céleste, discutent sur la forme de la terre; plus loin, Archimède est tué par un soldat romain, pendant qu'il est occupé à tracer des figures de géométrie sur le pavé de sa chambre; Marcellus triomphe de Syracuse; et enfin, sous le tableau du *Parnasse,* on a représenté l'histoire de la découverte des livres sibyllins dans le tombeau de Numa. La sagesse du sénat les fait jeter au feu, et évite ainsi toute hérésie. En 1828, les convenances ne permettraient pas ce sujet.

Nous arrivons enfin à la grande fresque, qui est le premier ouvrage de Raphaël au Vatican, et dont il a été parlé plus haut à l'époque de notre première visite aux *stanze* (p. 54).

Nous étions loin alors de pouvoir saisir tous les détails

des tableaux de Raphaël, et surtout les nuances d'expression de ses personnages. Accoutumés, comme de vrais Parisiens, aux expressions chargées des figures des peintres modernes qui ambitionnent le *suffrage du vulgaire,* et continuent le système de Pierre de Cortone, la plupart de ces têtes de Raphaël nous semblaient *froides.* Huit jours de séjour à Rome commencent à nous *guérir* de ce mauvais goût que nous reprendrons à Paris. Un des grands traits du xixe siècle, aux yeux de la postérité, sera l'absence totale de la hardiesse nécessaire pour n'être pas comme tout le monde. Il faut convenir que cette idée est la grande machine de la civilisation. Elle porte tous les hommes d'un siècle à peu près au même niveau, et supprime les hommes extraordinaires, parmi lesquels quelques-uns obtiennent le nom d'hommes de génie. L'effet de l'idée *nivelante* du xixe siècle va plus loin; elle défend d'*oser* et de travailler à ce petit nombre d'hommes extraordinaires qu'elle ne peut empêcher de naître. Toute leur vie, on les voit sur le rivage se préparant à oser se lancer à l'eau. Cloués sur la rive, ils jugent de là les nageurs, qui souvent valent moins qu'eux.

Le tableau qui fait le mieux connaître le talent de Raphaël, c'est la *Dispute du Saint-Sacrement.* Jamais il ne travailla avec un aussi grand désir de bien faire[1]. Jeune, à peine arrivé dans Rome, entouré de huit ou dix peintres célèbres jaloux de sa faveur naissante, il est très probable qu'il ne se fit aider par personne.

L'école allemande actuelle pense que la peinture eût gagné à ne jamais se départir du soin extrême et de la sécheresse qu'on aperçoit en plusieurs parties de cette fresque. La peinture porte dans l'âme du spectateur les mouvements les plus nobles et les plus agréables, en donnant l'idée des objets qu'elle représente. Indépendamment du choix des objets, jusqu'à quel point, pour atteindre à ce but, *cette représentation doit-elle être exacte ?*

Voilà toute la question : j'ai cherché à la résoudre dans la vie de Raphaël.

Qui ne connaît l'*École d'Athènes ?* C'est une réunion idéale des philosophes de tous les temps de la Grèce. La scène se passe sous le portique d'un grand édifice orné de statues et de bas-reliefs. Sur une plate-forme placée assez loin du spectateur, et à laquelle on arrive par des gradins, on aperçoit Aristote et Platon (ou la Raison et l'Imagination). Ces grands hommes peuvent être regardés comme les fondateurs des deux explications des choses explicables, dont l'une entraîne les âmes tendres et l'autre les esprits secs. L'une a pour représentants Kant, Steding[1], Fichte, M. Cousin et tous les Allemands. La triste raison, à laquelle il faut bien en revenir quand il s'agit de raisonner, nous offre, pour nous guider dans la recherche si difficile du vrai, les ouvrages de Bayle, de Cabanis, de MM. de Tracy et Bentham. Une certaine explication philosophique fort honorable sans doute, et qui perçoit un grand nombre de millions, penche pour la philosophie allemande qui, dans certains pas difficiles où elle ne peut satisfaire la raison de ses auditeurs, les prie d'avoir de la foi et de croire sur parole. Ces idées nous ont fait oublier l'*École d'Athènes* pour quelques instants.

Les principaux disciples de Platon et d'Aristote sont groupés autour de leurs maîtres. À côté de ces hommes célèbres, on aperçoit celui dont la renommée ne peut périr : Socrate, debout, parle au jeune Alcibiade, qui est vêtu de l'habit militaire. Du même côté, mais plus près de nous, vous voyez Pythagore, qui écrit sur les proportions harmoniques; Empédocle, Épicharme, Archytas, sont auprès de lui. Ce jeune homme qui porte un manteau blanc et s'éloigne de Pythagore comme pour se rapprocher de Platon présente, dit-on, le portrait de François-Marie della Rovere, duc d'Urbin et neveu de Jules II.

Vers le bord du tableau, Épicure, couronné de pampres, tout occupé à écrire ses préceptes, éclaircis de nos jours par Jérémie Bentham, semble faire peu de cas de la secte de Pythagore. Cet Épicure ne ressemble point au buste auquel on donne aujourd'hui le nom de ce philosophe; probablement, il n'était pas découvert du temps de Raphaël.

Au milieu des gradins, on aperçoit un homme seul et à demi nu; c'est le cynique Diogène. Un jeune homme semble vouloir se rapprocher de lui, mais un vieillard l'en détourne en lui indiquant Aristote et Platon.

À la droite du spectateur, vous voyez le célèbre groupe des mathématiciens. Archimède, courbé sur une table, trace un hexagone avec un compas. On dit qu'Archimède est le portrait du Bramante, et ce jeune homme qui, les bras ouverts, semble regarder avec admiration la figure géométrique que vient de tracer son maître, est Frédéric II, duc de Mantoue.

Le tableau se termine à la droite du spectateur par deux figures qui portent un globe; elles représentent Zoroastre, roi des Bactriens, et l'astronome Ptolémée. Des deux têtes placées derrière Zoroastre, la plus jeune est le portrait de Raphaël, et l'autre celui du Pérugin.

Nos compagnes de voyage ont saisi du premier coup d'œil toutes les nuances de physionomie des personnages de ce tableau, grâce à une copie de la grandeur de l'original dont s'occupe un artiste russe. Elle serait excellente, suivant moi, si quelquefois le copiste ne se permettait de suppléer à ce que le temps a effacé dans l'ouvrage de Raphaël, ou même aux petits détails qu'il n'a pas jugé convenable d'introduire dans un tableau qui doit être vu à sept ou huit pas de distance.

Les couleurs brillantes de cette copie russe ont été pour nous comme un excellent commentaire qui fait parfaitement comprendre le texte d'un ancien auteur. Les femmes ont une sympathie naturelle et que je croirais instinctive pour les couleurs fraîches et brillantes; elles ont besoin d'un acte de courage pour regarder longtemps des couleurs ternies par trois siècles d'existence, et qui, pour tout dire, ont un aspect sale[1].

Afin de ne pas manquer à la vérité historique, Raphaël consulta l'Arioste. Nous avons vu longtemps au Louvre, dans la galerie d'Apollon, le carton de l'*École d'Athènes*. Le passage du pont de Lodi nous l'avait donné, Waterloo nous l'a ravi, et il faut maintenant le chercher à la Bibliothèque Ambrosienne, à Milan.

Le troisième côté de cette salle présente trois tableaux; celui qui est au-dessus de la fenêtre est composé de trois figures assises que l'on appelle la *Prudence,* la *Force* et la *Tempérance*. La *Prudence* est au milieu. Raphaël a osé exprimer cette vertu en lui donnant deux visages, l'un de jeune homme et l'autre de vieillard avec de la barbe; l'un est tourné vers un flambeau et l'autre vers un miroir. La *Force* tient à la main un rameau de chêne et a un lion près d'elle. La *Tempérance* tient un mors de cheval. Ces vertus sont environnées d'enfants ailés; jamais Raphaël n'eut un style plus élevé.

L'un des tableaux voisins nous représente[2] Grégoire IX qui remet le livre des Décrétales à un avocat consistorial qui est à genoux. La tête du pape est le portrait de Jules II ; on remarque auprès de lui le cardinal Del Monte, le cardinal Jean de Médicis, qui fut Léon X, et le cardinal Alexandre Farnèse, qui fut Paul III.

De l'autre côté de la fenêtre, Justinien remet le Digeste à des jurisconsultes. Ce tableau a beaucoup souffert.

Vis-à-vis, du côté de la cour du Belvédère, est la célèbre fresque du *Parnasse;* Apollon paraît environné des Muses ; il y a quelques lauriers qui, ce me semble, devraient être plus grands et donner de l'ombre, ce qui eût pu amener un bel effet de *clair-obscur,* comme dans le tableau de *Saint-Romuald,* d'André Sacchi. Il faut avouer qu'Apollon joue du violon ; on prétend que le pape voulut que Raphaël représentât un fameux joueur de violon alors vivant. On aperçoit auprès des Muses le vieil Homère, figure inspirée ; le Dante, couronné de lauriers et revêtu d'un manteau rouge, semble guidé par Virgile. On prétend que cette figure couronnée de lauriers près de Virgile est le portrait de Raphaël. Ce serait le seul trait de fatuité de ce grand homme ; je l'en crois incapable.

À la gauche du spectateur, Sapho, assise, tient un livre dans lequel son nom est écrit ; elle est tournée vers un groupe de quatre figures. Là se trouvent Pétrarque et *madonna* Laura, qui représente Corinne. Les deux autres figures sont inconnues. De l'autre côté du tableau, Pindare chante ; Horace, debout, l'écoute attentivement. Plus loin, on aperçoit Sannazar, figure sans barbe. L'une des têtes couronnées de lauriers représente Boccace ; il est sans barbe, et ses mains sont cachées par les draperies. Raphaël exécuta cette fresque en 1511, d'après les avis de l'Arétin. On peut comparer ce *Parnasse* avec celui que Mengs a peint à la villa Albani, près de Rome, et avec le *Parnasse* d'Appiani, à la villa Bonaparte, à Milan.

Les ornements de la voûte de cette salle sont, dit-on, de Balthazar Peruzzi ; mais les quatre tableaux ronds et les quatre petits sujets qui simulent la mosaïque sont de Raphaël. Là se trouvent ces figures célèbres dont le burin de Raphaël Morghen a placé des copies dans toutes les collections de l'Europe. Qui ne connaît la *Théologie,* la *Philosophie,* la *Jurisprudence* et la *Poésie ?*

Le Titien, Paul Véronèse et tous les peintres de l'école de Venise, Fra Bartolomeo, André del Sarto, et tous les peintres de l'école de Florence, n'avaient pas assez d'âme pour n'être pas *insignifiants* en peignant de tels sujets. La *Jurisprudence,* la *Théologie,* etc., n'eussent été tout au plus sous leurs pinceaux que de belles filles plus ou moins fières et bien portantes. Raphaël et le Corrège étaient seuls capables de s'élever à ce degré de sublimité. Mais j'avouerai que ces figures sévères n'ont rien du mérite qui distingue un vaudeville. Si on ne les comprend pas, il faut baisser les yeux et repasser deux ans plus tard.

Avant Raphaël, les plus grands maîtres, et même le Mantègne, homme supérieur, quand ils voulaient représenter une Vertu, écrivaient son nom dans une sorte de ruban qui semblait agité par l'air au-dessus de sa tête.

De petits anges remplis d'une grâce modeste, placés auprès des figures allégoriques de Raphaël, présentent des tablettes sur lesquelles sont tracés, non pas des noms, mais deux ou trois mots qui font reconnaître la figure allégorique.

Le petit tableau dans l'angle du plafond, près de la *Théologie,* représente *Adam et Ève trompés par le serpent.* Près de la *Philosophie,* on aperçoit la *Réflexion* et un globe étoilé. Le *Jugement de Salomon* est placé auprès de la *Jurisprudence,* et du côté de la *Poésie* on voit Marsyas écorché vif pour avoir osé le disputer à Apollon, image énergique des jalousies de métier.

Une autre fois, car aujourd'hui nous sommes horriblement fatigués, nous verrons la dernière salle. Raphaël la peignit tout entière sous le règne de Léon X, vers l'an 1517.

2 juin 1828. — Il fait une chaleur étouffante. Le besoin de trouver quelque fraîcheur nous ramène au Vatican, où nous ne pensions pas revenir si tôt.

Le soubassement de la quatrième *chambre* de Raphaël est composé de quatorze figures nues, peintes en *chiaroscuro* (d'une seule couleur) et qui se terminent en gaines. Ces figures supportent la corniche. On remarque de distance en distance des figures supposées de métal doré; elles représentent les souverains qui ont bien mérité de l'Église: Charlemagne; Astolphe, roi de Lombardie, si connu par le conte de l'Arioste et par son amitié pour Joconde[1]; Godefroy de Bouillon, le héros du Tasse; l'empereur Lothaire, et Ferdinand II, *roi catholique.* Sur la cheminée, on voit le nom seulement de Pépin, roi de France.

Au-dessus de chacune de ces figures, en *chiaroscuro,* se trouve une inscription historique; quelques antiquaires prétendent que, ces figures ayant beaucoup souffert dans le sac de 1527, elles furent refaites par Charles Maratte, qui, par ordre de Clément XI, *restaura* toutes les peintures des *stanze.*

J'ai oublié de dire que les petits tableaux exécutés en *chiaroscuro* dans les premières salles sont toujours en rapport avec les grands, ce qui, en 1509, passait pour fort spirituel; par exemple, au-dessous du tableau de la *Théologie,* on voit saint Augustin au bord de la mer; là un ange lui apprend ce qu'il doit penser du mystère de la Trinité; sous le tableau de la *Philosophie,* Archimède est tué par un soldat.

Rien de plus grandiose que ces petits ouvrages; je suis enchanté qu'ils existent; mais, pour la place qu'ils occupent autour des grandes fresques, une simple couleur grise valait mieux. Mais, en 1509, on était amoureux de la peinture, et l'amour ne connaît pas d'excès.

Vous avez peut-être remarqué à Paris, dans le grand salon du Musée, une belle[1] copie de l'*Incendie du Borgo;* c'est la fresque la plus estimée de la salle où[2] nous sommes. M. le président Dupaty en a donné une description animée[3]. Vers le milieu du ixe siècle, un incendie éclata dans les maisons du Borgo Vaticano et menaçait la basilique de Saint-Pierre. Saint Léon IV s'approche d'un balcon consacré *(la loggia della benedizione),* fait le signe de la croix, et l'incendie s'éteint. On aperçoit dans le fond, à gauche, la façade de l'antique basilique de Saint-Pierre. Ce qui nous a choqués dans ce tableau, c'est qu'il représente un incendie et non pas un miracle. Rien ne montre que le feu s'éteint au moment du signe de croix du pape.

Le trouble et la terreur sont à la gauche du spectateur; à droite, on songe déjà à apporter de l'eau. Les détails sont magnifiques; c'est à la droite du spectateur que l'on aperçoit cette célèbre figure de jeune fille portant sur la tête un vase plein d'eau et appelant au secours. La sculpture antique n'a rien fait de mieux. Que d'affectation ne mettrait-on pas de nos jours dans une telle figure placée sur le premier plan! Les trois colonnes isolées sont une copie des restes de la *Graecostasis,* dans le Forum.

À gauche, le spectateur voit un jeune homme qui porte sur ses épaules un vieillard, apparemment son père. Ce

jeune homme est suivi de son fils et de sa femme; c'est
Énée sauvant le vieil Anchise durant l'incendie de Troie
(IIe livre de l'*Énéide*). Du haut d'un mur, un homme, qui
se retient à peine par l'extrémité des mains, va se laisser
tomber à terre; une femme lui donne son fils à son père
qui étend les bras pour le recevoir.

Le milieu du premier plan du tableau est occupé par
une troupe de femmes et d'enfants, images vivantes du
trouble, de la crainte, de la consternation. L'une de ces
femmes, à genoux, les cheveux épars, les mains élevées
vers le ciel, implore son secours : une autre serre son
jeune fils contre son sein, et regarde l'incendie; une
troisième exhorte sa petite fille, qui est à genoux et les
mains jointes, à implorer le secours du pape. La dernière
presse la marche de ses deux enfants qui, égarés par la
peur, ne savent ce qu'ils font.

On voit dans ces figures combien Raphaël était éloigné
du goût actuel, qui exige avant tout des tailles sveltes;
il pensait apparemment que ce n'est que dans des corps
robustes que peuvent se rencontrer les passions fortes et
toutes leurs nuances, domaine des beaux-arts. Sans doute
un corps faible et décrépit, tel que ce Voltaire, si laid, que
l'on voit à la bibliothèque de l'Institut, peut être lié à
l'âme la plus ardente. On peut même dire que l'effet
le plus assuré des passions vives est d'imprimer au corps
des signes de décadence. Mais c'est une des imperfections
des arts de ne pouvoir exprimer cette triste vérité. Pour
la peinture, une femme passionnée doit d'abord être
belle, ou du moins ne pas frapper le spectateur par son
manque de beauté.

Pour rendre les âmes, la sculpture n'a que la forme des
muscles, et il lui faut le nu[1]. La peinture a de plus la
couleur et le *clair-obscur;* mais ceci nous entraînerait à
nommer le Corrège, duquel mes amis m'accusent de
parler sans cesse. Le *clair-obscur* est une des parties faibles
de Raphaël. Ce grand homme n'a été *affecté* en rien; il n'a
manqué de raison en rien; mais pour le clair-obscur,
non seulement il est fort au-dessous du Corrège, mais
il n'a pas atteint au degré de mérite de son ami fra
Bartolommeo della Porta. Si vous vous souvenez de la
Sainte Pétronille et de l'*Aurore* du Guerchin, vous verrez
qu'en ce genre Raphaël est fort inférieur au Guerchin qui,
comparé à ce grand homme, ne fut qu'un simple ouvrier.

À droite de l'*Incendie du Borgo* est la *Victoire de saint Léon IV sur les Sarrasins*. Ces barbares, partis de l'île de Sardaigne, voulaient débarquer à Ostie et piller Rome. On présente des prisonniers au pape, qui est sur son trône, près du rivage. Raphaël triomphe dans les figures de soldats romains; il exprime admirablement le vrai courage *qui n'est pas de l'exaltation*. La douleur et le désespoir morne des prisonniers forment un beau contraste avec la victoire. On voit d'un côté la ville d'Ostie, et de l'autre la mer, des vaisseaux désemparés, et toutes les suites d'un combat naval. Raphaël eut peu de part à ce tableau, sans doute exécuté sur ses dessins. Peut-être était-il las de ce genre de travail; souvent la fin d'un livre est fort inférieure au reste.

L'autre fresque représente saint Léon III, qui couronne Charlemagne dans la basilique du Vatican. Le pape, assis sur son trône, va poser la couronne sur la tête de Charles, qui est placé plus bas. Singulier épisode d'un enfant et d'un chien; qui oserait le placer dans un couronnement moderne? de là l'ennui. Ce tableau ne vaut pas les autres; les connaisseurs prétendent que les figures qui portent les vases d'argent destinés à être offerts à l'église sont de Vanni.

On voit sur la fenêtre la *Justification de saint Léon III*. Placé près d'un autel, les yeux levés au ciel, les mains posées sur le livre des Évangiles, ce pape proteste de son innocence et de la fausseté des accusations qui lui sont imputées. Raphaël n'a pas dédaigné le lieu commun qui fait la ressource de tous les peintres lorsqu'ils sont obligés de représenter une *cérémonie,* c'est-à-dire une action *dont tous les mouvements sont convenus d'avance*. On voit près de l'autel des cavaliers, des gardes et autres personnages vulgaires, qui peuvent avoir de l'expression, parce que tous leurs mouvements n'ont pas été prévus par M. le grand maître des cérémonies. Cette fresque a souffert plus que toutes les autres, et probablement elle n'était pas tout entière de la main de Raphaël.

La voûte de cette salle est du Pérugin; par respect pour son maître, Raphaël ne voulut pas y toucher. Les ennemis de ce grand homme et de tout ce qui est généreux n'ont pas manqué de prétendre qu'en laissant ce plafond il avait voulu se ménager un triomphe. La jalousie entre artistes est la règle générale, qu'il ne faut pas beaucoup d'esprit pour savoir par cœur; mais j'oserai contredire ces profonds philosophes, et croire que Raphaël fait exception. Les yeux de ses saints me disent qu'il n'avait pas une âme commune, et l'histoire de sa vie le prouve.

On dit que chacune de ces grandes fresques lui fut payée douze cents écus d'or.

On remarque beaucoup de portraits dans les fresques de Raphaël. De son temps, on n'imitait pas l'antique pour la forme des têtes; c'est le Guide, soixante-dix ans plus tard, qui a eu cette idée.

Les six fresques où l'on trouve des allusions à Léon X, élu en 1513, furent terminées en 1517, trois ans avant la mort de Raphaël. Il était alors l'un des plus grands seigneurs de Rome. Ses journées se passaient à travailler, ou seul avec la Fornarina, et il était fort difficile de l'approcher. Il envoya des dessinateurs en Grèce, et se procura ainsi des dessins corrects de beaucoup de restes de l'antiquité.

Certaines religieuses de Foligno lui firent un procès, elles demandaient un tableau qu'autrefois elles lui avaient payé; il renvoya longtemps, et enfin s'en occupa. Ce tableau est au musée pontifical (au troisième étage du Vatican). Une tradition fort ancienne prétend que Léon X, qui devait beaucoup d'argent à Raphaël, était sur le point de le faire cardinal lorsque la mort enleva ce grand peintre. Une fois élevé à cette haute dignité, Léon X eût pu accumuler sur sa tête une immense quantité de bénéfices ecclésiastiques, et le payer ainsi, sans qu'il en coûtât rien au trésor[1].

29 mai 1828[2]. — Voici une suite d'intrigues assez peu intéressantes, il est vrai, que les hasards d'une procédure secrète viennent de faire découvrir à M. le cardinal N***, légat à ***[3].

Flavia Orsini gouvernait avec prudence et fermeté le couvent noble de Catanzara, situé dans la Marche[4]. Elle s'aperçut qu'une de ses religieuses, l'altière Lucrèce Frangimani, avait une intrigue avec un jeune homme de Forli qu'elle introduisait la nuit dans le couvent.

Lucrèce Frangimani appartenait à l'une des premières familles des États de l'Église, et l'abbesse se vit obligée à beaucoup de ménagements.

Clara Visconti, nièce de l'abbesse et religieuse depuis

peu de mois, était l'amie intime de Lucrèce. On regardait Clara comme la plus belle personne du couvent.
C'était un modèle presque parfait de cette beauté
lombarde que Léonard de Vinci a immortalisée dans ses
têtes d'Hérodiade[1].

Sa tante l'engagea à représenter à son amie que
l'intrigue qu'elle entretenait était connue et que son
honneur l'obligeait à y mettre un terme. « Vous n'êtes
encore qu'une enfant timide, lui répondit Lucrèce; vous
n'avez jamais aimé; si votre heure arrive une fois, vous
sentirez qu'un seul regard de mon amant est fait pour
avoir plus d'empire sur moi que les ordres de
Mme l'abbesse et les châtiments les plus terribles qu'elle
peut m'infliger; et ces châtiments, je les redoute peu;
je suis une Frangimani! »

L'abbesse, voyant que tous les moyens de douceur
échouaient, en vint aux réprimandes sévères; Lucrèce y
répondit en avouant sa faute, mais avec hauteur. Son
illustre naissance devait, suivant elle, la placer bien
au-dessus des règles communes. « Mes excellents parents,
ajouta-t-elle avec un sourire amer, m'ont fait faire des
vœux terribles dans un âge où je ne pouvais comprendre
ce à quoi je m'engageais; ils jouissent de mon bien; il me
semble que leur tendresse doit aller jusqu'à ne pas laisser
opprimer une fille de leur nom, ceci ne leur coûtera pas
d'argent. »

Peu de temps après cette scène assez violente, l'abbesse
eut la certitude que le jeune homme de Forli avait passé
trente-six heures caché dans le jardin du couvent. Elle
menaça Lucrèce de la dénoncer à l'évêque et au légat, ce
qui eût amené une procédure et un déshonneur public.
Lucrèce répondit fièrement que ce n'était pas ainsi
qu'on agissait avec une fille de sa naissance, et que, dans
tous les cas, si l'affaire devait être portée à Rome, l'abbesse
eût à se souvenir que la famille Frangimani y avait un
protecteur naturel dans la personne de Mgr *** (c'est
l'un des grands personnages de la cour du pape). L'abbesse, indignée de tant d'assurance, comprit cependant
toute la valeur de ce dernier mot; elle renonça à supprimer
par les voies de droit l'intrigue qui déshonorait son
couvent.

Flavia Orsini, d'une fort grande naissance elle-même,
avait beaucoup d'influence dans le pays; elle sut que

l'amant de Lucrèce, jeune homme fort imprudent, était vivement soupçonné de carbonarisme. Nourri de la lecture du sombre Alfieri[1], indigné de la servitude où languissait l'Italie, ce jeune homme désirait passionnément faire un voyage en Amérique, afin de voir, disait-il, la seule république qui marche bien. Le manque d'argent était l'unique obstacle à son voyage; il dépendait d'un oncle avare. Bientôt cet oncle, obéissant à la voix de son confesseur, engage son neveu à quitter le pays, et lui donne les moyens de voyager. L'amant de Lucrèce n'osa la revoir; il traversa la montagne qui sépare Forli de la Toscane, et l'on sut qu'il avait pris passage à Livourne sur un vaisseau américain.

Ce départ fut un coup mortel pour Lucrèce Frangimani. C'était alors une fille de vingt-sept à vingt-huit ans, d'une rare beauté, mais d'une physionomie fort changeante. Dans ses moments sérieux, ses traits imposants et ses grands yeux noirs et perçants annonçaient peut-être un peu l'empire qu'elle était accoutumée à exercer sur tout ce qui l'environnait; dans d'autres instants, pétillante d'esprit et de vivacité, elle devançait toujours la pensée de qui lui parlait. Du jour qu'elle eut perdu son amant, elle devint pâle et taciturne. Quelque temps après, elle se lia avec plusieurs religieuses qui faisaient profession de haïr l'abbesse. Celle-ci s'en aperçut, mais n'y fit aucune attention. Bientôt Lucrèce prêta son génie à la haine jusque-là inactive et impuissante de ses nouvelles amies.

L'abbesse avait toute confiance dans la sœur converse attachée à son service; Martina était une fille simple, habituellement triste. Sous prétexte de santé, mais dans le fait par des motifs plus sérieux, la sœur Martina préparait seule les mets fort simples qui formaient la nourriture de l'abbesse. Lucrèce dit à ses nouvelles amies : « Il faut à tout prix nous lier avec Martina, et d'abord découvrir si elle n'a aucune intrigue au-dehors. » Après plusieurs mois de patiente observation, on sut que Martina aimait un *vetturino* du bourg voisin de Catanzara et mourait de peur d'être dénoncée à la vertueuse abbesse. Le *vetturino* Silva était toujours par voies et par chemins; mais, à chaque voyage qu'il faisait à Catanzara, il ne manquait pas de trouver un prétexte pour venir voir Martina. Lucrèce et plusieurs de ses nouvelles amies avaient hérité

de quelques parures en diamants; elles les firent vendre à
Florence. Ensuite le frère de la femme de chambre de
l'une de ces dames feignit d'avoir des affaires hors du
pays, voyagea dans la voiture de l'amant de Martina,
devint son ami, et un jour lui dit négligemment qu'une
sœur converse du couvent, nommée Martina, venait
d'hériter en secret du trésor d'une religieuse morte
depuis peu et qu'elle avait soignée avec beaucoup de zèle.

Le *vetturino* venait justement d'être presque ruiné par
une confiscation et une prison de trois mois qu'il avait
subie à Vérone. Un de ses voyageurs, après avoir rempli
sa voiture de contrebande, s'était évadé au moment où les
douaniers autrichiens de la ligne du Pô saisissaient les
marchandises prohibées. Après ce malheur, Silva
revenait à Catanzara avec des chevaux de louage, les
siens avaient été vendus; il ne manqua pas de demander
de l'argent à Martina, qui, dans le fait, était pauvre, et
fut réduite au désespoir par les reproches de son amant
et ses menaces de l'abandonner. Cette fille tomba malade;
Lucrèce Frangimani eut la bonté d'aller la voir souvent.

Un soir elle lui dit : « Notre abbesse a un caractère
trop irascible; elle devrait prendre de l'opium pour se
calmer, elle nous tourmenterait moins par ses réprimandes
journalières. » Quelque temps après, Lucrèce revint sur
cette idée : « Moi-même, dit-elle, quand je me sens disposée à tant d'impatience, j'ai recours à l'opium. Depuis
mon malheur, j'en prends souvent. » Enhardie par cette
allusion à un événement bien connu dans le couvent,
Martina confia en pleurant à la puissante sœur Frangimani
qu'elle avait le malheur d'aimer un homme du bourg
voisin, et que cet amant était sur le point de la quitter
parce qu'il la croyait riche, et lui demandait des secours
qu'elle ne pouvait lui offrir.

Lucrèce portait ce jour-là, sous sa guimpe, une petite
croix ornée de diamants; elle la détacha et força Martina à
l'accepter. Peu de temps après, elle revint avec adresse sur
l'idée de donner de l'opium à l'abbesse pour calmer ses
emportements journaliers. Quelque prudence que Lucrèce
mît dans cette proposition, la fatale idée de poison s'offrit
à Martina dans toute son horreur. « Qu'appelez-vous
poison? dit Lucrèce indignée. Tous les trois ou quatre
jours vous mettrez quelques gouttes d'opium dans ses
aliments, et je prendrai moi-même devant vous, dans mon

café, la même quantité de gouttes d'opium sortant de la même fiole.» Martina était simple et confiante; elle adorait son amant; elle avait affaire à une personne passionnée, d'une adresse et d'un esprit infinis. Son amant avait reçu avec reconnaissance la petite croix de diamants et l'aimait plus que jamais. Elle donna à l'abbesse ce qu'on appelait de l'opium, et fut presque tout à fait rassurée en voyant Lucrèce laisser tomber dans son café quelques gouttes de la même liqueur.

Une autre séduction contribua surtout à décider Martina. Les religieuses du chapitre noble de Catanzara ont le privilège, au bout de cinq ans de religion, d'exercer tour à tour et pendant vingt-quatre heures chacune les fonctions de portière du couvent. Lucrèce dit à Martina que, la première fois qu'elle ou une de ses amies aurait la garde de la clôture, on oublierait de mettre la barre derrière la petite porte près de la cuisine, par laquelle les hommes de peine apportaient les provisions au couvent. Martina comprit qu'elle pourrait cette nuit-là recevoir son amant.

Près d'une année s'était écoulée depuis que l'abbesse avait eu la fatale idée de gêner les amours de Lucrèce Frangimani. Pendant cet intervalle, un jeune Sicilien accusé de carbonarisme dans son pays était venu se réfugier en quelque sorte sous la protection du confesseur du couvent, qui était son oncle. Rodéric Landriani vivait fort retiré dans une petite maison du bourg de Catanzara; son oncle lui avait recommandé de ne pas faire parler de lui. Rodéric n'avait pour cela aucune violence à se faire. D'un caractère généreux et romanesque, mais fort pieux, les persécutions qu'il souffrait depuis la révolution de 1821 avaient redoublé la mélancolie qui lui était naturelle. Son oncle lui avait conseillé de passer chaque jour plusieurs heures dans l'église du couvent : « Vous pourrez y porter, lui dit-il, des livres d'histoire que je vous prêterai. » Aux yeux de Rodéric, une lecture mondaine en un tel lieu eût été une profanation; il y lisait des livres de piété. Les sœurs converses qui avaient le soin de l'église remarquèrent ce beau jeune homme auquel rien ne pouvait donner de distraction; sa beauté mâle et son air militaire faisaient un étrange contraste, aux yeux des bonnes sœurs, avec la réserve extrême de ses manières.

L'abbesse apprit cette conduite exemplaire; elle invita à dîner à son parloir particulier le neveu d'un personnage aussi important que le confesseur du couvent. Landriani eut ainsi quelques rares occasions de parler à Clara Visconti. Par ordre du directeur de sa conscience, Clara passait des heures entières en contemplation derrière le grand rideau qui sépare du reste de l'église la grille du chœur des religieuses. Une fois que Rodéric lui fut connu, elle remarqua qu'il fréquentait assidûment l'église; il lisait avec attention, et, quand l'*Angelus* sonnait, il quittait son livre pour se mettre à genoux et faire la prière.

Landriani, qui, en Sicile, avait vécu dans le monde, se trouvant à Catanzara sans autre société que celle d'un oncle d'un caractère sombre et despotique, prit peu à peu l'habitude de venir voir l'abbesse tous les deux jours. Il trouvait Clara auprès de sa tante; elle répondait en peu de mots à ce qu'il disait, et d'un air fort triste et presque sauvage. Rodéric, qui n'avait aucun projet, se sentit moins malheureux; mais bientôt le jour qu'il passait sans voir Clara lui sembla d'une longueur insupportable. Comme il en disait quelque chose à la jeune religieuse sans dessein et presque sans s'en apercevoir, elle lui répondit que son devoir l'appelait presque tous les jours au chœur des religieuses, d'où elle le voyait fort bien lisant dans la nef. À la suite de cette confidence, il arrivait que quelquefois Clara appuyait sa tête contre le rideau et la grille de façon à marquer l'endroit où elle était.

Un jour que Rodéric regardait attentivement la grille qui le séparait de Clara; elle eut la faiblesse d'écarter un peu le rideau. Ils étaient assez près pour se parler facilement; mais il a été prouvé, dans la procédure, que jamais à cette époque ils ne s'étaient adressé la parole dans l'église. Après quelques semaines de bonheur et d'illusions, Rodéric devint fort malheureux : il ne put se dissimuler qu'il aimait; mais Clara était religieuse, elle avait fait des vœux au ciel; à quel crime ne le conduisait pas cet amour!

Rodéric, qui disait tout à Clara, lui fit part de ses remords et de son malheur; ce fut la première fois qu'il lui parla d'amour. Elle le reçut fort mal, mais cette étrange manière de déclarer sa passion ne le rendit que plus intéressant aux yeux de la jeune Romaine. Tel est l'amour dans ces âmes passionnées; les plus grands défauts, les crimes, les désavantages les plus extrêmes, loin d'éteindre l'amour, ne font que l'augmenter. « J'aimerais mon amant quand il serait voleur! » me disait Mme L***, par qui j'ai su l'histoire que je raconte[1].

Tout ceci se passait pendant l'année que Lucrèce employa à nouer sa noire intrigue avec Martina. On était dans les grandes chaleurs de la fin d'août; il y avait déjà plusieurs mois qu'il n'existait plus d'autre bonheur pour Clara que celui de voir Rodéric de deux jours l'un au parloir, et l'autre jour dans l'église. Religieuse exemplaire et nièce favorite de l'abbesse, elle jouissait d'une grande liberté; souvent, ne pouvant dormir la nuit, elle descendait au jardin.

Le 29 août, vers les deux heures du matin, ainsi qu'il a été prouvé dans le procès, elle quittait le jardin à pas lents et rentrait dans sa cellule. Comme elle passait devant la petite porte destinée aux gens de service, elle s'aperçut que la barre transversale, qui ordinairement passait dans des anneaux de fer scellés dans le mur et dans un autre anneau fixé dans la porte et fermait celle-ci, n'avait pas été placée; elle continuait son chemin sans songer à rien, lorsqu'une petite clarté sombre qui passait entre les deux battants lui montra que la porte n'était pas même fermée à la clef. Elle la poussa un peu, et vit le pavé de la rue.

Cette vue jeta le trouble dans son âme. L'idée la plus extravagante s'empara d'elle; tout à coup, elle détache son voile, dont elle se fait une sorte de turban; elle arrange sa guimpe comme une cravate, la grande robe flottante de soie noire de son ordre devient une sorte de manteau d'homme. Ainsi vêtue, elle ouvre la porte, la repousse, et la voilà dans les rues de Catanzara, allant faire une visite à Rodéric Landriani.

Elle connaissait sa maison, qu'elle regardait souvent du haut de la terrasse qui forme le comble du couvent. Elle frappe en tremblant, elle entend la voix de Rodéric qui réveille son domestique. Celui-ci monte au premier étage pour voir qui frappe, il redescend, ouvre; le vent de la porte éteint la lampe qu'il venait d'allumer, il bat le briquet; pendant ce temps, Rodéric s'écrie de la chambre voisine : « Qui est-ce? que me veut-on? — C'est un avertissement qui intéresse votre sûreté », répond Clara en grossissant sa voix.

Enfin la lampe est rallumée, et le domestique conduit à son maître le jeune homme qui lui apportait cet avis. Clara trouva Rodéric habillé et armé; mais, voyant un très jeune homme tout tremblant et qui avait l'air d'un séminariste, Rodéric déposa le tromblon qu'il avait à la main. La lampe éclairait mal et le jeune homme était si ému, qu'il ne pouvait parler. Rodéric prit la lampe, l'approcha de la figure de Clara, et tout à coup la reconnaissant, il poussa son domestique dans l'autre pièce, et dit à Clara : « Grand Dieu! que venez-vous faire ici? Le feu a-t-il pris au couvent? »

Ce mot ôta tout son courage à la pauvre religieuse, elle commença à voir toute l'étendue de sa folie. Le froid accueil de l'homme qu'elle adorait sans le lui avoir jamais dit la fait tomber presque évanouie sur une chaise; Rodéric répète sa question, elle porte la main sur son cœur, se lève comme pour sortir, et les forces lui manquant de nouveau, elle tombe tout à fait sans connaissance.

Peu à peu elle revient à elle, Rodéric lui parle, et enfin, par le silence prolongé de Clara, il comprend l'étrange démarche de son amie. « Clara, qu'as-tu fait? » lui dit-il. Il la serrait dans ses bras; tout à coup il la replace sur une chaise, s'éloigne un peu, et lui dit avec fermeté : « Tu es l'épouse du Seigneur, tu ne peux m'appartenir, le crime serait horrible pour toi et pour moi; repens-toi de ton péché. Demain matin, je quitterai Catanzara pour jamais. » Ce mot affreux la fit fondre en larmes. Landriani passa dans la pièce voisine; il reparaît bientôt couvert d'un grand manteau. « Comment êtes-vous sortie? — Par la porte près de la cuisine, que j'ai trouvée ouverte par hasard, bien par hasard. — Je comptais vous mener à mon oncle... il suffit », dit Rodéric en lui présentant le bras, et, sans ajouter un mot, il la reconduit au couvent. Ils trouvèrent la petite porte dans l'état où Clara l'avait laissée, environ trois quarts d'heure auparavant. Ils entrèrent doucement, mais Clara ne pouvait plus se soutenir; Rodéric lui dit avec tendresse : « Où est ta chambre? — Par ici », répondit-elle d'une voix mourante; elle avait indiqué le dortoir du premier étage.

En montant l'escalier, Clara craignant d'être méprisée de son amant et sentant qu'elle lui parlait pour la dernière fois, tomba tout à fait évanouie sur les marches. Une lampe allumée devant une madone lointaine éclairait

faiblement cette scène. Landriani comprit que son devoir
lui ordonnait d'abandonner Clara, qui désormais était
dans son couvent, mais il n'en eut pas le courage. Bientôt
des sanglots convulsifs sont sur le point d'étouffer
Clara. « Le bruit de ses pleurs peut attirer l'attention de
quelque religieuse, se dit Rodéric, et ma présence ici
la déshonore. » Mais il ne peut se résoudre à la quitter
en cet état; elle était incapable de se soutenir et de marcher,
ses sanglots l'étouffaient; Rodéric la prend dans ses bras.
Il redescend vers la porte par laquelle il venait d'entrer et
qu'il savait devoir être près du jardin. En effet, après
avoir fait quelques pas dans le corridor, près de la porte,
toujours portant Clara, il aperçoit le jardin et ne s'arrête
que dans la partie la plus éloignée des bâtiments, tout
à fait au fond. Là, il dépose son amie sur un banc de
pierre caché dans un bosquet de platanes taillés fort bas.

Mais il avait serré trop longtemps dans ses bras une
jeune fille qu'il adorait; arrivé sous les platanes, il n'eut
plus le courage de la quitter, et enfin l'amour fit oublier
la religion. Quand l'aube du jour parut, Clara se sépara
de lui, après lui avoir fait jurer mille fois que jamais il ne
quitterait Catanzara. Elle vint seule ouvrir la porte qu'elle
trouva non fermée, et veilla de loin sur la sortie de son
amant.

Le jour suivant, il la vit au parloir; il passa la nuit caché
dans la rue près de la petite porte, mais vainement Clara
essaya de l'ouvrir; toutes les nuits suivantes, elle la trouva
fermée à clef et avec la barre. La sixième nuit après celle
qui avait décidé de son sort, Clara, cachée dans les
environs de la porte, vit distinctement Martina qui
arrivait sans bruit. Un instant après, la porte s'ouvrit
et un homme entra, mais la porte fut soigneusement
refermée; Clara et son amant attendirent jusqu'à la sortie
de cet homme, qui eut lieu à la petite pointe du jour. Ils
n'avaient de consolation que celle de s'écrire. Dans
la lettre du lendemain, Rodéric dit à son amie que
l'homme plus heureux que lui était le *vetturino* Silva, mais
qu'il la suppliait de ne faire aucune confidence à Martina.
Bien éloigné maintenant de ses scrupules religieux,
Landriani proposait à Clara de pénétrer dans le couvent
par le mur du jardin; elle frémit du péril auquel il voulait
s'exposer : ce mur, bâti dans le Moyen Âge pour défendre
les nonnes contre les débarquements des Sarrasins, a

quarante pieds de haut dans la partie la moins élevée, il s'agissait d'avoir une échelle de cordes; Landriani, craignant de compromettre son amie en achetant des cordes dans les environs, part pour Florence; quatre jours après il était dans les bras de Clara. Mais par une coïncidence étrange, cette même nuit la malheureuse abbesse Flavia Orsini rendait le dernier soupir; elle dit en mourant au père confesseur : « Je meurs par le poison pour avoir essayé d'empêcher les intrigues de mes religieuses avec des hommes du dehors. Peut-être cette nuit même la clôture a-t-elle été violée. »

Frappé de cette confidence, à peine l'abbesse est-elle morte, que le confesseur fait exécuter la règle dans toute son exactitude. Toutes les cloches du couvent annoncent l'événement qui vient d'avoir lieu. Les paysans du bourg se lèvent à la hâte et se réunissent devant la porte du couvent, Rodéric s'était échappé aux premiers coups de cloche.

Mais on voit sortir le _vetturino_ Silva, qui est arrêté. On savait que cet homme avait vendu une croix de diamants; il avoua qu'il la tenait de Martina, qui dit à son tour que Lucrèce avait eu la générosité de lui en faire cadeau. Accusée d'avoir commis un sacrilège en ouvrant la porte du couvent, Martina crut se sauver en compromettant le neveu du père confesseur; elle dit que la sœur Visconti ouvrait cette porte à son amant Rodéric Landriani. Le confesseur, assisté de trois prêtres que l'archevêque de R*** lui avait envoyés, interrogea Clara; il déclara, en sortant du couvent, que le lendemain elle serait confrontée à Martina. Il paraît que, la nuit suivante, Rodéric pénétra jusqu'à la cellule qui servait de prison à son amie et lui parla à travers la porte. Le lendemain matin, Lucrèce Frangimani, qui jusqu'ici n'était nullement compromise, mais qui redoutait la confrontation de Martina avec Clara, fit probablement jeter du poison dans le chocolat qu'on leur porta à toutes les deux. Vers les sept heures, quand les délégués de l'archevêque arrivèrent pour continuer la procédure, on leur apprit que Clara Visconti et la sœur converse Martina n'existaient plus. Rodéric se conduisit d'une manière héroïque, mais personne ne fut puni, et l'affaire a été étouffée. Malheur à qui en parlerait!

30 mai 1828. — Ce matin, le ciel chargé de nuages nous permettait de courir les rues de Rome sans être exposés à un soleil brûlant et dangereux. Nos compagnes de voyage ont voulu revoir le Forum, sans projet ni science, et uniquement en suivant l'impulsion du moment.

Nous avons débuté par descendre dans le trou profond du milieu duquel s'élève la colonne de Phocas. Nous avons remarqué les fragments de colonnes renversées que l'on a laissées couchées sur l'ancien pavé du Forum, à quinze ou dix-huit pieds de profondeur, car en ce lieu telle est l'épaisseur de la couche de terre. Que de colonnes et peut-être de statues n'eût pas trouvées le Russe généreux qui voulait déterrer le Forum[1]! Au lieu de se piquer contre les courtisans de Léon XII, qui le forcèrent à quitter Rome, il aurait dû les acheter. Aujourd'hui, quelle différence pour sa mémoire! À l'aide d'un peu d'adresse et de deux cent mille francs, le nom de Demidoff aurait pénétré en Amérique et dans l'Inde, à la suite des noms de Napoléon, de Rossini et de lord Byron.

Je crois que c'est à cause de l'air de propreté de la jolie ruine appelée le Forum Palladium, que dès le premier jour elle a séduit nos compagnes de voyage. Ce Forum, commencé par Domitien, achevé et dédié par Nerva, était une grande salle carrée; le long des murs de chaque côté étaient placées seize colonnes cannelées d'ordre corinthien : à en juger par les deux qui nous restent, elles avaient neuf pieds et demi de circonférence et vingt-neuf pieds de haut. L'entablement qu'elles soutenaient présentait des ornements d'un beau travail; les petites figures sculptées en bas-relief sur la frise sont admirables.

Tout ce Forum est recouvert de douze ou quinze pieds de terre. Sur les fonds de sa liste civile pour 1814, l'empereur Napoléon avait ordonné qu'on exécutât ici un travail analogue à celui de la basilique de Trajan.

On voit, au-dessus du sol, la partie supérieure du mur de l'angle oriental du Forum Palladium, les extrémités de deux colonnes corinthiennes cannelées, l'entablement, la frise, et au-dessus la figure de Pallas debout : tout cela est on ne peut pas plus joli. Les extrémités de la grande salle que j'ai appelée carrée étaient formées par des murs légèrement circulaires. Tous ces détails sont niés par d'autres qui donnent[2] d'autres explications.

Ces trois magnifiques colonnes de marbre blanc que

vous apercevez à gauche, en allant vers le mont Quirinal,
appartenaient au Forum Transitorium, ou à un temple de
Pallas, ou à un temple de Nerva. Le lieu où nous sommes
était peut-être le plus fréquenté de l'ancienne Rome. Tout
y était magnifique et monumental.

C'était le chemin naturel par lequel la partie basse de
Rome, située du côté de Velabro, la rue Suburra, placée
entre le Colisée et Saint-Jean-de-Latran et l'une des plus
populeuses, et enfin le Forum, communiquaient avec la
partie élevée de la ville, située sur les monts Quirinal,
Viminal et Esquilin. (Il faudrait que le lecteur voulût bien
vérifier ceci sur une carte.) La hauteur qui était couronnée
par les Thermes de Titus était un obstacle[1] à ce que les
habitants de la rue Suburra se rendissent au mont Esquilin
en suivant la ligne la plus droite.

Le Forum dédié par Nerva prit le nom de *Transitorium* à
cause de la position que nous venons d'indiquer, ou bien
ce nom lui vint de l'arc de' Pantani, qui fut une porte de
Rome au temps de Numa. C'est dans ce lieu qu'Alexandre
Sévère fit étouffer avec de la fumée de paille brûlée un de
ses courtisans, nommé Turinus, qui vendait aux particuliers les grâces qu'il promettait d'obtenir de l'empereur :
« Que le vendeur de fumée soit puni par la fumée », dit
Sévère[2].

Ce Forum était appuyé à un grand mur qui nous
semble l'une des choses les plus étonnantes de Rome; il
est construit de blocs de pépérin assemblés sans mortier
avec des crampons d'un bois fort dur. Je n'ai rien trouvé
de satisfaisant sur ce mur; mais je ne puis affirmer au
lecteur avoir compulsé la masse énorme des trois ou quatre
cents bouquins, la plupart in-folio, relatifs aux monuments de Rome[3]. Ce qu'il y a de pis, c'est que, faute de
logique dans la tête des auteurs, ils sont écrits d'un style
entortillé et obscur.

La construction de ce mur, l'impression de grandeur
sévère qu'il laisse dans l'âme du spectateur, et sa direction,
qui ne s'accorde point avec les bâtiments situés au
couchant, font supposer qu'il est antérieur de plusieurs
siècles à Nerva.

Le temple que Trajan fit élever en l'honneur de Nerva
passait pour l'un des plus beaux édifices de l'ancienne
Rome. Par sa grandeur, il se rapprochait de nos églises
modernes; toute l'antiquité a loué son architecture

comme excellente, enfin Trajan y avait fait réunir les
ornements les plus riches.

D'un aussi grand monument, il ne paraît aujourd'hui
au-dessus du sol que trois magnifiques colonnes de
marbre blanc, qui ont cinquante et un pieds de hauteur
et seize et demi de circonférence. Elles sont cannelées
et d'ordre corinthien. Il reste un fragment du mur de
la *Cella* (ou sanctuaire), qui, avec les trois colonnes et un
pilastre, supporte l'architrave. Pendant le Moyen Âge,
on a bâti sur cet architrave un clocher carré en brique,
fort élevé et fort pesant, qui finira par faire écrouler ce
qui nous reste du temple de Nerva. C'est contre ce clocher
que sont dirigés les vœux de tous les antiquaires de Rome.
Je ne doute pas qu'il n'ait donné des idées libérales à
plusieurs de ces messieurs. Tous désirent qu'il soit
démoli, mais il appartient à l'église de l'Annonciation.
Quand aurons-nous un pape assez philosophe pour
permettre qu'un édifice consacré au culte soit démoli,
et cela pour augmenter le plaisir profane des *dilettanti ?*

L'architrave et le plafond du portique, pour lequel
nous tremblons, présentent les plus beaux ornements.
Palladio a donné un plan de ce temple de Nerva. On peut
en conclure que la façade était tournée vers la Voie
Sacrée et le Forum. Ce temple était environné de colonnes
d'une grande hauteur et d'une beauté parfaite. Le portique
formant la façade était composé de deux rangs de huit
colonnes chacun. Les deux parties latérales du portique,
le long des grands côtés du monument, avaient neuf
colonnes, en comptant celles de l'angle.

Nous arrivons au grand péché de Paul V Borghèse.
Par les ordres de ce pape, qui a fini Saint-Pierre, on enleva
ce qui restait du temple de Pallas élevé par l'empereur
Nerva. Cette ruine magnifique se composait de sept
grandes colonnes cannelées de marbre blanc, et d'ordre
corinthien. Elles soutenaient un riche entablement et
un fronton. Hier soir, chez Mme de D***, nous avons vu
plusieurs gravures représentant ce monument tel qu'il
était avant Paul V. Ce pape le fit démolir parce qu'il
avait besoin des marbres pour sa fontaine Pauline sur
le mont Janicule. L'utilité du livre que vous lisez, si tant
est qu'il en ait, est peut-être d'empêcher à l'avenir de
tels attentats. Avant la fin de la promenade d'aujourd'hui,
vous verrez ce que l'on a osé faire en 1823.

Ce n'est que par un appel à l'opinion de l'Europe que l'on peut mettre un frein à la sottise opiniâtre et hardie de certains hommes que je devrais nommer, et qui feraient démolir le Colisée pour arriver au chapeau un an plus tôt.

Il y a quelques jours qu'un Anglais est arrivé à Rome avec ses chevaux, qui l'ont porté d'Angleterre ici. Il n'a pas voulu de *cicerone,* et, malgré les efforts de la sentinelle, il est entré à cheval dans le Colisée. Il y a vu une centaine de maçons et de galériens qui travaillent toujours à consolider quelque pan de mur ébranlé par les pluies. L'Anglais les a regardés faire, puis nous a dit le soir : « Par Dieu! le Colisée est ce que j'ai vu de mieux à Rome. Cet édifice me plaît; il sera magnifique quand il sera fini[1]. » Il a cru que ces cent hommes bâtissaient le Colisée.

Avant de retourner vers le Forum, nous sommes entrés dans la tour de Conti, élevée au commencement du xiiie siècle par Innocent III, de la maison Conti, sur les ruines du temple de la Terre, si célébré par les auteurs anciens.

ARC DE TITUS

Ce petit arc de triomphe si joli fut élevé en l'honneur de Titus, fils de l'empereur Vespasien; on voulut immortaliser la conquête de Jérusalem; il n'a qu'une arcade. Après l'arc de triomphe de Drusus près la porte Saint-Sébastien, celui-ci est le plus ancien de ceux que l'on voit à Rome; il fut le plus élégant jusqu'à l'époque fatale où il a été refait par M. Valadier.

Cet homme est architecte et romain de naissance malgré son nom français. Au lieu de soutenir l'arc de Titus, qui menaçait ruine, par des *armatures* de fer, ou par un arc-boutant en brique, tout à fait distinct du monument lui-même, ce malheureux l'a refait. Il a osé tailler des blocs de travertin d'après la forme des pierres antiques, et les substituer à celles-ci, qui ont été emportées je ne sais où. Il ne nous reste donc qu'une *copie* de l'arc de Titus.

Il est vrai que cette copie est placée au lieu même où était l'arc ancien, et les bas-reliefs qui ornent l'intérieur de la porte ont été conservés. Cette infamie a été commise sous le règne du bon Pie VII; mais ce prince, déjà fort vieux, crut qu'il ne s'agissait que d'une restauration ordinaire, et le cardinal Consalvi ne put résister au parti rétrograde, qui protégeait, dit-on, M. Valadier.

Heureusement, le monument que nous pleurons était semblable en tout aux arcs de triomphe élevés en l'honneur de Trajan à Ancône et à Bénévent.

Les bas-reliefs de l'arc de Titus sont d'un travail excellent et qui ne rappelle point le fini de la miniature comme ceux de l'arc du Carrousel. L'un de ces bas-reliefs représente Titus dans son char triomphal, attelé de quatre chevaux; il est au milieu de ses licteurs, suivi de son armée, et protégé par le génie du sénat. Derrière l'empereur on aperçoit une Victoire qui de la main droite pose une couronne sur sa tête, et de la gauche tient un rameau de palmier allusif à la Judée. Le bas-relief qui est placé vis-à-vis est plus caractéristique; on y voit les dépouilles du temple de Jérusalem portées en triomphe : le candélabre d'or à sept branches, la caisse qui contenait les livres sacrés, la table d'or, etc. Les petites figures de la frise complétaient l'explication du monument. On distingue encore la statue couchée du Jourdain, fleuve de la Judée, portée par deux hommes.

Cet arc était orné sur ses deux façades de quatre colonnes composites cannelées, qui soutenaient une corniche extrêmement riche. Quelques *dilettanti* regardent les Victoires en bas-reliefs que l'on voit ici comme les plus belles qui existent à Rome. On suppose que cet arc a été élevé à Titus par Trajan, qui, avec sa modestie ordinaire, ne s'est pas nommé dans l'inscription que l'on voit sur l'attique, du côté du Colisée; je la transcris à cause de sa brièveté et de sa noble simplicité :

S. P. Q. R.
DIVO TITO DIVI VESPASIANI F
VESPASIANO AVGVSTO.

La qualité de *divus* donnée à Titus annonce que ce monument lui a été élevé après sa mort. On voit, au milieu de la voûte de la porte, la figure de ce grand homme revêtu de la toge; il est assis sur une aigle.

Ce monument charmant n'a que vingt-cinq pieds et

demi de haut, vingt et un de large et quatorze pieds
d'épaisseur. Les surfaces extérieures étaient de marbre
panthélique; la pierre de Tivoli, ou travertin, avait été
employée pour certaines parties de l'intérieur. Vous savez
que la Voie Sacrée passait sous cet arc.

Après avoir fait quelques pas vers le Colisée, nous
avons vu sur la droite l'arc de Constantin. La masse de
ce monument est imposante et belle : il a trois arcades
comme celui du Carrousel, avec lequel nous lui avons
trouvé beaucoup de rapports; il est orné sur chaque
façade de quatre colonnes cannelées de jaune antique et
d'ordre corinthien qui portent des statues.

Il est évident que Constantin a eu la bassesse de faire
arranger en son honneur cet arc de triomphe qui avait
été élevé à Trajan. On explique ainsi la beauté du plan
général, qui fait disparate avec la pauvre exécution de
plusieurs détails. Le caractère romain, brisé et avili par
le règne d'une suite de monstres, trahissait son abaisse-
ment par la décadence des arts. Ce monument fut élevé
vers l'an 326; l'inscription annonce qu'on a voulu célébrer
la victoire remportée par Constantin sur Maxence.

Lorenzino de Médicis, celui-là même qui tua le duc
Alexandre sans avoir eu l'esprit de convoquer un
gouvernement qui pût réorganiser la liberté, crut
s'immortaliser en faisant enlever de nuit les têtes des huit
statues de barbares prisonniers de guerre qui sont placées
au-dessus des colonnes de l'arc de Constantin. Les têtes
que nous avons vues aujourd'hui sont donc modernes;
un nommé Bracci les fit sous Clément XII, d'après des
modèles antiques, dit-on[1].

Tous les bas-reliefs de l'attique et les huit médaillons
placés de chaque côté, au-dessus des portes latérales, sont
d'une rare beauté. Ces bas-reliefs représentent des guerres,
des chasses et autres actions de Trajan. Les autres
sculptures de cet arc de triomphe annoncent la barbarie
qui s'emparait de Rome en l'an 326 de notre ère.

L'intérêt historique ou de curiosité nous a portés à
examiner ces mauvais bas-reliefs, moins menteurs que
des livres. On y voit Constantin qui prend Vérone, sa
victoire sur Maxence, son triomphe; on le voit parler aux
Romains réunis dans le forum, du haut de la tribune aux
harangues. Deux médaillons qui représentent le char du
soleil et celui de la lune sont plus soignés.

M. Raphaël Sterni nous a fait reconnaître qu'il faut attribuer au siècle de Trajan les deux grands bas-reliefs que l'on voit sous l'arcade principale; seulement ils ont été gâtés par les sculpteurs employés par Constantin, et qui voulurent adapter à leur héros des bas-reliefs relatifs aux actions de Trajan, et qui semblent la continuation de ceux de l'attique.

Lorsque ce monument était à demi enterré, ces sculptures furent gâtées par les passants. Ce n'est qu'en 1804, sous Pie VII, que cet arc a été dégagé, ainsi que celui de Septime Sévère; ils se trouvent placés maintenant comme au centre d'une petite cour en contrebas, laquelle est environnée d'un mur de soutènement de huit ou dix pieds de haut.

M. Demidoff avait le projet d'étendre jusqu'ici sa grande opération relative à l'enlèvement des terres qui couvrent le Forum. Il voulait déterrer tout ce qui se trouve entre l'arc de Titus, le temple de Vénus et de Rome, la basilique de Constantin d'une part, et de l'autre le Colisée et l'arc de Constantin.

Sept des colonnes d'ordre corinthien qui ornent ce monument sont de jaune antique; la huitième est d'un marbre tirant sur le blanc. Sept des statues des rois barbares prisonniers de guerre sont en marbre violet et appartenaient à l'arc de Trajan. La huitième, qui est en marbre blanc, est un ouvrage moderne de l'époque de Clément XII, qui restaura cet arc de triomphe. On nous a fait voir une petite chambre dans l'attique.

Nous sommes allés lire la vie de Trajan à l'ombre d'un petit bois d'acacias planté par les Français à quelques pas d'ici. Elle nous a tellement intéressés, que nous sommes revenus à l'arc de triomphe pour examiner en détail les bas-reliefs qui rappellent les actions de ce grand homme.

Le premier, à gauche du spectateur qui vient du Colisée, représente l'entrée de Trajan dans Rome; le second est relatif à la voie Appienne restaurée par lui; le troisième, à une distribution de vivres faite au peuple; le quatrième, à Parthomasiris, roi d'Arménie détrôné par Trajan.

Le bas-relief carré, placé vers les jardins Farnèse, nous montre, ainsi que celui qui est vers le Coelius, la victoire que Trajan remporta sur Décébale, roi des Daces. Les autres bas-reliefs carrés représentent la découverte d'une conspiration tentée par le roi Décébale, Trajan qui donne un nouveau roi aux Parthes, cet empereur qui fait une allocution à ses soldats, et enfin le sacrifice solennel qu'on appelait *Suovetaurilia*.

Les huit bas-reliefs ronds placés de chaque côté sur les petites arcades représentent des chasses et des sacrifices offerts par Trajan à Mars, Sylvain, Diane et Apollon. Il paraît que cet arc avait des ornements en porphyre et en bronze. On suppose qu'il était couronné par un char triomphal en bronze, attelé de quatre chevaux et dans lequel Constantin était placé. Le charmant arc de triomphe du Carrousel peut donner une idée de tout ceci*.

Quels que soient les outrages que les ouvriers employés par Constantin aient fait subir à ce monument, qui d'abord fut destiné à un grand homme, il nous semble qu'il doit toujours servir de modèle. Il est singulier qu'une chose aussi inutile fasse autant de plaisir; le genre de l'arc de triomphe est une conquête de l'architecture.

Rome, 1er juin 1828. — L'empereur Adrien avait une véritable passion pour l'architecture; c'est ce que montrent bien les vestiges de la fameuse villa Adriana, sur la route de Tivoli. Il y avait fait bâtir des copies en miniature de tous les édifices célèbres vus par lui dans ses voyages. On reconnut de son temps qu'il n'y avait plus de place dans le mausolée d'Auguste pour la cendre des empereurs. Adrien saisit cette occasion de se bâtir un tombeau; le souvenir de ce qu'il avait vu en Égypte eut sans doute beaucoup de part à cette résolution. Il choisit la partie des immenses jardins de Domitia qui était la plus voisine du Tibre, et cet édifice fut la merveille de son siècle.

Sur une base carrée, dont chaque côté avait deux cent cinquante-trois pieds de long, s'élevait la grande *masse ronde* du mausolée, dont vous ne voyez plus maintenant que ce qu'il a été impossible de détruire. Les revêtements de marbre, les corniches admirables, les ornements de tous les genres ont été brisés. On sait seulement que les vestiges de la base carrée ont existé jusqu'au VIIIᵉ siècle.

L'immense tour ronde que nous voyons aujourd'hui était comme le noyau de l'édifice. Elle se trouvait environnée d'un corridor et d'un autre mur qui faisait façade :

---

* Voir les détails de sa construction dans les *Mémoires* de M. de Bausset[1].

tout cela a disparu. Au-dessus de cette partie ronde s'élevaient, suivant l'usage, d'immenses gradins, et l'édifice était couronné par un temple magnifique, aussi de forme ronde. Vingt-quatre colonnes de marbre violet formaient un portique autour de ce temple; enfin, au point le plus élevé de la coupole, était placée la pomme de pin colossale[1] qui a donné son nom à l'un des jardins du Vatican, et que nous y avons vue. C'est dans ce tombeau de bronze que furent déposées les cendres d'un des hommes les plus spirituels qui aient jamais occupé un trône. Il fut passionné comme un artiste, et quelquefois cruel. Si Talma avait été empereur, n'eût-il pas envoyé à la mort l'abbé Geoffroy[2]? Adrien avait longtemps habité l'Égypte, et trop pour sa gloire. Le malheur qu'il y éprouva lui nuit plus aujourd'hui que ses cruautés. Il pensa avec raison qu'un tombeau tel que celui dont nous examinons les restes informes était plus élégant qu'une pyramide; mais les pyramides durent encore, et toutes les causes se sont réunies pour réduire le plus beau tombeau qui ait peut-être jamais existé à ce qu'on appelle maintenant le fort Saint-Ange ou le *Mole Adriana*.

Au centre de quelques bastions fort bas, s'élève une masse ronde[3] de cinq cent soixante-seize pieds de tour, surmontée de bâtiments assez irréguliers, et terminée par une statue de bronze de dix pieds de proportion.

Quand Aurélien renferma le Champ de Mars dans l'enceinte de Rome, il se servit du mausolée d'Adrien pour former ce qu'on appellerait aujourd'hui une tête de pont sur la rive droite du Tibre. Il y ouvrit une porte appelée Cornelia, qui n'a été fermée que sous Paul III.

Procope nous a laissé la description du tombeau d'Adrien tel qu'il l'avait vu. De son temps, la partie supérieure était déjà privée de ses colonnes; la nouvelle religion les avait transportées à la basilique de Saint-Paul-hors-les-Murs; mais Procope vit encore le revêtement de marbre et les ornements sculptés qui décoraient le reste du tombeau.

En 537, les Goths assaillirent à l'improviste la porte Cornelia; les troupes de Bélisaire renfermées dans le fort voisin mirent en pièces les ornements de marbre pour les lancer sur les assaillants. Après cette grande dévastation, le tombeau d'Adrien porta plusieurs noms, et entre autres celui de l'immortel Crescentius, qui voulut rendre

la liberté à son pays. Comme le marquis de Posa de
Schiller[1], comme le jeune Brutus, Crescentius n'appartenait pas à son siècle; c'était un homme d'un autre âge.
Notre Révolution s'est chargée de fournir un nom à cette
espèce d'hommes généreux et malhabiles à conduire les
affaires : c'était un girondin. Pour agir sur les hommes,
il faut leur ressembler davantage; il faut être plus
coquin. Peut-être faut-il être au moins aussi coquin que
Napoléon[2].

Crescentius, assiégé par l'empereur Othon, se confia
à la capitulation qui lui fut offerte par ce prince; il sortit
de sa forteresse et fut immédiatement conduit au supplice.
Après que la mémoire de ce grand homme eut péri, sa
forteresse fut appelée la maison de Théodoric.

Au XIIe siècle, on la trouve désignée par le nom de
château Saint-Ange, probablement à cause d'une petite
église située dans la partie la plus élevée et qui était
dédiée à saint Michel. On voit dans l'histoire que les
chefs de faction qui tour à tour s'emparaient du pouvoir
se regardaient comme bien établis dans Rome lorsqu'ils
étaient maîtres de ce fort; souvent il fut occupé par les
papes.

En 1493, la foudre mit le feu à une certaine quantité de
poudre qu'on y gardait. Alexandre VI répara le dommage
et augmenta les fortifications, ce dont bien lui prit, car,
lors de l'entrée de Charles VIII, si le fort Saint-Ange
n'avait pas été considéré comme difficile à enlever, ce
pape scandaleux eût été déposé, ou plus simplement mis
à mort. Trente ans plus tard, le fort Saint-Ange rendit le
même service à Clément VII. Paul III l'embellit; enfin le
cavalier Bernin, que nous retrouvons partout, mit les
fortifications extérieures dans l'état où on les voit aujour-
d'hui. Nous avons remarqué, il y a peu de jours, à Civitavecchia, que, même au milieu des choses utiles de l'architecture militaire[3], les Italiens savent conserver une
beauté et un style que l'on ne retrouve jamais dans les
ouvrages de Vauban, probablement fort supérieurs sous
d'autres rapports.

Le geôlier du fort Saint-Ange nous a fait remarquer
plusieurs petits passages dans l'épaisseur du mur de cet
immense tour ronde. Les anciens y avaient placé des
tombeaux, ou bien ils servaient de communication entre
les divers étages. C'est ici qu'Innocent XI a pris l'urne de

porphyre où il repose à Saint-Jean-de-Latran. Par les ordres de Paul III, on orna de peintures et de stucs le portique qui est situé du côté de la campagne. Ce pape, voulant justifier le nom donné à cette forteresse, fit placer au sommet de l'édifice une statue de marbre représentant un ange tenant à la main une épée nue. Cet ouvrage de Raphaël de Montelupo a été remplacé, du temps de Benoît XIV, par une statue de bronze qui fournit cette belle réponse à un officier français assiégé dans ce fort à une époque de nos guerres d'Italie : « Je me rendrai quand l'ange remettra son épée dans le fourreau[1]. »

Cette statue est du Flamand Verschaffelt[2]. On trouve dans le salon des peintures de Pierin del Vaga ; et, lorsque certaines chambres ne sont pas occupées par des prisonniers d'État, le geôlier fait voir quelques petites fresques de Jules Romain. La présence d'un prisonnier d'importance n'a pas permis qu'on nous les montrât.

C'est un archevêque égyptien qui a, dit-on, mystifié la cour de Rome, et, à son tour, a été pipé par le gouvernement napolitain ; l'archevêque avait pris pour confident un jésuite.

C'est du haut du château Saint-Ange que, dans les soirées des 28 et 29 juin, fêtes de saint Pierre et de saint Paul, protecteurs de Rome, on tire un des plus beaux feux d'artifice que j'aie jamais vus. Le bouquet est composé de quatre mille cinq cents fusées[3]. L'idée de ce feu est due à Michel-Ange.

Je me garderais d'en jurer. On frémit quand on songe à ce qu'il faut de recherches pour arriver à la vérité sur le détail le plus futile.

Les jours de fête, on hisse à des mâts placés sur les fortifications, le long du Tibre, de grands pavillons aux couleurs brillantes, le vent les agite mollement ; rien n'est plus joli. Nous avons retrouvé cet usage à Venise, sur la place Saint-Marc, et dans tout le pays vénitien.

On nous a dit que le fameux Barbone, chef de brigands, était dans le château[4], mais jamais le geôlier n'a voulu répondre à nos questions sur les *carbonari* qui s'y trouvent renfermés. À la fièvre près, qui peut les atteindre en été, ils ne sont pas mal ; presque tous sont tombés dans une excessive dévotion[5]. La vue qu'ils ont du haut de leur prison est magnifique et faite pour changer en douce mélancolie la tristesse la plus colérique[1]. On plane sur la ville des tombeaux; cette vue enseigne à mourir.

> *Cadono le città, cadono i regni,*
> *E l' uom d' esser mortal par che si sdegni*[2].

TASSO.

Quoi de plus ridicule qu'un homme qui se présenterait avec vingt mille francs dans sa poche pour acheter le Louvre ? Voilà les conspirateurs.

Quand nous faisions des questions sur les *carbonari,* le geôlier, qui voulait gagner la *mancia*[3], nous parlait des galériens qui sont sous sa garde. Ceux que le ministre de la police *(Monsignor Governatore di Roma)* veut favoriser sont employés à balayer les rues. Ces malheureux, avec leurs chaînes bruyantes et pesantes[4], forment un spectacle hideux qui nous attriste tous les matins, quand nous traversons le *Corso*. Nous nous sommes trouvés au château Saint-Ange comme ils rentraient. Le geôlier nous a fait remarquer le mari de la célèbre Maria Grazzi[5], dont les traits se trouvent répétés dans la plupart des tableaux faits à Rome de notre temps, et notamment dans les admirables ouvrages de Schnetz[6]. Cette femme ne songe qu'à obtenir la liberté de son mari, qui réellement est en prison par un malentendu. Dans son simple bon sens elle ne peut comprendre qu'il soit regardé comme coupable. Il était *alla macchia*[7]; il lut une amnistie à la porte d'une église; il se rend chez lui pour faire sa soumission; le délai fixé par l'amnistie était expiré depuis quelques heures, et on le met dans les fers comme s'il eût été pris les armes à la main.

Le geôlier nous a montré le corridor qui communique du palais du Vatican au château Saint-Ange; il a plus de quatre cent vingt mètres de long, et fut élevé par Alexandre VI sur l'ancien mur de la cité Léonine*. Pie IV

---

* Un corridor semblable a été élevé dans Florence par la méfiance de Médicis[8] : il donne au souverain un moyen facile de se réfugier du palais Pitti au Palazzo Vecchio. Mais les Toscans sont le peuple d'Europe le moins susceptible de révolte. Ils jouissent encore en 1829 du gouvernement sage et juste du ministre Fossombrone[9]. Quelle différence pour l'Italie si ce grand homme n'avait que quarante ans !

fit faire dans ce mur, lorsqu'il étendit cette partie de la ville, les grands arcs que l'on y voit aujourd'hui. Enfin, par ordre d'Urbain VIII, ce corridor fut isolé des maisons voisines.

Le plaisir de sentir un petit *venticello*[1] bien frais, qui régnait à cette hauteur, nous avait arrêtés sous le portique situé dans la partie la plus élevée du fort Saint-Ange, Paul nous a surpris agréablement en faisant servir des glaces. Frédéric nous a lu le récit du sac de Rome[2]; nos yeux dominaient une partie du champ de bataille.

Le 5 mai 1527, le connétable de Bourbon parut dans les prés devant Rome, le long de la muraille qui s'étend entre le Vatican et le mont Janicule; il fit sommer la ville par un trompette. Clément VII, dont la conduite dans ce grand événement ne fut qu'un mélange ridicule d'extrême timidité et de vanité puérile, renvoya ce trompette avec arrogance. Il fit ordonner au comte Rangone, qui accourait pour défendre Rome avec cinq mille fantassins et un petit corps d'artillerie, de changer de direction et d'aller joindre la grande armée qui venait de Toscane. Comme le connétable se présentait devant les murs de la partie de la ville où est Saint-Pierre, quelques hommes sages eurent l'idée de couper les ponts afin de se défendre derrière le Tibre, si le Borgo était forcé. Clément VII ne voulut pas le permettre[3], et leur prudence passa pour lâcheté et fut en butte aux railleries de sa cour. Il donna ordre aux gardes des portes d'empêcher que rien ne sortît de Rome. La route de Naples était encore libre, ainsi que celles de Frascati, de Tivoli, etc. Par Frascati, on pouvait facilement gagner des forêts inaccessibles.

Le pape voulut que l'on déchargeât de grandes barques sur lesquelles on avait placé beaucoup d'effets précieux.

L'armée qui menaçait les murs était forte de quarante mille hommes. Beaucoup de soldats étaient des Allemands luthériens, et avaient en exécration Rome et sa religion. Le connétable lui-même, qui portait les armes contre son pays, sentait qu'il était profondément méprisé; une victoire éclatante pouvait seule le relever à ses propres yeux et aux yeux des autres.

Le 6 mai au matin, il conduisit ses troupes à l'assaut contre la partie du mur de Rome située au couchant de la ville, entre le Janicule et le Vatican. À peine l'attaque commencée, il crut voir que ses fantassins allemands se portaient mollement au combat; il saisit une échelle et l'appuya lui-même contre le mur. Il avait monté trois échelons lorsqu'il fut atteint d'une balle de mousquet qui lui traversa le côté et la cuisse droite; il sentit aussitôt que le coup était mortel, et ordonna à ceux qui l'entouraient de couvrir son corps d'un manteau, afin que ses soldats ne fussent pas découragés; il expira au pied du mur pendant que l'assaut continuait.

La mort du connétable fut bientôt connue des soldats, ils étaient furieux; mais on leur résistait vaillamment; les Suisses de la garde du pape défendaient le mur d'enceinte avec une bravoure héroïque. Une batterie placée dans Rome, sur le haut de la colline, prenait de flanc les assiégeants et leur tuait beaucoup de monde. Malheureusement, au moment où le soleil se levait, il survint un épais brouillard qui empêcha les artilleurs de bien diriger leurs pièces; les Espagnols profitèrent de cet instant pour entrer dans la ville au moyen de quelques petites maisons attenant au mur. Au même moment, les Allemands y pénétraient aussi d'un autre côté; les assaillants avaient perdu alors un millier d'hommes.

En entrant dans la ville par deux endroits, les soldats du connétable de Bourbon se trouvèrent avoir coupé une partie de ce qu'on appellerait aujourd'hui la garde nationale de Rome. Ces jeunes gens qui avaient marché sous les ordres de leurs *caporioni* (chefs de quartier), furent tous massacrés sans pitié, encore que la plupart eussent jeté leurs armes et demandassent la vie à genoux[*].

Benvenuto Cellini, qui se trouvait ce jour-là au château Saint-Ange, et probablement dans le lieu où nous sommes, a laissé un récit curieux de cette journée et de celles qui la suivirent[1]. Mais il est un peu gascon et je ne le crois guère. Pendant que l'on se battait, Clément VII était en prières devant l'autel de sa chapelle au Vatican, détail singulier chez un homme qui avait commencé sa carrière par être militaire. Lorsque les cris des mourants lui annoncèrent la prise de la ville, il s'enfuit du Vatican au château Saint-Ange par le long corridor dont nous avons parlé et

---

[*] Guichardin, liv. XVIII, p. 446, Paul Jove, *Abrégé historique*, liv. XXIV, p. 14; *Vie de Pompée Colonna*, par Paul Jove, p. 172; et tous les historiens contemporains.

qui s'élève au-dessus des plus hautes maisons. L'historien Paul Jove, qui suivait Clément VII, relevait sa longue robe pour qu'il pût marcher plus vite, et, lorsque le pape fut arrivé au pont qui le laissait à découvert pour un instant, Paul Jove le couvrit de son manteau et de son chapeau violet, de peur qu'il ne fût reconnu à son rochet blanc et ajusté par quelque soldat bon tireur.

Pendant cette longue fuite le long du corridor, Clément VII apercevait au-dessous de lui, par les petites fenêtres, ses sujets poursuivis par les soldats vainqueurs qui déjà se répandaient dans les rues. Ils ne faisaient aucun quartier à personne et tuaient à coups de pique tout ce qu'ils pouvaient atteindre*.

Après avoir gagné le château Saint-Ange, le pape aurait eu le temps de s'enfuir par le pont voisin, qui était sous la protection de l'artillerie du fort; il aurait pu entrer dans la ville, la traverser rapidement, et, sous l'escorte de ses chevau-légers, gagner la campagne et quelque lieu de sûreté : mais la peur et la vanité en faisaient un imbécile. On calcule que, dans cette première journée, sept ou huit mille Romains furent massacrés.

Le Borgo et le quartier du Vatican furent immédiatement saccagés; les soldats tuaient et violaient; ils n'épargnèrent ni les couvents, ni le palais du pape, ni l'église de Saint-Pierre elle-même. Ils eurent à livrer un petit combat pour s'emparer du quartier de Trastevere. Les habitants, si féroces encore aujourd'hui, ne soutinrent point leur réputation en défendant leurs maisons. Les soldats de l'empereur parcoururent rapidement la rue de la Longara; enfin, Louis de Gonzague, à la tête de l'infanterie italienne, entra le premier dans Rome proprement dite par le ponte Sisto.

La singulière circonstance militaire que nous avons vue à Paris en 1814 se présenta à Rome en 1527. Le jour même où l'armée du connétable emportait Rome, le comte Rangone, qui avait eu le bon sens de ne pas obéir à l'ordre ridicule que Clément VII lui avait envoyé, était parvenu jusqu'au ponte Salario avec ses chevau-légers et huit cents arquebusiers. Si les ponts avaient été coupés et que la ville eût tenu quelques heures, elle

* Voir dans Bandello la nouvelle dont Shakespeare a fait sa charmante comédie de *Twelfth Night*[1].

était sauvée par ce brave militaire. Une grande armée marchait au secours de Rome, mais elle n'était partie de Florence que trois jours auparavant, et d'ailleurs le général commandant en chef était un ennemi personnel du pape.

Le fanatisme de la nouvelle réforme que professaient presque tous les soldats allemands fut la véritable cause des horreurs commises au sac de Rome, tant il est vrai que cette passion inconnue des anciens est la pire de toutes. Jamais rien de plus atroce n'a eu lieu en pareille circonstance. Plusieurs femmes et filles se jetèrent par les fenêtres pour éviter le déshonneur, dit l'historien contemporain Jacques Buonaparte*[1], d'autres furent tuées par leurs pères ou leurs mères, et ces corps palpitants et ensanglantés n'étaient point à l'abri de la brutalité des soldats. Ils pénétraient dans les églises, se couvraient des ornements pontificaux, et dans cet état allaient prendre des religieuses qu'ils exposaient nues aux regards de leurs camarades. Les tableaux d'église furent mis en pièces et brûlés, les reliques et les hosties consacrées répandues dans la boue, les prêtres étaient battus de verges et livrés aux huées de la soldatesque.

Ces horreurs durèrent sept mois, les soldats régnaient dans Rome et se moquaient de leurs généraux.

Les soldats espagnols se distinguèrent par leur avidité et leur cruauté. On observa qu'après le premier jour, il arriva rarement qu'un Allemand tuât un Romain; ils permettaient à leurs prisonniers de se racheter à très bon compte. Les Espagnols, au contraire, brûlaient les pieds aux leurs et les obligeaient par des tourments prolongés à découvrir leurs richesses, ou à épuiser la bourse des amis qu'ils pouvaient avoir hors de Rome. Les palais des cardinaux furent pillés avec d'autant plus de soin, que beaucoup de marchands, à l'approche de l'armée de l'empereur, avaient déposé leurs effets dans les palais des cardinaux partisans de ce prince; mais il n'y eut de grâce pour personne.

La marquise de Mantoue racheta son palais au prix de cinquante mille ducats; tandis que son fils, qui avait un commandement dans l'armée impériale, reçut dix mille

---

* *Ragguaglio storico del sacco di Roma,* p. 100, Coloniae, 1756.

ducats pour sa part du pillage. Le cardinal de Sienne, après s'être racheté des Espagnols, fut fait prisonnier par les Allemands, complètement dépouillé, battu, et forcé de racheter de nouveau sa personne au prix de cinq mille ducats. Les prélats allemands ou espagnols ne furent nullement épargnés par leurs compatriotes.

Le cardinal Pompée Colonna entra dans Rome deux jours après la prise de cette ville, il venait pour jouir de l'humiliation de son ennemi Clément VII. Une foule de paysans de ses fiefs arrivèrent avec lui : peu de temps auparavant, ils avaient été barbarement pillés par ordre du pape; ils s'en vengèrent en pillant à leur tour les maisons romaines. Ils y trouvèrent encore les gros meubles.

Mais Pompée Colonna fut touché d'une profonde pitié quand il vit l'état dans lequel il avait contribué à précipiter sa patrie. Il ouvrit son palais à tous ceux qui voulurent s'y réfugier; il racheta de ses deniers, sans distinction de faction, amie ou ennemie, les cardinaux que les soldats tenaient captifs; il conserva la vie à une foule de misérables qui, ayant tout perdu dès le premier jour, seraient morts de faim sans lui.

Ces scènes d'horreur ont été décrites en détail par Sandoval, évêque de Pampelune, qui, de peur de déplaire à Charles Quint, se contente d'appeler le sac de Rome une œuvre non sainte *(obra no santa)*. Charles Quint, âgé seulement de vingt-sept ans, mais qui comprenait qu'on ne peut combattre Rome qu'avec ses propres armes, lorsqu'il apprit les horreurs qui, faute de contrordre de sa part, durèrent sept mois, fit une belle procession pour demander à Dieu la délivrance du pape, qui dépendait uniquement de lui Charles Quint. Ce trait d'habileté doit troubler le sommeil de certains prélats modernes.

L'évêque Sandoval[1] rapporte qu'un soldat espagnol avait volé dans le *Sanctus sanctorum* de Saint-Jean-de-Latran une cassette remplie de reliques, parmi lesquelles se trouvait une petite partie du corps de Jésus-Christ, détachée par le grand prêtre dans la première enfance du Sauveur. Lors de la retraite de l'armée impériale, le soldat abandonna cette cassette dans un village des environs de Rome. En 1551, c'est-à-dire trente ans après, un prêtre la retrouva et se hâta de la porter à Madeleine Strozzi.

Aidée de Lucrèce Orsini, sa belle-sœur, et en présence de
sa fille Clarice, âgée de sept ans, Madeleine Strozzi ouvrit
la cassette. Ces dames trouvèrent d'abord un morceau de
chair encore toute fraîche de saint Valentin, une partie
de la mâchoire avec une dent de sainte Marthe, sœur de
sainte Marie-Madeleine.

La princesse Strozzi prit ensuite un petit paquet sur
lequel on ne lisait autre chose que le nom de Jésus.
Aussitôt elle sentit ses mains s'engourdir, et force lui
fut de le laisser échapper. Ce miracle ouvrit les yeux de
Lucrèce Orsini, qui s'écria que le paquet contenait sans
doute une partie du corps de Jésus. À peine eut-elle
prononcé ce nom, que la cassette exhala une odeur suave,
mais tellement[1] forte, que Flaminino Anguillara, mari de
Madeleine Strozzi, qui se trouvait dans un appartement
voisin, demanda d'où provenait le parfum qui arrivait
jusqu'à lui.

On essaya en vain[2], à plusieurs reprises, d'ouvrir le
paquet. Enfin, le prêtre qui avait trouvé la cassette eut
l'idée que les mains pures de la jeune Clarice, âgée de sept
ans seulement, auraient plus de succès. La sainte relique
fut en effet découverte et placée ensuite dans l'église
paroissiale de Calcata, diocèse de Civita Castellana.

Une dissertation, réimprimée à Rome *avec approbation*
en 1797, donne sur cette relique des détails que je
n'oserais répéter. L'approbation d'un livre qui traite
un sujet si délicat prouve que l'auteur ne s'écarte en rien
des opinions regardées comme orthodoxes par la cour de
Rome. L'auteur discute le mot de saint Athanase, qui
soutient que le Verbe divin *cum omni integritate resurrexit*.
Jean Damascène avait dit, en parlant du Verbe : « *Quod
semel assumpsit, nunquam dimisit*[3]. » Ici paraît la théorie des
quantités infiniment petites d'Euler, que l'on peut
considérer comme nulles[4].

La première fois que nous passerons près de Calcata,
nous irons voir cette relique unique au monde.

4 juin 1828. — Hier, comme je visitais seul le palais de
Montecavallo, admirablement restauré, d'après les ordres
de M. Martial Daru (intendant de la couronne à Rome
sous Napoléon[5]), j'ai été joint par M. l'abbé Colonna[6],
auquel j'ai apporté une lettre de Naples. Il m'a parlé
in confidenza[7], preuve d'estime dont je ne me vante que

parce qu'il est en un lieu où il se moque fort de la police.
(Nous avons passé trois heures sous les ombrages
charmants du jardin de Monte Cavallo; la femme du
portier nous a fait d'excellent café.)

À la chute du gouvernement de Napoléon, Pie VII
envoya à Rome un certain personnage qui se hâta de
destituer les autorités établies par les Français; et de
propos délibéré laissa Rome sans gouvernement pendant
trente heures. Les citoyens honnêtes furent saisis de
terreur. Heureusement, la canaille de ce pays, la plus
féroce du monde, car elle est façonnée par les moines
mendiants, ne s'aperçut pas de cette belle occasion de
massacrer et de piller. Si les Transtévérins et autres sans-
culottes de Rome eussent compris toute l'étendue de
leur bonheur, ils auraient commencé par égorger les
sept à[1] huit cents citoyens qui avaient accepté un
emploi quelconque des Français. Ce peuple, alléché
par le sang comme le tigre, eût massacré probablement
tous les riches marchands, et ensuite il se serait enivré
et endormi au coin des rues. Cette journée eût fait
un beau pendant avec l'assassinat du ministre Prina, à
Milan.

C'est cette hideuse canaille de Rome qui fut employée
par les mêmes personnages, en 1793 et en 1795, pour
assassiner M. Basseville et le général Duphot. Ce pauvre
Hugues Basseville ne se doutait pas, en mourant, qu'il
allait être immortalisé par Monti. Cet assassinat politique,
célébré comme un *haut fait* dans lequel la victime a tort,
a donné lieu à l'admirable poème de la *Basvigliana* (égal
ou supérieur à tout ce qu'a fait lord Byron[2]); ce qu'il y a
de plaisant, c'est que Monti était libéral alors et mourait
de peur. Il avait connu Basseville, lui avait offert des
renseignements pour ses projets d'organisation libérale,
et ne pensait pas un mot de ce qu'il écrivait. Qui le dirait
en lisant ces vers magnifiques?

J'ose révéler cette anecdote maintenant que l'immortalité de ce grand homme a commencé[3]. M. Horace Vernet
a fort bien représenté dans sa *Course de chevaux (la ripresa
de' barberi)*, cette canaille romaine, à la fois hideuse et
admirable par l'énergie.

Cette canaille est une contre-épreuve fidèle de la
religion chrétienne, telle que l'entendent les papes.
Quelle différence avec le bas peuple presque déiste de

Paris, recruté parmi des paysans auxquels la vente des biens nationaux a donné de la probité! La canaille de Paris était féroce en 1780. Je tiens de M. d'Agincourt[1] qu'avant la Révolution il y avait souvent des coups de couteau dans les bals du dimanche à la Rapée. Si l'on tue dans le peuple maintenant, c'est par amour comme Othello. Voir l'admirable défense de M. Lafargue[2], ouvrier ébéniste, Pau, 1829.

Des *journées d'anxiété,* comme celle que je viens de révéler, changent le caractère d'un peuple. C'est ainsi que les assassinats et les bourreaux font l'éducation de la péninsule ibérique.

5 juin 1828. — J'ai retrouvé Mgr Colonna à l'église des Saints-Apôtres, devant le tombeau de Clément XIV, Ganganelli; c'est le premier grand ouvrage de Canova. Ce tombeau, placé au-dessus de la porte de la sacristie, est fort curieux pour l'histoire de son talent. Nous bavardons une heure en le regardant, nous admirons surtout la figure de la Tempérance. Canova commença sa carrière à Venise par imiter la nature avec tant de scrupule, que ses ennemis disaient qu'il *moulait* ses modèles au lieu de les *copier;* il travaillait à vingt ans, comme feu M. Houdon faisait des bustes. — Bel aigle antique sous le vestibule des SS. Apostoli; petit tombeau érigé par Canova à l'un de ses protecteurs.

Nous parlons de l'empoisonnement de ce pauvre honnête homme Ganganelli (1775)*. En signant une certaine bulle, il dit : « Je suis perdu! » Mgr Colonna me donne des détails singuliers; il me conte ensuite un autre empoisonnement digne du Moyen Âge. Je conçois maintenant pourquoi mon anecdote du duc de Chaulnes, surprenant l'abbé de Voisenon, à minuit, chez sa femme, et prenant bien la plaisanterie, semblait si absurde à Bologne[4]; elle me valut la réputation de menteur effronté. Mais à quoi bon raconter des choses communes?

Nous venions de rencontrer un vieillard à figure singulière. « Tenez, *voilà le remords,* m'a dit Mgr C***. Cet homme va laisser cent mille scudi *aux prêtres.* » Un jeune

---

* Voir la *Vie de Scipion Ricci,* évêque de Pistoia, par le savant de Potter[3].

peintre en miniature voyait souvent une dame romaine de la plus haute volée; le mari n'y songea guère pendant six mois; enfin, il considéra que ce peintre, d'ailleurs fort habile, n'avait pas de naissance et *n'était protégé par personne.*

Un jour qu'il faisait très chaud, le prince mari offrit lui-même un verre de limonade au peintre. Ce jeune homme se sentit bientôt fort altéré, rentra chez lui, se mit au lit; là, *au bout de vingt-quatre heures,* il fut saisi de vomissements si violents et de spasmes si atroces, que, couché sur le dos, les sérosités que la douleur arrachait de son estomac faisaient jet d'eau et allaient retomber au milieu de la chambre. Le médecin appelé ordonna de l'eau sucrée, partit à l'instant pour la campagne, ne reparut qu'au bout de quinze jours, et pendant vingt ans n'a pas prononcé le nom du peintre. Il va sans dire que la justice romaine considéra cette mort comme la plus naturelle du monde. Mais figurez-vous la femme du prince dînant le lendemain avec son mari! Voilà une femme qui peut lire le Dante, et le mari aussi tel qu'il se promène aujourd'hui[1]. Heureux pays pour les poètes! En Angleterre, la tristesse naturelle fait qu'on se tue trop vite. Rien n'est moins touchant qu'un homme qui s'est tué il y a vingt ans; mais un homme qui a passé ces vingt ans comme notre vieillard!

Beaucoup de poisons, connus à Rome en 1750, sont perdus; on ne trouverait plus, même à Naples, certains poisons encore en usage avant les guerres civilisantes de la Révolution française.

Ce qui étonnera les ultras français qui ont supprimé le divorce en 1815, c'est qu'avant la Révolution il n'était point rare à Rome. À la vérité, on n'y arrivait qu'après un procès scandaleux, et il n'était guère demandé que par des gens de la très haute société. L'habitude à cet égard était tellement enracinée, que lorsque les autorités françaises succédèrent à celles du pape, elles furent encore obligées de prononcer la dissolution du mariage d'un jeune Romain prétendu incapable, et qui huit jours après épousa sa maîtresse, dont il avait trois enfants.

Mgr Colonna a récité ce soir à nos dames le sonnet délicieux que fit Monti vers 1790, à l'occasion de l'arrivée à Rome d'une jeune et charmante Génoise, qui venait solliciter la résiliation de son mariage.

PER CELEBRE SCIOGLIMENTO DI MATRIMONIO
IN GENOVA

> *Su l'infausto Imeneo pianse e rivolse*
> *Altrove il guardo vergognoso Amore;*
> *Pianse Feconditade, e al ciel si dolse*
> *L' onta narrando del tradito ardore.*
> *Ma del fanciullo Citereo si volse*
> *Giove dall' alto ad emendar l' errore;*
> *Vide l' inutil nodo e lo disciolse,*
> *E rise intanto il verginal Pudore.*
> *Or sul tuo fato in ciel si tien consiglio*
> *Ligure Ninfa, ed altra insidia ha tesa,*
> *Per vendicarti di Ciprigna il figlio.*
> *E ben farallo, chè alla dolce impresa*
> *Fia sprone il balenar del tuo bel ciglio*
> *L' età che invita, e la svelata offesa*[1].

Les personnes qui aiment l'art de peindre les passions
par des paroles comprendront bien, sans que je le leur
prouve, la différence du ton galant des madrigaux de
Voltaire et de Voiture à la manière passionnée de Monti.
Le rang de la femme aux charmes de laquelle on
rend hommage entre pour beaucoup dans les vers
de Voltaire. On sent confusément dans ceux de Monti,
que l'amour

> *Fait les égalités et ne les cherche pas.*
>
> CORNEILLE[2].

Hier, un Anglais marchandait un tableau; il dit au
peintre : « Monsieur, combien de jours ce tableau
vous a-t-il occupé? — Onze jours. — Eh bien! je vous
en donne onze sequins; vous devez être assez payé à un
sequin par jour. » L'artiste indigné replaça sa toile contre
le mur et tourna le dos à l'aristocrate[3]. Ce genre de
politesse livre les Anglais aux charlatans. J'ai vu des
tableaux achetés 20 ou 30 louis et qui ne valent pas
100 fr.; ce qui m'a fort réjoui. Mais, d'ici à un siècle,
tous les tableaux d'Italie seront en Angleterre exposés
sur de belles tentures de soie rouge. L'humidité du

climat anglais sera bien contraire à ces pauvres chefs-
d'œuvre.

« Il n'y a pas cent ans, me dit M. Malo, jeune négociant
français, qu'un ambassadeur s'approchant d'un voyageur
qu'il avait engagé à sa soirée : "Ah! Monsieur, lui
dit-il, que j'ai de pardons à vous demander! Je ne
vous ai pas prié de venir chez moi depuis six semaines
que vous êtes à Rome; *on m'avait dit que vous étiez
négociant*". »

Ce même personnage recevait les Anglais, sur la présentation de *leur valet de place*. (Historique.)

7 juin 1828. — Ce soir, après une représentation
d'*Elisa e Claudio*[1], qui nous avait fait un plaisir infini, car
Tamburini[2] chantait et nos âmes étaient disposées à la
candeur et à la tendresse, la jeune *marchesina* Métilde
Dembos***[3] a été d'une éloquence admirable; elle a
parlé du dévouement sincère, plein d'alacrité, sans
ostentation, mais sans bornes, que certaines âmes nobles[4]
ont pour leur Dieu ou pour leur amant. C'est ce que j'ai
entendu, dans ce voyage-ci, de plus voisin du *beau
parfait*[5]. Nous sommes sortis de chez elle, comme enivrés
par notre enthousiasme subit pour une simplicité réelle
et complète.

« L'homme le plus naïf d'entre nous, me disait l'aimable Della Bianca[6], ne passe-t-il pas une partie de son
temps à songer à l'effet qu'il produit sur les autres?
L'être qui brave le public est peut-être celui qui s'en
occupe le plus. L'homme qui a de la candeur emploie
tout ce temps à songer à sa passion ou à son art. Peut-on
s'étonner de la supériorité des artistes naïfs et de bonne
foi? Mais les articles de journaux leur manqueront dans
les pays libres, et les croix sous le gouvernement monarchique. Donc, pour être supérieur désormais, il
faudra naître très riche et très noble, on se trouvera ainsi
au-dessus de toutes les petites tentations. — Oui, mais
en qualité de privilégié, on passera son temps à avoir
peur du peuple. — Croyez-vous que sans véritable
grandeur dans l'âme on puisse exceller dans les arts au
XIXe siècle? — On peut avoir beaucoup de talent avec une
âme faible. Voyez Racine, qui veut être courtisan et
meurt de chagrin pour avoir nommé Scarron en présence
de son successeur Louis XIV. Il ne faut pas voir l'homme

meilleur qu'il n'est. Je suis persuadé que plus d'un
artiste honnête homme est troublé et découragé par les
succès des artistes intrigants. Donc, pour exceller désormais, il faudra naître riche et noble, voilà ce que les
lettres et les arts auront gagné à la protection des gouver-
nants[1]. Un cordonnier, dans certains pays, est plus
heureux qu'un peintre; protégé par la vulgarité de son
métier, s'il excelle, il est sûr de faire fortune. Un mauvais
cordonnier qui chausse le ministre n'est pas prôné à
l'envi par tout le charlatanisme payé par le pouvoir :
et qui pourrait résister à cet immense levier? Le public
qui n'a qu'une certaine somme à dépenser en tableaux
achète chez le peintre prôné, et néglige Prud'hon. »

Mgr Colonna m'a demandé de lire avec lui l'*Histoire de
la Révolution* de M. Thiers[2]. Je lui explique les parties de
cet ouvrage peu intelligibles pour un étranger. Il est
frappé des figures colossales de ces hommes qui, en 1793,
empêchèrent les soldats autrichiens d'arriver à Paris. Il
ne veut pas croire qu'en 1800 nous fussions dégoûtés
de la liberté.

9 juin 1828. — Qu'attendre d'un peuple énergique et
souverainement passionné, se méfiant profondément
du sort et des hommes, et par conséquent point léger
dans ses goûts? Notez que, depuis cinq cents ans, ce
peuple est régi par un gouvernement dont le caractère
personnel de Grégoire VII, d'Alexandre VI ou de Jules II,
peut donner une idée; et ce gouvernement lui présente,
s'il n'obéit pas, la potence dans ce monde et l'enfer dans
l'autre.

Le despotisme papal, exercé par des gens passionnés,
comme le reste du peuple, ne vit que de caprices; par
conséquent, dix fois par an, le moindre cordonnier,
comme le prince romain le plus riche, se trouve dans un
cas imprévu, et *obligé d'inventer* et de *vouloir*. C'est justement
ce qui pouvait manquer à des hommes nés avec d'aussi
grandes qualités pour être, comme individus, à la tête
de leur espèce.

Si vous avez voyagé, suivez de bonne foi les suppositions que voici : prenez au hasard cent Français bien vêtus
passant sur le pont Royal, cent Anglais passant sur le
pont de Londres, cent Romains passant dans le *Corso;*
choisissez dans chacune de ces troupes les cinq hommes

les plus remarquables par le courage et l'esprit. Cherchez à avoir des souvenirs exacts; je prétends que les cinq Romains l'emporteront sur les Français et les Anglais; et cela, soit que vous les placiez dans une île déserte, comme Robinson Crusoé, ou à la cour du roi Louis XIV, chargés de suivre une intrigue, ou au milieu d'une Chambre des communes orageuse. Le Français, mais celui de 1780, et non pas le triste raisonneur de 1829, l'emportera dans un salon où passer agréablement la soirée est la première affaire.

L'Anglais que ma supposition arrête sur son pont[1] de Londres sera beaucoup plus raisonnable et beaucoup mieux vêtu que le Romain; il aura des habitudes profondément sociales. Le jury et l'esprit d'association, la machine à vapeur, les dangers de la navigation, les ressources dans le péril, lui seront choses familières; mais, comme homme, il sera fort inférieur au Romain. C'est précisément parce qu'il est mené par un gouvernement à peu près juste (à l'omnipotence près de l'aristocratie), que l'Anglais n'est pas obligé, dix fois par mois, de se décider dans de petits cas hasardeux qui peuvent fort bien par la suite le mener à sa ruine, ou même en prison et à la mort.

Le Français aura de la bonté et une bravoure brillante; rien ne le rendra triste, rien ne l'abattra; il ira au bout du monde et en reviendra, comme Figaro, faisant la barbe à tout le monde. Peut-être il vous amusera par le brillant et l'imprévu de son esprit (je parle toujours du Français de 1780); mais, comme homme, c'est un être moins énergique, moins remarquable, plus vite lassé par les obstacles que le Romain. Amusé toute la journée par quelque chose, le Français ne jouira pas du bonheur avec la même énergie que le Romain, qui, le soir, arrive chez sa maîtresse avec une âme vierge d'émotions; donc il ne fera pas de si grands sacrifices pour l'obtenir. Que si vous dirigez autrement votre choix, et que, dans ces troupes de cent hommes appartenant aux trois peuples, vous choisissiez les plus dépourvus d'éducation et de culture, la supériorité de la race romaine sera plus frappante encore. C'est que l'éducation, loin de rien faire pour le Romain, agit en sens inverse; c'est que le gouvernement et la civilisation agissent *contre la vertu* et le travail, et lui enseignent sans le vouloir le crime et la fraude. Par exemple, le gouvernement traite avec des assassins : que peut-il faire de pis ? Leur manquer de parole, et il n'y manque pas. (Voir le *Voyage d'un privilégié*, le lord Craven, *dans les environs de Naples*, et *Six mois dans les environs de Rome*, de Mme Graham[1].)

Les actions de peu d'importance qui remplissent la journée d'un petit marchand, comme celui qui vient de me vendre le portrait de Béatrix Cenci, prennent, en moins de cinquante ans, la couleur du gouvernement, et se décident par des motifs[2] analogues et d'après les mêmes *habitudes morales* que les actions importantes.

Si vous me répondez par de l'emphase et de la philosophie allemande, nous parlerons d'autre chose; mais, si vous m'estimez assez pour être de bonne foi, vous verrez par ces *pourquoi*, rapidement esquissés, comment il se fait que la plante homme est plus robuste et plus grande à Rome que partout ailleurs[3]. Sous un bon gouvernement, elle ferait de plus grandes choses, mais aurait besoin, pour vivre, de moins d'énergie, et par conséquent serait moins belle. Je ne vous demande point de me croire sur parole; seulement, si jamais vous allez devers Rome, ouvrez les yeux et cachez ce livre.

Ce qui suit est ennuyeux et s'adresse seulement aux esprits lents ou de mauvaise foi.

À Dieu ne plaise que je prétende que Pie VI ou Pie VII ont eu le caractère du père de César Borgia; mais ce sont les souverains énergiques et actifs qui laissent une empreinte profonde dans la mémoire des peuples, et non pas les hommes doux, tels que Ganganelli, Lambertini et les papes qui ont régné depuis cent ans. Par la moralité, ces papes sont peut-être supérieurs aux souverains qui, pendant le XVIIIe siècle, ont occupé les trônes de l'Europe. Mais la politique de la cour de Rome est constante envers ses sujets comme envers les rois, et il s'est fait d'étranges choses, même sous les meilleurs papes. Voyez ce que toléraient, en 1783, dans les couvents de Toscane, les évêques les plus vertueux*. Le poison agit plus à Rome qu'on ne le pense; aveux de M. le curé de ***. Les curés

---

* *Vie de Scipion Ricci*, par M. de Potter. *Biographie de tous les papes*, publiée à Bruxelles en 1827. *Vies* de Paul Jove[4]. Je publierai dans les derniers volumes de l'*Histoire de la peinture* cinquante pages de petits faits tous avérés[5]. — Suppression du couvent de Baïano[6].

de Rome tiennent à peu près le rang des colonels de l'armée de Napoléon en 1810. Ce sont des hommes raisonnables, expéditifs, qui ont beaucoup d'affaires, et qui savent la vérité sur bien des choses. Souvent ils ne veulent pas dire tout ce qu'ils savent au ministre de la police *(il governatore di Roma)*. C'est maintenant M. Bernetti, homme d'un vrai mérite. (En 1829, M. Bernetti est cardinal et légat à Bologne[1].)

10 juin 1828. — Pour peu qu'on ait étudié l'histoire des papes dans Paul Jove et M. de Potter, on sera de mon avis. Cette histoire, si on a la précaution de sauter tout ce qui est *dogme,* est la plus originale et peut-être la plus intéressante des temps modernes.

À Versailles, le maréchal de Richelieu[2] intriguait, en 1730, pour donner une maîtresse au plus faible des hommes, Louis XV. (Voir les *Mémoires* de Mme la duchesse de Brancas, fragment délicieux publié par M. de Lauraguais[3].) À Rome, on intriguait, en 1730, pour savoir si l'on ajouterait tel mot dans l'office de la Vierge, ou si les carmes déchaussés porteraient des culottes. Il y avait des gens passionnés pour ou contre les culottes des carmes. On citait de part et d'autre vingt auteurs latins.

Je vous en prie, ne faites pas plus d'attention au fond de la dispute que dans un opéra aux paroles du *libretto;* réservez votre attention, et je puis dire votre admiration, pour l'*habileté* déployée par les disputants. Auprès de tel carme déchaussé intriguant à Rome pour ou contre les culottes, le maréchal de Richelieu, l'abbé de Vermond[4], le baron de Bésenval[5], c'est-à-dire les courtisans les plus fins et les plus heureux à Versailles, ne sont que des enfants étourdis[6] oubliant ce matin ce qu'ils ont voulu hier soir. Songez à ce que doit faire un malheureux moine renfermé dans son couvent pour y devenir le premier. Là, tous se connaissent, personne n'est étourdi ou distrait. Cette école a donné au monde les Sixte Quint et les Ganganelli[7].

Le voyageur qui écrit ceci peut jurer que, parmi les hommes qu'il a vus exercer le pouvoir, le cardinal Consalvi et Pie VII sont ceux qui lui ont inspiré le plus de sympathie. Dans les rangs inférieurs, il pourrait nommer parmi ses amis plusieurs moines et quelques abbés.

Un *monsignor* romain, stupide et fat à couper au cou-

teau, oncle de la jolie Fulvia F***, avait permis au comte
C*** de faire son portrait. Le comte, excédé de la stupidité
de son modèle, et ne sachant que lui dire, s'écrie tout à
coup : « Vous aurez une mine vraiment imposante quand
vous serez pape! » L'abbé rougit beaucoup et ajoute enfin
en baissant les yeux : « Je vous avouerai que je l'ai
souvent pensé. »

Un jeune homme appartenant aux grandes familles et
un habile intrigant songent également à devenir prélat
(*monsignore*). Un *monsignor* employé se voit cardinal, et
il n'est pas de cardinal qui ne songe à la tiare. Voilà ce qui
chasse l'ennui de la haute société. Vous-même, ô mon
lecteur! qui riez de leur folie et des ruses de la politique
romaine, que deviendriez-vous si vous saviez qu'un prix
de cent millions sera tiré au sort d'ici à sept ans entre
quarante de vos amis et vous? Quelle tête ne tournerait
pas à cette idée?

12 juin 1828. — Ce matin, à cinq heures, nous sommes
allés à Saint-Pierre, avec M. Gros, célèbre géomètre de
Grenoble[1]; nous avons cherché à ne considérer ce grand
monument que sous le point de vue mathématique.
M. Colomb et moi nous avons vérifié plusieurs des
mesures suivantes[2].

Longueur de Saint-Pierre, y compris le portique et
l'épaisseur des murs, 660 pieds de roi.

Longueur dans œuvre de Saint-Pierre, 575 pieds.

Le mur du fond a 21 pieds 7 pouces d'épaisseur; le mur
du péristyle 8 pieds 9 pouces; le péristyle 39 pieds
3 pouces; l'épaisseur du mur, avec la colonne extérieure,
22 pieds 3 pouces.

Longueur intérieure de la croisée de Saint-Pierre,
depuis l'autel de *S. Processo e S. Martiniano* jusqu'à
celui de saint Simon et saint Jude, 428 pieds.

Longueur de la croisée de Saint-Pierre, y compris les
murs, 464 pieds.

Largeur intérieure de la grande nef de Saint-Pierre,
sans les collatéraux et les chapelles, 82 pieds.

Hauteur totale de Saint-Pierre, depuis le pavé jusqu'au
sommet de la croix, 408 pieds de roi; M. Dumont dit
411 pieds.

Hauteur de la voûte de Saint-Pierre, sous clef, 144
pieds.

Hauteur extérieure de la façade, 159 pieds.

Un homme qui avait plus d'esprit que de goût a fait placer dans le pavé de Saint-Pierre, sur l'axe, entre la porte du milieu et le grand autel, la mesure des plus grandes églises du monde, Saint-Paul de Londres, le Dôme de Milan, etc., comme si la grandeur mathématique pouvait augmenter le *sentiment de grandeur* donné par une belle architecture!

Ces mesures étaient à leur place dans l'escalier par lequel on monte aux combles. Cet escalier est blanchi à la chaux tous les ans pour effacer les noms que tous les voyageurs qui visitent Saint-Pierre ne se lassent pas d'y inscrire.

La cathédrale de Strasbourg, à mes yeux la plus belle église gothique du continent[1], fut commencée en 1015 et terminée en 1275. La tour, commencée en 1277 et achevée en 1439, est l'édifice le plus élevé qui existe en Europe; sa hauteur est de 426 pieds. Mais remarquez qu'il s'agit d'une simple tour, et non pas d'un vaste monument comme Saint-Pierre.

La tour de Saint-Étienne, à Vienne, a 414 pieds d'élévation; la tour de Saint-Michel, à Hambourg, 390 pieds; le Dôme de Milan, 327 pieds au-dessus de la place.

Le Dôme de Milan, commencé en 1386, a 409 pieds de long sur 275 de large. Cette cathédrale, sombre et majestueuse, est divisée en cinq nefs par cinquante-deux énormes piliers gothiques construits en marbre, ainsi que toute l'église.

La tour penchée de la place Saint-Mathieu, à Pise, haute de 193 pieds, incline vers le midi d'environ 12 pieds.

Sainte-Sophie, de Constantinople, rebâtie par Justinien et convertie en mosquée en 1453, a de longueur 270 pieds : sa largeur, qui s'étend du midi au nord comme celle de Saint-Pierre, est de 240 pieds; élévation de la coupole au-dessus du pavé de la mosquée, 165 pieds seulement.

La grande pyramide d'Égypte, celle du haut de laquelle quarante siècles contemplaient l'armée de Bonaparte, a 146 mètres ou 438 pieds.

La flèche des Invalides, à Paris, a 324 pieds.

La coupole de Saint-Paul, à Londres, a 319 $\frac{1}{6}$ pieds.

Les tours de Notre-Dame, à Paris, 204 pieds.

Longueur de Saint-Paul de Londres, 500 pieds anglais, ou pieds de roi 469 $^1/_3$.

Longueur de Notre-Dame de Paris, y compris les murs, 409 $^1/_3$ pieds.

Longueur dans œuvre de Notre-Dame de Paris, 378 pieds.

Longueur extérieure de la cathédrale de Strasbourg, 329 pieds.

Longueur intérieure de la même église, 306 pieds.

Longueur de la cathédrale de Milan, 313 pieds.

Longueur intérieure de la croisée de Notre-Dame de Paris, 150 pieds.

Longueur intérieure de la croisée du Munster de Strasbourg, 145 pieds.

Longueur de la croisée de Saint-Paul de Londres, 235 pieds.

Largeur de la nef de Notre-Dame de Paris, 40 pieds; moins de la moitié de la nef de Saint-Pierre, marque du style gothique.

Largeur de la nef à Strasbourg, 43 pieds.

Largeur de la nef de Saint-Paul de Londres, mais en y comprenant les chapelles, 169 pieds.

La pyramide de Cholula, au Mexique, a de hauteur 162 pieds ou 54 mètres[1].

On dit que le style d'architecture dit *gothique* est en usage de temps immémorial parmi les Indiens et les Arabes. Il aurait été introduit en Europe à l'époque des croisades. Je croirais volontiers que le style gothique est né en Sicile, où se rencontrèrent à la fois le goût grec, le goût arabe ou sarrasin, et le goût normand. À peine ce style est-il né, que l'on voit bâtir la cathédrale de Coutances. Je crois que l'on peut avancer que Rome n'a rien en style gothique.

Les plus beaux monuments gothiques que je connaisse en Angleterre sont l'abbaye de Westminster, à Londres, fondée sur les ruines d'un ancien temple d'Apollon en 914, et la cathédrale de Salisbury, commencée en 1220.

La cathédrale de York, brûlée en 1828, avait été rebâtie en 1075.

Longueur du bâtiment, 542 pieds anglais; largeur à l'extrémité orientale, 105 pieds; à l'autre extrémité, 109 pieds; hauteur de l'église, 99 pieds. La plate-forme de la grande tour est à 213 pieds de terre. Une fenêtre à l'extrémité du chœur a 75 pieds anglais de hauteur sur 32 de large; elle est entièrement garnie de verres de couleur.

Nous avons remarqué au Dôme de Milan une fenêtre à peu près semblable, à l'orient, vers la *Corsia de' Servi*.

Un des monuments les plus singuliers de l'Europe est la cathédrale de Cordoue, ancienne mosquée appelée Mezquita. Elle fut élevée, en l'année 792, par le roi Abdérame; elle a 534 pieds de long et 387 de large. Cette église est partagée en dix-neuf nefs par mille dix-huit colonnes, dont les plus grandes ont 11 pieds 3 pouces de hauteur et les plus petites 7 pieds seulement.

L'Escurial, commencé en 1557, a la forme d'un gril, en l'honneur de saint Laurent. La façade principale n'a que 51 pieds 8 pouces d'élévation sur 637 pieds de longueur.

L'Alhambra de Grenade, ancienne forteresse arabe, renferme un palais des rois maures. La cour des Lions a 100 pieds de longueur sur 50 de large; elle est entourée d'une galerie soutenue par des colonnes de marbre blanc accouplées deux à deux et trois à trois.

Saint-Denis, près Paris, construit en 1152 par l'abbé Suger[1], a 335 pieds de long sur 90 pieds de hauteur.

La colonne de la Grande Armée, place Vendôme, a 136 pieds de haut. Tâtonnements étranges lors de la construction, terminée le 15 août 1810.

Sainte-Geneviève ou le Panthéon fut commencée en 1763 par Soufflot. La coupole a 68 pieds de diamètre; elle est entourée de trente-deux colonnes de 34 pieds de haut. Le point le plus élevé de Sainte-Geneviève est à 237 pieds du pavé.

La cathédrale de Reims, l'une des plus belles églises de France, bâtie en 840, a 430 pieds de longueur et 110 pieds d'élévation. Saint-Pierre a 575 pieds de long et 408 pieds de haut.

14 juin 1828. — Le premier mérite d'un jeune peintre est de savoir imiter parfaitement ce qu'il a sous les yeux, que ce soit la tête d'une jeune fille ou le bras d'un squelette. C'est avec ce talent qu'il pourra parvenir à copier exactement la tête idéale de Tancrède pleurant la mort de Clorinde[2] ou celle de Napoléon à Sainte-Hélène regardant la mer[3]. C'est son imagination qui créera le modèle qu'il doit copier, si toutefois, après avoir appris les parties matérielles de son art, la couleur, le clair-obscur et le dessin, il se trouve avoir une âme qui lui fournisse des sujets. Si cette âme l'entraîne à peindre des scènes trop au-dessus de la teneur prosaïque de la vie de tous les jours, on louera peut-être son tableau *sur parole,* mais très peu de gens en sentiront réellement le mérite.

Les marchands hollandais, le duc de Choiseul, ministre de Louis XV, et des milliers d'amateurs payent au poids de l'or un tableau représentant une grosse cuisinière ratissant le dos d'un cabillaud, pourvu que ce tableau réunisse les trois parties matérielles de la peinture. Les formes énormes des nymphes de Rubens (*Vie de Henri IV* au Louvre), les figures souvent insignifiantes du Titien, font la conquête des hommes un peu moins dépourvus d'âme. Enfin, les trois quarts des voyageurs français se trouveraient bien en peine d'avoir un tête-à-tête avec une des madones de Raphaël; leur vanité souffrirait étrangement, et ils finiraient par la prendre en guignon; ils lui reprocheraient de la hauteur et s'en croiraient méprisés.

Quant à tous les tableaux de Raphaël dont le sujet n'est pas une jolie femme, les Parisiens arrivant à Rome n'ont pour eux que de l'estime sur parole; et, si le *culte du laid* triomphe tout à fait en France, ce peintre sera aussi méprisé dans quatre-vingts ans qu'il l'était il y a quatre-vingts ans.

Si le jeune peintre dont je parlais a beaucoup d'esprit et d'imagination, mais ne possède pas le *sine qua non* de son art, la couleur, le clair-obscur et le dessin, il fera de jolies caricatures comme Hogarth, dont personne ne regarde les tableaux une fois qu'on a saisi l'idée ingénieuse qu'ils sont destinés à présenter au spectateur.

La civilisation étiole les âmes[1]. Ce qui frappe surtout, lorsqu'on revient de Rome à Paris, c'est l'extrême politesse et les yeux *éteints* de toutes les personnes qu'on rencontre.

Je faisais ces réflexions ce matin en accompagnant plusieurs jeunes femmes dans les ateliers de MM. Agricola[2] et Camuccini. Le premier fait d'assez jolies imitations de Raphaël. Il ravale ce grand homme au niveau de notre tiédeur actuelle, en ôtant toute énergie à ses figures de madones. Sans aucun doute, une tête de femme de M. Agricola plaisait beaucoup plus ce matin que la plus

belle madone de Raphaël, tant l'*énergie,* quelque mitigée
qu'elle soit par l'expression de la piété la plus tendre,
est antipathique au xixᵉ siècle.

M. Camuccini est un homme fort adroit, qui fait de
grands tableaux de trente pieds de long, tels que la
Mort de Virginie, la *Mort de César,* etc.[1]. Ces grandes toiles
n'apprennent rien de nouveau et ne laissent aucun
souvenir. Cela est correct, convenable et froid, absolument comme les poèmes à grandes marges que Paris
voit prôner tous les hivers. Le bon public ne sait quoi y
blâmer.

M. le chevalier Camuccini a le talent assez commun de
faire d'excellentes copies. Lorsque les victoires de l'armée
d'Italie enlevèrent à Rome la *Déposition de Croix* si énergique de Michel-Ange de Caravage, en vingt-sept jours
seulement M. Camuccini en fit une copie admirable pour
le *matériel* de l'art, et qui n'affaiblissait pas trop l'expression des passions. Je louerai avec plaisir les dessins de
M. Camuccini, d'après des figures isolées de Raphaël; ils
annoncent réellement beaucoup de talent.

En sortant du magnifique atelier de ce peintre, nous
sommes allés chez M. Finelli, sculpteur, place Barberini[2].
Sa *Vénus sortant de l'onde* est une bien jolie chose, et a
obtenu un succès réel auprès de nos compagnes de voyage
si jolies elles-mêmes. La sculpture est un art sévère, et qui
est loin de plaire au premier abord; depuis quelque temps
nos compagnes de voyage ont surmonté ce premier
mouvement d'antipathie. M. Finelli a beaucoup d'imagination, sous ce rapport c'est un véritable artiste.

Nous n'avons pu résister à l'envie de revoir la villa
Ludovisi, dont nous étions tout près; nous sommes
descendus ensuite à la villa Borghèse, où l'on nous a
montré les nouvelles acquisitions du prince. Le soir, nous
avons eu un bal charmant; il y avait des jeunes gens fort
aimables, plusieurs étaient allemands et les autres russes.
Ceux qui ont le moins de succès dans ce moment sont les
Anglais; leur timidité gauche trouve le moyen d'être
offensante. L'un d'eux, horriblement triste, et prenant
tous les événements de la vie du mauvais côté, a vingt-
cinq ans et vingt-cinq mille louis de rente; il est d'ailleurs
fort bel homme : il étalait ce soir un immense collet de
chemise en toile fort grosse. Ces deux ridicules l'ont perdu
auprès des dames. — Charmante figure de Mme la

marquise Florenzi de Pérouse; elle avait pour rivale miss N***, qui arrive de l'Inde.

15 juin 1828. — Toute l'Europe envie les éléments de bonheur[1] réel que la France possède sous le règne de Charles X[2]. L'Angleterre elle-même est bien loin de l'état de prospérité dont, si nous n'étions pas un peu fous, nous saurions jouir. Parce qu'un lieutenant d'artillerie est devenu empereur, et a jeté dans les sommités sociales deux ou trois cents Français nés pour vivre avec mille écus de rente, une ambition folle et nécessairement malheureuse a saisi tous les Français. Il n'est pas jusqu'aux jeunes gens[3] qui ne répudient tous les plaisirs de leur âge, dans le fol espoir de devenir députés et d'éclipser la gloire de Mirabeau (mais on dit que Mirabeau avait des passions, et nos jeunes gens semblent être nés à cinquante ans). En présence des plus grands biens, un bandeau fatal couvre nos yeux, nous refusons de les reconnaître comme tels, et oublions d'en jouir. Par une folie contraire, les Anglais, réellement condamnés à un malheur inévitable par la *dette* et par leur affreuse aristocratie, mettent leur vanité à dire et à croire qu'ils sont fort heureux.

Le bon sens italien ne peut pas comprendre notre étrange folie. Les étrangers voient le résultat total de ce qui se passe chez une nation, mais ils ne saisissent pas assez les détails pour voir *comment* le bien s'opère. De là cette croyance si plaisante : si jamais l'Italie se lève pour obtenir la charte de Louis XVIII, la France l'appuiera.

À côté de cette supposition, le bon sens italien comprend fort bien que désormais toute charte peut se réduire à cet article unique :

« Chacun pourra imprimer ce qu'il voudra, et les délits de la presse seront jugés par un jury. »

C'est par cette vérité qu'a commencé la longue discussion politique qui nous a occupés depuis la fin du spectacle jusqu'à deux heures du matin. Une nouvelle loi promulguée par M. le duc de Modène mettait tous les esprits en émoi; elle nous a été apportée par M. N***, peintre fort habile. Il nous raconte qu'en arrivant à Modène il était allé voir le musée avec un ami intime; ils parlaient bas, et les gardiens se tenaient loin d'eux; cependant, dès le lendemain matin, Son Altesse savait tout ce qu'ils avaient dit à l'occasion de ses tableaux[4]. Voici la loi que je rapporte pour n'être pas toujours cru sur parole[1]; elle me semble fort bien faite :

FRANÇOIS IV, par la grâce de Dieu, duc de Modène, Reggio, etc., archiduc d'Autriche, prince de Hongrie et de Bohême;

Considérant la nécessité toujours croissante de mesures plus efficaces que celles actuellement existantes pour préserver nos sujets bien-aimés de la contagion morale qui, par le moyen si facile de la presse, venue de pays même lointains, fait chaque jour de nouveaux ravages; tandis qu'en même temps la faculté de lire se répand et accroît ainsi le nombre des personnes exposées au danger, bien que privées d'instructions suffisantes pour le distinguer et en éviter les pernicieuses conséquences;

Nous nous sommes déterminé à prendre de nouvelles mesures pour garantir nos sujets bien-aimés de cette horrible contagion, de telle sorte qu'à des signes extérieurs ils puissent immédiatement reconnaître celles des productions de la presse dont ils ne doivent craindre la séduction ni pour eux ni pour leurs enfants, certains ainsi qu'elles ne contiendront rien de contraire à notre sainte religion, aux princes et aux bonnes mœurs;

Voulant pourtant que ces mesures n'entravent pas la circulation des livres réellement utiles et instructifs, avons ordonné et ordonnons ce qui suit :

Art. 1er. - Il sera établi une commission de censure, composée d'un nombre égal d'ecclésiastiques et de laïques. Tous les censeurs seront nommés par nous; mais les censeurs ecclésiastiques le seront d'accord avec les évêques diocésains.

Art. 2. - Nous confions la surveillance de la censure à notre département de la haute police... À cet effet, il sera formé, près de ce ministère, une section qu'on appellera Bureau de surveillance et de censure. Tous les censeurs dépendront de ce Bureau et de notre conseiller d'État chargé de ce département. Les *cas douteux* seront soumis audit conseiller d'État, qui les résoudra lui-même, ou les renverra aux tribunaux, lorsqu'il jugera que l'affaire est de leur compétence.

Art. 3. - Tout censeur est garant de la *sanité* des doctrines contenues dans les livres soumis à son visa, comme les notaires le sont de la réalité des actes munis de leur signature et de leur sceau. À cet effet, tout censeur sera muni d'un timbre. Les livres seront marqués, à leurs première et dernière pages, d'un double timbre constatant le visa du censeur ecclésiastique et du censeur laïque; le premier, pour ce qui regarde la religion; le second, pour ce qui regarde le prince et les bonnes mœurs. Les censeurs devront refuser leur visa à tout livre dans lequel ils entreverraient *une tendance générale vers de mauvais principes.*

Art. 4. - Tout mauvais livre sera remis au Bureau de surveillance.

Art. 5. - Tout possesseur d'un livre sera libre de choisir celui des censeurs auquel il désirera en confier l'examen. Si le censeur qu'il aura désigné refuse, le Bureau de surveillance nommera d'office.

Art. 6. - Les propriétaires de livres ne seront obligés de les soumettre à la censure que lorsqu'ils auront l'intention de les mettre en circulation, c'est-à-dire de les faire sortir de leur maison par vente, donation, échange, ou de quelque autre manière que ce soit, ou de les donner en lecture, fût-ce même dans leur propre maison.

En conséquence, à dater du 1er janvier 1829, quiconque mettra en circulation un livre ancien ou moderne, non muni des timbres de la censure, encourra l'amende de quatre livres italiennes par volume, outre la confiscation du livre. Encourra la même peine quiconque gardera un volume dans lequel auraient été intercalés des morceaux imprimés ou manuscrits après l'apposition du sceau des censeurs. Sera puni d'une amende de cent livres et de un à six mois de prison quiconque aura fait une pareille intercalation. La contrefaçon des timbres censoriaux pourra entraîner la peine des galères.

Art. 7. - Défense d'imprimer aucun livre non muni des timbres de la censure; ce qui n'empêche pas qu'après l'impression licite aucun exemplaire ne pourra être mis en circulation s'il n'est pas également timbré.

Art. 8. - Les propriétaires de livres réprouvés par la censure, lorsqu'ils les présenteront volontairement aux censeurs, recevront en échange, du Bureau de surveillance, un nombre égal de volumes en ouvrages de saines maximes (*libri di sane massime*) pris dans les magasins du gouvernement.

À partir de la publication de la présente loi, une année est accordée aux libraires et autres marchands[1] et négociants pour déposer dans 'es magasins des douanes tous les livres qui se trouvent dans leurs boutiques ou dans leurs magasins, à l'effet de réexpédier ces livres à l'étranger, si la censure n'en permet pas la circulation. Il en est de même des livres qui se trouvent en ce moment aux douanes.

Art. 9 et 10. - Ces articles déterminent la forme du timbre et la perception d'une taxe annexée au timbre. La taxe pour chaque volume timbré est de seize centimes. Les livres de piété, les bréviaires, les missels, seront timbrés gratuitement.

Art. 11. - Cet article concerne les feuilles périodiques. Il n'est permis de s'abonner à un ouvrage périodique, littéraire ou autre, qu'après en avoir demandé et obtenu la permission du bureau de censure, qui enverra la note des permissions accordées aux inspecteurs des postes de Modène et de Reggio, lesquels seuls pourront faire les abonnements, et surveilleront la distribution de tout écrit périodique.

Donné à Modène dans notre palais ducal, le 29 avril 1828.

FRANÇOIS.

16 juin 1828. — Un soir, chez Mme Tambroni,
Canova parlait des commencements de sa carrière :
« Un noble Vénitien me mit à même, par sa générosité,
de ne plus avoir d'inquiétude pour ma subsistance, et
j'ai aimé le beau. » Comme Mmes Tambroni et Lampugnani l'en priaient vivement, il continua à nous conter
sa vie, année par année, avec cette simplicité parfaite
qui était le trait frappant de ce caractère virgilien. Jamais
Canova ne songeait aux intrigues du monde que pour les
craindre ; c'était un ouvrier, simple d'esprit, qui avait
reçu du ciel une belle âme et du génie. Dans les salons,
il cherchait les beaux traits et les regardait avec passion.
À vingt-cinq ans, il avait le bonheur de ne pas savoir
l'orthographe ; aussi à cinquante refusait-il la croix de la
Légion d'honneur parce qu'il y avait un serment à
prêter. À l'époque de son second voyage à Paris (1811),
il refusa de Napoléon un logement immense : on le
lui offrait où il voudrait, près ou loin de Paris, à Fontainebleau, par exemple, ainsi qu'un traitement de cinquante
mille francs et vingt-quatre mille francs pour chaque
statue qu'il ferait pour l'empereur. Canova, après avoir
refusé cette existence superbe et des honneurs qui l'auraient *proclamé aux yeux de l'univers le premier des sculpteurs
vivants,* revint à Rome habiter son troisième étage[1].

Il eût vu son génie se refroidir s'il se fût fixé dans cette
France, la lumière du monde, occupée alors de victoires et
d'ambition comme elle l'est aujourd'hui d'industrie et de
discussions politiques. Il a été donné aux Français de
comprendre les arts avec une finesse et un esprit infinis ;
mais, jusqu'ici, ils n'ont pas pu s'élever jusqu'à les *sentir.*
La preuve de cette hérésie serait ennuyeuse à établir
pour la peinture et la sculpture ; mais, si vous êtes de
bonne foi, voyez le *malaise physique* dont on se laisse
affliger partout à Paris, et par exemple dans les divers
théâtres. Pour éprouver l'effet des arts, il faut qu'un corps
soit à son aise. Voyez le silence morne et complet aux
premières représentations des Bouffes ; la vanité n'ose
parler, de peur de se compromettre. À une première
représentation au Théâtre d'Argentina, à Rome, tout le
monde gesticule à la fois. Le vieil abbé le plus méfiant
est fou comme un jeune homme ; c'est de l'amour qu'ils
sentent pour l'opéra qui leur plaît ; ils achètent un petit
morceau de bougie, dont la lumière les aide à lire le

libretto. Avant la civilisation française et les convenances, les abbés, éclairés ainsi par des rats de cave, *criaient des injures* au *maestro* quand la musique leur déplaisait. Alors s'établissaient les dialogues les plus bouffons par la naïveté et la folie des interlocuteurs.

Les Français n'aiment réellement que ce *qui est la mode.*

Dans le Nord, en Amérique par exemple, deux jeunes gens n'éprouvent de l'amour l'un pour l'autre qu'après s'être assurés, pendant vingt soirées passées à raisonner froidement ensemble, qu'ils ont les mêmes idées sur la religion, la métaphysique, l'histoire, la politique, les beaux-arts, les romans, l'art dramatique, la géologie, la formation des continents, l'établissement des impôts indirects, et sur beaucoup d'autres choses. À la première vue et sans aucun raisonnement métaphysique, une statue de Canova émeut jusqu'aux larmes une jeune femme italienne. Il n'y a pas huit jours que Giulia V***[1] a été obligée de cacher ses larmes sous son voile. Mme Lamberti l'avait emmenée voir les *Adieux de Vénus et d'Adonis* de Canova ; et, en venant, nous parlions de tout autre chose, et par hasard fort gaiement. — Ce n'est point par un transport soudain du cœur que l'on sent les arts au nord des Alpes. Je crois presque que l'on peut dire que le Nord ne sent qu'à force de penser ; à de telles gens on ne doit parler de sculpture qu'en empruntant les formes de la philosophie. Pour que le gros public de France pût arriver au sentiment des arts, il faudrait donner au langage cette *emphase poétique* de *Corinne,* qui révolte les âmes nobles, et d'ailleurs exclut les nuances.

Il est sans doute parmi nous quelques âmes nobles et tendres comme Mme Roland, Mlle de Lespinasse, Napoléon, le condamné Lafargue[2], etc. Que ne puis-je écrire dans un langage sacré compris d'elles seules[3] ! Alors un écrivain serait aussi heureux qu'un peintre ; on oserait exprimer les sentiments les plus délicats, et les livres, loin de se ressembler platement comme aujourd'hui, seraient aussi différents que les toilettes d'un bal.

17 juin 1828. — L'extrême plaisir que nous a fait ce soir le plus beau sonnet de Pétrarque me sera-t-il une excuse suffisante pour le placer ici ? La vue imprévue d'un nouveau tableau de Raphaël ne nous eût pas émus davantage. La langue italienne est si hardie dans l'expression des pas-

sions, et si peu gâtée par les délicatesses de la cour de
Louis XV, que je n'ose essayer la traduction de ce morceau. Les Italiens me reprocheront, de leur côté, d'avoir
cité des vers que tous savent par cœur.

FRANCESCO PETRARCA
Dopo la morte di Laura

Levommi il mio pensier in parte ov' era
Colei ch' io cerco, e non ritrovo in terra;
Ivi fra lor che il terzo cherchio serra,
La rividi più bella, e meno austera
Per man mi prese e disse : In questa spera
Sarai ancor meco, se il desir non erra;
I' son colei che ti die' tanta guerra,
E compie' mia giornata innanzi sera :
Mio ben non cape in intelletto umano;
Te solo aspetto, e quel che tanto amasti
E laggiuso è rimaso, il mio bel velo.
Deh ! perchè tacque, ad allargò la mano ?
Ch' al suon di detti sì pietosi e casti
Poco mancò ch' io non rimasi in cielo[1].

18 juin 1828. — Le gouvernement du pape est un
despotisme pur comme celui de Cassel ou de Turin.
Seulement, tous les huit ans, la première place s'obtient
par une manœuvre savante, et l'on arrive à toutes les
autres par un mélange de démarches prudentes et de
mérite réel. L'élection, cette circonstance singulière,
donne un caractère original à tout. À Rome, comme vous
savez, les laïques, quel que soit leur rang, qu'ils soient
princes ou plébéiens, n'occupent aucune place importante.
Les plébéiens sont avocats, médecins, ingénieurs des
ponts et chaussées; mais tous les emplois qui ont quelque
autorité sont exercés par des prêtres. En 1828, quel
danger y a-t-il donc pour un ambitieux à être trop
fanatique et trop rétrograde ?

Vous avez lu Mill, Ricardo, Malthus, et tous les auteurs
d'économie politique[2]. Figurez-vous le contraire des
règles d'administration qu'ils recommandent; ce sont
celles qu'on suit à Rome, mais souvent avec les meilleures
intentions du monde.

Ici, comme en France au xvᵉ siècle, la même affaire peut être décidée par deux ou trois ministères différents; ce qu'il y a de plaisant, c'est que les divers ministères ne tiennent pas registre de leurs décisions, il n'y a que des *dossiers*, et quoi de plus facile que d'enlever une pièce importante dans un dossier oublié? Votre cousin devient-il général des minimes ou des prémontrés, ou des capucins, ou des dominicains? Vous recommencez une affaire décidée contre vous il y a vingt ans; et, à votre tour, vous l'emportez sur votre adversaire.

Les longueurs des procès entre particuliers sont donc incroyables; le plaideur qui va être condamné fait tout au monde pour retarder l'arrêt. Cet arrêt est-il rendu, l'*auditor santissimo* va parler au pape, et tout s'arrête. Avantage immense, car d'ici à dix ans, le plaideur qui allait perdre son procès peut voir un de ses parents arriver à la puissance. On vous niera ces huit lignes; mais ne vous laissez éblouir ni par de vaines paroles ni par des réticences adroites. Demandez l'histoire nette et précise de la dernière cause célèbre jugée dans l'année. Le tribunal de la Rota juge souvent en dernière instance; les prélats qui le composent sont des jurisconsultes fort habiles[1]; mais quel bien peut-on faire avec des usages aussi opposés au sens commun? Le détail exigerait deux ou trois pages, j'aime mieux renvoyer le lecteur curieux au jésuitique Lalande[2]. Dès qu'un père voit un de ses enfants annoncer quelque esprit, il le fait prêtre[3]. Cet enfant peut un jour protéger sa famille. Que sait-on? il peut devenir pape. Cette chance singulière trouble toutes les têtes, et s'accorde bien avec cet amour passionné pour le jeu, qui est un des caractères de l'imagination italienne. Il est d'usage que le neveu d'un pape soit prince; telle est l'origine de la fortune des maisons Albani, Chigi, Rospigliosi, Barberini, Corsini, Rezzonico, Borghèse et tant d'autres.

Quant à la façon de faire fortune dans les basses classes, voici l'opinion de mon bottier: il faut bien se garder d'être travailleur, pieux et bon sujet. On fait tapage, on s'amuse, on va au mont Testaccio avec de jolies femmes; le scandale commence à éclater dans le quartier, tout à coup on est touché de la grâce, et l'on remet le soin de sa conscience à quelque *fratone* (quelque capucin ou carme adroit qui va souvent chez les cardinaux influents); on travaille assidûment le jour dans sa bou-

tique, sauf à se divertir le soir avec prudence ; on fait des
aumônes, et en cinq ou six ans on est recommandé aux
bonnes pratiques, aux princes, aux étrangers, et l'on se
voit à la tête d'une boutique renommée. « J'aurais fait
une fortune plus rapide, ajoutait le cordonnier, si j'avais
épousé une jolie femme ; mais, ma foi, ce moyen me
répugne. » La critique de mauvaise foi va me dire :
« Quoi ! monsieur, un bottier vous a dit cela en un
quart d'heure et en dix lignes ! — Non, monsieur, en six
ans, et en trente ou quarante heures de bavardage. »

19 juin 1828. — Nous venons de passer une soirée délicieuse dans le charmant palais de M. M*** : on parlait de
Rome antique et de Cicéron ; quelqu'un a cité une ariette
de *La Congiura di Catilina, dramma per musica,* de l'abbé
Casti[1]. On a lu la pièce : ce n'est qu'un *libretto* d'opéra ;
mais quel génie ! quelle fougue de bonne plaisanterie ! et
celle précisément dont la musique augmente l'effet. Cette
plaisanterie, qui compte sur l'ivresse de l'imagination,
peut se permettre les allusions les plus hardies ; elle
suppose et fait naître la folie de la gaieté. Il y a six mois
que nos compagnes de voyage, ne comprenant pas assez
les mœurs italiennes, eussent été insensibles à ce chef-
d'œuvre de *brio* et de gaieté. C'est, comme on voit, par
hasard, qu'on a lu *La Conjuration de Catilina.* On a fait
ensuite de la musique, même assez bonne ; mais les sentiments nobles, tendres et sérieux n'avaient plus de prise
sur nos cœurs. Il se faisait tard, nous n'étions plus que
huit ou dix, on a demandé la lecture d'un second drame
de Casti, égal au premier, et peut-être encore plus gai ; il
s'appelle *Cublai, dramma comico per musica, in due atti.*
Non, il n'est pas vrai que l'on meure de rire, puisque
nous avons pu résister à cette lecture faite par un mime
excellent. *Cublai* est une plaisanterie pleine de feu sur la
cour de Russie et son étiquette. Mais, heureusement, cela
est antérieur à la révolution qui s'achève en Europe, et
pour laquelle il y a trois jours on a fusillé plusieurs
personnes non loin de Rome. Dans *Cublai,* il n'y a rien
d'odieux. Le roi est un homme d'esprit qui cherche à
s'amuser, et se moque des courtisans. Je ne sais pourquoi
les deux *libretti* dont je viens de parler sont fort rares. Le
propriétaire, le vieil abbé F***, qui les avait lus avec
génie, nous a permis d'en prendre copie, mais à regret.

Rien ne rend l'esprit étroit et jaloux, comme l'habitude de faire une collection.

Mes amis commencent à s'intéresser à la sculpture; voici quelques-unes des idées que nous a inspirées ce matin la vue de statues du musée Pio Clémentin. Notre fatuité ne connaît nullement les anciens; indécence incroyable d'un tombeau dans la cour des Studi, à Naples. Un sacrifice à Priape sur un tombeau[1], et de jeunes filles jouant avec le dieu! Il y a loin de là à l'idée d'une messe pour les morts. On voit combien la religion chrétienne dispose les âmes à l'amour-passion. Quoi! pas même la mort, rien ne peut rompre nos rapports avec ce que nous avons aimé une fois!

La sculpture peut-elle nous donner la tête de Napoléon contemplant la mer du haut du rocher de Sainte-Hélène[2]; ou la tête de lord Castlereagh qui va se tuer? Si une telle chose est possible, voilà une place pour le successeur de Canova.

Un sculpteur, qui était avec nous ce matin au musée Pio Clémentin, voyant ce que nous demandions à son art, nous a dit : « Un jour un seigneur russe pria le peintre de la cour de lui faire le portrait d'un serin qu'il aimait beaucoup. Cet oiseau chéri devait être représenté donnant un baiser à son maître qui avait un morceau de sucre à la main; mais on devait voir dans les yeux du serin qu'il donnait un baiser à son maître *par amour* et non point par le désir d'obtenir le morceau de sucre. » Cette réponse a eu beaucoup de succès, on y fera souvent allusion; mais, je l'avoue, je ne suis pas convaincu.

La sculpture doit remplir plusieurs conditions, faute de quoi elle n'est pas de la sculpture : elle doit être belle vue de tous les côtés. Exemple : une musique de *Requiem,* qui n'est pas *agréable à entendre,* n'est de la musique que pendant que son auteur est vivant et intrigant. Cette nécessité d'être belle, que je suppose à la sculpture, peut-elle se concilier avec l'expression des passions? Il me semble que tous les grands mouvements rendent la sculpture ridicule. (Voir avec quelle retenue les anciens ont exprimé la douleur de Niobé.) C'est un autre art, celui de Mme Pasta, qui se charge de nous présenter les mouvements d'une mère qui est sur le point de tuer ses enfants pour se venger de leur père (Médée).

Le nu obtenait un culte chez les Grecs; parmi nous il

repousse. Le vulgaire en France n'accorde le nom de beau qu'à ce qui est *féminin*. Chez les Grecs, jamais de galanterie envers les femmes qui n'étaient que des servantes, mais à chaque instant un sentiment réprouvé par les modernes[1]. Les soldats de la légion thébaine mouraient pour leur ami, mais cette amitié admettait-elle la mélancolie tendre? Virgile n'a-t-il pas prêté sa propre sensibilité à la peinture des tourments d'Alexis? L'amour, dans l'antiquité, a produit bien des actions héroïques, mais, ce me semble, peu de suicides par mélancolie. L'homme disposé à tuer son ennemi ne se tue pas, ce serait *se rendre inférieur*. Oubliez le *Voyage d'Anacharsis*[2], l'un des ridicules de notre littérature; lisez l'*Histoire des premiers temps de la Grèce,* par M. Clavier[3]. Voilà une excellente base pour des idées justes. C'est dans les romans de Cooper[4] que vous trouverez les habitudes sociales des Grecs des temps héroïques. (Voyez l'*Arrivée d'Hercule chez Admète*.) Si l'amour d'Héloïse pour Abélard a créé des sentiments plus délicats que tout ce que l'antiquité nous présente, la peinture, telle que l'ont faite Raphaël et le Dominiquin, doit surpasser les tableaux si vantés des Apelles et des Zeuxis.

Les madones de Raphaël et du Corrège attachent profondément par des nuances de passions assez modérées et souvent mélancoliques. Les choses charmantes découvertes à Pompéi ne sont au contraire que de cette peinture toute de volupté qui convient à un climat brûlant comme un sonnet de Baffo[5]; il n'y a rien pour l'âme aimante. Cela est l'opposé d'une civilisation où l'on s'imagine plaire à Dieu en se causant de la douleur (principe ascétique de Bentham[6]). Lisez l'admirable *Théorie des sacrifices,* par M. de Maistre[7], et passez de là au tombeau napolitain qui présente le sacrifice à Priape. En 1829 nous ne croyons pas à M. de Maistre, et le tombeau napolitain nous choque. Que sommes-nous? Où allons-nous? Qui le sait? Dans le doute, il n'y a de réel que le plaisir tendre et sublime que donnent la musique de Mozart et les tableaux du Corrège.

20 juin 1828. — Le bon ton moderne, disais-je un jour à Canova, qui ne me comprenait guère, défend les gestes. Un juge prononce à M. de Lav***[8] son arrêt de mort. M. de Lav*** est un homme comme il faut, précisément parce que son voisin, s'il est complètement sourd, ne peut pas s'apercevoir, en le regardant, s'il vient d'être acquitté ou condamné à mort. Cette absence de gestes à laquelle toutes les nations arriveront *tôt* ou *tard* ne doit-elle pas anéantir la sculpture[1]? L'Angleterre et l'Allemagne ne nous sont peut-être un peu supérieures en sculpture que parce qu'elles sont moins civilisées que nous*. Dans les arts auxquels il faut des gestes, les artistes français en sont réduits à imiter des gestes connus et admirés de tout Paris : les gestes du grand acteur Talma. Ce qu'on peut dire de mieux de leurs personnages, c'est qu'ils jouent la comédie avec talent, mais rarement ont-ils l'air de sentir pour leur propre compte. Voyez, au musée du Louvre, *Atala portée au tombeau*, de feu M. Girodet[3]; le visage de Chactas nous apprend-il *quelque chose de nouveau* sur la douleur d'un amant qui ensevelit le corps de sa maîtresse? Non; il est seulement *bien conforme* à ce que nous savons déjà. Ce tableau est-il à la hauteur de ce que la peinture avait inventé avant M. Girodet? Souvenez-vous de la tête d'Agar regardant avec un reste d'espoir Abraham qui la chasse (dans l'*Agar* du Guerchin, musée de Brera, à Milan[4]).

Le tableau de M. Girodet est-il à la hauteur des idées que fait naître en nous l'abbé Prévost à la fin de l'*Histoire de Manon Lescaut et du chevalier des Grieux*?

Non; les personnages du grand peintre moderne sont des acteurs qui jouent bien, voilà tout.

On ferait une petite montagne des articles de journal écrits pour prôner ce tableau. L'auteur disparaît; le zèle des journaux disparaît avec lui, et son ouvrage ne trouve plus que de rares admirateurs parmi la génération qui arrive à la vie. En général, on adore pour toujours l'opéra ou le tableau qui étaient à la mode à l'époque où l'on a eu le bonheur d'aimer avec passion. Mais ce tableau agit comme *signe,* et non point par son propre mérite. Cela est encore plus vrai pour la musique qu'on a entendue avec l'être qu'on aimait.

* Voyez, dans les *Mémoires de la margrave de Bayreuth*[2] (deux volumes in-8º, chez Delaunay libraire, Palais-Royal), la façon de vivre des gens riches en Prusse vers 1740. Paris avait alors une société qui lisait *Les Hasards du coin du feu,* de Crébillon fils, et la *Marianne,* de Marivaux. Kant et ses successeurs égarent l'Allemagne, la Bible et le méthodisme égarent l'Angleterre. Il faudra plus d'un siècle à ces gens-là pour être aussi civilisés que nous.

Chez M. Tambroni, nous parlions quelquefois, devant Canova, de la nécessité pour les sculpteurs des nations civilisées d'imiter les gestes des acteurs célèbres, d'*imiter une imitation*. Nous avions beau chercher à être piquants, Canova ne nous écoutait guère; il faisait peu de cas des discussions philosophiques sur les arts; il aimait mieux sans doute jouir des images charmantes que son imagination lui présentait. Fils d'un simple ouvrier, l'heureuse ignorance de sa jeunesse l'avait garanti de la contagion de toutes les poétiques, depuis Lessing et Winkelman, faisant de l'emphase sur l'*Apollon*, jusqu'à M. Schlegel[1], qui lui eût appris que la tragédie antique *n'est autre chose que de la sculpture*. Si ces théories sur les arts faisaient le charme des conversations de MM. Degli Antoni, Melchior Gioia, Della Bianca, B*** et M***, que chaque soir je rencontrais dans la maison Tambroni, c'est que nous n'étions pas de grands artistes; pour entrevoir des images agréables, nous avions besoin de parler.

Des théories discutées en si bonne compagnie excitaient nos imaginations à nous représenter vivement les divins ouvrages de sculpture ou de musique dont nous discutions le mérite. Voilà, ce me semble, le mécanisme par l'effet duquel les théories sont si agréables aux *dilettanti* et si importunes aux artistes. En France, le philosophe raisonneur leur est de plus un objet d'épouvante; car il peut faire des *articles* dans ces journaux abhorrés, et pourtant sans cesse présents à la pensée, qui disposent de leur sort. Un article de Geoffroy rendit Talma fou : ce grand comédien alla égratigner le vieillard dans sa loge. « Que reste-t-il à un acteur, si ses contemporains sont injustes envers lui ? » nous disait Talma encore tout bouillant de colère. Cette scène ridicule est à mes yeux une des plus grandes preuves du génie de Talma. Le public demande au grand acteur dont d'ici à dix ans il fera la réputation, des gestes un peu plus simples que ceux de Talma. J'en avertis les artistes qui l'imitent toujours.

Canova était trop bon et trop heureux pour nous haïr; je pense seulement que souvent il ne nous écoutait pas. Je me souviens qu'un soir, pour exciter son attention, Melchior Gioia lui dit[2] : « Dans les arts qui s'éloignent des mathématiques, le commencement de toute philosophie, c'est le petit dialogue que voici : Il y avait une fois une taupe et un rossignol; la taupe s'avança au bord de son trou; et, avisant le rossignol qui chantait, perché sur un acacia en fleur : *Il faut que vous soyez bien fou,* lui dit-elle, *pour passer votre vie dans une position aussi désagréable, posé sur une branche qu'agite le vent, et les yeux éblouis par cette effroyable lumière qui me fait mal à la tête.* L'oiseau interrompit son chant. Il eut bien de la peine à se figurer le degré d'absurdité de la taupe; ensuite il rit de bon cœur, et fit à sa noire amie quelque réponse impertinente. Lequel avait tort? Tous les deux[1].

« Que de fois n'ai-je pas entendu le dialogue d'un vieux procureur ou banquier enrichi, et d'un jeune poète qui écrit pour le bonheur d'écrire et sans songer à l'argent, dont à la vérité il manque souvent!

« Un homme préfère le *Déluge* de Girodet au *Saint Jérôme* du Corrège. Si cet homme répète une leçon qu'il vient d'apprendre dans quelque poétique, il faut lui sourire agréablement et penser à autre chose. Mais s'il est aimable et nous presse de bonne foi de lui donner une réponse, continuait Melchior Gioia, je lui dirai : "Monsieur, vous êtes le rossignol et moi la taupe; je ne saurais vous comprendre. Je ne puis discourir sur les arts qu'avec des êtres qui sentent à peu près comme moi. Mais si vous voulez parler du *carré de l'hypoténuse,* je suis votre homme, et d'ici à un quart d'heure vous penserez comme moi; si vous voulez parler des avantages de l'*esprit d'association* ou du *jury,* et que vous ne soyez ni prêtre ni privilégié, d'ici à six mois vous penserez comme moi; que, si vous avez inventé pour votre usage une science de la logique, et qu'ensuite vous vous soyez accoutumé à la mettre en pratique, au lieu de six mois il ne nous faudra que six jours pour arriver à un *credo* commun." »

Canova se fit répéter trois fois la fable de la *taupe et du rossignol.* Il nous dit en riant que dès le lendemain il ferait faire, par M. Deste, son élève, un bas-relief représentant les deux personnages de ce dialogue.

Le dessin étant une science exacte qu'un être sec apprend comme l'arithmétique, au moyen de quatre années de patience, la fable du *rossignol* n'est point applicable au principal mérite de MM. David, Girodet, etc. Ces messieurs étaient de grands géomètres.

Il en est de même de la science musicale; en six mois de temps, grâce aux méthodes expéditives du XIXᵉ siècle, tout amateur peut acquérir ce qu'il faut pour être pédant et parler de *septième diminuée;* ensuite il aura moins de plaisir et sera deux fois plus ennuyeux.

Si l'on a affaire à quelque esprit *lent,* on peut lui raconter qu'il y avait une fois un chien barbet qui disait à un grand lévrier : « Quel plaisir trouvez-vous à vous essouffler à la poursuite d'un lièvre, au lieu de vous amuser comme moi à faire de jolis tours pour être caressé par votre maître ? » Voilà deux animaux de la même espèce.

21 juin 1828. — Singulière inscription que l'on trouve sur la porte de certaines maisons à Pompéi :

HIC HABITAT FELICITAS

Se figure-t-on une femme honnête habitant Pompéi, et lisant tous les jours cette inscription quand elle passe dans la rue ? La pudeur, cette mère de l'amour, est un des fruits du christianisme. Les louanges exagérées de l'état de virginité furent une des folies des premiers pamphlétaires chrétiens; ils sentaient bien que ce qui fait la force d'un amour ou d'un culte, ce sont les sacrifices qu'il impose. Mais, par l'effet de leurs discours, une vierge chrétienne eut un genre de vie indépendant et libre; elle put traiter de pair avec l'homme qui la sollicitait au mariage; et l'émancipation des femmes fut accomplie.

22 juin 1828. — Ce matin nous avions divers projets, il s'agissait de visiter beaucoup de monuments. Nos compagnes de voyage avaient engagé à déjeuner Mgr C***, qui nous a menés voir une prise d'habit au couvent de ***, près du Cours; il y avait grande foule et fort bonne compagnie. On a promené dans l'église une pauvre jeune fille parée comme pour le bal; le cardinal-vicaire Zurla[1] lui a coupé les cheveux. La jeune religieuse était belle comme la *Prudence* de Giacomo della Porta, à Saint-Pierre (tombeau de Paul III); elle était fort pâle et avait l'air ferme. Tout ce spectacle nous a touchés jusqu'aux larmes; nous nous sommes enfuis rapidement jusqu'aux thermes de Caracalla.

Nous étions fort émus; ces ruines sans forme nous ont fait plaisir. Nos dames dînaient de bonne heure dans une maison romaine; pour moi, j'avais un volume de Gibbon;

monté sur un de ces grands murs des thermes de Caracalla,
je me suis mis à lire la vie de Vespasien; j'y étais encore
à sept heures. Je sens que je m'attache tous les jours
davantage à cette vie de curieux, si simple et si aisée.
Le soir, je vais dans une certaine maison où se rendent des
Romains fort instruits. La conversation, qui roule
toujours sur les inscriptions et les usages de l'antiquité,
commence à m'intéresser beaucoup, malgré mon ignorance. J'ai déjà oublié les dix-huit manières dont les
anciens sculpteurs arrangeaient les cheveux de Minerve.
Cela devrait m'être familier comme la table de Pythagore
à un calculateur.

Ce soir, enveloppé dans mon manteau, car nous avons
la *tramontana,* vent fort incommode, j'ai parlé d'antiquités
jusqu'à neuf heures; ensuite je suis allé écouter un acte de
Donna Caritea, opéra de Mercadante. J'ai passé ainsi une
soirée sans parler à une femme et sans ennui. M. N*** veut
bien me prêter un Suétone qui ne sera pas pollué, comme
le mien, par le plat français de M. de La Harpe. Je compte
demain aller lire une vie ou deux dans le fauteuil de bois
qu'un Anglais a fait placer tout au haut des ruines
du Colisée. Je remarquais aujourd'hui ce passage
dans Caligula, § 3 : *Germanicus oravit causas, etiam
triumphalis*[1].

Même après avoir obtenu le triomphe, Germanicus
allait plaider des causes devant les tribunaux. Quelle
réunion de talents dans un jeune prince héritier de
l'empire! Quelle large porte ouverte à l'expression de
l'opinion publique et à son influence sur lui!

23 juin 1828. — À Rome, il faut, quand on le peut,
vivre trois jours dans le monde sans cesse environné de
gais compagnons, et trois jours dans une solitude
complète. Les gens qui ont de l'âme deviendraient fous
s'ils étaient toujours seuls. Extrême impolitesse des
savants italiens dans les discussions qu'ils ont entre eux :
ils s'appellent sot, infâme, et même botte *(stivale).* M. le
chevalier d'Italinsky nous dit qu'avant la Révolution les
savants français avaient ce ton-là. Scène du petit abbé
Dalin, qui monte sur la table de l'Académie des sciences
et court jusqu'au bout pour aller donner un soufflet à
M. de Réaumur. Une autre fois, *trio* de jurements de
MM. de Bougainville, Sébastien Mercier et Ancillon.

24 juin 1828. — Ce matin, je revoyais les fresques du Dominiquin à Saint-André *della Valle;* il est des jours où il me semble que la peinture ne peut aller plus loin. Quelle expression de timidité tendre et vraiment chrétienne dans ces belles têtes! Quels yeux! Plongé dans une admiration profonde, et parlant peu et à voix basse, j'admirais ces fresques avec l'aimable O*** (jacobin qui a cinquante mille francs de rente). Un prêtre est venu tout à coup nous faire une réprimande sévère sur ce que nous parlions haut dans l'église. Rien de plus faux. Il n'y avait personne dans cette grande église, qui d'ailleurs sert de passage; et, si la diplomatie eût été indépendante du parti prêtre, nous eussions dit son fait à ce cuistre très insolent; il a fallu filer doux. Le gouvernement de Rome serait ravi de traiter un étranger comme on traite à Paris M. Magallon[1], et les diplomates riraient de bien bon cœur de voir vexer des hommes sans croix ni titres, et qui ne font pas profession d'une excessive admiration pour ces avantages sociaux.

Du temps du cardinal Consalvi, nous ne serions sortis de Saint-André *della Valle* que pour aller chez le portier du cardinal écrire un récit fidèle de l'incartade du prestolet. Mais, sous ce grand ministre, il n'y avait ni pendaisons de *carbonari* ni insolences.

Cette scène, qui est tombée sur nous au moment où nos âmes étaient attendries par le sentiment profond des chefs-d'œuvre des arts, nous a fait une impression extrêmement désagréable. Nous n'avons point caché notre petite aventure. Voici les sentiments que nous avons trouvés chez nos amis. Il faudra démonétiser tous ces petits tyrans quand les dix mille Français paraîtront sur le Mont-Cenis. Le malheur égare les esprits de ces pauvres Romains jusqu'au point de leur faire regarder comme possible, ou même probable, cette apparition de dix mille Français qui apporteraient à la malheureuse Italie une copie modifiée de la charte de Louis XVIII. M. l'abbé D*** nous disait ce soir qu'en 1821 le gouvernement français entama une négociation avec les *carbonari* de Naples. Si ces messieurs eussent voulu faire quelques modifications à leur constitution, on les aurait soutenus. Le fait est-il vrai? Le ministère français était-il de bonne foi? Dans tous les cas, les Napolitains furent bien fous de ne pas modifier. Qu'importe la *lettre* d'une charte?

C'est la manière de la mettre en pratique qui fait tout.

Nous avons continué ainsi jusqu'à deux heures du matin à faire les jacobins en prenant du punch excellent chez un grand seigneur. Il y a cinquante ans, nous eussions parlé peinture et musique; et vous demandez pourquoi les arts tombent! Ils tombent même ici. Rome a cet avantage immense d'avoir du loisir ou d'être trop petite ville pour que le *charlatanisme* y soit possible; mais même ici *va mancando l'anima,* comme disait Monti : *la passion s'éteint* tous les jours. On ne pense qu'à la politique. L'insolence qui nous est tombée dessus nous a donné de l'humeur pour deux jours; nous avons porté ce soir un sentiment hostile dans la société, et nous nous sommes donné le plaisir de tourner en ridicule deux ou trois prêtres puissants. Ils sont sortis furieux; nous feront-ils chasser?

25 juin 1828. — Ce matin, près de Saint-Jean-de-Latran, nous avons vu la *Porta Maggiore,* bâtie par l'empereur Claude et située en un lieu élevé; elle est pourtant enterrée jusqu'aux corniches, qu'on peut toucher de la main. Cette masse épaisse de douze ou quatorze pieds, qui est tombée sur presque tous les monuments de Rome, est de la terre et non pas des débris de briques ou de mortier. Souvent ce fait a été expliqué avec emphase; mais la moindre logique ne laisse pas vestige de ces belles explications. Une autre faiblesse des savants, c'est de vouloir retrouver dans la même place les ruines de tous les monuments qui l'ont successivement occupée.

Supposez que, dans mille ans, Paris soit en ruine, et voyez s'avancer un petit savant intrigant : il prétend savoir cinq ou six langues, chose que je ne peux pas vérifier; mais, de plus, il veut retrouver à la fois les ruines du couvent des Capucines, et celles de la caserne des pompiers et des autres bâtiments de la rue de la Paix qui ont remplacé le couvent des Capucines. Ces bâtiments, qui n'ont existé que l'*un après l'autre,* il les place hardiment l'*un à côté de l'autre* dans la carte qu'il fait du *Paris antique.*

M. Nibby, l'un des antiquaires les plus raisonnables de Rome, et qui est jeune encore, a déjà donné quatre noms différents, dans ses itinéraires et autres livres, aux trois colonnes du temple de Jupiter Stator que l'on voit au Forum. Aujourd'hui, en 1828, il appelle ce monument une *Graecostasis*. Il y voit un édifice élevé dès le temps du roi Pyrrhus pour la réception des ambassadeurs étrangers. À chaque nouveau nom, ce savant n'a pas manqué de déclarer qu'il fallait être fou ou imbécile pour ne pas reconnaître à la première vue dans ces colonnes la justesse de la dénomination nouvelle. Si l'on montre le moindre doute ici sur l'explication qui dans le moment est à la mode, la colère se peint sur toutes les figures. J'ai reconnu le *sentiment* qui, dans les pays du Midi, allume les bûchers de l'Inquisition.

Il faut regarder les mots par lesquels on désigne les monuments anciens comme des noms propres qui ne prouvent rien. Un sot bègue ne peut-il pas s'appeler Chrysostome?

Dès le temps de Tibère, Rome était comme ces endroits à la mode de l'ancien parc du père La Chaise, où la vanité du XIXe siècle entasse des tombeaux. Toutes les belles places du mont Capitolin, du Forum, etc., étaient occupées, et la plupart consacrées par des temples. Un empereur, ou un riche citoyen, parvenait-il à acheter un petit coin de terrain vacant dans une rue à la mode, il en profitait bien vite pour élever un monument par lequel il prétendait s'illustrer. Formés par les idées d'une république qui avait honoré par des monuments Horatius Coclès et tant de héros, les citoyens riches du siècle d'Auguste avaient horreur de l'oubli profond où ils allaient tomber dès le lendemain de leur mort. De là la pyramide de Cestius, qui n'était qu'un financier; le tombeau de Cecilia Metella, femme du riche Crassus, etc., etc. Ces gens-là ont réussi, puisque moi, Allobroge, venu du fond du Nord, j'écris leurs noms, et que vous les lisez tant de siècles après eux. Un sentiment analogue a paru chez les papes qui avaient le cœur un peu au-dessus du vulgaire. Les arts sont perdus à Rome, parce que dorénavant ce qui occupera les hommes de ce caractère, ce sera le moyen de retarder le triomphe de Voltaire et des deux Chambres. Que ce pays existe avec ou sans les Chambres, tout annonce la chute des arts pendant le XIXe siècle. Mais, au moyen d'une application ingénieuse de la machine à vapeur, tel Américain pourra nous livrer,

pour six louis, une copie fort agréable d'un tableau de
Raphaël.

Un pape fait placer ses armes sur le plus petit mur qu'il
relève et jusque sur les bancs de bois peint dont il garnit
les antichambres du Vatican ou du Quirinal. Cette vanité,
bien pardonnable, maintient le culte des beaux-arts. C'est
ainsi qu'au jardin du roi on inscrit le nom de l'amateur
qui envoie un ours.

26 juin 1828. — Au milieu d'une discussion vive et
passionnée, comme on en a dans ce pays-ci, un jeune
artiste m'a dit fièrement : « Savez-vous bien, monsieur,
que depuis l'âge de douze ans j'étudie Raphaël ? » J'ai
pensé à part moi : Rien de plus vrai. Chaque semaine,
pendant quatre heures, il a copié quelques figures de
Raphaël; cela fait deux cent huit heures par an, et, pour
douze années, car mon homme a vingt-quatre ans, deux
mille quatre cent quatre-vingt-seize heures. Mais, en
quittant sa palette, le Français du xixᵉ siècle songe à
courir à la soirée d'un *chef de division,* afin d'obtenir la
commission de peindre un grand tableau de saint Antoine.
Il est ensuite triste ou gai, parce qu'il a obtenu ce tableau
que le gouvernement lui payera douze mille francs.

S'il est assez riche pour se moquer du commis et de
saint Antoine, notre artiste sera triste ou gai, parce qu'il
a été brillant ou éclipsé par quelque homme plus aimable
à la dernière soirée de Mme D***. Mais jamais l'expression d'une tête de Raphaël ne le consolera d'une peine
de sentiment, et nos usages ne lui laissent pas le loisir
d'être triste, autrement que par envie, amour-propre
blessé ou fatigue sociale.

Je parierais que, cent fois dans sa vie, Prud'hon a été
ridicule dans un salon, mais notre artiste n'a rien de commun avec ce peintre, qui sera grand dans cent ans.

Si un Français brave les usages vaniteux des salons, sa
vanité s'occupe *à chaque moment du jour* de l'honneur
qu'il a de les braver. Le ridicule, mais naturel et non
affecté, sera désormais la première indication d'un homme
de génie dans les beaux-arts; mais il faut s'arrêter. Tout
artiste qui affecte de bien mettre sa cravate ou de la mal
mettre trouverait ces phrases méchantes. Notre siècle est
si ennuyé, que je désire passionnément me tromper dans
ma prophétie sur la chute des beaux-arts. Si un nouveau

Canova se présente, je serai bien surpris, mais je jouirai de ses ouvrages. Quoi de plus déshonoré, en 1805, que le roman historique tel que Mme de Genlis venait de nous le montrer dans *Le Siège de La Rochelle*[1] ? Sir Walter Scott a paru, et le monde a trouvé un nouveau plaisir que les critiques croyaient impossible[2].

Quant aux artistes qui veulent des titres, de l'argent, des croix, des costumes, il n'y a qu'un mot à leur dire : « Faites-vous raffineurs de sucre ou fabricants de faïence, vous serez plus tôt millionnaires et députés. »

Voici un sonnet que Paul vante beaucoup, et que plusieurs de nos compagnes de voyage regardent comme un chef-d'œuvre d'énergie à la Michel-Ange. C'est une boutade du sombre Alfieri, qui prétend décrire Rome moderne.

> Vuota, insalubre region che stato
>   Ti vai nomando; aridi campi incolti;
>   Squallidi, oppressi, estenuati volti
>   Di popol rio, codardo e insanguinato;
> Prepotente e non libero senato
>   Di vili astuti in lucid' ostro avvolti;
>   Ricchi patrizi, e più che ricchi, stolti;
>   Prence, cui fa sciocchezza altrui beato;
> Città, non cittadini; augusti tempi,
>   Religion non già; leggi che ingiuste
>   Ogni lustro cangiar vede, ma in peggio :
> Chiavi, che compre un dì schiudeano agli empi
>   Del ciel le porte, or per età vetuste :
>   Oh ! sei tu Roma, o d'ogni vizio il seggio[3] ?

Ici comme partout il faut acheter au prix de quelques moments d'ennui l'honneur de parler aux hommes qui ont le pouvoir. La diplomatie française oubliant de protéger les hommes qu'on suppose avoir été attachés à la cour de Napoléon, je sacrifie dix heures par mois à écouter attentivement de vieux prêtres puissants. — Qui croirait qu'il y a aujourd'hui à Rome des gens qui attachent beaucoup d'importance à l'histoire de la papesse Jeanne* ? Un

---

* Cette femme fut pape et régna de 853 à 855, il y a près de mille ans. La plupart de ceux qui ont parlé de la papesse Jeanne avaient intérêt à mentir. On la connaît en Italie parce qu'elle est une figure du jeu de *tarocco*.

personnage fort considérable et qui prétend au chapeau
m'a attaqué ce soir sur Voltaire, qui, selon lui, se serait
permis beaucoup d'impiétés à l'occasion de la papesse
Jeanne. Il me semble que Voltaire n'en dit pas un mot.
Pour n'être pas *infidèle à ma robe* (le pire des défauts aux
yeux d'un Italien), j'ai soutenu l'existence de la papesse en
me servant tant bien que mal des raisons que mon
adversaire me faisait connaître[1].

Plusieurs auteurs contemporains racontent qu'après
Léon IV, en 853, une femme, allemande de nation, occupa
la chaire de saint Pierre, et eut pour successeur Benoît III.

J'ai dit qu'il ne fallait pas demander à l'histoire un
genre de certitude qu'elle ne peut offrir. L'existence de
Tombouctou, par exemple, est plus probable que celle de
l'empereur Vespasien. J'aimerais mieux croire à la réalité
des ruines les plus singulières que quelques voyageurs
nous racontent avoir vues, au milieu de l'Arabie, qu'à
l'existence du roi Pharamond ou du roi Romulus. Ce ne
serait pas bien raisonner contre l'existence de la papesse
Jeanne que de dire que la chose est peu probable. Les
exploits de la Pucelle d'Orléans choquent bien autrement
toutes les règles du sens commun, et cependant nous en
avons mille preuves.

L'existence de la papesse Jeanne est prouvée par un
extrait des chroniques de l'ancien monastère de Cantorbéry (fondé par le célèbre Augustin, qui avait été envoyé
en Angleterre par Grégoire le Grand). Immédiatement
après l'an 853, dans le catalogue des évêques de Rome, la
chronique (que je n'ai pas vue) porte ces mots :

« *Hic obiit Leo quartus, cujus tamen anni usque ad Benedictum
tertium computantur, eo quod mulier in papam promota fuit*[2]. »

Et après l'an 855 :

« *Johannes. Iste non computatur, quia femina fuit. Benedictus
tertius*[3] », etc.

Ce monastère de Cantorbéry avait des relations fréquentes et intimes avec Rome; il est d'ailleurs suffisamment prouvé que les lignes que je viens de transcrire
furent portées sur le registre dans le temps même qui est
marqué par les dates.

Les écrivains ecclésiastiques qui attendent leur avancement de la cour de Rome croient encore utile d'établir que le *pouvoir de remettre nos péchés,* dont le pape jouit, lui a été transmis de pape en pape, par les successeurs de saint Pierre, qui lui-même le tenait de Jésus-Christ. Comme il est essentiel, je ne sais pourquoi, que le pape soit un homme, si de l'an 853 à l'an 855, une femme a occupé le trône pontifical, la transmission du pouvoir de remettre les péchés a été interrompue.

Soixante auteurs au moins, grecs, latins, et même *saints,* racontent l'histoire de la papesse Jeanne. Le fameux Étienne Pasquier dit que l'immense majorité de ces auteurs n'avait aucun mauvais vouloir contre le Saint-Siège. L'intérêt de leur religion, celui de leur avancement et la crainte même de quelque châtiment voulaient qu'ils tinssent cachée cette étrange aventure. Pendant le IXe et le Xe siècle, les factions déchiraient Rome et le désordre était à son comble. Mais les papes n'étaient guère plus méchants que les princes leurs contemporains. Agapet II fut élu pape avant l'âge de dix-huit ans (946), Benoît IX monta sur le trône à dix ans, et Jean XII à dix-sept. Le cardinal Baronius lui-même, l'écrivain *officiel* de la cour de Rome, en convient. Y a-t-il beaucoup de différence entre la figure d'un jeune homme de dix-huit ans et celle de certaines femmes d'un caractère décidé et hardi, tel qu'il faut l'avoir pour aspirer à la papauté ? De nos jours, malgré l'intimité que nécessite la vie militaire, plusieurs femmes déguisées en soldats n'ont-elles pas mérité la croix de la Légion d'honneur, et cela du temps de Napoléon ?

Je vois que cet appel aux faits embarrasse fort mon antagoniste, qui tirait ses principales raisons de l'*improbabilité,* car les textes historiques sont terribles.

Marianus Scott, moine écossais, mort en 1086, raconte l'histoire de la papesse. Bellarmin, écrivain papiste, dit de lui : *Diligenter scripsit.*

Anastase, dit le *Bibliothécaire,* abbé romain, homme docte et de grand mérite, contemporain de la papesse, raconte son histoire. Il est vrai que, dans beaucoup de manuscrits d'Anastase, cette page scandaleuse a été omise par les moines qui copiaient. Mais on a prouvé mille fois que leur usage était de supprimer tout ce qu'ils estimaient contraire aux intérêts de Rome.

Le Sueur, dans son *Histoire ecclésiastique*, et Colomesius, dans ses *Mélanges historiques*, citent un *Anastase* de la bibliothèque du roi de France qui contient toute l'histoire de la papesse Jeanne. Il existait deux *Anastases* semblables à Augsbourg et à Milan. Saumaise et Freher les avaient vus.

Anastase était suffisamment informé, il habitait Rome, il parlait en témoin oculaire. Il a écrit la vie des papes jusqu'à Nicolas Ier, qui vint après Benoît III.

Martin Polonus, archevêque de Cosenza, et pénitencier d'Innocent IV, a écrit l'histoire de la papesse Jeanne.

Cette femme singulière est appelée tantôt *Anglicus*, tantôt *Moguntinus*. Roolwinck, l'auteur du *Fasciculus temporum*, dit : « *Joannes Anglicus cognomine, sed natione Moguntinus*[1]. » Mézeray, dans la *Vie de Charles le Chauve*, dit que l'existence de la papesse Jeanne a été reçue pour une *vérité constante cinq cents ans durant.*

Le lecteur voit bien, par la tournure sérieuse des pages qu'il vient de lire, que cette discussion, qui avait commencé dans les salons de M. l'ambassadeur de ***, s'est terminée à la bibliothèque Barberini, où mon savant antagoniste m'avait donné rendez-vous. Là, nous avons vérifié la plupart des textes. Un M. Blondel, protestant, mais qui habitait Paris sous Louis XIV, et *désirait de l'avancement**, a composé une dissertation peu concluante contre l'existence de la papesse Jeanne, qui probablement régna de 853 à 855[2].

Mais qu'importe la vérité de cette anecdote ? Jamais elle n'arrivera jusqu'à l'espèce d'hommes qui se fait remettre ses péchés. « Donnez le *Code civil* français à vos sujets, disais-je à mon adversaire, et personne ne réveillera sérieusement le souvenir de la jeune Allemande qui s'est placée mal à propos entre saint Pierre et Léon XII. Elle était jeune, car son sexe fut révélé par un accouchement arrivé au milieu d'une procession. On voit au musée du Louvre une chaise de bain en porphyre qui se trouve mêlée avec l'histoire de la papesse Jeanne[3]. Mais je ne veux pas devenir scandaleux. »

Nos compagnes de voyage se sont liées avec plusieurs

---

* C'est le terme le plus honnête dont je puisse me servir, c'est aussi la première demande à faire sur un homme qui se mêle d'écrire l'histoire. Souvenez-vous de la pension ôtée ou rendue à Mézeray par Colbert. Presque toutes les histoires sont à refaire.

peintres allemands du premier mérite; ces messieurs imitent le Ghirlandaio, et trouvent que les Carraches, et peut-être même Raphaël, ont gâté la peinture. Mais qu'importent les théories d'un artiste? Leurs tableaux me font presque autant de plaisir que ceux des plus anciens peintres de l'école de Florence; c'est le même amour pour la nature, la même vérité. Nous avons rencontré aujourd'hui ces messieurs à deux pas de la place d'Espagne, dans la maison de M. le consul de Prusse Bartoli, où ils ont peint à fresque plusieurs sujets tirés de la Bible[1]. L'un d'eux m'a dit : « Je vous aimerais assez, mais vous êtes injuste envers les Allemands.

— Je cherche, lui ai-je répondu, à donner une idée des mœurs et de la manière de sentir des Italiens, chose difficile et, comme vous savez, dangereuse pour ma tranquillité.

« C'est du sein de cette manière de sentir que se sont élancés les Corrège, les Raphaël et les Cimarosa, de tous les hommes que je n'ai pas vus, ceux auxquels je dois sans doute les moments les plus agréables et le plus de reconnaissance. Je ne puis peindre les mœurs d'Italie qu'en me servant, pour le fond de mon tableau, des mœurs de Paris ou d'Angleterre, qui font ombre et marquent les contours par l'opposition des couleurs. Je dis, par exemple, dans les mariages on a tel usage en Italie qui diffère en ceci des usages parisiens. À Gênes, il y a tel contrat de mariage qui porte le nom du *cigisbeo* futur de la dame (vers 1750); mais, si je ne compare jamais les manières d'agir d'Italie aux usages de l'Allemagne, c'est que ce pays, qui montra tant de courage au siècle de Luther, et qui porte tant de naturel dans l'amour et les autres relations de famille, n'a que des usages sociaux *factices et passagers*.

« La civilisation de l'Allemagne[2] est arrêtée d'abord par les universités. Les étudiants ou *Burschen* s'enivrent de bière et se battent en duel, en suivant des pratiques amusantes, au lieu de travailler sérieusement. (Voir les détails de la vie de *Burschen*, dans le *Voyage en Allemagne* de M. Russel, d'Édimbourg[3].) Je ne connais qu'un lieu sur la terre où une masse de *jeunes hommes,* comme ils s'appellent eux-mêmes, travaillent sérieusement : c'est Paris, et les travailleurs sont les jeunes gens qui, par des découvertes dans les sciences naturelles, veulent se faire un état et entrer à l'Académie des sciences de Paris, la seule bonne.

« Les Allemands sont un peuple de *bonne foi;* comme tels ils ont de l'imagination, et par conséquent une musique nationale. *L'ironie* n'a pas été protégée en Allemagne par le secours d'une cour unique et prépondérante. À la cour de Munich, on se moque de l'étiquette de la cour de Wurtemberg ou de l'étiquette de Bade. Les usages sociaux des Allemands ne seront fixés que par le gouvernement des deux Chambres. Aujourd'hui, l'invasion de la raison est empêchée par l'influence de quinze ou vingt cours qui morcellent la patrie d'Arminius. Voilà un duc de Coethen nouvellement converti au papisme, qui ne veut pas que les fonctionnaires publics de ses États se marient sans une permission signée de lui. Et vous ne vous moquez de rien!

« Les Allemands se sont dit : "Les Anglais vantent leur Shakespeare, les Français leur Voltaire ou leur Racine, et nous, nous n'aurions personne!" C'est à la suite de cette observation que Goethe a été proclamé grand homme. Qu'a fait cependant cet homme de talent ? *Werther*[1]. Car le *Faust* de Marlowe[2], qui fait apparaître l'Hélène (de *L'Iliade*), vaut mieux que le sien.

« Quant à votre philosophie, elle consiste uniquement dans ce mot, *j'aime à croire*. Il est vrai que vous aimez à croire ce qui est juste et beau; mais, dès que l'on s'amuse à croire ce qui est désirable, l'absurdité ne connaît plus de bornes, Kant et Platon triomphent. Moi aussi, *j'aimerais à croire;* mais la fièvre vient de faire périr trois pauvres petits enfants chez mon voisin, ce qui me *force à croire* que tout n'est pas juste et beau dans ce monde[3].

« Quand le paradis des chrétiens ne serait que la certitude de revoir ceux que nous avons aimés, quoi de plus beau ? quelle délicieuse perspective pour l'imagination ! »

Mais je m'étais égaré avec mon bon Allemand, qui passe sa vie dans les espaces imaginaires, à la suite de Schelling, Kant, Platon, etc. Ces philosophes sont, pour l'habitant de Berlin, comme d'habiles musiciens chargés d'exalter son imagination. C'est pour cela qu'il faut aux Allemands un nouveau grand philosophe tous les dix ans. Nous avons vu Rossini succéder à Cimarosa[4].

Les manières, les habitudes sociales de l'Allemagne, quoique fort aimables, sont peu connues : elles ne sont

pas fixées, elles changent tous les trente ans. Je ne
pouvais donc pas m'en servir comme point de comparaison, pour faire connaître à quelques gens d'esprit curieux
et impartiaux le pays duquel Paris fait venir, depuis
trois cents ans, les Rossini, les Piccini, les Léonard de
Vinci, les Primatice et les Benvenuto Cellini.

La conversation a duré fort longtemps. Mon adversaire a parlé fort bien et fort poliment, mais, en vérité,
n'a point ébranlé ma croyance. L'Allemagne a pour elle
une chose délicieuse : tous les mariages s'y font par
amour[1].

La France produira des Voltaire, des Courier, des
Molière, des Moreau, des Hoche, des Danton, des
Carnot; mais j'ai bien peur que les beaux-arts n'y soient
toujours dans la situation des orangers des Tuileries. Si
nous brillons par l'esprit, ne serait-ce pas en manquer
que de prétendre réunir tous les avantages possibles ?
que de vouloir donner à la fois à l'Europe des Voltaire
et des Raphaël ? Les nations doivent-elles toujours se
conduire entre elles comme des jeunes gens mal élevés et
présomptueux ?

Il est des jours où la beauté seule du climat de Rome
suffit au bonheur; par exemple, aujourd'hui, nous avons
joui du plaisir de vivre en parcourant lentement les environs de la villa Madama. Nous avons senti la divine architecture de Raphaël. Dans notre enthousiasme pour ce
grand homme, nous sommes allés voir, avant de rentrer,
sa petite église de la Navicella[2]. Voilà le *joli* italien si
éloigné du *rococo*. Pardonnez-moi ce mot, qui désigne le
joli français, vingt ans après qu'il a cessé d'être à la
mode.

Nos peintres allemands, gens d'un vrai mérite, nous
ont raconté plusieurs traits du roi de Bavière, Louis. Ce
prince sent les beaux-arts et les aime comme un Allemand
(et non pas comme un Anglais ou un Espagnol : ceci est
une rare louange). Un de ces messieurs nous dit qu'un
de ses amis a compté cinquante mille statues dans Rome
ou la campagne voisine.

27 juin 1828. — M. l'abbé C***, avec qui nous avons
passé la journée, nous a dit mille choses que je ne pourrais
répéter ici sans choquer la bonne compagnie et même les
tribunaux.

M. C∗∗∗ nous parlait ce soir de la Rome de sa
jeunesse. On était en 1778; Pie VI régnait depuis trois
ans. Presque toute la bourgeoisie à Rome portait l'habit
ecclésiastique.

Un apothicaire avec femme et enfants, qui n'était pas
vêtu en abbé, s'exposait à perdre la pratique du cardinal
son voisin. Cet habit était peu cher et fort respecté, car il
pouvait couvrir un homme tout-puissant; voilà l'avantage de l'absence des décorations. On ne voyait donc que
des habits noirs.

Il y avait à Rome autant de cours que de cardinaux. Si
un cardinal devient pape, son médecin est médecin du
pape; son neveu est prince. Ce billet gagné à la loterie
fait la fortune de tout le monde dans la maison, grands
et petits. On se répétait sans cesse, en 1778, que le patron
était comme un homme qui, une fois tous les huit ans,
met la main au chapeau pour tirer un billet noir mêlé
avec trente-neuf billets blancs, et ce billet noir donne
un trône. (Je traduis la phrase romaine. Ici le peuple
s'occupe sans cesse de la loterie, des chances des jeux
de hasard, et un pape ne vit guère que sept à huit ans.)
On parle tous les jours à Rome des maladies du pape
régnant. Cette conversation est cruelle, triste, et m'ennuie;
on descend à des détails de chirurgien. Tout le monde
répète le proverbe : « *Non videbis annos Petri* »; ce qui
veut dire : « Vous ne régnerez point vingt-cinq ans. »
Lorsqu'en 1823 Pie VII approchait des années de saint
Pierre, le peuple croyait que si le pape faisait mentir le
proverbe, Rome serait détruite par un tremblement de
terre. Pie VI et Pie VII, en régnant l'un vingt-quatre
ans et l'autre vingt-trois, ont fait mourir de chagrin
bien des cardinaux.

L'immoralité profonde qui régnait dans le Sacré
Collège en 1800 a disparu peu à peu, et l'esprit l'a suivie.
À Rome[1] comme ailleurs, les plus sots gouvernent, ou
font peur à qui gouverne[2].

Songez à la prudence qui devait s'établir dans un pays
où une cour la plus despotique, mais la plus prudente et la
moins violente du monde, était flanquée de trente cours
aussi prudentes pour le moins. Figurez-vous la conduite
d'un courtisan du cardinal Mattei, par exemple, qui
n'avait que six courtisans : quelle assiduité! Plus le
cardinal avait d'esprit, moins il restait de liberté au

courtisan. Le seul dédommagement de ce malheureux était d'être environné du respect et des complaisances de sa famille pendant le peu d'heures qu'il pouvait passer chez lui. De là, la *politesse* et la *prudence* romaines; de là, la vraie politique. *« Questo gente è l'unica al mondo per il maneggio dell' uomo*[1] *»,* dit M. le cardinal Spina.

Jamais une imagination française ne se figurera les prévenances inouïes dont un prêtre puissant est l'objet dans sa famille. Parmi nous, il est des services que l'amitié la plus dévouée laisse au valet de chambre.

À Rome, comme il n'y a point de carrière ouverte pour les jeunes gens, quatre ou cinq années de chagrins, d'inquiétudes et de malheur, attendent la jeunesse bourgeoise vers l'âge de dix-huit ans, quand il s'agit de prendre un état. Un *fratone* (un moine puissant et intrigant) peut d'un mot tirer un jeune homme de cet enfer, en lui faisant obtenir quelque petite place de six écus par mois (trente-deux francs). De ce moment, l'imagination du jeune Romain est calmée : il se voit riche dans l'avenir pourvu qu'il soit *prudent,* et ne songe plus qu'à l'amour. Remarquez que Rome est plus petite ville que Dijon ou Amiens; tout ne s'y dit pas, mais tout s'y sait.

On parle encore à Rome du cardinal de Bernis[2]; ce souvenir est l'un des plus imposants qu'aient conservés les vieillards de ce pays. C'est que ce cardinal était magnifique et poli; c'est ici tout ce que l'homme privé, s'il est prudent, voit du grand seigneur. Les *Mémoires* de Marmontel et de Duclos[3] vous diront ce qu'était au fond le cardinal de Bernis, et les *Mémoires* de Casanova ce qui l'occupait en Italie. Le cardinal de Bernis soupe avec Casanova à Venise et lui enlève sa maîtresse; le comment est curieux[4].

À Rome, le cardinal de Bernis est une figure héroïque; il donnait un dîner magnifique tous les jours et recevait une fois la semaine. M. de Bayanne, auditeur de Rote (juge au tribunal de la *Rota* pour la France), avait la *conversazione* la plus agréable de Rome, table de *bocetti* dans une salle, dans une autre les meilleurs castrats, les premières chanteuses et un bon orchestre; dans une troisième, bavardage littéraire et philosophique, c'est-à-dire discussion sur les vases étrusques, sur les peintures d'Herculanum, etc.; partout profusion de glaces et de laquais lestes et respectueux. Figurez-vous toute cette

magnificence commode dirigée par le maître de la maison,
homme d'esprit dont c'est la passion.

La Révolution a changé tout cela. M. D***[1], cardinal et
archevêque, était auditeur de Rote de mon temps; il ne
recevait jamais, et on le dénonçait à l'ambassadeur de
France s'il allait[2] faire sa prière dans une église voisine
de la maison du cardinal Fesch. C'est par des traits de cet
esprit-là que la grande figure *del re di Francia* a disparu
de l'imagination des Romains, mais le respect pour le
successeur de Louis XIV est inné. Que ne ferait pas en
Italie un ambassadeur homme d'esprit, avec cinquante
mille francs de pensions distribuées au mérite, et deux
croix tous les ans! En cas de guerre, ces cinquante mille
francs épargneraient des millions à la maison de Bourbon;
mais il faudrait envoyer en ce pays des gens d'esprit, et
on les craint[3].

En 1778, continue notre abbé, les cardinaux et princes
romains ne revenaient pas d'étonnement que deux
hommes sensés, après avoir tiré un bon lot à la loterie de
la fortune, comme[4] MM. de Bernis et de Bayanne, *se
donnassent tant de peine* pour faire dîner et digérer le public.
Le prince Antonio Borghèse, un peu jaloux, disait :
« Ces gens-là ont été tirés d'un grenier par la fortune; la
magnificence est une nouveauté dont ils ne peuvent se
rassasier. »

Un prince ou un cardinal dînait seul, allait ensuite voir
sa maîtresse, et dépensait des sommes énormes à bâtir un
palais ou à restaurer l'église qui lui donnait son titre.
(Voir les *Mémoires* de Casanova, mais l'édition en langue
française imprimée en Allemagne, 1827[5].)

Les cardinaux d'aujourd'hui ne bâtissent pas, parce
qu'ils sont pauvres; trois ou quatre peut-être ont des
maîtresses, femmes respectables et d'un certain âge;
douze ou quinze recouvrent d'une prudence parfaite des
goûts *passagers*. Histoire des trois dots obtenues cette
année par la belle Cecchina, notre voisine.

Voyez-vous dans la rue s'avancer, au petit trot de deux
haridelles, un carrosse dont le train est peint en rouge?
Deux pauvres laquais recouverts d'une sale livrée vert
pomme sont montés derrière, l'un d'eux porte un sac
rouge. Si tout cela vient à passer près d'un corps de
garde, la sentinelle jette un grand cri, les soldats assis
devant la porte se lèvent lentement pour aller chercher

leurs fusils; quand ils sont en rang, les haridelles ont
transporté le vieux carrosse à vingt pas plus loin et les
soldats se rassoient. Si vos regards pénètrent dans ce
carrosse, vous apercevez un curé de campagne qui a l'air
malade. Dix ou douze cardinaux seulement ont la mine
emphatique d'un gros préfet grossier qui se promène
dans sa ville après avoir dîné.

L'ignorance de ces messieurs en tout ce qui touche à
l'administration est la même qu'en 1778, c'est-à-dire
superlative. Mais elle est plus frappante, parce que le
monde a fait un pas. Mon voisin, un jeune avocat de
Rome, lit la *Logique* de M. de Tracy, traduite en italien[1].
La jeunesse des cardinaux d'aujourd'hui, comprimée
par Napoléon, n'a pas été employée à intriguer chez la
princesse Santacroce ou chez Mme Braschi. On ne peut
donc espérer de rencontrer à la cour de Rome ni la
finesse, ni le savoir-vivre qui brillaient chez les collègues
du cardinal de Bernis. Deux ou trois peut-être ont de
l'esprit, ce qui les embarrasse fort.

Les cardinaux de 1829 connaissent l'homme par les
ouvrages des saints Pères et les légendes du Moyen Âge;
le nom de *monsù* de Voltaire les fait pâlir. Ils croient que
le mot *économie politique* est un nom nouveau donné à
quelque exécrable hérésie française. À leurs yeux, il n'y
a pas loin de Bossuet à Voltaire, et ils haïssent davantage
Bossuet, qui pour eux est un renégat. Mais je me tais; il
est difficile de parler du temps présent à une société un peu
collet monté et qui a besoin de mépriser ceux qui lui font
des contes.

Voulez-vous savoir ce que c'était qu'un cardinal en
1745? Duclos vous le dira; Duclos, Breton qui disait de
Voltaire et de d'Alembert : « Ils en feront tant, qu'ils
finiront par me faire aller à la messe. » Aussi fut-il ennobli
et réunit-il pour vingt mille francs de places.

En 1745, l'empereur François Ier venait d'être élu à
Francfort, malgré les efforts de la France et de l'Espagne;
le parti autrichien à Rome imagina une espèce de
triomphe[2]. On prit un enfant de douze à treize ans, fils
d'un peintre nommé Leandro, et d'une jolie figure; on
l'habilla d'oripeaux; un *facchino* le portait debout sur les
épaules; on le promena dans Rome, suivi d'une foule de
canaille qui criait : « Vive l'empereur! » Cette mascarade
passa d'abord devant le palais du cardinal de La Roche-

foucauld, chargé des affaires de France, s'arrêta sous les
fenêtres et redoubla de cris de joie. Le cardinal sentit bien
que ce n'était pas pour lui faire honneur; mais, prenant le
parti qui convenait avec une populace, il se montra sur le
balcon et fit jeter quelques poignées d'argent. Aussitôt
la canaille se jeta dessus en criant : « Vive l'empereur!
Vive la France! »

Cette troupe de gueux, échauffée par le succès de son
insolence, continua sa marche, se rendit sur la place d'Espagne, devant le palais du cardinal Aquaviva, et voulut y
jouer la même farce. Le cardinal parut à un balcon. Au
même instant, vingt coups de fusil partent des fenêtres
grillées du palais, couchent sur la place autant de tués ou
de blessés, et le pauvre enfant fut du nombre des morts.
À l'instant, le cortège s'enfuit; mais bientôt le peuple de
Rome s'attroupe, veut incendier le palais et brûler
Aquaviva. Celui-ci s'était assuré de plus de mille *braves*[1]
dont il remplit la place d'Espagne. Quatre pièces de
canon chargées à mitraille sont mises en batterie devant
le palais. Le peuple, qui arrivait sur la place d'Espagne
par toutes les rues, a peur; il se dissipe, et n'exhale sa
fureur que par des imprécations contre le cardinal. Le
peuple de Rome projeta de pénétrer par un égout sous le
palais du cardinal Aquaviva, et de le faire sauter avec de
la poudre. Le chef de la conjuration était un maçon
nommé *maestro* Giacomo, homme de tête. Le cardinal,
qui n'était pas sans inquiétude, avait des espions en
campagne. On lui amena Giacomo, auquel le cardinal
raconta que c'était par un fatal malentendu que ses gens
avaient tiré sur le peuple, tandis que l'ordre était de tirer
en l'air. Giacomo ne nia nullement le projet de faire
sauter le palais d'Espagne, au sujet duquel il voyait
bien qu'on l'avait fait venir. Des témoins pouvaient être
cachés derrière les tapisseries du cabinet du cardinal. Tout
ce qu'on put tirer de lui, à la suite[2] d'une fort longue
conférence, c'est l'assurance qu'il ne ferait jamais rien
contre la sûreté de Son Éminence.

Après ce coup vigoureux, le cardinal Aquaviva ne
fut que plus respecté dans Rome, et il savait se défaire,
de façon ou d'autre, de ceux qui lui faisaient ombrage.
Les *Mémoires* de Casanova, au style près, fort supérieurs
à *Gil Blas,* peignent bien ce *cardinalone* et sa manière d'agir
envers une jeune fille. Quant à sa conduite politique, le

président de Brosses fait un récit charmant de ses faits et
gestes dans le conclave de 1739[1].

Devenu vieux, les passions mondaines se calmèrent, la
peur de l'enfer resta, et le cardinal Aquaviva voulut faire
publiquement amende honorable des *rigueurs salutaires*
qui avaient rempli sa vie; mais le Sacré Collège s'y opposa,
comme il avait fait pour le cardinal de Retz, *ob reverentiam
purpurae*[2].

Je ne sais trop quel parti l'on prendrait aujourd'hui envers un cardinal qui ferait tuer un insolent d'un coup de
fusil. Peut-être serait-il forcé à une retraite d'un an au
délicieux couvent de la Cava, près de Naples. Le valet
qui aurait tiré le coup de fusil serait condamné aux
galères perpétuelles et se sauverait six mois après. Il faut
convenir que la peur des plaisanteries françaises a changé
toute la conduite des cardinaux; Voltaire est le successeur
de Luther. Rien de plus odieux à Rome qu'un livre tel
que celui que vous avez sous les yeux. On protège
beaucoup en revanche le savant qui ne se mêle que de
vases étrusques et arrive à Rome chargé des rubans du
gouvernement de son pays; car enfin il ne faut pas avoir
l'air de haïr les lettres. Quelques cardinaux ne tarissent
pas en plaisanteries sur le pauvre diable de voyageur
qui court le monde à ses frais; ils triomphent des vexations auxquelles il est en butte de la part des consuls et
gendarmes. L'un d'eux disait chez M. l'envoyé de *** :
« Il faut croire que ces pauvres hères n'ont pas de pain
chez eux. »

Paul, qui était présent, s'empara de la parole, raconta
qu'il était électeur, et prit cette occasion d'expliquer aux
assistants toute notre loi d'élections, les fonctions de la
Chambre des députés, les pétitions contre les curés qui
refusent les sacrements, les arrêts des cours de justice
contre les *contraffatti*[3], etc., etc., etc. Bientôt il vit autour
de lui un cercle de trente personnes, parmi lesquelles
trois cardinaux curieux et deux autres pleins d'humeur,
e di stizza[4]. La vengeance fut complète. Chez ce peuple
moqueur, heureux l'homme qui peut inventer une
plaisanterie et la suivre avec sang-froid! Cette description
de la publicité qui poursuit en France les petits péchés de
tout le monde, faite devant des cardinaux ennemis, a
semblé délicieuse à la malice romaine. Paul en est devenu
célèbre; dans les cercles, on demande à le voir.

COLONNE TRAJANE[1]

15 juin 1828. — L'an 99 de Jésus-Christ, et de Rome 867, le sénat dédia cette colonne à Trajan, qui était alors occupé à faire la guerre aux Daces, et mourut en Syrie avant d'avoir vu ce monument terminé. Dion Cassius raconte que Trajan désira que cette colonne fût élevée sur son tombeau; il voulut que la postérité sût que, la place lui manquant, il avait fait enlever une partie du mont Quirinal égale en hauteur à celle de la colonne. Les deux dernières lignes de l'inscription antique du piédestal indiquent clairement cette intention.

Cassiodore dit que les os de Trajan, renfermés dans une urne d'or, furent placés sous la colonne qui porte son nom. Il fut le premier de tous les Romains dont les restes furent ensevelis dans la ville. Cette colonne, haute de cent trente-deux pieds, depuis le pavé jusqu'à la partie la plus élevée de la statue, est composée de trente-quatre blocs de marbre blanc, unis ensemble par des crampons de bronze. La colonne proprement dite est composée de vingt-trois blocs de marbre; son diamètre inférieur est de onze pieds deux pouces, qui, près du chapiteau, se réduisent à dix pieds.

Le piédestal a quatorze pieds,

le socle trois,

la colonne, avec sa base et son chapiteau, quatre-vingt-dix,

le piédestal de la statue, quatorze,

et enfin la statue, onze.

Cette colonne est plus haute d'un pied et demi que celle de Marc Aurèle, et son sommet, comme nous l'avons dit, est au niveau du mont Quirinal. On y monte par un escalier tournant taillé dans le marbre; il y a cent quatre-vingt-deux marches de deux pieds deux pouces de longueur. Cet escalier est éclairé par quarante-trois petites ouvertures.

En 1588, Sixte Quint fit placer sur le piédestal où était autrefois une statue de Trajan en bronze doré, celle de l'apôtre saint Pierre, ouvrage médiocre de Thomas della Porta. Tout le monde sait que cette colonne est entourée d'un bas-relief en spirale; il suit la direction de l'escalier intérieur et fait vingt-trois fois le tour de la colonne. Les diverses parties de cet immense bas-relief représentent des sujets pris dans les deux expéditions de Trajan contre les Daces. On y distingue des marches d'armées, des batailles, des campements, des passages de fleuves, etc. Il paraît que les bas-reliefs ont été faits sur place; les figures ont en général deux pieds de proportion. Le sculpteur a conservé un peu plus de relief à celles qui sont près du chapiteau; elles sont aussi d'une proportion un peu plus forte. On a compté jusqu'à deux mille cinq cents figures. Apollodore de Damas, artiste distingué, fort aimé de Trajan, fut l'architecte de ce monument, et peut-être l'auteur des bas-reliefs.

Les seuls bas-reliefs des marbres d'Elgin, à Londres, me semblent supérieurs à ceux-ci. J'avouerai qu'à mon gré les statues rapportées d'Athènes par lord Elgin, l'emportent sur l'*Apollon*, le *Laocoon*, etc.

Les bas-reliefs de la colonne Trajane me paraissent offrir un modèle parfait du *style* historique; rien n'y est recherché, rien n'y est négligé. Les jointures des corps sont traitées avec un grandiose presque digne de Phidias; c'est le portrait le plus parfait que les Romains nous aient laissé d'eux-mêmes, et tôt ou tard on placera des gravures de ces actions militaires dans toutes les histoires romaines.

Sous le règne de Napoléon, l'intendant de la couronne à Rome[1] a fait enlever la terre qui cachait les colonnes de la magnifique basilique placée au midi de la colonne Trajane. Celle-ci fut élevée dans un espace très étroit (de soixante-seize pieds de long sur cinquante-six de large), que l'on ne put obtenir qu'en attaquant le roc. Les partisans outrés de l'antiquité prétendent que cette colonne, entourée d'édifices fort élevés, devait produire un beaucoup meilleur effet. Il est sûr que la lumière, venant de haut, devait donner plus de relief aux figures, et, en montant sur les bâtiments voisins, on pouvait les apercevoir de plus près.

Nous ne reparlerons pas ici de la basilique que le XIXe siècle a vue renaître au pied de la colonne Trajane. Nous sommes descendus ce matin dans cette vaste place, plus basse de dix pieds que les rues qui l'environnent; c'est avec un plaisir toujours nouveau que nous marchons sur le pavé de marbre de la basilique de Trajan.

La maladresse de l'architecte moderne (c'est, je crois,
M. Valadier) a élevé un mur qui ôte la vue de la basilique
aux personnes qui passent dans la rue du côté opposé à la
colonne. Malgré cette absurdité, cette restauration n'en
est pas moins la plus belle de Rome.

Les savants qui font imprimer des itinéraires de Rome
n'obtiendraient pas la licence du *maestro del sacro palazzo*
(censeur en chef) s'ils indiquaient les travaux exécutés par
ordre de Napoléon. Tous ces grands ouvrages, qui
auraient immortalisé dix pontificats, sont censés faits
d'après les ordres de Pie VII. Plusieurs itinéraires, par
exemple celui de Fea, imprimé en 1821, ont poussé la
prudence jusqu'à ne pas même faire mention de la basilique que nous venons de revoir. Ce trait rappelle
cet enfant de bonne maison qui disait à sa mère que
Louis XVIII avait été un roi bien guerrier. On fit des
questions à l'enfant, et l'on découvrit que, dans les livres
d'histoire des collèges de jésuites, Napoléon est représenté
comme un général habile auquel Louis XVIII confiait le
commandement de ses armées.

3 juin 1828. — Je suppose que Dancourt fut un peintre
fidèle des mœurs de son temps. Avant la Révolution,
un cordonnier, un procureur, un médecin, avaient en
quelque sorte le cœur de leur état. Le médecin, l'avocat
n'arrivaient dans le monde que d'une façon subalterne;
maintenant Paris est une république où règne l'égalité,
et l'on est homme de société avant tout, car chacun sait
bien que l'on n'arrive à la fortune et à la gloire que par
les relations de salon.

À Rome, on songe à être heureux en satisfaisant ses
passions, chacun suit l'impulsion de son âme, et cette
âme ne prend nullement la couleur du métier dont
l'homme se sert pour gagner sa vie. Il n'y a rien d'étroit
et de bas dans la façon d'agir du cordonnier; et, si demain
le hasard lui envoyait une grande fortune, il ne serait
point trop déplacé dans la haute société. Tout au plus
y marquerait-il par son énergie, car ici comme partout
l'éducation française a étiolé les hautes classes. L'an
passé, les tribunaux nous ont appris plusieurs assassinats
commis par amour; les accusés appartenaient tous à
cette classe ouvrière qui, grâce à sa pauvreté, n'a pas le
temps de songer à l'opinion du voisin et aux convenances.

M. Lafargue, ouvrier ébéniste, auquel la cour d'assises
de Pau vient de sauver la vie[1], a plus d'âme à lui seul que
tous nos poètes pris ensemble, et plus d'esprit que la
plupart de ces messieurs. En Italie, Cimarosa a peint les
passions du peuple.

Ce matin, nous étions à Tivoli. Notre excellent
vetturino, qui est devenu notre ami, mais que je ne nomme
point de peur d'attirer la persécution sur lui, a rencontré
au café son camarade Berinetti, dont il nous avait beaucoup parlé. J'ai offert du punch à ce brave homme.

L'an passé, Berinetti se trouvait à Venise, il aperçut
dans une des *calli* ou petites rues les plus obscures, une
jeune fille dont la vue le frappa d'autant plus, qu'à peine
l'eut-elle entrevu, elle détourna la tête en pleurant.
Berinetti resta immobile un instant, puis se dit : « C'est
la Clarice Porzia, de Terni. » Un an auparavant, il avait
mené de Rome à Naples cette jeune personne, et son père,
riche négociant de Terni. Berinetti, dont je rapporte les
propres paroles, car c'est lui qui est le héros de l'histoire,
se dit : « La présence de la Clarice à Venise, et surtout
sa manière de fondre en larmes en me voyant, ne sont pas
naturelles, il faut que je m'en éclaircisse. » Du moment
que cette idée est venue à ce brave homme, il néglige
toutes ses affaires, il passe les jours et les nuits à rôder
dans les rues voisines de celle où il avait aperçu la Clarice
Porzia.

« Et vos voyageurs ? lui ai-je dit.

— Je devais partir en effet et avec quatre bons voyageurs (ce qui veut dire bien payants), mais je leur ai dit
que l'un de mes chevaux était malade, et les ai cédés à un
camarade. Je me serais regardé comme l'être le plus vil,
si je n'avais pas suivi mon idée de retrouver la Clarice.

« Enfin, le quatrième jour, entrant accablé de fatigue
dans une petite boutique où l'on vend du vin grec et des
petits poissons frits, que vois-je ? si ce n'est la Clarice,
plus belle que jamais, mais bien pâle et bien maigre.
J'ôte mon chapeau et m'approche d'elle avec respect ;
elle voulait me fuir, je la supplie de m'écouter. "J'ai
quelque chose à vous dire !" m'écriai-je ; ce fut mon bon
ange qui m'inspira cette idée. "Monsieur votre père se
porte bien, il vous fait ses amitiés et m'a chargé de vous
remettre quatre sequins. — Hélas ! c'est impossible",
reprit-elle en pleurant.

« On est fort curieux à Venise, je vis qu'on commençait à nous regarder et que la Clarice ne voulait pas être entendue ; je lui donnai le bras, nous montâmes dans une gondole. Là, elle fondit en larmes, je l'encourageai de mon mieux ; grand Dieu comme elle était pâle ! "Je suis une fille perdue, me dit-elle enfin. Je me suis laissé enlever par le Ceccone. — Qu'il n'en soit pas ainsi !" m'écriai-je ; car, monsieur, il faut que vous sachiez que le Ceccone est un _vetturino_ napolitain, le plus mauvais sujet qu'il y ait sur la route de Bologne à Naples, un homme sans cœur et scélérat consommé. Enfin, monsieur, il avait enlevé cette jeune fille de dix-huit ans, avait mangé tout l'argent de ses bijoux, et puis l'avait abandonnée à Venise, où elle vivait depuis six semaines avec quinze centimes par jour. Je fis comme celui qui riait : "Tout cela n'est rien, mademoiselle ; demain, nous partons pour Terni. — Ah ! je n'oserai jamais revoir mon père. — Je vous promets qu'il ne vous grondera pas."

« Le lendemain, nous partîmes. Arrivés à Terni, je la cachai dans une cassine à un quart de mille de la ville ; elle m'avait dit en voyage que jamais son père ne lui pardonnerait d'avoir fui avec Ceccone, un si mauvais sujet ! "Eh bien ! je dirai que c'est moi qui vous ai enlevée."

« Je m'exposais à être assassiné ; mais je voulais mener à bien cette affaire. En entrant dans Terni, je me recommande au bon _san Francesco d'Assisi_. J'entre chez le père : il était sans armes ; mais, pour plus de précaution, je lui demande de me suivre au café. Là, je m'enferme avec lui dans un cabinet, aussitôt il se met à pleurer. "Vous m'apportez des nouvelles de la Clarice, me dit-il. — Oui, lui dis-je, si vous voulez me jurer de ne faire aucun mal à elle, ni à l'homme qui l'a enlevée." Au bout d'une heure de bonnes paroles, je le vis calme, alors je lui avouai que cet homme était moi. Le pauvre homme n'avait aucun projet sinistre. Je lui dis que, quoique marié, j'avais eu un moment de faiblesse ; je le conduisis à sa fille. Ah ! monsieur, quel moment ! Enfin, elle a passé six mois dans un couvent de Rome, je tremblais que le père ne voulût l'y laisser ; mais non, c'est un brave homme, il vient de la bien marier à Spoleto[1]. »

J'ai passé une heure avec le brave Berinetti, qui m'a raconté plusieurs traits qui compromettent de vénérables personnages, et seraient comme une tache noire dans ce livre, si je les répétais.

En nous ramenant à Rome, notre *vetturino* nous disait : « Ce qu'il y a de singulier, c'est que jamais le père de la Clarice n'a rendu à Berinetti les quatre-vingts écus que toute cette affaire lui a coûté, et le *signor* Porzia sait toute la vérité, car ce scélérat de Ceccone lui a écrit que c'était lui qui avait séduit la Clarice, et non point Berinetti. Ceccone a écrit à celui-ci qu'il ne mourrait que de sa main, et il tiendra parole : *"Non vorrei esser nei panni di Berinetti*. (Je ne voudrais pas être dans les habits de Berinetti)". »

Je sens que cette affaire ne mérite pas trop d'être imprimée : pour moi, j'étais transporté de la grandeur d'âme de ce pauvre *vetturino;* elle éclatait dans son regard et dans le récit de vingt détails que je supprime comme trop longs. Il ne se croyait qu'adroit et nullement généreux; on voyait qu'il avait employé tout son esprit à ménager la réconciliation avec le père, et à ne pas recevoir un coup de couteau au moment de l'aveu.

Cette histoire a plu à nos compagnes de voyage, je leur présenterai Berinetti. Frédéric nous dit : « Molière fut chargé, par Louis XIV, de donner un modèle idéal à chaque classe de ses sujets, et de poursuivre par le ridicule tout ce qui hésiterait à se conformer à ce modèle. Colbert obtint que les gens de finance seraient exemptés de cette classification. Les hommes bizarres qu'un grain de folie porte à écrire, auraient pu braver les plaisanteries; on inventa pour eux l'Académie française. Ainsi toute liberté dans les petites choses, tout imprévu fut chassé de France. Nous sommes maintenant dans une transition qui durera cent ans; et le nouvel ordre moral qui succédera à ce que nous voyons, d'abord sera supérieur à tout ce qui existe en Angleterre ou ailleurs, comme le dernier en date, et comme établi dans un siècle de lumières et d'examen. Cette nouvelle société commencera par jeter au feu tous les livres actuels; Montesquieu même sera ridicule alors; Voltaire puéril, etc. Lord Byron paraîtra, dans cette postérité reculée, comme un poète obscur et sublime que le vulgaire croira presque contemporain du Dante. »

15 juin 1828. — Hier soir, M. von St***[1], savant aimable, parlait à nos compagnes de voyage du lieu où furent exposés Rémus et Romulus enfants. Si le fait n'est pas vrai, du moins il a été cru par ce peuple étonnant qui, quelles que soient ses fautes, fera à jamais, comme Napoléon, l'occupation des hommes qui ont reçu du ciel le feu sacré.

Dès le grand matin, à cause de la chaleur, nous étions tous au Velabro[2]. C'est là que le berger Faustulus trouva les fondateurs de Rome. Dans ce petit espace, près du Tibre, derrière le mont Capitolin, il y avait un étang alimenté par les eaux du fleuve; ce fut dans la forêt, sur les bords de cet étang, que Rémus et Romulus furent allaités par la louve. Plus tard on passait cet étang en barque, et il fut dit : *Velabrum, a vehendis ratibus*[3].

Tarquin l'Ancien dessécha ce marais, et sur ce sol s'éleva l'un des plus beaux quartiers de Rome, telle qu'elle exista sous les rois. Il faut, quand on regarde des ruines, avoir toujours présents à la pensée les cinq âges de la Ville éternelle. Elle a été la Rome des rois, celle de la république; elle fut magnifique sous les empereurs, misérable et en proie aux factions dans le Moyen Âge et jusqu'au règne d'Alexandre VI, ensuite somptueuse et toute royale sous Jules II et Léon X. Jusqu'au temps des Gracques, l'architecture fut sévère, et ne chercha que l'*utile;* les Romains pouvaient dire :

Nous n'avons, au lieu d'or, que du fer, des soldats.

L'imagination de nos compagnes de voyage était tout à fait transportée dans les premiers temps de Rome; je n'ai eu garde de détruire leur plaisir, en disant que, grâce à la longévité des temps primitifs, les rois de Rome avaient régné deux cent quarante-quatre ans à eux sept, ce qui donne à chacun trente-quatre ans de règne. Rien n'éteint l'imagination comme l'appel à la mémoire ou au raisonnement. Voilà pourquoi les prédicateurs actuels sont si ennuyeux; ils raisonnent contre Voltaire, Fréret, etc.

Nous sommes allés voir, sur les bords du Tibre, ce joli temple de Vesta, si bien mis en évidence par l'administration de Napoléon (1810), et dont le nom présent est Hercule vainqueur *(tempio di Ercole vincitore)*. Le portique circulaire, formé de dix-neuf colonnes cannelées de

marbre blanc et d'ordre corinthien, est charmant. La
hauteur des colonnes, y compris la base et le chapiteau,
est de trente-deux pieds, leur diamètre de près de trois.
Ces colonnes s'élèvent sur plusieurs marches, et le
diamètre[1] du portique circulaire est de cent cinquante-
six pieds. Le diamètre de la *cella* ou sanctuaire est de
vingt-six pieds. Quelque personnage riche devrait bien
remplacer le vilain toit de tuiles, en forme de champignon,
qui abrite ces colonnes, par un entablement dans le genre
de celui du temple de Tivoli[2]. Ce qui reste du temple de
Vesta ou d'Hercule indique que tel fut autrefois son
aspect; il ne manque qu'une colonne, l'entablement et la
couverture. Le mur de la *cella* circulaire est en marbre
blanc, et les blocs sont très bien joints.

Le style des chapiteaux et la proportion peut-être un
peu trop svelte des colonnes indiquent que le temple de
Vesta a été refait vers le temps de Septime Sévère. On
l'appelle aussi Saint-Étienne-aux-Carrosses *(Santo Stefano[3]
alle carrozze)*. Une réparation de trois cents louis en ferait
une aussi jolie chose que le temple de Diane à Nîmes.

La pauvreté des matériaux employés pour le temple de
la Fortune Virile, situé à quelques pas du temple de Vesta,
est précisément ce qui l'a rendu si intéressant à nos yeux.
Très probablement, nous sommes ici en présence d'un
monument bâti du temps de la république. Voici la fable
convenue. Ce temple fut élevé par Servius Tullius,
sixième roi de Rome; il voulut remercier la fortune qui
d'esclave l'avait fait roi. La forme de cet édifice est un
carré long; il est entouré de dix-huit colonnes, dont six
sont isolées, et les autres à demi engagées dans le mur.
Ces colonnes, d'ordre ionique et cannelées, ont vingt-six
pieds de hauteur, elles sont de tuf et de travertin.

On les voit misérablement recouvertes de stuc, ainsi
que l'entablement sur lequel on distingue des enfants,
des candélabres et des têtes de bœuf; les frontons sont
d'une bonne proportion. Ce temple, élevé sur un grand
soubassement, fait un très bel effet depuis qu'il a été
déterré par ordre de Napoléon. Ce prince n'osa pas le
rendre à sa beauté primitive en supprimant l'église et
faisant démolir tout ce qui a été fait pour changer le
temple en église. Elle fut dédiée à la Vierge en 872, et
appartient aujourd'hui aux Arméniens catholiques.

Nous avons passé devant la maison attribuée à Cola di

Rienzo; une inscription annonce qu'elle fut élevée par
Niccolò, fils de ce Crescentius qui, ainsi que Cola di
Rienzo, rêva la liberté au milieu d'un siècle indigne d'elle[1].

Nous sommes arrivés aux ruines du *ponte Emilio;* ce
fut le premier que Rome vit construire en pierre. La
voûte fut la grande invention de l'architecture primitive;
pendant longtemps, en Grèce, une colonne fut jointe
à la voisine par une poutre ou des pierres plates. Les
Étrusques, peuple savant, avaient l'usage de la voûte.

Le pont Emilius, commencé par Marcus Fulvius,
censeur, l'an 557 de Rome, fut terminé par Scipion
l'Africain l'an 612; restauré par Jules III, il tomba en
1564; rétabli en 1575, une moitié fut emportée par
l'inondation en 1598[2].

Par un sentier rapide voisin de ce pont, nous sommes
descendus à une petite barque, à l'aide de laquelle nous
avons examiné cette *Cloaca maxima* tant admirée par
Montesquieu, et avec raison. Quelle passion pour l'*utile*
avaient ces premiers Romains!

Notre disposition à être touchés des choses antiques
continuant toujours, nous sommes allés visiter les restes
charmants du théâtre de Marcellus. C'est ce neveu
d'Auguste, immortel à cause de quelques vers de Virgile :
Tu Marcellus eris[3] ! Ce grand poète les lut en présence
d'Octavie, qui venait de perdre ce fils si aimable. « Cette
action de Virgile est d'une âme bien avilie par le despotisme, dit le sévère Alfieri; avait-il peur que Rome ne
manquât de maîtres ? » Alfieri était riche, et Virgile était
pauvre. Le gentilhomme piémontais n'a que trop raison
lorsqu'il parle des gens de lettres à *impulso artificiale* (à
vocation pécuniaire[4]). Je demande pardon de cette foule
de petites digressions. C'est en disant tout ce qui nous
passe par la tête que nous arrivons à notre grand objet,
ne pas ennuyer nos compagnes de voyage en leur faisant
voir des ruines[5].

Dix ans après la mort de ce Marcellus qui eût régné sur
Rome, Auguste fit la dédicace de ce théâtre. Les Romains
eurent le plaisir de voir tuer sous leurs yeux six cents
bêtes féroces. Aujourd'hui, on chanterait une cantate où
les vertus du prince seraient académiquement célébrées.
À l'arrivée de l'empereur François d'Autriche à Milan,
Monti a chanté le retour d'Astrée[6]. Apparemment la
justice avait été exilée du temps des Français, et revenait

avec le gouvernement de M. de Metternich! Monti était pauvre comme Virgile.

Le seul Jean-Jacques Rousseau a su rester pauvre et gagner aux échecs M. le prince de Conti, tout en étant fou du bonheur de recevoir la visite d'un prince. Après cette digression, continuant le métier de *cicerone,* j'ai raconté que, le jour de la dédicace du théâtre de Marcellus, la chaise curule d'Auguste s'étant rompue tout à coup, il tomba tout de son long sur le dos, ce qui fit grand plaisir aux vieux jacobins de Rome.

Si vous voulez oublier l'énorme toit si laid du théâtre de la rue Ventadour[1], sa façade peut donner une idée de ce qui reste du théâtre de Marcellus. Cet édifice formait un demi-cercle dont le diamètre avait trois cent soixante-dix pieds; il pouvait contenir vingt-cinq mille spectateurs. Ce qui nous en reste aujourd'hui, ce sont deux rangs d'arcades élégantes; elles environnaient la partie occupée par les spectateurs (vers *la piazza* Montanara). Les colonnes engagées des arcades inférieures sont d'ordre dorique; les arcades plus élevées sont ioniques.

Cette ruine est si jolie, entre si bien dans l'œil, comme disent les artistes, que la plupart des architectes, lorsqu'ils ont à placer l'ordre ionique sur l'ordre dorique, suivent les proportions du théâtre de Marcellus. Probablement, il y avait un troisième ordre plus élevé. Dans vingt ans, nous serons moins barbares pour l'architecture; l'on ajoutera peut-être ce troisième ordre au théâtre Ventadour, et le vilain toit sera caché. Le théâtre de Marcellus est construit de gros blocs de travertin.

Comme tous les monuments un peu solides de la Rome antique[2], comme le tombeau de Cecilia Metella, comme l'arc de Janus Quadrifrons au Velabro, le théâtre de Marcellus a servi de forteresse dans le Moyen Âge. Les Pierleoni l'occupèrent, ensuite les Savelli; plus tard, la famille Massimo fit construire sur les ruines de ce théâtre le palais que l'on voit aujourd'hui. Peruzzi fut l'architecte. M. Orsini, propriétaire actuel, vient de le faire restaurer. On arrive dans la cour du palais par une longue rampe; elle suit l'exhaussement formé par les ruines du théâtre antique.

Si vous vous sentez un jour un accès de curiosité bien courageux, vous pouvez l'employer à étudier le théâtre de Marcellus et le palais Massimo. Chaque monument de

Rome a donné lieu à deux ou trois volumes in-folio. Dans le genre historique, c'est tout ce qu'offrent de passable les bibliothèques du pays.

De gros nuages noirs annonçaient une tempête; au lieu de courir dans la campagne de Rome, nous sommes revenus à l'arc de Janus Quadrifons. Cet édifice massif offre en effet quatre fronts, et il est assis sur quatre gros piliers. On trouvait dans la Rome antique plusieurs de ces arcs nommés Janus et qui avaient pour but d'offrir un abri contre d'ardeur du soleil, souvent fort dangereuse ici. On a les noms et l'emplacement de cinq ou six vastes portiques qui servaient au même usage. Le plus agréable, selon moi, était au Noviciat des jésuites à Monte Cavallo. L'hiver, on se rassemblait autour de ces abris pour prendre le soleil et parler politique. Dans beaucoup de villes d'Italie, les jours de soleil, en hiver, on voit encore les habitants, enveloppés dans leurs grands manteaux, se réunir à l'abri de quelque mur, pour chercher les plaisirs de la conversation. Nous avons retrouvé cet usage même à Vérone, ville tellement avancée vers le nord.

L'arc de Janus Quadrifons est composé de grands quartiers de marbre blanc; ses quatre gros piliers s'élèvent sur un soubassement; les deux parties extérieures de chaque pilier sont ornées chacune de six niches, ce qui est de fort mauvais goût. Ce n'est guère que dans le siècle de Septime Sévère (195) que l'architecture a pu arriver à ce point de décadence. Ces sortes d'ornements mesquins étaient tout à fait à la mode sous Dioclétien, l'an 284. La mode, qui ne vit que de changements, commençait à s'introduire dans un art dont les résultats durent quinze ou vingt siècles. La raison publique était affaiblie, rare bonheur pour les tyrans fous ou stupides qui régnaient sur Rome.

Les trous que l'on remarque dans l'arc de Janus Quadrifons sont attribués à la patience des soldats barbares qui cherchaient les crampons de fer employés pour lier les blocs de marbre. M. Sterni nous a fait remarquer que plusieurs de ces blocs avaient déjà servi à d'autres édifices.

Quelle que fût pour les détails la décadence de l'art à l'époque de Septime Sévère, il paraît que les novateurs manquaient de hardiesse; car le plan général de cet arc fait encore plaisir à l'œil. La proportion du plein et du vide est bonne, ainsi que celle de la hauteur et de la largeur. Les fortifications barbares qui couronnent cet édifice ont été élevées par la famille Frangipani, dont ce monument formait la forteresse. Il n'y a que peu d'années que cette grosse masse a été débarrassée des douze ou quinze pieds de terre qui lui ôtaient toute physionomie.

Cet arc avait été bâti dans le Forum Boarium (marché aux bœufs). Ce furent les marchands de bœufs et banquiers du Forum Boarium qui élevèrent l'arc de Septime Sévère que l'on voit ici près et dont l'ouverture est de forme carrée; on y remarque une inscription et des bas-reliefs d'un travail médiocre et fort endommagés par le temps, *edax rerum*[1]. Un des bas-reliefs nous montre *Septime Sévère sacrifiant aux dieux,* avec Julie sa femme. On voit dans l'autre bas-relief *Caracalla faisant un sacrifice.* On distingue la place où était la figure de Géta, effacée après sa mort violente. Mais que nous importe la description d'un monument médiocre élevé à de méprisables despotes? Il vaut mieux parler de véritables grands hommes.

Cet être mystérieux pour lequel nous sommes la postérité la plus reculée, et dont, sous le nom d'Hercule, il ne nous reste qu'une idée si imparfaite, avait élevé près d'ici l'*Ara maxima;* c'est un autel qu'il s'érigea à lui-même après avoir tué Cacus. Ce voleur avait enlevé à Hercule quelques-uns de ses bœufs; il les avait cachés dans un antre du mont Aventin; mais leurs mugissements révélèrent le vol. Nous avons relu sur place, et avec un vif plaisir, ce que Tite-Live dit de cette histoire. Ces aventures étaient pour les Romains ce que sont pour nous les traditions des miracles des saints du Moyen Âge qui courent encore dans nos campagnes. L'exemple de la croix de Migné nous montre comment on faisait des miracles au VIe siècle*[2]. Mais il n'est point aussi facile de découvrir l'origine des actions grandes et simples attribuées à cet Hercule qui, suivant l'idée sublime de Don Quichotte, semble avoir parcouru la terre pour punir les oppresseurs et secourir les faibles opprimés. C'est près du lieu où

---

* Chercher l'histoire du miracle de Migné, dans plusieurs mandements de 1827 à 1829, et dans un gros volume in-octavo, publié en 1829[3]. À Rome, on nous a beaucoup parlé du miracle de Migné; deux d'entre nous ont pris le parti d'y croire. Voir pour des faits semblables l'intéressante chronique de Grégoire de Tours.

nous sommes que l'on a découvert la grande statue d'Hercule, en bronze doré, que l'on remarque au Capitole.

Ce fut près d'ici, au bas du Palatin, que Romulus commença le fameux sillon qui indiquait l'enceinte de sa nouvelle ville; sa charrue était attelée d'un taureau et d'une vache, ainsi que le prescrivait la religion qui, dès cette époque reculée, exerçait déjà un empire immense sur les imaginations italiennes. Cela tient-il à la race d'hommes ou à la fréquence des tremblements de terre et des orages qui, en été, sont vraiment faits pour inspirer la terreur? Ils nous font peur même à nous, sans doute à cause de l'effet électrique qui agite nos nerfs; alors nous saisissons une grosse barre de fer qui diminue notre anxiété.

Le centre de la puissance des prêtres était dans cette Étrurie, maintenant si vide de passions. Ils y jouaient le rôle que les jésuites voudraient se donner; ils désignaient les petits rois du pays, qui ne pouvaient rien faire sans leur assentiment. Je ne puis m'empêcher de voir le premier pas de l'esprit humain dans ce triomphe remporté par l'esprit sur la force brutale.

La ville de Romulus n'ayant pas été détruite par ses voisins, comme il est arrivé à des centaines d'autres fondées comme celle-ci par un brigand hardi, le peuple superstitieux qu'il avait rassemblé plaça un bœuf de bronze dans le lieu où il avait commencé son sillon. Les bas-reliefs et les statues étaient les inscriptions de ces peuplades anciennes qui ne savaient pas lire. Ce *bœuf d'airain* confirma ou donna à ce lieu-ci le nom de Forum Boarium.

Tout ce récit avait touché nos compagnes de voyage; j'en ai profité pour proposer de mettre un peu d'ordre dans nos courses, indiquées jusqu'ici par le goût du moment. Ces dames éprouvaient aujourd'hui une sorte de passion pour les temps anciens; nous avons décidé de revoir, avant de rentrer à la maison, les dix arcs qui, plus ou moins conservés, existent encore aujourd'hui dans Rome.

Un ordre quelconque dans nos courses eût semblé ridicule et ennuyeux pendant les premiers mois de notre séjour; alors nous étions sans passion; nous ne nous serions pas attendris, comme aujourd'hui, au souvenir d'Hercule faisant passer le Tibre à ses troupeaux. Il y

avait un autre *drawback* (inconvénient[1]). L'éducation de
nos yeux n'était pas faite; ils ne savaient pas distinguer
dans un portique les petites différences de formes qui
indiquent le siècle d'Auguste ou celui de Dioclétien. Voici
la liste des dix arcs, dont six seulement sont des arcs de
triomphe[2].

Le Janus Quadrifrons et l'arc carré de Septime Sévère,
que nous venons d'examiner.

Les arcs de Septime Sévère, de Titus et de Constantin,
que nous avons vus dès notre arrivée, en courant le
Forum. Il nous reste à voir aujourd'hui les arcs de :

Dolabella et Silanus,

Claudius Drusus,

Gallien,

Saint-Lazare,

de' Pantani.

L'arc de Portugal, près le palais Fiano, a été détruit
par Alexandre VII en 1660. Nous avons débuté par monter au Coelius, sur lequel nous avons vu l'arc des consuls
Dolabella et Silanus, construit en blocs de travertin,
l'an 753, afin d'y faire passer l'*Aqua Julia* et l'*Aqua
Marcia*. Septime Sévère et Caracalla firent passer sur cet
arc l'*aqua Claudia*.

Nous avons vu, près de l'ancienne porte Capena, les
restes de l'arc triomphal de Claudius Drusus. Le sénat
le fit élever sur la voie Appienne, l'an 745 de Rome; il fut
orné des trophées conquis sur les Germains à la suite
de ces victoires qui valurent à Drusus et à ses descendants
le nom de *Germanicus*. Caracalla fit passer sur cet arc, vers
l'an 959, l'eau du mont Algide.

L'arc de Gallien, orné de deux pilastres corinthiens et
construit en travertin, fut élevé à cet empereur par un
Marcus Aurélius, dont le nom se trouve dans l'inscription
qu'on y voit encore. Ce monument est de peu d'importance.

Nous avons trouvé, dans la rue qui conduit à la porte
de Saint-Paul, un arc de brique, reste informe d'anciennes ruines et qui ne valait pas la peine d'aller le
chercher si loin. La chapelle voisine lui a valu le nom
d'arc de Saint-Lazare.

L'arc de' Pantani est fort intéressant. Il est situé dans la
vallée, entre le Forum et le mont Quirinal, auprès des
trois magnifiques colonnes de marbre blanc surmontées

d'un clocher qui ont appartenu au temple ou au forum de Nerva. L'arc de' Pantani, qui remplace une porte de Numa, n'est autre chose qu'une ouverture dans ce mur si élevé, composé de blocs de *peperino,* placés sans mortier les uns au-dessus des autres, dont nous avons déjà parlé. On voit que les courses inspirées par notre nouvelle passion n'ont pas eu des résultats bien curieux; mais elles ont mis de l'ordre dans nos idées. Nous nous figurons parfaitement les dix arcs qui existent à Rome, et nous projetons le même travail pour les palais et les églises.

Quant aux onze obélisques, nous n'avons pas eu besoin de les aller voir, nous nous les rappelons parfaitement bien.

L'obélisque du cirque d'Héliogabale est placé au milieu de la promenade du Monte Pincio. Nous le voyons presque tous les jours une heure avant le coucher du soleil.

Nous connaissons de même les obélisques :

de la place du Peuple;

de la Trinité-des-Monts;

de Monte Citorio, vis-à-vis le balcon de la Loterie[1];

de la Minerve; il est placé sur le dos d'un éléphant;

de la place de la Rotonde; bon à transporter ailleurs, il enterre le Panthéon;

de la place Navone : cet obélisque est placé sur un rocher percé par le Bernin, et garni de mauvaises statues colossales représentant des fleuves : cette fontaine a semblé fort belle pendant deux siècles; et l'est encore aux yeux du peuple des connaisseurs;

de Saint-Pierre;

de Sainte-Marie-Majeure;

de Saint-Jean-de-Latran;

et enfin celui de Monte Cavallo, placé entre les deux chevaux de grandeur colossale.

30 juin 1828. — Depuis deux mois, il s'est fait comme une révolution intérieure dans notre petite société. L'une de nos compagnes de voyage ne cherche plus à dissimuler sa passion pour la villa Ludovisi et les tableaux du Guerchin. Une autre de nos amies va souvent revoir la galerie géographique du père Danti au Vatican. Paul lui-même s'est pris d'un goût, qui ne fait guère d'honneur à sa sensibilité, pour Alexandre VI et son siècle. Il étudie avec une vive curiosité l'histoire du Saint-Siège à partir de l'an 1450. Philippe fait des recherches sur les statues antiques. Mme Lampugnani ne passe pas de journée sans revoir l'atelier de Canova ou quelque statue de ce grand homme.

Nous avons à Rome des amis agréables, et, après avoir été sur le point de quitter cette ville trois mois après notre arrivée, il paraît que notre séjour va s'y prolonger beaucoup, ou bien nous partirons bientôt pour Naples et la Sicile, sauf à revenir ensuite passer plusieurs mois dans notre chère Rome. Cette passion que je prévoyais, et dont plus tard j'avais désespéré, est née enfin.

1er juillet 1828. — Nous avons vu plusieurs palais ces jours-ci; d'abord le palais Farnèse[1], le plus beau de tous, bâti par Sangallo et Michel-Ange avec des pierres arrachées au Colisée et au théâtre de Marcellus. On arrive à ce palais isolé par une fort jolie petite place; il a la forme d'un carré parfait. C'est encore une forteresse, comme les palais de Florence. Le danger courait les rues de Rome au XIVe siècle; les papes étaient déposés et massacrés comme aujourd'hui le dey d'Alger; mais, par l'effet de ce despotisme singulier et non militaire, l'histoire de Rome est bien plus sauvage et plus intéressante que celle de Bologne, de Milan ou de Florence.

Le palais Farnèse[2], admirable à cause de l'architecture de Michel-Ange, passerait aujourd'hui pour horriblement triste. Je conçois fort bien que, le premier jour, une jeune Française, accoutumée à nos maisons percées de cent fenêtres, n'y voie qu'une prison. Une cour fermée des quatre côtés est toujours une absurdité dans un palais qui n'est pas une forteresse, et dont le maître est supposé assez riche pour acheter tous les terrains nécessaires, puisqu'il prétend à la magnificence.

Le vestibule par lequel on entre dans ce majestueux édifice, est orné de douze colonnes doriques de granit égyptien; et trois ordres de colonnes les unes sur les autres décorent ses quatre façades cette cour carrée et si sombre. L'ordre inférieur forme un portique d'une majesté farouche et vraiment romaine. C'est sous ce portique qu'on a déposé la grande urne sépulcrale de marbre de Paros qui appartint à Cecilia Metella[3]. Reléguée dans un coin de la cour, cette urne ne produit ici aucun effet; c'est une faute de goût du siècle de Paul III de l'avoir enlevée au monument dont elle formait la partie principale. Nous nous sommes arrêtés deux heures dans la galerie où Annibal Carrache a peint à fresque (1606) la plupart des tableaux de la mythologie racontés par Ovide. Le centre de la voûte est occupé par le triomphe de Bacchus et d'Ariane. Les figures ont un peu le défaut de celles du Titien; admirablement bien peintes, on y sent un peu l'absence de l'âme céleste et de l'esprit que Raphaël donne toujours aux siennes.

De petites fresques, placées dans les parties moins élevées de la voûte, représentent l'*Aurore qui enlève Céphale; Galatée qui parcourt les mers, environnée d'une foule de nymphes et de tritons,* etc. Nous avons surtout remarqué un tableau plein de fraîcheur et de volupté : *Anchise aide Vénus à se débarrasser d'un de ses cothurnes.* Ce morceau est digne de l'Arioste. Il est frappant même pour un spectateur du XIXe siècle, dont le jugement est faussé par le souvenir de tant de lithographies remplies d'affectation. Les dessins des albums et les gravures des almanachs anglais exagèrent le genre sévère dans les figures de vieillards et de scélérats, et il est facile d'en sentir le ridicule. Mais quand on a vu pendant longtemps des figures affectées dans le genre gracieux, pour peu qu'elles aient fait plaisir, on ne se trouve plus de sensibilité pour la grâce du Corrège, du Parmigianino, du Guide et d'Annibal Carrache.

Ce grand homme passa neuf années à peindre la voûte de la galerie Farnèse. Il n'était pas courtisan et déplaisait aux courtisans du cardinal qui la lui avait commandée. Il eut le sort que Prud'hon a rencontré de nos jours. Au XIXe siècle, il faudra qu'un artiste fasse la cour au journaliste qui dispose de l'opinion des gens riches, ce qui est presque aussi scabreux que de chercher à plaire à un vieux cardinal imbécile, fastueux et avare. Annibal était un grand artiste parce qu'il n'était pas un philosophe prudent. Il avait cru s'assurer du pain pour sa vieillesse en faisant ce grand ouvrage; il fut payé d'une manière ridicule et en mourut de chagrin.

Ces fresques immortelles sont fort méprisées par les artistes français de l'école de David. Le parti contraire, les peintres qui méprisent la *forme* et adorent le laid, trouvent qu'elles n'ont point assez d'expression. Mais, si quelque incendie ou quelque tremblement de terre ne vient pas les détruire, on les admirera encore plusieurs siècles après que les noms des uns et des autres seront tombés dans l'oubli.

J'avoue que ces fresques sont assez enfumées; six fois par an, elles sont échauffées par les mille bougies de M. l'ambassadeur de Naples, qui donne ses fêtes diplomatiques dans cette galerie.

Un jour, M. d'Italinsky restait pensif, au milieu de tous ces hommes chargés de trois ou quatre cordons aux couleurs tranchantes étalés par-dessus l'habit. Ces personnages étaient occupés chacun à persuader à son voisin qu'il méprisait parfaitement l'opinion publique et les *carbonari,* qui le font mourir de peur. Sur quoi M. d'Italinsky, trop vieux pour être ambitieux, disait : « Un siècle doit exceller dans ce dont il fait sa grande affaire. Notre affaire à nous est d'opérer des conversions politiques. C'est dans ce but que, trompeurs comme trompés, nous parlons sans cesse du *bon,* du *juste,* de *l'utile.* Toute la partie de notre attention et de nos raisonnements qui s'emploie à chercher le bon, le juste, etc., était au service des beaux-arts chez les hommes dont Annibal Carrache voulait captiver l'attention. Voyez les revues littéraires écrites par les hommes graves qui dirigent l'opinion publique, quelle effroyable *cant* (hypocrisie de mœurs), etc. »

Nous avons admiré, dans une chambre voisine de la galerie Farnèse, la plus belle tête de Caracalla que l'antiquité nous ait laissée; cela est beau comme l'*Aristide* de Naples, ou comme le *Vitellius* de Gênes.

Même quand l'oiseau marche on sent qu'il a des ailes[1].

Les sculpteurs à qui l'on doit ces portraits sublimes savaient faire de l'idéal (ils savaient le *choisir* dans la nature, et non pas le *copier* sottement d'après quelque statue admirée).

En quittant la galerie du Carrache, nous sommes allés voir quelques-uns des trente-huit palais dont M. Tambroni nous a donné la liste. La plupart rappellent l'histoire du pape dont le neveu le bâtit. Presque tous sont remarquables par l'architecture, par quelque belle statue ou

buſte antiques, ou par quelque tableau des grands
maîtres.

La paresse du Romain aĉtuel eſt si grande, *se déranger
eſt pour lui un tel supplice,* que, malgré la perspeĉtive de
la *mancia*[1], plusieurs nous ont dit que le palais confié à
leur garde ne contenait rien de remarquable. Nous leur
avons répondu, d'un air important et en marmottant le
nom de quelque cardinal en crédit, que nous voulions
absolument voir la diſtribution des appartements.

Nous avons le courage de ne regarder dans chaque
palais qu'une ou deux choses; nous y reviendrons par la
suite si le souvenir nous en plaît. Dans ce moment, nous
rendons hommage à l'opinion du monde, en suivant ses
indications.

La façade du palais Giraud, près le fort Saint-Ange, eſt
du célèbre Bramante[2]; c'eſt ce qui nous a le plus frappés ce
matin. Le palais Stoppani nous a semblé au-dessus de tout
éloge; il eſt de Raphaël, qui était aussi excellent architeĉte[3]. Ce fut là qu'on logea Charles Quint quand il vint
à Rome. Nous avons admiré l'escalier du palais Braschi
(place Navone), et d'autant plus qu'il fut élevé dans une
époque de décadence, en 1785.

La cour du palais de Monte Cavallo, reſtauré par Napoléon, eſt bien jolie, ainsi que la charmante madone en mosaïque placée sur le clocher. L'original eſt du Maratte.

Comment assez louer les loges du Vatican? Quel admirable moyen de dégagement pour un palais! Quelle vue
on a de ces portiques bâtis par Raphaël, et où il a peint
la Bible avec le grandiose de l'antique et l'onĉtion d'un
chrétien!

Le palais Barberini serait frappant de beauté sévère au
nord des Alpes; ici, il montre le mauvais goût du Bernin.
La voûte immense du salon passe pour le chef-d'œuvre
d'un autre artiſte, dans le genre de Sénèque, le peintre
Pierre de Cortone. Le malheureux trouvait Raphaël
froid; Sénèque·voulait orner la simplicité de Virgile.
Fatigués de cette affeĉtation moderne, nous sommes allés
chercher un plaisir pur dans l'église sublime de Sainte-
Marie-des-Anges. L'architeĉte Michel-Ange n'avait que
peu gâté la forme antique en changeant en église catholique la salle principale des thermes de Dioclétien, alors
fort bien conservée.

Un Vanvitelli bouleversa tout en 1740[4]; il ferma la

porte ouverte par Michel-Ange; on entre maintenant dans cette église par une sorte de fourneau ou chauffoir des anciens bains. On y a placé les tombeaux de Salvator Rosa et du Maratte. Le contraste de ce chauffoir et des colonnes antiques est pitoyable. Cette église, où nous venons pour la vingtième fois peut-être, a été fort bien sentie aujourd'hui. Une simple bibliothèque antique est donc plus noble qu'une église moderne[1].

Le cloître des chartreux, à vingt pas d'ici[2], est digne de Michel-Ange. C'est un grand portique carré, formé par cent colonnes de travertin.

Comme il nous restait encore un peu de jour en sortant du cloître des chartreux, nous sommes revenus sur la jolie place Barberini, dont la fontaine plaît tant à nos compagnes de voyage. C'est un faune qui, avec sa conque, lance en l'air un petit jet d'eau qui lui retombe sur la tête[3]. Ces dames ont senti, quoique bonnes Françaises, que cela vaut mieux que la fontaine de Grenelle[4].

Nous sommes montés à l'église des Capucins[5], si connue par le charmant et trop charmant archange *Saint-Michel,* du Guide. Le joli ne peut aller plus loin; si on voulait plus faire, on arriverait à peindre ce qui est de mode. Et, le but de la mode étant toujours de se distinguer du voisin et de courir après la sensation du neuf, au bout de peu d'années, ce qui a paru délicieux à l'élite de la bonne compagnie d'un siècle semble le comble du ridicule à la bonne compagnie qui la remplace cent ans plus tard. Les gens d'esprit qui se réunissaient dans les salons de Mlle de Lespinasse ou de Mme du Deffand ne savaient pas tant d'économie politique et de politique que nous, mais sous tous les autres rapports nous étaient fort supérieurs. Cette société de 1770 n'a eu qu'un tort, c'est de nous laisser le produit de ses beaux-arts; cette seule erreur va lui valoir dans la postérité le nom de *perruque*[6]. De graves théologiens trouvent le tableau du Guide trop aimable pour une église; on raconte que de jeunes filles ont pris de l'amour, comme la Sophie d'*Émile*[7], en priant des heures entières devant cette figure céleste[8]. C'est dans le couvent contigu qu'habite le terrible cardinal Micara, homme de mérite, en horreur à ses capucins, qui se sont révoltés contre lui, mai 1827; il y a eu des blessés. Anecdote comique[9].

Toutes les choses aimables que nous venons de voir

seraient assez intelligibles pour un Parisien nouvellement débarqué. On peut venir ici quelques jours après l'arrivée.

Ce soir, pendant une heure, nous avons eu de la musique chantée devant des gens *susceptibles d'enthousiasme;* nos chanteuses n'étaient pas de beaucoup au-dessus du médiocre, et cependant elles ont fait merveille. Tamburini, chanteur de génie, assez mal secondé, nous a dit le fameux duo entre le père et le fils d'*Elisa e Claudio,* de Mercadante. Au moment où il s'écrie : « *Ei viene* », des larmes étaient dans tous les yeux. Hélas! à Paris on peut payer des chanteurs, mais l'on n'aura jamais ce public si susceptible de folie. La salle où nous étions, sombre et magnifique, peinte à fresque jadis par les élèves de Pierre de Cortone, et haute de quarante ou cinquante pieds, prêtait des ailes à l'imagination. Nous apercevions de tous les côtés des personnages appartenant à des sujets mythologiques, et nous ne pouvions saisir l'ensemble du tableau. La société était composée d'étrangers assez communicatifs; pourquoi ne pas passer gaiement les quinze jours qu'il doivent rester à Rome? Nos dames ont décidé que les jeunes gens russes étaient les plus aimables. Plusieurs seigneurs russes font des charités immenses, et fort bien entendues. Leur conversation est quelquefois un peu pâle, à cause du nombre infini de mensonges qui sont démonétisés en France et encore respectables à Saint-Pétersbourg; d'ailleurs, les *Contes moraux* de Marmontel leur semblent charmants, et probablement *Clara Gazul* les ennuierait[1]. C'est trop simple.

« Je pars, nous disait ce soir un peintre français, après avoir habité Rome pendant quatorze ans, et toute ma vie je regretterai cette ville. Jamais je n'y éprouvai de mauvais procédés, et que de moments délicieux ne m'a-t-elle pas donnés! »

2 juillet 1828. — Je placerai ici la liste des palais qu'il faut voir. Je mets en première ligne ceux qui valent la peine qu'on aille les chercher, ils sont au nombre de douze. On monte dans les palais de la seconde liste quand on passe devant.

Le Vatican, dix mille chambres.
Le Quirinal ou Monte Cavallo.
La *Cancelleria* (la Chancellerie).
Rospigliosi, l'*Aurore* du Guide.

Farnèse.

Farnesina, la *Psyché* de Raphaël.

Borghèse[1]

Doria-Pamphili } galeries magnifiques.

Corsini

Chigi } quelques bons tableaux.

La villa Medici, occupée par les jeunes peintres français. Belle vue sous les chênes verts.

Barberini, portraits de la Cenci et de la Fornarina; *Mort de Germanicus,* tableau du Poussin.

Voici vingt-cinq palais d'un intérêt secondaire :

Altieri, très vaste[2];

Braschi, bel escalier;

Colonna, belle galerie. Depuis la mort du prince Laurent, dont le tombeau est aux Saints-Apôtres, il n'y a plus de tableaux;

Palais *de' Conservatori,* statue de César;

Palais de la *Consulta,* assez plat;

Costaguti, fresques du Dominiquin et du Guerchin[3];

Falconieri, bons tableaux[4];

Ruspoli. Les fresques des salles occupées par le café sont d'un peintre français. Le grand salon où M. Demidoff faisait représenter des vaudevilles[5] est assez curieux à voir, l'escalier est magnifique. Ce palais appartenait autrefois aux Caetani. Vis-à-vis est la grande maison appelée palais Fiano, où sont les charmantes marionnettes. Louez deux loges, et demandez *Cassandrino, élève en peinture*[6];

Giraud. Bramante fut l'architecte;

Giustiniani, beaucoup de statues[7];

Massimo, ruines du théâtre de Marcellus;

Le palais de Monte Citorio, sur le grand balcon duquel on fait l'extraction des numéros de la loterie[8]. Le bas peuple, qui ces jours-là se rassemble sur la place, est plus curieux que le palais. Toutes les nuances des passions les plus vives se peignent rapidement sur ces figures basanées. Un artiste trouve ici des expressions vives et naturelles qui ne sont point *étiolées* par la crainte de déplaire au voisin; et toutefois chacun des individus de cette populace se conduirait différemment s'il était seul;

Odescalchi, la façade est du Bernin[9];

Mattei, objets d'art;

Palais du prince Jérôme Bonaparte, via Condotti;

Palais *del principe Pio,* élevé sur les ruines du théâtre de Pompée;

Salviati, bâti pour loger Henri III[1];

Palais de Venise, bâti en 1468;

Sciarra, dans le *Corso,* jolie collection de tableaux;

Palais du sénateur au Capitole, la louve étrusque;

Spada, la statue de Pompée;

Stoppani, élevé sur les dessins de Raphaël;

Verospi, voûte peinte par l'Albane[2];

Torlonia, sur la place de Venise, brillant de toutes les belles choses qu'a pu rassembler un vendeur de rubans de fil devenu le plus riche banquier de Rome. Comparez cette habitation à celles des enrichis de Paris; rien ne montre plus nettement la différence des caractères nationaux : chez nos enrichis, esprit et prétentions, occupation de tous les moments de cent petites choses qui doivent les avancer dans le monde; chez le marchand de rubans romain, tout est repos et tranquillité; après l'argent il n'eut le goût que pour les beaux-arts.

3 juillet 1828. — Assis sous les arbres du Pincio, qui retentissaient du chant des cigales, nous goûtions les délices que nous apportait un petit vent frais venant de la mer. Nos yeux satisfaits erraient sur cette Rome qu'ils commencent à connaître. Nous avions à nos pieds la porte *del Popolo;* il y avait de grands moments de silence. Philippe nous dit tout à coup, parlant comme un livre et avec une gravité charmante :

« Le 31 décembre 1494, Charles VIII entra dans Rome par la porte que vous avez sous les yeux[3]. Ce jeune roi était à la tête de son armée, qui marchait sur Naples. L'Italie souffre encore du mal que cette invasion de jeune homme fit à sa politique. Charles VIII fut appelé par un monstre, Ludovic Sforza, qui voulait usurper le duché de Milan sur son neveu*.

« Pour la première fois, le 31 décembre 1494, les Romains virent la force et la nouvelle organisation militaires des ultramontains; ils en conçurent une sorte de terreur. À trois heures après midi, dit un témoin

---

* Chercher au Louvre le portrait de Charles VIII, et le tableau dans lequel on voit ce prince qui rend visite au pauvre neveu de Ludovic, empoisonné par son oncle. M. le comte Alari de Milan a un charmant tableau sur ce sujet, peint par M. Palagi[4].

oculaire*, une avant-garde parut à la porte du Peuple;
elle était composée de Suisses et d'Allemands qui marchaient par bataillons, tambours battants et enseignes
déployées; leurs habits étaient courts et de couleurs
variées; ils étaient armés de lances de bois de frêne de dix
pieds de long, dont le fer était étroit et acéré. Le premier
rang de chaque bataillon avait des casques et des cuirasses
qui couvraient la poitrine; en sorte que, lorsque ces
soldats étaient en bataille, ils présentaient à leur ennemi
un triple rang de pointes de fer dont les plus avancées se
trouvaient à huit pieds en avant de leur corps. À chaque
millier de soldats était attachée une compagnie de cent
fusiliers. Voilà le commencement de l'infanterie moderne.

« Après les Suisses marchaient cinq mille Gascons,
presque tous arbalétriers. La promptitude avec laquelle
ils tendaient et tiraient leurs arbalètes de fer était remarquable. Du reste la petitesse de leur taille les faisait
contraster désavantageusement avec les Suisses. Les
Romains les jugèrent pauvres, car leurs habits étaient
sans ornements.

« La cavalerie venait ensuite, elle était composée de la
fleur de la noblesse française. Ces jeunes gens brillaient
par leurs manteaux de soie, leurs casques et leurs colliers
dorés. Les Romains comptèrent environ deux mille cinq
cents cuirassiers. Ces jeunes Français portaient, comme
les gendarmes italiens, une masse d'armes en fer et une
lance forte, terminée par une pointe solide. Leurs chevaux
étaient grands et robustes; mais, selon l'usage français,
on leur avait coupé la queue et les oreilles. Les Romains
remarquèrent que ces chevaux n'étaient point couverts,
comme ceux des gendarmes italiens, de caparaçons de
cuir bouilli qui les missent à l'abri des coups.

« Chaque cuirassier était suivi de trois chevaux; le
premier, monté par un page armé comme lui, les deux
autres, par des écuyers qu'on appelait les auxiliaires
latéraux, parce que dans le combat ils soutenaient leur
maître à droite et à gauche. Après les cuirassiers venaient
cinq mille chevau-légers, ils portaient de grands arcs
de bois. Comme les soldats anglais, ils lançaient au loin
de longues flèches; on ne leur voyait pour armes défen-

---

* Paul Jove, liv. II, p. 41. *Mémoires de Louis de La Trémouille,*
t. XIV de la collection, p. 148[1].

sives que le casque et la cuirasse, quelques-uns portaient
une demi-pique pour percer à terre les ennemis renversés
par le choc des chevaux. Les manteaux de ces chevau-
légers étaient ornés de plaques d'argent qui dessinaient
les armoiries de leurs chefs.

« Enfin, on vit s'avancer l'escorte du jeune roi. Quatre
cents archers, parmi lesquels cent Écossais, bordaient la
haie autour de Charles VIII; deux cents chevaliers français, choisis dans les plus illustres familles, marchaient à
pied à côté de ce prince; ils portaient sur leurs épaules des
masses d'armes de fer fort pesantes. Tous les yeux
cherchaient Charles VIII; il parut enfin. Les cardinaux
Ascagne Sforza et Julien de La Rovere (qui fut depuis
Jules II) marchaient à côté du roi; les cardinaux Colonna
et Savelli le suivaient immédiatement, une foule de
seigneurs français venaient ensuite.

« À peine le roi passé, un bruit sourd et étrange captiva
l'attention de la foule. Elle vit avec étonnement trente-six
canons de bronze traînés par de forts chevaux; la longueur
de ces canons était de huit pieds, et les boulets qu'ils lançaient, gros comme la tête d'un homme; on estima que
chaque canon devait peser six mille livres. Après les
canons venaient des couleuvrines longues de seize pieds,
puis des fauconneaux qui lançaient des balles de la grosseur d'une noix. Les affûts étaient formés (comme
aujourd'hui) de deux pesantes pièces de bois unies par des
traverses, et portées par deux roues auxquelles on en
joignait deux autres qui formaient un avant-train et que
l'on séparait de la pièce en la mettant en batterie.

« Comme il a été dit, l'avant-garde de Charles VIII
avait commencé à passer la porte du Peuple à trois
heures après midi; quand vers les quatre heures et demie
la nuit fut venue, la marche continua à la lueur des torches
et des flambeaux, qui, en éclairant les armes brillantes des
soldats, leur donnaient quelque chose de plus imposant
encore. L'armée française ne cessa de défiler qu'à neuf
heures. Le jeune roi se logea avec son artillerie au palais
de Venise. »

Après le récit de Philippe, nous avons raisonné. Sans
doute cette expédition fut une folie; elle ne fut *utile* à personne, mais elle fut *belle*. C'est parce qu'il fut, sans s'en
douter, un *artiste,* que nous avons répété si souvent
aujourd'hui le nom de Charles VIII.

Les guerres de Napoléon ont été extrêmement *belles* et un peu *utiles*. De là leur réputation, qui durera des milliers d'années. La vieillesse de ceux d'entre nous qui ont vu la retraite de Moscou ne sera pas ridicule : elle sera protégée par ce grand souvenir, qui dès 1850 commencera à devenir héroïque.

Ce soir, délicieux *opera buffa*, la *Contessa di Colle Ombroso,* divinement chanté par la Lipparini[1]. Nous nous promenons dans les rues de Rome, vers les une heure, chant délicieux et retentissant des rossignols que le peuple élève dans des cages.

4 juillet 1828. — Nous avons passé la journée dans la célèbre basilique de Saint-Paul-hors-les-murs. On croit que Constantin la fit bâtir sur une partie du cimetière où, après son martyre, saint Paul avait été enterré. En 386, les empereurs Valentinien II et Théodose ordonnèrent la reconstruction de cette basilique sur un plan beaucoup plus vaste. Elle fut achevée par Honorius; plusieurs papes l'ont restaurée et ornée.

Parmi les basiliques dont les nefs sont séparées par des colonnes, aucune peut-être n'était plus majestueuse et plus chrétienne avant le fatal incendie du 15 juillet 1823. Maintenant rien n'est plus beau, plus pittoresque, plus triste que l'affreux désordre produit par le feu; la chaleur des flammes, qui furent alimentées par les énormes poutres qui soutenaient le toit, a fait éclater du haut en bas la plupart des colonnes.

Pendant les vingt années qui ont précédé l'incendie, j'ai vu Saint-Paul tel que les richesses de tous les rois de la terre ne pourraient le rétablir[2]. Le siècle des budgets et de la liberté ne peut plus être celui des beaux-arts; une route en fer, un dépôt de mendicité, valent cent fois mieux que Saint-Paul. À la vérité, ces objets si utiles ne donnent pas la sensation du *beau,* d'où je conclus que la liberté est ennemie des beaux-arts. Le citoyen de New York *n'a pas le temps de sentir le beau,* mais souvent il en a la prétention. Toute prétention n'est-elle pas une source de colère et de malheur? Vous voyez un *mouvement pénible* mis à la place de la sensation du beau, ce qui n'empêche pas la liberté de valoir mieux que toutes les basiliques du monde. Mais je ne veux flatter personne.

Autrefois, en entrant à Saint-Paul, on se trouvait

comme au milieu d'une forêt de colonnes magnifiques ; on en comptait cent trente-deux, toutes antiques : Dieu sait combien de temples païens avaient été déshonorés pour construire cette église ! (Achetez dans le *Corso* le *plan* et la vue intérieure de Saint-Paul ; prix : deux *pauls*.) Quatre lignes de vingt colonnes chacune partageaient l'église en cinq nefs. Parmi les quarante colonnes de la nef du milieu, vingt-quatre, qui étaient d'ordre corinthien et d'*un seul bloc de marbre violet,* furent enlevées au mausolée d'Adrien (maintenant château Saint-Ange).

Combien ne vaudrait-il pas mieux pour nos plaisirs, en 1829[1], que ces colonnes fussent restées au mausolée d'Adrien, qui serait la plus belle ruine du monde ! Mais il ne faut pas accuser de sottise l'opinion publique de l'an 390 ; elle ne cherchait pas la même sensation que nous ; alors la chose qui passait avant tout, aux yeux d'hommes passionnés pour une religion si longtemps en horreur aux puissants de la terre, c'était de bien orner une église. Depuis plusieurs siècles, le sentiment de la *sécurité* avait disparu du milieu de la société des chrétiens, et tous les jours l'on avait moins songé aux choses seulement *agréables.*

Ce qui rappelait surtout les premiers siècles de l'Église et donnait autrefois à Saint-Paul l'air éminemment chrétien, c'est-à-dire sévère et malheureux, c'était l'absence de plafond ; le voyageur apercevait au-dessus de sa tête les grosses poutres formant la toiture ; elles n'étaient cachées ni déguisées par rien. Il y a loin de là aux lambris dorés de Sainte-Marie-Majeure et de Saint-Pierre. Le pavé de Saint-Paul-hors-les-murs était formé de fragments irréguliers arrachés à d'antiques monuments de marbre.

Dès l'entrée dans l'église, l'œil était frappé par la grande mosaïque à personnages gigantesques qu'on apercevait derrière l'autel par-delà cette forêt de colonnes ; elle servait comme d'inscription à tout ce qui était à l'entour, et nommait à l'âme le sentiment qui la troublait. Les proportions colossales des vingt-quatre vieillards de l'*Apocalypse* et des apôtres saint Pierre et saint Paul, qui entourent Jésus-Christ, équivalaient à ces mots : *terreur* et *enfer éternel.* Cette mosaïque est de l'année 440.

On entre dans cette basilique par trois grandes portes. Pantaléon Castelli, consul romain, fit faire à Constantinople, en 1070, la grande porte de bronze; elle a été fondue en partie dans l'incendie de 1823.

Cette église conserve plusieurs vestiges des premiers temps du christianisme. Le grand autel est placé, comme celui de Saint-Pierre, à une grande distance du mur de la tribune (ou du fond de l'église). Le chœur, où les prêtres s'asseyaient près de cet autel, est caché aux yeux des fidèles par un mur percé de cinq ouvertures : la principale en face du maître-autel, et les autres à l'extrémité des quatre nefs latérales. Ces nefs sont formées par les quatre rangs de colonnes et par les murs de côté de la basilique. On retrouve à Saint-Paul le vestibule extérieur où s'arrêtaient les fidèles auxquels l'état de leur conscience interdisait l'entrée de l'église.

Quelque chose de mystérieux s'est lié dans l'esprit des Romains à l'incendie de Saint-Paul, et les gens à imagination de ce pays en parlent avec ce sombre plaisir qui tient à la mélancolie, ce sentiment si rare en Italie et si fréquent en Allemagne. Dans la grande nef, sur le mur, au-dessus des colonnes, se trouvait la longue suite des portraits de tous les papes, et le peuple de Rome voyait avec inquiétude qu'il n'y avait plus de place pour le portrait du successeur de Pie VII. De là les bruits de la suppression du Saint-Siège. Le vénérable pontife, qui était presque un martyr aux yeux de ses sujets, touchait à ses derniers moments lorsque arriva l'incendie de Saint-Paul. Il eut lieu dans la nuit du 15 au 16 juillet 1823; cette même nuit, le pape, presque mourant, fut agité par un songe qui lui présentait sans cesse un grand malheur arrivé à l'Église de Rome. Il s'éveilla en sursaut plusieurs fois, et demanda s'il n'y avait rien de nouveau. Le lendemain, pour ne pas aggraver son état, on lui cacha l'incendie, et il est mort peu après sans l'avoir jamais su.

Quelques anciens auteurs prétendent que des cèdres furent envoyés du mont Liban pour la toiture de Saint-Paul. Le 15 juillet 1823, de malheureux ouvriers qui travaillaient à la couverture en plomb soutenue par ces poutres, y mirent le feu avec le réchaud qui servait pour leur travail. Ces pièces de bois énormes, desséchées depuis tant de siècles par un soleil ardent, tombant enflammées entre les colonnes, formèrent un foyer destructeur dont la chaleur les a fait éclater dans tous les sens. Ainsi cessa d'exister la basilique la plus ancienne non seulement de

Rome, mais de la chrétienté tout entière. Elle avait duré
quinze siècles. Lord Byron prétend, mais à tort, qu'une
religion ne dure que deux mille ans.

On fit jadis deux parts des reliques de saint Pierre et de
saint Paul. L'une eſt gardée sous le maître-autel de Saint-
Paul; l'autre eſt à Saint-Pierre, et les têtes des deux
apôtres sont à Saint-Jean-de-Latran.

Léon XII a entrepris de reconſtruire Saint-Paul.
Quelques phrases pleines d'emphase placées dans le
journal officiel de Cracas nous apprennent de temps à
autre que l'on a fait venir pour Saint-Paul une colonne
de marbre de la carrière qui eſt sur le lac Majeur, près
des îles Borromées, en Lombardie. Ces colonnes sont
embarquées sur le fameux canal du Milanais, perfectionné
par Léonard de Vinci. Elles arrivent à Venise, font le
tour de l'Italie, et le Tibre les transporte à quelques
centaines de pas de Saint-Paul. Après un siècle ou deux
d'efforts inutiles, on renoncera au projet de refaire cette
église, qui eſt d'ailleurs tout à fait inutile[1].

L'intérieur de cette basilique, dont le plan général
forme un carré long, a 240 pieds de longueur, sans y
comprendre la *tribune* (la partie circulaire du fond de
l'église), en 138 pieds de large.

Des quatre-vingts colonnes qui divisaient l'église en
cinq nefs, les quarante à droite et à gauche de la nef du
milieu passaient pour être les plus précieuses, vingt-quatre
de ces colonnes étaient d'un seul bloc de marbre violet.

Depuis un an, il eſt de mode de prétendre que ces vingt-
quatre colonnes de marbre violet provenaient de la basilique Æmilia, dans le Forum. On s'appuie d'un passage
de Pline l'Ancien et de quelques vers de Stace. Ce qu'il y a
de sûr, c'eſt que ces colonnes étaient d'ordre corinthien,
cannelées aux deux tiers, et avaient 36 pieds de haut et
11 de circonférence. Les autres colonnes étaient de marbre
de Paros. Les deux immenses colonnes de marbre salin
qui soutenaient le grand arc de la *tribune* avaient 15 pieds
de circonférence et 42 de hauteur. Le feu les a fendues du
haut en bas. Ces immenses fragments laissent un souvenir
durable et triſte. Pourquoi ne le dirais-je pas? À Saint-
Paul, nous étions de vrais chrétiens.

Il me semble que l'œil admire avec bien plus de
difficulté ces colonnes des temples de la Sicile que l'on
a fabriquées à l'aide d'une quantité de petits blocs

circulaires, disposés les uns au-dessus des autres comme une pile de dames au jeu de tric-trac; tandis qu'on est frappé de respect à la vue d'une colonne d'un seul bloc de marbre ou de granit. Quelque chose rappelle l'idée d'*imitation impuissante* dans les colonnes formées d'un assemblage de petites tranches de pierre, comme celles de la Madeleine, à Paris. Mais nous ne pouvons pas faire autrement, et j'aime mieux une colonne ainsi faite que pas de colonne du tout.

L'une des sources du plaisir que donne un grand monument d'architecture est peut-être le sentiment de la *puissance* qui a créé. Or, rien n'est destructif de l'idée de puissance comme la vue d'une imitation restée imparfaite, faute de richesse. Certainement la France ou l'Europe ont des carrières à l'aide desquelles on eût pu former les colonnes de la Madeleine de deux ou de trois blocs seulement; on ne l'a pas fait parce que cela eût été trop cher : imitation impuissante. L'architecture va devenir de plus en plus impossible ailleurs qu'en Russie, où le tsar peut faire travailler dix mille esclaves à un monument.

Les colonnes de l'église de Saint-François-de-Paule (à Naples, vis-à-vis le palais du roi) sont de trois morceaux de marbre. Ce Saint-François, écrasé par les maisons voisines, n'est qu'une copie du Panthéon de Rome et de la colonnade de Saint-Pierre réunis par un architecte sans génie; mais ses colonnes, prises isolément, sont les plus belles du xixe siècle[1].

Ce qui augmentait l'impression de tristesse profonde et sans espoir que l'on trouvait à Saint-Paul-hors-les-murs, c'est que le chapiteau de chaque colonne était séparé du chapiteau voisin par un arc et non pas par une ligne droite comme dans les monuments grecs et le temple de la Madeleine. Au-dessus de ces arcs, la longue rangée des portraits des papes contribuait encore à l'apparence profondément catholique de cette basilique. Les physionomies qu'on a données à plusieurs papes rappellent les rigueurs salutaires de la Saint-Barthélemy et de l'Inquisition*.

* Voir les brefs originaux de quelques-uns de ces papes dans l'*Histoire de l'Inquisition,* par le chanoine Llorente[2]. Ce pauvre homme, chassé de France au milieu d'un hiver rigoureux, est mort de froid et de misère sur la route de Madrid. S'il eût écrit dans un sens contraire, il eût été évêque; son persécuteur est C***[3]. Avis aux lecteurs d'histoire.

Saint Léon le Grand fit faire ces portraits depuis saint
Pierre jusqu'à lui (440). Cette collection fut continuée par
les ordres du pape saint Symmaque, en 498. Benoît XIV,
Lambertini, fit restaurer les portraits anciens et ajouter
ceux des papes qui l'avaient précédé. Pie VII, qui était le
deux cent cinquante-cinquième pape, avait fait compléter
cette collection.

Je visitai Saint-Paul le lendemain de l'incendie[1]. J'y
trouvai une beauté sévère et une *empreinte de malheur*
telle que dans les beaux-arts la seule musique de Mozart
peut en donner l'idée. Tout retraçait l'horreur et le
désordre de ce malheureux événement; l'église était
encombrée de poutres noires fumantes et à demi
brûlées; de grands fragments de colonnes fendues de
haut en bas menaçaient de tomber au moindre ébranle-
ment. Les Romains qui remplissaient l'église étaient
consternés.

C'est un des beaux spectacles que j'aie jamais vus; cela
seul valait le voyage de Rome en 1823 et dédommageait
de toutes les insolences des agents du pouvoir. « Ces
hommes bas et injustes, se disait le pauvre voyageur, ne
peuvent pas jouir de ces spectacles sublimes; ils n'ont pas
l'âme qu'il faut pour cela; et d'ailleurs ils auraient peur
qu'un assassin ne se cachât derrière les fragments de
quelque colonne. »

Ce fut saint Léon le Grand qui fit faire la grande mosaïque du fond de l'église en 440; elle a été peu endommagée par l'incendie.

Il en est de même de l'autel, remarquable surtout parce
qu'il est orné d'un baldaquin terminé par un ornement
gothique.

Il faut voir le cloître voisin, construit en 1220. Saint-
Paul n'a aucune apparence extérieure, et l'air des environs
est si malsain, que les moines qui desservent cette église
sont obligés de l'abandonner chaque année dès le mois de
mai. Les cinq ou six malheureux qu'on y laisse ont toujours la fièvre. — Au retour, nous avons vu la pyramide
de Cestius[2] et le mont Testaccio.

5 juillet 1828. — Notre manière d'être à l'égard de
Rome est tout à fait changée; si j'ose le dire, nous
éprouvons une sorte de passion pour cette ville célèbre;
aucun détail n'est trop sévère ou trop minutieux pour

nous. Nous avons soif de tout ce qui appartient à l'objet que nous examinons.

Il y a six mois que nos compagnes de voyage n'eussent pas voulu s'arrêter une heure dans Saint-Jean-de-Latran. Nous y sommes arrivés ce matin à neuf heures et n'en sommes sortis qu'à cinq. Notre examen n'a été interrompu que pendant quelques instants que nous avons passés à la villa Altieri, non pas celle des *Mystères d'Udolphe*[1]. Sous les grands arbres de la villa Altieri, voisine de Saint-Jean-de-Latran, on avait préparé un déjeuner frugal.

Saint-Jean-de-Latran est la première église du monde : *Ecclesiarum urbis et orbis mater et caput*[2]; elle est le siège du souverain pontife comme évêque de Rome. Le pape, après son exaltation, vient ici pour en prendre le *possesso*[3].

Ce fut en 324[4] que Constantin bâtit cette basilique dans son propre palais, qu'il céda ensuite aux souverains pontifes. Ils l'habitèrent pendant leurs séjours à Rome jusqu'à Grégoire XI (1370), qui reporta à Rome le Saint-Siège établi dans Avignon. Ce pape fut le dernier des sept papes français. Si les rois de France avaient eu la force et la prévoyance nécessaires pour fixer les papes sur les bords du Rhône, notre pays eût évité toutes ces disputes spirituelles dont l'année 1828 voit encore un exemple. Quand on apprit au cardinal Rubeus l'élection du premier pape français (Clément V, archevêque de Bordeaux), il s'écria devant son voisin le cardinal Napoléon Orsini : « *Hodie fecisti caput mundi de gente sine capite.* » (Vous avez choisi la tête du monde parmi un peuple qui n'a pas de tête.) Clément V ne méritait pas ce reproche. À peine fut-il pape (1305), qu'il créa douze cardinaux gascons ou français. Ceux-ci ne manquèrent pas de mépriser les cardinaux italiens, qui bientôt furent en minorité.

Si M. de Metternich peut obtenir un pape lombard ou autrichien, nous verrons un spectacle semblable. Pétrarque, témoin oculaire, a décrit dans plusieurs lettres les mœurs de cette cour d'Avignon; je les recommande au lecteur. Malheureusement, Pétrarque, semblable en tout à un auteur du XIXe siècle, veut écrire noblement et craint de s'avilir en donnant les détails. Le lecteur peut chercher la seizième lettre *sine titulo,* p. 727-731. Il y trouvera l'histoire d'un cardinal bègue qui se couvre de son chapeau rouge dans une singulière circonstance[5].

La basilique de Saint-Jean-de-Latran fut brûlée en 1308; Clément V, qui résidait à Avignon, envoya de grandes sommes, et on rétablit avec magnificence tout ce qu'avait détruit l'incendie.

Grégoire XI ouvrit la porte du nord; Martin V fit la façade, ornée plus tard par Eugène IV et Alexandre VI; Pie IV fit exécuter le beau sofite[1] doré; Sixte V décora la façade latérale, dont le double portique fut élevé[2] sur les dessins de Fontana; Innocent X, en 1650, mit la grande nef dans l'état où nous la voyons aujourd'hui, d'après les dessins du Borromini, cet architecte baroque. En creusant[3] les fondations, on reconnut que ce lieu n'était pas compris dans l'enceinte de Servius Tullius.

Clément XI embellit cette basilique; et enfin Clément XII fit élever la façade, fort admirée de son temps (1730), et qui nous semble assez mauvaise. Ce pape avait de l'argent, on lui proposa de faire le quai du Tibre, de la porte du Peuple au pont Saint-Ange; il aima mieux embellir sa cathédrale.

La façade principale est coupée en deux par des balcons[4]; c'est de celui du milieu que le pape donne sa bénédiction[5]. Quatre colonnes et six pilastres d'ordre composite forment cette façade; elle est couronnée par onze statues que l'on aperçoit fort bien des loges de Raphaël, au Vatican, à trois quarts de lieue d'ici; c'est la plus grande longueur de la Rome habitée.

On a placé dans le portique inférieur la statue[6] de Constantin, enterrée par suite des désastres que Rome éprouva depuis cet empereur, et que l'on a retrouvée dans ses thermes, au mont Quirinal. La grande porte de bronze fut enlevée à l'église de Saint-Adrien, dans le Forum, et transportée ici par ordre d'Alexandre VII. C'est l'unique exemple qui nous reste des portes *quadrifores* des anciens.

En entrant dans cette basilique réellement fort grande, on remarque qu'elle est divisée en cinq nefs séparées par quatre files de pilastres; ces pilastres cachent les colonnes qui existaient avant le Borromini. Ils sont cannelés et d'ordre composite. Au milieu de chacun des pilastres de la grande nef, il y a une niche ridicule, garnie d'une statue colossale plus ridicule encore. Ces niches sont ornées chacune de deux jolies colonnes de vert antique. Les statues, qui ont quatorze pieds cinq pouces de proportion, représentent les apôtres; les sculpteurs sont: Rusconi,

Legros, Ottoni, Maratti. Les moins mauvaises statues sont celles de saint Pierre et de saint Paul, par Monnot; au-dessus il y a des bas-reliefs en stuc, et, plus haut, des tableaux de forme ovale, par les meilleurs peintres du temps : André Procaccini, Benefial et Conca, qui ont représenté Daniel, Jonas, Jérémie et les autres prophètes. Il valait mieux sans doute placer ici des copies des prophètes sublimes que Michel-Ange a peints à la Sixtine; mais en Italie on veut toujours du neuf, et l'on a raison : c'est ainsi que les arts sont maintenus vivants.

Après Racine et Voltaire, la tragédie française ne fût pas tombée où nous la voyons si, chaque année, à quatre époques déterminées, les comédiens avaient été tenus de donner une tragédie nouvelle.

C'est à Saint-Jean-de-Latran que l'on voit la dernière belle chapelle qu'ait produite la religion chrétienne, telle qu'on l'entend depuis le concile de Trente. Il ne faut pas espérer de trouver ici la simplicité touchante des premiers siècles du christianisme, ni la terreur de Michel-Ange. La chapelle Corsini est la première à gauche en entrant; c'est une des plus riches de Rome; elle me semble plus jolie et moins belle que les chapelles de Sainte-Marie-Majeure. Placée à Paris, à Saint-Philippe-du-Roule, elle nous rendrait fous d'admiration. Cette chapelle fut élevée par ordre de Clément XII, Corsini (1735), sur les dessins de Galilei, architecte florentin, qui la décora d'un ordre corinthien et la couvrit en entier de marbres précieux.

Il faut se faire ouvrir la grille[1] qui la sépare de l'église; une mosaïque copiée du Guide vaut la peine d'être vue de près; elle représente saint André Corsini; l'original est au palais Barberini. Le tombeau à gauche en entrant est celui de Clément XII, qui s'est fait placer dans cette belle urne de porphyre qui était abandonnée sous le portique du Panthéon, d'où l'on a conclu, avec la logique ordinaire des antiquaires[2], qu'elle avait renfermé les cendres de Marcus Agrippa.

Le monument à droite est celui du cardinal Neri Corsini, oncle du pape. On voit ici plusieurs statues et bas-reliefs qui montrent l'état déplorable où les arts étaient tombés à Rome pendant le siècle qui sépare la mort du Bernin de l'apparition de Canova (1680-1780).

La coupole est enjolivée de stucs et autres ornements dorés; le pavé de marbre est charmant; enfin rien ne manque à cette chapelle que le génie dans les artistes; je n'y vois de beau que l'urne antique.

La chapelle ovale qui vient après est celle des Santori; le *Christ* de marbre est d'Étienne Maderne. On voit le tombeau du cardinal Casanate[1]; c'est ce bon cardinal qui laissa sa bibliothèque au public et en confia la garde aux inquisiteurs (les dominicains de la Minerva). La statue de son tombeau est du célèbre M. Legros, comme on dit à Rome.

On remarque dans la grande nef le tombeau en bronze de Martin V, et, dans la nef à droite, le portrait de Boniface VIII, que l'on croit de Giotto[2] et qui me semble fort bien. Ce pape est représenté entre deux cardinaux, publiant sur le balcon de l'église le premier jubilé de l'année sainte, en 1300. Le grand autel est surmonté d'un ornement gothique. Là, parmi les reliques les plus célèbres, on conserve les têtes des apôtres saint Pierre et saint Paul*. Au fond de l'église, on voit des mosaïques fort anciennes, puisqu'elles remontent au temps de Nicolas IV.

Il y a dans la croisée un bel autel[4] du Saint-Sacrement, remarquable surtout à cause de quatre colonnes de bronze doré, cannelées et d'ordre composite; on dit qu'elles ont appartenu au temple de Jupiter Capitolin, et qu'elles furent faites par Auguste avec le bronze des éperons des vaisseaux égyptiens, on voit autour de l'autel des statues de marbre. L'*Ascension* au-dessus fut peinte par le chevalier d'Arpin, qui a son tombeau ici près, vis-à-vis celui d'André Sacchi, autre médiocrité.

Les Quatre Docteurs de l'Église sont de César Nebbia. L'orgue est très beau, et soutenu par deux magnifiques colonnes cannelées de jaune antique. En sortant par la porte du nord, à l'extrémité de la nef de droite, on passe devant la statue de Henri IV, qui a l'air tout mélancolique de se voir en un tel lieu. Vous savez que le roi de France est chanoine de Saint-Jean-de-Latran; son ambassadeur ne manque pas de venir ici tous les ans, le jour de Sainte-Luce, je crois; sa voiture est accompagnée de plusieurs autres et marche au petit pas. À cette occasion tous les

---

* Voir l'excellent *Voyage* de Misson; c'est un Lyonnais protestant qui voyageait en 1680 et prend au sérieux les miracles et les reliques. On trouve dans son livre le caractère exact et la logique impitoyable des savants du XVIIᵉ siècle. Là se trouve le[3] bon sens.

Français sont convoqués. M. le duc de Laval mettait beaucoup de grâce et de simplicité dans ces sortes de cérémonies.

Le peuple romain, fort moqueur, prétend qu'en 1796 c'était la République française, une et indivisible, qui était chanoine de Saint-Jean-de-Latran. Ces *fonctions,* ridicules aujourd'hui, faisaient l'occupation du beau monde de Rome au XVIIe siècle, quand l'Espagne était riche. Les Espagnols et les Romains eux-mêmes y portaient beaucoup de sérieux et de magnificence. Qu'est-ce qu'un grand seigneur sans le respect de son voisin[1]? Il n'y a plus de grands seigneurs qu'en Angleterre; mais ils sont moins magnifiques et moins galants que les seigneurs romains du XVIIe siècle.

Le chemin qui mène de Saint-Jean-de-Latran à Sainte-Marie-Majeure est en ligne droite[2] : sa position élevée fait qu'il n'y a jamais de boue; il n'est point à la mode; enfin il réunit toutes les conditions pour offrir une promenade charmante au galop. On loue à Rome de fort bons petits chevaux très malins.

Avant de monter à cheval, nous avons jeté un coup d'œil sur la *Scala Santa,* formée par vingt-huit marches de marbre blanc, c'est le propre escalier de la maison de Pilate à Jérusalem; Jésus-Christ l'a monté et descendu plusieurs fois. On y voit toujours des fidèles qui montent sur leurs genoux. Sixte Quint fit placer sur la plate-forme de cet escalier la chapelle domestique des papes, qui était auparavant au palais de Saint-Jean-de-Latran. On trouve sur la façade latérale du petit bâtiment de la *Scala Santa,* vers la route de Naples, une mosaïque célèbre qui remonte à saint Léon III. J'avoue que je n'y vois rien que de médiocre; en revanche, la vue dont on jouit de ce lieu est admirable. C'est un paysage du Poussin : une campagne magnifique et sérieuse, ornée de ces ruines grandioses que l'on ne rencontre que dans les environs de Rome.

On se reprocherait de quitter Saint-Jean-de-Latran sans jeter un coup d'œil sur l'obélisque; c'est le plus grand qu'on connaisse, il a quatre-vingt-dix-neuf pieds sans la base et le piédestal. Theutmosis, roi d'Égypte, le dédia au soleil dans cette ville de Thèbes, au sujet de laquelle les savants nous font de si beaux contes.

Constantin avait fait embarquer cet obélisque sur le Nil; son fils Constance le fit transporter d'Alexandrie à Rome. Les Égyptiens avaient l'art de transporter des fardeaux énormes et de creuser d'immenses temples dans les rochers; c'est là tout leur mérite, mérite d'esclave[1].

Le palais de Latran ayant été détruit par un incendie, Sixte Quint le fit rebâtir. Fontana fut l'architecte; il plaça ici ce bel obélisque, qui, brisé en trois morceaux, gisait enterré au milieu du grand cirque. Ammien Marcellin parle de cet obélique, dont la croix est à cent quarante-trois pieds de terre; il eût mieux valu le relever à la place où Constance l'avait mis. Cette dernière façon de restaurer les monuments antiques deviendra de mode quand la génération née vers 1800 parviendra aux affaires.

Je n'écris aucun nom. Sous aucun prétexte, un voyageur ne doit conserver écrit le nom d'un Italien; on peut fabriquer des noms d'après le trait marquant du caractère. Voudra-t-on me pardonner un détail bien minutieux? Si l'on porte à Rome le présent volume, je conseille d'en arracher le titre; il faut le mettre dans sa poche à Ponte Centino[2], frontière de Toscane, et en approchant de la *Porta del Popolo*. À Naples[3], j'ai vu confisquer deux volumes de Tite-Live appartenant au cabinet littéraire de M. Perro, rue San Giacomo, et qu'un Anglais avait portés à Ischia.

Nous sommes entrés dans le baptistère de Constantin, à quelques pas de la façade latérale de Saint-Jean; c'est une petite église octogone qu'on attribue à Constantin (324). L'histoire du baptême de Constantin à Rome, treize ans avant sa mort, est un conte fabriqué dans le VIIIe siècle pour servir de motif à la donation de Rome. Ce grand général ménagea le triomphe du christianisme avec beaucoup de prudence, et ne fut probablement baptisé qu'au moment de sa mort, en 337. On vous dira à Rome que c'est ici que saint Sylvestre osa donner l'absolution à cet homme couvert de crimes; on descend par trois degrés aux fonts baptismaux, formés par une belle urne de basalte. On voit ici deux bas-reliefs représentant le baptême du *juste* par excellence et celui de Constantin; on soupire malgré soi à ce rapprochement.

Au-dessus d'une sorte de bonbonnière formée de colonnes placées les unes sur les autres, on remarque huit petits tableaux de Sacchi : ce sont des sujets pris dans la vie de saint Jean-Baptiste; il y a sur le mur intérieur une fresque du Maratte.

La chapelle voisine, dédiée à saint Jean-Baptiste, fut, dit-on, une chambre de repos de Constantin. Examinez la statue sur l'autel : elle est de Donatello. Aimez-vous mieux les saints Jean petits-maîtres que tous les deux ans l'on nous fait voir aux expositions du Louvre ? Aimez-vous mieux le *Saint-Jean* colossal de M. le chevalier Torwaldsen[1] ? Une autre statue de bronze de saint Jean l'Évangéliste est de Jean-Baptiste della Porta (1598).

Au total, Saint-Jean-de-Latran n'a pas grand mérite sous le rapport du *beau*[2]. Tel a été notre avis unanime après sept heures d'examen.

En galopant vers Sainte-Marie-Majeure, remarquez sur la droite une partie du mont Esquilin; là étaient les jardins somptueux de Mécène et les petites maisons de Properce, de Virgile et d'Horace. Ce lieu est charmant et devait être fort sain.

À Paris, nous n'avons pas de fièvre intermittente; mais, peut-être à cause de l'odeur de boue, l'air est *affaiblissant* et rend imbécile dès l'âge de soixante ans. Sans doute il y a d'honorables exceptions; mais comparez deux hommes de soixante ans, dont l'un a vécu à Paris et l'autre à Dijon ou Grenoble.

Un beau climat est le trésor du pauvre qui a de l'âme. Quel bonheur pour les artistes pauvres, tels que Horace, Virgile et Properce, quand la capitale de la civilisation du monde est bien située! Figurez-vous Paris placé par le hasard à Montpellier ou à La Voulte, près de Lyon. Toute la partie tendre des arts est impossible, ou du moins *stentata*[3], sous un climat où, trois fois par jour, les nerfs sont *montés* d'une façon différente. Je compare les nerfs aux cordes d'une harpe. Que va dire Platon et son école ?

En nous rapprochant de la place de Sainte-Marie-Majeure[4], nous avons remarqué une magnifique colonne cannelée, de marbre de Paros et d'ordre corinthien. Elle était dans cet immense bâtiment donnant sur le Forum, dont il ne reste plus que trois voûtes, qui, au Moyen Âge, furent des chapelles, et qu'on appelle pour le moment la basilique de Constantin. Paul V fit enlever cette colonne en 1624; et son architecte, Charles Maderne, auteur de la façade de Saint-Pierre, la plaça ici, vis-à-vis la façade de Sainte-Marie-Majeure; même dans ce petit ouvrage, le Maderne trouva l'art de ne pas plaire à l'œil. Cette superbe colonne, haute de cinquante-huit pieds et d'un diamètre de cinq pieds huit pouces, est surmontée d'une statue de la Madone *col Bambino*. La tête de la madone est à cent trente pieds du sol ; plusieurs fois la foudre a eu l'insolence de la frapper. De pauvres blanchisseuses lavent leur linge dans la fontaine qui est au pied de cette colonne ; ces oppositions plaisent à certaines âmes et les font rêver. Le vulgaire n'y voit rien que de commun.

BASILIQUE DE SAINTE-MARIE-MAJEURE

6 juillet 1828. — Cette église doit son origine à un miracle dans le genre de celui qui est arrivé à Migné en 1826[1]. À Migné, une croix immense a paru dans le ciel ; à Rome, dans la nuit du 4 au 5 août de l'an 352, le pape saint Libère et Jean Patricius, riche citoyen, eurent la même vision. Le lendemain, 5 août, une chute miraculeuse de neige couvrit précisément l'espace qui aujourd'hui est occupé par la basilique de Sainte-Marie-Majeure. À cause du miracle on l'appela d'abord Sainte-Marie *ad Nives* et Sainte-Marie-Libérienne, et enfin Sainte-Marie-Majeure, parce qu'elle est la plus grande des vingt-six églises consacrées dans Rome à la mère du Sauveur.

En 432, le pape saint Sixte III agrandit cette basilique, et lui donna la forme que l'on voit aujourd'hui. Plusieurs papes l'ont enrichie, et enfin Benoît XIV (1745) fit refaire la façade principale.

Je regrette fort la façade primitive, qui était formée en entier par un portique de huit colonnes, et par une grande mosaïque exécutée par Gaddo Gaddi et Rossetti, contemporains de Cimabue. C'était le bon temps ; les peintres adoraient leur art, et la passion est toujours persuasive.

Benoît XIV, Lambertini, fit élever sa façade sur les dessins de Fuga. Il y a deux ordres : le portique inférieur est ionique avec des frontons, l'ordre supérieur est corinthien et forme trois arcades. Nous sommes montés au portique supérieur pour voir la mosaïque vraiment chrétienne de Gaddo Gaddi ; au rez-de-chaussée à côté de la porte, on trouve une mauvaise statue de Philippe IV, qui envoya de l'or pour orner cette église, qui est l'une[2] des cinq patriarcales.

Au moyen de cet or, cette basilique a l'air d'un salon

magnifique et pas du tout du lieu terrible, demeure du Tout-Puissant. Il est vrai que le lambris étale une magnificence vraiment royale; ce fut l'emploi du premier or venu des Indes. Trente-six superbes colonnes ioniques de marbre blanc divisent cet immense salon en trois parties, dont celle du milieu est beaucoup plus élevée et plus éclairée que les autres. On croit que ces colonnes furent tirées du temple de Junon. Il faut passer rapidement devant les tombeaux médiocres de Nicolas et de Clément IX, pour arriver à la magnifique chapelle de Sixte Quint. Ce grand prince[1] eut le bonheur de trouver dans le chevalier Fontana un architecte un peu au-dessus du médiocre. On ne regarde la statue de Sixte Quint que pour y chercher sa physionomie. Saint Pie V, l'inquisiteur, occupe vis-à-vis de ce grand homme une belle urne de vert antique. Cette chapelle est toute revêtue de marbres précieux, mais les tableaux, les bas-reliefs et les statues sont médiocres.

Quatre anges de bronze doré soutiennent au-dessus de l'autel un tabernacle magnifique aussi de bronze doré; là est conservée une partie du berceau de Jésus-Christ. Parmi toutes les fresques qui couvrent les murs de la chapelle de Sixte Quint et de la sacristie voisine, nous n'avons vu avec plaisir que quelques paysages de Paul Bril[2].

Le grand autel de la basilique est placé sous un magnifique baldaquin soutenu par quatre colonnes de porphyre et d'ordre corinthien, entourées de palmes dorées. Cet ornement est couronné par six anges de marbre; l'autel lui-même est formé d'une grande urne antique de porphyre, qu'on dit avoir appartenu au tombeau de Jean Patricius et de sa femme.

La mosaïque qui est au fond de la tribune est de Turrita, homme de talent qui contribua à la renaissance de l'art. Les autres mosaïques de cette église nous ont intéressés parce qu'elles remontent à l'année 434, et font voir ce qu'était l'art en Italie avant la Renaissance (qui eut lieu vers 1250). Le pape Paul V choisit Sainte-Marie-Majeure pour y placer son tombeau (1620) : il faut convenir que sa chapelle est magnifique; il fit placer à côté de son tombeau celui de Clément VIII, qui l'avait fait cardinal. Les statues des deux papes sont de Sylla, de Milan. Il est fâcheux que Paul V, qui avait le génie d'un grand seigneur, n'ait pas

trouvé de meilleur sculpteur; sa chapelle eſt comblée de
ſtatues et de bas-reliefs, les marbres les plus riches y sont
prodigués.

Au milieu de tant d'objets d'art, il ne faut s'arrêter
qu'aux fresques qui se trouvent sur les côtés et aux
arcades des fenêtres, ainsi qu'au-dessus du tombeau de
Paul V; on les compte au nombre des bons ouvrages de
Guido Reni : ce sont les saints grecs et les impératrices
canonisées; mais qu'importent les noms que l'on donne
à ces figures? L'image de la Vierge, qui eſt sur l'autel, a
été peinte par saint Luc; elle eſt placée sur un fond de
lapis, entourée de pierres précieuses et soutenue par
quatre anges de bronze doré. Sur l'entablement de cet
autel, on remarque un bas-relief pareillement de bronze
doré, c'eſt le miracle de la neige qui donna lieu à la
fondation de cette basilique.

Cette chapelle de Paul V, et celle du pape Corsini à
Saint-Jean-de-Latran, donnent l'idée de la magnificence
et réveilleraient le goût un peu obtus des gens du Nord
ou des habitants de l'Amérique; à Rome, elles sont peu
considérées.

Sainte-Marie-Majeure a deux façades; celle qui eſt au
nord, et que l'on voit de la rue qui conduit à la Trinità
de' Monti, fut élevée par les ordres des papes Clément IX
et Clément X (1670).

Sixte Quint fit transporter sur la place solitaire qui eſt
devant cette façade un obélisque de granit rouge sans
hiéroglyphes. L'empereur Claude l'avait fait venir
d'Égypte; il gisait devant le mausolée d'Auguſte, où il a
été trouvé, ainsi que l'obélisque de Montecavallo; il a
quarante-deux pieds de haut et le piédeſtal vingt-un.

La rue par laquelle nous sommes allés d'ici à la place de
la colonne Trajane eſt curieuse à cause des montées et des
descentes[1]. Elle m'a semblé habitée par le petit peuple; les
propos annoncent un caraĉtère sombre, passionné et satirique : la gaieté de ce peuple eſt de l'ivresse. On trouve ici
toute la *verve* du caraĉtère italien. Parmi nous, gens du
nord de la Loire[2], la civilisation, en fixant l'attention sur ce
que les *autres pensent de nous,* a fait disparaître le *brio*
sans lequel la musique italienne ne saurait avoir des auditeurs dignes d'elle. En revanche, cette attention aux
autres fait naître l'esprit, le *piquant* et la comédie. Voyez
jouer des proverbes dans un salon de Paris, on y dit *sans*

verve les plus grandes folies. — C'est dans la rue que nous suivions en faisant ces raisonnements que se commettent la moitié des assassinats de Rome.

7 juillet 1828. — Mme Lampugnani nous a menés, Frédéric et moi, au concert que donnait Mme Savelli. La musique était plate, ce qui ne m'a pas surpris ; elle est du *maestro* Donizetti ; cet homme me poursuit partout. Toujours faut-il louer le bon goût des Romains : ils exigent dans les concerts de la musique nouvelle. À Paris, nous retrouvons dans tous les salons les airs d'*Othello,* de *Tancrède* et du *Barbier,* que depuis dix ans nous entendons chanter au théâtre, et cent fois mieux, par Mmes Mainvielle, Pasta et Malibran.

La musique étant nauséabonde, j'ai fait la conversation avec mon ami Mgr N***, l'*ultra* le plus spirituel de Rome. Il se moquait fort de la prétendue liberté dont on jouissait à Gênes et à Venise avant la Révolution. Je lui ai facilement prouvé que si ces républiques avaient survécu, elles auraient aujourd'hui les deux Chambres, et tous les Italiens riches iraient s'y établir.

Mon abbé *ultra* meurt d'envie d'aller voir à Paris la Chambre des députés ; il a besoin de pouvoir prouver aux autres et peut-être à lui-même que c'est une invention détestable. Je lui conte des anecdotes qui le font sourire et un instant après le torturent ; enfin la musique a fini. Un Florentin fort aimable disait à Mme Lampugnani : « Le meilleur commentaire sur un grand poète, l'Arioste par exemple, c'est le récit des circonstances au milieu desquelles il a vécu.

« Quand l'Arioste, qui vivait à la cour de Ferrare où il était à peu près sous-préfet, avait trente ans, en 1505, voici ce qu'y faisait le cardinal Hippolyte, qu'il a tant célébré. Le cardinal voulait plaire à une dame de ses parentes qui avait pour amant don Jules d'Este, son frère naturel ; un jour, Hippolyte, reprochant à cette dame la préférence qu'elle accordait à son rival, elle s'en excusa en alléguant la puissance qu'exerçaient sur elle les beaux yeux de don Jules. Le cardinal sort de chez elle furieux ; et, apprenant que son frère don Jules est à la chasse, il va le surprendre dans les bois, le long du Pô, le force à descendre de cheval, et là, en sa présence, lui fait arracher les yeux par ses écuyers. Mais, bien que le cardinal surveillât ses gens pendant cette atroce exécution, don Jules, quoique défiguré, ne perdit pas absolument la vue*.

« L'aimable Alphonse, frère de Jules et d'Hippolyte, qui régnait alors, n'était pas assez puissant pour punir un prince de l'Église. Il passait une grande partie de ses journées à surveiller la fonte de ses canons de bronze. (On sait qu'il s'immortalisa à la bataille de Ravenne, par la première grande manœuvre d'artillerie en rase campagne, dont l'histoire fasse mention.) Il s'oubliait des matinées entières dans son atelier de tourneur, où il exécutait avec beaucoup d'adresse des travaux en bois. Ne songeant qu'à vivre gaiement, il admettait à une familiarité intime les hommes d'esprit qui se trouvaient à Ferrare; on comptait parmi eux l'Arioste, des bouffons et des hommes de plaisir. Alphonse, sentant en lui les grandes qualités qui font le prince, vivait sans affectation, sans pédanterie, et ses sujets le jugeaient peu digne du trône.

« Une ambition démesurée porta son second frère, don Ferdinand, à tirer parti de cette circonstance; un ardent désir de vengeance poursuivait le malheureux don Jules, devenu maintenant fort laid; tous deux cherchèrent et trouvèrent des associés pour renverser le gouvernement. Don Jules voulait se venger par le fer et le poison d'Hippolyte et d'Alphonse, qui ne l'avait pas puni; Ferdinand n'en voulait qu'à la couronne.

« La difficulté de cette conspiration était de se défaire des deux frères à la fois. On ne les voyait ensemble que dans les grandes cérémonies, et alors ils étaient entourés d'une garde nombreuse; ils ne mangeaient jamais l'un avec l'autre; Alphonse, entouré de sa joyeuse compagnie, prenait ses repas de bonne heure; le cardinal Hippolyte, avec toute la pompe et la délicatesse d'un homme d'Église, prolongeait les siens jusqu'à minuit.

« Les conjurés attendaient une occasion favorable. L'un d'eux, Gianni, chanteur célèbre, faisait tant de plaisir au duc par son talent, que ce prince jouait avec lui comme un écolier. Souvent, dans les jeux auxquels ils se livraient ensemble dans les jardins, Gianni avait lié les mains au prince et aurait pu l'assassiner. Mais Hippolyte ne perdait point le souvenir de ce qu'il avait fait; par ses

---

* Guichardin, liv. VI, p. 357.

ordres on surveillait de fort près toutes les démarches
de don Jules, et enfin, au mois de juillet 1506, le cardinal
surprit le secret du complot.

« Le pauvre don Jules eut le temps de s'enfuir jusqu'à
Mantoue, mais il fut livré par le marquis François II de
Gonzague. La torture infligée à Gianni et aux autres
conjurés fit connaître parfaitement le projet des deux
frères. Les subalternes furent mis à mort; Ferdinand et
Jules, qui avaient été condamnés au même supplice,
reçurent leur grâce comme ils étaient déjà sur l'échafaud;
leur peine fut commuée en une prison perpétuelle.
Ferdinand y mourut en 1540; Jules fut remis en liberté
en 1559, après cinquante-trois ans de captivité. Nous
avons vu les portraits de tous ces gens-là dans la bibliothèque de Ferrare. »

J'ai rapporté cette anecdote[1] parce qu'elle est plus ou
moins dissimulée par tous les gens d'esprit du temps, qui
cherchaient à plaire à Alphonse. L'Arioste, en intro-
duisant les deux malheureux frères parmi les ombres
présentées à Bradamante, se récrie sur la clémence
d'Alphonse*.

Vers l'an 1500, les princes commencèrent à craindre
l'histoire et à acheter les historiens. L'histoire d'Italie, si
belle jusqu'alors, devient vers 1550 comme l'histoire de
France de Mézeray, du père Daniel, de Velly, etc. : on
lie un homme acheté par de l'argent ou par le désir de la
considération et la nécessité de ménager des préjugés
puissants. Le seul Saint-Simon fait exception parmi nous;
quant à l'Italie, Guichardin est un vil coquin; Paul Jove
ne dit la vérité que lorsqu'il n'est pas payé pour mentir,
et il s'en vante.

8 juillet 1828. — Nous errions ce matin sur le mont
Aventin par un temps enchanteur, pas de soleil et des
bouffées d'un air frais qui vient de la mer; il y a eu sans
doute quelque tempête cette nuit : nous flânions, en
vrais badauds heureux d'exister. Nous avons parcouru le
mont Coelius, derrière le prieuré de Malte. Après avoir
haussé les épaules à la vue des ornements placés ici par le
cardinal Rezzonico, et bien dignes du siècle de Louis XV,
nous sommes arrivés à la porte d'une vigne. Nous avons

* *Orlando furioso*, ch. III, octaves 60 et 62.

frappé longtemps; enfin une vieille femme est venue nous
ouvrir, escortée de son petit chien hargneux; elle l'a fait
taire, et s'est mise à faire le *cicerone* avec beaucoup
d'empressement.

Saint-Étienne-le-Rond, *Santo Stefano Rotondo*[1], dont
vous voyez la forme générale, fut un temple élevé en
l'honneur de l'empereur Claude. La première église
consacrée à saint Étienne fut construite par saint Simplicius en l'an 467. Mais dans la notice écrite par ce saint
lui-même, on trouve à la fois l'église de Saint-Étienne et
le temple de Claude. Remarquez bien que de son temps
en 467, l'autorité publique ne permettait pas encore aux
chrétiens de démolir et d'occuper les monuments publics.
Ce ne fut qu'en 772 que le pape Adrien Ier put s'emparer
du temple de Claude, et sur ses fondements élever
l'église que nous voyons. Nicolas V la fit réparer en
1454; Innocent VIII et Grégoire XIII y ont fait travailler.
Cette église, d'une forme très singulière, est ornée de
cinquante-six colonnes antiques disposées en deux files;
presque toutes sont ioniques et de granit, six sont d'ordre
corinthien et de marbre grec. C'est contre les murs
intérieurs de la nef que sont ces affreuses peintures du
Pomarancio et du Tempesta, si célèbres parmi les hommes
vulgaires que le hasard fait passer à Rome; cela est
intelligible pour ces messieurs, comme la guillotine en
action. Cette *réalité atroce* est le sublime des âmes communes. Raphaël est bien froid auprès de saint Erasme
dont on *dévide* les entrailles avec un tour.

En entrant j'ai vu près de la porte un saint dont la tête
est écrasée entre deux meules de moulin; l'œil est chassé
de son orbite, et... Le reste est trop affreux pour que je
l'écrive.

Les beaux vers de Racine décrivant un spectacle atroce
en voilent l'horreur par leur élégance. Les fresques de
Santo Stefano Rotondo ne sont point assez belles pour rendre
supportables les supplices affreux qu'elles ne représentent
que trop bien et trop clairement. Nos compagnes de
voyage n'ont pu supporter la vue des tableaux qui
couvrent l'enceinte du mur concave tout à l'entour de
l'église; ces dames sont allées nous attendre à la Navicella.
Nous avons eu le courage d'examiner ces fresques avec
détail. Les hommes du XIXe siècle ne sentent plus la
passion qui faisait courir au martyre les premiers chré-

tiens. Notre sympathie nous donne l'idée d'une douleur qui réellement n'a jamais été sentie; la plupart des martyrs étaient plus ou moins dans l'état d'*extase*. De 1820 à 1825, six cents femmes du Bengale se sont brûlées sur la tombe de maris qu'elles n'aimaient point*. Voilà un sacrifice vraiment senti, une douleur réellement atroce. Il est bien plus aisé de braver la mort pour les intérêts d'une théorie métaphysique soutenue par des gens d'esprit qui de leurs discours tirent leur considération et leur subsistance; ils persuadent aisément aux âmes poétiques qu'elles vont acquérir un bonheur éternel au prix d'une douleur de quelques heures.

La plupart des voyageurs que nous voyons parler des martyrs à Rome sont décidés d'avance à tout croire ou à ne rien croire. Les femmes, qui tous les jours se brûlent dans l'Inde anglaise en l'honneur de maris qu'elles n'aimaient pas, repoussent la principale objection, celle tirée du peu de probabilité. Ces jeunes femmes de l'Inde se brûlent par honneur, comme en Europe on se bat en duel[1].

L'histoire des persécutions et des martyrs a été donnée par Gibbon; sans doute cet historien dit toujours ce qu'il croit vrai, mais il abhorre les détails que le XIXe siècle aime tant et avec raison. Voici une anecdote[2] :

Sainte Perpétue fut mise à mort pour sa religion en l'an 204, sous le règne de Sévère, probablement à Carthage. Elle n'avait que vingt-deux ans; et jusqu'à la veille de son martyre elle écrivit elle-même jour par jour ce qui arrivait dans la prison, à elle, à sainte Félicité sa compagne, et à plusieurs autres chrétiens qui souffrirent la mort avec ces deux jeunes filles. Le récit naïf de Perpétue est fort touchant. On y voit que souffrir pour la foi était à la mode en Afrique vers l'an 204, comme mourir gaiement, et sans pour ainsi dire daigner songer à la mort, était à la mode dans la prison dont Mme Roland sortit pour aller à l'échafaud.

Les bourreaux d'Afrique amenèrent Perpétue et Félicité au milieu du cirque, rempli ce jour-là de spectateurs; ils dépouillèrent ces deux jeunes filles de tous leurs

---

* Beau triomphe de la législation! Les savants assurent que cet usage fut établi parce que autrefois les femmes indiennes se délivraient par le poison des maris incommodes. Depuis quarante ans, les Indiens osent demander à leurs brames pourquoi les femmes doivent se brûler. Toutes les religions vont-elles s'éteindre?

vêtements, et en cet état les exposèrent dans un filet. Le peuple eut horreur de cette infamie, et ses cris forcèrent les bourreaux à redonner une robe aux deux jeunes chrétiennes. Ils firent entrer dans le cirque une vache furieuse dont la force et la rage étaient connues des spectateurs; elle fondit sur Perpétue, l'enleva sur ses cornes et la jeta par terre; la jeune fille tomba sur le dos, elle se releva, et, s'étant aperçue que la robe qu'on lui avait rendue était déchirée par le côté, elle en rapprocha les fragments avec beaucoup de calme et de décence.

Cette action attendrit le peuple, qui de nouveau montra du dégoût pour le spectacle qu'on lui donnait. Les bourreaux se mirent en marche avec leurs victimes pour une des portes de la ville qui s'appelait Sana Vivaria. Avant de partir, Perpétue renoua ses longs cheveux, qui étaient épars : « Il ne faut pas, dit-elle, qu'en marchant au triomphe je porte le costume de l'affliction. »

En arrivant à cette porte, nommée Sana Vivaria, Perpétue sembla se réveiller d'un profond sommeil. « Elle avait été jusqu'à ce moment ravie en extase; elle commença à regarder autour d'elle comme une personne qui ne savait où elle était, et, au grand étonnement de tout le monde, elle demanda quand ce serait donc qu'on l'exposerait à cette vache dont on lui avait dit dans la prison qu'elle aurait à supporter la furie. »

À ce moment quelques gens du peuple zélés, et apparemment payés par l'autorité comme ceux qui vociféraient pendant le supplice du général Riego (en Espagne[1]), demandèrent à grands cris que les jeunes chrétiennes fussent ramenées au cirque; il fallait, disaient-ils, ne pas dérober au peuple le plaisir de leur voir enfoncer le poignard dans la gorge. L'autorité se hâta de faire reconduire les chrétiens au cirque.

« Tous reçurent le dernier coup sans parler et sans branler; la seule sainte Perpétue, qui n'avait senti auparavant aucune douleur ni horreur, à cause de cette extase où elle était plongée, s'abandonna aux plaintes et aux cris. Elle tomba dans les mains d'un gladiateur maladroit ou qui eut horreur de mettre à mort une jeune fille; le fait est qu'il la perça de son épée sans la tuer et lui fit jeter de grands cris. » (*Histoire de Tertullien,* traduction de M. de Lamothe.)

Il paraît que ces moments de passion profonde, d'insensibilité et d'*extase* se sont souvent reproduits dans ces *épidémies d'enthousiasme* dont on trouve tant de traces dans l'histoire, tout imparfaite qu'elle est jusqu'ici. M. le Dr Bertrand a fait un ouvrage estimé sur cet état d'extase dont le magnétisme reproduit à volonté l'insensibilité parfaite. (Récit de M. Cloquet, en avril 1829.)

De *Santo Stefano Rotondo* nous sommes allés rejoindre nos compagnes de voyage à la Navicella, charmante église située sur le mont Coelius. L'architecture est de Raphaël; ce serait l'idéal d'une église pour le couvent du Paraclet habité par Héloïse[1]. Après avoir examiné quelques fouilles voisines appartenant à la caserne de la première cohorte des Vigiles, nous avons frappé à la porte de la villa Mattei, qu'habite aujourd'hui M. le prince de la Paix[2]. C'est là que l'on a trouvé ce bel *Hermès* en marbre, avec les têtes et les noms de Socrate et de Sénèque. Cette découverte a délivré cet adroit courtisan de la figure atroce et basse que tout le monde lui connaît. Le véritable Sénèque a tout à fait la figure d'un diplomate du XIXe siècle; il en eut aussi le génie, et brillerait dans nos académies, ainsi que saint Augustin, saint Jérôme et tous les gens d'esprit gâtés par le mauvais goût de Rome en décadence.

Avez-vous lu, à la fin du quatrième volume des *Mémoires* de M. de Bausset[3], une scène de la vie du prince de la Paix? Le bon roi Charles IV, pour faire fête à des dames, engage le prince à se revêtir successivement de tous ses uniformes et à marcher devant elles. Cette anecdote fit l'étonnement de Rome pendant quelques jours. Charles IV était fort aimé ici.

Obsédé par l'amitié dont l'honorait ce prince, le pauvre Manuel, pour avoir quelques moments d'entretien avec la reine, avait fait environner un jet d'eau d'un petit mur de quatre pieds de haut; le jet d'eau a rempli ce bassin situé dans la partie la plus élevée de la villa où nous sommes. Une fort petite barque, qui ne pouvait absolument recevoir que deux personnes, était manœuvrée par le prince de la Paix, qui trouvait ainsi le moment de dire quelques mots à la reine, pendant que le roi, ennuyé d'être laissé seul[4], leur criait du rivage : « Manuel, reviens donc; c'est assez! » Voilà la vie des favoris. « Heureux leurs enfants! » comme dit le proverbe romain.

Chaque jour, en se promenant dans Rome, on découvre

quelque point de vue magnifique. Nous nous sommes
oubliés deux heures à l'extrémité d'une des allées de la
villa Mattei; aspect sublime de la campagne de Rome,
dont personne ne nous avait parlé.

Après être allé seul au tombeau de Cecilia Metella, dont
la vue me tentait, je suis arrivé le soir au cabaret de l'Armellino[1] à l'instant où l'on allait fermer[2]. La paresse romaine m'eût impitoyablement renvoyé; mais je l'ai pris
allegramente avec le plus âgé des garçons. Il a bien voulu
me servir, et, tout le temps du dîner, m'a conté des anecdotes plaisantes sur les hommes du pouvoir. Je ne crois
pas la moitié de ce qu'il me dit; mais je vois comment le
bas peuple de Rome juge Léon XII et ses ministres. « *È
un vero leone*[3] », me répétait cet homme avec une liberté
étonnante.

Rien de plus fier et de plus inexorable envers les cha-
lands, qui le gênent, que le peuple de Rome. Cette insolence m'irrite quelquefois et puis me fait plaisir; je vois
qu'un grand roi comme Frédéric II pourrait faire quelque
chose de ces gens-ci. Du cabaret je suis allé aux marionnettes du palais Fiano, qui m'ont fait rire pendant une
heure[4]. Les improvisations de ces petites figures de bois
ne sont pas soumises à la censure préalable; la police de
Rome, encore peu savante, se contente d'envoyer le
directeur en prison quand il a été trop gai; mais il a soin
d'enivrer, avant le commencement de son spectacle,
l'espion chargé de le surveiller, et qui est inamovible,
car c'est l'ancien valet de chambre de M. le cardinal
N***. D'ailleurs on destitue peu en ce pays; dès qu'on a
un supérieur ou surveillant, l'unique problème de la vie
est de le gagner par tous les moyens possibles.

9 juillet 1828. — Malgré notre nouvelle passion pour
tout ce qui est monument, il nous semble que les églises,
bâties ou restaurées après l'an 1560, ne méritent guère
qu'on s'y arrête; l'affreux sac de Rome de 1527 dispersa
les élèves de Raphaël et les plongea dans une tristesse
sombre dont plusieurs ne se relevèrent jamais. Jules
Romain s'était réfugié à Mantoue, et ne voulut pas revenir
à Rome. Ainsi les élèves de Raphaël n'eurent pas d'élèves.

Le caractère de Michel-Ange avait trop de hauteur,
et son mépris pour les *gâte-pierres,* comme il appelait les
architectes ses contemporains, était trop sincère pour

qu'il pût avoir une influence réelle sur les jeunes gens qui faisaient la cour aux vieillards riches, et qui étaient par eux chargés de bâtir des églises. Ce n'est pas que tous ces artistes, aujourd'hui si inconnus, ne crussent imiter Michel-Ange; sur quoi il disait : « Mon style est destiné à faire de grands sots. »

Je vous conseille d'acheter un volume de deux cents pages, supérieurement imprimé à Florence : c'est la *Vie de Michel-Ange,* publiée de son vivant par le peintre Condivi, son élève[1]. L'écrivain est médiocre; mais ses préjugés, tout à fait différents des nôtres, ne sont pas contagieux, et probablement les idées de son livre offrent une contre-épreuve affaiblie de celles du héros.

La villa Madama, le palais Stoppani, la *Navicella*[2], la cour de Saint-Damase au Vatican, et les autres ouvrages d'architecture de Raphaël, n'étaient point admirés comme aujourd'hui. On leur reprochait de la froideur; n'est-ce pas le défaut du style de Fénelon aux yeux des imitateurs de M. de Chateaubriand?

Voici les noms de quinze architectes dont vous pouvez vous amuser à remarquer le *style* :

Le Sansovin, de Florence, mort en 1570;
Balthazard Peruzzi, Siennois, — 1536;
Sammicheli, Véronais, — 1559;
Ligorio, Napolitain, — 1580;
Ammannati, Florentin, — 1586;
André Palladio, de Vicence, homme admirable, — 1580 (voir Vicence);
Pellegrini, de Bologne, — 1592;
Jean Fontana et Dominique, son frère, de Mili, près de Como, — 1614 et 1607;
Olivieri, Romain, — 1599;
Scamozzi, — 1616;
Charles Maderne, de Bissone, près de Como, mort en 1669, la même année que Pierre de Cortone; c'est lui, comme vous savez, qui acheva Saint-Pierre. On trouve cinquante noms plus ou moins inconnus parmi les architectes employés alors à Rome; tous furent éclipsés par le fameux Jean-Laurent Bernini, né à Naples en 1598, et mort en 1680. Le célèbre Vignole, né dans le nord de l'Italie, comme presque tous les grands architectes, mourut en 1573.

Vous avez remarqué que chaque cardinal porte le titre d'une église, et, jusqu'à la révolution, qui a privé ces messieurs de leur opulence, il arrivait souvent qu'un cardinal faisait réparer et embellir l'église qui lui donnait son nom officiel.

SANTA MARIA DELLA PACE[1]

Le portique extérieur, qui forme un demi-cercle comme celui du Noviciat des Jésuites, est de Pierre de Cortone. Sixte IV et Alexandre VII ont fait élever cette église; comme elle fut consacrée en 1487, on remarque encore dans les tombeaux, qui sont en grand nombre, quelques restes du bon goût du siècle de Raphaël.

Tout près de la porte, à droite en entrant, vous voyez une toile verte; le *custode* vient à vous d'un air obligeant, lève le rideau, et vous aperçevez les *Quatre Sibylles,* fresque célèbre de Raphaël. Quoique ces peintures aient beaucoup souffert, et, qui plus est, aient été restaurées, elles n'en sont pas moins dignes de la plus sérieuse attention; on y trouve toutes les grandes parties du talent de Raphaël. Jamais son *style* ne fut plus grandiose, et toutefois ces *Sibylles* datent des premières années de son séjour à Rome. Que deviennent les assertions de Vasari et du parti florentin, qui veut que Raphaël n'ait agrandi son style qu'après avoir vu les fresques de Michel-Ange à la Sixtine?

Pour ne parler que de l'expression, dont pour être juge il ne faut qu'un peu de connaissance du cœur humain, le nouvel arrivant trouvera ici une figure qui ne peut plus être oubliée. On remarque au-dessous de cette fresque un bas-relief en *bronze* assez curieux.

Nos compagnes de voyage ont vu avec l'intérêt le plus tendre les tombeaux de deux petites filles enlevées par la peste, l'une à sept ans et l'autre à neuf; l'inscription est touchante. Dans la chapelle du cardinal Cesi, il faut examiner les grotesques du sculpteur Mosca.

Le tableau de *Saint Jean l'Évangéliste* est du cavalier d'Arpin; la *Visitation,* placée au-dessus, est du Maratte. La *Présentation de la Vierge au Temple* est un ouvrage de Balthazar Peruzzi, qui plaît beaucoup à certaines per-

sonnes. Plus loin, on remarque des fresques de l'Albane.
Les figures de sainte Cécile, de sainte Catherine, et plusieurs
autres, sont d'une femme célèbre, Lavinia Fontana, de
l'école de Bologne. On nous a fait voir dans la nef un
Saint Jérôme, de Venusti, dont le dessin est attribué à
Michel-Ange. Il y a de la bonne foi dans cette indication;
hors de Rome ce tableau porterait le nom de Michel-Ange
lui-même, qui, dans le fait, n'a peint aucune de ces petites
toiles qu'on lui attribue dans la plupart des galeries
d'Italie.

« La peinture à l'huile est faite pour les femmes »,
disait-il quelquefois; et l'on peut penser si ce génie
fougueux se serait astreint à faire des tableaux de trois
pieds de haut. Je crois que la seule *Madone* de la tribune,
à Florence, est certainement de lui. Parmi les grandes
fresques de l'église *della Pace,* on remarque de très belles
choses de Peruzzi. Le cloître voisin est un joli ouvrage du
Bramante.

On peut s'arrêter un instant à l'église de *San Giovanni
de' Fiorentini*[1], parce qu'elle fut commencée sur les dessins
de Michel-Ange. « Si vous exécutez ce plan, dit à ses
compatriotes ce grand homme, alors parvenu aux derniers
jours de sa vie, vous aurez la plus belle église de Rome. »
Après sa mort, on abandonna son dessin comme trop
coûteux, et des architectes médiocres achevèrent cette
église, qui a trois nefs. Dans la croisée à droite nous avons
remarqué un tableau de ce peintre original, Salvator
Rosa : c'est *Saint Côme et saint Damien sur le bûcher.*

L'église de *San Girolamo della Carità*[2] est connue, parce
que c'est sur son grand autel que la *Communion de saint
Jérôme,* du Dominiquin, a été admirée pendant près de
deux siècles; nous l'avons trouvée remplacée par une
copie.

L'église de *Santa Maria dell' Anima*[3] est digne de remarque, d'abord parce qu'elle a été fondée en 1400. Les
artistes même médiocres de cette époque étudiaient la
nature avec un respect qui fait que leurs ouvrages sont
toujours vus avec un certain plaisir. La façade fut faite
sous Adrien VI, ce Flamand précepteur de Charles Quint,
qui succéda à Léon X; elle est fort bien. À Rome, chaque
nation a une église; celle-ci appartient aux Allemands.
Le tableau du maître-autel est de Jules Romain; une
inondation du Tibre l'a gâté, et il a été mal restauré. On

s'arrête, en entrant, devant deux tableaux placés à droite et à gauche de la porte, parce qu'ils présentent ce beau coloris de l'école vénitienne, si rare à Rome; ce sont des ouvrages de Carlo Veneziano. La copie de la *Pietà*, ce groupe de Michel-Ange, dont l'original est à Saint-Pierre, est de Baccio Bigio. Le tombeau d'Adrien VI n'est pas mal; deux petits tombeaux, adossés à des pilastres, sont ornés de figures admirables du célèbre Fiammingo (c'est le nom que l'on donne en Italie à François de Quesnoy, de Bruxelles, mort en 1646).

10 juillet 1828. — Une dame anglaise vient de rapporter de Londres des *fac-similés* de huit ou dix lettres de Bonaparte. Bien différent de la plupart des conquérants, qui furent des êtres grossiers, on voit que Napoléon était fou d'amour pendant sa campagne de 1796; ceci ne le distingue pas moins que ce culte de la vraie gloire et de l'opinion de la postérité, qui semble si absurde à M. Bourrienne[1].

Ces lettres d'amour de Napoléon ont le plus grand succès à Rome. Mme R*** disait, en les lisant : « On voit bien qu'il était Italien. » C'est aussi mon avis.

Voici la lettre qui a le plus de succès.

N⁰ 3

« Albenga, le 16 germinal (6 avril 1796)[2].

« Il est une heure après minuit, l'on m'apporte une lettre; elle est triste, mon âme est affectée : c'est la mort de Chauvet. Il était commissaire-ordonnateur en chef de l'armée; tu l'as vu chez Barras. Quelquefois, mon amie, je sens le besoin d'être consolé; c'est en t'écrivant à toi *seule,* dont la pensée peut tant influer sur la situation morale de mes idées, à qui il faut que j'épanche mes peines. Qu'est-ce que l'avenir? qu'est-ce que le passé? qu'est-ce que nous? quel fluide magique nous environne et nous cache les choses qu'il nous importe le plus de connaître? Nous naissons, nous vivons, nous mourons au milieu du merveilleux. Est-il étonnant que les prêtres, les astrologues, les charlatans, aient profité de ce penchant, de cette circonstance singulière, pour promener nos idées et les diriger au gré de leurs passions? Chauvet est mort; il m'était attaché, il eût rendu à la patrie des services essentiels. Son dernier mot a été qu'il partait pour me joindre. Mais oui; je vois son ombre, il erre donc là, partout, il siffle dans l'air; son âme est dans les nuages, il sera propice à mon destin. Mais, insensé, je verse des larmes sur l'amitié, et qui me dit que déjà je n'en aie à verser d'irréparables? Âme de mon existence, écris-moi tous les courriers, je ne saurais vivre autrement! Je suis ici très occupé; Beaulieu remue son armée, nous sommes en présence. Je suis un peu fatigué, je suis tous les soirs à cheval. Adieu, adieu, adieu; je vais dormir à toi; le sommeil me console, il te place à mes côtés, je te serre dans mes bras. Mais au réveil, hélas! je me trouve à trois cents lieues de toi! Bien des choses à Barras, à Tallien, à sa femme.

« B.[1] »

Cette lettre, presque indéchiffrable, est du 16 germinal (6 avril 1796); Bonaparte avait quitté Paris le 4 mars, trente-trois jours auparavant; la bataille de Montenotte eut lieu le 12 avril, et celle de Millesimo le 14.

CHIESA DI SANT' AGOSTINO[2]

11 juillet 1828. — C'est un cardinal français, M. d'Estouteville[3], qui a fait bâtir cette église en 1483. La façade est simple et noble; l'intérieur a trois nefs, le long desquelles on trouve beaucoup de chapelles richement ornées de marbres. Malheureusement, dans le siècle dernier, plusieurs choses dans l'intérieur de cette église ont été restaurées par Vanvitelli. Le grand autel, fort riche, a été élevé sur les dessins du Bernin; on y voit deux anges en adoration assez jolis.

La chapelle de saint Augustin est ornée de belles colonnes, et, ce qui est bien autrement intéressant pour une de nos compagnes de voyage, on y voit trois tableaux du Guerchin. Dans une autre chapelle on remarque des ouvrages de Lanfranc, ce célèbre intrigant, élève des Carraches; on estime surtout son *Saint Augustin*, qui, arrêté sur le rivage de la mer, médite sur le mystère de la sainte Trinité. Le même sujet a été esquissé dans un des soubassements des *stanze* de Raphaël, au Vatican. On peut comparer les manières : on verra que, comme la musique l'a fait depuis Pergolèse jusqu'à Rossini, la peinture, tandis qu'elle était encore vivante, s'élançait du genre simple au composé.

Dans la première chapelle, à gauche en entrant, on trouve de magnifiques ouvrages de Michel-Ange de Caravage[1]. Cet homme fut un assassin ; mais l'énergie de son caractère l'empêcha de tomber dans le genre niais et noble, qui de son temps faisait la gloire du cavalier d'Arpin : le Caravage voulut le tuer. Par horreur pour l'idéal *bête,* le Caravage ne corrigeait aucun des défauts des modèles qu'il arrêtait dans la rue pour les faire poser. J'ai vu à Berlin des tableaux de lui, qui furent refusés par les personnes qui les avaient commandés, comme *trop laids.* Le règne du laid n'était pas arrivé.

La plupart des étrangers négligent tous ces tableaux pour courir au troisième pilier à gauche dans la grande nef. Là se trouve le *Prophète Isaïe,* fresque de Raphaël ; c'est ce que ce grand homme a fait de plus semblable à Michel-Ange, et à mon gré il surpasse Michel-Ange[2]. Comparé à ses autres ouvrages, le *Prophète Isaïe* est comme l'*Athalie* de Racine comparée à *Phèdre* ou à *Iphigénie ;* Raphaël n'a rien fait de plus grandiose que cette figure isolée ; elle est de 1511, dit Vasari.

L'église de Saint-Augustin est sur le chemin de la via Condotti à Saint-Pierre[3] ; je vous engage à y entrer souvent, et à regarder cette fresque de Raphaël dans des dispositions d'âme différentes : c'est le seul moyen de conserver une idée distincte du *style* d'un tableau célèbre.

Une chose choque toujours les personnes qui n'ont pas vu l'Italie et qui lisent des voyages : c'est l'extrême importance que l'auteur attache aux descriptions des églises.

Daignez considérer, ô mon lecteur ! que, sans les sommes immenses dépensées par la piété et ensuite par la vanité, nous n'aurions pas le quart des chefs-d'œuvre des grands artistes. Ceux qui avaient l'âme froide, le Titien, par exemple, et le Guerchin, se seraient peut-être appliqués à un autre métier. « Vous êtes donc devenu dévot! » m'ont dit deux ou trois fois des étrangers auxquels je donnais la liste des églises à voir.

12 juillet 1828. — *San Carlo,* grande église du *Corso,* occupe beaucoup les dames, parce que, lorsqu'on se promène au Pincio, le dôme de *San Carlo,* placé sous les yeux des promeneurs, et de la manière la plus avantageuse, semble presque aussi élevé que la coupole de Saint-Pierre. Les habitants de la Lombardie ont élevé cette église en 1571, en l'honneur de l'homme ferme qui eut sur leur caractère une influence semblable à celle que Louis XIV a exercée sur celui des Français.

Saint Charles Borromée[1] a ôté aux Milanais l'énergie féroce qui leur valut tant de gloire dans le Moyen Âge, et qui un instant fut sur le point de réunir toute l'Italie sous le sceptre d'un de leurs princes (le comte de Virtù[2]). Saint Charles, en échange de leur férocité, donna aux Milanais le culte du chapelet. Onorio Lunghi, né à Viggiù[3], village pittoresque des environs de Varèse, commença cette église, qui fut continuée après sa mort par Martin Lunghi, et terminée par Pierre de Cortone. Le cardinal Omodei fit élever la façade sur les dessins d'un père capucin; la coupole est l'ouvrage de Pierre de Cortone. On vante le tableau du grand autel, qui est de Charles Maratte. L'autel de la croisée à droite est fort riche, il est orné d'une mosaïque copiée d'après le tableau du Maratte qui est ici près, à l'église de *Santa Maria del Popolo.*

La coupole de Saint-Charles n'a qu'une seule calotte[4], ainsi que celles de Saint-André *della Valle* et de Sainte-Agnès de la place Navone. La forme extérieure est belle, mais elles paraissent trop aiguës et trop étroites en dedans. L'aspect intérieur a quelque chose du sombre et du terrible d'une église gothique. Les coupoles du Panthéon et de l'église *del Gesù,* où l'on a sacrifié l'extérieur à l'intérieur, comme dans l'architecture des maisons de Paris, paraissent trop écrasées quand on les voit par dehors. La coupole de *Santa Maria di Loreto,* la première qui fut bâtie à Rome, a deux calottes comme celle de Saint-Pierre. Le modèle de cette petite coupole est aussi du Bramante. La chapelle Cibo, à *Santa Maria del Popolo,* à côté de la porte par laquelle vous êtes entré à Rome, a deux calottes. Le célèbre Fontana a essayé de trouver un juste milieu dans la coupole du collège Clémentin. (*Tempio Vaticano*, p. 362.)

Si l'on se trouve assez de curiosité pour désirer plus de détails sur Saint-Pierre et sur l'art de bâtir les églises, on peut consulter l'excellent livre de Fontana. Ainsi que les ouvrages des hommes qui ont agi, celui-ci est plein d'idées, et l'auteur ne songe pas au style.

15 juillet 1828. — Ce soir je blâmais à l'étourdie, en présence d'un moine dominicain de mes amis, le journal de Rome; il m'a repris avec un bon sens sévère, et m'a fort bien prouvé que rien au monde n'est plus difficile à faire que le journal officiel de Rome. Il paraît cinq[1] fois la semaine, sous deux titres, *Diario di Roma* et *Notizie del Giorno*[2].

Pensez un instant à l'énorme quantité de niaiseries, et toujours les mêmes, que ce journal doit prendre au sérieux. Il s'en tire fort bien; il les raconte[3] clairement, nettement, en termes officiels, mais pourtant pas trop emphatiques. Ce journal, qu'on appelle le *Cracas,* du nom du propriétaire, parle avec un bon sens rare et beaucoup de respect pour lui-même du petit nombre de sujets desquels il peut parler librement; les articles d'antiquité sont excellents. À Rome le plus mauvais barbouilleur ou le plus mince sculpteur fait don de quelque ouvrage à l'église qui donne son titre à un cardinal; il est admis ensuite à faire le portrait du valet de chambre, de la maîtresse ou du confesseur du cardinal; et enfin, lorsque le barbouilleur expose quelque tableau, le secrétaire du cardinal envoie au malheureux journal un article que M. Cracas n'ose pas trop abréger. Quand le journal peut échapper à cet accident, les articles de peinture sont remplis de pensées; on sent que la place manque à l'auteur. C'est le contraire de ces malheureux articles de beaux-arts que nous lisons à Paris; nous avons toute liberté, mais en même temps une complète sécheresse de cœur. N'est-ce point là ce qui suivra partout une civilisation trop avancée? Elle fatigue la vie.

Les discussions politiques ôteront la rêverie et les doux loisirs sans lesquels Cimarosa ou Canova n'ont point de vrais juges à attendre.

Le journal de Rome se moquait fort bien dernièrement des énormes bévues que contient, sur les fouilles de

Tusculum, le numéro d'avril 1826 du *Journal de la littérature étrangère,* qui s'imprime à Paris et se lit, dit-on, en Allemagne[1].

16 juillet 1828. — Je viens de faire le *cicerone.* Bien malgré moi, et par ordre supérieur, j'ai expliqué le *Moïse* de Michel-Ange à M. R*** : c'est un Français brillant d'esprit, et qui ose dire ce qu'il sent, fût-ce même que Raphaël est mauvais peintre. Il me dit : « Avez-vous parcouru un de ces volumineux recueils imprimés en 1792, sous le titre de *Choix de discours et de pamphlets politiques ?* Ouvrez un choix d'opinions et de pamphlets politiques relatifs à la session de 1829, vous serez frappé de la différence; quelque chose de vague et de cotonneux vous fait fermer en bâillant le recueil de 1792. Vous trouverez, au contraire, dans les pamphlets de 1829, un ton ferme et des idées nettes. En conclurez-vous que nos faiseurs d'articles politiques ont plus d'esprit que Barnave, Cazalès, Mounier ou Mirabeau? — Cette comparaison vous fera sentir, lui dis-je, l'immense différence qu'il y avait pour un jeune peintre du XVIe siècle à être admis à l'école de Raphaël ou à celle du Titien. Cette idée de l'*importance de l'école* revient sans cesse dans les discours que les Italiens font sur les arts. C'est comme le point de départ d'où s'élance un jeune aiglon à l'aile vigoureuse. À talent égal, il faut voir ce que devient un jeune peintre, suivant qu'il suit à Venise l'école du Titien, ou à Rome celle de Raphaël; suivant que, dans une jeune femme qui joue avec son enfant, il ne voit que la *couleur* ou bien que l'*expression* et la noblesse des contours. Si Giotto, qui a fait en 1300 ces peintures si barbares que vous voyez à Florence, était entré en 1520 à l'école du Corrège, il eût étonné le monde. — Je vois, dit M. R*** en m'interrompant, pourquoi le vulgaire des *dilettanti* ne sait quoi blâmer en 1829 dans les peintres ou les poètes qui sont à la hauteur du siècle. Ce vulgaire a-t-il un peu d'esprit, il s'ennuie; en a-t-il davantage, il voit que ces prétendus artistes *n'ont rien en propre.* Ce sont d'excellents élèves de rhétorique. Je bâille moins en lisant une satire de Régnier qu'un poème moderne; mais la satire de Régnier est inintelligible aux femmes. »

Ce soir, au milieu de la foule qui se pressait au concert

de Mme D***, un jeune homme s'avançait vers le piano
en poussant tout le monde avec assez de grossièreté; un
vieil abbé me dit : « C'eſt un tel, le chanteur; jamais il ne
parviendra à vaincre la grossièreté qui dépare sa voix;
vous voyez qu'elle eſt aussi dans son caractère. L'autre
jour il allait à Tivoli avec plusieurs jeunes peintres; à dix
pas de l'auberge, il s'eſt mis à courir pour s'emparer du
meilleur lit. — Avec ces âmes-là on fait sa fortune, mais
l'on ne parvient pas à bien chanter. »

1ᵉʳ octobre 1828. — Nous venons de passer soixante-
quinze jours hors de Rome. Nous avons vu, perchés sur
des mulets, cette partie de l'Afrique qu'on appelle la Sicile.
Ses temples nous ont frappés, et le bon sens profond
de quelques-uns de ses nobles[1]. Je n'ose nommer deux
d'entre ces messieurs qui sont devenus nos amis.

Un bateau à vapeur assez propre nous a portés de
Naples à Palerme en vingt-cinq heures. Le capitaine
nous offrait de nous conduire de Naples à Marseille en
quatre jours. L'un de nous l'a pris au mot, et par la
malle-poſte eſt arrivé à Paris neuf jours après nous avoir
quittés à Naples.

Les moments les plus agréables de notre voyage ont été
quinze jours de repos passés dans une petite maison à un
mille de Furia (île d'Ischia[2]). Ce que nous avons vu de plus
curieux en Italie, c'eſt Pompéi[3] : mais, sans les souvenirs
de Rome, les reſtes encore vivants de Pompéi ne nous
eussent guère touchés[4].

C'eſt à l'*Hiſtoire du duc de Guise à Naples* que nous
devons d'avoir vu avec intérêt tout ce que le Moyen Âge a
laissé dans cette ville. La révolte de Masaniello[5], en mai et
juin 1647, nous a frappés (page 62). Les *Mémoires* de
Montluc et de ses contemporains ont achevé ce que le
duc de Guise avait commencé.

Nous avons obtenu communication d'un manuscrit
qui raconte la suppression du couvent de Baïano[6]. Rien
ne surpasse, pour l'intérêt déchirant, l'exécution à mort
et le spectacle de ces deux religieuses si belles, contraintes
de prendre les grands verres de ciguë que leur présentent
les prêtres délégués par l'archevêque de Naples. Les
mouvements convulsifs de ces jeunes filles, et les paroles
qui leur échappent quand elles embrassent celles de leurs
amies qui avaient préféré se donner la mort avec un

poignard, n'ont rien d'égal dans aucune tragédie. L'un des prêtres ne put soutenir le spectacle des derniers mouvements de ces femmes si belles, et fut obligé de se retirer dans une pièce voisine.

L'histoire de Giannone, qui mourut dans les prisons du roi de Sardaigne, pour avoir osé faire entrevoir la vérité sur le Moyen Âge à Naples, est fort estimable, mais un peu ennuyeuse pour des voyageurs comme nous, qui ne voulions que voir Naples : « *Veder Napoli e poi morire*[1] », disent les Napolitains. Rien de comparable, en effet, à cette situation délicieuse et sublime; c'est la seule belle chose au monde qui comporte ces deux épithètes.

Mais l'architecture de Naples est mauvaise; il faudrait raser ce gros vilain fort Castel Nuovo[2], et en faire un jardin sur le bord de la mer. Nous avons trouvé à Naples la société française. Naples est un peu africaine, si l'on veut, dans les basses classes, mais moins italienne que Rome, Bologne ou Venise. On dirait que les deux cents personnes les plus riches de Naples sont nées à la Chaussée d'Antin. Cette haute société n'a conservé des Napolitains que les yeux magnifiques et le grand nez. Mais ces yeux si beaux manquent un peu d'expression, et rappellent le mot d'Homère, qui appelle sans cesse Junon la déesse aux yeux de bœuf.

La haute société forme comme un *oasis* moral[3] au milieu de Naples; rien ne lui ressemble, et elle vit avec les vingt familles d'Anglais qui tous les ans viennent s'établir à Naples et y importer les petites vanités méticuleuses du Nord.

À proprement parler, la plupart des Napolitains n'ont pas de passions profondes, mais obéissent en aveugles à la *sensation* du moment. Métastase a peint, avec une couleur toute napolitaine, les moments de délire de plusieurs passions extrêmes. Une seule chose fixe le Napolitain, et le rend raisonnable et rêveur, c'est un air de Cimarosa *bien chanté*. Leur vie habituelle est si gaie, que toute passion, *même heureuse,* les rend tristes.

Zadig, Candide et la *Pucelle* peignent la France de 1760; les opéras de Cimarosa peignent avec la même vérité le caractère de l'heureux habitant de Torre del Greco[4].

Quant au matériel de la population napolitaine, figurez-vous que tout le monde vit dans la rue, et des

rues peuplées de chefs de bataillon, portant un habit bleu
avec collet rouge et une épaulette à graine d'épinards :
c'est le costume des sous-lieutenants. Toute la noblesse
sert par pauvreté ; ces gens-là passent leur vie à désirer
une charte. En 1821, le ministère français la leur offrait.
Si Naples avait les deux Chambres, M. de Metternich
n'inquiéterait pas la France en 1829.

Souvent, pendant cette absence de soixante-quinze
jours, nous avons regretté Rome ; c'est avec une sorte de
transport que nous avons revu le Colisée, la villa Ludovisi, Saint-Pierre, etc. Ces monuments parlent à notre
âme, et nous ne concevons pas que nous ayons pu une
fois ne pas les aimer.

2 octobre 1828. — Ce matin, de bonne heure, avant la
chaleur, nous sommes venus au couvent de Saint-
Onuphre (sur le mont Janicule, près de Saint-Pierre).
Lorsqu'il se sentit près de mourir, le Tasse se fit transporter ici ; il eut raison : c'est sans doute un des plus
beaux lieux du monde pour mourir. La vue si étendue
et si belle que l'on y a de Rome, cette ville des tombeaux
et des souvenirs, doit rendre moins pénible ce dernier
pas pour se détacher des choses de la terre, si tant est qu'il
soit pénible.

La vue que l'on a de ce couvent est sans doute l'une des
plus belles du monde ; nous revenons de Naples et de
Syracuse, et il ne nous semble pas en ce moment qu'aucune autre puisse lui être préférée. Dans le jardin, nous
nous sommes assis sous un chêne antique ; c'est là, dit-on,
que le Tasse, se sentant tout à fait aux bornes de la vie,
vint revoir le ciel pour la dernière fois (1595) ; on nous y
apporte son écritoire et un sonnet encadré écrit par lui.
Nous examinons avec attendrissement ces lignes remplies
de sensibilité vraie et de platonisme obscur ; c'était alors
la philosophie des âmes tendres.

Nous désirons voir le buste fait avec le masque en cire
pris sur la tête de ce grand poète au moment de sa mort ;
il est à la bibliothèque du couvent. Le frère qui nous
accompagnait nous répond que, le supérieur étant
absent, il ne peut nous satisfaire ; il ajoute, en parlant du
Tasse : « *Era uomo buono, ma non è santo.* (Ce fut un fort
honnête homme, mais il n'est pas saint.) » On a montré ce
masque à tout venant pendant deux siècles ; mais, les

convenances faisant des progrès, le pape Léon XII vient de défendre de faire voir, dans les lieux consacrés à la religion, les images des personnages non sanctifiés par elle. Nous sommes allés revoir dans l'église le petit tombeau du Tasse, près de la porte à gauche en entrant. C'est là que se lit cette inscription si touchante, la plus belle peut-être qu'aient faite les modernes :

> TORQUATI TASSI
> OSSA HIC JACENT.
> NE NESCIUS ESSES HOSPES.
> FRATRES HUJUS ECCLESIÆ POSUERE.
> MDV*.

Cette épitaphe saisit les âmes nobles, parce qu'elle est fille de la nécessité et non de l'esprit. Les moines de ce couvent étaient dérangés par les questions des étrangers qui accouraient chez eux de toutes les parties de l'Italie, ils aimaient le Tasse eux-mêmes; ils firent placer cette inscription.

Les gens riches de Rome font, dans ce moment-ci, une souscription pour élever un tombeau à ce grand homme[1]. Cette entreprise, et surtout le mode d'exécution, sont regardés comme presque révolutionnaires.

Le chef du ministère déplorable de ce pays, M. le cardinal Della Somaglia, n'a pas pu décemment s'abstenir de souscrire. Je ne sais où l'on trouvera quelque sculpteur un peu au-dessus du médiocre pour élever ce monument; on pourrait demander un modèle à M. Rauch, de Berlin. Le portrait qui est sur le tombeau actuel du Tasse n'est pas le sien. Fort contrariés du refus que nous venions d'éprouver, nous n'avons pu examiner réellement une madone de Léonard de Vinci[2], que l'on nous a montrée au-dessus d'une porte[3]. Les fresques du Dominiquin, admirables par la simplicité, qui sont au-dehors du couvent sous le portique, n'ont trouvé en nous que des gens en colère; nos compagnes de voyage surtout étaient outrées. En vain nous leur représentons que demain nous aurons vingt lettres de recommandation, et que ces moinillons seront à leurs pieds; les voilà à jamais ennemies de Léon XII.

* Les restes de Torquato Tasso reposent ici. Afin que tu pusses le savoir, ô étranger, les frères de cette église ont écrit ces mots. 1505.

J'ai relu cette nuit quelques parties de la *Jérusalem*[1]. En passant à Ferrare, l'an passé[2], je suis entré dans l'espèce de cave où un grand prince, *protecteur des arts,* suivant le prêtre Eustace, renferma le Tasse pendant sept ans et quelques mois; apparemment *pour son bien.* Un autre prêtre défend que l'on montre son buste; à la bonne heure! la mémoire du Tasse ne m'en est que plus chère.

Quel divin poète, quand il oublie d'imiter[3]! Ce fut un homme bien supérieur à son ouvrage. Quelle tendresse! quelle mélancolie guerrière! C'est bien le sublime de la chevalerie; comme cela est près de nos cœurs et vieillit les héros secs et méchants d'Homère! J'ai arrangé un exemplaire de la *Jérusalem* à mon usage, en effaçant tous les jeux de mots qui me choquent, et firent la fortune si rapide du poème en 1581[4].

Nous ne verrons plus de tels hommes. Lord Byron aurait eu un cœur de poète, mais la vanité de noble et de dandy vint en usurper la plus grande part[5]. Comment serait-il possible que l'âme tendre et folle d'un poète ne prît pas une passion contagieuse dans laquelle on l'élève avec tant de soins? et comment résister à ses passions? S'il peut ces deux choses, il n'est plus poète. Le grand-duc de Toscane vient de payer quatre mille francs un petit livret couvert en parchemin, dont le Tasse s'est servi pour écrire des sonnets; l'écriture est fort grosse. On voit que plusieurs ont été abandonnés par lui, après qu'il a essayé de les tourner de deux ou trois manières différentes. Mes *protecteurs* m'ont fait voir ce petit livret à la bibliothèque du palais Pitti, fort bien tenue et fort jolie.

Ayez en Italie des protecteurs, des titres, des croix, etc., ou un cœur d'homme pour mépriser les vexations, jusqu'au jour où vous aurez une armée de cent mille hommes dans votre poche; c'est ce que nous répétons à nos compagnes de voyage. Mais elles sont outrées de colère, c'est la première fois depuis treize mois.

Dans leur indignation contre la consigne donnée aux moines de Saint-Onuphre, elles trouvent fort bien ce sonnet d'Alfieri :

ALLA TOMBA DI TORQUATO TASSO

Del sublime cantore, epico solo,
  Che in moderno sermon l' antica tromba

Fea risuonar dall' uno all' altro polo,
Qui giaccion l' ossa in sì negletta tomba?
Ahi Roma! e un' urna a chi spiegò tal volo
Nieghi, mentre il gran nome al ciel rimbomba;
Mentre il tuo maggior Tempio al vile ſtuolo
De' tuoi Vescovi Re fai catacomba?
Turba di morti che non fur mai vivi,
Esci su dunque, e sia di te purgato
Il Vatican, cui di fetore empivi!
Là nel bel centro d'esso ei sia locato:
Degno d' entrambi il monumento quivi
Michelangelo ergeva al gran Torquato[1].

3 octobre 1828. — Paul eſt arrivé hier; il nous avait
quittés pour une course du côté de Venise. Il y a six mois
qu'un matin la police trouva un cadavre dans la rue d'une
ville que j'appellerai Ravenne, car en ce lieu on a du cœur
et de l'esprit, et il faut tout cela pour l'histoire que Paul
vient de nous dire.

Elle eſt reſtée complètement inintelligible pour les
habitants du pays[2]. Le mort s'appelait Cercara; quoique
jeune encore, il passait pour vieux à cause du métier qu'il
s'était fait; il prêtait à la petite semaine. Fort mal mis
pendant sa vie, on l'a trouvé mort, vêtu[3] comme pour
aller au bal, et avec des bijoux de prix qu'on ne lui avait
point volés. Il avait un jeune frère, Fabio Cercara,
soupçonné de carbonarisme, et qui, en homme d'esprit,
s'était réfugié à Turin, où il étudiait la chirurgie. Dès que
Fabio a su la mort de son frère aîné qui lui laissait près de
trois millions, il s'eſt fait moine.

En dernier lieu, pendant que Paul était à Venise, une
jeune femme s'eſt fait annoncer chez un moine fort en
crédit et qui réellement a un peu du caractère de Fénelon.
Cette femme très jeune a beaucoup pleuré et lui a remis
des bijoux qui peuvent valoir deux mille sequins.

« C'eſt tout ce que je possède au monde, a-t-elle dit au
moine. Je me crains moi-même. Ne me remettez jamais
ce dépôt que pour une fin honnête et que vous approu-
verez. Je veux me faire religieuse, indiquez-moi un
couvent dont la règle ne soit pas trop dure. Daignez
répondre de moi et me présenter sous le nom de Francesca Polo, qui n'eſt pas le mien. — Avez-vous commis
quelque crime sur le territoire de l'Autriche? » dit le

moine. Rassuré à cet égard, il a bien voulu prendre la jeune femme sous sa protection[1].

Voici l'histoire de Francesca, telle qu'elle l'a faite au confesseur du couvent qu'elle a choisi. Elle n'a pas[2] vingt-deux ans; elle a été mariée à dix-sept à une espèce de fat, assez âgé et ennuyeux au suprême degré[3]. Ce fat, quoique fort riche, empruntait de l'argent à Cercara l'aîné, qui bientôt fit la cour à Francesca; elle le prit en aversion. Un an après, lorsqu'on vit qu'elle n'aimait pas Cercara, cinq ou six jeunes gens de Ravenne essayèrent de lui plaire; elle eût peut-être aimé l'un d'eux, mais il partit. Sans malheur autre que l'ennui, elle dit que pendant tout l'été de 1827 la vie lui fut à charge. Son mari était plus ennuyeux que jamais, et Cercara venait la voir exactement soir et matin.

Un jour, elle crut rencontrer dans la rue ce jeune homme qu'elle avait distingué, mais auquel elle n'avait jamais parlé; elle se trompait, l'homme qu'elle regardait et qui s'était presque arrêté comme saisi d'un sentiment soudain à sa vue, était Fabio Cercara, le jeune frère de son ennuyeux, qui arrivait de Turin. C'était un très bel homme, extrêmement brun. Il avait l'air fort timide[4], et cependant à l'église, à la promenade de chaque soir, elle était sûre de rencontrer ses yeux. Un jour, il vint chez elle apporter, disait-il, un paquet de la part de son frère. Il fut admis auprès de Francesca. « Ce que je viens de dire à votre femme de chambre est tout à fait faux, lui dit-il, mon frère ne craint rien tant au monde que de me voir vous parler. Je n'ai pas eu l'adresse de lui cacher la passion que j'ai pour vous. Je suis malheureux, rien ne m'a réussi dans ma vie. Vous allez me dire que vous ne songez pas à moi, en ce cas je repartirai demain pour Turin, si tant est que j'en aie le courage, car à Ravenne du moins je vous vois. »

Francesca, fort troublée, eut cependant assez de courage pour être sincère avec lui. « Vous me feriez beaucoup de peine si vous partiez, car ici je meurs d'ennui et je vous vois passer avec plaisir; mais je ne vous aime point; je vous vois avec plaisir parce que vous ressemblez à un homme que j'aime peut-être. » Fabio fut désespéré; cependant il ne quitta point Ravenne[5], et au bout de deux mois parvint à se faire aimer. Il mit dans ses intérêts un artisan dont la maison avait une petite fenêtre qui donnait sur le jardin du mari de Francesca. Une fois la semaine et ensuite presque tous les jours, Fabio se laissait glisser le long d'une corde nouée attachée à cette petite fenêtre. Il entrait par le jardin dans une salle basse, et, chose incroyable, venait s'établir dans la chambre même où l'ennuyeux dormait avec sa femme. L'homme très fin qui faisait ce récit à Paul suppose que Francesca donnait un peu d'opium à son tyran, mais elle le nie tout à fait.

Au bout de quelque temps, Fabio fut obligé de retourner à Turin : la police de Ravenne, inquiète de le voir prolonger sans motifs apparents un séjour qu'il avait annoncé devoir être de trois semaines au plus, commençait à le faire suivre. Comme il était plein d'honneur, il craignit de compromettre Francesca, pour laquelle sa passion semblait augmenter tous les jours.

Occupé de son amour, Fabio n'avait fait aucune dépense pendant son séjour à Ravenne. Sans y songer, il plut à son frère, qui peu de jours avant celui du départ lui dit : « On ne sait ni qui meurt ni qui vit, viens chez mon notaire, je vais te faire une donation de tous mes biens, à condition que tu me donneras ta parole d'honneur de ne jamais les vendre ni les hypothéquer. » L'acte fut passé ; Fabio, qui avait vingt-deux ans comme sa maîtresse, fut très reconnaissant. Mais bientôt le chagrin causé par le départ lui fit oublier sa nouvelle fortune. Il n'y avait pas moyen même d'écrire à Francesca ; les habitants de Ravenne meurent d'ennui et s'observent tellement les uns les autres, que rien ne peut être secret. Fabio était jeune, sa douleur extrême, il eut l'imprudence de se confier à son frère, plus âgé que lui de quinze ou vingt ans. Il a dit depuis que cette confidence fut comme un coup de foudre pour le riche Cercara. « Comment, lui répétait sans cesse celui-ci, tu la vois presque toutes les nuits ! Comment, ajoutait-il un moment après, cet imbécile de mari ne vous a jamais entendus ! — Nous ne parlons jamais dans cette chambre », répondait Fabio. Au milieu de sa profonde douleur, son frère se fit répéter cinq ou six fois tous les détails des entrevues ; Fabio le voyait pâlir à chaque mot qui par hasard peignait l'amour que Francesca avait pour lui. Enfin, le jour du départ arrivant, le riche Cercara alla visiter avec son frère la maison de l'artisan, et il s'engagea à jeter par la petite fenêtre, lorsqu'il entendrait un certain signal, les lettres que Fabio lui adresserait de Turin pour Francesca.

Il paraît que pendant le premier mois le riche Cercara remplit honnêtement sa mission. Il venait ennuyer Francesca deux fois par jour, comme à l'ordinaire. Elle s'est rappelé depuis qu'elle le trouvait fort changé et fort pâle, les jours où il devait jeter une lettre de Fabio dans le jardin. Enfin le riche Cercara eut l'idée de contrefaire l'écriture de son frère, qui annonçait à Francesca s'être presque démis le poignet dans une chute de cheval. Quinze jours après, une lettre supposée apprit à Francesca que Fabio allait venir à Ravenne à l'insu de sa famille, uniquement pour la voir.

Parvenue à cette partie du long récit que nous abrégeons, Francesca rougit beaucoup et eut besoin des encouragements du père confesseur pour être en état de continuer. « Enfin le jour de mon malheur arriva, reprit Francesca, qui était devenue d'une pâleur mortelle, l'infâme Cercara eut l'audace de pénétrer dans ma chambre; je me souviens que j'eus le plus étrange soupçon; je finis par croire que Fabio s'était un peu enivré et craignait de se compromettre en parlant; cependant mon mari dormait profondément, et, à cause de l'extrême chaleur, était allé reposer sur le canapé. L'homme que je prenais pour Fabio, mais que ce jour-là je n'aimais presque plus, à ce qu'il me semblait, me quitta bien plus tôt qu'à l'ordinaire. Dès qu'il fut parti, je me fis des reproches de mon peu d'amour et de la folie de mes idées. Le lendemain, le monstre revint; tous mes soupçons furent vérifiés : je fus certaine que l'homme qui avait abusé de moi n'était pas mon amant; mais quel était-il? Je me perdais dans mes idées, j'avais beau passer la main sur sa figure, je ne trouvais rien de remarquable dans ses traits, sinon que j'étais bien sûre que ce n'étaient pas ceux de Fabio. J'eus assez d'empire sur moi pour cacher mon agitation.

« Je recommandai à l'inconnu de venir le vendredi suivant; ce jour-là, mon mari devait aller à la campagne, je me gardai bien de le dire à l'homme qui me trompait. Le vendredi, je fais coucher à mes côtés une servante très forte qu'on appelle la Scalva, et qui, à cause d'un grand service que je lui ai rendu, m'est tout à fait dévouée. L'inconnu entre, je fus sur le point de le poignarder sans

lui rien dire. Grand Dieu! quel danger je courus! C'était
Fabio, qui, par une étrange combinaison, arrivait de
Turin pour me voir. Il était si heureux, que je n'eus pas
le courage de lui avouer notre malheur.

« Le lendemain, j'attendis presque Fabio, qui m'avait
fait une demi-promesse de revenir. Au lieu de lui, qui
vint ce soir-là? Le monstre qui m'avait rendue indigne
de mon amant. Je fus encore trompée; je me jetai dans
ses bras, croyant que c'était Fabio; mais l'inconnu
m'embrassa, et je m'assurai de mon erreur. Aussitôt,
sans mot dire, je lui donnai deux coups de poignard dans
la poitrine, et ma servante l'acheva. Il pouvait être deux
heures du matin; nous étions dans les grands jours, il n'y
avait pas de temps à perdre. Je dis à la Scalva d'aller
réveiller Fabio, et le prier de venir; je me perdais, je le
sentais bien, mais j'avais besoin de le voir. "Dieu sait,
disait la Scalva, si seulement on voudra m'ouvrir à
l'heure qu'il est; tous les voisins seront réveillés; ceci
peut nous conduire à l'échafaud." Mais je lui dis que je le
voulais, elle ne répliqua pas et partit.

« Par un bonheur inouï, elle trouva la porte de la
maison de Fabio ouverte, elle savait où était sa chambre;
ils revinrent au bout de peu d'instants. J'avais passé ces
derniers moments heureux de ma vie, assise sur mon lit,
ayant à mes pieds le cadavre du monstre; je ne le voyais
pas, mais la chambre sentait le sang. Enfin j'entendis du
bruit, je sortis précipitamment pour tout raconter à
Fabio; par mon ordre la Scalva ne lui avait rien dit.
Quand Fabio fut introduit dans la maison, elle osa allumer
la lampe; il me vit toute tachée de sang. À cet instant
commença mon malheur : il eut horreur de moi, il
écouta mon récit avec froideur et sans me donner un
seul baiser, lui qui ordinairement était si fou dans ses
caresses.

« Il fallait que son indifférence fût bien marquée, car la
Scalva me dit en patois : "Il ne nous aidera pas. — Au
contraire, reprit froidement Fabio, je me charge de tout,
ceci ne vous compromettra nullement; avec l'aide de la
Scalva, je vais transporter le corps dans une rue écartée, et
si demain et les jours suivants vous ne changez absolument rien à votre conduite habituelle, je défie le diable lui-
même de deviner ce qui s'est passé. — Mais m'approuves-
tu, mon ami? lui dis-je avec passion. — Dans ce moment-

ci je suis glacé, répondit-il, et en vérité je ne sais si je vous
aime. — Eh bien! finissons-en, lui dis-je, emportez ce
corps avec la Scalva.” Nous entrâmes alors dans la
chambre; il jeta un cri et tomba par terre contre une
chaise, il avait reconnu avant moi son frère. Celui-ci
était renversé, les yeux ouverts, je le vois encore, et
nageant dans le sang... Fabio l'embrassait.

« Que vous dirai-je? Je ne compris que trop que Fabio
ne m'aimait plus; j'aurais bien mieux fait de me tuer
comme j'en fus tentée, mais j'espérais qu'il reviendrait à
m'aimer. La Scalva et lui emportèrent le cadavre dans
une grande couverture de laine, et le placèrent au milieu
d'une rue déserte, à l'autre bout de la ville, vers la citadelle. Croiriez-vous que je n'ai plus revu Fabio? pour-
suivit Francesca en fondant en larmes. Il est allé s'enfermer dans un couvent à Turin, on me l'a écrit par son
ordre. J'ai fait tout ce qu'il fallait pour n'être pas découverte, puisqu'une action si juste déplaît à Fabio. J'ai
donné la moitié de ce que j'avais à la Scalva; elle est en
Espagne, et jamais ne me nuira. Longtemps après, seule,
je suis parvenue à me sauver de Ravenne et à m'embarquer. J'ai passé plusieurs mois à Corfou, espérant en
vain des lettres de Fabio; enfin, évitant mille périls, j'ai
acheté un passeport d'un Grec, et me voici; vous pouvez
me trahir si vous en avez le cœur. J'attends tous les jours
une lettre qui m'annoncera que Fabio a fait ses vœux. Il
veut apparemment que je suive son exemple, puisque
je lui ai annoncé mon dessein, et qu'il ne m'écrit pas qu'il
le désapprouve. »

Ce récit m'effraye par sa longueur; hier soir, quand
Paul nous l'a fait, il nous a semblé court. Il n'a pas voulu
quitter Venise sans voir Francesca; rien n'était plus
difficile, mais il n'est pas homme à se laisser arrêter par
des obstacles. Il paraît ravi de sa beauté, et surtout de
son air doux, innocent, tendre. C'est une figure lombarde,
de celles que Léonard de Vinci a reproduites avec tant
de charme[1] dans ses *Hérodiades*. Francesca a le nez légèrement aquilin, un ovale parfait, les lèvres minces et
délicates, de grands yeux bruns mélancoliques et timides
et le plus beau front, sur le milieu duquel se partagent
les plus beaux cheveux châtain foncé[2]. Paul n'a pu lui
parler, il sait par le confesseur du couvent que jamais
elle n'a eu la moindre idée qu'elle faisait mal en tuant

l'inconnu. Elle n'est pas encore revenue de la surprise
que lui cause la conduite de Fabio; la découverte que
le mort était son frère ne lui semble nullement justifier sa
froideur. Quelquefois elle pense qu'à Turin, et avant son
retour à Ravenne, il avait cessé de l'aimer.

LES ÉGLISES DE ROME

5 octobre 1828. — Le catholicisme vient de montrer à
Lisbonne et en Espagne qu'il exècre le gouvernement
représentatif, qui est justement l'unique passion du XIXe
siècle. Il est donc possible qu'avant la fin de ce siècle,
beaucoup d'hommes sensés adoptent une forme nouvelle
pour le culte du *Dieu tout-puissant, rémunérateur et vengeur*[1].

Tant que l'homme aura de l'imagination, tant qu'il
aura besoin d'être consolé, il aimera à parler à Dieu, et,
suivant son caractère particulier, il parlera à Dieu avec
plus de plaisir sous les magnifiques voûtes de Saint-Pierre
de Rome ou dans la petite église gothique de son village
à demi ruinée. Quand le sentiment religieux est profond,
la magnificence l'importune, et il préfère la chapelle
abandonnée au milieu des bois, surtout quand elle est
battue par la pluie d'orage, solitaire, et qu'on entend à
peine dans le lointain le bruit de la petite cloche d'une
autre église.

Nous autres gens du Nord[2], nous ne pouvons trouver
dans les églises de Rome ces sensations d'abandon et de
malheur : elles sont trop belles. Toujours pour nous,
l'architecture, imitée du grec par Bramante, *est une fête*.
Mais les Romains trouvent cette sensation d'abandon
et de tristesse dans plusieurs de ces petites églises que je
vais décrire rapidement; par exemple à Sainte-Sabine,
sur le mont Coelius[3].

Si tout est incertitude pour l'histoire des restes de la
Rome des rois, de Rome sous la république et même de la
Rome des empereurs, rien n'est plus certain que l'histoire
des églises, mais aussi rien de moins intéressant.

Je vous engage à effacer, avec un trait de crayon, les
noms des églises que vous aurez vues.

Je placerai d'abord pour mémoire les vingt-quatre[4]
églises les plus remarquables à mes yeux.

SAINT-PIERRE. Basilique bâtie par Constantin, refaite par Nicolas V et Jules II.

LE PANTHÉON (ou Sainte-Marie *ad Martyres*). Veuve du buste de Raphaël; modèle complet de l'architecture antique.

SAINTE-MARIE-MAJEURE. Basilique; l'air d'un salon.

SAINT-JEAN-DE-LATRAN. Basilique; rien pour la beauté[1].

SAINT-ANDRÉ DELLA VALLE. Belle façade et fresques du[2] Dominiquin.

SAINTE-MARIE-DES-ANGES. Architecture sublime; une simple bibliothèque antique, plus noble que la plupart de nos églises.

ARACOELI. Au Capitole, à gauche en montant; ancien temple de Jupiter; colonnes antiques, air sombre, le *Sacro Bambino;* immense escalier de marbre[3].

SAINT-PAUL-HORS-LES-MURS. Brûlée en 1823. Ruines sublimes; air mélancolique d'une église gothique.

LES SAINTS-APÔTRES. Tombeau de Ganganelli, et, dans le vestibule, petit monument par Canova; une aigle antique.

SAINT-AUGUSTIN. Le *Prophète Isaïe,* fresque de Raphaël; son style se rapproche de celui de Michel-Ange.

MADONNA DELLA PACE. Ses belles fresques par Raphaël.

CAPUCINS. Place Barberini; le *Saint Michel* du Guide.

SAN CARLO A' CATINARI[4]. Fresques du Dominiquin.

SAINT-CLÉMENT. Reste le plus complet des églises des premiers siècles; chœur au centre de l'église.

SAINT-ÉTIENNE-LE-ROND. Forme singulière; affreux tableaux de martyrs.

SAINT-GRÉGOIRE-AU-MONT-COELIUS. Le *Martyre de saint André;* fresques du Guide et du Dominiquin. Position délicieuse[5].

DEL GESÙ. Commencée par Vignole en 1575; chapelle et tombeau de saint Ignace. Chef-lieu des jésuites.

SAINT-IGNACE. Commencée en 1626; époque de décadence pour l'architecture.

SAINTE-MARIE DELLA NAVICELLA. Position charmante, architecture délicieuse de Raphaël, vingt colonnes superbes[6].

SANTA MARIA DEL POPOLO. À côté de la porte par laquelle on entre à Rome en venant du nord. Beaux tombeaux du xvie siècle.

SAINT-ONUPHRE, sur le mont Janicule; tombeau du Tasse; vue magnifique; on se trouve vis-à-vis le palais de Monte Cavallo; Rome entre deux.

SAINT-PIERRE IN VINCOLI[7]. Le *Moïse* de Michel-Ange, un tableau du Dominiquin dans la sacristie.

SAINTE-PRAXÈDE. Bâtie en 162, refaite vers 280; seize colonnes de granit; le grand autel est bien placé.

san lorenzo fuori le mura. L'un des monuments chrétiens les plus curieux. Cette basilique fut fondée par Constantin, vers 330, quatre ans après le scandale abominable de la mort de son fils, jeune prince de la plus grande espérance. Elle fut refaite de fond en comble vers 589. Restaurée en 716, agrandie en 772, elle fut restaurée de nouveau vers 1216, par Honorius III, dont nous avons vu le portrait en mosaïque sous le portique élevé par lui. La dernière restauration est de 1647. Rien de plus curieux que l'intérieur. Cette église est remplie de colonnes. Y aller plusieurs fois.

Quelques lecteurs libéraux trouveront[1] ridicule la proposition de lire vingt pages de descriptions d'églises. La plupart de ces monuments furent bâtis par des hommes qui étaient à demi persécutés, comme l'est aujourd'hui en Italie le voyageur qui passe pour libéral. Ces églises ne furent pas élevées par le budget, et contre le vœu de l'immense majorité qui, en France, au lieu d'églises, voudrait des écoles pour les paysans.

Les églises de Rome, bâties par des particuliers ou par souscriptions, furent, jusque vers l'an 1700, les monuments les plus *agréables* à l'immense majorité. Ainsi nous voyons en elles l'*expression morale* de leur siècle.

Les papes ont centuplé l'étendue de l'*amour du beau,* en lui donnant pour auxiliaire la peur de l'enfer; de 1200 à 1700, cette peur décida les vieillards riches. Chez les âmes tendres, la crainte des jugements de Dieu se manifeste par l'amour de la Madone; elles chérissent cette mère malheureuse qui éprouva tant de douleurs, et en fut consolée par des événements si surprenants : la résurrection de son fils, la découverte qu'il est Dieu, etc., etc. On compte à Rome vingt-six églises consacrées à Marie.

Les arrêts des tribunaux me gênent pour la déclaration suivante[2]. Malgré le secours qu'ils croient prêter à la croyance en Dieu, j'ai besoin de déclarer que ce sentiment sublime est resté à mes yeux bien au-dessus des critiques d'artiste et toutes mondaines que je vais me permettre sur les églises de Rome. L'existence même de l'Inquisition n'empêchera jamais les âmes tendres de sentir la sublimité des doctrines de Jésus, à plus forte raison l'existence des tartufes à qui elles donnent des carrosses, et l'existence des hommes graves et moraux qui leur demandent de la considération et du pouvoir. (Voir le *cant* anglais[3] et les *revues morales*.)

Lorsque l'on passera devant les quatre-vingt-six[1] églises dont les noms suivent, je conseille d'y entrer, à moins que l'on ne soit dominé par quelque sentiment vif.

ÉGLISE DE SANT' ADRIANO. Élevée vers l'an 630. La dernière restauration est de 1656. Elle avait des portes de bronze, qu'Alexandre VII transféra à Saint-Jean-de-Latran. Un tableau de *Saint Pierre Nolasque porté par les anges,* est de l'école de Bologne, qui, venue en 1590[2], imita toutes les autres. Quelques personnes l'attribuent au Guerchin. Devant le lieu occupé par cette église fut le Forum. Près d'ici fut le temple de Saturne, où les Romains avaient placé le trésor de l'État.

SANT' AGNESE IN PIAZZA NAVONA. L'une des plus jolies églises de Rome. Ce fut un lieu de prostitution. Sinfronius, préfet de Rome, y fit conduire la jeune Agnès; un miracle la garantit des derniers outrages. Innocent X fit rebâtir cette église; la façade est une des meilleures du Borromini. L'intérieur a la forme d'une croix grecque; nous y avons vu beaucoup de marbres précieux et de statues médiocres. Il faut descendre dans le souterrain où se trouve le charmant bas-relief de l'Algarde. Il a osé représenter le commencement du martyre de la sainte. Quel dommage que l'Algarde n'ait pas été un élève de Canova!

SANT' ALESSIO. Fondée en 305; la dernière restauration est de 1744.

SANT' ANDREA DELLE FRATTE. Réédifiée en 1612; la coupole est du Borromini. Voir la chapelle de Saint-François-de-Paule, et deux jolis anges du Bernin.

SANT' ANDREA AL NOVIZIATO. Charmante petite église, chef-d'œuvre de la richesse des jésuites. Elle est du Bernin, 1678. Cette église est annoncée par un joli portique semi-circulaire; sa forme est ovale, avec une coupole ornée de stucs dorés. Comme elle plairait à Paris! Les monuments devraient être dans le lieu où l'on sait le mieux les apprécier. L'autel de saint Stanislas, jésuite, a un tableau du Maratte. Dans la chambre habitée par Stanislas, on voit sa statue par le *célèbre* M. Legros.

SANT' ANTONINO DE' PORTOGHESI. Bâtie sous Sixte IV, restaurée en 1695. Voir le tableau de *Sainte Élisabeth,* par M. Luigi Agricola.

SANT' APOLLINAIRE. La plupart des églises de Rome ont été rebâties deux ou trois fois; celle-ci fut refaite de fond en comble par Benoît XIV. Le *Saint François-Xavier* est de M. Legros; une *Madone* est attribuée au Pérugin.

SANT' ATANASIO DE' GRECI. Élevée vers 1582, sur les dessins de Giacomo della Porta et de Martin Lunghi. Voir deux tableaux du cavalier d'Arpin[3].

SANTA BALBINA. Cette église, consacrée en 336, a été réparée en 600, en 731, en 746, en 1600. Les fresques de la tribune sont de Fontebuoni.

SAN BARTOLOMEO-DANS-L'ÎLE. Le corps de saint Barthélemy fut placé, en 973, dans l'urne de porphyre que l'on voit sous l'autel. Cette église, rebâtie deux ou trois fois, a vingt-quatre colonnes de granit volées à quelque temple païen. On y voit des peintures d'Antoine Carrache, tout à fait gâtées par quelque mauvais reſtaurateur de tableaux[1].

SAN BERNARDO. Bâtie dans un chauffoir des thermes de Dioclétien, en 1598. Voir la voûte antique bien conservée, et quelques ruines dans le jardin.

SANTA BIBIANA. L'an 470, sainte Simplicie[2] consacra cette église à sainte Bibiane, qui avait habité en ce lieu. Figurez-vous l'ironie qui dut accueillir cette modeſte église au milieu de tous les magnifiques temples de la Rome païenne, qui exiſtaient encore en 470; c'eſt ainsi que le voyageur peu riche et sans cordons eſt méprisé par de faſtueux personnages, et vexé par les polices; un jour la religion morale de ce voyageur triomphera. Le cavalier Bernin répara cette église en 1625. La ſtatue de sainte Bibiane, qui orne le grand autel, eſt un ouvrage eſtimé du Bernin. La sainte, qui tient une palme à la main, semble s'appuyer sur une colonne. Une grande urne antique d'albâtre oriental, placée sous l'autel, renferme les reſtes de sainte Bibiane, de sa mère et de sa sœur, qui souffrirent le martyre en même temps qu'elle. Cette église a huit colonnes antiques et des fresques de Pierre de Cortone, à gauche dans la nef.

SAN CARLO AL CORSO. Élevée en 1471 par les habitants de la Lombardie. Il était de mode pour chaque *nation* d'avoir en propre une église à Rome. Cette église eſt grande sans être belle comme[3] *Sant' Ignazio,* comme Saint-Louis-des-Français, etc.[4].

SAN CARLO ALLE QUATTRO FONTANE. Charmante petite église[5]. C'eſt un caprice du Borromini, 1640. Le tableau de la *Madonna* eſt de Romanelli.

SANTA CATERINA DE' FUNARI. Commencée au milieu des ruines du cirque de Flaminius en 1644. Voir dans la première chapelle à droite une *Sainte Marguerite,* tableau célèbre d'Annibal Carrache. Il y a beaucoup de tableaux. Les moins médiocres sont de Frédéric Zuccheri et de Raffaellino da Reggio.

SANTA CATERINA DA SIENA. Jolie église bien décorée de marbres. C'eſt dans le jardin de ce monaſtère qu'eſt la grande tour de Néron. Dans le fait, cette tour a été élevée par Boniface VIII, de la maison Caetani, en 1300. Les deux petites tours voisines sont aussi de Boniface VIII. La Porta Fontinale, pratiquée dans le mur de Servius Tullius, était auprès de la grande tour.

SANTA CECILIA. Bâtie au lieu où fut la maison de la sainte martyre, refaite en 821. Trois nefs séparées par des colonnes, grand autel soutenu par quatre belles colonnes antiques de marbre blanc et noir. Sur cet autel fort riche on voit une ſtatue de marbre qui représente la sainte martyre telle qu'elle fut trouvée dans son tombeau. Ce travail est sec, mais plein de vérité, comme un tableau du Ghirlandaio. La position est singulière : la sainte est appuyée sur le bras gauche, la tête tournée vers la terre. Cet ouvrage, que l'on ne se lasse pas de regarder quand une fois on l'a compris, vers le troisième mois du séjour à Rome, a toute la grâce d'un vieux sonnet gaulois plein d'énergie ; il est de Stefano Maderno. On trouve ici une *Madone* d'Annibal Carrache, et dans la cour qui précède l'église, un beau vase antique. Le portique est orné de colonnes de granit.

SAN CESAREO. Existait au VIe siècle ; restaurée par Clément VIII.

CHIESA DELLA CONCEZIONE DE' CAPPUCCINI. Élevée en 1628 par le cardinal Francesco Barberini, frère d'Urbain VIII. Le premier tableau, à droite en entrant, est le fameux *Saint Michel* du Guide. Le Dominiquin, fort dévot, fit hommage à cette église du *Saint François* qui est dans la troisième chapelle. Chercher le *Saint Michel*, chef-d'œuvre de Pierre de Cortone, et plusieurs bons tableaux d'André Sacchi. Voir sur la porte le carton de la *Barque de saint Pierre*, par Giotto, ouvrage de l'an 1300. La mosaïque est à Saint-Pierre[1].

SANTI COSMA E DAMIANO. Ici fut un temple rond dédié aux fondateurs de Rome. Vers l'an 527, Félix IV bâtit cette église. Ce fut peut-être en 780 que l'on plaça ici les belles portes antiques de bronze. Urbain VIII releva le pavé, et fit beaucoup de changements.

SANTA COSTANZA-HORS-LES-MURS. Baptistère élevé par Constantin. C'est une rotonde avec vingt-quatre colonnes de granit accouplées. Édifice beau et curieux. Il ne reste rien du magnifique portique qui l'entourait. Près d'ici Néron se tua dans la maison de campagne d'un de ses affranchis[2].

SANTI DOMENICO E SISTO. Bâtie par saint Pie V, homme cruel. Les statues et les tableaux sont d'une bonne médiocrité.

CHIESA DOMINE QUO VADIS. Cette petite église qui se voit à gauche sur la voie Appienne porte trois noms : *Santa Maria delle Palme, Santa Maria delle Piante,* et *Domine quo vadis.* Quelques écrivains ont dit qu'elle a été bâtie sur l'emplacement du fameux temple de Mars. Saint Pierre, dans un de ses moments de faiblesse que saint Paul ne lui pardonnait pas, fuyait Rome et les persécutions. Arrivé au lieu où nous sommes, Jésus lui apparut : le Sauveur des hommes portait la croix sur ses épaules. À cette vue imprévue, l'apôtre s'écria : « *Domine, quo vadis ?* » Cette église fut rebâtie sous Clément VIII. La façade est de 1737.

SANT' EUSEBIO. Église élevée sur l'emplacement occupé par la maison du chrétien Eusèbe. Renfermé dans un cabinet de quatre pieds de côté par ordre de Constant, ici saint Eusèbe mourut de faim. Cette église fut rebâtie pour la dernière fois en 1759 ; ce fut alors que Raphaël Mengs peignit la voûte.

SANTA FRANCESCA ROMANA. Vers l'an 760 le pape Paul Ier éleva cette église. Il faut voir le tombeau de Grégoire XI par Olivieri. Ce pape rétablit à Rome le Saint-Siège qui avait été longtemps à Avignon. La façade est contemporaine de celle de Saint-Pierre, règne de Paul V. Du couvent annexé à cette église, on passe à une cour où l'on voit les tribunes de deux temples antiques placées dos à dos, et parfaitement égales. Elles appartenaient aux temples de Vénus et de Rome, élevés sur les dessins de l'empereur Adrien ; le temple de Vénus était tourné vers le Colisée, et celui de Rome vers le Forum[1].

SAN FRANCESCO A RIPA[2]. Il y a de beaux marbres dans cette église. La statue de la bienheureuse Aloïse est du Bernin. Elle est représentée mourante. Les draperies sont maniérées, mais les parties nues fort belles.

CHIESA DI GESÙ E MARIA. Il y a de beaux marbres et des tombeaux de la maison Bolognetti. Voir les fresques de Lanfranc dans la sacristie.

SAN GIACOMO DEGLI INCURABILI. Rebâtie en 1600, et ornée par les meilleurs artistes de ce temps.

SAN GIACOMO SCOSSACAVALLI. C'est ici qu'eut lieu ce fameux miracle des chevaux arrêtés par une main invisible. Ils étaient attelés à un chariot chargé de reliques que sainte Hélène, mère de Constantin, envoyait à la basilique de Saint-Pierre[3].

SAN GIACOMO DEGLI SPAGNOLI. Rebâtie en 1450. La chapelle de San Diego a un tableau et des fresques d'Annibal Carrache. L'Albane et le Dominiquin travaillèrent ici d'après les cartons d'Annibal. Les têtes de l'âme damnée et de l'âme sauvée, dans la sacristie, sont du Bernin, ainsi que le buste de *monsignor* Montoia sur son tombeau.

SAN GIOVANNI DE' FIORENTINI. Église commencée en 1488, d'après un magnifique dessin de Michel-Ange, que l'on abandonna plus tard comme étant d'une exécution trop coûteuse. Chercher dans la croisée à droite un tableau de Salvator Rosa, représentant saint Côme et saint Damien sur le bûcher[4].

SAN GIOVANNI IN FONTE. C'est le fameux baptistère attribué à Constantin. Le baptême de cet empereur, treize ans avant sa mort, est une légende inventée au VIIIe siècle. Voir une statue de Donatello et quelques peintures médiocres de Charles Maratte et d'André Sacchi[5].

SANTI GIOVANNI E PAOLO. Bâtie en 400 dans la maison qu'avaient habitée ces deux frères martyrs. Le portique, sur lequel on lit quatre vers latins, est du XIIe siècle. Église curieuse, mal restaurée vers 1822.

SAN GIORGIO IN VELABRO. Église curieuse, rebâtie trois ou quatre fois. On y travaillait encore en 1829. Le portique semble élevé au XIIIe siècle. Quinze belles colonnes antiques divisent cette église en trois nefs. Giotto peignit la tribune vers 1300.

SAN GIROLAMO DELLA CARITÀ. Pendant près de deux siècles, on a vu la *Communion de saint Jérôme* sur le grand autel de cette église. Elle fut bâtie dans le lieu occupé par la maison qu'avait habitée cet homme aimable durant ses séjours à Rome. Cette maison appartenait à Paule, dame romaine de la plus haute distinction. La vie de saint Jérôme est fort curieuse. C'est un peu le caractère de René[1].

SAN GIUSEPPE. Bâtie en 1560 sur la prison Mamertime. Descendre dans cette prison bâtie par Ancus Marcius et où mourut Jugurtha.

SAN CRISOGONO[2]. Belle église rétablie pour la première fois vers l'an 731. Elle a trois nefs séparées par vingt-deux colonnes de granit oriental, enlevées de côté et d'autre aux temples païens. Au milieu du beau lambris doré, on voit une copie du tableau du Guerchin, représentant *Saint Crisogone porté au ciel par des anges*.

SANT' ISIDORO. Bâtie vers 1622; il y a des tableaux de Charles Maratte et d'André Sacchi, gens médiocres, comme nos poètes actuels, à force de vouloir imiter tous les grands maîtres. Les ouvrages de ces peintres imitateurs, qui ennuient dans une galerie, plaisent souvent dans une église, à cause de l'émotion créée par l'architecture ou les souvenirs.

SAN LORENZO IN LUCINA. Église fort antique, rebâtie pour la dernière fois en 1650. On y enterre beaucoup de morts, quelquefois quatorze en un jour, comme le 17 août dernier, par une chaleur effroyable. M. de Chateaubriand annonce le projet de faire élever un tombeau au Poussin, qui repose ici. Cet ambassadeur est le premier qui ait accepté un dîner chez M. le directeur de l'Académie de France à Rome. (En 1828, M. le chevalier Guérin, directeur.) Voir un tableau du *Crucifix* attribué au Guide.

SAN LORENZO IN MIRANDA. C'est le magnifique temple d'Antonin et Faustine. Il faut courir ici en arrivant à Rome, pour tâcher de comprendre ce qu'était un temple antique. La Voie Sacrée passait devant ce temple. Admirez les dix grandes colonnes de marbre cipolin, hautes de quarante-trois pieds, et toutes d'un seul bloc. Osez comparer à cela nos misérables basiliques que Paris élève en ce moment, et qui ruinent son budget, en faisant murmurer les contribuables. L'architecture devient de plus en plus impossible.

SAN LUIGI DE' FRANCESI. Épitaphe jolie quoique un peu affectée, sur un tombeau élevé à une jeune émigrée par M. de Chateaubriand[3]. Fresques charmantes du Dominiquin à la voûte et dans les côtés de la chapelle de Sainte-Cécile. Le tableau de l'autel est bien curieux; c'est une copie de la *Sainte Cécile* de Raphaël par le Guide. Les jolies fresques du Dominiquin le seraient davantage si elles n'étaient pas si éloignées des affectations sociales qui, pour nous, sont une seconde nature. Comment un artisan de Bologne, pauvre

et méprisé toute sa vie, eût-il pu deviner la civilisation de la cour
de Louis XIV ? Les figures de femmes du Dominiquin manquent
un peu de ces grâces nobles qui nous font admirer la *Sainte Thérèse*
de M. Gérard. Ce sont des paysans grossiers mais énergiques, que
les personnages des deux tableaux de Michel-Ange de Caravage
à la chapelle de Saint-Mathieu. Il faut examiner dans la sacristie
une petite *Madone* attribuée au Corrège[1].

Les tombeaux du cardinal de Bernis et de M. de Montmorin
sont ici[2]. La reine de France, Catherine de Médicis, ayant peut-
être à se faire absoudre de quelque gros péché, envoya à Rome des
sommes considérables pour bâtir cette église. Voir l'histoire de la
Sforzesca sur les bords du Tessin, qui est le prix de l'absolution
donnée à un Sforce. Saint-Louis-des-Français fut consacré en
1589. La façade, qu'on loue beaucoup, me semble fort plate. Les
faiseurs d'itinéraires craindraient, s'ils ne l'admiraient pas, le
courroux de M. l'ambassadeur de France. On peut juger, dans
cette église, les artistes français qui ont travaillé à Rome : par
exemple, MM. Natoire, Lestage. Les meilleurs ouvrages de cette
école sont irréprochables et froids.

SAN MARCELLO. Saint Marcel, pape, avait trouvé un asile dans un
moment de danger chez une veuve nommée Lucine, qui avait sa
maison à côté du temple d'Isis. Cette maison fut changée en
église, et saint Marcel la consacra en 305. Maxence, le rival de
Constantin, ayant appris cette consécration, fit profaner l'église,
qui, par son ordre, fut changée en écurie; saint Marcel fut condamné à être valet d'écurie, et bientôt les mauvais traitements
lui donnèrent la mort. Cette église a été renouvelée plusieurs fois,
et en dernier lieu, au commencement du XVIᵉ siècle; on y trouve
des peintures de Pierin del Vaga, de Daniel de Volterra et des
Zuccheri. Des six têtes sculptées en marbre, trois sont de l'Algarde
et trois plus anciennes[3].

SAN MARCO. Fondée en 336 par le pape saint Marc Iᵉʳ. Cette église,
renouvelée plusieurs fois, a un aspect imposant. Elle est divisée
en trois nefs par vingt colonnes de marbre de Sicile. Si l'on est
disposé à sentir la peinture, on peut chercher ici quelques ouvrages
de Pierre Pérugin, de Charles Maratte, de Ciro Ferri.

SANTA MARIA DEGLI ANGELI. Rome compte vingt-six églises consacrées à cet être sublime qui est la plus belle invention de la
civilisation chrétienne. À Lorette, la Madone est plus Dieu que
Dieu lui-même. La faiblesse humaine a besoin d'aimer, et quelle
divinité fut jamais plus digne d'amour; Sainte-Marie-des-Anges
fut construite par les ordres de Pie IV; on profita de deux salles
des thermes de Dioclétien; Michel-Ange fut l'architecte : c'est
une croix grecque de 336 pieds romains de longueur, sur 308 de
large. La grande nef a 84 pieds de hauteur, et 74 de large. Vanvitelli
a gâté cette église en 1749. Remarquez huit colonnes énormes d'un
seul morceau de granit égyptien[4].

SANTA MARIA DELL' ANIMA. Fondée en 1400. Jules Romain peignit le tableau du grand autel. Il a souffert par une inondation du Tibre, et plus encore par l'ignorance de qui l'a retouché. Copie du groupe de la *Pietà* de Michel-Ange, par Nanni di Baccio Bigio. On voit avec plaisir deux tableaux de Carlo Veneziano; le beau coloris est si rare dans Rome[1]!

SANTA MARIA IN AQUIRO. Bâtie vers l'an 400, renouvelée plusieurs fois; la façade a été élevée sous Pie VI, par M. Camporesi.

SANTA MARIA IN AVENTINO. C'était le temple de la Bonne-Déesse, où les femmes seules offraient des sacrifices. Aventure de Clodius. Cette église a été ridiculement arrangée en 1765.

SANTA MARIA IN CAMPITELLI. Bâtie en 1657. Il y a de belles colonnes dans l'intérieur; on peut chercher quatre lions de ce marbre nommé *rosso antico;* foule de tableaux médiocres.

SANTA MARIA IN COSMEDIN. Remarquable à cause de ses belles colonnes antiques. Le grand mascaron de marbre placé sous le portique a reçu du peuple le nom de *Bocca della verità.* L'homme qui jurait y plaçait la main, et, si le serment était faux, la bouche de marbre ne manquait pas de se fermer. Cette église est une des plus curieuses de Rome.

SANTA MARIA IN DOMNICA ou de la NAVICELLA. Élevée dans la maison de saint Cyriaque, renouvelée en 817. Léon X la fit reconstruire sur les dessins de Raphaël. Modèle parfait d'élégance[2].

SANTA MARIA DI LORETO. Commencée en 1507; carrée à l'extérieur, octogone en dedans. Cette église a une coupole à double calotte. Voir la *Sainte Suzanne* du Fiammingo (François Duquesnoy).

SANTA MARIA SOPRA MINERVA. Placée vis-à-vis d'un éléphant qui porte un obélisque. Les moines dominicains ont réussi à donner à cette église un aspect terrible, et qui rappelle l'inquisition de Goa. Il a fallu avoir recours au style gothique[3]. Cette église a trois nefs, et une quantité de chapelles et de tombeaux, parmi lesquels vous verrez avec plaisir celui de l'aimable Léon X, bien peu fait pour finir dans ce triste lieu. L'homme qui a causé l'avilissement de l'Italie, Clément VII, est tout près de son cousin Léon X. La statue de Léon X est de Raphaël de Montelupo. À gauche du grand autel, vous verrez le *Christ* de Michel-Ange; ce n'est qu'un homme, et un homme remarquable par la *force physique*, comme le héros de *La Jolie Fille de Perth*[4]. Le *Persée* de Canova représenterait mieux le Christ, qui fut le plus beau des hommes. Cette église possède une foule de tableaux curieux : l'*Annonciation* du Beato Giovanni de Fiesole, l'*Assomption* de Philippe Lippi, une voûte peinte à fresque par Raffaellino del Garbo, la *Cène* du Barroche, un *Crucifix* de Giotto, une *Madone* de Charles Maratte. C'est dans le couvent voisin que se trouve la bibliothèque *Casanatense,* dont la garde a été si plaisamment confiée à des inquisiteurs[5]. Nous avons vu un enterrement dans cette église un jour de pluie;

c'est le spectacle le plus lugubre que nos compagnes de voyage aient rencontré à Rome[1].

SANTA MARIA DE' MIRACOLI et SANTA MARIA DI MONTE SANTO. Ces deux églises forment la décoration de l'entrée du Cours; cela fut bien une fois; tôt ou tard on détruira ces églises, qui seront remplacées par un portique circulaire dans le goût du Crescent[2], de Regent Street, à Londres. Les colonnes de travertin de ces deux églises ont appartenu, dit-on, au clocher dont le Bernin avait surchargé la façade de Saint-Pierre.

SANTA MARIA IN MONTICELLI. L'une des plus anciennes paroisses de Rome, restaurée en 1101, et depuis plusieurs fois renouvelée. La mosaïque de la tribune, qui représente le Sauveur, remonte, dit-on, à l'an 500.

SANTA MARIA DELLE PALME, ou *Domine quo vadis*.

SANTA MARIA IN VALLICELLA, *detta* LA CHIESA NUOVA. Saint Philippe Neri, saint et homme d'esprit, voulant faire tourner le goût de la musique au profit de l'âme des amateurs, commença cette église en 1575. L'intérieur fut bâti par Martin Lunghi et par le Borromini. Les fresques sont de Pierre de Cortone; le tableau du grand autel et les deux voisins sont de Rubens; Maratte fit le tableau de saint Ignace et de saint Charles. La chapelle de saint Philippe a une mosaïque d'après un fameux original du Guide. La *Présentation au temple* et l'*Annonciation* sont du Barroche; Pierre de Cortone peignit la voûte de la sacristie. La meilleure des statues que l'on voit ici est celle de saint Philippe Neri, par l'Algarde (au fond de la sacristie). On donne quelquefois des concerts sacrés dans cette église; ils ressemblent à de mauvaises gravures d'après d'excellents tableaux. Ce n'est qu'ici qu'on peut entendre les chefs-d'œuvre des maîtres qui vivaient vers 1750, et qui sont, je crois, fort injustement oubliés; un jour on reviendra à cette musique pleine de chants et d'idées; un manœuvre peut y ajouter ce qu'on appelle de la *science*. Pour la musique, nous sommes, en 1829, dans le siècle de Pierre de Cortone et du Bernin; les contemporains de ces gens-là trouvaient Raphaël froid comme nous Pergolèse; tôt ou tard nous reviendrons à Cimarosa.

SANTA MARIA DEL PRIORATO. La même que *Santa Maria in Aventino*.

SANTA MARIA DEL SOLE. C'est le joli temple de Vesta sur les bords du Tibre, restauré par ordre de Napoléon. On devait, en 1814, faire disparaître le toit ridicule.

SANTA MARIA TRANSPONTINA. Élevée en 1564. Près d'ici se trouvait le tombeau de Scipion l'Africain; c'était une pyramide. Un pape en enleva les marbres pour orner le vestibule de Saint-Pierre; Alexandre VI détruisit ce tombeau pour élargir la rue qui mène à Saint-Pierre.

SANTA MARIA IN TRIVIO. Cette église est fort ancienne, car elle fut fondée par Bélisaire. On vous dira à Rome que ce général se repentit d'avoir déposé le pape Silverius en 537. Il éleva cette église par *pénitence*. Cherchez les quatre vers latins qui racontent cette histoire. Regardez à la voûte quelques fresques de Gherardi di Rieti.

SANTA MARIA IN VIA LATA. Ici ont habité saint Pierre, saint Paul et saint Luc. Constantin éleva cette église, consacrée par le pape saint Sylvestre. Renouvelée en 700 et en 1485, elle fut ornée en 1639 et 1660. La façade est de Pierre de Cortone. On descend dans un souterrain qui fut l'habitation de saint Paul : le sol de Rome était alors moins élevé.

SANTA MARIA DELLA VITTORIA. Bâtie en 1605 par Paul V. La façade, élevée par le cardinal Scipion Borghèse, fut le prix dont il paya le bel Hermaphrodite que nous avons à Paris, et qui lui fut donné par les moines desservant cette église. L'intérieur est fort joli[1]. Le célèbre groupe du Bernin est dans la chapelle Cornaro. L'antiquité n'a rien à comparer à ceci ; les arts anciens n'ont jamais peint la volupté où il entre de l'âme. Chercher quelques tableaux du Dominiquin, du Guerchin et du Guide[2].

SANTA MARIA EGIZIACA. C'est le temple élevé, dit-on, par Servius Tullius ; il est entouré de dix-huit colonnes, dont six sont isolées et les autres à demi engagées dans le mur. Ces colonnes, d'ordre ionique et cannelées, ont vingt-six pieds de haut ; elles sont de tuf et de travertin. Ce temple a été restauré très anciennement, mais sans aucune magnificence. C'est une des ruines les plus entières, les plus curieuses et les plus antiques. Ce temple a été déterré par ordre de Napoléon. Il fut changé en église en 872. À gauche en entrant, on trouve un modèle du saint Sépulcre. Il faut voir ce temple en arrivant à Rome, immédiatement après le Panthéon ; ce sont, chez les Romains, les deux anneaux extrêmes de la chaîne : le plus grand luxe et la plus grande simplicité.

SANTA MARTINA. Église restaurée à la fin du VIIIe siècle par Adrien Ier ; donnée aux peintres par Sixte Quint. Pierre de Cortone fit faire à ses dépens[3] le souterrain et l'autel sous lequel est placé le corps de sainte Martine[4]. L'autel principal a une copie du tableau de Raphaël[5], que l'on voit dans la galerie voisine (à l'Académie de Saint-Luc). Là se trouve la relique la plus touchante du monde : le crâne original du divin Raphaël.

SANTI NEREO ED ACHILLEO. Église bâtie vers 524. Voir les deux pupitres appelés ambons, et le fauteuil épiscopal de marbre qui servit à saint Grégoire quand il dit au peuple son vingt-huitième discours (homélie). On en lit des fragments sur ce siège.

SAN NICOLA IN CARCERE. Cette église fut le titre *cardinalice* d'Alexandre VI, Borgia, qui la fit réparer. La façade fut élevée en 1599 par Jacques della Porta. Elle a trois nefs et quatorze colonnes ; on monte par sept marches à l'autel, qui est formé d'une conque de porphyre, et surmonté d'un ornement soutenu par quatre colonnes de marbre jaune africain. On voit dans cette église, restaurée en 1808, le tombeau du cardinal Rezzonico, mort en 1783. Du temps de la République romaine, il y avait ici près une prison; de là la dénomination *in carcere*. Un vieillard, ou plutôt une femme, renfermée dans cette prison, avait été condamnée à y mourir de faim; sa fille lui sauva la vie en la nourrissant de son lait : c'est le sujet si souvent reproduit par les peintres sous le nom de *Carità romana*. Ce fait singulier valut la liberté à la femme prisonnière; des aliments lui furent assignés ainsi qu'à sa fille; et l'an 604 de Rome, les consuls C. Quinctius et M. Attilius firent élever sur le sol de la prison un temple à la Piété, dont on voit encore les restes. Deux autres temples ont existé en ce lieu.

SAN NICOLA DI TOLENTINO. Église élevée en 1614. La maison Pamphili y dépensa beaucoup d'argent sans pouvoir la faire belle; il n'y avait plus d'artistes à Rome, et l'on n'eut pas l'esprit d'appeler les peintres de l'école de Bologne. Voir une copie de la *Sainte Agnès* du Guerchin.

CHIESA DEL NOME DI MARIA. Architecture baroque d'un M. Denizet qui opérait sous Clément XII. Décadence complète.

SAN PANTALEO. Élevée en 1216, cette église fut longtemps desservie par des prêtres anglais. Une religion qui ne vit que de souvenirs devrait rendre cette église aux Irlandais, maintenant que leur culte n'est plus persécuté par leur gouvernement. La façade actuelle est de M. Valadier[1]. Saint Pantaléon fut médecin, et les médecins de Rome se réunissent dans cette église le 27 juillet, jour de sa fête.

SAN PIETRO IN MONTORIO. On dit cette église fondée par Constantin; elle fut une des vingt abbayes de Rome; abandonnée ensuite, elle fut rétablie en 1471. Ici fut longtemps la *Transfiguration* de Raphaël[2]. Voir à la première chapelle à droite en entrant une *Flagellation* peinte par Sébastien del Piombo, d'après un dessin de Michel-Ange. Chercher au milieu du cloître voisin, un petit temple de forme ronde, orné de seize colonnes de granit et d'ordre dorique. C'est un charmant ouvrage du Bramante. Ferdinand IV, roi d'Espagne[3], fit la dépense de ce monument, élevé en 1502, au lieu même où saint Pierre souffrit le martyre[4].

SANTA PRISCA. Vers l'an 280, le corps de sainte Prisca, martyre, fut placé ici. Cette église fut réparée en 772 et en 1455. La façade et l'autel souterrain sont de l'an 1600. Il y a vingt-quatre colonnes antiques. Les murailles furent peintes à fresque par Fontebuoni. Le tableau du maître-autel est du Passignani.

SANTI QUATTRO CORONATI[5]. Cette église a conservé la forme des anciennes basiliques. Brûlée lors du pillage de Rome par Guiscard, elle fut réparée en 1111 par Pascal II. Henry, cardinal, et ensuite roi de Portugal, fit faire le lambris. On voit sous le premier portique l'ancien oratoire appelé *San Silvestro in Porticu*. Là se trouvent des peintures antérieures à la renaissance des arts. Cherchez sous ce vestibule dix colonnes cannelées de granit et de marbre. Elles sont cachées dans le mur. Huit colonnes de granit divisent cette église en trois nefs ; ces colonnes soutiennent un grand mur, et sur ce mur on remarque huit petites colonnes qui servent aux tribunes pratiquées au-dessus des nefs latérales. Le pavé est composé de fragments irréguliers de marbres durs. Derrière l'autel souterrain, on trouve trois grands vases remplis de reliques ; l'un de ces vases est de porphyre, le second de granit, le troisième de métal. Les fresques de la tribune sont de Jean di San Giovanni. Nous remarquons, dans ces petites églises antiques, des tableaux qui, dans les galeries Doria ou Borghèse, n'attireraient pas notre attention. On est touché facilement en présence de ces colonnes qui virent les martyrs des premiers siècles ; on oublie les excès de leurs successeurs et l'émeute de Nogent-le-Rotrou, le 27 décembre 1828. Les jours où l'on a le malheur de se souvenir de l'Inquisition, il ne faut pas entrer dans ces petites églises peu ornées : elles feraient horreur. Le crime a besoin d'être caché sous de pompeux ornements.

SANTA SABA. Cette église, unie à Saint-Apollinaire, est ornée de vingt-cinq colonnes, deux desquelles sont de porhyre noir. On trouve sous le portique un grand sarcophage avec un bas-relief qui représente une cérémonie nuptiale.

SANTA SABINA. Bâtie[1], en 425, dans la maison qu'habitait Sabine avant son martyre, auprès du temple de Diane. On retrouve dans l'intérieur vingt-quatre colonnes de marbre de Paros cannelées, qui appartenaient à ce temple de Diane ; ainsi la pauvre martyre a triomphé de l'orgueilleux temple païen. Nous venons souvent dans cette église, attirés par la situation charmante et par la fraîcheur dont on jouit en ce lieu élevé. Cette église n'est gardée que par une vieille femme aveugle. Charmant tableau de Sassoferrato. La Madone paraît entre sainte Catherine et saint Dominique, qui habita longtemps le couvent voisin. Cette église a été renouvelée en 824, 1238, 1541 et 1587.

SAN SILVESTRO IN CAPITE. L'une des plus anciennes églises de Rome, bâtie en 261. Elle doit son nom à la tête de saint Jean-Baptiste qu'on y garde. Renouvelée en 1690, cette église a une grande quantité de tableaux médiocres.

SAN SILVESTRO A MONTE CAVALLO. Cette église, renouvelée sous Grégoire XIII, a un lambris doré, deux tableaux de l'Albane et quatre fresques du Dominiquin, au sommet des pilastres de la coupole : l'un de ces tableaux représente *Judith montrant au peuple la tête d'Holopherne*. M. Benvenuti, qui passe à Florence pour un grand peintre, a fait de ce sujet un grand tableau d'apparat ; comparez.

SANTI SILVESTRO E MARTINO AI MONTI. Durant la persécution, et avant de se réfugier au mont Saint-Oreste, le pape saint Sylvestre ouvrit en ce lieu un oratoire souterrain. Il y bâtit ensuite une église qui fut enterrée, oubliée et découverte en 1650, comme on renouvelait l'église actuelle, bâtie en 500 sur le local occupé par l'ancienne. L'église supérieure, riche de beaux marbres, est divisée en trois nefs par quatorze colonnes antiques. Nous allons souvent y admirer les paysages du Guaspre, le beau-frère du Poussin, peints sur les murs des nefs latérales. L'église souterraine inspire des sentiments de piété : nous y voyons souvent une fort belle femme aveugle, ou qui feint d'être aveugle, et qui vient probablement accomplir une pénitence dans ce lieu solitaire.

SAN SISTO PAPA. On dit cette église bâtie par Constantin. Sa première restauration certaine est de l'an 1200, la dernière de 1756, Saint Dominique habita ici quelques années.

SAN SPIRITO IN SAXIA. Hôpital bâti par Ina, roi des Saxons, en 717[1]. On trouve dans la rue principale de cet hôpital un autel élevé par André Palladio, et un tableau de *Job* peint par Charles Maratte. L'église de San Spirito a une foule de tableaux médiocres.

CHIESA DELLE STIMMATE. Restaurée en 1595, époque de décadence. Le *Saint François* sur le grand autel est un tableau estimé du Trevisani.

SANTA SUSANNA. Si cette façade, élevée sur les dessins de Charles Maderne, se trouvait à Orléans ou à Dunkerque, elle semblerait tout à fait monumentale.

SAN TEODORO. Ici furent exposés Remus et Romulus. Un temple fut élevé en leur honneur; ce temple fut changé en église; cette église fut renouvelée pour la première fois en 774. Les bonnes femmes l'appellent San Totò, et y apportent les enfants malades.

CHIESA DELLA TRINITÀ DE' MONTI. Bâtie par Charles VIII sur la demande de saint François de Paule, restaurée par Louis XVIII. Chercher une vue de château Saint-Ange, du pont et des lieux voisins, tels qu'ils étaient sous Léon X. Voir la *Descente de Croix* de Daniel de Volterra, qui, au lieu de peindre les âmes, peint des corps vigoureux et bien constitués : c'est le style de Michel-Ange, moins le génie. Il y a ici quelques bons tableaux anciens, et une foule de croûtes modernes. Les artistes allemands viennent dans cette église se moquer de nous, car la plupart de ces croûtes sont françaises. Les Allemands, peuple de bonne foi, réussissent assez à exprimer l'*onction*. Voir les statues de M. Rauch, celle de Franke et des deux enfants, par exemple[2].

CHIESA DELLA TRINITÀ DE' PELLEGRINI. Hôpital fondé en 1548. L'église est de 614. La *Trinité,* sur le grand autel, est du Guide, ainsi que le *Père éternel,* placé dans la coupole.

SANTI VINCENZO E ANASTASIO A FONTANA DI TREVI. Assez jolie petite église restaurée en 1600 par ce joli garçon si heureux en intrigues, le cardinal Mazarin.

SANTI VINCENZO E ANASTASIO ALLA REGOLA. Ce sont les patrons des cuisiniers et des pâtissiers. Voir, sur le grand autel, un tableau de M. Errante, qui a passé quelque temps pour un bon peintre.

SANT' URBANO. Près de la grotte de la nymphe Égérie ; c'est un temple
antique élevé probablement en l'honneur des Muses : on détruisit
le portique quand on le changea en église.

7 octobre 1828. — Un nouvel arrivant demandait à
Frédéric d'écrire sur son album la manière de voir
Rome. Frédéric a écrit :

« S'attacher à ce que l'on voit, peu se soucier des noms,
ne croire qu'aux inscriptions. »

Il y a quelques jours, une de nos compagnes de voyage
prenait une vue à la chambre obscure, sur les bords du lac
d'Albano, près de Grottaferrata. Son frère, qui venait de
se promener et transpirait peut-être un peu, s'assit
quelques minutes auprès d'elle pour corriger son dessin.
Il sentit une fraîcheur agréable. Cette imprudence fut
suivie d'un accès de fièvre de trente heures. Si elle fût
revenue, nous serions tous partis pour Sienne, ville
renommée pour la politesse de ses manières et la beauté
du langage. M. Metaxa[1], je crois, médecin célèbre et
homme d'esprit, a fait une carte des lieux attaqués par la
fièvre ; rien n'est baroque comme les contours de la
contagion dans cette carte[2]. Beau sujet à approfondir,
mais raisonnablement, et non pas avec de jolies phrases
vagues et élégantes, à la française. J'ai oublié de dire que
les savants supposent que Grottaferrata est précisément
dans le site occupé jadis par la maison de campagne de
Cicéron, à Tusculum[3].

« Il y a peu de trivialité dans ce pays, disait un Français. Je le crois bien, répond Frédéric, il y a peu de
noblesse de manières. » Il ne s'est trouvé personne à Rome
depuis Léon X pour enseigner les grâces *courtisanesques*
dont la cour de Louis XV a empoisonné notre littérature
et nos manières. Les tragédies de Voltaire ne sont-elles
pas plus *nobles* que celles de Racine ?

10 octobre 1828. — Une chose qui me donne de l'humeur à Rome, c'est l'odeur de chou pourri qui empoisonne cette sublime rue du *Corso*. Hier, prenant une
glace devant la porte du café Ruspoli, j'ai vu entrer trois
enterrements dans l'église de *San Lorenzo in Lucina*, qui
est entourée de maisons comme Saint-Roch à Paris. Dans
la journée il y a eu douze enterrements. Ces corps sont
enterrés dans une petite cour intérieure de l'église, et il

fait aujourd'hui un vent de *sirocco* très chaud et très humide. Cette idée, à tort ou à raison, augmente le dégoût que me cause la mauvaise odeur des rues et le gouvernement de ce pays. On regarderait la proposition d'établir un cimetière hors de la ville comme l'une des plus grandes impiétés possibles; le cardinal Consalvi lui-même n'osa la risquer. À Bologne, où le gouvernement de Napoléon a rejeté le cimetière à une demi-lieue de la ville, on aurait frémi, en 1814, à la chute des Français, de l'idée de rétablir un cimetière au centre de la partie habitée. Vous voyez nettement de combien le rayon de la civilisation s'est affaibli en pénétrant de Bologne ici (soixante-dix lieues).

11 octobre 1828. — Les pauvres jeunes Français riches, qui sont ici, fort bien élevés, fort doux, fort aimables, etc., mais trop mystiques ou trop sauvages pour se mêler à la société romaine, se réunissent entre eux le soir, dans une grande chambre d'auberge, pour jouer à l'écarté et maudire l'Italie. Il faut convenir que les jeunes Dijonnais qui étaient à Rome avec le président de Brosses (1740) menaient une vie un peu différente. C'est le siècle de Voltaire opposé à celui de M. Cousin.

Un jeune Parisien de 1829 est sensible aux gravures soignées des almanachs anglais, ensuite aux tableaux des peintres vivants qui lui sont expliqués six mois durant par des articles de journal. Ces tableaux ont le premier des mérites, celui de présenter des couleurs bien fraîches. Le jeune Français quitte le bois de Boulogne et le monde de Paris pour venir à Rome, où il s'imagine trouver tous les plaisirs, et où il rencontre en effet l'ennui le plus *impoli*. Quelques semaines après son arrivée, s'il a reçu du ciel le sentiment des arts, il admire un peu certains tableaux des grands peintres qui ont conservé la fraîcheur du coloris, et qui par hasard sont jolis; la galerie du palais Doria en offre plusieurs de ce genre. Il entrevoit le mérite de Canova; et l'architecture *propre* de Saint-Pierre, si voisine de la magnificence, le touche assez. Quelques jeunes Parisiens arrivent à comprendre le charme des ruines, à cause des phrases de nos grands prosateurs qui les expliquent. Pour être poli, je ne nierai pas absolument qu'un sur cent n'arrive à goûter les statues antiques, et un sur mille les fresques de Michel-Ange.

Tout le monde feint d'adorer tout cela, et répète des phrases ; l'essentiel est de choisir des phrases assez modernes pour qu'elles ne soient pas déjà *lieu commun*. Rien de plaisant comme ces figures ennuyées que l'on rencontre partout à Rome, et qui jouent l'admiration passionnée.

Les jeunes Anglais sont de meilleure foi que les Français, ils avouent l'intolérable ennui ; mais leur père les oblige à passer une année en Italie.

Voulez-vous éviter l'ennui en arrivant à Rome ?

Avant de quitter Paris, ayez le courage de lire l'excellent dictionnaire de peinture du jésuite Lanzi, intitulé : *Storia pittorica della Italia* (Histoire de la peinture en Italie). Ce livre est traduit[1].

On pourrait prendre un maître de beaux-arts, qui, d'après ce qui nous reste de tableaux au Louvre, apprendrait à distinguer le *faire* des cinq écoles d'Italie : l'école de Florence et celle de Venise, l'école romaine et la lombarde, et enfin l'école de Bologne, venue en 1590, soixante-dix ans après la mort de Raphaël, et qui imite toutes les autres.

La peinture des passions nobles et tragiques, la résignation d'un martyr, le respect tendre de la Madone pour son fils, qui est en même temps son Dieu, font la gloire de Raphaël et de l'école romaine. L'école de Florence se distingue par un dessin fort soigné, comme l'école de Venise par la perfection du coloris ; personne n'a égalé en ce genre Giorgion, le Titien et le Morone, célèbre faiseur de portraits. L'expression suave et mélancolique des Hérodiades de Léonard de Vinci et le regard divin des madones du Corrège font le caractère moral de l'école lombarde ; son caractère matériel est la science du clair-obscur. L'école de Bologne a cherché à s'approprier ce qu'il y avait de mieux dans toutes les autres. Elle a étudié surtout Raphaël, le Corrège et le Titien. Le Guide étudia les têtes du groupe de *Niobé,* et pour la première fois la peinture imita la beauté antique. Après la mort des Carraches, du Dominiquin et du Guerchin, on ne trouve plus dans l'histoire de la peinture italienne que quelques individus jetés de loin en loin : le Poussin, Michel-Ange de Caravage, etc.

Avant de quitter Paris, il faudrait pouvoir distinguer, à la première vue, si un tableau médiocre est fait dans le style de Raphaël ou par un imitateur du Corrège. Il faut être sensible à l'énorme différence qui sépare le style de Pontormo de celui du Tintoret. Si l'on néglige de se donner ce petit talent, qui coûterait trois mois de courses au musée, on ne trouvera guère à Rome que l'ennui le plus impatientant, car on croit que le voisin s'amuse. Que diriez-vous d'un jeune étranger qui viendrait à Paris au mois de janvier pour s'amuser dans la société, et qui ne saurait pas danser?

Si l'on veut sacrifier le premier étonnement, et, pour mieux comprendre Rome, s'accoutumer d'avance aux sensations qu'on doit y rencontrer, on peut à Paris aller examiner la cour du Luxembourg, une fontaine au nord-est de ce jardin, et l'intérieur du Val-de-Grâce. La façade de Saint-Sulpice donnera l'idée de ce qui se voit rarement en Italie, une masse énorme sans nul *style,* ni signification pour l'âme.

12 octobre 1828. — On voyait dans les rues de Rome, il y a peu d'années, un mendiant connu de la police pour un goût particulier qui le portait à empoisonner. Deux ou trois personnes avaient péri; une ou deux fois le gueux avait été mis en prison, et ensuite en était sorti par la protection de quelque *fratone.* Ce gueux s'associa une pauvre femme espagnole qui, je crois, mendiait aussi, et, au bout de quelques mois, ne manqua pas de l'empoisonner avec de l'arsenic. La pauvre femme jeta les hauts cris; mais, à peine soulagée par les soins de quelque médecin charitable, elle protesta qu'elle s'était empoisonnée elle-même, et que son mari n'entrait pour rien dans cet accident.

On la revit dans les rues de Rome, estropiée par les effets de l'arsenic; mais elle aimait plus que jamais son compagnon, qui, au bout de quelques mois, eut de nouveau l'idée de l'empoisonner; et cette fois la pauvre Espagnole mourut. Le gueux alla tendre la main dans un autre quartier de Rome; mais il y avait alors pour ambassadeur d'Espagne, près le Saint-Siège, un homme incommode, M. de Vargas, qui prétendit voir punir l'assassin.

Le gouverneur de Rome lui fit la plus belle réponse du monde, pleine de sentiments d'humanité, ajoutant que, par malheur, l'homme qu'on pouvait en quelque sorte soupçonner du crime avait disparu. M. de Vargas donna quelques louis aux gendarmes du pays, qui rendirent au gouvernement le mauvais service d'arrêter l'assassin. Après cet incident, les instances de l'ambassadeur devinrent plus vives et les réponses du gouvernement plus embarrassantes à faire. On échangea un grand nombre de notes. M. de Vargas comprit que les protecteurs du mendiant cherchaient à gagner du temps et à faire traîner l'affaire en longueur, afin de pouvoir rendre la liberté à l'assassin, quand lui, Vargas, aurait quitté Rome.

Poussé à bout, il alla chez le cardinal secrétaire d'État, et, pour faire effet, s'emporta jusqu'à frapper du poing sur le bureau du vénérable personnage. Un tel excès mit en rumeur tout le palais : « Ces étrangers sont pires que des diables », dit-on à la cour du pape; et enfin la colère de M. de Vargas ne se lassant point, malgré les insinuations les plus savantes et tous les délais qu'on put apporter, il arriva à Rome une chose inouïe : un assassin fut publiquement exécuté. Mais M. de Vargas acquit dans la bonne compagnie la réputation d'un homme cruel et abominable[1].

Les protecteurs de l'empoisonneur n'étaient que des gens humains et qui n'avaient nulle raison de protéger ce gueux. Si la pauvre femme empoisonnée eût été romaine, jamais l'assassin n'eût été puni de mort. Il fallut un ambassadeur impoli, un homme à demi sauvage, qui conserve sa colère pendant plusieurs mois.

Le peuple de Rome n'est pas précisément méchant, mais passionné et furieux dans sa colère. L'absence de justice criminelle fait qu'il cède à ses premiers mouvements, quels qu'ils soient. Si vous vous promenez seul à pied avec une jolie femme, il est très possible qu'elle soit insultée, ou à tout le moins regardée d'une manière extrêmement pénible.

La prison solitaire, et dans l'obscurité, serait une punition suffisante pour les Romains, à cause de leur imagination. Il faudrait leur en faire faire par les moines des récits effroyables. Je ne voudrais pas des peines trop sévères, mais il faudrait que jamais aucune insolence ou demi-assassinat ne restât impuni. Ici, chaque prêtre puissant a une famille ou deux qu'il protège; les juges sont d'autres prêtres, et à Rome rien ne s'oublie. Lors du conclave de 1823, qui a nommé Léon XII, un vote émis dans l'affaire Lepri a empêché un cardinal d'être porté au trône[1].

Je ne suis pas curieux de noircir ce livre de cinq ou six anecdotes comme celles de la pauvre Espagnole; d'ailleurs, je manque de l'emphase puritaine nécessaire pour être cru des gens braves. Ce qu'on appelle la galère ici, est une prison fort dure à Spoleto ou ailleurs. Mais l'homme colérique qui se permet un coup de couteau a toujours trois espoirs (et chez ce peuple à imagination une raison d'espérer, quelque futile qu'elle soit, suffit pour voiler les objections les plus fortes et amener le triomphe des passions).

L'homme colérique espère :

1º n'être pas pris;

2º par la faveur de quelque *fratone* n'être pas condamné;

3º une fois condamné, être élargi, toujours par la faveur de quelque moine; ce qui n'arrivait point sous l'administration du général Miollis[2]. Mais, comme tout se compense, avoir une jolie femme dans sa famille était un moindre avantage en 1811; donc le régime français est ennemi de la beauté.

Que va dire la sensibilité allemande? J'ai passé dix ans en Italie, j'y ai commandé de petits détachements[3], et j'ose dire qu'il vaudrait mieux pour ce pays que quelque innocent fût condamné, et que jamais aucun coupable n'eût l'espoir d'échapper. Au moyen de mille supplices, vers 1801, Napoléon avait aboli l'assassinat en Piémont; et, de 1801 à 1814, cinq mille personnes ont vécu qui auraient péri par le couteau.

Mais l'homme a-t-il le droit d'infliger la mort à son semblable? L'homme qui a la fièvre a-t-il le droit de prendre du quinine? N'est-ce pas aller manifestement contre la volonté de Dieu? On passe pour un grand homme moral en dissertant vaguement sur ce sujet. L'exemple du Piémont, en 1801, prouve que, sans la peine de mort appliquée sans pitié, jamais on n'abolira l'assassinat en Italie.

15 octobre 1828. — Nous avons commencé nos courses ce matin par l'église de Saint-Clément, derrière le Colisée, qui existait déjà en 417. Les dispositions matérielles de cette église peuvent donner une idée de ce qu'était le christianisme il y a quatorze cent onze ans.

Vous aurez besoin du souvenir de cette église si jamais la curiosité vous porte à étudier sérieusement la grande machine de civilisation et de bonheur éternel, nommée *christianisme*. L'église de Saint-Clément est, sous ce rapport, la plus curieuse de Rome.

Le vestibule en avant des églises, où s'arrêtaient, en 417, les pécheurs indignes de se mêler aux autres fidèles, est aujourd'hui à Saint-Clément un petit portique de quatre colonnes (ouvrage du IXᵉ siècle). Vient ensuite une cour environnée de portiques, où se plaçaient les chrétiens qui se trouvaient dans une position morale un peu moins mauvaise.

L'église proprement dite est partagée en trois nefs, par deux rangs de colonnes enlevées au hasard à divers édifices païens[1]. On aperçoit au centre une enceinte en marbre blanc, qui porte le monogramme du pape Jean VIII, qui régnait en 872.

Cette enceinte servait de chœur; les fidèles entouraient les prêtres et pouvaient les entendre. Aux deux côtés de ce chœur, on remarque les ambons, ou pupitres, sur lesquels on plaçait les volumes des saintes Écritures qu'on lisait au peuple.

À Saint-Clément, le *sanctuarium,* disposé à peu près comme dans les églises du rite grec, est entièrement séparé du reste de l'église. On y trouve le siège de l'évêque qui présidait et ceux des prêtres qui assistaient aux cérémonies.

Après avoir examiné l'architecture de Saint-Clément, nous y avons remarqué quelques jolis objets d'art qui distraient de la fatigue causée par l'étude des premiers temps du christianisme.

Le tombeau du cardinal Rovarella est fort bien. La sculpture du XVᵉ siècle n'est pas insignifiante; bien ou mal, elle dit toujours quelque chose, comme les vers de Boileau.

Masaccio, qui fut un homme de génie de l'école de Florence, et mourut en 1443, avant que la peinture n'eût[2] acquis la perfection matérielle, a peint à fresque, dans la chapelle à gauche en entrant, quelques traits du crucifiement de Jésus et du martyre de sainte Catherine. La sottise a retouché ces fresques, où l'on ne trouve plus que quelques vestiges dignes du grand nom de Masaccio (les chefs-d'œuvre de cet homme illustre sont à l'église del Carmine, à Florence). Le mérite de ce peintre n'est visible qu'après deux ans de séjour en Italie. Masaccio mourut à Florence à quarante-deux ans, probablement empoisonné (1443). C'est une des plus grandes pertes que les arts aient jamais faites. S'il fût né cent ans plus tard, au sein d'une école qui avait déjà de grands modèles, Masaccio eût été un rival pour Raphaël[1].

Nous n'avons pas la plus petite idée du christianisme des premiers siècles. Depuis saint Paul, cet homme de génie comparable à Moïse, jusqu'à Léon XII, *felicemente regnante*, comme on dit à Rome, la religion chrétienne, semblable à ces grands fleuves qui se détournent suivant les obstacles qu'ils rencontrent, a changé de direction tous les deux ou trois siècles.

Par exemple, la religion actuelle, que le vulgaire croit *antique*, a été faite par les papes qui ont régné depuis le concile de Trente. Mais ces choses sont éloignées de nos yeux par ceux à qui elles donnent de *bons carrosses à ressorts bien liants*, ou le délicieux plaisir du pouvoir. (Consulter la *Vie de saint Charles Borromée*[2], qui méprisait les carrosses.)

16 octobre 1828. — On trouvera peut-être que les pages suivantes s'éloignent un peu de la réserve que je me suis imposée. L'article qu'on va lire est emprunté à un journal grave, intitulé la *Revue britannique*, qui l'a traduit librement d'un journal anglais[3]. Tout le monde nous dit à Rome que les faits sont exacts et racontés avec beaucoup d'indulgence pour certaines personnes.

À SIR WILLIAM D*** À LONDRES[4]

Rome, le 25 décembre 1824.

« Vous voulez, mon cher William, que je vous fasse l'histoire du dernier conclave. Les histoires anecdotiques de Gregorio Leti et la réunion d'un conclave nouveau ont excité votre curiosité à cet égard, et vous désirez connaître les intrigues qui ont précédé l'élévation de Léon XII à la chaire de saint Pierre. La tâche que vous m'imposez est très difficile à remplir. La police de Rome est bien organisée; ses agents sont puissamment secondés par les confesseurs. Chacun, dans les *conversazioni*, fait allusion à certains faits qui ne sont ici ignorés que des dupes : mais personne ne voudrait prendre sur lui d'initier un étranger à ces mystères. Ce n'est donc pas sans efforts que je suis parvenu à rassembler les matériaux du récit que je vais vous faire.

« À la chute de Napoléon, en 1814, le pape Pie VII envoya ici un cardinal[1] chargé de tous ses pouvoirs. Ce cardinal[2], dans son zèle fougueux et aveugle, annula toutes les lois et règlements[3] introduits par les Français, et révoqua les pouvoirs de toutes les autorités constituées par ces hérétiques. Dans moins d'une heure, Rome se trouva sans gouvernement, sans police, sans aucun moyen de prévenir ou de réprimer les crimes. Le parti fanatique espérait que cette populace redoutable, qui avait autrefois tranché les jours du général Duphot, et surtout les _Transteverins_ qui habitent la partie de la ville située au sud-ouest du Tibre, assassineraient les deux ou trois cents hommes choisis auxquels Napoléon avait confié les magistratures de Rome. La populace paraissait, en effet, assez disposée à exécuter ce projet, et, si elle l'eût voulu, il n'existait aucun obstacle qui pût l'en empêcher. Des hommes humains eurent l'adresse de détourner son attention, en célébrant, par d'éclatantes réjouissances, la restauration du trône pontifical. La fin de ces fêtes devait être signalée par l'extermination des philosophes, et l'on comprenait dans ce nombre jusqu'à tel pauvre chirurgien qui recevait cinquante francs par mois dans un hôpital militaire français.

« Les fêtes terminées, quelques bons citoyens trouvèrent encore le moyen d'occuper l'attention de la multitude, et de prévenir le massacre projeté. Pendant huit ou dix jours, les objets de la rage populaire furent constamment en péril. À son arrivée à Rome, Pie VII eut connaissance de cette affaire, et il se reprocha amèrement le mauvais choix qu'il avait fait, en envoyant devant lui le cardinal en question. Il frémissait en pensant que, par suite de ce choix, plusieurs centaines d'âmes coupables auraient pu partir pour l'éternité sans avoir reçu les sacrements, ce qui leur aurait fermé les portes du ciel. Dès ce moment, cet excellent homme abandonna l'exercice de son pouvoir temporel au cardinal Consalvi[4]. Il ne se réserva guère que la nomination aux évêchés, et le plaisir de faire élever quelques morceaux d'architecture

monumentale, art pour lequel il était passionné, comme
le sont la plupart de ses compatriotes.

« Il y a quatre grandes charges à Rome que l'on ne
quitte que pour être élevé à la dignité de cardinal; celle
de gouverneur de Rome et de *tesoriere,* ou ministre des
Finances, sont du nombre. Quatre autres ont à peu près
usurpé ce privilège; le doyen des auditeurs de la Rota,
par exemple, reçoit presque toujours le chapeau. La *Rota*
est le premier tribunal de l'État de l'Église.

« Le cardinal Consalvi, lorsqu'il prit possession du
pouvoir, trouva ces places occupées par des prélats
inflexibles, qui insistaient fortement sur les privilèges
attachés à leurs fonctions depuis plus d'un siècle. Cet
homme d'esprit avait besoin d'être le maître pour
reconstituer l'État de l'Église. Il se délivra de ces subalternes opiniâtres en les faisant cardinaux. Ce sont les
seuls qui aient osé lui résister quelquefois.

« Jusqu'à la fin du XVIIIᵉ siècle, les cardinaux s'environnaient d'une splendeur presque égale à celle d'un prince
du sang dans une cour laïque, et ces messieurs se croyaient
les conseillers naturels du pape. Consalvi réduisit ces
hauts dignitaires à l'état passif des sénateurs de Napoléon.
Il fut, en quelque sorte, le Richelieu ou le Pombal de
l'État de l'Église; seulement il n'employa jamais aucun
moyen violent. Pendant sa dictature de 1814 à 1823, les
cardinaux continuèrent à jouir, à Rome, des plus grands
honneurs. Quand un membre du Sacré Collège passe
devant un corps de garde, les soldats prennent les armes,
et le tambour bat aux champs; mais depuis le ministère
du cardinal Consalvi, un cardinal n'a pas plus d'influence
dans le gouvernement du pape que dans celui du roi de
France.

« La politique invariable du cardinal Consalvi a
toujours été de remplir le Sacré Collège d'hommes d'une
capacité bornée et d'un caractère timide, afin qu'il fût
impossible de lui trouver un successeur, dans le cas où
ses ennemis seraient parvenus à lui enlever la faveur de
Pie VII.

« À la mort de ce pontife, il eût été impossible de
trouver, parmi les employés des divers gouvernements
d'Italie, des hommes plus incapables que la plupart
des cardinaux qui lui survivaient. On ne pouvait guère
excepter que le cardinal Spina, archevêque de Gênes, le

cardinal Fesch, oncle de Napoléon, et un petit nombre
d'autres, presque tous d'un âge avancé; le cardinal Spina
avait soixante-douze ans.

« Ces renseignements préliminaires étaient indispensables pour vous mettre à même de suivre mon récit :
sans eux, vous auriez été dans le cas de m'arrêter à tout
moment, pour me demander des explications que je
n'aurais pu vous donner sans perdre beaucoup de temps
et de mots. J'arrive maintenant à l'histoire proprement
dite du conclave de 1823.

« Pie VII mourut le 20 août 1823. Il avait été dans un
état d'enfance pendant les quatre ou cinq semaines qui
précédèrent sa mort. Le cardinal Consalvi, dont l'autorité
devait expirer, conformément aux usages de la cour de
Rome, dès que l'état du pape serait connu, eut la hardiesse
incroyable d'empêcher les cardinaux grands dignitaires
de pénétrer dans sa chambre.

« Il conçut le projet de nommer le nouveau pape et de
rester ministre. Cet espoir, tout extravagant qu'il parut,
fut cependant sur le point de réussir, tant le Sacré Collège
avait pris l'habitude d'obéir à son ascendant! Au surplus,
son caractère impérieux, mais modéré et prudent, eût fait
de la prolongation de son pouvoir une chose utile à la
chrétienté.

« Douze jours après la mort du pape, les cardinaux
entrèrent au conclave selon l'ancien usage; le lendemain,
3 septembre, il fut fermé. Je vous épargnerai la description du cérémonial, que vous trouverez dans tous les
journaux de l'époque; mon unique objet est de vous
apprendre ce que n'ont pas osé dire les auteurs de ces
articles. Le palais de Monte Cavallo devait être étroite-
ment fermé pendant la tenue du conclave, et personne
ne pouvait ni en sortir ni y entrer. Le prince Chigi, avec
sa suite, gardait l'auguste assemblée et empêchait les
communications avec le dehors; droit héréditaire dans
sa famille, mais ruineux.

« Le conclave se tenait à Monte Cavallo, et non au
Vatican, à cause des fièvres produites par la *malaria,*
très répandues à cette époque de l'année dans le voisinage
de ce dernier palais. L'ambassadeur de F***[1], qui avait
une conscience fort timide, n'aurait voulu, pour rien au
monde, commettre le péché d'entretenir des intelligences
dans l'intérieur du Sacré Collège; mais le ministre héré-

tique de Russie, vieillard très rusé, beaucoup moins scrupuleux, en recevait des nouvelles deux fois par jour : des billets déposés dans des oranges ou des poulets rôtis étaient les moyens ordinaires de communication. Les gardes du prince Chigi fouillaient avec beaucoup de soin les domestiques qui entraient ou sortaient; mais le prince aurait craint de se brouiller avec Leurs Éminences en inspectant des volailles et des fruits destinés à leurs tables. L'ambassadeur d'Autriche, à l'instar du ministre de Russie, entretenait avec le conclave des communications journalières.

« Les cardinaux allaient au scrutin deux fois par jour, le matin et le soir. Comme aucun cardinal n'obtenait de majorité, les billets étaient brûlés chaque fois dans une cheminée visible de la place de Monte Cavallo. Cette place était remplie pendant toute la durée du jour : quand le peuple de Rome apercevait, le soir, la petite fumée qui s'échappait de la cheminée sur laquelle tous les regards étaient fixés, il se dispersait en disant : "Allons! nous n'aurons pas encore de pape aujourd'hui!" Le gouvernement de l'Église est un pur despotisme, et rien n'importe davantage au peuple romain que le choix d'un souverain pontife. Dans les hautes classes, il n'existe pas une seule personne qui n'ait des liaisons particulières avec quelques membres du Sacré Collège, et il est d'usage qu'un cardinal qui devient pape fasse la fortune de sa famille et de ses amis.

« Une circonstance qui, à cette époque, occupa beaucoup les Romains, peuple à la fois spirituel, superstitieux et féroce, c'est que la mort de Pie VII avait été[1] formellement prédite, et avec une singulière exactitude, dans le *Casamia,* almanach en grande réputation, qui n'est pas fabriqué à Liège, comme celui de Matthieu Laensberg, mais à Faenza.

« Aucun pape, depuis saint Pierre, n'a occupé le trône pontifical pendant vingt-cinq ans; de là le proverbe : *Non videbis annos Petri.* Si le bon Pie VII eût vécu jusqu'au 14 de mars 1825, il aurait gouverné l'Église pendant le même nombre d'années que l'apôtre, et l'on était convaincu qu'alors Rome serait entièrement et immédiatement détruite. De pareilles idées vous font rire à Londres; mais ici elles ont un empire absolu. Les princes romains sont, en général, élevés par des laquais, ou par de pauvres prêtres, qui considèrent les superstitions les plus absurdes comme le fondement de la religion. Tout le monde ici croit davantage aux prédictions qu'à l'Évangile. Pour le dire en passant, l'Évangile ne paraît pas jouir à Rome d'un très grand crédit. Il semble qu'on le tienne à dessein sur un arrière-plan; et vous chercheriez vainement à Rome des sociétés bibliques comme celles de Londres, de Paris, de Berlin, etc. On les a en horreur.

« Un sentiment unique animait le Sacré Collège, quand, le 3 septembre, les portes de Monte Cavallo s'ouvrirent devant lui. Ce sentiment, c'était la haine pour Consalvi, qui, pendant neuf années, avait gouverné les cardinaux d'une main despotique. Durant son ministère, il avait beaucoup rabaissé l'importance de la pourpre romaine, et, quoique les trois quarts des cardinaux lui dussent leur élévation, ils ne lui pardonnaient pas les blessures qu'il avait faites à leur dignité. En dernier lieu, Consalvi, malgré sa politesse naturelle et tout son savoir-vivre, ne pouvait pas cacher le mépris que lui inspirait l'ineptie de beaucoup d'entre eux.

« Comme Rome et le rang de cardinal ne sont rien sans la religion, et "que la religion a tout à craindre de la France", phrase devenue proverbiale parmi Leurs Éminences, les cardinaux entrèrent au conclave avec la détermination de n'élever au trône pontifical qu'un homme courageux et ferme, capable de défendre les intérêts de l'Église. Même dans l'intérieur de Rome, le progrès des nouvelles idées est facile à apercevoir; il se fait encore remarquer davantage à Ravenne, à Bologne et dans le beau pays situé de l'autre côté des Apennins. À Rome, la multitude croit aux saints et à la Vierge, et s'occupe fort peu de Dieu.

« Du moment que les cardinaux étaient décidés à choisir un homme d'un caractère ferme, leur choix paraissait devoir se fixer sur M. Cavalchini, ancien gouverneur de Rome. Ce cardinal est encore cité dans le peuple pour la vigueur qu'il mit à réprimer certains assassinats qui s'étaient commis en pleine rue pendant qu'il était gouverneur. Cavalchini était sur le point d'être élu pape, quand, malheureusement pour lui, on reçut des journaux français qui contenaient une proclamation modérée que S.A.R. Mgr le duc

d'Angoulême avait faite après ses premiers succès en
Espagne.

« Cette proclamation changea entièrement la résolution
de ces faibles vieillards : supposant que le conciliateur
d'Andujar n'avait agi que d'après les instructions des
ministres de son oncle, ils en conclurent que le gouvernement de la France était modéré, et qu'afin de mieux
s'entendre avec le cabinet des Tuileries il fallait élire
un pape d'un caractère plus flexible. Le pauvre Cavalchini,
auquel on ne pouvait guère reprocher que d'avoir
maintenu une bonne police et fait pendre quelques
meurtriers, cessa, en conséquence, de réunir la majorité
des suffrages.

« Ils parurent alors se diriger sur un cardinal dont je
tairai le nom; mais un de ses collègues, qui était, dit-on,
son ami intime, rappela à Leurs Éminences que, sous
le pontificat de Pie VI, ce personnage, alors simple[1]
monsignore, s'était rendu coupable de parjure dans la
fameuse affaire Lepri; cette affaire avait eu, dans le
temps, beaucoup d'éclat. Voici comment je l'ai entendu
raconter : un homme très riche, nommé Lepri[2], avait
un procès d'où dépendait toute sa fortune; il obtint la
prélature, et Pie VI lui promit le chapeau de cardinal.
Par reconnaissance des honneurs qu'on lui accordait,
il fit don de toute sa fortune, y compris le procès, au
duc Braschi, neveu du pape. Le tribunal eut la noble
indépendance de faire perdre son procès au neveu du
pape.

« Pie VI, irrité, cassa le tribunal et son arrêt, et s'appro-
pria, dit-on, la plus grande partie de la fortune de Lepri.
Le rôle joué dans cette affaire par le cardinal en question
et la mémoire perfide de son ami tournèrent la chance
d'un autre côté.

« Des scrupules d'un genre différent et d'une nature
moins grave empêchèrent l'élection du cardinal N***,
en faveur duquel la majorité des suffrages paraissait
devoir se réunir. Le quinzième jour du conclave, 17
septembre 1823, trente-trois voix décidaient l'élection,
et ce cardinal était sûr de vingt-huit; mais on sut qu'il
avait pris une tasse de chocolat un jour de jeûne, et
cette tasse malencontreuse lui coûta la tiare : tel était,
du moins, le bruit répandu dans Rome après la tenue du
conclave.

« On songea alors au cardinal Della Somaglia, vieillard d'une haute naissance, cité jadis pour la facilité de ses mœurs, mais qui s'était réformé et vivait dans une grande dévotion depuis trente ans. Les cardinaux calculèrent qu'attendu son grand âge (il avait alors quatre-vingts ans), ce qui importait surtout, c'était de savoir qui il prendrait pour *segretario di Stato*, ou premier ministre. On le sonda sur ce point, et il nomma le cardinal Albani : "Le cardinal Albani! s'écrièrent Leurs Éminences terrifiées. Cet homme vaut au moins deux Consalvi, et nous savons ce qu'un seul a pu nous faire souffrir."

« Le cardinal Albani, dont le frère a fait un mariage ridicule, jouit d'un revenu de douze mille livres sterling (trois cent mille francs). Quoique, depuis longtemps, il fût cardinal, il ne se décida à prendre les ordres que fort peu de temps avant le conclave de 1823. Albani avait obtenu des dispenses de trois ans en trois ans; mais un laïque ne peut entrer au conclave. On l'accusait à Rome, mais à tort sans doute, d'avoir conçu le projet du massacre que l'on voulait faire en 1814, dans le but d'exterminer la race de philosophes produite par l'administration française. Ses ennemis prétendaient qu'il joignait à des mœurs dissolues un zèle intolérant et cruel, amalgame fort commun chez les prélats romains du xvie siècle, mais heureusement assez rare aujourd'hui. Une portion de son grand revenu lui servait, disait-on, à satisfaire ses penchants voluptueux. Un reproche plus grave qu'on lui adressait aussi, c'était d'avoir été l'un des instigateurs du complot tramé contre les jours de Basseville et du général Duphot.

« La faction des *zelanti* ou des saints, dominée par sa haine contre Consalvi, avait eu, dès le premier moment, l'élection à peu près à sa disposition. Lorsque le cardinal Della Somaglia eut compromis son élection par son imprudente confidence, les *zelanti* songèrent au cardinal Severoli. Severoli passait pour un saint à leurs yeux, parce qu'il avait défendu à ses gens de mettre plus de trois plats sur sa table lorsqu'on lui conféra le riche évêché de Viterbe.

« Ce cardinal, naturellement doux et modéré, avait toutes les idées du Moyen Âge, et croyait de bonne foi qu'ouvrir un livre, c'était compromettre son salut. Il s'était querellé avec l'empereur François II en 1809, époque à laquelle il se trouvait à Vienne, en qualité de nonce. Napoléon ayant fait la folie de demander en mariage une archiduchesse d'Autriche, François II s'estima fort heureux de trouver ce moyen de prévenir une troisième visite des Français à Vienne. Mais Severoli, incapable de se plier à cette politique mondaine, représenta à l'empereur, avec toute la hardiesse d'un apôtre, ou, comme le dirait M. de Lamennais, ecclésiastique français fort considéré à Rome, *avec tout le courage d'un prêtre,* qu'il ne pouvait donner sa fille à un homme dont la femme était encore vivante, que ce serait sanctionner l'adultère, etc. Ce fut cet acte de fermeté qui attira sur lui l'attention des quinze ou vingt plus anciens cardinaux. La plupart avaient été exilés de Paris par l'empereur Napoléon pour n'avoir pas voulu assister à son mariage.

« Pour comprendre le grand incident qui forme le nœud de ce conclave, il faut savoir que quatre puissances ont le droit de donner l'exclusion à un cardinal qui va être élu pape; ces puissances sont : l'Autriche, la France, l'Espagne et le Portugal. Mais cette prérogative ne peut s'exercer qu'une seule fois pendant la durée de chaque conclave. Un jour, Severoli réunit vingt-six suffrages; trente-trois étaient le nombre nécessaire, et sur les sept[1] qui lui restaient à obtenir, on parvint à en rallier huit; partant il ne lui en manquait plus qu'un pour l'emporter sur ses concurrents.

« On craignait peu les exclusions de la France, de l'Espagne et du Portugal. Le roi d'Espagne, prisonnier des cortès, avait des affaires qui le touchaient de plus près que celles du conclave. On calculait que l'exclusion du Portugal n'arriverait pas à temps, et on redoutait peu les cardinaux de La Fare et de Clermont-Tonnerre, qui représentaient la France. Les cardinaux italiens persuadaient à ces messieurs que c'étaient eux qui conduisaient le conclave, tandis qu'au fond ils ignoraient tout ce qui s'y passait. Les cardinaux français avaient dit qu'ils croyaient peu convenable de contrôler les inspirations du Saint-Esprit, et que la cour de France ne mettrait de *veto* qu'à l'élévation de l'archiduc Rodolphe et du cardinal Fesch.

« Les cardinaux qui s'étaient mis à la tête du parti

Severoli avaient besoin de connaître les intentions de
l'Autriche à l'égard de leur candidat. Ceci est la seule
partie de l'histoire du dernier conclave qui ne me paraisse
pas parfaitement claire. Un soir que sept ou huit partisans
de Severoli étaient rassemblés, ils dépêchèrent un espion
pour surveiller le cardinal Albani, qui avait le secret de
l'Autriche, c'est-à-dire qui était chargé de signifier son
veto. On vint tout à coup les avertir que ce cardinal se
dirigeait vers le corridor sur lequel ouvrait la porte de la
cellule où ils s'étaient réunis; ils écoutèrent, et ils enten-
dirent Albani qui marchait *à pas de loup* dans le corridor.
Alors le cardinal Palotta, dont la voix est proportionnée
à sa grande taille, s'écria, du ton d'un homme que
l'opposition irrite : "Au fond, que Vos Éminences le
veuillent ou non, peu nous importe; nous sommes sûrs
de trente-quatre voix, et demain Severoli sera pape!"
Quand Palotta eut fini, il sortit rapidement de la cellule,
et se trouva face à face avec le cardinal Albani. Ce dernier
était pâle comme la mort; Palotta affecta d'éprouver la
plus grande confusion.

« Le soir, le cardinal Albani envoya un agent confi-
dentiel à l'ambassadeur d'Autriche. Cet homme sut
éluder la vigilance du prince Chigi et de ses gardes; et,
le lendemain matin, au moment où on allait procéder
à l'examen des votes, le cardinal Albani, avec l'air agité
d'un homme qui sent que le succès de ses projets
ambitieux va être décidé par la démarche qu'il est sur le
point de faire, annonça au conclave, prêt à nommer le
cardinal Severoli, que la cour d'Autriche donnait son
exclusion à l'évêque de Viterbe.

« Tous les yeux se fixèrent alors sur Severoli : il
supporta avec courage et résignation ce coup inattendu.
Se rappelant son caractère de prêtre et les devoirs qu'il
lui commandait, il se leva de sa place, se dirigea vers le
cardinal Albani, l'embrassa cordialement, et lui dit :
"Que ne dois-je pas à Votre Éminence, dont l'heureuse
intervention me délivre du poids qui allait accabler ma
faiblesse!"

« En retournant à sa place, Severoli demanda que le
secrétaire prît note de l'exclusion : ses collègues voulaient
lui épargner cette humiliation; mais il insista d'une
manière péremptoire. Comme le droit d'exclusion ne
peut être exercé qu'une seule fois par chaque puissance,

sa demande parut très raisonnable, et ses adversaires eux-mêmes furent touchés de sa grandeur d'âme. L'exclusion de l'Autriche, constatée par le procès-verbal, l'empêchait d'en faire une autre, dans le cas où les suffrages se dirigeraient de nouveau sur une personne qui ne lui serait pas agréable, et qui appartiendrait au parti de l'évêque de Viterbe.

« Toutefois Severoli ne put soutenir longtemps ce rôle héroïque; quand son exclusion eut été constatée officiellement, il sentit toute l'amertume de la perte qu'il venait de faire. Il fut même forcé de quitter la salle du conclave, de se retirer dans sa cellule et de se mettre au lit. Depuis ce moment jusqu'à l'époque de sa mort, qui arriva quelques mois après, sa santé fut toujours chancelante.

« Après qu'il eut quitté la salle du conclave, on procéda à l'examen des votes, formalité tout à fait insignifiante, mais qui, dans la circonstance, avait l'avantage de donner un peu de répit au Sacré Collège, pour réfléchir sur ce qui venait de se passer, et aviser à ce qu'il convenait de faire. Plusieurs cardinaux fort âgés et d'une piété sincère, convaincus qu'en donnant leurs voix à l'évêque de Viterbe ils avaient agi d'après les inspirations du Saint-Esprit, résolurent de consulter Severoli avant de faire un choix. Le lendemain matin, ces cardinaux furent chez lui, et lui dirent : "Nous nous plaçons entièrement sous la direction de Votre Éminence, et nous la supplions de nous indiquer qui nous devons placer sur le trône de saint Pierre." Le cardinal Severoli répliqua : "Je choisirais le cardinal Annibal Della Genga, ou le cardinal De' Gregorio."

« Le cardinal Della Genga était recommandé par sa haine pour le cardinal Consalvi. Le cardinal Quarantini[1]; oncle de ce ministre, avait été le persécuteur constant de *monsignore* Della Genga. Dans sa jeunesse, ce prélat était cité pour sa beauté, et l'on prétendait qu'il n'avait pas toujours su résister aux séductions auxquelles l'exposait cet avantage.

« Ses ennemis allaient jusqu'à dire que... plusieurs enfants de Mme P*** à Rome et d'une fort grande dame de Munich... Ces bruits étaient fort répandus à Rome, qui est à la fois une grande capitale et une petite ville. Quoi qu'il en soit, depuis plusieurs années il effaçait ces fautes de jeunesse, si toutefois elles avaient été commises, par une piété profonde. Une circonstance qui servit à lui concilier beaucoup de suffrages, c'est qu'il avait déjà reçu dix-sept fois le viatique, et que, chaque année, il paraissait sur le point de mourir d'une hémorragie.

« Son rival, le cardinal De' Gregorio, ne cessait de dire à l'ambassadeur de France, depuis l'année 1814 : "Je suis un Bourbon, rien ne peut être plus convenable pour S.M. Très Chrétienne que de voir quelqu'un de son sang assis sur le siège de saint Pierre." Le cardinal disait vrai : il est fils naturel de Charles III, et par conséquent frère des deux derniers rois de Naples et d'Espagne. Il a l'air très noble, et, quoique son nez soit immense, sa physionomie est ouverte et agréable. C'eût été un excellent pape. Lorsque le cardinal De' Gregorio s'adressait à l'ambassadeur d'Autriche, il lui disait : "Tôt ou tard vous voudrez faire élire l'archiduc Rodolphe ; les autres puissances tâcheront de s'y opposer, parce qu'il est né prince. Ce que vous avez de mieux à faire, c'est de favoriser mon élection : j'ai une naissance royale, et je suis presque prince ; j'aplanirai la route à votre archiduc." »

« En quittant Severoli, les cardinaux se rendirent à la chapelle Pauline pour voter. Les scrutateurs, en comptant les votes, en trouvèrent trente-quatre pour le cardinal Della Genga ; ils ne poussèrent pas leur examen plus loin, et, se tournant vers le nouveau pape, ils se prosternèrent à ses pieds.

« Le cardinal Della Genga ne sut pas moins bien maîtriser sa joie que Severoli n'avait su d'abord maîtriser sa douleur. Levant sa longue robe de pourpre, et montrant aux cardinaux ses jambes enflées : "Comment, s'écria-t-il, pouvez-vous croire que je consente à me charger du fardeau que vous voulez m'imposer ? Il est plus fort que moi : que deviendra l'Église, au milieu de tous ses embarras, quand elle sera remise aux soins d'un pape qui, vous le voyez, est accablé d'infirmités graves ?" Les cardinaux firent une réponse convenable, et l'on procéda sur-le-champ aux premières cérémonies qui accompagnent l'exaltation d'un pape. Les hommages qu'on lui rend sont précisément les mêmes que ceux que l'on adresse à la Divinité ; mais les catholiques se justifient à cet égard en disant que c'est au représentant de Jésus-Christ que ces honneurs sont accordés.

« Pendant le conclave de 1823, qui dura vingt-trois jours, depuis le 5 septembre jusqu'au 28, Rome fut dans une grande agitation. Le choix qu'on allait faire devait décider qui l'emporterait, du parti libéral, soutenu par Consalvi, ou du parti ultra, conduit par le cardinal Pacca. Consalvi n'était pas un homme d'une assez grande hauteur d'esprit et de caractère pour donner des institutions libérales au peuple romain, et rendre impossible la révolution qui menace Rome et tous les trônes de l'Italie. Il n'osa pas faire du Sacré Collège un corps éclairé, capable de conduire l'Église dans une direction conforme à l'esprit du xixe siècle. Consalvi fut seulement un homme de vues sages et modérées, armé d'une volonté constante et d'une adresse parfaite. Son libéralisme relatif était cependant assez prononcé pour étonner les Romains, qui sont en arrière de deux siècles sur l'Angleterre et la France; mais à Bologne, à Forlì et dans d'autres villes de la Romagne, où il y a plus de lumières, son administration était jugée avec moins de faveur. Maintenant on le regrette.

« Pendant la durée du conclave, l'attention du peuple romain fut singulièrement divisée : les habitants de Rome crurent un instant qu'ils étaient conquis par les Autrichiens. Rien ne prouve davantage l'absence de popularité du gouvernement sacerdotal que l'espèce de satisfaction avec laquelle cette nouvelle fut apprise, malgré l'avarice connue de l'Autriche, les persécutions qu'elle exerce contre les *carbonari*[1], et l'antipathie des Italiens pour les dominations étrangères. Voici ce qui avait donné lieu à cette étrange rumeur.

« Un capitaine autrichien, qui allait rejoindre l'armée d'occupation à Naples avec cent cinquante recrues, entra à Viterbe le 15 septembre. Ce capitaine, ravi du bon marché du vin, avait bu si immodérément ce jour-là, qu'il s'enivra, et ses hommes en firent autant. Pendant cette débauche, il apprit que le pape était mort, et que le trône pontifical était vacant. Cette idée fermenta dans sa tête, tellement que, lorsque la garde de la porte de Viterbe demanda : "Qui vive?" il répondit qu'il venait prendre possession de l'État de l'Église, au nom de S.M. François II, empereur romain. Les soldats du

pape se gardèrent bien de faire aucune résistance; et le
capitaine se dirigea vers la place d'armes de Viterbe
avec son monde. Il reçut des billets de logement comme
de coutume; les soldats s'enivrèrent encore davantage
chez leurs hôtes, et ne pensèrent plus à leur conquête :
mais le gouverneur de Viterbe avait dépêché un courrier
à Rome pour y porter cette nouvelle. En moins d'une
heure, elle se répandit dans toute la ville, et ses habitants
crurent que Rome allait devenir le siège de l'Empire.
Le jour suivant, à quatre heures de l'après-midi, lorsque
le capitaine autrichien entra dans Rome, par la porte
du Peuple, avec sa petite troupe, une foule immense
s'était rassemblée sur son passage, malgré les protesta-
tions de l'ambassadeur d'Autriche. Même dans l'intérieur
du conclave, cette nouvelle acquit quelque crédit, et
l'on croit fermement que, si la légation autrichienne
avait eu l'esprit de profiter du moment, l'archiduc
Rodolphe eût été élu ce jour-là, ou, tout au moins, elle
aurait pu sans peine faire élire quelque cardinal allemand
ou lombard. Le nouveau pape aurait nommé tout de
suite une trentaine de cardinaux dévoués à l'Autriche,
et l'élection de l'archiduc eût été certaine au premier
conclave. Ce qu'il y aurait eu de plus singulier dans
cette victoire, c'est qu'elle eût été le résultat des propos
d'un officier subalterne et de quelques soldats dans
l'ivresse. Ce capitaine, qui eût pu faire un pape si
l'ambassadeur de son souverain l'eût secondé, fut mis
aux arrêts.

« Je vous ai déjà dit que les cardinaux français, qui
croyaient tout conduire, et s'en vantaient hautement,
étaient au contraire complètement pris pour dupes. Ce
fut au point qu'ils n'apprirent que la majorité des
suffrages devait se fixer sur le cardinal Severoli que
lorsque le cardinal Albani prononça le *veto* de l'Autriche.
Leur légèreté avait d'ailleurs vivement offensé la fierté
des membres du Sacré Collège.

« L'anniversaire d'une solennité de famille, dans la
maison de Bourbon, a lieu vers la mi-septembre. Le
matin de cette fête, l'un des cardinaux français dit au
Sacré Collège : "Si Vos Éminences choisissaient ce
jour pour élire le nouveau pape, cela ne pourrait être
que très agréable au roi mon maître." Vous ne sauriez
vous faire une idée de l'indignation que produisit ce

propos. Le pouvoir de la tiare a beaucoup déchu, mais
les formes de la cour de Rome sont éternelles; et ces
formes annoncent toute la supérioté qu'elle s'attribue
sur les autres couronnes. Cette proposition singulière
blessait profondément la fierté de la pourpre romaine,
au moment même où elle exerçait sa plus imposante
prérogative, celle de donner un chef à la chrétienté.
Aujourd'hui même, ce propos n'est pas encore oublié
à Rome, et je l'ai entendu citer plus d'une fois.

« Telle est, mon cher ami, l'histoire de l'élévation du
cardinal Annibal Della Genga au trône pontifical. Le
pape Léon X, qui mourut au milieu de ses généreux
efforts pour avancer la civilisation de l'Italie, donna un
fief aux ancêtres du marquis Della Genga, qui étaient
alors de simples gentilshommes de la petite ville de
Spoleto. Le nom de Léon XII, pris par le cardinal
Della Genga, est une marque de gratitude envers les
Médicis, auteurs de la fortune de sa famille. Le pape
Léon XI était un Médicis aussi bien que Léon X, mais
il est fort peu connu, attendu qu'il n'a régné que
vingt-sept jours.

« Vous vous étonnerez sans doute, avec votre candeur protestante, de tant d'intrigues ourdies dans une
assemblée qui a la prétention d'agir sous l'inspiration
du Saint-Esprit. Quand on en parle aux catholiques,
ils répondent que les voies de Dieu sont impénétrables, et qu'il fait concourir à l'exécution de ses
grands desseins jusqu'aux faiblesses et aux passions des
hommes.

« Léon XII est un homme de beaucoup d'esprit, il a les
manières d'un diplomate. Ce prince s'est acquis des
droits au respect de ses contemporains, par la sagesse
avec laquelle il a étouffé dans leur germe les troubles
naissants de l'Église de France. Cet homme, si sage dans
ses relations avec les puissances étrangères, a été d'un
ultracisme, suivant moi, bien impolitique dans son
administration intérieure. En défendant les spectacles
et les autres amusements pendant l'année du jubilé, il
avait fait un désert de Rome. J'occupais alors un vaste
et délicieux logement qui me coûtait vingt écus par
mois, et qui maintenant m'en coûte quarante-huit.
L'argent qu'ils tirent du loyer de leurs maisons est à peu
près l'unique ressource de revenu des pauvres habitants

de Rome. Aussi cette mesure rendit-elle d'abord très impopulaire le gouvernement de Léon XII. Je suis persuadé qu'à cette époque, si François Ier, roi de Naples, qui est fort aimé à Rome, eût voulu s'en emparer, il aurait pu le faire, avec ou sans l'agrément de la Sainte-Alliance et sans tirer un seul coup de canon.

« ALB. RUB.[1] »

20 octobre 1828. — Nous n'avons joui de Rome, depuis notre retour de Naples, que parce que nous voyons dans chaque monument de la Rome des papes le vestige de quelqu'un des événements que je vais rappeler en peu de mots.

Un des plus grands malheurs de l'Italie, et peut-être du monde, c'est la mort de Laurent de Médicis, le modèle des usurpateurs et des rois[2]. Il mourut à Florence en 1492, à peine âgé de quarante-quatre ans. Ce fut un grand prince, un homme heureux et un homme aimable; il sut contenir l'esprit inquiet des républicains de Florence, plutôt à force de finesse qu'en abaissant trop le caractère national. Il avait horreur, comme homme d'esprit, des plats courtisans qu'il aurait dû récompenser comme monarque. Il adorait l'antiquité; tout lui en semblait charmant, même ses erreurs et ses fautes. Telle fut la disposition de tous les hommes supérieurs de ce pays, depuis Pétrarque et le Dante jusqu'à l'invasion du despotisme espagnol, en 1530. Laurent le Magnifique a été peint en pastel (avec des couleurs fausses, qui exagèrent le brillant et ôtent la grandeur) dans l'ouvrage de M. Roscoë[3]. Il jouait bien moins la comédie que ne le croit l'auteur anglais, qui en fait un prince moderne qui veut être à la mode. Laurent de Médicis passait sa vie avec les hommes supérieurs de son siècle, dans ses belles maisons de campagne des environs de Florence. Il aima le jeune Michel-Ange, le logea dans son palais et l'admit à sa table. Souvent il le faisait appeler pour jouir de son enthousiasme, et lui voir admirer les statues antiques et les médailles qui lui arrivaient de la Grèce ou de la Calabre.

Cette première éducation explique la hauteur de caractère que l'on remarque dans la vie et dans les ouvrages de Michel-Ange.

Léon X fut fils de Laurent le Magnifique; mais son

autre fils, Pierre, qui lui succéda, fut un sot, et se fit chasser de Florence. De ce moment, conserver la liberté fut le premier intérêt pour les Florentins, et Rome devint la capitale des arts, comme Paris l'est aujourd'hui de la civilisation de l'Europe.

Les papes qui n'avaient pas à trembler pour leur autorité ont fait exécuter les plus grands travaux de peinture, de sculpture et d'architecture des temps modernes. Nous arrivons à trois hommes tellement remarquables, que leur vie serait curieuse quand ils auraient régné dans le coin le plus ignoré de l'Europe : je veux parler d'Alexandre VI, de Jules II et de Léon X.

Pendant le cours du xve siècle, la principale affaire des papes fut d'anéantir par le fer et par le feu les grands seigneurs de Rome. C'est ce que Richelieu fit plus tard en France. Rome avait un gouvernement à elle pendant le Moyen Âge; elle n'eut plus, après Alexandre VI, qu'une administration municipale. Comme on ne trouve la vérité sur Rome nulle part, on me fait espérer que le lecteur me pardonnera quelques phrases rapides, heurtées et sans grâce, destinées à l'empêcher d'ajouter foi aux mensonges qui traînent dans toutes les histoires du xvie siècle[1].

Innocent VIII, après n'avoir songé toute sa vie qu'à la volupté, était mort dans la même année que Laurent le Magnifique, le 24 juillet 1492.

Le 6 août suivant, les cardinaux entrèrent au conclave; ils n'étaient que vingt-trois, et sentaient si bien les avantages du petit nombre, que chacun d'eux s'engagea par serment à ne point faire de nouveau cardinal, s'il devenait pape, sans le consentement de tous les autres. Ces vingt-trois cardinaux jouissaient d'immenses richesses et d'un grand pouvoir; presque tous étaient des hommes distingués. La piété était rare dans le Sacré Collège, et l'athéisme assez commun.

Parmi les cardinaux qui entrèrent au conclave de 1492, deux se distinguaient par de rares talents, Julien de la Rovère, qui fut depuis Jules II, et l'immortel Roderic Borgia, qui a été sur la terre la moins imparfaite incarnation du diable. Ce grand homme était fils d'une sœur de Calixte III, Borgia, Espagnol, qui lui avait fait quitter son nom de Lenzuoli pour prendre celui de Borgia[2]. Le pape Calixte avait accumulé sur la tête de son jeune neveu toutes les dignités dont il pouvait disposer. Il lui résigna

son archevêché de Valence en Espagne, le fit cardinal
diacre en 1456, et en même temps lui conféra le ministère,
alors fort lucratif, appelé la *vice-chancellerie de l'Église*. Les
successeurs de Calixte confièrent les missions les plus
délicates au cardinal Borgia; il réussit presque toujours.

En 1492, en entrant au conclave, il réunissait les revenus de trois archevêchés, de plusieurs évêchés et d'un
grand nombre de bénéfices ecclésiastiques; c'était un
moyen de succès, car un pape, en montant sur le trône,
distribuait à ses anciens collègues tous les bénéfices dont il
jouissait comme cardinal. Les mœurs du cardinal Borgia
faisaient obstacle à son élévation; son excessive galanterie
l'avait exposé jadis à une censure publique; il vivait
maintenant avec la célèbre Vanosia[1], qu'il avait fait
épouser à un riche Romain, et il avait d'elle quatre fils et
une fille. Ce scandale serait beaucoup plus intolérable
de nos jours qu'il ne le paraissait en 1492; on était plus
voisin des temps où les prêtres avaient eu des concubines
et même des femmes légitimes. Innocent VIII, le pape
qu'il s'agissait de remplacer, avait été célèbre par son
extrême galanterie; et l'amour était, en Italie, ce que la
vanité est en France aujourd'hui, la passion[2] de tout le
monde.

Borgia avait deux rivaux, les cardinaux Julien de la
Rovère et Sforza. Celui-ci, oncle du duc de Milan et frère
du fameux scélérat Louis le Maure, jouissait d'immenses
richesses; après quelques épreuves de la force de son parti,
il se vendit à Borgia, qui s'engagea, s'il devenait pape, à
lui donner le ministère de la vice-chancellerie. Les cardinaux moins riches furent achetés à prix d'argent (le cardinal patriarche de Venise, par exemple, reçut cinq mille
ducats), et enfin, le 11 août, Alexandre VI monta sur le
trône, après un conclave de cinq jours. Aussitôt il conféra
au cardinal Sforza la place de vice-chancelier; il donna au
cardinal Orsini son palais de Rome tout meublé, ainsi que
les deux châteaux de Soriano et de Monticello; le cardinal
Colonna fut nommé à l'abbaye de Subiaco. Le cardinal de
Saint-Ange eut pour sa part l'évêché de Porto et la cave
de Borgia, fournie des vins les plus exquis.

Julien de la Rovère et quatre autres cardinaux ne s'é-
taient point vendus. Dès que Julien vit son rival sur le
trône, il s'enferma dans le château d'Ostie, et bientôt
s'éloigna davantage. L'anarchie était extrême dans Rome;

deux cent vingt citoyens avaient été assassinés pendant la lente agonie d'Innocent VIII. D'un mot, Alexandre VI rendit la sûreté aux rues de sa capitale; il savait régner. Il se trouvait alors à la cour du pape un brave Allemand qui, comme le marquis de Dangeau pour Louis XIV, rend compte, jour par jour, de tout ce que fait le souverain pontife. Il faut lire dans Burckhardt* le détail des fêtes indécentes par lesquelles Alexandre VI célébra, dans son propre palais, le mariage de sa fille Lucrèce avec Jean, seigneur de Pesaro[1].

Ce scandale et tant d'autres firent naître Jérôme Savonarole; ce fut un homme d'un grand caractère et de beaucoup d'esprit, qui essaya le rôle de Luther, et fut brûlé en 1498 par les soins d'Alexandre VI.

Appelé auprès de Laurent de Médicis mourant, Savonarole lui avait refusé l'absolution, à moins qu'il ne rendît la liberté à sa patrie. Lorsque avec deux de ses amis il fut attaché à un pieu au-dessus du bûcher préparé pour les brûler, l'évêque de Florence leur déclara qu'il les séparait de l'Église. Savonarole répondit doucement : « De la militante », donnant à entendre qu'en sa qualité de martyr il entrait dès ce moment dans l'*Église triomphante* (ce sont des termes de théologie). Savonarole ne dit rien de plus, et périt ainsi à un peu moins de quarante-six ans. Michel-Ange était son ami.

Beaucoup de temps s'écoula avant que les papes eussent une peur réelle et songeassent sérieusement à être moins scandaleux. Mais enfin Luther succéda à Savonarole; on ne put pas le faire brûler; il fallut assembler le concile de Trente.

Ce concile un peu démocratique agit avec colère et agrandit la brèche qui sépare le protestantisme, ou la religion de l'*examen personnel,* de la religion du pape. Le concile de Trente a créé la religion telle que nous la voyons aujourd'hui. Les papes commencèrent à redouter les scandales causés par les cardinaux, et n'appelèrent en général au Sacré Collège que des imbéciles de haute naissance. Tout est changé pour le mieux maintenant[2].

Alexandre VI eut à supporter le passage de Charles VIII, jeune prince sans nul esprit, mais plein de cœur. Animé

---

* Le journal latin de Burckhardt se trouve dans le *Corpus historicum medii aevi a G. Eccardo, Lipsiae,* 1723, t. II, colonnes 2134 et 2149.

par le cardinal Julien de la Rovère, il aurait volontiers
déposé Alexandre VI en passant; mais le château Saint-
Ange sauva le pape.

Alexandre VI fit la guerre lui-même aux Orsini et aux
Vitelli, grands seigneurs de ses États; cette guerre
l'exposait à des dangers personnels. Il prit une nouvelle
maîtresse, Julie Farnèse, surnommée Giulia Bella, avec
laquelle il vécut sagement, comme Louis XIV avec
Mme de Montespan; elle lui donna un fils au mois
d'avril 1497. Deux mois plus tard, François Borgia, duc
de Candie, fils aîné du pape, fut assassiné dans les rues
de Rome, au sortir d'un repas. On découvrit bientôt
que son propre frère, César Borgia, cardinal de Valence,
était l'auteur de ce crime. Ils étaient rivaux, et aimaient
tous les deux la belle Lucrèce, leur sœur.

Ce coup fut trop fort pour le cœur d'Alexandre VI, ce
qui prouve bien qu'il n'y a point de scélérat parfait; il
avoua avec des sanglots, en plein consistoire, les désordres
de sa vie passée; il reconnut qu'elle avait attiré sur lui ce
juste châtiment de Dieu. Le bon Louis XII régnait en
France, et avait la faiblesse de vouloir faire des conquêtes
en Italie; il combla de faveurs César Borgia, fils du
puissant Alexandre VI; César prit à son service Léonard
de Vinci, qu'il nomma son ingénieur en chef.

La campagne qui avoisine Rome appartenait presque
en entier aux deux puissantes familles Orsini et Colonna.
Les Orsini possédaient les terres au couchant du Tibre;
les Colonna, celles qui sont à l'orient et au midi du fleuve.
À cette époque de bravoure et de force, les Orsini, les
Colonna, les Savelli, les Conti, les Santacroce, etc.,
étaient tous *condottieri;* chacun d'eux était à la tête de ce
que nous appellerions aujourd'hui un petit régiment;
plus une grande famille de Rome comptait de jeunes gens
en état de porter les armes, plus elle était respectée.
Chaque famille traitait séparément et de puissance à
puissance avec le pape, avec le roi de Naples, le roi de
France, ou la République de Florence. Les idées connues
aujourd'hui sous les noms de légitimité, rébellion, etc.,
ne se trouvaient dans la tête de personne.

Les guerres acharnées des Colonna contre les Orsini
(1499) avaient chassé les agriculteurs de la campagne de
Rome, déjà dépeuplée par les barbares, lors de la chute de
l'Empire d'occident. Voilà l'origine de cette solitude des

environs de Rome, qui contribue tant à sa beauté, et fait l'étonnement des voyageurs. Non seulement les soldats des Orsini tuaient les hommes et les animaux qu'ils trouvaient sur les terres des Colonna, mais encore ils arrachaient les vignes et brûlaient les oliviers. L'année suivante, les Colonna usaient de représailles sur les terres des Orsini.

Alexandre VI n'était pas assez fort pour réprimer ces guerres; les circonstances le portèrent à s'allier avec les Orsini, et souvent l'on se battit jusque dans les rues de Rome; heureusement César Borgia, son fils, avait beaucoup de courage et quelque talent pour la guerre.

Il serait trop long d'expliquer la politique habile d'Alexandre VI; nous n'avons voulu qu'esquisser la situation morale du pays au milieu duquel croissait le jeune Raphaël. Il avait seize ans en 1499, et travaillait à Pérouse dans la boutique du Pérugin. Michel-Ange avait vingt-cinq ans, et le supplice de Savonarole, son ami, l'avait tellement frappé d'horreur, qu'il abandonna tout travail.

Le 4 septembre 1501, Lucrèce Borgia, fille du pape, plus remarquable encore par son esprit que par sa rare beauté, épousa Alphonse, fils aîné du duc de Ferrare. Le seigneur de Pesaro, dont Burckhardt raconte les noces, avait été son second mari. Un divorce l'avait séparée du premier.

Un autre divorce, prononcé par son père, la mit ensuite dans les bras d'Alphonse d'Aragon, fils naturel d'Alphonse II, roi de Naples; mais les Français conquirent Naples : Alphonse ne fut plus qu'un prince malheureux. Le 15 juillet 1501, une main inconnue le perça de coups de poignard sur l'escalier de la basilique de Saint-Pierre; et, comme il ne mourait pas assez vite de ses blessures, le 18 août suivant il fut étranglé dans son lit. Ce fut ainsi que Lucrèce parvint à être princesse héréditaire de Ferrare*.

Sa conduite devint régulière; elle avait eu quelques galanteries difficiles à raconter, mais il ne faut attribuer ses divorces qu'à la politique de son terrible père, et ne pas oublier que César Borgia, son frère, est le héros du *Prince* de Machiavel. César se serait fait roi d'Italie, si, lorsque

---

* Lord Byron avait une petite mèche des beaux cheveux blonds de Lucrèce Borgia.

son père lui fut enlevé tout à coup, le 18 août 1503, il ne se fût trouvé lui-même presque mourant.

Paul Jove, évêque de Como, est un historien menteur, toutes les fois qu'il est bien payé pour mentir, c'est ce qu'il nous apprend lui-même; mais ce fut un homme d'esprit, contemporain des événements. Voici, suivant lui, l'anecdote de la mort du pape et de la maladie de César[1].

Le pape avait invité à souper le cardinal Adrien de Corneto dans sa vigne du Belvédère, près du Vatican; il avait l'intention de l'empoisonner. C'était le sort qu'il avait fait subir aux cardinaux de Saint-Ange, de Capoue et de Modène, autrefois ses ministres les plus zélés, mais qui étaient devenus fort riches. Le pape voulait en hériter.

César Borgia avait envoyé ce jour-là du vin empoisonné à l'échanson du pape sans le mettre dans sa confidence; il lui avait seulement recommandé de ne servir ce vin que d'après son ordre exprès. Pendant le souper, l'échanson s'éloigna un instant, et, durant son absence, un domestique, qui ne savait rien, servit de ce vin au pape, à César Borgia et au cardinal de Corneto.

Ce dernier dit ensuite lui-même à Paul Jove qu'au moment où il eut pris ce breuvage, il sentit à l'estomac un feu ardent; il perdit la vue et bientôt l'usage de tous ses sens; enfin, après une longue maladie, son rétablissement fut précédé par la chute de toute sa peau*. Alexandre VI mourut après quelques heures de souffrances; son fils César resta cloué dans son lit et hors d'état d'agir.

Alexandre VI avait créé quarante-trois cardinaux; la plupart de ces nominations rapportèrent dix mille florins. Entre autres mesures fort sages, et qui servent encore aujourd'hui de lois à l'Église, Alexandre VI, qui avait compris toute la portée de la rébellion de Savonarole, ordonna aux imprimeurs, et sous peine d'excommunication, de n'imprimer aucun livre sans l'aveu des archevêques. (Bref du 1er juin 1501.)

Il prescrivit aux archevêques de faire brûler tous les livres qui contiendraient des doctrines hérétiques, impies et mal sonnantes.

* Paolo Giovio, *Vita di Leone X*, lib. II, p. 82. *Vita del cardinale Pompeo Colonna*, p. 358. Ce poison était une poudre blanche d'un goût agréable, la mort était certaine et n'avait lieu, si l'on voulait, qu'après plusieurs jours. Voir la mort de Gem[2], frère du sultan Bajazet.

César Borgia disait dans la suite à Machiavel qu'il croyait avoir pensé à tout ce qui pouvait arriver au moment de la mort de son père, et qu'il avait trouvé remède à tout ; mais qu'il n'avait jamais songé que, lors de cet événement, il se trouverait lui-même retenu dans son lit par d'affreuses douleurs. César croyait pouvoir désigner le successeur de son père ; il comptait sur les dix-huit cardinaux espagnols qu'il avait fait entrer dans le Sacré Collège.

Quelque accablé qu'il fût par l'effet du poison, il ne s'abandonna pas lui-même. Dans Rome et dans son territoire, tous les lieux fortifiés étaient occupés par ses soldats. Il se rendit maître du Vatican, et fit la paix avec les Colonna.

À peine la nouvelle de la mort du pape se répandit-elle dans la ville, que le peuple accourut en foule à Saint-Pierre. Les Romains venaient contempler les restes de cet homme terrible qui, pendant neuf ans, les avait menés par la terreur.

Georges d'Amboise, ministre ambitieux du bon Louis XII, accourut à Rome pour se faire pape. On lui fit les plus belles promesses, et les cardinaux élurent, parce qu'il était mourant, un vieillard vertueux, qui, sous le nom de Pie III, ne régna que vingt-six jours ; encore prétend-on qu'il fut empoisonné.

Georges d'Amboise, désabusé de ses prétentions personnelles, travailla pour le cardinal Julien de la Rovère. Ce grand homme, exilé par Alexandre VI, avait passé à la cour de France presque tout le temps du pontificat de son ennemi. Alexandre disait de lui qu'il ne lui connaissait d'autre vertu que la sincérité.

Julien était fort riche, et jouissait de nombreux bénéfices. Tous ses amis mirent à sa disposition leurs propres bénéfices et leur fortune, afin qu'il pût acheter des voix dans le conclave. On reconnaît bien ici des âmes italiennes chez lesquelles l'habitude de la politique la plus fine ne peut *éteindre* les sentiments passionnés.

César Borgia, toujours mourant, fut réduit à vendre ses cardinaux espagnols à Julien, son ancien ennemi ; et, le jour même de l'entrée au conclave, 31 octobre 1503, le cardinal de la Rovère fut proclamé pape et prit le nom de Jules II.

Vous vous rappelez son beau portrait par Raphaël,

qui est à Florence, et que nous avions au musée du Louvre.

La force de volonté et le talent militaire montèrent sur le trône avec Jules II. Il étudia sa position pendant quelques jours, et ensuite fit arrêter César Borgia, qui alla mourir obscurément en Espagne, au siège d'une bicoque.

Vous savez que Jules II fut l'un des promoteurs de cette fameuse ligue de Cambrai, qui mit Venise à deux doigts de sa perte, et fonda en Europe cette république de souverains dont les usages s'appellent le droit des gens*. Pendant tout le règne de ce pape, les Français firent la guerre en Italie.

À peine sur le trône, Jules II appela auprès de lui Michel-Ange, alors âgé de trente ans, et dans toute la fougue de son génie et de son caractère. Ces deux hommes extraordinaires, également fiers, également emportés, s'aimèrent et se brouillèrent souvent.

En 1503, époque de l'avènement de Jules II, Raphaël était sur le point d'aller voir Florence pour la première fois. Pendant qu'il étudiait à Pérouse, il avait vécu au milieu des préparatifs de guerre. Les bourgeois, alors fort braves, s'exerçaient aux armes et suivaient avec le plus vif intérêt les entreprises politiques de Jean-Paul Baglioni, le petit tyran fort habile qui régnait dans leur ville. Baglioni s'était assuré le pouvoir souverain en faisant massacrer plusieurs de ses cousins et de ses neveux. Sa propre sœur était sa maîtresse, et il en avait plusieurs enfants; il confisquait à son profit les biens des riches citoyens de Pérouse qui prenaient la fuite. Quelque temps avant la bataille du Garigliano, il trouva le moyen de dérober une grosse somme d'argent aux Français.

Ce petit tyran fripon, avec son armée d'un millier d'hommes, sa ville de Pérouse perchée au sommet d'une montagne, et le secours des habitants, se moquait de tout le monde. Mais Jules II fut plus fin que lui, et l'amena sans bataille à un arrangement, par l'effet duquel Baglioni perdit son pouvoir.

Cette négociation est de 1505. Raphaël peignait les fresques de la chapelle de Saint-Sévère à Pérouse, au milieu des préparatifs que Baglioni faisait pour résister

---

* Ancillon, *Histoire de la balance politique*[1].

au pape. En 1508, Jules II appela Raphaël à Rome. Louis XIV honorait de sa hautaine protection les moins énergiques des grands écrivains formés par Richelieu et les mœurs de la Fronde. Jules II avait le besoin de vivre avec les grands artistes ses contemporains, les élevait au rang de ses plus chers confidents, et goûtait leurs ouvrages avec passion. Il est vrai que, pour que la peinture soit séditieuse, il faut qu'elle le veuille absolument, tandis qu'il est presque impossible de bien écrire sans rappeler, au moins indirectement, des vérités qui choquent mortellement le pouvoir.

Nous ne suivrons point les conquêtes et les vastes projets de Jules II. Enfin il sentit la vie lui échapper, et fut peut-être plus grand à l'approche de la mort qu'il ne l'avait été dans aucune autre circonstance; il conserva jusqu'au dernier moment la fermeté et la constance qui avaient marqué tous les instants d'un des plus beaux règnes que l'histoire ait à raconter. Le 21 février 1513, il cessa de vivre. Son désir le plus ardent avait toujours été de délivrer l'Italie du joug des barbares; c'est ainsi qu'il appelait tous les ultramontains. Il avait un respect réel pour la liberté. Il aimait les Suisses, parce qu'il voyait chez eux la liberté unie au courage. Il mourut heureux, parce qu'il avait réussi dans ses projets et avait porté plus loin qu'aucun de ses prédécesseurs les frontières de l'État de l'Église. Jules II avait une fille qui vécut dans l'obscurité et ne jouit d'aucune faveur.

L'enfantillage fait le caractère des peuples considérés comme individus, et tout le monde désirait à Rome que le successeur de Jules II ne lui ressemblât pas. Il avait été élevé au trône à soixante-cinq ans; on voulut un jeune pape. Il était turbulent, impatient, colérique; on jeta les yeux sur un homme que son amour pour les lettres, pour les plaisirs, pour une vie épicurienne, annonçait à Rome et à la cour comme un souverain tranquille.

Les obsèques du pape étant terminées, vingt-quatre cardinaux s'enfermèrent au conclave. Jean de Médicis était parti de Florence au premier avis de la mort de Jules II; mais une maladie douloureuse l'obligeait à voyager lentement et en litière; de sorte qu'il n'arriva dans Rome que le 6 mars, et qu'il entra le dernier au conclave. Jean de Médicis avait alors trente-neuf ans. Le 11 mars, le cardinal Jean fut chargé lui-même de dépouiller le scrutin qui le déclarait souverain pontife : il prit le nom de Léon X.

Il n'était que diacre; il fut ordonné prêtre le 15 mars et couronné à Saint-Pierre le 19. Léon X se fit couronner de nouveau à Saint-Jean-de-Latran, qui est la cathédrale de l'évêque de Rome. Il choisit le 11 avril pour cette cérémonie, parce que c'était à pareil jour que, l'année précédente, il avait été fait prisonnier par les Français à la fameuse bataille de Ravenne. Léon X montait le même cheval qui lui avait servi le jour de la bataille. L'éclat et la pompe de ces cérémonies montrèrent aux Romains que la stricte et sévère économie de Jules II était pour jamais abandonnée. Léon X dépensa cent mille florins pour les seules fêtes de son couronnement. Il débuta par donner l'archevêché de Florence et le chapeau à son cousin Jules de Médicis, alors chevalier de Rhodes et fort jeune; c'était un fils naturel de Julien, jadis assassiné par les Pazzi dans la cathédrale de Florence, lors de la fameuse conspiration pour la liberté. Ce chevalier de Rhodes parvint au trône dans la suite sous le nom de Clément VII, et ne fit que des sottises.

Sous le règne de l'aimable fils de Laurent le Magnifique, la cour de Rome fut la plus brillante de l'univers, et reprit tout l'éclat qui en faisait l'ornement du monde. Léon X avait l'insouciance d'un homme de plaisir; il ne sut pas faire travailler Michel-Ange; mais Raphaël continua à peindre les chambres du Vatican, et le pape parut charmé de la douceur de son caractère.

Les Français et les Espagnols continuaient à se disputer l'Italie. En 1515, deux ans après l'avènement de Léon X, François Ier s'immortalisa par la bataille de Marignan, où des torrents de sang marquèrent la défaite des Suisses, si respectés en Europe depuis les malheurs de Charles le Téméraire.

Si Léon X fut infiniment plus aimable que le grand homme auquel il succédait, sa politique fut moins ferme et plus perfide. Sous son règne, l'Italie fut ravagée et ruinée; mais, comme ecclésiastique, il obtint un beau triomphe. Tout le monde connaît l'histoire de la fameuse conférence qu'il eut à Bologne avec François Ier. Le pape obtint le sacrifice des libertés de l'Église gallicane, qui ne devaient essayer de se réveiller que sous Louis XIV.

Alphonse Petrucci, jeune cardinal, avait montré beaucoup de zèle pour la nomination de Léon X, et l'avait ensuite annoncée au peuple avec enthousiasme, en s'écriant : « Vive les jeunes gens ! » Il était fils de Petrucci, tyran de Sienne ; mais, par la suite, il convint à la politique de Léon X de chasser de Sienne les frères du cardinal. Celui-ci fut outré de ce procédé, et dit plusieurs fois qu'il était tenté de se jeter sur le pape, en plein consistoire, un poignard à la main. Il eut l'idée d'engager le chirurgien du pape à empoisonner un ulcère pour lequel Léon X était pansé tous les jours. On intercepta des lettres du cardinal Petrucci à son secrétaire ; elles contenaient des projets de vengeance atroces. Léon X prit la résolution d'intenter un procès criminel à cet ennemi incommode ; mais il était hors de Rome. Le pape non seulement lui écrivit une lettre affectueuse à laquelle était joint un sauf-conduit, mais encore il donna sa parole à l'ambassadeur d'Espagne que, si le cardinal revenait à Rome, il ne courrait aucun danger. Petrucci eut la sottise de croire à cette parole ; il rentra dans Rome, et fut immédiatement conduit au fort Saint-Ange.

La justice de ce temps était bien plus imparfaite que la nôtre. Et, de nos jours, excepté en Angleterre, où voit-on absoudre les accusés contre lesquels le gouvernement est en colère ? Léon X, souverain absolu, avait horreur de tout ce qui le faisait sortir de l'aimable insouciance d'une vie voluptueuse. Il se voyait menacé d'empoisonnement par un jeune homme plein de verve et de courage. Ce jeune homme fut étranglé en prison le 21 juin 1517 (Raphaël finissait alors les dernières chambres du Vatican). Plusieurs cardinaux furent condamnés avec Petrucci et se rachetèrent par d'énormes sommes d'argent. Le Sacré Collège ne compta plus que douze cardinaux. Léon X profita de leur terreur pour leur donner en une seule fois trente et un nouveaux collègues.

Comme il arrive quelquefois pour notre Chambre des pairs, Léon X, afin de concilier l'opinion de la ville de Rome à cette mesure extraordinaire, fut obligé de comprendre dans sa promotion beaucoup de gens de mérite. Il donna le chapeau à plusieurs membres des familles les plus puissantes dans Rome. Tous les cardinaux payèrent leur chapeau au pape, et l'on remarqua que le prix exigé fut d'autant plus élevé que le nouveau cardinal avait moins de mérite.

Léon X était arrivé au trône au moment où toutes les carrières étaient parcourues en même temps par des hommes de génie. Il trouva dans les arts Michel-Ange, Raphaël, Léonard de Vinci, le Corrège, le Titien, André del Sarto, le Frate, Jules Romain; les lettres étaient illustrées par l'Arioste, Machiavel, Guichardin, et une foule de poètes, ennuyeux aujourd'hui et qui alors semblaient charmants. L'Arétin se chargeait de dire à tout le monde des vérités désagréables; il était l'opposition de ce siècle, et par cette raison passe pour infâme.

Tous ces grands hommes, brillants produits d'une foule de circonstances heureuses, s'étaient annoncés au monde, ainsi que nous l'avons vu pour Raphaël et Michel-Ange, avant que Léon X ne fût monté sur le trône; mais il eut un vif plaisir à distribuer aux hommes supérieurs qui habitaient Rome et faisaient l'ornement de sa cour, les riches bénéfices dont il avait la collation dans toute la chrétienté, et les sommes prodigieuses que lui rapportait le commerce des indulgences.

L'année de la mort du cardinal Petrucci, Martin Luther commença son rôle en Allemagne; mais Léon X et Luther lui-même étaient loin de prévoir les suites immenses de cet événement; autrement Luther eût été acheté ou empoisonné.

Léon X avait pour les merveilles des arts la sensibilité vive d'un artiste. Ce qui fait de ce prince un être à part parmi les hommes singuliers que le hasard a placés sur des trônes, c'est qu'il sut jouir de la vie en homme d'esprit : grand sujet de colère pour les pédants tristes.

Ce pape allait à la chasse; ses repas étaient égayés par la présence des bouffons que l'usage n'avait pas encore bannis des cours. Loin d'affecter une dignité ennuyeuse, Léon X s'amusait de la vanité des sots qui étaient à sa cour, et ne se refusait point le plaisir de les mystifier; ce qui fait jeter les hauts cris aux historiens graves. Il céda quelquefois à la tentation d'accorder des dignités chimériques à quelque sot qui les lui demandait et dont la vanité triomphante amusait la ville et la cour. Rome, toujours moqueuse, était enchantée de l'esprit de son souverain; mais elle rit tant de quelques pédants mystifiés, qu'ils en moururent de chagrin.

Les mœurs du pape n'étaient ni plus pures ni plus scandaleuses que celles de tous les grands seigneurs de cette époque; il faut toujours se souvenir qu'à partir de l'apparition de Luther, les *convenances* ont fait un pas immense tous les cinquante ans. Tout était gai à Rome et de bonne humeur; Léon X aimait surtout à être entouré de visages riants. Une de ses chasses avait-elle du succès? Il comblait de bienfaits tous ceux qui se trouvaient autour de lui ce jour-là. Si l'on veut se rappeler l'esprit original et les talents des Italiens de la Renaissance, si l'on daigne se souvenir que le pédantisme militaire ne gâtait point cette cour, on conviendra probablement que rien d'aussi aimable n'a jamais existé.

S'il y eut du machiavélisme dans la politique de Léon X, on ne s'en apercevait point à Rome. On reproche à ce pape sa conduite à l'égard du célèbre Alphonse, duc de Ferrare. Gambara, protonotaire apostolique, qui fut plus tard cardinal, eut l'ordre de séduire Rodolphe Hello, allemand, capitaine de la garde de l'aimable Alphonse. Rodolphe reçut en effet deux mille ducats, et promit d'assassiner Alphonse et de livrer aux troupes de l'Église la porte de Castel Tealdo, citadelle de Ferrare. Le jour était pris pour l'exécution et déjà Guichardin l'historien, qui commandait à Modène, avait fait avancer les troupes pontificales vers Ferrare; mais il se trouva que Rodolphe Hello avait tout dit à son maître, qui voulut éviter un éclat, et se contenta de faire déposer les lettres originales de Gambara dans les archives de la maison d'Este.

Là, Muratori, l'homme qui a le mieux connu l'histoire d'Italie et qui était prêtre, en a pris connaissance. Guichardin se garde bien d'avouer dans son histoire le projet d'assassinat; cette réticence a suffi pour le nier à un pauvre panégyriste anglais (M. Roscoë, *Vie de Léon X*); vous voyez que, lorsqu'on veut savoir quelque chose, il faut lire les originaux[1].

Ce fut en 1520, à l'époque de cette vilaine tentative sur Ferrare, que Raphaël mourut. Le pape donna des larmes sincères à la mort de ce grand homme. Léon dit publiquement que sa cour venait de perdre son plus bel ornement. Dans une cour militaire, ces signes d'affection de la part du souverain sont réservés au mérite du sabre, si supérieur à tous les autres tant qu'il est vivant.

Le 24 novembre 1521, Léon X venait d'apprendre la prise de Milan par les Espagnols; il était au comble de la joie; il espérait voir l'Italie délivrée du *joug des barbares*. Le

canon du château Saint-Ange, qu'on tirait pour cette
victoire, retentit pendant toute la journée. Le pape, qui se
trouvait à son jardin de Magliana, témoigna l'intention
d'assembler un consistoire, pour annoncer officiellement
cette grande nouvelle aux cardinaux et ordonner des
actions de grâces dans toutes les églises. Il rentra dans sa
chambre, et, quelques heures après, se plaignit d'une
légère incommodité: il se fit transporter à Rome; le mal
semblait peu de chose, lorsque tout à coup il redoubla de
violence, et cet homme aimable mourut le 1er décembre.
Il n'avait que quarante-sept ans; son règne avait duré
huit ans, huit mois et dix-neuf jours.

Pendant sa maladie, Léon X reçut la nouvelle de la
prise de Plaisance par les Espagnols, et, le jour même de
sa mort, il put encore comprendre la nouvelle de la prise
de Parme, qu'on lui annonçait. C'était l'événement qu'il
avait le plus désiré. Il avait dit à son cousin le cardinal
de Médicis qu'il achèterait volontiers la prise de Parme
au prix de sa vie.

Le jour qui précéda sa maladie, son échanson Malaspina
lui avait présenté une coupe de vin; le pape, après l'avoir
bu, se retourna vers lui d'un air irrité, et lui demanda où
il avait donc pris un vin si amer. Léon X étant mort dans
la nuit du 1er décembre, Malaspina essaya de sortir de
Rome le lendemain au point du jour. Il conduisait des
chiens en laisse, comme pour aller à la chasse; les gardes
de la porte de Saint-Pierre, étonnés qu'un domestique
du pape voulût prendre le divertissement de la chasse le
matin même de la mort de son maître, arrêtèrent l'échanson Malaspina. Mais le cardinal Jules de Médicis le fit
relâcher, de peur, dit Jove, que, si l'on parlait d'empoisonnement, le nom de quelque grand prince ne vînt à
être prononcé, et qu'on ne le rendît ainsi l'ennemi
implacable de la famille de Médicis.

Les beaux-arts ont éprouvé trois malheurs qui paraî-
traient bien plus décisifs si j'avais le temps d'en détailler
les conséquences. C'est la mort de Raphaël à trente-quatre
ans, celle de Laurent le Magnifique à quarante-quatre, et
enfin la mort de Léon X à quarante-sept ans, tandis que la
plupart des papes arrivent à l'âge de soixante-dix ans.
Sans parler de la division politique de l'Italie, qui eût été
tout autre, à quel point de prospérité les beaux-arts ne
fussent-ils pas parvenus si Léon X eût régné vingt ans

de plus? Alphonse, duc de Ferrare, réduit à ses dernières ressources, était menacé d'un siège dans sa capitale et se préparait à vendre chèrement sa vie quand il reçut la nouvelle de la mort de Léon X. Y avait-il contribué? Dans sa joie, il fit frapper des monnaies d'argent, où l'on voit un berger arrachant un agneau des griffes d'un lion avec cet exergue, tiré du livre des *Rois : De manu leonis*.

Le lecteur voudra-t-il me permettre de parler en peu de mots du faible Clément VII, sous le règne duquel vécurent encore Michel-Ange, le Titien, le Corrège et presque tous les grands hommes après lesquels il eût mieux valu que la peinture eût été défendue par arrêt?

Les conclaves d'Alexandre VI, de Jules II et de Léon X avaient été fort courts; l'histoire de celui qui nomma le successeur de ce grand homme est plus compliquée. Il commença le 26 décembre. Tout le monde louait le cardinal Jules de Médicis, qui avait été le principal et le plus habile ministre de son cousin. (Dans le fameux portrait de Léon X par Raphaël, que nous avons eu à Paris et qui maintenant est retourné à Florence, Jules est ce cardinal dont les traits sont grands et qui est placé vis-à-vis du pape.)

Le ministre de Léon X trouva un rival dangereux dans le cardinal Pompée Colonna. Les ressources de la plus habile politique furent employées à l'envi par deux courtisans rompus aux affaires et se disputant le souverain pouvoir. Les cardinaux qui n'y pouvaient prétendre commençaient à se lasser de l'incommode prison qu'il leur fallait subir. L'un d'eux proposa un jour, par plaisanterie, le cardinal Adrien Florent, qu'on n'avait jamais vu en Italie. Ce cardinal, fils d'un fabricant de bière, avait été précepteur de Charles Quint. Il arriva que, sans intrigue, sans préméditation[1], tous les cardinaux, ennuyés du conclave, donnèrent leur voix à cet inconnu, qui devint pape par hasard et prit le nom d'Adrien VI. Il ne savait pas l'italien, et, quand il vint à Rome, et qu'on lui montra les statues antiques, rassemblées à si grands frais par Léon X, il s'écria avec une sorte d'horreur : « *Sunt idola anticorum !* (Ce sont là les idoles des païens!) » Ce pape, honnête homme, parut un barbare aux Romains; de son côté, il fut révolté de la corruption de leurs mœurs; il mourut le 14 septembre 1523.

Aucune calamité ne pouvait égaler aux yeux des

Romains celle de voir à la place de l'aimable Léon X un *barbare* qui ne savait pas leur langue et qui avait en horreur la poésie et les beaux-arts. La nouvelle de la mort d'Adrien fut le signal de la joie la plus vive, et le lendemain on trouva la porte de son médecin, Giovanni Antracino, ornée de guirlandes de fleurs avec cette inscription : « Le sénat et le peuple romain, au libérateur de la patrie. » Sous le pontificat d'Adrien, les juifs et les Maures convertis furent chassés d'Espagne, et arrivèrent en foule à Rome avec d'immenses richesses. Adrien se préparait à les persécuter; la mort l'en empêcha. Léon XII a forcé les descendants de ces riches juifs à se réfugier à Livourne.

Le 1er octobre 1523, trente-six cardinaux entrèrent au conclave; Jules de Médicis y retrouva son rival Pompée Colonna. Ce cardinal Wolsey, dont Shakespeare a si bien peint la disgrâce et la mort, prétendit à la couronne, comme autrefois Georges d'Amboise; mais les Romains ne voulaient d'un *barbare* à aucun prix. Pendant longtemps Jules de Médicis n'eut que vingt et un suffrages; il en fallait vingt-quatre, c'est-à-dire les deux tiers de la totalité des cardinaux présents; Pompée Colonna empêchait son élection. Plusieurs cardinaux se mirent sur les rangs; on cherchait à acheter des suffrages, mais sans s'exposer au reproche de simonie. L'expédient à la mode, dans ce conclave, fut celui des gageures; ainsi, les partisans de Jules de Médicis offraient à tout cardinal du parti contraire de parier douze mille ducats contre cent que Médicis ne serait point élu.

La lutte entre les deux factions se prolongeait avec tant d'aigreur et si peu d'apparence de conciliation, que les Romains craignirent que les deux partis ne saisissent un prétexte pour sortir du conclave et nommer deux papes à la fois. Des distiques latins, affichés partout, accusèrent le nouveau Jules et le nouveau Pompée de vouloir, par leurs discordes, ruiner Rome une seconde fois. Alors à Rome l'esprit se faisait en latin, et, comme on voit, les allusions historiques passaient pour de l'esprit.

Mais le moyen dont le Saint-Esprit se sert d'ordinaire pour faire finir les conclaves trop longs vint affliger celui-ci. Une effroyable puanteur se répandit dans les cellules des cardinaux, et rendit le séjour du conclave intolérable. Plusieurs tombèrent malades; les plus vieux sentaient leur fin approcher. L'un d'eux proposa le cardinal Orsini, et Médicis feignit de vouloir lui donner ses vingt et une voix, qui auraient décidé l'élection. Pompée Colonna eut peur de voir le souverain pontificat passer dans une maison depuis tant d'années ennemie héréditaire de la sienne. Il se rendit chez le cardinal de Médicis, et lui offrit de le faire pape, sous la condition que lui, Pompée, aurait la place de vice-chancelier de l'Église, ainsi que le magnifique palais qu'occupait Jules. Cette même nuit, Médicis fut *adoré* par la grande majorité des cardinaux, et le lendemain, 18 novembre, anniversaire du jour où, deux ans auparavant, il était entré victorieux à Milan, il fut proclamé pape. Il prit le nom de Clément pour confirmer l'engagement qu'il avait pris de pardonner à tous ses ennemis.

Peu de princes sont arrivés au trône avec une plus haute réputation; militaire dans sa jeunesse, ensuite premier ministre de Léon X, il avait su gagner l'affection des Florentins ses compatriotes, qu'il gouvernait depuis plusieurs années avec une puissance presque absolue. On connaissait son application et son aptitude au travail, on savait qu'il n'avait aucun des goûts dispendieux de son cousin. Rome célébra son avènement avec la joie la plus vive, et ce fut cinq ans après (en 1527) qu'elle devait être réduite au dernier degré de misère par un pillage qui dura sept mois.

Clément VII avait beaucoup d'esprit et manquait tout à fait de caractère. Or nous avons vu dans notre Révolution que, dès que les circonstances politiques deviennent difficiles, l'esprit est ridicule : c'est la force de caractère qui décide de tout.

Sous le règne de Clément VII, la guerre cessa enfin en Italie après l'avoir ravagée pendant trente années. C'est dans ses champs fertiles que l'Espagne et la France avaient trouvé commode de se battre pour la décision de leur querelle. Depuis, ce sont les Pays-Bas qui ont servi de champ de bataille à l'Europe. L'Italie aurait facilement réparé les ravages de la guerre, mais en 1530 Charles Quint lui ôta toute liberté. La monarchie, non pas la monarchie noble et belle dont nous jouissons, grâce à la charte de Louis XVIII[1], mais la monarchie la plus jalouse, la plus étroite dans ses vues, la monarchie la plus avilissante s'établit à Florence, à Milan et à Naples. L'ennemi le plus à craindre aux yeux de chacun de ces petits princes italiens qui ont régné de 1530 à 1796, c'était un homme de mérite. La musique seule, qui n'est pas séditieuse, trouva grâce à leurs yeux.

De petits tyrans, tels que ce Baglioni, qui régnait à Pérouse quand Raphaël étudiait sous Pierre Vanucci, furent remplacés par des princes tels que les derniers Médicis. Ces êtres ignobles, appuyés de l'immense pouvoir de Charles Quint, n'eurent plus besoin ni du talent de négocier ni de celui de se battre. Leur seule affaire fut de persécuter les gens d'esprit. Ils furent secondés par Rome, qui avait enfin compris le danger de l'*examen personnel* et des doctrines de Luther.

Depuis 1530 et la prise de Florence par les troupes de Clément VII, tout homme qui annonça un talent un peu vigoureux fut tôt ou tard puni par la mort ou la prison : Giannone, Cimarosa, etc. Voyez même dans la *Biographie Michaud,* si jésuitique[1], la platitude complète des Médicis, qui, jusqu'en 1730, ont avili cette ville célèbre, qui, à l'avènement de Clément VII, passait pour la plus spirituelle d'Italie.

L'établissement des gouvernements tout à fait réguliers jeta une masse énorme de loisir dans la société.

Les citoyens qui ne pouvaient plus s'occuper des intérêts de la patrie devinrent de riches oisifs cherchant à s'amuser. Toute noble ambition fut ôtée à l'homme riche et noble. Le pauvre cherchait à s'enrichir; le riche à se faire marquis; l'artiste voulait créer des chefsd'œuvre; mais, encore une fois, quel mobile restait-il à l'homme riche et noble ?

De là l'avilissement de cette classe*.

Clément VII, après avoir semé les germes de tous ces malheurs, mourut enfin en 1534. Il avait survécu à sa réputation, et sentait profondément le mépris que Rome, Florence et toute l'Italie avaient pour lui. Il ne sut pas mépriser le mépris et en mourut.

Alexandre Farnèse, qui prit le nom de Paul III, fut élu le 12 octobre 1534. Vous avez remarqué son magnifique tombeau dans Saint-Pierre. Ce prince voulut donner un trône à ses enfants; sa famille n'était pas sans illustration.

Propriétaire du château de Farnetto, dans le territoire

---

* Voir le caractère du marquis romain dans *L'Aio nell' imbarazzo* du comte Giraud, et dans les comédies de Gherardo de' Rossi.

d'Orvieto, elle avait produit dans le xve siècle quelques *condottieri* distingués. Paul III avait un fils naturel, Pierre-Louis, le plus débauché des hommes, connu par la mort du jeune évêque de Fano[1]. Cet homme infâme régnait à Plaisance lorsqu'il y fut assassiné dans son fauteuil, le 10 septembre 1547, par les nobles de la ville révoltés de ses excès.

Paul III mourut le 10 novembre 1549, d'un nouveau chagrin que lui causa sa famille. Il avait nommé plus de soixante-dix cardinaux; cette précaution le servit bien. Par reconnaissance, son successeur, qui prit le nom de Jules III, fit restituer Parme à Octave Farnèse, dont le fils, Alexandre Farnèse, est ce grand général, digne rival de Henri IV.

Paul III fut le dernier des papes ambitieux, Jules III ne songea qu'aux plaisirs. Il aimait un jeune homme qu'il fit cardinal à dix-sept ans, sous le nom de Innocenzo Del Monte. (Si le lecteur est las de cette chronique, il peut sauter quelques pages et passer à l'article du *brigandage,* p. 234. J'ai voulu éviter des recherches ennuyeuses aux voyageurs.)

DES PAPES, APRÈS LE CONCILE DE TRENTE

À Jules III, mort en 1555, et à Marcel II, qui ne régna que vingt-deux jours, succéda Jean-Pierre Carafa, Napolitain. Âgé de quatre-vingts ans lors de son élection, il prit le nom de Paul IV; ce prince avait compris le danger que Luther faisait courir à l'Église. Ce grand homme était mort en 1546, mais non pas brûlé comme Savonarole. On ne verra plus désormais sur la chaire de saint Pierre de pontifes voluptueux comme Léon X, ou ambitieux dans l'intérêt temporel de l'Église, comme Jules II. On trouvera désormais à Rome du fanatisme, et au besoin de la cruauté, mais plus de scandale.

Paul IV est l'un des fanatiques les plus impétueux et les plus singuliers qui aient paru dans le monde. Depuis qu'il était pape, il se croyait infaillible, et était sans cesse occupé à examiner s'il n'avait pas la volonté de faire brûler tel ou tel hérétique. Il craignait de se damner en n'obéissant pas à la partie infaillible de sa conscience. Paul IV avait été grand inquisiteur. Par un hasard bizarre et favorable à ces historiens fatalistes aux yeux desquels les hommes ne sont que des *nécessités*, Philippe II et Paul IV commencèrent à régner en même temps.

À ce vieillard singulier succéda, en 1559, Pie IV, de la maison Médicis de Milan. Pie V et Grégoire XIII, qui vinrent après, ne songèrent, comme Pie IV, qu'à comprimer l'hérésie. Grégoire XIII eut le plaisir de voir la Saint-Barthélemy et en fit rendre grâces à Dieu*.

Les livres protestants de cette époque sont pleins de recherches curieuses sur les premiers siècles du christianisme et l'origine du pouvoir des papes. Les protestants citent souvent ce vers :

Accipe, cape, rape, sunt tria verba papae[2].

Leurs livres sont remarquables par le bon sens, et fort supérieurs sous ce rapport aux ouvrages papistes. Les libéraux actuels sont les protestants du XIXᵉ siècle ; l'esprit général des écrits des deux époques est le même : moquerie plus ou moins spirituelle des abus que l'on veut renverser, appel au bon sens individuel, colère des faibles du parti contre les forts qui sont à l'avant-garde, etc., etc.

Félix Peretti[3] est le seul homme supérieur qui ait occupé la chaire de saint Pierre depuis que Luther a fait peur aux papes. Ce que ce prince a fait en cinq années de règne est incroyable ; c'est qu'il était venu de loin au trône. Vous vous rappelez le magnifique tableau de M. Schnetz (au Luxembourg à Paris). *Une devineresse prédit à la mère de Félix Peretti, alors occupé à conduire un troupeau de porcs, qu'un jour il sera pape*[4]. Il régna du 24 avril 1585 au 20 août 1590.

Sixte Quint commença par réprimer le brigandage ; à la vérité, dès qu'il fut mort, les brigands reprirent possession de la campagne de Rome. Comme tous les princes qui se sont bien acquittés de leur premier devoir, la *justice*, il fut exécré de ses sujets. Il avait senti que, pour arrêter la main d'un peuple passionné, il faut frapper son imagination par la promptitude du supplice. Six mois après le crime, les peuples d'Italie regardent toujours comme une victime l'homme qu'on mène à la mort (mais je vais passer à Genève pour un homme cruel et barbare).

---

* Adriani, lib. XXII, p. 49 ; Davila, liv. V, p. 273 ; de Thou, lib. LIII, p. 632[1].

Vous avez été étonné, en parcourant Rome, de la splendeur et du nombre des monuments de Sixte Quint. N'oubliez pas que c'est lui qui fit construire, en vingt-deux mois, la voûte de la coupole de Saint-Pierre.

On lui doit les deux ou trois statuts qui ont retardé la décadence morale de l'État romain. Il établit qu'à l'avenir il n'y aurait jamais plus de soixante-dix cardinaux, et que quatre seraient toujours pris parmi les moines. Cet arrangement a suppléé, pendant le XVIIIe siècle, à l'étiolement et à la faiblesse croissante de la noblesse italienne. Il a valu à l'Église Ganganelli et Pie VII, le seul souverain qui ait su résister à Napoléon.

En 1829, les cardinaux qui font le plus d'honneur au Sacré Collège, sont moines (les cardinaux blancs, M. Micara, etc.). « C'est en suivant les intrigues des bourgeois de mon quartier, disait le cardinal d'Ossat, que j'ai appris la politique. » — « J'ai eu plus à faire pour devenir provincial de mon ordre que pour monter sur le trône », disait un pape moine.

La vigueur du caractère de Sixte Quint, et la grandeur de ses entreprises, font lire avec plaisir l'histoire de sa vie par un nigaud nommé Ciccarelli[1]. Si, à Rome, vous trouvez la *prima sera* longue (on appelle ainsi la soirée de sept heures à neuf[2]), lisez Ciccarelli avant d'aller chez les ambassadeurs.

Urbain VII, Grégoire XIV, Innocent IX, ne régnèrent que quelques mois, et ne songèrent qu'à supprimer l'hérésie. Ils avaient raison; le péril était imminent. Tous les genres de misère, secondés par une administration absurde comme à plaisir, détruisaient rapidement la population de l'État romain. Les impôts les plus onéreux, les monopoles les plus ruineux, étaient parvenus à faire regarder le *travail comme la plus sotte des duperies*.

Il n'y eut plus d'industrie; la force du gouvernement opprimait les sujets sans les protéger; l'administration voulut se mêler du commerce des blés, et bientôt on eut la famine, suivie, comme à l'ordinaire, d'un typhus meurtrier. La peste de 1590 et 1591 enleva dans Rome soixante mille habitants; plusieurs villages des États du pape sont restés depuis absolument déserts. Alors les brigands[3] triomphent, les soldats du pape n'osent plus leur résister; la Rome de 1595 est déjà celle de 1795.

Pendant le premier siècle de ce gouvernement ridicule, de 1595 à 1695, les papes ont lutté d'absurdité; quand le mal a été connu, de 1695 à 1795, ils n'ont pas eu la force de volonté nécessaire pour le réparer.

DU BRIGANDAGE[1]

Voici l'origine du brigandage. Vers 1550, les habitants des États du pape se souvenaient encore des républiques italiennes, des mœurs qu'elles avaient établies, et enfin de l'usage où chacun était de défendre ses droits par tous les moyens. (Il n'y avait que vingt ans que Charles Quint avait détruit toute liberté, 1530.) Les mécontents se réfugiaient dans les bois; pour vivre, il fallait voler; ils occupèrent toute la ligne de montagnes qui s'étend d'Ancône à Terracine. Ils se glorifiaient de combattre le gouvernement méprisé qui pesait sur les citoyens. Ils regardaient leur métier comme le plus honorable de tous, et ce qu'il y a de singulier et de bien caractéristique, c'est que ce peuple, rempli de finesse et d'élan, qu'ils rançonnaient, applaudissait à leur valeur. Le jeune paysan qui se faisait brigand était bien plus estimé des jeunes filles du village que l'homme qui se vendait au pape pour être soldat.

Cette opinion publique à l'égard des brigands, qui scandalise si fort les pauvres Anglais malades et méthodistes, tels qu'Eustace[2], etc., a été créée par l'absurde administration des papes qui ont régné depuis le concile de Trente.

En 1600, les brigands formaient la seule *opposition*[3].

Leur vie aventureuse plaisait à l'imagination italienne. Le fils de famille endetté, le gentilhomme dérangé dans ses affaires, se faisaient un honneur de prendre parti avec les brigands qui parcouraient les campagnes. Dans l'absence de toute vertu, lorsque des fripons sans mérite se partageaient tous les avantages de la société, eux du moins ils faisaient preuve de *courage*.

La ligne d'opérations des brigands s'étendait ordinairement de Ravenne à Naples, et passait par les hautes montagnes d'Aquila et d'Aquino, à l'orient de Rome. Alors comme aujourd'hui, elles étaient couvertes de forêts impénétrables et fréquentées par de nombreux troupeaux de chèvres qui font la base de la subsistance des brigands[1]. (Voir un tableau de M. Schnetz, *Le « Pecoraio » égorgé pour n'avoir pas voulu donner un chevreau aux brigands*. Mœurs de 1820.) Depuis 1826, les brigands ont disparu par les soins de M. le cardinal Benvenuti. Mais, avant cette époque, un paysan des environs de Rome avait-il éprouvé, de la part d'un grand seigneur ou d'un prêtre puissant quelque injustice trop irritante pour ses sentiments, il prenait la *macchia* (littéralement *il prenait la forêt*), il se faisait brigand.

Sous les papes bigots dont nous esquissons le gouvernement, bien plus absurde que celui des rois leurs contemporains, il arriva quelquefois que de grands seigneurs se mirent à la tête des brigands, et soutinrent une guerre réglée contre les troupes du pape. Les vœux des peuples étaient pour eux. Alphonse Piccolomini et Marco Sciarra furent les plus habiles et les plus redoutables parmi ces chefs de l'opposition, assez semblables à nos chouans. Piccolomini désolait la Romagne; Sciarra l'Abruzze et la campagne de Rome. Tous deux commandaient à plusieurs milliers d'hommes qui se battaient *parce qu'ils le voulaient bien,* et parce que la vie de brigand leur semblait plus supportable que celle de paysan. Sciarra et Piccolomini fournissaient des assassins aux gens riches pour les vengeances privées. Souvent un seigneur, fidèle en apparence au gouvernement du pape, était en secret d'accord avec eux.

La sensation actuelle est tout pour un Napolitain; la religion parmi eux ne consiste qu'en pratiques extérieures; elle est encore plus séparée de la morale qu'à Rome, aussi trouve-t-on[2] qu'à Naples, dès 1495, il y avait un corps nombreux d'assassins de profession, que le gouvernement enrôlait dans les grandes extrémités, et qu'il ménageait toujours. Comme le pain quotidien des brigands de la campagne de Rome était pris chez les paysans, il devint bientôt impossible d'habiter les fermes isolées. Les brigands surprenaient, pour les piller, les villages et les petites villes. Ils s'approchaient même des grandes, et en tiraient de fortes sommes, ordinairement demandées par l'intermédiaire de quelque moine. Si les bourgeois ne payaient pas, ils voyaient de leurs fenêtres incendier leurs moissons et leurs maisons de campagne*.

Ainsi la dépopulation de la campagne de Rome fut commencée par les pillages des barbares**, elle fut continuée par les guerres civiles des Colonna et des Orsini sous Alexandre VI, et enfin achevée par le règne des brigands de 1550 à 1826.

La haine profonde que toutes les classes ressentirent pour le despotisme espagnol, importé par Charles Quint dans la terre de la liberté, est l'origine de ce respect pour le métier de brigand, si profondément imprimé dans le cœur des paysans d'Italie.

Par l'effet du climat et de la méfiance, l'amour est tout-puissant chez ces gens-là; or, aux yeux d'une jeune fille des environs de Rome, surtout dans la partie montagneuse vers Aquila, le plus bel éloge pour un jeune homme est d'avoir été quelque temps avec les brigands. D'après cette manière de penser, pour peu qu'un paysan éprouve de malheur dans ses affaires, ou soit poursuivi par les *carabiniers,* à la suite de quelque rixe, il ne lui semble nullement infâme de se faire voleur de grand chemin et assassin. Les idées d'*ordre* et de *justice* qui, depuis le morcellement des biens nationaux, sont au fond du cœur du paysan champenois ou bourguignon, sembleraient le comble de l'absurdité au paysan de la Sabine. Voulez-vous ici être opprimé par tout le monde et détruit? soyez *juste et humain.*

Ce furent aussi les Espagnols qui importèrent en Italie l'usage qui, après les brigands, choque le plus les voyageurs moroses que l'Angleterre verse sur le continent. Je veux parler des *cavaliers servants* ou *sigisbées.*

Vers 1540, immédiatement après les mœurs décrites par Bandello, évêque d'Agen, on trouve que toute femme riche doit avoir un *bracciere* pour lui donner le bras en public quand son mari est occupé de ses fonctions civiles ou militaires. Plus ce *bracciere* est d'une famille noble et distinguée, plus la dame et le mari sont honorés.

Bientôt, dans les familles bourgeoises, une femme trouva plus noble d'être accompagnée, pour aller à la

---

* *Vita di Gregorio XIII,* par Ciccarelli, p. 300. Galuzzi, *Histoire de Toscane,* liv. IV, t. III, p. 273[1].
** Voir Micara, *Des moyens de rétablir la campagne de Rome,* Rome, 1826.

messe ou au spectacle, par un autre homme que par son mari[1]. Les gens puissants payaient ce *bracciere* en l'avançant dans le monde; mais comment pouvait payer le petit bourgeois? Deux amis convenaient en se mariant d'être réciproquement les *braccieri* de leurs femmes[2].

Vers 1650, la jalousie espagnole avait réussi à donner aux maris italiens toutes ses idées chimériques sur l'honneur. Les voyageurs de cette époque remarquent que l'on ne *voit jamais de femmes dans les rues*. L'Espagne a nui à l'Italie de toutes les façons, et Charles Quint est un des hommes dont l'existence a été la plus fatale[3] au genre humain. Son despotisme dompta le génie hardi, enfanté par le Moyen Âge.

L'amour s'empara bien vite de l'usage des sigisbées ou *cavaliers servants,* qui a duré jusqu'à Napoléon; ce grand homme nuisible à la France à laquelle il vola sa liberté au 18 brumaire, a été fort utile à l'Italie[4]. Il établit, à Milan et à Vérone, de grandes maisons d'éducation pour les jeunes filles, sur le modèle de celle de Mme Campan. Sa sœur, la reine de Naples, Caroline, fonda une maison semblable à Aversa. Beaucoup de jeunes femmes, à Naples et en Lombardie, ont été élevées dans les idées françaises, et pensent avant tout à ce qu'on peut dire d'elles dans le monde; les amours sont infiniment moins scandaleux qu'avant 1805. Les mauvais exemples sont surtout donnés par les femmes âgées.

L'usage du cavalier servant n'existe plus que dans les pays éloignés des grandes routes où n'a pas pénétré l'influence de Napoléon, et peut-être va-t-il tomber tout à fait. À Naples, les jeunes femmes qui réunissent les avantages de la naissance à ceux de la fortune s'ennuient presque autant qu'on le fait à Paris. Les jésuites, détestés par les autres moines, n'ont aucune influence sur elles.

Ainsi ce sont les Espagnols qui ont donné ces deux traits les plus marquants au caractère italien, tel qu'il était en 1796 : l'indulgence pour les brigands et le respect du mari pour les droits du cavalier servant.

Le canon du pont de Lodi (mai 1796) commença le réveil de l'Italie. Les âmes généreuses purent oublier l'amour et les beaux-arts; quelque chose de plus nouveau se présentait aux jeunes imaginations.

Je le répète : en 1829, il n'y a plus de brigands organisés entre Rome et Naples; ils ont entièrement disparu. Déjà une fois pendant les cinq ans que dura le règne de Sixte Quint, on crut les brigands anéantis*.

Les papes, depuis la peur de Luther, n'ont guère laissé d'autre souvenir dans Rome que le palais élevé par leur famille.

Après Innocent IX, Facchinetti de Bologne, nous trouvons Clément VIII, Aldobrandini de Fano ; vous vous rappelez la belle villa Aldobrandini à Frascati. Il régna de 1592 à 1605, en même temps que Henri IV.

Léon XI, dont vous avez peut-être remarqué le tombeau à Saint-Pierre, non loin de la *Transfiguration* de Raphaël, ne régna que quelques jours ; il eut pour successeur le cardinal Camille Borghèse, qui prit le nom de Paul V, et eut la gloire d'agrandir et de finir Saint-Pierre. Par ses ordres on éleva les trois grands arcs les plus voisins de l'entrée. Le Conseil des Dix, à Venise, avait fait mettre en prison un chanoine de Vicence et un abbé, accusés de crimes énormes. Paul V le prit de très haut avec les Vénitiens ; il voulait avoir les deux prisonniers, et fut sur le point de faire la guerre. Venise, plus sage qu'on ne l'a été en France depuis Louis XIV, échangea des notes savantes pendant plusieurs années, ne fit point la guerre, et maintint l'existence de ses lois.

La principale affaire de Paul V, durant un règne de quinze ans, fut de combler ses neveux de richesses énormes ; il leur donna une partie considérable de la campagne de Rome. Le peu de cultivateurs qu'y avaient laissé les brigands, disparut tout à fait. Les Borghèse, trop opulents pour songer sérieusement à leurs affaires, ne mirent point en culture les territoires immenses qui leur étaient dévolus. Ils se contentèrent de ce que la nature fait toute seule, et louèrent leurs terres pour le pâturage, moyennant une somme fixe par chaque tête de bétail**.

---

* Voir un tableau fidèle des alarmes d'une petite ville des États du pape, dans *Six mois aux environs de Rome,* ouvrage curieux de Mme Marie Graham. On trouvera, dans le voyage de lord Craven dans les environs de Naples, l'histoire véritable des traités faits par le gouvernement avec les brigands. Lord Craven exagère l'importance de l'architecture *saracénique*. Voir aussi l'excellent voyage de Forsyth[1]. Cet Anglais avait beaucoup d'idées et a fait un petit volume. Il calomnie Sienne.

** On trouvera des idées élémentaires sur l'agriculture de l'Italie dans les voyages d'Arthur Young[2] et de M. Lullin de Genève[3]. On peut chercher des connaissances plus approfondies dans les tra-

C'est Paul V qui bâtit le palais Borghèse; on nous y a fait voir quelques-uns des meubles précieux qui ont appartenu à ce pape. Le prince actuel réunit les titres de quatre principautés, et jouit noblement de ses revenus, évalués à douze cent mille francs, et qui seront décuplés, si jamais Rome jouit d'un gouvernement raisonnable. Les titres de ces principautés seront portés un jour par de jeunes Français, qui peut-être auront l'idée de mettre la campagne de Rome en culture. Il y a là de la gloire à acquérir.

Grégoire XV, Ludovisi, dont le règne est insignifiant, eut pour successeur, le 6 août 1623, le fameux Urbain VIII, Barberini. Vous connaissez le grand palais de ce nom.

Pendant un règne de vingt et un ans, Urbain VIII abandonna à ses neveux l'entière direction de ses affaires : ils ne se contentèrent pas de piller les sujets de leur oncle, ils firent encore la guerre (en 1641) aux Farnèse, ducs de Parme et de Plaisance, pour s'emparer des duchés de Castro et de Ronciglione, situés entre Rome et la Toscane.

Cette guerre fut la seule, pendant tout le XVIIe siècle, dont l'origine fût italienne. Taddeo Barberini, général de l'Église, se trouvait un jour à la tête de dix-huit mille hommes dans les environs de Bologne; Edouard Farnèse s'approcha de lui avec trois mille hommes de cavalerie; l'armée du pape eut une telle peur, qu'elle s'enfuit sans combattre, et se dispersa entièrement.

Le tombeau d'Urbain VIII, placé vis-à-vis de celui de Paul III à Saint-Pierre, est, comme vous l'avez vu, un chef-d'œuvre de mauvais goût. Il est du cavalier Bernin, que ce pape employa beaucoup, ainsi que le fameux peintre Pierre de Cortone, dont le plus grand ouvrage est au palais Barberini.

À Innocent X, Pamphili, succéda, en 1655, Alexandre VII, Chigi. C'est sous le règne de ce pape, et dans Rome même, que Louis XIV établit les droits qu'il avait au respect de l'Europe. Ce grand roi, qui inventait rapidement les idées qui lui étaient utiles, et qui porta si haut le nom français, profita du privilège ridicule des franchises

vaux des sociétés d'agriculture. La plus éclairée est celle de Florence. Voir les *Mémoires* de M. le marquis Ridolfi et de M. Lambruschini. M. Vieusseux[1], à qui la Toscane doit tant de reconnaissance, publie un excellent journal d'agriculture.

pour faire trembler le pape. Clément IX, Rospigliosi, ne régna que trois ans. Le règne de Clément X, Altieri, fut de six. Ces papes ne sont connus que par le titre de prince que, selon l'usage, ils ont laissé à leur famille.

Innocent XI, Odescalchi, Milanais, monta sur le trône en 1676. Choqué de l'abus effroyable que les assassins faisaient du droit d'asile, il avait obtenu de tous les ambassadeurs, excepté de celui de Louis XIV, l'abolition de ce droit dans leur palais. Ce pape eut la maladresse de vouloir profiter de la mort du duc d'Estrées, arrivée à Rome le 30 janvier 1687, pour abolir la franchise du palais de France, avant que le roi ne lui eût nommé un successeur. Louis, qui ne gouvernait ses sujets que par la vanité, ne pouvait supporter un tel outrage. Le roi eut le bon esprit de ne pas faire de cette sottise un sujet de guerre et d'excommunication. Le marquis de Lavardin entra dans Rome accompagné de huit cents domestiques, et fit trembler le pape.

Alexandre VIII, Ottoboni, fut élu en 1689; Innocent XII, Pignatelli, lui succéda.

Clément XI, Albani, qui régna du 24 novembre 1700 au 19 mars 1721, fut, bien malgré lui, l'auteur des persécutions dirigées en France contre les jansénistes. La fameuse bulle *Unigenitus* fut la grande affaire de son règne; elle lui avait été arrachée par l'intrigue; et ce pauvre pape fut malheureux, parce que Louis XIV était faible et dominé par Mme de Maintenon.

L'histoire du dernier siècle est remplie des noms d'hommes honnêtes et vertueux qui ont été de pauvres souverains.

Lambertini, Ganganelli et Pie VII ont eu ce sentiment profond de la justice que l'on désigne en ce moment par le nom d'*idées libérales*. Mais ces papes si dignes de respect n'ont point eu la force de caractère qu'il aurait fallu pour arrêter l'effroyable décadence des États de l'Église. Rome, Civitavecchia, Pérouse, Velletri, étaient bien plus misérables en 1809, quand elles passèrent sous l'administration de Napoléon, qu'en 1700 à l'avènement de Clément XI. La justice, ce premier avantage que les peuples attendent du souverain despotique, était presque toujours vénale. Je sais bien que les juges de Rome se sont couverts de gloire dans l'affaire Lepri, sous Pie VI; mais je ne connais que cet exemple. On dit que, depuis la

chute de Napoléon, il devient de nouveau bien difficile
pour un grand seigneur de perdre son procès. Cet abus
est général en Italie. Quelque odieux que soit pour des
oreilles italiennes le nom de M. de Metternich, il faut dire
que la justice est moins vénale en Lombardie; les prêtres
s'y occupent de leur métier et non pas d'intrigues
politiques.

Le 28 mai 1721, Innocent XIII, Conti, succéda à
Clément XI. Ce pauvre pape ne fit qu'un cardinal, l'abbé
Dubois, et en mourut de douleur[1].

Benoît XIII, Orsini, lui succéda en 1724, et régna cinq
ans. Affaibli par un grand âge, il ne fit rien qui répondît
à ses intentions pieuses. Ce fut sous le règne d'un pape
rempli de douceur, d'humilité et de charité qu'eurent lieu
les actes de coquinerie les plus scandaleux. L'avarice et
les effroyables concussions du cardinal Coscia, ministre
de Benoît XIII, amenèrent un déficit de cent vingt
mille écus romains dans les revenus de la chambre
apostolique (l'écu vaut aujourd'hui cinq francs trente-
huit centimes).

Au moment où Benoît XIII rendait le dernier soupir, le
21 février 1730, un soulèvement furieux éclata dans
Rome; le peuple voulait mettre en pièces le cardinal
Coscia et tous ses favoris, qui, pendant cinq ans, avaient
vendu les emplois, les grâces ecclésiastiques, et même la
justice entre particuliers. Coscia passa neuf ans au château
Saint-Ange, et, à sa sortie, jouit de beaucoup de considération, car il était fort riche. Le papisme et le pouvoir
absolu entre les mains d'un vieillard toujours mourant
ont tellement corrompu le peuple de Rome, qu'il n'estime
du pouvoir que ce qu'il a d'impérissable : l'argent qu'il
permet d'amasser. À Rome, on estime un étranger au
prorata de la dépense qu'il fait; le déshonneur est impossible pour qui a de l'or. En Angleterre, il faut en outre de
la naissance. Sans les brigands qui leur font peur, tous les
coquins enrichis d'Europe iraient s'établir à Rome; à
Paris, on les méprise, et le journal le leur dit.

Laurent Corsini, Florentin, fut élu le 12 juillet 1730, et
prit le nom de Clément XII (vous connaissez sa magnifique chapelle à Saint-Jean-de-Latran). Ce pape, âgé de
soixante-dix-huit ans, régna neuf années. Vous voyez
la cause de la décadence des États romains; quelque
bien intentionné que soit le souverain, il est appelé aux

affaires à l'âge où il faudrait les quitter. Clément XII
se brouilla avec les cours de Portugal, de France, de
Vienne et de Madrid; il ne comprit pas l'effet que commençait à produire l'esprit de doute et d'examen qui
devait faire le caractère du xviiie siècle. Les troupes
allemandes et espagnoles ravagèrent l'État de l'Église.

Je résiste avec peine à la tentation de citer une longue
lettre dans laquelle le président de Brosses raconte à un de
ses amis de Dijon l'histoire du conclave qui appela au
trône Prosper Lambertini, Benoît XIV. Ce qui place
le voyage de M. de Brosses bien au-dessus de tout ce
qu'on pourra jamais faire sur l'Italie, c'est que l'auteur,
en écrivant ces lettres charmantes, n'avait nulle idée
qu'elles fussent jamais imprimées[1].

Prosper Lambertini était un auteur. Ce fut le plus vertueux, le plus éclairé, le plus aimable des papes; né en
1675, il fut élu par hasard, le 17 août 1740. Il avait été
longtemps archevêque de Bologne, qui est encore tout
rempli du souvenir de ses bons mots et de ses belles
actions. Lambertini y est aimé comme jamais souverain
ne le fut nulle part. Benoît XIV comprit son siècle, il
abandonna avec dignité les prétentions trop ridicules de
la cour de Rome; il assoupit les disputes du jansénisme.
On donna sous son règne une grande bataille à Velletri,
qui fut abîmé.

La religion changea pour ainsi dire à Rome vers l'an
1750. Les théologiens les plus orthodoxes se mirent à
soutenir des théories qui, en 1650, les auraient conduits
à une prison perpétuelle. L'année dernière, M. le comte
Frayssinous, évêque d'Hermopolis, nous a dit, ce me
semble, que Titus et Marc Aurèle ne sont pas damnés.
C'est ce que soutenait Voltaire, et la Sorbonne rugissait[2]
de fureur (voir la censure de *Bélisaire*). Charles Rezzonico,
Clément XIII, est connu des étrangers plus qu'aucun
autre pape. Il doit sa gloire à son tombeau, chef-d'œuvre
de Canova. Clément XIII succéda le 6 juillet 1758 à
l'immortel Lambertini; il eut de bonnes intentions, sans
aucun talent. C'est ce dont ne conviennent pas les jésuites,
qui ont pris sa mémoire sous leur protection parce que, au
moment où leur société venait d'être proscrite en Portugal
et en France, Clément XIII confirma tous leurs privilèges
par la bulle *Apostolicam;* il y fait l'éloge le plus pompeux
des services que les bons Pères ont rendus à l'Église.

(Les bulles n'ont pas de titres et sont désignées par le premier mot du texte.)

Laurent Ganganelli[1], qui prit le nom de Clément XIV, succéda en 1769 à Clément XIII; c'était un moine d'une naissance obscure. Il fit preuve de talents et de fermeté; jamais il ne douta qu'en détruisant les jésuites il ne se dévouât à une mort certaine, et cependant le 21 juillet 1773 il donna le bref célèbre qui supprime cet ordre.

Bientôt le poison le rendit imbécile. Cet homme si sage, placé à une fenêtre de son palais de Monte Cavallo avec un petit miroir, s'amusait à éblouir les passants par la réverbération du soleil; il acheva de mourir le 22 septembre 1774.

J'augure bien des destinées du genre humain, parce que dans tous les siècles il s'est trouvé des souverains voulant le bien de bonne foi; par exemple, Ganganelli et Joseph II. Jusqu'ici ces honnêtes gens ne savaient comment s'y prendre. Quel est l'homme assez borné aujourd'hui pour ne pas voir que la liberté de la presse et les deux Chambres empêchent qu'un sot, tel que le prince de la Paix, ne soit ministre, et assurent un gouvernement raisonnable et qui possède en lui-même les moyens de se perfectionner? Tous les cinq ou six règnes, un pays a un Ganganelli ou un Joseph II.

C'est Clément XIV qui a fondé le musée Pio-Clémentin, d'après les conseils de M. Visconti.

Ange Braschi, le plus beau des cardinaux, succéda le 15 février 1775 au philosophe Ganganelli. Joseph II, empereur d'Autriche, supprimait des couvents et jetait les bases de cette politique sage, raisonnable, inflexible, que la cour de Vienne suit encore aujourd'hui envers Rome. Pie VI, se trompant de siècle, crut à propos d'aller à Vienne (1781); Joseph II le reçut avec toutes sortes de respects et ne lui accorda rien. De retour dans ses États, Pie VI fit exécuter des travaux magnifiques dans les marais Pontins; il réussit à opérer de grands dessèchements; mais, comme il n'avait pas la plus petite idée d'économie politique, il forma, du terrain arraché aux eaux, une seule propriété indivisible. Il eût fallu le distribuer par petites portions aux cultivateurs qui auraient voulu s'y établir. Pie VI donna à son neveu, le duc Braschi, ces vastes terrains qui sont demeurés presque aussi déserts et aussi malsains qu'auparavant. Le duc Braschi, qui faisait bâtir un beau palais sur la place Navone, obtint divers monopoles sur le commerce des grains. La misère des pauvres et la ruine de l'agriculture en furent augmentées.

Pie VI avait toutes les prétentions. Il aimait à s'entendre dire qu'il était le plus bel homme de ses États. Comme il avançait en âge, on se mit à lui dire qu'il était savant, et il entreprit un travail sur les évêchés d'Allemagne. Il eut la fantaisie de cacher cette nouvelle occupation à ses ministres, et choisit, pour écrire sous sa dictée et faire les recherches nécessaires, un jeune *monsignor* (Annibale Della Genga) auquel il assignait des rendez-vous avec le plus grand mystère. *Monsignor* Consalvi, alors fort jeune aussi, fut chargé par son oncle, le cardinal C., d'épier le favori du pape. Pie VI put croire que son jeune serviteur n'avait pas gardé le secret, et l'éloigna de lui; puis, au bout d'un an, l'extrême douleur que Pie VI lisait dans les yeux de ce beau jeune homme amena une explication dans laquelle *monsignor* Annibale Della Genga se justifia facilement. Il rentra en faveur. On voulut le perdre en prétendant qu'il faisait la cour à Mme P. Le pape, un jour que *monsignor* Della Genga assistait à son dîner, dit : « Voilà des perdreaux qui ont l'air fort délicats, qu'on les porte de ma part à Mme P. » Cette marque de faveur réduisit au silence les courtisans qui avaient calomnié le futur Léon XII.

Pie VI, homme assez commun dans la prospérité, possédait ce courage passif qui fait l'admiration du vulgaire. Il fut grand dans l'adversité, et vint mourir à Valence en Dauphiné au milieu des marques de respect de tous les honnêtes gens. Les paysans se précipitaient sur ses pas et l'adoraient comme le représentant de Jésus-Christ.

Je n'ose raconter certaines anecdotes que tout le monde répète à Rome. La postérité arrive vite en ce pays, car, en général, un pape n'aime guère son prédécesseur. Feu M. le chevalier Italinsky était bien plaisant quand il racontait les anecdotes relatives à Mme la princesse Santacroce[1] et à M. le cardinal de Bernis. J'ai encore rencontré chez M. Torlonia cette princesse Giustiniani[2], autrefois si belle. Elle n'était point attristée par la ruine de sa famille, et contait avec une naïveté rare les aventures de sa jeunesse.

Le père Chiaramonti était un bon moine natif de Césène comme Pie VI, fort régulier et point galant. Ce n'est pas par ce dernier côté que brillait le plus la duchesse Braschi, nièce du pape. Elle eut la fantaisie de prendre le père Chiaramonti pour confesseur; bientôt elle força le pape à le faire évêque.

Pie VI aimait beaucoup à caresser le fils de sa nièce, jeune enfant d'un an ou deux. Un jour, la jeune duchesse, portant son fils dans ses bras, se trouvait chez le pape lorsqu'on annonça *monsignor* Chiaramonti. Pie VI fronça le sourcil; l'humble moine s'avance; tout à coup l'enfant se met à jouer avec une calotte rouge, et la place comme par hasard sur la tête de l'évêque, qui s'était incliné pour baiser la mule du pape. « Ah! je vois où l'on en veut venir, dit le pape en colère; eh bien! qu'il n'en soit plus question; *monsignor* Chiaramonti, sortez de ma présence, et je vous fais cardinal. »

En 1800, après la mort de Pie VI, les cardinaux étaient assemblés en conclave à Venise, dans le couvent de Saint-Georges. Deux rivaux puissants, les cardinaux Mattei et A***, se partageaient les suffrages. Un jour, ils se rencontrèrent dans le jardin du couvent de Saint-Georges. Quoique ennemis, ils se parlaient[1] avec une certaine politesse, quand ils virent paraître au bout de l'allée le bon cardinal Chiaramonti, qui disait son bréviaire. Mattei dit tout à coup à A***. « Ni vous ni moi ne serons papes. Vous ne l'emporterez jamais sur moi, ni moi sur vous. Faisons pape ce bon moine, qui plaît à Bonaparte et qui pourra nous regagner la France. — À la bonne heure, répondit A***; mais il n'a aucun usage des affaires; il faudrait qu'il prît pour ministre ce jeune Consalvi, secrétaire du conclave, *giovine svelto*[2]. » On fit parler au cardinal Chiaramonti, qui promit de donner sa confiance à *monsignor* Consalvi, et le lendemain il fut adoré[3].

Tout le monde connaît l'admirable fermeté que déploya Pie VII pendant sa prison à Fontainebleau*. Il avait beaucoup de goût pour les arts. C'est ce que, dans un homme de la même portée d'esprit et de la même profession, l'on ne trouvera jamais hors de l'Italie. Le cardinal Malvasia disait devant moi que Pie VII avait un

* Voir les *Mémoires* de M. le duc de Rovigo[4].

cœur de bronze pour tous ceux qu'il n'aimait pas : « *Un cuore con tanto di pelo*[1] », disait Malvasia avec un geste expressif. On ne me conseille pas de raconter l'anecdote qui motivait ce jugement[2].

En 1817, on reprochait beaucoup à Pie VII de permettre que l'on vendît dans les rues de Rome son portrait avec les emblèmes que les graveurs placent autour des portraits des saints.

Je ne puis expliquer comment Pie VII était d'un certain parti dans l'Église, et détestait le parti contraire. Dans sa jeunesse, il avait été libéral : voir la fameuse lettre pastorale *del cittadino cardinale Chiaramonti, vescovo d'Imola*. Cette pastorale lui valut un éloge de Bonaparte et la tiare.

Je ne puis raconter certaines anecdotes sur Pie VII et Léon XII. Le *Times* de 1824 a donné la vie privée de Léon XII et l'histoire de l'étrange maladresse qui marqua son séjour à Paris[3]. (J'ajouterai avec plaisir que Pie VIII est adoré à Rome après un règne qui compte à peine une durée de trois mois. Anecdote des *Cancelli* brûlés.)

15 novembre 1828. — Ce soir, en rentrant à la maison, nous nous sommes mis à philosopher sur notre position dans la société à Rome.

Nous avons le bonheur d'être reçus dans plusieurs familles romaines sur le pied d'amis intimes. C'est une marque de confiance que, depuis quinze mois que nous sommes ici, nous n'avons vu accorder à aucun étranger. La finesse romaine a reconnu, je crois, que nous sommes véritablement de bonnes gens; *senza nessun secondo fine*[4].

Il y a un personnage du charmant opéra buffa *I pretendenti delusi* qui arrive à Vicence, ville célèbre par la curiosité de ses habitants. Tout le monde l'entoure pour lui demander d'où il vient, à quoi il répond :

> *Vengo adesso di Cosmopoli.*
> (Vous voyez en moi un véritable cosmopolite[5].)

Voilà, ce me semble, la véritable raison des bontés que l'on a pour nous. Nous sommes bien loin du patriotisme exclusif des Anglais; le monde se divise, à nos yeux, en deux moitiés à la vérité fort inégales : les sots et les fripons d'un côté, et de l'autre les êtres privilégiés

auxquels le hasard a donné une âme noble et un peu
d'esprit. Nous nous sentons les compatriotes de ces
gens-ci, qu'ils soient nés à Velletri ou à Saint-Omer[1].

Les Italiens, malheureusement pour eux et pour le
monde, commencent à perdre leur caractère national.
Ils ont beaucoup de respect pour ce je ne sais quoi que
l'on trouve dans les *Lettres persanes,* dans *Candide,* dans
les opuscules de Courier, et presque jamais dans les
ouvrages de ce qui n'est pas né en France. Ils sont fatigués
par l'esprit qu'un étranger porte, sans s'en douter, dans
la conversation; s'ils ne lui répondent pas sur le même
ton, ils ont peur d'être méprisés.

Ces gens-ci sont fins, et pénètrent toutes les apparences;
à la vérité, il leur faut du temps, mais on ne peut en tirer
avantage, car ils ne se livrent qu'après avoir parfaitement
éclairci ce qui leur porte ombrage. Ce qui fait le *piquant*
des amitiés françaises serait pour eux un supplice.

C'est comme en amour : l'esprit d'une jolie Française
s'attache à ce qui semble la fuir; une Romaine n'arrête
ses rêveries sur un homme qu'autant qu'elle est sûre
qu'il lui est entièrement dévoué. La feinte en ce genre
lui semble de la dernière malhonnêteté. Nous avons vu
plusieurs fois de très jolis hommes, aimables et de bonnes
manières, être entièrement démonétisés dans la société
romaine, parce qu'on pouvait leur reprocher d'avoir
feint de la passion pour qui ne leur inspirait qu'un goût
passager. Ces gens-là font la cour aux belles étrangères et
les sacrifient, comme nous l'avons vu pour lady M***, à
la première Romaine, même d'un assez médiocre mérite,
qui veut bien les faire rentrer[2] dans la société. Les amours
ici durent plusieurs années. Avant l'éducation française
donnée aux femmes dans les collèges à la Campan, établis
à Aversa, à Vérone et à Milan, l'Italie était le pays de la
constance.

Frédéric remarque qu'auprès des dames romaines on ne
trouve pas ces petites glaces à rompre entre amis intimes,
au commencement de chaque visite, qui existent souvent
parmi nous. C'est l'effet de la *bonhomie italienne,* mot
étrange à Paris! Les Italiens ne mettent de finesse qu'aux
affaires importantes. M. le cardinal Consalvi, ce fameux
diplomate, poussait la franchise jusqu'à la naïveté la plus
aimable; il ne mentait que juste quand il le fallait. La
finesse d'un diplomate français ne se repose jamais. La

petite glace à rompre a lieu en France pendant le moment
où l'on règle le degré d'intimité dont on sera[1] *ce jour-là.*

Il nous semble qu'on ne dit jamais à Rome : « Mme
Une telle a été parfaite pour moi aujourd'hui »; excepté[2]
les orages des passions, on est toujours de même pendant
dix ans, jusqu'à ce qu'on se brouille.

« Et voilà justement pourquoi, s'écrie Paul qui nous
écoutait, la société romaine m'ennuierait bientôt. Ces
petites nuances de tous les jours, à modifier ou à vaincre,
font l'amusement et l'occupation de l'intimité.

— Les Romains, reprend Frédéric, portent trop de
passion et de laisser-aller dans leurs relations, même avec
leurs simples amis, pour aimer à s'occuper de ces nuances.
Ils ne les voient pas même; de là l'impossibilité pour
eux d'atteindre à cette sorte d'esprit qui tire parti de
l'à-propos. »

L'obligation de faire attention chaque jour à une nuance
différente dans les relations sociales constitue proprement
ce qu'on appelle à Rome *una seccatura.* Le mot *seccatore*[3]
semble le fondement de la langue, comme le *goddam* de
Figaro, tant on l'entend répéter souvent et toujours
avec un accent marqué. Il exprime un degré d'ennui
assez rare en France, c'est celui que donne un sot à une
âme passionnée qu'il arrache violemment de sa rêverie
pour l'occuper de quelque chose qui n'en vaut pas la peine.

Nous voici arrivés à la disposition d'âme qui rend
la logique romaine si belle et si lumineuse; jamais dans
les raisonnements l'on ne voit ici de distraction pour
courir après quelque pointe ou allusion piquante. Les
passions sont profondes et constantes, et il s'agit avant
tout de ne pas se tromper.

Nous sommes souvent occupés à faire des budgets
pour nos amis d'Italie qui veulent venir passer une année
à Paris.

Nous ne dissimulons rien par vanité nationale. Rien de
plus difficile pour une Romaine belle et *simple dans ses
manières,* comme elles le sont presque toutes, que d'être
reçue un peu bien dans une maison de Paris. Cette simplicité de manières dont je veux parler, ces mouvements
brusques, ces réponses données avec la physionomie
plutôt qu'avec des paroles, surtout si tout cela se trouve
réuni à une grande beauté, passeront à Paris pour se
rapprocher infiniment du ton qu'il ne faut pas avoir. Les

gestes d'une Romaine sont également simples et également vifs, qu'elle se trouve au spectacle en évidence, sur le devant d'une loge fort éclairée, ou au fond d'un salon dont toutes les persiennes sont fermées. À Rome, tout le monde connaît tout le monde, à quoi bon se gêner? D'ailleurs toute gêne est insupportable à ces âmes toujours profondément occupées de quelque chose; d'un rien peut-être.

Cette disposition difficile et presque hostile de la partie féminine de la société de Paris envers une belle étrangère nous donnera, j'espère, l'occasion d'être utiles à nos amis de Rome quand ils viendront en France.

M. l'abbé Del Greco arrive de Majorque; il nous contait ce soir que, le jeudi saint de chaque année, on suspend au coin de la rue, près de l'église principale de chaque ville ou bourg, un mannequin de parchemin rempli de paille. Ce mannequin, de grandeur naturelle, représente Judas.

Le jeudi saint, les prêtres, dans les églises, ne manquent pas de prêcher contre ce traître qui vendit le Sauveur, et, au sortir du sermon, chacun, homme ou enfant, donne un coup de poignard à l'infâme Judas en l'accablant d'imprécations. Leur colère est si vive, qu'ils en ont les larmes aux yeux. Le lendemain, vendredi, on décroche Judas, on le traîne dans la boue jusque devant l'église; le prêtre explique aux fidèles que Judas fut un traître, un franc-maçon, un libéral; le sermon finit au milieu des sanglots de l'assistance, et là, sur cette figure souillée de fange, le peuple jure haine éternelle aux traîtres, aux francs-maçons et aux libéraux; après quoi Judas est jeté dans un grand feu.

20 novembre 1828. — Je vais me déshonorer et acquérir la réputation de *méchant.* Qu'importe? Le courage est de tous les états, il y en a davantage à braver les journaux qui disposent de l'opinion qu'à s'exposer aux condamnations des tribunaux.

Montaigne, le spirituel, le curieux Montaigne, voyageait en Italie pour se guérir et se distraire, vers 1580[1]. Quelquefois, le soir, il écrivait ce qu'il avait remarqué de singulier, il se servait indifféremment du français ou de l'italien, comme un homme dont la paresse est à peine dominée par le désir d'écrire, et qui a besoin, pour s'y

déterminer, du petit plaisir que donne la difficulté vaincue
lorsqu'on se sert d'une langue étrangère.

En 1580, quand Montaigne passait à Florence, il y avait
seulement dix-sept ans que Michel-Ange était mort, tout
retentissait encore du bruit de ses ouvrages. Les fresques
divines d'André del Sarto, de Raphaël et du Corrège
étaient dans toute leur fraîcheur. Eh bien! Montaigne,
cet homme de tant d'esprit, si curieux, si désoccupé, n'en
dit pas un mot. La passion de tout un peuple pour les
chefs-d'œuvre des arts l'a sans doute porté à les regarder,
car son génie consiste à deviner et à étudier attentivement
les dispositions des peuples; mais les fresques du Corrège,
de Michel-Ange, de Léonard de Vinci, de Raphaël, ne
lui ont fait aucun plaisir.

Joignez à cet exemple celui de Voltaire, parlant des
beaux-arts; et, mieux encore, si vous avez le talent de
raisonner d'après la nature vivante, regardez les yeux de
vos voisins, prêtez l'oreille dans le monde, et vous verrez
que l'esprit français, *l'esprit* par excellence, ce feu divin
qui pétille dans les *Caractères* de La Bruyère, *Candide,* les
pamphlets de Courier, les chansons de Collé, est un
préservatif sûr contre le sentiment des arts.

C'est une vérité désagréable qui a commencé à entrer
dans notre esprit, à l'aide des observations faites sur les
voyageurs français que nous rencontrons à Rome dans les
galeries Doria et Borghèse. Plus la veille, dans un salon,
nous avons trouvé à un homme de finesse, de légèreté et
de piquant dans l'esprit, moins il comprend les tableaux.

Les voyageurs qui joignent à l'esprit le plus brillant ce
courage qui fait les hommes distingués avouent franchement que rien ne leur semble ennuyeux comme les
tableaux et les statues. L'un d'eux nous disait en entendant
un sublime duo de Cimarosa, chanté par Tamburini et
Mme Boccabadati : « J'aimerais autant entendre frapper
avec une clef sur une paire de pincettes. »

La phrase que l'on vient de lire enlèvera à l'auteur sa
réputation de *bon Français*. Mais il s'agit de ne flatter
personne, pas même le peuple. Les esprits qui veulent
de la gloire et ne vivent que de flatteries diront que
l'homme assez mauvais citoyen pour dénier le *sentiment
des arts* à Montaigne, Voltaire, Courier, Collé, La Bruyère,
a un caractère *méchant*.

Cette méchanceté, qui repousse par un sentiment pénible les âmes bonnes et tendres, telles que Mme Roland, Mlle de Lespinasse, etc., pour lesquelles seules on écrit, recevra une nouvelle preuve de l'explication bien simple que voici. L'esprit français ne peut exister sans l'habitude de l'attention aux *impressions des autres*. Le sentiment des beaux-arts ne peut se former sans l'habitude d'une rêverie un peu mélancolique. L'arrivée d'un étranger qui vient la troubler est toujours un événement désagréable pour un caractère mélancolique et rêveur. Sans qu'ils soient égoïstes, ni même *égotistes*[1], les grands événements pour ces gens-là sont les impressions profondes qui viennent bouleverser leur âme. Ils regardent attentivement ces impressions, parce que des moindres circonstances de ces impressions, ils tirent peu à peu une nuance de bonheur ou de malheur. Un être absorbé dans cet examen ne songe pas à revêtir sa pensée d'un tour *piquant,* il ne pense nullement *aux autres*.

Or, le sentiment des beaux-arts ne peut naître que dans les âmes dont nous venons d'esquisser la rêverie.

Même dans les transports les plus vifs de ses passions, Voltaire songeait à l'effet produit par sa manière de présenter sa pensée. Un chasseur des environs de Ferney lui avait donné un jeune aigle. Voltaire eut la fantaisie de le faire nourrir, et s'y attacha beaucoup; mais l'oiseau, soigné par des mains mercenaires, dépérissait de jour en jour. Il devint d'une effroyable maigreur. Un matin, Voltaire allait visiter le pauvre aigle; une servante se présente à lui : « Hélas! monsieur, il est mort cette nuit : il était si maigre, si maigre! — Comment, coquine, dit Voltaire au désespoir, il est mort parce qu'il était maigre! Tu veux donc que je meure aussi, moi qui suis si maigre? »

L'homme qui est dominé par quelque sentiment profond saisit au hasard l'expression la plus claire, la plus simple, et souvent elle fait double sens. Il dit d'un grand sérieux, et sans y songer nullement, les choses les plus ridicules.

Et comme elles sont claires et nettement exprimées, elles offrent une base solide à toutes les plaisanteries que l'on veut arranger à cette occasion.

Un être déshonoré par un ou deux malheurs de ce genre ne peut plus compter, dans le salon où ils lui sont arrivés, sur ce degré de faveur nécessaire pour que l'esprit soit goûté et produise son effet. Comme cet être déshonoré a le malheur d'être gêné par une certaine délicatesse d'âme, il a besoin d'être encouragé pour qu'il lui vienne des mots spirituels. Or jamais les sots de ce salon ne voudront l'écouter, après les malheurs qu'il doit au double sens des paroles dont il se servait innocemment.

Je conclus brusquement que les Français du nord de la Loire[1] peuvent *apprendre* la théorie des beaux-arts; comme ils sont supérieurs par l'esprit à tous les peuples actuellement existants, *comprendre* est leur grande affaire. Ils étonneront l'Allemand et l'Italien par les choses fines et profondes qu'ils diront à propos de la *Cène* de Léonard de Vinci; mais présentez-leur à juger la moindre miniature, il s'agit d'inventer une opinion; en d'autres termes, il faut avoir une âme et lire dans cette âme.

Impossible. Cet homme si disert vous débite à contresens une phrase apprise par cœur. Cet esprit si fin n'est plus que M. Beaufils parlant de Racine[2].

Quinze millions de Français habitent entre la Loire, la Meuse et la mer; parmi une si grande multitude, il peut y avoir des exceptions; le Poussin est né aux Andelys, et je ne nierai pas non plus que quelque savant allemand n'ait de l'esprit.

Je viens de voir une lettre de sollicitation; un homme d'esprit qui est quelque chose dans le monde s'adresse à un homme qui approche du pouvoir. La lettre est parfaitement respectueuse, il est impossible de réunir avec plus de grâce des tournures plus polies, et cependant elle fait clairement entendre à l'homme puissant que la réussite dépend de lui, et que si le candidat n'obtient pas la place demandée on saura qu'il ne l'a pas voulu. Une telle lettre est impossible à écrire en italien.

21 novembre 1828. — Nous entrons souvent dans ces petites églises fondées vers l'an 400 avant la chute totale du paganisme, ou pendant le IXᵉ siècle durant les moments les plus barbares du Moyen Âge.

Le chœur en marbre blanc qui est au milieu de l'église de Saint-Clément nous a touchés davantage, parce que nous y avons vu le monogramme de Jean VIII qui vivait en 885, et dont je vais vous parler.

Qui nous l'eût dit il y a quatorze mois? les antiquités chrétiennes de la Rome du Moyen Âge sont pour nous pleines de charmes, et cependant elles sont souvent bien privées de *beauté*. Ce qui est beau, c'est le caractère de quelques-uns des hommes qui vécurent à Rome vers l'an 1000; les murs informes qu'ils ont élevés nous les rappellent vivement.

HISTOIRE DE ROME DE 891 À 1073

L'espèce de passion que Rome nous inspire a été redoublée par le récit suivant :

Pendant tout le Moyen Âge, l'empereur d'Allemagne faisait nommer le pape; mais à son tour le pape couronnait l'empereur. De ces deux grands personnages, celui qui se trouvait avoir le plus de caractère et de finesse l'emportait sur l'autre.

La lutte ne fut décidée en quelque sorte que par le grand homme qui, sous le nom d'Hildebrand ou de Grégoire VII, a été continuellement en butte aux injures de Voltaire et de tout le parti libéral. Le grand tort de Grégoire VII est d'avoir vu son intérêt et de l'avoir suivi. Les demi-savants veulent toujours qu'un homme de l'an 1200 ait le même caractère de douceur et de raison que le riche financier chez lequel ils vont dîner.

En 1073, on ne réfléchissait pas aussi vite qu'en 1829; les choses les plus claires avaient besoin de plusieurs mois pour être comprises. Mais, en revanche, la présence continuelle du danger donnait à la plupart des hommes, une grande force de caractère. Nous voyons, en 1829, qu'un ministre disgracié[1] est assez puni par l'envoi à la Chambre des pairs. Sous Louis XV, on exilait le duc de Choiseul. Louis XIV punissait par une prison terrible le duc de Lauzun son favori, et le ministre Fouquet. En remontant plus haut, on voit des ministres pendus, et Louis XIII ne peut se défaire du maréchal d'Ancre qu'en le faisant assassiner à la porte du Louvre. Ces exemples si près de nous n'empêchent pas un écrivain libéral qui fait l'histoire des papes de se récrier sur l'abominable cruauté d'un pape du Xe siècle qui fait tuer son rival. Je le demande : quel traitement l'Angleterre, cette patrie de l'hypocrisie de bonté et de moralité *(the cant¹)* a-t-elle fait de nos jours au seul grand homme des temps modernes?

Le premier acteur² des nombreuses tragédies sacerdotales dont les rues de Rome furent le théâtre au Moyen Âge est le pape Formose; il était évêque de Porto, et commença sa carrière par conspirer pour introduire l'étranger dans sa patrie. Formose voulut rendre les Sarrasins maîtres de Rome. Jean VIII l'excommunia, et huit ans après Formose fut porté au trône pontifical par l'une des deux factions qui divisaient Rome (891). Il avait pour lui la noblesse et les hommes remarquables par leur esprit; il chassa la faction contraire au moment où elle allait consacrer le pape qu'elle avait élu. Cherchez les détails dans Liutprand, ils sont pittoresques, mais tiendraient ici trop de place. Après la mort de Formose, la faction contraire porta au trône Étienne VI. Ce pape fit déterrer le cadavre du pape Formose (896), le fit revêtir de ses habits pontificaux, et, l'ayant fait placer au milieu d'une assemblée d'évêques, il lui demanda comment l'ambition avait bien pu le porter à avoir l'audace de changer le siège de Porto contre celui de Rome.

Formose, n'ayant pas répondu, fut condamné. Son corps, ignominieusement dépouillé des ornements dont on l'avait revêtu, eut les trois doigts de la main droite coupés, et de plus on le jeta dans le Tibre.

Luitprand ajoute que des pêcheurs le retrouvèrent, et que lorsqu'ils rapportèrent ses restes mutilés dans l'église de Saint-Pierre, les images des saints se courbèrent respectueusement devant le malheureux pontife.

Les Romains, fatigués des débauches d'Étienne VI, le saisirent et l'étranglèrent en prison. Serge III fut élu; mais, chassé par un rival heureux, il se retira chez Aldebert II, marquis de Toscane et père de la belle Marosia, sa maîtresse. Pendant son absence, Benoît IV succéda à Jean IX, et fut remplacé par Léon V. Christophe, chapelain de ce dernier, ne le laissa pas longtemps jouir de la dignité à laquelle on venait de l'élever. Il le mit en prison en 903 et occupa lui-même le siège pontifical. Quelques mois après, les Romains, ennuyés de lui, eurent l'idée de rappeler de Toscane, où il vivait heureux avec sa maîtresse, le pape Serge III. Serge, soutenu par les soldats du marquis Aldebert, chassa facilement Christophe et régna tranquille pendant sept ans.

Rome fut gouvernée et bien gouvernée par une femme :
Théodora appartenait à l'une des familles les plus puissantes et les plus riches de Rome. Elle eut de l'esprit et
du caractère, on ne lui reproche que la faiblesse d'avoir
aimé ses amants avec passion. Marosia, la maîtresse du
pape Serge, était sa fille.

Théodora prit de l'amour pour un jeune prêtre nommé
Jean, que l'archevêque de Ravenne avait envoyé à Rome
pour y soigner les intérêts de son diocèse. Elle le fit
nommer évêque de Bologne, et bientôt après archevêque
de Ravenne. Enfin, l'absence lui étant insupportable, elle
profita de son crédit sur les principaux personnages de
Rome pour l'y rappeler, en le faisant pape.

Jean X régna quatorze ans, mais la fille de sa maîtresse
lui donna beaucoup de chagrin. Marosia s'empara du
môle d'Adrien[1], domina souvent dans Rome, et plus tard
choisit pour époux Guy, duc de Toscane.

Le pape ne put résister au duc et à sa femme ; l'an 928,
ils firent tuer le frère du malheureux Jean, l'enfermèrent
lui-même dans une prison, et bientôt il y mourut étouffé
sous des coussins.

Après le règne éphémère de deux ambitieux subalternes, Marosia éleva à la papauté le fils qu'elle avait eu
du pape Serge III. Ce pape, fils d'un pape, s'appela
Jean XI. Marosia régnait, elle perdit son époux, et,
comme elle avait besoin d'un mari militaire, elle choisit
pour le remplacer son beau-frère Hugues, roi d'Italie et
frère utérin de Guy, duc de Toscane.

Le roi Hugues avait grièvement offensé un fils de sa
femme, nommé Albéric. Albéric se mit à la tête de l'opposition, chassa Hugues, se rendit maître du gouvernement,
mit sa mère en prison, fit peur au pape Jean XI, son frère,
et régna de fait. Jean XI mourut bientôt. Albéric, qui avait
le titre de patrice[2], gouverna Rome. Il donnait le titre de
pape à un des prêtres de sa cour. En 954, il laissa le
duché de Rome à son fils Octavien. Deux ans après, le
dernier des papes nommés par Albéric étant venu à
mourir, Octavien, qui n'avait que dix-huit ans, au lieu
de lui nommer un successeur, se fit pape lui-même, et
prit le nom de Jean XII. Toutefois il ne se servait de ce
nom que pour l'expédition de ses affaires spirituelles.

Octavien, ou Jean XII, eut peur d'Adelbert, roi des
Lombards ; il appela en Italie Othon, roi d'Allemagne,

homme du plus rare mérite, et le couronna empereur.
Jean jura fidélité à Othon, qui, ayant d'autres affaires,
s'éloigna de Rome; mais les Romains lui envoyèrent
bientôt une députation pour se plaindre de la vie licen-
cieuse de Jean XII. Les députés nommèrent à Othon
les femmes pour l'amour desquelles le pape Jean XII
s'était souillé de sacrilèges, de meurtres et d'incestes.
Ils dirent que toutes les belles femmes de Rome étaient
obligées de fuir leur patrie afin de n'être pas exposées aux
violences sous lesquelles avaient déjà succombé tant de
femmes, de veuves et de vierges; ils ajoutèrent que le
palais de Latran, jadis l'asile des saints, était devenu
un lieu de prostitution, où, entre autres femmes de
mauvaise vie, Jean entretenait, comme sa propre épouse,
la sœur de la concubine de son père.

Othon répondit à ces bourgeois en colère : « Le pape est
un enfant, il se corrigera, et je lui ferai une leçon paternelle. » Jean XII s'excusa; son ambassadeur dit à l'empereur que le feu de la jeunesse lui avait fait commettre, à la
vérité, quelques *enfantillages,* mais qu'il allait changer de vie.

Bientôt après, l'empereur apprit que Jean XII avait
reçu dans Rome le roi des Lombards Adelbert, son ancien
ennemi. Othon marcha sur Rome. Adelbert et le pape
prirent la fuite, ce qui embarrassa fort le bon empereur.
Sa manière d'agir avec le pape, chef des fidèles, pouvait
le brouiller avec ses propres sujets. Il ne trouva rien de
mieux que d'assembler un grand concile dans la basilique
de Saint-Pierre.

Beaucoup d'évêques saxons, français, toscans, liguriens,
et un nombre infini de prêtres et de seigneurs, assistèrent
à ce concile. Othon demanda l'avis de l'assemblée. Les
pères du concile remercièrent l'empereur de l'*humilité* qu'il
faisait éclater, et l'on procéda à l'examen des accusations
portées contre le pape Jean XII.

Le cardinal Pierre assura qu'il l'avait vu célébrer la
messe sans y communier. Le cardinal Jean lui reprocha
d'avoir ordonné un diacre dans une étable; d'autres cardinaux ajoutèrent qu'il vendait les places d'évêque, et l'on
cita un évêque âgé seulement de dix ans, consacré par le
pape. On en vint ensuite à la liste scandaleuse des adul-
tères du pontife et de ses sacrilèges. On raconta le meurtre
d'un cardinal que le pape avait fait mutiler, et qui était
mort dans l'opération. On accusa le malheureux Jean XII

d'avoir bu à la santé du diable, d'avoir invoqué les démons Jupiter et Vénus, pour gagner aux jeux de hasard; enfin, pour comble d'horreur, on l'accusa d'avoir été publiquement à la chasse.

Je m'imagine que les autres princes vivant en 960 ne valaient guère mieux que Jean XII. Dans le Moyen Âge, le guerrier se couvre de son armure, le prêtre de son hypocrisie, c'est-à-dire de son pouvoir sur le peuple. On pourrait à volonté les faire changer de rôle; quoi qu'en disent Voltaire et tous les historiens puérils, l'un n'est pas plus méchant que l'autre.

Enfin, le cardinal Benoît fut chargé par le concile de lire devant les pères l'acte d'accusation du pape Jean XII. Les évêques, les prêtres, les diacres et le peuple jurèrent l'exacte vérité de tout ce qu'il contenait, et déclarèrent qu'ils consentaient à leur damnation éternelle s'ils avaient avancé la moindre fausseté. À la suite d'une délibération solennelle le concile pria l'empereur de citer le pape à comparaître*.

Othon, ayant toujours peur de l'imbécillité de ses sujets allemands, voulut employer la douceur; il écrivit à Jean XII qu'ayant demandé à Rome de ses nouvelles il y avait appris des horreurs telles, que, mises sur le compte même des plus vils histrions, elles les couvriraient d'infamie. Il finissait par prier Sa Sainteté de se rendre au concile pour se disculper devant les évêques.

Ceux-ci avaient aussi écrit au pape; il leur répondit : « Nous entendons que vous voulez élire un autre pape; si vous le faites, nous vous excommunions au nom de Dieu, et nous vous ôtons la faculté de conférer les ordres sacrés.» Malheureusement la lettre menaçante de Jean XII contenait une grosse faute de latin, qui ôtait toute sa force à la censure pontificale**. L'hilarité fut générale dans le concile.

Les pères adressèrent une lettre plaisante à Jean XII, en le menaçant de l'excommunier lui-même s'il ne paraissait au plus tôt devant eux. À la suite de plusieurs démarches comiques, trop longues à rapporter, les pères choisirent pour pape Léon, *protoscritaire* de la ville de Rome. Le cardinal Baronius et tous les historiens qui

---

* *Liutprand, Hist.*, lib. VI, cap. 7 et 8, dans Duchesne, t. III, p. 630[1].
** Jean XII avait dit dans sa lettre qu'il privait les évêques de leurs pouvoirs : « Ut *non* habeant licentiam *nullum* ordinare[2]. »

attendaient leur avancement de la cour de Rome se sont
emportés avec la dernière violence contre ce concile et
contre la nomination qu'il fit. Rien de plus juste toutefois,
et même rien de plus légal.

Pendant qu'on lui nommait un successeur, Jean XII
ne restait pas oisif. Othon, pour être moins à charge à la
ville de Rome, avait eu l'imprudence de renvoyer une
partie de ses troupes allemandes. Jean XII corrompit,
à force d'argent, la populace de Rome, qui essaya d'assassiner l'empereur et le nouveau pape Léon VIII. Le peuple
fut repoussé par la garde impériale, qui tua beaucoup de
Romains, et le carnage ne cessa que lorsque les larmes de
Léon VIII parvinrent à toucher l'empereur. Ce prince
quitta Rome. Léon VIII n'étant plus soutenu par la
présence des Allemands, tout le peuple se souleva contre
lui et rappela Jean XII. Ce pape signala sa rentrée dans
Rome par les cruautés d'usage en pareille circonstance. Il
fit couper le bout de la langue, deux doigts et le nez au
malheureux Léon VIII.

Il assembla aussitôt un concile qui maudit celui de
l'empereur Othon, et décerna au pape Jean XII les
titres de pape *très saint, très pieux, très bénin et très doux.*

Le pauvre Léon VIII, tout mutilé, avait trouvé le
moyen de fuir; il alla joindre l'empereur Othon, qui fut
indigné. Ils marchèrent aussitôt vers Rome; mais sur ces
entrefaites le très saint Jean XII, étant allé le soir chez
une femme qu'il aimait, y fut tellement maltraité durant
la nuit par les mauvais esprits, dit l'évêque de Crémone,
qu'il cessa de vivre huit jours après. Aussitôt les Romains
nommèrent pape le cardinal Benoît, qui, sous le nom de
Benoît V, prétendit excommunier l'empereur. L'armée
de ce prince arriva devant Rome et en forma le siège.
Benoît parut sur les murs et se montra aux soldats allemands, mais ils se moquèrent de lui. Rome fut prise,
Léon VIII rétabli sur son siège, et Benoît V obligé de
comparaître devant un concile convoqué pour le juger.

Le pape prisonnier fut conduit au palais de Latran. Un
cardinal, délégué par le concile, lui demanda pourquoi il
avait osé envahir la chaire de saint Pierre pendant la vie
du pape Léon. Benoît ne répondit que ces mots : « Si j'ai
péché, ayez pitié de moi. » Le bon empereur Othon ne put
retenir ses larmes à ce spectacle, et demanda avec instance
qu'on ne fît aucun mal à Benoît. Ce qu'il y a de singulier,

c'est que Benoît, attendri à son tour par ces marques de bonté, se jeta aux pieds de l'empereur et du pape Léon, avoua sa faute, se dépouilla des ornements pontificaux, et les remit au pape. Les temps modernes, dans lesquels on revêt de si belles phrases les moindres cérémonies, n'ont rien à opposer à cette scène d'attendrissement.

L'empereur Othon quitta l'Italie; les troubles recommencèrent. Léon VIII étant mort, les Romains, d'accord avec l'empereur, élevèrent Jean XIII au trône de saint Pierre. Ce pape traita les grands de Rome avec tant de hauteur, qu'ils conspirèrent contre lui, se saisirent de sa personne, et l'envoyèrent prisonnier dans la Campanie. À cette nouvelle, le bon Othon perdit patience, repassa en Italie, et, quoique les Romains à son approche eussent replacé le pape sur son siège, il fit pendre treize des chefs de la faction ennemie. Jean XIII obtint qu'on lui livrât le préfet de Rome; il le fit périr dans les supplices les plus horribles et les plus prolongés.

Othon le Grand mourut; à Jean XIII avait succédé Benoît VI. Le cardinal Boniface s'empara de la personne du pape, le fit étrangler en prison, et se fit pape. Boniface siégeait à peine depuis un mois, quand il s'aperçut que la place n'était pas tenable. Il s'enfuit à Constantinople avec les dépouilles de la basilique du Vatican. Il eut pour successeur Benoît VII. À la mort de ce pape, Boniface partit de Constantinople pour venir tenter la fortune à Rome; il y trouva un nouveau pape, nommé Jean XIV. Boniface l'emporta sur lui, et le premier usage de son pouvoir fut d'enfermer Jean XIV dans le tombeau d'Adrien et de l'y laisser mourir de faim. Pour intimider les partisans de Jean XIV, son cadavre fut exposé aux regards du peuple. Bientôt après, Boniface périt; son corps battu de verges et percé de coups fut traîné par le peuple devant la statue de Marc Aurèle.

Il est évident que l'élection d'un souverain avait quelque chose de trop raisonnable pour ce siècle barbare. Au milieu des dissensions de Rome, se formait un des caractères les plus singuliers et les plus nobles que l'histoire moderne ait à peindre. Le jeune Crescentius était animé de la passion la plus ardente pour la liberté; mais, comme les Girondins de notre Révolution, et Riego en Espagne, il estima trop le peuple.

À l'époque à laquelle nous sommes arrivés, en 985,

Crescentius jouissait du plus grand crédit dans Rome. Tous les historiens ont accablé ce grand homme de calomnies, et il les méritait bien, car il semble qu'il voulût affranchir à la fois sa patrie du joug des empereurs allemands et du pouvoir temporel des prêtres. Crescentius voulait que le pape ne fût que l'évêque de Rome; on devine à travers les calomnies des historiens qu'il eut l'idée de remettre en vigueur les anciennes magistratures de la république romaine. Une seule pouvait convenir aux hommes grossiers, altérés d'or et de pouvoir, qui alors habitaient Rome : c'était la dictature.

Crescentius avait contribué à la déposition sanglante de Benoît VI, parce qu'il était de la plus haute importance de substituer un pape sans consistance à un pape dévoué à l'empereur, et soutenu par la crainte qu'inspiraient les soldats allemands. La même cause contribua à la mort de Jean XIV. Jean XV ayant succédé à Boniface, Crescentius voulut employer la force pour l'obliger à entrer dans ses desseins; mais le pape s'enfuit en Toscane, d'où il s'adressa à Othon III pour obtenir des secours. L'arrivée d'Othon et de son armée eût ruiné la cause de la liberté. Le consul Crescentius se raccommoda avec le pape, qui heureusement n'avait d'autre passion que celle de l'argent; Crescentius lui en donna beaucoup, et Jean XV devint son meilleur ami.

Mais le consul n'avait pas des moyens suffisants pour empêcher Othon III de venir chercher à Rome la couronne impériale. Quoi que Crescentius pût faire, Othon marcha vers Rome; il était sur le point d'y arriver quand on lui annonça la mort du pape Jean; il engagea les Romains à nommer pape Brunon, son neveu, alors âgé de vingt-quatre ans. Ce nouveau pape prit le nom de Grégoire V, et se hâta de couronner Othon, qui aussitôt priva Crescentius de sa dignité de patrice[1], et le condamna à l'exil. Mais le jeune pape, ayant peur des partisans de Crescentius, fit révoquer la dernière partie de cette sentence.

Tous les projets de l'homme généreux qui avait rêvé la liberté n'en étaient pas moins renversés par l'élévation au trône de saint Pierre d'un prince qui disposait entièrement des soldats allemands. Il restait une ressource à Crescentius : aussitôt après le départ d'Othon III, il chassa Grégoire V et proclama dans Rome le pouvoir des empereurs grecs de Constantinople. Il créa souverain pontife, mais pour le spirituel seulement, Jean Philagathe, archevêque de Plaisance, né sujet des empereurs de Constantinople. Philagathe prit le nom de Jean XVI.

Mais les Romains manquaient de courage; ils étaient légers et avides de changement : les Grecs de Constantinople n'avaient ni les moyens ni la volonté de protéger le gouvernement de Crescentius. Comme à l'ordinaire, l'empereur allemand marcha sur Rome, accompagné de son pape. Les Romains eurent peur; ils saisirent Jean XVI, et, pour se montrer fidèles à l'empereur, arrachèrent les yeux à ce malheureux pape, et lui coupèrent la langue et le nez. Et voilà les hommes dont Crescentius voulait faire des citoyens!

À la nouvelle de ce qui se passait à Rome, Nil, abbé grec, fondateur du monastère de Grottaferrata (où le Dominiquin l'a immortalisé par ses fresques sublimes), Nil, quoique parvenu à l'extrême vieillesse, eut le courage d'accourir de Gaëte, où il résidait, pour supplier l'empereur d'épargner ce qui restait de vie au malheureux Jean XVI. L'empereur fut ému; mais Grégoire V fit saisir son malheureux rival, par ses ordres on le dépouilla de tous ses vêtements, et il fut exposé assis sur un âne aux insultes de la populace. En cet état, Jean XVI, qui, à ce qu'il semble, n'avait eu que le bout de la langue coupé, fut forcé de chanter devant le peuple les injures qu'on lui dictait contre lui-même. Il devait répéter entre autres choses, dit l'historien contemporain, que le supplice qu'il souffrait était dû à quiconque essayait d'usurper la chaire de saint Pierre. Au milieu de tant d'horreurs, le malheureux Jean XVI expira; Nil, indigné, menaça l'empereur et le pape de la colère céleste.

À l'approche d'Othon III et de son armée, Crescentius s'était retiré dans le tombeau d'Adrien, qui lui appartenait. Le siège qu'il y soutint et la triste catastrophe qui mit fin à sa vie et à ses généreux projets donnèrent son nom à cette forteresse. Elle était imprenable; mais l'esprit romanesque et l'optimisme de Crescentius le trahirent pour la dernière fois. Ce malheureux crut à une capitulation offerte par le pouvoir absolu offensé, comme les patriotes de Naples en 1800[1]. Othon lui envoya Tamnus, son favori, qui lui jura que s'il se fiait à la clémence de l'empereur, il ne lui serait fait aucun mal. Othon confirma ce serment; il accorda même un sauf-conduit à Crescentius. Le généreux Romain sortit de sa forteresse, et aussitôt il fut envoyé au supplice avec douze de ses principaux amis.

Tamnus, qui avait engagé sa parole à Crescentius, fut touché de repentir à la vue de son supplice. Le fameux Romuald venait de fonder l'ordre des Camaldules; Tamnus entra dans cet ordre. Stéphanie, la veuve de Crescentius, était célèbre par sa beauté et par son grand caractère : Othon en fit sa maîtresse. Il tomba malade, et Stéphanie, ayant trouvé un moment favorable, l'empoisonna.

Dans ce récit, dans le sort de Crescentius, de Tamnus et d'Othon, vous voyez, comme partout, que les âmes fermes et froides ne sont punies que par les remords, si elles en ont, tandis que les âmes tendres et généreuses restent en butte à toutes les mauvaises chances. Elles ne devraient songer qu'aux beaux-arts.

Un Français, homme d'infiniment d'esprit, Gerbert, que le célèbre Hugues Capet avait fait archevêque de Reims, devint pape sous le nom de Sylvestre II. Les contemporains de cet homme supérieur, étonnés de ses succès, le regardèrent comme un des sorciers les plus habiles. On répandit qu'il était parvenu à la papauté par le secours du démon, et de graves prélats ont écrit que Gerbert fut tué par les malins esprits. Mais, suivant eux, plus heureux que Faust, avant de mourir, il se repentit de s'être donné au diable, et confessa sa faute devant tout le peuple romain assemblé dans l'église de Sainte-Croix-en-Jérusalem (près de Saint-Jean-de-Latran). Le tombeau de Gerbert, élevé sous le portique de Saint-Jean-de-Latran, n'a cessé de *suer,* jusqu'à son déplacement, nécessité par certaines réparations à l'église; ce miracle avait lieu même par le temps le plus serein. Muratori, le père de l'histoire italienne du Moyen Âge, nous apprend, dans sa dissertation cinquante-huitième[1], que des tombeaux de plusieurs saints on voyait sortir de l'huile, ou de la manne, et il s'étonne sérieusement de ce que ces miracles n'avaient plus lieu en 1740.

L'Église romaine jouit du calme pendant une vingtaine d'années. L'an 1024, le pape Benoît VIII étant venu à mourir, Jean XIX, son frère, qui était encore laïque, acquit le pontificat à prix d'argent. Neuf ans plus tard, le frère de ces deux papes acheta la papauté très cher pour son fils, qui n'était alors âgé que de dix ans.

Le sort de cet enfant est singulier. Benoît IX, c'est son nom, n'avait encore que quinze ans quand il fut chassé, pour la première fois, par les principaux seigneurs de Rome; il s'adressa, comme à l'ordinaire, à l'empereur d'Allemagne, qui le replaça par la force sur son siège. Mais ce pape de seize ans était fort libertin; il faisait mettre à mort les maris dont les femmes lui plaisaient. Les grands seigneurs de Rome prirent la résolution de nommer un autre pape. Un évêque, qui prit le nom de Sylvestre III, les paya fort cher, et fut intronisé.

Trois mois après, Benoît IX, soutenu par ses parents, remonta sur le trône; mais il était accoutumé à une vie voluptueuse; il se voyait des ennemis puissants; il prit le parti de vendre le pontificat à un prêtre romain, plus militaire qu'ecclésiastique, qui se fit appeler Grégoire VI. Grégoire prit un adjoint appelé Clément. Ainsi il y eut trois papes, et même cinq, si l'on veut compter Benoît IX et Sylvestre III, qui n'étaient point morts.

Grégoire VI, Sylvestre III et Benoît IX s'étaient partagé la ville de Rome. Grégoire siégeait à Saint-Pierre, Sylvestre à Sainte-Marie-Majeure, et Benoît à Saint-Jean-de-Latran.

L'empereur Henri III tint un concile à Sutri, en 1046. Les pères déclarèrent nulles les élections de Benoît, de Sylvestre et de Grégoire. L'empereur engagea les Romains à nommer un pape; ils s'y refusèrent. Henri convoqua à Rome les évêques qui avaient composé le concile de Sutri; enfin, comme il était aisé de le prévoir, le choix tomba sur un Allemand.

À peine une année s'était-elle écoulée, que ce pauvre homme fut empoisonné par ordre de Benoît IX, qui réussit ainsi à remonter, pour la troisième fois, sur le siège de saint Pierre.

Ce succès étonna les contemporains, qui accusèrent ce beau jeune homme de magie. Le cardinal Bennon rapporte que Benoît IX avait porté cet art si loin, qu'il se faisait suivre dans les bois par ses plus belles diocésaines, auxquelles il inspirait de l'amour au moyen d'opérations diaboliques. Il en fut bien puni, mais seulement après sa mort. Les auteurs les plus graves rapportent qu'on le voyait se promener dans les égouts de Rome. Sa forme était celle d'un monstre qui joignait au corps affreux d'un ours les oreilles et la queue d'un âne. Interrogé par un saint prêtre au sujet d'une si étrange métamorphose, Benoît répondit qu'il était condamné à errer sous cette horrible figure jusqu'au jugement dernier.

Bientôt après, en 1054, nous voyons le fameux Hildebrand, dépêché en Allemagne par les Romains pour s'entendre avec l'empereur sur le choix d'un pape. On nomma le favori de l'empereur; cet Allemand prit le nom de Victor II. Ses mœurs trop sévères épouvantèrent les Romains, qui cherchèrent à s'en défaire par le poison. Nicolas II, le dernier de plusieurs papes insignifiants, vint à mourir. Le cardinal Hildebrand était maître de tout dans Rome; il fit élire un pape inconnu à l'empereur et dont il était sûr; il régna ainsi pendant douze ans sous le nom d'Alexandre II, et à sa mort monta sur le trône. Je laisse à d'autres le soin de vous raconter ce que fut Grégoire VII. Un écrivain justement célèbre nous fait espérer l'histoire de ce grand homme*.

23 novembre 1828. — Nous connaissons un jeune Russe fort noble, immensément riche; et demain, s'il devenait pauvre et portait un nom inconnu, il n'aurait absolument rien à changer à ses manières, tant il est peu affecté. Ceci paraîtra une exagération de ma part. L'incrédulité n'aurait plus de bornes si j'ajoutais qu'il est fort bel homme.

Il nous a donné hier un concert délicieux; nous avions eu le choix des morceaux, et n'avons voulu qu'un *duetto* nouveau par Pacini. Tamburini, dans ce moment l'un des premiers chanteurs du monde, nous a donné, sur notre demande, plusieurs morceaux de musique antique. Pergolèse, Buranello et le divin Cimarosa ont brillé tour à tour. Pour faire la part de la musique à dissonances savantes, nous avions choisi une symphonie de Beethoven; mais elle a été horriblement mal exécutée. Une dame de la société a chanté d'une manière sublime cet air du *Sacrifice d'Abraham* de Métastase, musique de Cimarosa :

---

* M. Villemain, de l'Académie française. J'engage le lecteur à chercher les articles de tous ces papes, de Formose en 891, à Grégoire VII en 1073, dans la *Biographie* Michaud, que j'ai accusée de ménagements jésuitiques, même pour les articles ecclésiastiques imprimés avant 1814[1].

« *Ah ! parlate che forse tacendo[1].* »

Sara demande des nouvelles de son fils aux pasteurs qui l'ont vu partir pour le lieu où son père doit le tuer.

Rien au monde ne peut être comparé à la transition qui amène la première reprise du motif.

Ce soir, nos amis italiens étaient fous du génie de Cimarosa. C'est ainsi que, dans un autre genre, les Carraches sont plus savants que le Corrège. Leurs ouvrages font beaucoup de plaisir; mais, après les avoir admirés, l'âme revient toujours au divin Corrège. C'est un dieu, les autres ne sont que des hommes plus ou moins distingués.

Mme Boccabadati nous a chanté, à la fin du concert, la romance faite par Cimarosa sur des paroles françaises qui furent données à ce grand homme par M. Alquier, alors ministre de France à Rome.

Le bal a commencé, les Italiens sont peu sensibles à ce genre de plaisir. Ils étaient fous de musique et parlaient tous à la fois,

Le parterre qui juge le mieux d'un opéra (en 1829), c'est sans contredit celui de Naples, les jours où les jeunes gens du *mezzo ceto* (bonne bourgeoisie) sont au spectacle.

Après Naples viennent Rome et Bologne. Il y a peut-être plus de grandeur dans le goût des Romains, plus de science et plus de tolérance pour les petites affectations de la mode dans le goût de Bologne. Un air de désespoir d'une jeune femme dont on va fusiller l'amant, chanté par Mme Boccabadati dans le genre noble et simple, plaira davantage à Rome. À Bologne, on aurait plus d'indulgence pour le déluge d'ornements quelquefois un peu exagérés du chant de Mme Malibran.

Toute l'Italie est jalouse de Milan. On n'accordait ce soir presque aucun mérite, pour juger la musique, au public éclairé pour lequel ont été écrits *La Gazza ladra* et le *Turco in Italia*. On sent fort bien la musique bouffe à Venise, pays si gai, et Turin a montré beaucoup de tact pour apprécier le mérite d'un opéra sérieux. Au théâtre de Turin, un bourgeois ne peut pas louer une loge sous son nom; il faut qu'un de ses amis patriciens lui prête le sien.

Après avoir disputé sur Cimarosa et Mozart jusqu'à

une heure du matin, on est venu à parler de la passion
qui ouvre les âmes aux impressions du chant.

Je sais que l'amour est peu à la mode en France, surtout
dans les hautes classes. Les jeunes gens de vingt ans
songent déjà à être députés, et craindraient de nuire à
leur réputation de gravité en parlant plusieurs fois de
suite à la même femme.

Le principe de l'amour français est de s'attacher à ce qui
montre de l'indifférence, de suivre ce qui s'éloigne. L'apparence de la froideur, l'incertitude sur l'effet produit,
rend au contraire impossible, dans une âme italienne, cet
acte de folie qui commence l'amour, et qui consiste à
revêtir de toutes les perfections l'image que l'on se fait
de l'être que l'on va aimer. (Un auteur moderne a donné
le nom de *cristallisation* à cet acte de folie[1].)

Il y a beaucoup moins d'amour en France qu'en
Allemagne, en Angleterre, ou en Italie. Au milieu des
cent petites affectations qui chaque matin se présentent à
nous et auxquelles il faut satisfaire, sous peine d'être
désavoué par la civilisation du xixe siècle, il me semble
qu'il ne faut croire à une passion qu'autant qu'elle se
trahit par des ridicules. Les annales de l'aristocratie
offrent beaucoup moins de mariages singuliers en France
qu'en Angleterre ou en Allemagne.

Tout ce qui en Europe a plus de vanité et d'esprit que
de feu dans l'âme prend les manières de penser des
Français. C'est ce que nous avons bien vu ce soir, la
plupart des voyageurs nos amis ne comprennent rien
aux façons d'aimer des belles Romaines. Ici point de
gêne, de contrainte, point de ces façons convenues dont
la science s'appelle ailleurs *usage du monde,* ou même
décence et vertu.

Une jeune Romaine à qui un étranger plaît le regarde
avec plaisir, et par cette raison ne regarde que lui toutes
les fois qu'elle le rencontre dans le monde. Elle dira fort
bien à un ami de l'homme qu'elle commence à aimer :
« *Dite à W*** che mi piace.* » Si l'homme préféré partage
le sentiment qu'il inspire, et vient dire à la belle Romaine :
« *Mi volete bene ?* » elle répondra avec sincérité : « *Sì,
caro.* » C'est d'une manière aussi simple que commencent
des relations qui durent plusieurs années, et quand elles
se rompent, c'est toujours l'homme qui est au désespoir. Le marquis Gatti vient de se brûler la cervelle à

son retour de Paris, parce qu'il a trouvé sa maîtresse infidèle.

La moindre coquetterie, la moindre apparence d'indiscrétion ou de préférence pour une autre femme fait tomber à l'instant le commencement d'amour qui faisait battre le cœur d'une Italienne. Voilà ce que Paul ne pouvait comprendre il y a un an. « Le cœur humain est le même partout », me disait-il. Rien de plus faux pour l'amour; à la bonne heure s'il s'agit d'ambition, de haine, d'hypocrisie, etc.

On nous raconte plusieurs anecdotes, on veut que je parle de la France à mon tour. Le lecteur me pardonnera-t-il un récit bien long et un épisode de plusieurs pages, qui n'a aucun rapport avec Rome[1]?

ASSISES DES HAUTES-PYRÉNÉES
(TARBES)

(Correspondance particulière[2])

Présidence de M. Borie. — *Audience du 19 mars*[3]

ASSASSINAT COMMIS PAR UN AMANT SUR SA MAÎTRESSE
TENTATIVE DE SUICIDE

Vers la fin du mois de janvier dernier, un événement affreux épouvanta la ville de Bagnères. Une jeune femme d'une conduite peu régulière fut assassinée en plein jour, dans sa chambre, par le jeune Lafargue[4], son amant, qui tenta de se donner lui-même la mort. Les détails qui avaient transpiré sur cette affaire avaient contribué à exciter au plus haut degré la curiosité publique. Une partie considérable de la population de la ville de Bagnères s'était rendue au chef-lieu pour assister aux débats de cette cause. Les galeries, la cour et toutes les avenues du palais sont obstruées dès le matin par une foule avide d'émotions. À dix heures et demie l'attente publique est enfin satisfaite. Les portes s'ouvrent.

L'accusé est introduit et fixe aussitôt tous les regards.

Lafargue a vingt-cinq ans; il porte une redingote bleue, un gilet jaune et une cravate blanche attachée avec soin; il est blond, il a reçu de la nature une physionomie intéressante. Tous ses traits sont réguliers, délicats, et ses cheveux arrangés avec grâce. On le dirait d'une classe supérieure à celle qu'indique son état d'ébéniste. On murmure dans le public qu'il appartient à une famille respectable, qu'un de ses frères remplit des fonctions publiques, qu'un autre exerce à Paris une profession libérale... Il parle avec facilité et avec une sorte d'élégance. Sa parole est lente, réfléchie, ses gestes mesurés, son air calme, et néanmoins on remarque une exaltation qui se concentre. Son regard, qui s'échappe d'un bel œil, habituellement doux, prend un caractère sinistre quand il se fixe et que ses sourcils se rapprochent.

M. le président lui adresse diverses questions relatives à des faits particuliers antérieurs au crime. Il répond sans hésiter, et il entre dans de longs détails. Mais tout à coup, s'interrompant : « Est-ce ma déclaration tout entière que vous voulez? dit-il. Permettez-moi alors de vous exposer ma vie avec ordre, et telle que je l'ai sentie; ce que vous me demandez y trouvera place. »

M. le président l'invite à s'expliquer. Alors l'accusé s'exprime en ces termes :

« Si je suis criminel, ce n'est pas la faute de ma famille, surtout celle d'un frère qui a été plein de sollicitude pour ma jeunesse, et qui n'a cessé, par sa correspondance, de me donner des conseils d'honneur et de vertu. J'ai été vertueux et pur jusqu'à l'âge de vingt-quatre ans, époque de mon arrivée à Bagnères. J'y connus d'abord une dame, une demoiselle, pardon, une *personne,* car je ne dois rien dire qui puisse la désigner. Elle me racontait ses chagrins; je suis sensible; j'entrai dans ses peines, et bientôt nous fûmes faibles ensemble. Cela ne dura pas longtemps. Je voulus changer de logement; le destin me conduisit sur le boulevard de la Poste. Je cherchais une habitation modeste, je m'arrêtai devant une maison qui n'avait pas une apparence seigneuriale. J'entrai : plusieurs femmes s'étaient réunies dans une chambre; je demandai si l'on pourrait me loger. L'une d'elles se leva, vint à moi d'un air gracieux : c'était Thérèse. Elle me dit que sa mère était absente, mais qu'elle pensait bien qu'elle pourrait me recevoir. Elle m'engagea à repasser le lendemain. Je n'y manquai pas. Thérèse et sa mère me conduisirent dans une chambre, hélas ! celle de la catastrophe. Elle me convint, et malheureusement encore mes propositions furent agréées : l'on devait me nourrir.

« Thérèse était enjouée, complaisante. Le premier soir, elle m'éclaira jusque dans ma chambre, à l'heure du coucher, et se borna à me souhaiter une bonne nuit. Le second soir, même attention; mais, en me quittant, elle me serra la main à deux reprises. J'en fus surpris, et agréablement affecté. Le troisième soir, elle m'accompagna encore. À peine entré, je tirai ma veste, croyant que Thérèse allait sortir... Quel fut mon étonnement, lorsqu'elle me sauta au cou et m'embrassa, puis elle se hâta de fuir. Je passai la main sur mes yeux en me demandant si je rêvais; c'était bien réel; jamais semblable chose ne m'était arrivée; je ne pouvais comprendre qu'une fille pût agir ainsi. Je me promis de lui demander le lendemain *raison* de ce baiser. Le hasard fit que nous fûmes seuls à table.

« "Il faut, lui dis-je, que vous m'estimiez beaucoup pour m'avoir embrassé hier au soir.

« — Oui, me répondit-elle, je vous estime et je vous aime, et ne le méritez-vous pas?

« — Qu'ai-je fait pour le mériter, et comment m'aimez-vous ?

« — Je vous aime parce que vous en êtes digne, puis quand j'aime, j'aime tout à fait. »

« Le même soir, Thérèse me pria de l'accompagner chez un voisin. Je l'avais toujours appelée mademoiselle. "Je dois vous désabuser, me dit-elle, je ne suis point demoiselle, je suis mariée. Mon mari m'a rendue très malheureuse ; il m'a quittée. — Oh ! ne m'aimez pas, lui dis-je, revenez à votre mari !" Je la pressai de suivre mon conseil. Elle me répondit que cela était impossible, qu'elle ne pouvait plus entendre parler de cet homme, et elle se mit à pleurer ; j'étais attendri. Le lendemain au soir, nous allâmes nous promener. Voulant l'empêcher de s'attacher à moi, je me décidai à lui confier que j'étais destiné à une jeune personne vertueuse, fille d'un ami de mon père. Thérèse ne me répondit que par des pleurs. Nous rentrâmes très émus l'un et l'autre.

« Quelques jours s'écoulèrent. Un matin, je fus témoin des tendres soins qu'elle prodiguait à un enfant abandonné ; j'en fus touché. "Vous êtes bonne, Thérèse, lui dis-je ; vous méritez qu'on vous estime. — Non, non, vous ne m'estimez pas", s'écria-t-elle, en éclatant en pleurs et en fuyant vers le haut de la maison. Ces larmes, ce mouvement, me bouleversèrent ; *je fus vaincu*. J'ai reconnu plus tard que ce n'était que de l'artifice et de la séduction.

« Le même soir, je lui dis : "Eh bien ! Thérèse, je suis à vous." Je lui confiai ma première intrigue à Bagnères, la seule de ma vie. Elle m'en avoua une semblable rompue depuis un an. Nous nous jurâmes une fidélité inviolable jusqu'à mon mariage avec la fille de l'ami de mon père, et dès ce moment nous fûmes comme mari et femme. Un mois après environ, je lui annonçai que j'allais partir pour Bayonne et me marier ; mais que j'emploierais tous mes moyens pour finir mes jours *et laisser mes ossements* à Bagnères. Thérèse me répondit avec douceur qu'elle faisait et ferait toujours des vœux pour que je fusse heureux avec mon épouse.

« L'habitude des ouvriers est de se lever avec le jour. J'allais de grand matin au travail, et je ne rentrais qu'aux heures des repas. Un jour, je n'avais fait qu'aller chercher mes outils ; j'en revenais chargé ; il n'était que sept heures ; je voulus ouvrir la porte, elle était fermée. Thérèse ne s'attendait pas à mon retour ; elle me croyait au travail. Je lui criai d'ouvrir ; elle vint. Je remarquai que sa figure n'était pas celle du sommeil, elle était enflammée ; un soupçon me saisit. Je remarquai un tablier de travail enduit de peintures de diverses couleurs. "D'où vient ce tablier, Thérèse ? — C'est celui de mon oncle, qui, comme vous le savez, broie de l'indigo chez M. Pécantet. — Si c'était celui de votre oncle, il n'y aurait que de la teinture ; à celui-ci il y a de la peinture." Je portai mes regards vers le lit, et j'aperçus la forme d'un homme qui s'était enveloppé, et qui se serrait *sottement* dans un des rideaux. Tous mes membres tremblaient ; j'avais bonne envie *de les rosser l'un et l'autre de coups*, de faire un exemple. Thérèse me conjura de sortir ; j'étais alors capable de prudence; la raison m'y invitait; car j'ai suivi la raison chaque fois que j'ai pu la connaître; je sortis.

« Quelques minutes après, je me croisai sur l'escalier avec ce peintre qui était venu travailler dans la maison. J'eus le courage de ne lui rien dire. Dès que je pus être seul avec Thérèse, je lui demandai l'explication de cette conduite. Elle n'essaya point de nier, et, au milieu des supplications les plus vives et des larmes les plus abondantes, elle m'avoua que cet homme avait été autrefois son amant; qu'il était entré dans sa chambre sans qu'elle s'y attendît, qu'il l'avait pressée; qu'elle avait résisté d'abord en pensant à moi, mais qu'il lui avait rappelé leurs anciennes relations et qu'alors elle avait cédé; elle me demanda mille fois pardon, avec les accents du désespoir, elle se roulait par terre, échevelée. "Dieu, lui dis-je, pardonne toujours une première faute; je te pardonne aussi." À ces mots, Thérèse se relève, et, à genoux devant moi, elle découvre son sein et s'écrie : "Si jamais je te suis infidèle, tu vois mon sein; prends un poignard, plonge-l'y tout entier, je te pardonnerai!..." Ce que je dis est vrai; Dieu en a été témoin, cela me suffit.

« L'union se rétablit entre Thérèse et moi. À la suite d'une discussion avec son oncle, cédant à de sages conseils, j'avais quitté la maison Castagnère. Je continuais de voir Thérèse à des rendez-vous marqués. Un soir elle ne vint pas; le lendemain je lui en fis des reproches, et comme elle ne me donnait aucune bonne raison, je conviens que je la poussai, et que je la fis tomber dans la boue; mais je m'empressai de l'essuyer avec mon mouchoir. Elle venait souvent me voir dans ma boutique; dans une circonstance, elle me pria de lui prêter trois francs; je ne les avais pas, elle parut mécontente de mon refus; peu à peu elle me négligea. Son indifférence m'affligeait et m'irritait. Je lui fis demander une entrevue; sa réponse fut qu'elle ne voulait plus me parler. Alors je fus hors de moi, et sentant que je pourrais me porter à quelque extrémité : "Prévenez Thérèse, dis-je à la personne qui me transmettait sa réponse, qu'elle évite de se tenir sur sa porte durant quelques jours, parce que je pourrais faire un malheur; qu'elle m'accorde cette grâce." Je voulus m'assurer si elle m'avait obéi : je passai devant sa maison; elle était sur le seuil à travailler avec d'autres femmes, et elle me regarda avec impudence. Rentré chez moi, je fis un retour sur le passé, je me rappelai ses caresses, ses serments, ses larmes; ce souvenir m'indignait et me rendait sa conduite inexplicable. Je rôdais autour de son domicile, pour tâcher de lui parler.

« Un soir, vers dix heures, j'aperçus le contrevent de sa chambre entrouvert; quelqu'un était à la fenêtre; je crus que c'était elle : je convins que je la menaçai du bâton que je portais ordinairement, en disant : "Tu me le payeras." Je pourrais nier cette circonstance, puisqu'il n'y avait que moi, Dieu et la personne qui m'a vu. Bientôt après je fus appelé devant le commissaire de police, qui m'envoya chez le substitut du procureur du roi; ce magistrat me reprocha ma conduite me défendit de chercher à voir Thérèse et d'entrer dans sa maison; il me prévint que la police aurait toujours l'œil sur moi. Moi, sous la surveillance humiliante de la police! moi, dénoncé par Thérèse!... J'étais désolé; cette idée me poursuivait partout et ne me laissait pas de repos. La femme de l'auberge Bonsoir, qui fut témoin de ma douleur, me conseilla de me faire dire une messe pour me calmer. "Oh! non, lui dis-je, une messe ne pourra y rien faire, je suis trop tourmenté."

« Dès ce moment, je ne me connus plus; le jour, j'étais seul dans ma boutique, ne pouvant supporter la compagnie de personne... Malheureusement je fus trop seul! mes nuits étaient sans sommeil et cruellement agitées. Quoi, me disais-je en moi-même, elle t'abandonne après tous ses serments! C'est un mauvais sujet; elle tendra des pièges à d'autres, et ils y tomberont. Il faut qu'elle meure, c'est une justice; du moins elle ne fera pas d'autres dupes; toi-même tu es trop sincère pour vivre ici-bas; et je résolus ma mort avec la sienne, dans une de ces nuits. En songeant au moyen que je pourrais employer, je fis choix de l'arme à feu. Le lendemain matin, j'allai chez un armurier, il me loua une paire de pistolets que je promis de lui rapporter le jour suivant. Sur ma demande où je trouverais de la poudre et des balles, il m'indiqua le magasin de M. Graciette; il me donna une balle de calibre pour servir de modèle; je n'achetai que deux charges de poudre et deux balles; je ne prévoyais pas que moi, qui ne manque pas le but à trente pas, je manquerais Thérèse à bout portant. Si j'avais pu le penser, certainement j'aurais pris plutôt six balles que deux.

« Je revins chez l'armurier pour le prier de charger mes pistolets, parce que je crus qu'il le ferait mieux que moi; il y consentit. "Il ne faut pas, lui dis-je, que cela manque." J'allai ensuite les déposer sous le chevet de mon lit, et je cherchai à parler à Thérèse pour essayer de la ramener à moi; je ne pus la voir. Alors je pris mes pistolets et je les mis dans mes poches; comme ils étaient trop longs, je coupai le bas des poches afin qu'ils entrassent mieux; de plus, j'y tins mes mains pour que la poignée ne parût pas : *ce n'était pas ridicule, c'était en hiver.* Je priai un de mes amis d'engager Thérèse à se rendre chez lui; il n'y réussit pas; la nuit arriva, j'entrai dans l'auberge Bonsoir. Je ne pouvais pas m'asseoir avec les pistolets dans mes poches; je les mis secrètement sous une porte qui donne dans le corridor. Quand je voulus les reprendre, en sortant, je ne les trouvai plus; j'imaginai qu'ils devaient avoir été ramassés par la femme qui sert dans l'auberge, et je les lui réclamai. Elle refusa d'abord de me les remettre, en me disant : "Je sais ce que vous voulez en faire... Malheureux, renoncez à ce projet." Je lui répondis que j'y renoncerais peut-être si elle me rendait les pistolets, que rien n'était encore décidé, que tout serait réparé si Thérèse revenait à moi; mais que si elle s'obstinait à retenir mes armes, j'irais sur-le-champ en prendre d'autres chez un armurier et brûler la cervelle à Thérèse, au coin du feu, de quelques personnes qu'elle fût entourée, que la balle pourrait peut-être atteindre quelqu'un de plus, et que ce sang retomberait sur elle. Je la trompai aussi sur le nom de l'armurier, afin qu'elle ne pût m'empêcher d'avoir des armes de celui auquel je ne m'étais pas adressé. Elle se décida enfin à me rendre mes pistolets.

« Il était tard; j'allai me coucher. Il est impossible, sans l'avoir éprouvé, de se figurer la nuit que je passai; j'avais des mouvements convulsifs; les images les plus horribles m'assiégeaient; je voyais Thérèse noyée dans son sang, et moi étendu près d'elle. Il me tardait que le jour parût; je sortis de bonne heure pour aller la trouver; j'entrai dans le cabaret Bonsoir, où j'invitai à boire deux personnes de ma connaissance, en épiant l'instant où Thérèse sortirait de sa maison. Sur ces entrefaites elle vint à passer d'un air soldatesque; elle semblait me narguer. Je la suivis; mais au même instant j'aperçus sa mère, je feignis de prendre une autre direction, et je rentrai au cabaret Bonsoir.

« Thérèse y arriva bientôt après, et me demanda ce qu'enfin je voulais d'elle; je lui dis que c'étaient des choses qu'entre amants on ne se disait qu'en particulier; qu'elle voulût sortir un instant seule avec moi. Elle s'y refusa en disant que je pouvais m'expliquer devant tout le monde. Alors je lui demandai si elle voulait consentir à me revoir.

« "Non.

« — Pourquoi?

« — J'ai mes raisons.

« — Tu feras le malheur de deux personnes.

« — Je me moque de toi comme de cela; et elle cracha avec un signe de mépris... Va, va, le procureur du roi..."

« Elle venait de quitter la chambre où nous étions quand elle prononça ces dernières paroles. Je la suivis et je la conjurai de consentir à me voir, ne fût-ce que deux minutes tous les huit jours.

« "Tu veux donc m'obliger à t'aimer par force? me dit-elle.

« — Pourquoi m'as-tu aimé déjà? lui répondis-je; je ne t'y ai pas forcée... je ne t'ai pas non plus forcée à me l'attester par mille serments."

« Elle persista dans son refus.

« J'étais arrivé avec elle sur le seuil de sa porte; j'allais entrer quand sa mère parut et m'ordonna de me retirer. J'obéis en lui disant : "Il n'est pas encore nuit!..." Je revins au cabaret Bonsoir, et presque aussitôt je vis la mère sortir, elle marchait à grands pas; je crus qu'elle allait chez le procureur du roi. L'occasion était favorable, je m'élance dans la maison de Thérèse; à moitié escalier, j'arme un de mes pistolets, et le cache derrière le dos pour ne pas l'effrayer; j'entre précipitamment dans la chambre; je veux la fermer en dedans; il n'y avait pas de clef et la targette était en désordre. Je réitère à Thérèse mes prières, j'offre de me mettre à ses pieds; elle refuse et s'approche de la croisée comme pour appeler. Alors je lui tire un coup de pistolet et la manque; je la saisis par le bras et lui dis : "Retourne-toi." En même temps je lui tire mon second coup, elle tombe, et le mouchoir de sa tête lui couvre les yeux. Je veux me détruire, mais je n'ai pas de quoi charger mes pistolets. J'ai la pensée de me précipiter du haut du grenier; je sors de la chambre dans cette intention; Dieu m'y ramène, parce que sans doute il voulait sauver mon âme. Un morceau de fer, tel qu'un clou sans tête, disposé en tire-bouchon, s'offre à ma vue; je m'en empare et j'en charge avec force un de mes pistolets. Cependant, avant de tirer, *j'observe* qu'il n'y a pas de sang près du corps de Thérèse, je me dis à moi-même: "Ne serait-elle qu'étourdie?" Je pose le pistolet, d'où alors le morceau de fer que j'y avais mis dut tomber. Je relève le mouchoir qui couvrait les yeux de Thérèse; *ils étaient ouverts!*... Oh! je suis perdu maintenant, et toi tu me survivrais pour te rire de ma mort! Non, ce n'est pas juste. Je l'avouerai, je prends mon couteau, l'arme du lâche, je n'en avais pas d'autre, *et je lui coupe le cou*. Je me faisais horreur à moi-même; je lui couvris la figure pour ne pas la voir; les témoins vous diront qu'on lui a trouvé la figure couverte par son mouchoir. Ensuite, *par un sentiment naturel d'ordre et de propreté,* j'essuie mon couteau, le referme et le remets dans ma poche, puis je me tire dans la bouche le coup de pistolet qui, à mon insu, n'était chargé qu'à poudre; je tombai sans connaissance.

« Je ne sais ce qui s'est passé pendant plusieurs heures; mon nom qui frappa mon oreille me fit revenir à moi. Quand je suis endormi, un coup de canon ne me réveillerait pas, tandis que mon nom prononcé même très doucement me réveille tout de suite. Je me trouvai dans un lit, à l'hôpital; j'étais au désespoir de n'avoir pas succombé, je remarquai, avec satisfaction que j'avais à la bouche un trou où ma langue entrait; je remarquai encore que j'avais été saigné des deux bras, et j'eus l'espérance de pouvoir mourir en faisant couler mon sang; je parvins à défaire les ligatures. Que je fus heureux en sentant mes doigts se mouiller et mes forces défaillir! Je recommandai mon âme à Dieu, et j'aurais expiré si l'on ne se fût, à temps, aperçu de mon état. Voilà la vérité tout entière; je n'ai rien déguisé, Dieu le sait!... j'ai mérité la mort puisque je l'ai donnée. Le jour où je la recevrai sera le plus doux, le plus beau de ma vie. J'attends l'échafaud fatal; j'espère que j'y monterai sans crainte, et que je courberai la tête avec courage!... »

Ce récit a été fait par l'accusé d'un ton calme jusqu'au moment où, ayant manqué le premier coup, il dit à Thérèse: « Retourne-toi... » Alors sa voix s'est vivement émue, quelques larmes ont roulé dans ses yeux sans franchir ses paupières; mais presque aussitôt il a repris sa tranquillité apparente, et il a continué avec un sang-froid et une présence d'esprit qui ne l'ont pas abandonné un seul instant pendant tout le cours des débats.

Nous n'essayerons pas de peindre les impressions diverses de l'auditoire. Nous devons cependant dire qu'elles paraissent excitées moins par le malheur de la victime et l'horreur d'une effroyable action, que par l'intérêt que l'accusé a su inspirer.

Après quelques minutes accordées à la sensibilité publique, M. le président ordonne l'appel des témoins.

La mère de Thérèse est introduite. Elle était loin de soupçonner, dit-elle, les relations de sa fille avec l'accusé. Les excès graves auxquels il se porta envers un de ses frères l'engagèrent à ne plus le souffrir dans sa maison ; puis ses obsessions envers sa fille, des coups de pierre lancés pendant la nuit sur les contrevents, la pierre d'un évier brisée, la menace du bâton à dix heures du soir, la déterminèrent à porter plainte au procureur du roi. Dès que l'accusé en fut instruit, il s'arrachait les cheveux de colère... Le matin du crime, elle le vit avec inquiétude passer et repasser devant sa maison. Il suivit Thérèse, qui venait de chercher du vin dans le cabaret Bonsoir, jusque sur le seuil de la porte. Il voulait entrer, elle accourut et le lui défendit ; il l'engageait à reculer un peu dans le corridor, sans doute pour les tuer l'une et l'autre... Quand il vit qu'il ne pouvait l'obtenir, il se retira en lui disant d'un geste menaçant : « Il n'est pas encore nuit !... » Quelques moments après elle eut le malheur de sortir, et au retour tout était fini.

L'accusé se lève, explique d'une manière satisfaisante sa rixe avec l'oncle de Thérèse, qui, selon un témoin digne de foi, était souvent pris de vin ; il conteste d'avoir lancé des pierres et brisé l'évier, *n'étant pas un de ces hommes à commettre de telles actions ;* il conteste aussi d'avoir voulu faire rentrer la mère de Thérèse dans le corridor.

Marianne Lagrange, servante du cabaret Bonsoir, déclare avoir trouvé, le 20 janvier, veille de l'événement, les pistolets sous une porte qui conduit à la cave. Elle fit quelque difficulté de les rendre à l'accusé ; mais elle affirme avoir ignoré quel était l'usage qu'il se proposait d'en faire. L'accusé ne lui a rien dit de ce qu'il rapporte.

L'accusé, l'interrompant : « Elle se trompe, monsieur le président ; elle l'a oublié... La pauvre femme est bien innocente de mon crime !... »

Ce témoin, ainsi que tous les autres, rapporte la scène du cabaret dans les mêmes termes. Un seul, un vieillard qui se traîne avec des béquilles, et qui a levé ses deux mains vers le Christ en invoquant son nom dans la prestation du serment, ajoute que l'accusé, avant de sortir du cabaret Bonsoir, se retourna à demi, tira de sa poche un morceau de papier et eut l'air de charger un pistolet...

Un murmure d'incrédulité accueille cette circonstance, qui n'est pas entrée dans le récit de l'accusé et dans la déclaration des autres témoins ; mais l'accusé, interrogé par M. le président, s'empresse de répondre : « Ce témoin dit jusqu'à un certain point la vérité. Je n'ai point chargé un de mes pistolets : ils l'étaient depuis la veille ; mais, la poudre du bassinet de l'un s'étant répandue dans ma poche, je l'ai amorcé de nouveau dans la situation dont parle ce pauvre homme. »

Le sieur Galiey, gendarme retraité, âgé de plus de soixante ans, indiqué dans la procédure comme ayant été l'ami de l'accusé, excite une attention particulière, et par la gravité de ses manières, et par la solennité un peu comique de son langage.

« J'ai connu, dit-il, l'accusé ici présent dans la boutique d'un menuisier où j'avais l'habitude d'aller. Son amour passionné pour la perfection de son état et *ses idées philosophiques* m'attachèrent à lui. Nous nous voyions souvent. Un jour, il me demanda où je passerais la soirée. "Ma foi, lui dis-je, je n'ai pas de projet. — Alors, me répondit-il, venez chez moi; j'ai un livre *nouveau*, nous le lirons ensemble, c'est le *Bélisaire* de Marmontel. J'aime la littérature." Et j'allai le trouver. Nous parcourûmes plusieurs chapitres. Il s'indignait du traitement éprouvé par Bélisaire; il observait qu'il en était toujours ainsi; qu'il n'y avait que la vertu de persécutée sur la terre. Je lui faisais observer, à mon tour, qu'il ne fallait pas prendre ce que racontait l'auteur au pied de la lettre; que peut-être tout cela n'était pas historique. En effet, M. le président, j'ai été curieux de vérifier ce point d'histoire, et je me suis assuré qu'il était faux que Justinien ait fait crever les yeux à Bélisaire... En voilà pour un... Dans une autre circonstance, j'étais encore dans sa chambre, il me dit qu'il avait une question à me soumettre dans l'intérêt d'un de ses amis. "Voyons, de quoi s'agit-il? — Que feriez-vous, si vous étiez attaché à une femme et qu'elle ne voulût plus vous voir, qu'elle vous abandonnât — Ma foi, je m'en consolerais?"

M. le président. — Vous aviez raison, c'est la bonne philosophie.

Le témoin. — "Vous en parlez bien à votre aise, me répondit l'accusé, c'est à merveille dans la spéculation, mais c'est plus difficile dans la pratique. — Erreur, lui répliquai-je, si votre ami y regarde de près, il se convaincra que toute sa peine vient de l'amour-propre blessé." L'accusé réfléchit un instant, et me dit : "C'est vrai, l'amour-propre y joue le principal rôle!" Il devint pensif, et la conversation changea d'objet.

« Une autre fois, je le trouvai occupé à écrire à son frère, avocat à Paris. Sa lettre, qui n'était que commencée, m'étonna. Elle débutait par trois apostrophes que nous appelons figures de rhétorique. Autant qu'il peut m'en souvenir, elle était à peu près conçue en ces termes :

« "Ma plume, que faites-vous donc avec votre bec immobile? Allons, marchez, courez, roulez sur le papier. Vous ne bougez pas? Ah! je vous entends, vous ne pouvez rien faire par vous-même; vous devez recevoir le mouvement des doigts. Allons, mes doigts, c'est à vous d'agir. Quoi, aussi! vous êtes immobiles? je vous comprends; c'est que l'impulsion doit vous venir de plus haut, de la pensée, qui est dans le cerveau; c'est à vous, cerveau, que je m'adresse..."

« L'accusé était habituellement rêveur, préoccupé, continue l'ancien gendarme, son imagination était exaltée, il avait besoin de distractions. Nous nous promenions souvent ensemble; nous parlions littérature, beaux-arts, agriculture; je n'ai jamais remarqué en lui aucun signe de folie. »

M. Laporte avocat distingué, qui s'est chargé de défendre Lafargue, entreprend au contraire de prouver qu'il a été dans un état de démence. Il présente comme nouvelle preuve de folie le passage d'un manuscrit que l'accusé a rédigé dans la maison d'arrêt pour servir de renseignements à son défenseur. Après être entré dans de nombreux détails, Lafargue s'adresse à Thérèse en ces termes :

« Le voile est levé maintenant, mais hélas! un peu tard! Que vois-je? Toi, avec dix-neuf faces. Sur la première, j'aperçois un sourire forcé pour rendre ton abord agréable; et sur la seconde, je lis que tu feins d'écouter avec un vif intérêt la personne qui te parle; sur la troisième, je lis que tu l'approuveras en tout, même contre la bienséance; sur la quatrième, je lis que tu cherches à découvrir sur ladite personne si elle ne serait pas un peu l'amie de la fortune; sur la cinquième, je lis que tu as découvert en effet qu'elle n'en était pas tout à fait l'ennemie, ce qui fait qu'on aperçoit un peu tes dents qu'un sourire d'espoir te force à découvrir; sur la sixième, je lis que tu t'études à la regarder d'un bon œil; sur la septième, je lis que tu feins d'avoir pour elle de l'amitié; sur la huitième, je lis que tu lui fais la figure du bon Dieu de pitié, et que tu t'efforces à lâcher un soupir; sur la neuvième, etc., etc.

« [...] D'un autre côté, j'aperçois ton cœur, je le considère, et je n'y vois aucune cicatrice, ce qui me prouve qu'aucun trait n'a pu le percer à cause de sa dureté; si j'y avais aperçu une seule cicatrice, je pourrais croire que ton mari en serait l'auteur; mais le pauvre homme, tu l'aimais comme les autres. »

Audience du 21 mars.

M. Borie, président, résume les débats.

La question d'homicide volontaire avec préméditation est lue par le greffier.

Me Laporte demande que l'on pose la question de provocation par *violences graves*.

M. le procureur du roi, sur l'invitation du président, se lève et déclare que le texte de la loi lui paraît si clair qu'il ne croit pas pouvoir s'opposer à la position de la question, et qu'il s'en réfère à la prudence de la Cour.

Après quelques minutes de délibération, la Cour ordonne que la question soit posée. *(Mouvements en sens divers.)*

Le jury passe dans la chambre des délibérations.

Après trois quarts d'heure, le chef du jury annonce, en son âme et conscience, devant Dieu et devant les hommes, la résolution affirmative et unanime des deux questions, savoir : que l'accusé est coupable d'homicide volontaire, *sans préméditation,* mais qu'il a été provoqué par des *violences graves*.

Aussitôt des applaudissements se font entendre. M. le président ordonne de les faire cesser.

M. le président, pour prononcer l'arrêt, est obligé de lire l'article 304 du Code pénal portant la peine de mort. Il est aussitôt interrompu par un murmure plaintif et prolongé, arraché par la crainte irré-fléchie de l'application de cet article. Enfin on prononce la condam-nation à cinq ans d'emprisonnement, à dix années de surveillance de la haute police et aux frais de la procédure.

L'accusé est toujours impassible. M. le président lui adresse une légère exhortation Il s'incline pour remercier, et, se tournant avec vivacité vers l'auditoire, il s'écrie : « Braves et estimables habitants de cette ville, le tendre intérêt que vous m'avez témoigné m'est connu ; vous vivrez dans mon cœur ! » Des larmes altèrent sa voix. On lui répond par de nouveaux applaudissements, et la foule se précipite sur ses pas.

L'homme dont les passions offrent ce caractère d'énergie et de délicatesse n'avait pas trois francs à prêter à sa maîtresse.

Dans un pays d'affectations et de prétentions, il ne faut croire qu'à ce qui est juridiquement prouvé. Les gazettes des tribunaux nous racontent chaque année l'histoire de cinq ou six Othello.

Heureusement ces crimes ne se rencontrent pas dans les classes élevées.

C'est comme le suicide ordinaire. La France présente peut-être autant de suicides que l'Angleterre ; mais jamais vous n'avez vu un ministre puissant comme lord Castlereagh, un avocat célèbre comme sir Samuel Romilly, se donner la mort.

À Paris, la vie est fatiguée, il n'y a plus de naturel ni de laisser-aller. À chaque instant il faut regarder le modèle à imiter, qui, tel que l'épée de Damoclès, apparaît menaçant sur votre tête. À la fin de l'hiver, l'huile manque à la lampe.

Paris est-il sur la route de la civilisation véritable ? Vienne, Londres, Milan, Rome, en perfectionnant leurs façons de vivre, arriveront-elles à la même délicatesse, à la même élégance, à la même absence d'énergie ?

Tandis que les hautes classes de la société parisienne semblent perdre la faculté de sentir avec force et constance, les passions déploient une énergie effrayante dans la petite bourgeoisie, parmi ces jeunes gens qui, comme M. Lafargue, ont reçu une bonne éducation, mais que l'absence de fortune oblige au travail et met en lutte avec les vrais besoins.

Soustraits, par la nécessité de travailler, aux mille petites obligations imposées par la bonne compagnie, à ses manières de voir et de sentir qui étiolent la vie, ils conservent la force de vouloir, parce qu'ils sentent avec force. Probablement tous les grands hommes sortiront désormais de la classe à laquelle appartient M. Lafargue.

Napoléon réunit autrefois les mêmes circonstances :
bonne éducation, imagination ardente et pauvreté
extrême.

Je ne vois qu'une exception : à cause de la nécessité du
charlatanisme dans les beaux-arts, et par l'effet de la
fatale tentation des titres et des croix, pour exceller dans
la statuaire ou la peinture, il faudra désormais naître
riche et noble. Plus de nécessité alors de faire la cour au
journaliste, plus de nécessité de faire la cour à un directeur
des beaux-arts afin d'obtenir la commission d'un tableau
de saint Antoine.

Mais, si l'on naît riche et noble, comment se soustraire
à l'élégance, à la délicatesse, etc., et garder cette sura-
bondance d'énergie qui fait les artistes et qui rend si
ridicule ?

Je désire de tout mon cœur me tromper complètement.

24 novembre 1828. — Nous n'avons jamais mieux
compris le bonheur dont nous jouissons en France sous
le règne de Charles X[1] qu'en voyant combien les étrangers
nous portent envie. Ce soir, chez M. R.***, le prince
napolitain Santapiro a parlé pendant une heure de la vie
heureuse que les étrangers peuvent trouver à Paris. Le
prince ne tarissait pas en éloges de notre gouvernement.

Il a fini par dire : « Le climat est affreux dans ce Paris :
souvent trois fois en un jour le froid succède à la chaleur;
j'ai soixante mille francs de rente à Naples : si quelqu'un
veut me donner de tous mes biens vingt mille francs
payables chaque année à Paris, jamais je ne reverrai ma
triste patrie. »

Le prince abhorre la tristesse des Anglais : « Leurs rues
sont arrangées plus proprement, dit-il; mais cette tristesse
de tout le monde finit par être contagieuse, et c'est payer
trop cher un peu de propreté. »

26 novembre 1828. — On a vu peu d'hommes aussi
sensibles à la musique que le cardinal Consalvi; il allait
assez souvent le soir chez Mme l'ambassadrice de ***;
là, il rencontrait un jeune homme charmant qui savait
par cœur une vingtaine des plus beaux airs de l'immortel
Cimarosa; Rossini, car c'était lui, chantait ceux que lui
demandait le cardinal, tandis que Son Excellence s'éta-
blissait commodément dans un grand fauteuil un peu

dans l'ombre. Après que Rossini avait chanté quelques
minutes, on voyait une larme silencieuse s'échapper des
yeux du ministre et couler lentement sur sa joue.

C'étaient les airs les plus bouffes qui produisaient cet
effet; le cardinal avait tendrement aimé Cimarosa, et, en
1817, fit faire son buste par Canova. La réaction ultra a
exilé dans une petite chambre obscure au Capitole ce
buste, qu'on voyait au Panthéon, avec cette inscription :

> *A Domenico Cimarosa,*
> *Ercole cardinale Consalvi*[1].

Le cardinal écrivit souvent à ses amis de Naples pour
leur recommander le fils de Cimarosa, dont il a été
impossible de rien faire.

Ischia, le 12 septembre 1828 (article oublié[2]). — Une de
nos compagnes de voyage me donne, seulement aujourd'hui, la permission de parler de l'extrême répugnance que
lui inspire le climat d'Italie. « Ce soleil toujours sans nuage
me brûle les yeux; cette mer si bleue me fait regretter les
bords de notre océan de Normandie. »

Rien ne rend philosophe comme de telles confidences.
Suivant ma façon de sentir, le bonheur du climat d'Italie
n'est pas d'avoir chaud, mais de prendre le frais. À Paris,
le 8 de juin, nous venons de faire du feu. En Italie, d'avril
en octobre, on n'a jamais cette sensation de vent de
nord-est qui me donne de l'humeur. Je conçois certains
tempéraments qui éprouvent du malaise à sentir la
fraîcheur de la brise de mer qui vient nous chercher sous
un berceau de jasmin, dans une des jardins de Pizzofalcone, à Naples. Le plaisir indicible que je rappelle par ce
peu de mots est bien voisin de celui que donnent la
musique de Cimarosa et la *Madone* du Corrège à la
Bibliothèque de Parme[3].

À cause du flux et du reflux, l'océan de Normandie
s'environne d'une ceinture de sables et de boue qui n'a
pas moins d'une demi-lieue de largeur quand la côte n'est
pas abrupte; et pendant la moitié de chaque journée
cette boue dégoûtante reste à découvert[4]. Les vents
terribles de cette grande mer détruisent toute végétation
sur ses bords. Près de Gênes, vers Albaro[5], nous avons
habité un jardin dont les orangers penchés sur la mer

baignaient leurs branches dans les flots quand il y avait gros temps. Tout cela ne fait pas oublier les aspects brumeux de la côte de Normandie.

Notre compagne de voyage préfère la petite église à demi ruinée de son village au magnifique Saint-Pierre. Je comprendrais davantage cette façon de sentir; mais, je l'avoue, les injures dites au climat d'Italie m'irritent. C'est probablement l'effet que le présent itinéraire produira sur certaines personnes. « Votre journal me semble l'exagération continuelle d'un menteur d'autant plus impatientant qu'il travestit des faits que je sais être vrais. Je ne trouve à louer que quelques phrases dans la partie morale et politique. » Tel est le jugement que notre compagne de voyage vient d'écrire à la suite de son opinion sur le climat d'Italie, que je rédigeais sous ses yeux.

27 novembre 1828. — Nous avons passé la matinée dans l'atelier de Canova, au milieu des modèles de ses statues[1]. Canova est venu trois fois à Paris; la dernière, comme *emballeur*. Il vint reprendre les statues que l'on nous avait cédées par le traité de Tolentino[2], sans lequel l'armée victorieuse à Arcole et à Rivoli eût occupé Rome. On nous a volé ce que nous avions gagné par un traité. Canova ne comprenait pas ce raisonnement. Élevé à Venise du temps de l'ancien gouvernement, il ne pouvait concevoir qu'un droit, celui de la force; les traités ne lui semblaient qu'une vaine formalité.

Il nous racontait que, lorsqu'il vint à Paris pour la première fois, en 1803, il eut le bonheur de retrouver à Villers son groupe de *Psyché et de l'Amour*[3] (aujourd'hui au Louvre, musée d'Angoulême[4]). « La draperie était horriblement mal faite, ajoutait-il, et tout à fait sans forme. C'est que dans un temps j'avais eu la fausse idée qu'une draperie négligée fait valoir les chairs; j'empruntai un maillet et des ciseaux, et, tous les matins, pendant huit jours, un cabriolet de louage me conduisit à Villers, où je corrigeai autant que possible cette mauvaise draperie. »

Canova disait qu'aucune ville ne lui avait offert un ensemble aussi grandiose que celui formé par le palais des Tuileries, le jardin, la place Louis XVI, la grande allée des Champs-Élysées, la barrière de l'Étoile; le pont de Neuilly et la montée au-delà, jusqu'au rond-point.

« Un grand obélisque se détachant sur le ciel au rond-point, un arc de triomphe à l'Étoile, des ftatues sur le pont de Neuilly, quelques grands ornements d'architecture sur les côtés de la route, entre l'arc de triomphe et Neuilly, compléteraient un ensemble qui, à mon avis, n'a jamais exifté ni en Grèce ni à Rome. Mais il faudrait, ajoutait-il, l'absence des maisons particulières, toujours si mesquines à Paris et si peu sérieuses. »

J'ai souvent eu l'honneur de traiter avec Canova la queftion des *geftes,* si importante pour la sculpture, qui ne peut rien que par les geftes[1]. Cependant la civilisation moderne les proscrit. L'Italie, lorsqu'elle sera arrivée au même degré de civilisation que la France, ne fera-t-elle plus de geftes ? Il eft conftant qu'à Naples, et même à Rome, on aime mieux faire un gefte que parler. Cela tient-il à l'état de fatigue où l'*émotion* jette le cœur, cela vient-il de la peur des espions, ou d'une habitude de plusieurs milliers d'années ?

Canova me disait qu'il entra un jour dans l'église de Saint-Janvier, à Naples ; il venait voir la chapelle du saint protecteur, richement parée de tentures de damas rouge, de luftres et de feftons. Il trouva tout cela de si mauvais goût, que, sans qu'il s'en doutât, sa figure prit l'expression du mépris. Un Napolitain le remarque, s'approche de lui les deux bras croisés sur la poitrine, et ses mains imitaient le mouvement des oreilles d'un âne : il voulait dire à Canova : « Ne vous étonnez pas, seigneur étranger, ceux qui dirigent la parure de la chapelle de Saint-Janvier sont des ânes. »

Veut-on de petites anecdotes d'atelier ? La seconde réplique de la ftatue de la *Madeleine* de Canova a été faite avec le morceau de marbre enlevé entre les jambes de la ftatue de Napoléon qui eft aujourd'hui dans l'antichambre du duc de Wellington, à Londres. Un bufte de Pie VII fut fait avec le morceau de marbre enlevé sous le bras.

Quand on embarqua sur le Tibre cette ftatue de Napoléon, qui vint par mer en France, on prépara sur le navire un faux plancher mouvant, afin de pouvoir en trois minutes la jeter à la mer si l'on se trouvait poursuivi de trop près par les vaisseaux anglais.

Rome, 28 novembre 1828. — Celle de nos compagnes de voyage qui comprend Mozart me disait ce soir : « La

première vue de Saint-Pierre m'a troublée, mais ne m'a
point fait plaisir, bien loin de là. Il m'a fallu défaire
l'image toute différente de la réalité que mon imagination
m'avait tracée, puis voir et comprendre Saint-Pierre tel
qu'il eſt. Ensuite je n'admirais point ce monument;
toutes mes émotions étaient encore pour ce Saint-Pierre
que je m'étais figuré d'après vos récits avant d'arriver à
Rome. Je commence à peine, après un an, à oublier cette
ancienne inclination, et à me complaire dans l'idée de
Saint-Pierre tel qu'il eſt. » Le *cicerone* devait bien se
garder de troubler par aucun avis ce beau travail de l'âme.

Ce soir, par un beau clair de lune, nous sommes allés
au Colisée[1]; j'avais cru que l'on y trouverait des sensations d'une douce mélancolie. Mais ce que M. Isimbardi
nous avait dit eſt vrai : ce climat eſt si beau, il respire
tellement la volupté, que le clair de lune même y perd
toute triſtesse. Le beau clair de lune avec sa rêverie tendre
se trouve sur les bords du Windermere (lac du nord de
l'Angleterre[2]). Minuit sonnait, le *cuſtode* du Colisée
était prévenu, il nous a ouvert; mais il tenait à nous suivre,
c'eſt son devoir. Nous l'avons prié d'aller nous chercher
à la prochaine *oſteria* quelques *boccali* de *vin buono*.

Le ſpectacle dont nous avons joui, une fois seuls dans
cet immense édifice, s'eſt trouvé plein de magnificence,
mais nullement mélancolique. C'était une grande et
sublime tragédie, et non pas une élégie. On a exécuté fort
bien le sublime *quartetto* de *Bianca e Faliero* (de Rossini),
sans pouvoir chasser les images imposantes qui nous
assiégaient. Le clair de lune était si vif, que nous avons
pu lire plus tard quelques vers de lord Byron.

I see before me the gladiator lie:
He leans upon his hand. — His manly brow
Consents to death, but conquers ageny,
And his droop'd head sinks gradually low. —
And through his side the laſt drops, ebbing slow
From the red gash, fall heavy, one by one,
Like the first of a thunder-shower; and now
The arena swims around him. — He is gone
Ere ceased the inhuman shout which hail'd the wretch who won
He heard it, but he heeded not. — His eyes
Were with his heart; and that was far away,
He reck'd not of the life he loſt nor prize,

But where his rude hut by the Danube lay,
There where his young barbarians all at play,
There was their Dacian mother. — He, their sire
Butchered to make a Roman holiday. —
All this rush'd with his blood. — Shall he expire
And unwenged? — Arise! ye Goths, and glut your ire.

Childe Harold, canto IV, stanza 140.

(Je vois le gladiateur étendu devant moi, il s'appuie
sur sa main. — Son mâle regard consent à mourir; mais il
triomphe de l'agonie, et sa tête penchée s'affaisse insen-
siblement vers la terre. — Les dernières gouttes de son
sang s'échappent lentement de sa large blessure; elles
tombent pesamment une à une, comme les premières
gouttes d'une pluie d'orage; mais ses yeux expirants se
troublent; il voit nager autour de lui ce grand théâtre
et tout ce peuple; il meurt, et l'acclamation retentit encore,
saluant son méprisable vainqueur; il a entendu ce cri et
l'a méprisé. — Ses yeux étaient avec son cœur, et son
cœur est bien loin! Il ne pense ni à la vie qu'il perd, ni au
prix du combat. Il songe à sa hutte sauvage adossée à
un rocher sur le bord du Danube. Là, tandis qu'il meurt,
ses petits enfants jouent entre eux; il voit leur mère qui
les caresse; lui, leur père, est massacré de sang-froid,
pour faire un jour de fête aux Romains. Toutes ces pensées
s'évanouissent avec son sang. — Mourra-t-il, et sans
vengeance? — Levez-vous, Germains, assouvissez votre
rage!)

Il était près de deux heures du matin quand nous avons
quitté le Colisée.

Je crains de ne pas avoir de place :

1º Pour la description des tapisseries ou *Arazzi* de
Raphaël, exposées au Vatican, dans les salles voisines des
stanze[1]. Ces morceaux, au nombre de vingt-deux, font
beaucoup de plaisir au voyageur qui est à Rome depuis
plusieurs mois. Rien peut-être ne fait mieux connaître
la manière dont Raphaël envisageait les sujets à traiter en
peinture. (Ce qu'un mathématicien appellerait la mise en
équation du problème. Voir le *Tremblement de terre.*)

2º J'aurais voulu donner une description du *mécanisme
actuel* du gouvernement pontifical. Cela n'est peut-être

pas très amusant; mais, faute de cette connaissance
positive, le voyageur est exposé à se laisser persuader de
singuliers mensonges.

3° Je supprime, sans grand regret, deux longues
descriptions des statues du Capitole et de celles du musée
Pio-Clémentin. On vend la liste de ces statues à la porte
des musées. J'ai indiqué l'ouvrage de Visconti, qui donne
assez bien leur histoire et les *conditions* que les sculpteurs
durent remplir. Je n'aurais pu ajouter que quelques mots
d'appréciation; il aurait fallu parler du *beau idéal*, rien
n'est plus difficile.

Pour comprendre les discussions de ce genre, il faut
avoir de l'âme. Au lieu de prendre pour vrai ce qu'on a lu
dans des auteurs accrédités, il faut interroger ses propres
souvenirs, il faut être de bonne foi avec soi-même. Tout
cela n'est pas chose facile. Les convenances de tous les
instants que nous impose la civilisation du XIXe siècle
enchaînent, fatiguent la vie, et rendent la rêverie fort
rare. Quand nous rêvons à quelque chose, en France,
c'est à quelque malheur d'amour-propre.

Si quelque voyageur se croit la candeur et la sensibilité
nécessaires pour sentir le *beau idéal,* je lui indiquerai, non
pas assurément comme bonne, mais comme mienne,
l'explication qui se trouve au commencement du second
volume de l'*Histoire de la peinture en Italie*[1]. Je n'aurais pu
que me répéter ici : à mes yeux, la beauté a été dans tous
les âges du monde la *prédiction d'un caractère utile.* La
poudre à canon a changé la manière d'*être utile;* la force
physique a perdu tous ses droits au respect.

4° J'avais réservé pour la fin de ce voyage dans Rome
le journal de nos excursions à Tivoli, à Palestrina, et de
nos promenades dans les *ville* des environs. La place me
manque. Il aurait fallu porter cet itinéraire à trois volumes,
et, en vérité, c'est trop de moitié dans ce siècle, qui n'a
qu'une passion : établir un bon gouvernement.

Voici le nom des *ville* qui nous ont fait le plus de
plaisir :

Mills, bâtie sur les ruines de la maison d'Auguste : joli
portique, fresques de Raphaël, figures de Vénus;

Ludovisi : *Aurore* du Guerchin;

Pamphili : architecture de l'Algarde et squelettes
singuliers tombant en poussière[2];

Borghèse : statues et beaux jardins;

Albani : statues, belle architecture;

Corsini, sur le penchant du mont Janicule : position délicieuse;

Lante : architecture de Jules Romain;

Aldobrandini, ou du Belvédère, à Frascati[1];

Giraud, ou Cristaldi : bizarre architecture;

Madama, par Raphaël : perfection de l'architecture gentille;

Mattei, ou du prince de la Paix : bons tableaux;

Medici, ou Académie de France;

Olgiati, ou Nelli, près la villa Borghèse, jadis habitée par Raphaël : trois fresques : un *Sacrifice à Flore;* le *Bersaglio,* beaucoup de belles figures nues; et enfin les *Noces d'Alexandre et de Roxane,* tableau digne de Raphaël;

Poniatowski : architecture de M. Valadier. Cet homme a construit à l'entrée de la rue del Babuino une maison dont chaque étage a une terrasse. Il a du style;

Villa Adriana, près de Tivoli[2];

Mellini, au monte Mario : vue magnifique; c'est de là que M. Sickler a pris la vue panoramatique de Rome et des environs[3]. Cette vue nous a été fort utile, ainsi que la notice de soixante-quatorze pages qui l'accompagne.

Quelques accès de colère que nous nous donnions, le gouvernement sera à peu près dans vingt ans ce qu'il est aujourd'hui. Les deux volumes in-quarto formant les *Mémoires d'Horace Walpole*[4] me semblent une prédiction claire des intrigues par lesquelles nous allons passer d'ici à vingt années. Or, à cette époque, le monde sera bien près de finir pour beaucoup d'entre nous. Il n'est donc pas sage de remettre les jouissances que peuvent nous donner les beaux-arts et la contemplation de la nature au temps qui suivra l'établissement d'un gouvernement parfait. Il y aura toujours de ce côté des sujets de colère, et c'est, selon moi, une triste occupation que la colère impuissante. J'engage le très petit nombre de personnes qui ont à se reprocher beaucoup d'actions ridicules, inspirées par les passions tendres, à se livrer à l'étude des beaux-arts.

On se trouvera bien de ne parler sur ce sujet qu'à très peu de gens.

L'état dans le monde n'y fait rien; à Paris, un père qui a du crédit dans la peinture fait son fils peintre. Tel homme tient depuis dix ans l'état d'artiste et vous reçoit dans un atelier arrangé avec le plus de coquetterie et de génie, qui sent moins les arts que tel pauvre diable en prison pour dettes. J'ai choisi exprès ce point de comparaison. Rien ne me semble plus contraire aux arts que les habitudes en vertu desquelles un homme fait fortune. Après la fortune d'argent, celle qui est notée dans l'*Almanach royal* me semble exprimer le caractère le plus antipathique au culte du beau. Ensuite viendraient dans ma liste d'exclusion l'*esprit d'à-propos* et l'*esprit* tout court. Il faut pour les arts des gens un peu mélancoliques et malheureux.

L'esprit d'ordre annonçant l'absence de la rêverie qui ne trouve rien de si doux qu'elle-même, et renvoie toujours à la minute suivante un arrangement nécessaire, me semble aussi un grand indicatif de l'absence de ce qu'il faut pour sentir le beau.

ÉCOLE FRANÇAISE DES BEAUX-ARTS À ROME

J'ai lu dans le *Journal des Débats* que l'arrangement actuel est absurde; les jeunes artistes établis à Rome dans la villa Medici forment, dit-on, une oasis parfaitement isolée de la société italienne, et où règnent despotiquement toutes les petites convenances qui ont étiolé les arts à Paris.

On pourrait établir que les élèves qui ont obtenu le Grand Prix iraient où ils voudraient en Italie, pourvu que ce fût au-delà du Tessin et de la Trebbia. Excepté Turin et Gênes, tous les séjours leur seraient permis. On leur payerait d'avance et par trimestre une pension de cent cinquante ou deux cents francs par mois. Si, à la fin de l'année, un élève n'envoyait aucun ouvrage à Paris, sa pension diminuerait de moitié. La troisième année cette pension se réduirait à cinquante francs par mois, si l'élève continuait à ne pas donner signe de travail.

Les ouvrages envoyés à Paris par les élèves seraient jugés par un jury. Le meilleur ouvrage vaudrait à son auteur une nouvelle pension de 2 400 francs, payable pendant un an; des pensions de 1 800 francs, 1 200 francs et 600 francs, également accordées pour un an, récompenseraient les mérites inférieurs. Le *Moniteur* publierait exactement chaque année le jugement sur les tableaux, statues et gravures envoyés d'Italie.

Mais comment mettre à l'abri de l'intrigue, qui envahit tout à Paris, ces jugements sur les artistes ?

Toute la difficulté est là ; il faudrait le génie de Machiavel pour déjouer l'esprit de coterie.

Je voudrais que les juges qui doivent assigner un rang aux productions des jeunes gens qui demandent à aller en Italie ou qui y sont déjà n'apprissent qu'ils seront juges qu'une heure avant d'entrer en séance.

Supposons qu'il faille onze juges : M. le ministre de l'Intérieur convoquerait pour midi vingt-cinq personnes, sans leur indiquer l'objet dont elles auront à s'occuper. Les onze premiers jurés qui arriveraient s'enfermeraient dans la salle d'exposition, et, sans désemparer, iraient aux voix sur le mérite de chaque tableau, dessin ou statue. Le chef de ce jury porterait immédiatement au ministre la décision prise.

Si toute la besogne n'avait pu être expédiée dans cette première session, quinze ou vingt jours après, d'autres personnes convoquées de la même manière iraient aux voix avec les mêmes précautions contre ce qu'on appelle à Paris les *convenances,* les *injustices à réparer,* les *influences des professeurs,* dont chacun à son tour place un élève favori.

La liste de ce jury des arts ne serait pas fort difficile à établir. Il faudrait que, parmi les onze juges, il y eût toujours trois artistes. Ce qu'il y aurait de pis, c'est que tous les onze fussent artistes. Alors l'opinion de la société de Paris, qui, tôt ou tard, doit faire vivre, par ses *commandes,* le jeune élève dont on décide le sort, ne serait pas représentée.

Quand Charles Le Brun, premier peintre de Louis XIV, était le tyran des arts, il avait intérêt à éloigner des occasions de se faire connaître les jeunes artistes dont le mérite, trop différent du sien, aurait pu en dégoûter. Un acteur, nommé Aufrène, et qui avait une déclamation simple, naturelle, non emphatique, débuta au Théâtre-Français du temps de Lekain ; il fut repoussé par l'emphase à la mode. Si vous daignez y réfléchir un instant, vous verrez que les jugements des artistes les uns sur les autres ne sont que des *certificats de ressemblance.* Si Raphaël eût trouvé que le *coloris* était le premier mérite d'un peintre, il eût abandonné son style pour prendre celui de Sébastien del Piombo et du Titien.

Un ministre de l'Intérieur homme d'esprit comme celui que nous avons en ce moment[1], arriverait bien vite à former une liste de cent amateurs riches, connus par leur goût pour les arts, et de cent hommes d'esprit qui passent pour les comprendre. Les noms se pressent dans ma mémoire, et les convenances seules m'empêchent de commencer ici[2] ces deux listes. On pourrait jeter dans l'urne, avec ces deux cents noms, ceux des membres de l'Institut, et ceux des vingt jeunes artistes qui se sont le plus distingués aux dernières expositions.

Ne trouvez-vous pas que onze personnes, désignées par le hasard parmi ces quatre cents noms, arriveront à des résultats moins ridicules que ceux dont on se plaint tous les jours? Le jugement subit, après la convocation, me semble éloigner ce qu'il y a de plus dégoûtant dans les décisions actuelles.

2 décembre 1828. — M. le prince Santapiro, qui arrive de Toscane, prétend qu'un couvent de religieuses à Pise vient de soutenir un siège contre M. l'archevêque de Pise et les gendarmes appelés par ce prélat. Plusieurs de ces dames se trouvaient dans un état bien malheureux pour des religieuses. « Eh bien! répondaient-elles fièrement à l'archevêque, nous avons reçu des visites du Saint-Esprit. » Les gendarmes sont enfin parvenus à forcer les portes du couvent, et les religieuses malheureuses dans leurs amours ont été envoyées aux bains de Saint-Julien[3].

En vérité je ne puis croire à ce conte, et je voudrais être démenti.

Le prince raconte que rien ne peut égaler l'importance que se donnent les petits sous-préfets ou *delegati* en Toscane. Quand ces messieurs arrivent au spectacle de leur petite ville, si les acteurs sont au second acte, ils s'empressent de recommencer la pièce. — Il est presque impossible, pour un homme riche, de perdre son procès. — Affaire Malaspina.

Dans beaucoup de localités les vertus des magistrats sont perdues pour le public, tant est grand le nombre d'usages exécrables qui ont force de loi. Cette vérité est sentie en Italie par des personnages augustes qui sont les premiers à gémir du bien qu'ils ne peuvent faire. Où trouver, par exemple, un plus honnête homme que M. le grand duc de T***[1] ou M. l'archiduc R***[2]? Je n'ai pas loué suivant ses mérites M. le cardinal Spina[3], qui, de mon temps, était légat tout-puissant à Bologne. Ce prince de l'Église avait l'esprit nécessaire pour voir le bien et la force de caractère qu'il faut pour l'opérer. J'ai connu beaucoup de magistrats intègres qu'un voyageur compromettrait en les nommant. Si j'ose écrire le nom de M. le cardinal Spina, c'est que l'Église romaine est veuve de cet homme illustre.

M. Benedetti, jeune poète et *carbonaro,* dit-on, était à Florence en 1822; il reçut une lettre imprudente par la poste. L'autorité avait eu l'attention paternelle d'écrire sur le dos de cette lettre : *Vue à la police.* Le pauvre Benedetti ne comprit pas cet avertissement, il prit un *calessino* et alla sur-le-champ se brûler la cervelle à Pistoia. On a publié beaucoup de vers de M. Benedetti, il n'a manqué à ce jeune homme que d'être plus sévère pour lui-même.

Le prince Santapiro est grand admirateur du talent de M. Niccolini[4]. Ce jeune poète dramatique n'est pas dramatique, mais fait des vers admirables; voir *Ino e Temisto, Foscarini* et *Nabucco,* tragédies. Cette dernière est une allégorie contre Napoléon.

Alphonse d'Aragon, premier du nom, fut appelé au trône de Naples par Jeanne II; ce prince eut un favori, Gabriel Correale, gentilhomme de sa cour. Correale mourut, et, dans l'église de Monte Oliveto, on lit sur son tombeau cette épitaphe naïve, où Marcus remplace Gabriel :

> *Qui fecit Alphonsi quondam pars maxima regis*
> *Marcus hoc modico tumulatur humo*[5].

Le prince m'explique cette épitaphe singulière, à laquelle je n'avais rien compris.

3 décembre 1828. — J'ai oublié de dire que, dès les premiers mois de notre séjour à Rome, nous avons appris à reconnaître les armes des papes qui ont protégé les arts; on les trouve sur le moindre pan de mur qu'ils ont fait relever. Les cinq balles ou pilules de la famille Médicis sont connues de tout le monde. Un chêne, *robur,* indique Jules II, qui s'appelait Della Rovere (du Chêne). Un aigle

et un dragon forment les armes de Paul V, Borghèse;
Urbain VIII, Barberini, avait pour armes des abeilles,
qui n'étaient pas sans dard, disaient les gens d'esprit de
son temps.

Nous nous étonnons souvent du peu de *piquant* que
présente l'esprit du XVIᵉ siècle. Les écrivains de ce temps-
là étaient fort supérieurs à leurs ouvrages. L'*esprit* exige
une certaine dose de surprise et par conséquent d'inconnu.
Voiture et Benserade firent le charme d'une des plus
aimables cours du monde; quoi de plus insipide aujour-
d'hui? Peut-être l'*esprit* ne peut-il durer que deux siècles.
Un jour Beaumarchais sera ennuyeux; Érasme et Lucien
le sont bien.

Il y a un an que M. Dodwell, le mari de la plus jolie
femme de ce pays[1], donna à l'un de nous une liste des
lieux situés dans les montagnes près de Rome, où l'on
trouve des restes de constructions cyclopéennes[2]. On
appelle ainsi depuis quelque temps des murs bâtis en gros
blocs de pierre fort bien joints, mais auxquels on a laissé
leur forme irrégulière. On ne les a taillés que pour former
les joints. MM. Petit-Radel[3] et Dodwell prétendent que
ces constructions remontent à onze cents ans avant la
fondation de Rome. La pauvre logique se trouve un peu
maltraitée dans ce système.

On ne prouve nullement bien, selon moi, que les murs
composés de polygones irréguliers, et qu'on appelle
cyclopéens[4], soient si anciens. Dans les pays calcaires dont la
pierre se casse naturellement en polygones, cette manière
de construire, si elle n'est pas la plus expéditive, est au
moins celle qui se présente naturellement à des peuples
simples. En Espagne, les paysans n'ont pas encore
inventé les roues à jantes. Leurs malheureuses charrettes
portent sur des roues pleines comme celles des chariots
des enfants. Il y a des murs cyclopéens[5] au Pérou. On ne
prouve nullement que les murs cyclopéens de plusieurs
villes n'ont pas été bâtis depuis la fondation de Rome.

Les joints sont parfaits; on ne pourrait pas y introduire
la lame d'un couteau; mais cette circonstance se remarque
dans plusieurs constructions en pierres[6] équarries : par
exemple dans les fondements de Paestum, au *tabularium*
du Capitole, la plus ancienne construction de Rome. Nous
avons vu huit ou dix ruines cyclopéennes, mais toujours
en pays de montagnes, et de montagnes calcaires. Si le

lecteur a de la curiosité ou des doutes, je l'engage à chercher un passage de Vitruve, lib. II, cap. 8, commençant ainsi : *« Itaque non est contemnenda Graecorum structura »*, etc. Vitruve appelle cette manière de bâtir *emplecton*[1], et ajoute *« qua etiam nostri rustici utuntur* [2] *».*

Dès le lendemain de notre arrivée, nous vîmes l'*opus reticulatum* au *Muro torto,* à trois cents pas à gauche de la porte del Popolo, en allant à la villa de Raphaël. Ce mur, qui penche réellement, est formé de petits morceaux de pierre carrés, qui portent sur un angle comme un *V* majuscule. La plupart des ruines des environs de la baie de Gaëte sont bâties ainsi.

(On m'annonce que ce volume va finir; j'en suis bien fâché; j'aurais voulu avoir encore cent cinquante pages à ma disposition. Je vais resserrer le plus possible quelques articles de notre journal, relatifs aux premiers mois de 1829.)

4 décembre 1828. — Milady N., piquée d'honneur par le joli concert du jeune seigneur russe dont j'ai parlé, a voulu donner aussi un concert de musique antique. Tamburini s'est surpassé; c'est décidément le premier chanteur du moment; la voix de Rubini tremble un peu, celle de Lablache devient *grasse.* Mme Tamburini, l'une des plus jolies femmes de Rome, a fort bien chanté un air délicieux de Paisiello.

La fête de ce soir était magnifique, mais un peu *collet monté,* comme toutes celles que donnent les familles anglaises. On parlait beaucoup de certains refus d'invitation.

J'ai fui le récit de toutes ces picoteries du Nord, et n'ai voulu parler qu'avec des Italiens. Suivant eux, il y a plus de mélodie dans le seul Paisiello que dans tous les autres compositeurs pris ensemble; ce qui est d'autant plus singulier, que son chant se renferme presque toujours dans une octave. L'orchestre de Paisiello n'est presque rien; par ces deux raisons, il ne forçait jamais la voix de ses chanteurs. Rubini, qui n'a peut-être pas trente ans, est déjà usé : c'est qu'il a chanté Rossini, tandis que Crivelli, ténor sublime, chante encore divinement bien à soixante-quatre ans. Il a toujours eu le chant *spianato*[3].

Les véritables amateurs qui ce soir me faisaient l'honneur de parler musique avec moi méprisent par-

faitement Guglielmi père et fils, Zingarelli, Nasolini,
qui n'était qu'un *tailleur d'airs,* d'après la portée de la voix
de tel ou tel chanteur; Federici, Niccolini, Manfrocci,
tous gens *sans idées.*

Ils font, au contraire, le plus grand cas de Raphaël
Orgitani, mort très jeune à Florence; il écrivait dans
le style de Cimarosa. Son *Jefte* et son *Medico per forza*
sont des chefs-d'œuvre. En trois jours, Rossini pourrait
fortifier l'orchestre de ces opéras de façon à les rendre
jouables.

Fioravanti a de l'esprit, mais rien que de l'esprit.

M. Mercadante a été quelquefois simple et touchant,
comme une belle élégie. *Utinam fuisset vis*[1] ! Que n'a-t-il
plus de force! On fait le plus grand cas de M. Carafa, à qui
l'on doit plus de vingt opéras applaudis.

M. Bellini fera peut-être quelque chose[2]; son *Pirate* est
bien; mais il vient de donner un second opéra, la *Straniera,*
qui ressemble beaucoup trop au premier. C'est la même
nature d'idées, la même coupe[3]. Beaucoup de gens de
mérite au xixe siècle n'ont fait de bien que leur premier
ouvrage. Rossini ne peut être jeté dans l'oubli que par
un style absolument différent du sien, et M. Bellini le
rappelle trop.

Les compositeurs célèbres du xviiie siècle *inventaient en
mélodie;* tels ont été Buranello, il Sassone (Hasse),
Martini, Anfossi, et Cimarosa, qui s'élève tellement au-
dessus d'eux tous. De deux opéras de ces grands hommes
on en peut faire un; il ne s'agit que de changer les plus
beaux airs en *finale* et en *trio,* et d'ajouter des accompagne-
ments et des ouvertures retentissantes comme des
symphonies de Beethoven.

On nous a chanté ce soir l'air du ténor dans *La Flûte
enchantée,* de Mozart, au moment où il essaye la flûte. Il
n'y a peut-être que cela de bon dans cet opéra; mais les
Italiens ont été étonnés, leurs yeux semblaient dire :
« Il y a donc une autre musique que celle d'Italie! »

M. Ghirlanda nous raconte toutes les infortunes de
Rossini le jour de la première représentation du *Barbier de
Séville* à Rome (1816, au théâtre d'Argentina[4]).

D'abord, Rossini avait mis un habit vigogne, et,
lorsqu'il parut à l'orchestre, cette couleur excita une
hilarité générale. Garcia, qui jouait Almaviva, arrive
avec sa guitare pour chanter sous les fenêtres de Rosine.

Au premier accord, toutes les cordes de sa guitare se cassent à la fois. Les huées et la gaieté du parterre recommencent; ce jour-là, il était plein d'abbés.

Figaro, Zamboni, paraît à son tour avec sa mandoline; à peine l'a-t-il touchée, que toutes les cordes cassent. Basile arrivait sur le théâtre, il se laisse tomber sur le nez. Le sang coule à grands flots sur son rabat blanc. Le malheureux subalterne qui faisait Basile a l'idée d'essuyer son sang avec sa robe. À cette vue, les trépignements, les cris, les sifflets, couvrent l'orchestre et les voix; Rossini quitte le piano, et court s'enfermer chez lui.

Le lendemain, la pièce alla aux nues; Rossini n'avait pas osé s'aventurer au théâtre ni au café; il s'était tenu coi dans sa chambre. Vers minuit, il entend une effroyable bagarre dans la rue; le tapage approche; enfin il distingue de grands cris : Rossini! Rossini! « Ah! rien de plus clair, se dit-il, mon pauvre opéra a été encore plus sifflé que hier, et voilà les abbés qui viennent me chercher pour me battre. » On prétend que, dans la juste terreur que ces juges fougueux inspiraient au pauvre *maestro,* il se cacha sous son lit, car le tapage ne s'était pas arrêté dans la rue : il entendait monter dans son escalier.

Bientôt on heurte à sa porte, on veut l'enfoncer, on appelle Rossini de façon à *svegliar i morti.* Lui, de plus en plus tremblant, se garde bien de répondre. Enfin, un homme de la bande, plus avisé que les autres, pense qu'il n'est pas impossible que le pauvre *maestro* ait peur. Il se met à genoux, et, baissant la tête, il appelle Rossini par la chatière de la porte. « Réveille-toi, lui dit-il, en le tutoyant dans son enthousiasme, ta pièce a eu un succès fou, nous venons te chercher pour te porter en triomphe. »

Rossini, très peu rassuré et craignant toujours une mauvaise plaisanterie de la part des *abati* romains, se détermine pourtant à faire semblant de s'éveiller et à ouvrir sa porte. On le saisit, on l'emporte sur le théâtre, plus mort que vif, et là il se convainc en effet que le *Barbier* a un immense succès. Pendant cette ovation, la rue de l'Argentina s'était remplie de torches allumées, on emporta Rossini jusqu'à une *osteria,* où un grand souper avait été préparé à la hâte; l'accès de folie dura jusqu'au lendemain matin. Les Romains, ces gens si graves, si sages en apparence, deviennent fous dès qu'on leur lâche la bride; c'est ce que nous avons bien vu au carnaval de l'an passé. Celui de cette année s'annonce comme devant être encore plus extraordinaire.

Je me trouvais ce soir chez lady N*** avec des Italiens de Venise, de Florence et de Naples. Ces messieurs sont philosophes, et le punch anglais nous disposait à la franchise. Rome était représentée par deux hommes du plus rare mérite : que ne puis-je les nommer! Les étrangers qui liront ce voyage sauraient dans quelles maisons on peut se faire présenter avec l'espoir de rencontrer la réunion la plus parfaite du plus rare bon sens, de l'âme de feu qu'il faut pour les beaux-arts et d'un esprit étonnant. En 1828, je rencontrais ces messieurs chez une dame française, faite pour comprendre ce que le génie a de plus élevé; en vain se logeait-elle dans les quartiers les plus reculés de Rome, nous faisions chaque soir une lieue dans des rues solitaires; où ne fût-on pas allé dans l'espoir de rencontrer l'esprit le plus vif et le plus imprévu, une franchise parfaite et la plus aimable gaieté?

Cette gaieté n'est pas précisément ce que nous trouvions ce soir au concert de lady N***; mais enfin, dans notre petit coin tout italien, nous n'étions point tristes, le *cant* (hypocrisie de mœurs et de décence[1]) n'avait pu pénétrer jusqu'à nous*.

Don F. G*** nous disait donc : « Un prince romain, riche, jeune et galant, s'il est amoureux de la femme d'un menuisier ou d'une femme du *secondo ceto*[4], de la femme d'un marchand drapier, par exemple, *a peur du mari*[5]. »

Ce mari, s'il prend de l'humeur, donnera fort bien au prince un coup de poignard mortel.

Voilà pourquoi Rome l'emporte sur toute l'Italie. Dans les autres villes, un prince jeune, prodigue, amoureux de ses plaisirs, payera le menuisier dont la femme lui plaît, accordera une protection fort utile au marchand de drap, et tout s'arrangera le plus pacifiquement du monde. Si par hasard, le mari est d'humeur revêche, sa colère se bornera à battre sa femme, et il se trouvera héroïque s'il va jusqu'à faire mauvaise mine au prince. Dans certaines

---

* Lord Byron, parlant de la société anglaise de 1822, s'écrie : « *The cant which is the crying sin of this doubledealing and false-speaking time of selfish spoilers*[2]. » Préface aux derniers chants de *Don Juan*. Cette ridicule hypocrisie de mœurs rend révoltants, en 1829, beaucoup d'écrits graves qui, sans le *cant*, n'eussent été que plats. On est d'un parti, on veut plaire à beaucoup de gens enrichis et incapables de raisonner juste sur des choses fines, qui font la force de ce parti[3].

villes tout à fait sans préjugés, ou tout à fait sans passions, le mari sera le meilleur ami du prince, et ira commander les dîners à l'*osteria*.

À Rome, je le répète, le mari tuera le prince sans façon.

En 1824, un Anglais donne un fusil de chasse à raccommoder à un armurier de la place d'Espagne; le lendemain, un ouvrier rapporte le fusil en demandant deux écus; ce prix paraît exorbitant à l'Anglais, qui n'en donne qu'un. « Je ne puis laisser le fusil, dit l'ouvrier, mon maître me gronderait; permettez-moi de prendre la baguette, vous viendrez la chercher à la boutique et parlerez[1] au maître. »

Le jeune Anglais arrive dans la boutique, réclamant sa baguette; bientôt il y a altercation; les Romains prétendent que l'Anglais donna un coup de cravache au maître armurier. Le fait est que l'Anglais et l'armurier se battaient quand entra dans la boutique un jeune ouvrier attiré par le bruit. Voyant son maître battu, ce jeune homme saisit une vieille lame d'épée qui était abandonnée sur le pavé, et la plonge dans la cuisse de l'Anglais, qui fut sur le point d'en mourir[2].

Les Anglais qui se trouvaient à Rome jetaient feux et flammes. Le cardinal Cavalchini dit d'un grand sang-froid : « Il paraît que MM. les Anglais sont habitués à battre les ouvriers en Angleterre et en France. Pourquoi viennent-ils à Rome? Est-ce qu'ils ignorent le vieux proverbe : *Si vivis Romae, romano vivito more*[3]. »

Je ne doute pas que le grand nom de Romain n'ait beaucoup contribué à donner au peuple cette élévation de caractère. Lors de la république romaine, en 1798, de simples ouvriers se firent soldats, et, dès le premier jour qu'ils virent l'ennemi, donnèrent des preuves d'une bravoure héroïque.

Mais le Romain ne se bat que quand il est en colère. Il méprise le voisin, ou ne pense à lui que pour le haïr. Ce respect pour les autres que les peuples vaniteux appellent *honneur* lui est inconnu. Essayez de battre un ouvrier à Paris, à Londres et à Rome, vous verrez que le Romain sera assez *méchant* pour se venger. — Nous avons quitté notre philosophie pour aller voir danser les filles de Mme la duchesse Lante; ce sont, à mon avis, les plus belles personnes de Rome. Mmes Orsini et Dodwel étaient bien jolies ce soir.

Vers la fin de la soirée a paru M. Savarelli, un de nos

amis qui arrive du nord de l'Italie. Il est enchanté de Milan : c'est la ville du plaisir, rien ne peut lui être comparé en ce genre; Turin et Gênes ont l'air de prisons.

M. de Metternich vient de changer de système à l'égard des Milanais; il veut les séduire par la volupté. « Je crois, dit M. Savarelli, que tous les jolis officiers de hussards de l'armée autrichienne se sont donné rendez-vous à Milan. La noblesse boudait et économisait depuis Marengo, voilà vingt-neuf ans. Aujourd'hui on n'entend parler que de bals et de festins. Le luxe des chevaux anglais est poussé à un point de dépense incroyable. »

M. Volpini, secrétaire général de la police, jeune homme fort poli, disait à M. Savarelli que depuis deux ans on n'a chassé que trois Français, M. H. B.[1] était l'un des trois[2]. M. Lorenzani-Langfeld, le directeur général de la police, expliquait à M. Savarelli le nombre des patrouilles par la quantité de *masnadieri* (voleurs) qui rôdent autour de Milan. Savarelli n'a garde de croire à ces voleurs; mais il voit dans ce propos une attention polie de M. de Langfeld, qui veut que les patrouilles destinées à contenir cette *colonie* n'effarouchent pas les plaisirs. Savarelli nous conte des anecdotes charmantes; en un mot, la volupté est la reine de cet aimable pays, finit-il par nous dire. Milan va oublier 1810, et revenir[3] tout doucement à ce qu'elle était en 1760, quand Beccaria écrivait : « Nous sommes ici cent vingt mille habitants, et il n'y en a pas douze qui songent à autre chose que la volupté[4]. »

M. de Walmoden, général commandant les garnisons de la Lombardie, et M. de Strassoldo, gouverneur, luttent entre eux à qui donnera les fêtes les plus aimables[5]. Ces messieurs ne montrent de mauvais goût qu'en faisant de temps en temps des plaisanteries amères sur *Le Constitutionnel* et *Le Figaro*. Ces mots maladroits peuvent rappeler aux bons Milanais qu'ils sont un peu esclaves.

Rubini chante chaque soir trois airs nouveaux à la Scala; ce théâtre fait tout au monde, mais en vain, pour lutter avec Mme Pasta, qui chante au petit théâtre de Carcano. Les gens d'esprit se réunissent dans un café près de la Scala, et là, jusqu'à trois heures du matin, on parle de musique, d'amour et de Paris*.

---

* The day of paq, *1829, nopr bylov; the 21 of june nop bywa and hap. Ever sanscrit. Drama forpr. The death of Crescentius*[6].

Milan est sans doute, dans ce moment-ci, l'une des villes les plus heureuses du monde. Les chefs autrichiens sont gens d'esprit ; et, après avoir échoué par la rigueur, veulent essayer de la séduction. Regretter l'existence politique que Milan avait sous Napoléon quand elle était la capitale de l'Italie sera bientôt, aux yeux des jolies femmes, une marque de vieillesse et de tristesse insupportable.

10 décembre 1828. — Nous venions de revoir cette ébauche de Michel-Ange qui est sous une porte cochère dans le *Corso,* à côté de San Carlo, quand de grands cris nous ont fait regarder un homme qui fuyait. On nous a dit : « C'est un garçon meunier qui vient de tuer un riche marchand de blé qui était l'amant de sa femme. »

Nous étions à pied, et, malgré la terreur de nos compagnes de voyage, nous avons suivi de loin le mari jaloux. Il est allé tomber sur les degrés de Sainte-Marie-Majeure, après avoir couru près d'une demi-heure. La police a placé à l'instant une sentinelle pour surveiller l'assassin, pendant qu'on allait chercher l'autorisation nécessaire pour l'arrêter sur les marches d'une église. La populace du quartier de' Monti entourait l'assassin et la sentinelle, qui se regardaient. Placés à une fenêtre voisine louée sur le moment, nous attendions la fin de cette aventure, quand tout à coup nous avons vu le peuple faire irruption entre la sentinelle et le garçon meunier, qui a disparu.

Dans le *Corso,* au moment où il sortait de la maison du riche marchand de blé, le peuple criait : « *Poveretto !* » Nous pensions que cette marque d'intérêt était accordée à l'homme qui expirait ; pas du tout : il s'agissait de celui qui venait de se venger[1].

11 décembre 1828. — La *tramontana* (c'est l'incommode vent du nord) porte sans doute à l'assassinat. Voici ce qui s'est passé cette nuit dans la via Giulia, derrière le palais Farnèse. Un jeune homme, qu'on dit horloger, faisait la cour depuis plusieurs années à Métilde Galline[2]. Il l'a demandée à ses parents, qui la lui ont refusée parce qu'il n'avait rien ; Métilde n'a pas eu assez de caractère pour prendre la fuite avec lui. On l'a mariée à un riche

négociant, et la cérémonie a eu lieu hier. Pendant le repas
de noce, le père et la mère de Métilde ont éprouvé de
vives douleurs ; ils étaient empoisonnés, et sont morts vers
les minuit[1]. Alors le jeune homme, qui, déguisé en musicien, rôdait autour de la salle à manger, s'est approché de
Métilde et lui a dit : « À nous maintenant ! » Il l'a tuée
d'un coup de poignard et lui après. Aussitôt la mort du
père et de la mère, le mari futur, comprenant de quoi il
s'agissait, avait pris la fuite.

12 décembre 1828. — Que ne donnerais-je pas pour
pouvoir faire comprendre au lecteur qui a eu la bonté de
me suivre jusqu'ici ce que c'est que la *tranquillité de physionomie* d'une belle Romaine ! Je suis convaincu qu'un
homme qui n'est pas sorti de France ne peut s'en faire
d'idée. À Paris, l'usage du monde et une certaine disposition à *être plu* se marquent par un mouvement imperceptible des yeux et des coins de la bouche, qui peu à peu
devient habitude.

Une Romaine regarde la figure de l'homme qui lui
parle comme le matin, à la campagne, vous regardez une
montagne. Elle se croirait extrêmement sotte de montrer
des dispositions à sourire avant qu'on ne lui dise[2]
quelque chose qui mérite qu'elle rie. C'est cette parfaite
immobilité de leurs traits qui rend si flatteuse la moindre
marque d'intérêt. J'ai suivi à la campagne, quelquefois
trois jours de suite, l'expression des traits d'une jeune
Romaine : ils étaient immobiles, et rien ne les faisait sortir
de cette expression. Ils n'avaient point d'humeur, ils
n'étaient point sévères, hautains, ni rien en ce genre, ils
étaient seulement *immobiles.* L'homme le plus philosophe
se dit : « Quel bonheur de rendre folle d'amour une
telle femme ! »

15 décembre 1828. — Journée passée à la Bibliothèque
du Vatican ; recherches sur Crescentius, saint Nil, Tamnus
et saint Romuald. Beaucoup de manuscrits romains ont
fait le voyage de Paris du temps de Napoléon, et sont
revenus ici sans avoir été regardés. Un seul savant,
qui travaillait pour M. de Chateaubriand, en explora
quelques-uns. « Les plus terribles pour certaines prétentions, me disait ce soir M. l'abbé B***, ont été détruits
ou du moins volés, pour être vendus à des Anglais. »

« *Monsignor* Altieri fait fortune à ce métier », disait Paul-Louis Courier en 1804.

Ce voyage à Paris sert de texte aux plaisanteries des savants allemands. Je vois que, parmi les peuples d'Europe, le Français joue le rôle d'un fat plein de mérite. Anecdote du Jupiter Feretrius. Un savant français fait de cette épithète fort connue de Jupiter un *roi Feretrius,* jusqu'à lui ignoré dans l'histoire, et traduit hardiment : « Jupiter et le roi Feretrius[1] ». Un trait pareil perdrait un homme en Allemagne ou en Italie, où l'on a encore le loisir de penser aux *choses littéraires.* Là tous les écrivains se connaissent et les journaux ne peuvent faire les réputations. En France, les journaux auront créé la liberté et perdu la littérature.

16 décembre 1828. — Pour obtenir un passeport pour Naples, il faut que l'ambassadeur de France à Rome réponde *personnellement* du voyageur. Or, c'est ce qu'un ambassadeur peut refuser très raisonnablement, car, enfin, je n'ai pas l'honneur d'être connu personnellement de ce grand personnage. Maintenant, messieurs les voyageurs de Paris à Saint-Cloud, moquez-vous bien de M. Tambroni, sujet de l'Autriche, qui aime à s'entendre appeler *cavaliere,* et accusez-le de petite vanité. Ce titre dérive de la croix de la Couronne de fer, que jadis Napoléon lui donna. L'Autriche le chicane, elle voudrait que cet homme d'esprit signât : *Tambroni, cavaliere della Corona di ferro* (chevalier de la Couronne de fer), et non pas *cavaliere Tambroni.* Cette manière d'écrire ne doit appartenir, dit l'oligarchie de Vienne, qu'aux nobles de naissance. En effet, *cavaliere,* en Italie, veut dire *noble,* et comme il n'y a pas de *de* dans cette langue, un étranger peut demander d'un Falconieri, par exemple : « Est-il noble ? »

Sir William R*** disait fort bien ce soir : « Les bonheurs de vanité sont fondés sur une comparaison vive et rapide avec les *autres;* il faut toujours les *autres :* cela seul suffit pour glacer l'imagination[2] dont l'aile puissante ne se déploie que dans la solitude et l'entier oubli des *autres.* »

18 décembre 1828. — Rome n'est rien moins que gaie et retentissante du mouvement et du tapage d'une grande capitale comme Naples. Les premiers jours on se croit en province. Toutefois on s'attache singulièrement à cette vie tranquille qu'on trouve ici[1]. Elle a un charme qui amortit les passions inquiètes. Un Français, homme d'un esprit naïf, juste et profond, me disait hier : « En vérité, je voudrais que le pape me fît *monsignore*. Je passerais ici ma vie à contempler les monuments et à deviner leur origine. »

Du temps du cardinal Consalvi, j'eusse partagé ce vœu : Rome serait une retraite fort douce contre le monde, les intrigues, les passions,

And their sea of troubles[2].

Hamlet.

Voilà le sentiment qui peuplait les cloîtres au XIIIᵉ siècle.

20 décembre 1828. — En ce pays, le gouvernement touche à tout; les particuliers ne peuvent rien faire sans permission, tout le monde cherche à obtenir un privilège. Malgré soi, l'étranger éprouve le désir de se faire une idée de cette action gouvernative, dont les effets l'environnent de tous côtés; rien n'est plus difficile. La plupart des actes du gouvernement papal sont une dérogation à une règle, obtenue par le crédit d'une jolie femme ou d'un gros moine.

On trouve souvent[3] le nom de *cardinal* dans les lettres de saint Grégoire V; mais ce mot y exprime le chef d'une Église. Dans ces temps où le despotisme était rare, parce qu'il y avait du courage individuel et chez les chefs peu de moyens de séduction, les prêtres et les diacres de l'Église romaine gouvernaient avec le pape, qui n'était point un despote. Pendant les interrègnes, ils gouvernaient le diocèse de Rome, et même l'Église universelle. Les prêtres et les diacres de l'Église romaine choisissaient ordinairement le pape parmi eux. Les actes des conciles tenus avant l'an 1000 font voir que les évêques précédaient les cardinaux. Les diacres-cardinaux étaient fort inférieurs aux autres.

Enfin, en 1179, dans le troisième concile de Latran, Alexandre III ordonna que l'assentiment des deux tiers des cardinaux suffirait pour l'élection du pape. Innocent IV leur donna le chapeau rouge en 1244. Cette couleur fut choisie pour montrer aux cardinaux qu'ils doivent toujours être prêts à verser leur sang pour la défense de l'Église. Paul II donna aux cardinaux la calotte rouge vers 1450, et Alexandre VII décida, vers 1666, qu'ils ne porteraient jamais le noir, pour aucune espèce de deuil.

Il n'y avait que sept cardinaux en 1277; il y en avait vingt en 1331. Sous Léon X, on en compte environ soixante. Enfin, Sixte Quint, considérant que Jésus-Christ avait eu soixante-dix disciples, ordonna, en 1586, que tel serait le nombre des cardinaux. Mais ce prince habile voulut qu'il y en eût toujours quatre tirés des ordres religieux mendiants.

Parmi les soixante-dix cardinaux, six sont évêques, cinquante ont le titre de *cardinal-prêtre,* et quatorze sont *cardinaux-diacres.* L'aimable cardinal Consalvi n'a jamais été que diacre, et ne se considérait nullement comme prêtre. M. le cardinal Albani, cardinal depuis 1801, n'était pas même sous-diacre en 1823; il ne prit les ordres que pour entrer au conclave, où nul laïque ne peut être admis.

Les six cardinaux-évêques sont ceux de Porto, d'Albano, de Sabine, de Frascati, de Palestrina et de Velletri. Les cinquante églises principales de Rome servent de titre aux cinquante cardinaux-prêtres. Les quatorze diaconies des cardinaux étaient autrefois des chapelles annexées à des hôpitaux, dont les diacres avaient la direction.

Les places de camerlingue, de vice-chancelier, de vicaire et de secrétaire d'État sont occupées par des cardinaux.

On a vu sous Napoléon le secrétaire d'État de France (M. Maret) d'abord n'être pas ministre; ensuite on l'a vu ministre, et enfin le premier des ministres. Une révolution semblable a eu lieu à Rome. Il y a cent cinquante ans que la place de secrétaire d'État n'avait presque pas d'importance; aujourd'hui, pour les affaires temporelles des États du pape, il est premier ministre; et, comme il voit souvent Sa Sainteté, il a une grande influence, même sur les affaires ecclésiastiques.

Le cardinal camerlingue est ainsi appelé, parce qu'il est à la tête de la *camera apostolica,* ou des finances de l'État. Le jour de la mort du pape, son autorité devient immense; la garde suisse l'accompagne partout, on bat monnaie en son nom et à ses armes; c'est lui qui ôte l'anneau du pécheur du doigt du pape défunt, et il prend à l'instant possession du palais. Dans le temps de la puissance des cardinaux-neveux, ils étaient ordinairement camerlingues; le président de Brosses décrit d'une manière fort pittoresque la conduite du terrible cardinal Albani, camerlingue en 1739[1], lors de la mort de Clément XII.

« *Rome, 17 mars 1739*[2].

« Enfin, le fidèle Pernet, entrant ce matin dans ma chambre, vient de m'annoncer que tout était consommé pour le vicaire de Jésus-Christ; il est mort entre sept et huit heures du matin. J'entends déjà sonner la cloche du Capitole et battre le tambour dans notre quartier. Je vous quitte.

« Je viens de voir, au palais de Monte Cavallo, une triste image des grandeurs humaines; tous les appartements étaient ouverts et désertés; je les ai traversés sans y trouver un chat, jusqu'à la chambre du pape, dont j'ai trouvé le corps couché à l'ordinaire dans son lit et gardé par quatre jésuites qui récitaient des prières ou en faisaient semblant. Le cardinal-camerlingue (Annibale Albani) était venu sur les neuf heures faire sa fonction : il a frappé, à diverses reprises, d'un petit marteau sur le front du défunt, l'appelant par son nom : « Lorenzo Corsini! » et, voyant qu'il ne répondait pas, il a dit : "Voilà ce qui fait que votre fille est muette"; et, lui ayant ôté du doigt l'anneau du pécheur, il l'a brisé selon l'usage. Tout le monde l'a suivi lorsqu'il est sorti. Aussitôt après, comme le corps du pape doit rester longtemps exposé en public, on est venu lui raser le visage et mettre un peu de rouge aux joues, pour adoucir cette grande pâleur de la mort. Je vous assure qu'en cet état il a meilleure mine que je ne lui ai vu durant sa maladie. Il a naturellement les traits assez réguliers; c'est un fort beau vieillard; son corps doit être embaumé ce soir. Incontinent on va s'occuper de beaucoup de choses qui mettent la ville en mouvement : les obsèques, le catafalque, les préparatifs du conclave. Le camerlingue commande souverainement pendant la vacance. Il a le droit pendant quelques jours de faire frapper la monnaie en son nom et à son profit. Il vient d'envoyer dire au

directeur de la monnaie que si, dans l'espace des trois
jours suivants, il n'en avait pas fabriqué pour une
certaine somme, fort considérable, il le ferait pendre.
Le directeur n'aura garde d'y manquer; ce terrible
camerlingue est homme de parole. »

Je supprime une description du gouvernement pontifical[1] qui prendrait au moins vingt pages. Tout sera
peut-être changé quand on lira ceci.

Le premier pape qui aura une tête administrative
supprimera tout ce qui existe et établira quatre ministres
avec les attributions qu'ils ont en France, savoir :

1º un ministre des Affaires ecclésiastiques;

2º un ministre des Affaires étrangères et de la Police;

3º un ministre de l'Intérieur et de la Justice;

4º un ministre des Finances.

Le bienfait serait complet si, avec cette organisation
nette, précise, et quatre ministères, le pape donnait à ses
sujets le Code civil des Français et leur organisation
judiciaire. C'est ainsi que le roi de Prusse fait oublier
la charte qu'il promit en 1813.

22 décembre 1828. — Nous avons vu ce matin beaucoup
de statues modernes qui veulent représenter des héros ou
prétendus tels, morts il y a quelques années.

Rien de tout cela n'approche du *Bonchamps* de
M. David[2]. Dans l'église de la petite ville de Saint-Florent,
en Vendée, le marquis de Bonchamps, blessé à mort, est
représenté sur son tombeau au moment où il ordonne
d'accorder la vie à cinq mille soldats républicains qui
viennent d'être faits prisonniers à la bataille de Cholet.
La blessure du héros a permis à M. David de le représenter
à demi nu. Rien de plus simple, de plus vrai, et, par conséquent, rien de plus touchant que cette statue, plus grande
que nature. Elle est placée dans l'église même où furent
renfermés les cinq mille prisonniers de guerre sauvés par
le mot de Bonchamps.

Il y a quelque chose de mou et de niais dans les bustes
de la sculpture moderne en Italie : voir le buste de lord
Byron par M. Thorwaldsen[3]; voir tous les bustes réunis
au Capitole, dans ce qu'ils appellent la *Protomothèque,*
à droite en arrivant sur la place. Nous n'avons rien vu, je

ne dirai pas de supérieur, mais de comparable aux bustes de MM. de Béranger, Chateaubriand, de La Fayette, Grégoire, Rouget de Lisle, Rossini, par M. David.

Frédéric remarquait ce soir que rien n'hébète un Français médiocre comme un trop long séjour en Italie. Il devient grossier; son esprit, qui n'est plus avivé par la crainte de l'épigramme, tombe dans la torpeur, et aucun mouvement passionné ne vient remplacer le silence de l'esprit[1].

J'ai un genre de mensonge à me reprocher : les mœurs de Ferrare ne sont nullement celles de Bologne ou de Padoue. Tout change en Italie à chaque vingt lieues de distance, et cependant, pour n'être pas indiscret, il a fallu changer le lieu de la scène des petites anecdotes que je rappelle. Je n'ai pu conserver à chaque ville d'Italie sa physionomie originale.

Dans un grand bal donné à Brescia au Casino des nobles, le jeune Vitaliani de Crémone se promenait d'un air désœuvré et embarrassé[2]. Ses dix-neuf ans en étaient cause. Il est accosté par un homme d'un certain âge, qu'il connaissait pour être l'un des *patiti* de la jolie et brillante comtesse Pescara. « Mon cher enfant, lui dit le *patito,* je sais que vous désirez être présenté à la comtesse Pescara; venez, elle est ici, je me charge de la *cerimonia.* — Qui? moi! à la comtesse Pescara? répond le jeune homme en rougissant, oh! non, je n'y pense pas du tout! — Quel enfantillage! Je suis sûr du contraire, vous en mourez d'envie, allons, venez avec moi. »

Le jeune homme, par timidité, résiste et s'éloigne. Le pauvre *patito* va rendre compte de sa mission, et lui dit[3] qu'il n'est qu'un sot et[4] un maladroit.

Un instant après, dans une porte où la foule se pressait, la comtesse Pescara donne un petit coup d'éventail sur l'épaule de Vitaliani, et lui dit avec un charmant sourire : « Vous êtes présenté. — Quoi, madame! dit Vitaliani en rougissant. — Je désire vous voir dans ma société, venez chez moi demain à deux heures. »

Le feu monte au visage du jeune homme, il ne trouve rien à dire, salue gauchement et s'éloigne. Il ne dormit pas de la nuit, et arriva plus mort que vif au rendez-vous du lendemain. On prévoit le dénouement; de sa vie Vitaliani n'avait été aussi heureux. Le soir, ivre de bonheur et de joie, il rencontre Mme Pescara au théâtre;

il veut l'aborder, elle répond à peine, et par quelques mots insignifiants. Le lendemain, il la retrouve dans une soirée nombreuse, elle a l'air de ne le plus connaître. Le surlendemain, elle ne le connaît absolument pas et demande tout haut : « Quel est donc ce grand jeune homme blond qui me regarde sans cesse ? Je ne l'ai vu nulle part, il sort sans doute du collège ? »

Le prince don C. P*** soutient que ces traits-là sont fort rares à Rome, où ils nuiraient à la réputation d'une femme. Cet aimable jeune homme veut connaître la France et l'effet d'un gouvernement représentatif; il me consulte sur le projet de venir habiter pendant un an une petite ville du Midi. « Vous vous y ennuierez à périr, et ne trouverez pas un salon ouvert. Il n'y a plus de société; le Français, qui aimait tant à parler et à dire ses affaires, devient insociable. Si vous trouvez un homme très poli et liant, remarquez qu'il a plus de cinquante ans.

« Les destitutions du ministère Villèle ont rompu toute société à Cahors, à Agen, Clermont, Rodez, etc. Peu à peu, la peur de perdre sa petite place a porté le bourgeois à rendre plus rares ses visites à ses voisins, il va même moins au café. La crainte de se compromettre fait que le Français de trente ans passe ses soirées à lire auprès de sa femme. On vous prendra pour un espion; votre séjour fera la nouvelle du pays, peut-être serez-vous insulté. Le Français n'est plus ce peuple qui cherchait à rire et à s'amuser de tout.

« Les salons de Paris seraient aussi froids et aussi ennuyeux que ceux de province; mais : 1º le médecin, le peintre, le député, y arrivent pour avancer leur fortune et faire du charlatanisme; 2º on y apprend des nouvelles; 3º les hommes réunis[1] au nombre de plus d'un demi-million sont forcément moins bêtes et moins méchants. Vous trouverez trop souvent dans nos petites villes le désir de thésauriser inspiré par la peur de l'avenir et l'impossibilité de dépenser son revenu avec agrément.

« À Dijon, ville de gens d'esprit, j'ai remarqué qu'on ne reconnaît la supériorité d'un homme célèbre né à Dijon que lorsqu'on est bien sûr qu'il n'a plus de petits-fils ou de cousins qui pourraient tirer vanité de sa réputation. Au lieu de gaieté et de la soif de s'amuser, vous trouverez[2] de l'envie, de la raison, de la bienfaisance, de l'économie, beaucoup d'amour pour la lecture. En 1829, les petites

villes les plus gaies et les plus heureuses sont celles
d'Allemagne qui ont une petite cour et un petit despote
jeune. »

23 décembre 1828. — Nous sortons de l'Académie
d'archéologie qui se réunit près du palais Farnèse. Ces
gens-ci ne sont pas intrigants; on voit qu'ils travaillent
leurs ouvrages et non pas leurs succès. Ce dont ils parlent,
ils l'ont étudié sérieusement, chacun suivant les forces de
son esprit. Les savants de Rome vivent seuls; mais aussi,
soustraits à la plaisanterie par leur vie solitaire, dès qu'un
fait leur convient, ils le *regardent comme prouvé.* Je leur
croirais volontiers un tact extrêmement fin pour ce qui
concerne le *style* en architecture. La forme des lettres d'une
inscription leur montre tout de suite qu'elle est de tel ou
tel siècle.

Chaque jour l'on découvre ici quelque monument. Hier
on a trouvé, près du tombeau de Cecilia Metella, la pierre
tumulaire d'un colonel de cavalerie, mort à dix-neuf ans
sous les premiers empereurs. Trois membres de l'Académie sont allés ce matin descendre dans la fouille, et ce
soir ont fait un rapport sans goût ni grâce, mais fort
substantiel. Un ou deux des savants derrière lesquels nous
étions assis ont tout à fait la mine de charlatans de place,
défaut qui, chez les dentistes, par exemple, n'exclut nullement la plus grande habileté. Terreur d'un savant qui
critiquait devant nous une opinion qu'on sait protégée
par le pape régnant; mais, en revanche, ton méprisant
et indécent avec lequel on parle du pape dernier mort,
en ne l'appelant jamais que par son nom de famille
Chiaramonti.

Le séjour à Rome fait naître le goût pour l'art; mais
les dispositions naturelles ou l'esprit d'opposition lui
donnent souvent une direction singulière. Ainsi, trois
d'entre nous qui, avant le voyage de Rome, ne regardaient
pas un tableau, soutiennent avec feu que Rubens est le
premier des peintres, et que sir Thomas Lawrence fait
mieux le portrait que le Morone, le Giorgion, Paris
Bordone, Titien, etc.

Sir Thomas Lawrence sait donner aux yeux une
expression sublime, mais toujours la même; les chairs de
ses visages ont l'air *molles* et tombantes. Il dessine d'une
manière trop ridicule aussi les épaules de ses portraits. À

mon gré, rien ne fait mieux connaître un homme qu'un portrait d'Holbein; voir au Louvre le simple profil d'Érasme.

On parle souvent, quand on est à Rome, des visites des barbares qui sont venus la ravager et détruire les monuments romains. Cette idée, comme tout ce qui n'est pas net, tourmente l'imagination. Malgré la crainte de faire un trop gros volume, je place ici le commencement d'un article sur les barbares. La plupart avaient la bravoure et la liberté, et de grands restes des mœurs décrites par Tacite dans sa Germanie.

1. Alaric, roi des Goths, prend Rome l'an 410. C'est Paul Diacre qui raconte cette invasion, liv. XII. Cherchez le récit original qui n'est pas long et qui a été défiguré par les savants.

L'armée d'Alaric ne resta dans Rome que trois jours; les ravages furent plus grands dans la campagne que dans Rome même. Alaric plaça son camp dans le voisinage de la porte Salaria, la dévastation s'étendit vers Baccano et Monterotondo.

Après qu'Alaric fut mort à Cosenza, les Goths revinrent à Rome, menés par leur nouveau roi Athaulf. Tout le pays, sur la route de Terracine à Rome par les montagnes, fut ravagé.

2. En 424, Genseric, roi des Vandales, entra dans Rome, qui ne se défendit pas. Il n'y resta que quinze jours. (Voir Paul Diacre, lib. XV.) Genseric emporta tout ce qu'il put en statues et objets d'art. Les supplications du pape saint Léon eurent un grand succès auprès de lui; mais tout le plat pays entre Rome, Naples et la mer, fut mis à feu et à sang.

3. En 472, Ricimer, roi des Goths, entra dans Rome qui fut pillée; beaucoup de maisons furent brûlées. (Paul Diacre, lib. XVI.) Ricimer arriva par Civita-Castellana et Sutri.

4. De 520 à 530, Odoacre, roi des Hérules, ravagea deux fois la campagne de Rome. La première, quand, après l'abdication d'Augustule, il vint prendre possession de Rome; la seconde, quand, fuyant Théodoric, roi des Ostrogoths, qui l'avait battu près d'Aquilée et de Vérone, Rome refusa de lui ouvrir ses portes. (Paul Diacre, lib. XVI.)

5. En 527, Vitigès, roi des Goths, assiège Rome, que Bélisaire défend pendant un an, et que le barbare ne peut prendre; il s'en venge en ordonnant à ses troupes d'anéantir dans la campagne de Rome tout vestige de civilisation. Il prit à tâche de faire détruire les monuments et aqueducs qui se trouvaient sur la voie Appienne, de Rome à Terracine. (Paul Diacre, lib. XVII.)

6. De 546 à 556, Totila, roi des Goths, acheva la ruine des environs de Rome. Après un siège de plusieurs mois il entra dans Rome par la porte d'Ostie; il était arrivé par Palestrina et Frascati. Il eut le

projet de raser Rome. (Voir Muratori, t. III; Procope, lib. II; Paul Diacre, lib. XVII.)

7. Enfin les Lombards achevèrent la désolation de la campagne de Rome, et firent plus de mal à eux seuls, disent les historiens contemporains, que tous les barbares qui les avaient précédés. Ils vinrent la première fois en 593, et la seconde longtemps après, en 755, sous leur roi Astolphe. (Voir Muratori, t. III, p. 96 et 177; Baronius, historien vendu à la cour de Rome, t. X.)

Nous arrivons à l'histoire plus compliquée des invasions de l'empereur Henri IV, de Robert Guiscard et des Sarrasins. Sur toutes ce schoses, cinquante pages des auteurs originaux en apprennent plus que cinq cents lues dans les écrivains modernes, presque tous vendus au pouvoir ou à un système.

25 décembre 1828. — Nous sommes allés ce matin, pour la dixième fois peut-être, à la messe papale[1]; c'est comme la réception du dimanche aux Tuileries. On célèbre cette messe à la chapelle Sixtine, quand le pape occupe son palais du Vatican; et à la chapelle Pauline, quand Sa Sainteté habite le Quirinal. Cette messe a lieu tous les dimanches et les jours de fête[2], et, quand le pape se porte bien, il n'y manque jamais. *Le Jugement dernier* de Michel-Ange occupe le mur du fond de la chapelle Sixtine, grande comme une église. Les jours de chapelle papale, on cloue contre cette fresque un morceau de tapisserie qui représente *L'Annonciation de la Vierge* par le Barroche; c'est devant ce morceau de tapisserie qu'est placé l'autel. Assurément rien d'aussi barbare n'a lieu en France. Le pape entre par le fond de la chapelle et s'assoit à la gauche des spectateurs, sur un fauteuil dont le dossier est fort élevé. Ce trône est recouvert d'un baldaquin. M. Ingres a exposé en 1827 un petit tableau qui donne une idée parfaitement juste de cette cérémonie et de la chapelle Sixtine.

Le long du mur, à gauche, sont assis, revêtus de leur robe rouge, les cardinaux évêques et prêtres. Les cardinaux diacres, en fort petit nombre, se placent à la droite du spectateur et vis-à-vis du pape. La messe papale est le rendez-vous de tous les courtisans. Une assez grande quantité de moines a droit d'y assister, et n'y manque pas. Ce sont les généraux d'ordre, les *procureurs,* les *provinciaux,* etc. Ces derniers personnages ne sont séparés du public que par une barrière de cinq pieds de haut, en planches de noyer. Il n'est point difficile à un étranger un peu adroit de lier conversation avec eux. Si l'étranger veut s'amuser à professer une admiration sans bornes pour les jésuites, il verra la plupart de ces moines, et surtout ceux qui sont habillés de blanc, comme le cardinal Zurla, trahir une antipathie bien décidée pour les disciples de Loyola.

Ces conversations ont lieu avant le commencement du service divin et pendant qu'on attend le pape. On voit arriver successivement tous les cardinaux. Chacun de ces messieurs, en entrant dans la chapelle, va se mettre à genoux sur un prie-Dieu placé en face de l'autel, et y reste trois ou quatre minutes, comme enseveli dans la prière la plus fervente; plusieurs cardinaux s'acquittent de cette cérémonie avec beaucoup de dignité et d'onction. Parmi les plus dévots nous avons remarqué ce matin le cardinal Castiglioni, grand pénitencier, et le beau cardinal Micara, général des capucins : celui-ci conserve la barbe et l'habit de son ordre; il en est de même de tous les cardinaux moines; ils ne sont cardinaux que par la calotte rouge.

Nous avons remarqué parmi les courtisans deux moines vêtus de blanc, dont le costume est fort élégant. Ces messieurs ont eu la bonté de nous nommer les cardinaux qui entraient. Il est important d'être vêtu avec beaucoup de soin; ces bons moines sont fort curieux d'examiner les croix et les décorations, et ne prisent un homme que par l'habit.

30 décembre 1828. — Nous faisons des visites d'adieu à quelques monuments dont j'ai oublié de parler. Nous sommes allés ce matin, par un beau froid, à l'église de Sainte-Agnès-hors-les-Murs; c'est un des plus jolis buts de promenade.

À environ un mille hors de la porte Pia[1], on aperçoit une petite église dans laquelle on descend par un magnifique escalier de quarante-cinq marches, sur les murs duquel on voit, à droite et à gauche, plusieurs inscriptions sépulcrales. Cette façon d'entrer dans l'église rappelle d'une manière frappante la fin des persécutions contre les chrétiens et le siècle de Constantin qui l'a bâtie. Nous avons retrouvé ici ce respect pour les antiquités chrétiennes qui quelquefois saisit nos cœurs, malgré le souvenir de ce que les chrétiens ont fait quand ils ont été les plus forts*.

L'église de Sainte-Agnès a trois nefs, formées par seize colonnes antiques, dont dix sont de granit, quatre de *porta santa,* et deux de marbre violet; ces dernières chargées de moulures. Le portique supérieur, formant tribune, est soutenu par seize colonnes de moindre grandeur.

Le maître-autel est charmant; il est décoré d'un baldaquin et de quatre colonnes de porphyre; au-dessous se trouve la statue de sainte Agnès; le torse appartint à quelque statue antique d'albâtre oriental.

Tout est précieux dans cette jolie église. La tribune est ornée d'une ancienne mosaïque du temps d'Honorius Ier; on y lit le nom de sainte Agnès. Nous avons remarqué sur l'autel de la Madone une tête du Sauveur, que je croirais volontiers de Michel-Ange. Il y a dans cette même chapelle un beau candélabre antique. Sainte-Agnès se rapproche beaucoup de la forme de ces basiliques qui jouaient un si grand rôle dans l'emploi de la journée des Romains.

Anastase le bibliothécaire, cet auteur indiscret qui raconte l'anecdote de la papesse Jeanne, dit que Constantin le Grand, après avoir bâti l'église de Sainte-Agnès, fit ériger à côté un baptistère de forme ronde, dans lequel les deux Constance, sa sœur et sa fille, reçurent le baptême. On a découvert dans ce baptistère, qui s'appelle aujourd'hui l'église de Sainte-Constance, un sarcophage de porphyre, sur lequel sont sculptés en bas-relief des génies avec des grappes de raisin. Pie VI l'a fait transporter au musée du Vatican.

Quelques savants prétendent que ce baptistère a été un temple de Bacchus, parce qu'on voit sur la voûte de la nef circulaire une mosaïque d'émail, représentant des génies avec des grappes de raisin. Mais souvent les chrétiens de la primitive Église ont adopté cet ornement; mais ce bâtiment appartient aux temps de la décadence extrême. Jamais, pendant que le paganisme régnait, l'architecture n'est tombée aussi bas.

En 1256, le pape Alexandre IV reconnut que le corps placé dans le sarcophage dont nous avons parlé était celui

---

* Histoire fort intéressante de l'autodafé de 1680 à Madrid, par Dall' Olmo; in-folio en espagnol[1].

de sainte Constance; il le fit placer sous le grand autel et convertit cet édifice en église. Elle est de forme ronde et a soixante-neuf pieds de diamètre; l'autel est au centre et la coupole est soutenue par vingt-quatre colonnes de granit, d'ordre corinthien, accouplées; exemple unique peut-être dans l'antiquité. L'espace qui est entre ces colonnes et le mur circulaire de l'édifice forme une galerie sur la voûte de laquelle on remarque ces mosaïques[1] qui représentent des génies, des raisins, et les travaux de la vendange. Tout autour de ce bâtiment curieux, il y avait un corridor qui, aujourd'hui, est presque entièrement détruit.

Dans le siècle dernier, on a pris pour un hippodrome de Constantin une enceinte de forme oblongue, qui fut construite au VIIe siècle, peut-être dans un but de défense militaire.

En rentrant dans Rome, nous sommes allés revoir cette ruine pittoresque qu'on appelle le temple de Minerva Medica[2]. On la dirait arrangée exprès pour servir de sujet à quelqu'une de ces belles estampes anglaises qui prétendent représenter l'Italie et où tout est faux, excepté les lignes des monuments. On a dit que cette voûte nue suspendue dans les airs appartenait à la basilique de Caïus et Lucius, érigée par Auguste, ou au temple d'Hercule Callaïcus, bâti par Brutus. On vint ensuite à y découvrir cette fameuse statue de Minerve avec un serpent à ses pieds, que Pie VII a achetée de M. Lucien Bonaparte (maintenant dans le *Braccio Nuovo* au Vatican); de là le nom actuel, Minerva Medica.

Il me semble que ce bâtiment fut tout simplement un pavillon élevé par quelque riche Romain au milieu de ses jardins. Le style de la voûte et des murs qui la soutiennent semble annoncer le siècle de Dioclétien.

Cette ruine, que l'on aperçoit de fort loin, au milieu des jardins, à l'orient de la belle rue droite qui de Sainte-Marie-Majeure conduit à la basilique de *Santa Croce in Gerusalemme*, est de forme décagone (elle a dix angles), et, la distance d'un angle à l'autre étant de vingt-deux pieds et demi, la circonférence totale est de deux cent vingt-cinq pieds. On y trouve dix fenêtres et neuf niches pour des statues. Outre la statue de Minerve, on y a découvert sous Jules III les statues d'Esculape, de Pomone, Adonis, Vénus, Faune, Hercule et Antinoüs.

La voûte de brique qui fait tout le pittoresque de cette ruine vient d'être restaurée sous Léon XII.

Les thermes de Titus[1], de Domitien, de Trajan et d'Adrien ne sont probablement qu'autant de parties séparées d'un vaste édifice où les Romains trouvaient des jardins, des bains, des bibliothèques, et par-dessus tout le plaisir de la conversation. Il s'étendait depuis le Colisée jusqu'à l'église de Saint-Martin. Il faudrait vingt pages de description pour donner une idée un peu nette de ces ruines; c'est plus qu'elles ne valent.

Les étrangers vont chercher aux thermes de Titus de petites peintures à fresque délicieuses. Ce sont des arabesques. Elles appartenaient à des salles de la maison de Néron qui servirent plus tard de *substructions* aux thermes de Titus. On a dit que Raphaël, après avoir profité de ces ouvrages pleins de grâce, pour les arabesques du Vatican, avait fait remplir de terre les chambres et corridors où ils se trouvent; c'est une calomnie. Ces souterrains, après avoir été oubliés vers le commencement du XVIIIe siècle, furent découverts en 1776 par Mirri. En 1811, Napoléon a fait exécuter ici des travaux considérables. On découvrit, à cette époque, une chapelle bâtie dans ces thermes au VIe siècle, et dédiée à sainte Félicité.

Près des thermes de Titus se trouvait le palais de ce prince; on y voyait un groupe célèbre de *Laocoon*. Celui que nous connaissons a été découvert sous Jules II, précisément dans le lieu occupé par ce palais entre Sainte-Marie-Majeure et les *Sept salles*.

Les *Sept salles* étaient un réservoir d'eau, *piscina,* construit probablement avant les thermes de Titus. Cet édifice avait deux étages, dont le premier est sous terre. L'étage supérieur est divisé en neuf corridors. Les murs sont fort épais et recouverts d'un double enduit : le premier est un mastic imperméable; le second a été formé par une déposition calcaire laissée par les eaux. M. Raphaël Sterni, cet excellent architecte, nous faisait admirer la disposition savante des portes qui ne diminuent point la force des murs. Le corridor du milieu a douze pieds de largeur, trente-sept de long, et huit de haut.

Les thermes les plus grands de Rome furent construits par Dioclétien, cet homme singulier qui préféra au pouvoir suprême la culture de ses laitues, et par son collègue

Maximien. Ils furent dédiés par Galerius et Constance.
Trois mille deux cents personnes pouvaient se baigner
à la fois dans ces thermes, qui formaient un carré de
mille soixante-neuf pieds de côté. On trouve aujourd'hui
dans ce carré des greniers bâtis par Clément XI, les
églises de Saint-Bernard et de Sainte-Marie-des-Anges,
deux grandes places, des jardins, une partie de la villa
Massimo, etc., etc. Nous sommes allés revoir l'amphithéâtre Castrense, ainsi nommé parce qu'il était destiné
aux combats des soldats contre les bêtes féroces. On
reconnaît que cet édifice était environné d'un double
étage de demi-colonnes et de pilastres corinthiens. Il
servit pour l'enceinte d'Honorius. Lors des fouilles
faites en dernier lieu, on a trouvé des caves remplies
d'ossements de gros animaux.

Nous sommes arrivés à la porte Majeure, remarquable
par ses longues inscriptions. Les anciens avaient la coutume d'orner avec magnificence leurs aqueducs dans les
endroits où ces monuments traversaient les voies publiques. Dix-neuf grandes routes partaient de Rome; un
grand nombre d'aqueducs y apportaient des eaux; vous
concevez de combien de monuments dans le genre de la
porte Majeure cette terre était chargée quand Properce
et Tibulle la regardaient.

Claude amena dans Rome deux sources d'eau. L'un des
aqueducs avait quarante-cinq milles de long, et l'autre
soixante-deux. C'est ce que nous apprend l'une des
inscriptions, les deux autres appartiennent à Vespasien
et à Titus.

L'ancien mille romain a cinq mille vingt-trois pieds
anglais, et le mille romain moderne quatre mille huit
cent quatre-vingt-trois.

Le monument élevé par Claude a deux grands arcs et
trois plus petits. Il est construit de gros blocs de travertin
placés sans mortier les uns au-dessus des autres. Cette
manière de bâtir est vicieuse en ce qu'elle fait éclater les
arêtes des blocs.

31 décembre 1828. — Nous sommes descendus dans
la vallée appelée autrefois *Murcia,* entre les monts
Palatin et Aventin[1]. Romulus choisit cette vallée pour y
célébrer des jeux magnifiques en l'honneur de Neptune
Consus. Le lieu où nous sommes fut le théâtre de

l'enlèvement des Sabines. Ici Tarquin bâtit un cirque appelé Circus Maximus. Denys d'Halicarnasse vit ce cirque après que Jules César l'eut restauré et agrandi, et nous en a laissé une description. Lorsqu'il eut été agrandi de nouveau par Trajan et Constantin, il put contenir quatre cent mille spectateurs[1].

Ce cirque, comme tous les autres, avait la forme d'une carte à jouer. Un des petits côtés formait un demi-cercle; l'autre décrivait une courbe presque imperceptible. La grande porte d'entrée était dans le demi-cercle.

Vis-à-vis étaient placés les chars attelés qui devaient concourir; le lieu où l'on retenait les chevaux et les chars jusqu'au moment du signal s'appelait *carceres*. Au Circus Maximus, les *carceres* étaient vers le Tibre, et la porte d'entrée du côté de la voie Appienne.

On appela *spina* cette plate-forme longue et étroite qui s'étendait au milieu de l'arène, et autour de laquelle les chars devaient faire sept tours. De petits autels, des statues, des colonnes et deux obélisques égyptiens étaient placés sur la *spina* du Circus Maximus. Aux extrémités de la *spina* se trouvaient les bornes nommées *Metae*.

> *Metaque fervidis*
> *Evitata rotis.*
>
> HORAT[2].

Excepté du côté des *carceres*, l'arène du Circus Maximus était environnée de portiques placés les uns au-dessus des autres. En avant de ces portiques se trouvaient des gradins.

C'est ici qu'eut lieu la fameuse aventure d'Androclès, qui nous a fait tant de plaisir au collège. Aulu-Gelle raconte qu'Androclès, ayant été exposé aux bêtes féroces pour être dévoré, fut tout à coup reconnu par un lion qui déjà se précipitait sur lui, et auquel il avait arraché une épine du pied en Afrique. Le lion vint le caresser.

Des greniers à foin, des remises et des maisons ont été construits au bas du mont Palatin, sur les restes du Circus Maximus. Les ruines trop informes exigent des gravures, et je renonce à en parler. Ce serait trop d'ennui pour le lecteur; ces sortes de choses, quand on est résolu à ne pas les *exagérer*, ne sont bonnes qu'à voir.

Près d'ici, vers la rue *San Gregorio*, se trouvait le fameux *Septizonium*, bâti par l'empereur Septime Sévère. Quelle était la forme de ce portique magnifique ? Tout ce que nous en savons, c'est qu'il avait trois étages, et que Sixte Quint le fit démolir pour employer les colonnes à la basilique de Saint-Pierre. Le *Septizonium* fut probablement une des portes du palais des Césars.

Après avoir revu les thermes de Caracalla, nous avons visité le cirque de Caracalla, qui désormais va s'appeler le cirque de Romulus ; car on prétend qu'il fut construit, vers l'année 311, en l'honneur de Romulus, fils de Maxence. Près de la porte principale, vous trouverez l'inscription de laquelle on déduit ce fait.

Ce cirque a été déterré par ce fameux marchand de rubans de fil, si connu sous le nom de duc de Bracciano. Depuis Samuel Bernard jusqu'à M. Bouret, aucun enrichi français n'a fait de telles choses pour les arts. Je ne leur en fais point un crime ; je note les différences des caractères nationaux.

Ce cirque déterré par M. Torlonia donne une idée parfaite des cirques anciens, tels que je viens de les décrire à propos du Circus Maximus. Les murs sur lesquels les gradins étaient appuyés ont été découverts, ainsi que la grande porte. Il a fallu enlever quinze pieds de terre. On voit ici la *spina ;* on aperçoit encore les soubassements des bornes *(metae)* placées aux extrémités de la *spina*.

On remarque dans les voûtes de cet édifice beaucoup de vases de terre cuite. Cette pratique est raisonnable, elle allégeait les voûtes ; mais on n'en trouve d'exemple que vers l'époque de la décadence complète de l'architecture. Ce cirque est contemporain de l'arc de Constantin.

Il avait mille cinq cent vingt-quatre pieds de long et huit cent quatre-vingt-quinze de large ; il ne pouvait contenir que vingt mille spectateurs, et n'avait pas dix rangs de gradins. La *spina* n'est pas sur le grand axe du cirque, et, du côté opposé aux *carceres* d'où partaient les chars, se rapproche de trente-trois pieds du côté gauche, afin de donner aux chars plus de facilité pour tourner, lutter de rapidité et se devancer.

Au milieu de la *spina* était l'obélisque que vous voyez à la place Navone. Chaque course était de quatre chars attelés de deux ou de quatre chevaux. La sottise de Néron a rendu célèbres les couleurs des habits des cochers ; il y avait quatre divisions : les bleus, les verts, les rouges et les blancs.

Les Romains aimaient les courses de char avec fureur. L'immortel Viganò, si inconnu en France, nous a rendu ce spectacle au premier acte de l'admirable ballet de *La Vestale**.

Il nous restait un peu de jour : nous en avons profité pour descendre dans la prison Mamertine et Tullienne.

Ancus Marcius, quatrième roi de Rome, était pauvre, et construisit cette prison dans une ancienne carrière; Servius Tullius y ajouta une prison creusée au-dessous de la première et qui fut destinée aux grands criminels. De son nom elle fut appelée Tullienne.

Cet édifice est composé de grands quartiers de pierres volcaniques. Sa façade vers le Forum a quarante pieds et demi de long sur dix-neuf de haut. Une sorte de frise construite en travertin présente les noms des consuls C. Vibius Rufinus et M. Cocceius Nerva, qui ont restauré cette prison l'an 22 de J.-C. et de Rome 775.

Nous avons trouvé que la prison supérieure a vingt-cinq pieds de long, dix-huit de large et treize de haut. Les prisonniers y étaient descendus au moyen d'une corde et par un trou rond pratiqué dans la voûte.

On les introduisait de la même manière dans la prison inférieure, qui a dix-huit pieds de diamètre et six de hauteur.

Du côté du Forum étaient les *Scalae gemoniae,* ainsi appelées à cause des gémissements des malheureux qu'on menait en prison; c'est comme le *Ponte dei Sospiri,* à Venise[2]. Près de ces degrés on jetait les cadavres des criminels pour effrayer le peuple.

Ce fut dans cette prison que Jugurtha périt de faim. Elle a vu Syphax, roi de Numidie, et Persée, roi de Macédoine. On prétend que sous Néron saint Pierre fut enfermé ici pendant neuf mois; rien de plus faux suivant les écrivains protestants. Les escaliers intérieurs sont modernes, au-dessus de cette prison est la petite église de *San Giuseppe*.

Ce soir, chez Mme de T***, l'aimable don F. C***[3] s'est moqué de deux ou trois mauvais poètes ultra-libéraux. Ces messieurs copient tout d'Alfieri[4], jusqu'à sa sotte

* Donné à Milan en 1818[1].

colère contre les Français. Alfieri, tête étroite, ne pardonna jamais à cette révolution qui devait donner les deux Chambres à l'Europe et à l'Amérique, de lui avoir confisqué à la barrière de Pantin quinze cents volumes reliés en veau. Il me semble que tous ces mauvais poètes libéraux d'Italie ont la tête encore plus étroite que les *Country squires* anglais. Ces rimeurs ne comprennent absolument rien que ce qu'ils ont lu dans Alfieri et le Dante. Ils haïssent tout le monde, mais je crois encore plus les Français que les Autrichiens.

Nous avons fait venir de Milan les partitions des ballets de Viganò. Ce grand homme avait choisi et arrangé les airs convenables pour redoubler l'effet des passions que ses ballets représentent. Mme Lampugnani joue ces partitions d'une manière admirable, et elles me semblent réussir beaucoup auprès du petit nombre d'amateurs véritables admis à nos soirées. Pour y avoir accès, il faut admirer Cimarosa d'une façon ridicule. Ce soir, Mgr N*** me disait d'un air de triomphe, une *Gazette de France* à la main : « Votre gouvernement représentatif parle sans cesse d'économies; vous en agissez comme les fils de famille mauvais sujets, vous emprunterez tout l'empruntable et ne cesserez de vous livrer à de folles dépenses que lorsqu'on ne voudra plus vous prêter. » Rien de plus vrai.

1er janvier 1829. — Depuis notre retour de Naples, nous avons vu plusieurs tableaux précieux que l'on a des raisons pour ne montrer à aucun voyageur. Nous devons cette faveur à une réputation de discrétion, et surtout aux charmantes gravures de M. Tony Johannot[1]. On nous envoie de Paris tout ce que publie cet aimable artiste, et nous avons offert ces estampes si pittoresques et si spirituelles à ceux de nos amis romains qui aiment les miracles du clair-obscur. Une surface grande comme un écu de cinq francs donne une idée nette et noble.

Lorsque j'étais à Naples, en 1824[2], j'allai voir *La Bataille d'Aboukir* de M. Gros. Ce chef-d'œuvre n'était pas à la mode à cause de la figure du roi Murat. Mais, dans l'espoir d'obtenir quelques *carlins* de la curiosité des étrangers, le *custode* avait déroulé cette toile immense. Elle gisait étendue sur le plancher d'une vaste salle, et l'on marchait dessus pour aller reconnaître la figure du fameux ingrat fusillé à Pizzo. Ce bel ouvrage, où il y a tant à louer et à blâmer, n'a point réveillé les peintres de Naples. Par la chaleur de l'exécution, par l'exagération même du groupe principal, par l'action aisée à comprendre et frappante pour le *lazzaroni* comme pour le philosophe, on eût pu croire que ce tableau les tirerait de leur peur. Rien n'y a fait. Ils auraient vu *La Peste de Jaffa* qu'ils seraient restés maniérés et plats comme devant.

Excepté M. Hayez de Milan, et peut-être M. Palagi, les peintres vivants d'Italie ne peuvent le disputer aux nôtres. Nous n'avons rien vu de comparable à la *Mort d'Élisabeth* et au *Cardinal de Richelieu menant Cinq-Mars au supplice,* de M. Delaroche. Les Romains eux-mêmes reconnaissent la supériorité de M. Schnetz. Il est singulier que tant de vérité et de succès ne les tire pas de la froide imitation de MM. Benvenuti et Camuccini, eux-mêmes froids imitateurs de David.

Ils ont vu M. Court faire à Rome les *Obsèques de César*[1], et n'ont pas eu l'idée de revenir à la vérité et d'abandonner le genre théâtral.

L'état actuel de la société à Paris n'admet pas les travaux qui exigent de la lenteur et de la patience. Je ne sais si c'est la raison pour laquelle les gravures de MM. Anderloni, Garavaglia, Longhi, Jesi, l'emportent sur les nôtres.

Rien n'est peut-être plus agréable dans un voyage que l'*étonnement du retour.* Voici les idées que Rome nous a données à Paris.

Nos compagnes de voyage ne peuvent concevoir que l'on ne fasse pas un portique de huit colonnes dans le genre de celui du Panthéon de Rome, pour cacher la vilaine porte du Louvre et ses *œils-de-bœuf* du côté des Tuileries.

Elles ne comprennent pas que nos architectes soignent si peu dans leurs édifices la ligne du ciel (le contour qui se détache sur le ciel). Pour supprimer la vue hideuse des cheminées, il suffirait, en laissant l'élévation de l'intérieur telle qu'elle est, de multiplier les façades par vingt et un vingtièmes.

Tous nos palais plus bas que les maisons voisines leur semblent plats.

Les magnifiques colonnes de la Bourse, qui conduisent à une salle formée d'arcades et de simples piliers, leur paraissent un contresens plaisant.

Pourquoi ne pas planter les quais de distance en distance ? pourquoi dans cent ans d'ici ne pas couper en deux ou trois endroits la terrasse du bord de l'eau aux Tuileries ? En dehors du Jardin Royal on aurait trois collines avec des échappées de vue sur la Seine. Le talus planté de ces collines descendrait jusqu'au fleuve.

À Rome, choqués par quelque crime ou délit, nous disions souvent : « Pourquoi ne pas établir notre Code civil, des administrations raisonnables à la française ? » etc. De retour à Paris, nous voyons les embellissements qui auront lieu d'ici à cent ans ; si toutefois les économies du budget et la tristesse républicaine ne paralysent pas tout ce qui dans les arts s'élance au-delà de la peinture de portrait ou de la statue pour le tombeau d'un éloquent député.

6 janvier 1829. — Je viens de montrer Rome à un jeune Anglais de mes amis qui arrive de Calcutta, où il a passé six ans. Son père lui a laissé dix mille francs de rente, et il était déshonoré auprès de ses amis de Londres, parce qu'il annonçait l'intention de vivre en philosophe avec cette petite somme et sans rien faire pour augmenter sa fortune. Il a fallu partir pour les Indes ou s'exposer au mépris de toutes les personnes de sa connaissance.

Il m'a présenté à M. Clinker ; c'est un Américain fort riche qui a débarqué il y a huit jours à Livourne avec sa femme et son fils. Il habite Savannah et vient voir l'Europe pendant un an. C'est un homme de quarante-cinq ans, de beaucoup de finesse, et qui ne manque pas d'un certain esprit pour les choses sérieuses.

Depuis trois jours que je le connais, M. Clinker ne m'a pas fait une question *étrangère à l'argent*. Comment augmente-t-on sa fortune ici ? Quand on a des capitaux inutiles dans l'industrie qu'on a entreprise, quelle est la manière la plus sûre de les placer ? Combien en coûte-t-il pour avoir un bon état de maison ? Comment faut-il s'y prendre pour n'être pas *imposed upon* (attrapé) ?

Il m'a parlé de la France. « Ce que j'entends dire, monsieur, est-il vrai ? Serait-il possible qu'un père ne fût pas le maître absolu *of his own money* (de son propre argent), et que votre loi le forçât à en laisser une certaine part à chacun de ses enfants ? »

J'ai montré à M. Clinker les articles du code relatifs

aux teſtaments. Son étonnement a été sans bornes; il répétait toujours : « Quoi! monsieur, vous fruſtrez un homme du droit de disposer de son propre argent, de l'argent *qu'il a gagné* ! »

Toute cette conversation avait lieu en présence des plus beaux monuments de Rome. L'Américain a tout examiné avec ce genre d'attention qu'il eût donné à une lettre de change qu'on lui aurait offerte en payement! du reſte il n'a absolument senti la beauté de rien. À Saint-Pierre, pendant que sa jeune femme, pâle, souffrante et soumise, regardait les anges du tombeau des Stuarts, il m'expliquait la manière rapide dont les canaux se font en Amérique; chaque riverain soumissionne la partie qui traverse sa propriété. « La dépense définitive, ajoutait-il d'un air de triomphe, eſt souvent inférieure à celle du devis! »

Enfin, de la conversation de ce riche Américain, il n'eſt jamais sorti que ces deux paroles de sentiment : « *How cheap ! how dear !* (Combien cela eſt bon marché! combien cela eſt cher!) » M. Clinker a réellement un esprit fort subtil; seulement il parle par sentences comme un homme accoutumé à être écouté. Ce républicain a beaucoup d'esclaves.

Suivant moi, la liberté détruit en moins de cent ans le *sentiment des arts*. Ce sentiment eſt immoral, car il dispose aux séductions de l'amour, il plonge dans la paresse et dispose à l'exagération. Mettez à la tête de la conſtruction d'un canal un homme qui a le *sentiment des arts :* au lieu de pousser l'exécution de son canal raisonnablement et froidement, il en deviendra amoureux et fera des folies.

J'ai accompli un devoir en passant trois jours avec le riche Américain; la société de cet homme m'avait profondément attriſté. Pour jouir des contraſtes, je l'ai présenté à *monsignor* N***. Ces deux hommes s'abhorrent.

M. Clinker eſt venu de New York à Livourne et de Livourne à Rome avec un jeune Péruvien qui arrivait de Smyrne. Un riche Français donna, il y a un an, un bal magnifique à Smyrne; un grand seigneur turc, ami du Français, y vint; le Français, à la fin du bal, lui demandant son avis, le Turc parut surpris de trois choses.

« Comment, mon ami, dansez-vous vous-même, lorsque, riche comme vous l'êtes, vous pouvez payer des gens pour danser à votre place? Je ne vous croyais pas si riche. Parmi les femmes qui sont ici, quatre-vingts peut-être sont fort jolies et doivent vous avoir coûté bien cher. »

Le Turc pensait que toutes les femmes qu'il avait vues paraître appartenaient à son hôte; il le croyait si bien, qu'il lui dit, en forme d'avis : « Quelques cajoleries que me fissent mes femmes, je ne souffrirais jamais qu'elles parussent avec des robes aussi décolletées. »

Ce matin nous avons rencontré à la villa Ludovisi, vis-à-vis la sublime fresque du Guerchin, M. Constantin, le célèbre peintre en porcelaine. C'est l'homme de ce temps qui a le mieux connu Raphaël et qui l'a le mieux reproduit.

(À notre retour en France, nous venons de voir, à Turin, chez M. le prince de Carignan, douze admirables copies sur porcelaine de tout ce que Florence a de plus beau. Le portrait de Léon X par Raphaël, la *Poésie* de Carlo Dolci, la *Vénus* du Titien, le *Saint Jean dans le désert* — probablement esquissé d'après la figure d'un jeune nègre —, nous ont semblé au-dessus de tous les éloges. M. Constantin ne donne dans aucune des petitesses modernes : *il ose être simple.*)

12 janvier 1829. — Un Allemand de nos amis s'occupe d'un ouvrage qui me fait trembler pour la gloire de tous les prétendus savants qui parlent de Rome. M. von S***[1] a fait la liste de toutes les ruines qui existent à Rome et dans la campagne à dix lieues de distance dans tous les sens.

Il va transcrire *en entier* à la suite de ces noms tous les passages des auteurs anciens qui s'y appliquent évidemment. Il place dans une seconde division, qu'il imprime avec un autre caractère, les passages des auteurs anciens dont les rapports avec telle ruine peuvent être contestés.

Dans une troisième division, il résume en peu de mots les opinions de Nardini, Venuti[2], Piranesi[3], Uggeri[4], Vasi[5], Fea, etc., etc., etc.

Enfin il propose ses conjectures, basées presque uniquement sur le texte des auteurs anciens, les médailles, les copies des monuments (par exemple, l'arc de triomphe de Bénévent, copie de l'arc de Titus au Forum, détruit par M. Valadier).

Le livre dont je parle, *exécuté en conscience,* exigera un

travail de plusieurs années. On verra combien est borné le nombre des raisonnements plausibles que l'on peut faire sur les choses anciennes de Rome. Cet ouvrage changera l'aspect de la science vers 1835.

J'ai cherché à énoncer sur les monuments de Rome l'opinion *la plus probable en 1829,* qui sera peut-être renversée en 1839.

Je vais présenter au lecteur, à propos du temple de Mars-hors-les-Murs, un exemple du travail qui a été fait sur beaucoup de monuments, mais par malheur avec une bonne foi souvent douteuse. Trop souvent les savants se volent entre eux, et, pour devancer un rival, publient ou démentent une conjecture avant de s'être environnés de toutes les preuves que pourraient fournir les auteurs anciens. Je m'abstiens de citer des exemples vivants.

Quelle fut la situation du temple de Mars-hors-les-Murs ?

Ce temple fut non seulement hors des murs, mais voisin de la porte Capène. *« Extra urbem, prope portam[1] »,* dit Servius. Cette porte fut à peu près d'un mille plus rapprochée du Capitole que la porte actuelle. C'est ce que démontre la colonne milliaire portant le numéro 1, que que l'on a trouvée dans la vigne Nari.

Le temple de Mars n'était pas placé précisément sur la voie Appienne, mais sur la petite hauteur voisine, à laquelle on parvenait après quelques pas de montée *(clivus),* qui fut appelée le *clivus* de Mars. Ce *clivus* fut rendu praticable pour les voitures et touchait au tombeau des Scipions (découvert en 1780). On trouve une ancienne inscription ainsi conçue : *« Clivum Martis Pec. Publica… in planiciem redigerunt S. P. Q. R. »* On voit dans les actes de Saint-Sixte : *« Et ante templum in clivo Martis. »* Ovide nous apprend qu'il était sur une petite hauteur en dehors et vis-à-vis de la porte Capena : *« Quem prospicit extra Adpositum rectae porta Capena viae. »* La voie Appienne suivait une ligne droite, tandis que, dans le voisinage de Rome et près de la même porte Capène, on trouvait la voie Latine, qui, commençant à la voie Appienne, se repliait à gauche. Strabon dit : *« Latina… sinistrorsum est prope Romam deflectens »,* comme on le voit encore aujourd'hui auprès de l'église di *San Cesareo.*

Ainsi l'on peut regarder comme prouvé aujourd'hui ce que Nardini a présenté comme une probabilité. « Peut-être, disait-il, était-ce sur la hauteur du mont que l'on a pris pour le Celiolo qu'existait ce temple de Mars *extra muros,* à l'endroit où l'on voit maintenant de grands restes de fondations antiques. Peut-être Aurélien a-t-il étendu ses murs jusqu'ici, dans le double but de renfermer ce mont dans son enceinte et d'empêcher que les ennemis ne pillassent ce magnifique temple de Mars. »

22 janvier 1829. — Mme D. nous dit : « La civilisation du XIXe siècle s'élance à des nuances trop fines, peut-être les arts ne pourront-ils plus la suivre. Alors la partie idéale tombera dans le discrédit. On commence à murmurer de l'air bête de la beauté grecque; la sculpture peut-elle faire préférer la tête de Socrate à celle de l'Apollon ? »

23 janvier 1829. 46[1]. — Comme j'étais ce matin chez M. N***, peintre fort distingué[2], est entrée une femme fort belle sans doute, mais encore plus remarquable par la férocité de sa physionomie vraiment romaine. C'est le modèle dont il se sert pour une figure de Sophonisbe[3] attachée au bûcher (*Jérusalem délivrée,* ch. II). Cette jeune fille portait la marque de plusieurs coups de poignard. Elle nous a fait l'histoire de chacun d'eux. « *Per la santissima Madonna !* s'écriait-elle avec rage après chaque récit, je saurai me venger!* » À la fin elle était tout à fait en colère. M. Court, l'auteur des *Obsèques de César* (au Luxembourg), a fait un superbe portrait de cette jeune fille, qu'il a représentée un poignard à la main.

Ghita a vingt-deux ans. Lorsque les *carbonari* tirèrent au sort pour savoir lesquels d'entre eux seraient chargés de poignarder un de leurs collègues qui les avait trahis, Ghita eut la mission d'extraire deux noms de l'urne antique où on les avait tous jetés. La place *del Popolo* a vu la fin de ces deux hommes.

Ghita a perdu son amant, et, malgré sa rare beauté, jamais elle n'a voulu en prendre un second. Tombée dans la misère, elle s'est faite actrice. Elle joue la tragédie à un petit théâtre, et point mal, après quoi elle danse dans les ballets, comme *prima ballerina,* et reçoit cinq francs par jour pour le tout. Ce théâtre n'est ouvert que pendant six mois de l'année. Ghita sert quelquefois de modèle quand elle trouve un peintre honnête; du reste, elle a toujours un poignard à ses côtés.

Pendant que mon ami travaillait à sa *Sophonisbe*, est arrivé M. l'abbé Del Greco, qui nous a conté une insigne calomnie dont un homme de talent est sur le point d'être la victime. On l'accuse d'être espion, et les gens auxquels il inspire de l'envie, sans croire à la calomnie, en sont charmés et ne la démentent que du bout des lèvres. Nous étions indignés. Pour toute réponse, l'abbé nous a récité, avec beaucoup d'âme, le sonnet suivant.

LA GLORIA UMANA

Gloria, che se' tu mai ? per te l' audace
  Espone a dubbi rischi il petto forte;
  Sù fogli accorcia altri l' età fugace,
  E per te bella par la stessa morte.
Gloria, che se' tu mai ? con ugual sorte
  Chi ti brama e chi t' ha perde la pace;
  L'acquistarti è gran pena, e all' alme accorte
  Il timor di smarrirti è più mordace.
Gloria, che se' tu mai ? sei dolce frode,
  Figlia di lungo affanno, un aura vana
  Che fra i sudor si cerca, e non si gode.
Tra i vivi, cote sei d' invidia insana;
  Tra i morti, dolce suono a chi non t' ode.
  Gloria, flagel della superbia umana !

GIULIO BUSSI[1].

25 janvier 1829. — Celle de nos compagnes de voyage qui trouve le climat d'Italie si désagréable parce qu'il fait soleil tous les jours et que la mer est trop bleue, me dit : « Vous êtes perfide envers les polices d'Italie; vous faites entendre souvent que vous pourriez révéler certains faits odieux. Dites-m'en un, là, sans hésiter. »

Réponse. Un souverain traduit un grand nombre de ses sujets (1822) devant un tribunal dont lui-même a nommé les juges. Par la suite, ce tribunal condamne neuf de ces malheureux à la peine de mort. Les juges citent dans leur arrêt un décret du prince rendu plusieurs mois auparavant, et à l'époque où les accusés venaient d'être arrêtés. Ce décret d'un prince absolu, et qui ne laissa jamais un manque de zèle impuni, *indique par avance le lieu où seront exécutées les sentences de mort*, s'il arrive que le tribunal condamne à mort quelques-uns des accusés.

1ᵉʳ février 1829. — L'un de nous a eu le bonheur de voir ces voleurs dont on nous a peut-être parlé cent fois depuis dix-huit mois. Voici le récit de notre ami[1].

« J'ai pris à Naples une de ces voitures[2] d'Angrisani, qui arrivent à Rome en trente-huit heures (et coûtent cinquante-cinq francs). Départ à trois heures du matin, par un beau clair de lune ; j'occupe l'une des deux places du cabriolet, ayant à côté de moi un gros Hambourgeois ; quatre autres voyageurs sont dans l'intérieur de la voiture ; avec le conducteur et deux postillons, nous formons un effectif de neuf hommes. Quatre chevaux, dont les deux de devant sont attelés à une grande distance de ceux du timon (comme c'est l'usage à Naples), nous enlèvent au galop ; nous traversons rapidement Aversa, Capoue et Sparanise ; le pays est superbe. Je dormais tranquillement lorsque à dix heures et demie du matin, par un beau soleil, au milieu d'un pays découvert, je suis réveillé par les cris des postillons, du conducteur, des voyageurs, et par le bruit de deux coups de fusil. Je comprends peu à peu que nous avons affaire à des voleurs. Je voyais à six pouces de mon œil l'intérieur du canon du fusil de celui qui me tenait en joue, ce canon était fort rouillé.

« Les voleurs parlaient assez bas et fort vite, et avec le bout de leurs fusils frappaient sur nos mains et sur nos genoux, pour nous indiquer qu'il fallait leur donner *subito* tout ce que nous possédons[3]. Je donne une pièce de quarante francs à celui qui me tenait en joue, et qui pour la prendre dérange son fusil. Ces brigands étaient si comiques, que je pensais à différentes scènes de la *Caverne*, du *Vieillard des Vosges*, de *La Diligence attaquée* de Franconi[4]. Tout en riant de la peur extrême de plusieurs de nos voyageurs, j'ai glissé dans mes bottes deux ou trois napoléons. Je songeais au moyen de sauver ma montre, à laquelle je suis accoutumé, quand un voleur, qui avait vu la pièce de quarante francs que j'ai eu la sottise de donner à son camarade (j'aurais dû avoir pour les voleurs huit ou dix petites pièces d'argent), vient me demander de l'or. Je réponds en italien que j'ai donné quarante francs, tout ce que j'avais.

« Je reçois l'ordre de descendre. On nous place tous au milieu de la route, derrière la voiture, tournant le dos aux voleurs; nous nous attendons à être *sévèrement* fouillés : le sacrifice de ma montre était fait. Tandis que quatre ou cinq brigands continuaient à nous tenir en joue, les autres vidaient la voiture avec une étonnante promptitude; mon petit sac de nuit leur paraît d'abord de bonne prise, mais bientôt ils le jettent sur la route, où je le retrouve plus tard. Les *birbanti* demandent les clefs de nos malles, mais ils voient approcher des charrettes chargées de blé, dont les conducteurs ne paraissent guère s'inquiéter de ce qui se passe; cependant les voleurs décampent; nous les voyons fuir dans la campagne.

« Ils étaient au nombre de huit; tous jeunes gens de dix-huit à vingt-cinq ans et de petite taille, habillés en paysans. Leur costume n'avait rien de remarquable, si ce n'est un mouchoir tombant depuis les yeux jusqu'à la poitrine, et qui cachait la plus grande partie de leur figure. Ils n'articulaient presque aucun mot. Ils étaient armés de couteaux, de poignards, de haches; cinq d'entre eux seulement avaient des fusils. Ils ont recueilli, soit en montres, soit en argent, une valeur de mille à douze cents francs. Le conducteur, indépendamment de sa bourse, perd ses boucles d'oreilles et reçoit un coup de bâton sur la tête; personne d'autre n'a été frappé. Les chevaux avaient été dételés dès l'abord; les deux postillons et le conducteur sont restés étendus la face contre terre, pendant les sept à huit minutes que l'opération a duré. Première déclaration de notre mésaventure aux carabiniers de Lascana, un peu avant d'arriver à Sainte-Agathe. Seconde déclaration au commissaire de police de Mola di Gaeta, qui en rédige procès-verbal que nous signons. Troisième déclaration et nouveaux procès-verbaux de l'intendant et d'autres fonctionnaires. Nous séjournons trois heures à Mola pour cet objet, et signons beaucoup d'écritures. Les autorités nous traitent avec une grande affabilité, et nous offrent des secours pécuniaires, et dans les termes les plus obligeants; nous n'acceptons pas, chacun avait à peu près ce qui lui est nécessaire pour achever le voyage. M. le prince de Cariati, intendant à Mola, a les manières de l'homme le mieux élevé; c'est tout à fait un Français. Il me serre la main affectueusement, et nous remontons en voiture pour traverser Itri et

Fondi, petites villes situées sur la voie Appienne, et dont les habitants ne vivaient autrefois que par le vol. On peut faire par mer le trajet de Terracine à Mola di Gaeta et sauter ces villes terribles[1]. »

VIE ET OUVRAGES DE MICHEL-ANGE[2]

Le 6 mars 1474, Michel-Ange Buonarroti naquit à Florence d'une famille fort noble et fort pauvre; son père, rempli de préjugés, vit avec effroi son goût décidé pour le dessin. On finit cependant par le placer comme élève dans la *boutique*[3] du Ghirlandaio (1ᵉʳ avril 1488, il avait quatorze ans[4]).

Un jour, le hasard le conduisit dans les jardins de San Marco, où l'on déballait des statues antiques qui arrivaient de Grèce, d'où Laurent le Magnifique les faisait venir à grands frais. Il paraît que, dès le premier instant, ces ouvrages immortels frappèrent Michel-Ange. Le triomphe du peintre Ghirlandaio, son maître, était, lorsqu'il faisait le portrait d'un homme, de bien copier une verrue ou un petit pli de la peau; les misérables détails plaisent au vulgaire parce qu'il les comprend. La vue de l'antique fit sentir à Michel-Ange qu'il faut être avare de l'attention du spectateur. On ne le revit plus dans la boutique du Ghirlandaio, ses journées entières se passaient aux jardins de San Marco.

Il voulut copier une tête de faune; le difficile était d'avoir du marbre. Les ouvriers, qui voyaient tous les jours ce jeune homme auprès d'eux, lui firent cadeau d'un morceau de marbre et lui prêtèrent même des ciseaux; ce furent les premiers qu'il toucha de sa vie.

Laurent de Médicis, se promenant dans ses jardins, trouva Michel-Ange qui polissait sa tête de faune; il fut frappé de l'ouvrage et surtout de la jeunesse de l'auteur. « Tu as voulu faire ce faune "vieux", lui dit-il en riant, et tu lui as laissé toutes ses dents; ne sais-tu pas qu'à cet âge il en manque toujours quelqu'une? » Michel-Ange se hâta de se conformer à cet avis. À la promenade du lendemain, le prince revit la tête de faune, et les ouvriers lui dirent qu'elle était le premier ouvrage du jeune Buonarroti. « Ne manque pas de dire à ton père, lui dit le prince en s'éloignant, que je désire lui parler. »

Ce message porta le trouble dans la famille du vieux gentilhomme. Il jurait qu'il ne souffrirait jamais que son fils devînt tailleur de pierres ; et ce fut avec beaucoup de peine qu'on l'engagea à paraître devant l'homme qui pouvait tout à Florence. Dès le même jour, Laurent de Médicis donna à Michel-Ange une chambre dans son palais, le fit traiter en tout comme ses fils et l'admit à sa table, où se trouvaient journellement les plus grands seigneurs de l'Italie et les premiers hommes du siècle.

Le célèbre Politien dit un jour au jeune sculpteur que l'enlèvement de Déjanire et le combat des Centaures feraient un beau sujet de bas-relief. Nous avons vu l'ébauche de Michel-Ange à la galerie Buonarroti à Florence. Il étudia les fresques de Masaccio à l'église del Carmine. Torrigiani, un de ses camarades, qui depuis fut brûlé en Espagne, jaloux de ses progrès, lui donna sur le nez un coup de poing si furieux que Michel-Ange en resta défiguré.

Laurent le Magnifique mourut ; son fils, Pierre, se fit chasser ; Michel-Ange alla à Venise, ensuite à Rome, où il fit le *Bacchus* de la galerie de Florence, statue désagréable à voir, mais faite pour donner les plus grandes espérances. Après le *Bacchus*, Michel-Ange fit pour le cardinal de Villiers, ambassadeur de Charles VIII auprès d'Alexandre VI, le groupe de la *Pietà*, qui est à Saint-Pierre.

De retour à Florence en 1501, Michel-Ange fit la statue colossale de *David,* qui est sur la place du Vieux palais. Soderini, homme faible placé par des sots à la tête de la République de Florence, engagea le jeune Buonaroti à peindre à fresque une partie de la salle du conseil dans le palais du gouvernement. Il fut chargé de représenter une bataille qui avait eu lieu dans la guerre de Pise. Le jour de l'action, la chaleur était accablante ; une partie de l'infanterie se baignait tranquillement dans l'Arno, lorsque tout à coup on cria aux armes ; l'ennemi s'avançait. Michel-Ange s'attacha à représenter ce premier mouvement d'épouvante et de courage ; ce n'était pas là une bataille. Son carton a péri. Voir l'estampe des *Grimpeurs,* par Augustin de Venise ; c'est tout ce qui nous reste de ce grand effort de l'art, pour sortir de la *froide et minutieuse copie de la nature.*

Le vulgaire a coutume de dire que Michel-Ange manque d'idéal; c'est lui qui, parmi les modernes, a inventé l'idéal.

En 1504, Jules II appela Michel-Ange à Rome, et le chargea de faire son tombeau. Ce grand prince fut tellement charmé du caractère simple et fougueux de Michel-Ange, qu'il ordonna la construction d'un pont-levis qui lui permît de se rendre en secret et à toute heure dans l'appartement de l'artiste. Les courtisans jaloux se réunirent pour perdre un favori étonné de sa faveur et qui ne faisait la cour à personne. Ils n'eurent pas grand-peine : la hauteur de son caractère l'eût perdu toute seule.

En 1506, un jour que Michel-Ange allait chez le pape, on lui refusa l'entrée de l'appartement où se trouvait Sa Sainteté. Michel-Ange rentre chez lui, se procure des chevaux et part pour Florence au galop. À peine a-t-il passé la frontière, qu'il voit arriver cinq hommes de la garde du pape, qui étaient chargés de le ramener de gré ou de force. Michel-Ange se met en défense, et ces hommes n'osent exécuter leur ordre.

Jules II le redemanda à la République de Florence. Nous avons encore ce bref curieux, qui porte la date du 8 juillet 1506. Pour fuir le pape, Michel-Ange fut sur le point de passer chez le Grand-Turc. Jules II, qui faisait la guerre, ayant occupé Bologne, Michel-Ange alla l'y voir, et c'est là qu'eut lieu entre ces deux hommes singuliers cette réconciliation si curieuse qui finit par des coups de poing donnés à un évêque*. Michel-Ange fit une statue colossale de Jules II que, cinq ans plus tard, le peuple de Bologne brisa dans sa fureur.

Le pape était retourné à Rome, les ennemis de Michel-Ange lui inspirèrent la volonté de faire peindre à fresque, par ce grand sculpteur, le plafond de la chapelle de Sixte IV au Vatican. Michel-Ange fut au désespoir : quoi donc! changer de talent au milieu de sa carrière! Mais il ne put se dispenser d'obéir. En vingt mois, il termina la voûte de la chapelle Sixtine; il avait alors trente-sept ans. La voûte et le *Jugement dernier* au fond de la chapelle sont de Michel-Ange, le reste des murailles a été peint par le Pérugin, Sandro[2], etc.

Il faudrait vingt pages pour décrire cette voûte. Elle

* Condivi, Vasari, *Histoire de la peinture en Italie*, t. II, p. 279[1].

est plane, Michel-Ange a supposé des arêtes soutenues par des cariatides. Tout autour de la voûte et entre les fenêtres sont ces figures si célèbres de prophètes et de sibylles.

Au-dessus de l'autel où se dit la messe du pape, on distingue la figure de Jonas. Au centre de la voûte, à partir du Jonas jusqu'au-dessus de la porte d'entrée, sont représentées des scènes de la Genèse, dans des compartiments carrés, alternativement plus grands et plus petits.

Cherchez la figure de l'Être suprême tirant le premier homme du néant. Dans le tableau du *Déluge,* voyez une barque chargée de malheureux, qui coule à fond en essayant d'aborder l'arche.

Jules II mourut. Sous Léon X, Michel-Ange fut neuf ans sans rien faire. Le sac de Rome, en 1527, vint abaisser la puissance de Clément VII; Florence saisit l'occasion, et se débarrassa des Médicis. Jésus-Christ* fut nommé roi de Florence à la majorité des suffrages, mais avec vingt votes contraires.

Trois ans après, Clément VII lança contre sa patrie une armée de trente-quatre mille hommes, la plupart allemands. La garde nationale de Florence ne comptait que treize mille citoyens. Comme il arrive toujours en pareil cas, les Florentins furent trahis; mais pendant le siège, qui dura onze mois, ils n'en tuèrent pas moins quatorze mille soldats à l'armée du pape; ils perdirent huit mille des leurs. Enfin, Florence tomba, et avec elle la liberté de l'Italie, qui ne devait essayer de se relever qu'en 1820, lors de la révolution de Naples.

Michel-Ange avait été ingénieur en chef de la malheureuse république; ses constructions hardies et habiles avaient beaucoup contribué à retarder la prise de Florence. Le jour de l'occupation, il disparut, au grand chagrin de la police des Médicis, qui voulait faire un exemple sur lui.

Plus tard, Clément VII, désespérant d'avoir sa tête, écrivit de Rome qu'on épargnât Michel-Ange, mais à condition qu'il ferait les statues des Médicis dans la chapelle de Saint-Laurent à Florence. Dans cette chapelle, architecture et sculpture, tout est de Michel-Ange. Il y a

---

* Le titre officiel du nouveau roi était : *Jesus Christus rex florentini populi S. P. decreto electus.*

sept statues. À gauche, l'*Aurore,* le *Crépuscule,* et dans une niche au-dessus, *Lorenzo,* duc d'Urbin, mort en 1518, le plus lâche des hommes. Sa statue est la plus sublime expression que je connaisse de la pensée profonde et du génie*.

À droite, on voit le *Jour,* la *Nuit,* et la statue de Julien de Médicis. Tout près de la porte, entre deux statues de vieillards par des artistes vulgaires, on trouve une madone de Michel-Ange portant l'Enfant Jésus. Nulle part ses idées sur la nécessité de la *terreur* dans la religion chrétienne ne sont plus frappantes.

Michel-Ange ne restait à Florence qu'en tremblant[1]; il se voyait sous la main du duc Alexandre, jeune tyran, dans le genre de Philippe II, qui peu après eut la bêtise de se laisser assassiner à un prétendu rendez-vous avec une des jolies femmes de la ville. Buonarroti saisit une occasion d'aller à Rome, et y fit le *Moïse* qui est à *San Pietro in Vincoli*[2], au tombeau de Jules II. Cette statue colossale est assise; l'artiste me semble digne du héros. Cette statue est fort méprisée des sculpteurs qui croient faire du beau antique en *copiant* l'*Apollon.* Deux figures d'esclaves, destinées au tombeau de Jules II, sont au Louvre, au musée d'Angoulême. On peut les comparer à ce que font les modernes.

Paul III, Farnèse, voulut que Michel-Ange peignît le jugement dernier au fond de la chapelle Sixtine. Cet immense tableau est divisé en onze groupes.

À l'aide de cette figure grossière[3], on y comprendra peut-être quelque chose. Avant d'aller à la Sixtine, on peut acheter dans le *Corso* une petite gravure du *Jugement dernier* sur laquelle il faut chercher les groupes.

Au milieu du onzième groupe, Jésus-Christ est représenté au moment où il prononce la sentence affreuse qui condamne tant de millions d'hommes à des supplices éternels. Jésus-Christ n'a point la beauté sublime d'un Dieu, ni même la physionomie impassible d'un juge; c'est un homme haineux qui a le plaisir de condamner ses ennemis.

À gauche et au bas du tableau, le premier groupe représente les morts que la trompette terrible réveille dans la poussière du tombeau. Des pécheurs tremblants

* L'École des Beaux-Arts, rue des Petits-Augustins, en a un plâtre.

qui se rapprochent de Jésus-Christ forment le second
groupe. On distingue une figure qui tend une main
secourable à un malheureux.

Le troisième groupe, à la droite du Christ, est composé
de femmes dont le salut est assuré. Des anges portent les
instruments de la passion, et forment les quatrième et
cinquième groupes.

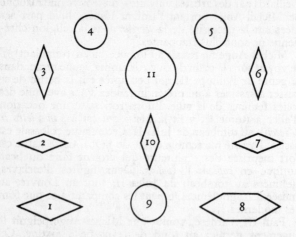

Le sixième représente des hommes sûrs de leur salut.
On voit des élus qui s'embrassent; ce sont des parents qui
se reconnaissent. Quel moment! Se revoir après tant de
siècles, et à l'instant où l'on vient d'échapper à un tel
malheur! Les saints, placés sur les bords de ce groupe,
montrent les instruments de leur martyre aux damnés,
afin d'augmenter leur désespoir. Ici se trouvent[1] saint
Blaise et sainte Catherine, figures auxquelles, par la suite,
Daniel de Volterra fut chargé de donner des vêtements.

Le septième groupe suffirait seul pour graver à jamais
le souvenir de Michel-Ange dans la mémoire du spectateur qui sait voir. Jamais aucun peintre n'a rien fait de
semblable, et jamais il ne fut de spectacle plus horrible.
Ce sont les malheureux condamnés entraînés au supplice
par les démons. Michel-Ange a traduit en peinture les
affreuses images que l'éloquence brûlante de Savonarole
avait jadis gravées dans son âme. Il a choisi un exemple

de chacun des péchés capitaux. Daniel de Volterra fut chargé, par la suite, de masquer en partie l'horrible punition du vice le plus à droite, contre la bordure du tableau.

Un des damnés semble avoir voulu s'échapper. Deux démons l'entraînent en enfer, et il est tourmenté par un énorme serpent; il se tient la tête. C'est l'image la plus vraie du désespoir chez un homme énergique. La civilisation plus avancée du XIXᵉ siècle, nous donnerait une image plus laide du désespoir en la plaçant chez un être auquel tout manque, même l'énergie.

C'est ordinairement par cette figure de damné que les voyageurs commencent à comprendre le jugement dernier. Il n'y a pas la moindre idée de cela ni chez les Grecs, ni parmi les modernes. Une de nos compagnes de voyage a eu l'imagination obsédée pendant huit jours par le souvenir de cette figure.

Il est inutile de parler du mérite de l'exécution; nous sommes séparés par l'immensité de cette perfection vulgaire. Le corps humain, présenté sous les *raccourcis* et dans les positions les plus étranges, est là pour l'éternel désespoir des peintres.

Par un mélange étrange du sacré et du profane, que l'autorité du Dante a maintenu longtemps en Italie contre les attaques des convenances, Michel-Ange a supposé que les damnés, pour arriver en enfer, doivent passer par la barque de Caron. Nous assistons au débarquement; Caron, les yeux embrasés de colère, les pousse hors de sa barque à coups d'aviron. Les démons les saisissent; on remarque cette figure, dans la constriction de l'horreur, qu'un diable entraîne par une fourche recourbée qu'il lui a enfoncée dans le dos.

Minos est consulté; c'est le portrait de messer Biagio, maître des cérémonies de Paul III, l'un des ennemis de Michel-Ange; il indique du doigt la place que le malheureux doit occuper au milieu des flammes que l'on aperçoit dans le lointain.

La caverne qui est à gauche de la barque de Caron représente le purgatoire qui, au jour du jugement dernier, reste vide. Au-dessus est le groupe des sept anges qui réveillent les morts par le son de la trompette terrible; ils ont avec eux quelques docteurs chargés de montrer aux damnés la loi qui les condamne.

La plus vive terreur glace tout ce qui environne Jésus-Christ; la Madone détourne la tête en frissonnant. On distingue à la gauche du Christ la figure majestueuse d'Adam; rempli de l'égoïsme des grands périls, il ne songe nullement à tous ces hommes qui sont ses enfants. Son fils Abel le saisit par le bras; près de sa main gauche l'on voit un de ces patriarches antédiluviens qui comptaient leur âge par siècles. Cette extrême vieillesse est fort bien exprimée.

À la gauche du Christ, saint Pierre, fidèle à ce caractère timide que nous lui connaissons, montre vivement au juge terrible les clefs du ciel qu'il lui confia jadis et où il tremble de ne pas entrer; Moïse, guerrier et législateur, regarde fixement le Christ avec une attention profonde mais parfaitement exempte de terreur.

Au-dessous du Christ, saint Barthélemy lui montre le couteau avec lequel il fut écorché; saint Laurent se couvre de la grille sur laquelle il expira.

Les personnages des trois groupes, au bas du tableau, ont six pieds de proportion; ceux qui environnent Jésus-Christ ont douze pieds; les groupes placés au-dessous ont huit pieds de proportion, les anges qui couronnent le tableau n'en ont que six. Des onze scènes de ce grand drame, trois seulement se passent sur la terre; les huit autres ont lieu sur des nuées plus ou moins rapprochées de l'œil du spectateur. Il y a trois cents personnages, le tableau a cinquante pieds de haut sur quarante de large.

Les figures se détachent sur un bleu de ciel fort vif. Dans ce jour mémorable, où tant d'hommes devaient être vus, il fallait que l'air fût très pur. Les anges qui sonnent de la trompette sont finis avec autant de soin que pour le tableau de chevalet le plus près de l'œil. L'école de Raphaël admirait beaucoup l'ange du milieu, qui étend le bras gauche; il paraît tout gonflé.

Paul a fait une très bonne objection. Le jugement dernier n'est qu'une affaire de cérémonie; il n'est jugement imprévu que pour les gens qui viennent de mourir, à cause de la fin du monde. Tous les autres pécheurs savent déjà leur sort et ne peuvent s'en étonner.

Comme les grands artistes en formant *leur idéal* suppriment certains ordres de détails, les artistes ouvriers les accusent de ne pas voir ces détails.

Un ouvrage d'art n'est qu'un beau mensonge.

On ne trouve pas de *muscles en repos* chez Michel-Ange; les muscles *extenseurs* sont aussi *renflés* que les muscles *adducteurs,* ce fut un des moyens de son *idéal.*

J'avoue que l'ange qui passe la cuisse droite sur la croix (quatrième groupe) a un mouvement auquel rien ne pouvait conduire que la haine du style plat.

Pour juger Michel-Ange comme architecte, il faut voir la bibliothèque de Saint-Laurent à Florence, la coupole et les parties extérieures de Saint-Pierre de Rome. Ce fut Paul III qui donna à Michel-Ange la direction des travaux de Saint-Pierre et l'artiste *crut faire son salut* en s'en chargeant. N'oubliez pas, en passant à Florence, de voir un groupe de Michel-Ange non terminé, derrière le grand autel de Santa Maria del Fiore. Ce grand homme mourut à Rome, le 17 février 1563; il avait quatre-vingt-neuf ans, onze mois et quinze jours.

5 février 1829. — Il y avait ce soir un concert détestable chez Mme Marentani. Ennuyé de la musique de Donizetti, j'ai eu une grande conversation politique avec *monsignor* N***. C'est un homme supérieur, au fond excessivement *ultra.*

À Rome, on a une peur extrême de la France. Je crois que les fins politiques du pays aimeraient mieux que nous fussions protestants. Chaque prélat un peu instruit exècre les *quatre propositions de 1682,* comme mettant en danger son bien-être particulier.

« Vous avez cinquante ans, monseigneur, répondais-je à mon interlocuteur; croyez-vous qu'avant cinquante ans d'ici les quatre propositions viennent vous chercher à Rome? »

Cette raison excellente ne prend pas sur *monsignor* N***. C'est une de ces âmes généreuses et romanesques qui jouissent ou s'inquiètent de la postérité, comme Napoléon. Il a peur des maladresses du pouvoir en France, et cependant compte beaucoup sur le culte du Sacré-Cœur; c'est la véritable religion du pape.

« Pour que la religion du concile de Trente reprît son éclat en France, il faudrait, lui ai-je dit, que tout curé devînt inamovible, comme un juge, après trois ans d'exercice, et que les curés eussent la nomination des évêques. Au Moyen Âge, le noble voisin faisait nommer évêque son fils cadet, âgé de vingt ans; un tel abus n'est plus à craindre.

« Faute de cette mesure, jamais les jeunes plébéiens pauvres, mais qui ont reçu une excellente éducation, n'entreront dans les ordres. Le commerce, le barreau, la médecine, leur offrent des chances bien plus avantageuses; vous n'aurez que de grossiers paysans... »

Nous avons été interrompus par une délicieuse chanson napolitaine, qui m'a vivement rappelé notre séjour à Ischia. Le soir, les matelots la chantaient en voguant près du rivage; le ton est plaintif et mélancolique. Mme Tamburini l'a chantée à ravir; elle était secondée par la belle voix de M. Trentanove, le sculpteur. Voici le sens des vers napolitains :

« Je veux me bâtir une maison au milieu de la mer (oui, au milieu de la mer); elle sera faite de plumes (oui, de plumes) de paon. — Je ferai les escaliers d'or et d'argent, et les balcons[1] de pierres précieuses. — Quand ma jolie Nena sort de son lit, on dit que le soleil va bientôt paraître[2]. »

Pendant la chanson, nous nous sommes aperçus qu'il se passait quelque chose d'extraordinaire. La maîtresse de la maison a écrit et envoyé plusieurs billets. Peu à peu chacun a remarqué l'air préoccupé de Mme Marentani, et il s'est établi un silence profond, assez singulier au milieu d'un bal. Mme Marentani a appelé l'homme d'esprit avec lequel je venais d'avoir une conversation politico-religieuse. *Monsignor* N*** a eu la bonté de venir m'apprendre, un instant après, que Léon XII était gravement indisposé. Cette nouvelle a circulé de groupe en groupe; on n'ajoutait rien. Enfin, deux ou trois espions étant sortis, la maîtresse de la maison n'a pas pu y tenir plus longtemps, et a dit tout haut : « Le pape est mourant. »

Cette nouvelle a été suivie d'une discussion médicale et chirurgicale qui m'a révolté. Il était trop évident que chacun désirait la mort de ce pauvre vieillard. Personne n'avouait ouvertement ce désir, mais on insistait sur la gravité des symptômes de la strangurie dont il souffre beaucoup depuis deux heures. Mme Marentani a été probablement la première dans Rome à savoir cette grande nouvelle.

Un pauvre vieillard seul, sans famille, abandonné dans son lit aux soins de personnes qui hier le flattaient bassement, et qui aujourd'hui l'exècrent et désirent ouvertement sa mort, présente une image trop laide pour moi. On m'a plaisanté sur ma sensibilité, on m'a accusé d'affectation, on m'a rappelé les hommes que les préjugés du pape moribond ont renvoyés au supplice.

Je n'ai pu voir que l'homme souffrant et *abandonné* de tout le monde. *Monsignor* N*** m'a dit en sortant : « Il est vrai, nos places dureront plus que nous; mais n'est-ce rien que de savoir l'accueil que recevra l'annonce de notre mort? — Monseigneur, ai-je répondu, les âmes romanesques et généreuses doivent se faire artistes. »

Il y a trois jours, le 2 février, fête de la Purification, nous étions allés à la chapelle Sixtine, Frédéric et moi, pour examiner l'*Arche de Noé,* fresque de Michel-Ange au plafond, nous avons vu Léon XII entonner le *Te Deum.* Il était fort pâle, comme à l'ordinaire, mais avait l'air de se très bien porter.

8 février 1829. — Grand changement dans toutes les intrigues; on sera plus raisonnable et moins passionné; le pape va mieux. Hier et avant-hier il était au plus mal, ce matin on a des espérances. Depuis trois jours les médecins du pape sont les personnages les plus recherchés de Rome. Tout se sait ici; cette ville est trop petite et ses habitants trop judicieux pour qu'il y ait lieu à fausses nouvelles. On a mis une sentinelle à la statue de Pasquino[1]. On y trouve des vers délicieux.

9 février 1829. — Léon XII vient de recevoir le viatique, qui lui a été administré par son *cameriere secreto* (ou chambellan), *monsignor* Alberto Barbolani.

On dit généralement que le pape est plus mal; d'autres personnes soutiennent que la circonstance du viatique ne signifie rien : Léon XII est fort pieux, et a déjà reçu le viatique dix-neuf fois de compte fait. On prétend que les médecins sont devenus discrets; l'agitation morale est au comble. Dès qu'on a discuté les dernières nouvelles dans une maison, on retombe dans la grande question : « Qui sera pape? » Et bientôt après on arrive à celle-ci : « Qui voudrions-nous qui fût pape? » J'ai bien reconnu toute la profondeur sombre du caractère italien; plusieurs personnes ont dit devant moi, en parlant du papisme : « *Da lui corda.* »

Ces trois petits mots signifient : « Désirons que l'on fasse le plus mauvais choix possible ; nous arriverons à tous les excès et serons plus tôt délivrés*. »

L'habitude de la prudence fait que, dans la conversation, l'on ne sort guère de ces métaphores inintelligibles peut-être hors de Rome. Pour moi, je voudrais que l'Italie évitât les crimes qui accompagnent souvent les révolutions. Je désire voir sur le trône de saint Pierre le cardinal le plus raisonnable, et mes vœux sont pour M. Bernetti.

Aussitôt après la cérémonie du viatique administré au pape, M. le cardinal Bernetti, secrétaire d'État, a annoncé le danger où Sa Sainteté se trouvait :

1º À S. E. le cardinal Della Somaglia, doyen du Sacré-Collège ;

2º À S. E. le cardinal Zurla, vicaire général du pape, c'est-à-dire faisant à Rome les fonctions d'évêque ;

3º Au corps diplomatique.

Le cardinal Castiglioni, grand pénitencier, averti par le cardinal doyen, est entré chez le pape pour prendre soin de sa conscience. Le Saint Sacrement a été exposé dans les basiliques de Saint-Pierre, de Saint-Jean-de-Latran et de Sainte-Marie-Majeure ; on a récité dans les églises l'oraison *pro infirmo pontifice morti proximo*.

Tous les étrangers qui sont à Rome suivent ce cérémonial avec la plus vive curiosité. Nous cherchons surtout à deviner la pensée du peuple. Il y a d'abord un sentiment que je ne veux pas dire ; ensuite la mort du pape et la nomination du successeur sont pour ce peuple un jeu, c'est-à-dire ce qu'il y a de plus intéressant au monde. Je ne note que la plus petite partie de tout ce que nous avons vu. Je suis persuadé que, si l'on rédigeait en articles séparés tout ce qui doit se pratiquer à la création d'un pape et à sa mort, ce code aurait plus de deux mille articles.

Ce soir tous les théâtres ont été fermés.

Le pape est, dit-on, plongé dans une profonde léthargie. Dans les maisons les mieux instruites, on regarde la mort comme certaine. L'agitation morale est à son comble, toutes les physionomies sont changées. Ces Italiens, qui

---

* *Da lui corda,* lâchez la corde à cet animal furieux, afin qu'il se jette de lui-même dans le précipice.

se traînent si lentement dans les rues, aujourd'hui
marchent presque aussi vite qu'à Paris.

10 février 1829. — On nous réveille à neuf heures : tout
est fini pour Léon XII. Annibale Della Genga était né le
2 août 1760; il a régné cinq ans quatre mois et treize jours.
Il vient d'expirer sans douleurs apparentes, à huit heures
et demie.

Nous n'avons pas perdu de temps pour nous rendre au
Vatican. Il fait un froid piquant.

Le 4 février, Sa Sainteté avait accordé une audience
d'une heure à notre ami le jeune seigneur russe, et à deux
Anglais. Le pape avait l'air de fort bonne humeur et très
bien portant. La conversation roula sur les uniformes des
différentes armes de l'armée russe et de l'armée prussienne.
« Le pape m'a semblé fort laid, nous disait M. N***; il a
tout à fait le ton d'un vieil ambassadeur homme d'esprit,
très fin, et peut-être un peu méchant. Souvent Sa Sainteté
a plaisanté, et fort bien. Le pape s'est moqué indirectement
d'un des cardinaux qu'il a nommés en dernier lieu. »

Le cardinal Galeffi, camerlingue, a réuni le tribunal de
la *Reverenda Camera apostolica,* et à une heure après midi
est entré dans la chambre du feu pape. Après une courte
prière, le camerlingue s'est approché du lit; on a ôté le
voile qui couvrait la tête du défunt, le camerlingue a
reconnu le corps, et *monsignor Maestro di Camera* lui a
remis l'anneau du pêcheur.

À sa sortie du Vatican, le camerlingue, qui représente
maintenant le souverain, a été suivi de la garde suisse,
revêtue de son grand costume du XVe siècle, mi-parti
jaune et bleu. Tous les honneurs militaires lui ont été
rendus sur son passage. On s'est occupé de la toilette du
feu pape. Il a été habillé, rasé; on prétend qu'on lui a mis
un peu de rouge. Ce sont les pénitenciers de Saint-Pierre
qui gardent le corps. On a procédé à l'embaumement;
le visage sera recouvert plus tard d'un masque de cire
fort ressemblant.

À deux heures, le sénateur de Rome, ayant appris
officiellement la mort du pape, a fait sonner la grosse
cloche du Capitole. Par ordre du cardinal Zurla, vicaire,
toutes les cloches de Rome ont répondu à celle du Capitole. Ce moment a été assez imposant. C'est au son de
toutes les cloches de la Ville éternelle que nous avons

commencé nos visites d'adieu à ses plus beaux monuments. Nos affaires nous rappellent en France, et nous comptons partir pour Venise aussitôt après la clôture du conclave.

14 février 1829. — Les obsèques du feu pape ont commencé aujourd'hui à Saint-Pierre; elles dureront neuf jours, suivant l'usage. Nous étions à Saint-Pierre dès les onze heures du matin. *Monsignor* N*** a la bonté de nous expliquer tout le cérémonial que nous voyons s'accomplir sous nos yeux. Le catafalque du pape a été élevé dans la chapelle du chœur; il est entouré des gardes nobles, revêtus de leur bel uniforme rouge avec deux épaulettes de colonel en or. Le corps du pape n'y est pas encore.

Nous avons assisté à une grand-messe dite en présence de ce catafalque. C'est le cardinal Pacca qui a officié en sa qualité de sous-doyen du Sacré-Collège. Le cardinal Pacca est le candidat du parti ultra, et a beaucoup de chances pour succéder à Léon XII. Je lui trouve une physionomie spirituelle. Tous les étrangers assistaient en foule à cette messe.

On se disait les noms des cardinaux, on étudiait leur physionomie. Huit ou dix de ces messieurs ont l'air grave ou plutôt malade; les autres parlent beaucoup entre eux, et comme ils feraient dans un salon.

Après la messe, les cardinaux sont allés gouverner l'État; la séance a eu lieu dans la chambre du chapitre de Saint-Pierre. Ils ont confirmé tous les magistrats. Les Conservateurs[1] de Rome sont venus leur faire un discours de douleur sur la mort de Léon XII, qui met en joie tout le monde. Au reste, ce pape eût été un Sixte Quint, qu'il en serait de même. Les cardinaux, chargés de faire construire les petits appartements pour la tenue du conclave, au palais du Monte Cavallo, ont fait leur rapport.

Pendant que les cardinaux gouvernaient, le clergé de Saint-Pierre est allé chercher le corps de Léon XII dans la chapelle où il était exposé. On a chanté le *Miserere* assez mal. Le corps du pape étant arrivé dans la chapelle du chœur, les cardinaux y sont revenus. Le corps était vêtu magnifiquement en blanc; on l'a placé avec pompe, et en se conformant strictement à un cérémonial fort compliqué, dans un linceul de soie cramoisie, orné de broderies et de franges d'or. On a déposé dans le cercueil trois bourses remplies de médailles et un parchemin contenant l'histoire de la vie du pape.

Les rideaux de la grande porte de la chapelle du chœur étaient fermés; mais quelques étrangers protégés ont été introduits furtivement dans la tribune des chanteurs.

Un notaire dresse procès-verbal de toutes les cérémonies dont je vous rends un compte extrêmement sommaire. Une juste méfiance préside à tout ce qui se passe à la mort d'un pape. Car enfin le pauvre défunt n'a pas de parents présents, et les personnages chargés de lui choisir un successeur pourraient enterrer un pape vivant.

En revenant à la maison, bien fatigués et mourant de froid, nous avons remarqué que le prince don Agostino Chigi, maréchal du conclave, a une garde d'honneur à la porte de son palais.

16 février 1829. — Nous avons passé deux heures à Saint-Pierre. Le cardinal Castiglioni, grand pénitencier, a dit la messe auprès des restes du pape. Beaucoup d'églises de Rome ont élevé des catafalques; nous sommes allés voir celui de Saint-Jean-de-Latran.

Ce soir est arrivée S. M. le roi de Bavière, sous le nom de comte d'Augsbourg; grande jubilation parmi les artistes, dont ce prince est adoré.

18 février 1829. — Les cardinaux arrivent en foule. Le roi de Bavière est allé voir le mausolée de Pie VII, chez M. Thorwaldsen. Ce mausolée se trouve prêt justement au moment convenable. Léon XII va être mis au-dessus d'une porte, près la chapelle du chœur, dans Saint-Pierre, où il remplacera le bon Pie VII. On déposera les restes de ce pape dans les souterrains de Saint-Pierre, jusqu'au moment où ils trouveront place dans les fondations de son tombeau. Vous savez que c'est le cardinal Consalvi qui, par son testament, a pourvu à ce que son maître eût un tombeau. L'État ne fait rien ici pour un pape défunt au-delà des neuf jours d'obsèques solennelles. On parle déjà de Léon XII comme s'il fût mort il y a vingt ans.

Le roi de Bavière a été si content des trois statues destinées au monument de Pie VII, qu'il a décoré sur-le-

champ M. Thorwaldsen de la croix de commandeur de
son ordre. Ce nouvel honneur ne réussit point à Rome;
on prétend que l'artiste est un faux bonhomme et un grand
diplomate[1]. C'est peut-être l'envie qui parle : M. Thorwaldsen réunit huit ou dix décorations. Comme je
n'admire guère ses ouvrages, je n'ai point cherché à lui
être présenté.

Nous avons obtenu l'insigne faveur de voir le conclave;
ce bonheur est si grand et si compromettant pour qui
nous le procurait, que nous n'avons pu en jouir que
pendant trois minutes. Chacun des cardinaux aura un
appartement de trois petites pièces. Aujourd'hui ces
messieurs ont tiré au sort les appartements du conclave.
M. de Chateaubriand, ambassadeur du roi, a fait son
premier discours aux cardinaux; c'est M. le cardinal
Della Somaglia qui lui a répondu.

19 février 1829. — C'est M. le cardinal De Gregorio qui
a dit la messe ce matin devant le corps du feu pape. C'est
à M. De Gregorio que tous les étrangers donnent leur
voix, car M. Bernetti est décidément trop jeune pour
monter sur le trône.

20 février 1829. — On vient d'élever un magnifique
catafalque au milieu de la grande nef de Saint-Pierre. Les
ornements sont de M. Tadolini, le sculpteur. M. Valadier,
connu par la profanation de l'arc de Titus, a été l'architecte. Ceci n'est réellement pas mal.

On a donné à ce tombeau la forme générale d'une
pyramide; mais on a ajouté beaucoup d'ornements, et
avec raison. Il y a des bas-reliefs représentant les actions
de Léon XII, et force inscriptions latines de M. l'abbé
Amati. Le corps diplomatique assistait à la cérémonie qui
a eu lieu autour de ce catafalque. Ces cérémonies, toujours
les mêmes, commencent à nous sembler longues. Les
Anglais, accourus de Naples, s'y portent au contraire
avec fureur. On a payé des chevaux de poste, sur la route
de Naples, à des prix fous. Il est presque impossible de
se loger à Rome. Nous prêtons notre maison de campagne de Grotta Ferrata à deux familles napolitaines qui
ont été parfaitement pour nous pendant notre séjour
dans leur pays. Chaque soir, malgré le froid qu'il fait,
nos amis ont la patience d'aller à Grotta Ferrata. Nous

lisons dans leurs yeux que toutes ces cérémonies funèbres sont pour eux une chose bien autrement grave que pour nous.

22 février 1829, dimanche. — Dernier jour des cérémonies de Saint-Pierre. *Monsignor* Majo, sous-bibliothécaire[1] si poli de la Bibliothèque du Vatican, a prononcé un discours latin sur les vertus de Léon XII, en présence des cardinaux et du corps diplomatique. Ce discours est un centon de Cicéron; pas une idée; il pourrait s'appliquer également à tous les papes sous le règne desquels il y a eu un jubilé.

23 février 1829. — Hier, dans la nuit, nous avons assisté, par grande protection, à un spectacle lugubre. Dans cette immense église de Saint-Pierre, quelques ouvriers menuisiers, éclairés par sept ou huit flambeaux, clouaient définitivement le cercueil de Léon XII. Des ouvriers maçons l'ont ensuite hissé, avec des cordes et une grue, au-dessus de la porte, où il remplace Pie VII. Ces ouvriers ont plaisanté constamment; c'étaient des plaisanteries à la Machiavel, fines, profondes et méchantes[2]. Ces hommes parlaient comme les démons de la *Panhypocrisiade* de M. Lemercier[3]; ils nous faisaient mal. Une de nos compagnes de voyage, qui avait les larmes aux yeux, a obtenu de donner deux coups de marteau pour enfoncer un clou. Jamais ce spectacle lugubre ne sortira de notre mémoire; il eût été moins affreux si nous eussions aimé Léon XII.

Les obsèques sont enfin terminées.

Le cardinal Della Somaglia vient de chanter une messe du Saint-Esprit à l'occasion de l'ouverture du conclave. Cette cérémonie a encore eu lieu dans la chapelle du chœur, à Saint-Pierre, dont le lambris doré est orné de tant de statues nues. Ce contresens nous a poursuivis tout le temps des obsèques. Aujourd'hui, *monsignor* Testa a prêché en latin sur l'élection du pape. Ma foi, c'est trop d'ennui et de fausseté; tout le monde avait l'air de penser à autre chose.

Le parti ultra parmi les cardinaux s'appelle, je ne sais pourquoi, le parti sarde; aujourd'hui on dit qu'il l'emportera. Le pape futur continuera le règne de Léon XII à l'intérieur, et n'aura pas la même modération dans ses rapports avec les puissances étrangères. Il faut que ces vieux cardinaux aient des cœurs de bronze pour résister à la perspective des derniers moments de Léon XII. Je voudrais, avant tout, être aimé de ce qui m'entoure.

Ce soir, à vingt-deux heures (deux heures avant le coucher du soleil), nous sommes allés voir la procession des cardinaux entrant au conclave[1]. Cette cérémonie a eu lieu sur la place de Monte Cavallo, autour des chevaux de grandeur colossale. La croix qui précédait les cardinaux était tournée en arrière, c'est-à-dire que ces messieurs pouvaient apercevoir le corps du Sauveur. Toutes ces choses ont un sens mystique que *monsignor* N*** a la bonté de nous expliquer. Chaque cardinal était accompagné de son conclaviste, qui, ce me semble, prend le titre de baron au sortir du conclave.

La réunion des cardinaux étant traitée avec les honneurs dus au souverain, ces messieurs étaient environnés des gardes nobles et des Suisses en grande tenue de XVe siècle. Ce costume nous a semblé de fort bon goût en cette occasion.

La procession commençait par les cardinaux évêques; nous en avons compté cinq : LL. EE. Della Somaglia, Pacca, Galeffi, Castiglioni et Beccazzoli. Le peuple disait autour de nous que l'un de ces messieurs sera pape.

Après eux s'avançaient vingt-deux cardinaux prêtres, ayant M. le cardinal Fesch à leur tête; et enfin cinq cardinaux diacres.

Monsignor Cappelletti, gouverneur de Rome et directeur général de la police, marchait à côté du cardinal doyen, M. Della Somaglia.

Cette procession a été reçue à la porte du conclave par une commission de cinq cardinaux; M. Bernetti était du nombre; c'est pourquoi on ne l'a pas vu à la procession, où tous les étrangers, et surtout ceux qui sont arrivés d'aujourd'hui, le cherchaient des yeux.

Nous sommes allés dîner, et, comme de vrais badauds, sommes revenus sur la place de Monte Cavallo à trois heures de nuit (huit heures et demie du soir), pour attendre les fameux trois coups de cloche. Ils se sont fait entendre; toutes les personnes étrangères au conclave sont sorties; le prince Chigi a établi sa garde, et les cardinaux ont été murés.

Maintenant, quand sortiront-ils? Tout ceci peut être

long. Rien ne se décidera qu'après l'arrivée du cardinal Albani, légat à Bologne, qui a le secret de l'Autriche, c'est-à-dire qui est chargé de son *veto* (vous savez qu'au conclave de 1823, le cardinal Albani donna l'exclusion au cardinal Severoli).

On sent bien que je ne puis pas tout dire. On fait courir dans Rome des vers délicieux; c'est la force de Juvénal mêlée à la folie de l'Arétin.

Ces vers disent qu'il y a trois partis bien formés : le parti sarde ou ultra, qui prétend qu'il faut gouverner l'Église et les États du pape de la façon la plus sévère. Ce parti est dirigé par M. le cardinal Pacca.

Le parti libéral, à la tête duquel est M. le cardinal Bernetti.

Le parti autrichien, ou du *centre,* qui a pour chef M. le cardinal Galeffi; c'est un homme instruit et qui aime les arts. Ce qu'il y a de singulier pour nous autres ignorants, c'est que les jésuites sont du parti du centre. Est-ce pour le trahir ? « *Il tempo è galantuomo* », dit Mgr N***, c'est-à-dire nous saurons la vérité à la fin du conclave.

L'attendrons-nous à Rome ? Notre projet était de nous mettre en route aussitôt après la fermeture du conclave. Mais il fait froid, et nous allons au nord avec la tramontane au visage; mais nos compagnes de voyage désirent voir le couronnement d'un pape. Il vient d'être décidé, bien malgré moi, que nous attendrons ce grand événement pendant trente jours. Nos amis anglais ont fait des paris énormes à ce sujet. On parie quinze cents guinées contre mille que le conclave durera plus de trente fois vingt-quatre heures, c'est-à-dire plus de sept cent vingt heures.

4 mars 1829. — Puisque je dois parler du conclave, je cède à la tentation de citer quelques fragments d'une lettre écrite de Rome par un jeune diplomate[1]. Il est des familles dans lesquelles l'esprit et les talents sont héréditaires.

« On peut appeler Rome la ville des élections. Depuis l'année de sa fondation, c'est-à-dire pendant un espace de près de vingt-six siècles, la forme de son gouvernement a presque toujours été élective. Nous voyons les Romains élire leurs rois, leurs consuls, leurs tribuns, leurs empereurs, leurs évêques et enfin leurs papes. Il est vrai que les élections des papes sont remises entre les mains d'un corps privilégié; mais, ce corps n'étant point héréditaire, se recrutant sans cesse d'individus sortis de tous les rangs et de toutes les nations du monde, on peut dire que, bien que le principe de l'élection directe soit faussé, c'est toujours une élection du peuple faite par l'organe de ceux qui sont parvenus au sommet de l'échelle sociale.

« ... Le peuple entier élisait le consul; plus tard, c'est aussi le peuple entier qui élit l'évêque, et, lorsque les institutions se perdent et se corrompent, c'est la garde prétorienne qui élit les empereurs; ce sont les cardinaux qui élisent le pape.

« ... Les chefs spirituels de Rome sont d'abord élus par l'assemblée des chrétiens cachés au fond des catacombes. Lorsque l'empire est transporté en Orient, lorsque l'arrivée des barbares a donné plus de force aux chrétiens, l'élection se fait publiquement par le peuple. Plus tard, lorsque l'évêque a acquis plus de puissance, lorsqu'un clergé s'est formé, c'est par les membres de ce clergé qu'il est élu; le peuple s'efface déjà. Bientôt Charlemagne et ses successeurs imaginent de ressusciter l'empire d'Occident... et, pour donner à l'empire l'appui de la religion, ils pensent que ce n'est qu'à Rome qu'ils pourront poser sur leur tête la couronne impériale... Le titre d'évêque, déjà commun en Europe, est changé contre celui de pape; une hiérarchie s'est formée dans le clergé; le pape dédaigne de tenir son autorité de simples prêtres; désormais les cardinaux seuls concourent à son élection...

« ... Un jour, le peuple, fatigué de la longueur des opérations des électeurs, s'avise de murer les portes du palais dans lequel ils sont réunis, et de les tenir enfermés jusqu'à ce que leur choix soit proclamé. Ce précédent fait loi : le conclave se ferme désormais pour chaque élection...

« ... Enfin s'introduisit l'usage et le droit, de la part de plusieurs puissances catholiques, de s'opposer, au sein du conclave, par l'organe d'un cardinal, à certains choix qui pouvaient leur porter ombrage.

« Tel était l'état des choses quand un nouvel empereur d'Occident, réunissant Rome à son empire, vint proclamer que "toute souveraineté étrangère est incompatible avec l'exercice de toute autorité spirituelle dans l'intérieur de l'empire.

« "Et que, lors de leur exaltation, les papes prêteront serment de ne jamais rien faire contre les quatre propositions de l'Église gallicane, arrêtées dans l'assemblée du clergé en 1682." (Sénatus-consulte du 17 février 1810.)

« ... Les deux puissances qui exercent aujourd'hui le plus d'influence dans un conclave sont la France et l'Autriche. Leurs intérêts sont différents; mais tout s'arrange : si l'une l'emporte dans le choix du pape, l'autre a le dessus dans l'élection du secrétaire d'État.

« ... Le clergé en France est grave et religieux, il commande le respect; à Rome les abbés sont les heureux du siècle : ils sont gais, comiques et quelquefois bouffons... ... Ce ne sont pas nos petits abbés à l'ambre et au musc de l'ancien régime; les Italiens n'ont pas ces soins délicats de leurs personnes... ils n'ont pas leurs poches pleines de petits vers à Chloé... Mais ils savent presque toujours quelque grosse histoire sur un capucin ou sur un chartreux; ils ont découvert que la nouvelle chanteuse avait une jambe plus courte que l'autre; ils ont le rire inextinguible des dieux.

« ... Les deux extrémités de la rue Pia sont fermées par une cloison de planches recouverte de vieilles tapisseries. Un factionnaire suisse, vêtu comme au XIVe siècle, et armé d'une longue hallebarde, protège cette faible barrière.

« La grande porte du palais de Monte Cavallo est ouverte, mais gardée par un poste nombreux. Les fenêtres de la façade, au premier étage, sont fermées par des persiennes. Celle du milieu, au-dessus de la grande porte, et donnant sur un balcon, a seule été murée*. »

5 mars 1829. — Nous avons rencontré, en venant à la place de Monte Cavallo, trois processions que l'on fait pour demander au ciel la prompte élection du souverain pontife. Le dernier artisan de Rome sait bien que l'élection n'aura pas lieu les premiers jours; il faut que les partis reconnaissent leurs forces. Les premiers scrutins, qui ne peuvent amener aucun résultat, sont de pure politesse; les cardinaux donnent leur voix à ceux d'entre leurs collègues qu'ils veulent honorer par une marque d'estime publique.

---

* M. Henri Siméon.

Nous avons assisté à la *fumata,* et aux bruyants éclats de rire qu'elle excite toujours. Voici ce que c'est.

De la fenêtre la plus voisine de celle qui a été murée dans la façade du palais de Monte Cavallo qui regarde les chevaux de grandeur colossale, sort un tuyau de poêle long de sept à huit pieds. Ce tuyau joue un grand rôle pendant le conclave.

Les journaux vous ont appris que tous les matins les nobles reclus vont aux voix. Chaque cardinal, après avoir fait une courte prière, va déposer dans un calice, placé sur l'autel de la chapelle Pauline, une petite lettre cachetée. Cette lettre, pliée d'une façon particulière, contient le nom du cardinal élu, une devise prise dans l'Écriture, et le nom du cardinal électeur.

Chaque soir, on procède à un ballottage entre les candidats qui ont eu des voix le matin. La petite lettre cachetée contient ces mots : « *Accedo domino* N. »

Ce vote ne doit être accompagné d'aucun raisonnement, d'aucune condition. Remarquez bien ceci. Cette cérémonie du soir a pris le nom d'*accession;* quelquefois un cardinal, mécontent des choix indiqués le matin, écrit sur son billet du soir : « *Accedo nemini.* »

Deux fois par jour, quand les cardinaux chargés du dépouillement du scrutin ont reconnu qu'aucun candidat n'a obtenu les deux tiers des suffrages, on brûle les petits billets, et la fumée s'échappe par le tuyau de poêle dont je viens de parler; c'est ce qu'on appelle la *fumata.* À chaque fois cette *fumata* excite le gros rire du peuple assemblé en foule sur la place de Monte Cavallo, et qui songe au désappointement des ambitions; chacun se retire en disant : « Allons, nous n'avons point de pape pour aujourd'hui. »

6 mars 1829. — L'agitation morale est au comble. Le 2 et le 3 mars, sont arrivées LL. EE. les cardinaux Ruffo-Scilla, de Naples, et Gaysruck, de Milan. Ces messieurs vont faire leur prière à Saint-Pierre, reçoivent des visites plus ou moins mystérieuses, et ensuite entrent au conclave en se conformant à un cérémonial curieux à voir, mais dont la description ennuierait le lecteur, peut-être un peu las déjà de tout ce qui a rapport au pape. Nos compagnes de voyage s'amusent fort de ces cérémonies exécutées par des gens profondément occupés de tout autre chose que de ce qu'ils font. Pour moi, j'ai déjà vu tout cela lors de l'élection de Léon XII.

Nous avons eu ce matin le spectacle de l'arrivée du dîner des cardinaux; chaque dîner occasionne une procession qui traverse Rome au petit pas. D'abord s'avance la livrée du cardinal, en nombre plus ou moins considérable, suivant la richesse du patron. (La livrée la plus brillante est celle du cardinal De Gregorio.)

Vient ensuite un brancard porté par deux *facchini,* sur lequel est un grand panier décoré des armes du cardinal; ce panier contient le dîner; deux ou trois voitures de *gala* terminent la procession. Un cortège semblable part tous les jours du palais de chaque cardinal et arrive à Monte Cavallo.

Grâces à *monsignor* N***, nous avons assisté ce matin à la visite des dîners; plusieurs cortèges étaient déjà arrivés. Après avoir passé la porte, non sans peine, et traversé la grande cour du palais de Monte Cavallo, nous sommes arrivés à une salle provisoire construite en planches et en tapisseries, au fond de laquelle on a établi deux tours.

Là un évêque procédait à la visite des dîners. On ouvre les paniers, on remet les plats un à un dans les mains de l'évêque, dont la visite devrait avoir pour but de prévenir toute correspondance. L'évêque regardait les plats d'un air grave, les flairait quand ils avaient bonne mine, et les remettait à un employé subalterne, qui les plaçait dans le tour. Il est clair que chaque dîner pouvait contenir, dans le corps des poulets ou au fond des timbales de légumes, cinq ou six billets.

Comme après la visite de deux ou trois dîners toute cette cuisine nous ennuyait, et que nous étions sur le point de nous retirer, nous avons vu arriver par le tour, de l'intérieur du conclave, un billet qui contenait deux numéros, 25 et 17, avec prière de les mettre à la loterie.

Les jeux de hasard sont une des grandes passions des Italiens. Un Romain est-il abandonné par sa maîtresse? Quel que soit son désespoir, il ne néglige pas de mettre à la loterie le nombre d'années de sa maîtresse, et le quantième du mois indiqué par le jour de la rupture. Le mot même d'*infidélité,* cherché dans le dictionnaire *del Lotto,* correspond, si je ne me trompe, au nombre trente-sept. Les numéros arrivés de l'intérieur du conclave pouvaient aussi signifier que, dans le scrutin de ce matin, le cardinal qui occupe l'appartement n° 25 a eu 17 voix, ou toute autre chose. Ces numéros 17 et 25 ont été fidèlement remis à un domestique du cardinal P***.

La description de l'entrée au conclave du dîner des cardinaux vous a montré que rien n'est plus facile que la correspondance du matin. Le soir, après la *fumata*, quand tout le monde est retiré, on lance, sur la place de Monte Cavallo ou dans la rue Pia, des piastres creuses renfermant de petits billets écrits sur du papier fin, et il se trouve toujours par hasard quelqu'un pour les ramasser.

La seule nouvelle officielle qu'il y ait à apprendre, ce sont les noms des cardinaux chefs d'ordre chargés du dépouillement du scrutin. Les cardinaux chefs d'ordre pour les journées des 5, 6 et 7 mars, sont LL. EE. Arezzo, de l'ordre des évêques; Testaferrata, de l'ordre des prêtres, et Guerrieri-Gonzaga, de l'ordre des diacres.

7 mars 1829. — Voici un grand événement, mais oserai-je le raconter? Il a été pour la société romaine comme une forte secousse électrique. Il faut savoir qu'on était excédé ici de la manière de gouverner du feu pape, et que l'on est convaincu que le parti ultra l'emportera, et que le choix sera exécrable. (Telle n'est pas l'opinion des étrangers modérés.)

Tout à coup ce soir, vers les dix heures, on a appris que le choix a été sur le point d'être excellent.

Il paraît que, depuis plusieurs jours, le cardinal Bernetti, ancien gouverneur de Rome et fort aimé ici, c'est le M. de Belleyme[1] de ce pays, le cardinal Bernetti donc s'était concerté avec les cardinaux italiens. « La religion doit être au-dessus de tous les partis : si elle se fait autrichienne, elle entre en partage de la haine bien ou mal fondée qui anime contre l'Autriche les dix-neuf millions d'Italiens. Nommons donc un pape avant l'arrivée du cardinal Albani, porteur de l'exclusion autrichienne. » Tels sont les raisonnements que l'on prête à l'ancien gouverneur de Rome, et dont je ne réponds point. Quelques cardinaux timides, d'autres disent gagnés d'avance par l'Autriche, ont demandé deux fois vingt-quatre heures pour se décider.

Enfin, hier on a calculé que le cardinal Albani ne devait pas tarder d'arriver. Ce matin, on est allé au scrutin; tous les cardinaux dont on n'était pas sûr avaient reçu l'avis de voter pour le cardinal De Gregorio, le candidat du parti libéral. Les cardinaux *sûrs* devaient ce soir décider la nomination en *accédant* au cardinal De Gregorio.

Ce soir, à l'accessit, on compte les voix; le cardinal De Gregorio avait réuni les deux tiers des votes et allait être adoré; malheureusement M. le cardinal Benvenuti avait fait de l'esprit en ajoutant une phrase ou deux à son vote, qui a été déclaré nul. Sur-le-champ on a tout préparé pour réussir demain matin; mais, ce soir même, M. le cardinal Albani est entré au conclave; tout est perdu.

Tels sont les *on-dit* de Rome. Je puis répondre que voilà ce qu'on raconte dans les cercles les mieux informés; est-ce la vérité?

9 mars 1829. — On n'a plus le courage de s'occuper du conclave. Nous sommes allés passer les journées d'hier et d'aujourd'hui à Tivoli; le temps est magnifique. Ce soir, au retour, nous avons trouvé nos Romains plongés dans le désespoir; leurs mines sont réellement changées. « Que vous importe la nomination du pape? nous disent-ils; c'est pour vous un objet de curiosité. Un pape dure en général huit ans, la nomination que nous venons de manquer assurait notre tranquillité pour plusieurs années. » À cela il n'y a rien à répondre. On dit qu'en Romagne le mécontentement est au comble.

10 mars 1829. — M. de Chateaubriand a fait un discours au conclave. Par une distinction flatteuse, son carrosse, en allant à Monte Cavallo, était suivi des carrosses de tous les cardinaux : ces messieurs, de l'intérieur du conclave, avaient donné des ordres à cet effet. M. de Chateaubriand a donné de belles fêtes; il a fait taire des fouilles; il annonce le projet d'élever un tombeau au Poussin; il a été poli envers M. le cardinal Fesch. Il me semble que ce personnage illustre a réussi auprès des cardinaux.

C'est dans la salle où a lieu la visite des dîners que M. de Chateaubriand a parlé, vis-à-vis une petite ouverture où un œuf n'aurait pu passer. De l'autre côté de ce trou, était la députation du conclave. M. le cardinal Castiglioni a répondu au discours de l'ambassadeur; nous avons cité un fragment de cette réponse t. I, p. 273[1].

Le discours de M. l'ambassadeur d'Espagne était en latin, M. de Chateaubriand a parlé en français. Son discours est fort libéral; il y a un peu trop de *je* et de *moi;* à cela près, il est charmant et a le plus grand succès. Il a déplu aux cardinaux. Quelle que soit l'opinion personnelle du gouvernement français, sous peine de n'être rien, il est forcément en Italie le protecteur du parti libéral. Ce soir, on a lu dans tous les salons des copies du discours de M. de Chateaubriand.

15 mars 1829. — Toujours des processions et des prières pour la prompte élection du pape. On commence à murmurer vivement. Les Romains craignent pour leur semaine sainte; si le pape n'est pas nommé pour le 19 avril, jour de Pâques, il n'y a pas de semaine sainte, et adieu les loyers exorbitants. Nos hôtes parlent de la semaine sainte comme d'une récolte, ils prétendent qu'elle s'annonce fort bien cette année. Les étrangers que les cérémonies du conclave ont attirés à Rome ne s'en iront pas, et il en viendra beaucoup d'autres. Nous avons couru tous les quartiers de Rome hier et aujourd'hui; nous voulions trouver un logement pour un de nos amis qui vient de Sicile; impossible de rien avoir : les prix sont du dernier ridicule.

20 mars 1829. — Probablement l'Espagne a chargé de ses intérêts M. le cardinal Giustiniani, que l'on dit ami particulier de S. M. Ferdinand VII, et qui est connu à Rome par un grand cordon espagnol qu'il porte toujours par-dessus son habit de cardinal*; ses belles actions en Espagne ont failli le faire préférer au cardinal Pacca par la faction ultra. Dans le fait, la France et l'Autriche sont les deux seules puissances réellement intéressées à la nomination du pape. On a grand-peur de la France à Rome; d'ailleurs nous ne pouvons rien faire pour un cardinal italien. L'Autriche peut donner des évêchés aux neveux des cardinaux qui voteront pour elle.

31 mars 1829. — Ce matin il pleuvait par torrents, une véritable pluie des tropiques, lorsqu'un perruquier, à qui

---

* M. le cardinal Giustiniani est évêque d'Imola. Faites-vous raconter la révolte qui a eu lieu à Imola au commencement de juin 1829, à propos d'une relique[1]. Quelle énergie! À la vérité dans un but criminel ou ridicule : Lisez l'interdiction lancée sur Imola, qui s'en moque. — Expulsion des juifs.

nous avions promis quelque argent, est entré essoufflé et
véritablement hors de lui dans le salon où nous déjeunions.
« *Signori, non v'è fumata.* » Voilà les seuls mots qu'il a pu
prononcer : « Messieurs, il n'y a pas eu de *fumata.* »
Donc le scrutin de ce matin n'a pas été brûlé; donc le
pape est nommé.

Nous nous sommes trouvés pris *sans vert;* comme
César Borgia, nous avions tout prévu pour le jour de la
nomination du pape, excepté une pluie de tempête. Nous
l'avons bravée.

Nous venons d'avoir la constance de passer trois
heures sur la place de Monte Cavallo. Il est vrai qu'au
bout de dix minutes nous étions mouillés comme si l'on
nous eût jetés dans le Tibre. Nos manteaux de taffetas
ciré protégeaient un peu nos compagnes de voyage,
aussi intrépides que nous. Nous avions à notre disposition des fenêtres donnant sur la place, mais nous tenions
à être tout contre la porte du palais, à côté de la fenêtre
murée, afin d'entendre la voix du cardinal qui allait proclamer le nom du nouveau pape. Jamais je n'ai vu une
telle foule : une épingle ne fût pas tombée par terre, et il
pleuvait à verse.

De braves soldats suisses, gagnés d'avance, nous ont
fait parvenir aux places gardées pour nous tout près de la
porte du palais. Un de nos voisins, homme fort bien mis
et qui recevait déjà la pluie depuis une heure, nous a dit :
« Ceci est cent fois plus intéressant que le tirage de la
loterie. Songez, messieurs, que le nom du pape que nous
allons apprendre influe directement sur la fortune et les
projets de tout ce qui à Rome porte un habit de drap fin. »

Peu à peu l'attente, dans une situation si incommode, a
mis le peuple en colère, et dans ces circonstances tout le
monde est peuple. C'est en vain que j'essayerais de vous
peindre les transports de joie et d'impatience qui, en un
clin d'œil, nous ont tous agités lorsqu'une petite pierre
s'est détachée de cette fenêtre murée donnant sur le balcon,
et sur laquelle tous les yeux étaient fixés. Une acclamation
générale nous a assourdis. L'ouverture s'est agrandie
rapidement, et, en peu de minutes, la brèche a été assez
large pour permettre à un homme de s'avancer sur le
balcon.

Un cardinal s'est présenté; nous avons cru reconnaître
M. le cardinal Albani; mais, effrayé de l'horrible averse

qu'il faisait en ce moment, ce cardinal n'a pas osé se hasarder à la pluie après une si longue réclusion. Après une demi-seconde d'incertitude, il a reculé. Qui pourrait peindre à ce moment la colère du peuple, ses cris de fureur, ses imprécations grossières? Nos compagnes en ont été réellement effrayées. Ces furieux parlaient de démolir le conclave, et d'aller en arracher *leur nouveau pape*. Cette étrange scène a duré plus d'une demi-heure. À la fin, nos voisins n'avaient plus de voix et étaient hors d'état de crier.

La pluie a diminué un instant : le cardinal Albani s'est avancé sur le balcon; cette foule immense a jeté un soupir de contentement; et il s'est fait[1] un silence à entendre voler une mouche.

Le cardinal a dit : « *Annuntio vobis gaudium magnum, papam habemus eminentissimum et reverentissimum dominum* (l'attention a redoublé) *Franciscum-Xaverium, episcopum Tusculanum, sacrae Romanae Ecclesiae Cardinalem Castiglioni, qui sibi nomen imposuit Pius VIII*.* »

Aux mots de *Franciscum-Xaverium,* quelques personnes très instruites des noms des cardinaux ont deviné le cardinal Castiglioni; j'ai entendu prononcer ce nom fort distinctement; aux mots *Episcopum Tusculanum,* vingt voix ont répété ce nom, mais à voix très basse, afin de ne rien perdre de ce que disait le cardinal Albani. Au mot de *Castiglioni,* il y a eu comme un cri supprimé, suivi d'un mouvement de joie marqué. On dit que ce pape a toutes les vertus; surtout il ne sera pas méchant.

Avant de se retirer, le cardinal Albani a jeté au peuple un papier contenant les mêmes mots qu'il venait de prononcer. Il a fini par battre des mains. Des applaudissements universels lui ont répondu; au même instant, le canon du fort Saint-Ange a annoncé ce grand événement au peuple de la ville et des campagnes.

J'ai vu des larmes dans beaucoup d'yeux; était-ce simple émotion pour un événement si longtemps attendu? Ces larmes étaient-elles l'expression du bonheur d'avoir obtenu un souverain aussi bon après une si grande crainte?

---

* Je vous annonce une grande joie. Nous avons un pape, l'éminentissime et révérendissime seigneur François-Xavier, évêque de Frascati, de la sainte Église romaine, cardinal Castiglioni, qui s'est imposé le nom de Pie VIII.

Le peuple se moquait fort, en s'en allant, des deux ou trois cardinaux dont la nomination l'aurait consterné.

Nous sommes revenus bien vite nous chauffer. De la vie aucun de nous n'a été mouillé à ce point.

Voici quelques détails, ceux que la prudence permet de donner.

C'est une sorte de prédiction de Pie VII qui a valu à Pie VIII les trois ou quatre voix qui ont décidé son élection. On rapporte que Pie VII, en le faisant cardinal, dit, d'une façon assez obscure toutefois : « Celui-ci sera mon successeur. » La faction[1] ultra n'a pas réussi; la faction libérale n'a plus eu d'espoir après la victoire manquée du 7 mars; c'est le parti autrichien et modéré qui a porté au trône le cardinal Castiglioni.

1er avril 1829. — Hier soir, l'aspect de la société était taciturne; chacun calculait sa position à l'égard du nouveau pape et des amis du nouveau pape. Quand nos amis romains parlaient, c'était pour se faire remarquer de petites conséquences de l'élection de Pie VIII, pour nous inintelligibles.

Toutes les vertus sont montées sur le trône avec ce pape. Il a passé le règne de Napoléon, de 1809 à 1814, à Mantoue, à Milan et à Pavie. On le dit fort savant en théologie; il était fort lié avec Consalvi, et donnera de l'avancement au cardinal De Gregorio. Mais il est souvent malade; qui sera son ministre?

Pie VIII a été nommé après quarante-neuf jours de siège vacant et trente-six jours de conclave. Notre ami H*** gagne son pari de mille guinées. La nomination du cardinal Castiglioni a été décidée dans la nuit. Il a été élu au scrutin du matin. Le cardinal Della Somaglia lui ayant demandé s'il acceptait, il a répondu *oui,* sans phrases, et a choisi le nom de Pie VIII.

Aussitôt *monsignor* Zucchi, notaire du Saint-Siège, a dressé procès-verbal de l'élection.

MM. les cardinaux Albani et Caccia Piatti ont accompagné le nouvel élu dans la sacristie de la chapelle Pauline, où il a été revêtu des habits pontificaux. On en avait préparé pour trois tailles différentes.

Le pape s'est ensuite placé sur l'autel de la chapelle Pauline, et a reçu la première adoration, qui consiste dans le baiser de la main et un double empressement.

M. le cardinal Galeffi, camerlingue, lui a remis l'anneau du pêcheur.

1ᵉʳ avril 1829 au soir. — Ce matin, sur les quinze heures (neuf heures du matin), le nouveau pape s'est rendu du palais Quirinal au Vatican. Il a été salué avec enthousiasme. Le peuple disait : « Mais qui choisira-t-il pour secrétaire d'État? » Les Romains ne savent pas encore que le cardinal Albani a été nommé hier par un *motu proprio,* écrit de la main du pape. Nous avons reconnu, dans le carrosse de Sa Sainteté, MM. les cardinaux Della Somaglia et Galeffi. Nous avons vu le pape sur le grand autel de Saint-Pierre. On a chanté le *Te Deum,* et Pie VIII a reçu la troisième adoration.

Pendant cette cérémonie assez longue, M. N***, cet homme aimable, qui m'annonça la maladie de Léon XII chez Mme M***, qui nous a comblés de prévenances et qui est devenu notre ami; M. N***, dis-je, nous a fait l'histoire de Pie VIII.

François-Xavier Castiglioni est né à Cingoli, petite ville de la Marche d'Ancône, le 20 novembre 1761; il fut d'abord évêque de Montalto; le 8 mars 1816, il fut fait cardinal et évêque de Césène par Pie VII. Ce fut à cette occasion que ce pape dit : « Il viendra après moi. » Bientôt on sentit qu'il fallait un homme instruit pour la place de grand pénitencier, car la tradition des usages était interrompue, et le cardinal Castiglioni fut nommé uniquement à cause de sa profonde science.

M. le cardinal Albani a soixante-dix-huit ans; il est trop âgé pour être pape à un autre conclave. C'est un grand seigneur qui aime les plaisirs; quel parti va-t-il prendre? Voudra-t-il se faire haïr? Il me semble que l'on peut être soi-même dans deux positions, quand on n'est rien et quand on est tout. Comme toute sa vie l'on a vu M. le cardinal Albani dévoué à la politique de la maison d'Autriche, beaucoup de soupçons ont accueilli sa nomination au ministère. C'est un homme aimable, un peu don Juan dans sa jeunesse; il a des manières élégantes pour un Italien. Je l'ai vu à Bologne, aux soirées de M. Degli Antoni, où il faisait exécuter de la musique de sa composition par Mlle Cantarelli.

Le style de cette musique était antique; mais elle eût passé pour savante en 1775, époque probable des études de M. le cardinal Albani; il n'est entré dans les ordres qu'en 1823, à l'occasion du conclave.

Le nouveau secrétaire d'État vient d'annoncer à M. le cardinal De Gregorio qu'il était nommé grand pénitencier, et à M. le cardinal Pacca qu'il était confirmé dans sa place de *prodatario*.

4 avril 1829. — M. le cardinal Bernetti est exilé à Bologne, où il sera légat; cette nouvelle consterne tout le monde.

Nous venons des loges de Raphaël. À l'occasion de l'exaltation du pape, Mgr Soglia, aumônier de Sa Sainteté, vient de distribuer une aumône d'un *paolo* par tête aux pauvres de Rome rassemblés dans la cour du Belvédère au Vatican. Un élève de Gall[1] nous avait engagés à voir ce spectacle d'une fenêtre basse du palais. En présence de tant de têtes d'un caractère marqué, notre ami a parlé avec beaucoup de grâce, mais ne nous a pas convaincus; il n'y a tout au plus de vrai, dans ce système, que les généralités. Le siège des passions est beaucoup plus développé chez la canaille romaine que celui de l'intelligence. Nous avons vérifié les idées du docteur Edwards sur les races d'hommes[2]. J'ai oublié de dire que, le 1er et le 2 avril, il y a eu de grandes illuminations.

5 avril 1829. — Belle journée de printemps. Ce matin, dans Saint-Pierre, nous avons assisté au couronnement de Pie VIII; à quatorze heures (huit heures et demie du matin), nous avons vu Sa Sainteté arriver du Quirinal à Saint-Pierre; par politesse pour la France et l'Autriche, le pape avait pris dans son carrosse MM. les cardinaux de La Fare et Gaysruck, le digne archevêque de Milan. La cérémonie de Saint-Pierre a été fort belle : immense concours de peuple et d'étrangers; tout le monde était parfaitement à l'aise, tant cette église est vaste.

Le pape sera-t-il autrichien ou français? Telle est la question à l'ordre du jour. Le carbonarisme a pénétré si profondément dans le peuple, que le cocher de notre fiacre avait, avec le laquais de place, exactement la même conversation que nous venions d'avoir avec M. le prince N***.

Pie VIII a plusieurs frères à Cingoli, l'un desquels est archidiacre et bientôt sera cardinal.

12 avril 1829. — Première chapelle papale tenue par Pie VIII; il y avait un monde énorme; le pape a distribué des rameaux; il y a eu procession dans la salle royale; Sa Sainteté était portée en chaise *gestatoria* (comme Jules II, dans l'*Héliodore chassé du temple,* de Raphaël).

23 avril 1829. — Les cérémonies de la semaine sainte ont été magnifiques. On ne se souvient pas d'avoir vu une telle foule à Rome; beaucoup d'étrangers sont obligés d'aller coucher à Albano; on a payé de petites chambres fort mesquines jusqu'à un louis par jour. Quant au dîner, c'est un problème difficile à résoudre. Les *osterie,* assez peu propres en temps ordinaire, sont encombrées dès dix heures du matin, de façon à ne pas pouvoir passer la porte; à l'heure du dîner, il y a foule comme devant un théâtre les jours de première représentation.

Les étrangers qui n'ont pas un ami à Rome qui puisse leur offrir l'absolu nécessaire sont bien malheureux. La paresse romaine triomphe dans cette occasion; j'ai vu un petit marmiton refuser *avec orgueil* cinq francs qu'on lui offrait pour faire cuire une côtelette. Plusieurs curieux napolitains ont vécu tout un jour avec du chocolat et des tasses de café. Épigrammes bien plaisantes.

Rome a pris depuis le dimanche des Rameaux un air de fête bien étrange; tout le monde se presse, tout le monde marche vite.

Je n'ai pas le courage de décrire les cérémonies de la semaine sainte; deux ou trois moments ont été magnifiques. Quand on se trouve ici à cette époque, on peut acheter un petit volume de quatre-vingt-deux pages, publié en français de Rome, par M. l'abbé Cancellieri. Le pape vient d'accorder deux séances à M. Fabris, sculpteur; nous sommes allés voir ce buste, qui est fort ressemblant.

Demain nous quittons Rome, et à notre grand regret. Nous allons à Venise; nous passerons cet été quinze jours aux bains de Lucques et un mois aux bains délicieux de la Battaglia, près Padoue.

Dans ces lieux de plaisir, le génie italien oublie d'avoir peur et de haïr. La nomination de M. le cardinal Albani

commence à produire son effet; on a trouvé ce matin,
écrit en lettres énormes, avec de la craie blanche, en
vingt endroits de Rome, et à la porte du palais de Monte
Cavallo, où réside le pape :

Siam servi sì, ma servi ognor frementi[1].

ALFIERI.

APPENDICE[1]

CHRONOLOGIE DES EMPEREURS ROMAINS

Octavien Auguste

fonde l'empire après les victoires de Philippes et d'Actium, l'an 30 avant l'ère chrétienne, et, après avoir régné quarante-quatre ans, il meurt, laissant l'empire à Tibère.

Ère chrét.
Ans

14	Tibère.
37	Caligula.
41	Claude.
54	Néron. Saint Pierre établit le siège de l'Église à Rome en 54. *Sic dicitur.*
68	Galba.
69	Othon.
69	Vitellius.
69	Vespasien. Bâtit le Colisée.
79	Titus.
81	Domitien.
96	Nerva.
98	Trajan. Colonne et basilique de Trajan.
117	Adrien. Alexandre Ier, pape. *Mole Adriana*[1].
138	Antonin le Pieux. Pie I.
161	Marc Aurèle et Lucius Vérus. Anicet, pape.
180	Commode.
193	Pertinax.
193	Didius Julianus.
193	Septime Sévère.

Ère chrét.
  Ans

198   Antonin Caracalla, et Geta son frère.
217   Macrin.
218   Héliogabale.
222   Alexandre-Sévère.
235   Maximin I.
237   Gordien I et Gordien II.
237   Maxime et Balbin.
238   Gordien III.
244   Philippe le père et le fils.
249   Décius.
251   Gallus et Volusien.
253   Émilien.
253   Valérien.
253   Gallien.
268   Claude II.
270   Aurélien.
275   Tacite et Florien.
276   Probus.
282   Carus.
283   Carin et Numérin.
284   Dioclétien.
286   Maximien.

305   Constance Chlore et Maximien Galère.
306   Constantin le Grand. Se fait chrétien, bâtit
          Saint-Pierre. *Voir* Gibbon.
306   Maxence.
308   Maximin II.
308   Licinius.
337   Constantin le Jeune, Constance et Constant.
361   Julien, homme singulier.
363   Jovien.
364   Valentinien I, et Valens.
367   Gratien.
375   Valentinien II.
379   Théodose I.
383   Arcadius.
393   Honorius.

Ère chrét.
Ans

402 Théodose II.
421 Constance II.
425 Valentinien III.
450 Marcien.
455 Avitus.
457 Majorien et Léon.
461 Lybius Sévère.
467 Anthème.
472 Olybrius.
473 Glycerius.
474 Népos et Zénon.
475 Romulus, ou Augustule, qui l'année suivante fut détrôné par Odoacre, roi des Hérules. Avec lui finit l'empire d'Occident. Simplice était pape.

CHRONOLOGIE OFFICIELLE DES PAPES
depuis saint Pierre jusqu'à nos jours

Ère chrét.
Ans

54 Saint Pierre, de Bethsaïs en Galilée, établit le siège à Rome*. Néron régnait.
65 Lin, Toscan.
78 Clet, ou Anaclet, Athénien; fin du règne de Vespasien.
91 Clément Ier, Romain.
96 Évariste, Grec.
108 Alexandre Ier, Romain.
119 Sixte Ier, Romain.
128 Télesphore, Grec.
139 Hygin, Athénien.
142 Pie Ier, Aquiléien; règne d'Antonin le Pieux.
157 Anicet, Syrien. Marc Aurèle.
168 Soter, de la Campanie.

* Les écrivains protestants élèvent bien des doutes sur ces papes des premiers siècles, ils prétendent que saint Pierre n'est jamais venu à Rome[1].

Ère chrét.
Ans

177	Éleuthère, Grec.
193	Victor Ier, Africain. Pertinax et Julianus, empereurs.
202	Zéphyrin, Romain.
218	Calixte Ier, Romain. Alexandre Sévère.
223	Urbain Ier, Romain.
230	Pontien, Romain.
235	Anthère, Grec.
236	Fabien Ier, Romain.
250	Cornelius, Romain.
252	Luce Ier, de Lucques.
253	Étienne Ier, Romain.
257	Sixte II, Athénien.
259	Denis, Grec.
269	Félix Ier, Romain.
275	Eutychien, Toscan. Probus, empereur.
283	Caïus, Dalmate. Dioclétien.
296	Marcellin, Romain. Constantin.
308	Marcel Ier, Romain.
310	Eusèbe, Grec.
310	Melchiade, Africain.
314	Sylvestre Ier, Romain.
336	Marc Ier, Romain.
337	Jules Ier, Romain.
352	Libère, Romain.
355	Félix II, Romain. Julien, empereur.
366	Damase Ier, Espagnol.
385	Sirice, Romain.
398	Anastase Ier, Romain.
401	Innocent Ier, d'Albano.
417	Zosime, Grec.
418	Boniface Ier, Romain.
422	Célestin Ier, de la Campanie.
432	Sixte III, Romain.
440	Léon Ier ou le Grand, Toscan.
461	Hilaire, de Sardaigne.
468	Simplice, Tiburtin. L'empire d'Occident finit en 476.
483	Félix III, Romain.
492	Gélase Ier, Africain.
496	Anastase II, Romain.

Ère chrét.
  Ans

498	Symmaque, Romain.
514	Hormisdas, de Frosinone.
523	Jean Ier, Toscan.
526	Félix IV, Samnite.
530	Boniface II, Romain.
532	Jean II, Romain.
535	Agapit Ier, Romain.
536	Sylvère, de Frosinone.
538	Vigile[1], Romain.
555	Pélage Ier, Romain.
560	Jean III, Romain.
574	Benoît Ier, Romain.
578	Pélage II, Romain.
590	Grégoire Ier ou le Grand, Romain.
604	Sabinien, de Blère.
607	Boniface III, Romain.
608	Boniface IV, des Marses.
615	Deusdedit, Romain.
619	Boniface V, Napolitain.
625	Honorius Ier, de la Campanie.
640	Séverin, Romain.
640	Jean IV, Dalmate.
642	Théodore, Grec.
649	Martin Ier, de Todi.
655	Eugène Ier, Romain.
657	Vitalien, de Segni.
672	Adeodat, Romain.
676	Domnus Ier, Romain.
678	Agathon, Sicilien.
682	Léon II, Sicilien.
684	Benoît II, Romain.
685	Jean V, Syrien.
686	Conon, Sicilien.
687	Serge Ier, Syrien.
701	Jean VI, Grec.
705	Jean VII, Grec.
708	Sisinnius, Syrien.
708	Constantin, Syrien.
715	Grégoire II, Romain.
731	Grégoire III, Syrien.
741	Zacharie, Grec.

Ère chrét.
  Ans

752	Étienne II, Romain.
757	Paul Ier, Romain.
768	Étienne III, Sicilien.
772	Adrien Ier, Romain.
795	Léon III, Romain.
816	Étienne IV, Romain.
817	Pascal Ier, Romain.
824	Eugène II, Romain.
827	Valentin, Romain.
827	Grégoire IV, Romain.
844	Serge II, Romain.
847	Léon IV, Romain.
855	Benoît III, Romain.
858	Nicolas Ier, Romain.
867	Adrien II, Romain.
872	Jean VIII, Romain.
882	Marin Ier ou Martin II, Toscan.
884	Adrien III, Romain.
885	Étienne V, Romain.
891	Formose, Romain.
896	Boniface VI, Romain.
896	Étienne VI, Romain.
897	Romain Ier, Toscan.
898	Théodore II, Romain.
898	Jean IX, Tiburtin.
900	Benoît IV, Romain.
903	Léon V, Ardéatin.
903	Christophe, Romain.
904	Serge III, Romain.
911	Anastase III, Romain.
913	Landon, Sabin.
914	Jean X, de Ravenne.
928	Léon VI, Romain.
929	Étienne VII, Romain.
931	Jean XI, Romain.
936	Léon VII, Romain.
939	Étienne VIII, Allemand.
942	Marin II, ou Martin III, Romain.
946	Agapit II, Romain.
956	Jean XII, Romain.
964	Léon VIII, Romain.

Ère chrét.
Ans

965 Jean XIII, Romain.
972 Benoît VI, Romain.
974 Domnus II, Romain.
975 Benoît VII, Romain.
983 Jean XIV, Italien.
985 Jean XV, Romain.
985 Jean XVI, Romain.
996 Grégoire V, Romain.
999 Sylvestre II, d'Auvergne.
1003 Jean XVII, Romain.
1003 Jean XVIII, Romain.
1009 Serge IV, Romain.
1012 Benoît VIII, Romain.
1024 Jean XIX, Romain.
1033 Benoît IX, Romain.
1046 Grégoire VI, Romain.
1047 Clément II, Saxon.
1048 Damase II, Bavarois.
1049 Léon IX, Allemand.
1055 Victor II, Allemand.
1057 Étienne IX[1], de la Lorraine.
1058 Nicolas II, Bourguignon.
1061 Alexandre II, Milanais.

1073 Grégoire VII, Hildebrand, grand homme et
     saint, régna douze ans, il était né en Toscane.
1086 Victor III, de Benevent.
1088 Urbain II, de Lagery.
1099 Pascal II, Toscan.
1118 Gélase II, Gaétan.
1119 Calixte II, Bourguignon.
1124 Honorius II, Bolonais.
1130 Innocent II, Romain.
1143 Célestin II, Toscan.
1144 Luce II, Bolonais.
1145 Eugène III, Pisan.
1150 Anastase IV, Romain.
1154 Adrien IV *(Breakspeare)*, Anglais.
1159 Alexandre III, Siennois.
1181 Luce III, Lucquois.
1185 Urbain III *(Crivelli)*, Milanais.

1187 Grégoire VIII, de Bénévent.
1187 Clément III, Romain.
1191 Célestin III, Romain.
1198 Innocent III *(Conti)*, d'Anagni.
1216 Honorius III *(Savelli)*, Romain.
1227 Grégoire IX *(Conti)*, d'Anagni.
1241 Célestin IV, Milanais.
1243 Innocent IV *(Fieschi)*, Génois.
1254 Alexandre IV *(Conti)*, d'Anagni.
1261 Urbain IV, de Troyes.
1264 Clément IV *(Foucauld)*, Languedocien.
1271 Grégoire X, de Plaisance.
1276 Innocent V, Savoyard.
1276 Adrien V *(Fieschi)*, Génois.
1276 Jean XIX ou XXI, Portugais.
1277 Nicolas III *(Ursin)*, Romain.
1281 Martin IV, de Montpincé.
1285 Honorius IV *(Savelli)*, Romain.
1287 Nicolas IV, d'Ascoli.
1292 Célestin V, Napolitain.
1294 Boniface VIII *(Caetani)*, d'Anagni.
1303 Benoît XI *(Boccasini)*, de Trévise.
1305 Clément V *(de Gouth)*, Gascon. Lettres de Pétrarque.
1316 Jean XXII *(d'Euse)*, de Quercy.
1334 Benoît XII *(Fournier)*, du pays de Foix.
1342 Clément VI, Limousin.
1352 Innocent VI, Limousin.
1362 Urbain V *(de Grimoard de Grissac)*, du Gévaudan.
1380 Grégoire XI, Limousin.
1398 Urbain VI *(Prignani)*, Napolitain.
1399 Boniface IX *(Tomacelli)*, Napolitain.
1404 Innocent VII *(Meliorati)*, Abruzzois.
1406 Grégoire XII *(Coriario)*, Vénitien.
1409 Alexandre V *(Philarge)*, Crétois.
1410 Jean XXIII *(Cossa)*, Napolitain.
1417 Martin V *(Colonna)*, Romain.
1431 Eugène IV *(Condulmero)*, Vénitien.

LISTE
DES QUARANTE-SIX DERNIERS PAPES
De 1447 à 1829

(382 ans : terme moyen de la durée de chaque règne, 8 ans 5 mois 26 jours.)

212. Nicolas V, 212e pape, né à Sarzane, fut élu en 1447, et gouverna l'Église 8 ans et 19 jours. Ce prince, ami des arts, jeta les fondements du Saint-Pierre actuel.

213. Calixte III, *Borgia,* Espagnol, élu en 1455, régna 3 ans 3 mois 29 jours.

214. Pie II, *Piccolomini,* de Sienne; les traits de sa vie sont représentés dans la sacristie de Sienne; régna 5 ans et 11 mois.

215. Paul II, *Barbo,* de Venise, élu en 1464, gouverna l'Église 6 ans 10 mois et 26 jours. Épigramme de Pasquin :

> *Pontificis Pauli testes ne Roma requiras,*
> *Filia quam genuit sat docet esse marem*[1].

216. Sixte IV, *Della Rovere,* oncle du grand homme Jules II, né dans un château peu éloigné de Savone, fut élu en 1471. Il gouverna l'Église 15 ans et 4 jours.

217. Innocent VIII, *Cibo,* de Gênes, élu en 1484, régna 7 ans 10 mois et 27 jours. Épigramme de Pasquin :

> *Octo nocens pueros genuit, totidemque puellas;*
> *Hunc merito poteris dicere Romae patrem*[2].

218. Alexandre VI, *Lenzuoli Borgia,* de Valence en Espagne, l'un des plus grands hommes de son siècle, voulut faire du pape le souverain prépondérant en Italie, comme l'empereur l'a été longtemps en Allemagne. Élu en 1492, il gouverna l'Église 11 ans et 8 jours; son tombeau est caché dans les souterrains de Saint-Pierre; il meurt par le poison. Nous donnerons l'histoire de sa mort.

219. Pie III, *Piccolomini,* de Sienne, élu en 1503, régna 27 jours.

220. Jules II, *Della Rovere,* né au bourg de Albizzola, près de Savone, élu en 1503, gouverna l'Église 9 ans 3 mois et 20 jours. Ce prince, comparable à Napoléon, est le véritable auteur de Saint-Pierre. Il appelle à Rome Michel-Ange et Raphaël. Le Bramante, son architecte, était un peu voleur et employait de mauvais matériaux; il joua des tours pendables à Michel-Ange; du reste, homme du plus grand talent. Quelle ville que celle où les arts étaient dirigés à la fois par Jules II, Michel-Ange, Bramante et Raphaël!

221. **Léon X**, *Médicis,* d'une famille de marchands, dont l'alliance est considérée comme une tache pour la famille de B***, élu en 1513, fut malheureusement empoisonné après un règne de 8 ans 8 mois et 12 jours. M. Roscoë, en le louant toujours, lui ôte beaucoup de sa grandeur véritable.

222. **Adrien VI**, *Florent,* né à Utrecht, élu en 1522. Heureusement, il ne régna que 1 an 8 mois et 6 jours. Ce prêtre haïssait les statues antiques qu'il prenait pour des idoles; du reste, fort honnête homme et très scandalisé des mœurs qu'il trouva dans Rome.

223. **Clément VII**, *Médicis,* avait été militaire, et sur le trône fut le plus faible de tous les princes. Cet homme commit le plus grand crime possible, en plaçant Florence, sa patrie, sous le despotisme le plus avilissant. Il régna 10 ans 10 mois et 7 jours.

224. **Paul III**, *Farnèse,* Romain, élu en 1534, gouverna l'Église 15 ans et 29 jours; il ne songea qu'à donner un trône à son fils, l'infâme Pierre-Louis, assassiné à Plaisance par ses courtisans. Viol de l'évêque de Fano.

225. **Jules III**, *Del Monte,* Romain, élu en 1550, régna 5 ans 1 mois et 16 jours. Il assura la grandeur de la famille Farnèse.

226. **Marcel II**, *Cervini,* de Montepulciano, élu en 1555, régna 21 jours.

227. **Paul IV**, *Carafa,* Napolitain, élu en 1555, régna 4 ans 2 mois et 27 jours. Ce vieillard furibond, mais de bonne foi, ne songea qu'à supprimer l'hérésie par les supplices; décadence des arts.

228. **Pie IV**, des *Médicis* de Milan, élu en 1559, régna 3 ans 11 mois et 15 jours.

229. **Saint Pie V**, *Ghislieri,* Piémontais, était grand inquisiteur quand il fut élu en 1566. Il gouverna l'Église 6 ans et 24 jours. Son zèle sanguinaire l'a fait *saint.* Voir ses lettres publiées par M. de Potter.

230. **Grégoire XIII**, *Buoncompagni,* de Bologne, élu en 1572, gouverna l'Église 12 ans 10 mois et 28 jours. Il se réjouit de la Saint-Barthélemy. Voir les fresques du Vatican.

231. **Sixte V**, *Peretti.* Ce grand prince naquit sous le chaume, dans le village de Grottamare, dans la Marche. Élu en 1585, il ne gouverna l'Église que 5 ans 4 mois et 3 jours. Ce règne si court lui suffit pour remplir Rome de monuments et pour supprimer les brigands. Il donna à la cour de Rome des statuts que l'on peut considérer comme une sorte de constitution. Par exemple, il fixa à soixante-dix le nombre des cardinaux, et voulut que quatre de ces messieurs fussent toujours choisis parmi les moines.

232. **Urbain VII**, *Castagna,* Romain, ne régna que 13 jours, élu en 1590.

233. **Grégoire XIV**, *Sfrondati,* Milanais, élu en 1590, régna 10 mois et 10 jours. Voir la belle villa Sfrondati dans la position la plus

pittoresque du lac de Como; c'est un des plus beaux lieux du monde.

234. Innocent IX, *Facchinetti,* de Bologne, élu en 1591, régna un peu plus de 2 mois.

235. Clément VIII, *Aldobrandini,* de Fano, élu en 1592, régna 13 ans 1 mois et 3 jours. Vous vous rappelez la belle villa Aldobrandini à Frascati.

236. Léon XI, *Médicis,* de Florence, élu en 1605, ne régna que 27 jours.

237. Paul V, *Borghèse,* Romain, élu en 1605, régna 15 ans 8 mois et 13 jours. Il finit Saint-Pierre, dont il changea la forme, en ajoutant les trois chapelles les plus voisines de l'entrée. Il laissa d'immenses richesses à sa famille, qui est devenue française.

238. Grégoire XV, *Ludovisi,* de Bologne, élu en 1621, régna 2 ans et 5 mois.

239. Urbain VIII, *Barberini,* Florentin, élu en 1623, régna 21 ans moins 7 jours. Il a immortalisé son nom et celui du Bernin, en remplissant Rome de monuments.

240. Innocent X, *Pamphili,* Romain, élu en 1644, régna 10 ans 3 mois et 23 jours.

241. Alexandre VII, *Chigi,* de Sienne, élu en 1655, régna 12 ans 1 mois et 16 jours.

242. Clément IX, *Rospigliosi,* de Pistoia, élu en 1667, régna 2 ans 5 mois et 19 jours. Le prince R*** actuel dit la messe sans toutefois être prêtre.

243. Clément X, *Altieri,* Romain, élu en 1670, régna 6 ans 2 mois et 24 jours. Sa douleur profonde quand il apprit les exactions de ses neveux.

244. Innocent XI, *Odescalchi,* de Como, élu en 1676, gouverna l'Église 12 ans 10 mois et 23 jours.

245. Alexandre VIII, *Ottoboni,* de Venise, élu en 1689, régna 16 mois moins 4 jours.

246. Innocent XII, *Pignatelli,* Napolitain, élu en 1691, régna 9 ans 2 mois et 16 jours.

247. Clément XI, *Albani,* d'Urbin, élu en 1700, régna 20 ans 3 mois et 25 jours. M. le cardinal Albani, secrétaire d'État de Pie VIII, est le dernier rejeton de cette famille.

248. Innocent XIII, *Conti,* Romain, élu en 1721, régna 2 ans et 10 mois.

249. Benoît XIII, *Orsini,* Romain, élu en 1724, régna 5 ans 8 mois et 23 jours.

250. Clément XII, *Corsini,* Florentin, élu en 1730, régna 9 ans 6 mois et 23 jours.

251. Benoît XIV, *Lambertini,* de Bologne, élu en 1740, régna 17 ans 8 mois et 6 jours. *« Se volete un buon c....... pigliatemi. »*

252. Clément XIII, *Rezzonico,* fils d'un banquier, élu en 1758, régna 10 ans 6 mois et 28 jours. Immortel par son tombeau. L'argent le fait cardinal et peut-être pape.

253. Clément XIV, *Ganganelli,* de S. Angelo in Vado, élu en 1769, régna 5 ans 4 mois et 3 jours. Il supprima les jésuites, qui peut-être l'empoisonnèrent.

254. Pie VI, *Braschi,* de Césène, élu en 1775, régna 24 ans 6 mois et 14 jours. Il mourut à Valence en Dauphiné. — Affaire Lepri dans l'ouvrage de Gorani. — Les marais Pontins. Voir la statue de Pie VI par Canova, à Saint-Pierre.

255. Pie VII, *Chiaramonti,* de Césène, évêque d'Imola, élu à Venise le 14 mars 1800, peu de temps avant la bataille de Marengo, qui rend l'Italie à la France, a gouverné l'Église 23 ans 5 mois et 6 jours. Étant évêque de Césène, il avait publié un mandement singulièrement *libéral.*

256. Léon XII, né à la Genga près Spoleto le 2 août 1760. Mgr Della Genga a été employé dans les légations, et entre autres à Munich et à Paris. M. le cardinal Annibale Della Genga était *vicario* lorsqu'il fut élu le 28 septembre 1823. Couronné le 5 octobre 1823, Léon XII prit possession le 13 juin 1824. Léon XII a eu deux ministres : le cardinal Della Somaglia, le plus âgé des cardinaux, et le cardinal Bernetti, né en 1779.

257. Pie VIII, *François-Xavier Castiglioni,* né à Cingoli dans la Marche, le 20 novembre 1761, élu le 31 mars 1829. M. le cardinal Castiglioni était grand pénitencier. Il nomme *segretario di Stato* M. le cardinal Albani qui succède à M. le cardinal Bernetti. Que Dieu inspire à Pie VIII l'idée d'octroyer à ses États le Code civil des Français!

CATALOGUE CHRONOLOGIQUE
DES ARTISTES CÉLÈBRES[1]

PEINTRES

Naissance

1230 Cimabue, Florentin, mort en 1300.
1276 Giotto de Bondone, Florentin, —1336.
1401 Masaccio, Florentin. —1442. Homme de génie.
1421 Gentil Bellini, Vénitien, —1500.
1424 Jean Bellini, Vénitien, —1514.
1430 André Mantegne, de Padoue, —1505.
1446 Pierre Vannucci, dit le *Perugin,* de Città della Pieve, —1524.
1452 LÉONARD, DE VINCI en Toscane, —1519.
1454 Bernardin Pinturicchio, de Pérouse, —1513.
1469 Fra Bartolomeo de Saint-Marc, Florentin, —1517.
1471 Albert Dürer, de Nuremberg, —1528.

Naissance

1474 MICHEL-ANGE BUONAROTTI, Florentin, —1563.
1477 TITIEN VECELLI, Vénitien, —1576.
1478 Georges Barbarelli, dit le *Giorgione,* de Castelfranco, —1511.
1479 Jean-Antoine Razzi, de Verceil, dit le *Sodome,* —1554.
1481 Balthasar Peruzzi, Siennois, —1536.
1481 Benvenuto Tisi, dit le *Garofalo,* de Ferrare, —1559.
1483 RAPHAËL SANZIO, d'Urbin, —1520.
1484 Jean-Antoine Licinio, dit le *Pordenon,* Vénitien, —1540.
1485 Sébastien del Piombo, Vénitien, —1547.
1488 Jean-François Penni, dit le *Fattore,* Florentin, —1528.
1488 André del Sarto, Florentin, —1530.
1490 François Primaticcio de Bologne, —1570.
1492 Jules Pippi, dit *Jules Romain,* —1546.
1494 ANTOINE ALLEGRI, DE CORRÈGE en Lombardie, —1534.
1494 Mathurin, Florentin, —1528.
1494 Jean Nanni, d'Udine, —1561.
1495 Polydore Caldari, de Caravage, —1542.
1500 Pierre Buonaccorsi, dit *Perin del Vaga,* Toscan, —1547.
1500 Daniel Ricciarelli, de Volterra, —1557.
1500 Jacques Palma, dit *Palma vecchio,* Vénitien, —1568.
1501 Angelo Bronzino, Toscan, —1570.
1510 Jacques da Ponte, de Bassano, —1592.
1510 François Salviati, Florentin, —1563.
1512 Jacques Robusti, dit le *Tintoret,* Vénitien, —1594.
1512 Georges Vasari, d'Arezzo, —1574. Écrivain.
1528 Frédéric Barroche, d'Urbin, —1612.
1528 Jérôme Mutien, d'Acquafredda dans le Bressan, —1590.
1529 Thadée Zuccari, de S. Angelo in Vado, —1566.
1532 Paul Caliari, dit le *Véronèse,* — 1588.
1543 Frédéric Zuccari, d'Urbin, —1609.
1544 Jacques Palma, dit le *Jeune,* — 1626.
1550 Scipion Pulsone, dit le *Gaétan,* de Gaete, —1588.
1550 Dominique Passignani, Florentin, —1638.
1550 François da Ponte, de Bassano, —1595.
1555 Louis Carrache, de Bologne, —1619. Réformateur de la peinture.
1556 Paul Bril, d'Anvers, —1626.
1557 Frère Côme Piazza, de Castelfranco, —1621.
1557 Venture Salimbeni, Siennois, —1613.
1558 Augustin Carrache, de Bologne, —1601.
1560 Michel-Ange, de Caravage, —1609.
1560 ANNIBAL CARRACHE, de Bologne, —1609.
1560 Joseph Cesari, dit le *Chevalier d'Arpin,* —1640.
1560 Jean De Vecchis, Florentin, —1610.
1563 Raphaël, de Reggio près de Modène, —1620.
1565 François Vanni, de Sienne, —1609.
1570 Barthélemi Schedoni, Modenais, —1615.

Naissance

1575   Guido Reni, de Bologne, — 1642.

1577   Pierre-Paul Rubens, de Cologne, —1640.

1578   François Albani, Bolonais, —1660.

1581   Dominique Zampieri, dit le *Dominiquin,* Bolonais, —1641. Caractère timide.

1581   Jean Lanfranc, Parmésan, —1647. Intrigant heureux, ennemi du pauvre Dominiquin.

1585   Maxime Stanzioni, Napolitain, —1656.

1585   Charles Saraceni, dit *Charles Vénitien,* —1625.

1588   Joseph Ribera, dit l'*Espagnolet,* de Jativa, —1659.

1590   Jean-François Barbieri, de Cento, dit le *Guerchin,* —1666. L'*Aurore* du palais Ludovisi.

1592   Gérard Honthorst, d'Utrecht, connu sous le nom de *Gherardo delle Notti,* —1660.

1594   Nicolas Poussin, d'Andelys en Normandie, —1665.

1596   Pierre Berrettini, de Cortone, —1669.

1599   Antoine Van Dyck, d'Anvers, —1641.

1600   André Sacchi, de Neptune dans le Latium, —1661.

1600   Claude Gellée, le *Lorrain,* —1680.

1600   Pierre Valentin, Français, —1632.

1602   Michel-Ange Cerquozzi, Romain, —1650.

1606   Rembrandt, de Leyden, —1674.

1610   Jean Both, Français, —1650.

1612   Pierre-François Mola, de Coldri près de Lugano, —1660.

1612   Luc Giordano, Napolitain, —1705.

1613   Gaspard Dughet, dit *Gaspard Poussin,* Romain, —1675. Excellent paysagiste.

1613   Matthias Preti, surnommé le *Calabrais,* —1699.

1615   Salvator Rosa, Napolitain, —1673.

1616   Benoît Castiglione, Génois, —1670.

1617   Pierre Testa, Lucquois, —1632.

1617   Jean-François Romanelli, de Viterbe, —1662.

1618   Barthélemi Esteban MURILLO, de Séville, —1682.

1621   Jacques Courtois, dit le *Bourguignon,* —1676.

1623   Hyacinthe Brandi, de Poli, —1701.

1625   Charles Maratte, de Camerano, —1713.

1628   Charles Cignani, de Bologne, —1719.

1634   Cyro Ferri, Romain, —1689.

1638   Louis Garzi, de Pistoïa, —1721.

1643   Pierre Molyn, dit le *Tempesta,* de Harlem, —1701.

1656   François Trevisani, Romain, —1746.

1657   François Solimène, Napolitain, —1747.

1658   Jean-Baptiste Gauli, dit le *Baciccio,* Génois, —1709.

1684   Marc Benefiale, Romain, —1764.

1699   Pierre Subleyras, d'Uzès, —1747.

1708   Pompée Battoni, Lucquois, —1787.

1728   Antoine-Raphaël Mengs, d'Ausig en Saxe, —1779.

Naissance

1795   M. Hayez, de Venise, —.
1785   M. Camuccini, —.
1783   M. Pelagio Palaggi, de Bologne, —.
1780   M. Benvenuti, d'Arezzo, —.
1790   M. Agricola, à Rome, —.

SCULPTEURS

Donatello, Florentin : mort en 1466.
Simon, frère de Donatello, Florentin, —.
1474   MICHEL-ANGE BUONARROTI, Florentin, —1563.
1479   Jacques Tatti, de Sansovino, dit le *Sansovino,* —1570.
1487   Baccio Bandinelli, Florentin, —1559.
1500   Benvenuto Cellini, Florentin, 1570. Ses *Mémoires,* le livre le
             plus curieux d'Italie.
Guillaume de la Porta, Milanais. Tombeau de Paul III.
1524   Jean Bologna, de Douai, —1608.
1590   Jacques Sarasin, de Noyon, —1660.
1594   François de Quesnoy, dit le *Flamand,* de Bruxelles, —1646.
1598   Jean-Laurent Bernini, né à Naples, —1680.
1602   Alexandre Algardi, de Bologne, —1654.
Jean Teodon, Français, —1680.
1624   Antoine Raggi, Milanais, —1686.
1628   Dominique Guidi, de Massa, —1701.
1656   Pierre Le Gros, Parisien, —1719.
1658   Camille Rusconi, Milanais, —1728.
1671   Ange Rossi, Génois, —1715.
1705   Michel-Ange Slodz, Parisien, —1764.
1757   ANTOINE CANOVA, de Possagno, —1822.
1780   Torwaldsen, —.
1795   Finelli, —[1].

ARCHITECTES

1291   Étienne, dit *Massuccio le second,* mort en 1388.
1300   Thadée Gaddi, Florentin, —1350.
1377   Philippe Brunelleschi. Cathédrale de Florence, —1444.
1407   Julien, de Maïano, Florentin, —1477.
Bernard Rossellini, Florentin, —.
Baccio Pintelli, Florentin, —.
1435   Fra Giocondo, Véronais. —.
1443   Julien Giamberti, de Sangallo, —1517.
1444   BRAMANTE LAZZARI, d'Urbin. Saint-Pierre, —1514.
Antoine Picconi, de Sangallo, —1546.

Naissance

1454   Simon Pollaïuolo, Florentin, —1509.
1460   André Contucci, de Monte Sansovino, —1529.
1474   MICHEL-ANGE BUONARROTI, Florentin, —1563.
1476   Jérôme Genga, d'Urbin, —1551.
1479   Jacques Tatti, dit le *Sansovino,* Florentin, —1570.
1481   Balthasar Peruzzi, Siennois, —1536.
       Sébastien Serlio, Bolonais, —1552.
1483   Raphaël Sanzio, d'Urbin, —1520.
1484   Michel Sammicheli, Véronais, —1559.
1492   Jules Pippi, *Jules Romain,* —1546.
       Pyrrhus Ligorio, Napolitain, —1580.
1507   Jacques Barozzi, de Vignola dans le Modenais, —1573.
1511   Barthélemi Ammannati, Florentin, —1586.
1518   Barthélemi Genga, d'Urbin, —1558.
1518   André Palladio, Vicentin, —1580.
       François, de Volterra, —1588.
1522   Pélegrin Pellegrini, de Bologne, —1592.
1540   Jean Fontana, de Mili près de Côme, —1614.
1543   Dominique Fontana son frère, —1607.
       Jacques de la Porte, Romain, —.
1551   Pierre-Paul Olivieri, Romain, —1599.
1552   Vincent Scammozzi, de Vicence, —1616.
1556   Charles Maderne, de Bissone près de Côme, —1669.
       Martin Lunghi l'Ancien, de Viggiù dans le Milanais, —.
1559   Charles Lombardi, d'Arezzo, —1620.
1559   Louis Cardi, de Cigoli, —1613.
       Flaminius Ponzio, Lombard, —.
1569   Honorius Lunghi, Milanais, —1619.
1570   Jérôme Rainaldi, Romain, —1655.
       Martin Lunghi le Jeune, Milanais, —1657.
1581   Jean-Baptiste Soria, Romain, —1651.
1596   Pierre Berrettini, de Cortone, —1669.
1598   Jean-Laurent Bernini, né à Naples, —1680.
1599   François Borromini, de Bissone près de Côme, —1667.
1602   Alexandre Algardi, de Bologne, —1654.
1611   Charles Rainaldi, Romain, —1641.
1613   Claude Perrault, Parisien, —1688.
1616   Jean-Antoine De Rossi, Romain, —1695.
1636   Charles Fontana, de Bruciato près de Côme, —1714.
1637   Matthias De Rossi, Romain, —1695.
1642   André Pozi, Trentin, —1709.
1653   Antoine Desgodets, Parisien, —1728.
1659   François Galli Bibbiena, de Bologne, —1739.
1677   Jérôme Teodoli, Romain, —1766.
1681   Antoine Canevari, Romain, —.
1691   Alexandre Galilei, Florentin, —1737.
1699   Ferdinand Fuga, Florentin, —.

Naissance

1699 Nicolas Salvi, Romain, —1751.
1700 Louis Vanvitelli, Romain, —1773.
1708 Paul Posi, Siennois, —1776.
1780 Raphaël Sterni, —1817. Homme de talent.

ÉCRIVAINS QUI TRAITENT DE LA PEINTURE

Le jésuite Lanzi, plein de sens. Vasari, Malvasia, Ridolfi, Baldinucci, Condivi, élève de Michel-Ange, publie la vie de ce grand homme lui vivant.

Zanetti, Felibien, Mengs Reynolds, Richardson, Cochin bien plaisant.

HISTOIRE DE LA PEINTURE EN ITALIE

Cinq écoles

Pour que l'imagination du voyageur ne soit pas rebutée du nombre presque infini de peintres qu'a produits l'Italie, je lui présente la liste de cinq grandes familles pittoresques que l'on appelle les cinq écoles. Les peintres médiocres de ces cinq écoles en ont presque toujours imité le chef; quelquefois ils voyageaient, et alors ils se conformaient au style à la mode dans le pays où ils se trouvaient.

Il est remarquable qu'un seul homme eût pu connaître tous les grands peintres. Si on le fait naître en 1477, la même année que le Titien, il eût pu passer toute sa jeunesse avec Léonard de Vinci et Raphaël, morts, l'un en 1520 et l'autre en 1519; vivre de longues années avec le divin Corrège, qui mourut en 1534, et avec Michel-Ange, dont la longue carrière ne se termina qu'en 1563.

Cet homme si heureux, s'il eût aimé les arts, aurait eu trente-quatre ans à la mort du Giorgion (à mes yeux égal ou supérieur au Titien); il eût connu le Tintoret, le Bassan, Paul Véronèse, le Garofalo, Jules Romain, le Frate, mort en 1517, l'aimable André del Sarto, qui vécut jusqu'en 1530; en un mot, tous les grands peintres, excepté ceux de l'école de Bologne, venus un siècle plus tard. Voir Lanzi, Malvasia, Ridolfi, le P. Affò.

École de Florence

MICHEL-ANGE, né en 1474, mort à Rome en 1563.
Léonard de Vinci (chef de l'école lombarde), né en 1452, mort en 1519.
2 Le Frate.
2 André del Sarto.
3 Daniel de Volterra.

4 Le Bronzino.
4 Pontormo.
4 Le Rosso.
4 Le Cigoli.
Cimabue,
Giotto,
Masaccio,   } Intérêt historique.
Ghirlandaio,
Lippi,
Vasari, écrivain rempli de préjugés florentins.

École romaine

RAPHAËL, né en 1483, mort en 1520.
2 Jules Romain.
2 Le Poussin.
3 Le Fattore.
3 Perino del Vaga.
3 Salvator Rosa.
3 Le Lorrain.
3 Gaspard Poussin.
3 Polydore de Caravage.
3 Michel-Ange de Caravage, copie la nature sans choix, par haine de
    l'affectation de noblesse.
3 Le Garofalo.
4 Frédéric Zuccari.
4 Pierre Pérugin.
5 Raffaellino da Reggio.
5 Le Cavalier d'Arpin.
2 Le Baroche, imite le pastel.
4 Andrea Sacchi.
4 Carle Maratte.
3 Pierre de Cortone.
4 Raphaël Mengs.
6 Battoni.

École lombarde

Léonard de Vinci, né en 1452, mort en 1519.

IMITATEURS DE LÉONARD À MILAN

3 Luini (Bernardino). Belles fresques à Saronno.
4 Cesare da Sesto.
4 Salaï.
3 Gaudenzio Ferrari.
4 Marco d'Oggione, duquel les meilleures copies de la Cène de
    Léonard de Vinci. Voir *Il Cenacolo* de Bossi.

5 Le Morazzone.
4 Le Mantègne (probablement le maître du Corrège), 1430-1506.
Le Corrège (1494-1534). Fresques de Parme.
3 Le Parmigianino.
4 Daniel Crespi.
4 Camille Procaccini.
4 Hercule Procaccini.
5 Jules-César Procaccini.
6 Lomazzo, écrivain.

École vénitienne

Giorgion, mort d'amour en 1511, à 34 ans. Morto da Feltre,
un de ses élèves, lui avait enlevé sa maîtresse.
Le Titien, 1477. Mort de la peste en 1576.
2 Paul Véronèse.
2 Le Tintoret. Mouvement de ses figures.
2 Jacques Bassan.
3 Pâris Bordone.
3 Fra Sébastien del Piombo.
4 Palma vecchio.
4 Palma giovine.
4 Le Moretto.
4 Jean d'Udine.
4 Le Padovanino.
5 Le Liberi.
6 Les deux Bellini, maîtres du Giorgion et du Titien.

École de Bologne

Annibal Carrache, né en 1560, mort à Rome en 1609.
Guido Reni (1575-1642).
Le Dominiquin (1586-1614).
Le Guerchin (1590-1666).
2 Louis Carrache.
2 Augustin Carrache.
2 L'Albane (1578-1660).
2 Lanfranc, le peintre des coupoles (1581-1647).
3 Simon Cantarini, *detto il Pesarese,* mort jeune.
4 Tiarini.
4 Lionello Spada.
4 Lorenzo Garbieri.
4 Le Cavedone.
4 Le Cignani.
5 Le Primatice, appelé en France par François Ier.
5 Élisabeth Cirani.
5 Bagnacavallo.

5 Francia.
5 Innocenzo da Imola.
5 Melozzo.
5 Dosso Dossi.
5 Le Bonone.

Pour guider l'attention du voyageur pendant les premiers mois de son séjour à Rome, j'ai osé indiquer par un chiffre le rang des peintres que je viens de nommer. Je n'ai point mis de numéro à ces noms, dont le rang changeait à nos yeux comme les dispositions de notre âme.

On regarde RAPHAËL, LE TITIEN et LE CORRÈGE comme les trois plus grands peintres d'Italie.

Le voyageur doit se rappeler que, dans ce qui plaît, nous ne pouvons aimer que ce qui nous plaît. La nature humaine est faite ainsi, le même homme ne peut pas adorer Raphaël et Rubens. Quand vous approcherez les artistes célèbres, vous serez surpris d'une chose : leurs jugements les uns sur les autres ne sont que des CERTIFICATS DE RESSEMBLANCE.

MANIÈRE DE VOIR ROME EN DIX JOURS

Chaque jour, à Rome, nous avons cherché les monuments que nous nous sentions la curiosité de voir. Il est une autre façon de voir Rome, beaucoup plus régulière et surtout beaucoup plus commode : elle consiste à examiner tout ce qu'un quartier présente de curieux avant de passer à un autre.

Absolument parlant, on peut voir Rome en dix jours. Un de nos amis a vu Rome en quatre jours, et toute l'Italie, y compris Paestum et Venise, en trente-deux jours.

Lorsqu'on veut voir Rome en dix jours, on prend un antiquaire (un sequin par jour), on achète dans le *Corso* les deux ou trois meilleurs plans de Rome antique et moderne. On se fait indiquer, par le maître de l'hôtel de *madama* Giacinta, un bon valet de place, qui procure une calèche attelée d'excellents chevaux. Avec cet état-major, on peut voir physiquement Rome en quatre jours; mais aura-t-on du plaisir? conservera-t-on quelque souvenir distinct? Il faudrait commencer et finir par les douze choses principales indiquées page 608 de cet ouvrage. Ce sont celles dont il importe de garder un souvenir.

PREMIÈRE JOURNÉE

Saint-Pierre; le Vatican; le Colisée; le Panthéon; le palais de *Monte Cavallo;* le Corso; les musées du Capitole et du Vatican; les galeries Borghèse et Doria; Saint-Paul-hors-les-murs; la pyramide de Cestius; faire le tour des murs; errer dans Rome au hasard. Si l'on veut obtenir une réponse il faut demander les monuments et les rues par les noms italiens.

SECONDE JOURNÉE

Le pont *Molle;* les monuments sur la voie Flaminienne; la porte du Peuple; la place du Peuple; l'église de Sainte-Marie de *Monte Santo;* l'église de Sainte-Marie-des-Miracles; l'église de Jésus et Marie; l'église de Saint-Jacques-des-Incurables; l'église de Saint-Charles; le palais Ruspoli; l'église de Saint-Laurent *in Lucina;* l'église de Saint-Sylvestre *in Capite;* le palais Chigi; la place Colonna; *Monte Citorio; Curia Innocenziana;* la maison et église des Pères de la Mission; le temple d'Antonin; l'église de Saint-Ignace; le palais Sciarra; l'église de Saint-Marcel; l'église de Sainte-Marie *in Via Lata;* le palais Doria; le palais dit de Venise; le palais Torlonia; l'église de Jésus; l'église de Sainte-Marie d'*Ara Coeli;* le Mont-Capitolin; le Capitole moderne; le palais sénatorial; le musée du Capitole; le palais des Conservateurs; la Protomothèque; la galerie des tableaux du Capitole.

TROISIÈME JOURNÉE

Le *Forum Romanum;* le temple de Jupiter-Tonnant; le temple de la Fortune; le temple de la Concorde; l'arc de Septime-Sévère; la prison Mamertine et Tullienne; l'église de Saint-Luc; la basilique Émilienne; la colonne de Phocas; le *Graecostasis;* la *Curia;* l'église de Saint-Théodore; les *Rostra;* le temple d'Antonin et Faustine; le temple de Romulus et Remus; la basilique de Constantin ou plutôt le temple de la Paix; l'église de Sainte-Fran-

çoise-Romaine; l'arc de Titus; le temple de Vénus et de
Rome; le Mont Palatin; le palais des Césars; les jardins
Farnèse; la *villa* Palatina ou Mills; l'arc de Constantin;
le Colisée; l'église de Saint-Clément; l'église de Saint-
Étienne-le-Rond; l'église de Sainte-Marie *in Domnica;*
l'église de Saint-Jean et Saint-Paul; la place de Saint-Jean-
de-Latran; l'église de Saint-Jean *in Fonte;* la basilique de
Saint-Jean-de-Latran; le Saint-Escalier; la porte de
Saint-Jean; la basilique de Sainte-Croix-en-Jérusalem;
les jardins Variani; l'amphithéâtre Castrense; le prétendu
temple de *Minerva Medica;* les trophées de Marius;
l'église de Sainte-Bibiane; l'église de Saint-Eusèbe; la
porte Saint-Laurent; la basilique de Saint-Laurent;
l'arc de Gallien; la basilique de Sainte-Marie-Majeure.

QUATRIÈME JOURNÉE

L'église de Sainte-Praxède; l'église de Saint-Martin; les
Sept Salles; l'église de Saint-Pierre *in Vincoli* et le *Moïse;*
les thermes de Titus; l'église de Sainte-Pudentienne;
l'église de Saint-Paul, premier ermite; l'église de Saint-
Vital; l'église de Saint-Denis; l'église de Saint-Charles-
aux-Quatre-Fontaines; l'église de Saint-André; l'église
de Saint-Bernard; la fontaine de l'eau *Felice;* les thermes
de Dioclétien; l'église de Sainte-Marie-des-Anges;
l'église de Sainte-Marie-de-la-Victoire; la porte Pie;
l'église de Sainte-Agnès; l'église de Sainte-Constance; le
Mont-Sacré; la porte Salaria; la *villa* Albani; le pont
Salario; les jardins de Salluste; la *villa* Ludovisi; l'église
des capucins; le palais Barberini; l'obélisque de la Trinité-
du-Mont; la *villa* Médicis; la *villa* Borghèse; le *Muro
Torto*. Atelier de M. Schnetz, rue del Babuino; de
Canova; de M. Thorwaldsen, piazza Barberini; de
M. Tadolini; de M. Maresini; de M. Camuccini; de
M. Agricola.

CINQUIÈME JOURNÉE

La rue du Babouin; la place d'Espagne; l'église de la
Trinité; l'église de Saint-André *delle Fratte;* la fontaine de
Trevi; la place de *Monte Cavallo;* le palais pontifical; le

palais de la Consulte, le palais Rospigliosi; l'église de Saint-Sylvestre; l'église des Saints-Domique-et-Sixte; le *forum* de Trajan; l'église de Saint-Marie-de-Lorète; le palais Colonna; l'église des Saints-Apôtres; l'église de Saint-Marc, le tombeau de Caïus Publicius Bibulus; le *forum Palladium;* le *forum* de Nerva; le temple de Nerva; la rue de Ripetta; le mausolée d'Auguste; l'église de Saint-Roch; le port de Ripetta; le palais Borghèse; la place de *Campo Marzio;* l'église de Sainte-Marie-Magdeleine; l'église des Orphelins; la place de la Rotonde; le Panthéon.

SIXIÈME JOURNÉE

La place de la Minerve; l'église de Sainte-Marie-sur-Minerve; l'archigymnase de la *Sapienza;* le palais Madama; le palais Giustiniani; l'église de Saint-Louis-des-Français; l'église de Saint-Augustin; l'église de Saint-Antoine-des-Portugais; l'église de Saint-Apollinaire; le séminaire romain; l'église du Saint-Sauveur *in Lauro;* l'église de Sainte-Marie *in Vallicella;* l'église de Sainte-Marie-de-la-Paix; l'église de Sainte-Marie *delle Anime;* la place Navone; l'église de Sainte-Agnès; le palais Braschi; l'église de Saint-Pantaléon; le palais Massimo; l'église de Saint-André *della Valle;* le palais Mattei; le palais Costaguti; l'église de Sainte-Marie *in Campitelli;* le portique d'Octavie; le théâtre de Marcellus; l'église de Saint-Nicolas *in Carcere;* le Janus Quadrifrons; l'église de Saint-Georges *in Velabro;* l'arc carré de Septime-Sévère; le Grand-Cloaque; le Grand-Cirque; l'église de Saint-Grégoire, les thermes de Caracalla; l'église de Saints-Nérée-et-Achillée; la vallée d'Égérie; le tombeau des Scipions; l'arc de Drusus; la porte Appienne ou Saint-Sébastien; la basilique de Saint-Sébastien; le temple de Romulus, fils de Maxence; le cirque de Romulus; le tombeau de Cecilia Metella; le temple de Bacchus; le nymphée communément dit d'Égérie; le temple vulgairement appelé du dieu Rédicule; la basilique de Saint-Paul; l'église de Saint-Paul-aux-Trois-Fontaines; la porte Saint-Paul; la pyramide de Caïus Cestius; le *Monte Testaccio;* l'église de Saint-Sabbas; l'église de Sainte-Prisque; le Navalia; le pont Sublicius; le Mont-Aventin;

l'église de Sainte-Marie *in Cosmedin;* le temple de Vesta; le temple de la Fortune-Virile; la maison de Rienzo; le pont Palatin ou *Rotto.*

SEPTIÈME JOURNÉE

Le pont Fabrice ou *Quattro Capi;* l'île du Tibre; l'église de Saint-Barthélemy; le pont Gratien; l'église de Sainte-Cécile; le port de *Ripa Grande;* l'hospice de Saint-Michel; la porte Portese; l'église de Saint-François; l'église de Sainte-Marie *in Trastevere;* l'église de Saint-Chrysogone; l'église de Sainte-Marie *della Scala;* le Mont-Janicule; l'église de Saint-Pierre *in Montorio;* la fontaine Pauline; la porte Sainte-Pancrace; l'église de Saint-Pancrace; la villa Pamphili Doria; le palais Corsini; la cassine Farnèse et les fresques de Raphaël; l'église de Saint-Onuphre et le buste du Tasse dans la bibliothèque; la porte Saint-Esprit; le pont Sixte.

HUITIÈME JOURNÉE

La fontaine du pont Sixte; l'église de la Trinité des Pèlerins; l'église de Saint-Charles aux *Catinari;* le palais de la Chancellerie; l'église de Saint-Laurent *in Damaso;* le palais Farnèse; le palais Spada; le palais Falconieri; l'église de Saint-Jean-des-Florentins; le pont Vatican.

Effacer avec un trait de crayon les noms des monuments qu'on a vus.

NEUVIÈME JOURNÉE

Le pont Elius ou Saint-Ange; le mausolée d'Adrien; l'hôpital du Saint-Esprit; la place de Saint-Pierre; l'obélisque du Vatican; la basilique de Saint-Pierre; la façade de la basilique; l'intérieur de la basilique; la Confession de Saint-Pierre; le maître-autel; la grande coupole; la tribune; la partie méridionale de la basilique; la croisée méridionale; la chapelle Clémentine; le bas-côté méridional; la chapelle du chœur; la chapelle de la

Présentation; la chapelle des fonts baptismaux; la chapelle de la Pietà; la chapelle de Saint-Sébastien; la chapelle du Saint-Sacrement; la chapelle de la Vierge; la croisée septentrionale; le souterrain de la basilique; la sacristie de Saint-Pierre; la partie supérieure de Saint-Pierre; le palais du Vatican; la chapelle Sixtine; la chapelle Pauline; les loges de Raphaël; l'appartement Borgia; le corridor des inscriptions; la bibliothèque du Vatican; le musée Chiaramonti; le nouveau bras du musée Chiaramonti; le musée égyptien; le musée Pio-Clémentin; les chambres de Raphaël, les vingt-deux morceaux de tapisserie exécutés à Arras d'après les cartons de Raphaël; la collection des tableaux du Vatican; les jardins du Vatican; le *Monte Mario* et la *villa* Millini, vue superbe; c'est de là que Sickler a pris sa vue panoramique de Rome, ouvrage utile.

DIXIÈME JOURNÉE

La route de Rome à Tivoli; le lac de la Solfatara; le tombeau des *Plautii*; la *villa* Adrienne; la *villa* de Tivoli; le temple de Vesta; la grotte de Neptune; la grotte des Sirènes; les cascatelles de Tivoli; la *villa* de Mécène; la *villa* d'Este; Palestrina; Frascati; Grotta Ferrata et les fresques du Dominiquin; Marino; Castel Gandolfo; Albano; la Riccia.

On peut dédoubler les journées et voir Rome en vingt jours.

La lumière qui éclaire les monuments de Rome est différente de celle que nous avons à Paris. De là, une foule d'effets et une physionomie générale qu'il est impossible de rendre par des paroles.

C'est surtout à l'*Ave Maria,* quand le soleil vient de se coucher et que toutes les cloches sont en mouvement, que vous trouverez à Rome des effets de lumière que je n'ai jamais vus à Paris.

M. Visconti nous disait aujourd'hui que M. Nibby a eu le plus grand tort de vouloir changer le nom du temple de la Paix au Forum, et de l'appeler la basilique de Constantin.

Ne faites aucune attention aux noms qui ne sont pas prouvés par des inscriptions *antiques*.

Le seul homme un peu supérieur parmi ceux qui ont écrit sur les antiquités de Rome a été Famiano Nardini. Il mourut en 1661, et son livre ne parut qu'en 1666, sous le titre de *Roma antica*. Cette première édition a cinq cent quatre-vingt-trois pages in-quarto, d'un caractère très fin; nous avons acheté la troisième édition, qui est de 1772. On a cru faire bien des découvertes depuis Nardini; elles sont à la mode pendant quelques années, et puis l'on s'aperçoit qu'elles n'ont pas le sens commun.

La veille de notre départ de Rome, nous sommes allés à Canino revoir les vases et objets *italo-grecs* que l'on y découvre tous les jours. Les vases fort grands ont des inscriptions grecques relatives à des athlètes.

On nous écrit de Rome que des fouilles récentes semblent prouver que la *Via Sacra* ne passait pas sous l'arc de Titus.

Un peintre de nos amis vient de voir toute l'Italie en cent jours et pour quinze cents francs.

Encore un mot sur les *mesures*.

Les milles romains, indiqués par les pierres milliaires sur les grands chemins des environs de Rome, ont 764 toises. Le pied romain antique était de 10 pouces 11 lignes; les modèles antiques au Capitole ne sont pas exactement de la même longueur.

Le stade romain avait 625 pieds antiques; le mille avait 8 stades ou 758 toises.

Le *jugerum* romain avait 724 toises carrées. Le *rubio* actuel a 4 866 toises carrées.

Le palme des marchands de Rome a 9 pouces 3 lignes et quatre dixièmes.

Le pied grec avait 11 pouces 4 lignes. La mesure de blé, nommée *rubio,* pèse 640 livres romaines ou 443 livres poids de marc.

Le baril de vin a 2 976 pouces cubes; le baril se divise en 32 *boccali*.

La livre de Rome pèse 6 638 grains de France.

La livre des anciens Romains pesait 6 144 grains. Le *palmo da muratore* a 8 pouces 3 lignes et un trentième.

Le conseil d'aller en Italie ne doit pas se donner à tout le monde. En ce pays il n'y a pas de jouissances de vanité, chacun doit vivre sur son propre fonds, on ne peut plus s'appuyer sur les autres. Plus la position dans le monde est brillante à Paris, plus vite on doit s'ennuyer en Italie.

TO THE HAPPY FEW[1]

DOSSIER

CHRONOLOGIE

1783-1842

1783. *23 janvier:* Naissance à Grenoble d'Henri-Marie Beyle, le futur Stendhal.

1790. *23 novembre:* Mort de sa mère, Henriette Gagnon, fille aînée du docteur Henri Gagnon.

1791. *Été:* Voyage aux Échelles (Savoie) où était établi son oncle Romain Gagnon.

1792. *Décembre:* Le père du futur écrivain donne à son fils comme précepteur l'abbé Raillane.

1796. *21 novembre:* Il entre à l'École centrale qui venait de s'ouvrir.

1799. *15 septembre:* Il obtient le premier prix de mathématiques.

30 octobre: Il se rend à Paris en vue du concours d'entrée à l'École polytechnique.

1800. *1ᵉʳ janvier-début mai:* Ayant renoncé à l'École polytechnique, il erre dans Paris.

7 mai: Grâce à la protection de son cousin Pierre Daru, il part pour l'Italie à la suite de l'armée de réserve.

23 septembre: Il est nommé sous-lieutenant de cavalerie et affecté au 6ᵉ régiment de dragons.

1801. *Fin décembre:* Dégoûté de la carrière militaire, il obtient un congé de maladie et rentre à Grenoble.

1802. *15 avril-31 décembre:* De nouveau à Paris, il s'oriente vers la littérature.

20 juillet: Il démissionne de l'armée.

1803. *1ᵉʳ janvier-début juin:* Suite du séjour à Paris.

24 juin-31 décembre: Retraite à Grenoble et à Claix.

1804. *1ᵉʳ janvier-début avril:* Suite du séjour à Grenoble.

8 avril-31 décembre: Retour à Paris.

1805. *1ᵉʳ janvier-début mai:* Paris. Il tombe amoureux d'une actrice, Mélanie Guilbert, dite Louason.

8 mai: Il quitte Paris pour suivre Mélanie à Marseille où il se propose d'entrer dans le commerce.

1806. *1ᵉʳ janvier-24 mai:* Séjour à Marseille, où il se lasse à la fois de Mélanie et du commerce.

31 mai-1ᵉʳ juillet: Quittant Marseille pour retourner à Paris, il fait étape à Grenoble.

10 juillet-16 octobre : Grâce à l'amitié que lui portait Martial Daru (frère cadet de Pierre), il entre dans la carrière de l'intendance militaire.

16 octobre : Il part pour l'Allemagne.

13 novembre-25 décembre : Nommé adjoint provisoire aux commissaires des guerres, il est envoyé à Brunswick, où il exerce les fonctions d'intendant.

1807. *Janvier :* Il est en mission à Paris.

Février-décembre : Revenu à son poste, il voyage à travers l'Allemagne et tombe amoureux de Mina de Griesheim.

11 juillet : Il est titularisé comme adjoint aux commissaires des guerres.

1808. *Janvier-fin novembre :* Suite et fin du séjour à Brunswick.

1ᵉʳ décembre : Il est à Paris.

1809. *1ᵉʳ janvier-28 mars :* Paris.

28 mars : Départ pour la campagne d'Allemagne et d'Autriche.

13 mars-15 décembre : Séjour à Vienne, puis retour à Paris.

1810. *20 janvier-31 décembre :* Séjour à Paris.

1ᵉʳ août : Il est nommé auditeur au Conseil d'État.

1811. *Janvier-août :* Séjour à Paris.

29 avril-3 mai : Voyage à Rouen et au Havre.

29 août : Départ pour l'Italie. À Milan il devient l'amant d'Angela Pietragrua.

27 novembre : Retour à Paris. Début de la rédaction de l'*Histoire de la peinture en Italie*.

1812. *Janvier-juillet :* Séjour à Paris.

23 juillet : Départ pour la Russie.

14 septembre-16 octobre : Séjour à Moscou.

2-10 novembre : Séjour à Smolensk.

11 novembre : Début de la retraite de Russie.

1813. *31 janvier :* Arrivée à Paris.

19 avril : Départ pour la nouvelle campagne d'Allemagne.

10 juin-26 juillet : Séjour à Sagan (Silésie).

28 juillet-14 août : Convalescence à Dresde.

25 août : Retour à Paris.

1ᵉʳ septembre-14 novembre : Séjour à Milan en congé de convalescence.

30 novembre : Retour à Paris.

31 décembre : Il est chargé de participer à la défense du Dauphiné contre l'avance des troupes alliées.

1814. *5 janvier-13 mars :* Séjour à Grenoble et à Chambéry.

27 mars-20 juillet : Paris. Rédaction des *Vies de Haydn, de Mozart et de Métastase*.

20 juillet : Départ pour l'Italie.

10 août : Arrivée à Milan où il retrouve sa maîtresse Angela Pietragrua. Reprise de la rédaction de l'*Histoire de la peinture en Italie*.

29 août-13 octobre : Voyage à travers l'Italie ; Gênes, Livourne, Pise, Florence, Bologne, Parme.

13 octobre-31 décembre : Séjour à Milan.

1815. *Janvier-décembre:* Séjour à Milan. Rupture avec Angela Pietragrua.
　　　Fin janvier: Mise en vente à Paris des *Vies de Haydn, de Mozart et de Métastase.*
1816. *1ᵉʳ janvier-31 mars:* Séjour à Milan.
　　　5 avril-19 juin: Séjour à Grenoble.
　　　24 juin-7 décembre: Séjour à Milan. Il est présenté à Ludovico di Breme et fait la connaissance de Byron.
　　　13-31 décembre: Séjour à Rome.
1817. *1ᵉʳ janvier-fin février:* Séjour à Rome et à Naples.
　　　4 mars-9 avril: Séjour à Milan.
　　　13 avril-fin avril: Séjour à Grenoble.
　　　Mai-juillet: Séjour à Paris.
　　　1ᵉʳ-14 août: Voyage en Angleterre.
　　　2 août: Mise en vente de l'*Histoire de la peinture en Italie.*
　　　16 août-fin septembre: Séjour à Paris.
　　　13 septembre: Mise en vente de *Rome, Naples et Florence en 1817.*
　　　Octobre-novembre: Séjour à Grenoble.
　　　21 novembre-31 décembre: Mise en chantier d'une *Vie de Napoléon.*
1818. *1ᵉʳ janvier-1ᵉʳ avril:* Séjour à Milan. Il travaille à une *Vie de Napoléon*, à un pamphlet sur la langue italienne et à un pamphlet romantique.
　　　4 mars: Il est présenté à Matilde Dembowski dont il devient amoureux.
　　　2 avril: Départ pour Grenoble.
　　　5 mai: Retour à Milan. Sa sœur Pauline l'accompagne.
　　　25-31 août: Excursion avec Giuseppe Vismara dans la Brianza (environ de Milan).
　　　5-24 octobre: Séjour sur le lac de Côme.
　　　25 octobre: Entreprend, sous le titre *L'Italie en 1818* une deuxième édition de *Rome, Naples et Florence en 1818.*
1819. *1ᵉʳ janvier-23 mai:* Il se propose de participer à la bataille que les romantiques livrent, à Milan, aux classiques.
　　　24 mai: Il se rend en Toscane, à Volterra, sur les pas de Matilde. Mal reçu par la femme aimée, il se réfugie à Florence.
　　　Fin juillet-début août: Rentré à Milan, il est prié par Matilde d'espacer ses visites.
　　　5 août-13 septembre: Séjour à Grenoble.
　　　18 septembre-13 octobre: Séjour à Paris.
　　　22 octobre-31 décembre: Séjour à Milan.
　　　29 décembre: Première idée de *De l'amour.*
1820. *1ᵉʳ janvier-31 décembre:* Séjour à Milan entrecoupé d'un voyage à Bologne et à Mantoue.
　　　25 septembre: Le manuscrit de *De l'amour* est expédié à Paris, mais il sera égaré en route.
1821. *1ᵉʳ janvier-début juin:* Dernier séjour à Milan.
　　　13 juin: Départ définitif de Milan.
　　　21 juin-17 octobre: Séjour à Paris.
　　　18 octobre- 20 novembre: Voyage en Angleterre.
　　　24 novembre-31 décembre: Retour à Paris. Il retrouve le manuscrit de *De l'amour.*

1822. *1ᵉʳ janvier-31 décembre :* Séjour à Paris.
   17 août : Mise en vente de *De l'amour.*
   1ᵉʳ novembre : Il commence à collaborer à la presse anglaise.

1823. *1ᵉʳ janvier-17 octobre :* Séjour à Paris.
   8 mars : Mise en vente du premier *Racine et Shakespeare.*
   18 octobre : Il part pour l'Italie.
   18 novembre : Mise en vente de la *Vie de Rossini.*
   Décembre : Rome.

1824. *1ᵉʳ janvier- 3 février :* Rome.
   Mars-décembre : Séjour à Paris. Il rédige le deuxième *Racine et Shakespeare.*
   22 mai : Clémentine Curial devient sa maîtresse.
   29 août-décembre : Il collabore au *Journal de Paris* sur le Salon et sur le Théâtre Italien.
   Novembre : Séjour à Florence.

1825. *1ᵉʳ janvier-31 décembre :* Séjour à Paris.
   Février : Florence.
   19 mars : Mise en vente du *Racine et Shakespeare II.*
   1ᵉʳ mai : Mort à Milan de Matilde Dembowski.
   3 décembre : Mise en vente du pamphlet *D'un nouveau complot contre les industriels.*

1826. *1ᵉʳ janvier-fin juin :* Séjour à Paris.
   10 janvier : Signe le contrat relatif à la publication d'une nouvelle édition de *Rome, Naples et Florence.*
   Fin mai : Rupture avec Clémentine Curial.
   Fin juin-16 septembre : Il voyage en Angleterre.
   18 septembre-31 décembre : Séjour à Paris. Il achève son premier roman, *Armance.*

1827. *Janvier-juillet :* Séjour à Paris.
   Janvier : Il rencontre à Paris Giulia Rinieri qui d'emblée lui déclare son amour.
   24 février : Mise en vente de la nouvelle édition de *Rome, Naples et Florence.*
   Avril-mai : Il signe avec le libraire Canel le contrat pour la publication d'*Armance.*
   20 juillet : Il entreprend un voyage en Italie qui va durer environ six mois.
   18 août : Mise en vente d'*Armance.*

1828. *1ᵉʳ janvier :* Arrivé la veille à Milan, l'ordre lui est signifié par la police d'avoir à quitter dans les douze heures les États autrichiens.
   29 janvier-31 décembre : Se trouvant à bout de ressources il se met en quête d'un emploi.

1829. *Janvier-septembre :* Séjour à Paris.
   14 mars : Signature du contrat en vue de la publication des *Promenades dans Rome.*
   Avril : Il s'éprend d'Alberthe de Rubempré (appelée aussi Mme Azur ou Sanscrit).
   5 septembre : Mise en vente des *Promenades dans Rome.*

8 septembre-fin novembre : Il voyage dans le midi de la France.

25-26 octobre : Première idée à Marseille du roman qui sera intitulé *Le Rouge et le Noir*.

13 décembre : Publication dans la *Revue de Paris* de la nouvelle *Vanina Vanini*.

1830. *Janvier-début novembre :* Séjour à Paris.

25 février : Il assiste à la première d'*Hernani*.

8 avril : Signature du contrat en vue de la publication de *Le Rouge et le Noir*.

Mai-juin : il publie dans la *Revue de Paris* les nouvelles *Le Coffre et le Revenant* et *Le Philtre*.

27-29 juillet : Il assiste en spectateur aux « Trois Glorieuses ».

25 septembre : Publication de l'ordonnance le nommant consul de France à Trieste.

6 novembre : Avant de se mettre en route pour rejoindre son poste, il demande officiellement la main de Giulia qui lui est refusée par son tuteur.

20-22 novembre : Obligé de traverser les États autrichiens, il est retenu par la police, son passeport n'ayant pas été visé par l'ambassade d'Autriche à Paris.

25 novembre : Ayant réussi à surmonter cette difficulté, il prend la gestion de son consulat.

4 décembre : Il apprend que l'Autriche lui a refusé l'exequatur.

17-23 décembre : Voyage à Venise.

1831. *Janvier :* Il se morfond à Trieste dans l'attente d'une nouvelle affectation.

11 février : Le roi Louis-Philippe signe l'ordonnance le nommant consul à Civitavecchia dans les États pontificaux.

17 avril : Il arrive à Civitavecchia et prend la gestion du consulat.

21 avril : Le gouvernement pontifical lui accorde l'exequatur.

Août-septembre : Il se rend à Sienne et à Florence.

Septembre-octobre : Civitavecchia et Rome. Il écrit la nouvelle *San Francesco a Ripa*.

1832. *Janvier :* Il séjourne à Naples.

Février-mars : Civitavecchia et Rome.

8-31 mars : Les troupes françaises ayant occupé la ville d'Ancône, il est chargé des fonctions d'intendant-payeur.

Avril-début août : Civitavecchia et Rome.

20 juin-4 juillet : Il rédige les *Souvenirs d'égotisme*.

10-28 août : Il se rend à Sienne et à Florence.

7 septembre-début octobre : Il commence un roman intitulé *Une position sociale* qu'il abandonne presque aussitôt.

7-20 octobre : Il voyage dans les Abruzzes.

7 novembre-2 décembre : Il se rend à Sienne et à Florence.

5 décembre : Il rentre à Rome.

1833. *Janvier :* Rome.

23 janvier-12 février : Il se rend à Sienne.

14 février-mai : Civitavecchia et Rome.

Mars : Il commence à lire les vieux manuscrits italiens qu'il venait de découvrir à Rome.

22 mai- 7 juin : Il voyage en Toscane.

Fin juillet : Il se rend à Naples.

Août : Civitavecchia et Rome.

11 septembre-décembre : Il est en congé à Paris.

4 décembre : Il se met en route pour rentrer à Civitavecchia.

1834. *8 janvier-fin décembre :* Civitavecchia et Rome. Il entreprend la composition d'un roman intitulé *Le Lieutenant* et qui deviendra *Lucien Leuwen*.

Juin : Conflit avec le chancelier du consulat, Lysimaque Tavernier.

1835. *Décembre-janvier :* Civitavecchia et Rome.

15 janvier : Ordonnance royale le nommant chevalier de la Légion d'honneur.

Septembre : Portrait par Ducis.

Novembre-décembre : Il abandonne *Lucien Leuwen* et commence la rédaction de la *Vie de Henry Brulard*.

Décembre : Silvestro Valeri fait son portrait en habit de consul.

1836. *Janvier-début mai :* Civitavecchia et Rome.

11 mai : Il part pour Paris en congé.

24 mai-31 décembre : Séjour à Paris.

1837. *Janvier-fin mai :* Séjour à Paris.

1er mars : Publication de la première chronique italienne, *Vittoria Accoramboni* dans la *Revue des Deux Mondes*.

17 avril-5 juillet : Il voyage en Normandie et dans l'Ouest.

1er juillet : Publication de la deuxième chronique italienne, *Les Cenci*.

Septembre-décembre : Paris.

1838. *Janvier-mars :* Séjour à Paris.

8 mars : Il voyage d'abord dans le Midi, ensuite il visite l'Allemagne, les Pays-Bas, la Belgique.

30 juin : Mise en vente des *Mémoires d'un touriste*.

15 août : Publication de la troisième chronique italienne, *La Duchesse de Palliano*.

12-13 septembre : Il rédige la première partie de la quatrième chronique italienne *L'Abbesse de Castro*.

12 octobre-2 novembre : À peine rentré à Paris, il repart en excursion dans l'ouest de la France.

4 novembre-16 décembre : Paris. Il compose *La Chartreuse de Parme*.

1839. *Janvier-juin :* Paris.

24 janvier : Signe le traité pour la publication de *La Chartreuse de Parme*.

1er mars : Publication de *L'Abbesse de Castro*.

6 avril : Mise en vente de *La Chartreuse de Parme*.

13 avril : Première idée de *Lamiel*.

24 juin : Départ pour Civitavecchia.

10 août-fin décembre : Civitavecchia et Rome.

1840. *Janvier-décembre :* Civitavecchia et Rome.

11 août : Publication à Florence des *Idées italiennes sur quelques tableaux célèbres*, ouvrage écrit en collaboration avec le peintre A. Constantin.

25 septembre : Publication dans la *Revue parisienne* de l'article de Balzac sur *La Chartreuse de Parme*.

1841. *Janvier-octobre :* Civitavecchia et Rome.

15 mars : Il est victime d'une attaque d'apoplexie.

8 août : Le peintre Lehmann fait son portrait.

15 septembre : Il obtient un congé pour se faire soigner à Paris.

21 octobre : Il quitte Civitavecchia.

8 novembre : Il s'installe à Paris.

1841. *Janvier-mars :* Paris.

21 mars : Il s'engage à fournir des nouvelles à la *Revue des Deux Mondes*.

22 mars : À 7 heures du soir il est frappé d'apoplexie sur le trottoir de la rue Neuve-des-Capucines.

23 mars : Il décède à 2 heures du matin sans avoir repris connaissance.

24 mars : Il est enterré au cimetière Montmartre.

NOTICE

GENÈSE ET ÉLABORATION

On ne possède aucune information sur la naissance des *Promenades dans Rome*. On en est donc réduit aux suppositions. La plus vraisemblable de celles-ci est suggérée par la mauvaise situation financière où Stendhal s'est trouvé à la fin de la Restauration. À bout de ressources, la collaboration aux revues anglaises, qui avait constitué pour lui à partir de 1822 une sorte de « fixe », ayant pris fin, il a essayé de trouver un emploi. Mais les recherches effectuées dans plusieurs domaines par son entourage ont toutes échoué. Non que, en elle-même, cette recherche fût, dès le départ, condamnée à l'échec. La difficulté provenait de la personnalité du quémandeur. Non seulement celui-ci n'avait aucune envie d'entrer dans une quelconque administration, mais encore ceux qui le connaissaient savaient qu'il n'était pas fait pour se plier aux exigences d'un emploi quel qu'il fût. Il faudra attendre la révolution de Juillet pour que le miracle se produise : à ce moment-là ses amis s'employèrent à obtenir pour lui, et non sans mal, un consulat en Italie.

En attendant, il n'est pas impossible que l'idée ait germé dans son esprit de gagner quelque argent en publiant, sur la lancée de *Rome, Naples et Florence* paru en 1826, un livre sur Rome. L'attrait de la Ville éternelle garantissait le succès. La conjecture est d'autant plus vraisemblable qu'on trouve sous sa plume une dizaine d'années plus tôt un embryon du cadre des *Promenades*. On lit, en effet, dans l'*Histoire de la Peinture en Italie* (1817) les deux passages que voici :

Rome est la ville des statues et des fresques. En y arrivant, il faut aller voir les scènes de l'histoire de Psyché peintes par Raphaël dans le vestibule du palais de la Farnésine (...). Après un mois de séjour à Rome, pendant lequel l'on n'aura vu que des statues, des maisons de campagne, de l'architecture ou des fresques, l'on peut enfin, un jour de beau soleil, se hasarder à entrer dans la Chapelle Sixtine [1]...

1. *Histoire de la peinture en Italie* (1817), chap. CLIII.

Et plus loin :

> *Tandis que ces idées étaient bien présentes aux nouveaux arrivants, je les conduisais au musée Pio-Clémentin, car à Rome le plus ancien arrivé fait le cicerone* [1]...

Ayant décidé de réaliser ce projet aussi aisé qu'attrayant, d'autant que d'importants matériaux étaient demeurés sans emploi après la publication de *Rome, Naples et Florence*, Stendhal entreprit de réunir la documentation nécessaire. Il s'en ouvrit à Romain Colomb, son cousin et collaborateur occasionnel. Écoutons le témoignage de ce dernier :

> *Le plan des* Promenades *avait d'abord beaucoup moins d'étendue* [que dans l'édition définitive]; *il s'agissait de donner seulement trois cents pages de description des principaux monuments de la Ville éternelle. En juillet 1828, Beyle me donna à lire le manuscrit. J'y trouvai le germe d'un bon ouvrage, je lui conseillai de faire le tableau complet de Rome antique et moderne, sous le triple rapport des monuments, des arts, de la politique, de la société. L'étendue du travail l'effraya, et je ne parvins à le rassurer qu'en lui promettant de l'aider à réunir les nombreux matériaux qui devaient composer le livre* [2]...

Un ami de Stendhal, Adolphe de Mareste, qui avait déjà précédemment servi d'intermédiaire entre l'auteur et les libraires, se chargea de trouver un éditeur. La tâche se révéla moins aisée que prévu, soit que le sujet ne parût pas alléchant, soit que la somme demandée pour la cession du manuscrit — trois mille francs — parût excessive. Enfin, après le refus de Firmin-Didot et la dérobade de Dondey-Dupré, Mareste put s'entendre avec le libraire Delaunay qui accepta de publier les *Promenades* à condition que le prix de cession fût réduit de moitié. Persuadé de ne pas trouver mieux sur le marché, Mareste accepta et conseilla vivement à Stendhal d'accepter à son tour. Voici le contrat qui liait les parties :

> *Entre M. Delaunay, libraire au Palais-Royal et M. Henry Beyle, demeurant à Paris, rue de Richelieu, n° 71.*

> *Il a été convenu :*

> *Article premier. — M. H. Beyle vend une édition de l'ouvrage intitulé* Promenades dans Rome, *par M. de Stendhal, en deux volumes in-8° pour le prix de quinze cents francs en un billet payable le seize septembre 1829.*

> *Art. 2. — Cette édition sera tirée au plus à douze cent trente exemplaires.*

1. *Ibid.*, chap. CLV.
2. Notice biographique, en tête de l'édition Hetzel de *La Chartreuse de Parme*, Michel Lévy, 1840.

Art. 3. — Le jour de la mise en vente, M. Delaunay remettra à M. Beyle trente exemplaires de l'ouvrage, et dès ce jour, cinq exemplaires de l'ouvrage intitulé Rome, Naples et Florence.

Art. 4. — L'ouvrage sera imprimé avant le 1er juin 1829 et sur papier aussi beau que le roman intitulé 1572.

Art. 5. — L'auteur corrigera les épreuves jusqu'à ladite époque du 1er juin 1829.

Paris, le 14 mars 1829.

H. BEYLE.

Approuvé l'écriture ci-dessus et son contenu, ce 14 mars 1829.

DELAUNAY.

Au moment de la signature, le manuscrit devait être bien avancé, mais il n'était certainement pas complet. Or Stendhal eut de la peine pour l'achever. C'est qu'entre-temps sa passion pour Alberthe de Rubempré ne lui laissait pas le temps de songer à respecter ses engagements. À la fin du mois de juillet donc, Stendhal, houspillé sans doute par l'éditeur, se hâte de mettre enfin au point sa copie. N'ayant pas été témoin oculaire du conclave dont il décrit les différentes phases à la fin de l'ouvrage, il avait été obligé de mettre à contribution les sources les plus variées.

Le temps pressant, la lecture des épreuves dut être expédiée encore plus vite que d'habitude, tant et si bien que des coquilles et des lapsus échappèrent à l'attention de l'auteur. L'insertion d'un feuillet d'errata se révéla donc nécessaire.

Mais, outre les coquilles et les lapsus, il y eut aussi des inadvertances qui ne furent pas rectifiées. Ainsi, dans la datation du journal, la date du 17 août 1827 revient deux fois, l'une à sa place normale, l'autre *après* celle du 18 août. De même, le 2 juin 1828 est placé *avant* le 29 mai.

Le 5 septembre, *les Promenades dans Rome* étaient annoncées dans la *Bibliographie de la France*. Le livre fut donc mis en vente avec quelque retard au mois de septembre 1829.

Le précis de la genèse et de l'élaboration des *Promenades* que l'on vient de lire fait ressortir des aspects qui apparemment ne plaident pas en leur faveur. Le premier de ces aspects est que Stendhal n'avait séjourné à Rome que peu de temps, par conséquent il ne connaissait guère tous les monuments. Cela veut dire que sa description est tributaire des guides qu'il a consultés, et que, en grande partie, elle est une compilation. Les chapitres d'histoire générale sortis de la plume de Romain Colomb, tels, par exemple, que l'histoire des papes, contribuaient à accroître ce manque d'originalité. La tentation serait grande de classer les *Promenades* dans le genre de littérature dite « alimentaire ». Or la réalité est tout autre : en dépit d'un certain nombre de branches mortes, dont on ne saurait nier l'existence, Stendhal, écrivain de génie, a réussi à donner à son livre une tournure, un charme auxquels le temps n'a pas porté atteinte[1], et qui en fait non seulement le guide le plus séduisant de la Ville éternelle, mais encore l'un des meilleurs livres de Stendhal en dehors de l'œuvre romanesque.

ÉDITIONS

Édition originale :

Promenades dans Rome, par M. de Stendhal. Paris, Delaunay, 1829, 2 vol. in-8°, IV-450, 592 p., 1 f. d'errata. Gravures : en tête du vol. I, Saint-Pierre de Rome ; en tête du vol. II, colonne Trajane ; plan replié des vestiges de Rome et des douze collines voisines du Tibre.

Contrefaçon :

Promenades dans Rome, par M. de Stendhal. Bruxelles, Louis Hauman et Comp. libraires, 1830, 2 vol. in-12, IV-356, 468 p. Gravures comme dans l'édition originale.

Édition de 1853 :

En dépit de son succès, l'ouvrage ne sera pas réimprimé du vivant de l'auteur. Après son décès, il a paru dans la collection des *Œuvres complètes* procurée par Romain Colomb :

Promenades dans Rome, par M. de Stendhal. Seule édition complète, augmentée de fragments inédits. Paris, Michel Lévy frères, 1853, 2 vol. in-12, 369, 379 p.

Cette édition a eu de multiples tirages. La présentation sera modifiée, mais non l'impression qui sera reproduite en stéréotype. Pendant une centaine d'années, les lecteurs n'ont lu les *Promenades* que dans cette édition.

Éditions ultérieures :

Il faut dépasser le premier quart de notre siècle, pour que le livre connaisse une édition différente :

Promenades dans Rome, Établissement du texte et préface par Henri Martineau. Paris, Le Divan, 1931, 3 vol. in-16, XXVIII-363, 368, 377 p. (Le Livre du Divan).

---

1. Le titre *Promenades dans Rome*, si attrayant, si nouveau, si vivant, a beaucoup contribué à la fortune du livre. Appartient-il à Stendhal, à son entourage, au libraire ? On ne sait. Curieusement, la même question se pose en ce qui concerne un autre livre de voyage, lui aussi très réussi, publié dix ans plus tard : les *Mémoires d'un touriste*. Là non plus on ne sait pas si Stendhal en est bien l'inventeur.

En ce qui concerne l'établissement du texte, Martineau a suivi les errements de Romain Colomb qui a inséré dans le texte des passages qui ne figurent pas dans l'édition originale. Voici ce qu'il déclare à ce sujet :

> *En principe, j'ai suivi l'édition originale (...). Mais, faisant mon profit des corrections de Stendhal sur les exemplaires Serge André, de La Baume ou Crozet*[1]*, j'ai cru devoir y introduire une quantité de renseignements, de développements et de rapprochements des plus suggestifs...* (Tome I, p. XXIV).

Bien que très discutable, le même procédé a été adopté à son tour par Armand Caraccio dans l'édition des *Œuvres* de Stendhal entreprise par Édouard Champion :

Promenades dans Rome. Texte établi et annoté par Armand Caraccio. Préface de Henri de Régnier, de l'Académie française. Paris, Librairie ancienne Honoré Champion, 3 vol. gr. in-8, 1938-1940, CLXVIII-377, 485, 474, ill.

En 1958, une somptueuse édition, richement illustrée, a été publiée à Florence. Elle est précédée d'une préface du romancier Alberto Moravia et d'un avant-propos de Glauco Natoli. Le texte est celui du Divan[2].

En 1961, M. Ernest Abravanel s'est proposé, et avec raison, de revenir, dans l'édition Rencontre au texte original de 1829[3], et a reproduit dans les notes quelques-unes des modifications indiquées par Stendhal. Malheureusement, faute d'une collation attentive, bien des corrections apportées par Colomb ont subsisté de sorte qu'on n'est jamais sûr d'avoir sous les yeux le bon texte.

En 1968, cette édition a été reprise intégralement dans les *Œuvres complètes de Stendhal* en 50 volumes publiées à Genève par le Cercle du Bibliophile (vol. 6-8) avec une postface et des notes complémentaires par Ernest Abravanel.

Quant à nous, nous avons refusé de suivre ce procédé qui n'est ni cohérent ni légitime. Nous avons donc repris le texte tel qu'il a paru en 1829 en signalant en note tout ce qui est un ajout postérieur :

Promenades dans Rome dans *Voyages en Italie*. Textes établis et annotés par V. Del Litto. Gallimard, 1973, pages 593-1189 (Bibliothèque de la Pléiade). (Voir aussi, dans cette édition, les Suppléments auxquels renvoient parfois nos notes, p. 1193 à 1290.)

---

1. Au sujet de ces exemplaires, voir plus loin.
2. Deux vol., L-358, 430 p., 120 planches, et un volume de vues dépliantes.
3. *Œuvres de Stendhal,* Lausanne, t. V et VI, 454 et 517 pages.

RÉCEPTION

La presse parisienne réserva un assez bon accueil, mais sans excès, aux *Promenades*. L'auteur étant connu dans les milieux littéraires de la capitale par son esprit et son originalité, les journalistes ne pouvaient ignorer son livre. Six articles jusqu'ici avaient été dénombrés, en plus d'une simple annonce insérée dans la *Revue de Paris* d'août 1829, soit six comptes rendus parus respectivement dans la *Revue française* du 11 septembre, dans *le Globe* des 16 et 24 octobre, dans *L'Universel* des 23 et 27 septembre et du 14 octobre. À ces six comptes rendus s'ajoutent deux autres articles découverts récemment, parus l'un dans le *Mercure de France au XIXᵉ siècle* de septembre 1829[1], l'autre dans *le Temps* du 12 février 1830[2]. Tous ces articles sont anonymes à l'exception des trois comptes rendus de *l'Universel* qui sont signés O., initiale habituellement employée par le publiciste Prosper Duvergier de Hauranne. Ce sont aussi les articles les plus significatifs.

Hors de France, un compte rendu parut dans la revue florentine *Antologia* de septembre 1830. Signé M., il avait comme auteur un littérateur italien, Giuseppe Montani, dont Stendhal avait fait la connaissance lors de son séjour à Florence en 1823-1824.

En Belgique et aux Pays-Bas, la parution de la contrefaçon a fourni l'occasion à des journaux de parler des *Promenades*, tels le *Journal de Liège*, *la Politique*, le *Courrier des Pays-Bas*[3], mais nos tentatives de les retrouver ont échoué.

Tous ces articles évoqués mettent l'accent sur l'intérêt et l'utilité du nouvel ouvrage de M. de Stendhal, non sans faire cependant de sérieuses réserves sur la science historique et archéologique de ce dernier. Le journaliste de la *Revue française*, après avoir rapporté que l'auteur se présente comme le cicérone d'un groupe d'amis séjournant à Rome, poursuit :

« Aussi son livre a-t-il tout le décousu de la vie d'un voyageur et de la conversation d'un homme du monde. On peut le trouver monotone, mais il est semé de choses piquantes et il instruit quoique l'érudition n'y semble pas fort sérieuse. Il ne captive pas, mais il n'ennuie pas. On peut le lire au hasard, le quitter à chaque instant ; et cependant on le finit quand on l'a commencé. L'auteur n'a rien changé à sa manière ; seulement il y a joint un bagage de science dont peut-être ne se contenterait pas un antiquaire, mais qu'envieraient tous ces voyageurs frivoles que le désœuvrement conduit en Italie. Son ouvrage peut se lire à Paris ; mais, lu à Rome, il aura vingt fois plus de prix. C'est un

1. Michel Arrous, *Stendhal et Latouche au « Mercure ». Publicité pour les « Promenades dans Rome »*. Stendhal-Club, n° 99, 15 avril 1968.

2. André Doyon, *Un compte rendu inconnu des « Promenades dans Rome » en 1830*. Stendhal-Club, n° 40, 15 juillet 1968.

3. D'après Jules Dechamps, *Amitiés stendhaliennes en Belgique*. Bruxelles, La Renaissance du Livre, 1963, p. 45.

itinéraire dans la Ville éternelle et qui doit servir à la plupart des voyageurs qu'elle attire pour leur donner plus d'idées et plus d'impressions qu'ils n'en trouveraient d'eux-mêmes dans le spectacle de ce que décrit M. de Stendhal... »

Duvergier de Hauranne, auteur de l'article du *Globe*, est sensiblement du même avis. D'une part, il écrit qu'« il n'est point de meilleur guide, de meilleur conseil plutôt, que M. de Stendhal » ; d'autre part, il glisse que celui-ci n'est pas « plus savant que ses prédécesseurs », et que « c'est au contraire leur science qu'en général il emprunte », tout en s'empressant d'ajouter que M. de Stendhal se rachète par l'art qu'il possède de soutenir l'attention et de prévenir l'ennui.

En ce qui concerne les articles de *L'Universel*, ils se présentent comme une analyse minutieuse prenant souvent l'allure d'un réquisitoire. Le journaliste passe au crible l'érudition de M. de Stendhal, relève les insuffisances de celui-ci, ses contradictions, ses anachronismes et se plaît à le mettre dans l'embarras à propos de tel ou tel renseignement, de telle ou telle opinion, qui lui semblent suspects. Et de conclure :

« Je quitte à regret M. de Stendhal. Je ne pense pas que nous nous laissions mauvais amis. Il donnera une autre édition, il la reverra avec plus de soin, et il supprimera quelques hardiesses politiques fort inutiles, nuisibles même s'il veut que son ouvrage sorte de France et devienne l'itinéraire classique de Rome. Il rectifiera beaucoup de jugements sur les arts qui, pour être piquants, n'en sont pas plus justes, et tout le monde pourra être content : Rome, la Vérité, M. de Stendhal et son libraire. »

Le ton était courtois, mais la critique acerbe. Stendhal en fut vivement affecté. Le 31 janvier 1830, après avoir pris connaissance — avec un retard inexplicable — du deuxième article, celui du 27 septembre, il s'adressa en ces termes au directeur du périodique :

« Je dois des remerciements à *L'Universel*. Je viens seulement de lire le numéro du 27 septembre dernier où il est question des *Promenades dans Rome*.

Je ne sais pas le nom de celui de MM. les rédacteurs de *L'Universel* qui a pris la peine de lire les *Promenades*, etc.

Auriez-vous la bonté, Monsieur, de lui faire parvenir la lettre ci-jointe dans laquelle je cherche à me justifier du reproche de légèreté[1] [...]. »

Retenons ce dernier mot[2]. Nous assistons à la répétition de ce qui s'était passé quelque dix ans auparavant. En rendant compte de *Rome,*

---

1. *Correspondance,* t. II, p. 173-174. La lettre que Stendhal a jointe à ce billet ne nous est pas parvenue. On ne peut que le regretter.
2. Même son de cloche à Rome. Quelques années plus tard Stendhal rapportera à Romain Colomb des propos qu'on venait de lui tenir sur les *Promenades :* « [...] chez le ministre-cardinal, le jour de la Saint-Pierre, on m'en a parlé sans me connaître. Ces bêtes trouvent que cela manque de gravité » (*Correspondance,* t. II, p. 693, Civitavecchia, 10 septembre 1834).

Naples et Florence en 1817, l'*Edimburgh Review* avait dénoncé la « frivolité » de l'auteur. Profondément vexé, et à juste titre, Stendhal avait aussitôt mis en chantier une deuxième édition beaucoup plus « sérieuse ». De la même manière, à la suite du compte rendu de *L'Universel,* et conformément d'ailleurs à la suggestion formulée par le journaliste, il envisage de donner une deuxième édition des *Promenades.* Elle aurait été à la fois plus complète et plus savante, elle devait montrer que l'érudition de M. de Stendhal n'était pas de pacotille. « *L'Universel,* consigne-t-il dans les marges d'un de ses exemplaires personnels[1], nie le bronze enlevé au Panthéon. Dans une seconde édition faire un appendice de dix pages avec des inscriptions probantes... » En vue de cette seconde édition, il fit interfolier des exemplaires plus ou moins abondamment[2].

Il va sans dire que les matériaux ainsi constitués sont fort disparates. Surtout, Stendhal ne s'est pas préoccupé de leur mise en œuvre, l'adjonction des nouvelles parties rompant l'équilibre de l'ensemble. Ne l'accusons pas d'insouciance, d'imprévoyance. Son tempérament d'écrivain est tel qu'il lui est impossible de revenir en arrière, de reprendre ce qui est sorti de sa plume, de récrire une page, un chapitre, un livre. Chaque fois qu'il s'est attelé à cette besogne, ses tentatives n'ont abouti à rien. Quand il a voulu donner une nouvelle édition de *Rome, Naples et Florence en 1817,* il a publié un livre tout différent du premier. Il n'y a donc pas eu, ni ne pouvait y avoir, de deuxième édition des *Promenades dans Rome,* de même qu'il n'y aura pas de deuxième édition de *La Chartreuse de Parme.*

EXEMPLAIRES ANNOTÉS

On sait que Stendhal, lecteur invétéré s'il en fut, avait l'habitude de consigner sur les marges du livre qu'il était en train de lire non seulement les réflexions que lui suggérait la lecture, mais encore des notes intimes, les marges faisant office d'agenda. Cette habitude s'est étendue à ses propres ouvrages. Souvent les marges ne suffisant pas, il a fait interfolier des volumes afin d'avoir l'espace nécessaire pour noter amendements et retouches, ajouts et développements. Les *Promenades* n'ont pas échappé à cette habitude, d'autant plus que le hasard l'ayant nommé consul de France dans les États romains, peu de temps après leur publication, il s'est trouvé bien placé pour affiner le texte en vue d'une seconde édition. Et, comme il résidait tantôt à Rome tantôt à Civitavecchia, siège de son consulat, il a fait relier et interfolier non pas un seul exemplaire des *Promenades,* mais plusieurs afin d'en avoir toujours un sous la main sans se donner la peine de transporter des volumes assez lourds.

Nous allons maintenant passer en revue les exemplaires annotés en indiquant leurs traits spécifiques.

1. L'exemplaire Serge André (voir plus loin).
2. Voir plus loin.

1. Exemplaire Serge André

Il ne s'agit pas, à proprement parler, d'un exemplaire interfolié. Stendhal a fait relier dans chacun des deux volumes de l'édition originale un cahier de 18 feuillets blancs en tête et un cahier de 44 feuillets à la fin. Ces quatre cahiers sont chargés de notes, sans compter les notes consignées sur les marges. Ces notes sont du 29 mars 1829 au 31 mai 1840. Resté à Civitavecchia après sa mort, l'exemplaire a été rapatrié à la demande de Romain Colomb, cousin et exécuteur testamentaire de l'écrivain, qui a mis à profit un certain nombre de notes dans son édition de 1853. Après la mort de Colomb (1858), il a appartenu à Casimir Stryienski qui à son tour a publié d'autres notes en 1908 dans la deuxième série des *Soirées du Stendhal-Club*. Vendu après 1912, il a appartenu à un collectionneur averti, Serge André, qui consentit à le communiquer à Jacques Boulenger. Ce dernier a transcrit la presque totalité des notes dans le volume *Candidature au Stendhal-Club* [1]. Remis en vente, l'exemplaire a fait surface une première fois en 1939 et une deuxième fois en 1961. Nous réussîmes à ce moment-là à le faire acheter par la Bibliothèque de Grenoble [2].

2. Exemplaire La Baume

C'est un exemplaire de la contrefaçon belge. Dans chacun des deux volumes a été relié un cahier de 40 feuillets blancs. Étant donné son format plus petit que celui de l'édition originale, il a accompagné bien souvent Stendhal dans ses voyages hors des États romains. Les notes s'échelonnent de 1830 à 1841. Avant de partir en congé, en 1841, pour son dernier voyage à Paris, Stendhal l'a prêté à l'abbé Héry, chapelain et bibliothécaire de Saint-Louis-des-Français à Rome. Celui-ci le garda jusqu'en 1853. En 1910, il fut acquis par la comtesse de La Baume-Pluvinel chez qui il est resté, paraît-il, jusqu'en 1930. Il a disparu depuis. Les notes — très vraisemblablement un choix — ont été publiées en 1926 par Édouard Champion dans la plaquette intitulée *Un nouvel exemplaire annoté des «Promenades dans Rome»* [3].

3. Exemplaire Crozet-Royer

Exemplaire interfolié de l'édition originale en 4 volumes. Resté à Civitavecchia après la mort de Stendhal, il fut remis à Romain Colomb qui le communiqua à son tour à un vieil ami de l'auteur, Louis Crozet. Les 3 volumes — le quatrième n'ayant pas été retrouvé — furent légués par la veuve de Crozet au président Paul Royer, et ont été conservés

1. Le Divan, Paris, 1926.
2. Cf. Stendhal-Club, n° 14, 15 janvier 1962, p. 195.
3. Éditions du Stendhal-Club, n° 19.

dans la bibliothèque de ce dernier à Claix, près de Grenoble. C'est l'exemplaire qui renferme le moins de notes, et encore elles figurent seulement dans les deux premiers volumes. Ces notes ont été publiés en 1923 par Louis Royer, conservateur de la Bibliothèque de Grenoble[1].

4. Exemplaire Tavernier

Cet exemplaire a été découvert en 1955 en Grèce, à Athènes, par le comte Yves du Parc dans la bibliothèque de Lysandre Caftanzoglou, descendant de Lysimaque Caftangi-Oglou Tavernier, qui avait exercé les fonctions de chancelier du consulat de Civitavecchia du temps de Stendhal. Il s'agit d'un exemplaire de l'édition originale que Stendhal a fait relier et interfolier en 4 volumes. Les très nombreuses notes dont il est couvert vont de novembre 1831 à janvier 1841. Elles ont été publiées avec un commentaire très étoffé par l'auteur de la découverte[2].

Dans les pages sans apprêt et apparemment composées à la diable, Stendhal, grâce à son sens inné de la mise en scène, a réussi à recréer et à faire partager le charme à la fois désuet et fascinant de la ville autrefois appelée « caput mundi ». Un guide original ? Mieux, un chef-d'œuvre.

V. DEL LITTO

---

1. *Les livres de Stendhal dans la bibliothèque de son ami Crozet. Bulletin du Bibliophile*, septembre-octobre 1923.

2. Yves du Parc, *Quand Stendhal relisait les « Promenades dans Rome », Marginalia inédits*, Lausanne, Éditions du Grand-Chêne, 1959.

BIBLIOGRAPHIE

(Elle se limite aux indications qui concernent proprement les *Promenades dans Rome.*)

ÉDITIONS

Promenades dans Rome, établissement du texte et préface par Henri Martineau, Paris, Le Divan, 1931, 3 vol.

Promenades dans Rome, texte établi et annoté par Armand Caraccio, préface de Henri de Régnier, de l'Académie française, Paris, H. Champion, 1938, 3 vol.

Yves du Parc, *Quand Stendhal relisait les «Promenades dans Rome», Marginalia inédits*, Lausanne, Éditions du Grand Chêne, 1959.

Promenades dans Rome, éd. Champion reprise avec postface et notes d'Ernest Abravanel, Genève, Édito-Service, Cercle du Bibliophile, 1968, 3 vol.

Voyages en Italie (Naples et Florence en 1817, l'Italie en 1818, Rome, Naples et Florence [1826], Promenades dans Rome), textes établis, présentés et annotés par V. del Litto, Bibliothèque de la Pléiade, Gallimard, 1973.

Passegiate romane, a cura di Massimo Colesanti, Roma, Biblioteca di Storia Patria, 1981, puis Milano, Garzanti, 1983.

ON SE REPORTERA AUSSI AUX OUVRAGES SUIVANTS :

Œuvres intimes, textes établis, présentés et annotés par V. Del Litto (I. Journal 1801-1817 ; II. Journal 1818-1842, Souvenirs d'Égotisme, Vie de Henry Brulard), Bibliothèque de la Pléiade, Gallimard, 1981 et 1982.

Correspondance, textes établis, présentés et annotés par V. Del Litto et Henri Martineau (I. 1800-1821 ; II. 1821-1834 ; III. 1835-1842), Bibliothèque de la Pléiade, Gallimard, 1962, 1967 et 1968.

QUELQUES BIOGRAPHIES

Crouzet, Michel, *Stendhal ou Monsieur moi-même,* Flammarion, 1990.
Del Litto, V., *La Vie de Stendhal*, Albin Michel, 1965.
Martineau, Henri, *Le Cœur de Stendhal, histoire de sa vie et de ses sentiments*, 2 vol., Albin Michel (1962), 1983.

TRAVAUX CRITIQUES

Baschet Robert, *En marge des « Promenades dans Rome ». Stendhal et Delécluze à Rome en 1823-1824 (Documents inédits)*, « Stendhal-Club », n° 6, 15 janvier 1960.
Berthier Philippe, *Stendhal et Chateaubriand, essai sur les ambiguïtés d'une antipathie*, Genève, Droz, 1987.
Caraccio Armand, *Stendhal et les « Promenades dans Rome »*, Paris, Champion, 1934.
, *Variétés stendhaliennes*, Grenoble-Paris, Arthaud, 1947.
Colesanti Massimo, *« Les Promenades dans Rome » de Stendhal, Fisiologica e poetica*, « Micromegas », 1974.
, *Stendhal e i congegni in margine,* « Micromegas », 1978.
, *En marge des « Promenades », trois notes avec une introduction*, « Stendhal-Club », n° 87, 15 mars 1980.
, *Stendhal, le regole del gioco*, Milano, Garzanti, 1983.
, *La Roma di Stendhal* dans « Stendhal, Roma, l'Italia », a cura di M. Colesanti, A. Jeronimidis, L. N. Cagiano, A. M. Scaiola, Ed. di Storia e Litteratura, Roma, 1985.
, *Stendhal et l'Énergie romaine*, « Stendhal-Club », n° 110, 15 janvier 1986.
Crouzet Michel, *Stendhal et l'Italianité, essai de mythologie romantique*, J. Corti, 1982.
, *Stendhal et la Poétique du fragment*, « Stendhal-Club », n° 94, 15 janvier 1982.
, *Le voyage stendhalien et la Rhétorique du naturel* dans « Le Journal de voyage de Stendhal », éd. par V. Del Litto et E. Kanceff, Genève, Slatkine, 1986.
, *Stendhal et l'Énergie : du Moi à la poétique*, « Romantisme », 1984.
, *L'Italie est « une fête à coups de couteau »*, dans « Le roman stendhalien, La Chartreuse de Parme », Orléans, Paradigme, 1996.
Delécluze E.-J., *Impressions romaines, carnet de route d'Italie (1823-1824)*, texte inédit pub. avec une introduction et des notes par Robert Baschet, Paris, Boivin, 1942.
Guentner Wendelin A., *L'Art de tromper dans les « Promenades dans Rome »*, « Stendhal-Club », n° 100, 15 octobre 1985.
, *Reading the Romantic Journal : Meaning Formation in the Discontinuous Text*, « Romantic Review », 1987.
, *La « captatio lectoris » beyliste : le « pré-texte »*, « Romanistische Zeitschrift für Literaturgeschichte », 1986.
, *L'Instance de lecture beyliste : le narrataire souhaité*, « Nineteenth-Century French Studies », Spring/Summer 1988.

, *Problèmes de réception beyliste : le « je » pré-textuel*, « Neophilologus », 1988.

, *Stendhal et son lecteur, Essai sur « les Promenades dans Rome »*, Gunter Narr Verlag, Tübingen, 1990.

Imbert, Henri-François, *Les Métamorphoses de la liberté, ou Stendhal devant la Restauration et le Risorgimento*, J. Corti, 1967.

Variétés beylistes, Paris, Champion, 1995.

Maio, Mariella (di), *Interni di un convento*, Roma, Editori riuniti, 1987.

Prévost Jean, *La Création chez Stendhal, Essai sur le métier d'écrire et la psychologie de l'écrivain*, 1re éd. aux éd. du Sagittaire en 1942, republié chez Gallimard depuis 1951 ; actuellement en Folio essais.

Vigneron Robert, *Études sur Stendhal et sur Proust*, Nizet, 1978 (comprend deux études capitales pour les *Promenades*, « Stendhal et Sanscrit », et « Stendhal au conclave »). Voir aussi l'étude « Stendhal disciple de Chateaubriand ».

Michel CROUZET

TABLE DES MATIÈRES
DE L'ÉDITION ORIGINALE

SECOND VOLUME

TABLE COMPLÈTE
DES TITRES COURANTS
DE L'ÉDITION ORIGINALE

Tous les titres courants suivants ont été reproduits fidèlement à partir de l'édition originale de 1829. Ceux qui n'ont pu être insérés dans notre édition *Folio classique* sont ici marqués en romain et précédés d'un astérisque. Quand deux titres correspondant à deux pages différentes dans l'édition originale ont pu être indiqués, ils sont séparés par un point. Cette table des matières reprend fidèlement l'ensemble des titres courants et en respecte l'ordre.

NOTES ET VARIANTES

Page 3.

1. C'est en vain qu'on a cherché dans les œuvres de Shakespeare le texte de cette épigraphe. Elle est du cru de Stendhal, de même que le sont de nombreuses épigraphes de *Rouge et Noir* aux attributions fantaisistes (voir *Une séance du Club [sur une épigraphe de Stendhal]*, dans le volume *Nouvelles soirées du Stendhal-Club*, 1950, p. 263-272). À noter que Stendhal s'était déjà servi de l'expression « beauté parfaite » au chapitre XII de *l'Histoire de la peinture en Italie*.

Page 5.

1. En fait, à cette date Stendhal n'avait fait que *quatre* voyages à Rome, soit en 1811, 1816-1817, 1823-1824, 1827. Ernest Abravanel fait état d'un voyage en 1825 (éd. Rencontre, p. 421); or, on sait que cette année-là, Stendhal n'avait pas quitté Paris (voir P. P. Trompeo, *Stendhal a Roma.* Dans le volume *Nell'Italia romantica sulle orme di Stendhal*, 1924).

2. Dès la première page, Stendhal tient à appuyer sur ce qui fait son originalité : une pensée *vivante*. Il a heureusement renoncé à son intention de 1818 de faire « grave », à la suite du reproche de « frivolité » que lui avait fait l'*Edinburgh Review*, en rendant compte de *Rome, Naples et Florence en 1817*.

3. Date fantaisiste. En 1802 Stendhal était déjà rentré en France. Ensuite, même en admettant qu'en 1801 il se soit rendu à Florence, ce qui n'est point prouvé, il n'a pas eu l'occasion de descendre plus bas dans la péninsule.

4. En fait, quatre ans auparavant, les troupes françaises s'étant emparées de Rome le 10 février 1798. C'est à ce moment là que la république fut proclamée et le pape Pie VI obligé de s'exiler.

5. *Édition originale et édition de 1853 :* Saint-Paul-hors-des-Murs.

6. Ce néologisme paraît ici pour la première fois. Dans l'édition de 1826 de *Rome, Naples et Florence*, à la date du 23 janvier, Stendhal s'était servi d'*égotiste*. Néanmoins on trouve sous sa plume *égotisme* bien avant 1829, mais seulement dans ses notes personnelles. Dès février 1823, il écrivait dans un essai sur le rire : « Lorsque quel-

qu'un nous conte de ces petits malheurs-là, nous le taxons *d'égotisme* »
(*Journal littéraire*, Cercle du Bibliophile, 1969, t. XXXVII, p. 153).

Page 6.

1. *Corrections dans l'exemplaire Tavernier :* « Il n'y avait plus de prêtres
dans les rues, presque plus d'assassinats par jalousie, et le Code civil
y régnait. » — M. Yves du Parc a vu dans cette addition un reflet
de la conversation que Stendhal a eue, le 18 novembre 1831 « avec
M. Candelori, chez qui il venait de prendre logement au palais Cava-
lieri, avec son ami Abraham Constantin » (*Quand Stendhal relisait les
Promenades dans Rome*, p. 95. Cf. p. 36).

2. Allusion à l'influence bénéfique exercée par Napoléon sur l'Italie.
C'est là une idée constante chez Stendhal.

3. Le cardinal Ercole Consalvi, dont le nom revient à maintes
reprises dans *Rome, Naples et Florence en 1817*, était mort en 1824.

4. *Correction dans l'exemplaire Tavernier :* « à tout le monde, aux étrangers et même aux Anglais ».

5. L'instrument de torture désigné sous le nom de *chevalet* est ainsi
décrit par Santo-Domingo dans ses *Tablettes romaines* : « Deux planches
en dos d'âne, soutenues par quatre pieds de bois, dont les deux
de devant sont plus bas que ceux de derrière : voilà le cavalletto »
(Bruxelles, 1826, p. 231). Dans *Rome, Naples et Florence en 1817*, à la
date du 2 janvier 1817, Stendhal avait inexactement parlé d'« échafaud ».

6. Ces deux précisions sont destinées à prouver au lecteur la *vérité* du
livre. En fait, on sait que celui-ci a été écrit non pas à Rome, mais à
Paris.

7. Cet alinéa a été supprimé dans l'édition de 1853.

Page 7.

1. Monterosi : relais de poste sur la route de Florence à Rome par
Sienne.

2. *Addition dans l'exemplaire Serge André, t. I, p. 3 :* « Hypocrisie
abominable dans tout ce qui a le moindre rapport au G[ouvernement]
ou à la R[eligion]. Les badauds ne la voyent pas, les prudents la nient. »

Page 8.

1. Une idée analogue reviendra dans un projet de préface des *Chroniques italiennes* écrit à Rome, le 24 avril 1833 : « J'avoue que je ne suis
pas curieux des façons de penser et d'agir des habitants de la Nouvelle-
Hollande ou de l'île de Ceylan [...]. La lecture des récits véridiques du
capitaine Franklin, que j'ai rencontré chez M. Cuvier, peut m'amuser
pendant un quart d'heure, mais bientôt je pense à autre chose [...].
J'aime ce qui peint le cœur de l'homme, mais de l'homme que
je connais et non pas du Riccaras » (*Chroniques italiennes*, Cercle du
Bibliophile, t. XIX, p. 21-22). Ces déclarations expliquent pourquoi
Stendhal n'a pas été un adepte de l'exotisme.

Page 9.

1. Ces remarques générales sur le caractère particulier du pouvoir du pape ont pu être inspirées par le chapitre XXIII, *Du souverain pontife, de sa dignité et du collège qui l'environne* du *Voyage en Italie* de Lalande, ouvrage, on va le voir, que Stendhal a beaucoup mis à contribution. En 1812, le pape était Pie VII (né en 1742).

2. *Corrections dans l'exemplaire Serge André, t. I, p. 5 :* (—) « l'on ne remarque pas ».

3. *Édition de 1853 :* cela.

Page 10.

1. *Note dans l'exemplaire de La Baume :* « Dès qu'en agissant il n'a pas le sentiment du *nouveau*, le Romain s'ennuie. Le bourgeois romain s'attache à l'amant de sa femme aussi tendrement qu'à celle-ci. »

2. *Édition originale :* collet-montées.

3. La comédie du comte Giraud, que Stendhal a mentionnée à plus d'une reprise dans les deux éditions de *Rome, Naples et Florence*, a été traduite en français par Bettinger sous le titre *Le Précepteur embarrassé* (t. XXI des *Chefs-d'œuvre des théâtres étrangers,* 1823).

4. *Exemplaire Royer, correction, datée de juin 1841 :* « son voisin le fils du cordonnier ou du marchand d'estampes ».

Bien que le héros de *La Chartreuse de Parme,* Fabrice del Dongo, ne soit pas romain, il sera néanmoins superstitieux (voir François Michel, *Les Superstitions de Fabrice del Dongo,* in *Le Divan,* juillet 1946, ensuite dans le volume *Études stendhaliennes,* 1957, p. 266 et suiv.). Ajoutons que le rôle de la superstition et celui du pouvoir spirituel des papes n'ont guère été étudiés par Mme Francine Marill Albérès dans son ouvrage *Stendhal et le sentiment religieux,* 1956.

5. Mazzolato : « roué. » Cf. plus loin à la date du 28 septembre 1827, p. 64.

6. Nouvelle preuve que même avant la découverte des manuscrits italiens (1833), Stendhal connaissait la tragique histoire de la famille Cenci. Cette note aurait pu être citée par H. Baudouin dans son article *À propos des « Cenci »* (*Stendhal Club,* n° 22, 15 janvier 1964) à l'appui de sa thèse, d'ailleurs discutable, que Stendhal serait l'auteur de la plaquette parue en 1825 sous le titre *Histoire de la famille Cinci* [sic]. Cf. *Rome, Naples et Florence* (1826), à la date du 14 janvier 1817.

7. Le cardinal Coscia, archevêque de Benevento, avait été condamné pour vol en 1763. Après dix ans d'emprisonnement au château Saint-Ange, il fut libéré par Benoît XIV, successeur de Benoît XIII.

Page 11

1. Ennio Quirino Visconti, né à Rome en 1751, mort à Paris en 1818. Ayant fui Rome, après la chute de la république romaine, il se réfugia à Paris où Napoléon le nomma directeur des antiques au Louvre. Stendhal avait été en rapport avec lui quand, en 1812, il avait été chargé de superviser la préparation de l'inventaire du Louvre. (*Correspondance,* t. I, p. 646-647. Voir Lucie Chamson-

Mazaurie, *L'Inventaire du musée Napoléon aux Archives du Louvre*, in *Archives de l'Art français*, t. XXII, 1959, p. 335-339.)

2. Est-il nécessaire de rappeler que Stendhal s'était déjà proposé de « rendre justice » à Métastase dans son premier livre : *Vies de Haydn, Mozart et Métastase* ?

3. L'imprimeur Cracas, que Stendhal avait nommé dans l'appendice de *Rome, Naples et Florence en 1817*, publiait le journal *Diario di Roma*.

4. Clément XIV (1705-1774). C'est lui qui supprima, en 1739, la Compagnie de Jésus.

5. Benoît XIV (1675-1758).

6. *Exemplaire Royer :* « et les nobles de ces pays-là sont tout aussi persécutés que les plébéiens. Beaucoup de prêtres de ces pays-là sont libéraux ».

Page 12.

1. « Te fiant le moins possible au lendemain » (Horace, *Odes*, I, XI, 8). Même citation dans une lettre de 1823 à Victor Jacquemont (?) (*Correspondance*, t. II, p. 16).

Page 13.

1. *Exemplaire Royer, note datée de juin 1841 :* « Pourquoi le Dominiquin n'est-il pas mis sur la ligne de Raphaël, du Corrège et du Titien ? Il fut pauvre et sans intrigue. Cet affreux défaut lui nuit même après deux siècles. »

2. La sobriété de cette description de la campagne romaine contraste avec la luxuriance de Chateaubriand dans sa célèbre lettre à Fontanes sur Rome et ses environs (1804).

3. Virgile, *Géorgiques*, II, 173. Le texte exact est : *« Salve, magna parens frugum, Saturnia tellus »* (Salut, grande mère de moissons, ô terre de Saturne).

Page 14.

1. *Édition originale :* Franck — L'hôtel de Franz Rösler, via Condotti, près de la place d'Espagne, était l'un des meilleurs de Rome. Stendhal y était probablement descendu deux fois : en décembre 1816 et en septembre 1827. Dans sa lettre du 10 octobre 1824, il le conseillait à ses sœurs (*Correspondance*, t. II, p. 50). C'est aussi chez Franz que Delécluze avait logé lors de son voyage de 1824 (*Impressions romaines*). Texte inédit publié avec une introduction et des notes par Robert Baschet. Paris, Boivin, 1942, p. 148).

2. *Note dans l'exemplaire Royer :* « Les phrases comme celles-ci étaient un paratonnerre en 1823. Le fait est que M. de Blacas fit un peu réparer ce long escalier tant ébréché par le temps. Et M. de Blacas sot et insolent ne laissait pas maltraiter les Français. » Érigée en 1495 par le roi de France Charles VIII, l'église de la Trinité-des-Monts, ayant souffert de l'occupation napoléonienne, fut restaurée en 1816 par Louis XVIII.

3. Dans la lettre citée du 10 octobre 1824, Stendhal conseillait aussi à ses sœurs de prendre à Rome un appartement « en belle vue », et il ajoutait : « Je vous conseille via Gregoriana, à côté de Santa Trinità dei

Monti *[sic]*, vis-à-vis M. le consul prussien» (*Correspondance,* t. II, p. 50). Sur la maison de la via Gregoriana où il dit avoir logé — mais rien n'est moins sûr —, voir P. P. Trompeo, ouvr. cité, p. 5, n. 1), p. 249 et suivantes. La maison habitée par Salvator Rosa (1615-1673), peintre de l'école napolitaine, est indiquée par une plaque.

4. *Édition de 1853 :* à cela.

Page 15.

1. *Addition dans l'exemplaire Royer :* «Ne soyons pas trop polis, leur ai-je dit ce matin». — Je remarquerai une fois pour toutes que Stendhal a souvent consigné sur les marges de ses exemplaires personnels des *Promenades dans Rome* des phrases qu'il se proposait de développer ultérieurement lors de la refonte générale du texte. C'est pourquoi le raccord entre celui-ci et la note marginale est parfois assez lâche.

2. C'est une idée qui avait été déjà exprimée dans l'*Histoire de la peinture en Italie,* chapitre CIX : «Que j'aime ces liaisons formées par le hasard tout seul, et où l'on a le plaisir de ne pas savoir le nom de son *partner !* Tout est découvert, tout est grâce. Il n'y pas de lien. Tant qu'on se plaît, on reste ensemble ; le plaisir disparaît-il, la société se rompt sans regret, comme sans rancune...»

3. Ce «signal» peut être rapproché de l'habit bleu dont le marquis de La Mole fait présent à Julien Sorel : «Quand il vous conviendra de le prendre et de venir chez moi, [lui dit-il], vous serez, à mes yeux le frère cadet du comte de Chaulnes [...]» (*Le Rouge et le Noir,* livre II, chap. VII).

Page 16.

1. Carlo Fontana (1634-1714), architecte, élève du Bernin.

2. L'hôtel de la Douane de terre : l'ancien temple de Neptune ou Adrianeum, actuellement la Bourse, piazza di Pietra. C'est à quelques mètres de là que se trouvait — et se trouve toujours — l'hôtel Cesàri, dont Stendhal parle plus loin.

3. *Addition dans l'exemplaire Royer :* «*lascia passare)*».

Page 17.

1. *Addition dans l'exemplaire Royer :* «ou du moins fort insignifiant».

2. Charles-Jean-François Hénault (1685-1770), magistrat, président de Chambre. Son nom reste attaché à celui de Mme du Deffand, dont, pendant quarante ans, il présida le salon, en ami. Stendhal le qualifie de «financier», parce qu'il hérita une fortune considérable de son père, fermier général.

3. Nom supprimé dans l'édition de 1853.

4. *Addition dans l'exemplaire Royer :* «Le prince Rospigliosi permet d'entrer le mercredi et le samedi.»

5. *Addition dans l'exemplaire Royer :* «J'étais si amoureux de cette *Sainte Thérèse* que j'ai envoyé mon domestique en acheter le plâtre. Mme Lamp[ugnani] l'a jetée par la fenêtre le lendemain matin. Les formes de la tête sont communes et pitoyables vues de près. Quelle

différence avec la tête de la jeune femme du tombeau de Paul III Farnèse ! J'ai acheté 20 francs les *Mémoires* manuscrits de la vie intime de ce pape. Elle a émerveillé et amusé l'une de mes soirées. Il se sauve du haut du château Saint-Ange avec une corde. »

6. *Addition dans l'exemplaire Royer :* « et les mêmes jours (lundi et jeudi) les musées du Capitole et du Vatican qui sont à une lieue ».

Page 18.

1. En 1811, c'est surtout le chant des oiseaux qui l'avait ému (*Correspondance*, t. I, p. 618, lettre à Pauline du 2 octobre 1811). Stendhal n'a pas oublié cette sensation. Voir plus loin à la date du 17 août 1827, p. 26.

2. *Correction dans l'exemplaire Royer :* « On parvient. »

3. *Correction dans l'exemplaire Royer :* « et qui peuvent céder sous le poids de votre curiosité ».

4. *Note dans l'exemplaire Royer :* « Ôter sublime. »

5. *Édition de 1853 :* dans la nuit du 15 au 16 juillet 1823.

6. *Addition dans l'exemplaire Royer :* « d'un couvent qui est sur le premier plan tout près du Colisée ».

7. *Correction dans l'exemplaire Royer :* « Saint-Paul-hors-les-Murs sur la rive du Tibre fut bâti ».

Page 19.

1. *Édition de 1853 :* a passé sur la voie Sacrée, près de cet arc de triomphe, élevé à son fils Titus, et que, de nos jours encore,

2. *Addition dans l'exemplaire Royer :* « Elles se rassemblent en gerbes et prennent les épis de tous les souvenirs de toute une jeunesse agitée. »

3. Stendhal a lu en 1811 le roman de Mme de Staël, à l'époque où il s'apprêtait à partir pour l'Italie. Il avait consigné alors dans son *Journal,* au 9 mars 1811 : « En mettant ses phrases en style naturel, je me suis aperçu qu'elles ne cachaient que des idées communes, et des sentiments visiblement exagérés par celui qui sent » (voir ma *Vie intellectuelle de Stendhal,* p. 422-423). Malgré le mépris qu'il affiche pour ce livre, Stendhal lui fait d'assez nombreux emprunts ; cela prouve qu'il l'avait lu attentivement.

4. *Édition de 1853 :* Pour donner

5. *Addition dans l'exemplaire Royer :* « Et l'on se sent disposé à mépriser les vaincus. »

Page 20.

1. Jean-Baptiste-Cicéron Lesueur (1794-1883), architecte, auteur de l'ouvrage *Vues choisies des monuments antiques de Rome* (1827).

2. Stendhal tire son information de l'*Itinéraire de Rome* par Antoine Nibby, p. 130 et suivantes (je renvoie à la dixième édition parue à Rome en 1869).

3. *Addition dans l'exemplaire Royer :* « parce que pendant deux cents ans il a servi de carrière aux Farnèse, aux Barberini, à tous les neveux du pape qui bâtissaient un palais ».

4. La « salle Ventadour » fut construite par l'architecte Hué lors de l'élargissement, en 1826, de la rue de Ventadour. « Ce théâtre présen-

tait sur la rue Méhul une façade avec une rangée de neuf arcades surmontée d'un attique [...]. L'Opéra-Comique y joua du 20 avril 1829 au 22 septembre 1832, puis retourna salle Favart... » (Jacques Hillairet, *Dictionnaire historique des rues de Paris*, 1962, t. II, p. 117-119, avec une reproduction de la façade de la « salle Ventadour ».) Voir aussi, plus loin, p. 325.

5. *Note dans l'exemplaire Royer :* « Les sots de nos jours méprisent les gladiateurs sauf à mourir de peur quand les soldats prussiens ou russes rentrent à Paris. »

6. La capitulation signée, le 22 juillet 1808, par le général Dupont de l'Étang, qui amena l'évacuation de Madrid par le roi Joseph.

Page 21.

1. Armand Caraccio a avancé l'hypothèse que cette lettre pourrait être l'initiale de *paratonnerre* ou de *prudence*. Effectivement, la note au bas de laquelle elle figure, et où il est fait allusion au pape Pie VIII, élu le 31 mars 1829, et à Charles X, est destinée à témoigner du profond respect de l'auteur pour le trône et l'autel.

Page 22.

1. *Addition sur l'exemplaire de La Baume :* « La villa de Cicéron est sur la colline au-dessus de l'ancien Tusculum. À l'orient et en dehors de Tusculum, on trouve à l'entrée de la *Cloaca* un arc aigu apparemment fabriqué dans les premiers siècles de Tusculum. Les habitants de Rome détruisirent Tusculum au XIIe siècle. Les malheureux habitants se logèrent sous des cabanes de *frasca* : de là Frascati. Ils n'habitaient que la citadelle de l'ancien Tusculum à ce qu'on croit d'après les fouilles. »

Cette addition n'est qu'une paraphrase de l'*Itinéraire* de Nibby, chapitre sur Frascati (éd. cit., p. 704 et suivantes).

2. *Édition de 1853 :* La statue colossale de Néron, en marbre et de cent dix pieds, fut placée.

Page 23.

1. « Tel l'animal récemment arraché aux montagnes qui l'ont vu naître, et transporté des profondeurs des forêts dans l'enceinte de l'arène, court et s'agite éperdu ; le gladiateur l'excite par ses cris, et, le genou en terre, le menace de l'épieu ; mais lui, tremblant d'effroi, promène ses regards sur les degrés du théâtre, et prête une oreille étonnée au sifflement de la foule qui l'entoure. » (*Contre Rufin*, II, 394-400, in *Œuvres complètes de Claudien*, traduction nouvelle par MM. Héguin de Guerle et Alph. Trognon. Paris Panckoucke, 1830, t. I, p. 89. Je corrige le texte de Claudien d'après la leçon de cette édition.)

Ces vers sont cités d'après le *Voyage d'Italie* de Misson, 1722, t. IV, p. 38. « Puisque j'ai Claudien devant moi, écrit Misson à propos de l'Arène de Vérone, je ne saurais m'empêcher de mettre ici la belle description qu'il fait d'une bête sauvage, nouvellement amenée des forêts, à sa première comparution, l'amphithéâtre étant tout plein de spectateurs. »

2. Giacomo Fontana, *Raccolta delle migliori chiese di Roma e suburbane, disegnate ed incise da Giacomo Fontana, e corredate di cenni storici e descrittivi,* Rome, 1780, 3 vol. in-fol.

Neralco, pseudonyme de Giuseppe Maria Ercolani, *I tre ordini d'architettura dorico, ionico e corinzio presi dalle fabbriche più celebri dell'antica Roma e posti in uso con un nuovo esattissimo metodo,* Rome, 1744, in-fol.

Giovanni Marangoni, *Delle memorie sagre e profane dell'anfiteatro Flavio di Roma volgarmente detto il Colosseo. Dissertazione,* Rome, 1746, in-4°.

3. Le *Journal de la cour de Louis XIV depuis 1684 jusqu'en 1715*... par le marquis Philippe Dangeau a paru en 1770 sous la rubrique de Londres. Une nouvelle édition a été publiée en 1807 à Paris chez Xhrouet.

Page 26.

1. Voir sur ces fouilles, exécutées à l'époque où Martial Daru était intendant à Rome de 1811 à 1814, Louis Madelin, *La Rome de Napoléon,* 1906, p. 409 et suivantes.

2. *Note dans l'exemplaire Serge André :* « Après le Colisée ajouter : Là se trouvait le Colosse de Néron, il était de marbre et avait 110 pieds. Nardini, 1704, p. 135. »

3. C'est sans doute par inattention que Stendhal revient en arrière d'un jour.

4. J'ai déjà rappelé (à la date du 16 août 1827, p. 18 et n. 1 de cette page) l'impression que Stendhal avait conservée de sa visite au Colisée en 1811.

5. *Psyché,* II. Stendhal est trompé par sa mémoire, car La Fontaine a écrit : « Jusqu'au sombre plaisir d'un cœur mélancolique ». Précédemment, il avait cité ce même vers, mais de manière exacte, au chapitre LVII de l'*Histoire de la peinture en Italie.*

Page 27.

1. S'il n'est pas douteux que Stendhal ait bien étudié le latin, il ne semble pas avoir « traduit pendant des années des morceaux de Tite-Live et de Florus ». Lorsque, en 1803, il s'est appliqué à traduire le deuxième de ces auteurs, il s'en est bien vite lassé (V. Del Litto, *En marge des manuscrits de Stendhal,* p. 104-135. Cf. la *Vie intellectuelle de Stendhal,* p. 17, 127).

2. En prévenant que ce ne sont « nullement » là les *paroles expresses* de Byron, Stendhal agit avec prudence ; en effet, il n'avait pas rencontré le poète anglais à Venise, mais à Milan ; en outre, les paroles qu'il lui prête ont un ton nettement stendhalien. On comparera cette prétendue conversation avec les souvenirs sur Byron, probablement écrits à cette même époque, et l'article *Lord Byron en Italie* publié dans la *Revue de Paris* de mars 1830 (*Mélanges* II, *Journalisme.* Cercle du Bibliophile, t. XLVI, p. 239 et suiv.).

3. *Édition de 1853 :* est si aimable

Page 28.

1. Carlo Fea (1753-1836), auteur d'une *Description de Rome* (1819) traduite en français par Ange Bonelli, Rome, 1821, 3 vol.

2. Giuseppe Vasi (1710-1782), auteur d'un *Itinerario istruttivo di Roma* (1777), qui a servi de base à celui de Nibby mentionné plus haut. On remarquera que Stendhal ne renvoie pas au guide de ce dernier, qui était plus complet et plus récent que ceux de Fea et de Vasi. L'anomalie n'est qu'apparente : il craint de mettre ses lecteurs sur la voie de découvrir les nombreux emprunts qu'il lui a faits.

Page 29.

1. Stendhal ne tarit pas d'éloges sur Matteo Bandello (1480-1562). Le chapitre L de l'*Histoire de la peinture en Italie* débute ainsi : « Le fameux Matteo Bandello, que notre aimable François Iᵉʳ fit évêque... » et se poursuit par une longue citation de la 58ᵉ nouvelle. Cependant il tire à ce moment-là son information de l'ouvrage de Bossi sur *le Cenacolo* de Léonard de Vinci (P. Arbelet, *L'Histoire de la peinture en Italie et les plagiats de Stendhal*, p. 237). La première lecture directe n'a eu lieu qu'au début de 1828 (*Correspondance*, t. II, p. 132, lettre à Alphonse Gonssolin du 17 janvier 1828). Mais dans les *Promenades dans Rome* les renseignements biographiques semblent venir de l'ouvrage de Giammaria Mazzuchelli (1707-1765), *Scrittori d'Italia*, 6 vol. in-fol. Au sujet des jugements portés par Stendhal sur Bandello et les influences qu'il a pu subir, voir Armand Caraccio, *Stendhal et les conteurs italiens*. Dans le volume *Variétés stendhaliennes*, 1947, p. 41 et suivantes. Cf. aussi ici, plus loin, à la date du 20 octobre 1828, p. 446.

2. Stendhal a lu en 1814 la *Vie de Léon X* du « froid Roscoe » (voir ma *Vie intellectuelle de Stendhal*, p. 488-489). Pour ce qui est de Sismondi, il n'a cessé de porter sur lui des jugements acerbes (cf. *L'Italie en 1818*, à la date du 22 mai 1818), tout en mettant continuellement à contribution son *Histoire des républiques italiennes du Moyen Âge* (voir ma *Vie intellectuelle de Stendhal*, p. 362-363, 634-636). Quant à Carlo Botta, rappelons qu'il s'était moqué de son style dans *Rome, Naples et Florence en 1817*, à la date du 10 avril 1817.

Page 31.

1. *Édition de 1853 :* pour un

2. *Édition de 1853 :* de la tribune à Florence

3. Peut-être la *Vita di Raffaello* par Comolli, publiée à Rome en 1791, et que Stendhal avait lue en 1812 (voir ma *Vie intellectuelle de Stendhal*, p. 437-438). Cf. plus loin à la date du 29 août 1827, p. 43 n. 3 de cette page.

4. Pietro Tenerani (1789-1869), sculpteur, élève de Canova et de Thorwaldsen.

5. « Que n'a-t-il eu de force ! » La même expression revient à la date du 4 décembre 1828, p. 502.

6. Sans doute le duc de Laval, nommé plus bas.

7. Armand Caraccio a signalé que ce récit a été inspiré par les deux articles *Soirée chez le duc Laval, ambassadeur de France* et *Les Ambassadeurs*, parus dans la *Revue Britannique* (t. XIV, 1824, et tome XX, 1828).

8. « prélat ».

9. Le cardinal De Gregorio (1758-1839), avait successivement occupé le siège épiscopal de Porto, S. Rufina et Civitavecchia. Cardinal en 1816, il devint sous-diacre du Sacré Collège, grand pénitencier et secrétaire de la commission des Brefs pontificaux. Stendhal insinue qu'il aurait été le fils naturel de Charles III, roi d'Espagne (1716-1788).

10. *Édition de 1853* : Charles III (cet homme

Page 32.

1. C'est la célèbre Cornelia Martinetti, dont Stendhal a parlé dans *Rome, Naples et Florence en 1817*, à la date du 23 avril 1817.

2. Stendhal a fait allusion à Mme Bonaccorsi dans *Rome, Naples et Florence*, édition de 1826, à la date du 4 octobre 1817.

3. Teresa Giraud, nièce du comte Giovanni Giraud, l'auteur de comédies et de satires, avait épousé l'archéologue anglais Edward Dodwell. Stendhal l'avait connue lors de son voyage de 1823-1824 (P. P. Trompeo, *Nell'Italia romantica sulle orme di Stendhal*, p. 238-239, où est également produit un témoignage relatif à la prononciation à l'italienne du nom de *Giraud*). Cf. plus loin, p. 34.

4. Nom complété sur l'exemplaire Royer : Adrien de Montmorency, duc de Laval (1768-1837), ambassadeur de France à Rome (1821). Stendhal continue à démarquer la *Revue britannique*.

5. *Note dans l'exemplaire Royer* : « Il a même cette pointe de bizarrerie aimable : il s'arrête dans la rue devant Polichinelle. »

6. André d'Italinsky-Souvarow, né à Kiew en 1743, mort à Rome en 1827, où il était ministre de Russie.

7. La dernière phrase est supprimée dans l'édition de 1853.

Page 33.

1. *Dans l'exemplaire Royer, Stendhal a amorcé une nouvelle phrase, qu'il n'a pas achevée* : « Les hommes réunis dans un salon accordent extrêmement peu d'importance... »

2. *Correction dans l'exemplaire Royer* : « quelques mots en faveur de Dieu ou plutôt de son alentour. » En regard de ce passage, Stendhal a noté : « parler de l'Être s[uprême]. »

3. Le comte Antoine-Rodolphe d'Appony (1782-1852), ambassadeur d'Autriche. Stendhal parlera plus loin des brillantes soirées données par Mme d'Appony.

4. *Édition de 1853* : ont été acquis autrefois d'une

5. En comparant les mœurs italiennes aux mœurs françaises, Stendhal avait écrit au chapitre IV de la *Vie de Rossini* que la France est un « pays monarchique, où avant tout il faut *paraître*, comme dit si bien le baron de Foeneste ». Et il avait ajouté en note : « Roman très curieux d'Agrippa d'Aubigné, presque aussi intéressant que l'*Histoire de sa vie* écrite par lui-même... » Il mentionnera encore le baron de Foeneste dans la préface des *Cenci*.

Page 34.

1. *Édition de 1853* : Molinos, lequel avant

Pour Armand Caraccio « il est peu vraisemblable que Stendhal se soit reporté à l'*Histoire critique de l'inquisition d'Espagne* de Llorente, dont une traduction avait paru à Paris en 1817 ». Or, les fragments de *L'Italie en 1818* nous apprennent que Stendhal a réellement lu cet ouvrage.

2. Le comte Hercule de Serres (1776-1824) fut successivement ministre de la Justice dans le ministère Decazes (1818) et, dans le ministère du duc de Richelieu (1821), ambassadeur de France à Naples.

3. Localité à 24 kilomètres au sud-est de Rome, sur les pentes des monts Albains.

4. *Addition dans l'exemplaire Tavernier :* « Le moment où l'on goûte une délicieuse fraîcheur, après avoir eu chaud, est précisément celui que la fièvre choisit pour vous saisir. Ce climat est insidieux, me disait le savant docteur De Matteis, le médecin des étrangers. Le plaisir de l'été, si délicieux en Italie, qui est de goûter le frais, est impossible à Rome. La quinine coupe la fièvre, mais elle revient tous les quinze jours. Il faut être prudent jusqu'à la timidité. »

5. *Addition dans l'exemplaire Tavernier :* « aujourd'hui Mme de Spaür, ambassadrice de Bavière. » Mme Dodwell, née Teresa Giraud, restée veuve en 1832, voir plus haut, p. 32, n. 3, s'était remariée l'année suivante avec le comte de Spaür, ambassadeur de Bavière à Rome.

Page 35.

1. « Brise. »

2. La description de cette région sera reprise et développée dans l'introduction de *L'Abbesse de Castro.*

3. *Addition dans l'exemplaire Tavernier :* « Je regarde le village de Narni comme le quartier général du beau en Italie. C'est ce que je prouverais au long si je pouvais choisir mon auditoire. Ces sortes de choses sont invisibles aux trois quarts des hommes, et les plus sots se piquent de les connaître. »

4. Lors de son voyage en Italie de 1823-1824, Stendhal n'est pas allé plus bas que Rome. C'est en août-septembre 1827 qu'il a fait un séjour à Naples.

Page 36.

1. Petit meuble, servant à la fois de table de nuit et d'armoire qu'on plaçait près d'un lit.

2. « Riez, si vous êtes sage. » Hémistiche de Martial, figurant en exergue de la définition du rire par Hobbes (*Journal littéraire,* Cercle du Bibliophile, t. XXXII, p. 146) que Stendhal avait trouvée en lisant l'ouvrage de Cailhava *L'Art de la comédie* (voir ma *Vie intellectuelle de Stendhal,* p. 75).

3. *Addition dans l'exemplaire Tavernier :* « à Palaz[z]uola et Rocca di Papa ».

4. *Note dans l'exemplaire de La Baume :* « Vin. La culture de la vigne ne convient plus. Le vin qui se vendait 45 écus ne se vend plus que 27. Il faut rompre les vignes. Les clairvoyants comme M. Colonna commencent. Aucune culture qui exige beaucoup de bras ne convient.

La journée d'ouvrier chez un peuple de paresseux est hors de prix. Il faut donc avoir recours aux prairies artificielles ou, si l'on a le temps d'attendre, aux forêts. Le vin qu'on apporte des pays de... à 8 ou 10 lieues de Rome rend la vigne impossible. Depuis deux ans, M. Colonna ne retire rien de ses vignes situées, ce me semble, du côté de Gabii. Il y a quatre ou cinq ans, elles rendaient le 7 ou 8 %. »

5. *Édition originale :* Richemont — Réminiscence du voyage en Angleterre de 1821. Stendhal écrira dans les *Souvenirs d'égotisme,* chap. VI : « Le jour, j'errais dans les environs de Londres, j'allais souvent à Richmond. Cette fameuse terrasse offre le même mouvement de terrain que Saint-Germain-en-Laye. Mais la vue plonge, de moins haut peut-être, sur des prés d'une charmante verdure parsemée de grands arbres vénérables par leur antiquité... »

6. Voir Mme Lemaire, *Stendhal, Palladio et les Anglais,* in *Stendhal Club,* n° 38, 15 janvier 1968.

7. C'est au cours de son troisième voyage en Angleterre, du 27 juin au 15 septembre 1826 que Stendhal a visité Birmingham.

Page 37.

1. Gardien. »

2. « Populairement et par dénigrement, commis chez les marchands de drap, de bonneterie, de nouveautés ; dénomination venue de ce que ces commis, dans les premières années de la Restauration, laissant croître leur barbe et affectant des airs militaires, furent tournés en ridicule dans une comédie jouée aux Variétés » (Littré).

3. *Édition de 1853 :* du *Léonidas.*

4. *Édition originale :* de Garofolo,

Page 38.

1. *Édition de 1853 :* à un.

2. En fait, Stendhal nomme trente peintres.

3. *Note dans l'exemplaire de La Baume :* « Les quatre plus grands peintres : Raphaël et le Corrège *ex aequo,* le Titien et le Dominiquin. Après ceux-ci, le Lorrain dans son genre. Rome n'a produit aucun grand artiste. Métastase seulement dans un autre genre. Jules Romain n'est que le premier aide de camp de Raphaël. »

Page 39.

1. Le « couplet » sur le crâne de Raphaël se retrouve dans la plupart des récits de voyages. En fait, le crâne n'était nullement celui de Raphaël : « ... cette relique de la peinture n'est plus, depuis la découverte du corps de l'immortel artiste, que celui du chanoine don Desiderio de Adjutori, obscur fondateur de la Société des *Virtuosi* du Panthéon, crâne étroit, indigne des honneurs qu'il reçut et de la pieuse vénération qu'il a si longtemps inspirée » (Valery, *Voyages en Italie,* 2ᵉ éd., 1838, t. III, p. 77).

2. « Ici repose ce Raphaël, par qui la nature craignit d'être vaincue quand il vivait, et d'être frappée à mort quand il mourut. » (Traduction par J. G. D. Armengaud, *Les Galeries publiques de l'Europe. Rome, Paris,*

1857.) Stendhal songe ici au distique que le cardinal avait fait graver sur le tombeau de Raphaël. Il l'évoque à nouveau le 1ᵉʳ avril 1828, p. 204. On trouvait déjà ces vers dans *Rome, Naples et Florence* (1826), à la date du 21 septembre 1817.

3. Quatremère de Quincy (1755-1849), auteur, entre autres, d'une *Histoire de la vie et des ouvrages de Raphaël* (1824).

4. Sur les pentes du mont Coelius, l'église de San Gregorio Magno était encore il y a une soixantaine d'années complètement hors de la ville, tout à côté de cette zone privilégiée qui était la *Passeggiata archeologica,* et qui est devenue aujourd'hui une voie de grande communication le jour, et une zone peu recommandable la nuit.

5. *Raphaël ou la Vie paisible,* roman publié en 1810, 2 vol. in-12, par le romancier allemand Auguste La Fontaine (1759-1831). On le trouve déjà cité au chapitre XLVIII de *De l'amour.*

6. *Édition de 1853 :* au troisième portique de la cour.

7. *La Transfiguration* de Raphaël, cédée à la France à la suite du traité de Tolentino (1799), et rendue en 1815, fut gardée par le Vatican, au lieu d'être replacée là où elle se trouvait auparavant : sur le maître-autel de San Pietro in Montorio. Quelques années plus tard, Stendhal écrira, tout au début de la *Vie de Henry Brulard :* « ... C'est donc ici [à San Pietro in Montorio] que *La Transfiguration* de Raphaël a été admirée pendant deux siècles et demi. Quelle différence avec la triste galerie de marbre gris où elle est enterrée aujourd'hui au fond du Vatican ! » H. Martineau suppose que c'est sous l'influence d'Abraham Constantin que Stendhal a changé d'avis (*Vie de Henry Brulard,* 1949, t. II, p. 28).

Page 40.

1. Stendhal reprend ici une idée qu'il avait exprimée à la fin du chapitre XXII de l'*Histoire de la peinture en Italie :* « .... Le peintre n'a pas le soleil sur sa palette. Si, pour rendre le simple *clair-obscur,* il faut qu'il fasse les ombres plus sombres, pour rendre les couleurs dont il ne peut pas faire l'éclat, puisqu'il n'a pas une lumière aussi brillante, il aura recours à un *ton général.* Ce voile léger est d'or chez Paul Véronèse ; chez le Guide il est comme d'argent ; il est cendré chez le Pesarèse... »

2. On peut se demander si *bras* n'est pas une coquille au lieu de *bas.* S'il s'agit vraiment d'une coquille, Stendhal ne l'a corrigée sur aucun des exemplaires qu'il a annotés. Armand Caraccio a pris sur lui d'imprimer sans plus *bas (*éd. Champion, t. I, p. 56 ; Cercle du Bibliophile, t. VI, p. 56), sans prévenir le lecteur.

3. Cette maxime bien stendhalienne figurait précédemment dans le fragment CIV de *De l'amour :* « Une femme appartient de droit à l'homme qui l'aime et qu'elle aime plus que la vie. »

4. Le détail du bruit provoqué par la fermeture des portes de Saint-Pierre, prévient Armand Caraccio, figure dans un article de la *Revue britannique,* t. XVI, 1828, p. 310-311.

5. La *trattoria dell'Armellino* se trouvait près de l'arc de Carbognano, démoli en 1886, dans les parages de piazza Colonna.

6. Saverio Mercadante (1795-1870), compositeur. Stendhal avait entendu à Milan ses premiers opéras. Le 7 mai 1821, il écrivait à

Adolphe de Mareste : « ... Nous aurons ici *Mercatante [sic]*. C'est le seul maestro qui se distingue un peu avec *Pacini*. Le duo de *Frédéric II* est sublime *pour moi*. On dit qu'il l'a volé ; voilà la question... » (*Correspondance*, t. I, p. 1062.)

Page 41.

1. Au chapitre XLI de la *Vie de Rossini*, *La Scuffiara* de Paisiello est donné comme un exemple de la « vraie musique bouffe ».

2. *Addition dans l'exemplaire Tavernier :* « Ce soir, M. Z*** me disait : Peu nous importe que le Pape soit un homme bon ou mauvais. Il ne peut gouverner que dans l'intérêt d'une caste. Jamais cette caste ne lui laissera rien faire qui nuise à son bien-être ; or, dans les États romains, tout ce qui est laïc ne vit et ne travaille que pour former et augmenter le bien-être de la caste prêtre. Donc toute réforme est illusoire. Quel est le Pape qui voudra et pourra opprimer cette caste ? »

3. Jamais peut-être Stendhal n'a indiqué plus clairement qu'ici la véritable raison qui le poussait à destiner ses livres *to the happy few.*

4. *La Galerie des dames françaises, pour servir de suite à la «Galerie des États Généraux »* (Par J.-P. de Luchet, P.-A.-A.-F. Choderlos de Laclos, et autres. Londres, 1790, in-8°, 207 p.) (Barbier, *Dictionnaire des ouvrages anonymes*). À noter que l'ouvrage comporte 28 portraits — dans le sens de descriptions à La Bruyère — et non pas 58, comme l'écrit Stendhal.

5. *Édition originale :* Wuillerüe : *édition de 1853 :* Vuillermé
Le docteur Villermé (1782-1863) est surtout connu pour des travaux de statistique médicale.

6. *Addition dans l'exemplaire Tavernier :* « À tout prendre, les Romaines sont de bien loin les plus belles femmes d'Italie. Mais l'œil de l'homme du Nord, gâté par les poupées de Paris, a besoin de s'accoutumer à la beauté grave, simple, naturelle, sans l'affectation du sourire éternel. »
Le nom de la couturière Victorine revient à plusieurs reprises sous la plume de Stendhal. Il s'agit de Mme Victorine Pierrard, 1, rue du Hasard, Paris (voir V. Del Litto, *Sur une page d'album,* in *Stendhal Club,* n° 5, 15 octobre 1959, p. 4).

7. *Édition originale et édition de 1853 :* est celle de la Riccia. — Bourg à 412 mètres d'altitude sur la route d'Albano à Genzano.

Page 42.

1. Ici aussi, on pourra comparer ces lignes au paysage décrit au début de *L'Abbesse de Castro.*

2. *Corrections dans l'exemplaire Tavernier :* « Nous avons passé à Nemi, à Palaz[z]uola, et nos admirations ont fini par revoir. »

3. *Édition de 1853 :* les fresques du Dominiquin au couvent de Saint-Basile, à Grotta-Ferrata. Saint Nil, moine grec, représenté dans ces fresques fut en son temps
Romain Colomb a corrigé l'erreur de Stendhal qui place les fresques représentant saint Nil au couvent de Saint-Nil, au lieu de Saint-Basile. Ces fresques ont été peintes par le Dominiquin en 1610 et restaurées par Camuccini en 1819. Il en sera question dans les *Idées italiennes sur quelques tableaux célèbres* (p. 240-242).

4. Sans doute allusion au passage suivant de l'article consacré à saint Nil dans la *Biographie universelle ancienne et moderne* (Michaud), t. XXI, 1822, p. 286 : « ... Effrayé de la corruption qui régnait à la cour d'Arcadius, il décida sa femme et sa fille à entrer dans un monastère, et se retira vers l'an 390 avec Théodule, son fils, dans les solitudes du Sinaï... »

5. Probablement Élisabeth Hervey, seconde femme de William Cavendish, cinquième duc de Devonshire, veuve depuis 1811, et qui s'était retirée à Rome, où elle était morte le 20 mars 1824. C'est pourquoi le journaliste de *L'Universel* qui a rendu compte dans le numéro du 27 septembre 1829 des *Promenades dans Rome* a reproché à Stendhal l'anachronisme. Il est aussi question de « Mme la duchesse de D*** » plus loin à la date du 22 novembre 1827, p. 84.

6. *Édition de 1853 :* par le Giorgion.

7. À cet endroit, le texte a été profondément remanié dans l'édition de 1853, car Romain Colomb a supprimé le passage : « Comme nous étions fort près du *saint Sébastien* [...] un peu portefaix dans sa forme », et il l'a remplacé, d'après les indications de Stendhal lui-même, par un long développement consigné sur les feuillets blancs de l'exemplaire Serge André et que, suivant son habitude, il a modifié et remanié à sa guise.

Exemplaire Serge André, t. 1, f° 12 v° (fin du volume) : « Palais Rospigliosi. *Aurore* du Guide.

« Cette charmante fresque a l'air moderne, c'est que le Guide a imité la beauté grecque. Mais, comme il avait l'âme d'un grand peintre, il n'est pas tombé dans le genre froid, le pire de tous. Il a encore admis une ou deux têtes réelles, en corrigeant les défauts comme faisait Raphaël : par exemple, les deux têtes contre le bord du tableau à gauche.

« La peinture de *sotto in su* est une absurdité qui cependant fait plaisir. Il ne faut pas chicaner le Guide sur la lumière qui part de deux points différents, ce que vous apercevez tout de suite en considérant l'ombre portée sur la cuisse du génie qui porte un flambeau. En admirant ce chef-d'œuvre, vous avez maudit mille fois le graveur Raphaël Morghen qui en a publié une si indigne caricature. Ce Raphaël-là ne sait pas dessiner, tout le monde le sait, mais ici il n'a pas même su graver les têtes.

« Dans la chambre à droite de l'*Aurore*, il y a une tête de génie dans un tableau de Samson par Louis Carrache ; on dirait cette tête faite par le Guerchin. La salle à gauche est célèbre à cause d'un mauvais tableau du Dominiquin : David triomphe la tête de Goliath à la main ; Saül, jaloux, déchire ses vêtements. Tout a poussé au noir dans ce tableau, excepté les chairs et surtout les pieds. »

Ici, Romain Colomb est revenu à l'édition originale :

« Comme nous étions fort près de l'église *Santa-Maria degli Angeli*, nous y sommes entrés. »

Romain Colomb a inséré à la suite d'un passage sur *Santa Maria degli Angeli* distrait de l'énumération des églises romaines placée dans l'édition originale, à la date du 5 octobre 1828, t. II, p. 268 : « Rome compte vingt-six églises... de granit égyptien », et d'un autre passage sur le Dominiquin tiré de l'exemplaire Serge André, t. II, f° 17-18.

Je donne la transcription de ce dernier passage d'après le texte autographe :

« Sainte-Marie des Anges.

« Fraîcheur étonnante de la fresque du Dominiquin. Le ciel devait ce dédommagement à ce grand hom[me] pour toutes les intrigues de ce charlatan de Lanfranc dont il fut la victime. Dans quel plat oubli est tombe ce Lanfranc, qui fut un si grand peintre pour les rois et les grands seigneurs de 1640 ! Fraîcheur charmante du pied droit de saint Sébastien. Le cheval au galop est trop long ; un peu de confusion dans les femmes que le soldat à cheval éloigne de l'instrument du supplice. Abattu par la pauvreté continue et par la persécution, le pauvre Dominiquin manquait un peu d'invention. Par contre, l'esprit sans [talent] a la composition ; exemple, M. Rardgé [Gérard]. Le pauvre cicérone aveugle qui me faisait voir le *Saint Sébastien* m'a raconté l'histoire suivante : Zabaglio leva le mur sur lequel cette fresque avait été peinte à Saint-Pierre et la transporta ici. On eut tous les soins parce qu'ils sont tous d'avis qu'après Raph[aël] vient le Dom[ini]quin.

« Il a raison : après les trois grands peintres, Raph[aël], le Cor[rège] et le Titien, je ne vois pas qui peut le disputer au Dom[ini]quin. Annibal Carrache s'est trouvé n'avoir pas d'âme. Le Guide était un homme léger ; reste le Guerchin. La dispute s'établirait entre la *Sainte Pétronille* et le *Saint Jérôme*, entre les fresques de Saint-André della Valle et la fresque Ludovisi. L'*Agar* de Brera et la *Sibylle* du Capitole (P[alai]s des Conservateurs). Que mettrait-on à côté des *Jeux de Diane* au palais Borghèse ? Dom[ini]quin fut grand paysagiste. La fresque du Guide à Saint-Grégoire bat la sienne vis-à-vis.

« Fini la journée par les délicieuses vues du second étage du Colisée. La cour Farnèse, trois tranches du Colisée. Les âmes sèches sont les plus sensibles à l'architecture qui admet trois centièmes de *crainte de la mort*. Elles ont un peu peur dans la cour Farnèse. Leur vanité piquée se venge par des plaisanteries lorsqu'on leur expose le genre gracieux des grands peintres : le Cor[rège] si haï des Français. »

À la suite de cette addition, l'édition de 1853 reprend le texte de l'édition originale : « Nous sommes allés rapidement » [p. 43, l. 3-4].

Page 43.

1. Cette villa de « campagne » fut construite de 1508 à 1511 par Baldassarre Peruzzi. (Elle abrite aujourd'hui le Cabinet national des Estampes.)

Stendhal aura plus tard l'intention d'insérer dans l'ouvrage une deuxième visite à la Farnesina, ainsi que l'indiquent les deux additions suivantes :

Exemplaire Serge André, t. II, f° 22 v° (fin du volume) : « Nous sommes retournés à la Farnesina aujourd'hui. Ce sont les figures du Sodome, au premier étage, qui nous ont frappés (Voyez l'autre ex[emplaire]). »

Exemplaire Tavernier : «À la Farnesina, les figures du Sodome, au premier étage, ne sont pas si correctes que celles de Raph[aël], mais ont une profondeur nouvelle pour nous. Nous ne pouvons nous en détacher.»

2. Pour Armand Caraccio, «idée très exactement empruntée» à Simond, t. I, p. 116.

3. Lorsque Stendhal a commencé, à la fin de 1811, à travailler à l'*Histoire de la peinture en Italie*, il entendait faire figurer dans l'ouvrage la vie de Raphaël (voir le plan que j'ai publié dans *En marge des manuscrits de Stendhal*, p. 235-236). Mais il finira par ne parler que de Léonard de Vinci et de Michel-Ange. Après avoir donné un précis de la vie de Raphaël dans les *Promenades dans Rome*, il lui consacrera en 1831 une *Notice* plus développée (voir le texte en appendice de l'édition Champion de l'*Histoire de la peinture en Italie*, t. II, p. 395-427, Cercle du Bibliophile, t. II, p. 395-427). Enfin, il en esquissera la biographie dans les *Idées italiennes sur quelques tableaux célèbres* (1840).

Page 44.

1. Stendhal répète ce qu'il avait écrit sous la rubrique Urbin, à la date du 25 mai 1817, dans *Rome, Naples et Florence en 1817* : «Singulière vivacité des habitants de cette petite ville de montagne...»

2. F. Bartolomeo Corradini, d'Urbin, dit F. Carnevale, dominicain, mort vers 1478 (Luigi Lanzi, *Storia pittorica della Italia*, 1809, t. II, p. 19).

3. Il s'agit de la *Vita inedita di Raffaello d'Urbino illustrata con note* par l'abbé Comolli, Rome, 1791, in-4°. Stendhal a lu cet ouvrage en 1812 (*Correspondance*, t. I, p. 641. Cf. ms. de Grenoble R. 289, t. II, f° 101 r°, où Stendhal renvoie à la vie de Raphaël par l'Anonyme, publiée par Comolli en 1790. Note inédite).

4. *Note dans l'exemplaire de La Baume* : «Est-ce vrai ?»

Page 45.

1. *Édition de 1853* : qu'on a

Page 46.

1. *Addition dans l'exemplaire Serge André, t. I, p. 71* : «Il remerciait le ciel de l'avoir fait naître du temps de Michel-Ange.» Romain Colomb a inséré cette addition dans l'édition de 1853, et, pour éviter la répétition du nom de Michel-Ange, il l'a remplacé, en tête de la phrase suivante, par celui de Buonarroti.

Page 47.

1. Stendhal avait connu à Milan avant 1821, l'économiste Melchiorre Gioia, l'un des collaborateurs du *Conciliatore*. Comme il le nomme à plusieurs reprises dans les *Promenades dans Rome* et qu'il affirme en rapporter un certain nombre de traits, la question se pose — et on s'étonne qu'aucun commentateur ne l'ait posée avant nous — de savoir si ces entretiens sont réels. Nous penchons pour la négative : très probablement Stendhal n'a plus eu l'occasion de rencontrer, après

1821, Melchiorre Gioia. Celui-ci n'est dans les *Promenades dans Rome* qu'un prête-nom. Stendhal ne risquait pas de recevoir un démenti, étant donné que Gioia était mort, le 2 janvier 1829. Ce n'est pas la seule fois qu'il invoque l'autorité d'un personnage décédé. Une preuve de la vraisemblance de notre supposition est fournie par la phrase, entre guillemets, sur la «Calabre actuelle» qui appartient, en fait — comme l'a montré jadis A. Chuquet à Paul-Louis Courier (lettre à M. de Sainte-Croix, 12 septembre 1806, *Œuvres complètes*, 1834, t. III, p. 125).

2. Stendhal avait déjà écrit dans l'édition de 1826 de *Rome, Naples et Florence,* à la date du 23 mai 1817 : «À mesure qu'on avance en Calabre, les têtes se rapprochent de la forme grecque...»

3. Il y a tout lieu de supposer que le nom de cet officier est fictif. Il s'agit très vraisemblablement d'une réminiscence du séjour milanais : parmi les adresses que Stendhal donne à Adolphe de Mareste le 3 septembre 1818, il y a : «Mme veuve Peronti», qui habitait «Corsia del Giardino, n° 1217». (Voir *Correspondance*, I, p. 935.)

4. *Édition de 1853 :* a été

Page 48.

1. Cf. *Rome, Naples et Florence* (1826) à la date du 8 janvier 1817. Le *Compère Mathieu* est un roman satirique publié en 1765 par l'abbé Henri-Joseph Dulaurens; l'ouvrage connut un tel succès qu'on l'attribua à Voltaire. Voir aussi à la date du 26 septembre 1827, p. 64.

2. Voir une description analogue du miracle du sang de saint Janvier dans les *Voyages en Italie* de Valery, 2ᵉ édition, 1838, t. II, p. 462-463. Voir aussi ici à la date du 26 septembre 1827, p. 62.

3. La disparition de l'athéisme en Italie avait fait l'objet d'une note destinée à *L'Italie en 1818,* à la date du 3 septembre 1818.

4. Correction d'une autre main sur l'exemplaire Serge André : «Cristo». Le texte de l'édition de 1853 corrige en conséquence.

5. «Ci-gît l'Arétin, poète toscan, qui médit de chacun hormis de Dieu, s'excusant par ces mots : je ne le connais point.»

Page. 49.

1. Stendhal dit avoir passé à Lorette dans l'édition de 1817 de Rome, Naples et Florence, à la date du 30 mai 1817.

2. *Édition de 1853 :* le bois.

3. L'église de *Santa Maria dell'Anima* se trouve près de la place Navone ; l'église de *la Navicella* sur le mont Caelius, à proximité du Colisée ; l'église de Sainte-Praxède sur le mont Esquilin près de Sainte-Marie-Majeure ; l'église de Sainte-Agnès, place Navone.

4. *Édition de 1853 :* parenthèses supprimées. Il s'agit sans doute de la chapelle expiatoire élevée sur l'emplacement de la salle de l'Opéra après l'assassinat du duc de Berry en 1820.

Page 51.

1. Deux citations du poème de Byron figurent dans les *Promenades dans Rome,* aux dates des 24 janvier et 28 novembre 1828, p. 156-157

et p. 492-493. Vers la même époque, en évoquant dans la *Revue de Paris* (mars 1830) les souvenirs de sa première rencontre avec Byron, Stendhal écrit : « ... la nuit suivante j'étais fou de plaisir en relisant *Childe Harold...* »

2. Giovanni Volpato (1733-1802), graveur, beau-frère et maître de Raphaël Morghen.

3. Au chapitre XIII de l'*Histoire de la peinture en Italie*, Stendhal, après avoir remarqué que les peuples primitifs ont eu le plus grand respect pour l'or, poursuit : « Les Italiens du XIVe siècle en étaient encore là ; ils aimaient à peindre sur un fond d'or, ou au moins il fallait de l'or dans les vêtements et dans les auréoles des saints. Ce métal adoré ne fut banni que vers le commencement du XVIe siècle... »

Page 52.

1. Saint-Sévère : la chapelle de Pérouse que, comme Stendhal vient de l'écrire dans l'esquisse biographique, Raphaël a peinte en 1505.

2. *Note dans l'exemplaire Serge André, t. I, fo I (fin du volume) :* « 80 et 385, rép[étiti]on : Jules II fait détruire les figures des autres *peintres* ». Effectivement, on retrouve plus loin, à la date du 5 mai 1828, p. 226, l'ordre donné par Jules II de détruire les fresques exécutées par d'autres peintres.

3. Andrea Corner, issu d'une famille patricienne de Venise, commandait en 1806 une compagnie de la garde royale à Milan ; chef d'escadron, en 1814, officier d'ordonnance du prince Eugène. Stendhal cite son nom à plusieurs reprises ; voir par exemple l'édition de 1826 de *Rome, Naples et Florence*, à la date du 12 novembre 1816.

4. Mme Lampugnani est mise en scène à plusieurs reprises dans les *Promenades dans Rome*. Mais on ignore tout d'elle. Le seul témoignage que nous possédons est celui de Donato Bucci qui a fourni, en 1843, le renseignement suivant à Romain Colomb : « ... autant que je puis me le rappeler il me paraît que la *signora* Lampugnani a réellement existé et qu'elle était milanaise. Je crois qu'elle est morte depuis longtemps. Toutefois je ne pourrais pas vous garantir qu'il n'y ait quelque léger changement dans son nom... » (Ferdinand Boyer, *Donato Bucci et les dernières volontés de Stendhal*, Éditions du Stendhal-Club, n° 8, 1924, p. 8). Tout porte à croire qu'il s'agit d'un personnage fictif ; par conséquent il n'y a pas lieu de supposer, comme l'a fait Oppeln Bronikowski, suivi, mais avec prudence, par Armand Caraccio (éd. Champion, t. I, p. XCIV, n. 2 et p. 282, Cercle du Bibliophile, tome VI, mêmes pages), que le nom de Mme Lampugnani pourrait être ajouté à celui des liaisons amoureuses de Stendhal. Cf. *Rome, Naples et Florence* (1826) à la date du 8 décembre 1816.

Page 53.

1. *Note dans l'exemplaire Serge André, t. I, p. 83 :* « Testaccio seulement au mois d'octobre. » À la suite de cette note de Stendhal, Romain Colomb a marqué : « Placer ces 8 lignes page 111. » Mais, en définitive, il a renoncé à modifier le texte de l'édition originale. En revanche, Armand Caraccio a cru bien faire en déplaçant l'allusion au

mont Testaccio. Remarquons en passant que, n'ayant pas reconnu l'écriture de Romain Colomb, il a attribué à Stendhal la note : « Placer ces 8 lignes page 111. » Cf. plus loin à la date du 28 octobre 1827, p. 69 et n. 4 de cette page.

2. La traduction française, en 14 volumes, des *Mémoires* de Casanova a paru de 1825 à 1829. Sur les rapports ayant pu exister entre Stendhal et Casanova, voir les études de Ferdinando Neri dans la *Rivista d'Italia,* mai 1915, et de Romain Calvet, *Arrigo Beyle Veneziano,* in *Cahiers du Sud,* n° 280, 1946. Cependant cette question n'a pas encore fait l'objet d'une mise au point exhaustive.

3. Probablement allusion à l'abbé Carlo Laubert, Napolitain, qui, poursuivi pour ses sentiments républicains, s'était réfugié en France, et était revenu à Naples avec les troupes du général Championnet (Pietro Colletta, *Storia del reame di Napoli,* Florence, 1846, t. I, p. 252).

4. En écrivant ces lignes, Stendhal songeait de toute évidence à lui-même.

Page 55.

1. *Addition dans l'exemplaire Tavernier :* « Suivant moi, cette fresque l'emporte sur toutes les autres : il y a plus de vraie beauté et autant d'expression. Sa manière a de la petitesse. »

2. *Addition dans l'exemplaire Tavernier :* « En tout cinquante-huit figures. Raphaël, voulant faire voir une telle foule, l'a disposée sur des gradins et a eu le soin de placer ses figures de premier plan dans une position baissée. »

Page 56.

1. Tout le développement qui suit est repris textuellement, à très peu de variantes près, du chapitre XXII de l'*Histoire de la peinture en Italie.*

2. Raphaël Morghen (1758-1833), graveur italien d'origine allemande, gendre et élève de Giovanni Volpato nommé quelques pages plus haut.

3. Auguste Desnoyers (1799-1857), peintre et graveur français.

Page 57.

1. C'est l'un des tableaux préférés de Stendhal. En 1810, il conseillait à sa sœur Pauline d'acheter la gravure du *Bagno di Leda :* « J'ai devant moi une charmante gravure de Porporati intitulée *Il Bagno di Leda.* Les badauds auraient, en la voyant, recours à leur grand mot : "*Indécent !*" Je ne te conseille pas moins de l'acheter (elle coûte 14 fr.) » (*Correspondance,* t. I, p. 601, lettre du 25 décembre 1810). Dans son testament du 8 février 1835, il demandera qu'on offre en souvenir de lui la gravure de Porporati à Clémentine Curial, Giulia Martini et Sophie Gauthier (*Marginalia,* t. I, p. 28).

2. « On trouve, dans le dictionnaire de Richelet, dans certains auteurs (Bailly, par exemple, et Lamartine...), atmosphère au masculin... » (Littré).

Page 60.

1. « Margutte alors répondit : à dire franchement, je ne crois pas plus au noir qu'au bleu, mais au chapon, qu'il soit bouilli ou rôti ; et je crois parfois même au beurre... Mais surtout j'ai foi dans le bon vin, et je crois au salut de qui y croit. »

Dans l'édition originale, l'alignement de ces vers est incorrect, parce qu'ils ont été imprimés comme s'il s'agissait de distiques. Aussi un lecteur italien — et non pas Stendhal comme l'a cru Armand Caraccio — a noté dans l'exemplaire Serge André : *« Di questi versi italiani non debbe nessuno andar a capo e porgere in fuori, ma esattamente uno sotto l'altro »* (Aucun de ces vers italiens ne doit dépasser au début de la ligne, mais être exactement l'un au-dessous de l'autre).

2. En fait, le mot est de Tertullien. Mais le lapsus est véniel, car l'attribution à saint Augustin est courante.

3. *Édition de 1853 :* ce qu'il

4. Cf. *Rome, Naples et Florence* (1826), à la date du 20 décembre 1816.

5. Sur Irving, voir *Rome, Naples et Florence* (1826), à la date du 15 décembre 1816. Édouard Irving (1792-1834), prédicateur écossais, fondateur de la secte « The Irwingites ». D'après lui un second avènement du Christ aurait été imminent.

6. Cf. *De l'amour,* chap. XVLI : « Ne marchons pas si vite, disait un Écossais en revenant de l'église à un Français son ami ; nous aurions l'air de nous promener. »

7. Il ne faut pas prendre Stendhal au mot. Il n'a jamais visité l'Écosse.

Page 61.

1. On ne sait si Stendhal entend parler d'Alphonse Iᵉʳ (1505-1534) ou d'Alphonse II (1533-1597). Tous les deux ont été ducs de Ferrare. Le nom du premier est lié à celui de l'Arioste ; le nom du deuxième à celui du Tasse.

2. Le mot est cité, entre autres, par la *Biographie Michaud,* t. XXXVI, 1823, p. 480. « Le cardinal du Bellay ayant envoyé savoir des nouvelles de sa santé, il [Rabelais] dit au page : "Dis à Monseigneur l'état où tu me vois. Je m'en vais chercher un grand peut-être" [...] » Rabelais avait accompagné à Rome le cardinal Jean du Bellay (1492-1560).

3. *Addition dans l'exemplaire Serge André, t. I, p. 98 :* « Tout cela s'est renouvelé en 1814 et a duré jusqu'en 1820. »

Page 62.

1. Ce n'est pas en 1828, mais en 1827 que Stendhal a séjourné à Naples du 22 août au 23 septembre. Comme le miracle de saint Janvier a lieu le 19 septembre, il a pu fort bien en être témoin oculaire, comme il le déclare plus bas. Ajoutons qu'il a déjà été question du miracle à la date du 30 août 1827, p. 48 ; il en sera de nouveau question vers la fin du livre à la date du 27 novembre 1828, p. 491.

Page 63.

1. On ne possède pas de renseignements sur la canonisation de ce saint Julien. Dans la note, Stendhal renvoie à l'autre miracle qu'il avait raconté dans l'édition de 1817 de *Rome, Naples et Florence*, à la date du 16 mars 1817.

2. En 1800-1801, Henri Beyle, sous-lieutenant au 6ᵉ dragons, avait été en garnison dans de nombreuses villes et petites villes de la Lombardie et du Piémont.

3. «Transtévère», quartier de la rive droite du Tibre.

Page 64.

1. Rue rectiligne sur la rive droite du Tibre, au pied du Janicule entre la Porte Settimiana ouverte dans les anciens remparts et le Borgo S. Spirito près de Saint-Pierre.

2. Développement d'une anecdote à laquelle il est fait allusion dans le *Journal* de 1811. En relatant son arrivée à Rome, Stendhal écrit : «... je demandai sur-le-champ une voiture. Comme elle tardait un peu, je me mis en route à pied pour aller à Saint-Pierre. Je rencontrai ma calèche, je montai, traversai le pont Saint-Ange, la rue du Transtévère, où je trouvai dans le peuple des figures superbes. Je rappelai l'anecdote que m'avait contée Turenne [connaissance de Stendhal à Milan] : *"Via, o mai non vai."* Ces physionomies-là annonçaient ce grand caractère que le gouvernement n'a point comprimé.

3. La constatation des bienfaits dont l'Italie est redevable à l'administration napoléonienne est une constante chez Stendhal.

4. *Œuvres complètes de Rollin. Nouvelle édition, accompagnée d'observations et d'éclaircissements historiques par M. Letronne*, Paris, Firmin-Didot, 30 vol. in-8°, 1821-1825.

5. Cf. plus haut à la date du 3 août 1827, p. 10.

6. *Édition originale :* et me disait

7. L'expression italienne *legarsela al dito* signifie : en vouloir à quelqu'un, garder rancune.

8. Armand Caraccio a remarqué qu'une idée similaire figure dans Petit Radel, *Voyage historique chorégraphique et philosophique dans les principales villes d'Italie en 1811 et 1812*, Paris, 1815, 3 vol. : «Le Romain est naturellement sérieux, son tempérament tient du mélancolique» (t. II, p. 503). Ajoutons que Stendhal avait lu ce voyage en 1818, lors de la composition de *L'Italie en 1818* (V. Del Litto, *La Vie intellectuelle de Stendhal*, p. 614).

9. *Addition dans l'exemplaire Tavernier :*

« 3 oct[obre]. — Le mois d'octobre ou des Saturnales vient de commencer. Le peuple prétend que le vin ancien se gâte dès qu'il voit son successeur ; il faut le boire de toute nécessité.

« Depuis un an, le peuple abandonne le mont Testaccio et ses caves pour se porter à la Villa Borghèse, délicieusement arrangée par M. Bogani, vice-prince, comme on dit ici. L'ad[ministrati]on de sa commune lui a refusé 10 000 écus (53 000 fr.) pour lui permettre de détourner un chemin. Pique d'officiers municipaux bourgeois, bêtes et jaloux en tout pays. »

M. Yves du Parc, à qui l'on doit la publication de cette note, remarque que de vastes aménagements de la villa Borghèse furent entrepris après la mort du prince Camille Borghèse, survenue à Florence le 9 mai 1832, et que l'inauguration des nouveaux jardins ouverts au public, eut lieu le 22 octobre 1832. Quant à Bogani, il s'agit de l'intendant, à cette époque, de la villa Borghèse. Dans ces conditions, comment Stendhal se serait-il « accommodé de cet anachronisme dans une nouvelle édition ? » (*Quand Stendhal relisait les Promenades dans Rome*, p. 101-102.)

M. du Parc fait également observer l'étroite parenté existant entre le passage précité et celui de la lettre à Romain Colomb, datée « Florence, le 8 octobre 1841 » :

« Le mois d'octobre est délicieux à Rome, le peuple y est fou de joie. Il prétend qu'au mois de novembre tout le vin ancien tourne à l'aigre ; c'est ce qu'il faut empêcher. De là, les nombreuses libations au Mont Testaccio. Pendant tout ce mois, la villa Borghèse est remplie de fous, le jeudi et le dimanche » (*Correspondance*, t. III, p. 499).

Et M. du Parc de commenter : « On sait avec quel soin touchant Romain Colomb a "reconstitué" des lettres de Stendhal afin de ne pas laisser perdre des textes épars qu'il ne savait à quoi raccrocher. Il semble qu'on soit ici en face d'un exemple de ce genre : à une lettre que Beyle lui avait effectivement écrite de Florence, le 8 mai 1841, Colomb aurait assez naïvement recousu ce passage très antérieur, sans se douter qu'il était destiné aux *Promenades*. Florence n'est pas un lieu très indiqué pour parler du temps qu'il fait à Rome en novembre et la date du 8 octobre assez mal choisie. »

Ces considérations sont sans doute pertinentes. Il n'y a qu'un détail qui semble avoir échappé à M. du Parc : Romain Colomb n'ayant pas eu à sa disposition cet exemplaire interfolié, comment a-t-il pu avoir connaissance de la note en question ?

Page 65.

1. Georges de Reichenbach (1772-1826), mécanicien et officier allemand, qui avait réuni à la science théorique une grande habileté pratique.

2. La même définition figurait déjà dans l'*Histoire de la peinture en Italie*, chapitre CXI, première note : « La Grèce, dans la première époque dont on ait l'histoire (et encore quelle histoire ? Ce n'est guère qu'*une fable convenue*), la Grèce [...] n'eut aucune idée des arts d'imitation [...]. »

Page 66.

1. Paul-Louis Courier avait été assassiné le 10 avril 1824 près de Véretz (Indre-et-Loire), par son garde-chasse. Le crime donna lieu à deux procès en 1827 et 1829, mais les coupables ne furent pas punis. Sur les rapports qui ont existé entre Courier et Stendhal, voir H. Martineau, *Souvenirs d'égotisme*, Le Divan, 1941, p. 403-404. V. Del Litto, *Stendhal, Courier et Vieusseux ou les Énigmes d'un exemplaire de Courier annoté par Stendhal*, in *Stendhal Club*, n° 49, 15 octobre 1970.

2. Étienne Clavier (1762-1817), helléniste, auteur de l'*Histoire des premiers temps de la Grèce,* 1809, 2 volumes. L'ouvrage sera mentionné plus loin, à la date du 19 juin 1828 (p. 293). C'est une fille de Clavier, Herminie, que Courier avait épousée en 1814, et cette dernière n'avait pas été étrangère à l'assassinat de son mari.

3. Jean-François Boissonnade (1774-1857), helléniste. Dans un article de novembre 1822, Stendhal avait déjà rapproché les noms de ce savant de celui de Courier (*Courrier anglais,* t. I, p. 48).

4. Charles-Louis-Jules David (1783-1854), fils du peintre David, professeur de littérature grecque à la faculté des lettres de Paris. Dans le commentaire de l'édition Champion, il est confondu avec Emeric-David (1755-1839), surtout connu par ses travaux sur l'histoire de l'art.

5. Charles-Benoît Hase, né à Sulza (Saxe-Weimar) en 1780, mort à Paris en 1864, professeur et philologue. En 1825, Stendhal le range, avec Coray, Champollion et Fauriel, au nombre des savants qui « sont la terreur des académiciens » (*Courrier anglais,* t. V, p. 180-181).

6. Il a été question d'une madone de Sassoferrato (1605-1685) à la date du 24 août 1827 (p. 37), mais à propos du palais Doria, et non de l'église Sainte-Sabine. Il s'agit vraisemblablement ici de *Notre-Dame du Rosaire avec saint Dominique et sainte Catherine* (1643) qui figure au-dessus de la chapelle du Rosaire (nef de gauche). Fondée au ve siècle, l'église Sainte-Sabine est un exemple remarquable d'architecture et de décoration médiévale romaines.

7. L'arc de Janus Quadrifons qui date du début du IVe s. ap. J.-C., se trouve sur la place *Bocca della verità,* où l'on admire d'autres importants monuments, tels que les temples de Vesta, et de la Fortune Virile, ainsi que l'église suggestive de S. Maria in Cosmedin.

Page 67.

1. Dans l'exemplaire interfolié Serge André, Stendhal a collé en regard de cet alinéa une coupure de journal. En voici le texte :

« Rome fut fondée plus de sept siècles après le temps où Danaüs et Cécrops apportèrent de l'Égypte dans la Grèce quelques lueurs de civilisation. Il y avait alors trois siècles que les Grecs étaient établis dans l'Asie mineure, et un siècle qu'ils avaient émigré vers l'Italie. Carthage était fondée depuis un siècle aussi. Ce fut quatre-vingts ans plus tard que la Grèce renouvela ses relations avec l'Égypte. Enfin, ce fut l'an 200 de la fondation de Rome que Cyrus parut, l'an 400 *[quelques mots coupés]* que vécut Alexandre. »

2. *Édition de 1853 :* laboureur ou soldat,

Page 68.

1. À la suite de ce paragraphe, Stendhal a amorcé dans l'exemplaire Serge André une phrase qu'il n'a pas achevée : « Quand les rois furent chassés de... »

Dans son édition de 1853, Romain Colomb insère le passage que voici :

« Quand les rois furent chassés de Rome, les Grecs étaient établis avec leur civilisation et leurs arts dans la Grande-Grèce et sur les côtes d'Italie. Ils étaient bien voisins de Rome, puisqu'ils occupaient le pays de Naples. Mais l'intérieur du pays était occupé par les aborigènes. Quelques années avant Jésus-Christ, Rome était maîtresse de tout le pourtour de la Méditerranée, et son empire s'étendait bien loin des côtes, en Europe, en Asie et en Afrique. »

D'où Colomb a-t-il tiré ce passage ? La question qu'a déjà posée A. Caraccio demeure sans réponse. L'hypothèse de Martineau, d'après laquelle « Colomb l'a emprunté à une coupure de quelque livre ou article que Stendhal avait collé ici sur l'exemplaire Serge André » est dénuée de tout fondement, Stendhal n'ayant rien collé sur cet exemplaire.

Page 69.

1. *Note dans l'exemplaire Serge André, t. I, f° 42 (fin du volume) :*
« Après l'histoire de Rome.

« Point d'argent monnayé à Rome avant 268. Le luxe arrive après Pyrrhus, 479. Mais l'orgueil de ces guerriers le fait gigantesque. Apparemment craignant les sarcasmes des Étrusques ou des Grecs de l'extrémité de l'Italie qui pouvaient leur reprocher le manque de finesse.

« *Qarterly Review.*

« (*N[ation]al,* 11 f[évri]er 1830).

« Lucullus coupe une montagne pour avoir... [phrase inachevée]. » Romain Colomb, a incorporé ce paragraphe dans le texte de l'édition de 1853.

2. C'est le pont qui donne accès de part et d'autre à l'*Isola Tiberina ;* aujourd'hui : *ponte Fabrizio* et *ponte Cestio.* Le nom de *Quattro Capi* vient « des hermès à quatre têtes de Janus, qui servaient autrefois de pilastres aux balustrades en bronze formant les parapets... » (A. Nibby, *Itinéraire de Rome,* p. 453).

3. *Édition originale et édition de 1853 :* Campo Marzo.

4. Romain Colomb a marqué à cet endroit sur l'exemplaire Serge André qu'il fallait placer ici les deux derniers paragraphes du passage daté du 15 septembre 1827 (p. 53 et note 1 de cette page). A. Caraccio ne s'est pas rendu compte qu'il s'agit d'une note de la main de Romain Colomb. Quant à H. Martineau, il a déplacé le paragraphe sans prévenir d'aucune manière le lecteur.

Page 70.

1. Sans doute Mme Lampugnani, nommée plus haut, à la date du 15 septembre 1827, p. 52.

2. Ville de la Calabre. Chef-lieu de province.

3. C'est la localité de la Calabre où, en 1815, Joachim Murat avait été fait prisonnier et fusillé.

4. *Édition de 1853, fin du paragraphe :* un soufflet sans en demander raison.

5. Cf. le voyage — imaginaire — raconté dans *Rome, Naples et Florence* (1826), à la date du 15 mai 1817.

Page 71.

1. William-Frédéric Edwards (1777-1842), médecin et ethnologue, familier de Stendhal. Il venait de publier en 1829 son principal ouvrage : *Des caractères physiologiques des races humaines considérées dans leurs rapports avec l'histoire.*

2. Leonardo Tocco, de la maison napolitaine des princes de Monte-miletto, diplomate, envoyé de Joachim Murat à Londres en 1814. Un M. Tocco a été nommé dans *Rome, Naples et Florence* (1826), à la date du 16 juin 1817.

3. *Notes dans l'exemplaire Tavernier :*

« Assassinats.

« Le bas peuple et les marchands même voulaient assassiner tous les Français en février 1831.

« L'homme espionnant sous le réverbère.

« Depuis je n'ai pas à me reprocher d'avoir donné 10 baïocs à des mendiants. »

Des troubles avaient éclaté en 1831 dans l'Italie centrale et les États romains, mais Stendhal n'est arrivé à Civitavecchia qu'à la fin du mois de mars. Cependant l'« homme espionnant sous le réverbère » « semble bien être un souvenir personnel... ». S'agit-il d'une autre anecdote qui lui aurait été contée ou d'un fait postérieur qui s'y rattachait ? (Y. du Parc, ouvr. cité, p. 103.)

4. *Édition originale :* Boiano

Note dans l'exemplaire Serge André, t. I, fº 1 rº (début du volume) :

« 115. À la page 115 après les religieuses de Baïano donner en deux pages une idée et un extrait des très curieux *Ricordi di Flaminio Vacca,* 1594.

« Je les traduirais si je m'en croyais. »

La page 115 à laquelle Stendhal se réfère est la présente page dans l'édition originale.

Même exemplaire, fº 17 rº (fin du volume) :

« Flaminio Vacca en 1594 envoie les Mémoires de sa vie ou *Ricordi* de tout ce qui a rapport à l'antiquité.

« À 115 après *Baïano* donner l'extrait de ce très curieux document. Par exemple *l'arc de* Ciambella ainsi nommé parce que des ouvriers employés par un cardinal à chercher des trésors trouvèrent un marbre ou *[en blanc]* et vinrent lui dire : *"Eminenza,* nous avons trouvé une *ciambella* de bronze. "* On ouvrit un Colosseo sous le nom de la Ciambella, gâteau alors en usage à Rome.

« 1ᵉʳ février 1830.

« *Ricordo* 57. Stèle de Pompée.

« Flaminio Vacca a 21 pages in-4°. »

Stendhal renvoie aux *Memorie di varie antichità trovate in diversi luoghi della città di Roma, scritte da Flaminio Vacca nell'annno 1594.* Ces Mémoires — ou Souvenirs — figurent en appendice de l'ouvrage de Nardini, *Roma antica,* 4ᵉ éd., Rome, 1818-1819, t. IV. Ils sont numérotés de 1 à 122 ; c'est pourquoi il renvoie au souvenir *(ricordo)* n° 57, à propos de la stèle de Pompée.

Arco della Ciambella est le nom d'une rue toujours existante entre l'actuel Corso Vittorio Emanuele et le Panthéon. Ce nom vient de ce qu'on y voyait les ruines d'une ancienne salle ronde. « On prétend que ces vestiges appartiennent aux thermes d'Agrippa ; cependant le style de leur construction est fort postérieur à l'époque d'Auguste ; ainsi nous croyons qu'ils appartiennent à quelque agrandissement fait aux thermes d'Agrippa dans le IVe siècle, si ce ne sont pas des restes de thermes séparés » (A. Nibby, *Itinéraire de Rome*, p. 341). Stendhal mentionne encore l'arc *della Ciambella* à propos du Panthéon, à la date du 1er avril 1828, p. 205.

Quant aux religieuses de Baïano, c'est la première des trois allusions que Stendhal fait à la traduction française qui venait de paraître à Paris. Voir ma préface des *Chroniques italiennes*, Cercle du Bibliophile, 1968. Cf. aux dates des 29 mai et 9 juin 1828, p. 241 et 276. Voir aussi le 1er octobre 1823, p. 374.

5. C'est-à-dire, comme Stendhal lui-même va le préciser, pendant le laps de temps que Rome a été sous l'administration française.

6. *Édition de 1853 :* deux francs

7. En fait, Tambroni, que Stendhal a déjà nommé dans l'avertissement, non seulement n'a pas été cardinal, mais encore il est mort en 1824. L'anachronisme est voulu : c'est un alibi.

Page 72.

1. Il est très probable, comme l'a avancé A. Caraccio, que, pour la trame générale des pages qui vont suivre, Stendhal ait tiré parti du *Voyage en Italie* de Lalande dont le chapitre VII est intitulé *De l'enceinte de Rome prise dans ses différents accroissements.*

2. Stendhal reviendra sur la villa Mattei à la date du 8 juillet 1828, p. 365.

Page 73.

1. La *Storia della Toscana* par Lorenzo Pignotti, que Stendhal a si souvent mise à contribution dans ses précédents livres de voyages, débute par une partie consacrée aux origines des Toscans. Quant à Micali et à Niebuhr, il en a été question dans *Rome, Naples et Florence en 1817*, à la date du 17 juillet 1817, et dans *Rome, Naples et Florence* (1826), à la date du 31 janvier 1817.

Page 74.

1. En d'autres termes, sur les pentes du Capitole. Cf. Nibby, qui, après avoir décrit l'église de Saint-Marc, attenante au palais de Venise, ajoute : « Sortez de cette église par la grande porte, et après avoir parcouru la courte rue de *San Marco*, qui est à gauche, tournez à droite, et vous aurez tout de suite en face la vue *di Marforio* où, dès les premiers pas, on voit à gauche les restes du tombeau de C. Poblicius Bibulus... » (*Itinéraire de Rome*, p. 47.) Le nom de la place figure dans l'édition italienne du même ouvrage : « *Passando poi nella piazzetta di* Macel de Corvi, *si veggano nel cantone a sinistra della salita di Marforio, gli avanzi del sepolcro di C. Poblicio Bibulo...* » (p. 92).

2. Probablement allusion à l'ouvrage qu'Antoine Nibby avait publié en 1819 : *Sul Foro romano, la Via Sacra,* etc.

3. Famiano Nardini, auteur d'une *Descrizione di Roma antica* (1666), réimprimée à plusieurs reprises. Les troisième et quatrième éditions ont respectivement paru à Rome en 1771 et 1818-1820, 4 volumes in-8°.

4. Carlo Fontana auteur de monographies, telles que *L'Anfiteatro Flavio descritto e delineato,* La Haye, 1725 ; *Antio e sue antichità,* Rome, 1710 ; *Templum vaticanum et ipsius origo,* Rome, 1694.

5. Peut-être Stendhal veut-il parler de l'ouvrage de Quirino Visconti intitulé *Iconographie ancienne ou Recueil des portraits authentiques des empereurs, rois et hommes illustres de l'antiquité.* Paris, 1808-1816, in-fol.

Page 75.

1. *Note dans l'exemplaire Serge André, t. I, p. 120-121 :*

« Peut-être le lecteur aurait-il supporté ici les cinq époques de la sculpture : les Indiens, peut-être ; les Égyptiens ; l'école d'Égine, finissant avec Phidias, sec, Praxitèle ou l'Apollon Saurocton au Vatican ; sculpture romaine, Adrien ; bientôt après la liste complète, l'arc de Constantin.

« Sans ce classement, le pauvre lecteur ne comprendra rien aux galeries du Vatican. »

L'édition de 1853 insère à cet endroit le texte suivant :

« Frédéric aime les Étrusques et leur influence sur les Romains. J'ai le malheur de ne croire que ce qui est prouvé. Au lieu de *rêver* à l'histoire, j'aime mieux employer mon imagination à la musique ou à la peinture.

« Frédéric dit du mal de Cimarosa ou du Corrège quand je refuse de croire aux grandes actions des Étrusques.

« Ils furent les élèves des Égyptiens et les maîtres des Romains ; mais les Romains, qui, avant tout, songeaient à la guerre, ne leur prirent d'abord que leur religion, et longtemps repoussèrent les arts. Les patriciens voulaient la religion à cause du *serment ;* c'était la loi de recrutement à Rome. Les Étrusques savaient construire des canaux, à ce que disent leurs amis ; ils avaient une architecture très avancée. Voyez Volterra. Conclurons-nous de la forme pyramidale donnée au tombeau de Porsenna (douteux), que les Étrusques admiraient les pyramides d'Égypte ? La forme pyramidale n'est-elle pas donnée par les tas de pierres formées au coin des champs dans les pays de montagnes comme la Toscane ? Les Étrusques avaient apparemment inventé la *voûte,* ce miracle de la jeune architecture inconnu aux Égyptiens.

« Il ne faut qu'un homme sombre et tendre comme J.-J. Rousseau pour inoculer une religion à un peuple. Si cet homme pousse l'amour du pouvoir, ou la pique d'amour-propre contre ses ennemis, jusqu'à se faire brûler, sa religion en fait des progrès bien plus rapides. Ainsi, donnez le courage d'une femme de Calcutta à un saint Paul, et la nouvelle religion prend des ailes.

« Probablement il y avait en Étrurie une caste qui faisait travailler les nigauds à son avantage (profit). Elle avait des secrets magiques. On trouve celles de ses formules magiques qui guérissaient les animaux dans l'ouvrage de Caton le Censeur intitulé *De re rustica*. M. le prince de Hohenlohe prouve, de nos jours, que, quand le malade croit à certaines paroles, elles le guérissent souvent[1]. Les patriciens, qui tiraient un si bon parti des augures, les prirent aux Étrusques.

« Figurez-vous un président de collège électoral chargé par M. Villèle d'escamoter des votes. Au moment où il voit entrer une douzaine d'électeurs libéraux, il déclare qu'il aperçoit des hirondelles qui volent dans un sens singulier et de *mauvais augure*. Là-dessus, il lève la séance, et les électeurs ennemis eux-mêmes se retirent *tout pantois*.

« Tels furent les augures tirés de l'Étrurie pour les Romains contemporains de Fabius Maximus.

« L'air du Vatican est-il fait pour inspirer la *crédulité* ? Quel bel endroit pour y réunir une assemblée d'archéologues !

« L'alphabet des Étrusques dérivait, comme tous les autres, de celui des Phéniciens, ce peuple d'industriels. Les Étrusques n'avaient pas reçu leurs lettres des Grecs, puisqu'ils écrivaient de droite à gauche et supprimaient les voyelles brèves, comme les Hébreux.

« L'étrange *aspiration* que l'on trouve dans l'italien de Florence vient de l'étrusque. »

Ce passage ne se trouve dans son intégralité dans aucun des exemplaires annotés en notre possession. Dans l'exemplaire Serge André figure seulement ce fragment (t. I, f° 8 v°, au début) :

LES ÉTRUSQUES

« Figurez-vous un président du collège électoral chargé par M. de Villèle d'escamoter des votes. Au moment où il voit entrer une douzaine d'électeurs libéraux, il déclare qu'il aperçoit deux hirondelles qui volent dans un sens singulier et de *mauvais augure*. Là-dessus il lève la séance et les électeurs ennemis eux-mêmes se retirent *tout pantois*.

« Tels furent les augures tirés de l'Étrurie pour les Romains contemporains de Fabius Maximus.

« L'air du Vatican est-il fait pour inspirer la *crédulité* ? Quel bel endroit pour y réunir une assemblée d'archéologues !

« Fin de l'article Étrusques. »

Comme le passage de l'édition de 1853 est beaucoup plus long, il en résulte que Romain Colomb devait avoir à sa disposition, des notes qui ne nous sont pas parvenues. Cependant, on le surprend également en train de « pasticher ». Ainsi, alors que Stendhal avait écrit à la fin du

---

1. Allusion à Alexandre-Léopold-François, prince de Hohenlohe-Waldenberg-Schillingfurst (1794-1849), évêque et grand-prieur de Gross-Wardein en Hongrie. Il guérissait les malades à distance ; ils n'avaient qu'à se mettre en prières en même temps que lui. Stendhal l'a mentionné dans *Rome, Naples et Florence* (1826), à la date du 10 janvier 1817.

passage précité : « Fin de l'article Étrusques », Colomb, supprimant ces mots, a ajouté à la suite un autre paragraphe : « L'alphabet... Hébreux », qu'il a tiré d'une autre page de l'exemplaire Serge André (t. I, f° 8 r°, fin du volume), et qu'il a isolé de son contexte.

Note dans l'exemplaire de La Baume :

« Les monuments étrusques de la villa Albano ont été trouvés dans la villa d'Adrien, sous Tivoli. Ce ne sont peut-être que des imitations faites par ordre d'Adrien. Ces imitations doivent, il est vrai, être ressemblantes : il y a dix-huit cents ans il devait exister beaucoup plus de statues étrusques qu'aujourd'hui. »

2. Cf. *Rome, Naples et Florence* (1826), à la date du 29 novembre 1816.

3. Allusion discrète à *Rome, Naples et Florence.*

4. *Édition de 1853 :* Les yeux

5. *Édition de 1853 :* del Negro — Le marquis Gian Carlo Di Negro, né dans la deuxième moitié du XVIIIᵉ siècle, mort en 1857, avait fait de la Villetta, dont il était devenu propriétaire en 1802, une maison où se donnaient rendez-vous les écrivains et les artistes de l'époque. Stendhal l'avait connu lors de son voyage en Italie de 1827. « J'ai été fêté », écrit-il de Livourne le 14 août de cette année-là à Sutton Sharpe, « dans la meilleure société de Gênes chez l'aimable marquis *Di Negro*, le Joseph Bank de Gênes, mais plus gai. Par la grande chaleur, mais seulement de 23 degrés Réaumur, le 4 août, j'ai dîné sous une grotte charmante, dans un jardin, avec vue de la mer, des gens d'esprit et de jolies femmes... » (*Correspondance*, t. II, p. 125.) Et, à quelques jours de là, le 11 novembre, il répète à l'intention d'Adolphe de Mareste :

« [...] J'ai connu ledit grand poète [Alessandro Manzoni] à Gênes. Figurez-vous un marquis fort riche, Gian Carlo, c'est ainsi qu'on l'appelle, qui a la plus jolie *viletta [sic]* de Gênes, sur le rempart au nord. Là, chaque soir, le m[arqu]is di Negro reçoit tout ce qu'il y a de plus distingué [...]. Le 3 août, par une chaleur étouffante, il nous a fait dîner dans une grotte de son jardin de laquelle on voit la mer, la côte de Savone, etc. [...] » (*ibid.*, p. 127.)

Il y reviendra encore dans les *Mémoires d'un touriste* à l'article Gênes. C'est en 1837-1838 que Balzac connaîtra à son tour le marquis et lui dédiera *Une étude de femme.*

6. Sans doute allusion à Benedetto Mojon, médecin génois (1781-1849), qui avait épousé en 1825 Bianca Milesi. Cf. *Rome, Naples et Florence* (1826), aux dates des 11 novembre et 14 décembre 1816.

Page 76.

1. Variété de bouledogue.

Page 77.

1. Sur ces voyageurs en Italie, cf. *L'Italie en 1818*, à la date du 5 septembre 1818. Il n'est pas sans intérêt de remarquer que le dernier nommé des auteurs de voyages en Italie est Lalande, celui que Stendhal a mis le plus à contribution.

2. « Quelle sera donc… l'horreur de mon lecteur quand je lui dirai… que la commission française eut son attention attirée par Saint-Pierre et qu'elle employa une société de juifs pour estimer et *acheter* l'or, l'argent et le bronze qui ornent l'intérieur de l'édifice aussi bien que le cuivre qui couvre les voûtes et le donne extérieurement ! » (John Chetwode Eustace, *A Tour through Italy, exhibing a vieuw of its scenery, its antiquities and its monuments*, t. I, p. 345. L'ouvrage, paru à Londres en 1813, n'a pas eu, antérieurement à la publication des *Promenades dans Rome,* huit éditions, mais seulement six, s'échelonnant de 1814 à 1821 ; la septième ne paraîtra qu'en 1841.

Déjà dans une note de *Rome, Naples et Florence en 1817* à la date du 10 août 1817, Stendhal avait remarqué qu'« Eustace appelle le musée du Louvre une écurie ».

3. Edmund Burke (1728-1797) écrivain et homme politique anglais, un des orateurs les plus écoutés de l'opposition.

4. *Exemplaire Serge André :* « son voyage protégé par les industriels ». Addition incorporée dans le texte de l'édition de 1853.

5. En rendant compte, en 1835, du *Voyage en Italie* de Romain Colomb, Stendhal cite un trait ridicule de Dupaty : « Il prend une des fresques enfumées du divin Raphaël pour un incendie véritable » (*Mélanges*, V, Cercle du Bibliophile, t. XLIX, p. 52). Il est sans doute exagéré de dire que les *Lettres sur l'Italie* de Dupaty ont eu *40* éditions. Le catalogue de la Bibliothèque nationale n'en enregistre, entre 1785 (date de leur première publication) et 1829, que 17.

6. *Addition dans l'exemplaire Tavernier :*

« 12 novembre. — Après une pluie abominable qui a duré trois jours, c'est l'usage dans le mois de novembre, il y a eu une éclaircie. Ces dames nous ont demandé de voir deux ou trois tableaux sans plus. Nous leur avons proposé la galerie Sciarra.

« Là, nous avons trouvé l'admirable portrait du *joueur de violon,* de Raphaël. Ce jeune homme fut le Paganini de son temps. »

7. *Exemplaire Serge André :* « Les différences que l'on remarque. » Correction reprise dans l'édition de 1853.

8. *Édition de 1853 :* d'Almack's — Réception très élégante qui avait lieu tous les mercredis soir. Y être admis était considéré comme un honneur insigne. Stendhal avait une invitation en 1826, grâce sans doute à Sutton Sharpe. Voir *Souvenirs d'égotisme*, chap. VI.

9. Camille Borghèse avait épousé la seconde sœur de Napoléon, Marie-Pauline. Après 1814, il s'était retiré à Florence où il est mort en 1832. Voir la lettre que Stendhal écrit de Florence le 19 novembre 1827 à Adolphe de Mareste : « Je ne compte pas quitter Florence avant le commencement de décembre. Il y a ici de belles soirées, bals et dîners à satiété… » (*Correspondance*, t. II, p. 129.)

Page 78.

1. Louis Ier (1786-1868), roi de Bavière de 1825 à 1848. Il avait succédé à son père Maximilien-Joseph Ier. Il a réellement publié quatre volumes de vers.

2. Allusion à une polémique qui fit rage sous la Restauration, et qui eu comme héros l'académicien Laurentie, un des coryphées du parti ultra. Voir l'étude exhaustive du docteur Francis-L. Mars, *De Bello Ferotrio par Stendhal,* in *Stendhal Club,* n° 17, 15 octobre 1962.

3. *Note dans l'exemplaire Serge André, en regard de la fin de cet alinéa :* « Répété pag... » Le numéro de la page est en blanc. Romain Colomb a ajouté au crayon : « 2ᵉ volume », et il a supprimé les deux dernières phrases dans l'édition de 1853. Effectivement, la même page figure plus loin, dans l'édition originale, à la date du 15 décembre 1829.

4. Le baron Frédéric-Charles de Strombeck (1771-1848) que Stendhal avait connu lors de son séjour à Brunswick. On sait qu'il a fait de Mme de Strombeck un personnage de la nouvelle *Mina de Vanghel.*

5. Stendhal a beau ne pas être un descriptif, cette vue de Rome a un charme certain, et mérite de figurer dans une galerie de la Ville éternelle à l'époque romantique.

Page 80.

1. Pierre-Adrier Pâris (1747-1819), architecte. Si la rencontre d'Henri Beyle et de Pâris a réellement eu lieu en 1811, elle n'a pas laissé de traces.

2. Il s'agit du géologue Giovan-Battista Brocchi (1772-1826) que Stendhal n'a pas rencontré mais dont il avait connu le nom en lisant l'*Edimburgh Review* qui rendait compte de l'un de ses ouvrages. Voir *Rome, Naples et Florence en 1817,* à la date du 20 juin 1817.

Page 81.

1. « Le "Musée d'Angoulême", ou plus exactement les "Galeries d'Angoulême", au Louvre, cinq salles, aménagées par l'architecte Fontaine, étaient situées entre le Pavillon de l'Horloge et le Pavillon de Beauvais dans l'aile sur la Seine. Elles furent inaugurées en 1824. Les deux statues de Michel-Ange (salle Michel-Ange), les *Esclaves,* destinées au tombeau de Jules II, apportées en France au XVIᵉ siècle, avaient été données par François Iᵉʳ au connétable de Montmorency pour son château d'Écouen (...). Le nom "d'Angoulême" donné à cette partie du Musée Charles-X est celui du duc, fils aîné de Charles X, dernier dauphin de France, époux de Madame Royale, fille de Louis XVI » (Thérèse Imbert, *Stendhal Club,* n° 59, 15 avril 1973).

2. Mme Dodwell, dont il a été question au début de l'ouvrage, à la date du 20 août 1827, p. 32.

3. « Salon. »

4. Allusion à François IV, duc de Modène, le prince le plus réactionnaire d'Italie. On remarquera que Stendhal fait ironiquement dénoncer par un moine son despotisme.

5. Christophe Salicetti (1757-1809), ministre de la Police et de la Guerre à Naples sous Joseph Bonaparte.

6. Giulio Besini, directeur de la police de Modène, avait été déjà nommé dans *Rome, Naples et Florence* (1826) à la date du 10 décembre 1816. Cf. aussi la note inscrite sur l'exemplaire personnel de Stendhal

à la date du 13 janvier 1817. Il n'est pas impossible que Stendhal tienne son information de son ami Palmieri de Micciché, qui parle du personnage dans ses *Pensées et souvenirs historiques* publiés en 1830. Voir P. Martino, *Une rencontre italienne de Stendhal : M. de Micciché*, éd. du Stendhal-Club, n° 27, 1928. M. Colesanti, *Sur un livre ayant appartenu à Stendhal : Pensées et souvenirs de Michele Palmieri di Micciché*, dans le volume *Première journée du Stendhal Club*, Lausanne, éd. du Grand-Chêne, 1965.

7. Ce nom ne revient nulle part ailleurs sous la plume de Stendhal. Arthur Chuquet s'est demandé si ce n'est pas là l'original du personnage de Rassi dans *La Chartreuse de Parme* (*Stendhal-Beyle*, Plon-Nourrit, 1902, p. 422).

Page 83.

1. « En la savourant. »

2. C'est la révolution de 1821 qui devait amener l'exil de Victor Emmanuel Ier, qui est forcé d'abdiquer en faveur de son frère, Charles-Félix.

3. *Édition de 1867 :* du Rubiera — Rubiera est une bourgade entre Modène et Reggio Emilia.

4. *Édition de 1853 :* cinq ans — Le texte de l'édition originale est visiblement erroné.

5. Carlo Maria Giuseppe Maggi (1630-1699), Milanais, helléniste et poète.

6. « Se préoccuper du salut commun passe, aux yeux de la lâcheté moderne, pour un péril, et manquer de courage semble un bonheur. »

7. Le recueil du père Teobaldo Ceva *Scelta di sonetti con varie critiche osservazioni e una dissertazione attorno al sonetto in generale*, avait été publié en 1736. C'est le même recueil qui avait été cité dans *Rome, Naples et Florence en 1817*, à la date du 1er mai 1817. La quatrième édition avait paru à Venise en 1775. Mais tandis que le sonnet transcrit dans cet ouvrage-là s'y trouve réellement, les vers cités ici n'y figurent pas. Armand Caraccio, qui donne cette précision, ajoute qu'il les a découverts dans une *Scelta di sonetti* anonyme publiée à Venise, en 1739, p. 467, vol. II. « Au reste, ajoute-t-il, rien de plus répandu que ces anthologies. »

Page 84.

1. Sans doute le roi de Bavière à qui Stendhal a fait plus clairement allusion un peu plus haut, à la date du 15 novembre 1827, p. 78.

2. Le même renseignement figurait dans *Rome, Naples et Florence* (1826), à la date du 9 janvier 1817.

3. Charles-Nicolas Cochin (1715-1790), dessinateur et graveur, auteur d'un *Voyage en Italie ou Recueil de notes sur les ouvrages de peinture et de sculpture qu'on voit dans les principales villes d'Italie*, publié en 1751, 3 vol. Stendhal a manifesté de tout temps le plus grand mépris pour le livre et son auteur. « Ne t'empoisonne pas des bêtises d'un nommé Cochin », écrit-il à Pauline le 29 octobre 1811 (*Correspondance*, t. I, p. 622). Et, en 1833 : « Cochin... a laissé trois petits volumes in-12, aussi comiques que *Don Quichotte...* » (*Mélanges, V*, Cercle du Biblio-phile, t. XLIX, p. 54).

4. Étienne-Maurice Falconet (1716-1791), sculpteur, a publié en 1781 des *Réflexions sur la peinture,* Lausanne, 1781.

5. Sur les jugements que Stendhal a portés sur Pétrarque, voir Carlo Cordié, *Il Petrarca e il petrarchismo nelle testimonianze di Stendhal,* in *Studi petrarcheschi,* IV, 1951, ensuite dans *Ricerche stendhaliane,* Naples, Morano, 1967, p. 451-499.

6. Probablement la duchesse de Devonshire, cf. plus haut à la date du 29 août 1827, p. 42.

7. Déjà nommé dans *Rome, Naples et Florence* (1826), à la date du 29 août 1817, Per-Axel Nyström (1793-1868), architecte suédois a séjourné à Rome de 1822 à 1825. L'orthographe exacte des noms est : NyStroem.

8. Ces considérations doivent être rapprochées des chapitres sur le beau idéal dans l'*Histoire de la peinture en Italie.*

Page 85.

1. Voir L. Madelin, *La Rome de Napoléon,* 1906, p. 545 et suivantes.

Page 86.

1. Domenico Fontana (1543-1607), architecte chargé de transporter et d'installer l'obélisque qui s'élève sur la place de Saint-Pierre. Il a consigné ses observations dans un ouvrage public en 1589, *Del modo tenuto nel trasportare l'obelisco vaticano.*

Page 87.

1. Nouvel exemple des références-alibis auxquelles Stendhal a recours pour cacher ses véritables sources d'information.

2. « On ne se contenta pas de les faire périr ; on se fit un jeu de les revêtir de peaux de bêtes pour qu'ils fussent déchirés par la dent des chiens ; ou bien ils étaient attachés à des croix, ou enduits de matières inflammables, et, quand le jour avait fui, ils éclairaient les ténèbres comme des torches. Néron avait offert ses jardins pour ce spectacle, et donnait des jeux au cirque, où tantôt en habit de cocher il se mêlait à la populace et tantôt prenait part à la course debout sur son char » (Tacite, *Annales.* Texte établi et traduit par Henri Goelzer, Paris, les Belles-Lettres, 1938).

3. Il s'agit, de toute évidence, d'un lapsus, échappé aux différents éditeurs, au lieu de : tableau. En effet, Stendhal veut faire allusion au tableau du Guide, *Le Crucifiement de saint Pierre*, dont il a déjà parlé à la date du 26 août 1827 (p. 40), et qu'il mentionnera de nouveau à l'article VII de la description de Saint-Pierre (p. 112). À noter que le renvoi au Guide ne figure pas dans l'*Itinéraire de Rome* par Nibby (p. 542), qu'il démarque dans cette description.

Page 88.

1. « Gibbon, quoique Mme Guizot ait donné une bonne traduction de *History of the fall of the roman Empire [sic],* n'a pas eu beaucoup de succès en France ; on a trouvé son style trop solennel et trop emphatique » (*Courrier anglais,* t. I, p. 185-186).

2. Sur cette église milanaise, chère au cœur de Stendhal, voir *Rome, Naples et Florence* (1826), à la date du 3 novembre 1816.

3. En fait, Rossellino (Bernardo Gamberelli, dit) (1409-1464). Stendhal n'est que partiellement responsable de cette inexactitude, car il a lu dans Nibby : «... il [Nicolas V] composa une nouvelle tribune beaucoup plus vaste, sur les dessins de Bernard Rossellini et de Léon-Baptiste Alberti » (*Itinéraire de Rome*, p. 542-543).

4. La troisième heure du jour, c'est-à-dire neuf heures du matin.

Page 89.

1. *Édition de 1853 :* L'obscurité qui règne au fond

Page 90.

1. Stendhal, oubliant la fiction qui fait le cadre de son livre — le groupe de « touristes » visitant Rome — s'adresse directement à ses lecteurs.

2. Cf. n. 4, p. 74.

Page 91.

1. *Édition de 1853 :* le jeudi saint, le jour de Pâques, et celui de l'Ascension, le souverain pontife.

Page 92.

1. Claude-Joseph Dorat (1734-1780), le type du rimeur du XVIIIe siècle, élégant et frivole.

2. Pas plus que son époque, Stendhal ne pouvait apprécier le baroque ; mais on appréciera l'à-propos de cette remarque : il faut admirer l'ensemble de la décoration de Saint-Pierre, non les détails.

3. *Édition de 1853 :* cent douze — Le nombre des lampes de la chapelle de la Confession a singulièrement varié d'après les auteurs : Nibby dit : 87 ; les guides plus modernes : 95.

Page 94.

1. « Tu es Pierre, et sur cette pierre je bâtirai mon Église et te donnerai les clefs du royaume des cieux. »

2. Pierre Gardel (1758-1840), danseur, dirigea l'école de danse de l'Opéra de Paris de 1804 à 1816. Voir *Rome, Naples et Florence* (1817), à la date du 14 février 1817.

3. *Édition de 1853 :* Voir l'*Histoire de la peinture en Italie [référence supprimée]*. — La page 275 du tome II de l'édition originale (1817) contient le début du chapitre CL de la *Vie de Michel-Ange* intitulé *Disgrâce*. Voir l'édition en Folio Essais, p. 389-390.

Page 96.

1. Voir sur le tombeau de Paul III, L. F. Benedetto, *La Parma di Stendhal*, 1950, p. 106 et suivantes, et les reproductions de la statue, p. 64-65.

2. Il va sans dire que les discussions de « dix ans » avec Canova se réduisent à quelques visites à l'atelier du sculpteur (cf. *Rome, Naples et Florence en 1817,* à la date du 7 janvier 1817).

3. C'est le monument par Lebas, élevé en 1821 à la mémoire de Malesherbes, défenseur de Louis XVI ; il se trouve dans la salle des Pas perdus du Palais de Justice de Paris.

4. Tombeau par Descine (1819).

5. *Exemplaire Serge André :* depuis « la longueur de l'église... » la phrase a été barrée au crayon, et dans la marge Stendhal a consigné : « Répétition, voir 150 ».

Sur le premier blanc du cahier relié à la fin du tome I, on lit sous le titre : « Corrections et choses à ajouter » :

« Deux répétitions corrigé dans cet ex[emplaire] :

« P. 150 et 158 : la longueur et la largeur de S[ain]t-Pierre sont répétées et avec 1/2 pied de plus à la page 158... »

(La page 150 est celle où figure le début de l'article IV de la description de Saint-Pierre, p. 85 de notre édition.)

Romain Colomb n'a pas tenu compte de la double remarque de Stendhal et n'a pas modifié le texte dans l'édition de 1853.

Page 97.

1. *Édition de 1853 :* d'un noir rougeâtre.

2. *Édition de 1853 :* ni *tristesse puritaine.* Elle n'eut point le fanatisme, cette passion mère des cruautés les plus inouïes. Le fanatisme a été créé par ce passage : *Multi sunt vocati, panci vero electi,* hors de l'Église point de salut. Le son de voix

3. Autrement dit dans la région à l'est de Rome, les Abruzzes. À remarquer que Stendhal ne la connaissait pas *de visu* car il ne l'a visitée pour la première fois qu'à l'automne de 1832.

4. Cf. *Rome, Naples et Florence* (1826), à la date du 21 mars 1817.

Page 99.

1. *Note dans l'exemplaire Tavernier :* « Il y a un volume sur S[ain]t-Pierre plein de mensonges moraux et d'exactitude physique, par M. Visconti, je crois. Les mesures sont données en palmes. »

Ce Visconti ne doit pas être confondu avec Quirino Visconti dont on a trouvé le nom aux dates des 3 août et 6 novembre 1827 (p. 11 et 74). Il s'agit de Pietro Ercole Visconti, auteur d'une plaquette de 13 pages parue à Rome en 1828 et intitulée *Metrologia vaticana ossia Ragguaglio delle dimensioni della meravigliosa basilica di S. Pietro secondo le varie misure usate nelle diverse città d'Italia e d'Europa.*

2. Nibby écrit : « De Vecchis » (*Itinéraire de Rome,* p. 551).

Page 100.

1. *Édition originale et édition de 1853 : vitinee.* — « En forme de ceps de vigne. »

2. François Duquesnoy, dit François Flamand (1594-1642), sculpteur belge à qui l'on doit la plupart des ornements du baldaquin de Saint-Pierre. — La *Sainte Véronique qui présente un saint suaire* est du sculpteur Francesco Mochi (1580-1654) et la *Sainte Hélène tenant une croix* d'Andrea Bolgi (1605-1656), élève du Bernin.

Page 101.

1. Très probablement allusion au recueil de Bottari, *Raccolta di lettere sulla pittura, scultura, architettura*, Rome, 1577-1773, 7 vol. in-4°, dont Louis-Joseph Jay, l'ancien professeur de dessin de Stendhal à l'École centrale de Grenoble, avait traduit un choix sous le titre *Recueil de lettres sur la peinture, la sculpture et l'architecture*, Paris, impr. de Fain, 1817 (voir V. Del Litto, *Un professeur de Stendhal, Louis-Joseph Jay*, in *Le Divan*, n° 242, avril-juin 1942).

2. *Édition originale et édition de 1853* : Cristofari.

Page 102.

1. *Édition de 1853* : porte de la sacristie

2. Canova, né en 1757, est mort en 1822, par conséquent à l'âge de soixante-cinq ans. D'après Quatremère de Quincy (*Canova et ses ouvrages*, 1834, p. 63, 341-344), il travaillait, à l'époque de sa mort, non pas au mausolée de Clément XIII, mais à celui de Clément XIV. Quoi qu'il en soit, la source de l'information de Stendhal est constituée par l'ouvrage de Melchiorre Missirini, *Della vita di Antonio Canova, Libri quattro,* Milano, Silvestri, troisième édition, 1825 (la première avait paru l'année précédente à Prato), chapitre VIII, p. 415. Cet ouvrage sera de nouveau mis à contribution plus loin, à la date du 16 juin 1828, p. 287. Stendhal lui a consacré un bref compte rendu dans la presse anglaise au printemps de 1825 (Cercle du Bibliophile, t. XLIV, p. 131-132).

3. Sir John Moore (1761-1809) combattit en Espagne contre les Français ; battu par le maréchal Soult, il fut tué sur le champ de bataille.

Page 103.

1. Le chef-d'œuvre du roman historique italien *I Promessi sposi* paru à la fin du mois de juin 1827. Sur les rapports entre Stendhal et Manzoni, voir P. P. Trompeo, *Stendhal e il Manzoni,* dans le volume *Nell'Italia romantica sulle orme di Stendhal,* 1924 ; F. Vermale, *Manzoni et Stendhal,* in *Annales de l'Université de Grenoble* (section Lettres-Droit), t. XXI, 1946.

Page 104.

1. « Le tombeau attribué par Stendhal au Pellegrini, commente A. Caraccio, est attribué au Bernin par Nibby et même par Lalande ; mais celui-ci fait allusion au Pellegrini à qui l'on attribue parfois le tableau de saint Maurice, supposition dont Stendhal fait une certitude... »

2. Antonio Benci Pollaiuolo (1426-1498), peintre et sculpteur florentin.

3. Cette phrase figure déjà dans l'*Histoire de la peinture en Italie,* chap. CXLI.

Page 105.

1. Pierre Chacon (né à Tolède en 1525, mort à Rome en 1581), savant espagnol, *Ciacconius* en latin et *Ciacconio* en italien. Le texte

transcrit ici avait été donné en latin dans une note du chapitre CXLV de l'*Histoire de la peinture en Italie* et il avait été tiré de Vasari.

Dans l'édition de 1853, cet alinéa et les dix suivants ont été retranchés pour éviter un double emploi avec les chapitres CXLI, CXLII et CXLIV de l'*Histoire de la peinture en Italie*.

2. Jacques d'Armagnac, duc de Nemours, fils du gouverneur de Louis XI, décapité en 1477 à l'âge de quarante ans.

3. Cette note est une addition introduite par Stendhal au moment où il a emprunté à l'*Histoire de la peinture en Italie* le texte destiné à grossir le manuscrit des *Promenades dans Rome*. André-Marie-Jean-Jacques Dupin (1783-1865), avocat et homme politique. Joseph Salvator (1796-1873), auteur de plusieurs ouvrages sur la religion juive : *Loi de Moïse ou Système religieux et politique des Hébreux* (1822) ; *Histoire des institutions de Moïse et du peuple hébreu* (1828).

Page 107.

1. Ici se termine le passage omis dans l'édition de 1853. À noter cependant que la dernière phrase ne figure pas dans l'*Histoire de la peinture en Italie*.

2. *Édition de 1853* : Michel-Ange — Romain Colomb a précisé le nom du « grand homme » pour faire le raccord entre ce qui suit et ce qui précédait après la suppression du passage tiré de l'*Histoire de la peinture en Italie*.

Page 108.

1. *Édition originale* : deux horloges, l'un Français et l'autre Italien.

2. Sur les idées exprimées dans ces lignes, voir F. Marill Albérès, *Stendhal et le sentiment religieux,* 1956. Il est superflu de remarquer que le paragraphe qui suit celui-ci est destiné à faire passer des idées assez téméraires pour l'époque.

Page 109.

1. Maria Sobieska Stuart, petite-fille de Jacques Sobieski, roi de Pologne, épouse du prétendant Jacques III.

2. *Édition originale* et *édition de 1883* : 1755.

3. Jacques III (1688-1766), fils de Jacques II ; n'ayant pas réussi à monter sur le trône d'Angleterre, il se retira en Italie où il mourut. De son mariage avec Marie Sobieska il eut deux fils : le Prétendant (1730-1788), qui, après avoir vainement tenté de reprendre le trône, vécut en Italie sous le nom de comte d'Albany, et le cardinal d'York (1752-1807), avec qui s'éteint la maison des Stuarts. La comtesse d'Albany a été nommée dans les deux éditions de *Rome, Naples et Florence.*

4. Stendhal a séjourné à Rome du 13 décembre 1816 au 26 janvier 1817 pour étudier sur place la chapelle Sixtine. En revanche, il ne s'est pas rendu dans la Ville éternelle en 1828. Peut-être confond-il avec le séjour effectué de décembre 1823 au 4 février 1824.

5. Lors de la campagne d'Allemagne de 1813, Stendhal est arrivé à Dresde le 28 juillet et en est reparti le 14 août. Le *Journal* et la *Correspondance* sont muets sur le tableau du Corrège qu'il aurait admiré alors, cependant il renouvelle son allusion à la date du 2 décembre 1827, p. 116.

Page 110.

1. *Note dans l'exemplaire Serge André, t. I, p. 85* : « Les Français sont probablement le peuple le plus *sec*. Ils ne peuvent ABSOLUMENT sentir la sculpture. Ôter toutes ces choses dans une autre édition. »

2. L'*Apollon du Belvédère* est la célèbre réplique d'un bronze du IVᵉ siècle ap. J.-C. Les marbres d'Elgin étaient déjà évoqués dans *Rome, Naples et Florence en 1817* à la date du 10 août 1817 (note); Stendhal avait vu le 13 août de cette année-là une exposition de ces marbres.

3. Comme Stendhal n'a pas fait de séjour à Rome en 1828, il n'a pu visiter alors l'atelier de Thorwaldsen.

Page 111.

1. En fait, l'architecte Giacomo Della Porta est mort en 1604.

Page 112.

1. Le sculpteur Alessandro Algardi, dit l'Algarde (1602-1654).

2. Le sculpteur Étienne Monnot, né à Besançon à la fin du XVIIᵉ siècle, a vécu à Rome où il éleva, dans la basilique de Saint-Pierre, un monument à Innocent XI (1691).

3. Andrea Sacchi (1598-1661), peintre, élève de l'Albane.

4. Espèce de voûte cintrée en élévation dont le plan est ovale ou circulaire (Littré). Cette expression ne figure pas dans l'*Itinéraire de Rome* de Nibby que Stendhal met abondamment à contribution.

5. Gian Antonio Galli, dit Spadarino, peintre du XVIIᵉ siècle.

6. Cf. *Rome, Naples et Florence* (1826), à la date du 29 août 1817.

Page 113.

1. *Exemplaire Serge André, t. I, p. 87* : « rempli de personnages ». Correction reprise dans l'édition de 1853.

Note avec appel (1) : « (1) Impossibilité de l'art dramatique. De là le règne du roman. Question à examiner. »

Cf. t. I, f° 2 v° (début du volume) : « Impossibilité du drame, règne du roman. Tombeau d'Alexandre VII, p. 187 », et f° 3 r° : « 187, Impossibilité du roman. Pietrasanta, 25 décembre 1833. »

Note dans l'exemplaire de La Baume, t. I, f° 37 v° (fin du volume) : « Saint-Pierre, tombeau d'Alexandre VII. Ce qui est indispensable pour toucher le vulgaire choque les hommes bien nés. De là, la difficulté et peut-être *impossibilité* du drame en 1834 et le règne du roman.

« Idée à méditer.

« Quand Dominique faisait des drames, on lui disait toujours : « Cela est trop fin. Les spectateurs n'y comprendront rien ». »

2. *The happy few* : c'est la célèbre dédicace que l'on trouve dans l'*Histoire de la peinture en Italie, Le Rouge et le Noir, La Chartreuse de Parme* et *Les Promenades dans Rome*... Stendhal la traduit ainsi dans une note marginale de l'exemplaire Serge André (t. II, p. 578) : « Le petit nombre d'heureux. » Il l'a probablement tirée en 1803 du *Vicaire de Wakefield* de Goldsmith (V. Del Litto, *La Vie intellectuelle de Stendhal*, p. 94).

3. Les *Mémoires d'une contemporaine ou Souvenirs d'une femme sur les principaux personnages de la République, du Consulat et de l'Empire,* avaient paru en 1827, chez Ladvocat, 8 vol. in-8°. Une troisième édition avait été publiée en 1828. Ces *Mémoires* étaient l'œuvre d'Elselina Vanayl de Youngh, dite Ida de Saint-Elme (ou de Saint-Edme) [1778-1845]. Stendhal s'est à plusieurs reprises fait l'écho du scandale que le livre avait provoqué (*Courrier anglais,* t. III, p. 358-359, 402, 404-405 ; t. V, p. 374).

Page 114.

1. Francesco Vanni (1563-1609), peintre, architecte et graveur.

2. Leopoldo Cicognara (1767-1834), auteur d'une *Storia della scultura dal suo risorgimento in Italia sino al secolo di Napoleone...,* parue à Venise de 1813 à 1818, 3 vol. in-folio. Stendhal en a parcouru les deux premiers volumes à l'époque où il mettait au point le manuscrit de son *Histoire de la peinture en Italie* (V. Del Litto, ouvr. cité, p. 484).

3. Cette description se trouve dans le premier chant de *L'Homme des champs ou les Géorgiques françaises.* Rappelons que Stendhal avait recommandé, le 22 août 1802, la lecture de ce poème à sa sœur Pauline (V. Del Litto, ouvr. cité, p. 16).

4. Corneille, *Cinna,* acte I, sc. III, v. 145.

5. Angelo De Rossi (1616-1695), architecte et sculpteur.

Page 115.

1. Christian Rauch (1777-1857), sculpteur allemand, avait séjourné sept ans à Rome (1804-1811). Il demeurait à cette époque à Berlin.

2. Stendhal a toujours sous les yeux l'*Itinéraire de Rome* de Nibby, où la description de Saint-Pierre se termine par deux chapitres consacrés au *Souterrain de la basilique* et à la *Partie supérieure de la basilique vaticane.*

Page 116.

1. Le nom de Mme Lampugnani n'est qu'un alibi, de même que la prétendue lettre qui suit. En fait, ce texte est emprunté au *Tableau de Rome vers la fin de 1814* par Guinan-Laoureins, paru à Bruxelles en 1816. Stendhal a essayé de dissimuler son larcin en se servant de la forme épistolaire. Cet emprunt a été signalé par Daniel Muller dans l'article *Stendhal critique de Canova,* in *Le Divan,* mars 1922.

2. On ne peut s'empêcher de penser à Pauline Beyle, à qui Stendhal, dans sa jeunesse, avait adressé des centaines de lettres pour lui faire part de ses pensées et de ses sentiments.

3. Le souvenir du tableau de *La Nuit* du Corrège a été évoqué quelques pages plus haut (p. 109).

Page 118.

1. La question de la langue italienne avait fait l'objet de longues considérations dans *Rome, Naples et Florence en 1817,* en particulier à la date du 10 avril 1817.

2. « Souviens-toi de notre amour, et que l'image de ton cher compagnon ne te quitte pas. »

Page 119.

1. Giovanni Gherardo De Rossi, poète comique romain (1754-1827). Cf. *Rome, Naples et Florence en 1817.*

2. Phrase omise dans l'édition de 1853.

3. « La première classe (l'aristocratie). »

Page 120.

1. Le texte latin et la traduction ont été empruntés au *Voyage en Italie* de Misson, t. II, p. 145-148. (A. Caraccio, *Une version latine de Stendhal* [...] *d'après Misson,* in *Revue d'histoire littéraire de la France,* avril-juin 1932, ensuite dans le volume *Variétés stendhaliennes,* Grenoble, 1947.

2. Joachim de Fiore, dit le Prophète, né en Calabre en 1130, mort en 1202, fondateur d'un monastère à Flora auquel il donna une règle très stricte qui fut approuvée par le pape Célestin III.

3. Bède le Vénérable, moine et historien anglais (675-735).

Page 121.

1. Liste de miracles empruntée à Misson, t. II, p. 148 et suivantes.

Page 122.

1. Dynastie qui régna en Mésopotamie du IIe au IIIe siècle après Jésus-Christ.

2. Pamphile Eusèbe (270-338), évêque de Césarée.

3. Référence donnée par Misson, *loc. cit.*

Page 124.

1. La grande partie des *Souvenirs d'Italie,* n° XIII, in *Bibliothèque britannique,* t. XXVII, novembre 1829, p. 79 et suivantes, est consacrée au ghetto et à la situation des juifs à Rome.

2. Suivant l'ancienne manière italienne de compter les heures. Voir l'explication donnée quelques lignes plus bas.

3. Jean-Christian-Félix Baehr (1798-1872), érudit allemand ; auteur d'une *Histoire de la littérature romaine* parue en 1828.

4. L'archéologue Guillaume Dorow (1790-1846) voyagea en Italie en 1827 avec une mission du roi de Prusse et forma la collection d'antiquités étrusques qui fait partie du musée de Berlin.

5. Otfried Muller (1797-1840), philologue et archéologue, auteur d'un ouvrage en deux volumes sur les Étrusques paru en 1828.

Page 125.

1. L'ancienne douane de piazza di Pietra dont il a été souvent question dans les deux éditions de *Rome, Naples et Florence.* C'est tout près de là, via di Pietra, que se trouve encore aujourd'hui l'hôtel Cesàri, tenu par Mme Giacinta, où Stendhal était descendu chaque fois qu'il s'était rendu à Rome.

2. Cf. *Rome, Naples et Florence en 1817* (Appendice).

3. Cf. *Rome, Naples et Florence* (1826), à la date du 6 février 1817.

Page 126.

1. D'après A. Caraccio, Stendhal se serait inspiré de ce passage de Lalande : «... il [le Père Pozzi] a peint dans les pendentifs quatre emblèmes du courage et de la force, tirés de l'Écriture : Judith avec la tête d'Holopherne, David avec celle de Goliath, Samson qui tue les Philistins, Jaël qui tue Sifara ; ce sont ces peintures sacrées qu'on a reprochées aux Jésuites dans une brochure française où l'on voulait leur trouver des torts de toute espèce » (t. IV, p. 140).

2. Gian Pietro Vieusseux, descendant d'une famille originaire du Tarn-et-Garonne, était né à Oneglia, près de Gênes, en 1779. S'étant établi à Florence, il avait fondé en 1819 un cabinet de lecture qui était aussitôt devenu l'un des centres culturels les plus importants de Florence et de l'Italie tout entière, et, en 1821, la revue *Antologia.* Stendhal était un habitué du cabinet Vieusseux. En outre, l'*Antologia* venait de consacrer un article à *Armance* (numéro de janvier-février 1828). Voir P. Jourda, *Vieusseux et ses correspondants français,* éd. du Stendhal-Club, n° 16, 1926.

3. Nibby signalait que le musée du Collège romain renfermait « une collection complète de monnaies romaines antiques, formée par le cardinal Zélada » (p. 28).

Page 127.

1. *Note dans l'exemplaire de La Baume, t. I, f° 2 r° (fin du volume) :*
« Sciarra, trois tableaux. Portrait de Violva [?] que l'on force Raph[aël] à mettre dans le *Parnasse.*
« La *Modestie* de Léonard. La *Fornarina* copiée par Jules Romain d'après l'original qui est au palais Barberini. Une autre copie à Borghèse. »
A. Caraccio suggère de lire : « Portrait du violon[iste] », car, ajoute-t-il, « Apollon, dans le tableau du *Parnasse,* joue bizarrement du violon ».

2. Valentin de Boulogne, dit le Valentin (1591-1634), né à Coulommiers, a passé une grande partie de sa vie à Rome où il est mort. *Monsù* est la prononciation populaire italienne de *Monsieur.*

Page 128.

1. Joseph-Étienne Esménard (1769-1811), écrivain, auteur du poème *La Navigation* (1805), censeur des théâtres d'abord, de la librairie ensuite. Au début de la *Vie de Henry Brulard,* Stendhal le traitera d'« espion » (chap. 1).

2. La même épisode figure dans l'*Histoire de la peinture en Italie,* chap. CLX, avec la différence qu'il y est question de la *Léda* de Michel-Ange.

Page 129.

1. Anecdote empruntée à Misson, t. II, p. 173-174.

2. Cf. *Rome, Naples et Florence* (1826), à la date du 10 janvier 1817.

3. Joseph-Charles-François II, plus tard François Ier (1768-1835), succéda à son père Léopold II, comme empereur d'Allemagne, et

déposa ce titre en 1806 après avoir pris en 1804 celui d'empereur d'Autriche. On a reproché à Stendhal d'avoir fait une erreur et une inexactitude ; en réalité, il a lu dans l'*Itinéraire de Rome* de Nibby que le palais de Venise «appartient aujourd'hui à S. M. l'empereur d'Autriche et sert de résidence à sa légation» (p. 46-47).

4. Il s'agit de la femme du comte Antoine-Rodolphe Apponyi (1782-1852), diplomate autrichien, successivement ministre plénipotentiaire à Florence, ambassadeur à Rome, à Londres et à Paris.

5. Cf. *Rome, Naples et Florence* (1826) à la date du 20 juillet 1817. Sur le banquier Torlonia, voir Aimé Dupuy, *Un personnage de Stendhal : le banquier romain Torlonia*, in *Stendhal Club*, n° 41, 15 octobre 1968. En ce qui concerne le bal, on sait que *Vanina Vanini*, qui faisait primitivement partie du manuscrit des *Promenades dans Rome,* commence par la description d'un bal chez le banquier Torlonia. Voir Thérèse Cusa, *À propos du bal de «Vanina Vanini»*, in *Stendhal Club*, n° 18, 15 janvier 1963.

Page 130.

1. Vraisemblablement le comte de Funchal, envoyé du Portugal à Rome. Chateaubriand dit de lui dans les *Mémoires d'outre-tombe* : « M. de Funchal, ambassadeur demi-avoué du Portugal, est ragotin, agité, grimacier, vert comme un singe du Brésil, et jaune comme une orange de Lisbonne : il chante pourtant sa négresse, ce nouveau Camoëns ! Grand amateur de musique, il tient à sa solde une espèce de Paganini, en attendant la restauration de son roi » (IIIᵉ partie, 2ᵉ époque, livre huitième, 5, éd. Levaillant, 1948, t. III, p. 417).

Page 131.

1. Miss Bathurst était la fille de Benjamin Bathurst, ambassadeur d'Angleterre, mystérieusement disparu en 1809, alors qu'il revenait de Vienne à Londres. La jeune fille avait péri noyée dans le Tibre où les chevaux effrayés de sa voiture l'avaient précipitée. Cf. *Rome, Naples et Florence* (1826), à la date du 28 octobre 1816, note.

2. *Édition de 1853 :* pour dissiper cette

Page 132.

1. *Correction dans l'exemplaire de La Baume, t. I, p. 175 :* «On ne peut point faire plus de trois cardinaux.» *Ibid.*, var. : «pas faire plus de trois c[ardinau]x».

2. Trait mentionné dans le *Journal*, à la date du 27 août 1810.

3. Le vœu de Stendhal n'a pas été exaucé. À la place de la « montée » souhaitée, on a élevé l'énorme pâtisserie du monument à Victor-Emmanuel II.

Page 133.

1. Giovanni Battista Gaulli, dit il Baciccia (1639-1709), peintre, né à Gênes, mais qui a surtout travaillé à Rome. Le nom est orthographié *Baciccio* dans l'*Itinéraire de Rome* de Nibby (p. 50).

2. « Sans ressentiment ni faveur. » (Tacite, *Annales*, I, 1.)

3. Pierre Legros dit le Jeune (1666-1718), sculpteur, a surtout travaillé à Rome.

4. Jean-Baptiste Théodon, sculpteur du XVIIᵉ siècle.

Page 134.

1. Les bureaux de la poste aux lettres étaient place Colonna, vis-à-vis l'actuelle Galerie Colonna. La façade du palais est ornée de seize colonnes antiques de l'époque impériale.

2. Le courrier qui empruntait la voie de terre passait par Florence. La route de Florence à Rome correspond au tracé de l'ancienne voie romaine dite Cassia. Elle aboutit à la Porta del Popolo.

3. Renseignements tirés de Nibby, p. 2.

Page 135.

1. C'est une méprise de Stendhal, car Nibby (p. 6) parle de *collis hortorum,* ce qui est beaucoup plus compréhensible.

2. Le nom de Pinturicchio figure dans l'*Itinéraire de Rome* de Nibby, p. 6; en revanche, l'allusion aux fresques de Sienne appartient à Stendhal. Cf. plus haut, à la date du 29 août 1827, p. 44.

3. À propos des primitifs, Stendhal avait écrit dans l'*Histoire de la peinture en Italie* : « [...] on ne peut prendre aux artistes de ces premiers siècles qu'un intérêt historique » (liv., I, chap. 1).

4. *Correction dans l'exemplaire de La Baume, t. I, p. 180 :* « La seconde chapelle à gauche en entrant. » Le texte de l'édition originale est un calque de celui de Nibby : « De là on passe à la petite nef, dont l'avant-dernière chapelle appartient à la maison Chigi [...] » (p. 8).

Page 136.

1. *Correction dans l'exemplaire de La Baume, t. I, p. 180 :* « de juifs et de ch[evaux] ».

2. *Note dans l'exemplaire de La Baume :* « Non », et sur le verso du plat de la reliure : « Ripetta avec de grands bateaux; comment auraient-ils passé sous les ponts ? Voir page 180. »

3. Toujours d'après Nibby : « L'obélisque [...] fut érigé originairement par le roi Ramessès III, c'est-à-dire le grand Sésostris, à Héliopolis, ville de la Basse-Égypte, pour servir de décoration au temple du Soleil, auquel il était dédié » (p. 5). Transporté à Rome par Auguste, l'obélisque fut dressé sur la place del Popolo par Fontana en 1587 sur ordre de Sixte Quint.

Page 137.

1. Raphaël Sterni (1780-1817), architecte romain. C'est sur ses dessins, dit Nibby (p. 600), que fut construite l'aile du Vatican dite *Braccio Nuovo.*

2. Il a été question du Pincio à la date du 17 novembre 1827, p. 79.

3. Cette « petite vallée » est la via del Muro torto. Cf. à la date du 15 août 1827, p. 16.

4. Voir l'article cité de F. Boyer, *Stendhal et les embellissements des villes dans l'Italie napoléonienne,* dans le volume *Journées stendhaliennes internationales de Grenoble,* 1956.

5. Antoine-Marie Roederer, né en 1782, homme politique, fils du comte Pierre-Louis Roederer. Lorsque, en 1806, son père devint ministre des Finances du roi de Naples, Joseph Bonaparte, Antoine Roederer, qui l'avait accompagné en Italie, fut chargé de la direction des Contributions directes. Il fut plus tard préfet du département du Trasimène, dont le chef-lieu était Spolète. Dans l'édition Champion, A. Caraccio a confondu le fils avec le père.

6. *Correction dans l'exemplaire de La Baume, t. I, p. 182 :* « peut-être ».

7. Réminiscence de *Corinne* de Mme de Staël : « ... En arrivant ici [c'est Oswald qui parle], j'avais une lettre de recommandation pour une princesse ; je la donnai à mon domestique de place pour la porter ; il me dit : "Monsieur, dans ce moment cette lettre ne vous servirait à rien, car la princesse ne voit personne, elle est *innamorata...* " » (livre V, chapitre III).

8. *Addition dans l'exemplaire Serge André, t. II, f° 18 (fin du volume) :* « Le parti *ultra* de Rome a gâté la mémoire de ce bon Pie VII en lui attribuant, par de grandes inscriptions sur marbre, tous les ouvrages de l'administration au jardin du Pincio. »

Passage incorporé dans l'édition de 1853, avec une variante à la fin : « ... de l'administration de Napoléon dans Rome. Cela m'a choqué ce matin au jardin du Pincio ».

9. *Édition de 1853 :* En avançant dans le Cours, on trouve le palais Ruspoli,

10. Sur le café Ruspoli, voir *Rome, Naples et Florence en 1817,* à la date du 16 mars 1817.

Page 138.

1. *Addition dans l'exemplaire Serge André, t. I, p. 20-23 :*

« Travail pénible et déshonorant.

« Une idée surnage dans la conversation du peuple et de la bourgeoisie : c'est celle de la *pension.* Tout le monde pense à obtenir du gouv[ernemen]t ou même d'un particulier une pension de 30 sous par jour, de 50 sous par jour ; c'est sous cette forme qu'on en parle. Cette idée de pension a gagné la noblesse et les gens riches par les bonnes d'enfant et les laquais.

« Un hom[me] de quarante-quatre ans, sain et robuste, se plaignait beaucoup ce matin du non-payement d'une pension de 11 écus par mois (59 fr.) qu'il avait obtenue du cardinal Consalvi.

« Par bonheur pour les observateurs de l'homme, et malheureusement pour le pauvre peuple, ici la législation fortifie la mauvaise tendance du climat.

« On ne sait pourquoi, on ne sait comment, l'air de Rome donne sur les nerfs, inspire l'envie de se reposer, de ne pas travailler.

« À Naples, le travail est allègre, empressé ; à Rome, vous rendez un mauvais service à un cocher de fiacre en l'appelant pour employer sa voiture. Nos dames ont fait faire quelques temples à Rome et à Naples.

À Naples, on travaillait avec joie ; à [Rome], il a fallu une patience à toute épreuve pour obtenir un petit temple fermé de glaces.

« On y a enfermé plusieurs médailles et autres objets soi-disant curieux, qui, avant d'être sous verre, prenaient la mauvaise habitude de disparaître.

« On sait du reste que mendier est à Rome le plus doux des métiers. Pendant que je prends du café le matin dans un café du *Corso,* je ne suis jamais ennuyé par moins de cinq mendiants, et souvent ils me lâchent des injures en s'éloignant. »

2. C'est Chateaubriand qui, en 1830, fera construire le tombeau de Nicolas Poussin (mort en 1665).

3. Voir *Rome, Naples et Florence* (1826), à la date du 10 octobre 1817.

4. Remarque antérieurement faite dans *Rome, Naples et Florence* (1826), à la date du 6 février 1817.

5. La via Balbi, écrira Stendhal dans les *Mémoires d'un touriste* à l'article Gênes, est l'une des trois rues horizontales de la ville et « une des plus belles rues du monde. Elle a une architecture hardie, toute pleine de vides et de colonnes, qui rappelle celle de Paul Véronèse ou les décorations de la Scala à Milan ».

6. Voir *Rome, Naples et Florence* (1826), à la date du 3 février 1817.

7. « La machine à vapeur. »

Page 139.

1. *Correction dans l'exemplaire de La Baume, t. I, p. 184 :* « à trois heures et demi ».

2. *Note dans l'exemplaire Serge André :* « Cesarini Sforza. Souvenir horrible. *It will ever hant me* » (Il me hantera toujours. À noter que Stendhal anglicise le verbe français hanter). Dans l'édition de 1853, le nom Cesarini Sforza est imprimé en clair.

3. Samuel Bernard (1651-1739), de famille protestante, principal banquier de Louis XIV et de Louis XV.

4. *Édition de 1853 :* placés les uns sur les autres.

Page 140.

1. Cette image ne figure pas dans l'*Itinéraire de Rome* de Nibby auquel Stendhal emprunte les éléments de sa description.

2. Reprise du thème des *« pifferari »* (*Rome, Naples et Florence en 1817,* à la date du 17 mars 1817).

Page 141.

1. Allusion à la répression qui avait suivi le soulèvement de 1821.

2. « Fleur de châtaigne, venez habiter dans la vigne, car vous êtes une beauté champêtre. » Contrairement à ce qu'écrit Stendhal, ce couplet et les suivants sont typiques du genre de la poésie populaire toscane appelée *stornelli* (cf. à la date du 5 février 1829, p. 546).

3. « Je bénis la fleur de camomille. Puisque vous vous êtes mise à faire la Gauloise, je vous tourne le dos et m'en vais à la campagne. »

« Fleur de maïs, vous me faites plus peur que l'ogre, et je crois même que vous feriez peur à un Turc. »

4. Lire : von Stendhal. Henri Beyle se souvient de l'origine germanique de son pseudonyme. Il sera encore plus explicite plus loin, à la date du 12 janvier 1829 (p. 531), où il écrira : « M. von S*** ».

Page 142.

1. « La grande cérémonie. »

Page 143.

1. *Édition de 1853 :* praticiens
2. Allusion à l'ouvrage de Machiavel *Discorsi sulla prima deca di Tito Livio* que Stendhal a peut-être eu entre les mains dans sa jeunesse (V. Del Litto, *La Vie intellectuelle de Stendhal*, p. 243).
3. *Note dans l'exemplaire Serge André, t. I, p. 241 :* « Ici, quatre pages de Casanova, 342, Ier vol., éd. Heideloff) ; — « 241. Ici, quatre pages de Casanova. Son arrivée à Rome, première audience de Giorgi et du c[ardin]al Acquaviva. 342, Ier vol. Heideloff. »
Ibid., t. I, f° 9 v° : « 341. Insérer absolument cinq pages de Casanova. Arrivée à Rome. Tome Ier, éd. de Heideloff, 342-343. »
Romain Colomb a mis à exécution le projet de Stendhal et il a inséré à cet endroit, dans l'édition de 1853, les extraits des *Mémoires* indiqués par lui. Ces extraits sont précédés d'un « chapeau » qui vraisemblablement lui appartient :

« Pour donner une juste idée des mœurs, des usages et de la politique à Rome, en 1743, je ne saurais mieux faire que de transcrire ici quelques passages extraits des Mémoires du célèbre et spirituel aventurier Casanova. Il arrivait à Rome à l'âge de dix-huit ans et pourvu de quelques lettres de recommandation pour des personnages importants, ou jouissant d'un certain crédit dans la haute société. Casanova ne possédait, en arrivant dans cette antique capitale du monde, que sept *paoli*. Le *paolo* vaut cinquante-quatre centimes ; donc trois francs soixante-dix-huit centimes les sept *paoli*. »

. . . .

« Me voilà donc à Rome, bien nippé, passablement fourni d'espèces, monté en bijoux, pourvu de quelque expérience, avec de bonnes lettres de recommandation, parfaitement libre et dans un âge où l'homme peut compter sur la fortune s'il a un peu de courage et une figure qui prévienne en sa faveur les personnes qu'il approche. J'avais, non pas de la beauté, mais quelque chose de mieux, un certain je ne sais quoi qui force à la bienveillance, et je me sentais fait pour tout. Je savais que Rome était la ville unique où l'homme partant de rien pouvait parvenir à tout. Cette idée relevait mon courage ; et je dois avouer qu'un amour-propre effréné, dont l'inexpérience m'empêchait de me défier, augmentait singulièrement ma confiance.

« L'homme appelé à faire fortune dans cette antique capitale du monde doit être un caméléon susceptible de réfléchir toutes les couleurs de l'atmosphère qui l'environne, un Protée apte à revêtir toutes les formes. Il doit être souple, insinuant, dissimulé, impénétrable, souvent bas, perfidement sincère, faisant toujours semblant de savoir moins qu'il ne sait, n'ayant qu'un seul ton de voix, patient, maître de sa physionomie, froid comme glace lorsqu'un autre, à sa place, serait tout de feu ; et, s'il a le malheur de n'avoir pas la religion dans le cœur, chose habituelle dans cet état d'âme, il doit l'avoir dans l'esprit ; souffrant en paix, s'il eſt honnête homme, la mortification de se voir contraint, de se reconnaître hypocrite. S'il abhorre cette conduite, il doit quitter Rome et aller chercher fortune ailleurs. De toutes les qualités, je ne sais si je me vante ou si je me confesse, je ne possédais que la seule complaisance ; car, du reſte, je n'étais qu'un intéressant étourdi, un assez bon cheval de race, point dressé, ou plutôt mal, ce qui eſt pis.

« Je commençai d'abord par porter au père Georgi la lettre de D. Lelio. Ce savant moine possédait l'estime de toute la ville, et le pape[1] même avait pour lui une grande considération, parce qu'il n'aimait pas les jésuites, et qu'il ne se masquait pas pour les démasquer, quoique les jésuites se crussent assez forts pour pouvoir le mépriser.

« Après avoir lu la lettre avec beaucoup d'attention, il me dit qu'il était prêt à être mon conseil, et que, par conséquent, il ne tiendrait qu'à moi de le rendre responsable, que rien de siniſtre ne m'arriverait, puisque avec une bonne conduite l'homme n'a point de malheurs à craindre ; et, m'ayant ensuite demandé ce que je voulais faire à Rome, je lui répondis que ce serait lui qui me le dirait.

« "Cela peut-être ; mais pour cela, ajouta-t-il, venez me voir souvent, et ne me cachez rien, absolument rien de tout ce qui vous regarde, ni de tout ce qui vous arrivera.

« — D. Lelio, lui dis-je alors, m'a aussi donné une lettre pour le cardinal Acquaviva.

« — Je vous en fais mon compliment, car c'eſt un homme qui, à Rome, peut plus que le pape.

« — Dois-je la lui aller porter tout de suite ?

« — Non, je le verrai ce soir, et je le préviendrai. Venez me voir demain matin, je vous dirai où, et à quelle heure vous devrez la lui remettre. Avez-vous de l'argent ?

« — Assez pour pouvoir me suffire au moins un an.

« — Voilà qui eſt excellent. Avez-vous des connaissances ?

« — Aucune.

« — N'en faites pas sans me consulter, et, surtout n'allez pas aux cafés, aux tables d'hôte ; et si vous voulez y aller, écoutez et ne parlez pas. Jugez les interrogateurs, et, si la politesse vous oblige à répondre, éludez la queſtion, si elle peut tirer à conséquence. Parlez-vous français ?

« — Pas le mot.

« — Tant pis : il faut l'apprendre. Avez-vous fait vos études ?

« — Mal, mais je suis *infarinato* au point que je me soutiens en cercle.

---

1. Benoît XIV, Lambertini.

« — C'est bon ; mais soyez circonspect, car Rome est la ville des *infarinati*, qui se démasquent entre eux, et qui se font constamment la guerre. J'espère que vous porterez la lettre au cardinal, vêtu en modeste abbé, et non dans cet habit élégant qui n'est pas fait pour conjurer la fortune. Adieu donc, à demain. "

. . . .

« Le soir, je soupai à table d'hôte avec des Romains et des étrangers, observant soigneusement ce que m'avait prescrit le père Georgi. On y dit beaucoup de mal du pape et du cardinal ministre qui était cause que l'état ecclésiastique était inondé de quatre-vingt mille hommes, tant allemands qu'espagnols. Mais ce qui me surprit, fut qu'on mangea gras, quoique ce fût un samedi. Au reste, à Rome, on éprouve pendant quelques jours des surprises auxquelles on s'habitue bien vite. Il n'y a point de ville catholique où l'homme soit moins gêné en matière de religion. Les Romains sont comme les employés à la ferme du tabac, auxquels il est permis d'en prendre gratis tant qu'ils veulent. On y vit avec la plus grande liberté, à cela près, que les *ordini santissimi* sont autant à craindre que l'étaient à Paris les fameuses lettres de cachet avant la Révolution, qui les a détruites et qui a fait connaître au monde le caractère général de la nation.

. . . .

« Je me rendis à Villa Negroni ; et, dès que le cardinal (Acquaviva) m'aperçut, il s'arrêta pour recevoir ma lettre, laissant aller deux personnes qui se trouvaient avec lui. Ayant mis la lettre dans sa poche, sans la lire, il passa deux minutes à m'observer, puis il me demanda si je me sentais du goût pour les affaires politiques. Je lui répondis que jusqu'à ce moment je ne m'étais connu que des goûts frivoles ; que pourtant je n'oserais lui répondre que de mon grand empressement à exécuter tous les ordres qu'il plairait à Son Éminence de vouloir me donner, s'il me jugeait digne d'entrer à son service.

« Venez, me dit-il, demain à mon bureau parler à l'abbé Gama, auquel je communiquerai mes intentions. Il faut, ajouta-t-il, que vous vous appliquiez bien vite à apprendre le français : c'est une langue indispensable.

« Ensuite il me donna sa main à baiser et me congédia.

. . . .

« Je dînai à l'hôtel à côté de l'abbé Gama, à une table d'une douzaine de couverts, occupés par autant d'abbés ; car, à Rome, tout le monde est abbé, ou veut le paraître ; et, comme il n'est défendu à personne d'en porter l'habit, quiconque veut être respecté le porte, la noblesse exceptée, qui n'est pas dans la carrière des dignités ecclésiastiques.

. . . .

« ... Je me dirigeai vers la strada de Condotti, dans l'intention d'aller me promener, quand je m'entendis appeler. C'était l'abbé Gama sur la porte d'un café. Je lui dis à l'oreille que Minerve m'avait défendu les cafés de Rome.

« "Minerve, me répondit-il, vous ordonne d'en prendre une idée. Asseyez-vous auprès de moi.

« J'entends un jeune abbé qui conte à haute voix un fait, vrai ou controuvé, qui attaquait directement la justice du saint-père, mais sans aigreur. Tout le monde riait et faisait écho. Un autre, auquel on demandait pourquoi il avait quitté le service du cardinal B., répondit que c'était parce que l'éminence prétendait n'être pas obligée de lui payer à part certains services ; et chacun de rire à volonté. Enfin, un autre vint dire à l'abbé Gama que s'il voulait passer l'après-dîner à Villa Medici, il le trouverait avec deux petites Romaines qui se contentaient du *quartino*. C'est une monnaie d'or qui vaut le quart d'un sequin. Un autre abbé lut un sonnet incendiaire contre le gouvernement, et plusieurs en prirent copie. Un autre lut une satire de sa propre composition, et dans laquelle il déchirait l'honneur d'une famille. Au milieu de tout cela, je vois entrer un abbé d'une figure attrayante. À l'aspect de ses hanches, je le pris pour une fille déguisée, et je le dis à l'abbé Gama ; mais celui-ci me dit que c'était Bepino della Mamana, fameux *castrato*. L'abbé l'appelle, et lui dit en riant que je l'avais pris pour une fille. L'impudent, me regardant fixement, me dit que, si je voulais, il me prouverait que j'avais tort ou que j'avais raison.

« À dîner, tous les convives me parlèrent, et je pensais avoir convenablement répondu. En sortant de table, l'abbé Gama m'invita à prendre le café chez lui, et j'acceptai. Dès que nous fûmes tête à tête, il me dit que toutes les personnes qui composaient notre table étaient d'honnêtes gens. »

4. D'après Nibby, p. 52 et suivantes.

5. « ... en général, on a beaucoup loué ce cheval, mais M. Falconet en a fait une critique sévère et détaillée dans le premier volume de ses œuvres, où elle occupe plus de deux cents pages et de laquelle il résulterait que ce n'est point un beau cheval » (Lalande, t. IV, p. 168).

Page 144.

1. *Édition de 1853 :* Cet enfant de bois d'olivier — La méprise de Stendhal a sans doute été provoquée par la robe de soie blanche dont est habillé le *Bambino*.

2. Détails empruntés à Nibby, p. 88 et suivantes.

3. A. Caraccio a signalé l'existence d'une *Histoire des aventuriers flibustiers* par Oexmelin, Trévoux, 1775, 4 vol. in-12, et d'une *Histoire des flibustiers* par Archenholz traduite de l'allemand par Bourgoing, Paris, 1814. Mais rien ne prouve que Stendhal les ait lues.

Page 145.

1. Pierre-Charles Lévesque (1736-1812), auteur d'une *Histoire critique de la république romaine*, 1807, 3 vol. qui a rempli Stendhal d'indignation (V. Del Litto, *La Vie intellectuelle de Stendhal*, p. 365).

2. Sur Giuseppe Micali, voir *Rome, Naples et Florence* (1826), à la date du 31 janvier 1817. Stendhal l'avait rencontré à Florence chez Vieusseux.

Page 146.

1. «[...] sous Tarquin l'ancien, les ouvriers trouvèrent la tête d'un certain Tolus, encore teinte de sang ; ce qui fit donner à l'édifice le nom de Capitolium, c'est-à-dire *caput* Toli» (Petit Radel, t. II, p. 190).

2. *Correction dans l'exemplaire Serge André, t. I, p. 246 :* «saint».

3. D'après Nibby, p. 54-55.

Page 147.

1. Sur le voyage à Ischia voir à la date du 18 novembre 1827, p. 81.

2. La traduction des *Décades* de Tite-Live par Adolphe-Jules-César-Auguste Dureau de La Malle (1777-1857) a paru de 1810 à 1824, 17 vol. in-8°.

3. Cf. plus haut à la date du 24 novembre 1827, p. 88.

4. La traduction française de l'ouvrage de Niebuhr n'avait pas encore paru à l'époque de la publication des *Promenades dans Rome*. (*Histoire romaine. Traduit de l'allemand sur la troisième édition par P.-A. de Golbéry.* Paris, Levrault, 1830-1840, 7 vol. in-8°.)

5. Cf. *Rome, Naples et Florence* (1826), à la date du 31 janvier 1817. Stendhal avait entrepris de traduire, à vingt ans, l'*Histoire romaine* de Florus (V. Del Litto, *La Vie intellectuelle de Stendhal*, p. 127). Quant à Suétone, aucune lecture n'est attestée.

Page 148.

1. Nibby qualifiait les deux édifices d'«uniformes» (p. 55).

Page 149.

1. Le *Jugement dernier* : célèbre fresque réalisée par Michel-Ange pour la chapelle Sixtine. Voir p. 175. «[...] de la terre au ciel, tout l'espace est couvert de nudités d'un blanc sale qui tranchent fortement sur l'azur du ciel. Dos et visages, bras et jambes s'y confondent ; c'est un véritable pouding de ressuscités. [...] Les plus agiles parmi les morts trouvent moyen de grimper sans aide, mais la plupart n'en viendraient pas à bout, si des anges, solidement établis sur un nuage, ne leur tendaient pas une main secourable. Il y en a une douzaine accrochés au chapelet d'un de ces anges, qui les hisse tous ensemble et à une si grande hauteur que cela ferait trembler pour leurs jours, si des gens déjà morts pouvaient mourir une seconde fois. [...]» (Louis Simond, *Voyage en Italie et en Sicile*, Paris, Sautelet, 1828, t. I, p. 262 et suivantes). Stendhal reviendra sur ces critiques à la date du 11 mars 1828, p. 179.

2. La traduction de l'ouvrage de Jeremy Bentham, *Théorie des peines et des récompenses*, a paru à Londres en 1811, 2 vol. in-8°. Elle a deux nouvelles éditions à Paris, en 1818 et 1825. — David Ricardo, *Du principe de l'économie politique et de l'impôt. Traduit de l'anglais par F.-S. Constancio... avec des notes explicatives et critiques de J.-B. Say.* Paris, 1819, 2 vol. in-8°. Stendhal a mentionné Bentham dans *Rome, Naples et Florence en 1817*, à la date du 18 juillet 1817, et dans *L'Italie en 1818*, aux dates des 4 et 24 septembre 1818.

Page 150.

1. *Édition de 1853 :* cet homme célèbre, — *Même correction deux lignes plus bas.*

Page 152.

1. Le général Léonard Duphot (1769-1798) avait été massacré à Rome par les soldats pontificaux lors d'une émeute.

2. Boileau, *Art poétique,* chant II, vers 128. Le texte exact est : « Le Français, né malin, forma le vaudeville. »

Page 153.

1. Le comte Nicolas Nikititch Demidoff, né à Saint-Pétersbourg, mort à Florence où il s'était fixé, en 1828.

2. Sous la rubrique « Rome, 30 décembre 1822 », on lit dans le *Moniteur* du 14 janvier 1824 : « Le comte Demidoff qui avait fait venir une troupe de comédiens français à ses dépens a ouvert son théâtre avant-hier. Tout ce que Rome renferme de personnes de distinction, étrangers et nationaux, ont assisté à cette représentation » (F. Michel, *Fichier stendhalien*).

3. *Correction dans l'exemplaire de La Baume :* « il se trouve un jour que le principal personnage, le héros d'un des vaudevilles, s'appelle Saint-Ange ».

Page 154.

1. *Note dans l'exemplaire de La Baume t. I, p. 206 :* « Le bourgeois ne vit que des douze ou quinze écus qu'il grappille chaque mois sur le gouvernement, et il n'obtient d'avancement qu'à l'aide d'une foule de lettres anonymes. »

Page 156.

1. D'après Armand Caraccio, cette inscription aurait été empruntée à la *Description de Rome* par Fea, 1821, t. II, p. 9. Ajoutons que dans son *Itinéraire de Rome,* p. 110, Nibby parle des fouilles de 1813, mais sans donner le texte de l'inscription.

2. « [...] ce monument atteste encore les fureurs polémiques de l'érudition : les plus habiles antiquaires firent mille dissertations, entassèrent volumes sur volumes pour assigner diverses origines à cette colonne, sans deviner la véritable ; enfin, et tout récemment, on s'avisa d'enlever la terre qui encombrait le piédestal : l'inscription mise à découvert confondit messieurs les érudits dont les doctes écrits sont restés imprimés » (Santo Domingo, *Tablettes romaines,* 1824, p. 34).

3. Tous les renseignements techniques sont tirés de Nibby, p. 112 et suivantes.

Page 157.

1. « Que jamais leur souffle impur ne vienne troubler le cristal limpide sur lequel se réfléchit à jamais pour moi ce chef-d'œuvre de la sculpture ; miroir fidèle et pur du rêve le plus ravissant qui soit

descendu du ciel pour exalter l'âme recueillie» (*Œuvres complètes de Lord Byron.* Paris, Ladvocat et Delangle, 1827, t. III, p. 33-34).

Page 158.

1. Il est à peu près certain que Stendhal cite de seconde main cet ouvrage de Donato, d'autant que celui-ci n'existe pas à la Bibliothèque nationale. Sa source serait-elle, une fois de plus, Misson? À propos du Colisée, Misson a écrit : «... C'était ici le lieu de parler de la *Meta sudans* qui se trouve entre l'Arc de Constantin et le Colisée. Voici ce qu'en dit le P. Alex. Donato, *Roma vetus et recens,* lib. 3, cap. 6...» (*Voyage en Italie,* t. II, p. 320). On remarque cependant une double différence : le libellé du titre n'est pas tout à fait le même ; en outre, Misson renvoie au chapitre tandis que Stendhal renvoie à la page.

2. Stendhal «personnalise» le renseignement donné par Nibby : «[...] Depuis le xve siècle jusqu'à la moitié du siècle dernier, on avait donné le nom de temple de la Paix à ce grand bâtiment ; mais d'après ce que nous venons de dire, [...] cette dénomination doit être placée parmi les apocryphes [...] qu'on a trop facilement données à une époque où on était [...] ignorant de la topographie de Rome» (p. 117).

Page 162.

1. *Édition originale :* Pompéia — En d'autres mots, on retrouve l'orthographe de *Rome, Naples et Florence en 1817,* à la date du 5 mars 1817, que le critique de l'*Edinburgh Review* avait reproché à M. de Stendhal.

Page 163.

1. *Correction dans l'exemplaire de La Baume, t. I, p. 218 :* «cardinal Rivarola».

2. Stendhal a donné à ce personnage très probablement imaginaire le nom d'un peintre et dessinateur romain fort connu de l'époque, Bartolomeo Pinelli (1781-1834).

Page 164.

1. Idée déjà exprimée dans *Rome, Naples et Florence en 1817,* à la date du 16 mars 1817.

Page 165.

1. Voir plus haut à la date du 5 décembre 1827 (p. 119), et *Rome, Naples et Florence en 1817,* à la date du 5 janvier 1817.

2. Vitelleschi est le nom du héros d'une anecdote racontée dans *Rome, Naples et Florence* (1826), à la date du 13 novembre 1826.

3. *Édition de 1853 :* de fou rire, mais

Page 166.

1. Vraisemblablement allusion à Chateaubriand. Cf. à la date du 10 mars 1827 (p. 179) : «certain grand personnage».

2. L'ambassadeur de Russie à Rome. Voir plus haut à la date des 20 et 21 août 1827, p. 32 et 33.

3. Le comte Joseph de Maistre, né à Chambéry en 1753, a passé la plus grande partie de sa vie à Turin, où il est mort en 1821.

Page 167.

1. Sur Filangieri, voir *L'Italie en 1818,* à la date du 12 décembre 1818, et sur Vico, *Rome, Naples et Florence en 1817,* à la date du 10 avril 1817, note.

2. Ce tableau de l'état politique de la péninsule tranche sur le ton habituel des livres de voyages. Stendhal s'y révèle un observateur attentif et perspicace de la situation politique et de l'esprit public. Ses remarques expliquent qu'on ait pu l'appeler l'un des témoins les plus attentifs du *Risorgimento.* L'époque prévue pour le soulèvement de l'Italie contre l'Autriche, 1840 ou 1845 — il ne s'est trompé que de trois ans — correspond bien au déroulement des événements.

3. Don Miguel (1802-1866), régent du trône de Portugal, après s'être emparé de la couronne en 1828, s'était comporté en despote.

Page 168.

1. *Édition de 1853 :* de Bellini. — Vincenzo Bellini, né en 1802, avait fait jouer en 1827 *Il Pirata,* et en 1829 *La Straniera.* À quelques années de là, Stendhal assistera le 2 décembre 1835 à la messe célébrée à Rome à la mémoire du compositeur mort en France le 24 septembre précédent (*Vie de Henry Brulard,* chap. IV).

2. *Édition de 1853 :* qui pesaient

Page 169.

1. « *Le Soir.*

« Peut-être parce que du repos fatal tu es l'image, ton approche m'est-elle si douce, ô soir ! Que les nuages de l'été et les zéphirs sereins te fassent un joyeux cortège,

« Ou que, des régions glacées de l'air, tu conduises par le monde de longues ténèbres inquiètes, toujours ta venue comble mes vœux, et suavement tu t'empares des voies secrètes de mon cœur.

« Tu me fais errer par la pensée sur les routes qui vont à l'éternel néant ; et cependant ce temps pervers s'enfuit, et avec lui, la foule

« Des soucis où comme moi il se consume ; et tandis que je contemple ta paix, dort cet esprit guerrier qui en moi rugit. »

« Décédé à Londres en 1828 » — Ce millésime est inexact, le poète étant mort à Cheiswick, près de Londres, le 10 septembre 1827. Sur Foscolo, cf. *Rome, Naples et Florence* (1826), à la date du 15 janvier 1817.

2. Dancourt a été nommé dans *Rome, Naples et Florence en 1817,* à la date du 20 avril 1817.

3. Abel-François Poisson de Marigny (1725-1781), directeur des bâtiments du roi, frère de Mme de Pompadour.

4. *Édition originale* et *édition de 1853 :* Angivilliers. — Charles-Claude d'Angiviller, mort en 1810, directeur général des bâtiments, jardins, manufactures et académies de Louis XVI.

Page 170.

1. « Mais maintenant je vais être immoral, maintenant j'entends montrer les choses comme elles sont vraiment, non comme elles devraient être. Oh ! excusez la digression ! »

2. François de Thou (1607-1642), magistrat, décapité avec son ami Cinq-Mars dont il n'avait pas révélé le complot.

3. Sur les « turpitudes de Caprée », cf. *Histoire de la peinture en Italie*, chap. xcvii.

Page 173.

1. *Édition originale et toutes les éditions :* les stanze, les loges,

2. Agostino Maria Taja. *Descrizione del palazzo apostolico Vaticano. Opera postuma, rivista ed accresciuta*, Rome, 1750. Référence trouvée dans le *Voyage en Italie* de Lalande, que Stendhal a eu sous les yeux dans cette description.

Page 174.

1. *Édition de 1853 :* glorieux pour le catholicisme

2. « L'amiral Gaspard Coligny, blessé, est transporté chez lui. Sous le pontificat de Grégoire XIII, 1572. »

Plusieurs voyageurs ont donné dans leurs livres les inscriptions de ces tableaux, entre autres, Misson et Santo-Domingo.

3. « Assassinat de Coligny et de ses compagnons. »

Page 175.

1. « Le roi approuve l'assassinat de Coligny. »

2. *Édition de 1853 :* représente

3. « Massacre des huguenots, 1572. »

4. Le millésime 1816 est inexact. Stendhal renvoie à l'article intitulé : *Notice sur les protestants du département du Gard et sur les événements arrivés dans cette contrée en 1814 et 1815*, paru dans la *Bibliothèque historique*, tome I, 1818, 4e cahier, p. 250-272. Voir une autre allusion aux assassinats de Nîmes dans *Rome, Naples et Florence* (1826), à la date du 6 février 1817.

5. Stendhal avait qualifié les castrats de la Sixtine de « chapons enroués » (*Rome, Naples et Florence en 1817*, à la date du 15 décembre 1816). Cf. plus loin à la date du 25 décembre 1828, p. 518.

6. Rappelons que Stendhal avait longuement décrit la chapelle Sixtine dans l'*Histoire de la peinture en Italie*, chap. cliii et suivants.

Page 176.

1. *Édition de 1853 :* pas effacé

Page 177.

1. La *Transfiguration* de Raphaël. La *Communion de saint Jérôme* du Dominiquin. Quelques années plus tard, Stendhal s'exprimera tout différemment. Au début de la *Vie de Henry Brulard*, il regrettera que *La Transfiguration*, après sa restitution par la France en 1814, soit « enterrée » dans une « triste galerie de marbre gris... au fond du Vatican », sa véritable place étant dans l'église de *San Pietro in Montorio* où elle était placée avant 1799.

2. On retrouve ici la définition du romantisme telle que Stendhal l'avait donnée dans ses deux pamphlets *Racine et Shakespeare*.

3. Félicie de Fauveau (1799-1886), née à Florence de parents français, sculpteur. Elle avait exposé au Salon de 1827 son bas-relief de *Monaldeschi*. Stendhal en avait longuement parlé dans son compte rendu publié dans la *Revue trimestrielle* de juillet-octobre 1828 (*Mélanges* III, Cercle du Bibliophile, t. XLVII, p. 95 et suivantes).

Page 178.

1. Cf. *Rome, Naples et Florence* (1826), à la date du 8 octobre 1816. Pierre de Cornelius (1783-1867), peintre allemand.

2. Cf. *Rome, Naples et Florence* (1826), à la date du 28 novembre 1816. Francesco Hayez (1791-1882), peintre vénitien.

3. Cf. plus haut, article VII du chapitre consacré à Saint-Pierre, p. 115.

4. Cf. *Rome, Naples et Florence* (1826), à la date du 28 octobre 1816. Johann Heinrich von Dannecker (1758-1841), sculpteur allemand.

5. Nommé au début de l'ouvrage (p. 11). Stendhal fait allusion ici à son ouvrage monumental *Il Museo Pio Clementino* (1782-1807), 7 vol. in-fol., composé sur la demande de Napoléon.

6. Cf. plus haut à la date du 11 novembre 1827, p. 76.

7. Nibby se bornait à signaler le sarcophage, et il ajoutait : « Quant à l'inscription gravée sur le devant du sarcophage, elle nous dit que c'est le tombeau de Scipion Barbatus, consul l'an de Rome 456, et bisaïeul de Scipion l'Africain » (p. 617).

8. *Édition de 1853 :* les murs

9. Renseignement sans doute tiré de Lalande. « Le P. Egnatio Danti, dominicain, y fit peindre à fresque des cartes géographiques d'une grandeur et d'un détail extraordinaires surtout celles de différentes parties de l'État ecclésiastique... » (t. III, p. 170).

Page 179.

1. *Édition de 1853 :* bivac

2. Passage emprunté à Lalande qui dit de ces « peintures si vantées » : « Rien ne leur a fait plus de tort que la barbarie des soldats allemands de l'armée du connétable de Bourbon. Lorsqu'ils eurent pris Rome d'assaut en 1528, on établit un corps de garde dans cet appartement, où, faute de cheminée, les soldats faisaient leur feu au milieu des salles ; la fumée et l'humidité des murs pompée par le feu, gâtèrent tout à fait ces fresques incomparables... » (t. I, p. 170).

3. Pierre-Louis-Henri Grévedon (1776-1860), peintre et lithographe.

4. Dans cette allusion A. Caraccio propose de voir Chateaubriand. Il est certain que l'expression employée ici ressemble à celle qu'on a trouvée à la date du 28 février 1828 (p. 166) : « certain ambassadeur ».

5. *Addition dans l'exemplaire Serge André, t. I, fᵒ 6 (début du volume) :*

« Nous nous sommes dit en sortant : "Allons au palais d'Auguste". Nous avions parcouru jadis le livre de Bianchini sur le *palazzo dei Cesari*. Hélas ! mensonge de sa part, illusion de la nôtre.

« Le site de ce palais est occupé par la Vigne Farnèse. Tout le sommet du mont Palatin est couvert de débris et de ruines informes.

Les barbares, on ne sait même lesquels, ont détruit jusqu'aux fondations le palais de ces despotes qui avaient cent vingt millions de sujets. Ce que nous voyons n'est que les ruines des *substructions,* amas de gros murs et de voûtes destinés à racheter les inégalités du terrain, former un plan horizontal sur lequel le palais était élevé. Les rêveries de Bianchini, dépourvues de toute logique, suivant l'usage des archéologues ne peuvent nous donner aucune idée du palais des Césars. En parcourant ces ruines, nous avons fait grand-peur à une douzaine de serpents qui nous l'ont bien rendu. Je crains que cet article ne paraisse aussi plat que l'a été notre sensation. Les ruines trop informes ne supportent pas le récit ; il faut les voir. »

Cette addition, à l'exclusion des deux dernières phrases, a été incluse par Romain Colomb dans le texte de l'édition de 1853.

6. *Édition de 1853 :* d'à-propos, goûter

7. Sur la fresque de Luini, voir *Rome, Naples et Florence* (1826), à la date du 4 octobre 1816.

8. Stendhal reprend et développe les griefs qu'il a déjà faits à Simond à la date du 8 janvier 1828, p. 149.

Page 180.

1. Michel Servet (en espagnol, Micael Serveto) né en 1509 à Villanueva (Aragon), médecin et philosophe, brûlé à Genève comme hérétique en 1553.

2. Ce trait a été raconté dans les lettres à Louis Crozet des 1er et 20 octobre 1816 (*Correspondance,* t. I, p. 828, 832).

3. La *Bataille de Montmirail* est l'un des tableaux qu'Horace Vernet exposa en 1822 dans son propre atelier, après qu'ils furent refusés au Salon.

4. Cf. plus loin à la date du 22 février 1829 (p. 553), et *Rome, Naples et Florence* (1826), à la date du 14 janvier 1817. Voir l'article d'H. Baudouin, *À propos des Cenci (Stendhal Club,* n° 22, 15 janvier 1964) et mes remarques dans la préface des *Chroniques italiennes* (Cercle du Bibliophile, t. XVIII, p. VI-VIII).

5. Si Stendhal nomme Térence, c'est seulement parce qu'il a lu dans Lalande qu'on conservait à la Bibliothèque vaticane « un Térence qu'on a fait imprimer il y a quelques années. Un autre Térence du Xe siècle où sont représentés les masques des anciens auteurs... » (t. III, p. 174).

Page 182.

1. IVe partie, liv. I, chap. VIII. C'est l'une des rares fois où, sous la plume de Stendhal, le nom de Chateaubriand ne soit pas accolé à des épithètes désobligeantes.

2. *Édition originale* et *édition de 1853 :* carbonari

Page 183.

1. Victor Cousin (1792-1867), chef de l'école spiritualiste éclectique. Stendhal a eu de l'admiration pour l'attitude courageuse de Cousin à l'époque où il a été, sous la Restauration, persécuté par les jésuites, mais il n'a que moqueries pour ses théories philosophiques. Voir Armand Hoog, *Victor Cousin vu par Stendhal,* in *Revue des sciences humaines,* 1954.

Page 184.

1. Stendhal transcrit intégralement, écrit A. Caraccio, à l'exception du premier et dernier paragraphe la traduction du discours du cardinal Castiglione publiée dans les journaux français (*Journal des Débats,* 30 mars 1829 ; *Moniteur,* 31 mars 1829).

Page 185.

1. José Nicors d'Azara (1731-1805), diplomate espagnol, ambassadeur à Paris, s'occupa surtout d'art. Il est l'auteur d'un commentaire aux œuvres de Mengs : *Opere di Antonio Raffaele Mengs pubblicate da D. Giuseppe Nicola d'Azara,* Parme, 1780, 2 vol.

Page 186.

1. Ainsi qu'A. Caraccio l'a supposé, cette anecdote a certainement été tirée de Misson, t. II, p. 136-137. J'ajoute que Stendhal la retrouvera bientôt dans un des manuscrits italiens découverts à Rome en 1833 (ms. ital. 170). Voir mon édition des *Chroniques italiennes,* Cercle du Bibliophile, 1968, t. XIX, p. 14-15.

2. Voir *Rome, Naples et Florence* (1826), à la date du 18 décembre 1816, (« Maïno, voleur d'Alexandrie »).

3. Voir plus haut à la date du 13 décembre 1827, p. 137.

4. L'adjectif — édition originale et édition de 1853 : *Boscareccio* (sylvestre) — appartient à Stendhal, car Nibby disait, p. 652 : « [...] En revenant au vestibule, on entre dans le grand jardin où le pape Pie VI fit bâtir un joli *casino* par Pirro Ligorio. [...] »

5. C'est le lac de Gabies, ensuite lac Castiglione, actuellement desséché.

6. Cette description est empruntée à Lalande, t. III, p. 204 et suivantes.

Page 188.

1. Stendhal avait feuilleté en 1812 l'*Histoire de l'art chez les anciens* par Winckelmann, et en avait conçu une piètre idée (V. Del Litto, *La Vie intellectuelle de Stendhal,* p. 436-437). Cf. plus loin à la date du 1er avril 1828, p. 134.

2. *L'Apollon* est nommé deux fois dans *Corinne,* liv. V, chap. III, livre VIII, chap. II, mais il n'y a pas de véritable description.

3. *Édition de 1853 :* l'église Saint-Grégoire ;

4. *Édition de 1853 :* délasser notre vue de la

Page 190.

1. Stendhal avait parcouru en 1804 les *Considérations sur les mœurs* — c'est le titre exact de l'ouvrage de Duclos — et l'avait trouvé « desséchant ». Ce n'est que dans les années suivantes qu'il commença à l'apprécier, sous l'influence sans doute de Chamfort qui en disait beaucoup de bien (V. Del Litto, *La Vie intellectuelle de Stendhal,* p. 172-173, 418-419).

2. Cf. *Rome, Naples et Florence* (1826), aux dates des 9 février et 14 mars 1817. Le mot perruque avait le sens de vieux, suranné — les romantiques en avaient affublé les classiques.

3. Fresque antique représentant une scène nuptiale découverte sur l'Esquilin en 1806 sous le pontificat de Clément VIII, Aldobrandini, actuellement à la Bibliothèque du Vatican.

Page 191.

1. *Édition originale et édition de 1853 :* Béfort

2. Gilbert-Joseph-Gaspard de Chabrol (1773-1843), ingénieur, préfet du département de Montenotte, fit réaliser la route de la corniche.

Page 192.

1. À 48 kilomètres de Brigue, première — ou dernière — localité en territoire italien sur la route du Simplon.

2. Près du pont de Crevola, haut de 30 mètres, la route du Simplon débouche dans le val d'Ossola.

3. Le 17 janvier 1828, Stendhal avait écrit d'Isola Bella à Alphonse Gonssolin : « C'est une des îles Borromées où se trouve une auberge passable à l'enseigne du *Delfino,* nom cher à tous les Français ; c'est pour cela que je m'y arrête depuis deux jours... » (*Correspondance,* t. II, p. 132.)

4. Voir *Rome, Naples et Florence en 1817,* à la date du 28 juillet 1817.

Page 193.

1. On retrouve la plupart des conseils donnés ici aux voyageurs à ceux que Stendhal avait prodigués le 10 octobre 1824, à sa sœur Pauline et à Mme Bazire-Longueville qui s'apprêtaient à visiter l'Italie (*Correspondance,* t. II, p. 47-51). « [...] Faites toujours par écrit vos marchés avec les *vetturini,* leur écrit-il ; Pollastri, de Florence est honnête. [...] Je suis allé de Florence à Rome pour dix écus pesés. C'est Menchioni, de Florence, qui a été mon *vetturino.* J'aimerais mieux voyager par *vetturino.* La diligence coûte le double, et, voyageant de nuit et *à heure fixe,* vous avez la vue du pays de moins, et la crainte des voleurs de plus. [...] »

Quant au séjour à Rome, voici ce qu'il conseille :

« À Rome, chez Franz.

« Franz, *via Condotti.* Allez chez M. Agostino Manni, apothicaire *piazza San Lorenzo in Lucina* près le *Corso,* près le Cours. M. Agostino Manni, le plus obligeant des hommes, vous trouvera un appartement pas cher. Prenez-le en belle vue. Je vous conseille *via Gregoriana,* à côté de *Santa Trinità dei Monti,* vis-à-vis M. le consul prussien.

« Il faut sacrifier 80 francs et avoir une belle vue à Rome pendant deux mois ; vous aurez un souvenir pour la vie. [...] »

Page 194.

1. *Édition originale :* Polastro,

Page 196.

1. Le *Journal* de 1811 est muet sur cette visite. Pietro Palmaroli, mort en 1828, peintre romain ; il s'était spécialisé dans le transfert des fresques.

2. « Vis-à-vis la façade principale du palais Doria, laquelle donne sur le *Corso,* on voit le palais Salviati, autrefois de l'Académie de France (n° 275) ; l'architecture de la belle façade est de Charles Raïnaldi » (Nibby, *Itinéraire de Rome,* p. 45-46).

3. Le général Sextius-Alexandre-François Miollis (1759-1828) a été gouverneur de Rome de 1808 à la fin de l'Empire. Voir Henri Auréas, *Un général de Napoléon : Miollis,* Publications de la Faculté des Lettres de l'Université de Strasbourg, n° 143, 1961.

4. « Sur les œuvres d'art prises à Rome par les Français.

« Ces marbres fameux qui passèrent des plages asservies de l'Attique dans le Latium rustique et belliqueux, et qui apportèrent au rigide vainqueur à la fois les erreurs et les vertus d'Athènes,

« aujourd'hui dans Rome, fatal, un nouvel ennemi vient les ravir, fier de sa puissance ; et nous l'avons mérité, car l'Italie, endurcie dans ses chaînes, a perdu son antique courage.

« Mais la France un jour se repentira : héritière des arts de la Grèce, elle s'arrachera les cheveux si le glaive inerte le cède au ciseau ;

« car là où règne le faste et la mollesse la liberté, finalement vaincue, s'éteint ; et un douloureux témoignage en apporte la cendre d'Athènes et de Rome. »

Page 197.

1. « Princières. »

2. « J'ai bien l'honneur de vous présenter mes respects. » — « Adieu, Monsieur Magi. »

Page 198.

1. Il ne faut pas donner au millésime 1817, pensons-nous, une valeur absolue. Stendhal veut sans doute indiquer la période de sa vie au cours de laquelle il s'était surtout occupé de musique et de peinture.

2. Stendhal a mentionné le recueil de lithographie de Lesueur à propos du Colisée, à la date du 16 août 1827, p. 20.

Page 199.

1. Sur Possagno, village où est né Canova, voir *Rome, Naples et Florence en 1817,* à la date du 17 mars 1817. Sur le temple dont le célèbre sculpteur fournit lui-même les dessins, on lit dans le *Guide du voyageur en Italie* (1858) : « Cet édifice, bâti tout en marbre, fut commencé en 1819 et n'a été terminé qu'en 1830, huit ans après la mort de Canova. Il est placé dans une situation avantageuse, et est une imitation du Panthéon de Rome [...] » (p. 210).

Page 200.

1. L'exposé de ces controverses est emprunté à Nibby, p. 324 et suivantes ; il en est de même de la description, complétée par des détails pris à Lalande.

Page 201.

1. C'est Lalande qui se référait à l'historien latin Dion Cassius.

Page 202.

1. Ce terme indiquant une qualité de marbre ne figure ni dans Lalande ni dans Nibby.

2. D'après Nibby, p. 329.

Page 203.

1. *L'Universel*, qui met en doute la science archéologique de « M. de Stendhal », aurait pu trouver ici matière à une nouvelle remarque ironique. En effet, les cariatides ne proviennent pas de la Carie, pays de l'Asie Mineure — et dont les habitants s'appelaient les Cariens —, mais de la vallée de Carya (Péloponnèse). J'ajoute que la précision que Stendhal se croit obligé de donner ne figure pas dans Nibby.

2. *Note dans l'exemplaire Serge André, t. I, f ° 1 r° (fin du volume)* : « *L'Universel* (1) nie le bronze enlevé au Panthéon. Dans une seconde édition faire un appendice de 10 pages avec des inscriptions probantes, par ex[emple] l'inscription sur le bronze enlevé au Panthéon pour S[ain]t-Pierre et pour les canons. »

« (1) Effronterie du parti prêtre. Il y a inscription. Urbain VIII à gauche de la porte en dehors se vante d'avoir employé ce bronze *inutile*. »

Ibid., t. II, fol. 5 v° (fin du volume) :

« Le 31 janvier 1830. J'écris à *L'Universel* en citant le passage de Nardini sur le bronze du Panthéon... »

Il s'agit du compte rendu des *Promenades dans Rome* paru dans *L'Universel* des 23, 27 septembre et 4 octobre 1829. La lettre de Stendhal datée du 31 janvier 1830 figure dans la *Correspondance*, t. II, p. 173-174.

Page 204.

1. Tout ce passage, y compris la référence, est emprunté à Lalande, *loc. cit.* Stendhal ne met du sien que le jugement assez désobligeant sur Winkelmann (cf. plus haut à la date du 17 mars 1828, p. 188).

2. Le texte complet de ce célèbre distique a été donné dans *Rome, Naples et Florence* (1826), à la date du 21 septembre 1817.

Page 205.

1. Le buste de Thorwaldsen a été reproduit par M. Meïr Stein dans son article *Promenade stendhalienne au Musée Thorwaldsen de Copenhague*, in *Stendhal Club*, n° 27, 15 avril 1965.

2. À la suite de l'attentat contre le cardinal Rivarola, légat à Ravenne, qui avait eu lieu le 23 juillet 1828, plusieurs condamnations furent prononcées par une commission spéciale, dont cinq condamnations à mort. L'exécution eut lieu le 13 mai suivant (Comandini, *L'Italia nei cento anni del secolo XIX...*).

3. *Note dans l'exemplaire Serge André, t. I, p. 349, dans la marge, au crayon, de l'écriture de Romain Colomb* : « Donné par R[omain] C[olomb] ». En d'autres termes, le cousin de Stendhal tient à signaler sa collaboration à la composition des *Promenades dans Rome*.

4. C'est l'amorce de la nouvelle *Vanina Vanini*, qui faisait primitivement partie des *Promenades dans Rome*.

5. Voir au sujet de l'arc *della Ciambella* une note de l'exemplaire Serge André donnée à la date du 2 novembre 1827, p. 71 (note 4).

Page 206.

1. Renseignement emprunté à Lalande : « L'intérieur de la Rotonde a 137 pieds 2 pouces de diamètre entre les axes des colonnes, suivant la mesure de M. de La Condamine qui est exactement conforme à celle de Desgodets (*Mém. de l'Académie pour 1757*, p. 360 et 410)» (t. III, p. 502).

2. Le marquis Planelli de La Valette (1763-1854).

Page 207.

1. La traduction de la *Vita* de Benvenuto Cellini par Saint-Marcel a paru en 1822. *Mémoires de Benvenuto Cellini écrits par lui-même.* Traduits de l'italien par M. T. de Saint-Marcel, Paris, Le Normant.

2. *Cronica di Matteo Villani a miglior lezione ridotta.* Florence, 1825, 6 vol. in-8°.

3. Sur cette appréciation, voir le volume *Stendhal et la Toscane,* Florence, 1962.

Page 208.

1. Voir *Rome, Naples et Florence* (1826), à la date du 24 septembre 1817.

2. *Addition dans l'exemplaire Serge André, t. I, f° 3 v° (début du volume) :* « *Aqua tofana.*

« Note pour 354.

« Le fameux médecin S. me dit qu'il connaît telle substance pouvant être étendue dans l'eau, et qui sous cette forme n'aurait pas de goût bien marqué.

« Deux gouttes de cette eau administrée toutes les semaines donnent la mort en deux ans.

« Donc l'*aqua tofana* existe, quoique probablement la recette du xv° siècle ait été perdue. »

Cette note a été incorporée dans l'édition de 1854. Cependant l'initiale S. désignant le nom du « fameux médecin » est devenue D. ; sans doute, simple erreur de lecture.

M. Y. du Parc a supposé que le docteur S. pourrait être le docteur Séverin, célèbre homéopathe allemand, que Stendhal a consulté à Rome le 28 février 1841 (*Quand Stendhal relisait les Promenades dans Rome,* p. 81). Sur le docteur Séverin, voir J. Théodoridès, *Stendhal du côté de la science.* Éditions du Grand-Chêne, 1972, p. 66-67, 198-200.

D'autre part, M. Y. du Parc a publié la note suivante tracée dans l'exemplaire Tavernier, en regard de la page 355 de l'édition originale :

« L'*aqua tofana,* c'est le sulfate de plomb, dont le goût sucré ne s'aperçoit point dans le café ; les intestins deviennent minces comme du papier. »

M. E. Abravanel a noté à cet endroit dans l'édition Rencontre :

« L'*aqua tofana* est probablement une solution d'arsénite de soude ou de potasse. Mais la dose en était plus élevée. Une administration de deux gouttes pendant deux ans n'aurait entraîné que la *mithridatisation* (c'est-à-dire l'accoutumance) de la victime et non sa mort. Pour la mélanger au café, il eût fallu que cette boisson fût connue et familière à Rome au xvᵉ siècle. En réalité les doses étaient données en une fois ou en quelques jours. Le vin en neutralisait si peu l'effet que c'était là le véhicule le plus fréquemment employé. Enfin, croire que le quinquina serait fatal à celui qui absorbe de l'*acqua tofana* n'est qu'une hypothèse gratuite. Malgré l'enthousiasme de Stendhal, il n'est permis de n'accorder à M. Manni qu'une érudition assez limitée. »

3. « Le phénix d'Arabie : chacun sait qu'il existe, mais personne ne sait où il se trouve. » Dicton populaire.

Page 209.

1. *Exemplaire Serge André, t. I, fᵒ 22 rᵒ (fin du volume)* : « 356. On lit dans M. Hazlitt et plusieurs autres reporters de j[ournau]x anglais... »
Addition insérée dans l'édition de 1853.
Sur Hazlitt, nous renvoyons à l'épigraphe de *Rome, Naples et Florence en 1817,* p. 1 et note.

2. Ce n'est pas dans Bandello que Stendhal est allé chercher l'histoire de Pia dei Tolomei, mais dans *De l'amour.* Au chapitre XXVIII figuraient, en effet, la citation de Dante et les trois alinéas qui la suivaient avec la seule différence que la méprise où il était tombé dans *De l'amour* lorsqu'il avait écrit : « la maremme de Volterre » a été corrigée : « la maremme de Sienne ». D'ailleurs ce passage avait été emprunté à un article d'Ugo Foscolo paru dans l'*Edinburgh Review,* nᵒ 60, septembre 1818 (voir R. Vigneron, *Stendhal, Foscolo et l'Edinburgh Review,* in *Revue de littérature comparée,* octobre-décembre 1930).

Page 211.

1. Lire : « von [Stendhal]». Cf. aux dates des 15 juin 1828 et 12 janvier 1829, p. 322 et 531.

2. *Note dans l'exemplaire Serge André, t. I, fᵒ 2 rᵒ (début du volume)* :
« Page 359. Le siècle étant pédant remettre la note suivante que j'ai supprimée dans l'épreuve :
« 359 S[ain]t Pierre est-il venu à Rome ? Consulter Basnage, I, 346. Basnage, digne successeur de Bayle, dit ce qu'il veut dire nettement et sans phrases, secret perdu depuis cinquante ans. Consulter Henke et l'*Histoire des papes,* in-4ᵒ, p. 13 et 14. Cet ouvrage est d'un bénédictin défroqué réfugié en Hollande.
« Toutes ces notes nécessaires pour être estimé des sots ôtent *la netteté du souvenir* au lecteur[1].
« D. me donne le conseil d'ajouter 80 notes comme celle-ci. Le curieux saura où chercher les éclaircissements qu'il lui arrivera de désirer. Citer aussi deux ou trois pages de ce baron de Winckelmann né dans mon fief, dit M. Dpten[2] ».

---

1. À la suite de cette note, et en guise de signature, un petit croquis qui paraît représenter un cuvier. Stendhal désigne habituellement ainsi le célèbre naturaliste Georges Cuvier.
2. La fin de cette note a été soulignée au crayon par Romain Colomb, ce qui montre qu'il n'a pas saisi l'allusion. S'agirait-il du médecin Dupuytren ? Cependant, d'après le contexte, c'est bien Stendhal qui parle.

Exemplaire Serge André, t. II, f° 4 v° (début du volume) :

« *Saint Pierre est-il venu à Rome* ?

« Une tradition qui remonte au second siècle de l'ère chrétienne nomme Pierre et Paul fondateurs de l'Église de Rome.

« Saint Irénée, *Adversus haereses*, liv. III, chap. III, dit : *Maximam et antiquissimam... a gloriosissimis duobus apostolis Petro et Paulo Romae fundatam et constitutam ecclesiam.*

« Le même saint Irénée, *Adv[ersus] haer[eses]*, liv. III, chap. III : *Mathaeus in Hebraeis ipsorum lingua scripturam edidit evangelii, cum Petrus et Paulus Romae evangelisarent et fundarent ecclesiam.*

« Chercher dans les auteurs graves du même IIᵉ siècle quelque rêverie vaniteuse semblable, par exemple que Hector a fondé Paris.

« La tradition, quand elle est destinée à faire plaisir à la *vanité* de ceux qui répètent le bruit, est aussi respectable que la tradition des ducs de Levi, qui font remonter leur famille à la sainte Vierge.

« La tradition qui faisait plaisir à la vanité des Romains et qui *augmentait le poids des paroles des prêtres* s'adressant aux fidèles, est rapportée dans les ouvrages suivants :

« Eusèbe, *Hist[oire] eccl[ésiastique]*, liv. II, chap. XV.

« *Ignatii epistola ad Romanos,*

« *Patres apostolici Cotelerii*, t. II, p. 72.

« Eusèbe, dans sa chronique et dans son histoire ecclésiastique, parle d'une arrivée de saint Pierre à Rome pendant la seconde année du règne de Claude (*Chron.* p. 204, *ad annum secundum Claudii*; *Hist. eccl.*, liv. II, chap. XIV).

« Cette assertion est en contradiction avec tous les faits historiques rapportés dans le livre des *Actes*.

« Depuis l'ascension de J[ésus]-C[hrist] jusqu'au moment où saint Pierre fut arrêté par l'ordre de Hérode Agrippa (*Act.*, XII, 3), il n'était pas sorti de la Palestine ni de la Syrie. Hérode Agrippa fut nommé gouverneur de la Judée et de la Samarie environ un an après l'avènement au trône de Claude, l'an 42 de J.-C. L'an 45, Agrippa mourut à Césarée, peu de temps après l'évasion de saint Pierre. Ainsi, l'apôtre qui ne sortit pas des pays gouvernés par Agrippa pendant les trois premières années du règne de Claude, n'a pu être à Rome la seconde année de ce règne. Voici donc Eusèbe, c'est-à-dire un des historiens les plus graves des premiers temps de l'Église, convaincu d'erreur volontaire ou non, sur le fait *le plus important* de tous ceux qu'il rapporte relativement à Rome.

« Saint Pierre, suivant les *Actes* (XV, 7), assista à l'assemblée des apôtres réunis à Jérusalem, où il ne traita des *ethnica* chrétiens. Ce concile eut lieu sous le règne de Claude en 52 ou 54, et à peu près dans la même année où Claude expulsa les juifs de Rome. Suétone dit :

« *Judaeos, impulsore Chresto, assidue tumultuantes Roma expulit* (*Vita Claudii*, chap. II). On sait assez que les Romains appelaient les chrétiens *chrestiani*. Tertullien au IIᵉ siècle et Lactance au IVᵉ font foi de cet usage. D'après Suétone...[1] se contredisent.

---

1. En tournant la page, Stendhal a oublié de compléter sa phrase.

« 2° Eusèbe, un des auteurs les plus graves, s'est très probablement trompé (*To see his life in* [¹]).

« 3° Suétone montre qu'avant saint Pierre il y avait des chrétiens à Rome. Les auteurs chrétiens enflammés de zèle et parlant à des gens passionnés par la persécution ont eu probablement recours à beaucoup de fraudes pieuses. C'est Napoléon exagérant dans ses bulletins les forces et le nombre des corps de son armée. Rien de plus utile et de plus facile que cette manœuvre.

« Un homme *désintéressé* ne peut ajouter foi qu'aux écrivains *désintéressés* comme lui. Il faut toujours examiner si le passage des auteurs non chrétiens qui parlent des chrétiens n'a pas été intercalé. Les philologues allemands qui se sont occupés des âges des mots latins ont donné des travaux curieux à cet égard. Que diriez-vous en 1830 d'un ouvrage prétendu de Voltaire dans lequel on trouverait les mots *budget, précédents, activer,* jeter des *bases larges,* le *pays* pour *patrie,* etc. ? »

Page 212.

1. Stendhal avait préparé un assez long texte sur les Anglais à Rome qui, en définitive, a été retranché.

2. Stendhal ne visitera cette région des Abruzzes qu'en l'automne de 1832, c'est-à-dire postérieurement à la publication des *Promenades dans Rome.* À noter que la localité de Pesenta qu'il mentionne ici ne figure dans aucun des itinéraires que nous avons consultés.

Page 213.

1. *Édition de 1853 :* M. le duc de Laval-Montmorency — À noter que peu de lignes plus bas M. de Laval est nommé en toutes lettres.

2. L'ambassade de France se trouvait à cette époque au palais Colonna, place Santi Apostoli, près de la place de Venise (voir V. Del Litto, *Album Stendhal,* Bibliothèque de la Pléiade, p. 247).

Page 214.

1. « Moins polies. »

2. Nibby disait de la fontaine de l'eau Felice, ou de Termini, qu'elle est « une des plus magnifiques de Rome » (p. 250).

Page 215.

1. Andrea Corner : voir, plus haut, à la date du 15 septembre 1827, la note 3 de la page 52.

2. Le ballet de Salvatore Viganò *La Vestale* avait été créé à la Scala le 9 juin 1818. Stendhal en avait parlé à plusieurs reprises à son ami Mareste. Voir en particulier sa lettre des 3-8 septembre 1818 (*Correspondance,* t. I, p. 935).

3. M. Dureau : cf. plus haut à la date du 1ᵉʳ janvier 1828, p. 147, note.

---

1. Un mot non déchiffré.

4. En réalité, Stendhal connaît la mort tragique des vestales Opimia — et non Optimia comme l'écrit Stendhal — et Floronia, remarque A. Caraccio, pour l'avoir trouvée dans la *Description de Rome* par Fea, t. II, p. 97, qui citait Tite-Live.

Page 216.

1. Cette note cryptique doit être ainsi déchiffrée : « Printemps de 1829, *love for* Sanscrit et j'ai quarante-six ans. » On sait que le nom de Sanscrit cache celui d'Alberthe de Rubempré, qui a été, à l'époque indiquée, la maîtresse de Stendhal. Voir R. Vigneron, *Stendhal et Sanscrit*, in *Modern Philologie*, mai 1936. Cf. à la date du 4 décembre 1828, p. 506, une autre note cryptique.

2. « À l'imitation de leurs pères sans rien violer. » Cette citation latine est empruntée elle aussi à l'ouvrage de Fea.

Page 217.

1. L'anecdote Lepri a été racontée dans *Rome, Naples et Florence* (1826), à la date du 29 décembre 1816. Le baron Janet a été intendant du trésor à Rome de 1809 à 1814. Quant à l'ouvrage de Gorani, que Stendhal a mentionné à plus d'une reprise, rappelons son titre exact : *Mémoires secrets et critiques des cours, des gouvernements et des mœurs des principaux États d'Italie*, Paris, 1793, 3 vol. in-8°. Voir, ici, plus loin, p. 413.

Page 218.

1. Description tirée de Lalande, t. III, p. 399-400.

2. L'ouvrage de Cesare Malvasia *Felsina pittice, ou Histoire des peintres de Bologne,* avait paru dans cette dernière ville en 1678, 2 vol. in-4°. Stendhal l'avait mis en contribution lorsqu'il avait commencé, en 1811, à composer sa propre histoire de la peinture italienne (V. Del Litto, *La Vie intellectuelle de Stendhal,* p. 437).

3. Reprise du thème énoncé dans l'épigraphe de l'ouvrage.

Page 219.

1. A. Caraccio a remarqué que Lalande, t. III, p. 403, avait déjà eu le « bon esprit » de monter au premier étage.

Page 220.

1. Allusion à l'*Hercule terrassant Acheloüs* du sculpteur Francesco Giuseppe Bosio (1769-1845).

Page 221.

1. « Mais quoi ! à Thèbes, Hémon ne s'est-il pas tué dans la tombe d'Antigone, en se perçant le flanc de son épée ? N'a-t-il pas mêlé ses restes à ceux de la malheureuse fille, sans qui il ne voulait pas entrer dans son palais de Thèbes ? »

La citation de Properce (*Élégies*, liv. II, élégie VIII, v. 21-24) et la description du Groupe d'Antigone sont empruntées à l'ouvrage de Fea.

2. *Édition de 1853 :* fort jolie, mais dont il n'est point amoureux. Il n'en

3. *Édition de 1853 :* voler, uniquement par curiosité

Page 222.

1. Stendhal, note A. Caraccio, vise Lalande, qui avait précisément fait le grief à cette place d'être « très irrégulière » (t. III, p. 421).

2. La plupart des voyageurs ont parlé avec ravissement des fontaines romaines.

Page 223.

1. Dans l'édition de 1853, le nom de Belleyme a été supprimé. — Louis-Marie de Belleyme (1787-1862), préfet de police de Paris de 1828 à 1829, s'était rendu populaire par de nombreuses initiatives, telles que l'organisation des transports, l'éclairage des rues, la pose des bornes-fontaines, etc.

2. On ne sait rien de ce marquis et de son journal. Il s'agit très probablement d'une affabulation. Une question posée à ce sujet dans le numéro 25 du *Stendhal Club* (15 octobre 1964) est demeurée sans réponse.

Page 224.

1. Sans doute l'église des saints Vincent et Anastase aux Trois-Fontaines, bâtie sur les dessins de Martino Longhi le jeune.

2. *Corinne*, liv. IV, chap. VI : « ... Lorsque pendant quelques jours cette cascade [la fontaine de Trevi] s'arrête, on dirait que Rome est frappée de stupeur ». — Même réprobation pour cette image dans un compte rendu du livre de Romain Colomb, *Journal d'un voyage en Italie et en Suisse pendant l'année 1828.* Cet article, daté du 3 avril 1835, ne fut pas publié (Cercle du Bibliophile, t. XLIX, p. 52-53).

3. Il s'agit du château d'eau qui était situé sur le boulevard de Bondy à l'entrée du faubourg du Temple. Œuvre de l'architecte Girard, ce château d'eau, inauguré le 15 août 1811, donna son nom à la place, devenue plus tard, par arrêté du 4 mai 1879, place de la République. Jugée insuffisante pour la décoration de la nouvelle place, la fontaine fut démontée et transportée dans la cour des abattoirs de La Villette.

Page 226.

1. *Exemplaire Serge André, t. I, p. 385, phrase barrée, et dans la marge, au crayon :* « Rép[étiti]on 81. » *Au bas de la page, toujours au crayon :* « Et comme vous savez Jules fit détruire les fresques des autres peintres. » *Stendhal a répété, à l'encre, cette fois-ci au t. I, fᵒ 1 rᵒ (fin du volume) :* « 81 et 385, rép[étiti]on. Jules II fait détruire les fresques des autres peintres. » *La correction a été faite dans l'édition de 1853.*

2. La description qui suit est empruntée en grande partie à Lalande.

3. Il y a plusieurs papes nommés Alexandre, mais aucun d'eux n'a été saint. C'est sans doute Stendhal qui est responsable de cette erreur, car ni Lalande ni Nibby n'énumèrent les papes représentés dans la salle de Constantin.

Page 227.

1. *Édition de 1853* : près de Saint-Jean-de-Latran sous le nom de San Giovanni in fonte. Très probablement

Page 228.

1. *Édition originale et édition de 1853* : Raffaële delle Col.

Page 229.

1. Ce terme ne se trouve pas dans Lalande. D'ailleurs dans ce paragraphe figurent des détails que Lalande ne donne pas.

2. *Note dans l'exemplaire Serge André, t. I, p. 392* : « Ce tableau est le plus *fasttoso*. R[aphaël] n'a rien fait de plus moderne. »

Page 231.

1. *Édition de 1853* : font

2. Ces effets de lumière, note A. Caraccio, avaient été observés par Simon : « Ce que l'on y admire surtout, c'est l'effet composé de la triple lumière : celle de l'ange, celle de la lune, et celle de la lanterne [...] » (p. 129).

Page 232.

1. *Édition originale* : (p. 71 du volume I). *Renvoi supprimé dans l'édition de 1853.*

Page 233.

1. *Note dans l'exemplaire Serge André, t. I, p. 399* : « C'est son meilleur ouvrage. Quelques draperies maniérées. »

Page 234.

1. Ce nom revient à plus d'une reprise sous la plume de Stendhal, et chaque fois lorsqu'il est question de philosophie allemande. Aussi a-t-on supposé qu'il s'agit, en fait, de Schelling, soit par l'effet d'une coquille — c'est l'opinion d'A. Caraccio dans l'édition Champion, t. II, p. 402 (Cercle du Bibliophile, t. VII, p. 402) — soit par l'effet de l'ignorance de Stendhal en la matière. Nous croyons cette deuxième hypothèse beaucoup plus vraisemblable que la première.

Page 235.

1. Cette remarque sur les couleurs ternies appartient, en fait, à Lalande.

2. *Exemplaire Serge André, t. 1, p. 403* : montre — Correction entrée dans l'édition de 1853.

Page 237.

1. *Édition de 1853* : par son aversion pour Joconde — Épisode du *Roland furieux*. Voir *Rome, Naples et Florence en 1817* à la date du 17 mai 1817. Joconde est un des personnages du *Roland furieux* de l'Arioste.

Page 238.

1. *Édition de 1853 :* dans une grande salle du Louvre, une belle
2. *Édition de 1853 :* de la chambre où
3. *Lettres sur l'Italie,* lettre LVII.

Page 239.

1. Ce que Stendhal avait affirmé dès 1819 dans le brouillon de son pamphlet *Del romanticismo nelle arti* : « Il faut le nu, car le nu est le moyen de la sculpture » (*Journal littéraire,* Cercle du Bibliophile, t. XXXVI, p. 152). À la suite de ce passage, figurent au tome I de l'édition originale : la *Chronologie des empereurs romains,* la *Chronologie officielle des papes,* la *Liste des quarante-six derniers papes de 1447 à 1829,* le *Catalogue chronologique des artistes célèbres,* le précis intitulé *Cinq écoles.* Nous les plaçons à la fin des *Promenades dans Rome.*

Page 241.

1. *Note dans l'exemplaire de La Baume, t. I, f° 40 v° :* « Rome n'a produit aucun grand artiste, Métastase seulement dans un autre genre. Jules Romain n'est que le premier aide de camp de Raphaël. »

L'édition de 1853 insère à cet endroit le passage suivant tiré de l'exemplaire Serge André, t. I, f° 17 v°, 18 r° et v° :

« Paul, qui s'est constitué l'ennemi de Rome, peut-être parce que son aimable et continuel enjouement a manqué le cœur des belles Romaines, nous disait ce soir :

« Mais considérez, je vous prie, que Rome n'a produit aucun grand artiste. Jules Romain ne jouit de quelque renom que parce qu'il fut l'aide de camp de Raphaël ; c'est tout au plus le Berthier de ce Napoléon. Rome n'a rien en sculpture, en architecture, personne en musique. Depuis huit siècles, elle n'a donné qu'un nom au dictionnaire des beaux-arts : Métastase, qui, encore, pour vivre, fut obligé d'aller écrire à Vienne et d'y passer les quarante dernières années de sa vie ; à peu près comme le Piémontais Lagrange est venu vivre et écrire à Paris. Je cherche en vain dans la liste des papes et des cardinaux fondateurs de la puissance du Saint-Siège le nom d'un Romain. C'est que la *Logique* est foncièrement pervertie dans la capitale du monde chrétien, et sans cette base de *granit,* une saine logique, l'édifice d'aucune réputation ne peut durer. Qu'est-ce que c'est que MM. Olivieri, Rainaldi, Soria, de Rossi, Teodoli Canevasi, Salvi, Vanvitelli, architectes célèbres de Rome ? Qui les connaît ? Et cependant, à suivre les courtes théories des hommes vulgaires, quel pays est plus fait, semble plus prédestiné à produire des architectes ? Les premiers regards de l'enfant sont frappés par le Panthéon, le Colisée, Saint-Pierre, etc. Mais, avant tout, pour les beaux-arts, il faut une âme, et le froid Jules Romain n'a point d'âme.

« Qu'est-ce que c'est que le peintre Sacchi, de Nettuno, près de Rome ? Qu'est-ce que c'est Michel-Ange Cerquozzi[1], Ciro Ferri,

1. Nom sauté par Romain Colomb.

Trevisani, Marc Benefiale[1]? Je ne vois d'un peu passable que le paysagiste Duguet, beau-frère du Poussin. La Normandie, qui a produit Poussin a donc plus fait pour la peinture que la superbe Rome !

« 1) Surnommé Michel-Ange des batailles et des bombardes[2].

2. *Exemplaire Tavernier, note sur la page de titre du tome II :*

« Épigraphe of *this* 2nd volume :

« 280. Rien de plaisant comme ces figures ennuyées que l'on rencontre partout à Rome et qui jouent l'admiration passionnée. t. II, p. 280. » La phrase mentionnée est tirée, comme Stendhal l'indique, du tome II, p. 280 (p. 994 de cette édition).

3. Ce cardinal n'est qu'un alibi. En fait, Stendhal tire l'histoire qu'il va raconter d'un ouvrage publié à Paris presque en même temps que les *Promenades dans Rome*, le *Couvent de Baïano, chronique du XVIᵉ siècle*. Je renvoie pour toute cette question à mon édition des *Chroniques italiennes* (Cercle du Bibliophile, t. XVIII, où j'ai publié le texte italien de cette « chronique »).

4. Nouvel alibi : il n'y a pas de *Catanzara* dans les *Marches* ; on ne dit pas non plus *la Marche*. Il n'existe que la ville de *Catanzaro* en Calabre.

En fait, Stendhal modifie le lieu de la scène et le place en Romagne, afin d'introduire un élément original : le carbonarisme, cette région d'Italie constituant précisément un des points les plus chauds.

Page 242.

1. Pour Stendhal, Matilde Dembowski incarnait cette beauté lombarde « immortalisée » par Léonard de Vinci.

Page 243.

1. Le nom du poète tragique piémontais Vittorio Alfieri est presque toujours accolé sous la plume de Stendhal à l'épithète de « sombre ».

Page 247.

1. On ne peut ne pas remarquer l'insistance avec laquelle Stendhal revient sur son alibi.

Page 251.

1. Allusion au comte Demidoff dont Stendhal a parlé à la date du 15 janvier 1827, p. 153.

2. *Édition de 1853 :* par des antiquaires qui donnent

Page 252.

1. *Exemplaire Serge André, t. II, p. 20 :* « faisait obstacle ». Correction retenue par l'édition de 1853.

2. Anecdote empruntée à Lalande, t. III, p. 276.

---

1. Romain Colomb a imprimé : Benefuile.
2. Cette note appartient à Romain Colomb.

3. Il est superflu de faire remarquer que cette « prétendue masse de trois ou quatre cents bouquins, la plupart in-folio » se réduit à un tout petit nombre de voyages en Italie — surtout à ceux de Lalande, du président de Brosses, de Misson — et peut-être à deux ouvrages sur Rome : ceux de Nibby et de Nardini. En général, lorsque Stendhal altère la vérité, il a recours au procédé du grossissement.

Page 254.

1. *Édition de 1853 :* « quand ils l'auront fini. »

Page 256.

1. Cette anecdote semble avoir été empruntée à Nibby, qui ajoute : « On n'est point sûr de l'authenticité de cette tradition » (p. 135).

Page 258.

1. *Édition de 1853 :* « M. de Beausset. » — Louis-François-Joseph de Bausset (1770-1835), neveu du cardinal de Bausset, grand maître de la maison de l'impératrice Marie-Louise de 1814 à 1816 à Vienne, auteur de *Mémoires sur la cour de Napoléon.* Voir plus loin à la date du 8 juillet 1828, p. 365.

Page 259.

1. *Note dans l'exemplaire Serge André, t. I, f° 16 v° (fin du volume) :*
« Page 12. La pomme de pin de bronze d'Adrien. La *pigna.* Phrase curieuse à prendre dans Vacca : Trouvée *alle radici* du Môle d'Adrien apparemment tombée, p. 12, *Ricordo* 61.

« *Ricordo* 74, p. 14 : Découverte des statues de Niobé, même année à Florence. »

2. Il s'agit du critique dramatique du *Journal des Débats.* Julien-Louis Geoffroy (1773-1814) que Stendhal avait déjà nommé dans *Rome, Naples et Florence en 1817* à la date du 10 avril, qu'il considérait comme le type même du pédant prétentieux et ridicule, et que ses adversaires appelaient par dérision « abbé » dans les nombreux pamphlets publiés contre lui. Nous n'en nommerons qu'un seul : *Calembourgs de l'abbé Geoffroy faisant suite à ceux de Jocrisse et de Mme Angot, ou les Auteurs et les acteurs corrigés avec des pointes. Ouvrage piquant, rédigé par G...s D...l* [Georges Duval]. À Paris, Imprimerie de Brasseur aîné, an XI-1803, 182 pages.

3. *Exemplaire Serge André, t. II, p. 33 :* « Aujourd'hui on aperçoit au-dessus de quelques bastions fort bas une masse ronde. » — Correction retenue par l'édition de 1853.

Page 260.

1. Dans la tragédie de *Don Carlos* (1787) de Schiller.
2. Phrase supprimée dans l'édition de 1853.
3. Sans doute allusion à la forteresse bâtie sur les plans de Michel-Ange dans le port de Civitavecchia. Stendhal ne pouvait deviner qu'il lui serait bientôt donné de la contempler tout à son aise et à longueur de journée !

Page 261.

1. *Note dans l'exemplaire Serge André, t. II, p. 36 :* « Cet ange a l'air naïf d'une jeune fille, et ne cherche qu'à bien remettre dans le fourreau son épée [...] ouvert le jour de s[ain]t Michel. »

La première partie de cette note a été interpolée dans le texte de l'édition de 1853, après correction : « ... bien remettre son épée dans le fourreau ».

La deuxième partie de la note a résisté à tout déchiffrement.

2. *Édition originale et édition de 1853 :* Wanschefeld. — Pierre de Verschaffelt (1700-1793), connu en Italie sous le nom de Pietro il Fiammingo, exécuta en 1752 la statue en bronze de Saint-Ange.

3. Stendhal n'avait jamais assisté à ce feu d'artifice, car il ne lui était pas arrivé d'être à Rome à la fin juin. Il emprunte donc ce passage à Lalande, t. IV, p. 366 et 455 ; ainsi que le prouve le chiffre de « 4 500 fusées » qu'on trouve dans les deux textes.

4. *Note dans l'exemplaire Serge André, t. II, p. 37 :* « Non. Mort en liberté à C[ivit]a-V[ecchi]a, *fachino*, et travaillant avant les autres. »

Antonio Gasbaroni, connu sous le nom de Gasparone et surnommé Barbone, avait été transféré dès 1826 au pénitencier de Civitavecchia (voir H. Martineau, La *Chartreuse de Parme*, éd. Garnier, p. 637, n. 790).

5. Allusion probable à Silvio Pellico, incarcéré depuis 1821, et que l'Autriche ne libérera qu'en 1830.

Page 262.

1. On pense à la vue dont Fabrice del Dongo jouira du haut de la tour Farnèse.

2. « Les villes tombent, les royaumes s'écroulent et l'homme paraît s'indigner d'être mortel. » Stendhal cite très probablement ces vers du Tasse de deuxième main, d'après *Corinne*, liv. IV, chap. III.

3. « Le pourboire. »

4. L'édition de 1853 supprime ces deux derniers mots.

5. A. Caraccio cite un passage des *Tablettes romaines* de Santo-Domingo, p. 114, d'où Stendhal aurait pu s'inspirer. Cependant il est à remarquer que dans le passage en question le nom de l'héroïne est orthographié *Maria Grazzia* et qu'on précise en outre que son mari est au bagne de Civitavecchia.

6. Jean-Victor Schnetz (1787-1870), qui avait exposé, entre autres, à cette époque, le tableau représentant une *Femme de brigand qui s'enfuit avec son enfant* que Stendhal avait apprécié en 1824 (*Correspondance*, t. II, p. 52).

7. « Au maquis. »

8. *Édition originale* et *édition de 1853 :* par la méfiance de Médicis.

9. *Édition originale* et *édition de 1853 :* Fossombrone.

Page 263.

1. *Exemplaire Serge André, t. II, p. 39, au crayon, d'une main autre que celle de Stendhal :* « *ponentino* ». — *De la main de Stendhal :*

« 1. Cela est vrai en juin ; en mai il fait souvent froid.

« 2. Deux fois du feu le 1ᵉʳ mai chez Xerny. »

L'édition de 1853 porte : « *venticello ponentino* ». — Le terme « ponentino » est, en général, employé comme nom : légère brise de l'ouest.

2. En dépit des références qui l'accompagnent, le récit du sac de Rome est tiré de Sismondi, *Histoire des républiques italiennes du Moyen Âge,* t. XI, p. 266-279, et de l'*Esprit de l'Église* par de Potter, t. IV, p. 265-269.

3. *Exemplaire Serge André, t. II, p. 40 :* « s'y refusa avec ardeur ». — Correction retenue par l'édition de 1853.

Page 264.

1. Allusion aux chapitres xxxiv-xxxviii, l'une des parties les plus célèbres de la *Vita* de Cellini.

Page 265.

1. Il s'agit de la nouvelle 36, de la IIᵉ partie.

Page 266.

1. Mentionnée d'après de Potter.

Page 267.

1. D'après de Potter. A. Caraccio a transcrit dans son édition le texte de la très longue note relative à l'histoire du Saint-Prépuce, histoire sur laquelle Stendhal évite de s'appesantir.

Page 268.

1. *Édition de 1853 :* suave, et tellement
2. *Édition de 1853 :* En vain l'on essaya,
3. « Ce qu'il a pris une fois, jamais il ne l'a abandonné. »
4. Toujours d'après de Potter, de même que l'indication de Calcata qui figure dans la phrase suivante.
5. Lorsque Stendhal entreprit la nouvelle édition de *Rome, Naples et Florence,* il écrivit, le 22 décembre 1825, à son cousin Martial Daru, à qui il devait tant : « [...] comme j'ai du plaisir à parler de mes bienfaiteurs, je louerai l'intendant de Rome d'avoir dégagé la colonne Trajane. Vous conviendrait-il de m'envoyer avant le 15 janvier une notice de trois pages sur les services que l'intendant de Rome a rendus à l'antiquité et aux arts ? » (*Correspondance,* t. II, p. 77-79.) Quatre jours plus tard Martial Daru lui répondit très aimablement, l'invitant à passer chez lui (*ibid.,* p. 821-822). Cette invitation n'eut pas l'heur de plaire à Stendhal, qui répliqua le surlendemain par un billet dont le moins que l'on puisse dire est qu'il est cavalier (*ibid.,* p. 78-79). Aussi le nom de Martial Daru ne fut-il pas prononcé dans *Rome, Naples et Florence.* Peu de temps après, Martial mourut (le 12 juillet 1827); la mention des *Promenades dans Rome* est donc une sorte de tardive manifestation de gratitude.
6. Cet abbé, dont le nom va revenir à plusieurs reprises sous la plume de Stendhal, est probablement un personnage imaginaire.
7. « En grand secret. »

Page 269.

1. *Édition de 1853 :* ou.

2. Stendhal a parlé de très nombreuses fois de la *Basvilliana* de Monti. Il lui a consacré, entre autres, un long article dans le *London Magazine* de septembre 1825 (*Courrier anglais,* t. IV, p. 237 et suivantes).

3. Voir sur les rapports entre Stendhal et Monti, V. Del Litto, *Stendhal, Monti et Pauline Beyle (d'après un cahier inédit).* Dans le volume *Studi sulla letteratura dell'ottocento in onore di P. P. Trompeo,* Naples, 1959. Massimo Colesanti, *Stendhal, Monti, le note e le postille,* in *Studi Francesi,* n° 13, janvier-avril 1961.

Page 270.

1. Jean-Baptiste-Louis-Georges Seroux d'Agincourt (1730-1814), historien et archéologue, auteur d'une *Histoire de l'art par les monuments depuis sa décadence au V⁰ siècle jusqu'à son renouvellement au XV⁰ siècle,* Paris, 1808-1823, 6 vol. in-f°. On peut se demander cependant si Stendhal ne fait pas usage ici du nom d'Agincourt pour désigner un personnage fictif.

2. Stendhal reviendra longuement à la fin du livre sur le crime de Lafargue. Voir à la date du 23 novembre 1828, p. 477.

3. Stendhal a lu la *Vie de Scipion Ricci,* mais l'empoisonnement de Clément XIV, écrit A. Caraccio, est tiré d'un ouvrage de Potter qu'il évite de nommer, *L'Esprit de l'Église,* qu'il a mis à contribution quelques pages plus haut, dans le récit du sac de Rome.

4. Anecdote racontée dans *Rome, Naples et Florence* (1826), à la date du 4 janvier 1817, en note.

Page 271.

1. *L'édition de 1853 supprime les mots :* tel qu'il se promène aujourd'hui.

Page 272.

1. « À l'occasion d'une célèbre dissolution de mariage à Gênes.

« Sur le malheureux Hymen Amour pleura en détournant son regard plein de confusion ; la Fécondité pleura et se plaignit au ciel, narrant la honte de l'ardeur trahie.

« Mais du haut des cieux Jupiter se mit en devoir de corriger l'erreur de l'enfant de Cythère, il vit le nœud stérile et le défit cependant que naît la Pudeur virginale.

« Maintenant, sur la destinée on tient conseil au ciel, ô Nymphe de Ligurie, et pour te venger le fils de Cypris a tendu une nouvelle embûche.

« Et, il y parviendra sans peine, car à cette douce entreprise l'éclair de ton beau regard servira d'éperon, et la séduction de ton âge et l'offense dévoilée. »

2. Citant de mémoire, Stendhal a attribué à Corneille ce vers de Rotrou, *Venceslas,* acte II, sc. IV.

3. Anecdote empruntée à l'article que Stendhal avait écrit en 1824, sous le titre : *Les Anglais à Rome.*

Page 273.

1. Opéra de Mercadante joué en 1821. Stendhal l'avait déjà mentionné au chapitre XLII de la *Vie de Rossini*, et, en 1825, il l'avait ainsi jugé : « ... l'auteur d'*Elisa e Claudio* a du génie et ce feu intérieur sans lequel on ne fait rien dans les arts » (*Courrier anglais*, t. I, p. 174-175).

2. Antonio Tamburini (1800-1876) a chanté en Italie de 1819 à 1832, puis au Théâtre-Italien de Paris.

3. *Édition de 1853 :* Mathilde — Matilde Dembowski était morte en 1825. Il ne faut pas croire que Stendhal l'ait oubliée au point d'écrire marquise au lieu de baronne. C'est là une inexactitude voulue : un petit alibi.

4. *Édition de 1853 : l'épithète* nobles *a été supprimée.*

5. Reprise du thème énoncé dans l'épigraphe de l'ouvrage.

6. Personnage imaginaire dont on a trouvé le nom dans *Rome, Naples et Florence* (1826), à la date du 11 novembre 1816.

Page 274.

1. *Note dans l'exemplaire Tavernier, t. II, p. 18 :* « Elle aura resserré le cercle dans lequel on recherche les grands hommes, le nombre des ouvriers habiles en couleur augmentera tous les jours en même temps que diminuera le nombre des peintres. »

2. L'*Histoire de la Révolution* par Thiers a paru de 1823 à 1827. Quelques années plus tard, Stendhal en entreprendra une lecture attentive la plume à la main (*Mémoires sur Napoléon,* éd. Champion, t. II, p. 317-326 ; Cercle du Bibliophile, t. XL, p. 317-326).

Page 275.

1. *Édition de 1853 :* sur le pont

Page 276.

1. Dans l'édition de 1853, ces références sont en note. — Le premier ouvrage est celui de lord Keppel Richard Craven, *A Tour through the southern provinces of the Kingdom of Naples,* paru à Londres en 1821. On doit d'autant plus regretter qu'il ne se trouve pas à la Bibliothèque nationale qu'il renferme un récit de la révolution de Naples de 1799 sur laquelle Stendhal s'est longuement attardé dans *Rome, Naples et Florence* (1826), à la date du 30 avril 1817. Le deuxième ouvrage est le *Voyage dans les montagnes de Rome pendant l'année 1819, par Marie Graham, auteur d'un Voyage aux Indes. Traduit de l'anglais sur la seconde édition,* Paris, Pichon et Didier, 1829.

2. *Édition de 1853 :* des moyens

3. Reprise et application à Rome de la phrase d'Alfieri : « *La pianta uomo nasce più robusta qui che altrove* » précédemment citée dans *Rome, Naples et Florence en 1817,* à la date du 10 juin 1817.

4. Sur l'historien belge Louis de Potter (né en 1786 à Bruges), voir *Rome, Naples et Florence* (1826), à la date du 15 novembre 1816. Sur Paul Jove, voir plus haut, à la date du 1er juin 1828, p. 64.

5. Il est fort peu croyable qu'à cette époque Stendhal ait songé à publier la suite de son *Histoire de la peinture en Italie*. Il y avait plus de dix ans qu'un tel projet avait été abandonné.

6. Le couvent de Baïano : voir plus haut à la date du 29 mai 1828, p. 241 et suivantes.

Page 277.

1. Le cardinal Tommaso Bernetti (1779-1852) fut chargé de réorganiser, après 1815, l'administration des États pontificaux. Voir Emilia Morelli, *La politica estera di Tommaso Bernetti, segretario di Stato di Gregorio XVI*, Rome, 1953.

2. Louis-François-Armand de Vignerod du Plessis duc de Richelieu, arrière-petit-neveu du cardinal de Richelieu. Stendhal avait lu de bonne heure sa *Vie privée* parue en 1831 (V. Del Litto, *La Vie intellectuelle de Stendhal*, p. 22, 300).

3. Le duc de Brancas-Lauraguais a publié en 1802 les mémoires de la duchesse de Brancas, sa grand-mère, sous le titre *Lettre de L.-B. Lauraguais à Madame****.

4. L'abbé Matthieu-Jacques de Vermond (1735-1797), directeur de conscience et lecteur de Marie-Antoinette.

5. Les *Mémoires du baron de Bésenval... écrits par lui-même* avaient paru en 1805, Paris, Buisson, 3 vol. in-8°. Stendhal les a lus dès leur publication (V. Del Litto, *La Vie intellectuelle de Stendhal*, p. 296 et passsim ; B. Pincherle, *Il capitano di Vesel e il gendarme di Cento*, in *Aurea Parma*, 1950, ensuite dans le volume *In compagnia di Stendhal*, Milan, 1968, p. 214 et suiv.).

6. *Dans l'édition de 1853, l'épithète* étourdis *a été supprimée.*

7. Ganganelli est le nom patronymique du pape Clément XIV.

Page 278.

1. Louis-Gabriel Gros (1765-1812) est ce géomètre dauphinois qui a fait comprendre les mathématiques au jeune Beyle élève de l'École centrale de Grenoble. Il est longuement question de lui dans la *Vie de Henry Brulard*. Quant à Colomb, il s'agit de Romain Colomb (1784-1858), le propre cousin, et exécuteur testamentaire, de Stendhal. Ce n'est pas la seule fois que ce dernier introduit dans ses œuvres des personnages de son entourage.

2. Mesures empruntées à Lalande, t. III, p. 84-87. Stendhal y entremêle des commentaires pour éviter la sécheresse.

Page 279.

1. En 1806, lors de son premier passage à Strasbourg, Stendhal avait « grimpé sur le clocher en filigrane » de la cathédrale (*Correspondance*, t. I, p. 336, lettre à Pauline du 30 décembre 1806).

Page 280.

1. À partir d'ici, Stendhal doit utiliser une autre source, Lalande ne mentionnant pas les mesures des monuments dont la liste suit.

Page 281.

1. *Édition de 1853 :* par Suger

2. Réminiscence d'un des épisodes de la *Jérusalem délivrée* du Tasse qui ont le plus ému Stendhal. Voir le chapitre LXXXVII de l'*Histoire de la peinture en Italie.*

3. La même image reviendra quelques pages plus loin, à la date du 19 juin 1828, p. 292.

Page 282.

1. Reprise du thème de l'énergie si cher à Stendhal.

2. « Si vous connaissez quelque dessin exact du *Parnasse* de Raphaël au Vatican, cherchez la figure d'Ovide. Si l'on n'a rien de mieux, on peut prendre la collection des têtes dessinées par Agricola et gravées par Ghigi... » (*Histoire de la peinture en Italie,* chap. XCVII). Filippo Agricola (1795-1857), peintre d'Urbin, mort à Rome.

Page 283.

1. *Addition dans l'exemplaire Tavernier, t. II, p. 75 :* « M. Cam[uccini] compose ses tristes tableaux de figures volées à droite et à gauche. Son malheur, c'est que le héros de l'action a toujours l'air hébété : Scipion dans *La Continence de Scipion ;* César dans *La Mort de César ;* Virginie et Appius dans *La Mort de Virginie.* Cet excellent diplomate s'est fait beaucoup de réputation. Il a autant de valeur à ce jour que MM. Thorwaldsen et Gérard. »

2. Carlo Finelli (1780-1854), élève de Canova.

Page 284.

1. *Édition de 1853 :* du bonheur

2. C'est là le type même de la phrase « paratonnerre ».

3. On songe aussitôt à Julien Sorel. Il est superflu de rappeler que la composition des *Promenades dans Rome* et celle de *Rouge et Noir* sont à peu de jours près contemporaines.

4. Sur le duc de Modène, le prince le plus réactionnaire de toute l'Italie, voir *Rome, Naples et Florence* (1826), aux dates des 10 et 20 décembre 1816.

Page 285.

1. Le texte qui suit a été emprunté au *Globe* du 15 avril 1829.

Page 286.

1. *Édition de 1853 :* et aux marchands

Page 287.

1. Les renseignements sur Canova, mort en 1822, sont empruntés à l'ouvrage de Melchiorre Missirini publié à Milan en 1825, que Stendhal a mis à contribution à la date du 24 novembre 1827, p. 102.

Page 288.

1. Allusion transparente à Giulia Rinieri de' Rocchi, la jeune Siennoise qui, à l'époque même de la composition des *Promenades dans Rome*, s'est donnée à Stendhal.

2. Lafargue : voir plus loin à la date du 23 novembre 1828, p. 477.

3. Reprise de l'idée énoncée à la date du 27 août 1827, p. 41.

Page 289.

1. « Après la mort de Laure.

« Je m'élevai par la pensée en un lieu où était celle que je cherche et ne retrouve pas sur terre : là, parmi ceux que le troisième cercle enserre, je la revis plus belle et austère.

« Elle me prit par la main et me dit : Dans cette sphère tu seras encore près de moi, si mon désir n'est pas vain ; je suis celle qui te fit une telle guerre, et j'accomplis ma journée avant le soir ;

« Ma félicité dépasse l'entendement humain ; toi seul j'attends, et ce que tu aimas si fort et qui est resté là-bas, ma dépouille si belle.

« Ah ! pourquoi s'est-elle tue, et a-t-elle ouvert la main ? Au son de paroles si pitoyables et si chastes, peu s'en fallut que je demeurasse au ciel. »

Pétrarque, *Canzoniere*, sonnet XXXIX de la deuxième partie. L'édition de 1853 a ainsi modifié le texte des vers 2 et 4 conformément à la leçon la plus courante : « *Quella ch'io...* », « *... meno altiera* ».

Un sonnet de Pétrarque était déjà cité dans *Rome, Naples et Florence* (1826), à la date du 16 décembre 1816.

2. Sur Stendhal et l'économie politique, voir V. Del Litto, *En marge des manuscrits de Stendhal*, p. 183 et suivantes ; *La Vie intellectuelle de Stendhal*, p. 387 et suivantes ; F. Rude, *Stendhal et la pensée sociale de son temps*, Paris, Plon, 1967.

Page 290.

1. *Note dans l'exemplaire Serge André, t. II, p. 87 :* « Ce n'est pas vrai absolument partout : ce sont leurs aides d'études, mais les prélats peuvent être très ignorants. » Cette note est de la main du lecteur italien que Stendhal a chargé de donner son avis sur le livre.

2. Les détails sur le tribunal de la Rota sont effectivement tirés de Lalande, t. IV, p. 419.

3. *Note dans l'exemplaire Tavernier, t. II, p. 88 :* « Depuis 1817, on m'assure que c'est le plus bête qu'on fait prêtre. Aucun jeune homme un peu dégourdi ne veut de l'habit noir. Je suis sûr de ce dernier fait, mais le premier ? »

Page 291.

1. Giambattista Casti (1724-1803) surtout connu par son poème satirique *Gli animali parlanti* publié en 1802 et traduit en français en 1819. Dans sa jeunesse, Stendhal avait lu de lui les *Novelle galanti* (V. Del Litto, *La Vie intellectuelle de Stendhal*, p. 25).

Page 292.

1. Ce passage figurait déjà dans *Rome, Naples et Florence en 1817,* à la date du 17 mars 1817.

2. On a trouvé cette image quelques pages plus haut, à la date du 14 juin 1828, p. 281.

Page 293.

1. Reprise du thème de l'amour grec énoncé dans l'*Histoire de la peinture en Italie,* chap. xxxv. Cf. aussi *Rome, Naples et Florence en 1817,* à la date du 17 mars 1817.

2. Le *Voyage du jeune Anacharsis en Grèce vers le milieu du IVe siècle avant l'ère vulgaire,* Paris, 1788, 5 vol. in-4° ou 7 vol. in-8°, par l'abbé J.-J. Barthélemy. Stendhal l'avait lu en 1803 (*Journal littéraire,* Cercle du Bibliophile, t. XXXIII, p. 237).

3. M. Clavier : voir plus haut à la date du 26 octobre 1827, p. 66.

4. Le romancier américain Fenimore Cooper (1789-1851). Aucune lecture de ses œuvres par Stendhal n'est attestée.

5. Voir *Rome, Naples et Florence* (1826), à la date du 12 décembre 1816. Giorgio Baffo (1694-1768), poète dialectal vénitien.

6. Stendhal avait lu en 1816 les *Traités de législation civile et pénale* de Gérémie Bentham traduits en français par Étienne Dumont en 1802. C'est à cet ouvrage qu'il a fait allusion au chapitre CLIV de l'*Histoire de la peinture en Italie* et au chapitre LI de *De l'amour,* lorsqu'il mentionne le « principe ascétique » de Bentham, à savoir le renoncement à soi-même.

7. Joseph de Maistre, *Les Soirées de Saint-Pétersbourg* (1821), sixième entretien.

8. Lire : Lavalette.

Page 294.

1. Ce thème sera repris plus loin, à la date du 27 novembre 1828, p. 491.

2. *Édition originale :* Bareuth. — Voir *Rome, Naples et Florence en 1817,* à la date du 19 juin 1817.

3. *Édition de 1853 :* feu Girodet ;

4. Stendhal a parlé de l'*Agar* du Guerchin dans *Rome, Naples et Florence* (1826), aux dates des 11 et 28 novembre 1816.

Page 295.

1. Dans *Rome, Naples et Florence* (1826), à la date du 2 avril 1817, Stendhal avait parlé ironiquement du « sens intérieur » de Schlegel.

2. Il a été souvent question de Melchiorre Gioia dans *Rome, Naples et Florence.* Le dialogue rapporté ici entre lui et Canova est très probablement imaginaire. Voir aussi plus haut p. 47.

Page 296.

1. On retrouve cet apologue sous la plume de Stendhal en 1822 dans le fragment *Journal de sir John Armitage* (*Mélanges,* Cercle du Bibliophile,

t. XLIX, p. 7). Il a vraisemblablement sa source dans le poème *Ricciardetto* de Fortéguerri. Voir M. D. Busnelli, *La source italienne de l'apologue du coucou et du rossignol*, dans le volume *Diderot et l'Italie*, Paris, 1922, p. 281 et suivantes ; A. Caraccio, *Ausonia*, n° 1 et 2, 1936, ensuite dans le volume *Variétés stendhaliennes*, Grenoble, 1947. Mais on peut se demander si, plus simplement, Stendhal ne s'est pas souvenu de la fable que lui avait racontée Julia Garnett dans une lettre de 1827 (*Correspondance*, t. II, p. 830-831).

Page 297.

1. Le cardinal Placido Zurla (1769-1834).

Page 298.

1. « Il [Germanicus] plaida des causes dans le barreau même après avoir eu les honneurs du triomphe » (*Les Douze Césars*, traduit du latin de Suétone avec des notes et des réflexions par M. de La Harpe. Paris, Samson Fils, 1822, t. II, p. 72).

Page 299.

1. Codirecteur du journal satirique *L'Album*, condamné aux galères par le gouvernement de la Restauration. Stendhal l'a mentionné au chapitre XVII de la *Vie de Rossini* et au chapitre XIII (deuxième partie) de *Rouge et Noir*.

Page 303.

1. Le roman de Mme de Genlis, *Le Siège de La Rochelle ou le Malheur de la conscience*, a paru en 1808, 2 vol. Une septième édition a été publiée en 1826.

2. Sur Stendhal et Walter Scott, voir V. Del Litto, *La Vie intellectuelle de Stendhal*, p. 664 et suivantes ; *Stendhal et Walter Scott* in *Études anglaises*, octobre-décembre 1971 ; K. G. Mc Watters, *Stendhal lecteur des romanciers anglais*, Lausanne, éd. du Grand-Chêne, 1968.

3. « Vide, insalubre région qui te pares du nom d'État, arides champs incultes, visages désolés, opprimés, exténués d'un peuple infâme, lâche et ensanglanté ;

« Sénat tyrannique et sans liberté, dont la vile astuce s'enveloppe de pourpre brillante ; riches patriciens et plus que riches, sots ; prince dont la bêtise d'autrui fait le bonheur ;

« Villes sans citadins ; augustes temples d'où la religion est bannie ; lois injustes que chaque lustre voit changer, mais en pis ;

« Clefs qui, jadis vénales, ouvraient aux impies les portes du ciel, maintenant usées par l'âge : oh ! es-tu bien Rome ou es-tu le siège de tous les vices ? »

Page 304.

1. En fait, Stendhal a une source très précise : le *Voyage en Italie* de Misson. Celui-ci s'est longuement attardé sur l'histoire de la papesse Jeanne (édition de 1743, t. II, p. 294 et suivantes).

2. « Ici mourut Léon IV, dont cependant les années sont comptées jusqu'à Benoît III, et cela parce qu'une femme fut élue pape. »

3. «Jean. Celui-ci ne doit pas être compté, car ce fut une femme. Benoît III», etc.

Page 306.

1. «Jean, anglais par le nom, mais de Mayence quant à l'origine.»

2. David Blondel, *Familier éclaircissement de la question si une femme a été assise au siècle papal de Rome entre Léon IV et Benoît III*, Amsterdam, 1647, in-8°. Toujours d'après Misson.

3. Stendhal a fait allusion à cette chaise à la date du 27 janvier 1828 (p. 161). À noter que Misson avait donné la gravure représentant la chaise percée qui, dit-il, «servait autrefois à la cérémonie dans laquelle on s'assurait du genre du pape» (*Voyage en Italie*, édition de 1743, t. I, p. 258).

Page 307.

1. En fait, le consul de Prusse à Rome s'appelait Bartholdy; il avait habité au deuxième étage de la casa Zuccari près de la Trinità dei Monti (P. P. Trompeo, *Nell'Italia romantica sulle orme di Stendhal*, 1925, p. 249-250). Cf. une autre allusion de Stendhal dans la lettre à Pauline intitulée *Avis aux têtes légères qui vont en Italie*, (lettre du 10 octobre 1824, *Correspondance*, t. II, p. 50).

2. *Note dans l'exemplaire Serge André, t. II, p. 119 :* «Les excès sont protégés par les gouvernements allemands comme conservant le noyau et la force de la nationalité. Ils ne sont si nombreux et si généraux pour ôter les occupations sérieuses, et ils se neutralisent par la complète abstinence des étudiants allemands de l'autre sexe.»

Cette note n'est pas de la main de Stendhal. Celui-ci n'aurait-il pas prié un Allemand — ou une Allemande, car l'écriture pourrait être féminine — de relire et de commenter ces pages, de même qu'il a sollicité l'avis d'un lecteur italien sur ses remarques au sujet du caractère italien?

Quoi qu'il en soit, elle a été publiée en note dans l'édition de 1853.

3. Lord John Russel était né à Londres en 1792 et a fait ses études à l'Université d'Edimbourg. Au nombre des nombreux ouvrages qu'il a publiés, il y a un *Essai sur la constitution anglaise* et une étude intitulée *De l'état politique de l'Europe depuis la paix d'Utrecht*, 3 vol. in-8°.

Il est l'auteur de l'ouvrage *A Tour in Germany*, publié à Londres en 1824 et qui a eu trois éditions en 1825. Stendhal l'a précédemment mentionné dans une note de *Rome, Naples et Florence* (1826), à la date du 16 décembre 1816. Signalons que la Bibliothèque nationale ne le possède pas.

Page 308.

1. *Note dans l'exemplaire Serge André, t. II, p. 120 :* C'est un peu fort; rarement un étranger peut sentir tout le prix du *Faust* de Goethe. Et du reste il est absurde de citer seulement son *Faust* ou son Werther. Ne connaissez-vous pas donc son *Tasse*, son *Goetz*, son *Egmont*?

« Du reste l'Allemagne oppose aux grands auteurs de la France et de l'Angleterre plusieurs grands esprits que l'auteur parait de [*sic*] ne pas connaître.»

Cette note eſt de la même écriture que celle qui précède. Elle aussi a été publiée en note dans l'édition de 1853.

2. *Édition originale* et *édition de 1853* : Marlow.

3. *Note dans l'exemplaire Tavernier* : « La philosophie allemande a toujours une petite chose qu'elle *vous prie de croire.* Quand vous lui aurez accordé cette grâce, elle expliquera tout. Elle eſt aussi absurde qu'une religion et plus absurde, car elle *ne me paie pas* en honneurs ou argent pour croire. »

4. On se serait attendu à ce que ce passage où Stendhal s'exprime sans indulgence sur le caractère et l'esprit allemands fût cité par M. A. François-Poncet dans le petit ouvrage qu'il a consacré à *Stendhal et l'Allemagne,* Paris, Hachette, 1967.

Page 309.

1. *Note dans l'exemplaire Serge André, t. II, p. 121 :* « C'était il y a soixante-dix ans. »

Ici encore, l'édition de 1853 a mis en note cette remarque bien qu'elle ne soit pas de l'écriture de Stendhal.

2. *Exemplaire Serge André, t. I, f° 11 r° (fin du volume) :*
« La Navicella laide.
« Je ne sais pas où j'avais la tête en 1826. J'ai vu la Navicella avec Mme Lampugnani et, par conséquent, mal vu. La Navicella n'eſt point jolie, ne mérite aucune louange. Les murs latéraux écrasent les colonnes trop petites. »

Page 310.

1. *Exemplaire Serge André, t. II, p. 124 :* « et l'esprit avec elle. À Rome » Correction retenue dans l'édition de 1853.

2. *Note dans l'exemplaire Serge André, t. II, p. 124 :* « Voilà l'esprit des reſtaurations. »

Page 311.

1. « Ces gens-là sont uniques au monde pour manier les hommes. »

2. François-Joachim de Pierre de Bernis (1715-1794), miniſtre des Affaires étrangères sous Louis XV (1757), archevêque d'Albi (1764), ambassadeur à Rome de 1769 à 1791.

3. Marmontel, *Mémoires d'un père pour servir à l'inſtruction de ses enfants,* Paris, 1804, 4 vol. in-8° ; Dulos, *Mémoires secrets sur le règne de Louis XIV, la régence et le règne de Louis XV,* 1790.

4. Casanova, *Mémoires,* chap. XXIII, XXV, XXVI.

Page 312.

1. *Note dans l'exemplaire Serge André, t. II, p. 126 :* « d'Isoard ». Le cardinal d'Isoard (1766-1839) fut archevêque d'Auch.

2. *Édition de 1853 :* ambassadeur de France, M. de Blacas, s'il allait

3. *Addition dans l'exemplaire Serge André, t. II, p. 127 :* « On ne peut avoir de crédit à Rome qu'en établissant une subvention comme celle du Théâtre-Français, c'eſt-à-dire dix pensions de 12 000 francs et trente de 6 000. On avancerait par le choix du miniſtre des Affaires

étrangères dirigé par l'ambassadeur ; on suivrait en général l'ancienneté. Il y aurait une pension de 40 000 francs. »

Dans l'édition de 1853, cette addition a été incorporée sans plus dans le texte.

4. *Édition de 1853 : l'adverbe* comme *a été supprimé.*

5. Il s'agit du texte français préparé, à partir de la traduction allemande, par Jean Laforgue qui résidait alors à Dresde, et publié en douze volumes de 1826 à 1838 par Brockhaus. Ce texte a longtemps servi de base aux éditions successives.

Page 313.

1. Sur la traduction de l'*Idéologie* de Destutt de Tracy en italien voir *L'Italie en 1818,* à la date du 28 septembre 1818. François Ier, empereur d'Occident, né à Nancy, mort à Vienne (1708-1865), régna de 1745 à 1765.

2. Épisode emprunté, d'après A. Caraccio, aux *Mémoires* de Duclos, t. IV, p. 81-83.

Page 314.

1. C'est le mot italien *bravi* (mercenaires) francisé. C'est là de toute évidence une réminiscence de la lecture du roman historique d'Alessandro Manzoni *I Promessi Sposi* (« Les Fiancés »), publié en 1827. Cf. plus haut, p. 103.

2. *Édition de 1853 :* tirer du maçon, à la suite

Page 315.

1. De Brosse, *L'Italie il y a cent ans,* 1836, lettre XLIX, p. 395 et suivantes.

2. « Par égard pour la pourpre. » Cette expression figure dans le texte de Duclos.

3. « Contrefaçons. »

4. « Et de dépit. »

Page 316.

1. L'essentiel de ce chapitre est emprunté à Nibby, p. 221 et suivantes, et à Lalande, t. III, p. 268.

Page 317.

1. Il s'agit de Martial Daru. Stendhal n'a pas jugé opportun de le nommer. Cf. *Rome, Naples et Florence* (1826), à la date du 29 août 1817. On se serait attendu à ce qu'il prononçât aussi le nom de Camille de Tournon préfet de Rome sous l'Empire, qui s'est appliqué à déterrer le plus grand nombre possible de monuments antiques. Voir L. Madelin, *La Rome de Napoléon,* 1906, p. 535 et suivantes.

Page 319.

1. Voir à la date du 23 novembre 1828, p. 477, le compte rendu du procès d'Adrien Lafargue.

Page 320.

1. Ville de l'Ombrie, dans la province de Pérouse.

Page 322.

1. Lire : Stendhal. Cf. aux dates des 17 avril 1828 et 12 janvier 1829, p. 211 et 531.

2. Ce nom désigne l'espace qui s'étend entre le Palatin, l'Aventin et le Tibre.

3. « Cette espèce de concavité naturelle fut appelée *velabrum,* selon les anciens grammairiens, *a vehendis ratibus,* à cause des barques ou radeaux qu'il fallait tirer avec des cordes pour la traverser... » (Nibby, p 398).

Page 323.

1. *Exemplaire Serge André, t. II, p. 146 :* « et la circonférence ». Correction adoptée dans l'édition de 1853.

2. Le temple de Vesta a encore aujourd'hui son toit de tuiles qui toutefois ne nous semble pas aussi « vilain » que le pensait Stendhal.

3. *Édition originale et édition de 1853 :* San Stefano.

Page 324.

1. D'après Nibby, p. 450-451. La maison dite de Cola di Rienzi, le tribun de Rome (1313-1354), est située à proximité du temple de Vesta.

2. D'après Nibby, p. 451-452. Le *pons Aemilius,* construit en 81 avant Jésus-Christ, plus connu sous le nom de *Ponte rotto.*

3. « Tu seras Marcellus », Virgile, *L'Énéide,* liv. VI, v. 883.

4. *Note dans l'exemplaire Serge André, t. II, p. 149 :* « Toutefois un roi peut dire à un grand homme avec force paroles flatteuses : Si vous faites tel ouvrage, le ministre un tel vous comptera 6 000 fr. par volume in-8°. J'espère ainsi surmonter votre paresse. Vous achèterez de beaux meubles et aurez une belle chasse » (la lecture des derniers mots est douteuse).

5. *Exemplaire Serge André, t. II, p. 149 :* « ruines laides pour des yeux dévoués à la mode ». Addition insérée dans le texte de l'édition de 1853.

6. François II (1768-1835), empereur d'Allemagne (1792), puis d'Autriche (1804) sous le nom de François Ier. À la Restauration, il devint le souverain du royaume lombardo-vénitien. C'est pour célébrer sa prise de pouvoir que Vincenzo Monti composa alors le poème *Il ritorno d'Astrea.*

Page 325.

1. Sur le théâtre de la rue Ventadour, voir plus haut à la date du 16 août 1827, p. 20.

2. Information fournie par Nibby, p. 359 et suiv.

Page 327

1. « Le temps qui dévore tout », Ovide, *Métamorphoses,* liv. XV, v. 234.

2. Le miracle de Migné (Haute-Vienne) s'est produit le 17 février 1827 et a été l'objet d'un rapport adressé par le curé de la localité à l'évêque de Poitiers ; ce rapport a été contresigné par de nombreux témoins :

« [...] Le dimanche 17 du présent mois, nous avons terminé les exercices du jubilé par la plantation d'une croix, cérémonie à laquelle assistaient deux à trois mille personnes de Migné et des paroisses voisines. La croix plantée, au moment où l'un de nous adressait aux fidèles une exhortation où il leur rappelait celle que virent autrefois Constantin et son armée en marchant contre Maxence, parut dans la région de l'air, au-dessus de la petite place qui se trouve devant la porte principale de l'église, une croix lumineuse, élevée au-dessus de la terre d'environ cent pieds, ce qui nous a donné la facilité d'en évaluer à peu près la longueur, qui nous a paru être de quatre-vingts pieds ; ses proportions étaient très régulières, et ses contours, déterminés avec la plus grande netteté, se dessinaient parfaitement sur un ciel sans nuages, qui commençait cependant à s'obscurcir, car il était près de cinq heures du soir. Cette croix, de couleur argentine, était placée horizontalement dans la direction de l'église, le pied au levant et la tête au couchant ; sa couleur était la même dans toute son étendue, et elle s'est maintenue sans altération près d'une demi-heure ; enfin, la procession étant rentrée dans l'église, cette croix a disparu... » (C. L. Lesur, *Annuaire historique universel pour 1827,* appendice, p. 199).

3. *La Croix de Migne vengée de l'incrédulité et de l'apathie du siècle ou envisagée comme une nouvelle preuve de la divinité de l'Église romaine et présentée aux vrais fidèles comme une annonce des prochains malheurs de la France.* Par M. l'abbé Vrindts, Paris, impr. de Poussielgue Rusand, 1829, in-8°.

Page 329.

1. *Drawback :* Stendhal aime se servir de ce terme anglais. Cf. la *Vie de Henry Brulard,* chap. II et XXVII.

2. L'essentiel est tiré de Lalande, fin du tome III et début du tome IV.

Page 330.

1. Siège de l'administration de la loterie (*Impresa del lotto*) aujourd'hui disparue. Il en sera de nouveau question quelques pages plus loin (voir P. P. Trompeo, *Nell'Italia romantica sulle orme di Stendhal,* p. 248).

Page 331.

1. La documentation sur le palais Farnèse est tirée du *Voyage en Italie* de Lalande, t. IV, chap. VII.

2. *Addition dans l'exemplaire Serge André, t. II, f° 10 v°, 11, 14 (fin du volume) :*

« 2 octobre 1831.

« Le palais Farnèse.

« Le toit, ou, pour mieux dire, la corniche, n'est pas droit. Porte un peu petite ; impossible de la faire plus grande. Admirable beauté de l'entrée intérieure ; tout le vrai style de Michel-Ange paraît ici.

« Beauté noble et sévère de la cour ; c'est ce qu'il y a de mieux dans le palais ; il n'y a rien ailleurs d'aussi ample, mais cela est bien sévère.

« Cela est plus régulier et par conséquent plus rempli de beau de l'architecture que la cour de Raphaël au Vatican, à mille lieues au-dessus de la cour de Monte Cavallo, mais, il faut en convenir cela est bien triste. Voulez-vous un contraste parfait ? Allez voir la cour en colonnes et portiques à la milanaise du palais de la Chancellerie à deux pas d'ici bâti par Jules II.

« Au palais Farnèse, à la sortie du corridor d'entrée vers la cour, voûte perspective des deux passages latéraux, digne, pour le mauvais goût, des architectes qui ont bâti le palais Doria et cent d'autres [*sic*] à Rome.

« Mauvais goût de l'ornement de la cour au premier repos de l'escalier ; toutefois cette cour est bien placée.

« L'intérieur, quoique habité par l'ambass[adeu]r de Naples est négligé jusqu'à la saleté. Nous avons couru à la galerie d'Annibal.

« Au-dessus de la porte d'entrée, deux enfants [...] dans Galathée se voient enlevés par un triton, qui ressemble à Caracalla, encadrent la fresque. La fresque a des clairs et des ombres d'accord avec tout ce qui nous entoure, tout ce que nous voyons.

« Dans la grande fresque au milieu de la voûte, excellent groupe de Silène. Les Carraches étaient pauvres et ne voyaient jamais la bonne compagnie. De là air commun de Bacchus et d'Ariane. Dans l'admirable tableau de Jupiter et Junon, air commun de Junon : c'est une belle paysanne. Ce tableau est expressif sans être indécent ; de même on peut en dire autant de Vénus et Anchise. *Genus unde latinum* [1].

Ce qui nous enchante, ce sont quatre petits paysages de cette forme :

sur le mur que traverse la porte d'entrée. Air commun de la jeune fille qui tient [...]. Elle est, je crois, du Dominiquin, pauvre aussi. Son Andromède a été tout à fait retouchée et gâtée. Derrière, le roi père qui est bien mauvais, dans le lointain, groupe raphaélique.

« Autres fresques admirables d'Annibal dans un petit cabinet. Vérité du chien Cerbère. Manière singulière dont Persée coupe la tête de la Méduse. Hercule *al bivio* au milieu du plafond, copie. Nous avons passé une heure dans ce petit cabinet en grisaille. On nous en a tirés pour nous mener voir trois exécrables fresques attribuées au Dominiquin : une excellente [...], une fort naturelle statue de Caligula jeune. »

« [I] *To* abréger en arrangeant le lourd style. »

Les points entre crochets remplacent des mots qui ont résisté à tout déchiffrement.

3. *Édition de 1853 :* qui appartient au tombeau de Cecilia Metella.

Page 333.

1. *Les Fastes ou les Usages de l'année,* chant I, d'Antoine-Marin Lemierre (1723-1793).

Page 334.

1. « Le pourboire. »

2. Le palais Giraud, passé ensuite au banquier Alessandro Torlonia, se trouvait place Scossacavalli, dans le Borgo, tout près de Saint-Pierre. Aujourd'hui, à la suite des travaux d'aménagement du quartier exécutés avant 1939, sa façade donne sur la *via della Conciliazione.*

3. L'ancien palais Stoppani, ensuite Vidoni, est situé au *Corso Vittorio Emanuele,* à gauche et tout près de l'église de *Sant' Andrea della Valle.* La façade postérieure donne sur la *via della Sudario ;* elle est attribuée à Raphaël.

4. En réalité, c'est en 1749 que Luigi Vanvitelli (1700-1773) remania l'église dessinée par Michel-Ange. La responsabilité de cette erreur revient à Lalande, t. III, p. 368-370, que Stendhal met ici à contribution.

Page 335.

1. *Édition de 1853 :* cette dernière phrase est supprimée.

2. Aujourd'hui siège du *Museo Nazionale Romano.*

3. La célèbre fontaine du Triton, ouvrage du Bernin (1640).

4. La fontaine de la rue de Grenelle, entre le boulevard Raspail et la rue du Bac, construite par Bouchardon en 1739.

5. L'église de *Santa Maria della Concezione* ou *dei Cappucini,* au début de via Veneto, à droite en montant vers la villa Borghèse. L'église a été érigée par le cardinal Barberini. À noter que Stendhal ne souffle mot de la fontaine dite des Abeilles, chef-d'œuvre baroque du Bernin.

6. Sur le terme « perruque », voir plus haut, à la date du 25 mars 1828, p. 190.

7. L'héroïne de l'*Émile* de Jean-Jacques Rousseau, en lisant les *Aventures de Télémaque,* devient jalouse d'Eucharis (liv. V).

8. *Édition de 1853, addition :* « Le Dominiquin, fort dévot, fit hommage à cette église du *Saint-François* qui est dans la troisième chapelle. — Quelques bons tableaux d'André Sacchi. — Voir sur la porte le carton de *La Barque de saint Pierre,* par Giotto, ouvrage de l'an 1300. La mosaïque est à Saint-Pierre. »

9. *Note dans l'exemplaire Serge André, t. I, f° 5 r° (fin du volume) :*
« À l'article des Capucins Barberins.
« Révolte contre le c[ardin]al Micara, général.
« Aventure du jeune moine ; sa famille n'en ayant plus de nouvelles depuis plusieurs mois, s'adresse à *son protecteur,* le prieur Santacroce.
« (Indispensabilité du protecteur.)

« D'abord réponses évasives, ensuite : Il a été envoyé à Naples. Recherches à Naples ; on n'y connaît pas de jeune capucin de ce nom. Plusieurs mois se passent. Enfin, le prieur Santacroce se fâche et menace de parler au pape.

« Alors on lui avoue que le cachot où le jeune capucin est enfermé au couvent de la piazza Barberini s'appelle Napoli. »

Addition incorporée dans le texte de l'édition de 1853.

Page 336.

1. Petit compliment à l'adresse de Prosper Mérimée. Le *Théâtre de Clara Gazul* avait paru en 1825.

Page 337.

1. *Addition dans l'exemplaire Serge André, t. II, fᵒ 7 vᵒ (fin du volume) :*
« *Danaë.*

« La *Danaë* du palais Borghèse vraiment du Corrège ; le bout du pied me le prouve. Les restaurateurs ont enlevé presque partout ailleurs les dernières teintes du Corrège. Chercher ce qu'ils ont *oublié* de laver. Quand la couleur est fort ancienne, elle devient *friable*, et, en lavant un peu un tableau, on l'enlève.

« 21 oct[obre] 1831. »

Addition entrée, sauf la date, dans l'édition de 1853 sous forme de note. Cependant Romain Colomb a intercalé au début une incidente qui ne figure pas dans l'exemplaire Serge André : « La *Danaë* du palais Borghèse, achetée à Paris lors de la vente des tableaux ayant appartenu à M. Bonnemaison, est vraiment du Corrège... »

2. Le palais Altieri se trouve *piazza del Gesù*, à droite de l'église. Il a été bâti par G. A. De Rossi (1670).

3. L'ancien palais Costaguti, construit sur les dessins de Carlo Lombardi est situé *piazza Mattei*, où l'on admire la fontaine baroque des *Tartarughe* (des tortues) (1585).

4. Palais de la *via Giulia*, à proximité du palais Farnèse.

5. Sur les représentations données par M. Demidoff au palais Ruspoli, voir plus haut à la date du 15 janvier 1828, p. 153.

6. Stendhal a déjà parlé de cette pièce dans *Rome, Naples et Florence* (1826), à la date du 10 octobre 1817.

7. En face du palais Madama, près de la place Navone.

8. Cf. p. 330 à propos de l'obélisque de Montecitorio.

9. Place des *Santi Apostoli*, en face de l'église homonyme. Rappelons que sur cette place, du temps de Stendhal, se trouvait le siège de l'ambassade de France à Rome.

Page 338.

1. Sur les pentes du Janicule, près de l'église de Saint-Onuphre.

2. L'ancien palais Verospi, ensuite Torlonia, est au *Corso* à proximité de la place Colonne.

3. Récit emprunté à l'*Histoire des républiques italiennes du Moyen Âge* par Sismondi, t. XII, p. 182-186.

4. Il a été question de ce tableau dans *Rome, Naples et Florence* (1826), à la date du 18 novembre 1816.

Page 339.

1. Références données par Sismondi.

Page 341.

1. Stendhal a parlé de l'opéra de Petro Mercandetti dit Generali (1783-1832) et de la soprano Lipparini (morte en 1857), dans *Rome, Naples et Florence en 1817,* à la date du 5 juin 1817.

2. Il n'est pas à exclure que Stendhal ait visité la basilique de Saint-Paul-hors-les-Murs avant l'incendie, cependant on n'en trouve aucune mention sous sa plume. En revanche, l'essentiel de la description qui va suivre est tiré de Nibby, p. 401 et suivantes. Quant à l'évocation de l'incendie, elle est empruntée, dit A. Caraccio, au récit de Delécluze inséré dans le *Journal des Débats* des 31 juillet et 10 août 1823.

Page 342.

1. On remarquera l'anachronisme. Stendhal semble avoir oublié que cette page était datée de juillet 1828.

Page 344.

1. La reconstruction de la basilique de Saint-Paul-hors-les-Murs, entreprise par Léon XII, sera achevée par Pie IX qui la consacrera en 1854.

Page 345.

1. Cf. la lettre à Adolphe de Mareste datée du 19 novembre 1827 : «L'église de San Francesco di Paola, à Naples, de M. Bianchi, n'est qu'une pauvreté; c'est la Rotonde de Rome [le Panthéon], plus les deux colonnades du Bernin devant Saint-Pierre [...]» (*Correspondance*, t. II, p. 128.)

2. L'*Histoire de l'Inquisition* a été mentionnée dans *L'Italie en 1818,* à la date du 14 septembre 1818.

3. *Addition dans l'exemplaire Serge André, t. II, p. 187 :* «le cardinal Macchi».

Page 346.

1. Comme Stendhal a fait un séjour à Rome à la fin de 1823 il n'est pas impossible que la curiosité l'ait poussé à aller voir la basilique incendiée.

2. Le laconisme de Stendhal à propos de la pyramide de Cestius est surprenant. L'endroit était — et il l'est encore, en dépit de l'envahissement des constructions nouvelles et du bruit — fort romantique. Et c'est dans le cimetière des protestants, situé au pied de la pyramide, que Stendhal a songé un moment à se faire enterrer à côté de Shelley. Voir une gravure contemporaine dans mon *Album Stendhal*, p. 289.

Page 347.

1. *Les Mystères d'Udolphe :* roman «noir» d'Ann Radcliffe (1794).

2. «Mère et capitale des églises de Rome et du monde.»

3. *Édition de 1853 :* pour en prendre possession (c'est la cérémonie du *possesso*).

4. Description composée d'emprunts à Lalande, t. III, p. 297 et suivantes, et à Nibby, p. 173 et suivantes.

5. D'après M. Carlo Cordié, Stendhal aurait mis à contribution un ouvrage qu'il connaissait bien, celui qu'Ambrogio Levati avait publié en 1820, *Viaggi di Francesco Petrarca in Francia, in Germania ed in Italia* (*Il Petrarca e il petrarchismo nelle testimonianze di Stendhal*), in *Studi Petrarcheschi*, 1951, ensuite dans le volume *Ricerche stendhaliane,* Naples, 1968.

Page 348.

1. « Sofite » est de toute évidence le mot italien *soffitto* (plafond) francisé.

2. *Exemplaire Serge André, t. II, p. 108 :* « double portique, fort joli, fut élevé ». Entré dans le texte de l'édition de 1853.

3. *Exemplaire Serge André, t. II, p. 191 :* « baroque et plat. En creusant ». Entré dans le texte de l'édition de 1853.

4. *Édition de 1853 :* La façade principale a cinq balcons ;

5. *Exemplaire Serge André, t. II, p. 191 :* « la bénédiction ». Entré dans le texte de l'édition de 1853.

6. *Exemplaire Serge André, t. II, p. 191 :* « inférieur une mauvaise statue ». Entré dans le texte de l'édition de 1853.

Page 349.

1. *Exemplaire Serge André, t. II, p. 110 :* « la jolie grille ». Entré dans le texte de l'édition de 1853.

2. *Exemplaire Serge André, t. II, p. 194 :* « des savants antiquaires ». Addition insérée dans le texte de l'édition de 1853.

Page 350.

1. *Édition originale* et *toutes éditions :* Casanatta. — Le cardinal Girolamo Casanate (1620-1700), fondateur de la bibliothèque Casanatense, l'une des plus importantes de Rome. Voir Nibby, *Itinéraire de Rome,* p. 340.

2. *Édition originale et toutes éditions :* du Giotto. — Il s'agit sans aucun doute d'une coquille, car on n'a jamais dit *le* Giotto. Cf. *Histoire de la peinture en Italie,* chap. III et *passim.*

3. *Édition de 1853 :* Là est le

4. *Exemplaire Serge André, t. II, p. 195 :* « Il y a dans la croisée à gauche un bel autel. » Entré dans l'édition de 1853.

Page 351.

1. *Addition dans l'exemplaire Serge André, t. II, p. 196 :* « Qu'est-ce qu'un grand seigneur sans les dorures, les coureurs, les voitures, le faste et toute cette magnificence ruineuse qui lui vaut le respect de ses voisins ? » Addition figurant dans l'édition de 1853 avec la variante : « de son voisin ».

2. *Exemplaire Serge André, t. II, p. 196 :* « une ligne droite » Entré dans le texte de l'édition de 1853.

Page 352.

1. *Addition dans l'exemplaire Serge André, t. II, p. 198 :* « Leurs hiéro-glyphes, si on les devine réellement, ne disent que des platitudes. »

2. Stendhal entend probablement parler de la localité appelée *Ponte-centesimo*, relais de poste sur la route de Bologne à Ancône par Foligno.

3. *Exemplaire Serge André, t. II, p. 198 :* « de la Douane à Rome. À Naples » — *Édition de 1853 :* « de la Douane à Rome, près de la Porte del Popolo. À Naples » — *C'est là une méprise de Romain Colomb, la Douane se trouvant à l'autre bout du Corso, piazza di Pietra, près de la place de Venise.*

Page 353.

1. « Pourquoi cette boutade, ce coup à Thorwaldsen, en réalité sans fondement ? » s'est demandé M. Meïr Stein dans son article *Promenade stendhalienne au musée Thorwaldsen de Copenhague,* in *Stendhal Club,* n° 27, 15 avril 1965.

2. *Addition dans l'exemplaire Serge André, t. II, p. 200 :* « On a dépensé beaucoup d'argent pour arriver à un gros bâtiment commun. »

3. « Pénible, forcée. »

4. D'après Lalande, t. III, p. 327 et suivantes, et Nibby, p. 198 et suivantes.

Page 354.

1. Voir plus haut à la date du 15 juin 1828, p. 327.

2. *Édition de 1853 :* église, l'une

Page 355.

1. *Édition de 1853 :* de Sixte-Quint, dans laquelle il repose. Ce grand prince

2. Paul Bril (1556-1626), peintre et graveur flamand. Il a peint au Vatican un paysage de 20 mètres de long représentant *Saint Clément lié à une ancre et précipité dans la mer.*

Page 356.

1. La rue rectiligne appelée d'abord *via Santa Maria Maggiore,* ensuite *via Panisperna,* qui va de Sainte-Marie-Majeure au Forum de Trajan.

2. Il faut sans doute donner à cette affirmation la valeur d'un alibi. Cf. plus loin, à la date du 5 octobre 1828 (p. 385) : « Nous autres gens du Nord... »

Page 359.

1. Anecdote empruntée à l'*Histoire des républiques italiennes du Moyen Âge* par Sismondi, t. XIII, p. 326-329, d'où sont également tirées les deux références de Guichardin et de l'*Orlando furioso.*

Page 360.

1. Les ouvrages auxquels Stendhal a habituellement recours — Misson, Lalande, Nibby — ne donnent guère de détails sur les peintures de Santo Stefano Rotondo. On peut donc supposer qu'il y a dans ces pages un apport personnel de l'auteur des *Promenades dans Rome.*

Page 361.

1. *Notes dans l'exemplaire Serge André, t. II, f° 13 v° (fin de volume) :*
« Martyres. San Stefano Rotondo. À ajouter :

« Tous les ans des centaines de fidèles se forment en caravanes et arrivent au Gange pour se priver de la vie dans les eaux du fleuve sacré[1].

« *For me.*

« Les martyres prouvent pour toutes les religions depuis celles du duel jusqu'à celles des Bramines. Les martyres sont le premier *crime* des religions. C'est la dîme qu'elles prélèvent sur les âmes généreuses et poétiques.

« D[OMINI]QUE. »

D'après ces deux notes Romain Colomb a composé le texte suivant qu'il a fait figurer dans l'édition de 1853 :
« M. Hébert attribue, en grande partie, ces affreux sacrifices des femmes indiennes à l'avarice des parents, qui ne veulent pas payer l'entretien des femmes restées veuves, et à la jalousie des vieillards, qui cherchent à s'assurer la fidélité de leurs jeunes épouses même après leur mort. Du reste, les Hindous font très peu de cas de la vie d'une femme. — Chaque année, des centaines de fidèles se forment en caravanes et arrivent à Bénarès pour se noyer, par dévotion, dans le Gange, ce fleuve sacré ; c'est assurer son salut que de mettre fin à ses jours au milieu de la cité sainte. »
2. Édouard Gibbon, auteur d'une *Histoire de la décadence et de la chute de l'Empire romain* (1766-1788), n'est nommé par Stendhal que pour brouiller les cartes. L'anecdote de Perpétue est empruntée au *Globe* du 23 mai 1829. Ce numéro renfermait la troisième et dernière partie de l'article *De l'insensibilité dans l'extase. À l'occasion du cancer extirpé par le docteur Cloquet et la séance de la section de chirurgie.* Stendhal prononce le nom de «M. Cloquet», sans donner aucune précision, sauf une, inexacte d'ailleurs : « avril 1829», laissant croire que son récit est tiré d'une *Histoire de Tertullien,* alors que cette référence figure dans le *Globe.* Les deux seules allusions lui appartenant sont celles qui sont relatives à Mme Roland et au général Riego.

Page 362.

1. Le général espagnol Rafael de Riego y Nuñez (1784-1823) se déclara contre le gouvernement rétrograde de Ferdinand VII. Capturé après la prise du Trocadéro par l'armée française, il fut pendu.

Page 363.

1. Romain Colomb a biffé au crayon, sur l'exemplaire Serge André, t. II, p. 215, la deuxième partie de ce passage et a consigné en regard :

1. *Voyage de l'évêque Hébert dans l'Inde en 1828.* Voir *Le National* du 1ᵉʳ février 1830.

« Supp[ressi]on ». Et cela pour éviter une répétition, Stendhal revenant plus loin sur l'église de la Navicella. Par conséquent, l'édition de 1853 porte : « À San Stefano Rotondo nous sommes allés rejoindre nos compagnes de voyage sur le mont Coelius. »

2. L'actuelle villa Celimontana. Emmanuel Godoï, prince de la Paix (1767-1851), vivait alors à Rome, ayant suivi dans l'exil l'ancien roi d'Espagne, Charles IV.

3. *Mémoires* de M. de Bausset : voir plus haut à la date du 30 mai 1828, p. 258.

4. *Édition de 1853* : d'être seul

Page 364.

1. Voir plus haut, à la date du 8 décembre 1827, p. 125.

2. Dans *Rome, Naples et Florence en 1817,* Stendhal avait raconté, à la date du 20 mars 1817, qu'un dimanche à Rome il avait failli mourir de faim n'ayant pas trouvé un seul restaurant ouvert.

3. « C'est un vrai lion. »

4. Cf. plus haut à la date du 2 juillet 1828, p. 337.

Page 365.

1. *Vita di Michelangelo Buonarroti... pubblicata mentre viveva dal suo scolaro Ascanio Condivi. 2ᵉ edizione (da A. F. Gori) corretta e accresciuta di varie annotazioni (di P. Mariette e D. M. Manni), della descrizione genealogica della nobil famiglia Buonarroti e del compendio della vita di Michelangolo Buonarroti da G. Vasari,* Florence, 1746, in-folio. Stendhal avait eu cet ouvrage entre les mains à l'époque où il travaillait à son *Histoire de la peinture en Italie* (V. Del Litto, *La Vie intellectuelle de Stendhal,* p. 436).

2. Nom supprimé dans l'édition de 1853.

Page 366.

1. Cette église se trouve entre la place Navone et la via dei Coronari.

Page 367.

1. L'église de *San Giovanni de' Fiorentini* se trouve au bout de la via Giulia, près du ponte dei Fiorentini. On remarquera que Stendhal ne suit aucun ordre dans l'énumération des églises romaines.

2. L'église *San Girolamo della Carità* se trouve à proximité du palais Farnèse.

3. L'église de *Santa Maria dell' Anima* est située dans les parages de la place Navone.

Page 368.

1. Les *Mémoires* de Bourrienne ont paru en 1829 chez Ladvocat, 10 vol. in-8°.

2. *Édition de 1853* : « le 16 germinal an IV (5 avril 1796). » Romain Colomb a ajouté l'année du calendrier républicain et corrigé l'erreur qui s'était glissée dans l'édition originale (6 avril au lieu de 5 avril).

Page 369.

1. Stendhal avait précédemment fait allusion à cette lettre dans une note de la *Vie de Rossini,* chap. XXXV : « ... J'ai vu hier douze lettres de l'amour le plus passionné ; elles sont de la main de Napoléon et adressées à Joséphine ; l'une d'elles est antérieure à leur mariage. À propos de la mort imprévue d'un M. Chauvel, ami intime de Napoléon, il y a une boutade singulière et tout à fait digne de Platon ou de Werther sur l'immortalité de l'âme, la mort, etc. » On en déduit que tout ce qui est dit ici n'est qu'une simple mise en scène.

2. Au nord-ouest de la place Navone. La via di Sant' Agostino débouche dans la via della Scrofa.

3. Le cardinal d'Estouteville (1403-1483), évêque d'Ostie et de Velletri sous Sixte IV.

Page 370.

1. Nibby est fort laconique au sujet du Caravage : « Enfin, on voit sur l'autel de la dernière chapelle un beau tableau de Michel-Ange de Caravage représentant Notre-Dame de Lorette avec deux pèlerins... » (p. 357). Même remarque en ce qui est de Lalande : « À la première chapelle à gauche, en entrant dans l'église, l'Adoration des Bergers par Michel-Ange de Caravage » (t. IV, p. 67). Au contraire, Stendhal profite de l'occasion pour s'attarder sur ce peintre qui l'intéresse vivement.

2. *Sur l'exemplaire Serge André, t. II, p. 230,* Stendhal a biffé au crayon les derniers mots et a noté en regard : « Faux, voir l'énergie sur les pages blanches. » En outre, il a consigné sur le plat de la couverture à la fin du volume : « 230. Énorme sottise sur l'*Isaïe* habillé par Braghettone. »

Addition dans l'exemplaire Tavernier, t. II, p. 230 : « Mais, à mon gré, il est loin de Michel-Ange ; le genre terrible et biblique n'était pas fait pour Raphaël ; sa grâce divine y est un contresens continuel. Les fresques des treize premiers arceaux, je crois, aux loges de la cour de Saint-Damase, qui expriment des sujets de la Bible *avant J.-C.,* sont un contresens, un anachronisme à l'usage des âmes délicates. Voir la Bible traduite par M. Lanci, un savant romain, artiste, car Isaïe est habillé par Braghettone. »

Braghettone (culottier) est le surnom donné au peintre Daniele da Volterra, dit le Volterrano, chargé d'« habiller » les personnages du *Jugement dernier* de Michel-Ange. Quant à la Bible dont Stendhal parle, il s'agit de la *Sacra Scrittura illustrata con monumenti fenici, assiri ed egiziani, da Michelangelo Lanci,* Rome, 1827, 2 vol. in-f°. Cet ouvrage sera traduit en français en 1844.

3. *Note dans l'exemplaire de La Baume :* « Faux. » Effectivement l'indication est erronée : l'église de Saint-Augustin ne se trouve pas dans l'axe via Condotti-Saint-Pierre.

Page 371.

1. Voir *L'Italie en 1818,* à la date des 15 février 1818 et 4 septembre 1818.

2. Voir *Rome, Naples et Florence en 1817,* à la date du 25 février 1817.

3. C'était la ville natale de l'ami milanais de Stendhal, Luigi Buzzi. Cf. testament daté des 14 et 15 novembre 1828 (*Souvenirs d'égotisme,* Cercle du Bibliophile, t. XXXVI, p. 274).

4. Les détails techniques relatifs à la calotte de la coupole sont empruntés à Lalande, t. III, p. 274-275. Il en est de même de la référence à l'architecte Pontana et à son ouvrage.

Page 372.

1. *Correction dans l'exemplaire de La Baume, t. II, p. 183 :* « trois ».

2. Voir dans mon *Album Stendhal* (p. 256) le fac-similé d'un numéro du *Diario de Rome* de 1832.

3. *Édition de 1853 :* il raconte

Page 373.

1. Toutes les recherches entreprises en vue de retrouver le *Journal de la littérature étrangère* sont demeurées vaines : ce périodique ne figure dans aucun catalogue, dans aucun réfectoire. Erreur ou alibi de Stendhal ?

Page 374.

1. Stendhal a réellement conçu le projet de visiter la Sicile ; il a même esquissé l'itinéraire de son excursion dans l'île (voir mon *Album Stendhal,* p. 259). Cependant il n'a pas mis son projet à exécution. Le plus curieux est qu'à deux autres reprises, et à des époques différentes, il a fait un récit succinct de ce voyage qui n'avait jamais eu lieu, d'abord au chapitre XLV de la *Vie de Rossini,* ensuite dans l'introduction de *La Duchesse de Palliano.*

2. *Addition dans l'exemplaire Serge André, t. II, f⁰ 2 v⁰ (début du volume) :*

« 16 septembre 1827, dimanche.

« Je vais à Furia pour la seconde fois. Société avec les paysans de la chaumière que j'habite. Vie champêtre ; je donne à manger aux poules, ce qui ne m'était peut-être pas arrivé depuis les logements militaires en Allemagne.

« (Vie à l'île d'Ischia.) »

C'est lors de son voyage en Italie de 1827 que Stendhal s'est rendu à Ischia. Cf. la lettre à Adolphe de Mareste du 19 novembre : « ... J'ai passé dix jours en pension chez un paysan de Casamiccia [*sic*], dans l'île d'Ischia. [...] C'est délicieux. Tous les matins j'allais à Furia ou à Ischia à âne... » (*Correspondance,* t. II, p. 127.)

3. Cf. *Rome, Naples et Florence en 1817,* à la date du 26 février 1817.

4. *Addition dans l'exemplaire de La Baume, t. I, f⁰ 32 r⁰ (fin du volume) :*

« 22 janvier 1832.

« Retour de Naples.

« Quand on arrive de Naples à Rome, on croit entrer dans un tombeau. Il est peu de contrastes aussi douloureux. On passe de la ville la plus gaie à la plus triste.

« Exécrable architecture de Naples. Il n'y a de bien que la largeur des portes cochères et la hauteur des étages. »

Sur l'impression qu'on a en arrivant à Rome depuis Naples, voir plus loin à la date du 18 décembre 1828, p. 509.

5. *Édition originale et édition de 1853 :* Mazaniel. — À la fin du récit de la révolte de Masaniello, Lalande (t. V, p. 271) mentionne les *Mémoires de feu M. le duc de Guise* (à Paris, 1668, in-4°), mais non les *Mémoires* de Montluc.

6. C'est pour la troisième fois que Stendhal revient sur la tragique histoire du couvent de Baïano (voir aux dates des 2 novembre 1827 et 9 juin 1828) (p. 71 et 276, note de l'auteur).

Page 375.

1. *Exemplaire Serge André, t. II, p. 238, le lecteur italien a corrigé :* « *Vedi Napoli e poi mori.* » Romain Colomb a corrigé à son tour le texte de la citation dans l'édition de 1853.

2. Le *Castel Nuovo* ou *Maschio Angioino*, bâti par Charles Ier d'Anjou (1279-1282), résidence des princes angevins et aragonais, est certes une construction massive et peu gracieuse, mais ne mérite pas le mépris de Stendhal.

3. *Édition de 1853 :* une oasis morale — Littré signale l'emploi qu'a fait Chateaubriand d'*oasis* au masculin dans la deuxième partie de l'*Itinéraire*, et il ajoute : « Aujourd'hui il est uniquement féminin. »

4. Torre del Greco : agglomération à 12 kilomètres de Naples au bord de la mer et au pied du Vésuve.

Page 377.

1. Un monument par le sculpteur Giuseppe De Fabris a été élevé au Tasse en 1857 dans la première chapelle à gauche.

2. *Addition dans l'exemplaire Serge André, t. II, f° 4 v° (début du volume) :*
« 5 nov[embre] 183 [sic].
« S[ain]t-Onuphre.
« La *Madono* de Léonard à S[ain]t-Onuphre a entre les yeux et le haut du front un travers de doigt trop long pour être belle dans nos idées actuelles. Cela lui donne l'air d'une réflexion profonde. Cela l'éloigne de la Vénus de Médicis qui ne peut songer qu'à la volupté. Quant à moi, j'aime ce défaut de Léonard. »

3. *Exemplaire Serge André, t. II, p. 243 :* « montrée à droite de la porte qui s'ouvre sur la galerie ». Entré dans le texte de l'édition de 1853.

Page 378.

1. *Addition dans l'exemplaire Serge André :* « Comme le Tasse est beau quand il ne se croit pas obligé de copier Horace ou Virgile ! »

2. Le passage de Stendhal à Ferrare en décembre 1827 est attesté par la lettre à Alphonse Gonssolin du 17 janvier 1828 (*Correspondance*, t. II, p. 133-134).

3. Même affirmation dans la *Vie de Henry Brulard*, chap. XXI : « ... à mes yeux, quand par bonheur le Tasse oublie d'imiter Virgile ou Homère, il est le plus touchant des poètes. »

4. Rappelons que l'admiration de Stendhal pour le Tasse datait de loin ; dès l'âge de dix-neuf ans, il avait lu la *Jérusalem délivrée* dans le texte et la plume à la main (V. Del Litto, *Un cahier inédit de Stendhal sur*

« *la Jérusalem* » *du Tasse,* in *Ausonia,* n° 1, 1936, et *Journal littéraire,* Cercle du Bibliophile, t. XXXII, p. 69 et suivantes).

5. Sur l'évolution des jugements de Stendhal à l'égard de la poésie de Byron, voir ma *Vie intellectuelle,* p. 673 et suivantes.

Page 379.

1. « Sur la tombe de Torquato Tasso.

« Du sublime chantre, seul épique, qui en langue moderne faisait résonner de l'un à l'autre pôle la trompette antique, ici gisent les ossements dans une tombe si négligée ?

« Ah, Rome ! et tu refuses une urne à qui déploya un tel vol, alors que la gloire de son nom au ciel retentit ; alors que le plus grand de tes temples sert de catacombe au vil troupeau de tes évêques-rois ?

« Multitude de morts qui jamais ne furent vivants, allons, lève-toi donc et purge de ta présence le Vatican que tu emplissais de puanteur !

« Là-bas, en son beau centre, qu'on le place : digne de tous deux, c'est là que Michel-Ange élevait un monument au grand Torquato. »

2. La source de l'anecdote racontée dans ces pages, la plus développée des « chroniques » antérieures aux récits connus sous le titre de *Chroniques italiennes,* a été révélée en 1942 par A. Caraccio : *Une chronique des « Promenades dans Rome ». L'histoire de Fabio Cercara et de Francesca Polo d'après Bandello,* in *Le Divan,* n° 242, avril-juin 1942, ensuite dans le volume *Variétés stendhaliennes,* Grenoble, 1947. Il a aussi précisé que la nouvelle de Bandello (liv. I, nouvelle XVII) est plaisante, tandis que chez Stendhal elle devient tragique. En outre, les noms des personnages et le lieu de la scène ont été modifiés. De même, Stendhal a transporté l'intrigue à l'époque moderne ; en effet, il y fait état du carbonarisme.

3. *Correction dans l'exemplaire Serge André, t. II, p. 246 :* « on l'a trouvé froid dans la rue, vêtu ». Entrée dans le texte de l'édition de 1853.

Page 380.

1. *Correction dans l'exemplaire Serge André, t. II, p. 247 :* « il a bien voulu promettre sa protection ».

2. *Édition de 1853 :* n'a que

3. *Correction dans l'exemplaire Serge André, t. II, p. 247 :* « ennuyeux au possible ».

4. *Correction dans l'exemplaire Serge André, t. II, p. 247 :* « bel homme, mais fort brun, il avait l'air timide » : *Édition de 1853 :* C'était un très bel homme, mais fort brun. Il avait l'air timide

5. *Correction dans l'exemplaire Serge André, t. II, p. 248 :* « peut-être. Cette réponse désespéra Fabio ; cependant il ne put prendre sur lui de quitter Ravenne. » Entrée dans le texte de l'édition de 1853.

Page 384.

1. *Édition de 1853 :* charmes

2. On reconnaît sans peine dans ce portrait celui de Matilde Dembowski. Stendhal a fait de l'héroïne de la nouvelle, Francesca, une femme à l'image de celle qu'il avait adorée, courageuse et passionnée.

Page 385.

1. *Note dans l'exemplaire Tavernier :* « Voir et citer l'article des *Débats* du 24 mai, je suppose, sur *Les Paroles d'un croyant* de M. de Lamennais. »

L'article auquel Stendhal fait allusion a été donné intégralement par M. du Parc dans son ouvrage *Quand Stendhal relisait les « Promenades dans Rome »*, p. 110-113.

2. On a déjà lu, à la date du 6 juillet 1828 (p. 356) : « Parmi nous, gens du nord de la Loire... »

3. Lapsus : l'église de Sainte-Sabine n'est pas sur le Coelius, mais sur l'Aventin.

4. *Édition de 1853 :* vingt-deux — La différence vient de la suppression dans cette liste des églises de *San Carlo a' Catinari* et de *la Navicella.*

Page 386.

1. *Note dans l'exemplaire Serge André, t. II, p. 257 :* « Architecture plate. »

2. *Addition dans l'exemplaire Serge André, t. II, p. 257 :* « fresques divines du ». Entrée dans le texte de l'édition de 1853.

3. *Addition dans l'exemplaire Serge André, t. II, p. 258-259 :*

« Charmante église et vue superbe de la porte : c'est la vue qu'avaient les triomphateurs. On domine le mont Janicule. Du temps de Scipion, immense vue sur la campagne. Charmantes fresques du Pinturicchio dans la première chapelle à gauche. L'art était enfant, mais la vérité vaut mieux que tous les petits peintres de 1820 qui travaillent si vite. »

Édition de 1853 : « Au Capitole, à gauche en montant ; ancien temple de Jupiter ; charmante église, et vue superbe de la porte ; colonnes antiques, air sombre, le *Sacro Bambino ;* immense escalier de marbre. »

Faute d'avoir bien déchiffré la note de Stendhal, A. Caraccio attribue à l'église de *San Pietro in Vincoli* ce que Stendhal dit de l'*Aracoeli.* Et pourtant le sens est clair : *San Pietro in Vincoli,* qui se trouve à proximité du Colisée, ne peut *dominer* le Janicule.

Sur l'église d'*Aracoeli,* voir aussi les détails que Stendhal donne dans une lettre adressée à Romain Colomb le 28 mai 1841, et où ce dernier a probablement soudé, suivant son habitude, des textes différents (*Correspondance,* t. III, p. 444-445).

4. Église omise dans l'édition de 1853.

5. *Édition de 1853 :* Saint-Grégoire-au-Mont-Coelius. — Ce sont sans doute des élèves du Guide qui ont peint le *Concert des Anges* d'après quelque petit dessin de ce grand homme. Je ne reconnais nullement *sa main* dans cette fresque.

J'admire toujours les deux fresques de Saint-André. La fresque du Guide est beaucoup plus touchante à cause de la vérité des soldats, de la passion du saint à la vue de la croix, de l'angélique beauté de la femme qui gronde son fils, et de celle à droite qui regarde. Vérité de la curiosité du jeune homme près d'elle.

6. *Note dans l'exemplaire Serge André, t. II, p. 258 :* «Faux, 27 septembre 1831.» — Dans l'édition de 1853, l'église de la Navicella est omise dans la liste des églises.

7. *Addition dans l'exemplaire Serge André, t. II, p. 257 :* «Belles colonnes antiques nullement cachées par l'architecture. Le *Moïse* triomphant.» — *Édition de 1853 :* Belles colonnes antiques de marbre grec.

Page 387.

1. *Addition dans l'exemplaire Serge André, t. II, p. 259 :* «blessés de ce que les jésuites oppriment la France trouvent» : *Édition de 1853 :* blessés de ce que les jésuites oppriment la France (1829), trouveront

2. *Note dans l'exemplaire Serge André, t. II, p. 260 :* «Paratonnerre. Il y avait des arrêts inquiétants pour les libéraux. Delaunay fort timide en 1829. — *Ibid., t. II, plat de la couverture (fin de volume) :* «260. Paratonnerre. M. Delaunay avait peur en 1829.»

3. Cf. plus haut, à la date du 1ᵉʳ juillet 1828, p. 333.

Page 388.

1. *Édition de 1853 :* soixante-dix-sept

2. *Édition originale et édition de 1853 :* 1690

3. *Addition dans l'exemplaire Bucci, t. II, p. 262 :* «peintre adroit et médiocre à peu près de la taille de M. Agricola que je cite plus haut. Première correction le lendemain de Saint-Jean, 25 juin 1841...»

Page 389.

1. *Addition dans l'exemplaire Serge André, t. II, p. 262 :* «Remarquer les grandes colonnes sur le mur à droite.»

2. Lapsus de Stendhal, au lieu de : saint Simplice. Cf. Nibby : «Cette église fut consacrée par le pape st. Simplicius, l'an 470, en l'honneur de Ste Bibiane...» (*Itinéraire de Rome*, p. 191).

3. *Correction dans l'exemplaire Serge André, t. II, p. 262 :* «belle ainsi que».

4. *Addition dans l'exemplaire Serge André, t. II, fᵒ 8 rᵒ (début du volume) :*

« San Carlo [a'] Catinari.

« Les fresques du Dominiquin sont un peu crues. Elles ont l'avantage de représenter de jolies femmes timides regardant le ciel et non pas de vieux saints barbus.

« 21 octobre 1831.»

Dans l'édition de 1853, ce passage a remplacé celui qui existait dans l'édition originale sur l'église de *S. Carlo a' Catinari*.

5. *Addition dans l'exemplaire Serge André, t. II, p. 262 :* «charmante petite église célèbre parce qu'elle couvre une surface égale à la *base* d'un pilastre du dôme de s[ain]t-Pierre.» : *Édition de 1853 :* célèbre parce qu'elle couvre une surface égale à la base d'un des quatre piliers qui soutiennent la coupole de saint-Pierre.

Page 390.

1. *Édition de 1853, alinéa omis.*

2. *Édition de 1853, alinéa omis.*

Page 391.

1. *Édition de 1853, alinéa omis.*

2. À peu de temps de là, en 1831, Stendhal intitulera *San Francesco a Ripa* une nouvelle que d'ailleurs il n'achèvera pas.

3. *Édition de 1853, alinéa omis.*

4. *Édition de 1853, alinéa omis.*

5. *Édition de 1853, alinéa omis.*

Page 392.

1. Le *René* de Chateaubriand, comme on le devine.

2. L'ordre alphabétique des églises est rompu dans la présente édition, Stendhal ayant imprimé *San Grisogono* au lieu de *San Crisogono*. À remarquer que, décidément brouillé avec l'orthographe, il écrit à la fin de ce même paragraphe, dans le titre du tableau du Guerchin : *Saint Grisogone* au lieu de *Saint Chrysogone*.

3. Pauline de Baumont, née de Montmorin, morte à Rome en 1803. Sur le monument que Chateaubriand lui fit ériger à Saint-Louis-des-Français, il existe un morceau que Romain Colomb a publié, sous forme de lettre à lui adressée et la date du 23 avril 1836, dans son édition de la *Correspondance inédite* (1855, deuxième série, p. 233). Adolphe Paupe a repris ce fragment dans son édition de la *Correspondance* (1908, t. III, p. 169-170), et l'a complété d'après l'autographe que lui avait communiqué Casimir Stryienski et depuis disparu, d'un croquis du monument. Il va sans dire que ce fragment n'est pas une lettre, mais une addition destinée à une nouvelle édition des *Promenades dans Rome*.

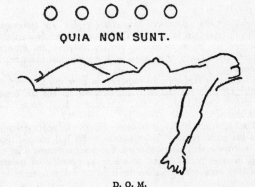

QUIA NON SUNT.

D. O. M.

Après avoir vu périr toute sa famille, son père, sa mère,
ses deux frères et sa sœur, Pauline de Montmorin,
consumée d'une maladie de langueur, est venue mourir sur cette terre
étrangère. F. A. de Chateaubriand a élevé ce monument à sa mémoire.

« Ces cinq médaillons ont cinq pouces de haut chacun et représentent les cinq personnes perdues par P. de Montmorin. Elle est couchée, le bras gauche pendant hors du lit ; on voit un peu le bras droit.

« Le monument a la forme de cette feuille ; il existe dans la première chapelle à gauche en entrant dans Saint-Louis, laquelle a été restaurée, en 1833, au moyen de mauvaises fresques et de deux magnifiques colonnes antiques. Sous le pavé, on a placé le cœur de M. le duc Annibal d'Estrées, ce pauvre cœur avait attendu cent quarante ou cent trente ans dans la sacristie. Vis-à-vis de Mlle de Montmorin est le cœur et la personne de M. le cardinal de Bernis. Cette église, fort ornée de marbres, est fort laide, parce qu'elle ressemble à nos églises de France. La nef du milieu est fort étroite, comme à Notre-Dame.

La deuxième chapelle à gauche a d'admirables fresques du Dominiquin, bien conservées. Sainte Cécile distribue ses biens. Elle meurt d'un coup de sabre au cou ; elle est portée au ciel. Le bas-relief de P[auline] de Montmorin est bien médiocre ; il est à gauche dans la chapelle, appliqué contre le mur de la façade de l'église de S. Luigi. Tout l'intérieur, fait par des artistes français, est plat, grossier, infâme. Les statues de la façade, par M. Lestage, sont atroces. M. Lestage était apparemment de l'Institut de son temps. Monument dans la première chapelle à gauche, le bas-relief est grossier. Catherine de Médicis a donné les sommes avec lesquelles on a bâti cette église, terminée en 1489, six ans après la naissance de Raphaël ; la façade est bien plate, quoique de Giov[anni] della Porta. »

Page 393.

1. *Addition dans l'exemplaire Serge André, t. II, f° 4 v° (fin du volume) :*

« S[ain]t-Louis, vu le 30 avril. Charmante fresque de s[ain]te Cécile distribuant ses belles robes aux pauvres. Naïveté des groupes. La s[ain]te Cécile a la tête trop grosse et une jambe mal indiquée. Beauté des fonds.

« La mort de la s[ain]te en présence du pape qui la bénit est trop absurde. Le pape eût été martyrisé avec elle ou eût fait pendre les bou[rreaux]. Ceux-ci ont-ils laissé la s[ain]te à demi morte ? Cela est encore absurde.

« Tout le monde v[ole] ou du moins les gens influents v[olent] et les autres laissent faire dans l'ad[ministratio]n des […] français, 800. En face, la chapelle de S[ain]t-Sébastien. Peintures à fresque d'un nommé Massei données par M. Salvi, architecte, *sans publicité ni concurrence.* »

Les deux premiers alinéas ont été incorporés dans le texte de l'édition de 1853.

2. *Note dans l'exemplaire Serge André, t. II, f° 3 r° (fin du volume) :*

« 267. On me nie ces tombeaux. Vérifier le fait et l'épitaphe de Mlle Pauline de Montmorin, jeune émigrée, par M. de Chat[eau]b[riand]. »

Stendhal fait allusion au démenti dont il avait été l'objet dans l'article de *L'Universel* daté du 14 octobre 1829 : « Il n'y a aucun Français

du nom de Montmorin enterré dans cette église, c'est la jeune dame
qui s'appelait de Beaumont et était fille de M. de Montmorin, ministre
des Affaires étrangères sous Louis XV, et qui n'était pas émigrée »

3. *Exemplaire Serge André, t. II, p. 268 :* « Charmantes colon[nes] de
marbre jaune et rouge [...]. Malheureusement ces colo[nnes] n'étaient
pas assez fortes pour soutenir le mur de l'église ; on a été obligé de les
doubler par des piliers carrés et fort laids. »

4. *Dans l'édition de 1853, ce passage sur l'église de Santa Maria degli
Angeli a été placé au tome I, p. 55 (29 août 1827).*

Page 394.

1. *L'édition de 1853 a omis le passage de l'église de Santa Maria
dell'Anima.*

2. *Note dans l'exemplaire Serge André, t. II, p. 168 :* « Non, 26 septembre 1831. »

3. *Note dans l'exemplaire Serge André, t. II, p. 269 :*

« Les arcs au-dessus des piliers qui séparent la grande nef des nefs
latérales sont aigus ou gothiques. J'ai eu tort dans la première édition
de dire que je n'ai pas trouvé à Rome des arcs pointus. »

4. *La Jolie Fille de Perth,* roman de Walter Scott. Stendhal le
mentionne à plus d'une reprise. Quant au *Christ* de Michel-Ange, voir
le chapitre clxvi de l'*Histoire de la peinture en Italie.*

5. *Sur la bibliothèque Casanatense et son fondateur, le cardinal
Casanate, voir plus haut à la date du 5 juillet 1828, p. 350.*

Page 395.

1. *Addition dans l'exemplaire Serge André, t. I, fol. 11-12 (fin du
volume) :*

« Sainte Marie *sopra Minerva.*

« Église admirable par une foule de tombeaux où on lit la date de
1560. C'était le bon temps pour les tombeaux, moins encore cependant
que de 1512 à 1520 du vivant de Raphaël. Heureux les morts qui se
sont en allés vers ce temps-là ! La beauté des formes du tombeau fait
bien leur histoire, tandis que tous les morts de 1750, par exemple,
semblent ridicules.

« En approchant d'un tombeau, on regarde la dernière ligne de
l'épitaphe. Si l'on y voit :

OBIIT A. D. MDLIII

il vaut la peine de lever les yeux. Le souvenir de Raphaël régna dans
Rome jusque vers 1600. Alors arrivèrent les abominations du Bernin et
de ses élèves. De 1650 à Canova, le tombeau d'un mort illustre a l'air
d'un pamphlet contre lui.

'« À S[an]ta Maria sopra Minerva, charmantes fresques du Moyen
Âge au fond de la croisée à droite.

« Beauté des jambes du Christ de Michel-Ange. Elles ne sont point
une copie de celles de l'Apollon : voilà pourquoi il n'y a pas de froid.

« 29 septembre 1831. »

Note incorporée dans le texte de l'édition de 1853, à l'exception du dernier alinéa ; quant à l'avant-dernier, Romain Colomb l'a modifié comme suit : « Dans cette église sont de charmantes fresques du Moyen Âge, au fond de la croisée à droite. »

2. On peut se demander si Stendhal ne confond pas le « Park Crescent » avec le « Quadrant ». En effet, le « Park Crescent » était situé au bout de Portland Place, tandis que le « Quadrant » était la partie en arc de cercle de Regent Street. Voici ce qu'écrit un guide du temps : « À cet endroit [de Regent Street] les bâtiments de chaque côté de Piccadilly forment un cercle où commence une double rangée de magasins uniformes (...) qui va en s'incurvant jusqu'à Vigo Lane ; une colonnade et une rangée ininterrompue de portiques se trouvent de chaque côté de la courbe ; les piliers sont en fonte, creux et de style ionique. Cette partie de la rue s'appelle *Le Quadrant*. » *(The Original Picture of London. Reedited by J. Britton.* Londres, [1828], p. 191-192.)

Page 396.

1. *Addition dans l'exemplaire Serge André, t. II, p. 272 :* « prodigalité de marbres superbes ».

2. *Édition de 1853 :* article omis.

3. *Correction dans l'exemplaire Serge André, t. II, p. 272 :* « orner à ses dépens ». — Repris dans l'édition de 1853.

4. *Exemplaire Serge André, t. II, fᵒ 15 rᵒ :*

« 272. S[ain]te-Martine. Sixte-Quint.

« Nous avons été touchés par la statue de la sainte qui a bien des défauts, mais elle est bien placée. La tête est séparée du corps. La sacristie a du terrible Sixte Quint un portrait auquel je croirais assez ; il ressemble à un bouc, mais plus méchant que malin. »

5. *Correction dans l'exemplaire Serge André, t. II, p. 272 :* « du tableau attribué à ». Repris dans l'édition de 1853.

Page 397.

1. *Édition de 1853 :* est du terrible M. Valadier

2. À rapprocher du début de la *Vie de Henry Brulard*, où Stendhal déplore que le tableau de Raphaël, la *Transfiguration,* ne soit plus à San Pietro in Montorio.

3. En fait, il s'agit de Ferdinand V, le Catholique (1452-1516). Mais Stendhal n'est pas responsable de l'erreur, car il avait pu lire dans Nibby, à propos de cette église, que « Ferdinand IV, roi d'Espagne, la rebâtit vers la fin du XVIᵉ siècle » *(Itinéraire de Rome, p. 470).*

4. *Dans l'édition de 1853, Romain Colomb a remplacé ce passage sur San Pietro in Montorio par le suivant beaucoup plus développé :*

« Nous avons été bien surpris ce matin de l'admirable vue que l'on a de San Pietro in Montorio ; c'est la plus belle de Rome ; on trouve ici son véritable aspect. Il faut choisir un jour de soleil à nuages chassés par le vent ; alors tous les dômes de Rome sont tour à tour dans l'ombre et dans le clair. On voit le mont Albano, Frascati, le tombeau de Cecilia Metella, etc.

« Madame Lampugnani a voulu donner les ordres au cocher ; elle désirait revoir le *Moïse* de Michel-Ange à San Pietro in Vincoli ; on nous a conduits à une lieue de là, à San Pietro in Montorio, sur le Janicule. Ici, les premiers chefs de Rome établirent une tête de pont.

« La première chapelle à droite dans l'église nous a offert une *Flagellation* peinte par Sébastien del Piombo, d'après un dessin de Michel-Ange ; du moins, telle est la tradition.

« Rien ne prouve mieux combien tous, tant que nous sommes, êtres vulgaires ou grands hommes, nous sommes *emprisonnés dans nos propres sensations,* et encore plus emprisonnés dans les jugements que nous en tirons. Une tête comme celle de Michel-Ange a pu croire balancer la gloire de Raphaël, qui triomphait par la peinture de la piété sublime, de la tendresse, de la pudeur, des plus nobles sentiments du cœur humain, en offrant à la contemplation du public ces têtes et ces corps de portefaix. Sébastien del Piombo, travaillant d'après les dessins de Michel-Ange, était bon, tout au plus, pour peindre les simples soldats d'une bataille dont Michel-Ange de Caravage aurait peint les officiers et Raphaël les généraux.

« Deux jolis tombeaux vis-à-vis la fresque de Sébastien del Piombo.

« ... On dit cette église fondée par Constantin ; elle compta parmi les vingt abbayes de Rome ; abandonnée ensuite, on la rétablit en 1471. Ici fut longtemps la *Transfiguration* de Raphaël. »

Dans ce développement, Romain Colomb s'est servi d'un certain nombre de notes consignées par Stendhal dans *l'exemplaire Serge André, t. I, fol. 14-15 (fin du volume).* Je les donne ci-dessous pour permettre la comparaison

« 25 oct[obre] 1831.

« San Pietro in Montorio.

« J'admire de nouveau la vue ; c'est *sans comparaison* la plus belle de Rome : on voit tout admirablement bien et l'on voit le mont Albano et Frascati, Cecilia Metella, etc.

« Il faut un jour de soleil à nuages chassés par le vent ; alors tous les dômes de Rome sont tour à tour dans l'ombre et dans le clair.

« Mich[el-An]ge est bien l'homme pour peindre la Bible ; lui seul a la *férocité* et l'élévation nécessaires. La grâce de Raph[aël] aux loges du Vatican est un mensonge. Michel-Ange a adopté une figure vraiment laide : c'est celle de J.-C. dans la *Transfiguration* au-dessus de la *Flagellation,* et cela a été deux siècles à côté de la *Transfiguration* !

« Deux jolis tombeaux vis-à-vis les fresques de Sébastien del Piombo.

« Jolis bas-reliefs à gauche : la *Danse des heures* du Poussin ; à droite, on ensevelit une jeune fille comme la *S[ain]te Pétronille* du Guerchin. »

« San Pietro in Montorio.

« 31 octobre 1831.

« Nous avons été bien surpris ce matin de l'admirable vue que l'on a de San Pietro in Montorio. C'est sans doute la plus belle manière de voir Rome. On trouve ici le véritable aspect de Rome ; c'est d'ici qu'il faut la voir.

« Mme Lampugnani a voulu donner les ordres au cocher ; elle voulait revoir le *Moïse* de Michel-Ange à S. Pietro in Vincoli. On nous a conduits à une lieue de là à S. Pietro in Montorio sur le Janicule... »

5. On sait que Stendhal donnera le nom de Santi Quattro à un personnage de *L'Abbesse de Castro*. Voir sur le nom de ce personnage les remarques de M. Henri Baudouin, *À propos de l'Abbesse de Castro. Remarques sur la chronologie dans le récit stendhalien*, in *Stendhal Club*, n° 52, 15 juillet 1971.

Page 398.

1. *Addition dans l'exemplaire Serge André, t. II, p. 275 :* «Charmante église bâtie». Repris dans l'édition de 1853.

Page 399.

1. *Addition dans l'exemplaire Serge André, t. II, p. 276 :* «Cet hôpital a 150 mille écus de rente. Vous rappelez-vous Gil Blas entrant au service d'un adm[inistrateu]r de biens de pauvres?»

2. *Addition dans l'exemplaire Serge André, t. II, p. 276 :* «Le Sacré-Cœur de la rue de Varenne à Paris a envahi cette église et privé les pauvres d'un revenu de 31 000 fr.»

Page 400.

1. «Le professeur Metaxa, le Cuvier de ce pays», écrira Stendhal dix ans plus tard, rapportant une anecdote le concernant (*Correspondance*, t. III, p. 311-312, lettre à Domenico Fiore du 30 novembre 1839).

2. *Édition de 1853 :* sur cette carte.

3. *Addition dans l'exemplaire de La Baume, t. II, f° 1 (fin du volume) :* «La villa de Cicéron est sur la colline au-dessus de l'ancien Tusculum. À l'orient et en dehors de Tusculum, on trouve, à l'entrée de la *cloaca*, un arc aigu apparemment fabriqué dans les premiers siècles de Tusculum. Les habitants de Rome détruisirent Tusculum au XIIᵉ siècle. Les malheureux habitants se logèrent sous des cabanes de *frasca :* de là Frascati. Ils n'habitaient que la citadelle de l'ancien Tusculum, à ce que l'on croit d'après les fouilles.»

Page 402.

1. *Édition de 1853 :* a été traduit — La traduction par Mme Armande Dieudé de la *Storia pittorica della Italia* de Lanzi a paru en 1824 : *Histoire de la peinture en Italie... par l'abbé Lanzi traduite de l'italien sur la troisième édition.* Paris, Seguin et Dufart, 5 vol. in-8°. On sait que Stendhal a abondamment mis à contribution l'ouvrage de Lanzi dans sa propre *Histoire de la peinture en Italie,* commencée en 1811 et publiée en 1817.

Page 404.

1. Cette anecdote était destinée à entrer dans la nouvelle édition de *Rome, Naples et Florence* (1826). Restée sans emploi, elle a été utilisée dans les *Promenades dans Rome.*

Page 405.

1. Stendhal reviendra sur ce trait dans le récit du conclave de 1824.

2. Il a été question du général Miollis gouverneur des États romains, dans *Rome, Naples et Florence en 1817*, à la date du 20 mars 1817 et dans les *Promenades dans Rome* à la date du 27 mars 1828 (p. 196).

3. Il va de soi que ces deux assertions ne doivent pas être prises à la lettre, surtout la première, Henri Beyle n'ayant passé en Italie en qualité de sous-lieutenant des dragons que quelque quatorze mois.

Page 406.

1. La description de l'église de Saint-Clément est empruntée à Nibby, p. 167 et suivantes.

2. *Édition de 1853 :* eût

Page 407.

1. *Addition dans l'exemplaire Serge André, t. II, p. 289 :* «c'était le même génie». Repris dans l'édition de 1853.

2. Cf. plus haut à la date du 12 juillet 1828 (p. 373) et *Rome, Naples et Florence* (1826), à la date du 11 novembre 1816.

3. Le texte qui suit est bien emprunté à la *Revue britannique,* qui, dans un fascicule du tome XXII, 1829, p. 58-76, avait traduit un article inséré, sous le titre *History of the last conclave,* dans le *London Magazine* de juillet 1825, mais cet article est de Stendhal lui-même. Ce dernier, en reprenant son bien, a fait quelques légères retouches à la traduction française publiée dans la *Revue britannique.*

4. Le nom du destinataire est imaginaire. Dans la *Revue britannique,* l'article était intitulé *Histoire. — Promotion du dernier conclave,* et il commençait ainsi : «Vous désirez, mon cher ami que je vous fasse l'histoire...» Il ne portait pas de date, mais la simple mention : «Rome». En revanche, Stendhal met ici une date précise, qui est d'ailleurs fictive, car il se trouvait, à cette époque, à Paris. Notons encore que le conclave s'était ouvert le 2 février 1824 et s'était clos le 28 avec l'élection de Léon XII.

Page 408.

1. *Exemplaire Serge André, t. II, p. 291, note de la main du lecteur italien :* «Rivarola, il a été prélat seulment [sic].» — *Édition de 1853 :* «le prélat Rivarola».

2. *Édition de 1853 :* Ce futur cardinal

3. *Édition de 1853 :* et tous les règlements

4. *Édition originale :* Conzalvi — La *Revue britannique* imprime : «Gonzalvi.»

Page 410.

1. *Revue britannique :* «de France».

Page 411.

1. *Édition de 1853 :* a été

Page 413.

1. *Dans l'édition de 1853 :* cette épithète a été supprimée.

2. Sur l'affaire Lepri, cf. *Rome, Naples et Florence* (1826) à la date du 29 décembre 1816 et, plus haut, p. 217 et la note de Stendhal.

Page 415.

1. *Revue britannique et édition de 1853 :* neuf

Page 417.

1. *Exemplaire Serge André, t. II, p. 306, note de la main du lecteur italien :* « Quarantotti ». — Repris dans l'édition de 1853.

Page 419.

1. *Exemplaire Serge André, t. II, f° 22 v° (fin du volume) :*

« Histoire de l'esprit humain de 1815 à 1830.

« Les badauds actuels égarés par le pédantisme mis à la mode par M. Guizot, M. Cousin et *Le Globe* aiment *la science hors de propos* qui obscurcit, diminue la lumière et ne permet pas *la force du souvenir.* D'après ce principe, ajouter la note au mot *carbonari* dans le conclave de Léon XII :

« (1). Vers l'an 570 avant J.-C., Pythagore fonda des sociétés secrètes dans ce qu'on appelle aujourd'hui le Royaume de Naples. Ces sociétés secrètes produisirent des troubles dont ses disciples furent les victimes. »

Dans l'édition de 1853 figure seulement la note prévue par Stendhal sans le commentaire qui la précède.

Page 422.

1. Lire : Alberthe de Rubempré. Elle a été la maîtresse de Stendhal au début de 1829, au moment même où il mettait la dernière main aux *Promenades dans Rome*, et il a tenu à en consigner ici le souvenir.

2. Passage emprunté à l'introduction de l'*Histoire de la peinture en Italie,* et au tome XII de l'*Histoire des républiques italiennes du Moyen Âge* par Sismondi, p. 53 et suivantes.

3. « [...] Laurent de Médicis, dont l'Anglais Roscoë a fait un portrait si ridiculement chargé de couleurs modernes » (*Courrier anglais,* t. IV, p. 277-278, article paru dans le *London Magazine* de janvier 1826 et traduit en français dans la *Revue britannique*).

Page 423.

1. Stendhal oublie d'indiquer sa source : Sismondi.

2. Cf. le récit intitulé *Origine des grandeurs de la famille Farnèse,* qui constituera le noyau de *La Chartreuse de Parme* (*Chroniques italiennes,* Cercle du Bibliophile, t. XVIII, p. 395-398). À noter que ce récit fait partie de ces manuscrits italiens que Stendhal ne découvrira que quatre ans plus tard.

Page 424.

1. Nom orthographié *Vannozza* dans le récit précité *Origine des grandeurs de la famille Farnèse.*

2. *Correction dans l'exemplaire Serge André, t. II, p. 217 :* « le péché ». — Repris dans l'édition de 1853.

Page 425.

1. Des extraits, d'après Roscoë, du journal de Burckhardt figurent dans l'introduction de l'*Histoire de la peinture en Italie* (V. Del Litto, *La Vie intellectuelle de Stendhal,* p. 488).

2. *Note dans l'exemplaire Serge André, t. II, p. 210 :* « Prudence. »

Page 428.

1. Toujours d'après Sismondi, t. XIII, p. 245 et suivantes.

2. Stendhal donne l'impression de ne pas avoir reconnu en ce Gem — orthographié habituellement Djem ou Djim — ce prince Zizim dont il s'était proposé jadis de faire le héros d'une tragédie (cf. ma *Vie intellectuelle de Stendhal*, p. 100).

Page 430.

1. Allusion à l'historien allemand Frédéric Ancillon, dont Stendhal a lu en 1806 le *Tableau des révolutions du système politique de l'Europe depuis la fin du XVe siècle,* ouvrage publié, en français, à Berlin en 1803-1805, ensuite à Paris en 1806-1807 (V. Del Litto, *La Vie intellectuelle de Stendhal,* p. 303 et suivantes).

Page 435.

1. Guichardin, Muratori et Roscoë sont mentionnés d'après Sismondi, t. XIV, p. 463.

Page 437.

1. *Édition de 1853 :* arriva que, sans préméditation

Page 439.

1. Incidente « paratonnerre ».

Page 440.

1. Suivant une habitude qui lui est chère, Stendhal aime citer les ouvrages dont il ne se sert pas, alors qu'il passe sous silence les auteurs qu'il met à contribution. Ici, il nomme la *Biographie Michaud,* mais non Sismondi qu'il démarque depuis un assez grand nombre de pages. Cf. le même procédé plus loin à la date du 21 novembre 1828, p. 464.

Page 441.

1. Le texte latin de Burckhardt relatif à la mort de l'évêque de Fano figure dans l'introduction de l'*Histoire de la peinture en Italie.*

Page 442.

1. Références trouvées dans Sismondi, t. XVI, p. 180.

2. « Reçois, prends, enlève : voilà les trois mots du pape. » D'après A. Caraccio, ce serait là une réminiscence de la *Chronique de Charles IX* de Prosper Mérimée (1829).

3. À quelques années de là, Stendhal découvrira le récit italien dont l'un des personnages sera Félix Peretti — c'est l'orthographe correcte du nom — le futur Sixte Quint et d'où il tirera Vittoria Accoramboni.

4. Le tableau de Jean-Victor Schnetz (1787-1870) *Bohémienne prédisant l'avenir de Sixte Quint* fut exposé au Salon de 1820 et d'emblée il fut considéré comme un chef-d'œuvre. Une autre de ses toiles est évoquée p. 445.

Page 443.

1. D'après Sismondi, t. XVI, p. 189-191. L'humaniste Antonio Ciccarelli, auteur d'une histoire des papes (1587) et d'une histoire des empereurs romains (1590).

2. *Édition de 1853 :* de sept à neuf

3. *Addition dans l'exemplaire Serge André, t. II, p. 352 :* «(1) Aujourd'hui en Italie un voyageur est bien plus alarmé et ennuyé par la police que par les voleurs.»

Romain Colomb a inséré cette addition dans l'édition de 1853 à l'endroit indiqué par Stendhal, et il l'a fait suivre du millésime entre parenthèses : «(1829)»; en outre, il a imprimé «harcelé» au lieu de «ennuyé».

Page 444.

1. Stendhal continue à démarquer Sismondi, t. XVI, p. 191 et suivantes.

2. Sur Eustace, auteur d'un *Voyage en Italie* que Stendhal détestait, cf. plus haut à la date du 11 novembre 1827, p. 77.

3. *Addition dans l'exemplaire Serge André, t. II, p. 353 :* «(1) Giraldi Cinthio, édition de 1608, page 216, de la seconde partie des *Hecatommithi.*»

Ibid., t. II, f° 3 r° (fin du volume) :

« Note pour la page 353 :

« Voir dans Giraldi Cinthio l'anecdote des brigands que le chef de la maréchaussée d'Adria (Florence) fait attaquer avec des chiens dans les bois voisins de Rome.

« *Hecatommithi* de Giraldi Cinthio, seconde partie, page 216. Venise, 1608.

« Je regarde comme vraies la plupart des anecdotes dont Cinthio fait ses cent nouvelles. Le *Pecorone*, les nouvelles de Bandello me semblent également historiques. Bandello raconte l'art *di novellare* et dit expressément qu'il faut recueillir des anecdotes vraies. J'ai moins de foi dans Boccace qui est littérateur de profession et non pas un vrai bonhomme comme l'évêque d'Agen.

« J'ai cru bien faire de supprimer ces sortes de preuves, mais le siècle est pédant et emphatique. Les badauds disent que je manque de gravité. Un globule[1] *exagérerait* Cinthio et en ferait deux pages.

Page 445.

1. Ce passage sur les brigands, emprunté comme nous l'avons vu à Sismondi, servira à Stendhal pour la toile de fond de *L'Abbesse de Castro.*

2. *Édition de 1853 :* trouverait-on

---

1. Il faut comprendre : un collaborateur du *Globe.*

Page 446.

1. Références empruntées à Sismondi, t. XVI, p. 192.

Page 447.

1. *Édition de 1853 :* par un autre homme que son mari.
2. Ces idées seront reprises tout au début de *La Chartreuse de Parme.*
3. *Édition de 1853 :* a été le plus fatale au genre humain.
4. *Édition de 1853 :* jusqu'à Napoléon. Il établit à Milan

Page 448.

1. Les ouvrages de Marie Grahame et de lord Craven ont été mentionnés à la date du 9 juin 1828 (p. 276); celui de Forsyth aux dates des 11 novembre 1827 (p. 76) et 10 mars 1828 (p. 178).
2. Arthur Young, *Voyage en France pendant les années 1787, 1788, 1789 et 1790.* Traduit de l'anglais par F. S. (Soulès). Paris, Buisson, 1793, 3 vol. in-8°.
3. Jacob-Frédéric Lullin de Châteauvieux (1772-1842), écrivain et agronome suisse, auteur des *Lettres écrites en 1812 et 1813 à M. Charles Pictet* (1815). Cf. *Rome, Naples et Florence* (1826), à la date du 31 janvier 1817.

Page 449.

1. Sur Vieusseux cf. plus haut à la date du 10 décembre 1827, p. 126.
Cosimo Ridolfi et Raffaele Lambruschini ont été les principaux collaborateurs du *Giornale agrario toscano,* publié à Florence de 1827 à 1832, 7 vol. in-8°.

Page 451.

1. *Note dans l'exemplaire Serge André, t. II, p. 365, et exemplaire de La Baume, t. II, p. 294 :* «Faux». *Note dans l'exemplaire Serge André, t. II, f° 1 r° (fin du volume) :* «365. Il fit trois cardinaux du moins. Effacer les lignes 10, 11 et 12.»

Page 452.

1. Le conclave est relaté dans la lettre LI. Mais Stendhal fait erreur. Les lettres du président de Brosses ne sont pas de véritables lettres; elles furent composées après le retour de leur auteur, qui ne pouvait ne pas en envisager la publication.
2. *Édition de 1853 :* en rugissait

Page 453.

1. Ganganelli s'appelait en réalité Jean-Vincent-Antoine, et non pas Laurent.

Page 454.

1. D'après A. Caraccio, ces anecdotes auraient été empruntées à Casanova, *Mémoires,* t. VI, p. 339 et 342.
2. *Note dans l'exemplaire Serge André, t. II, p. 372 :* «La p[rincess]e Giustiniani en dix ans, de 18 à 28, a mangé onze millions de francs ou neuf. J'ai écrit le chiffre juste donné par [...]».

Page 455.

1. *Correction dans l'exemplaire de La Baume, t. II, p. 299 :* « ennemis, ils s'abordèrent et se parlèrent avec ».

2. « Jeune homme débrouillard. »

3. Stendhal a fait allusion au « hasard qui fit pape le cardinal Chiaramonti » dans *Rome, Naples et Florence* (1826), à la date du 29 décembre 1816.

4. *Les Mémoires du duc de Rovigo pour servir à l'histoire de l'empereur Napoléon* ont paru en 1828, Paris, Bossange, 8 vol. in-8°. Leur publication était annoncée depuis dix ans (voir la lettre à Adolphe de Mareste du 8 mars 1818, *Correspondance,* t. I, p. 1256).

Page 456.

1. « Un cœur avec ça de poil. »

2. *Rome, Naples et Florence* (1826), à la date du 7 janvier 1817. « Si jamais on imprime l'épisode Malvasia, le monde sera étonné... »

3. Emprunté à la seconde lettre sur Rome de Stendhal lui-même publiée dans le *New Monthly Magazine* du 1er novembre 1824 (*Mélanges de politique et d'histoire,* Cercle du Bibliophile, t. XLV p. 235 et suivantes).

4. « Sans aucune arrière-pensée. »

5. L'opéra-bouffe *I Pretendenti delusi* d'où est extrait l'air *Vengo adesso di Cosmopoli* est de Giuseppe Mosca (1772-1839). Voir *Rome, Naples et Florence* (1826), à la date du 25 novembre 1816.

Page 457.

1. On reconnaît au passage la devise stendhalienne « *To the happy few* ».

2. *Édition de 1853 :* entrer

Page 458.

1. *Édition de 1853 :* qu'il y aura
2. *Édition de 1853 :* hors
3. « Raseur. »

Page 459.

1. Montaigne quitta Paris le 1er septembre 1580 et rentra d'Italie le 30 novembre de l'année suivante.

Page 461.

1. Le terme « égotiste » figure déjà dans *Rome, Naples et Florence* (1826), à la date du 23 janvier 1817, et dans l'Avertissement des *Promenades dans Rome,* p. 5.

Page 462.

1. Cf. la même expression à la date du 6 juillet 1828, p. 356.

2. M. Beaufils est le héros de deux pièces de Jouy : *M. Beaufils ou la Conversation faite d'avance* (1806), *Le Mariage de M. Beaufils ou les Réputa-*

tions d'emprunt (1807). Dans ce personnage, Jouy caricature le petit-maître provincial qui veut réussir dans un salon parisien et débite des lieux communs appris par cœur.

Page 463.

1. Allusion au comte de Martignac, dernier ministre de Charles X.

Page 464.

1. Voir aux dates des 1ᵉʳ juillet 1828 (p. 333) et 4 décembre 1828 (p. 504 et note de l'auteur).

2. Passage emprunté à Louis de Potter, *L'Esprit de l'Église ou considérations philosophiques et politiques sur l'histoire des conciles et les papes depuis les apôtres jusqu'à nos jours,* Paris, Parmentier, 1821, 8 vol. in-8°, t. V, IIᵉ partie, p. 215 et suivantes, *les Papes au Xᵉ et au XIᵉ siècle.* Stendhal avait mentionné Louis de Potter, dans *Rome, Naples et Florence* et lui a consacré un article dans le *London Magazine* du 18 août 1825 (*Courrier anglais,* t. V, p. 175 et suivantes).

Page 465.

1. Il s'agit du château Saint-Ange ; en italien *la Mole Adriana.*

2. En fait, patricien ; en italien *patrizio.* Le même terme revient plus bas, p. 470.

Page 467.

1. Références données par de Potter, t. V, p. 269.

2. « Afin qu'ils n'aient pas l'autorisation d'ordonner personne. » La faute est la répétition de la négation.

Page 470.

1. Cf. plus haut, p. 465.

Page 471.

1. La révolution de Naples a fait l'objet d'un récit dans *Rome, Naples et Florence* (1826), à la date du 30 avril 1817.

Page 472.

1. Le jugement sur Muratori semble appartenir à Stendhal, mais le renvoi à la 58ᵉ dissertation de l'historien italien est emprunté à de Potter, t. V p. 296.

Page 474.

1. La substance de cette note est tirée elle aussi de Potter, t. V, p. 301. Ainsi qu'il l'a fait par ailleurs, Stendhal mentionne la *Biographie Michaud* qu'il n'utilise pas.

Page 475.

1. « Ah ! parlez car en vous taisant peut-être... »

Page 476.

1. *Édition de 1853, en note :* L'auteur lui-même, dans l'ouvrage ayant pour titre *De l'amour* (Note des Éditeurs).

Page 477.

1. Pour M. Claude Liprandi, qui a consacré à cet épisode une étude exhaustive, Stendhal aurait introduit ici le compte rendu du procès d'Adrien Lafargue uniquement pour compléter le manuscrit des *Promenades dans Rome* que l'éditeur considérait comme insuffisant. (*Au cœur du Rouge. L'affaire Lafargue et Le Rouge et le Noir,* Lausanne, éd. du Grand-Chêne, 1961). M. Liprandi a depuis publié *in extenso* les différents comptes rendus parus dans la presse : *Documents sur l'affaire Lafargue,* in *Stendhal Club,* n⁰ˢ 53, 54, 55, 56, 57, 15 octobre 1971, 15 janvier, 15 avril, 15 juillet, 15 octobre 1972.

2. Le *Courrier des tribunaux* des 30-31 mars et la *Gazette des tribunaux* des 31 mars-1ᵉʳ avril 1829 avaient rendu compte du procès Lafargue. Suivant son habitude, Stendhal ne se contente pas de transcrire les textes qu'il emprunte, mais il les arrange souvent à sa guise.

3. *Exemplaire Serge André, t. II, p. 412 :*

« L'aut[eur] a oublié l'année, peut-être 1828. Du reste, il hésitait à insérer ici ce long article ; l'insérer fut bon : où le prendre aujourd'hui si l'auteur l'avait seulement cité ? [18]34. »

4. *Édition originale et toutes éditions :* Laffargue — Il s'agit d'un *lapsus calami* de Stendhal, car non seulement les journaux qu'il avait sous les yeux portaient : « Lafargue », mais encore cette même orthographe figure aux dates des 1ᵉʳ juin, 3 juin, 16 juin.

Page 488.

1. Dans l'édition de 1853, la précision « sous le règne de Charles X » a été supprimée.

Page 489.

1. Stendhal a parlé du buste de Cimarosa dans *Rome, Naples et Florence en 1817,* à la date du 4 janvier 1817.

2. Sur le voyage à Ischia voir plus haut à la date du 1ᵉʳ octobre 1828, p. 374.

3. La *Madone* du Corrège à la bibliothèque Palatine de Parme a été mentionnée dans *Rome, Naples et Florence en 1817,* à la date du 1ᵉʳ décembre 1816.

4. La même idée reviendra maintes fois dans les *Mémoires d'un touriste.*

5. « J'ai pris un fiacre et je suis allé à Albaro, joli bourg séparé de Gênes par la vallée de la Polcevera, je crois. [...] Sur la recommandation de M. Di Negro, M. le marquis N*** a eu la bonté de m'admettre dans son jardin près d'Albaro ; les citronniers penchent leurs rameaux sur la mer... » (*Mémoires d'un touriste,* à la date : « Gênes ... 1837 »).

Page 490.

1. « Que dirai-je de deux matinées passées tout entières dans l'atelier du marquis Canova... » (*Rome, Naples et Florence en 1817,* à la date du 7 janvier 1817.

2. « Les alliés nous *pris* onze cent cinquante tableaux. J'espère qu'il

me sera permis de faire observer que nous avions acquis les meilleurs par un *traité*, celui de Tolentino...» (*Histoire de la peinture en Italie*, épilogue).

3. *Édition de 1853 : de Psyché et l'Amour*

4. Sur le musée d'Angoulême au Louvre, voir plus haut à la date du 18 novembre 1827, p. 81, et note 1 de cette page.

Page 491.

1. Repris du thème amorcé plus haut, à la date du 20 juin 1828, p. 293-294.

Page 492.

1. La visite du Colisée au clair de lune était devenue un lieu commun : depuis Goethe, il n'y a pas eu un seul voyageur qui n'ait pas sacrifié à la mode.

2. *Édition originale* et *édition de 1853 :* Wendermere. C'est le lac du West-Moreland. Stendhal l'avait visité lors de son voyage en Angleterre d'août 1826.

Page 493.

1. À propos des *Stanze* de Raphaël, voir p. 232 et s. *La Galleria degli Arazzi* contient en particulier des tapisseries représentant des scènes de la Passion et des tentures, d'après Raphaël, tissées à Bruxelles au xvɪᵉ siècle. Stendhal a cédé à son cousin Romain Colomb certains chapitres (dont l'un consacré aux *Arazzi*) que celui-ci a insérés dans son propre *Journal d'un voyage en Italie et en Suisse pendant l'année 1828*, publié en 1833. (Voir l'édition de la Pléiade, *Voyages en Italie*, Supplément VII, p. 1230.)

Page 494.

1. Le livre IV de l'*Histoire de la peinture en Italie* débute par le chapitre LXVII, *Histoire du beau*.

2. *Addition dans l'exemplaire Serge André, t. II, p. 438 :* «pins superbes élevant l'âme».

Page 495.

1. *Addition dans l'exemplaire Serge André, t. II, p. 438 :* «Divine fresque : *Judith* du Dominiquin.»

2. *Addition dans l'exemplaire Serge André, t. II, p. 439 :* «Point de murs fort grands, mais où il est difficile de rien distinguer.»

3. Frédéric-Charles-Louis Sickler (1773-1836), archéologue allemand, auteur entre autres d'un *Almanach de Rome* (1810, 2 vol.), et d'une *Histoire et antiquités de la ville de Rome* (1831, 2 vol.).

4. Les *Mémoires* d'Horace Walpole sur les dix dernières années du règne de George II avaient paru en 1822. Stendhal, qui les a lus dès leur publication, les trouvait «délicieux» (*Courrier anglais*, t. II, p. 35).

Page 498.

1. *Dans l'édition de 1853, les mots* comme celui que nous avons en ce moment *ont été supprimés.* Le ministre de l'Intérieur était en 1829 M. de Martignac.

2. *Édition de 1853 :* ici *supprimé.*

3. San Giuliano Terme, entre Pise et Lucques.

Page 499.

1. Lire : Toscane. Allusion à l'archiduc d'Autriche Léopold II, grand-duc de Toscane depuis 1824.

2. Sans doute l'archiduc d'Autriche Ranieri, vice-roi du royaume lombardo-vénitien. En 1818, Stendhal l'avait qualifié de « sage » et avait dit de lui : « Ce serait un bon chef de division minutieux à l'Intérieur... » (*Correspondance*, t. I, p. 886, 905).

3. Cf. *Rome, Naples et Florence* (1826), à la date du 18 janvier 1817 : « Après le cardinal Lante, Bologne a été gouvernée par M. le cardinal Spina[...] ».

4. Voir *Rome, Naples et Florence* (1826), à la date du 14 janvier 1817.

5. « Ce Marc qui autrefois fut la plus grande partie du roi Alphonse est enterré sous ce petit tas de terre. » Stendhal a trouvé cette épigraphe dans Lalande, t. V, p. 337, mais il a fait une erreur en la copiant : il a écrit *fecit* au lieu de *fuit*.

Page 500.

1. Le savant anglais Edouard Dodwell, qui avait épousé Teresa Giraud, la nièce du poète comique romain nommée plus haut aux dates des 20 et 21 août 1827, p. 32 et 34.

2. Il est question de l'architecture cyclopéenne dans la troisième partie des *Souvenirs d'Italie* traduits d'après le *New Monthly Magazine* et publiés dans la *Revue britannique*, t. XIV, septembre 1827, p. 113-114 : « [...] Ce que l'on nomme architecture cyclopéenne peut se diviser en trois classes. La première se compose de ces premiers essais de l'art architectural, de ces roches superposées et sans ciment, dont les ruines de Tirynthe offrent un modèle. Des pierres plus petites en remplissent les intervalles, qui, restés vides par le laps de temps, forment aujourd'hui de grandes fenêtres irrégulières. On regarde ces ouvrages grossiers de la force dénuée d'art, comme des essais de forteresses improvisées par les aborigènes pour repousser les attaques de leurs ennemis. La seconde classe ressemble à la première, à cette exception près que les masses de pierres sont polies d'un côté ; ce qui paraît offrir le second degré de la science de l'architecture. On voit à Fondi des murailles de cette espèce. Enfin, la troisième classe présente un immense progrès dans l'art de bâtir. Les pierres taillées par la construction y sont réunies par la seule juxtaposition de leurs masses et de leurs formes[...] »

3. Stendhal s'est renseigné dans un opuscule de quelques pages intitulé : *Lettre de M. Louis Petit-Radel à M. le Rédacteur du Moniteur-Universel sur quelques auteurs cités par des savants étrangers comme contraires*

à la haute antiquité des Monuments cyclopéens... Ce titre eſt suivi de l'indication : « (Extrait du *Moniteur*, nº 110, an 1812). » C'eſt Petit-Radel qui nomme Dodwell, cite Vitruve et parle de la manière de bâtir des Grecs appelée *empleƈton*.

4. *Note dans l'exemplaire Serge André, t. II, p. 448 :* « Trouvé la vérité avec M. Conſt[antin] à Alba près le lac Fucino, voyage de 1832 : formant voûte, mais à pierre de taille cause le moins de ravage possible. Voilà la LOI. Personne ne l'a dite avant nous. »

5. *Exemplaire Serge André, t. II, f° 7 r° (fin du volume) :*

« Murs cyclopéens.

« Voici ce que dit ⛝ [Cuvier]

« Je pense tout le contraire.

« Les Pélasges étaient sortis de l'Inde, car les racines de leur langue primitive dérivent du sanscrit. Leur civilisation était peu avancée. Cependant ils ont bâti, et quelques-unes de leurs conſtruƈtions subsiſtent encore. Les murs appelés cyclopéens ont été conſtruits par eux.

« (À examiner). Pausanias fait mention de ces murs qui déjà de son temps étaient regardés comme très anciens et antérieurs à l'arrivée des colonies égyptiennes (voir le Pausanias de Clavier).

« M. Petit-Radel (et M. Dodwell) a récemment trouvé en Italie des conſtruƈtions toutes semblables et qui prouvent que ce dernier pays fut d'abord habité par des peuples qui avaient la plus grande analogie avec les Pélasges. ⛝

« Définition de ces murs en langage d'Académie :

« Tous les murs cyclopéens, soit en Grèce comme en Italie, sont conſtruits avec des pierres qui, bien que taillées et se touchant par des faces qui se correspondent parfaitement, n'ont aucune forme géométrique régulière. »

« ⛝ 26 décembre [18]29.

« Voir ce que dit M. Pentland sur ces murs. »

6. *Édition de 1853 :* de pierres

Page 501.

1. « Maçonnerie de remplissage. »

2. « Aussi ne faut-il pas mépriser la conſtruƈtion des Grecs. » « [...] dont nos paysans se servent aussi. »

3. « Modulé. »

Page 502.

1. Voir la même expression à la date du 20 août 1827, p. 31 et note 5 de cette page.

2. Voir plus haut à la date du 2 mars 1828, p. 168.

3. *Exemplaire Serge André, t. II, p. 452 :* « Du Gluck tout pur, point de chant, de grands cris, et du récitatif obligé. Rien de nuancé quand M. Bellini chante, il tombe dans la contredanse. »

4. La *Vie de Rossini* eſt muette sur ces « infortunes » du célèbre compositeur.

Page 504.

1. Sur le *cant*, voir aux dates des 1ᵉʳ juillet (p. 335) et 21 novembre 1828 (p. 464 et la note 1 de cette page).

2. « Le *cant* qui eſt le criant péché de cette époque sournoise et menteuse d'égoïſtes pirates. »

3. *Note dans l'exemplaire Serge André, t. II, p. 456 :* « La religion anglaise a diminué la produ⊂tion des végétaux et le bonheur dans les îles de la mer du Sud. Voyage de [en blanc]. *Débats,* 1 ou 2 avril [18]36. »

4. « La classe moyenne, la bourgeoisie. »

5. *Note dans l'exemplaire de La Baume, t. II, f⁰ 36 v⁰ (fin du volume) :* « Le bourgeois romain s'attache à l'amant de sa femme aussi tendrement que celle-ci. Lettres que je reçois en ce moment *from* M. Kampon Abia [?]. »

Page 505.

1. *Édition de 1853 :* parler

2. Anecdote racontée dans les *Souvenirs d'Italie, n⁰ IV,* traduit, d'après le *New Monthly Magazine,* dans la *Revue britannique,* o⊂tobre 1827, t. XIV, p. 259. Elle eſt donnée comme un exemple du mauvais cara⊂tère des Anglais : « [...] Un Anglais, qui ne s'était pas entendu avec un forgeron de la place d'Espagne sur le prix d'un objet à raccommoder, avait dit une injure au forgeron ; l'agresseur, insulté à son tour par l'ouvrier, lui avait donné un coup de cravache, et le fils du forgeron, enfant de seize à dix-sept ans, voyant son père en butte aux outrages de l'Anglais, avait frappé ce dernier à la cuisse d'un inſtrument pointu qu'il tenait à la main. On ne parlait que de cet assassinat dans les cercles anglo-italiens de la cité papale. Le jeune forgeron avait fui, et les Anglais faisaient retentir de leurs plaintes les salons du banquier Torlonia, duc de Bracciano, et de quelques cardinaux... »

3. « Si vous vivez à Rome, vivez suivant les coutumes romaines. »

Page 506.

1. *Exemplaire Serge André, t. II, p. 459, au crayon de la main de Romain Colomb :* « H. Beyle. » — *Édition de 1853, en note :* L'auteur de ce livre, M. Henry Beyle. — Note des éditeurs.

2. On sait que le 1ᵉʳ janvier 1828, la police invita Stendhal à quitter dans les douze heures le territoire autrichien.

3. *Édition originale et toutes éditions :* redevenir. — Il s'agit de toute évidence d'une coquille non corrigée.

4. *Édition de 1853 :* qu'à la volupté.

5. Le comte Giulio Giuseppe Strassoldo (1773-1830), dire⊂teur de la police à Milan depuis 1815. Il avait, aux yeux de Stendhal, le grand mérite de haïr les nobles et les prêtres (*Correspondance,* t. I, p. 905, lettre à Adolphe de Mareſte du 14 avril 1818). Lors des procès de 1821, il avait mis de l'acharnement à inſtruire les dossiers des libéraux prévenus de conspiration contre l'Autriche.

6. Cette note énigmatique fait pendant à celle qui figure plus haut à la date du 18 avril. D'après le déchiffrement proposé par M. Robert Vigneron (*Stendhal et Sanscrit,* in *Modern Philology,* mai 1936), il faut

lire : «*The day of* Pâques 1829, *no pr*[*oofs*] *by lov*[*e*]; *the* 21 *of june, no pr*[*oofs*] *by wa*[*r*] *and hap*[*piness*]. *Ever* Sanscrit. *Drama for pr*[*int*] : "*The Death of Crescentius*"», c'est-à-dire : «Le jour de Pâques, pas [de corrections] d'épreuves par amour; le 21 juin, pas [de corrections] d'épreuves par guerre et bonheur. Toujours Sanscrit. Drame pour l'impression : "*La mort de Crescenti*".» On sait que c'est Alberthe de Rubempré qui est désignée sous le pseudonyme de Sanscrit, et que le mot *guerre,* est, dans le langage stendhalien, le synonyme de *passion.* Quant au drame, *La mort de Crescentius,* nous ignorons tout à son sujet.

Page 507.

1. «[...] L'exclamation populaire *povero cristiano* ne s'adresse pas à l'homme étendu par terre et nageant dans son sang, mais à celui qui l'a mis dans cet état» (L. Simond, *Voyage en Italie,* t. I, p. 279).

2. On reconnaît dans ce nom celui de Matilde Dembowski, qui, avant d'aller habiter *piazza Belgioioso,* était domiciliée à Milan, *piazza delle Galline.* À signaler l'importante remarque d'A. Caraccio : en substituant à la jeune fille la femme qu'il avait aimée, c'est cette dernière qu'il fait mourir, après quoi il se poignarde, symboliquement, lui-même (art. cité, *Une chronique des «Promenades dans Rome»*...).

Page 508.

1. *Édition de 1853 :* vers minuit

2. *Édition de 1853 :* avant qu'on lui dise

Page 509.

1. *Note dans l'exemplaire Serge André, t. II, p.* 464 : «Rép[étiti]on, voir pag. ...» — *Ibid., t. II, f°* 2 *r° (fin du volume) :* «464. Rép[étiti]on de l'anecdote de Jupiter Feretrius». Effectivement, cette anecdote figure déjà sous la date du 15 novembre 1827 (voir p. 78).

2. *Note dans l'exemplaire Serge André, t. II, p.* 465 : «De là l'imagination étiolée des Français. Si pendant six mois vous ne faites pas usage du bras gauche, vous souffrirez en le remuant ensuite.»

Page 510.

1. «Combien Rome est déserte en revenant de Naples! On entre par la porte de Saint-Jean-de-Latran; on traverse de longues rues solitaires; le bruit de Naples, sa population, la vivacité de ses habitants, accoutument à un certain degré de mouvement, qui d'abord fait paraître Rome singulièrement triste : l'on s'y plaît de nouveau après quelque temps de séjour... (Mme de Staël, *Corinne,* liv. XV, chap. III.) Cf. aussi plus haut à la date du 1er octobre 1828, p. 375.

2. «Et leur océan d'agitations» (*Hamlet,* acte III, scène I). Le texte exact est : «*... or to take arms against a sea of troubles.*»

3. Cette dissertation sur le pouvoir des cardinaux est empruntée au *Voyage en Italie* de Lalande, chapitre *Des cardinaux et de leurs charges principales,* t. IV, p. 395 et suivantes.

Page 512.

1. *Note dans l'exemplaire Serge André, t. II, f° 2 r° (fin du volume)* :
« 469. Ce pape n'est mort que le 10 février 1740, je crois. À vérifier. »
— *Édition de 1853* : 1740

2. *Correction dans l'exemplaire Serge André, t. II, p. 469* : « 10 février
1740. » — *Édition de 1853* : 10 février 1740.

Page 513.

1. Cette description figurera dans le *Journal d'un voyage en Italie et en
Suisse* de Romain Colomb (1833), p. 279-328.

2. Le monument par David du chef vendéen le marquis de
Bonchamps (1759-1793) date de 1825.

3. Le buste de Byron date de 1817. Voir sa reproduction dans l'article cité de M. Meïr Stein, *Promenade stendhalienne au musée Thorwaldsen
de Copenhague.*

Page 514.

1. *Addition dans l'exemplaire Serge André, t. II, f° 1 v° (fin du volume)* :
« 472 : et l'on voit à nu les mouvements d'une âme commune. »

2. *Édition de 1853* : et même embarrassé

3. *Exemplaire Serge André, t. II, f° 2 r° (fin du volume)* : « de sa mission, on lui dit ». — Correction incorporée dans l'édition de 1853.

4. *Correction dans l'exemplaire Serge André, t. II, p. 473* : « ou ».

Page 515.

1. *Correction dans l'exemplaire Serge André, t. II, p. 473* : « les hommes
que réunit une grande ville au nombre » ; *t. II, f° 2 r° (fin du volume)* :
« 475 : les hommes qu'une grande ville réunit au nombre de plus d'un
demi-million sont... » — *Édition de 1853* : les hommes que réunit une
grande ville

2. *Correction dans l'exemplaire Serge André, t. II, p. 475* : « vous trouverez en France de l'envie ». — *Édition de 1853, addition incorporée dans
le texte.*

Page 518.

1. Page à comparer à celle de *Rome, Naples et Florence en 1817* datée
du 15 décembre 1816. Cf. plus haut à la date du 8 mars 1828, p. 175.

2. *Édition de 1853* : et jours de fête,

Page 519.

1. D'après Nibby, p. 258 et suivantes.

Page 520.

1. Joseph Vincente Olmo, *Relacion histórica del auto general de fé que se
celebró en Madrid en este año de 1680 con asistencia del Rey N. S. Carlos
II...*, Madrid, 1680, in-4°.

Page 521.

1. *Édition de 1853 :* des mosaïques
2. D'après Nibby, p. 189-190.

Page 522.

1. D'après Nibby, p. 215 et suivantes.

Page 523.

1. D'après Nibby, p. 405 et suivantes.

Page 524.

1. *Édition de 1853 :* quatre cent cinq mille spectateurs.
2. «[...] les bornes évitées par les roues en feu...» Ces vers, appartenant à la première ode d'Horace, ne figurent pas dans Nibby.

Page 526.

1. Le ballet de Salvatore Viganò *La Vestade* a été créé à la Scala le 9 juin 1818. Stendhal le qualifiait alors de « chef-d'œuvre » (*Correspondance*, t. I, p. 932).
2. Allusion à Silvio Pellico, que Stendhal a souvent mentionné dans ses livres de voyages.
3. A. Caraccio a supposé qu'« il s'agit sans doute de l'ami de Stendhal, don Filippo Caetani », mais rien ne prouve que Stendhal ait été présenté aux Caetani avant 1831.
4. *Édition de 1853 :* copient en tout Alfieri,

Page 527.

1. Né en 1803, mort en 1852, Tony Johannot a inauguré peu après 1830 le genre des illustrations dans le texte.
2. Je rappelle que Stendhal ne s'est pas rendu à Naples en 1824. Au début du mois de février de cette année-là, après un séjour d'environ deux mois à Rome, il est rentré directement à Paris.

Page 528.

1. Le tableau du peintre rouennais Joseph-Désiré Court (1797-1865), *Les Funérailles de César,* est de 1827.

Page 531.

1. Lire : de Stendhal. Cf. plus haut à la date du 21 décembre 1827, p. 14.
2. L'abbé Ridolfino Venuti, auteur de l'ouvrage *Accurata e succinta descrizione topografica delle antichità di Roma,* publié en 1763 et dont une troisième édition a paru en 1824.
3. On ne sait si Stendhal entend parler du célèbre graveur Giambattista Piranesi (1720-1778) ou de son fils, également graveur, Francesco Piranesi (1748-1810).
4. Angelo Uggeri (1754-1837), architecte et archéologue, a fait paraître en 1749 un *Voyage pittoresque parmi les édifices antiques de Rome et de son enceinte.*

5. Voir à la date du 9 août 1827, p. 28.

Page 532.

1. « Hors de la ville, près de la porte. » De la porte Capène (ou de Capoue) partait la voie Appienne.

Page 533.

1. Par ce chiffre 46, Stendhal a voulu rappeler à lui-même que ce jour-là, le 23 janvier, il entrait dans sa quarante-sixième année.
2. *Édition de 1853 :* très distingué
3. Lapsus au lieu de Sophronie.

Page 534.

1. « La gloire humaine.

« Gloire, qu'es-tu donc ? pour toi, l'audacieux expose à l'incertitude des périls sa poitrine courageuse ; un autre abrège sur les feuillets une vie éphémère, et, pour toi, la mort même semble belle.

« Gloire, qu'es-tu donc ? qu'on te désire ou qu'on te possède, on perd également la paix ; il est bien dur de t'acquérir, et, pour les âmes avisées, la crainte de te perdre est encore plus âpre.

« Gloire, qu'es-tu donc ? une douce tromperie, fille d'une longue peine, une brise vaine qu'on cherche en suant, et dont on ne jouit pas.

« Chez les vivants, tu aiguises la folle envie ; chez les morts, tu es un son harmonieux pour qui ne t'entend pas. Gloire, fléau de l'orgueil humain. »

Aucun poète appelé Giulio Bussi n'est connu. On peut se demander si ce sonnet n'appartient pas à ce Buzzi qui avait été lié avec Stendhal à Milan en 1818, cf. plus haut, p. 371, n. 3.

Page 535.

1. *Édition de 1853 :* M. R. Colomb. — Autrement dit, Romain Colomb revendique son bien, cette anecdote figurant effectivement dans son *Journal d'un voyage en Italie et en Suisse,* p. 179-183.
2. *Édition de 1853 :* à Naples (5 mai 1828) une de ces voitures
3. *Édition de 1853 :* possédions.
4. Très vraisemblablement allusion à une pièce jouée au Cirque Olympique. En 1827, après l'incendie de l'année précédente, Antoine Franconi donna une plus grande extension à ses mimodrames.

Page 537.

1. Cette dernière phrase ne figure pas dans le *Journal de voyage* précité de Romain Colomb.
2. L'édition de 1853 a supprimé ce chapitre, qui est, en fait, la reprise des chapitres CXXXIV-CLXXIX de l'*Histoire de la peinture en Italie.* Voir A. Caraccio, *Stendhal et le Jugement dernier de Michel-Ange,* dans le volume *Mélanges franco-italiens de littérature,* Paris, Presses universitaires, 1966, p. 29-32.
3. C'est la traduction du mot *bottega,* terme qui a été employé en Italie pour désigner l'atelier d'un peintre.

4. En fait, treize ans, Michel-Ange étant né le 6 mars 1475.

Page 539.

1. La page 279 du tome II de l'*Histoire de la peinture en Italie* (édition de 1817) correspond à la fin du chapitre CLI, *Réconciliation, statue colossale de Bologne.*

2. Il s'agit de Sandro Botticelli.

Page 541.

1. *Correction dans l'exemplaire Serge André, t. II, p. 519 :* « Ce n'était qu'en tremblant que M[ichel-Ange] restait à Fl[orence], il se voyait »

2. *Correction dans l'exemplaire Serge André, t. II, p. 519 :* « Pour la disposition des membres, la tête ou, pour parler plus juste, le visage est moins expressif. »

3. Il s'agit du schéma qui se trouve p. 542 dans la présente édition. Il figure, dans l'édition originale, avant le début de ce paragraphe.

Page 542.

1. *Exemplaire Bucci, t. II, p. 521 :* « se trouvent dans une position hasardée saint Blaise ».

Page 546.

1. *Édition de 1853 :* des escaliers [...] des balcons

2. On a déjà rencontré plus haut, à la date du 21 décembre 1827, p. 141, des chants semblables à ceux-ci, mais ils avaient été présentés comme « napolitains » (cf. la note 2 de cette page).

Page 547.

1. La statue de Pasquino se trouve dans la rue de San Pantaleo autrefois place de Pasquino. « Cette place a été ainsi nommée à cause d'une ancienne statue très endommagée par le temps, qui est placée sur un piédestal, à l'angle du palais Braschi ; elle prit le nom de Pasquin, d'un tailleur qui se plaisait à faire des satires et à railler ceux qui passaient devant sa boutique. Après sa mort, c'est-à-dire sur le commencement du XVIIᵉ siècle, on trouva près de là cette statue mutilée, qui d'abord reçut le nom de ce tailleur ; et dès lors les satiriques commencèrent à y afficher leurs écrits détracteurs, qui, en France même, ont pris le nom de *Pasquinades...* » (Nibby, *Itinéraire de Rome*, p 377).

Page 550.

1. On appelait à Rome « conservateurs » les magistrats civils préposés à l'administration de la ville. Ils siégeaient au Palais des Conservateurs sur la place du Capitole.

Page 552.

1. *Exemplaire Serge André, t. I, f° 4 r° (début du volume) :*

« Thorwaldsen, novembre 1829. Note pour la page [*en blanc*].

« Le c[ardin]al Albani ne veut pas admettre dans S[ain]t-Pierre le tombeau de Pie VII que Thorwaldsen vient de terminer. La raison, c'est que Thorwaldsen est (c[om]te Sobolevski) un hérétique. Écho des niaiseries du ministère Polignac. Paris dirige tout en Europe, le mal comme le bien ; la légion de la Meurthe, en 1822, avait entre les mains le sort de l'Italie. Réponse de Monvel, un député breton. Réponse de Sincou [Cousin]. »

Les deux premières phrases de cette note ont été incorporées dans le texte de l'édition de 1853.

Page 553

1. *Édition de 1853 :* sous-bibliothécaire de la bibliothèque du Vatican ? — Sur Angelo Mai, voir plus haut, à la date du 11 mars 1828, p. 180 et la note 4 de cette page.

2. M. Robert Vigneron a rapproché cette phrase d'un billet de Chateaubriand à Mme Récamier figurant dans les *Mémoires d'outre-tombe* (t. V, p. 132-133, note) : « J'ai assisté à la première cérémonie funèbre pour le pape dans l'église de Saint-Pierre. C'était un étrange mélange d'indécence et de grandeur. Des coups de marteau qui clouaient le cercueil du pape, quelques chants interrompus, le mélange de la lumière des flambeaux et celle de la lune (...). Vous figurez-vous tout cela, et les idées que cette scène faisait naître ? » (*Stendhal au Conclave,* in *Modern Philology,* mai 1931, p. 445-446). Cependant il n'est pas du tout certain que Stendhal ait eu connaissance du texte de Chateaubriand. De toute manière, l'allusion à Machiavel semble bien lui appartenir.

3. *La Panhypocrisiade ou Spectacle infernal du XVI° siècle, comédie épique,* Paris, F. Didot, 1819, XII-403.

Page 554.

1. D'après l'article du comte Henri Siméon, *Quinze jours à Rome pendant le dernier conclave,* in *Revue de Paris,* t. IV, p. 1829. Stendhal en cite plus loin un long extrait.

Page 555.

1. D'après l'article du baron Siméon que je viens de mentionner.

Page 560.

1. L'édition de 1853 imprime « C'est le préfet de police » supprimant le nom. Sur Louis-Marie de Belleyme, voir à la date du 30 avril 1828, p. 223 et la note 1 de cette page.

Page 561.

1. Voir cette réponse à la date du 14 mars 1828, p. 184.

Page 562.

1. Allusion à l'émeute qui avait eu lieu à Imola, petite ville de la Romagne, le 8 juin 1829. Le clergé s'étant opposé à ce que la statue de la Vierge dite de la Coraglia fût portée en procession, les habitants avaient envahi et saccagé la résidence de l'évêque Giustiniani (Comandini, *L'Italia nei cento anni del secolo XIX,* t. II, p. 142).

Page 564.

1. *Exemplaire Serge André, t. II, p. 559 :* « après quoi il s'est fait » Correction incorporée dans le texte de l'édition de 1853.

Page 565.

1. *Correction dans l'exemplaire Serge André, t. II, p. 561 :* « Celui-ci sera mon successeur ou viendra après moi. La faction ».

Page 567.

1. Le docteur François-Joseph Gall (1758-1828), connu par ses théories de la phrénologie ; les facultés de l'homme se seraient révélées, d'après lui, à la palpation du crâne.

2. Le docteur William-Frédéric Edwards, né à la Jamaïque en 1777, naturalisé français en 1828, venait de publier en 1829 un ouvrage intitulé *Des caractères physiologiques des races humaines, considérées dans leur rapport avec l'histoire.* Stendhal lui fera de larges emprunts dans les *Mémoires d'un touriste.*

Page 569.

1. « Oui, nous sommes esclaves, mais esclaves toujours frémissants » (Alfieri, *Misogallo,* sonnet *Italiens et Français*). Le texte exact est « *Schiavi or siamo sì, ma schiavi almen frementi* » (« Oui, nous sommes esclaves, mais du moins frémissons-nous de l'être »). Stendhal s'est peut-être souvenu de *Corinne,* liv. IV, chap. III, où ce vers était cité sous la même forme inexacte. Détail à retenir : c'est dans ce chapitre que figurent les vers du Tasse que Stendhal a cités à son tour à la date du 1er juin 1828, p. 262.

M. Robert Vigneron a supposé, au contraire, dans une note communiquée à A. Caraccio, que Stendhal se serait souvenu d'une information parue dans *Le Constitutionnel* du 15 juillet 1829 d'après laquelle on venait de trouver le vers d'Alfieri sur le socle de la statue de Pasquin à Rome, et ce vers était rapporté toujours sous sa forme inexacte.

Quoi qu'il en soit, ce vers placé à la fin des *Promenades dans Rome* prend la valeur d'une profession de foi : Stendhal partage l'aspiration du peuple italien à l'unité et à l'indépendance.

Page 571.

1. La *Chronologie des empereurs romains,* la *Chronologie officielle des papes,* la *Liste des quarante-six derniers papes,* le *Catalogue chronologique des artistes célèbres* et le précis de l'*Histoire de la peinture en Italie* figurent dans l'appendice du tome I de l'édition originale. La *Manière de voir Rome en dix jours* dans l'appendice du tome II.

Page 573.

1. Cette question a été traitée à la date du 17 avril 1828, p. 211.

Page 575.

1. *L'édition originale porte :* Virgile.

Page 577.

1. *L'édition originale porte :* Étienne X.

Page 579.

1. « Ne cherche pas, ô Rome, les testicules du pape Paul, la fille qu'il a engendrée montre assez qu'il est mâle. »

2. « Cet être funeste a engendré huit garçons et autant de filles ; on peut donc l'appeler à juste titre le père de Rome. »

Où Stendhal a-t-il trouvé ces deux épigrammes de Pasquin ? Ce qu'il y a de certain, c'est qu'elles figurent toutes les deux, sous une forme plus complète — deux fois quatre vers —, dans le *Dictionnaire philosophique, historique et critique* de Pierre Bayle, 3ᵉ édition, Amsterdam, 1720, respectivement au t. III, p. 2201 et au t. II, p. 1545. À noter que dans la deuxième épigramme, Bayle a imprimé *poterit dicere*.

Page 582.

1. D'après les listes données par Nibby (*Itinéraire de Rome,* p. xxi et suivantes), avec cette différence cependant que Stendhal a substitué l'ordre chronologique à l'ordre alphabétique de Nibby.

Page 585.

1. *Addition dans l'exemplaire Tavernier :* « Fockelberg, suédois, né vers 1790 ». Allusion au sculpteur suédois Bengt Erland Fogelberg — c'est l'orthographe exacte du nom — (1786-1854), que Stendhal a connu à Rome en 1834 (cf. *Correspondance,* t. II, p. 601, lettre du 14 février 1834).

Page 597.

1. *Note dans l'exemplaire Serge André, t. II, p. 578, au crayon, de la main de Romain Colomb :* « Au petit nombre d'heureux ».

INDEX DES NOMS DE PERSONNES
ET DE PERSONNAGES[1]

A*** (comtesse), à Rome : 166.

A*** (cardinal), au conclave de 1800 : 455.

AARON, personnage biblique : 122.

Abbondio (don), personnage des *Fiancés* (Manzoni) : 103.

ABDÉRAME, ou ABD ER-RAHMAN Ier, le Juste, émir de Cordoue [756-787] : 281.

Abel, personnage du *Jugement dernier* (Michel-Ange) : 544.

ABÉLARD (Pierre) [1079-1142], théologien français : 293.

ABGARUS, nom de huit rois d'Édesse (Mésopotamie) [132 av. J.-C.-216 apr.] : 122.

Abraham, personnage de Raphaël (Vatican) : 232.

Abraham, personnage de l'*Agar* du Guerchin : 294.

ACQUAVIVA (Troiano) [1691-1747], cardinal chargé des affaires d'Espagne et de Naples : 314, 315.

Adam, personnage du *Jugement dernier* (Michel-Ange) : 544.

ADELBERT, roi des Lombards (Xe siècle) : 465, 466.

ADELBERT II, marquis de Toscane (Xe siècle) : 464.

ADÉODAT Ier, ou DEUSDEDIT, pape de 615 à 618 : 575.

ADÉODAT II, pape de 672 à 676 : 575.

ADRIANI (Jean-Baptiste) [1513-1579], historien florentin : 442.

ADRIEN, empereur romain : 159, 160, 199, 202, 203, 258, 259, 391, 571.

ADRIEN Ier, pape de 772 à 795 : 360, 396, 576.

ADRIEN II, pape de 867 à 872 : 576.

ADRIEN III, pape de 884 à 885 : 576.

ADRIEN IV, Nicolas Breakspeare, pape de 1154 à 1159 : 577.

ADRIEN V, cardinal Ottobuono Fieschi, pape du 11 juillet au 18 août 1276 : 578.

ADRIEN VI, cardinal Adrien Florent [1459-1523], élu pape en 1522 : 367, 437, 438, 580.

AELIUS SPARTIANUS, historien romain : 162.

Affò (le père Ireneo) [1741-1797], bibliothécaire à Parme : 587.

AGAPET Ier (saint), pape de 535 à 536 : 575.

---

1. Index établi par Michel Léturmy. Le lecteur ne s'étonnera pas des divergences qu'il pourrait observer entre les dates données par Stendhal et celles qui figurent dans le présent index, ce dernier rectifiant, dans la mesure du possible, certaines inexactitudes.

AGAPET II, pape de 946 à 956 : 305, 576.

Agar, personnage du Guerchin : 294.

AGATHON (saint), pape de 678 à 682 : 575.

AGINCOURT (Jean-Baptiste-Louis-Georges Seroux d') [1730-1814], historien et archéologue français : 270.

AGNÈS (sainte), vierge de Salerne, martyrisée en 303 : 388.

AGRICOLA (Filippo) [1795-1857], peintre italien : 282, 585.

AGRICOLA (Luigi) [1779-1842], peintre italien : 388, 592.

AGRIPPA, roi d'Albe de l'époque préromaine : 66.

AGRIPPA. Voir MENENIUS.

AGRIPPA (Marcus Vipsanius), consul romain, gendre d'Auguste : 199, 202, 205, 224, 349.

ALARI (comte), ancien écuyer de Napoléon : 338.

ALARIC Iᵉʳ [382-411], roi des Wisigoths : 517.

ALBA, roi d'Albe de l'époque préromaine : 66.

ALBANE (Francesco Albani, dit l') [1578-1660], peintre italien : 338, 367, 391, 398, 584, 589.

ALBANI, famille romaine originaire de l'Albanie : 290.

ALBANI (cardinal Jean). Voir CLÉMENT XI.

ALBANI (Annibal), neveu de Clément XI, cardinal camerlingue en 1740 : 512, 513.

ALBANI (cardinal Alexandre) [1750-1834], légat à Bologne, secrétaire d'État de Pie VIII : 164, 414, 416, 420, 511, 555, 560, 561, 563-569, 581, 582.

ALBANY (comte d') [1730-1788], le Prétendant, fils de Jacques III Stuart : 109.

ALBANY (Louise-Marie-Caroline, princesse de Stolberg, comtesse

d') [1753-1824], femme du précédent : 109.

ALBÉRIC, patrice romain, père du pape Jean XII : 465, 466.

ALBERTI (Léon-Baptiste) [1404-1472], architecte, peintre, musicien et humaniste italien : 88.

Alceste, personnage du *Misanthrope* (Molière) : 118.

Alcibiade, personnage de *L'École d'Athènes* (Raphaël) : 234.

ALDOBRANDINI (cardinal Hippolyte). Voir CLÉMENT VIII.

ALEMBERT (Jean Le Rond d') [1717-1783] : 313.

ALEXANDRE (saint) : 818.

ALEXANDRE Iᵉʳ, pape du IIᵉ siècle : 571, 573.

ALEXANDRE II, pape de 1061 à 1073 : 474, 577.

ALEXANDRE III, cardinal Orlando Bandinelli, pape de 1159 à 1181 : 510, 577.

ALEXANDRE IV, Rinaldi, comte de Segni, pape de 1254 à 1261 : 520, 521, 578.

ALEXANDRE V, cardinal Pietro Filargo, pape de 1409 à 1410 : 578.

ALEXANDRE VI, cardinal Rodrigo Lançol Borgia [1431-1503], élu pape en 1492 : 85, 105, 225, 260, 262, 274, 276, 322, 331, 348, 395, 396, 423-429, 437, 446, 538, 579.

ALEXANDRE VII, cardinal Fabio Chigi [1599-1667], élu pape en 1655 : 86, 90, 113, 138, 203, 329, 348, 366, 388, 449, 511, 581.

ALEXANDRE VIII, cardinal Pietro Ottoboni [1610-1691], élu pape en 1689 : 114, 450, 581.

ALEXANDRE (duc). Voir MÉDICIS.

ALEXANDRE SÉVÈRE [vers 208-235], empereur romain : 24, 252, 572, 574.

ALFIERI (Vittorio) [1749-1803], poète tragique italien : 109, 243, 276, 303, 324, 378, 526, 527, 569.

ALGARDE (Alessandro Algardi, dit
l') [1602-1654], sculpteur et architecte italien : 96, 112, 114,
388, 393, 395, 494, 585, 586.

ALLEGRI (Antonio). Voir CORRÈ-
GE (le).

Almaviva, personnage du *Barbier
de Séville* (Rossini) : 502.

ALPHONSE V le Magnanime
[1416-1458], roi d'Aragon, puis
de Naples (1443) sous le nom
d'Alphonse Ier : 499.

ALPHONSE II, roi de Naples
(1494-1495) : 427.

ALPHONSE d'ARAGON, fils naturel
d'Alphonse II, roi de Naples :
427.

ALPHONSE. Voir ESTE.

ALQUIER (Charles-Jean-Marie)
[1759-1826], homme politique
et diplomate français : 475.

ALTIERI (Mgr), à Rome (1804) :
509.

ALTIERI (cardinal). Voir CLÉ-
MENT X.

AMATI (abbé) [1829], latiniste :
552.

AMBOISE (cardinal Georges d')
[1460-1510], ministre de
Louis XII : 429, 438.

AMBROISE (saint) [340-397],
archevêque de Milan : 51,
95.

AMMANNATI (Bartolomeo) [1511-
1592], architecte et sculpteur
florentin : 365, 586.

AMMIEN MARCELLIN, historien
latin du IVe siècle : 352.

AMULIUS, roi d'Albe de l'époque
préromaine : 66, 67.

ANACLET. Voir CLET.

ANASTASE Ier (saint), pape de 398 à
401 : 574.

ANASTASE II (saint), pape de 496 à
498 : 574.

ANASTASE III, pape de 911 à 913 :
576.

ANASTASE IV, pape de 1150 à
1154 : 577.

ANASTASE le Bibliothécaire, écrivain religieux du IXe siècle :
305, 306, 520.

Anchise, personnage de *L'Incendie
du Borgo* (Raphaël) : 239.

ANCILLON (Jean-Pierre-Frédéric)
[1767-1837], ministre de l'église
française réformée de Berlin :
298, 430.

ANCRE (Concino Concini, maréchal d') [mort en 1617], aventurier florentin, ministre de
Louis XIII : 463.

ANCUS MARCIUS. Voir MARCIUS.

ANDERLONI (1784-1849), graveur
italien : 42, 528.

Androclès, personnage d'Aulu-
Gelle : 524.

ANFOSSI (Pasquale) [1736-1797],
compositeur italien : 502.

ANGELICO (fra). Voir FIESOLE.

ANGIVILLER (Charles-Claude de
La Billardire, comte d') [1730-
1809], directeur des bâtiments
et jardins du roi : 169.

ANGLICUS. Voir JEANNE (papesse).

ANGOULÊME (Louis-Antoine de
Bourbon, duc d') [1775-1844],
fils aîné de Charles X : 412,
413.

ANGRISANI, voiturier, à Naples :
535.

ANGUILLARA (Flaminino), mari de
Madeleine Strozzi (1551) : 268.

ANICET (saint), pape du IIe siècle :
571, 572.

ANICIUS (Probus) [mort en 395],
préfet de Rome : 107.

ANNIBALDI (les), famille romaine :
149.

ANTHÈME, empereur romain :
573.

ANTHÈRE (saint), pape du IIIe siècle :
574.

ANTOINE (Marc), général romain,
triumvir : 199.

ANTOINE (saint) [1195-1231] :
302, 448.

FICHTE (Johann Gotlieb) [1762-1814], philosophe allemand : 234.

FIESCHI. Voir INNOCENT IV et ADRIEN V.

FIESOLE (fra Giovanni da) [1387-1455], fra Angelico : 394.

Figaro, personnage de Beaumarchais : 275, 458.

Figaro, personnage du *Barbier de Séville* (Rossini) : 503.

FILANGIERI (Gaetano) [1752-1788], écrivain italien : 167.

FINELLI (Carlo) [1780-1854], sculpteur italien : 283, 585.

FIORAVANTI (Valentino) [1764-1837], compositeur italien : 502.

FLACCUS (Valerius), poète latin du Iᵉʳ siècle : 118.

FLAMAND (le). Voir DUQUESNOY.

FLORENT (cardinal Adrien). Voir ADRIEN VI.

FLORENZI (marquise), de Pérouse : 572.

FLORIEN, empereur romain : 215.

FLORONIA, vestale romaine : 215.

FLORUS, historien latin du Iᵉʳ siècle : 26, 147.

Fogliari, personnage de *Héliodore chassé du temple* (Raphaël) : 229.

FONTANA (Giovanni) [1540-1614], architecte italien : 365, 586.

FONTANA (Domenico) [1543-1607], architecte de Sixte-Quint : 86, 185, 190, 348, 352, 355, 365, 386.

FONTANA (Lavinia) [1552-1602], femme peintre de l'école de Bologne : 367.

FONTANA (Carlo) [1634-1714], architecte, auteur de monographies : 16, 74, 79, 90, 109, 371, 372.

FONTANA (Giacomo) auteur d'un guide de Rome (1780) : 23.

FONTEBUONI, peintre : 388, 397.

FONTENELLE (Bernard de) [1657-1757], écrivain français : 32.

FORMOSE, pape de 891 à 896 : 464, 474, 576.

FORNARINA (la), maîtresse de Raphaël : 31, 46, 47, 241.

FORSYTH (Joseph), voyageur anglais : 71, 178, 548.

FORTIS (le Père de), général des jésuites : 129.

FOSCOLO (Ugo) [1778-1827], poète italien : 168, 169.

FOSSOMBRONI (Vittorio, comte) [1754-1844], premier ministre de Toscane : 262.

FOUCAULD, ou FOULQUES. Voir CLÉMENT IV.

FOUQUET (Nicolas) [1615-1680], surintendant des Finances : 463.

FOURNIER. Voir BENOÎT XII.

FRAGONARD (Jean-Honoré) [1732-1806], peintre et graveur français : 44.

FRANCESCA (Pietro Borghèse, dit della) [1416-1492], peintre italien : 51, 225.

FRANCESCA. Voir POLO.

FRANCIA (Francesco Raibolini, dit le) [1460-1518], peintre italien : 38, 590.

FRANÇOIS D'ASSISE (saint) [1182-1226] : 320.

FRANÇOIS DE PAULE (saint) [vers 1416-1508] : 399.

FRANÇOIS-XAVIER (saint) [1506-1552] : 58, 62.

François-Xavier (saint), personnage d'un tableau de Tiarini (Bologne) : 106.

FRANÇOIS Iᵉʳ (1494-1547), roi de France : 29, 60, 432, 589.

FRANÇOIS Iᵉʳ (1777-1830), roi des Deux-Siciles en 1825 : 422.

FRANÇOIS II (1768-1835), empereur d'Allemagne (1792), puis d'Autriche (1804), sous le nom de FRANÇOIS Iᵉʳ : 129, 313, 324, 415, 419.

FRANÇOIS IV D'AUTRICHE ESTE (1779-1846), duc de Modène,

INDEX DES NOMS DE LIEUX
ET D'ŒUVRES[1]

1. Index établi par Michel Léturmy. Le lecteur ne s'étonnera pas des divergences qu'il pourrait observer entre les dates données par Stendhal et celles qui figurent dans le présent index, ce dernier rectifiant, dans la mesure du possible, certaines inexactitudes.

SANT'...

DU MÊME AUTEUR

Dans la même collection

LE ROUGE ET LE NOIR. *Préface de Claude Roy. Édition établie par Béatrice Didier.*

LA CHARTREUSE DE PARME. *Préface de Paul Morand. Édition établie par Béatrice Didier.*

CHRONIQUES ITALIENNES. *Édition présentée et établie par Dominique Fernandez.*

LUCIEN LEUWEN, tomes I et II. *Préface de Paul Valéry. Édition établie par Henri Martineau.*

VIE DE HENRY BRULARD. *Édition présentée et établie par Béatrice Didier.*

ARMANCE. *Édition présentée et établie par Armand Hoog.*

DE L'AMOUR. *Édition présentée et établie par V. Del Litto.*

LE ROSE ET LE VERT, MINA DE VANGHEL, *et autres nouvelles. Édition présentée et établie par V. Del Litto.*

SOUVENIRS D'ÉGOTISME, SUIVI DE PROJETS D'AUTOBIOGRAPHIE *et des* PRIVILÈGES. *Édition présentée et établie par Béatrice Didier.*

LAMIEL. *Édition présentée et établie par Anne-Marie Meininger.*

ROME, NAPLES ET FLORENCE. *Édition présentée et établie par Pierre Brunel.*

VIE DE ROSSINI. *Édition présentée et établie par Pierre Brunel.*

Dans la collection Folio essais

HISTOIRE DE LA PEINTURE EN ITALIE. *Édition présentée et établie par V. Del Litto.*

Composition Traitext.
Impression Bussière Camedan Imprimeries
à Saint-Amand (Cher),
le 4 juin 1997.
Dépôt légal : juin 1997.
Numéro d'imprimeur : 1/1549.
ISBN 2-07-039248-1./Imprimé en France.